LES 40 JOURS DU MUSA DAGH

DU MÊME AUTEUR
aux Éditions Albin Michel

LE CHANT DE
BERNADETTE
roman

Cette traduction reproduit fidèlement le texte original.
Les quelques coupures qui y ont été pratiquées ont reçu la pleine approbation de l'auteur.

FRANZ WERFEL

LES 40 JOURS
DU MUSA DAGH

ROMAN

Traduit de l'allemand
par Paule Mofer-Bury

Préface de
ELIE WIESEL

Introduction de
PIERRE BENOIT
de l'Académie Française

Helena.

Novembre 86. Lausanne.

Albin Michel

© Editions Albin Michel 1936
22, rue Huyghens, 75014 Paris
ISBN 2-226-02765-3

LE CRIME DE L'OUBLI

Qu'il relève du domaine de l'imaginaire ou de celui de la mémoire, ce roman est un chef-d'œuvre. Je l'ai lu après la Libération. J'avais vingt ans. Je viens de le relire. J'y retrouve la puissance d'évocation et la conscience blessée qui, à l'époque, m'avaient bouleversé jusqu'au tréfonds de mon être.

Cette communauté villageoise arménienne, condamnée par les convulsions d'une histoire qui la dépasse, m'est devenue proche. Guettée par la mort, elle revendique sa liberté. Assiégée par un ennemi impitoyable, trahie par une société indifférente, elle choisit la résistance armée. Pour sauver l'honneur arménien ? Pour sauver l'honneur de l'homme.

On comprend les mobiles qui poussèrent Franz Werfel à s'intéresser à cette tragédie. Juif autrichien, réfugié en quête d'exil, il ne pouvait pas ne pas s'émouvoir du destin farouche qui, depuis des siècles, semblait poursuivre le peuple arménien sur sa route à la fois ensoleillée et endeuillée.

Chassé de sa terre, persécuté pour sa fidélité à sa croyance religieuse, le peuple arménien, pareil au peuple juif, a su s'adapter aux incertitudes du présent en demeurant enraciné dans la mémoire immuable, mémoire collective où la mort elle-même est vaincue, car le souvenir de la mort y est reçu comme un signe, comme un clin d'œil de l'éternité.

Dans sa dispersion, le peuple arménien, comme le peuple juif, s'intègre sans s'assimiler, se veut attaché à sa langue, à sa culture, à ses traditions, en d'autres termes : à son identité ethnique et nationale aussi bien qu'à sa foi.

Frappantes, ces correspondances ; on les retrouve jusque dans leurs martyres.

Ecrit avant l'avénement du régime hitlérien en Allemagne, ce roman semble préfigurer l'avenir. En le lisant, il m'est difficile d'admettre que Franz Werfel évoquait un passé qu'il ne connaissait pas, que je ne connaissais pas. Tant de repères, tant d'événements, tant d'images me paraissent familiers.

La brutalité froide et calculée des théoriciens du massacre, la rapacité sournoise de la meute, l'attrait du sang chez les tueurs fanatiques, l'appel au sacrifice chez les victimes : l'auteur ne s'est-il pas trompé d'époque et de lieu ? Je le suis pas à pas et je ne me sens nullement dépaysé. Le monde est en guerre, mais à l'intérieur de cette guerre, une autre guerre est livrée par une grande puissance à une minorité marquée, pourchassée, oppressée. Déportations, marches forcées, humiliations sans fin, meurtres et boucheries ayant pour but l'extermination d'un peuple tout entier : l'auteur évoquait-il un passé vécu ou un futur prophétique ? Le « Musa Dagh », n'est-ce pas une sorte de ghetto où des rescapés, dans un sursaut d'orgueil et de courage désespéré, se préparent à mourir au combat plutôt que de périr dans la poussière ensanglantée des routes lointaines ?

Gabriel Bagradian et ses amis combattants, il me semble les avoir rencontrés ailleurs que chez eux, ailleurs que dans ce roman. La fierté exaltante des uns, l'humilité ou la timidité des autres ; la témérité des adolescents, la ténacité des vieillards, la sobriété des prêtres face à un empire qui, en pleine désintégration, leur refuse toute pitié. Comment peut-on ne pas songer au Troisième Reich qui, malgré ses défaites en 1944, s'acharnait toujours, avec une vigueur redoublée, à exterminer les restes du judaïsme européen ?

Dans leur réduit, les Arméniens, pendant quarante jours, jouissent d'une indépendance fragile qu'ils savent de courte durée, et pourtant ils en profitent pour sublimer leur existence occultée et leurs désirs

6

refoulés. Pour les jeunes, c'est la grande aventure. Pour l'épouse délaissée, c'est l'occasion de regarder l'étranger et l'aimer. Tout se déroule à un rythme accéléré. Les Arméniens du «Musa Dagh» semblent vivre en dehors du temps. Comme plus tard, les Juifs dans le ghetto, ils pratiquent l'art du raccourci : victoires et défaites, espoirs et déceptions, colères et réconciliations, tout se passe vite. Un jour, c'est des années. Une nuit, c'est l'éternité.

Comment Franz Werfel connaissait-il le vocabulaire et le mécanisme de l'Holocauste avant l'Holocauste? Intuition artistique ou mémoire historique, l'une liée à l'autre.

Cependant, nous aurions tort de comparer les deux événements. Ce serait trop simpliste. Talat et Enver voulaient liquider les Arméniens de l'Empire ottoman, tandis que Hitler était déterminé à éliminer jusqu'au dernier des Juifs sur la terre. Et puis, les soldats turcs ne possédaient pas la culture des officiers allemands. Entre la boucherie sauvage en Arménie, premier génocide du XXᵉ siècle, et les usines de la mort en Pologne il existe une différence non de degré mais d'essence. Sont-ils reliés autrement que par la mémoire?

C'est précisément la mémoire dont il s'agit dans ce roman. Les Arméniens assiégés craignent non la mort mais l'oubli. Leur sacrifice serait-il vain? C'est la question angoissante qui hante leurs descendants. Certains, pour forcer le gouvernement turc à assumer le passé, ont recours à la violence. Politique regrettable qui ne peut que nuire à leur cause. Rien ne justifie la terreur.

Mais, de leur côté, les Turcs devraient comprendre la douleur et la colère des Arméniens dont ils nient le droit à la mémoire. Pourquoi ne pourrait-on pas réunir une conférence avec la participation des uns et des autres pour amorcer ne serait-ce qu'un début de dialogue? Les Turcs d'aujourd'hui ne sont pas responsables des événements sanglants qui se sont déroulés, il y a cinquante ans; mais ils sont responsables de leur attitude présente envers ces événements.

C'est là où ce grand roman de Franz Werfel dont nous saluons la réédition pourrait être utile à eux et à nous tous. Par son puis-

sant appel à la mémoire, il nous ouvre à la compassion. Et peut-être même, cela dépend de nous, à l'espérance.

ELIE WIESEL

INTRODUCTION

Au début du XIVᵉ siècle, après la chute des dernières principautés franques de Syrie, le seul Etat chrétien qui subsistait en Orient fut le royaume arménien de Cilicie, avec le port de Laïas, sur le golfe d'Alexandrette. Mais les Mamelucks ne pouvaient autoriser la présence d'une ville qui concurrençait directement leurs comptoirs d'Egypte. Le dernier des rois d'Arménie, Léon de Lusignan, couronné sous le nom de Léon VI, fut assiégé par eux. « *Après une résistance héroïque, il dut se rendre, a écrit* M. *René Grousset dans son admirable* Histoire de l'Asie. *Ce fut la fin de l'indépendance arménienne. Léon VI vint mourir à Paris, et pendant cinq siècles, l'Arménie subit la domination turque. Le Martyre d'un peuple commençait...* »

Le livre extraordinaire que voici relate un des ultimes épisodes, et des plus poignants, de ce martyre. Mais, dans les Quarante Jours du Musa Dagh, *les agneaux subitement sont devenus enragés et se sont mis à mordre les loups. Cinq semaines de lutte forcenée, dont l'issue normale n'est pas douteuse. Que peuvent, cernés sur la montagne sacrée, ces cinq mille hommes, vieillards, femmes, enfants, à peu près privés de munitions, d'armes, de vivres ? Mais, un beau matin, sur les flots violets, cinq beaux navires apparaissent : le salut qui arrive sous la forme des vaisseaux de guerre français.*

Ce fut au mois d'avril 1915, pour échapper à la déportation décidée par les autorités ottomanes, que la population arménienne des six villages du Musa Dagh décida de se réfugier sur la montagne de Moïse. En quelques phrases rapides, le Livre Bleu consacré par la

Grande-Bretagne au traitement infligé par les Turcs à la population arménienne d'Asie Mineure retrace l'origine de cette étrange et farouche épopée. « Sachant qu'il nous serait impossible de défendre nos villages dans la plaine, il fut décidé que nous nous retirerions sur les hauteurs du Musa Dagh, emportant le plus que nous pourrions en fait de vivres et de matériel. On conduisit aussi tous les troupeaux de moutons et de chèvres le long de la montagne, et chaque arme défensive fut apprêtée et fourbie. Nous avions cent vingt fusils modernes, et à peu près autant de vieux fusils à pierre et de pistolets. Tout ceci laissait encore plus de la moitié de nos hommes sans armes...» C'est un des réfugiés, le père Andreassian, pasteur de l'église de Zeitoun, qui nous fournit tous ces détails. Et il ajoute, afin d'expliquer ce qui, en dépit de l'écrasante disproportion des forces et des ressources en présence, va malgré tout rendre la lutte possible : « Chaque gorge et chaque rocher de notre montagne bien-aimée sont connus de nous, hommes et garçons. »

Je me la rappelle, cette montagne de Moïse, avec ses flancs dénudés plongeant à pic dans la mer. On y accède par le charmant village de Khoderbey, plein d'eau courante et de feuillages frissonnants. Sur la plage, en bas, ce sont les ruines de Seleucie de Pierie, au-dessous desquelles, dans les gazes du soir, flotte le fantôme de Bérénice, reine d'Egypte. Les îles de l'Oronte retentissent des appels des courlis, les parois des rocs des sanglots continus des fontaines. Ah! puissent-ils, ces lieux si beaux, ne plus connaître désormais d'autres lamentations que celles-là...

PIERRE BENOIT.

Cette œuvre fut conçue en mars 1929, au cours d'un séjour à Damas. Le spectacle désolant d'enfants de réfugiés qui travaillaient dans une manufacture de tapis, mutilés et minés par la faim, fut le point de départ qui décidà l'auteur à ressusciter l'inconcevable destinée du peuple arménien, déjà plongée dans la nuit du passé. La rédaction du livre s'effectua entre juillet 1932 et mars 1933. Au cours de cette période, en novembre, à l'occasion d'une tournée de conférences dans diverses villes allemandes, l'auteur choisit pour une lecture publique le cinquième chapitre du premier livre, sous la forme même qu'il a ci-dessous, laquelle s'appuie sur la tradition historique de l'entretien d'Enver Pacha avec le pasteur Johannès Lepsius.

F. W.

Breitenstein, printemps 1933.

PRINCIPAUX PERSONNAGES

Gabriel BAGRADIAN, homme de lettres parisien, de nationalité arménienne.

JULIETTE, sa femme, française de naissance.

STEPHAN, leur fils, âgé de treize ans.

AWAKIAN, son précepteur.

Aram TOMASIAN, pasteur protestant.

HOWSANNAH, sa femme.

ISKOUHI, sa sœur, jeune Arménienne.

Ter HAIGASOUN, archiprêtre arménien.

Bedros ALTOUNI, médecin arménien.

Mairik ANTARAM, sa femme.

KRIKOR, pharmacien.

Haroutioun NOKHOUDIAN, pasteur protestant.

Hapeth CHATAKHIAN, instituteur.

Hrand OSKANIAN, instituteur.

Tchauch NURHAN, ancien sergent.

Sarkis KILIKIAN, déserteur arménien.

HAIK, garçon arménien.

SATO, orpheline.

NOUNIK, WARTOUK, MANOUCHAK, sorcières et pleureuses arméniennes.

Gonzague MARIS, journaliste et globe-trotter.

ENVER pacha, ministre de la guerre.

TALAAT bey, ministre de l'intérieur.

DCHEMAL pacha, général de l'armée ottomane.

Agha Rifaat BEREKET, vieil ami turc de la famille Bagradian.

Johannès LEPSIUS, pasteur allemand.

LIVRE PREMIER

L'APPROCHE

Jusques à quand, ô Maître saint et véritable,
ne jugeras-tu point et ne vengeras-tu point
notre sang sur ceux qui habitent la terre ?
Apocalypse de Saint Jean, VI, 10.

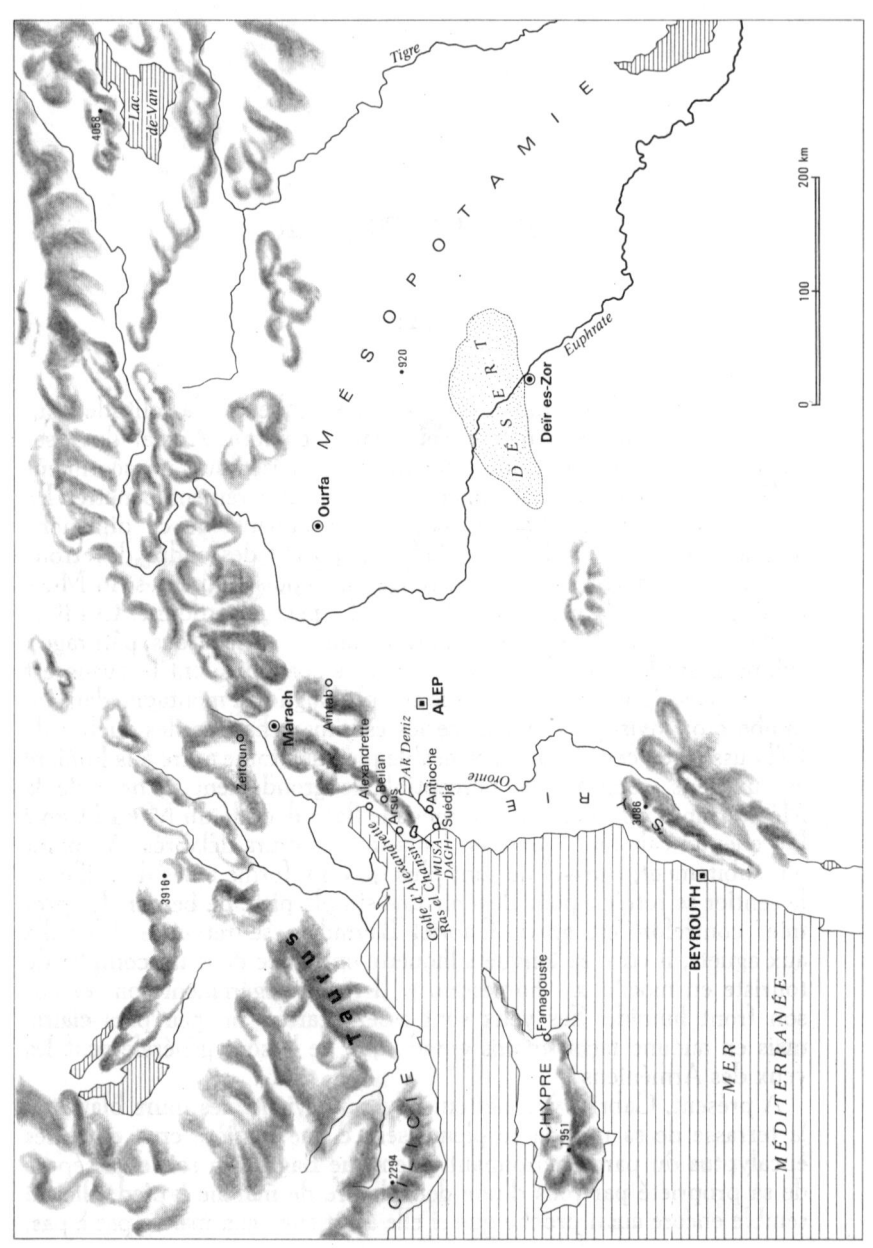

CHAPITRE PREMIER

Teskéré

« Comment suis-je arrivé ici ? »

Gabriel Bagradian prononce ces mots au milieu de la solitude, tout involontairement, sans même s'en rendre compte. A vrai dire, ses paroles n'expriment pas une interrogation, mais plutôt un sentiment indécis, un étonnement solennel dont il est entièrement pénétré. La cause en est peut-être l'heure matinale et radieuse de ce dimanche de mars, ou bien le printemps de Syrie qui fait descendre des troupeaux d'anémones géantes d'un rouge vif depuis les pentes du Musa Dagh jusque sur la plaine d'Antioche à l'aspect désordonné. Ces flots couleur de sang se répandent partout sur la surface des pâturages, submergeant le blanc discret des narcisses épanouis dont la saison est aussi arrivée. Une vibration sourde semble baigner la montagne dans un nimbe d'or invisible. Seraient-ce les essaims échappés des ruches de Kéboussijé, ou cette heure, perméable plus que toute autre à la lumière et aux sons, rendrait-elle perceptible le grondement rythmé de la Méditerranée qui, loin, là-bas, ronge le flanc dénudé du Musa Dagh ? Un chemin cahotant monte en longeant des murs délabrés. Au point où, subitement, ceux-ci ne sont plus qu'un informe amas de cailloux, le sentier se rétrécit pour devenir une simple piste de berger. Le premier contrefort est gravi. Gabriel Bagradian se retourne. L'oreille aux aguets, il étire sa longue silhouette enfermée dans un complet de touriste en moelleux « homespun ». Il recule légèrement son fez sur son front humide. Ses yeux sont assez écartés, un peu plus clairs, mais en aucune façon moins grands que ne le sont généralement les yeux des Arméniens.

A présent, Gabriel voit nettement d'où il vient : les murs blancs et la terrasse de sa maison resplendissent d'une lumière crue entre les eucalyptus du parc environnant. Bien que Bagradian soit déjà séparé de sa propriété par plus d'une demi-heure de marche à pied, elle lui semble encore aussi proche que si elle avait suivi son maître pas à pas.

Plus bas, dans la vallée, l'église de Yoghonoluk, elle aussi, lui apparaît distinctement, comme un visage bien connu, avec sa grande coupole et sa tourelle latérale surmontée d'un toit en pointe. Cette église d'allure massive et grave a la même origine que la villa Bagradian. Toutes deux furent construites, il y a cinquante ans, par le grand-père de Gabriel, fondateur et bienfaiteur demeuré légendaire. Il est d'usage chez les paysans et les ouvriers arméniens, après bien des voyages, et une fois fortune faite à l'étranger, de revenir au pays, même du fond de l'Amérique; ceux qui, considérablement enrichis, sont devenus des personnages, organisent autrement leur vie. Ils se font construire de luxueuses villas sur la côte de Cannes, dans les jardins d'Héliopolis, ou tout au moins, sur les pentes du Liban aux environs de Beyrouth. Or, le vieil Awétis Bagradian était fort différent de tels parvenus. Lui qui avait fondé à Stamboul la fameuse firme de même nom que lui dont on trouvait des succursales à Paris, à Londres et à New-York, revenait chaque année, dans la mesure où ses affaires lui en laissaient le temps, habiter sa villa construite au pied du Musa Dagh, au-dessus de la localité de Yoghonoluk. D'ailleurs, non seulement Yoghonoluk, mais les six autres villages arméniens du canton de Suedja avaient bénéficié des bienfaits que dispensait sa royale présence. Sans parler de beaucoup d'églises et d'écoles, ni des instituteurs qu'il avait fait venir de la Mission américaine, il suffira de mentionner un cadeau que, malgré tous les événements survenus jusqu'à ce jour, la population de cette contrée conserve pieusement en mémoire : à savoir toute une cargaison de machines à coudre Singer qu'Awétis Bagradian fit distribuer, après une année où ses affaires avaient été particulièrement florissantes, à cinquante familles besogneuses des villages.

Gabriel — sans détourner de la villa son regard scrutateur — songe à son grand-père qu'il a encore connu. Cette maison, là-bas, c'est là qu'il est né, et il y a passé, jusqu'à l'âge de douze ans, bien des mois d'enfance qui lui paraissaient d'une longueur infinie. Et pourtant, cette vie antérieure qui fut jadis la sienne lui semble aujourd'hui irréelle, et cette impression lui cause une profonde souffrance. Elle lui fait l'effet d'une existence embryonnaire dont les réminiscences déchirent son âme d'un odieux frémissement. A-t-il vraiment connu son grand-père ? Ne se l'imagine-t-il pas plutôt d'après les images ou les récits d'un livre lu dans sa jeunesse ? Il revoit un petit homme à la barbe en pointe argentée, vêtu d'un long caftan soyeux, rayé jaune et noir. Son pince-nez d'or, suspendu à une chaînette, lui tombe sur la poitrine. Toujours en souliers rouges, il s'avance sur l'herbe du jardin. Tous ceux qu'il rencontre s'inclinent profondément devant lui. Était-il vraiment ainsi, ou cette image n'est-elle qu'une vaine rêverie ? Dans l'âme de Gabriel Bagradian, il se passe, pour son grand-père, le même phénomène que pour le Musa Dagh. Lorsque, voici quel-

16

ques semaines, il revit pour la première fois cette montagne si chère à son enfance profilant sur le ciel crépusculaire la ligne sombre de sa crête, il fut envahi par un sentiment indescriptible, à la fois angoissant et délicieux, dont il n'aurait su estimer exactement l'intensité. Aussi y avait-il bientôt renoncé. Était-ce le premier symptôme d'un pressentiment ? La conséquence des vingt-trois ans ?

Vingt-trois ans d'Europe, de Paris ! Vingt-trois ans d'assimilation complète ! De telles années comptent double, triple même. Elles effacent tout le reste. Après la mort de l'ancêtre, la famille entière, libérée du patriotisme local de son vieux chef, s'empresse de fuir ce coin, trop oriental à son gré. Le siège central de la firme reste néanmoins à Stamboul. Mais les parents de Gabriel vivront désormais à Paris avec leurs deux fils. Son frère, de quinze ans plus âgé que lui, et qui s'appelle aussi Awétis, ne tarde pas à les quitter. Il retourne en Turquie en qualité de co-directeur de la maison d'importation. Il s'avère bien digne de porter le prénom du grand-père. Ce n'est pas lui qui succomberait à la séduction de l'Europe. Original accompli, il ne recherche que la solitude. La villa de Yoghonoluk, délaissée pendant bien des années, connaît grâce à lui un regain de gloire. Sa seule passion est la chasse et, de Yoghonoluk, il entreprend, chasseur infatigable, des randonnées dans les monts du Taurus et dans le Hauran. Gabriel, qui ne sait presque rien de son frère, fait à Paris ses études au lycée, puis à la Sorbonne. Personne ne le force à embrasser la carrière commerciale pour laquelle il ne se sent pas la moindre aptitude, constituant ainsi une étrange exception de sa race. On lui permet de mener une vie de savant, de bel esprit; il est archéologue, philosophe, s'occupe d'histoire de l'art, et, d'autre part, il touche une rente annuelle qui le libère de tout souci et fait de lui un homme aisé. Il est très jeune encore lorsqu'il épouse Juliette. Ce mariage provoque en lui un changement plus profond encore. La Française l'entraîne de son côté. Gabriel est désormais plus français que jamais. Arménien, il ne l'est guère encore qu'au sens théorique, en quelque sorte. Cependant, il n'oublie pas complètement son origine et fait de temps en temps paraître dans des revues arméniennes l'un ou l'autre de ses articles scientifiques. De même, lorsque son fils Stéphan a dix ans, il lui donne pour précepteur un étudiant arménien qui doit lui apprendre la langue de ses ancêtres. Au début, Juliette considère cet enseignement comme absolument superflu et même nuisible. Mais, comme la personne du jeune Samuel Awakian lui est sympathique, elle finit par battre en retraite et abandonner définitivement la lutte. Les différends qui naissent entre les deux époux prennent toujours racine dans un seul et même antagonisme. Malgré tous les efforts que fait Gabriel pour s'identifier à l'étranger, il se trouve toutefois mêlé de temps à autre à la politique de son pays. Le parti Dachnakzagan lui

offre même un mandat. Bien qu'il repousse avec effroi cette proposition, il prend tout de même part au fameux congrès qui réunit en 1907
les Jeunes-Turcs et le parti national arménien. Il s'agit de créer une
nouvelle forme dE'tat dans lequel les races puissent vivre paisiblement et sans humiliation les unes à côté des autres. Ce projet est si
noble qu'il enthousiasme même l'étranger qu'est presque devenu
Gabriel. Pendant ces journées, les Turcs se répandent en compliments
et en déclarations d'amour à l'égard des Arméniens. Gabriel Bagradian, conformément à sa nature, prend plus au sérieux que d'autres
ce serment de fidélité. C'est pour cette raison que, dès le début de la
guerre des Balkans, il s'engage comme volontaire. Après une hâtive
formation militaire à l'école d'officiers de réserve de Stamboul, il arrive
encore à temps pour prendre part à la bataille de Boulaïr en qualité
d'officier dans une batterie d'obusiers. C'est la première fois qu'il est
loin des siens et cette séparation dure plus de six mois. Il en souffre
intensément. Peut-être craint-il que Juliette ne lui échappe pendant
ce temps. De retour à Paris, il rejette loin de lui toutes les occupations
qui ne relèvent pas exclusivement du domaine de la vie intérieure.
Il veut être un penseur, un homme abstrait, un homme en soi. Que lui
importent les Turcs, les Arméniens ? Il songe à adopter la nationalité
française. Par là, il ferait surtout plaisir à Juliette. Mais, au dernier
moment, toujours un mécontentement intime le retient. Il a fait la
guerre comme volontaire. Sans doute, il ne vit pas dans sa patrie,
mais il ne peut quand même pas la renier. C'est le pays de ses pères.
Là-bas, ils ont souffert de longs martyres sans jamais abandonner la
terre natale. Gabriel, lui, n'a pas souffert. Les massacres, les carnages,
il ne les connaît que par des récits, par des livres. Qu'importe à quelle
nation appartient un homme abstrait, se dit-il, et il reste sujet ottoman.
Ce sont deux belles années dans un élégant appartement de l'avenue
Kléber. C'est à croire que tous les problèmes sont résolus, la forme
définitive de vie enfin trouvée, Gabriel a trente-cinq ans, Juliette
trente-quatre, Stéphan treize. On vit sans préoccupations, sans ambition particulière, au milieu d'un travail intellectuel et d'un cercle
d'amis agréables. Pour ce qui est de ces derniers, c'est Juliette qui
décide. Son action consiste principalement à réduire toujours davantage
les relations de Gabriel — dont les parents sont morts depuis longtemps — avec ses anciennes connaissances arméniennes. Juliette
impose, inflexible, l'empreinte de son moi. Il n'y a qu'une seule chose
à laquelle elle ne peut rien changer : ce sont les yeux de son fils. Quant
à Gabriel, il semble ne rien remarquer de tout cela. Une lettre expresse
d'Awétis Bagradian vient soudain provoquer le revirement de toute
cette destinée. Son frère aîné demande à Gabriel de venir le rejoindre
à Stamboul. Il est très malade et ne se sent plus capable de diriger
l'entreprise. Depuis bien des semaines, il a pris toutes les dispositions

nécessaires pour transformer la firme en une société anonyme. Gabriel ferait donc bien de se montrer là-bas pour sauvegarder ses intérêts. Juliette déclare aussitôt qu'elle accompagnera Gabriel pour le seconder pendant les négociations. Car il s'agit de sommes considérables. Gabriel, prétend-elle, est de nature trop candide et ne serait pas de taille à se méfier des intrigues des autres Arméniens. Juin 1914. L'univers prend un visage inquiétant. Gabriel décide d'emmener avec lui non seulement Juliette, mais encore Stéphan et Awakian. L'année scolaire est en effet quasi terminée. Les pourparlers risquent de s'éterniser et il est bien difficile de prévoir quel cours va suivre le monde.

Dans la deuxième semaine de juillet, toute la famille arrive à Constantinople. Cependant, Awétis Bagradian n'a pas pu les attendre. Il est parti pour Beyrouth sur un bateau italien. Son affection pulmonaire a empiré, ces derniers jours, avec une rapidité foudroyante. Il ne pouvait plus désormais supporter l'air de Stamboul. Au lieu de négocier avec Awétis, Gabriel doit, dans ces conditions, parlementer avec des directeurs, des avocats et des notaires. Il lui faut reconnaître que ce frère presque ignoré a tout préparé à son intention de la façon la plus affectueuse et la plus circonspecte. Et, pour la première fois, il comprend enfin pleinement que c'est Awétis, ce malade, ce précoce vieillard, qui travaille pour lui, et qu'il lui doit toute sa propre aisance. Quelle absurdité que deux frères aient pu rester si étrangers l'un à l'autre ! Gabriel est effrayé en pensant au dédain qu'il éprouvait à l'égard de ce « commerçant », de cet « Oriental », sentiment qu'il n'a pas toujours cherché à réprimer en lui. Il se sent alors pris du désir de réparer cette injustice avant qu'il ne soit trop tard et ce désir adopte même la forme d'une légère nostalgie. La chaleur de Stamboul est vraiment intolérable. Retourner actuellement en Occident ne paraît guère à propos. Mieux vaut laisser passer l'orage. Justement, l'un des plus récents bateaux du « Khedival Mail » va faire escale à Beyrouth sur la route d'Alexandrie. On peut louer, sur les pentes occidentales du Liban, des villas modernes capables de satisfaire par leur confort les plus difficiles. Les connaisseurs savent qu'il n'existe pas au monde de plus beau paysage que celui-là. Gabriel n'a pas même besoin d'user de tels arguments pour convaincre Juliette, car elle se range aussitôt à son avis. L'idée de voir du nouveau la séduit. Tandis qu'ils sont en haute mer, éclatent de tous côtés les déclarations de guerre des grandes puissances. Lorsqu'ils débarquent à Beyrouth, les premières hostilités ont commencé en Belgique, dans les Balkans et en Galicie. Il n'est plus question de songer à rentrer en France. Les voilà immobilisés. On lit dans les journaux que la Sublime Porte va entrer dans l'alliance des Puissances Centrales. Paris est devenu ainsi terre ennemie. Le but principal du voyage apparaît manqué. Pour la deuxième fois, Awétis

Bagradian n'a pu être atteint par son frère cadet. Il a quitté Beyrouth depuis quelques jours et, au prix d'un pénible voyage par Alep et Antioche, il a tenté de gagner Yoghonoluk. Le Liban lui-même ne lui suffit pas pour mourir. Il lui faut le Musa Dagh. Mais la lettre dans laquelle il annonce sa propre mort à son frère n'arrive à Beyrouth qu'en automne. Entre temps, les Bagradian se sont installés dans une belle maison située un peu au-dessus de la ville. Juliette trouve la vie acceptable à Beyrouth. On y rencontre une foule de Français. De plus, les consuls de différents pays lui rendent visite. Elle trouve moyen, ici comme partout, de se faire des relations; Gabriel est heureux de voir qu'elle ne souffre pas trop de cet exil. Toutefois, il ne peut s'empêcher de penser constamment à la maison de Yoghonoluk. Awétis, dans sa dernière lettre, le lui recommandait instamment. Cinq jours après, arrive un télégramme du Dr Altouni qui lui annonce la mort de son frère. Désormais, Gabriel ne se contente pas de penser à la maison de son enfance; il en parle sans cesse. Mais lorsque Juliette exprime soudain le vœu d'aller s'établir aussitôt que possible dans cette maison dont il lui parle depuis des temps infinis et dont il vient d'hériter, il tressaille et voudrait se dérober. Elle, par contre, s'obstine à réfuter les objections de son mari. La campagne, la solitude? Rien ne lui est plus cher. Être loin du monde, manquer de tout confort? Elle saura bien se procurer, par ses propres moyens, tout ce qui leur sera nécessaire. Et précisément cette tâche qui lui incombera la charme d'avance. Jadis ses parents possédaient une maison de campagne dans laquelle elle a passé ses premières années. Pouvoir meubler à son gré sa propre maison, pouvoir l'organiser et la diriger suivant son idée, ce serait réaliser l'un de ses rêves les plus doux, peu importe dans quel pays et sous quels cieux. Malgré l'empressement et la joie qu'elle montre, Gabriel recule le départ jusqu'après la saison des pluies. Ne serait-il pas beaucoup plus sage de tout faire pour envoyer sa famille en Suisse? Mais Juliette persiste dans ses intentions. Son attitude est presque un défi. Gabriel ne peut réprimer un étrange malaise qu'il sent en lui, mêlé à une ardente nostalgie. Le mois de décembre est déjà arrivé lorsque la petite famille fait ses préparatifs pour se rendre, au prix de maints efforts, dans la patrie du père. Jusqu'à Alep, le voyage s'effectue tant bien que mal par le train, malgré divers transports de troupes. A Alep, on loue deux autos d'aspect indescriptible. Après avoir roulé dans la boue d'une mauvaise route départementale, ils atteignent enfin Antioche, comme par miracle. Là les attend déjà l'intendant Kristaphor; ils le trouvent près du pont sur l'Oronte avec le tilbury familial et deux chars à bœufs pour les bagages. Deux heures au plus pour atteindre Yoghonoluk. Elles s'écoulent dans une réelle gaîté. Toute cette aventure n'était pas si désagréable, pense Juliette...

Comment suis-je arrivé ici ? Tout l'agencement extérieur des circonstances ne répond que d'une façon très imparfaite à sa question. Mais le solennel étonnement qui a envahi son âme ne parvient pas à disparaître. Il y vibre une légère inquiétude. Tant de choses anciennes, vaincues par vingt-trois ans de Paris, réclament de nouveau leur droit de cité. Gabriel parvient enfin à détourner de sa maison son regard perdu dans le vague. Ses yeux suivent la vallée des villages arméniens un peu plus loin vers le Nord. Du point où il se trouve, il peut encore apercevoir Azir, le village des vers à soie, mais il ne voit plus Kébussijé, la dernière localité dans cette direction. Là-bas, sur la petite colline qui s'adosse au Musa Dagh, s'élèvent les ruines d'un monastère. L'apôtre saint Thomas en personne a fondé cet ermitage. Les pierres de ses décombres portent de curieuses inscriptions. Jadis, Antioche, reine de l'univers d'alors, s'étendait jusqu'à la mer. Çà et là, des vestiges de l'antiquité sont épars sur le sol nu visibles pour le passant, et d'autres ne tardent pas à paraître sous le premier coup de pioche du chercheur passionné. Ces dernières semaines, Gabriel a déjà réuni chez lui une foule de précieux trophées. Cette chasse aux antiquités est ici sa principale occupation. Cependant, jusqu'à maintenant une crainte respectueuse l'a empêché de gravir la colline où se dresse la ruine de saint Thomas. (On dit qu'elle est gardée par d'énormes serpents aux tons cuivrés et porteurs de couronnes. Tous ceux qui ont emporté chez eux les pierres sacrées pour en construire leur maison ont dû garder toute leur vie leur fardeau sacrilège collé à leur dos et l'emporter jusque dans la tombe.) Qui donc lui a raconté cette légende ? Autrefois, dans la chambre de sa mère, qui est maintenant la chambre de Juliette, il revoit, assises en cercle, de vieilles femmes au visage bizarrement maquillé. Ou n'est-ce qu'une imagination de son esprit ? Est-ce possible : sa mère de Yoghonoluk et celle de Paris étaient-elles une seule et même femme ?

Depuis longtemps, Gabriel est entré dans l'ombre de la haute futaie. Dans le flanc de la montagne est creusée une large entaille à pente raide qui conduit jusqu'au sommet. On l'appelle « la gorge des yeuses ». Tandis que Bagradian escalade la piste des pâtres qui se faufile péniblement à travers les épaisses broussailles, une certitude se fait soudain jour en lui : l'époque du provisoire est désormais révolue. Le temps est venu de la décision.

Le provisoire ? Gabriel Bagradian est officier de réserve ottoman, attaché à un régiment d'artillerie. Les armées turques sont disposées sur quatre fronts pour y combattre à la vie à la mort. Dans le Caucase, contre les Russes. Dans le désert de Mésopotamie, contre les Anglais et les Hindous. Des divisions australiennes ont atterri sur la presqu'île de Gallipoli pour forcer l'accès du Bosphore avec le concours des flottes alliées. Une quatrième armée, en Syrie et en Palestine, prépare une nouvelle attaque dans la direction du canal de Suez. Des efforts surhumains sont nécessaires pour tenir sur tous ces fronts. Enver Pacha, le chef, adoré comme un dieu, a perdu deux corps d'armée entiers au cours de la campagne téméraire entreprise en hiver dans le Caucase. Partout, on manque d'officiers. Le matériel de guerre est insuffisant. Pour Bagradian, les beaux jours de 1908 et de 1912 si prometteurs sont bien passés. Ittihad, le comité des Jeunes-Turcs « Pour l'union et le progrès » ne s'est servi du peuple arménien que pour réaliser ses propres projets et n'a pas tardé à renier tous ses serments. Gabriel n'a vraiment aucune raison pour se mettre en avant en faisant preuve d'une ardeur patriotique particulière. La situation est cette fois toute différente. Sa femme est française. Il courrait ainsi le risque de se voir forcé de combattre contre une nation qu'il aime, à laquelle il garde une grande reconnaissance, à laquelle il se trouve, de plus, lié par son mariage. Néanmoins il s'est présenté à Alep au conseil de révision de son régiment. C'était son devoir. Autrement, on aurait pu le considérer comme déserteur. Chose étrange, le colonel du cadre semble ne pas avoir besoin d'officiers. Il examine les papiers de Bagradian avec une scrupuleuse exactitude, puis il le renvoie. Il lui demande seulement de donner son adresse, de se tenir prêt et d'attendre l'appel. Cette scène se passait en novembre. Maintenant, mars touche à sa fin et la convocation annoncée n'est toujours pas arrivée d'Antioche. Faut-il y voir une intention impénétrable ou, tout simplement, un effet du non moins impénétrable chaos qui règne dans le fonctionnement des bureaux de l'armée ottomane ? A cet instant précis, Gabriel croit avoir la certitude qu'aujourd'hui encore arrivera l'appel décisif. C'est le dimanche qui apporte le courrier d'Antioche et non seulement les lettres et les journaux, mais encore les ordres gouvernementaux du Kaimakamlik aux communes et aux sujets de l'empire.

Gabriel Bagradian ne pense qu'à sa famille. La situation est embrouillée. Que vont devenir Juliette et Stéphan pendant qu'il sera sur le front ? Bien des arguments l'engageraient à les laisser à Yoghonoluk. Juliette est enchantée de la maison, du parc, du train de vie, de la culture des fruits et des roses. Elle se sent parfaitement à son aise dans ce rôle de propriétaire terrienne. De plus, il ne manque pas ici de gens de confiance et de valeur. Gabriel connaît, depuis son enfance, le vieux Dr Altouni et le pharmacien Krikor, si savant et original. Il y a encore le Wartabed Ter Haigasoun, prêtre en chef de Yoghonoluk et vicaire grégorien de tout le diocèse de Suédja. Ensuite, il ne faut pas oublier le pasteur protestant Haroutioun Nokhoudian de Bitias, les instituteurs et divers notables de la région. En ce qui concerne les femmes, il faut évidemment montrer un peu d'indulgence. Après la première réception en l'honneur de ces personnalités à la villa Bagradian, Gabriel avait déclaré à Juliette que, dans de telles circonstances, on ne trouverait pas une meilleure société dans un petit bourg de Provence qu'ici sur la côte syrienne. Juliette accepta cette constatation sans exercer comme d'habitude son ironie contre tout ce qui avait rapport à l'Arménie et à l'Orient, pratique par laquelle il lui arrivait souvent de torturer son mari. Depuis ce jour, des réceptions analogues s'étaient fréquemment renouvelées. Il y en aura justement une ce soir encore, en ce dimanche du mois de mars. Gabriel est heureux de voir Juliette si douce. Mais toute cette atmosphère favorable ne change rien au fait que, si sa femme et son fils demeuraient ici tout seuls, ils se trouveraient complètement retranchés du monde.

Bagradian a dépassé la gorge des yeuses sans être arrivé à voir plus clair dans cette question. Le sentier, jusque-là nettement indiqué, bifurque vers le Nord et se perd sur la cime au milieu de buissons d'arbousiers et de rhododendrons. Les habitants de la montagne ont donné à cette partie du Musa Dagh le nom de Damlajik. Gabriel connaît encore toutes ces appellations. Le Damlajik n'atteint pas à une altitude notable. Ses deux sommets méridionaux s'élèvent jusqu'à 800 mètres. Ils constituent les deux dernières ondulations de tout le massif qui tombe alors soudain dans la plaine de l'Oronte, dessinant un profil abrupt, sans transition sensible, sous forme de gigantesques pentes d'éboulis. Ici, du côté nord, où notre promeneur cherche précisément à s'orienter, le Damlajik est moins haut. Il s'abaisse ensuite en une encoche vallonnée. C'est le point le plus étroit de tout ce massif côtier, pour ainsi dire la taille du Musa Dagh. Le plateau se rétrécit à cet endroit jusqu'à n'avoir que quelques centaines de mètres et les masses rocheuses de la pente à pic y poussent assez loin leurs ramifications. Gabriel croit reconnaître chaque pierre, chaque buisson. De toutes les images-souvenirs de son enfance, c'est ce lieu qui s'est le plus profondément gravé dans sa mémoire. Ce sont toujours les mêmes pins-parasols qui se groupent çà et là en un bosquet ombreux. Ce sont toujours les mêmes conifères rampants qui raidissent leurs silhouettes hérissées sur le sol pierreux. Du lierre et d'autres plantes grimpantes étreignent de leurs mille bras tout un cercle de dignes blocs de roche, gigantesques personnages qui, semblant tenir une assemblée sénatoriale en pleine nature, interrompent leur discussion dès que retentit le pas d'un visiteur importun. Une colonie d'hirondelles sur le point de partir en voyage trouble le silence de ses cris joyeux. Comme sur un lac aux eaux verdâtres, elles s'ébattent dans l'air, affairées. On dirait des truites au corps sombre. Leurs ailes qui brusquement se déploient et se rabattent font penser à un frémissement de paupières.

Gabriel, croisant ses bras sous sa tête, s'étend sur une surface herbue. Deux fois déjà auparavant, il est monté sur le Musa Dagh pour retrouver ces pins et ces blocs de roche, mais il s'était toujours

23

trompé de direction. Il était sur le point d'en conclure qu'ils n'avaient jamais existé. Maintenant, fatigué, il ferme les yeux. Lorsque nous revenons en un lieu où nous nous sommes jadis livrés à des méditations intimes, nous sommes violemment assaillis par les esprits que nous y avons autrefois créés, puis abandonnés. Aussi, Bagradian se sent également assailli par les esprits de son adolescence, comme s'ils avaient fidèlement attendu son retour, pendant ses vingt-cinq ans d'absence, sous les pins et les rocs de cette exquise solitude. Ce sont des esprits fort belliqueux, les féroces produits de l'imagination d'un jeune Arménien. (Comment pourraient-ils être autrement?) Abdul Hamid, le sultan sanguinaire, a lancé un « ferman » contre les chrétiens. Turcs, Kurdes et Tcherkesses, chiens obéissants du prophète, se sont rassemblés autour du drapeau vert pour tout mettre à feu et à sang et massacrer le peuple arménien. Mais les ennemis ont compté sans Gabriel Bagradian. Il réunit tous les siens. Il les emmène sur la montagne. Avec un héroïsme indescriptible, il se défend contre le nombre écrasant de ses ennemis et les repousse victorieusement.

Gabriel n'essaie pas de se soustraire à ces puériles rêveries. Lui, le Parisien, le mari de Juliette, le savant, l'officier qui connaît la guerre moderne dans toute sa réalité, il reste en même temps le garçonnet animé d'une haine sanglante et héréditaire contre le mortel ennemi de sa race. Tels sont les songes de tous les jeunes Arméniens. Cela ne dure sans doute qu'un moment! Néanmoins, Gabriel s'en étonne et sourit ironiquement avant de s'endormir.

Gabriel Bagradian sursaute, non sans frayeur. Quelqu'un l'a observé avec insistance pendant son sommeil. Et probablement, depuis un bon moment. Il lève les yeux et rencontre ceux, tranquilles et ardents, de son fils Stéphan. Un sentiment désagréable, bien qu'assez vague, le saisit. Il n'est pas admis qu'un fils surprenne son père endormi. Il a l'impression qu'une telle conduite porte atteinte à une loi morale fondamentale. Aussi prononce-t-il cette phrase avec une certaine sévérité :

« Que fais-tu ici ? Où est M. Awakian ? »

A cet instant, Stéphan semble, lui aussi, confus d'avoir surpris son père en plein sommeil. Il ne sait que faire de ses mains. Ses lèvres épaisses s'entr'ouvrent. Il porte un costume de lycéen, des chaussettes montant jusqu'au genou et un large col rabattu. En parlant, il tire un peu sur sa veste :

« Maman m'a permis d'aller me promener seul. M. Awakian est libre aujourd'hui. Tu sais bien que nous ne travaillons pas le dimanche.

— Nous ne sommes pas ici en France, Stéphan, mais en Syrie, déclare son père en appuyant sur chaque parole. La prochaine fois, je te défends de t'aventurer dans les montagnes sans surveillance. »

Stéphan regarde Papa avec une expression d'attente comme si celui-ci, outre cette petite admonestation, allait lui communiquer des ordres encore plus importants. Mais Gabriel se tait. Une gêne bizarre s'empare de lui. Il a le sentiment d'être pour la première fois de sa vie seul avec son fils. Depuis qu'ils sont à Yoghonoluk, il s'est peu occupé de Stéphan et ne le voit guère qu'à table. Évidemment, à Paris et pendant les vacances, en Suisse, il a fait quelquefois avec lui des promenades solitaires. Mais est-on vraiment seul à Paris, à Montreux ou à Chamonix ? Par contre, l'atmosphère transparente du Musa Dagh agit comme un élément libérateur et fait naître entre eux une intimité qui leur est inconnue. Gabriel marche devant, comme un guide auquel tous les points importants du chemin sont familiers. Stéphan le suit, toujours plongé dans le même mutisme et dans la même attente.

Père et fils en Orient ! De tels rapports peuvent à peine se comparer aux relations superficielles qui existent en Europe entre parents et enfants. Voir son père, là-bas, c'est voir Dieu lui-même. Car le père, c'est le dernier anneau de la chaîne ininterrompue des ancêtres, chaîne qui relie l'humanité à Adam et, par là, aux origines de la création. Mais réciproquement, voir son fils, c'est aussi voir Dieu. Car le fils, c'est l'anneau le plus proche de cette chaîne qui relie l'humanité au Jugement Dernier, à la fin de toutes choses et à la rédemption. N'est-il pas inévitable qu'entre deux êtres unis par des liens aussi sacrés règnent une certaine pudeur et une tendance à la taciturnité ?

Le père se décide à entamer une conversation sérieuse, comme il convient :

« Quelles matières apprends-tu actuellement avec M. Awakian ?

— Nous avons commencé depuis quelque temps à lire des auteurs grecs, papa. Et puis nous faisons aussi de la physique, de l'histoire et de la géographie. »

Bagradian lève la tête. Stéphan vient de parler arménien. Lui a-t-il donc lui-même posé la question en arménien ? D'habitude, ils parlent français ensemble. Le père éprouve une étrange impression à entendre son fils s'exprimer en arménien. Il remarque à cette occasion qu'il a jusqu'ici considéré Stéphan beaucoup plus souvent comme un petit Français que comme un jeune Arménien.

« De la géographie, répète-t-il. Et de quelle région vous occupez-vous en ce moment ?

— Nous étudions la géographie de l'Asie Mineure et de la Syrie », s'empresse de répondre Stéphan. Gabriel fait de la tête un signe d'approbation comme pour indiquer par là sa satisfaction absolue. Il essaie ensuite, bien que son esprit se soit déjà détourné de ce sujet, de donner à cet entretien une conclusion de genre pédagogique :

« Serais-tu capable de me dessiner une carte de ce Musa Dagh où nous sommes ? »

Stéphan est enchanté de voir son père lui témoigner tant de confiance.

« Bien sûr, papa ! Il y a encore dans ta chambre une carte d'Antioche et de la côte qui vient d'Oncle Awétis. Il suffit de la porter à une échelle supérieure et d'ajouter tout ce qui manque. »

C'est parfaitement exact. Pendant un instant, Gabriel se réjouit de la vivacité d'esprit de Stéphan. Mais bientôt après, ses pensées retournent à l'ordre de mobilisation qui est peut-être déjà en route vers lui, qui traîne peut-être encore sur un bureau turc à Alep ou même à Stamboul. Ils marchent en silence. Stéphan, de toute son âme, attend que son père lui adresse à nouveau la parole. Ici, c'est la patrie de Papa. Il a une envie folle d'entendre son père lui raconter des histoires de son enfance, de ces récits mystérieux dont on lui parle si rarement. Mais son père semble se diriger vers un but précis. Voici que déjà s'ouvre devant eux l'étrange terrasse vers laquelle ils marchent. Elle avance dans le vide un prolongement qui dépasse de beaucoup le profil de la montagne. Un puissant bras de rocher semble la soutenir à ce niveau de ses doigts écartés comme une main qui présente un plat. C'est un plateau rocheux très vaste, parsemé de cailloux, où deux maisons auraient largement place. Les orages de la mer, il est vrai, s'en donnent ici à cœur joie et ne laissent pousser que de rares buissons et une agave dure comme cuir. Cette terrasse indépendante s'élance si hardiment dans l'espace qu'un désespéré qui, pour se suicider, se jetterait du bord extrême de ce promontoire dans la mer grondant quatre cents mètres au-dessous, pourrait disparaître dans le gouffre sans risquer de se blesser aux écueils. Avec l'impétuosité de son âge, Stéphan veut se précipiter vers le bord. Mais, d'un geste violent, son père le retient en arrière, gardant la main de l'enfant convulsivement serrée dans la sienne. De sa main droite qu'il garde libre, il désigne les différents points cardinaux :

« Là-bas, au nord, nous pourrions voir le golfe d'Alexandrette, si le Ras el Chansir, le Cap du Porc, n'obstruait pas la vue. Et au sud, on verrait l'embouchure de l'Oronte; mais la montagne décrit une courbe... »

Stéphan suit attentivement l'index de son père qui dessine dans l'air le demi-cercle formé par la mer agitée. Néanmoins, la question qu'il pose n'a aucun rapport avec ces explications topographiques :

« Est-ce que tu vas vraiment partir pour la guerre, papa ? »

Gabriel ne remarque pas qu'il retient toujours anxiousement la main de Stéphan dans la sienne :

« Oui, j'attends d'un jour à l'autre l'ordre de mobilisation.

— Et tu es absolument obligé de partir ?

— Absolument, Stéphan. Tous les officiers de réserve turcs doivent partir pour le front.

— Mais nous, nous ne sommes pas des Turcs. Et pourquoi ne t'ont-ils pas envoyé tout de suite de convoçation ?

— Il paraît qu'actuellement l'artillerie n'a pas assez de canons. Dès que les nouvelles batteries seront formées, on appellera à leur poste tous les officiers de réserve.

— Et où vont-ils t'envoyer ?

— Je fais partie de la quatrième armée, celle de Syrie et de Palestine.»

L'idée de pouvoir être, pour quelque temps, transféré à Alep, à Damas ou Jérusalem, tranquillise beaucoup Gabriel Bagradian. Peut-être serait-il possible d'emmener, dans ces conditions, Juliette et Stéphan avec lui. Stéphan semble deviner les soucis de son père :

« Et nous, papa ?

— Oui, justement... »

Avec un subit élan, le garçonnet coupe la parole à son père :

« Nous pouvons bien rester ici, papa; je t'en prie, laisse-nous ici. Maman aussi se plaît beaucoup dans notre nouvelle maison. »

Mais Bagradian réfléchit :

« Le mieux serait d'essayer de vous envoyer à Stamboul pour gagner ensuite la Suisse. Malheureusement, Stamboul fait déjà partie du théâtre des hostilités... »

Stéphan ferme les poings et les presse sur sa poitrine :

« Oh ! non, ne nous envoie pas en Suisse ! Laisse-nous ici, papa ! »

Gabriel regarde avec étonnement son fils dont les yeux supplient. Chose étrange ! Cet enfant, qui n'avait jamais connu la patrie de ses ancêtres, se sent donc tout de même profondément lié à elle. Cet attachement qui vit en lui et lui rend si chère la montagne tutélaire de la famille Bagradian, voici que Stéphan, quoique né à Paris, en a hérité et l'a gardé sans en avoir fait l'expérience sentimentale, dans son propre sang. Gabriel passe son bras autour du cou de son fils et dit seulement :

« Nous verrons. »

Après avoir remonté le plateau du Damlajik, ils entendent les sonneries matinales des cloches de Yoghonoluk qui s'élèvent jusqu'à eux. Il leur faut à peine une heure pour redescendre dans la vallée. Ils doivent se hâter afin d'assister au moins à la deuxième moitié de la messe.

A Azir, le village des vers à soie, les Bagradian ne rencontrent que peu de monde, et tous leur adressent le salut usité aux heures du matin.

« Bari luis ! » « Bonne lumière ! » Les habitants d'Azir ont l'habitude d'aller à la messe à Yoghonoluk. Quinze minutes au plus les séparent en effet du village principal. Devant plusieurs seuils sont dressées des tables qui portent de larges planches. Sur ces planches, on a étalé les œufs de bombyx, masse blanchâtre que le soleil doit couver. Stéphan écoute son père lui raconter que le grand-père Awétis était fils de magnanier et avait commencé de très bonne heure sa brillante carrière en allant acheter des œufs à Bagdad, à l'âge de quinze ans.

A mi-chemin de Yoghonoluk, le vieux gendarme Ali Nassif passe près d'eux. Ce digne saptiéh est l'un des dix Turcs qui, depuis bien des années, vivent au milieu des Arméniens de ces villages en excellents termes d'amitié. A part lui, il faudrait aussi mentionner les cinq sous-ordres qui composent sous son commandement le poste de gendarmerie, mais qui sont très souvent renouvelés, alors que lui-même demeure immuable, inébranlable comme le Musa Dagh. En fin de compte, il reste encore, comme représentant du sultan, un facteur bossu et sa famille, lequel est chargé d'apporter le courrier d'Antioche le mercredi et le dimanche. Ali Nassif semble aujourd'hui bouleversé et rongé d'inquiétude. Ce fonctionnaire de l'empire ottoman à la tête ébouriffée est, selon toute apparence, chargé d'une mission fort urgente. Son visage, que la petite vérole a parsemé de cicatrices, se montre moite et luisant sous son bonnet à poil d'aspect galeux. Son sabre de cavalerie qui lui donne un air martial bat à chaque pas ses jambes sèches et cagneuses. Alors que, d'ordinaire, à la vue de Bagradian Effendi, il se met toujours respectueusement au garde-à-vous, il ne fait aujourd'hui qu'un salut compassé et trahit par là l'état de consternation dans lequel il se trouve. Cette attitude si inusitée chez lui frappe Gabriel au point qu'il se retourne un bon moment pour le regarder.

A Yoghonoluk, on ne voit plus sur la place de l'église que quelques retardataires qui arrivent en courant, car ils viennent de très loin et n'ont pu être prêts à temps. Les femmes portent sur la tête des fichus aux broderies multicolores et des jupes froncées à la taille. Les hommes ont pour vêtement le chalwar, culotte bouffante, et, par-dessus, l'entari, longue veste en forme de caftan. Leurs visages sont graves et renfermés. Le soleil a déjà autant de vigueur qu'en été et éclaire d'une lumière crue les maisons blanchies à la chaux disposées en cercle autour de la place. La plupart d'entre elles n'ont qu'un étage et ont été fraîchement repeintes. Ce sont la cure où demeure Ter Haigasoun, la maison du docteur, celle du pharmacien, et le bâtiment plus vaste de la mairie qui appartient au mouchtar Thomas Kéboussjan, maire de Yoghonoluk, connu pour posséder une énorme fortune. L'église, dédiée à la « Grandeur des Puissances Angéliques », repose sur de vastes fondements. Un perron conduit au portail principal. Awétis Bagradian, son fondateur, l'a fait construire d'après la copie réduite d'un fameux sanctuaire national qui se trouve dans le Caucase. La porte grande ouverte laisse entendre le chant du chœur qui accompagne la messe. On voit, par delà la foule dense, l'autel d'une blancheur de cire se silhouetter dans l'obscurité. Une croix brodée d'or scintille au dos de la chasuble rouge de Ter Haigasoun.

Gabriel et Stéphan Bagradian entrent sous le porche. Samuel Awakian, le précepteur, les retient tous deux. Il les a attendus long-temps avec impatience.

« Passez devant, Stéphan, fait-il à son élève, allez rejoindre votre mère. »

Puis, lorsque Stéphan a disparu parmi la foule murmurante, il se tourne vivement vers M. Bagradian :

« Je voulais seulement vous faire savoir qu'on est venu réclamer vos passeports, celui pour l'extérieur et celui pour l'intérieur. Ce sont trois fonctionnaires qui sont arrivés d'Antioche. »

Gabriel considère avec attention le visage de l'étudiant qui partage leur vie de famille depuis plusieurs années déjà. Son visage est celui d'un intellectuel arménien. Son front, haut, et quelque peu fuyant. Ses yeux paraissent, derrière les lunettes, vigilants et profondément soucieux. C'est l'expression d'un être perpétuellement soumis au destin, mais en même temps toujours prêt à se défendre avec ardeur, à parer à chaque seconde le coup d'un adversaire éventuel. C'est seu-lement après avoir pris le temps d'examiner à fond ce visage que Bagradian pose une question :

« Et qu'avez-vous fait ?

— Madame a tout remis aux mains des fonctionnaires.

— Même le laissez-passer pour l'intérieur ?

— Oui, le passeport et le Teskéré. »

Gabriel Bagradian descend les marches de l'église, allume une ciga-rette et en tire quelques bouffées, plongé dans une profonde médita-tion. Le « Teskéré » est un document qui assure à son possesseur entière liberté à l'intérieur des provinces de l'empire ottoman. Sans ce mor-ceau de papier, un sujet du sultan n'a, en théorie, pas même le droit d'aller d'un village à l'autre. Gabriel jette sa cigarette et se redresse brusquement :

« Cela veut dire tout simplement qu'il me faudra, aujourd'hui ou demain, rejoindre mon cadre à Alep. »

Awakian incline son regard vers une ornière fortement incrustée dans le sol, souvenir laissé par la dernière pluie dans la terre argileuse de la place de l'église :

« Je ne crois pas que cela ait de rapport avec votre convocation pour Alep, Effendi.

— Cela ne peut pourtant rien vouloir dire d'autre. »

La voix d'Awakian se fait plus sourde :

« J'ai dû, moi aussi, livrer mon passeport. »

Bagradian a un bref éclat de rire :

« Cela s'explique parfaitement : on va vous appeler à Antioche pour le conseil de révision, mon cher Awakian. Cette fois, c'est sérieux. Mais soyez tranquille : nous paierons bien encore pour vous les impôts militaires, allons donc ! J'ai besoin de vous pour Stéphan. »

Awakian ne détache toujours pas son regard de l'ornière qu'il fixe :
« Moi, sans doute, je suis jeune; mais le Dr Altouni, le pharmacien Krikor et le pasteur Nokhoudian ne doivent certainement plus le service militaire. Or, on leur a également retiré leur Teskéré.

— En êtes-vous bien sûr ? s'écrie Gabriel, bondissant; qui donc le leur a retiré ? Quel genre de fonctionnaires étaient-ce ? Quelles raisons ont-ils données ? Et, dites-moi, où sont-ils maintenant, ces personnages ? J'ai fort envie de leur dire un mot. »

Tout ce qu'il peut savoir, c'est que lesdits fonctionnaires, accompagnés d'un détachement de gendarmerie à cheval, sont déjà partis depuis une heure et demie dans la direction de Suédja. Leur mission ne pouvait évidemment concerner que les notables du village, car ni le simple paysan, ni l'artisan ne possèdent de Teskéré; tout au plus ont-ils un laissez-passer pour le marché d'Antioche.

Gabriel arpente quelque temps la place de long en large sans se préoccuper du jeune précepteur. Enfin, il lui dit d'un ton engageant :
« Passez donc devant, retournez à l'église, Awakian, je vous rejoindrai sous peu. »

En réalité, il n'a pas du tout l'intention d'assister à la fin de la messe dont le choral arrive justement à ses oreilles avec une force décuplée. Lentement, la tête inclinée de côté, plongé dans ses réflexions, il traverse la place d'un pas hésitant, marche un peu sur la route, puis la quitte à l'endroit où commence le chemin qui mène à la villa. Mais, sans entrer dans la maison, il s'arrête près des écuries et se fait seller l'un des beaux chevaux qui furent l'orgueil de son frère Awétis. Malheureusement, Kristaphor n'est pas là pour l'accompagner. Tant pis, il emmène à la place le valet d'écurie. Il ne sait d'ailleurs pas exactement ce qu'il a l'intention d'entreprendre.

Néanmoins, s'il fait vite, il pourra arriver vers midi à Antioche.

CHAPITRE II

Konak-Hammam-Sélamlik

L'Hukumet d'Antioche, ainsi qu'on appelle le Konak gouvernemental où réside le Kaimakam, s'élève au pied de la colline couronnée par la citadelle. C'est un édifice d'aspect sale, mais fort vaste, car la Kasah Antakié est une des provinces les plus peuplées de la Syrie.

Gabriel Bagradian, après avoir laissé le valet avec les chevaux auprès du pont sur l'Oronte, dut attendre longtemps dans une grande antichambre du Konak. Il espérait être reçu par le kaimakam en personne auquel il avait envoyé sa carte. Le décor était celui d'un bâtiment administratif turc; Gabriel le reconnut au premier coup d'œil. On voyait, sur les murs humides dont le badigeon s'écaillait, une chromolithographie maladroite représentant le sultan et, dans des cadres, quelques versets du coran. Presque toutes les vitres étaient brisées et recollées avec du papier gommé. Le plancher de bois crasseux était couvert de crachats et parsemé de mégots. Assis à un bureau dépourvu de toute fourniture, un vague sous-ordre, les yeux dans le vide, mâchait bruyamment. Une légion bourdonnante d'énormes mouches à viande donnaient, sans qu'on les dérangeât, un concert aussi forcené qu'ignoble. Des bancs bas sur pieds étaient rangés le long des murs. Quelques gens attendaient, paysans turcs ou arabes. L'un d'eux s'était installé sur le plancher, en dépit de toute cette malpropreté répugnante et avait déployé autour de lui son ample vêtement, comme pour ramasser encore davantage les immondices environnantes. Une âcre odeur de tanin, mélange de sueur, de tabac refroidi, de paresse et de misère, flottait dans l'air. Gabriel savait que les bureaux officiels des différents peuples possèdent chacun leur relent propre. Mais tous ont en commun cette exhalaison d'angoisse et de soumission avec laquelle les humbles acceptent la souveraineté toute-puissante de l'Etat comme une calamité infligée par la nature.

Enfin, un huissier bigarré l'introduisit d'un air hautain dans une pièce assez petite qui se distinguait des autres salles par ses fenêtres aux vitres intactes, par ses murs tendus de papier, par un bureau chargé de dossiers et par un certain souci de propreté. On n'y voyait pas suspendue l'image du sultan, mais une grande photographie d'Enver Pacha à cheval. Gabriel se trouva face à face avec un homme encore jeune aux cheveux roux, pourvu de nombreuses taches de rousseur et d'une petite moustache à l'américaine. Ce n'était pas le kaïmakam, mais le mudir qui s'occupait des affaires relatives au district côtier, à la Nahijeh de Suedja. Ce qui frappait le plus chez le mudir, c'étaient ses ongles extraordinairement longs et soigneusement polis par la manucure. Il portait un complet gris qui semblait trop étroit même pour sa courte silhouette maigre ; avec cela, une cravate rouge et des bottines lacées jaune canari. Un nom s'imposa aussitôt à l'esprit de Bagradian : Salonique ! A lui seul l'extérieur de ce jeune homme lui permettait une telle supposition. Salonique, c'est là qu'avait pris naissance le mouvement national jeune-turc, celui des occidentalistes aigris, du culte immodéré du progrès européen sous toutes ses formes. Sans aucun doute, le mudir comptait parmi les partisans, peut-être même était-il membre de « l'Ittihad », ce mystérieux « Comité pour union et progrès » qui dominait aujourd'hui d'une façon absolue tout l'empire du calife. Le fonctionnaire témoigna une extrême politesse à son visiteur et prit lui-même la peine de lui approcher une chaise du bureau. Comme tous les roux, il avait des paupières enflammées et peu de cils ; la plupart du temps, son regard ne s'arrêtait pas sur Bagradian. Ce dernier répéta son nom avec une certaine insistance. Le mudir inclina légèrement la tête :

« Nous connaissons parfaitement les mérites de l'honorable famille Bagradian. »

Pour dire vrai, ces paroles et le geste qui les accompagnait éveillèrent chez Gabriel un sentiment agréable. L'intonation de sa voix y gagna en sûreté :

« Quelques notables de ma patrie (et moi-même également) ont dû rendre aujourd'hui leurs passeports. S'agit-il d'une mesure qui dépend de votre autorité ? Êtes-vous renseigné à ce sujet ? »

Le mudir, après avoir réfléchi quelque temps et feuilleté quelques paperasses, fit comprendre qu'étant donné l'abondance de ses responsabilités, il ne pouvait pas avoir aussitôt présentes à la mémoire toutes les questions de détail. Enfin, il eut soudain comme une illumination :

« Ah ! mais oui ! C'est vrai ! Les passeports pour l'intérieur ! Il s'agit d'un décret de son Excellence le Ministre de l'Intérieur. »

Il avait maintenant découvert une feuille imprimée et l'avait déposée devant lui. Il semblait prêt à lire d'un bout à l'autre le décret du ministre Taalat Bey si son interlocuteur en manifestait le désir. Gabriel demanda si cette mesure avait un caractère général. La réponse manquait un peu de netteté. L'édit en question ne frappait pas la masse du peuple, car, pour la plupart, seuls les commerçants aisés, les marchands et les personnages de quelque importance possédaient des passeports pour l'intérieur. Bagradian déclara, les yeux fixés sur les ongles si longs du mudir :

« J'ai passé ma vie à l'étranger, à Paris. »

Le fonctionnaire fit de nouveau un léger signe de tête :

« Nous le savons, Effendi.

— Aussi ne suis-je guère habitué à me voir privé de ma liberté... »

Le mudir sourit avec indulgence :

« Vous vous exagérez l'importance de cette affaire, Effendi. C'est la guerre. D'ailleurs, au point où nous en sommes, les citoyens allemands, français et anglais se voient aussi obligés à se soumettre à bien des mesures auxquelles ils n'étaient pas habitués. Dans toute l'Europe, il n'en va pas autrement que chez nous. Et, considérez, je vous prie, que nous nous trouvons ici sur un territoire prévu comme étape pour la quatrième armée. Par conséquent, sur un champ d'opérations militaires. Nous avons donc l'obligation absolue d'exercer un certain contrôle sur la circulation. »

Ces raisons étaient si évidentes qu'elles causèrent un réel soulagement à Gabriel Bagradian. L'événement qui était survenu le matin même et l'avait entraîné à Antioche perdait soudain sa gravité. L'Etat était bien forcé de se défendre. On entendait sans cesse parler d'espions, de traîtres, de déserteurs. De Yoghonoluk, il était impossible de dominer la situation actuelle et de comprendre la nécessité de telles précautions. De même, les autres explications du mudir s'efforcèrent d'atténuer de plus en plus l'inquiétude et la méfiance de l'Arménien. Sans doute, le ministre avait retiré les passeports, mais il ne fallait pas croire que l'on ne pourrait pas se faire délivrer de nouveaux papiers d'identité dans des cas d'extrême urgence. Le mudir s'interrompit pour remarquer :

« Autant que je sache, Effendi, vous êtes dans les cadres de l'armée ? »

Gabriel exposa brièvement sa situation militaire. Hier encore, il aurait peut-être prié le fonctionnaire de s'informer pour savoir pourquoi il n'avait pas reçu son ordre de mobilisation. Mais depuis quelques heures, ses préoccupations s'étaient foncièrement modifiées. Il se sentait profondément oppressé en pensant à la guerre, à Juliette et à Stéphan. L'idée de faire son devoir en tant qu'officier turc ne trouvait plus d'écho en lui. Il espérait à présent qu'on l'avait oublié au cadre d'Alep. Il ne songeait plus à se mettre en avant. Néanmoins, il fut surpris de constater combien les autorités d'Antioche étaient exactement informées sur tout ce qui le concernait. Les yeux gonflés du mudir lui répondirent par un regard satisfait.

« Alors, c'est parfait, vous êtes un militaire et, dans une certaine mesure, actuellement en permission. De cette façon, il ne saurait être question pour vous d'un teskéré.

— Mais ma femme et mon fils... »

En prononçant ces mots dont le sens restait obscur au mudir, Gabriel eut pour la première fois le sentiment angoissant de cette réalité : Nous voilà pris dans un piège. Au même instant, la double porte qui reliait ce bureau à la pièce voisine s'ouvrit et deux messieurs entrèrent. L'un était un officier assez âgé, l'autre certainement le kaimakam. Le gouverneur de la province était un homme obèse et de haute taille, vêtu d'une redingote grise passablement froissée. Sous ses yeux pendaient de lourdes poches d'un brun sombre et tout son visage pâle et bouffi était celui d'un hépatique. Bagradian et le mudir se levèrent. Le kaimakam ne daigna pas accorder la moindre attention à l'Arménien. A mi-voix, il transmit à son subordonné un ordre quelconque, porta négligemment la main à son fez et quitta le bureau, suivi du commandant, car il semblait avoir terminé son travail pour la journée. Gabriel demanda, les yeux fixés sur la porte qui venait de se refermer :

« Ne fait-on pas de différence entre un officier et un autre ? »

Le mudir se mit à ranger les divers objets épars sur sa table.

« Je ne comprends pas ce que vous voulez dire, Effendi ?

— Je voudrais savoir si l'on traite de façon différente les Turcs et les Arméniens ? »

Le mudir parut indigné au plus haut point par une telle question :

« Tous les sujets ottomans sont égaux devant la loi. »

C'était même, continua-t-il, la plus importante conquête qu'ait faite la révolution de 1908. Si quelques habitudes de jadis s'étaient conservées, comme par exemple la préférence accordée dans les fonctions officielles et militaires aux citoyens ottomans, c'était un de ces phénomènes naturels que l'on ne peut pas faire disparaître par voie administrative. Les peuples ne se transforment pas aussi vite que les constitutions, les réformes s'accomplissent plus rapidement sur le papier que dans la réalité. Et il déclara, en guise de conclusion à son exposé de haute politique :

« La guerre va effectuer bien des changements dans tous les domaines. »

Gabriel vit dans ces mots l'annonce de modifications favorables. Mais le mudir rejeta soudain en arrière son visage assombri de taches de rousseur qui, sans raison, se contracta en une horrible grimace :

« J'espère qu'aucun incident ne viendra forcer le gouvernement à faire preuve d'une sévérité implacable à l'égard de certains éléments de la population. »

Lorsque Gabriel Bagradian tourna au coin de la rue du Bazar à

Antioche, il avait pris deux résolutions : premièrement, dans le cas où il recevrait sa nomination, ne reculer devant aucun sacrifice pour se dégager du service militaire. Et deuxièmement, attendre la fin de la guerre dans sa paisible retraite de Yoghonoluk sans que nul ne pense à lui ni ne vienne l'y déranger. On était déjà au printemps 1915, par conséquent, il ne faudrait plus patienter que quelques mois avant l'armistice général.

Le bazar l'engloutit avec sa foule, fleuve humain d'une extraordinaire densité, qui ne connaît ni hâte, ni augmentation, ni diminution comme la circulation des villes européennes, mais s'écoule, paresseux, sur un rythme d'une régularité irrésistible, pareil à la marche du temps dans l'éternité. On se serait cru, non pas à Antioche, ce trou perdu, cette petite ville de province, mais transporté à Alep ou à Damas, tant les deux remous du bazar qui se déroulaient l'un contre l'autre, en sens opposés, paraissaient inépuisables. Il y avait là des Turcs habillés à l'européenne, avec des cannes et des cols durs, le fez sur la tête, commerçants et employés. Les Arméniens, les Grecs et les Syriens se reconnaissaient aussi à leur accoutrement occidental et se distinguaient entre eux par leurs coiffures variées. Çà et là, on remarquait nettement les Kurdes et les Tcherkesses, grâce à leurs costumes nationaux. La plupart de ces derniers portaient ostensiblement des armes. En effet, le gouvernement qui, dans sa méfiance extrême, ne tolérait pas la présence d'un couteau de poche chez les populations chrétiennes, permettait à ces turbulentes tribus montagnardes les fusils d'infanterie les plus modernes, et il arrivait même qu'il leur en donnât. On voyait des paysans arabes venus des environs, à côté de quelques Bédouins originaires du Sud, enveloppés dans des burnous très longs et aux plis nombreux, leur teint était celui du désert et ils portaient sur la tête le splendide tarbouch, fez dont les glands soyeux leur tombaient jusque sur l'épaule. Il y avait des femmes en tcharchaff qui est le vêtement décent par excellence de la vraie musulmane, mais aussi des émancipées au visage dévoilé, en robes laissant les jambes libres et en bas de soie. De temps en temps surgissait dans la cohue humaine un âne lourdement chargé, malheureux prolétaire de la société animale, trottinant tête baissée. Gabriel croyait chaque fois voir revenir à intervalles égaux toujours le même âne au chef branlant et toujours le même individu en guenilles qui le guidait par la bride. Mais tous, quels qu'ils fussent à composer cet ensemble bigarré, hommes, femmes, Turcs, Arabes, Arméniens, Kurdes, soldats en kaki mêlés à la foule, ânes et chèvres, tous se fondaient en une unité indescriptible sous la cadence d'une même démarche : c'était un pas lent, traînard et berceur qui semblait s'acheminer sans trêve vers un but impossible à déterminer.

Et Gabriel reconnaissait les odeurs de son enfance : odeur de l'huile de sésame bouillante qui s'échappe des orifices, dans les boutiques de friteurs, pour venir jaillir sur la rue; odeur des croquettes de mouton à l'ail qui grésillent dans les poêles sur des braseros; odeur de légumes pourris et odeur, plus éclatante que toutes les autres, des hommes qui dorment la nuit dans les mêmes habits que le jour.

Il reconnaissait aussi les mélopées passionnées des vendeurs des rues : « Jâ rezzah, jâ kérim, jâ fettah, jâ alim », c'était toujours avec les mêmes accents ardents que le petit boulanger ambulant offrait aux passants les petits pains blancs en forme d'anneaux entassés sur sa corbeille : « O Toi notre père nourricier, ô Très-bon, ô Toi qui fais tout découvrir, ô Toi qui sais tout ! » C'était toujours le même cri séculaire pour vanter les belles dattes fraîches : « Voilà la brune, la brune fille du désert ! » Le marchand de salade lui non plus n'avait pas varié sa profession de foi gutturale : « Ed daïm Allah, Allah ed daïm ! » L'idée que Dieu seul est durée et que la durée seule est Dieu doit consoler l'acheteur de la qualité de la marchandise. Gabriel acheta un bérazik, tartine de pain au sirop de raisin. Cette « nourriture d'hirondelles » représentait également pour lui un souvenir d'enfance. Mais dès la première bouchée, il en fut dégoûté, et il fit cadeau de cette friandise à un gamin qui le regardait manger, l'air extasié. Il ferma les yeux quelques secondes, tant il souffrait au fond de son âme. Que s'était-il donc passé qui avait changé l'univers de fond en comble ? Il était né dans ce pays, par conséquent, il aurait dû s'y sentir chez lui. Mais dans quelle mesure ? Le flot humain du bazar au rythme continu et régulier lui dérobait sa patrie. Il en avait l'impression nette, bien que ces visages renfermés ne lui aient pas adressé le moindre regard. Et le jeune mudir ? Il s'était, certes, conduit avec une extrême correction et beaucoup de courtoisie : « L'honorable famille Bagradian. » Mais soudain Gabriel crut comprendre que toute cette politesse, y compris l'honorable famille, n'était d'un bout à l'autre que de l'impertinence. Et davantage encore, de la haine, de la haine déguisée sous un extérieur de culture. Or, la même haine l'entourait ici de son remous. Elle lui brûlait la peau, elle lui blessait l'échine. Et, de fait, il s'était répandu sur son dos, comme sur celui d'un persécuté, un effroi subit, sans qu'un seul être humain se souciât de lui. A Yoghonoluk, dans sa grande maison où il était chez lui, il ne savait rien de tout cela. Et auparavant à Paris ? Là-bas, malgré le bien-être dont il jouissait, il avait vécu dans l'état indifférent d'un étranger transplanté dont la vraie patrie est ailleurs. Était-elle donc ici ? Pour la première fois, dans ce misérable bazar de son pays d'origine, il pouvait mesurer pleinement à quel degré d'absolu il était sur toute la terre un étranger. Arménien, lui ! Un sang coulait en lui qui était celui d'un peuple comptant parmi les plus anciens. Mais pourquoi ses pensées s'exprimaient-elles plus souvent e.1 français qu'en arménien, comme maintenant par exemple ? (Et pou·-

tant, ce matin même, il avait éprouvé une joie indéniable à entendre son fils lui répondre en arménien.) Le sang, le peuple ! Pour parler franc, n'étaient-ce pas aussi des mots creux ? A çhaque siècle, les hommes, pour épicer la vie, aliment amer au goût, la relèvent d'idées nouvelles qui finalement la rendent encore plus indigeste. Une rue latérale du bazar s'ouvrit devant ses yeux. On y voyait pour la plupart des Arméniens debout devant leurs boutiques ou leurs établis : changeurs, marchands de tapis, bijoutiers. Étaient-ce là ses frères ? Ces visages sournois, ces prunelles où luisaient mille reflets guettant avidement le client ? Ah ! non, merci, il n'en voulait pas, de tels frères ! Tout en lui les désavouait. Et pourtant, le vieil Awétis Bagradian était-il jadis bien différent d'un de ces camelots, était-il d'une espèce plus relevée pour avoir montré plus d'esprit d'initiative, plus d'habileté et d'énergie ? Or, n'était-ce pas à son grand-père seul que Gabriel devait de ne pas être semblable à tous ces êtres qui vivaient là ? Secoué d'un frisson de répugnance, il continua à marcher dans le même sens. Bientôt, il se rendit compte qu'une grande difficulté de sa vie venait de ce qu'il avait déjà pris l'habitude de considérer bien des choses avec les yeux de Juliette. Il n'était pas seulement étranger au monde, mais encore à son propre moi dès qu'il entrait en contact avec les autres hommes. Seigneur, n'était-il donc pas possible d'être purement et simplement soi-même ? Loin de tout ce fourmillement malpropre et antipathique, libre, comme ce matin sur le Musa Dagh ?

Rien n'était plus déprimant que de faire une telle expérience de sa véritable personnalité ! Gabriel quitta l'Ousoun Tcharchy, le « marché long », comme s'appelait en turc le bazar. Il ne pouvait plus en supporter davantage le rythme hostile. Il se retrouva alors sur une petite place encadrée de constructions modernes. On y remarquait un élégant édifice, le hammam, l'établissement de bains de vapeur. Comme il était encore trop tôt pour faire une visite au vieil Agha Rifaat Bereket, Gabriel entra dans le hammam.

Il passa vingt minutes dans le grand hall général de sudation, immergé dans des nuées de vapeur lentement ascendantes qui non seulement faisaient ressembler à de lointains fantômes les silhouettes des autres baigneurs, mais semblaient emporter loin de lui-même son propre corps. C'était comme une mort en réduction. Gabriel devina alors l'importance encore imperceptible de cette journée.

Il entra dans la pièce voisine où régnait une certaine fraîcheur et s'étendit sur un des divans inoccupés pour se livrer au traitement d'usage. Sa nudité lui parut encore plus complète, si l'on peut dire, qu'auparavant dans le bain de vapeur. Un masseur se précipita sur lui et se mit à pétrir sa chair conformément aux règles de l'art. Il frappait de coups rythmés le tronc de son client à la manière d'un joueur de xylophone. Sa respiration haletante accompagnait ses gestes d'une sorte de bourdonnement. Quelques beys turcs, tout près de là, également couchés sur des divans, subissaient un traitement semblable. Ils se résignaient à ce déchaînement de zèle furieux dont faisait preuve le masseur et poussaient des gémissements voluptueux. Leurs voix, interrompues de temps à autre par ces cris de douleur, poursuivaient une conversation de phrases mutilées. Tout d'abord, Gabriel ne voulut même pas écouter. Mais dominant le bourdonnement causé par la respiration du tortionnaire, les voix s'imposaient à son oreille, inévitables. Elles avaient chacune une personnalité si nette et se différenciaient si bien les unes des autres que Gabriel croyait voir ces voix.

La première était une voix de basse, quelque peu grasse. Elle appartenait sans aucun doute à un homme très sûr de lui-même, préoccupé avant tout de connaître les événements actuels sans exception, et surtout avant que leurs nouvelles ne fussent parvenues aux autorités compétentes. Ce maître de l'information puisait à des sources secrètes :

« Les Anglais l'ont amené sur un torpilleur depuis Chypre jusqu'à la côte... C'était près d'Ochlaki... Ce type leur a apporté de l'argent et des armes, et sept jours durant, il a ameuté tout le village... Les saptiéhs ne se sont naturellement doutés de rien... Attendez, je sais même son nom... C'est Keuchkérian qu'il s'appelle, ce porc impur... »

La seconde voix était aiguë et anxieuse. Certainement celle d'un vieux bien paisible qui se refuse à croire au mal. Cette voix était, pour ainsi dire, de taille inférieure aux autres et regardait avec respect ses interlocutrices. Pour accompagner ses cris de douloureux plaisir, elle utilisait en guise de texte un sublime verset du coran :

« La ilah ila 'llah... Dieu est grand... Ça ne va vraiment pas... Peut-être n'est-ce pas réellement arrivé, au reste,... la ilah ila 'llah... On raconte tant de choses... Ce ne sera finalement qu'un bruit comme beaucoup d'autres... »

La basse un peu grasse répondait, méprisante :

« Je possède à l'appui des lettres qui ne laissent pas de doute, car elles me viennent d'un personnage haut placé... un de mes plus fidèles amis... »

Une troisième voix entra en scène. Voix éraillée d'un politicien d'estaminet, partisan de mesures outrancières qui semblait trouver un plaisir particulier à voir le monde aller sens dessus dessous :

« C'est un état qu'on ne peut pas laisser durer... Il faut y mettre fin... Qu'attend donc le gouvernement ?... Pourquoi l'Ittihad ne fait-il rien ?... Le malheur, c'est le service militaire obligatoire... Dire qu'on a armé ces vauriens... A vous maintenant de trouver un moyen pour en avoir raison... La guerre... Depuis des semaines, je me tue à répéter...»

Une quatrième voix intervint, lourde d'inquiétude :

« Et à Zeitoun ? »

Le vieillard paisible s'écria :

« Zeitoun ? Quoi donc ? Dieu du ciel !... Que se passe-t-il donc à Zeitoun ? »

Le politicien radical répliqua d'un ton important :

« A Zeitoun ?... La nouvelle est affichée dans le hall de lecture de l'Hukumet... Chacun peut s'en assurer... »

La voix de basse bien informée reprit :

« Ces fameux halls de lecture que les consuls allemands ont créés partout chez nous... »

Une cinquième voix partant du divan le plus éloigné les interrompit :

« C'est nous-mêmes qui avons créé ces halls de lecture. »

Les allusions incompréhensibles se condensaient en une fumée opaque : « Keuchkérian... Zeitoun... Il faut en finir. » Mais Gabriel comprenait parfaitement, bien qu'il ne pût saisir les détails. O honte ! Lui qui, quelques instants auparavant, avait, en passant au bazar, regardé avec dégoût les marchands arméniens, se sentait maintenant responsable et uni au sort de ce peuple.

L'occupant du divan le plus éloigné s'était, pendant ce temps, levé en geignant. Il s'enveloppa dans son burnous qui lui servait de peignoir de bain et fit quelques pas dans la pièce de son pas dandinant. Gabriel put voir seulement qu'il était très grand et obèse. Sa façon de parler en phrases bien équilibrées et le fait que les autres l'écoutaient sans contredire permettaient de supposer qu'il s'agissait d'un homme influent :

« On est injuste envers le gouvernement. Ce n'est pas seulement avec de l'impatience qu'on fait de la bonne politique. La situation est tout autre que ne se l'imaginent les ignorants, et ils sont nombreux dans le peuple. Les traités, les capitulations, certains égards, l'étranger — il faut penser à tout cela. Mais je peux vous dire, messieurs, en toute confiance que le ministre de la guerre, Son Excellence Enver Pacha en personne a envoyé aux autorités militaires l'ordre de désarmer méloun erméni millet (la traîtresse nation arménienne), c'est-à-dire de rappeler à l'arrière les contingents d'Arméniens de l'armée régulière pour les employer seulement aux travaux grossiers, entretien des routes ou transport des bagages. Voilà la vérité ! Toutefois, il n'est pas permis d'en parler. »

« C'est une chose que je ne peux pas accepter, et que je ne souffrirai pas », se dit Gabriel. Mais il entendait l'autre son de cloche l'avertir en sourdine : Attention, tu es toi-même un des persécutés ! Une force obscure qui le fit se lever du divan termina ce conflit. Il se débarrassa brusquement du masseur et sauta sur les dalles. Il entoura ses hanches d'une serviette blanche. Son visage brillant de colère surmonté d'une chevelure ébouriffée par le bain et son torse puissant ne semblaient plus être ceux du monsieur si correct au complet touriste en tissu anglais. Il se planta droit devant le personnage influent. Aux poches brunâtres qui soulignaient ses yeux et au teint d'hépatique, il reconnut le kaimakam. Mais cette constatation ne fit qu'exaspérer encore son indignation :

« Son Excellence Enver Pacha a été sauvé avec tout son état-major par des troupes arméniennes alors qu'il était déjà quasi-prisonnier des Russes. Cela, vous le savez aussi bien que moi, Effendi. Vous savez également que Son Excellence a, dans une lettre ouverte au « Catholicos » de Sis ou à l'évêque de Konia, loué la bravoure du sadika erméni millet (la fidèle nation arménienne) et exprimé la reconnaissance qu'il lui doit. Cette lettre a été affichée publiquement par ordre du gouvernement. Telle est la vérité ! Quiconque falsifie cette vérité, quiconque répand des bruits faux, affaiblit l'administration de la guerre, brise l'unité d'action ; c'est un ennemi du pays, coupable de haute trahison ! C'est moi qui vous le dis, moi, Gabriel Bagradian, officier de l'armée turque !... »

Il s'interrompit, attendant une réponse. Mais les beys, ahuris par cette violente explosion ne prononcèrent pas un mot ; le kaimakam non plus ; il se contenta seulement de serrer plus étroitement le burnous autour de ses reins nus. Aussi Gabriel put-il quitter le lieu en vainqueur, ce qu'il fit aussitôt, bien que tremblant encore d'excitation. Tandis qu'il s'habillait, il eut tôt fait de reconnaître qu'il avait commis une des plus grandes bêtises de sa vie en cédant à sa colère. Il s'était ainsi coupé la route d'Antioche à jamais. Et c'était pourtant la seule qui lui permît de s'échapper et de retourner dans le monde. Avant d'offenser le kaimakam, il aurait dû penser à Juliette et à Stéphan. Néanmoins, il n'était pas tout à fait mécontent de lui-même.

Son cœur battait encore vite lorsque le domestique de l'agha Rifaat Bereket l'introduisit dans le salon ou sélamlik de la maison turque agréablement fraîche. Gabriel marchait de long en large sur l'immense tapis, si doux et élastique sous ses pas, qui recouvrait la pièce à demi plongée dans l'obscurité. Sa montre que, selon une habitude absurde, il réglait toujours sur l'heure d'Europe occidentale, marquait deux heures de l'après-midi. Par conséquent, moment sacré entre tous, moment du kef, de la sieste intangible, moment où toute tentative de visite est un grave manquement aux convenances. Il était venu beaucoup trop tôt. Aussi, l'agha, conservateur incorruptible des antiques usages turcs, le fit attendre. Bagradian arpentait sans cesse cette pièce presque vide dans laquelle, à part deux longs sofas très bas, il n'y avait rien d'autre qu'une cassolette et un petit guéridon. Il essayait de justifier son impolitesse à ses propres yeux : il se passe quelque chose, je ne sais pas quoi, mais je ne dois pas perdre une minute pour savoir l'exacte vérité. Rifaat Bereket était un ami de la famille Bagradian depuis son lointain passé, depuis les jours glorieux du vieil Awétis. C'était pour Gabriel un de ses souvenirs les plus nets et des plus vénérés, c'est pourquoi il lui avait déjà rendu deux fois visite depuis son installation à Yoghonoluk. L'agha ne se contentait pas de lui rendre divers services à propos d'emplettes indispensables, il lui envoyait aussi de temps en temps des gens qui lui offraient, et à des prix vraiment dérisoires, les résultats de leurs fouilles, pièce de valeur pour sa collection d'antiquités.

Gabriel fut interrompu dans son monologue intérieur par l'entrée du maître de la maison qui arriva sans qu'on l'entendît sur ses fins souliers en cuir de chèvre. L'agha Rifaat Bereket était un vieillard plus que septuagénaire, sa barbe blanche était taillée en pointe, il avait des traits estompés, les yeux mi-clos, et de petites mains lumineuses; il portait enroulé autour de son fez un chiffon de soie jaunâtre. C'était le signe auquel on reconnaît le mahométan qui accomplit ses devoirs religieux avec plus d'exactitude et de régularité que le commun des fidèles. En guise de salut, le vieillard fit de sa petite main un geste lent et solennel, touchant son cœur, sa bouche et son front. Gabriel lui rendit son salut avec autant de solennité comme s'il eût été parfaitement tranquille et maître de ses nerfs. Là-dessus, l'agha s'approcha encore davantage et étendit sa main droite vers le cœur de son hôte, si bien que la pointe de ses doigts vint effleurer la poitrine de Gabriel. Cela signifiait le « contact des cœurs », la forme la plus intime d'entrée en rapports de sympathie, un rite mystique que certains pratiquants avaient emprunté à un ordre spécial de derviches. Pendant ces démonstrations, la main minuscule brillait d'un éclat toujours plus blanc dans la douce pénombre du sélamlik. Gabriel avait l'impression que cette main était aussi un visage, peut-être même plus fin encore et plus expressif que le véritable visage.

« Ami et fils de mon ami, — cette pompeuse apostrophe faisait, elle aussi, partie du cérémonial de réception, — la vue de ta carte de visite tout à l'heure a été pour moi la dispensatrice d'une délicieuse surprise. Et voici maintenant que ta présence vient m'embellir cette journée. »

Gabriel savait ce qui se doit et trouva pour sa réponse des formules dans le ton des textes sacrés :

« Mes défunts parents m'ont laissé seul de très bonne heure, mais en toi je retrouve un vivant témoin de leur mémoire et de leur affection. Que je suis heureux de posséder en toi un second père ! »

« C'est moi qui reste ton débiteur. » Le vieillard conduisit son hôte vers un des divans. « C'est aujourd'hui la troisième fois que tu me fais l'honneur de ta visite. Voici bien longtemps que j'aurais dû, pour obéir aux convenances, aller chez toi te rendre ta politesse. Mais, tu le vois, je suis un vieil homme, ma santé est chancelante. La route jusqu'à Yoghonoluk est longue et mauvaise. D'autre part, j'aurai prochainement à faire un grand voyage inévitable pour lequel je dois réserver mes forces. Par conséquent, pardonne-moi ! »

Ces derniers mots mirent fin aux rites de bienvenue. On s'assit. Un petit domestique apporta du café et des cigarettes. Le maître de la maison buvait et fumait en silence. La coutume voulait que le visiteur, s'il était plus jeune, attendît pour aborder le sujet qui l'intéressait que le plus âgé des deux lui donnât la possibilité de diriger la conversation dans le sens désiré. Mais l'agha ne semblait nullement avoir envie de sortir de son univers presque obscur pour se plonger dans l'une des réalités du présent. Il fit un signe au serviteur qui tendit alors à son maître une petite cassette de cuir. Rifaat Bereket, d'un coup de pouce, en fit sauter le couvercle et se mit à caresser, de ses doigts religieux de vieillard, le velours sur lequel reposaient deux médailles extrêmement anciennes, l'une d'or et l'autre d'argent :

« Tu es, je le sais, un érudit ; tu connais et sais interpréter les inscriptions d'autrefois. Moi, je ne suis qu'un profane amateur de l'antiquité qui ne saurait se mesurer avec toi. Mais depuis quelques jours, j'ai préparé à ton intention ces deux petites choses. La pièce d'argent, elle, a été frappée voici au moins mille ans, par ce roi arménien qui porta un nom analogue à celui de ta famille : Achot Bagratouni. Elle provient de la région du lac de Van et on ne la trouve que rarement. L'autre, la pièce d'or, est d'origine hellénique. Tu vois, on peut déchiffrer même sans loupe cette belle inscription au sens si profond :

« A l'inexplicable en nous et au-dessus de nous. »

Gabriel Bagradian se leva et prit le cadeau des mains du vieillard :

« Père ! Vraiment, tu me confonds. Je ne sais pas comment t'exprimer ma reconnaissance. Nous avons toujours été fiers de ce que notre nom fût si semblable à celui-là. Comme cette tête est plastique ! Et de plus, c'est un vrai visage d'Arménien ! Quant à la pièce grecque, on devrait la porter autour du cou pour ne jamais oublier son avertissement. A l'inexplicable en nous et au-dessus de nous ! Quels profonds philosophes devaient être ces hommes pour se servir couramment de telles monnaies ! Nous sommes tombés bien bas ! »

L'agha fit un signe d'acquiescement, pleinement satisfait par une opinion aussi conservatrice :

« Tu as raison. Nous sommes tombés bien bas ! »

Gabriel reposa les pièces sur le velours. Mais il eût été impoli d'abandonner trop rapidement le sujet de ce cadeau :

« Je voudrais pouvoir te prier instamment de venir choisir en échange un échantillon de ma collection d'antiquités. Mais je sais que ta foi t'interdit d'ériger chez toi toute œuvre d'art qui projette une ombre. »

Le vieillard s'arrêta sur ce point avec un plaisir évident :

« Oui, et c'est justement à cause de cette loi si sage que vous autres Européens méprisez notre saint Coran. N'est-ce pas la preuve d'une sublime clairvoyance que d'avoir interdit toute œuvre d'art capable de projeter une ombre ? C'est dans la reproduction du créateur et de la création que naît l'orgueil insensé de l'homme, passion qui l'entraîne dans l'abîme.

— L'époque contemporaine et la guerre semblent donner raison au prophète et à toi-même, agha. »

En dirigeant ainsi cette conversation, Gabriel jetait un pont entre ses préoccupations et son vieil interlocuteur. Ce dernier s'y engagea :

« Oui, c'est ainsi. Quand l'homme, dans son impudence veut contrefaire Dieu, quand il se lance dans la technique, il sombre dans l'athéisme. Voilà la vraie raison de cette guerre où nous ont entraînés les Occidentaux. Et pour notre malheur. En effet, que pourrions-nous y gagner ? »

Bagradian risqua encore un pas en avant :

« Et ils ont infecté la Turquie de leur épidémie la plus dangereuse, la haine entre peuples. »

Rifaat Bereket renversa légèrement la tête en arrière. Ses doigts délicats jouaient non sans lassitude avec les boules de son chapelet d'ambre. On aurait dit que, de ses mains, émanait une discrète auréole :

« C'est la pire des méthodes que de rendre les voisins responsables de sa propre faute.

— Que Dieu te bénisse pour cette parole ! Rendre les voisins responsables de sa propre faute, c'est bien cela. Voilà le principe qui gouverne l'Europe. Malheureusement j'ai dû constater aujourd'hui qu'il a également trouvé des partisans parmi les mahométans et les Turcs.

— De quels Turcs veux-tu parler ? » Les doigts de l'agha s'arrêtèrent net, occupés qu'ils étaient à compter les perles de son rosaire : « Ces imitateurs, ces pantins ridicules de Stamboul ? Et les imitateurs de ces imitateurs ? Ces singes en frac ou en smoking ? Ces traîtres, ces athées qui renient l'univers divin uniquement pour se hausser jusqu'au pouvoir et à la fortune ? Ceux-là, ce ne sont pas des Turcs ni des mahométans, ce sont de vils blasphémateurs affamés d'argent. »

Gabriel prit en main sa minuscule tasse à café où il ne restait plus qu'un épais dépôt pâteux /— geste qui trahissait son embarras :

« J'avoue qu'il y a quelques années, j'ai été lié avec ces gens-là, car j'attendais d'eux une action bienfaisante. Je les prenais pour des idéalistes, et peut-être en étaient-ils réellement alors. La jeunesse a toujours foi en ce qui est nouveau. Mais je dois, hélas, voir aujourd'hui la vérité avec les mêmes yeux que toi. J'ai été tout à l'heure, au hammam, témoin d'un entretien qui m'a profondément attristé. Et c'est la raison pour laquelle je suis venu te trouver à une heure si incongrue. »

La perspicacité de l'agha n'avait pas besoin d'explications plus nettes :

« Etait-il question de l'ordre secret envoyé à l'armée pour humilier les Arméniens et les affecter à l'entretien des routes et aux transports de fardeaux ? »

Gabriel Bagradian déchiffrait les énigmes que posaient les fleurs du tapis à ses pieds :

« Moi-même, j'ai attendu jusqu'à ce matin l'ordre de rejoindre mon régiment... Ensuite, j'ai encore entendu parler de la ville de Zeitoun. Viens-moi en aide, je te prie ! Que se passe-t-il au juste ? Qu'est-il arrivé ? »

Les perles d'ambre recommencèrent à courir sous les doigts de l'agha avec un rythme régulier :

« Pour ce qui est de Zeitoun, je suis bien informé. Il y est arrivé ce qui se produit là-bas quotidiennement dans les montagnes. C'est une histoire quelconque de brigands, de déserteurs et de saptiéhs. Parmi les déserteurs, il y avait quelques Arméniens. Autrefois personne ne faisait attention à des choses pareilles... »

Il continua, ralentissant toujours son débit :

« Mais que sont les événements ? Ni plus ni moins que l'interprétation qu'on en donne. »

Gabriel fut sur le point d'éclater :

« Ah ! c'est bien ce que je pensais ! Dans la solitude où je vis, je n'en ai pas appris un traître mot. On cherche à répandre des interprétations infamantes. Quelles sont les intentions du gouvernement ? »

Le vieux sage écarta ces paroles irritées d'un geste las :

« Ami et fils de mon ami, je vais te dire une chose : il plane sur vous une fatalité inexorable et puissante, car, à considérer une partie de votre résidence, vous appartenez à l'empire russe, mais d'autre part, vous êtes liés à nous. La guerre vous divise en deux camps. Vous êtes disséminés dans tous les pays... Mais comme tout est lié dans l'univers, nous aussi, nous nous trouvons soumis à votre fatalité.

— Ne vaudrait-il pas mieux, comme nous l'avons essayé en 1908, tenter un rapprochement et une réconciliation ?

« Réconciliation ? Voilà encore un de ces mots que prononcent les grands de ce monde. Sur terre, il n'existe pas de réconciliation. Nous vivons au milieu de la déchéance et des ambitions égoïstes. »

Pour appuyer cette assertion, l'agha cita un verset du sixième sura avec le chantonnement rituel :

« Et ce qu'il a créé sur terre, différent par la couleur, vois, il s'y cache en vérité un signe accessible à ceux-là qui se laissent avertir. »

Gabriel, incapable de demeurer plus longtemps assis sur le divan, se leva soudain. Mais les yeux du vieillard exprimèrent tant d'étonnement et de blâme à la vue d'une telle liberté qu'ils le forcèrent à se rasseoir :

« Tu veux connaître les intentions du gouvernement ? Je sais seulement que les athées de Stamboul ont besoin, pour atteindre leurs buts, d'entretenir la haine entre les nations. Car la raison profonde de l'impiété, c'est la peur et le pressentiment d'avoir perdu la partie. Et c'est pourquoi ils installent dans les moindres petites villes des halls où sont affichées les nouvelles pour élargir l'action de leur mauvais vouloir... Tu as bien fait de venir me trouver. »

Gabriel serrait convulsivement de sa main droite la cassette contenant les pièces :

« S'il ne s'agissait que de moi !... Mais, comme tu le sais, je ne suis pas seul au monde. Mon frère Awétis est mort sans enfant. Par conséquent le dernier descendant de notre famille, c'est mon fils, qui actuellement n'a que treize ans. D'autre part, j'ai épousé une femme appartenant au peuple français et je ne voudrais pas qu'elle ait, bien qu'innocente, à supporter les pénibles conséquences d'une situation qui ne la concerne pas. »

L'agha écarta cet argument avec une certaine raideur :

« Du moment que tu l'as épousée, elle appartient à ton propre peuple et n'échappera pas à la fatalité qui pèse sur lui. »

C'eût été une tentative vaine que de vouloir expliquer à cet Oriental invétéré la nature et l'indépendance de la femme occidentale. Aussi Bagradian feignit-il de ne pas avoir entendu la réplique :

« J'aurais dû ramener les miens à l'étranger ou au moins à Stamboul. Mais on nous a maintenant retiré nos passeports et je n'ai désormais rien à attendre de la part du kaimakam. »

Le Turc posa sa main impondérable sur le genou de son hôte :

« Le meilleur conseil que je puisse te donner, c'est de ne pas emmener ta famille à Stamboul, même si tu en avais la possibilité.

— Que veux-tu dire par là ? Pourquoi donc ? A Stamboul, j'ai beaucoup d'amis dans tous les milieux, même parmi les personnalités du gouvernement. C'est là que notre maison de commerce a son siège central. Mon nom y est très connu. »

La main s'appesantit sur le genou de Gabriel :

« C'est justement parce que ton nom est très connu que je te conseille de ne pas séjourner dans la capitale, même pour très peu de temps.

— A cause de la guerre des Dardanelles ?

— Non ! Ce n'est pas à cause de cela ! » Le visage de l'agha se fit impénétrable. Il regarda au dedans de lui avant de reprendre la parole :

« Nul ne peut savoir jusqu'où iront les mesures du gouvernement. Mais une chose est sûre, c'est que les personnages importants et haut placés de votre peuple seront les premiers à souffrir. Et une autre chose est également sûre, c'est que, dans un tel cas, les dénonciations et les arrestations commenceront justement dans la capitale.

— N'exprimes-tu là que des suppositions, ou tes avertissements reposent-ils sur un fondement ? »

L'agha fit disparaître son rosaire d'ambre dans sa large manche : « Oui, ils reposent sur des fondements. »

Cette fois, Gabriel ne put plus se retenir et se leva d'un bond : « Que devons-nous faire, alors ? »

Comme son hôte était debout, le maître de la maison quitta aussi son siège :

« Si tu veux m'en croire, retourne à ta maison de Yoghonoluk, continue à y vivre en paix et attends les événements ! Étant donné les circonstances actuelles, tu n'aurais pas pu trouver de lieu plus agréable pour toi-même et ta famille.

— Vivre en paix ? ! s'écria Gabriel sur un ton ironique, mais c'est déjà une prison ! »

Rifaat Bereket détourna son visage, blessé d'entendre une voix retentir si haut dans son sélamlik où ne pénétrait aucun bruit :

« Prends garde à ne point perdre ta clarté de jugement. Je regrette de t'avoir inquiété par mes paroles sincères. Tu n'as pas lieu le moins du monde de nourrir quelque souci. Probablement, toute cette affaire passera comme elle est venue. Il ne peut rien se produire de mal dans notre vilajét, car Djélal Bey ne permet aucune infraction aux lois. Mais quoi qu'il arrive, sache que c'était inévitable et que c'était en germe au fond de soi-même comme le bouton, la fleur et le fruit dans la graine. Tout ce que la vie nous réserve encore est déjà accompli en Dieu. »

Agacé par les généralités fleuries de cette théologie, Bagradian marchait fiévreusement de long en large, renonçant désormais à toutes les convenances :

« Ce qui est le plus terrible, c'est qu'on ne peut tenter aucune action, qu'on ne peut pas lutter contre cette menace. »

L'agha s'approcha de Gabriel complètement désemparé et lui prit les mains qu'il garda dans les siennes :

« N'oublie pas, ô mon ami, que les blasphémateurs de ton comité ne sont qu'une faible minorité. Notre peuple est foncièrement bon. Sans doute, il est arrivé que du sang fût versé dans des heures de colère, mais vous n'en avez pas été moins responsables que nous. Et puis, il existe assez de saints hommes dans les tekkéhs, dans les couvents qui, par les pratiques sacrées du Zikr combattent pour la pureté de l'avenir. Ils vaincront, sans doute, ou bien tout périra. Je te confierai de plus que c'est en faveur de la cause arménienne que je vais entreprendre un voyage en Anatolie et à Stamboul. Je t'en prie, garde pleine confiance en Dieu. »

Les petites mains du vieillard eurent le pouvoir d'apaiser Gabriel :
« Tu as raison, je t'obéirai. Le mieux sera donc de nous terrer à
Yoghonoluk et de ne pas en bouger jusqu'à ce que la guerre soit
finie. »

L'agha ne le lâchait pas encore :
« Promets-moi de ne plus reparler de toutes ces choses, là-bas,
chez toi ! A quoi bon ? ! Si tout reste en ordre, tu n'auras fait qu'apeurer
inutilement les gens. Et s'il arrive quelque événement fâcheux,
le souci ne leur aura servi de rien. Tu me comprends. Aie confiance
et tais-toi ! »

Et de même au moment du départ, il répéta avec insistance :
« Confiance et silence !... Tu ne me reverras pas de plusieurs mois.
Mais songe que pendant ce temps, je travaillerai pour vous. J'ai reçu
beaucoup de bienfaits de tes ancêtres. Et maintenant, Dieu me permet,
dans mon grand âge, de pouvoir me montrer reconnaissant. »

CHAPITRE III

Les notables de Yoghonoluk

Le retour à cheval dura longtemps, car Gabriel Bagradian ne mit que rarement sa monture au trot, la laissant presque toujours reprendre le pas le plus lent. De cette façon, il négligea aussi d'utiliser le raccourci et resta sur la route qui longe l'Oronte jusqu'au moment où, apercevant au delà des maisons cubiques de Suédja et d'El Eskel la mer barrant l'horizon au loin, le cavalier sortit brusquement de son apathie et se dirigea droit vers le nord pour rejoindre la vallée des villages arméniens. Au moment où tombait ce crépuscule de printemps qui dure si longtemps, il atteignit la route — si l'on peut appeler ainsi le misérable chemin tout juste encore carrossable — qui reliait entre eux les sept villages. Yoghonoluk en était à peu près le centre. Par conséquent, il devait, pour rentrer chez lui, traverser les localités sud : Wakef, Kheder Beg et Hadji Habibli, ce qui n'était plus guère possible avant la tombée de la nuit. Mais il n'était pas pressé.

A cette heure tardive, une vie intense régnait dans les villages au pied du Musa Dagh. On voyait tout le monde debout devant les maisons. La douceur de ce dimanche déclinant poussait les êtres à se réunir. Les corps, les yeux, les paroles toutes prêtes se cherchaient pour renforcer le bien-être d'une telle existence par des commérages en famille ou des lamentations générales sur l'actualité. Des groupes différents s'étaient formés suivant le sexe et l'âge. Les matrones assemblées jetaient des regards de travers; les femmes plus jeunes, soigneusement endimanchées, témoignaient d'un calme absolu, tandis que les jeunes filles prenaient des airs moqueurs. Leurs colliers, faits en pièces de monnaie, cliquetaient à chaque pas. Elles montraient en riant des dents magnifiques. Gabriel remarqua le grand nombre de jeunes gens bons pour le service armé qui n'avaient pas encore été appelés au front. Ils riaient et faisaient les fous comme s'il n'eût pas existé d'Enver Pacha. On entendait dans les vignes et les vergers les sons nasillards du tar, la guitare arménienne. La journée turque finit au crépuscule et avec elle le repos dominical. Aussi les plus sérieux des travailleurs avaient-ils encore envie de s'occuper utilement un instant avant d'aller se coucher.

Au lieu de donner au village leurs noms turcs, on aurait pu les désigner d'après le métier qui les distinguait les uns des autres. Tous, ils cultivaient la vigne et les arbres fruitiers et ne semaient presque pas de blé. Mais leur titre de gloire, c'était leur talent artistique. Il y avait par exemple Hadji Habibli, le village du bois. Les hommes y façonnaient en bois dur et en os non seulement d'excellents peignes, pipes, fume-cigarettes et d'autres objets semblables, mais encore des crucifix, des madones, des statues de saints, tous finement ciselés, que l'on exportait jusqu'à Alep, Damas et Jérusalem. Ces sculptures n'avaient rien d'un travail grossier ni rustique, et elles étaient profondément empreintes d'une originalité qui ne pouvait fleurir qu'à l'ombre de la montagne familière. Wakef, par contre, était le village de la dentelle. En effet, les napperons et les pochettes d'une finesse arachnéenne qu'y fabriquaient les femmes, trouvaient des amateurs jusqu'en Egypte sans que cette renommée, à vrai dire, fût connue des artistes dentelières qui, elles, n'allaient jamais plus loin qu'au marché d'Antioche porter le fruit de leur labeur, et tout au plus deux fois par an. Il n'est plus besoin de parler ici d'Azir, le village des vers à soie. A Kheder Beg, on filait la soie. A Yoghonoluk et à Bitias, les deux bourgs principaux, on trouvait réunies ces diverses industries familiales. Quant à Kéboussijé, l'agglomération la plus septentrionale et la plus perdue des sept, c'était le village des abeilles. Le miel de Kéboussijé, prétendait Gabriel Bagradian, n'avait pas son pareil au monde. Les abeilles allaient le puiser dans les plus intimes essences du Musa Dagh, montagne magique et favorisée du ciel, si différente de toutes les autres hauteurs de la région tristement dénudées. Pourquoi était-elle la seule à posséder des sources innombrables dont la plupart tombaient dans la mer en cascades translucides ? Pourquoi elle seule, et non pas les montagnes musulmanes comme le Naulu Dagh et le Djébel Akra ? C'était vraiment comme un miracle; on aurait pu croire que dans des temps très reculés et mystérieux la divinité des eaux, offensée par les mahométans, fils du désert, s'était retirée de leurs montagnes suppliantes de nudité pour prodiguer abondamment ses faveurs au mont chrétien. Les tapis tissés de fleurs sur ses pentes orientales, les gras alpages s'étageant sur les plis de son dos, les vignes et les jardins embaumés d'abricots et d'oranges qui s'étendaient mollement à ses pieds, les chênes et les platanes remplissant de murmures ses gorges ombragées, les coins de secrètes délices où jaillissaient, comme des cris de joie, rhododendrons, myrtes et azalées, et le calme planant tel un ange gardien au-dessus de cet univers incomparable — toute cette nature semblait n'avoir été qu'effleurée par les conséquences du péché originel qui a entraîné tout le reste de l'Asie Mineure éplorée dans le deuil et le dénuement. Par suite d'une légère inexactitude dans l'organisation divine de la planète, ou de la bienveillance de quelque chérubin corruptible et animé d'un vif amour pour sa patrie, il semblait que la terre du Musa Dagh avait conservé un reflet, un arrière-goût du paradis terrestre. C'est donc là, sur la côte syriaque, qu'il fallait le situer, et non point, par exemple, plus loin là-bas, en Mésopotamie où les géographes, en expliquant la Bible, aiment à supposer l'ancienne existence du jardin d'Eden.

Il va sans dire que les sept villages établis au pied de la montagne avaient, eux aussi, reçu leur part de cette bénédiction. Ils n'étaient en rien comparables aux misérables hameaux que Gabriel avait rencontrés en chevauchant à travers la plaine. Dans les villages arméniens, on ne voyait pas de ces cases faites en terre glaise qui ressemblent moins à des habitations humaines qu'à des dépôts d'alluvions boueuses dans lesquelles on aurait creusé un trou noir pour y faire à la fois un logis et une étable à l'usage des hommes et des bêtes. Ici, la plupart des maisons étaient construites en pierre. Chacune comprenait plusieurs pièces. On avait aménagé de petites vérandas autour des murs. Portes et fenêtres reluisaient de propreté. Un petit nombre de huttes seulement datant d'un temps très ancien n'avaient pas de fenêtres donnant sur la route suivant la coutume orientale. Aussi loin que s'étendait sur le pays l'ombre portée si nette du Damlajik, on voyait régner cette cordialité et ce niveau élevé d'existence. Au delà de l'ombre commençait la solitude. Ici, c'étaient la vigne, les fruits, les mûriers, les terrasses étagées, les unes au-dessus des autres ; là-bas, c'était la plaine aux champs monotones de maïs et de coton qui laissait voir par endroits la steppe nue comme la peau d'un mendiant à travers ses guenilles. Toutefois la montagne miraculeuse n'était pas la seule cause de cette prospérité. Après un demi-siècle, l'énergie d'Awétis Bagradian l'Ancien portait encore ses plus beaux fruits, énergie doublée d'un amour si ardent au cœur d'un seul homme, mais d'un homme entreprenant, qu'il s'était concentré intensément sur ce coin de terre natale, en dépit de toutes les séductions du monde moderne. Son petit-fils regardait d'un œil stupéfait ces êtres qui lui semblaient extraordinairement beaux. Quelques secondes avant son approche, les groupes se turent, se tournèrent vers le milieu de la route et lui dirent à haute voix le salut d'usage à cette heure tardive : « Bari irikoun ! » Il crut — peut-être n'était-ce qu'une imagination — apercevoir dans les yeux de ces gens une brève flamme, un éclair de joie reconnaissante qui ne s'adressait pas à lui, mais au bienfaiteur d'autrefois. Les femmes et les jeunes filles le poursuivaient de leurs regards appuyés tandis que dans leurs mains rapides le peson du fuseau tressautait en cadence, indifférent.

Ces êtres-là n'étaient pas moins étrangers à Gabriel que la foule traversée le jour même au bazar. Qu'avait-il de commun avec eux, lui qui, quelques mois auparavant, allait dans sa voiture faire un tour au Bois, suivait les cours de philosophie de Bergson, discutait en de doctes entretiens sur les nouveautés littéraires et écrivait des articles pour de prétentieuses revues d'art ? Et pourtant, il se dégageait de ces hommes une atmosphère de profond apaisement. Il se sentait, chose étrange, un peu comme leur père à tous parce qu'il connaissait les inquiétantes menaces dont eux n'avaient pas le moindre pressentiment. Il recélait en lui, en lui tout seul, un grand souci et il voulait les en préserver aussi longtemps que ce serait possible. Le vieil Agha Rifaat Bereket n'était pas un vain rêveur, bien qu'il enjolivât sa clairvoyance de sentences fleuries. Il avait raison : rester à Yoghonoluk et attendre. Le Musa Dagh s'élève en dehors du monde. Même si un orage arrivait, il n'atteindrait pas la montagne bénie.

Une vague de chaude sympathie pour ses compatriotes montait en Gabriel : profitez bien encore de votre bonheur, demain, après-demain...

Et, du haut de sa monture, il les salua d'un geste grave.

Au milieu de l'obscurité fraîche et étoilée, il monta le chemin qui mène à la villa à travers le parc. Il entra dans le vaste hall de sa maison. La vieille lanterne de fer forgé qui pendait au plafond réjouit de sa lumière discrète le cœur de l'arrivant. Par suite d'une incompréhensible association d'idées, il identifiait cette lumière à sa mère. Ce n'était pas la dame d'un certain âge qui, dans un appartement parisien dénué de tout caractère, le recevait avec un baiser quand il rentrait du lycée — mais cet élément de douceur silencieuse qui animait de sa présence des jours plus évanouis encore que des rêves. « Hokoud madagh kes kourban. » Avait-elle vraiment prononcé chaque soir ces mots, penchée sur le petit lit de son enfant ? « Puissé-je m'offrir en sacrifice pour ton âme. »

Tandis que Gabriel, encore perdu dans ses pensées, gravissait l'escalier jusqu'au premier étage, il entendait à peine les sons de voix qui montaient vers lui des pièces inférieures ; les notables de Yoghonoluk étaient déjà rassemblés. Il resta longtemps dans sa chambre debout devant la fenêtre ouverte, fixant, impassible, la silhouette noire du Damlajik qui à cette heure s'étalait plus puissante et plus imposante que jamais. Lorsque dix minutes se furent écoulées, il sonna son domestique Missak qu'il avait gardé à son service après la mort de son frère, ainsi que l'intendant Kristaphor, le cuisinier Howhannes et tout le reste du personnel attaché à la maison et à ses dépendances.

Gabriel se lava de la tête aux pieds et changea de costume. Puis il passa dans la chambre de Stéphan. Le garçonnet était déjà couché et dormait d'un si bon sommeil d'enfant que même le rayon cru de la lampe électrique de poche ne parvint pas à le réveiller. Les fenêtres étaient ouvertes et l'on voyait au dehors les masses feuillues des platanes lentement agitées de souffles mystérieux. Dans cette pièce aussi, on sentait pénétrer une émanation du Musa Dagh dont la masse noire était si proche. Mais en ce moment, la crête de la montagne s'éclairait d'une rougeur mate comme si elle avait caché derrière son dos majestueux, au lieu d'une mer d'eau salée, un océan de matière incandescente venu de l'au-delà. Bagradian s'assit sur la chaise à côté du lit. Et de même que le matin, le fils avait surveillé le sommeil de son père, cette fois, c'était le père qui surveillait le sommeil du fils. Mais cela, c'était une chose permise.

Le front de Stéphan, parfaite réplique du front de Gabriel, brillait d'un éclat pâle et transparent. Au-dessous de lui, les yeux fermés dessinaient deux ombres pareilles à deux feuilles que le vent aurait, de dehors, apportées et déposées sur ce visage juvénile. Ces yeux étaient si grands que l'on s'en rendait compte même pendant leur sommeil. Le nez fin et pointu n'était pas de son père, il l'avait hérité de Juliette — élément étranger. La respiration de Stéphan était rapide. Son sommeil cachait, telle une cloison impénétrable, une vie exubérante. Il serrait tout contre son corps ses deux poings fermés, comme pour tirer sur des rênes et empêcher de s'emballer les images galopantes de ses rêves.

Le sommeil de l'enfant devint plus agité. Le père ne bougea pas. Il voulait pleinement repaître sa vue de l'image de son fils. Avait-il peur pour Stéphan ? Voulait-il rétablir une unité qui jadis était réalisée en Dieu ? Il n'était conscient de rien ; sa tête était vide de pensées. Finalement, il se leva, non sans laisser échapper un soupir, tant il se sentait abattu. En tâtonnant de ses mains hésitantes, il se heurta contre la table. La nuit amplifia le bruit bref du choc. Gabriel resta sur place. Il craignait d'avoir réveillé Stéphan. La voix ensommeillée du garçonnet bredouilla en effet dans l'obscurité :

« Qui est là ?... Papa... c'est toi... »

Mais aussitôt la respiration du dormeur retrouva son calme. Gabriel, qui avait immédiatement éteint sa lampe électrique, la ralluma un instant après, atténuant avec sa main l'éclat de la petite ampoule. Le rais de lumière tomba sur la table où étaient étalées quelques feuilles de dessin. Tiens, tiens, Stéphan s'était déjà mis au travail et, sur le désir de son père, il avait tracé d'une main maladroite un croquis du Musa Dagh. Les corrections au crayon rouge faites par Awakian y croisaient en grand nombre les lignes primitives. Tout d'abord, Bagradian ne se souvint pas de ce projet qu'il avait proposé le matin même au jeune garçon lors de leur rencontre. Mais bientôt, il eut l'intuition de l'ardeur impétueuse avec laquelle son enfant cherchait à l'atteindre et à le convaincre. Cette ébauche toute gribouillée devint pour lui un symbole.

Devant le grand salon de la villa Bagradian à Yoghonoluk s'étendait une vaste pièce qui touchait au vestibule. Elle était presque vide et ne servait que de passage; il y brûlait une lampe à pétrole à flamme basse. Gabriel s'y arrêta un instant pour écouter les voix qui résonnaient dans la pièce voisine. Il entendit rire Juliette. Ainsi, l'admiration que lui témoignaient ces rustiques Arméniens n'était pas pour lui déplaire. Il y avait là un progrès.

Le vieux médecin Bedros Altouni ouvrait justement la porte pour se retirer. Il alluma la bougie de sa lanterne et chercha sa trousse de cuir qu'il avait laissée sur une chaise. Altouni remarqua la présence du maître de la maison seulement au moment où celui-ci l'interpella à mi-voix : « Hairik Bedros ! » (petit père Bedros !). Le médecin sursauta. C'était un petit homme sec à la barbe grise en désordre. Il faisait encore partie de ces Arméniens qui, à l'inverse des plus jeunes générations, semblaient porter sur leurs épaules courbées tout le poids des persécutions endurées par leur race. Protégé d'Awétis Bagradian, il avait dans sa jeunesse, étudié la médecine à Vienne aux frais de son bienfaiteur et avait ainsi vu le monde. A cette époque, le philanthrope de Yoghonoluk avait conçu de vastes plans et songé même à la construction d'un petit hôpital. Mais ce projet en resta à l'installation d'un médecin de district, ce qui était déjà beaucoup. De tous les êtres vivants, c'était le vieux docteur, le vieil « Hékim », que Gabriel connaissait depuis le plus longtemps, car Altouni avait assisté à sa naissance en qualité d'accoucheur. Il éprouvait pour ce vieillard un respect mêlé de tendresse qui était certainement un héritage laissé dans son cœur par ses sentiments d'enfance. Le Dr Altouni s'efforçait d'endosser un manteau de loden qui semblait dater du temps de ses études à l'université de Vienne.

« Il m'était impossible de t'attendre plus longtemps, mon enfant... Alors, qu'as-tu appris de neuf à l'Hukumet ? »

Gabriel tourna les yeux vers le visage ratatiné. Tout, chez ce vieil homme, semblait ébréché. Ses mouvements, sa voix et même l'acuité qu'il voulait mettre parfois dans ses paroles. Il était émoussé, à l'intérieur comme à l'extérieur. Le chemin de Yoghonoluk au village du bois, d'un côté, et, de l'autre, jusqu'à celui des abeilles, semblait terriblement long lorsqu'il fallait le faire plusieurs fois par semaine sur le dos calleux d'un âne. Gabriel reconnut l'éternelle trousse médicale où, à côté d'emplâtres à pansements, d'un thermomètre, de quelques instruments de chirurgie et d'un manuel de médecine en allemand datant de 1875, ne se trouvait qu'un forceps d'un genre antédiluvien. A la vue de cette trousse, Gabriel réprima l'envie qui lui était venue de communiquer au médecin ses expériences d'Antioche.

« Rien d'extraordinaire », répondit-il, évasif.

Altouni accrocha la lanterne à sa ceinture qu'il boucla fortement :

« Pour ma part, j'ai dû me procurer au moins sept fois dans ma vie un nouveau teskéré. Ils vous le retirent à cause de la taxe qu'il faut repayer chaque fois qu'on s'en fait délivrer un autre. C'est une tactique bien connue. Mais ils n'auront plus rien de moi. Je n'ai pas besoin d'un nouveau passeport en ce bas monde... »

Et il ajouta d'un ton bourru :

« D'ailleurs, je n'en aurais pas eu non plus besoin autrefois. Car depuis quarante ans, je n'ai pas bougé d'ici. »

Bagradian tourna sa tête vers la porte :

« Quel peuple sommes-nous donc pour accepter tout en silence ? »

— Accepter ? » Le médecin s'appesantit sur ce mot : Vous autres, les jeunes, vous ne savez plus ce que c'est qu'accepter. Vous avez grandi en d'autres temps que nous. »

Gabriel répéta sa question :

« Quel peuple sommes-nous donc ?

— Toi, mon cher enfant, tu as passé ta vie en Europe. Et quant à moi, que ne suis-je jadis resté à Vienne ! C'est le grand malheur de ma vie que de l'avoir quittée. Peut-être aurais-je pu devenir quelqu'un, mais, vois-tu, ton grand-père était aussi fou que ton frère et n'a rien voulu savoir du monde de là-bas. J'ai dû m'engager par écrit à revenir. C'est cela qui a fait mon malheur. Il aurait mieux valu ne jamais m'envoyer au loin.

— On ne peut pas toujours vivre en étranger à l'étranger. »

Gabriel le Parisien fut étonné d'avoir prononcé cette phrase. Altouni rit d'un ton rauque :

« Et ici, est-ce qu'on peut vivre ici ? Lorsqu'on sent toujours derrière soi la menace de l'imprévu ? Sans doute t'es-tu forgé des rêves fort différents de la réalité. »

Une idée traversa soudain l'esprit de Bagradian : il faut faire, de quelque façon que ce soit, des préparatifs. Mais Altouni reposa sa trousse sur la chaise en déclarant :

« Ah ! misère ! Qu'est-ce que nous racontons là ? Tu réveilles ce soir en moi toutes ces vieilles histoires. Je me suis voué à la médecine et n'ai jamais cru en Dieu avec une conviction particulière. Et pourtant, jadis, j'en ai bien souvent voulu à Dieu de m'avoir fait naître ainsi. On peut être russe ou turc ou hottentot ou Dieu sait quoi, mais être arménien, ça, on ne le peut pas. Être arménien, c'est impossible... »

Dans un sursaut, il s'arracha à l'abîme au bord duquel il était parvenu :

« En voilà assez ! Laissons ce sujet ! Je suis l'hékim. Tout le reste ne me regarde pas. On vient justement de m'enlever à cette aimable société pour m'appeler auprès d'une femme qui est en train d'accoucher. Comme tu vois, il naît toujours de nouveaux enfants arméniens. C'est à désespérer ! »

Il saisit sa trousse d'un air furieux. Cette conversation entre deux portes sur des questions fondamentales semblait l'avoir aigri :

« Et toi ? Que veux-tu donc ? Tu as une femme merveilleusement belle, un fils plein de promesses, pas de soucis, une fortune incalculable, que veux-tu donc de plus ? Vis pour toi et ne t'occupe pas de toute cette pourriture ! Quand les Turcs sont en guerre, ils nous laissent tranquilles, c'est une expérience faite depuis longtemps. Et quand la guerre sera finie, tu retourneras à Paris, sans plus jamais rien savoir de nous ni du Musa Dagh. »

Gabriel Bagradian sourit comme si lui-même ne prenait pas sa question au sérieux :

« Mais s'ils ne nous laissent pas tranquilles, petit père ? »

Gabriel se tint un instant invisible à la porte du grand salon. Une douzaine de personnes environ s'y trouvaient rassemblées. Trois dames âgées étaient réunies, silencieuses, autour d'un petit guéridon, et, probablement sur l'ordre de Juliette, l'étudiant Awakian était allé les rejoindre. Mais lui non plus ne prenait pas la peine d'entretenir une conversation. L'une de ces matrones, la femme du médecin Altouni, était une des rares figures ayant survécu à l'enfance de Gabriel. Elle s'appelait Mairik Antaram, petite mère Antaram. Elle portait une robe de soie noire. Ses cheveux plaqués en arrière du front n'étaient pas encore complètement gris. Son large visage osseux avait une expression originale de hardiesse. Elle était là, assise d'un air calme, et promenait librement son regard observateur sur l'assistance. On ne pouvait pas dire la même chose de ses deux voisines, la femme du pasteur Haroutioun Nokhoudian de Bitias, et la femme du maire, du mouchtar de Yoghonoluk, Thomas Kéboussjan. Rien qu'à les voir, on devinait qu'elles ne se sentaient pas à leur aise, bien qu'elles eussent cherché dans leurs armoires leurs plus somptueux habits afin de se faire bien juger par la Française.

Mme Kéboussjan était dans la situation la plus difficile, car si elle avait, elle aussi, fréquenté avec les autres l'école de Marach dirigée par les missionnaires américains, elle ne comprenait pourtant pas un seul mot de français.

Elle levait ses yeux clignotants vers les lustres et les appliques où brûlaient des bougies coûteuses répandant une vive lumière. Ah ! Mme Bagradian n'avait pas besoin de regarder à la dépense. Où pouvait-on trouver d'aussi grosses bougies de cire pure ? Il fallait qu'on les ait achetées à Alep, peut-être même à Stamboul. Le mouchtar Kéboussjan était sans aucun doute le plus riche cultivateur du district, mais cependant on n'avait pas le droit d'employer dans sa maison, en plus du pétrole, autre chose que de minces bougies de suif ou des chandelles en graisse de mouton. Et là-bas, à côté du piano, on voyait brûler, dans de hauts candélabres, deux longs cierges peints, comme à l'église. N'était-ce pas tout de même exagéré ?

La même question venait à l'esprit de la femme du pasteur dont le prestige habituel se trouvait très diminué. Mais il faut reconnaître à son honneur qu'il ne se mêlait à ses sentiments aucune envie ni aucune jalousie. Les mains de ces femmes reposaient sur leurs genoux avec de visibles remords, car à l'occasion de cette soirée elles avaient laissé chez elles leur ouvrage manuel dont ordinairement elles ne se séparaient jamais. La femme du pasteur et celle du mouchtar regardaient leurs maris occupés ailleurs et s'étonnaient de leur attitude.

Et en effet, le pasteur, si délicat, et de même, le robuste mouchtar, semblaient métamorphosés autant qu'on peut l'être. Ils formaient une partie du groupe masculin qui entourait Juliette. Dans ce groupe, on remarquait particulièrement deux instituteurs. L'un d'eux, Hapeth Chatakhian, avait jadis passé plusieurs semaines à Lausanne et restait, depuis lors, convaincu de posséder un accent français irréprochable. L'autre s'appelait Hrand Oskanian. C'était un petit bout d'homme dont les cheveux noirs poussaient très bas sur le front. Il opposait à la virtuosité exubérante de son collègue Chatakhian un silence absolu. Ce silence semblait vouloir indiquer où, d'une part, se trouvait un caractère tout en surface mais sûr de soi, et où, d'autre part, se cachait la vraie valeur. Lorsque Gabriel entra dans la pièce, il entendit retentir très haut le français de l'instituteur si fier de son accent :

« Oh ! Madame, quelle reconnaissance ne devons-nous pas avoir envers vous pour nous avoir apporté dans notre désert un rayon de véritable culture ! »

Juliette avait eu aujourd'hui à livrer un petit combat en elle-même. Il s'agissait de la robe qu'elle pensait mettre pour recevoir ses nouveaux compatriotes. Jusqu'ici, elle s'était toujours habillée d'une façon particulièrement simple en de telles occasions, car il lui paraissait peu digne ou parfaitement inutile d'éblouir ces « demi-sauvages ignorants ». Mais déjà la dernière fois, elle avait constaté combien le charme qu'elle exerçait sur ses hôtes rejaillissait sur elle-même. Aussi n'avait-elle pas pu résister à la tentation, et elle avait sorti sa plus élégante robe de soirée. (Sans doute, elle date du printemps précédent, pensa-t-elle tandis qu'elle passait en revue ses toilettes, et à Paris je n'oserais certes pas me montrer là dedans.) Après une légère hésitation, elle mit aussi ses bijoux. L'effet de sa résolution si consciente dont elle avait eu un peu honte au début, la surprit elle-même. Être une belle femme parmi d'autres aussi belles, c'est évidemment un sentiment qui vous remplit d'orgueil, mais ne vous satisfait pas longtemps. On ne joue qu'un rôle de jolie figurante au milieu d'un chœur immense. Mais être ici une statue miraculeuse et inaccessible, adorée par des fidèles à la mine exotique, être une idole ensorcelante aux yeux des Arméniens timides aux prunelles démesurées, être l'unique, la belle aux cheveux d'or, la maîtresse absolue, — cela ne ressemble pas à une destinée quotidienne, c'est une aventure qui teint les joues d'un rose juvénile, qui rend les lèvres écarlates et fait étinceler les pupilles.

Gabriel voyait sa femme entourée d'admirateurs, humbles et émerveillés, incapables d'exprimer devant elle le moindre désir. Lorsque Juliette marchait, il reconnaissait son « pas scintillant », comme il l'avait appelé autrefois. Selon toute apparence, c'était seulement ici, à Yoghonoluk que Juliette avait daigné se rapprocher des modestes compatriotes de son mari, alors qu'au contraire en Europe, elle s'était si souvent refusée à fréquenter les plus cultivés et distingués des Arméniens. Et il se produisait la chose la plus étrange : à Beyrouth, surpris par les événements qui bouleversaient le monde, sans possibilité de retour, Gabriel avait craint de voir Juliette en proie au mal du pays. La France livrait la guerre la plus terrible de toute son histoire. Les journaux d'Europe ne venaient pas s'égarer jusque dans ce trou perdu. On ne savait absolument rien. On était coupé de partout. Une seule lettre, après de longues pérégrinations, était arrivée jusqu'à eux, et elle était datée du mois de novembre. Elle venait de la mère de Juliette. C'était encore une chance que la jeune femme n'ait pas eu de frères. Quoi qu'il en soit, son calme, pour ne pas dire son insouciance, était absolument inattendu pour Gabriel. Elle vivait dans le moment présent. Elle ne se préoccupait que rarement du sort de sa patrie. Ce que Gabriel n'espérait plus semblait sur le point de se réaliser après quatorze années de mariage, là, dans la grande maison de Yoghonoluk. Juliette avait pénétré dans le monde de Gabriel. L'ancienne tension qui les unissait et les séparait à la fois s'était-elle donc relâchée ce soir ?

Et, de fait, il y avait dans toute sa personne quelque chose de nouveau lorsqu'elle vint à lui les bras tendus :

« Enfin, te voilà, mon ami, j'étais déjà très inquiète. »

Elle s'occupa aussitôt, presque exagérément, d'apaiser la faim et la soif de son mari. Mais Gabriel ne trouva pas le temps de manger. Tout le monde l'entourait pour l'entendre raconter ce qu'il avait appris à Antioche. Car il ne faudrait pas croire que les mesures gouvernementales appliquées le matin même, avaient été sans jeter le trouble dans bien des esprits. Le fait seul que les autorités turques aient choisi le dimanche, et plus particulièrement l'heure de la grand'messe, permettait de supposer des intentions fort louches et paraissait un signe d'hostilité évidente. Sans doute, les villages au pied du Musa Dagh n'avaient pour ainsi dire pas eu à souffrir des troubles sanglants de 1896 et de 1909. Mais des hommes tels que Kéboussjan et le petit pasteur de Bitias avaient l'oreille assez fine pour se mettre en garde au

57

moindre bruit d'alarme. Seuls l'éclat de la soirée et la présence radieuse de Juliette parvinrent à distraire les notables de leurs préoccupations. Et lorsque Bagradian, obéissant à sa promesse intérieure, répéta les indications données par le mudir, à savoir qu'il s'agissait tout simplement d'une mesure générale et conforme à l'état de guerre, — tous, Nokhoudian, Kéboussjan, les instituteurs, prétendirent avoir deviné et prédit depuis longtemps la solution de l'énigme. Un optimisme rayonnant se répandit alors dans la société. Son partisan le plus convaincu était l'instituteur Chatakhian. Il se redressait de toute sa taille. Le moyen âge était bien passé, déclarait-il avec chaleur en se tournant vers Mme Bagradian. Et il continuait : « Le soleil de la civilisation va se lever enfin sur la Turquie. La guerre n'est que la sanglante aurore de ce beau jour futur, mais, de toute façon, l'oppression, la barbarie et les massacres sont désormais finis pour l'éternité. Au siècle du progrès, personne au monde ne saurait plus désormais tolérer pareille chose. D'ailleurs, le gouvernement turc est sous le contrôle de ses alliés. » Chatakhian regardait Juliette avec une attente fébrile. N'avait-il pas rendu hommage au progrès dans un français impeccable ? L'assemblée présente paraissait approuver ses opinions dans la mesure où elle avait compris son discours. Seul, l'instituteur Oskanian qui s'enfermait dans son mutisme grognait, méprisant. C'était au reste l'attitude qu'il adoptait toujours lorsque son ami Chatakhian se laissait aller à un accès d'éloquence. A ce moment, une nouvelle voix se fit entendre :

« Assez parlé des Turcs ! Occupons-nous de choses plus importantes ! »

Ces mots avaient été prononcés par le pharmacien Krikor, le personnage le plus extraordinaire de cette réunion.

Certes, le pharmacien Krikor était un être unique en son genre, et rien que son accoutrement aurait suffi à le prouver. Alors que tous les hommes, même le mouchtar, étaient habillés à l'européenne (il y avait à Yoghonoluk un tailleur qui avait séjourné à Londres), Krikor, lui, portait une sorte de blouse russe faite toutefois d'un fin tussor jaune clair. Son visage, sans une ride malgré ses soixante ans, et qui s'ornait d'un petit bouc blanc, était animé de deux yeux quelque peu obliques et avait la couleur d'un parchemin très jauni, si bien qu'il aurait plutôt pu être celui d'un sage mandarin que celui d'un Arménien. Il parlait d'une voix haute et en même temps étrangement creuse; elle semblait épuisée par un excès de science. Et, en fait, le pharmacien de Yoghonoluk possédait une bibliothèque telle qu'il n'en existait certainement pas une seconde dans toute la Syrie; mais en outre, Krikor lui-même était une bibliothèque en personne, un homme omniscient perdu dans une des vallées les plus inconnues de la terre. S'agissait-il de la flore de Musa Dagh, de la constitution géologique des déserts, d'une espèce d'oiseaux rarissime, de l'extraction du cuivre, de la météorologie, des Pères de l'église, des étoiles fixes, des chiffres d'exportation du crottin de chameau ou de recettes de cuisine, — toujours, la voix creuse de Krikor donnait le renseignement désiré sur un ton voilé et négligent comme si c'était chaque fois lui faire injure que d'exiger de lui la solution d'énigmes aussi insignifiantes. Mais un savoir encyclopédique n'est pas chose rare au monde. Il n'eût pas suffi à étayer la véritable originalité créatrice du pharmacien. Non, car Krikor lui-même était analogue à cette bibliothèque. Celle-ci comprenait sans doute plusieurs milliers de volumes, mais ils étaient pour la plupart rédigés dans des langues qui lui étaient inconnues. La providence avait dressé de durs obstacles sur la route où l'entraînait sa passion. Les œuvres arméniennes ou françaises qui lui étaient accessibles formaient la plus faible partie de son trésor livresque. Or, Krikor n'était pas seulement un érudit, c'était tout autant un bibliophile. Mais le pharmacien n'était pas riche. Il ne pouvait pas s'offrir le luxe de faire de coûteuses commandes aux librairies et aux bouquinistes de Stamboul, et encore moins à l'étranger. Aussi était-il obligé de prendre ce qui lui tombait sous la main. Il avait, disait-il, commencé à constituer le fond de sa bibliothèque dès ses années d'enfance, puis de voyages. Maintenant, il avait des agents et des protecteurs à Antioche, à Alexandrette, à Alep et à Damas qui, de temps en temps, lui expédiaient un gros paquet. Quelle fête c'était pour lui lorsque de tels cadeaux lui parvenaient ! Que ce fussent des in-folios arabes ou hébreux, des romans français ou n'importe quelle brochure de rebut — cela lui était égal, pourvu que cela s'appelât des livres, du papier imprimé. Chez cet homme se trouvait concentré tout le culte de la race arménienne pour l'esprit, secret de la longévité de tous les peuples qui malgré leur extrême vieillesse résistent à l'action destructrice du temps. Cette étrange bibliothèque dont en majorité il n'avait pas lu les volumes aurait d'ailleurs à peine suffi à former la base des connaissances encyclopédiques du pharmacien. Heureusement, ses dons créateurs l'aidaient à combler toutes les lacunes. Krikor lui-même complétait son univers. Il répondait de sa propre autorité à toutes les questions, depuis la théologie jusqu'à la statistique. Et, ce faisant, il n'avait nullement l'impression de tromper son interlocuteur. L'innocente félicité du poète inspiré se répandait en lui tandis qu'il brassait un mélange composite d'impressionnants termes scientifiques. Il va sans dire qu'un tel homme avait des disciples, et il est tout aussi naturel que la foule de ces disciples se soit recrutée parmi les instituteurs des sept villages. Krikor le pharmacien était le Socrate du Musa Dagh lorsqu'il réunissait ses disciples, le plus souvent la nuit, en de grandes promenades philosophiques. Pointant son index vers le ciel étoilé, il demandait : « Hapeth Chatakhian, sais-tu quelle est cette étoile rougeâtre, là-bas ? » — « Laquelle ? Celle-là ? Ce doit être une planète. Qu'en pensez-vous ? » — « Erreur, mon garçon ! C'est l'étoile Aldébaran ! Et sais-tu pourquoi elle brille d'un éclat rougeâtre ? » — « Pourquoi ? Peut-être que... Notre couche atmosphérique... » — « Erreur, mon garçon ! L'étoile Aldébaran est faite d'aimant en fusion et c'est à cela qu'elle doit sa couleur. Cette opinion est aussi celle du célèbre Camille Flammarion, comme il me l'expose dans sa dernière lettre. »

Cette lettre du grand astronome n'était pas une pure mystification. Elle existait réellement. Il convient seulement de noter que Krikor, se substituant à Camille Flammarion, se l'était adressée à lui-même. Evidemment, il ne se livrait que très rarement à une telle correspondance, et pour des occasions particulièrement solennelles. Voltaire, lui aussi, et le grand poète arménien Raffi s'étaient déjà vus plusieurs fois obligés de répondre de façon détaillée à l'une ou l'autre de ses missives. Ainsi, Krikor était bel et bien membre correspondant de l'Olympe.

Chose étrange : malgré son cosmopolitisme intellectuel, de mémoire d'homme, le pharmacien n'avait pas quitté Yoghonoluk. Tous les gens quelque peu cultivés, parmi ceux du Musa Dagh, entreprenaient au moins une fois l'an un voyage, même si ce n'était que jusqu'à Alep ou Marach pour y rendre visite aux écoles des missions américaines, allemandes ou françaises où ils avaient reçu un enseignement secondaire. Beaucoup des anciens de la population n'étaient revenus d'Amérique que vers le déclin de leur vie afin de jouir en toute tranquillité de leur fortune acquise dans le Nouveau Monde. Seul le pharmacien Krikor évitait le moindre changement de résidence. S'aventurer jusqu'aux villages voisins, c'était pour lui une résolution des plus rares. Il avait, prétendait-il, assez vu dans sa jeunesse et de ses propres yeux les curiosités répandues à la surface du globe. Parfois il allait jusqu'à risquer des allusions relatives à ses équipées qui l'avaient entraîné loin vers l'est ou l'ouest, mais au cours desquelles il n'avait jamais, par principe, utilisé le chemin de fer. En était-il de ces expéditions comme de la lettre de Flammarion ? La question reste à élucider. Rien dans les discours et les récits de Krikor ne sentait le moins du monde le bluff ou l'imagination. Ses exposés respiraient si bien l'honnêteté et avaient tant de force suggestive que même quelqu'un comme Gabriel Bagradian n'avait pas conçu le moindre soupçon. Néanmoins, chaque fois que l'occasion s'en présentait, le pharmacien exprimait nettement combien peu il comprenait qu'on eût le goût des voyages. Car, disait-il, tous les coins du monde ont la même valeur, l'univers extérieur étant entièrement contenu dans l'univers intérieur. Par contre, lorsque la conversation tombait sur la politique, sur la guerre et sur des questions d'actualité brûlante, le pharmacien s'impatientait. Voir le monde servir de jouet à des contingences extérieures et devenir l'objet d'un intérêt d'ordre affectif, c'était pour lui un sujet de mécontentement et une véritable humiliation. Le monde n'avait de valeur, selon lui, qu'à condition d'être considéré de très loin avec l'œil impersonnel du savant. Toute guerre qui n'était pas encore décrite dans des livres ne méritait que son dédain. Aussi était-ce pourquoi le pharmacien venait de blâmer les élucubrations politiques de l'instituteur Chatakhian. Maintenant il concluait :

« Je ne comprends pas pourquoi on recommence toujours à loucher du côté des autres. Qu'importent guerre, règlements, wali, kaimakam ? Laissez donc les Turcs faire là-bas ce qu'ils veulent ! Si vous ne vous occupez pas d'eux, ils ne s'occuperont pas non plus de vous ! Nous avons ici notre terre bien à nous. Et elle trouve même des amateurs parmi les voyageurs les plus difficiles... Permettez-moi... »

Et Krikor présenta au maître de la maison un étranger qui, jusquelà, s'était tenu dissimulé derrière les autres hommes, ou que son hôte n'avait pas remarqué. Le pharmacien fit couler sur sa langue le nom harmonieux du nouveau venu : « Gonzague Maris ! »

D'après son extérieur et sa contenance, le jeune homme était un Européen ou tout au moins un Levantin fortement européanisé. Sa petite moustache noire, qui ressortait dans son visage pâle et toujours en éveil, avait l'air aussi français que son prénom. Sa particularité la plus frappante, c'étaient ses sourcils plantés en angle obtus l'un par rapport de l'autre. Krikor continua à se faire le hérault de l'étranger :

« Monsieur Gonzague Maris est grec. »

Mais aussitôt, il rectifia, comme s'il eût craint de porter par là préjudice à son protégé :

« Monsieur n'est pas un Grec de Turquie, mais de Grèce même, un Européen. »

L'étranger avait de très longs cils. A présent, il souriait en baissant très bas sur ses yeux cette frange de cils presque féminine :

« Mon père était grec, ma mère française, et moi, je suis américain. »

Les manières modestes, pour ne pas dire timides, du jeune homme, firent une impression agréable sur Gabriel. Ce dernier secoua la tête :

« Quel hasard assez fou, pardonnez-moi ce mot, peut bien amener justement ici un Américain dont la mère est française, ici, dans ce village ? »

Gonzague se remit à sourire et à jouer des cils :

« C'est très simple ! J'ai eu à faire à Alexandrette plusieurs semaines durant. J'y suis tombé malade. Le médecin m'a envoyé pour une cure d'altitude à Beilan. Mais à Beilan, je ne me suis pas trouvé bien...

On m'avait tant parlé du Musa Dagh à Alexandrette que j'ai été curieux de le voir. Ce fut une grande surprise pour moi que de rencontrer, dans cet Orient désolé, une beauté si impressionnante, une société aussi cultivée et une pension aussi agréable que celle de M. Krikor chez qui j'habite. J'aime tout ce qui n'est pas connu. Si le Musa Dagh se trouvait en Europe, il aurait une énorme renommée. Quoi qu'il en soit, je suis heureux qu'il vous appartienne à vous seuls. »

Le pharmacien annonça, de la voix creuse et indifférente qu'il prenait pour les communications sensationnelles :

« C'est un écrivain, et chez moi, il va pouvoir parachever ses études. »

Gonzague parut éprouver une certaine honte à s'entendre ainsi qualifier :

« Je ne suis pas écrivain. J'envoie de temps en temps de petits articles à un journal américain. C'est tout. Je ne suis même pas journaliste à proprement parler. »

D'un geste vague, il fit comprendre que cette occupation n'avait pas d'autre but que de lui procurer le pain quotidien. Mais Krikor n'abandonnait pas sa victime dont il voulait retirer lui-même un titre de gloire :

« Mais vous êtes aussi artiste, musicien, virtuose ? Vous avez donné des concerts, n'est-ce pas ? »

Le jeune homme leva la main, comme pour se défendre :

« Rien de tout cela n'est vrai. J'ai, entre autres, tenu le piano d'accompagnement. Il faut essayer de tout. »

Son regard implorait l'aide de Juliette. Elle dit d'un ton étonné :

« Le monde est petit. N'est-il pas bizarre de voir deux compatriotes faire ici connaissance ? Car vous êtes en effet mon demi-compatriote. »

L'instituteur Chatakhian, une fois de plus, lâcha la bride à son éloquence exaltée :

« Et n'est-il pas encore plus bizarre pour nous autres pauvres paysans arméniens de pouvoir demeurer dans un cercle aussi distingué et de nous mêler, grâce à la bonté de Mme Bagradian, à une société aussi raffinée ? »

Mais le pharmacien Krikor en profita pour administrer une légère réprimande à son disciple Chatakhian :

« Nous autres Arméniens, nous avons un défaut des plus fatals, la pusillanimité. Et il nous entraîne souvent à nous rabaisser nous-mêmes. Nous oublions que la civilisation de notre peuple est une des plus anciennes de la terre. Madame que voici sait parfaitement, en tant qu'épouse de notre ami Gabriel Bagradian, que nous sommes la toute première nation à avoir reconnu le christianisme comme religion d'Etat, et longtemps avant Rome. Nous avons possédé un brillant empire. Des rois de sang arménien ont régné à Byzance. A une époque où la France sommeillait encore au sein de la barbarie, nous avions une littérature classique. Aujourd'hui, enfin, nous n'avons pas à nous cacher. Même dans ce trou perdu qui ne possède pas une seule route convenable, une bibliothèque fort importante s'est développée au cours des années... Madame nous permettra donc de ne pas avoir honte devant elle. »

Le pharmacien prononça cette digne harangue sans se départir de son impassible calme de mandarin. A aucun moment, il ne regarda Juliette. En sage vraiment socratique, Krikor se montrait fort discret et réservé à l'égard des femmes. Mais Juliette, grisée par son succès, se mit à baragouiner en arménien pour répondre à Krikor. Elle le faisait d'une façon charmante :

« Que voulez-vous donc dire ?... Je suis moi-même arménienne, puisque j'ai épousé un Arménien... D'après la loi... Ou peut-être turque... Oh ! je ne m'y reconnais pas du tout... »

Des applaudissements enthousiastes se déchaînèrent tout autour d'elle pour la remercier de cette tentative. Pendant toute sa vie, Gabriel n'avait entendu que peu de mots arméniens tomber des lèvres de sa femme. Il aurait dû être aussi heureux qu'étonné de ce nouveau progrès. Malheureusement il lui échappa, car loin de prêter attention à l'assistance, Gabriel fixait sans arrêt une tête de Mithra datant du deuxième siècle après J.-C. trouvée dans les ruines de Séleucie près de Suédja. Cependant, ses pensées ne semblaient pas avoir le moindre rapport avec la tête de marbre. Aucun des invités ne comprit le sens véritable des paroles qu'il lâcha soudain d'un ton furieux :

« Quand un animal ne se croit plus capable de se défendre, il périt. Il en va ainsi dans la nature et dans l'histoire. »

Et, sans raison évidente, il poussa un peu vers la gauche le socle qui soutenait la tête de Mithra.

Grâce à l'entrain de Juliette, ce fut une soirée très réussie, en rien comparable aux précédentes réunions qui avaient eu lieu à la villa Bagradian. La plupart des Arméniens menaient dans cette région une vie purement orientale, c'est-à-dire qu'ils ne se voyaient entre eux qu'à l'église et dans la rue. On ne se faisait des visites que dans des circonstances solennelles. Cet isolement de la vie domestique expliquait le caractère sauvage des femmes. Mais maintenant, elles s'apprivoisaient de plus en plus. La femme du pasteur oubliait de faire signe à son mari que l'heure de se retirer était venue. Celle du mouchtar s'était approchée de Juliette pour examiner de ses doigts experts la soie de la robe confectionnée à Paris. Par contre, Mairik Antaram avait soudain disparu. Son mari l'avait fait chercher par un petit garçon afin qu'elle vînt l'aider pour un accouchement difficile et

chasser les vieilles sorcières qui, en pareil cas, viennent toujours assiéger la maison de la jeune mère et lui appliquer leurs sortilèges. Au
cours des années de son mariage, Mme Altouni était devenue une
parfaite assistante du médecin. Elle s'y connaît mieux que moi, assurait-
il fréquemment.

On se mit alors à chanter les louanges de « petite mère Antaram ».
On lui reconnaissait un caractère tout particulier. Elle avait l'esprit de
sacrifice. Toutes les femmes en détresse, jeunes et vieilles, la voyaient
accourir vers elles, prodiguant ses conseils de mère ou de sœur. Seule,
Mme Kéboussjan trouva une explication d'ordre critique pour la
bonté d'âme d'Antaram : « C'est qu'elle n'a pas d'enfants. »

Ce fut le maître de la maison qui mit le plus longtemps à se dégeler.
Mais cela se produisit d'un instant à l'autre. D'un œil mécontent,
il examina la grande table couverte de plats à gâteaux, de tasses à
thé ou à café, à côté desquelles on voyait aussi deux carafes de raki.
Gabriel se leva d'un bond :

« Mes chers amis ! Je vais nous trouver quelque chose de meilleur
à boire. » Il descendit à la cave avec Kristaphor et Missak pour y
chercher du vin. C'était un liquide d'or foncé, très liquoreux, analogue
aux crus qu'on met en bouteille à Xara sur les pentes du Liban. Lorsque
tous les verres furent pleins, Gabriel se dressa pour porter un toast avant
de boire. Mais les paroles lui vinrent aussi indécises et funèbres que
toutes ses manifestations de ce jour : « Je suis heureux, dit-il, de vous
voir ici rassemblés le cœur joyeux. Qui sait si la prochaine fois ou la fois
encore suivante nous pourrons avoir l'esprit aussi libre de tout souci ?
Mais que personne, en cette heure tranquille, ne se laisse assombrir
par de telles pensées qui ne peuvent rien donner de bon. »

Gabriel avait prononcé en arménien cette allocution qui était
plutôt un avertissement voilé. Juliette, de sa place, lui fit un signe
de sympathie avec son verre :

« Je t'ai entièrement compris, je n'ai pas perdu un mot... Mais
pourquoi une telle mélancolie, mon ami ?

— Je suis tout simplement le plus mauvais des orateurs, dit Gabriel
pour s'excuser, il y a quelques années, on m'a écrit à Paris pour me
proposer un siège au parti Dachnakzagan. J'ai refusé non seulement
parce que je ne veux rien avoir à faire avec la politique, mais aussi
parce que je ne saurais pas dire un seul mot en face d'une grande
assemblée publique. Le pays n'a pas perdu en moi un meneur de
foules.

— Rafaël Patkanian » — le pharmacien se tourna vers Juliette pour
lui donner une explication — « Patkanian était l'un de nos plus grands
chefs politiques, un véritable apôtre et pourtant le plus mauvais orateur
que l'on puisse imaginer. Il bégayait plus fortement encore que Démos-

thène dans sa jeunesse. N'empêche que justement ses discours agissaient avec une force particulière sur l'auditoire. Moi-même, il y a bien longtemps, j'ai eu l'honneur de faire sa connaissance et de l'entendre. C'était à Eriwan.

— Vous voulez insinuer, fit Gabriel en riant, qu'il ne faut pas dire : fontaine... »

Le vin généreux faisait son devoir. Les plus taciturnes devenaient loquaces. Seul l'instituteur Hrand Oskanian gardait son silence amer, afin de demeurer à la hauteur de sa réputation.

Lorsque Gabriel alla ouvrir une fenêtre pour jeter un regard sur le paysage nocturne, il sentit la présence de Juliette derrière lui :

« Hé bien ! N'est-ce pas une soirée tout à fait réussie ? » murmura-t-elle.

Il enlaça de son bras la taille de sa femme :

« A qui le dois-je, sinon à toi ? »

Mais le ton artificiel de sa voix s'accordait mal avec ces mots affectueux. L'excitation provoquée par le vin éveilla le désir d'entendre de la musique. Quelques invités désignèrent un jeune homme qui appartenait au groupe des instituteurs. Il se nommait Asajan et faisait partie des disciples de Krikor. Quoique mince comme un fil, il passait pour avoir une bonne voix et une mémoire très fidèle qui conservait intactes toutes les chansons nationales. A la manière des grands chanteurs, Asajan opposa quelque résistance. On ne peut pas, disait-il, chanter sans accompagnement et il habitait trop loin pour pouvoir aller chercher son tar. Juliette songeait déjà à faire descendre son phonographe. Certainement une faible minorité parmi les habitants de Yoghonoluk devait connaître cette merveille de la technique. Mais le pharmacien Krikor résolut le problème en lançant un regard significatif vers son pensionnaire.

« N'oublions pas que nous avons ici un artiste ! »

Gonzague Maris s'assit au piano sans trop se faire prier. Il plaqua quelques accords. Mais, fatalement, le jeune homme ne sut pas trouver le ton qui s'imposait à une heure si avancée et pour les oreilles peu musicales d'un auditoire qui ne demandait qu'à être récréé. Négligemment, la tête penchée vers les touches, la cigarette aux lèvres, il jouait et ses doigts s'enfonçaient de plus en plus dans des sonorités macabres. « Il est faux, terriblement faux », marmottait-il, et peut-être était-ce la raison pour laquelle il s'obstinait à demeurer dans le mode mineur. Une ombre d'ennui et de lassitude s'étendait sur son visage naguère encore si gracieux. Bagradian regardait de côté cette face qui ne lui semblait plus timide ni juvénile mais plutôt équivoque et ravagée. Il cherchait des yeux Juliette qui avait poussé sa chaise à proximité du piano. Sa figure avait soudain vieilli et s'était creusée. Devant l'interrogation muette de son mari, elle avoua à mi-voix :

« J'ai la migraine... C'est sans doute ce vin... »

Gonzague s'interrompit tout à coup et rabattit le couvercle de l'instrument : « Excusez-moi, je vous prie », dit-il.

Bien que l'instituteur Chatakhian entreprît de vanter le jeu de l'étranger en employant force termes techniques afin de prouver par là ses connaissances musicales, la gaîté était tombée. Peu après, la femme du pasteur Nokhoudian donna le signal du départ. Ils devaient, évidemment, coucher chez des amis à Yoghonoluk, mais reprendre le lendemain le chemin de Bitias dès l'aurore. Celui qui s'attarda le plus longtemps fut Oskanian, le taciturne. Alors que les autres sortaient déjà dans le parc, il se retourna encore une fois et, de ses jambes trop courtes, il marcha, raide et décidé à tout, vers Juliette qui eut légèrement peur à le voir s'avancer d'un tel pas. Mais il lui remit seulement, avant de disparaître, une grande feuille de papier recouverte de caractères arméniens magnifiquement calligraphiés en encres de plusieurs couleurs.

C'était une poésie vibrante d'exaltation, hommage de respectueux amour.

Lorsque la nuit, Juliette se réveilla en sursaut, elle vit Gabriel assis tout droit sur le lit auprès d'elle. Il avait allumé sa bougie et avait probablement observé longtemps déjà sa femme endormie. Elle sentit nettement que ce n'était pas la flamme mais le regard de son mari qui l'avait éveillée.

Il lui toucha le bras :

« Je ne voulais pas déranger ton sommeil, mais j'avais envie que tu ouvres les yeux de toi-même. »

D'un mouvement de tête, elle rejeta ses cheveux en arrière. Son visage était frais et souriant :

« Tu aurais bien pu me réveiller. Cela ne me fait rien. Tu le sais, d'ailleurs. Je suis toujours à ta disposition pour un bavardage nocturne.

— Je n'ai pas cessé de réfléchir... expliqua-t-il d'une façon évasive.

— Et moi, j'ai divinement bien dormi. Ma migraine ne venait donc pas de votre vin arménien, mais de la musique de ce fameux pianiste, mon demi-compatriote, pour ainsi dire. Drôle d'idée ! Venir se soigner à Yoghonoluk et prendre pension chez M. Krikor ! Mais le plus comique, c'est le petit instituteur noir qui m'a remis cette espèce d'affiche en rouleau. Et l'autre instituteur aussi, qui parle si lentement du nez avec des aboiements ! Il croit sans doute que cela produit en français un effet spécialement distingué. On croirait à la fois entendre casser des cailloux et hurler un chien. Vous autres Arméniens, vous avez tous un accent bizarre. Même toi, mon ami, tu n'en es pas tout à fait exempt. Mais enfin, il ne faut pas être trop difficile. Ce sont de bien braves gens.

— Ce sont des malheureux, de pauvres malheureux ! »

Ce cri semblable à un râle de torture avait jailli de la poitrine de Gabriel. Jamais Juliette n'avait remarqué chez Gabriel la moindre trace de sentimentalité. Aussi était-elle d'autant plus étonnée de le voir dans cet état. Silencieuse, elle levait les yeux vers lui. La bougie allumée derrière le dos de Gabriel laissait son visage dans l'ombre et seul son buste se détachait, pareil à un gros bloc sombre. Gabriel, lui, voyait devant lui une forme claire délicatement lumineuse, car non seulement la flamme de la bougie, mais aussi les premières lueurs indécises d'une aube crépusculaire venaient tomber sur Juliette et l'éclairer:

« Je me suis rappelé tant de choses. Le dîner chez le professeur Lefèvre, cette fois-là, et la première lettre que je t'ai écrite. Il y a eu quatorze ans de cela en octobre. C'est le plus beau présent que m'ait jamais fait la vie. Et cependant, j'ai commis là une grande faute. Je n'aurais pas dû t'entraîner, te précipiter dans une fatalité étrangère pour toi. »

Elle chercha à tâtons les allumettes pour faire elle aussi de la lumière, de son côté. Il arrêta sa main et l'empêcha d'atteindre sa bougie. Ainsi la voix de Gabriel ne lui parvenait qu'après avoir traversé l'obscurité inconsistante :

« Le mieux serait que tu puisses te sauver... Nous devrions divorcer. »

Elle garda longtemps le silence. Il ne lui vint pas à l'idée que cette proposition insensée, absolument inconcevable, pût avoir quelque rapport avec des questions vraiment graves. Elle se rapprocha de lui :

« T'ai-je fait de la peine ? Est-ce que je t'ai blessé ? As-tu quelque raison d'être jaloux ?...

— Jamais tu n'as été plus aimante pour moi que ce soir. Voilà bien des années que je ne t'ai pas aimée autant... Mais c'est justement encore plus terrible ! »

Il se redressa davantage, ce qui donna un aspect plus inaccoutumé qu'auparavant à la masse sombre de son corps :

« Juliette, je t'en prie, il faut prendre au sérieux ce que je te dis. Ter Haigasoun fera tout le nécessaire pour rendre notre divorce aussi rapide que possible. Et pour de telles choses, les autorités turques ne font aucune difficulté. A partir de ce moment, tu seras libre, tu ne compteras plus comme Arménienne et tu pourras échapper à l'horrible fatalité qui pèse sur mon peuple et dont tu es devenue la proie par ma faute. Nous partirons pour Alep. Là-bas, tu te mettras, en qualité d'Européenne, sous la protection d'un consul, américain ou suisse, peu importe. De toute façon, tu seras en sécurité, quoi qu'il puisse arriver, ici ou là-bas. Stéphan ira avec toi. Vous pourrez quitter la Turquie sans le moindre obstacle. Je ferai naturellement virer à vos noms mon avoir et mes revenus... »

Il avait parlé avec une hâte fébrile pour empêcher qu'elle l'interrompît. Mais le visage de Juliette s'avança tout près du sien :

« Et tu penses sérieusement, en vérité, à cette folie ?

— Quand tout sera fini, et si je vis encore, je viendrai forcément vous rejoindre.

— Et pourtant nous avons parlé hier tout tranquillement des dispositions à prendre dans le cas où tu serais appelé sous les drapeaux...

— Hier ? Hier, tout était faux. Entre temps, le monde entier s'est transformé.

— Qu'est-ce qui s'est donc transformé ? C'est cette histoire de passeports ? Nous en recevrons de nouveaux. Et toi-même, tu as dit pourtant que tu n'avais rien appris d'inquiétant à Antioche.

— En réalité, j'ai appris bien des choses inquiétantes, au contraire ; pourtant ce n'est pas ça l'important. Ce qui s'est modifié de fait est peut-être très minime. Mais de telles catastrophes arrivent brusquement, comme une rafale au milieu du désert. Les ancêtres qui survivent en moi et qui ont enduré des souffrances sans nom pressentent cette approche. Tout mon tissu vital la pressent aussi. Non, Juliette, tu ne peux pas comprendre un tel sentiment. Quiconque n'a jamais été haï à cause de sa race ne peut pas le comprendre. »

Juliette sauta hors du lit, vint s'asseoir auprès de lui et lui prit les mains :

« Tu es absolument comme Stéphan. Toutes les fois qu'il a un cauchemar, il se réveille à moitié comme toi et reste tout bouleversé une heure durant. Pourquoi serions-nous, nous, spécialement en danger ? Je me rappelle tes amis turcs, ces êtres charmants et si fins que nous avons si souvent invités à la maison quand nous étions à Paris ; ils auraient pu tout d'un coup se transformer en bêtes féroces et perfides ? Non ! C'est impossible ! Vous autres Arméniens, vous avez toujours été injustes envers les Turcs.

— Je ne suis pas injuste envers eux. Il y a parmi eux des gens admirables. Au reste, pendant la guerre des Balkans j'ai pu observer de près le bas peuple, si riche de patience et de bonté. Ils ne sont pas coupables et nous ne le sommes pas non plus. Mais qu'y faire ? »

L'aube se faisait plus claire et les contours du Musa Dagh, dont la silhouette était visible depuis le fond de la chambre, se découpaient de plus en plus nettement sur le ciel. Les yeux de Gabriel ne quittaient pas la montagne :

« J'ai songé combien il est vraiment étrange que nous ayons voyagé à la poursuite d'Awétis et que je l'aie toujours manqué. Ce serait à croire qu'il a voulu, par sa mort, m'attirer à Yoghonoluk... Mais non ! Au fait, c'est toi qui as insisté pour venir ici. »

La température fraîchissait. Les pieds nus de Juliette étaient glacés. Pour mettre fin au débat, elle se rangea à son avis :

« Tu vois ? C'était un caprice à moi. Cela devrait suffire à te rassurer. »

Mais les pensées de Gabriel étaient dirigées vers un autre but :
« Hier, j'ai eu pendant un instant la ferme certitude qu'une puissance supérieure me dirige, que Dieu attend quelque chose de moi. C'était vraiment une conviction profonde, bien qu'elle se soit très vite évanouie... La vie que j'ai menée n'était pas celle pour laquelle je suis fait. Il est si agréable de s'imaginer qu'on est une personnalité exceptionnelle, un grain de poussière extraordinaire qui n'est pas sujet aux lois de la pesanteur et peut vagabonder librement à travers l'espace... C'est pourquoi Dieu m'a ramené, par l'intermédiaire d'Awétis et par sa propre volonté, dans le pays de mes pères... »

Il se tut. Juliette, pendant ce temps, examinait longuement les traits encore indistincts de son mari :
« C'est la première fois que je te vois en proie à la peur. »

Il ne détachait toujours pas les yeux de la masse croissante du Musa Dagh :
« A la peur ? C'est comme celle qu'on éprouve devant une force surnaturelle ! Etant enfant, je me suis souvent représenté qu'une petite étoile au ciel grandit soudain, qu'elle s'enfle, s'approche toujours davantage et finit par écraser la terre... »

Il se secoua, essayant de redevenir maître de lui :
« Juliette ! Il ne s'agit pas de moi. C'est de toi qu'il s'agit, et de Stéphan. »

Finalement, elle se fâcha pour de bon :
« Je ne crois pas à tous ces dangers. Nous vivons tout de même en 1915. Je n'ai rencontré en Turquie, comme partout ailleurs, qu'amabilité et courtoisie. Je ne crains rien des gens. Mais en admettant même qu'un péril nous menace, supposes-tu sincèrement que je serais assez lâche et assez vile pour m'en aller et te laisser tout seul ?... C'est une chose que je ne ferais même pas si je ne t'aimais plus. »

Il ne répliqua pas et ferma les yeux. Juliette aurait voulu se relever légèrement, mais Gabriel laissa tomber sa tête sur les genoux de sa femme. Son front était froid et humide. Brusquement, au même instant, les oiseaux attaquèrent leur concert matinal fait de mille voix stridentes et mêlées.

CHAPITRE IV

Le premier événement

Cet accès de faiblesse et de découragement passa aussi vite qu'il était venu. Néanmoins, depuis le jour d'Antioche, Gabriel semblait ne plus être le même. Lui, qui jadis restait des heures entières à travailler dans sa chambre, ne passait désormais, le plus souvent, que les nuits dans sa maison. Mais à ces moments-là, il était très fatigué et dormait d'un sommeil de plomb. Il ne disait plus un seul mot de la menace latente qui l'avait si profondément bouleversé pendant la nuit du précédent dimanche. Juliette, elle aussi, évitait de ramener la conversation sur ce sujet. Elle était convaincue qu'il ne se cachait rien d'inquiétant là derrière. Depuis qu'elle était mariée, elle avait déjà vu Gabriel traverser trois ou quatre époques de crise. C'étaient des semaines de mauvaise humeur prononcée et dépourvue de raison, des jours de silence boudeur où il n'était possible par aucun moyen, aucune gentillesse, de le distraire ou de le rasséréner. Elle connaissait cet état. En de tels moments, elle sentait se dresser plus haute encore entre eux la muraille qui les séparait, derrière laquelle ils demeuraient irrémédiablement étrangers l'un à l'autre; Juliette s'effrayait alors en songeant à l'audace vraiment enfantine qui l'avait amenée à enchaîner sa vie à un sang alourdi de telles hérédités. Évidemment, à Paris, son existence avait été toute différente. Son univers à elle dans lequel Gabriel était, lui, l'étranger, lui servait de force alliée supérieure. Mais ici, à Yoghonoluk, la situation était renversée; aussi est-il facile de comprendre pourquoi Juliette, malgré l'ironie qu'elle exerçait à leurs dépens, s'efforçait d'entretenir en elle sa bienveillance à l'égard de ces « demi-sauvages ».

Le mieux était de le laisser tranquille. Juliette voyait dans leur douloureuse conversation nocturne une nouvelle passe d'assombrissement, pareille à beaucoup d'autres. Française élevée dans une atmosphère de sécurité absolue, elle n'avait pas la moindre intuition de ce que Gabriel avait appelé la « rafale au milieu du désert ». L'Europe était un champ de bataille. On racontait que les Parisiens étaient obligés de passer les nuits dans les caves à cause des attaques aériennes. Elle, pendant ce temps, vivait dans un printemps paradisiaque. Quelques mois encore, elle s'en accommoderait volontiers. Et puis, un jour ou l'autre, on finirait bien, pensait-elle, par rentrer avenue Kléber. D'ici là, Juliette ne manquerait pas de travaux sans nombre pour remplir ses journées de la façon la plus charmante. Elle n'avait pas le temps de réfléchir beaucoup. Son orgueil de maîtresse de maison et de propriétaire s'était éveillé. Le personnel domestique avait besoin d'être civilisé. Cela lui donnait l'occasion de découvrir et d'admirer les talents naturels du peuple arménien. La villa elle-même était en excellent état. Cependant, ses yeux perspicaces de femme dépistaient à divers endroits des traces de négligence et de délabrement. Des ouvriers vinrent réparer la maison. Leur maître était un digne homme du nom de Tomasian qui se chargea de tout ce qui concernait la charpenterie. Lui-même se donnait le titre d'entre-preneur de bâtiment et portait constamment une chaîne de montre en or massif à laquelle pendait une miniature de sa défunte femme peinte par l'instituteur Oskanian; à part cela, il ne manquait jamais de rappeler que ses deux enfants, fille et garçon, avaient fait leurs études à Genève. Il était en outre consciencieux au point d'en être fatigant et Juliette se trouvait parfois engagée avec lui dans des conversations aussi embrouillées qu'interminables. Les ouvriers travaillaient avec adresse et faisaient si peu de bruit que c'était merveille. Dès les pre-miers jours d'avril, Juliette pouvait se dire non sans fierté qu'elle possédait sur cette côte perdue de Syrie un intérieur qui, exception faite de l'éclairage fort primitif et de l'approvisionnement en eau, pouvait se comparer sans crainte à n'importe quelle résidence de villé-giature occidentale.

Mais sa plus grande joie, c'étaient le verger et la roseraie. Nouvelle manifestation de l'hérédité. Ne se cache-t-il pas en effet dans chaque Français un goût pour l'horticulture qui se transmet de père en fils ? Or les Arméniens, eux aussi, sont jardiniers de naissance et particulière-ment ceux du Musa Dagh. Kristaphor l'intendant était passé maître dans cet art. Juliette n'aurait jamais soupçonné les ressources d'un tel jardin fruitier. Presque à chaque moment de l'année, on pouvait y faire des récoltes. Personne n'aurait pu, sans les avoir goûtés, ima-giner la saveur et l'onctuosité des abricots arméniens. Ici même, au delà de la ligne de partage des eaux du Taurus, ils gardaient encore toute la fraîcheur qu'ils avaient là-haut, dans leur patrie, sur les bords du lac de Van, région riche en jardins. Dans sa propriété, Juliette faisait sans cesse connaissance de nouvelles espèces de fruits, de légumes et de fleurs dont elle n'avait jamais entendu parler. Elle con-sacrait la plus grande partie de son temps à la culture des roses, un grand sombrero posé sur sa tête et le sécateur de Kristaphor à la main. Pour elle qui adorait les roses, c'était un enchantement inégalable. La roseraie était une vaste étendue plane, tige contre tige, arbuste contre arbuste, non pas un alignement en rangs parallèles suivant la mode occidentale, mais un épais fourmillement de couleurs et de parfums, ondulant sur des vagues vert sombre. Damas était proche et la Perse n'était pas loin. Le pharmacien Krikor avait promis à Juliette, si elle lui fournissait une quantité suffisante de paniers pleins de fleurs fraîches de véritable « moschata damascena », de lui en préparer un extrait dans un flacon minuscule et de confectionner ainsi cette fameuse essence dont la fabrication repose sur des rites séculaires. Et il citait à ce propos une légende : une seule goutte d'essence pure, disait-il, possède un tel pouvoir que si l'on en parfume les cheveux d'un mort, il n'en aura pas perdu l'arome au jour de la Résurrection et se gagnera ainsi les faveurs de l'ange du jugement suprême.

De temps en temps, Juliette faisait des promenades à cheval avec Stéphan. Ils étaient suivis du valet d'écurie pour qui Juliette avait dessiné une tenue très pittoresque. Le goût du beau et du somptueux dans la décoration la dominait tout entière et s'étendait non seulement à sa propre personne, mais à son entourage dans sa totalité. Lorsque, suivie de Stéphan et du palefrenier au costume bigarré, elle traversait la place de l'église et la rue principale de Yoghonoluk, dominant les passants du haut de sa monture, elle se sentait la reine de cet univers féerique. Elle pensait parfois à sa mère et à ses sœurs qui étaient à Paris. Comme sa propre vie lui apparaissait alors enviable ! Partout où elle se montrait, on la saluait avec un profond respect, même dans les localités musulmanes qu'elle rencontrait au cours de ses excursions les plus étendues. C'était évident : ce pauvre Gabriel était une fois de plus en proie à une crise de nerfs. Juliette, elle, ne découvrait en effet pas le moindre symptôme d'une modification dans tout le pays.

Chaque matin, Gabriel Bagradian quittait sa maison. Toutefois, il ne faisait plus d'ascensions sur le Musa Dagh, mais parcourait les villages arméniens. Son premier désir de rafraîchir dans sa mémoire les images de ses souvenirs d'enfance avait cédé le pas à une tendance plus mâle : il voulait faire plus intimement connaissance avec les êtres qui peuplaient ce monde, avec leurs coutumes, leurs besoins et les mille aspects de leur existence.

Dans le même temps, il avait aussi écrit un grand nombre de lettres à destination de Stamboul ; elles étaient adressées à ses amis arméniens du parti Dachnakzagan et plus encore à ses anciens amis du mouvement jeune-turc. Il craignait fort que la censure du kaimakamlik d'Antioche n'empêchât plusieurs de ces messages d'arriver à leur destinataire, mais l'un ou l'autre tout de même finirait bien par atteindre son but. Des réponses qui lui seraient faites dépendait tout son avenir. Si rien dans la capitale n'avait changé, cela prouverait qu'il ne s'agissait alors que d'une mesure purement militaire; dans ce cas, malgré l'avertissement de l'agha Rifaat Bereket, il déménagerait d'ici et tenterait de partir pour la capitale, même sans le passeport nécessaire. Si la réponse était mauvaise ou s'il n'en arrivait aucune, cela signifierait que les craintes du vieux Turc étaient fondées, que le piège était sans issue et tout projet de départ anéanti. Il ne resterait alors plus qu'une chose à espérer : un gouverneur favorable aux Arméniens comme l'était Wali Djélal Bey ne souffrirait pas « d'incidents » dans son vilajét; d'autre part, des localités rustiques comme celles du Musa Dagh ne seraient pas le théâtre de ces atrocités qui ne se produisent jamais que dans les villes de quelque importance. Si la situation devenait telle, la maison de Yoghonoluk serait réellement un refuge idéal, pour parler comme l'agha. Quant à la lenteur des autorités militaires pour l'appeler sous les drapeaux, Bagradian croyait connaître à fond les raisons qui poussaient l'état-major ottoman à adopter cette tactique. On retirait du front les effectifs arméniens pour les dépouiller de leurs armes. Pourquoi ? Les Turcs craignaient qu'une minorité aussi forte que les Arméniens ne se permît de réclamer certains droits au peuple souverain dans le cas où la guerre tournerait mal, si on leur laissait entre les mains les armes les plus modernes. Or, s'il ne devait pas exister de simple soldat arménien, encore moins désirait-on avoir des officiers de cette nationalité qui, le moment venu, prendraient la direction de l'émeute.

Aussi satisfaisante que fût cette explication, Gabriel ne trouvait néanmoins pas une minute de tranquillité véritable. Mais désormais son inquiétude n'était plus une simple excitation nerveuse, elle devenait fructueuse et se dirigeait vers un but précis. Il se découvrait des habitudes de pédant qu'il n'avait jamais ressenties, sinon lors de ses travaux scientifiques. Maintenant, cette pédanterie lui venait en aide dans son étude de la réalité contemporaine. Ce faisant, il ne se demandait même pas dans quelle intention il entreprenait de telles recherches ni à qui il pensait ainsi rendre service. Dieu sait, se disait-il, combien de mois il nous faudra vivre dans cette vallée. Aussi voulait-il tout savoir des localités environnantes et de leurs habitants. C'était une responsabilité fraternelle.

Il se rendit — et ce fut la première de ses enquêtes — chez le maire de Yoghonoluk. A la mairie de ce village, le plus important de tous, on traitait aussi les affaires communes des autres agglomérations et principalement les rapports avec les représentants du gouvernement. Le mouchtar Kéboussjan était absent. Le secrétaire de mairie reçut

Gabriel avec force révérences, car c'était un honneur que de recevoir la visite du chef de la fabuleuse famille Bagradian.

S'il existait des listes de recensement ? Le secrétaire, d'un geste emphatique, désigna les rayons poussiéreux qui recouvraient le mur de la petite pièce. Naturellement, il en existait, de telles listes. Et ce n'était pas seulement dans les livres paroissiaux que toutes les âmes, sans exception, étaient inscrites. On ne vivait pas dans cette région parmi les Kurdes et les nomades, mais au milieu de chrétiens. Quelques années auparavant, les mouchtars d'alors avaient organisé un recensement de leur propre autorité. En effet, en 1909, après la réaction contre les Jeunes-Turcs et les grands massacres d'Adana, un ordre était arrivé, émanant des députés arméniens, de procéder au dénombrement des habitants des sept villages. On avait compté, en gros, six mille chrétiens. Si M. Bagradian le désirait, il pourrait lui procurer en l'espace de quelques jours le chiffre exact. Gabriel, de fait, exprima ce désir. Puis il demanda des renseignements sur la situation militaire de la jeunesse en âge de servir.

Cette question était déjà plus délicate. Le secrétaire de mairie se mit à loucher légèrement comme son supérieur le mouchtar. Jusqu'à présent, l'ordre de mobilisation avait appelé sous les drapeaux tous les hommes valides de vingt à trente ans, bien que la loi fixât la limite d'âge supérieure à vingt-sept ans. Deux cents hommes environ dans tout le canton des villages arméniens se trouvaient atteints par cette mesure. Cent cinquante d'entre eux exactement, avaient versé le « bédel », la somme d'exonération légale qui les exemptait de service militaire et qui se montait à cinquante livres par tête. M. Bagradian doit bien savoir, disait-il, qu'ici, dans le pays, on est très économe. La plupart des pères de famille prennent soin dès la naissance de leurs fils de leur assurer le bédel pour leur épargner de connaître le sort des soldats turcs. A chaque nouvelle conscription, le mouchtar de Yoghonoluk allait percevoir ces droits d'exonération, accompagné d'un détachement de gendarmerie, et les remettait en mains propres à l'Hukumet d'Antioche.

« Mais comment se fait-il, dit Bagradian poursuivant son enquête, que, sur six mille âmes, il n'y ait que deux cents hommes en âge de servir ? »

La réponse qu'il reçut n'était pas une nouveauté pour lui. M. Bagradian n'avait qu'à faire appel à ses souvenirs pour comprendre que ce manque d'hommes valides était un héritage du passé, une conséquence des pertes considérables que subissaient au moins une fois tous les dix ans les populations arméniennes.

Mais ceci n'était qu'un euphémisme. Gabriel avait vu de ses propres yeux plus de deux cents jeunes gens dans les villages. Il y avait donc des moyens d'échapper au service sans payer intégralement le bédel. Ali Nassif, le saptiéh au visage grêlé, connaissait à fond ces moyens, sans aucun doute. Bagradian revint à son sujet :

« Bon ! Cinquante hommes se sont présentés au conseil de révision à Antioche. Qu'est-il advenu d'eux ?

— On en a gardé quarante.

— Et dans quels régiments servent-ils, à quel front combattent-ils, ces quarante ? »

On ne savait pas au juste. Les familles des hommes en question étaient depuis des semaines, depuis des mois sans nouvelles de leurs fils. Le service postal de l'armée turque était universellement connu par la conscience très relative de ses fonctionnaires. On pouvait supposer que ces jeunes gens se trouvaient dans les casernes d'Alep où le général Dchémal Pacha réorganisait son armée.

« Et ne raconte-t-on pas dans les villages que l'on veut faire des Arméniens des Inchaat Tabouri, des soldats réservés aux corvées, des auxiliaires ?

— On raconte tant de choses dans les villages ! » hasarda timidement le secrétaire.

Gabriel examinait le contenu de la petite étagère. On y voyait un index alphabétique des propriétaires fonciers à côté d'un exemplaire du Code impérial ottoman, et non loin de là un pèse-lettres tout rouillé. Il se retourna brusquement :

« Et les déserteurs ? »

Le secrétaire ainsi questionné marcha vers la porte d'un air mystérieux, l'ouvrit et la ferma, toujours en grand mystère. Naturellement, il y avait des déserteurs, ici comme partout. Pourquoi les Arméniens ne déserteraient-ils pas, puisque les Turcs eux-mêmes leur en donnaient l'exemple ? Combien y en avait-il, de déserteurs ? De quinze à vingt. Oui ! On avait même entrepris des poursuites contre eux. Il y avait quelques jours de ça. Une patrouille composée de saptiéhs et de fantassins réguliers commandée par un mulasim les avait cherchés sur tout le Musa Dagh. C'était à pouffer de rire !

Il se peignit soudain sur le visage pointu du petit homme au regard malicieux une expression de triomphe, féroce et maligne :

« A pouffer de rire, monsieur ! Car ils la connaissent, nos gars, leur montagne ! »

Le presbytère où habitait Ter Haigasoun était, avec la mairie et l'école, le plus important des bâtiments sur la place de l'église à Yoghonoluk. Avec sa terrasse plane et sa façade à un étage percée de cinq fenêtres, il n'aurait pas été déplacé dans une petite ville sud-italienne. Le presbytère dépendait de l'église dédiée à la « Grandeur des Puissances Angéliques », ou autrement dit « Aux Phalanges Célestes », et c'était Awétis l'Ancien qui avait fait construire ces deux bâtiments en même temps, entre 1870 et 1880.

Ter Haigasoun était le prêtre principal de tout le district pour le culte grégorien. La sphère de son activité s'étendait jusqu'aux localités de population mixte et aux petites communes arméniennes des bourgs turcs de Suédja et d'El Eskel. Il avait été nommé directement par le patriarche de Constantinople « Wartabed » de ce diocèse; son autorité embrassait les diverses églises de la région avec leur bas clergé à qui le mariage est permis. Ter Haigasoun avait fait ses études au séminaire d'Edchmiadsin, entre les mains du « Catholicos » que la chrétienté arménienne révérait comme chef suprême; aussi était-il à tout point de vue un parfait directeur d'âmes pour son diocèse.

Et le pasteur Haroutioun Nokhoudian ? Comment des pasteurs protestants avaient-ils bien pu arriver dans ce petit coin d'Asie ? C'est qu'il y avait en effet un nombre important de protestants en Anatolie et en Syrie. L'église évangélique devait ces nouveaux convertis aux missionnaires allemands et américains qui s'occupaient avec tant de dévouement des victimes et des orphelins arméniens. Le bon Nokhoudian lui-même avait été un de ces orphelins que les Pères si bienfaisants avaient envoyé à l'université allemande de Dorpat pour y apprendre la théologie Cependant, lui aussi, il se soumettait à la suprématie de Ter Haigasoun dans toutes les questions qui ne concernaient pas de très près le salut des fidèles. Étant donné la situation toujours critique de la nation, les différences qui séparaient les dogmes des diverses confessions ne jouaient pas un rôle important, si bien que la prépondérance du chef spirituel — car Ter Haigasoun en était un dans toute l'acception du terme — demeurait incontestée et inattaquable.

Gabriel fut introduit dans le cabinet de travail du prêtre par un vieillard qui servait de sacristain. La pièce était vide et recouverte d'un grand tapis. On y voyait pourtant, poussé contre la fenêtre, un minuscule bureau et, à côté de lui, un fauteuil tout dépaillé à l'intention des visites. Ter Haigasoun se leva de derrière le bureau et fit quelques pas vers Bagradian. Il n'avait pas plus de quarante-huit ans, mais sa barbe présentait à droite et à gauche deux épaisses mèches blanches. De ses grands yeux — les yeux des Arméniens sont presque toujours grands, agrandis par l'effroi que leur inspirent d'horribles visions millénaires — émanait une expression où se mélangeaient un farouche désarroi et un positivisme résolu. Le wartabed portait une soutane noire et, sur la tête, un capuchon qui se dressait en pointe. Il cachait de temps en temps ses mains dans les vastes manches de sa soutane comme s'il tremblait de froid malgré la tiédeur de cette journée printanière. Ce tremblement semblait plutôt dû à son humble contenance. Bagradian s'assit avec précaution sur le fauteuil au siège fragile :

« Je regrette vivement, mon Père, de ne jamais avoir l'honneur de vous recevoir à la maison. »

Le prêtre baissa les yeux et fit des deux mains un geste d'excuse :
« Je le regrette plus que vous, Effendi. Mais le dimanche soir est
le seul moment de la semaine où il nous est permis de nous occuper de
nous-mêmes. »

Gabriel jetait des regards inquisiteurs autour de lui. Il supposait
trouver dans ce centre de l'administration paroissiale de grands actes
officiels et des in-folios. Il n'y en avait pas trace. Seuls quelques écrits
étaient éparpillés sur la table.

« Je peux parfaitement m'imaginer quelle lourde responsabilité
vous incombe. »

Ter Haigasoun ne réfuta aucunement cette assertion.

Gabriel chercha à retenir dans les siens les yeux du prêtre :

« Ne croyez-vous pas, Ter Haigasoun, que cette époque n'est maintenant plus guère indiquée pour organiser des réceptions ? »

Un regard bref et intelligent du prêtre répondit au sien :

« Au contraire, Effendi ! C'est le moment où jamais de faire se
rencontrer nos compatriotes. »

Tout d'abord Gabriel Bagradian ne trouva rien à répliquer à ces
mots étrangement ambigus. Il se passa un bon laps de temps avant
qu'il hasardât :

« On ne comprend vraiment pas que la vie puisse continuer à s'écou-
ler aussi calme et que personne ne semble inquiet. »

Le prêtre garda de nouveau les yeux baissés comme s'il s'attendait
à recevoir patiemment toutes sortes de réprimandes.

« J'étais à Antioche, il y a quelques jours, — avoua Gabriel d'une
voix lente, — et j'y ai fait beaucoup de constatations. »

Les mains tremblotantes de Ter Haigasoun quittèrent les manches
de la soutane. Il posa les extrémités de ses doigts les unes contre les
autres :

« Les habitants de nos villages ne vont que rarement à Antioche, et
c'est tant mieux. Ils vivent à l'abri de leurs propres frontières et ne
savent pas grand'chose de ce qui se passe là-bas.

— Combien de temps encore pourront-ils ainsi se retrancher derrière leurs frontières, Ter Haigasoun ?... Qu'arrivera-t-il par exemple
si tous nos chefs et nos personnalités éminentes de Stamboul sont
enfermés ?

— Ils le sont déjà, répondit le prêtre aussi bas que possible, depuis
trois jours déjà, ils sont en prison à Stamboul. Et il y en a beaucoup,
beaucoup. »

Le sort en est jeté, pensa Gabriel; la route de Constantinople se
trouvait barrée. Et pourtant, à cette heure, cette révélation si
importante lui faisait une impression moins forte que le calme de
Ter Haigasoun. Il ne doutait pas que la nouvelle ne fût exacte. Malgré
l'existence du parti libéral Dachnakzagan, le clergé détenait toujours la

puissance suprême et était la seule organisation digne de ce nom pour le peuple arménien. Le prêtre était toujours le premier informé de n'importe quel événement dangereux, et par des voies rapides et secrètes, bien longtemps avant que les journaux de la capitale n'aient le droit d'en publier le rapport. Gabriel voulut encore une fois vérifier s'il avait bien compris :

« Sont-ils vraiment emprisonnés ? Et qui donc ? Est-ce bien sûr, tout cela ? »

Ter Haigasoun posa sur les papiers épars sa main inerte ornée de l'anneau pastoral :

« C'est absolument certain.

— Et ainsi, vous qui avez la direction spirituelle de sept grandes communes, vous pouvez être si calme ?

— L'inquiétude ne me servirait de rien et ne ferait que nuire à mes ouailles.

— Y a-t-il aussi des prêtres parmi les prisonniers ? »

Ter Haigasoun ne manqua pas de percevoir la pointe de méfiance que recélait cette question. Il inclina la tête, d'un air grave :

« Sept prêtres, jusqu'à présent. Parmi eux se trouvent l'archevêque Hémajok et trois prélats haut placés. »

Malgré l'effet foudroyant de la nouvelle, Bagradian ne put plus contenir davantage son besoin de fumer. Il reçut une cigarette et du feu :

« J'aurais dû venir vous trouver plus tôt, Ter Haigasoun. Vous ne sauriez vous imaginer combien il m'en a coûté de me taire.

— Vous avez très bien fait de vous taire. Et c'est notre devoir que de continuer à garder le silence.

— Ne serait-il pas préférable de préparer à leur avenir les pauvres gens de ces villages ? »

Le visage de Ter Haigasoun qui semblait modelé dans de la cire, ne trahissait pas la moindre émotion.

« Je ne connais pas l'avenir, mais je connais par contre les dangers de l'angoisse et de la panique au milieu d'une communauté. »

Le prêtre chrétien avait ainsi prononcé presque les mêmes paroles que Rifaat, le pieux mahométan. Pendant ce temps, une vision traversa l'esprit de Gabriel avec la vitesse d'un éclair, un rêve à l'état de veille. Un énorme chien ! Une de ces horribles bêtes sans propriétaire qui infestent la Turquie entière. Sur le chemin, un vieillard s'arrête, pris de peur à la vue du chien, se met à danser sur place, puis, d'un mouvement brusque, il prend la fuite. Mais déjà l'animal féroce lui a enfoncé ses crocs dans les reins. Gabriel posa sa main sur son front :

« La peur, dit-il, est le plus sûr moyen de pousser l'ennemi jusqu'au meurtre... Mais n'est-ce pas commettre une faute et augmenter encore

le danger que de ne pas révéler au peuple la vérité sur son sort ?
Combien de temps encore peut-on dissimuler cette fatalité ? »

Ter Haigasoun semblait écouter dans le lointain :

«. Les journaux n'ont pas encore la permission de parler de tous ces
événements afin d'éviter qu'ils ne s'ébruitent à l'étranger. D'autre
part, au printemps, le travail est très abondant, aussi nos paysans ont
peu de temps libre et ne sortent guère de chez eux. Ainsi, avec l'aide
de Dieu, la peur leur sera encore quelque temps épargnée. Mais cela
finira bien par arriver, un jour ou l'autre.

« Qu'est-ce qui arrivera ? Comment vous le représentez-vous ?

— Je ne me représente rien.

— Nos soldats désarmés, nos chefs emprisonnés ! »

Ter Haigasoun continua cette énumération toujours avec indifférence, comme s'il eût éprouvé une satisfaction secrète à se faire
souffrir, lui et son visiteur :

« Parmi ceux qui ont été arrêtés se trouve aussi Wartkes, l'ami
intime de Talaat et d'Enver. Une partie d'entre eux a été déportée.
Peut-être sont-ils déjà morts. Tous les journaux arméniens ont été
suspendus, tous les magasins et les boutiques sont fermés. Et tandis
que nous parlons ici tous deux, on voit sur la place du Séraskériat
quinze Arméniens innocents pendus à quinze gibets. »

Gabriel se leva si violemment que le fauteuil de bambou fut renversé :

« Que signifie cette mesure insensée ? Peut-on comprendre cela ?

— Je comprends seulement que le gouvernement projette contre
notre peuple un coup tel que même Abdul Hamid n'a pas osé en
porter. »

Gabriel lança à l'adresse de Ter Haigasoun un rugissement aussi
furieux que s'il avait eu devant lui un ennemi, un membre de l'Ittihad :

« Sommes-nous donc réellement impuissants ? Faut-il vraiment
tendre la tête au couperet du bourreau ?

— Oui, nous sommes impuissants. Nous n'avons qu'à tendre la
tête. Peut-être pouvons-nous crier. »

Voilà bien le maudit Orient avec son kismet et sa passivité ; cette
idée traversa Bagradian comme une flèche. En même temps, un chaos
de noms, de relations, de possibilités envahissait sa conscience :
hommes politiques ou diplomates qu'il connaissait, Français, Anglais,
Allemands, Scandinaves. Il fallait absolument secouer le monde entier.
Mais comment ? Le piège était sans issue. Le brouillard se dissipa de
nouveau. Quelques mots murmurés à demi-voix tombèrent de ses
lèvres :

« L'Europe ne souffrira pas cela.

— Vous nous regardez avec des yeux d'étranger. » Comme l'impassibilité de Ter Haigasoun était insupportable ! « Il y a aujourd'hui

79

deux Europes : les Allemands ont plus besoin du gouvernement turc que celui-ci n'a besoin d'eux. Et les autres puissances ne peuvent pas nous aider. »

Gabriel regardait fixement le prêtre dont l'intelligent visage aux tons de camée ne se laissait altérer par quoi que ce fût :

« Vous êtes le berger auquel sont confiés plusieurs milliers d'âmes — et la voix de Bagradian avait pris un timbre tranchant, militaire — or, tout votre art consiste à cacher la vérité aux yeux de vos fidèles, exactement comme on dissimule un malheur aux enfants et aux vieillards pour les ménager. Est-ce là tout ce que vous pouvez faire pour votre troupeau ? Que faites-vous d'autre ? »

Cette attaque directe lancée par Gabriel sembla cette fois avoir atteint le prêtre au vif. Ses poings posés sur la table se rapprochèrent lentement. Sa tête tomba sur sa poitrine :

« Je prie... », fit Ter Haigasoun dans un souffle, comme s'il avait eu honte de révéler le combat moral qu'il disputait jour et nuit avec Dieu et dont l'enjeu était le salut de ses frères. Peut-être le petit-fils d'Awétis Bagradian était-il un libre penseur et un impie. Or, celui-ci marchait, respirant fortement, à grands pas à travers la pièce. Soudain, il frappa du plat de la main contre le mur, on entendit un claquement sonore tandis qu'un peu de crépi tombait à terre :

« Priez donc, Ter Haigasoun ! » Et il continua sur un ton de commandement : « Priez, priez !... Mais mieux vaudrait encore venir en aide à Dieu ! »

Le premier événement qui révéla à Yoghonoluk les incidents cachés, se produisit encore le même jour. C'était un vendredi d'avril, chaud et nuageux.

Gabriel Bagradian avait fait installer dans le parc de la villa, sur la demande de Stéphan, quelques appareils de gymnastique grossièrement construits. Le garçonnet était très habile dans tous les exercices physiques et il avait à cœur de briller dans ce domaine. On faisait aussi pas mal de sport et le père lui-même venait y prendre part. Le tir à la cible était leur occupation préférée. Juliette par contre ne se plaisait guère qu'au jeu de croquet. Gabriel, Awakian et Stéphan se rendirent ce jour-là aussitôt après le déjeuner — pendant lequel le père de famille n'avait pas dit un seul mot — vers le tir qui se trouvait hors des murs de clôture du parc, sur un contrefort boisé. Bagradian avait fait en ce point abattre sur une longueur de cinquante pas les arbustes qui encombraient un vallon en forme de ravin. Sous un chêne élevé se trouvait un lit de camp muni d'un coin de bois sur lequel on pouvait, tout en restant étendu, viser directement la cible, attachée à un arbre à l'autre extrémité du ravin. Awétis junior avait légué à son frère un riche assortiment d'armes : huit fusils de chasse de calibres différents, deux Mauser d'infanterie et une grande quantité de munitions.

Gabriel tirait convenablement, néanmoins, sur cinq cartouches, il n'avait mis qu'une fois dans le mille. Awakian, très myope, s'abstint de prendre part au concours, afin de ne pas mettre le respect de son élève à une trop dure épreuve. L'enfant, par contre, semblait être maître dans l'art du tir, car sur les sept coups qu'il avait tirés avec la plus petite des carabines, six avaient atteint la carte à jouer qui indiquait le milieu de la cible et quatre de ces derniers étaient même allés se loger dans le personnage. La victoire que Stéphan avait remportée sur son père en qualité de tireur l'excitait vivement. Il aurait continué à pratiquer ce sport viril avec la même passion jusqu'au soir si son père ne lui avait pas fait soudain un signe d'arrêt : « En voilà assez ! »

Gabriel, en effet, s'était senti en proie à un état inconnu et tel qu'il ne se rappelait pas en avoir jamais connu de semblable. Un sentiment pénible de sa propre existence, la langue lourde et sèche, les mains et les pieds glacés, la tête vidée de sang. Mais ce n'étaient que les symptômes extérieurs d'un phénomène qui atteignait le centre même de sa vie. Ce n'est pas que je me sente mal, pensa-t-il après avoir attendu un instant, ne pouvant guère prévoir ce qu'il allait advenir de lui ; ce n'est pas que je me sente mal, je voudrais seulement sortir de mon enveloppe actuelle, faire peau neuve. En même temps, un désir absurde de courir s'empara de lui, un désir de s'enfuir n'importe où. « Nous allons faire un petit tour, Stéphan », décida-t-il. Pour Gabriel, l'essentiel c'était de ne pas rester seul. Car il avait l'impression qu'autrement, il s'en irait à petits pas rapides, toujours plus loin sans jamais revenir et jusqu'à franchir la limite du monde.

Awakian se chargea de rapporter les fusils à la maison, tandis que le père et le fils quittaient le parc et prenaient le petit chemin qui descendait vers Yoghonoluk dont ils n'étaient pas même à dix minutes de distance. Gabriel se sentait devenu soudain un très vieil homme, son corps lui semblait si lourd qu'il s'appuyait sur Stéphan. Avant d'avoir atteint la place de l'église, un brouhaha de voix perçantes parvient à leurs oreilles. A l'inverse des Arabes et des autres peuples orientaux fort bruyants, les Arméniens se montrent, dans la vie publique, très silencieux et renfermés. Leur vieille expérience de leur destinée suffit déjà à les retenir de se mélanger à des attroupements criards ou, à plus forte raison, d'en provoquer eux-mêmes. Mais là, en ce moment, c'étaient environ trois cents villageois qui s'étaient amassés et, qui en demi-cercle, assiégeaient l'église. Parmi ces hommes et ces femmes, paysans ou artisans, quelques-uns lançaient de longues imprécations gutturales et montraient le poing. Les injures s'adressaient, à n'en pas douter, aux saptiéhs dont on voyait les têtes surmontées de bonnets râpés en peau d'agneau. Les défenseurs de l'ordre avaient probablement l'intention de repousser les gens qui envahissaient l'église, afin de dégager les marches et l'entrée. Gabriel saisit la main de Stéphan et se fraya à grand'peine un passage à travers la foule compacte. Ils ne virent tout d'abord qu'un long individu en haillons qui avait entouré son bonnet noir d'une couronne de paille et brandissait dans sa main droite une fleur de soleil à la tige coupée court. Avec un sérieux à toute épreuve, ce personnage, suivant un rythme intérieur, exécutait des pas de danse las et lourds. Mais ce n'était pas une manifestation de l'ivresse. On s'en rendait compte dès le premier instant. La foule n'accordait pas la moindre attention au danseur qui gesticulait avec sa fleur. Leurs yeux se portaient vers un autre tableau.

Sur les marches de l'église, quatre personnes étaient assises. C'étaient un homme, deux jeunes femmes et une fillette qui pouvait avoir de douze à treize ans. Ils formaient un groupe humain si misérablement replié sur lui-même que Gabriel n'avait jamais rien vu de pareil : quoique vivants, ces êtres assis avaient une raideur cadavérique. C'est dans une posture analogue qu'on trouve les corps de ceux qui furent, deux mille ans auparavant, ensevelis sous les cendres et la lave : on croirait qu'ils vivent encore, dit-on à leur vue. Tous quatre laissaient errer dans le lointain leurs regards mornes et vides qui ne retenaient rien, ni la foule agitée, ni la maison du pharmacien située en face d'eux. (Qu'est-ce en effet qu'un regard ? Une minime modification de l'œil, une coloration plus claire ou plus foncée. Et pourtant c'est aussi un être ailé, une sorte d'ange que l'homme charge d'un message en l'envoyant loin de lui. Or, ces anges-là s'enfuyaient devant toutes choses, emportant leurs messages, les ailes repliées sur leurs visages.)

L'homme encore jeune au visage mince et farouche, à la barbe hirsute, portait une longue veste d'alpaga gris comme en ont d'ordinaire dans ce pays les pasteurs protestants. Son chapeau de paille souple avait roulé le long des marches. Ses pantalons s'effrangeaient en bas sur toute leur largeur. Les bottes déchirées de l'homme et l'épaisse couche de poussière qui recouvrait son visage et ses vêtements indiquaient qu'il avait dû faire une marche à pied de plusieurs jours. Les femmes, elles aussi, étaient habillées à l'européenne, et pas mal du tout, dans la mesure où l'on pouvait s'en rendre compte vu l'état où elles se trouvaient. Celle qui se tenait tout contre le pasteur, — sa femme, sans aucun doute, — semblait sur le point de succomber, malgré une lutte évidente, à une syncope ou à une crise de nerfs, car elle rejeta soudain son buste en arrière et sa tête serait venue se cogner contre la marche si l'homme n'avait pas étendu le bras pour la retenir. C'était le premier mouvement qui se produisait dans ce groupe, encore était-il étrangement brusque. L'autre femme qui devait être encore très jeune n'était pas sans beauté, même dans cet appareil. Malgré la pâleur et la maigreur de son frêle visage, ses yeux brillaient d'un éclat fiévreux et sa bouche aux lignes délicates restait ouverte comme pour aspirer langoureusement l'air. On voyait qu'elle souffrait. Elle était probablement blessée ou contusionnée de quelque façon, car son bras gauche semblait déboîté et elle le portait en écharpe. Enfin, la petite fille, toute en angles et en saillies, était revêtue d'un sarrau rayé comme en portent les enfants des patronages. La petite allongeait ses pieds nus sous le sarrau, craintivement, prenant mille précautions pour les empêcher de toucher quoi que ce soit. On dirait, pensait Gabriel, un pauvre animal qui étire ses pattes blessées. Et, de fait, les pitoyables pieds de l'enfant étaient enflés, bleuâtres, et recouverts d'ecchymoses. Seul le danseur à la fleur de soleil semblait en pleine possession de ses forces.

A ce moment, un homme âgé traversa la place en courant ; on était probablement allé le chercher en plein travail, car il portait encore un tablier bleu noué à la taille. Stéphan reconnut maître Tomasian, le charpentier qui avait dirigé les réparations faites à la villa. Le garçonnet avait souvent, par curiosité, rôdé autour des ouvriers et avait maintes fois entendu Tomasian plein d'orgueil parler de son fils Aram qui était une personnalité importante dans la ville de Zeitoun où il exerçait les fonctions de pasteur et d'administrateur de l'orphelinat. Cet homme, là-bas, est certainement son fils, se dit Stéphan. Le vieux Tomasian resta planté les bras en l'air, dans une attitude d'interrogation, devant ces êtres minés par la fatigue.

Le pasteur Aram rattrapa non sans peine son regard perdu dans le vague, se leva brusquement avec une légèreté forcée et tenta d'esquisser un sourire apaisant comme s'il n'était rien arrivé d'extraordinaire. Les femmes aussi se mirent sur leurs pieds, mais l'une et l'autre au prix de grands efforts, car l'une avait un bras estropié et l'autre était enceinte. Seule, la petite au sarrau rayé restait assise et regardait de ses gros yeux méfiants ses compagnons de malheur. Des interjections aiguës, des questions et des cris de douleur furent échangés en guise de salut, mais il était impossible de comprendre les mots qui s'y mêlaient. Lorsque le pasteur Aram embrassa son père, tout à coup, c'en fut fait de sa belle maîtrise de soi. Sa tête tomba sur l'épaule du vieillard et l'on entendit un court sanglot et un toussotement rauque tout empreint de souffrance. Cela ne dura pas l'espace d'une seconde, et les femmes restèrent muettes. Néanmoins, cette commotion se transmit dans la foule environnante à la manière d'un courant électrique. Gémissements, sanglots étranglés, et raclements de gorge se propageaient de rang en rang. Seuls, les peuples persécutés et oppressés sont aussi bons conducteurs de la douleur. Ce qui atteint un membre isolé atteint la nation entière. Là, devant cette église de Yoghonoluk, trois cents hommes, tous compatriotes, étaient en proie à une souffrance dont ils ignoraient la provenance. Gabriel, cet étranger, ce Parisien, cet Européen aux idées internationalistes qui depuis longtemps s'était évadé des limites de son origine, lui aussi, sentait quelque chose qui l'étranglait et dont il ne pouvait qu'à grand'peine maîtriser la force envahissante. Il regarda Stéphan à la dérobée. Il ne restait plus la moindre trace de couleur sur le visage du jeune maître-tireur. Juliette aurait été épouvantée de la pâleur de son fils, et plus encore de l'expression intense d'effroi instinctif, non réfléchi, répandu sur son visage. Elle aurait été épouvantée de voir combien Stéphan avait l'air arménien.

·Sur ces entrefaites, le Dr Altouni était également arrivé, et avec lui Antaram Altouni, les deux instituteurs que l'on avait enlevés à leur école, le mouchtar Kéboussjan, et finalement Ter Haigasoun qui revenait justement, à califourchon sur son âne, de faire une visite à Bitias. Le prêtre adressa au saptiéh Ali Nassif quelques mots en turc pour lui signifier de ne laisser personne de dehors franchir le seuil de l'église. Par contre, il poussa la famille Tomasian et la petite fille à l'intérieur par le portail principal. Le médecin et sa femme, le mouchtar, les instituteurs les suivirent. Gabriel Bagradian et son fils entrèrent également dans l'église. La foule demeura au dehors sous l'accablant soleil d'après-midi ainsi que le danseur à la fleur qui s'effondra sur les marches et s'endormit.

Ter Haigasoun conduisit les voyageurs épuisés à la sacristie, salle claire et spacieuse où se trouvaient un divan et plusieurs bancs d'église. On envoya le sacristain chercher du vin et de l'eau chaude. Le médecin et sa femme se mirent à l'œuvre sans tarder. Ils examinèrent la jeune fille au bras blessé — Iskouhi Tomasian, sœur du pasteur. Ils soignèrent de même les ecchymoses de Sato, la petite orpheline que le pasteur Aram avait amenée de Zeitoun.

Gabriel Bagradian se tenait à l'écart, en étranger qu'il était devenu ou plutôt qu'il était encore. Il gardait la main de Stéphan dans la sienne et écoutait les questions entremêlées auxquelles répondaient des explications embrouillées. C'est ainsi qu'il apprit la tragique destinée de la ville de Zeitoun, ainsi que l'histoire du pasteur Aram et de sa famille.

Zeitoun est le nom d'une vieille bourgade haut perchée sur la montagne dans la partie occidentale du Taurus cilicien. Tout comme les villages du Musa Dagh, elle était presque uniquement habitée par des Arméniens dont les ancêtres s'y étaient installés des siècles auparavant. C'était néanmoins une localité assez importante, d'environ trente mille habitants ; aussi le gouvernement turc y entretenait-il un nombre considérable de saptiéhs et de troupes, d'officiers et de fonctionnaires qui y vivaient avec leurs familles — mesure qu'il appliquait d'une façon générale partout où il s'agissait d'équilibrer et de surveiller une population non-turque. Seuls des êtres comme Gabriel Bagradian, établis à Paris ou dans d'autres capitales pouvaient avoir conservé assez d'idéalisme pour espérer et croire possible jusqu'à ce printemps une réconciliation des antagonismes, un accommodement entre ennemis héréditaires, une victoire de l'équité sous la bannière des Jeunes-Turcs. Gabriel en connaissait toute une foule qui, avocats et journalistes, avaient fait une brillante carrière grâce à la révolution. Au temps de la conspiration, il avait passé avec eux des nuits entières dans les cafés de Montmartre, discutant jusqu'à l'aube. Turcs et Arméniens échangeaient alors des protestations de fidélité éternelle promettant un avenir messianique. Pour l'amour de cette rénovation de sa patrie (avec laquelle il avait si peu de rapports), il était, quoique déjà marié, entré à l'académie militaire et avait pris part à la guerre des Balkans, ce dont une faible minorité seulement parmi ces patriotes turcs avait pu avoir l'idée. Et qu'arrivait-il maintenant ? Il revoyait toujours en pensée leurs visages bien connus, et, sentant brûler encore en lui la flamme d'un souvenir sympathique, il se demandait, stupéfait : Comment cela se peut-il ? Mes amis de jadis sont-ils donc devenus mes pires ennemis ?

Les nouvelles qui lui arrivaient de Zeitoun venaient de donner à sa question la plus impertinente des réponses. Que l'on s'imagine un rocher très haut et raviné, couronné d'une citadelle à l'aspect farouche, et, creusée dans le roc, la vieille ville dont l'aspect rappelait les rayons d'une ruche — pyramide altière, presque intimidante, de maisons s'étageant sur un dédale de rues dont seuls les nouveaux quartiers touchaient à la plaine vers la base. Zeitoun avait été de tout temps une flèche plantée dans la chair vive du nationalisme turc. De même qu'il existe sur terre des lieux saints et des pèlerinages religieux dont le nom seul est un symbole de pur recueillement, de même il existe des centres de férocité et de haine dont le nom seul fait bouillir le sang des patriotes fanatiques. Pour Zeitoun, une telle haine avait, de plus, des raisons fort évidentes. La ville avait en effet, jusqu'au milieu du XIXe siècle, joui d'une autonomie absolue, fait qui prouve que, probablement à la suite de diverses expériences désagréables, le peuple souverain avait été obligé d'accorder à contre-cœur cette indépendance. Mais la cause la plus impardonnable sur laquelle reposât cette haine, c'était l'attitude inattendue que la ville avait adoptée en 1896. A cette époque, le bon sultan Abdul Hamid avait créé à côté de divers autres corps francs celui des Hamidijéhs — soldatesque formée de bagnards libérés temporairement, de brigands et de nomades — dans le seul but d'avoir toujours sous la main une troupe active, prête à déchaîner sans scrupules les incidents dont il se servait en toute occasion pour clore résolument la bouche des sujets arméniens lorsqu'ils réclamaient à grands cris des réformes. Partout ailleurs, ce corps franc obtenait des résultats dignes d'éloges ; or, ils s'attirèrent justement à Zeitoun une sanglante défaite et, qui pis est, les bataillons réguliers eux-mêmes qui étaient accourus à leur secours, se virent chassés hors des étroites ruelles par les habitants de la ville et non sans avoir subi de sérieuses pertes. Le siège en règle qui suivit cet échec n'eut pas non plus le moindre effet : Zeitoun demeurait imprenable. Lorsque finalement la diplomatie européenne intervint en faveur du vaillant peuple arménien et que les ambassadeurs des grandes puissances auprès de la Sublime Porte (qui, au comble de la honte, ne savait à quel saint se vouer) obtinrent une amnistie complète pour Zeitoun, l'humiliation et la rancune turques ne connurent plus de bornes. Toutes les nations belliqueuses — et les Osmans ne sont pas seuls dans leur cas — supportent des insuccès militaires s'ils leur ont été infligés par des adversaires de même rang. Mais être battu par une race hostile à l'idéal guerrier, se voir abaissé par des marchands, des artisans et des bibliomanes, c'est un affront qu'un véritable esprit militaire ne saurait jamais oublier. Aussi le nouveau gouvernement, après la disparition de l'ancien, avait-il pris à sa charge le souvenir de la défaite de Zeitoun et accepté le vieil héritage de haine.

Où trouver une occasion plus favorable, pour le règlement des comptes privés, que la grande guerre ? On avait proclamé la loi martiale et l'état d'exception. La jeunesse masculine était pour la plupart au front ou enfermée dans de lointaines casernes. Quant à la population demeurée à l'arrière, dès les premiers jours, on l'avait consciencieusement désarmée au moyen de perquisitions répétées. Il ne manquait plus qu'une chose : l'occasion.

Le maire de Zeitoun s'appelait Nazareth Tchauch. C'était un vrai type d'Arménien montagnard : sec, courbé en avant, pâle, avec une moustache touffue sous un nez aquilin. N'étant plus ni jeune ni bien portant, il avait longtemps refusé d'accepter les responsabilités d'une telle fonction. Sans doute trouvait-il que l'avenir avait déjà une odeur de roussi. Les plis perpendiculaires creusés entre ses sourcils se faisaient chaque jour plus profonds tandis qu'il montait le chemin raide qui mène à l'hukumet pour y apprendre les nouvelles décisions du kaimakam. Sa main, qui serrait un bâton grossièrement taillé, était déformée par les nodosités de la goutte. Le cerveau perspicace de Nazareth Tchauch n'avait pas tardé à comprendre qu'il ne pouvait exister désormais qu'une seule politique à leur usage : être armé contre toute provocation, ne jamais donner dans un piège en trahissant ses opinions, et, au nom de Dieu et du diable, demeurer un patriote ottoman enraciné. Au reste, pas plus que les autres Arméniens de Zeitoun, Nazareth Tchauch ne cachait de haine contre la Turquie au fond de son cœur. Elle était la fatalité de la nation. A quoi bon se fâcher contre la terre sur laquelle on vit ou contre l'air que l'on respire. Il ne se perdait pas dans des rêves puérils de libération, car, en fin de compte, choisir entre la domination du sultan et celle du tsar n'était pas moins difficile que superflu. Il restait partisan de la sentence qui jadis avait acquis une certaine célébrité parmi les Arméniens : « Plutôt laisser périr notre corps en Turquie que notre esprit en Russie. » Il n'existait pas de troisième possibilité.

D'après tout cela, l'attitude à adapter envers les autorités turques se trouvait nettement définie. L'exemple vivant du chef Nazareth Tchauch était suivi par la population avec une discipline de fer. Jusqu'à nouvel ordre, aucun de ces événements ne s'était produit qui eussent pu être déformés suivant les secrets et perfides désirs du gouvernement. Un conseil de révision altéré de sang déclara des infirmes et des malades bons pour le service armé. Parfait ! Ils partirent pour le front sans sourciller. Le kaimakam décréta des contributions et des impôts de guerre illégaux. Parfait ! Ils furent versés au jour dit. Le même kaimakam ordonna dans les circonstances les plus déplacées des fêtes triomphales et des défilés patriotiques. Parfait ! Le peuple se montra au complet, rayonnant de sagesse, et chanta les hymnes et les chants de victoire prescrits aux sons de la musique militaire turque.

Aussi, de cette manière, ne se produisait-il aucun incident. Puisque les grandes provocations n'avaient pas de succès, il fallait essayer des petites. Tout d'un coup, on vit surgir dans les bazars, dans les cafés et les auberges, dans toutes les rues et sur les places publiques, des Arméniens étrangers à la ville, mais néanmoins fort empressés, qui se mêlaient aux conversations, venaient s'intéresser aux parties de cartes ou d'osselets, s'introduisaient même dans les familles où ils se lamentaient sans mesure sur la déplorable situation et sur l'oppression toujours croissante. Les rapports que ces espions et dénonciateurs fournissaient quotidiennement ne valaient même pas la somme qu'ils coûtaient. Et de cette façon, le premier hiver de la guerre arriva sans qu'on ait pu pêcher dans l'eau claire de Zeitoun le plus petit cas suspect, comme on l'aurait vivement désiré dans les autres sphères gouvernementales. Le kaimakam se décida alors à assurer lui-même le rôle d'agent provocateur.

La chance, ou plutôt la malchance de Nazareth Tchauch voulut qu'il possédât dans la personne du kaimakam un partenaire très insuffisant. Celui-ci n'était pas un tyran sanguinaire, mais un fonctionnaire moyen, ancien modèle, qui, d'une part voulait avoir la paix, et d'autre part devait s'assurer contre le mécontentement d' « en haut ». Ces autorités supérieures, c'était en première ligne le mutessarif du sandjak Marche qui avait sous ses ordres la kasah de Zeitoun. Le mutessarif lui-même était un homme extrêmement dur, membre intrépide de l'Ittihad, bien résolu à accomplir sans pitié les désirs d'Enver et de Talaat relatifs à la « race maudite », même s'il lui fallait pour cela agir contre les ordres de son supérieur, le wali d'Alep, Djélal Bey. Le mutessarif accablait le kaimakam de questions, d'avertissements et de sanglants reproches. Aussi le gros sous-préfet de Zeitoun — qui aurait de beaucoup préféré vivre en bon accord avec les Arméniens — se vit-il forcé de découvrir un motif quelconque d'accusation dans laquelle fût compromise au moins une personnalité de premier plan. L'essence même du fonctionnaire amorphe consiste précisément à refléter le caractère de son supérieur du moment, sans en avoir un vraiment à lui. C'est pourquoi le kaimakam fit des avances au mouchtar Nazareth Tchauch ; il l'invitait chaque jour à lui rendre visite, lui prodiguait les témoignages d'amitié et lui offrait même l'occasion de réaliserde bonnes affaires avec l'Etat. Quant à Tchauch, non seulement il arrivait toujours à l'heure lorsque sa présence était désirée, mais de plus, il acceptait, avec une mine des plus innocentes, les propositions commerciales. Pendant ces réunions, les conversations devenaient naturellement de plus en plus cordiales. Le sous-préfet exprimait au maire la vive sympathie qu'il éprouvait pour les Arméniens. Tchauch, par contre, le suppliait de ne pas trop exagérer une telle bienveillance ; tous les peuples, disait-il, ont leurs défauts et les Arméniens n'en sont pas plus exempts que les autres ; c'est d'après les services rendus au pays, uniquement, qu'ils doivent conquérir leur rang dans la patrie. Quels journaux lisait donc le mouchtar pour être exactement informé sur la situation ? Le « Tanin », sans plus, le moniteur officiel de l'empire, s'empressait de répondre Tchauch. Quant à l'exactitude, puisqu'il régnait sur le monde une guerre qui le mettait sens dessus dessous, on savait bien que la vérité authentique était devenue partout une des armes défendues. Le kaimakam, trop simple et maladroit pour masquer son jeu, se fit plus précis et se mit à dénigrer l'Ittihad, puissance derrière la puissance (Probablement, de telles paroles lui venaient-elles tout droit du cœur.) Nazareth Tchauch prit visiblement peur :

« Ce sont de grands personnages, et les grands personnages veulent toujours faire pour le mieux. »

Le sous-préfet ainsi berné se mit en colère :

« Et Enver Pacha ? Que penses-tu d'Enver, mouchtar ?

— Enver Pacha est le plus grand guerrier de notre temps. Mais d'ailleurs, est-ce que je connais quelque chose dans ce domaine, Effendi ? »

Le kaimakam clignotait des yeux d'un air douillet et continua, mendiant une réponse :

« Fais-moi confiance, mouchtar ! Sais-tu que les Russes avancent ?

— Que dis-tu là, Effendi ? Je ne peux pas le croire. Ce n'est pas dans le journal.

— Je te le répète, c'est une nouvelle authentique. Parle franchement, mouchtar ! Ne serait-ce pas, à ton avis, une solution ? »

Nazareth Tchauch l'interrompit, hors de lui :

« Fais attention, Effendi ! Haut placé comme tu l'es ! Ne dis pas un
mot de plus, pour l'amour de Dieu. Ce serait un crime de haute trahison. Mais n'aie pas peur ! Je serai muet comme la tombe. »

Du moment qu'une ruse aussi raffinée n'aboutissait à rien, la brutalité n'allait pas tarder à se montrer sans fard.

Naturellement, il y avait à Zeitoun comme ailleurs, et aussi dans
ses environs d'un pittoresque sauvage, des « hors la loi ». Plus la guerre
durait, plus leur troupe s'enrichissait de nouveaux contingents. Il
s'était évadé des casernes de Marach non seulement quelques Arméniens, mais au moins tout autant de mahométans. Le cône crevassé du
mont Ala Kaja offrait aux déserteurs de toutes sortes un asile aussi
sûr qu'agréable. A l'exception de quelques larcins innocents et
coutumiers au pays, ils ne faisaient de mal à personne et mettaient
même leur point d'honneur à ne causer aucun mécontentement.

Un jour, dans la montagne, il arriva qu'un ânier turc fut roué
de coups ; on ne saurait affirmer si c'était un méfait des déserteurs.
Quelques infidèles prétendaient que ce vaurien s'était mis lui-même
dans un tel état en échange d'un bon « bakchich » octroyé par le gouvernement de l'empire ottoman. Mais, trêve de plaisanterie, — l'homme
gisait bel et bien dans le fossé de la grand'route, et copieusement rossé.
C'était enfin l'incident tant désiré. Les mudirs et les fonctionnaires
de second ordre montrèrent des visages impénétrables, les saptiéhs
circulaient désormais deux à deux à travers les rues et Nazareth
Tchauch fut de nouveau invité chez le kaimakam, mais cette fois-ci
invité à comparaître.

Le kaimakam se plaignit de ce que l'agitation révolutionnaire fît
de plus en plus des progrès inquiétants. Ses supérieurs, et particulièrement le mutessarif de Marach exigeaient qu'il prît là-contre de
sérieuses mesures répressives. S'il tardait plus longtemps, c'en était
fait de lui. Aussi comptait-il fermement être secondé dans cette tâche
par son ami Nazareth Tchauch qui jouissait, comme chacun savait,
d'une grande considération dans toute la région. Le maire n'aurait
certainement pas de peine à livrer à la justice, dans l'intérêt des sujets
arméniens, quelques insurgés et criminels qui, à ce que l'on disait, se
cachaient dans les environs ou peut-être même dans la ville. En
entendant ces paroles, l'homme intelligent qu'était Tchauch tomba
dans le piège du nigaud. Il aurait dû dire :

« Effendi ! Je suis aux ordres de Son Excellence et à ceux du
mutessarif ainsi qu'aux tiens propres. Ordonne et tu seras obéi. »

Au lieu de cette phrase, il en prononça une autre qui donnait prise
sur lui à son adversaire :

« Je n'ai pas entendu parler de criminels ni de révolutionnaires, Effendi.

— Ainsi, tu ne peux pas nous indiquer le lieu où se cachent ces canailles qui attaquent en plein jour d'honnêtes citoyens ?

— Puisque je ne connais pas les canailles dont tu parles, je ne connais pas davantage leur retraite.

— Je le regrette pour toi. Et ce qui aggrave ton cas, c'est que dans la nuit du dernier vendredi, tu as reçu sous ton propre toit deux de ces ennemis publics. »

Nazareth Tchauch leva ses doigts déformés par la goutte pour prêter serment et nia que cette suspicion fût fondée. Mais sa voix n'avait pas un ton très convaincant. Le kaimakam eut une inspiration ; à vrai dire, ce n'était pas un signe de perfidie, mais, de sincérité au contraire, conforme à sa nature conciliante qui répugnait à toute dureté :

« Sais-tu, mouchtar, j'ai une idée, et une prière à t'adresser. Toutes ces difficultés qui surviennent entre vous et moi finissent par me lasser. Je suis un homme qui aime la tranquillité, et non pas un chien policier. Décharge-moi de cette affaire. Je te demande donc d'aller à Marach parler avec le mutessarif en personne. Toi, tu es le doyen de la ville, et lui, le responsable. C'est lui qui a entre les mains le rapport que j'ai rédigé sur l'incident. Vous arriverez bien, tous les deux, à trouver la solution la meilleure.

— Est-ce un ordre que tu me donnes, Effendi ?

— Voyons, je te le répète, c'est mon désir personnel. Tu peux refuser, mais cela me ferait de la peine.

— Si je vais à Marach, est-ce que je ne cours pas le risque... »

Le kaimakam fit preuve d'une bienveillance des plus rassurantes :

« Un risque ? Et lequel ? La route est sûre, je te prêterai ma propre voiture et deux saptiéhs t'accompagneront pour te protéger. Je te donnerai également une lettre de recommandation pour le mutessarif et tu pourras la lire auparavant. Enfin, si tu as encore d'autres craintes, je ferai tout pour les dissiper. »

La face sillonnée de rides du montagnard arménien devint couleur de terre. Il restait pétrifié, vieilli et abattu, pareil au rocher sur lequel s'était construite la ville de Zeitoun. Il cherchait désespérément des arguments contraires, mais ses lèvres dissimulées sous sa moustache pendante ne remuaient pas le moins du monde. Une force inconnue paralysait sa volonté. Faiblement, il fit de la tête un signe d'assentiment, sans plus. Le lendemain, il prit congé des siens sans aucune solennité. Il partait pour un petit voyage, disait-il, et resterait absent tout au plus une semaine. Son fils aîné l'accompagna jusqu'à la voiture du kaimakam. Il lui fut difficile d'y monter à cause du mauvais état de ses mains et de ses pieds. Le jeune homme lui prêta son appui. En levant péniblement la jambe vers le marchepied, Tchauch murmura avec un calme absolu et à mi-voix, afin que le cocher ne l'entendît pas :

« Ogloum, bir, daha gelmem. Mon fils, je ne reviendrai pas. »

Il eut raison. Le mutessarif de Marach ne fit pas long procès à Nazareth Tchauch. Malgré la lettre si cordiale qui l'accompagnait, il fut reçu comme étant coupable d'une faute dissimulée aux autorités, soumis à des interrogatoires contradictoires sans pitié, puis, finalement, jeté dans la prison d'Osmanijé, inculpé de haute trahison et de participation à une conjuration à tendances subversives. Comme on ne pouvait, après maints essais, pas obtenir de lui le moindre renseignement sur l'organisation secrète du mouvement de trahison arménien ni même une indication quelconque quant aux déserteurs de Zeitoun, on lui appliqua la bastonnade au dernier degré. Après quoi ses pieds sanglants furent arrosés d'un acide corrosif. Son corps n'était plus apte à supporter de telles souffrances. Il mourut après une heure de tortures indicibles. La musique des janissaires jouait devant les fenêtres de la prison pour couvrir, du bruit de ses tambours et de ses fifres, les cris du supplicié.

Mais la mort du martyr Nazareth Tchauch n'eut pas les conséquences espérées. Tout d'abord, il ne se produisit absolument rien, rien d'autre que le deuil et le sombre désespoir du peuple, écrasants à en être tangibles. La ville montueuse, déjà si sombre, s'assombrissait encore de la rancune humaine oppressante, étouffante comme un épais rideau de brouillard. Il fallut attendre le mois de mars pour que le gouvernement trouvât enfin l'occasion de réaliser ses plans grâce à deux incidents. Le premier fut causé par un coup tiré d'une fenêtre. Un gendarme qui passait, dans le quartier d'Yeni Dunya, devant la maison du mouchtar assassiné, fut blessé par quelqu'un qui tira sur lui de cette même maison. Au lieu de procéder à une instruction régulière, le kaimakam s'empressa de déclarer que sa vie était en danger s'il restait à Zeitoun, et après avoir expédié des télégrammes de tous côtés, il transporta sa résidence dans une caserne située en dehors de la ville. En même temps, il fit équiper pour la défense de la population mahométane une « garde municipale », c'est-à-dire qu'on distribua en grande vitesse, à la façon d'Abdul Hamid, un brassard vert et un fusil Mauser à quelques « hooligans » rassemblés au hasard. Les bons bourgeois turcs établis à Zeitoun, dignes gens respectueux du droit d'autrui, furent les premiers à s'insurger contre cette protection dont on les gratifiait sans leur demander leur avis. Ils allèrent trouver le kaimakam et exigèrent le retrait immédiat de la garde. Rien à faire. Les autorités se montraient impitoyables dans leur souci de sécurité. Enfin, la garde municipale créa le motif de poids qui déclencha le deuxième incident, lequel devait être décisif. Les femmes et jeunes filles arméniennes aimaient d'ordinaire à se rendre l'après-midi dans un petit jardin public des nouveaux quartiers appelé Eski Bostan. On y voyait quelques bancs disposés autour d'une belle fontaine à l'ombre de platanes séculaires. Des enfants jouaient devant la fontaine. Les femmes, sur les bancs, causaient et s'occupaient à des ouvrages manuels. Un marchand de sorbets poussait sa charrette tout autour du cercle. Soudain, le jardin fut attaqué par les membres les plus débraillés de la nouvelle garde municipale. Ces individus, haletants, se ruèrent sur les Arméniennes, les prirent à la gorge et se mirent à leur arracher les vêtements du corps. Car aussi violente que l'ardeur sanguinaire qu'éveillaient en eux les hommes de la race maudite, était la frénésie sensuelle qui les portait vers les femmes arméniennes, créatures aux membres délicats, aux lèvres florissantes et aux yeux pleins d'inconnu. Des cris de douleur et des hurlements d'enfants retentirent dans l'air. Mais en moins de temps qu'il ne faut pour le dire, le secours était déjà là. Une troupe d'Arméniens plus nombreuse que les assaillants, prévoyant le danger, avait suivi à la dérobée les protecteurs de la ville et se précipitait maintenant sur eux, les frappant de leurs poings nus, avec des lanières et des bâtons; ils les mirent dans l'impossibilité de nuire et leur enlevèrent — geste qui devait, hélas ! leur coûter cher — tous leurs fusils et leurs baïonnettes.

Révolte manifeste contre la force publique ! Le soir même, une liste de malfaiteurs à livrer à la justice fut publiée par le kaimakam; on y lisait les noms de tous les habitants que le conseil municipal devait livrer spontanément aux autorités. Furieux, exaspérés, les hommes atteints par cet ordre se rassemblèrent, prononcèrent un serment solennel et se retranchèrent dans un vieux tekkéh, couvent de derviches abandonné, ancien but de pèlerinage situé à l'est de la ville à une demi-heure de distance. Lorsque la nouvelle de leur retraite se répandit, un certain nombre des déserteurs descendit de l'Ala Kaja et d'autres points de la montagne voisine pour s'unir aux réfugiés. Finalement, il y eut dans cette petite forteresse environ cent hommes.

Le mutessarif de Marach ainsi que les hautes personnalités gouvernementales de Stamboul étaient arrivés à leurs fins. Le temps des petites provocations était bien passé et la révolte déclarée battait son plein. Désormais, les consuls neutres et alliés ne pourraient plus nier l'évidence quant aux agissements arméniens. Pas plus tard que deux jours après, des renforts militaires arrivèrent à Zeitoun, en l'occurrence deux compagnies d'infanterie de ligne. Le jusbachi (ou commandant en chef) entreprit le siège sur-le-champ. Qu'il fût vraiment un héros ou un vulgaire imbécile, là n'est pas la question — le fait est qu'en s'élançant vers le tekkéh à la tête de son détachement, à découvert, monté sur son cheval, et pensant prendre la forteresse d'un seul coup de main grâce à cette méthode hardie, il fut abattu avec six de ses soldats par quelques coups bien visés. C'était, à vrai dire, plus encore qu'on avait demandé. La mort héroïque du commandant fut annoncée à grand fracas dans toutes les villes de l'empire. L'Ittihad mit tout en œuvre pour donner au cri d'indignation le ton qui convenait. Quatre jours ne s'étaient pas écoulés que déjà Zeitoun s'était transformé en un véritable camp militaire. Une force armée de quatre bataillons et deux batteries avait été mobilisée pour déloger de ' sa retraite une bande désordonnée de désespérés et de déserteurs. Et telle chose arrivait précisément au moment où Dchémal Pacha avait besoin de tous les hommes et de tous les canons, sans exception, pour sa quatrième armée. Malgré l'importance des effectifs turcs, on envoya tout de même au couvent assiégé un député pour engager à la reddition les adversaires perdus d'avance. Il reçut cette réponse de style antique :

« Puisque nous devons mourir, nous préférons mourir dans le combat. »

Le plus étonnant de toute l'aventure, c'est qu'ils ne moururent point. En effet, à peine l'artillerie de siège avait-elle lancé quatre obus inutiles contre le bâtiment délabré, que, sous l'effet de quelque mystérieuse influence, ce feu s'arrêta soudain. Les rares mahométans qui se trouvaient parmi les bombardés suffisaient-ils à motiver des ménagements si déplacés ? Les habitants de Zeitoun virent dans cette angoissante passivité un symptôme de perfidie particulièrement raffinée, et ils n'avaient pas tort. En proie à une mortelle terreur, ils envoyèrent au kaimakam une délégation pour le prier d'engager les vaillantes troupes turques à les délivrer le plus tôt possible de ces maudits rebelles avec lesquels ils n'avaient aucun rapport. Le kaimakam, d'un ton désolé, exprima son regret de constater que la raison se faisait entendre trop tard. Seules les autorités militaires de la place pouvaient désormais prendre des décisions. Lui-même n'était plus maintenant qu'un accessoire toléré, tout au plus.

Par un radieux matin de mars, un bruit effrayant se répandit dans la ville : les assiégés, disait-on, s'étaient enfuis dans la nuit en abandonnant deux morts qu'ils avaient rendus méconnaissables, et avaient disparu dans la montagne. Ceux de Zeitoun qui ne croyaient pas aux miracles se posèrent cette question : « Comment cent hommes déguenillés, d'allure particulièrement frappante, peuvent-ils disparaître sans éveiller aucunement l'attention de plus de quatre mille soldats bien exercés, disposés en cercle autour de leur repaire ? » Quiconque faisait ce raisonnement savait parfaitement à quoi s'en tenir. Et la catastrophe redoutée se produisit le jour même vers midi. Le commandant militaire et le kaimakam rendaient la totalité de la population responsable de l'évasion des cent coupables. Les habitants de Zeitoun, commettant un crime de haute trahison, auraient, grâce à Dieu sait quelle ruse infernale, aidé les assiégés à se glisser à travers le réseau des troupes plongées dans un doux sommeil et à passer inaperçus devant les sentinelles. Dès qu'il apprit ce forfait, le mutessarif, à Marach, monta en voiture et accourut sur les lieux. Les munadirs (tambours de ville) remplissaient les rues du bruit sinistre de leurs roulements. Derrière eux venaient en grand nombre des messagers officiels, invitant les doyens et les notables de Zeitoun à une « conférence sur la situation actuelle avec le mutessarif et le commandant de la place ». Les personnages ainsi convoqués, cinquante hommes parmi les plus considérés, médecins, instituteurs, prêtres, commerçants en gros, entrepreneurs, apparurent au lieu dit, sans plus tarder; la plupart étaient même encore en tenue de travail. Un petit nombre d'entre eux seulement, obéissant à de mauvais pressentiments, avaient pris quelque argent sur eux. La conférence consista à faire parquer et dénombrer comme des bestiaux par de grossiers sous-officiers, dans la cour de la caserne, ces hommes âgés et respectables. Toute cette comédie devait finir, leur dit-on, et on allait encore ce jour-là les expédier par la ligne Marach-Alep à Deïr es Zor, dans le désert de Mésopotamie, à seul fin d'effectuer leur « changement de résidence ». Les hommes se regardèrent sans mot dire; aucun d'eux n'eut une réaction violente, aucun non plus ne pleura. Une demi-heure auparavant, c'étaient encore des personnalités éminentes et vénérées, et tout d'un coup, ils étaient devenus des masses presque inertes, sans couleur et sans volonté. L'orateur de leur délégation, le nouveau mouchtar, d'une voix mourante, demanda une unique faveur : qu'on laissât pour l'amour de Dieu leurs familles en paix, et à Zeitoun. De cette façon, disait-il, ils pourraient supporter leur sort sans broncher. La réponse arriva aussi cruelle qu'ironique : pas du tout, leur répliqua-t-on, les vertus arméniennes sont assez connues de tous pour que personne ne pense à séparer d'aussi dignes pères de leurs familles bien-aimées et affectionnées. On avait au contraire décrété que chacun d'eux écrivît aux siens d'être prêts à partir le lendemain à pied, deux heures après le lever du soleil, avec tous leurs bagages, femmes, fils et filles, enfants, petits et grands. L'ordre venu de Stamboul stipulait que toute la population arménienne, jusqu'au dernier nourrisson, devait changer de résidence. Zeitoun cesserait ainsi d'exister et s'appellerait dorénavant « Sultanijéh » pour qu'aucun souvenir ne subsistât d'une ville qui avait osé braver l'héroïque peuple ottoman.

Le lendemain, à l'heure dite, le premier cortège de désolation se forma comme il avait été prescrit, introduction d'une des plus épouvantables tragédies qui se soient jamais déchaînées à une époque historique sur un peuple quelconque de la terre. L'escorte militaire accompagnait les proscrits et l'on put constater d'un jour à l'autre que l'énorme force armée réunie pour assiéger les fugitifs avait une mission secondaire, de moindre envergure sans doute, mais d'autant plus astucieuse. Chaque jour, chaque matin, le même drame déchirant se reproduisait. Les cinquante familles les plus notoires furent suivies de cent autres un peu moins notoires, et plus le niveau social et pécuniaire baissait, plus le nombre des proscrits augmentait. Certes, dans les immenses régions voisines des fronts européens de la guerre mondiale, toutes les villes et tous les villages devaient également être évacués, mais aussi dur que pût être le sort des malheureux expatriés, on ne saurait le comparer à celui des habitants de Zeitoun. Les réfugiés de la guerre avaient dû quitter leur patrie pour protéger leur vie en fuyant la zone de la mort. Même en territoire étranger, on ne les laissait manquer ni de soins ni des ressources indispensables. Ils ne perdaient pas l'espoir de pouvoir retourner dans leurs foyers après un délai, pénible sans doute, mais dont le terme n'était pas infiniment reculé. Pour les Arméniens, par contre, pas d'appui, pas de secours, pas d'espoir à l'horizon. Ils n'étaient pas tombés aux mains d'un ennemi qui se sentait obligé d'observer le droit des gens pour des raisons de réciprocité. Ils étaient tombés aux mains d'un ennemi beaucoup plus redoutable, d'un ennemi que n'entravait aucun scrupule : leur propre État.

Pour bien des gens, le seul fait de changer de demeure est une cause de profonde tristesse. Il reste toujours attaché à l'ancien foyer un morceau d'existence perdu à jamais. C'est pour qui que ce soit une grave décision que de quitter sa ville, d'aller vivre dans un autre pays. Mais se voir du jour au lendemain chassé de sa maison, de son travail, de tout ce qu'ont édifié de longues années de labeur ! Se voir livré à la haine ! Se voir jeté sans avoir pu s'y préparer sur les grandes routes d'Asie, voué pour des mois à la poussière, au rocher et à la boue des marécages ! Savoir que l'on ne retrouvera plus jamais de toit digne d'abriter un homme, que plus jamais on ne mangera ni ne boira à une table où le dernier des humains puisse s'asseoir. Mais tout ceci ne serait encore rien. Être moins libre encore qu'un prisonnier ! Être mis au rang des proscrits, des hors la loi, que n'importe qui peut impunément tuer. Être parqué dans un troupeau traînant de malheureux, dans un camp de concentration ambulant où personne ne peut rien faire sans permission, pas même ses besoins naturels...

Le pasteur Aram — on ne l'appelait en effet que par son prénom — vivait depuis plus d'un an déjà à Zeitoun où il était à la fois le chef spirituel des protestants de la commune et le directeur du grand orphelinat. Si on lui avait confié l'administration de cet établissement malgré ses trente ans à peine sonnés, c'est que les missionnaires américains de Marach le considéraient comme leur élève préféré et faisaient grand cas de lui. Ils l'avaient également envoyé pour trois ans à leurs frais à Genève pour y terminer ses études. Aussi parlait-il couramment le français, et fort bien l'allemand et l'anglais. Cet orphelinat fondé par les pères missionnaires américains de Marach était un des résultats les plus heureux de leur efficace action civilisatrice qui s'exerçait depuis cinquante ans. Il abritait dans de vastes salles bien éclairées plus de cent enfants. Une école y était adjointe, accessible aussi à la jeunesse de la ville. En outre, l'établissement comprenait une petite métairie qui suffisait à fournir dans les proportions nécessaires du lait de chèvre, des légumes et d'autres comestibles. La direction de l'orphelinat exigeait, de ce fait, non seulement des capacités pédagogiques, mais aussi un solide esprit pratique. Le pasteur Aram effectuait son travail avec tout l'enthousiasme de sa jeunesse. Il avait passé ainsi une année satisfaisante autant que laborieuse et échafaudait encore d'autres plans de plus vaste envergure. Le printemps précédent, peu de temps avant de s'installer dans ses nouvelles fonctions, il s'était marié. Howsannah, la jeune fille qu'il avait toujours aimée, était originaire de Marach et fille d'un pasteur qui avait appartenu à la première génération d'élèves du séminaire de cette ville. Alors que la plupart des Arméniennes sont fines et de taille plutôt petite, Howsannah, au contraire, était grande et assez forte. Elle avait des mouvements lents, ne parlait guère et donnait souvent une impression de totale indifférence. Iskouhi cependant avait une fois déclaré à son frère que la douceur d'Howsannah se tempérait à l'occasion d'obstination et de rancune. Cette jeune Iskouhi, qui avait maintenant dix-neuf ans, était aussi une figure digne d'intérêt. Aram adorait sa petite sœur. Après la mort de leur mère, bien que ce ne fût encore qu'une enfant de neuf ans, il l'avait emmenée de Yoghonoluk à Marach pour la faire entrer à l'école de la mission. Plus tard, il lui rendit possible un séjour d'un an dans un pensionnat de Lausanne. Il prit à sa charge les frais de cette ambition fraternelle fort coûteuse, ce qui l'obligea à mille privations très habilement calculées. Il ne pouvait pas s'imaginer l'existence sans Iskouhi. Howsannah le savait, aussi avait-elle fait spontanément l'offre d'une vie à trois. La jeune fille avait pris une place d'institutrice adjointe à l'orphelinat. Elle y enseignait le français. Qu'Iskouhi fût aimée de tout le monde et pas seulement de son frère, c'était chose bien compréhensible. A part ses yeux magnifiques, le plus beau en elle était sa bouche. Ses lèvres pourpres brillaient d'un éclat humide et rieur comme d'étincelantes pupilles et l'on aurait presque cru qu'elle pouvait voir avec sa bouche. Tous trois s'étaient créé un charmant foyer absolument différent des coutumes locales. L'appartement du pasteur était situé dans l'orphelinat. Sous les mains d'Howsannah, la demeure perdit bien vite son aspect austère et nu. La jeune femme avait du goût pour les arts décoratifs et un flair particulier pour tout ce qui était vraiment beau. Elle parcourait, inlassable, la ville et les villages des environs et y marchandait auprès des femmes indigènes de vieux et riches tissus, des œuvres de bois ciselé et divers objets de bon goût propres à orner son intérieur. Iskouhi, elle, avait une prédilection plus marquée pour les livres. Aram, Howsannah et Iskouhi vivaient enfermés dans un univers étranger au reste du monde. L'orphelinat et l'école formaient une sphère si parfaitement isolée que ces trois êtres heureux ne sentaient presque rien de l'atmosphère orageuse qui pesait sur Zeitoun. Dans ses sermons du dimanche, le pasteur témoigna jusqu'au milieu de mars d'une encourageante allégresse qui découlait plutôt de la tranquille félicité de sa propre existence que d'une exacte observation des intentions du gouvernement.

Le coup le frappa si brutalement qu'il chancela. Il vit toute son œuvre détruite. Cependant, une vaine espérance se présenta bientôt à son esprit : le gouvernement, pensait-il, n'aurait pas le triste courage de fermer l'orphelinat. Aram ne tarda pas à se ressaisir. Une parole d'Howsannah lui rendit sa force le premier jour des départs pour l'exil. C'est seulement en de tels moments que la mission d'un prêtre chrétien prend son sens le plus complet. Ainsi parla la fille du pasteur. Soutenu par cette exhortation, Aram Tomasian fit un effort surhumain pour tendre son énergie. Il ne se contenta pas de tenir son temple ouvert jour et nuit et de prodiguer le réconfort spirituel aux divers groupes d'exilés partant pour leur calvaire ; il visitait chez eux tous ses paroissiens, allant d'une famille à l'autre ; il consolait ceux qui pleuraient, apportait une aide pécuniaire quand le besoin s'en faisait sentir, tâchait d'établir un certain ordre dans les cortèges des proscrits, lançait des appels de secours à toutes les missions situées sur les routes de l'exode, écrivait de son mieux des suppliques aux fonctionnaires turcs qu'il supposait bienveillants, rédigeait des pétitions et des certificats, essayait d'obtenir une prolongation de délai pour plusieurs personnes, discutait des prix avec des muletiers turcs, et quand il ne pouvait rien faire de positif, pas non plus adoucir les souffrances humaines en évoquant celles de l'évangile, il allait s'asseoir, muet, à côté des victimes pétrifiées de douleur, fermait les yeux, joignait les mains et, au fond de son âme, il implorait le Christ de toutes ses forces.

Chaque jour, la ville se vidait davantage, tandis que la grand'route de Marach se peuplait de longs serpents humains qui semblaient ne pas avancer dans leur marche. Du haut de la citadelle, un observateur aurait pu les suivre jusqu'à l'horizon vers les montagnes et rien ne l'aurait plus profondément rempli d'horreur que le silence de ce défilé rampant et funèbre, silence qu'accusaient d'une façon plus cruelle encore les voix braillardes et les rires grossiers des sbires en armes. Les rues de Zeitoun, mortes désormais, s'étaient entre temps ranimées, envahies qu'elles étaient par les sinistres vautours qui s'abattent sur une ville évacuée, pillards d'occasion ou voleurs professionnels, lie de la ville même ou brigands des environs. Ils s'installaient dans les maisons abandonnées ou tout au moins leur rendaient visite. Aussitôt, un actif mouvement de transport s'organisa. On voyait arriver des voitures et des charrettes, des ânes trottinant sous leur bât. Tranquillement, on chargeait sur eux des tapis, des habits, des piles de linge, des montants de lit, des meubles, des glaces, comme pour procéder à un déménagement normal. Les autorités ne firent rien pour empêcher ces allées et venues.

L'aube du cinquième jour avait déjà paru et le pasteur Aram n'avait pas encore reçu l'ordre de comparaître. Un seul fait s'était produit : un mollah, d'ailleurs étranger à la ville, s'était présenté chez lui pour demander les clefs du temple. L'église protestante, annonça-t-il fort poliment, allait être transformée en mosquée d'ici l'heure de la prière du soir. Néanmoins, un espoir demeurait inébranlable en Tomasian, celui qu'on laisserait l'orphelinat intact. Il ordonna que tout le monde restât à la maison, que personne ne se fît voir dehors, ni enfant ni maître. Il s'occupa, de plus, de faire tenir fermés les volets des fenêtres, même de jour, interdisant d'allumer la moindre lumière la nuit ou de prononcer un mot à haute voix. La maison naguère si débordante de vie fut plongée dans une léthargie forcée. De tels actes attirent justement l'hostilité du destin. Le jour suivant, — c'était le sixième, — l'un des messagers qui, pareils aux anges de la mort, traversaient la ville à toute allure en y répandant la frayeur, vint remettre au pasteur l'ordre de se rendre sur-le-champ chez le commandant de la ville.

Aram s'y présenta en tenue sacerdotale. Sa prière avait été exaucée. Il n'y avait plus en lui la moindre trace de peur ou d'excitation pour abattre son courage. Il marcha, droit et calme, vers l'officier supérieur qui le reçut. Malheureusement, ce n'était pas du tout, en l'occurrence, l'attitude qui convenait, car le bimbachi aimait à voir des créatures en larmes se tordre de désespoir devant lui. Dans ce cas, il était prêt à fermer au moins un œil, à accorder quelques faveurs et à se montrer bienveillant. La sûreté dont Aram faisait preuve, tua dans l'œuf cette bienveillance naissante que seule pouvait produire le contraste entre la majesté de l'officier et la platitude du quémandeur suppliant :

« Vous êtes bien le pasteur protestant Aram Tomasian, originaire de Yoghonoluk près d'Alexandrette ? »

Le colonel grommela ce signalement avant de crier à la face de sa victime :

« Vous partirez demain avec le dernier convoi ! Direction Marach-Alep ! Compris ?

— Je suis prêt !

— Je ne vous demande pas si vous êtes prêt ou non... Votre femme et le reste de votre famille partiront avec vous. Vous n'avez pas le droit

98

de prendre de bagages que vous ne soyez pas en état de porter. Vous recevrez comme nourriture, dans la mesure du possible, cent direm de pain par jour. Vous aurez toute liberté de vous acheter autre chose si vous le désirez. Quiconque se détachera de la colonne sans permission sera puni par le commandant du convoi et en cas de récidive, ce sera la peine de mort. Il est interdit d'employer un véhicule quelconque.

— Ma femme attend un enfant », dit Aram à mi-voix.

Cet aveu parut mettre le bimbachi en veine de plaisanterie : « Vous auriez dû y penser plus tôt. »

Puis il replongea ses regards dans ses papiers :

« Les pensionnaires de l'orphelinat, qui sont aussi des enfants arméniens, n'ont évidemment aucune raison d'être dispensés du changement général de domicile. Ils devront être réunis, à l'heure exacte, et au complet, eux et tout le personnel de l'établissement. »

Le pasteur Aram recula légèrement :

« Puis-je vous demander si l'on assurera à ces cent enfants innocents les soins qui leur sont nécessaires ? Parmi eux, il y en a beaucoup qui n'ont pas dix ans et n'ont encore jamais fait une longue marche à pied. En outre, il faut absolument du lait pour des enfants de cet âge.

— Vous n'avez pas de questions à poser, pasteur, hurla le colonel, vous devez tout simplement obtempérer à mes ordres. Depuis une semaine, vous résidez sur le champ des opérations militaires. »

Si à l'audition de cette voix tonnante Tomasian se fût effondré, mort de peur devant le bimbachi, celui-ci lui aurait peut-être, avec une noble condescendance, accordé la permission de conserver ses chèvres. Mais le pasteur continua, obstinément calme :

« Dans ce cas, je m'occuperai de faire suivre le convoi par le troupeau de chèvres attaché à notre maison pour que les enfants puissent toujours avoir le lait auquel ils sont accoutumés.

— Vous allez fermer ça, pasteur, et en vitesse, sans quoi, il vous en cuira.

— Je vous avertis, Effendi, que je vous rends responsable du sort de l'orphelinat. C'est la propriété inviolable de citoyens américains qui sont, eux, placés sous la protection de leur ambassadeur. »

Tout d'abord, le bimbachi ne trouva pas le moindre mot à répondre. La menace avait probablement porté. De telles divinités cessent vite d'élever leur voix quand des divinités supérieures apparaissent à l'horizon. Après un temps d'arrêt assez long et passablement humiliant pour un colonel, il articula, frémissant de colère :

« Savez-vous que je peux vous écraser comme une punaise ? Je n'ai qu'à remuer le petit doigt et c'en sera fait de vous.

— Ce n'est pas moi qui vous en empêcherai, » répliqua le pasteur Aram, et il pensait sincèrement ce qu'il disait, car un immense désir de mort venait de l'envahir.

Si l'on avait demandé à Aram, Howsannah et Iskouhi quel moment, dans la tragédie de leur exil, leur avait semblé le plus effroyable, ils auraient répondu tous les trois : « La minute où notre convoi se mit en marche. » À cet instant, leur misère réelle n'était pas, et de beaucoup, aussi forte que leur abattement apathique, fruit d'une expérience d'horreur millénaire inhérente à leur sang, qui datait peut-être des temps lointains de l'antiquité où leur peuple avait dû conquérir chèrement le droit de vivre sédentaire et en sécurité. Cette foule d'un millier d'hommes, pressés, fondus ensemble, privés d'égards et de secours, ne souffrait pas seulement de se savoir à jamais dépossédée de tout bien et désormais exposée aux multiples dangers d'une nouvelle existence ; un autre sentiment se superposait à ce désespoir, celui d'être un tout, une communauté frustrée injustement des produits d'un effort qui, des millénaires durant, s'était toujours dirigé vers le progrès et l'action civilisatrice. Le pasteur Aram et les deux femmes avaient sombré, eux aussi, comme tous les autres, dans cette incommensurable dépression !

C'était un jour sombre, couvert de nuages bas où les montagnes de Zeitoun cachaient leurs têtes familières — conditions beaucoup plus favorables pour une longue marche qu'un soleil radieux. Et pourtant, cette atmosphère sinistre paraissait courber l'échine des proscrits plus bas encore que les fardeaux dont ils avaient reçu la permission de se charger. Le premier pas fut quelque chose d'énorme ; il s'y mêlait comme une terreur religieuse qui fit frémir chacun jusqu'au fond de l'âme. Les familles se resserraient étroitement. On n'entendait pas le moindre mot, pas même des cris d'enfant. Mais une demi-heure plus tard déjà, lorsqu'on eut dépassé la dernière maison des faubourgs, une certaine amélioration se produisit. La puérilité naturelle et la touchante légèreté qui permettent aux hommes d'oublier leur malheur prirent quelque temps le dessus. De même qu'aux premières lueurs de l'aube un modeste gazouillement isolé annonce le prochain réveil général, puis est bientôt suivi de la symphonie tout entière, un réseau serré de voix enfantines au timbre aigu ne tarda pas à se tendre au-dessus de la caravane. Les mères y répondirent par d'apaisantes remontrances. Les hommes également s'interpellèrent de divers côtés. Çà et là, on pouvait déjà entendre un rire étouffé. Beaucoup de femmes et de gens âgés étaient installés sur des ânes, et on en avait profité pour charger les bêtes de literie, de couvertures et de sacs. L'officier surveillant ne s'y était pas opposé. Il semblait vouloir adoucir l'effet des cruels ordres de proscription et accepter la responsabilité comme les dangers d'une telle conduite. Aram, également, s'était procuré un âne pour sa femme. Mais la plupart du temps, elle marchait à côté, car elle craignait les mouvements de sa monture. Les enfants de l'orphelinat formaient l'arrière-garde. Derrière eux venait seulement le troupeau de chèvres que le pasteur, sans plus se soucier de la fameuse conversation avec le bimbachi, avait fait adjoindre au transport. Pour les enfants, tout d'abord, cette aventure semblait une amusante diversion, un joyeux voyage. Iskouhi qui restait auprès d'eux s'efforçait d'entretenir cette gaîté dans la mesure du possible. Personne à la voir n'aurait deviné les épreuves et les nuits d'insomnie qu'elle venait de connaître. Sur son visage, on ne lisait que l'entrain et la satisfaction du moment présent. Malgré la faiblesse et la fragilité apparentes de son corps, la capacité d'adaptation toute-puissante chez la jeunesse avait vaincu l'adversité. Elle essayait même de faire chanter les petits. Elle avait choisi pour cela une belle chanson que les hommes à Yoghonoluk fredonnaient en travaillant dans leurs vignes ou leurs vergers. C'était Iskouhi qui l'avait fait apprendre à l'école de Zeitoun :

> *Les jours de deuil s'évanouiront ;*
> *Comme les mois d'hiver, ils viennent et s'en vont.*
> *Les chagrins d'ici-bas ne durent pas longtemps,*
> *Comme au bazar s'en vient et s'en va le client.*

Mais Aram Tomasian accourut aussitôt pour interdire qu'on chantât. Le jeune pasteur faisait deux ou trois fois plus de chemin que les autres. Tantôt on le voyait apparaître auprès de la tête du convoi, tantôt aux côtés des retardataires, ayant toujours, suspendue à sa taille, une grande calebasse pleine de raki qu'il tendait dans les rangs pour que chacun pût boire. Lui aussi tâchait de répandre la bonne humeur, faisait des plaisanteries, apaisait les différends et tentait de trouver même dans cet état temporaire une forme d'existence qui attribuât à chacun une tâche définie. Parmi les artisans, par exemple, les cordonniers étaient obligés de réparer rapidement, pendant les haltes, les chaussures détériorées, et ainsi de suite. Quoique le convoi ne comprît que peu de protestants, Tomasian en était le seul prêtre. Tous les ecclésiastiques du culte grégorien ou catholique étaient en effet partis les deux jours précédents. De cette façon, le pasteur avait la charge de toutes les âmes. Il avait adopté une tactique personnelle pour stimuler les forces morales des malheureux bannis. Il savait par sa propre expérience que la seule situation insupportable, c'est celle des êtres qui ignorent où ils vont ! Aussi répétait-il sans cesse sur le ton de la plus sereine conviction :

« Demain soir nous arriverons à Marach. Là-bas, tout va changer. Nous y resterons probablement dans un logement provisoire jusqu'à ce qu'on reçoive l'ordre de nous faire rentrer chez nous. Car nous rentrerons chez nous, c'est sûr et certain. Il est impossible que le gouvernement qui siège à Stamboul approuve ce qui se passe ici. N'oubliez pas que nous avons des députés et une représentation nationale. Et les

101

consuls aussi ne vont pas manquer de protester en notre faveur. Dans deux ou trois semaines, tout peut être arrangé. Mais le plus important, c'est que vous arriviez à Marach en bon état, que vous restiez alertes et courageux. »

De telles paroles agissaient comme une promesse de délivrance. Les visages ravagés se rassérénaient. Ce n'était pas seulement la vision d'un avenir favorable qui accomplissait ce miracle, mais l'idée d'un but, la certitude d'un futur précis : demain, nous serons à Marach. Pendant la halte principale, le jeune officier, qui commandait le détachement turc préposé à la garde du convoi, montra par sa conduite qu'il était un homme de cœur. Quand les soldats eurent fait leur soupe, il mit spontanément le chaudron de sa troupe à la disposition du pasteur. De cette façon, on put préparer un repas chaud pour les faibles et les retardataires. Comme, d'autre part, on savait qu'on arriverait le lendemain dans une grande ville, même les plus vigoureux ne ménagèrent pas leurs provisions. Aussi la marche s'effectua-t-elle, pendant les heures qui suivirent, sans difficulté et dans une atmosphère de confiance. Lorsque, le soir, on dressa le camp en plein air pour s'étendre sur les couvertures, indifférent parce que mort de fatigue, il fallait remercier Dieu d'avoir permis que cette première journée se fût écoulée sans plus d'incidents. Non loin du camp se trouvait un grand village du nom de Toutlissek. Pendant la nuit, quelques Yailadji (montagnards habitants du village) vinrent rendre visite aux sentinelles turques. Les hommes assis dignement en cercle fumaient d'un air grave et semblaient s'entretenir d'un sujet très sérieux. Lorsque les habitants de Zeitoun se réveillèrent le lendemain et cherchèrent leurs ânes et leurs chèvres pour leur donner à boire, ils constatèrent que les animaux avaient disparu.

Ce fut le début d'un jour pénible. Dès la deuxième heure de marche, il se produisit un cas de décès. Un vieil homme s'effondra soudain. Le cortège s'arrêta aussitôt. Le jeune officier, si complaisant auparavant, furieux, s'élança à cheval vers le lieu de l'accident : « Allons, en marche ! » cria-t-il. Quelques Arméniens essayèrent de relever le vieillard et de le traîner en le soutenant. Mais malgré leurs efforts, ils ne purent bientôt faire autrement que de le laisser glisser à terre. Un saptiéh le poussa du pied : « Hé ! lève-toi, et pas tant de manières ! » Mais, le voyant étendu les yeux blancs et la bouche béante, d'un coup de botte, il envoya le cadavre rouler dans le fossé. L'officier pressa le mouvement : « Défense de s'arrêter ! Avancez, pas de retardataires ! ». Ni l'ardente prière d'Aram ni les lamentations de la famille ne purent obtenir qu'on emportât le corps du défunt ou au moins qu'on l'enterrât rapidement. C'était déjà beaucoup que de pouvoir relever légèrement la tête du mort et de le caler de chaque côté par une grosse pierre. Quant à lui croiser les mains sur la poitrine, il n'y fallait pas penser, car les saptiéhs, impatients, se mirent aussitôt à frapper de leurs bâtons et de leurs gourdins les groupes hésitants, non sans lancer de grossières injures. Le convoi se désagrégea, ce ne fut plus qu'une fuite, qu'une course désordonnée ; le calme revint seulement lorsqu'on eut dépassé de beaucoup le mort vers lequel, dessinant des cercles sinistres, descendaient les vautours du Taurus.

L'après-midi, les enfants commencèrent à souffrir. Chose étrange, les pauvres petits ne sentirent pas progressivement mais tout d'un coup les blessures de leurs pieds meurtris, et tous en même temps. Ce furent des plaintes, des cris et des gémissements qui s'élevèrent soudain, déchirant les cœurs des femmes. Mais c'était le seul point sur lequel le jeune officier compatissant se montrât intransigeant. A part les haltes nécessaires, il n'accordait aucun arrêt ni retard. Il avait l'ordre d'arriver à Marach avec le reste des Arméniens avant la tombée de la nuit et tenait spécialement à être exact. Il s'en était fait un scrupule professionnel et y mettait son point d'honneur. « Arrangez-vous pour que nous arrivions à Marach ; là-bas vous pourrez vous soigner. Marchez ! » Il n'y avait rien à faire ; il fallut porter une bonne partie des enfants. Iskouhi, malgré sa faible constitution, se distingua par son endurance. Malheureusement, elle allait être elle-même victime d'un affreux incident.

Son frère lui avait maintes fois conseillé de ne pas toujours rester à la fin du cortège, d'autant plus qu'elle se trouvait derrière les enfants de l'orphelinat qui fermaient la marche. Là, à proximité immédiate des soldats hostiles et des ignobles individus accourus par curiosité des divers villages traversés, c'était à coup sûr la place la plus périlleuse de tout le défilé. Mais Iskouhi ne se laissait pas persuader, car elle estimait que son devoir était de garder les enfants. Par suite des trébuchements toujours plus pitoyables, il se formait souvent des interruptions dans la file des proscrits, si bien qu'à un certain moment, l'arrière-train se trouva séparé du reste par un assez grand intervalle. C'est dans de telles conditions qu'Iskouhi se sentit brusquement saisie par derrière. Elle poussa un cri et chercha à se dégager. Elle voyait surgir au-dessus d'elle un visage effroyable, gigantesque, malpropre, hirsute, haletant, roulant des yeux avides, puant, sans rien d'humain. Elle cria une seconde fois, sur un ton aigu, puis lutta en silence avec l'homme dont la bave ruisselait sur elle et dont les pattes brunâtres déchiraient sa robe, prêtes à enfoncer leurs griffes dans ses seins nus. Elle se sentit à bout de forces.. Le facies bestial penché sur elle croissait sans cesse, prenant mille aspects différents, semblable à un paysage infernal, montagneux et tourmenté. Elle sombra dans l'haleine empestée. Iskouhi eut la chance que l'officier, ayant entendu les hurlements désespérés des enfants, arrivât aussitôt au galop de son cheval. Les pattes brunâtres la laissèrent tomber sur le sol. Le malfaiteur essaya de s'enfuir, mais reçut néanmoins sur la nuque un coup bien asséné du plat d'un sabre.

Iskouhi se remit sur ses pieds sans parvenir à pleurer. Au début, elle crut seulement que son bras gauche avait été rendu insensible par les efforts dépensés au cours de la lutte. Il était, pensait-elle, comme endormi. Mais tout à coup, une douleur forte la traversa comme un trait de flamme. La souffrance lui faisant perdre la parole, elle ne put rien raconter à son frère. Howsannah et Aram la soutinrent pour le reste du chemin. Pas un son ne sortait de sa bouche. Tout en elle semblait engourdi, à l'exception de ses pieds qui avançaient sans arrêt à petits pas rapides. Comment put-elle finalement atteindre Marach ? Cela resta toujours une énigme pour elle. Lorsqu'on arriva en vue de la ville, Tomasian, profondément abattu, s'approcha de l'officier et osa lui demander combien de temps les exilés de Zeitoun auraient le droit de demeurer à Marach. Il lui fut répondu sans ambages que cela dépendait uniquement du mutessarif, mais que de toute façon on pouvait compter certainement sur plusieurs jours d'arrêt dans cette ville, car la majorité des convois précédents s'y trouvait encore. On allait sans doute procéder à de nouvelles répartitions. Aram leva les mains, suppliant :

« Vous voyez dans quel état se trouve ma sœur et vous connaissez celui de ma femme. Je me permets de vous demander la faveur de nous laisser aller ce soir à la mission américaine. »

Le jeune homme hésita longtemps. Mais la pitié que lui inspirait la pauvre Iskouhi eut finalement raison de ses scrupules de soldat. Il écrivit en selle un laissez-passer pour le pasteur Aram et les deux femmes :

« Je n'ai pas le droit de vous accorder cette liberté. Si l'on vous attrape, c'est moi qui en supporterai les conséquences. Je vous donne l'ordre de vous présenter chaque jour au camp de déportation. »

Les pères missionnaires reçurent leurs trois élèves et protégés avec une affectueuse compassion. Ils avaient voué leur vie entière aux chrétiens arméniens, et voici qu'un trait de foudre venait de les frapper, précurseur peut-être d'une destruction totale. On appela aussitôt un médecin ; c'était malheureusement un très jeune homme qui manquait d'expérience. Il tira en tous sens le bras d'Iskouhi. Les atroces douleurs de cette opération et les fatigues des derniers jours l'avaient tellement épuisée qu'elle perdit réellement connaissance pendant quelques minutes. Le médecin déclara ne trouver aucune fracture, mais, à son avis, le bras était fort étrangement luxé et démis. Le siège du mal résidait dans l'épaule. Il confectionna un grand pansement bien solide et appliqua sur la partie sensible un lénitif contre la douleur. Il serait bon, naturellement, ajouta-t-il, de pouvoir garder le bras au moins trois semaines au repos et dans une position raide. Pendant la nuit,

Iskouhi ne dormit pas un instant. Howsannah dormait, dans la chambre attribuée aux femmes, d'un sommeil si profond qu'on aurait pu la croire en syncope. Aram Tomasian, par contre, assis à la table des pères missionnaires, discutait avec eux sur ce qu'il convenait d'entreprendre. Leur opinion était unanime. Ce fut leur recteur, le révérend père E. C. Woodley qui prononça la décision finale :

« Quoi qu'il arrive, tu ne dois pas continuer à marcher avec les déportés. Howsannah et Iskouhi mourraient de fatigue avant même que vous soyez à Alep. Et, du reste, tu ne peux pas compter comme natif de Zeitoun, tu y as seulement été envoyé par nous. »

Le pasteur Aram dut alors livrer un des plus durs combats intérieurs de son existence :

« Comment pourrais-je laisser mes paroissiens quand je les sais aujourd'hui dans une misère extrême ? »

On lui demanda combien d'adhérents à la religion protestante se trouvaient dans son groupe. Il dut avouer que la très grande majorité des exilés appartenait au culte des vieux Arméniens ou à l'église unifiée. Néanmoins cette pensée ne suffisait pas à le rassurer.

« Dans de telles circonstances, je n'ai pas le droit de m'arrêter à de si faibles détails. Je suis le seul directeur d'âmes qu'ils aient parmi eux. »

E. C. Woodley chercha à le tranquilliser :

« Nous leur en enverrons un autre pour les accompagner. Mais vous, vous rentrerez dans votre pays natal et tu y attendras que je te désigne un autre poste.

— Et que vont devenir les orphelins ? gémit Aram Tomasian.

— Tu ne rendras pas service à ces enfants en marchant à la mort avec eux. L'orphelinat de Zeitoun est notre propriété. Tu as accompli intégralement ton devoir en accompagnant nos pensionnaires jusqu'à Marach. Tout le reste, c'est notre affaire, tu n'as rien à y voir. »

La voix de la conscience ne cessait pas de tourmenter Aram dans son for intérieur :

« Mais n'ai-je pas le devoir de faire plus que mon devoir ? »

Le vieux E. C. Woodley montra quelque impatience, bien qu'au fond de son cœur, il se réjouît de voir Aram en proie à de si nobles scrupules :

« Tu ne crois tout de même pas, je pense, Aram Tomasian, que nous allons accepter sans rien dire que l'on agisse ainsi avec notre orphelinat ? Quant au sort réservé à ces enfants, c'est une question à propos de laquelle le dernier mot n'a pas encore été dit. Toi par contre, tu nous gênes beaucoup, mon garçon. En qualité de pasteur de Zeitoun tu es bel et bien compromis. Entendu ? Bon ! Et, sur ce, je te relève solennellement de tes fonctions de directeur de l'orphelinat. »

Aram sentit qu'il lui suffirait de rester encore ferme quelques minutes à peine pour que Woodley n'opposât plus de résistance à son héroïque résolution et se contentât de le bénir pour son esprit de sacrifice vraiment chrétien. Malgré cette certitude qu'il avait, il ne dit plus rien et s'inclina devant les arguments de son père spirituel. Il croyait agir ainsi pour Howsannah et Iskouhi. Et cependant, chaque fois qu'il s'éveillait de son sommeil inquiet, hanté de cauchemars, il se sentait envahi par la certitude d'une grave défaite, d'un crime envers sa mission sacrée, et par la honte de s'être montré faible.

Le lendemain matin, le révérend Woodley, accompagné du représentant consulaire américain, se rendit chez le mutessarif et obtint pour les époux Tomasian ainsi que pour Iskouhi un laissez-passer leur permettant d'aller jusqu'à Yoghonoluk. Il n'était d'ailleurs valable que pour quinze jours dans le courant desquels les intéressés devaient avoir atteint le but de leur voyage. Malgré l'état du bras d'Iskouhi, ils se virent ainsi forcés de partir trois jours plus tard. Ils auraient pu choisir l'itinéraire le plus court en passant par Bagtché qui était la station la plus proche sur la ligne des chemins de fer d'Anatolie. On les en dissuada vivement. Dans toute la région du Taurus, les trains étaient bondés de soldats dont Dchémal Pacha comptait faire sa quatrième armée. La prudence commandait désormais d'éviter toute rencontre superflue avec des militaires turcs, et surtout en compagnie de femmes arméniennes. Le pasteur s'en remit entièrement à la décision des pères missionnaires pour tout ce qui avait trait au voyage. Au lieu du trajet si court en chemin de fer, ils se voyaient voués à d'interminables pérégrinations extrêmement fatigantes, et pour plusieurs jours. Ils devaient traverser tout d'abord des régions montagneuses jusqu'à Aïntab, puis descendre sur Alep en empruntant la mauvaise route en lacets qui passe par le col du Taurus. Les pères missionnaires mirent à la disposition du pasteur une grande voiture attelée de deux chevaux, plus un autre cheval de réserve qui pouvait au besoin servir de monture. Ils télégraphièrent en même temps à leurs collègues d'Aïntab pour leur demander de tenir prêt là-bas un nouvel attelage.

Les voyageurs n'avaient pas encore quitté les faubourgs de Marach lorsqu'ils entendirent des cris haletants de supplication malgré le bruit que faisaient les sabots des bêtes trottant sur la route. C'étaient Sato, une petite orpheline, et Kéwork, le garçon de l'orphelinat, qui couraient gémissants après eux. Par bonheur, c'était encore de bon matin et il n'y avait sur la route personne qui pût être témoin de cette scène et les trahir. Aussi désagréable que fût une telle rencontre, il ne restait pas d'autre solution possible pour le pasteur que d'adjoindre à sa famille ces indésirables compagnons de route. C'étaient, l'un et l'autre, des êtres anormaux. Sato, fillette d'une maigreur squelettique, très difficile à éduquer, avait été considérée à Zeitoun comme une véritable plaie pour l'orphelinat. Au moins quatre fois par an, Sato était en proie à des accès de vagabondage. A ces occasions, elle disparaissait pour plusieurs jours et finissait par revenir, très humble, dans un état quasi animal, couverte de crasse et de poux. Pendant ces crises, on ne pouvait rien obtenir d'elle. Elle perdait même la faculté de parler en phrases ordonnées ainsi que toutes les autres connaissances qu'on avait eu grand'peine à lui inculquer. Il était également inutile de l'enfermer. Elle trouvait moyen de passer à travers les murs comme un fantôme. Si elle n'arrivait pas à s'échapper, Sato devenait un Satan et faisait la terreur de toute la maison, tant elle mettait de génie à inventer des mauvais tours dans le simple désir de nuire. Seule l'influence d'Iskouhi avait adouci sa méchanceté, — peut-être même l'avait-elle entièrement détruite, — et il n'avait pas fallu pour cela recourir à une méthode spéciale d'éducation. Iskouhi, en effet, ne s'y connaissait guère en matière de pédagogie. Mais la petite avait conçu une passion dévorante pour la jeune fille. Cet amour causait de graves perturbations dans le cerveau quelque peu anormal de Sato qui se consumait de jalousie, et il semblait même être assez fort pour engendrer le plus dangereux de tous les sentiments, le mépris de soi. Son large sarrau flottant au vent, Sato criait sans arrêt :

« Kutschuk Hanoum ! Mademoiselle ! Mademoiselle ! Par pitié, ne laissez pas la pauvre Sato toute seule ! » Cette créature presque inexistante, qui n'était guère qu'un paquet d'os, suppliait avec ses yeux immenses, affolés et pourtant effrontés, où se lisait tant de résolution et d'énergie qu'on ne pouvait leur résister. Iskouhi et Howsannah, elles aussi, n'avaient jamais pu se défendre d'éprouver à l'égard de Sato une véritable répulsion qui allait quelquefois jusqu'au frisson. Même lorsqu'elle était bien lavée et récurée, elle inspirait aux deux femmes un dégoût physique. Mais maintenant, aussi pénible que pût être ce surcroît de voyageurs, la petite fut calée sur le siège arrière de la voiture. Kéwork, le garçon, prit place à côté du cocher. Kéwork était originaire d'Adana. Depuis qu'il avait reçu là-bas un coup de crosse sur la tête, pendant l'un des nombreux incidents qui s'y déroulèrent au temps de sa première jeunesse, Kéwork était resté un idiot de bonne composition. Il ne parlait jamais sans bégayer. Et, à l'instar de Sato lors de ses crises de vagabondage, quand il était en proie à sa folie dansante, on ne pouvait rien tirer de lui ! Cette majestueuse anomalie qui lui avait valu d'être surnommé « le danseur » était une manie tranquille et très innocente ; elle ne se manifestait que rarement et, la plupart du temps, lorsque quelque chose l'avait fortement impressionné. A part cela, Kéwork accomplissait consciencieusement sa tâche : il allumait les poêles, portait l'eau, coupait le bois, s'occupait du jardin et exécutait avec un zèle silencieux le travail de deux domestiques. Combien d'enfants et d'hommes de valeur aurais-je pu sauver, songea soudain Aram, et voici que Dieu m'envoie une petite criminelle et un idiot ! Le pasteur eut l'impression que cette aventure était une réplique significative à son attitude trop tiède et trop peu désintéressée vis-à-vis des autres exilés de Zeitoun. Sato, par contre, éprouvait une joie désordonnée et déplacée. Elle poussait ses genoux pointus contre Iskouhi, riait et gloussait sans retenue comme si la déportation eût été le plus merveilleux divertissement du monde. Peut-être n'était-elle jamais auparavant montée dans une voiture. Elle laissait pendre sa main maigre aux affreux ongles trop larges comme par-dessus le bastingage d'un bateau et, ravie, l'agitait dans le frais sillage que donnait l'air à ce navire imaginaire. Tous ces signes de bonheur évident ne faisaient qu'augmenter le mécontentement et la colère rentrée des voyageurs. Iskouhi repoussa les genoux de Sato. Le pasteur, qui suivait la voiture à cheval, menaça la fillette de la retirer impitoyablement de la voiture si elle n'y restait pas tranquille à sa place, ou tout au moins de lui attacher les mains.

Le voyage jusqu'à Aïntab fut très fatigant — il fallut passer deux fois la nuit dans de misérables caravansérails — mais il s'écoula sans incidents. A Aïntab même, ils se reposèrent trois jours. Dès la réception du télégramme de E. C. Woodley, la commune arménienne avait préparé les chevaux de rechange. Depuis qu'ils avaient vu arriver la veille dans leur ville le premier convoi d'exilés de Zeitoun et pu mesurer de leurs propres yeux l'étendue de leur misère, les Arméniens d'Aïntab, désemparés, attendaient d'un moment à l'autre leur propre ruine. Ils ne quittaient plus leurs maisons. Des bruits terribles circulaient. On racontait que le gouvernement se débarrasserait d'Aïntab encore plus vite et à meilleur compte : on incendierait tout simplement le quartier arménien, et ses habitants seraient fusillés. Cependant, la commune entière prodigua amabilités et attentions au pasteur et aux deux femmes. On aurait cru que ces gens espéraient, en aidant ceux qui avaient pu être sauvés, assurer leur salut personnel. Aram Tomasian essaya de se défaire de Sato en la confiant à quelqu'un de la ville. Mais elle se cramponna à Iskouhi avec un tel effroi que le pasteur finit par la reprendre sur le siège arrière, peut-être en expiation de sa propre faute.

Tout alla encore bien jusqu'à Alep, quoiqu'il fallût quatre longs jours pour arriver à sortir des défilés du Taurus, sans parler des multiples difficultés provoquées dans les stations par les relais nécessaires, ni des deux nuits qu'on dut passer dans des granges vides. Aussi la grande ville, à l'immense bazar, aux rues pavées, aux nombreux palais administratifs ou militaires, aux jardins élégants, aux splendides édifices des missions, aux innombrables hôtels et auberges fut comme une résurrection pour ces malheureux épuisés de corps et d'âme. Malgré une méticuleuse inspection faite par les saptiéhs à la frontière de la ville — Sato et Kéwork, après quelques minutes d'angoisse, avaient passé en qualité de domestiques — le tableau des flots humains passant, indifférents, dans les rues, donnait à ces malheureux persécutés l'illusion de la liberté. La réception des missionnaires et du conseil municipal arménien fut toutefois très différente de l'accueil que leur avaient réservé Marach et Aïntab. Ces missionnaires-là étaient si débordés d'affaires à traiter, d'obligations et de tâches à accomplir, et on sentait chez eux une telle atmosphère de bureaucratie qu'Aram ne voulut pas avoir recours à leur aide. Il se contenta de demander deux modestes chambres pour lui et sa famille. La fraction arménienne de la municipalité, d'autre part, était immensément riche et par conséquent moins compatissante et plus timorée que les petites gens d'Aïntab. Tout en parlant avec eux, le pasteur de Zeitoun eut tôt fait de remarquer que le nom de la localité mise au ban de la société éveillait une angoisse manifeste chez ses frères de la grande ville. Ils ne voulaient évidemment rien avoir de commun aux yeux des autorités avec ces gens mal famés qui passaient pour des rebelles obstinés. On offrit au pasteur de lui verser un soutien pécuniaire. A part cela, lui dit-on, on ne pouvait rien faire pour lui. Il y renonça poliment.

Le temps pressait et Tomasian se vit obligé de louer lui-même une voiture, une de ces yaylis qui, en certains points de la ville, étaient rassemblées en grand nombre. Tout d'abord, le propriétaire du véhicule repoussa l'éventualité d'entreprendre un voyage aussi pénible. Il s'agissait d'aller jusqu'à la côte située derrière Antioche. En entendant des propositions aussi folles, épouvanté, il porta la main à son fez. Finalement, après beaucoup de protestations, d' « inch' allah » et d' « Allah bilir », on en vint à discuter le prix du voyage; sur quoi, l'homme exigea qu'on lui payât d'avance les deux tiers de la somme convenue, et il obtint gain de cause, car — le pasteur ne l'ignorait pas — tous les autres cochers se seraient conduits de la même façon. Aram choisit l'itinéraire passant par Alexandrette, malgré la grande courbe que dessinait la route à cet endroit, ce qui constituait encore un détour. Il espérait pouvoir atteindre, après un jour et demi de voyage forcé, le point de bifurcation vers Antioche et, de là, être vingt-quatre heures plus tard à Yoghonoluk. Mais dès le premier jour, juste avant le coucher du soleil, le cocher descendit de son siège, examina d'un air douteux les fers de ses chevaux, les roues et les essieux, puis déclara qu'il en avait assez, que ses bêtes étaient exténuées, la voiture trop chargée, qu'au reste, il n'était pas obligé de promener tous les Arméniens possibles à travers le monde entier, et qu'il allait faire aussitôt demi-tour pour arriver encore avant la nuit à Turont où il avait de la famille. Les prières restèrent sans effet sur lui, et il ne fut même pas sensible à la proposition d'Aram qui lui offrait d'augmenter d'une somme considérable le tarif convenu. Le Turc déclara sur un ton magnanime qu'il avait reçu son dû et ne désirait pas davantage. Mais il ajouta qu'il ferait même une faveur et ramènerait gratuitement ses clients jusqu'à Turont où ils pourraient passer commodément la nuit dans les excellents lits du magnifique kan qu'y tenaient les parents en question. Le pasteur Tomasian leva sa canne et aurait rossé cet impudent si Howsannah n'avait pas retenu son bras. Sur ce, l'homme jeta les bagages hors de la yayli, fouetta ses chevaux et laissa les cinq voyageurs au beau milieu d'une contrée désolée et désertique. Ils continuèrent alors à marcher une heure durant sur la route, dans l'espoir de rencontrer un village ou un véhicule quelconque. Mais rien ne parut à l'horizon, ni chariot, ni grange, ni cabane, ni hameau. Il fallut de nouveau passer jusqu'au bout une nuit en plein air et elle s'écoula plus lentement que la première, car personne n'avait compté avec cette éventualité. Le lacet de la route brillait d'un faible éclat sous le pâle reflet de la lune, évoquant de façon inquiétante la lame courbe d'un sabre. Aussi s'en éloignèrent-ils autant que possible et ils allèrent s'étendre sur un terrain nu. Mais même la terre, cette mère universelle, se comporta comme une marâtre envers les Arméniens. L'humidité montait du sol à travers les couvertures et il se forma au-dessus des malheureux comme une énorme cloche bourdonnante d'émanations paludéennes dans laquelle les moustiques chantaient leur perfide chanson. Kéwork et le pasteur veillèrent; ce dernier garda constamment en main la carabine de chasse que les pères de Marach lui avaient donnée pour s'en servir comme arme défensive.

Mais le comble de la misère ne devait être atteint que pendant les cinquante heures suivantes de marche à pied qui furent nécessaires pour atteindre Yoghonoluk. Ce fut un vrai miracle qu'il n'arrivât pas d'accident à Howsannah et qu'Iskouhi pût tenir jusqu'au bout. Le pasteur commit la faute de prendre beaucoup trop tôt, au lieu de rester sur la grand'route, un chemin plus étroit dans la direction sud-ouest. Après quelques kilomètres, on vit que ce chemin n'aboutissait nulle part. A partir de ce moment, ce ne furent plus qu'errements et vaines recherches. Pendant ce dernier calvaire, on put apprécier pleinement l'inépuisable force physique de Kéwork. Il portait alternativement toutes les femmes sur son dos, et pendant de longs trajets. On avait dû bientôt renoncer à traîner les bagages. Le pasteur, d'un pas las, marchait en avant, pensant uniquement à garder la direction que lui indiquaient les nuages qui recouvraient les chaînes côtières. Bien souvent, on trouvait encore de ces chemins carrossables qui, pendant quelque temps, avaient bonne apparence et aboutissaient à quelques planches pourries jetées sur un cours d'eau. De temps en temps, un kangni ou char à bœufs leur prêtait secours pour une bonne traite. Néanmoins, ils ne furent plus exposés à la méchanceté des hommes. Les rares musulmans qu'ils rencontrèrent et qui étaient des paysans, ne leur témoignèrent que de bons sentiments et leur offrirent de l'eau potable et du fromage. Si pourtant ils avaient été en butte à quelque perfidie, ils ne se seraient pas défendus. Insensibles aux douleurs de leurs membres brisés, de leurs pieds en sang, ils allaient, chancelants, enveloppés d'un nuage de narcotique, plongés dans la caverne de l'épuisement. Même Aram, malgré sa résistance naturelle, titubait sur la route et perdait aussi son équilibre mental dans un univers d'images papillotantes. Il lui arrivait parfois de rire tout seul sans raison. Sato fit preuve d'une endurance extraordinaire dans cette lutte contre la douleur. Elle trottait derrière Iskouhi sur ses pieds blessés et bleuis par la marche, étant probablement habituée par ses vagabondages à de semblables prodiges d'énergie.

Lorsque Gabriel Bagradian aperçut les proscrits sur les marches de l'église, ils étaient encore dans cet état de demi-inconscience et d'abattement total. Mais, comme ils étaient jeunes, comme ils venaient de se sentir brusquement envahis par l'immense conviction du salut si longtemps espéré, comme ils voyaient devant eux les visages familiers de leur père, du prêtre, du docteur, comme ils entendaient résonner autour d'eux des paroles émues et se réchauffaient dans la tiède atmosphère de la patrie, ils revinrent vite à eux et, sans transition, leur lassitude infinie fit place à une extrême vivacité.

Le pasteur Aram Tomasian ne cessait de répéter :

« Ne pensez pas aux anciens massacres ! C'est beaucoup plus dur, plus triste, beaucoup plus impitoyable que tous les massacres, et surtout, cela va beaucoup plus lentement. Jour et nuit, j'y pense... »

Il pressait ses mains contre ses tempes :

« Je ne peux pas me défaire de cette idée... Sans cesse, j'ai ces enfants devant mes yeux... Pourvu que Woodley puisse les sauver ! »

Le Dr Altouni, sans mot dire, prodiguait ses soins à Iskouhi. Les hommes, en général, accablaient Aram de questions :

« Se contenteront-ils de Zeitoun ? — Les Arméniens d'Aïntab ne sont-ils pas déjà en route pour l'exil à l'heure qu'il est ? — Que dit-on à Alep ? — N'a-t-on pas des nouvelles des autres vilajets ? — Et nous ? »

Le médecin, qui avait déroulé le pansement et lavait à l'eau chaude le bras d'Iskouhi, devenu rouge brun, eut un rire rauque :

« Où donc pourrait-on bien nous déporter ? Au pied du Musa Dagh, on est déjà déporté. »

Le bruit de la foule amassée sur la place pénétrait jusque dans la petite pièce. Ter Haigasoun coupa court aux questions entremêlées. Il tourna vers Bagradian ses yeux timides et pourtant si énergiques :

« Ayez la bonté, Gabriel Bagradian, d'aller dire à ces gens quelques mots et tâchez de les faire enfin rentrer chez eux. »

Pourquoi Ter Haigasoun choisissait-il en l'occurrence justement Gabriel qui, Parisien, n'avait rien de commun avec ces villageois ? Ç'aurait été l'affaire du mouchtar Kéboussjan que de parler à ses administrés. Ou bien le prêtre obéissait-il à quelque intention secrète en chargeant Bagradian de cette mission ? Gabriel Bagradian demeura interdit et fort embarrassé. Néanmoins, il accéda au désir de Ter Haigasoun, et prit Stéphan par la main. L'arménien était sans doute sa langue maternelle, mais au premier moment, quand il fut sur le point de s'adresser à l'assemblée qui entre temps s'était toujours accrue et comprenait bien 500 personnes, cela lui parut une sorte d'indélicatesse, d'indiscrétion, bref quelque chose qui lui était défendu. Le turc, langue en usage dans l'armée, lui aurait été presque plus naturel. Mais seuls les premiers mots lui coûtèrent quelque effort, et bientôt les syllabes coulèrent de plus en plus facilement de sa bouche, l'ancienne langue recommençait à germer et à fleurir. Il pria les habitants de Yoghonoluk et ceux des autres localités qui se trouvaient là de se séparer en toute tranquillité et de rentrer chez eux. Il n'y avait eu, dit-il, qu'à Zeitoun, et nulle part ailleurs, de telles irrégularités, et l'on ne tarderait pas à rechercher quelle en avait été la vraie cause. « Tout Arménien sait bien, continua-t-il, que Zeitoun a toujours été un cas exceptionnel. Mais pour les gens du Musa Dagh qui appartiennent à une région complètement différente, il n'y a pas la moindre ombre de danger, d'autant plus qu'ils ne se sont jamais occupés de politique. Toutefois, en de tels moments, l'ordre et le calme doivent être observés encore plus scrupuleusement que d'ordinaire. Moi, Bagradian, je ferai en sorte que les événements importants soient dorénavant communiqués régulièrement dans les villages. Au besoin, toutes les communes pourraient une fois se réunir en une assemblée générale pour discuter au sujet de l'avenir. »

Gabriel sentait, à son propre étonnement, qu'il parlait avec sûreté, qu'il trouvait les mots qui convenaient et répandait par là sur ses auditeurs un réel apaisement. Quelqu'un s'écria même : « Vive la famille Bagradian ! » Seule une voix de femme gémit : « Asdwaz im, mon Dieu, que va-t-il nous arriver ? »

Sans quitter réellement la place, les curieux se répartirent au moins en plus petits groupes et cessèrent d'assiéger l'église. Des trois saptiéhs, seul Ali Nassif restait là à rôder, ses deux camarades ayant disparu. Gabriel marcha vers l'homme au visage criblé de petite vérole qui, depuis quelque temps, semblait fort indécis quant à l'attitude à adopter vis-à-vis d'Effendi Bagradian : fallait-il voir en lui un grand personnage ou un chansir kiafir, un « cochon d'infidèle », qui, en vertu de la nouvelle tournure qu'avaient prise les choses, n'était du point de vue administratif pas même digne d'une réponse ? Profitant de cette incertitude, Bagradian aborda le saptiéh avec beaucoup de hauteur :

« Tu sais qui je suis. Je suis ton supérieur, ton chef, étant officier dans l'armée turque. »

Ali Nassif se décida pour le garde-à-vous. Gabriel mit la main à sa poche, d'un geste significatif :

« Un officier ne donne pas de bakchich. Cependant tu recevras de moi ces deux médjidjéhs comme acompte pour une commission d'un genre spécial dont je vais t'expliquer le sens. »

L'attitude rigide d'Ali Nassif s'accentuait nettement, toujours plus libre d'arrière-pensées. Bagradian lui indiqua d'un signe bref qu'il pouvait reprendre la position naturelle :

« Ces derniers temps, je vois de nouveaux visages parmi les saptiéhs. Votre poste a-t-il été renforcé ?

— Nous étions trop peu, Effendi, pour le travail qu'il y a à faire et la longueur des parcours. C'est pour cette raison qu'on a renforcé le poste.

— Est-ce bien la vraie raison ? Enfin, tu n'es pas obligé de me répondre à cette question. Mais comment reçois-tu tes ordres, ta solde et tout le reste ?

— L'un des plus jeunes de nous va à cheval chaque semaine à Antioche et en rapporte les ordres.

— Écoute maintenant ce que j'ai à te dire en dehors de ton service, Ali Nassif ! Si jamais tu reçois quelque ordre ou si tu apprenais de tes supérieurs quelque chose qui soit important pour cette commune, tu me comprends, dans ce cas viens tout de suite me trouver chez moi ! Tu y recevras alors une somme triple de cet acompte. »

Sans se départir de la dignité avec laquelle il l'avait abordé, Bagradian laissa le saptiéh et retourna à la sacristie.

Altouni avait terminé l'inspection du bras malade. Il déclara d'un ton ironique :

« Ils ont à Marach un grand hôpital, des instruments, une salle d'opérations, des bibliothèques médicales et cet âne de collègue n'a pas même su soigner convenablement ce bras. Que peut-on attendre alors de moi qui ne possède rien d'autre qu'une pince rouillée à arracher les dents ? Nous allons être obligés de mettre ce bras entre deux éclisses. Il a vraiment mauvaise apparence. Il faudra à la malade une chambre agréable, un long repos au lit et des soins constants. Naturellement, les mêmes prescriptions valent aussi pour ta femme, Aram ! »

Le vieux maître Tomasian était désespéré :

« Et j'ai si peu de place depuis que j'ai vendu ma maison. Comment allons-nous nous arranger ! »

Gabriel Bagradian offrit aussitôt de préparer chez lui une chambre pour Mlle Tomasian, et l'une de celles qui jouissaient d'une belle vue sur la montagne. Quant aux soins, on suivrait exactement l'ordonnance

du Dr Altouni. Le médecin s'en montra pleinement satisfait :
« Koh jem, parfait, mon ami ! Et cette malheureuse créature-là,
cette petite Sato, tu vas bien, n'est-ce pas, me la prendre aussi chez
toi ? De cette façon, j'aurai toutes mes malades sous la main au même
endroit. Mes vieilles jambes t'en seront reconnaissantes. »

Ainsi fut fait. Aram et Howsannah s'en allèrent avec le vieux Tomasian et emmenèrent aussi Kéwork le danseur, que le charpentier avait
l'intention de faire travailler à la maison et à l'atelier. Stéphan fut
envoyé en avant par Gabriel pour apprendre à Juliette les événements
survenus. Le garçonnet arriva tout essoufflé à la maison :

« Maman, Maman ! Il y a du nouveau. Nous allons recevoir des
pensionnaires : Mlle Iskouhi, la sœur du pasteur de Zeitoun et encore
une petite fille qui a les pieds tout sanglants. »

Juliette fut étrangement impressionnée par cette annonce imprévue.
Jamais Gabriel n'avait amené quelqu'un à la maison sans la consulter
auparavant. Il montrait une sorte d'incertitude dans ses rapports avec
sa femme en ce qui concernait les autres gens, et surtout ceux de sa
propre race. Mais lorsque dix minutes plus tard, il apparut avec
Iskouhi, les époux Altouni et Sato, Juliette fut la bonté même. Pareille
en cela à beaucoup de jolies femmes, elle se laissait facilement séduire
par la grâce féminine, et particulièrement si elle la rencontrait chez une
toute jeune fille. La vue de la malheureuse Iskouhi l'émut sincèrement
et éveilla en elle une sollicitude de sœur aînée. Tout en distribuant
les ordres nécessaires, elle constatait avec plaisir : Vraiment originale,
cette petite ! On voit peu de visages aussi fins parmi ses semblables.
Elle garde encore un air de distinction dans ses habits en lambeaux.
Et pour une Arménienne, elle semble très bien parler français. La
chambre fut vite mise en état. Juliette y apporta de ses propres mains
divers objets à l'intention d'Iskouhi et même une élégante chemise de
nuit bordée de dentelles provenant de son trousseau personnel. Elle
n'hésita pas non plus une seconde à mettre à la disposition de la nouvelle venue diverses essences et eaux de toilette, bien que ces trésors
fussent irremplaçables.

Altouni examina encore une fois le bras d'Iskouhi et en profita pour
lancer d'amères imprécations à l'adresse des médecins de Marach,
cité qui passait pour une grande ville. Cela te fait-il mal, mon petit ?
Non, elle n'éprouvait aucune douleur, mais seulement un sentiment
indéfinissable, — elle cherchait le mot exact — un sentiment
d'insensibilité. Le vieux médecin était convaincu que sa science
n'améliorerait pas de beaucoup le bras de la jeune fille. Toutefois,
en désespoir de cause, il lui confectionna au moins un vaste
pansement qui enveloppait l'épaule jusqu'au cou. Au cours de cette
opération, on put remarquer avec quelle fermeté et quelle sûreté ses
vieux doigts bruns et ridés savaient encore travailler.

114

Bientôt après, Iskouhi était couchée dans un lit douillet, bien lavée et paisible. Juliette, qui n'avait pas cessé de l'aider depuis son arrivée, se préparait à la laisser seule :

« Si vous avez besoin de quoi que ce soit, ma chère petite, vous n'avez qu'à agiter énergiquement cette grosse sonnette. On vous apportera le dîner au lit. Mais auparavant, je viendrai encore vous voir. »

Iskouhi tourna vers sa bienfaitrice ses yeux d'Arménienne, les yeux de tout un peuple, où se lisaient encore les effroyables péripéties du long voyage au lieu de la joie du retour au pays natal :

« Oh ! merci bien, madame... Je n'aurais besoin de rien... Merci, madame... »

Et il se produisit alors une chose qui n'avait jamais eu lieu ni pendant l'horrible semaine de Zeitoun ni durant les jours de la déportation et du voyage. Des larmes coulaient à flots de ses yeux. Elles ne sortaient pas de manière convulsive mais coulaient lentement, sans être entre-coupées de sanglots ; dans ces pleurs, il n'y avait, pour ainsi dire, ni montagnes ni vallées ; c'était une interruption brusque de la rigidité primitive, quelque chose d'immense et de désolé comme les steppes qui s'étendaient là-bas, dans cet Orient dont elle venait. Tandis qu'Iskouhi, sans le moindre mouvement, continuait de pleurer, elle répétait inlassablement les mêmes mots :

« Pardonnez-moi, madame... Je n'ai pas voulu ça... »

L'attitude qui eût le mieux convenu au naturel de Juliette, c'eût été de se mettre à genoux devant Iskouhi, de l'embrasser et de l'appeler « pauvre ange ». Or, un je ne sais quoi rendait impossible toute forme habituelle de tendresse. Le nimbe de mystère qui enveloppait toujours la jeune fille et les étapes de son calvaire, qui avaient filé autour d'elle une trame impénétrable, l'isolaient du reste du monde. C'est pourquoi Juliette ne pouvait pas obéir à sa chaleureuse impulsion. Elle se contenta de passer doucement sa main sur les cheveux d'Iskouhi et d'attendre en silence au chevet du lit que la malade aux pleurs muets laissât ses yeux se fermer pour sombrer dans un anéan-tissement salutaire.

Pendant ce temps, Mairik Antaram avait soigné et bandé les pieds meurtris de Sato. Ensuite, on lui avait donné un lit dans une des chambres réservées à la domesticité. Mais à peine la petite fut-elle plongée dans un profond sommeil qu'elle se mit à pousser des cris effroyables. Alors que, pendant tous les jours précédents, elle n'avait pas montré la moindre trace d'angoisse, on aurait dit que dans son rêve, fidèle reproduction de la vie, des centaines de fouets s'abattaient sur elle pour la frapper. On essayait bien de la secouer pour dissiper son cauchemar, mais cela ne servait de rien. Il n'y avait pas moyen de la réveiller et un instant après, elle recommençait à gémir et à faire entendre ses hurlements aigus. Parfois ses longs gémissements semblaient se raccrocher désespérément à un nom tout-puissant : Kutchuk Hanoum !

Tandis que retentissaient ces sons horrifiants à l'autre bout de la maison, Juliette rencontra son fils qui montait justement le grand escalier. Stéphan avait le visage en feu. Les nouveaux événements, avec tout ce qu'ils contenaient d'inconnu ou de menaçant, remplissaient son âme entière et l'agitaient de violents remous. Il avait célébré en novembre son treizième anniversaire et entrait par conséquent dans l'âge où tout ce qui est extraordinaire enthousiasme un garçon. Il allait même jusqu'à regarder, derrière sa fenêtre, les violents orages et les averses torrentielles avec cet ardent et coupable désir : s'il pouvait seulement arriver quelque chose ! Et maintenant, il écoutait délicieusement épouvanté :

« Tu entends, maman, comme elle crie, cette Sato ? »

« Les yeux d'Iskouhi — mon enfant a les yeux d'Iskouhi ! » Cette pensée traversa soudain l'esprit de Juliette et, pendant l'espace d'un éclair, le périlleux engrenage dans lequel elle avait engagé sa vie s'imposa à sa conscience. Pour la première fois, le sort de Stéphan fit naître en elle une angoisse poignante. Elle l'emmena avec elle dans sa chambre, et le pressa contre son cœur tandis que les cris lointains de Sato continuaient à faire vibrer la silencieuse cage d'escalier.

Gabriel Bagradian avait invité le prêtre Ter Haigasoun, le médecin Bedros Altouni et le pharmacien Krikor à venir chez lui dans le courant de la soirée. Ces messieurs étaient seuls dans le sélamlik faiblement éclairé, avec des chibouques et des cigarettes. Gabriel avait l'intention d'obliger ces trois notables fort dignes et cultivés à lui dire en toute franchise sous quel jour ils envisageaient la situation, dans quel sens ils pensaient agir au cas où arriverait un ordre d'expulsion et de quels moyens disposaient les villages du Musa Dagh pour éloigner d'eux cette menace mortelle. Or, il ne put rien tirer de ses invités. Ter Haigasoun s'enferma dans un silence obstiné. Le médecin déclara qu'il avait déjà soixante-huit ans et que pour les deux ou trois années à peine qui lui restaient encore à vivre, peu importait de quelle façon il les passerait. Il serait, disait-il, bien ridicule de se faire tant de soucis pour quelques misérables mois, la vie tout entière n'étant pas digne qu'on lui accorde l'aumône de la moindre préoccupation. Le principal, ajouta-t-il, c'est d'épargner aux hommes les causes d'inquiétude autant et aussi longtemps que possible. C'était là ce qu'il considérait comme son devoir capital, et il avait l'intention de l'accomplir quelles que soient les circonstances; tout le reste ne le regardait pas. Le pharmacien Krikor, en toute tranquillité, fumait son narguilé que, par mesure de prudence, il avait apporté de chez lui. Après mûre réflexion, il choisit, parmi les petits tisons préparés pour les invités celui dont l'aspect lui fut le plus sympathique et l'écrasa lentement dans ses doigts nus sur les boulettes de tabac dont il avait rempli l'appareil. Peut-être avait-il l'intention de prouver ainsi aux autres d'une manière symbolique qu'il pouvait porter la main au feu sans se brûler. Sa tête de mandarin aux yeux bridés et au bouc pointu semblait désapprouver toute excitation capable de déranger le bel ordre impassible qui doit régner dans l'esprit. Car c'est l'esprit seul qui confère à la réalité le droit d'exister, et non pas le contraire. Pourquoi vouloir faire quelque chose ? Toute action, par son essence même, est vouée à la ruine, tandis que la pensée pense éternellement. Pour appuyer cette confession de foi, il cita un proverbe turc qui n'eût pas été déplacé dans la bouche du vieil agha Rifaat Bereket :

« Kismetdén zyadé olmass ! Rien n'arrive qui ne soit prédestiné. » Ces mots offrirent l'occasion de quitter la brûlante question d'actualité et la voix caverneuse du pharmacien se répandit en longs discours sur les diverses doctrines de la prédestination, sur les rapports du christianisme et de l'islamisme, sur Grégoire l'Illuminateur, sur le concile de Chalcédoine et sur la priorité du monophysisme comparé aux idées du catholicisme romain. Les mots à eux seuls engendraient une sorte de griserie. Le prêtre ne manquerait pas, songeait-il, de s'étonner grandement en constatant l'étendue des connaissances qu'un pharmacien pouvait avoir acquises dans le domaine de la théologie. Ter Haigasoun s'entendit énumérer les noms, les dates et les étranges doctrines de certains Pères de l'Église dont il n'avait jamais entendu parler au cours de toutes ses études, pour la bonne raison qu'ils n'avaient existé que dans la puissante imagination créatrice de Krikor.

C'était à désespérer ! Gabriel, malgré sa courtoisie, ne put se retenir de taper du pied. L'Européen qui était en lui haïssait à cet instant tous ces rêveurs bavards : ils se laissaient glisser dans la mort sans aucune résistance, de même qu'ils mouraient dans la crasse. Il interrompit Krikor d'un geste dédaigneux :

« Je désirerais vivement, messieurs, vous faire une proposition. C'est une idée qui, aujourd'hui, m'est venue à l'esprit en causant avec le saptiéh Ali Nassif. Somme toute, je suis toujours officier turc, ancien combattant, et j'ai les décorations de la dernière guerre des Balkans. Qu'en penseriez-vous, si je revêtais mon uniforme et m'en allais à Alep ? Il y a quelques années, j'ai eu l'occasion de rendre service au général Dchémal Pacha... »

Le vieux médecin lui coupa la parole avec une sorte de joie perfide :

« Dchémal Pacha a depuis longtemps transféré son quartier général à Jérusalem. »

Bagradian ne se laissa pas détourner de son projet :

« Tant pis ! Il existe quelqu'un de plus important que Dchémal Pacha : c'est Djélal Bey, le wali. Je ne le connais pas, mais nous savons tous de lui qui il est et qu'il nous veut du bien dans la mesure de son pouvoir. Si je vais maintenant le voir et lui rappeler que le Musa Dagh est situé à l'écart du monde entier, que par conséquent nous ne nous sommes jamais occupés de politique, peut-être... »

Gabriel n'en dit pas plus long, attendant que quelqu'un rompît le silence absolu. Mais seule l'eau gargouillait de temps en temps dans le narguilé de Krikor. Il s'écoula encore un bon moment jusqu'à ce que Ter Haigasoun déposât sa chibouque en disant :

« Le wali Djélal Bey — et ses yeux scrutaient profondément son auditoire — est sans contredit un grand ami de notre nation. Il nous a témoigné quelques bienfaits. Il est certain que, sous son gouvernement, on pouvait ne pas redouter trop d'excès. Malheureusement son amitié pour nous ne lui a pas porté chance. »

Ter Haigasoun sortit de l'ample manche de sa soutane un journal plié:

« C'est aujourd'hui vendredi. Voilà le *Tanin* de mardi. La nouvelle est imprimée en petits caractères et on l'a insérée dans un coin où on ne la remarque pas. » Il tenait le journal déployé devant ses yeux et à une grande distance : « D'après une communication du Ministère de l'Intérieur, nous apprenons que Son Excellence le wali d'Alep, Djélal Bey, a été mis définitivement à la retraite. — C'est tout. »

CHAPITRE V

Intermède des dieux

Tandis que les héros homériques combattent devant la porte Scée, chacun d'eux s'imagine que la victoire ou la défaite dépend directement du succès de ses armes. Or, le combat des héros n'est qu'un reflet de la lutte qu'au-dessus de leurs têtes les dieux à la voix puissante se livrent pour décider du sort des humains. Mais les dieux eux-mêmes ignorent que leur différend, lui aussi, ne fait que refléter la bataille terminée depuis longtemps dans le sein du Tout-puissant d'où découlent l'ordre et le désordre.

Au moment précis où M. Johannès Lepsius, docteur en théologie, ayant pressé le cocher de son fiacre, atteint enfin le grand pont qui relie à Stamboul Péra, la ville des jardins, le signal automatique se met à retentir; en même temps, la barrière descend, le pont tremble comme un être vivant, se sépare en deux dans son milieu avec un gémissement, et l'une et l'autre moitié, géants d'acier, se lèvent lentement dans les airs pour laisser entrer un navire de guerre à l'intérieur du port de la Corne d'Or. « Das ist aber wirklich furchtbar » (C'est vraiment effrayant), dit Lepsius tout haut en allemand, et, les yeux fermés, il retombe sur le capitonnage déchiré de l'araba, comme s'il venait d'abandonner la lutte. Mais une seconde plus tard, le voilà qui saute à bas du fiacre, jette dans la main du cocher, sans les compter, une poignée de piastres et, glissant sur une pelure, manquant presque de tomber, se précipite en courant vers le quai où, au bas de l'escalier quelques kajiks (petits canots destinés à la traversée) attendent les passagers de hasard. Il n'a guère l'embarras du choix : on ne voit là que deux vieux bateliers flegmatiques qui rêvent doucement dans le fond de leurs barques et ne semblent pas le moins du monde disposés à se disputer pour l'éventualité d'un profit. Johannès Lepsius saute dans l'un des kajiks et, d'un geste presque désespéré, indique à l'homme Stamboul sur la rive opposée. Il a encore six minutes pour

119

être à l'heure dite au « Séraskériat », au Ministère de la Guerre. Même si le passeur déploie toutes ses forces, il lui faut au moins dix minutes, à lui tout seul, pour traverser ce bras de mer. En face, sur le quai — d'après les calculs du voyageur impatient — il y aura certainement une station de fiacres. De là-bas, il pourra donc encore se rendre en cinq minutes au ministère. Si tout va bien, cela fera quinze minutes moins six, autrement dit neuf minutes de retard ! C'est très désagréable, mais tout de même acceptable. Naturellement, tout va mal. Le batelier qui pousse son embarcation en avant à la mode vénitienne, reste sourd à toutes les exhortations ou prières et garde son calme imperturbable. La barque vacille et n'avance pas. « C'est le courant, Effendi, la mer monte », explique le vieux Turc au visage ratatiné, impuissant à maîtriser cette fatalité. Par surcroît, un bâtiment de pêche vient à passer devant eux, ce qui ajoute encore deux minutes à la perte totale de temps. Inconscient, à demi évanoui, comme seul peut l'être un homme qui se sent le jouet des flots, l'Allemand s'abîme en lui-même. Pour vivre cette heure unique, il n'a pas craint les fatigues du voyage de Potsdam à Constantinople; chaque jour, inlassable, il a importuné l'ambassadeur d'Allemagne, et non seulement ce diplomate, mais les représentants de toutes les grandes puissances neutres. Pour vivre cette heure unique, il a rendu visite dans tous les quartiers possibles à chaque Allemand ou Américain ayant fait un séjour à l'intérieur du pays pour obtenir d'eux des détails circonstanciés. Pour vivre cette heure unique, il a passé des jours entiers assis dans le bureau de la société américaine du Bible-House, et abusé de l'amabilité de toutes les congrégations les plus diverses ; avec mille détours savamment combinés pour dérouter les espions, il a rencontré des amis arméniens dans des lieux bien cachés, tout cela uniquement afin d'être bien préparé pour la grande entrevue. Et voici maintenant que le sort lui joue ce mauvais tour de l'empêcher d'être à l'heure. On pourrait presque croire à des vents contraires envoyés par le malin. Quelle peine ne s'est pas donnée cet aimable capitaine de corvette de la mission militaire allemande pour lui procurer cette audience ! Trois fois déjà elle a été décidée, et trois fois décommandée. Enver Pacha est le dieu de la guerre pour l'empire ottoman. Aussi ne fait-il pas de façons avec un ennemi insignifiant comme l'est le Dr Johannès Lepsius.

Et voilà, les dix minutes sont passées. Enver donne l'ordre de ne plus laisser entrer sous aucun prétexte ce quémandeur allemand, et toute l'affaire est perdue. Eh ! bien, tant pis, qu'elle le soit ! Mon propre peuple se bat actuellement à la vie à la mort. Et le noir cavalier qui tient en main une balance s'est aussi déchaîné sur lui. Que m'importent donc les Arméniens ? Johannès Lepsius répond à cette consolation menteuse par un sanglot sec et bref. Non, ces Arméniens lui importent beaucoup et, s'il voulait cruellement examiner jusqu'au fond de son cœur, il verrait qu'il tient plus à eux qu'à son propre peuple, aussi coupable et insensé que cela puisse paraître. Depuis les jours d'Abdul Hamid, depuis les carnages de 96, depuis son premier voyage à l'intérieur du pays, depuis le début de son activité de missionnaire, il se sent élu pour aider ces malheureux. Ils représentent son devoir terrestre. Et aussitôt, il évoque quelques-uns de leurs visages. Tous le regardent de leurs immenses yeux d'Arméniens. Seuls peuvent avoir de tels yeux des êtres habitués à boire le calice jusqu'à la lie. Jésus sur la croix a certainement eu des yeux semblables, et c'est peut-être pour cela que Lepsius aime tant cette race. Il y a une heure encore, il a plongé ses yeux dans ceux du patriarche, de l'archiprêtre arménien pour toute la Turquie, c'est-à-dire qu'il a sans cesse dû détourner les siens du regard désespéré et sombre de Mgr Sawen. D'ailleurs, c'est cette visite au patriarche qui est cause du retard actuel. C'était en tout cas une folie que d'être retourné changer de costume dans sa chambre de l'hôtel Tokatlyan à Péra. Évidemment, il devait se présenter au patriarche en longue soutane noire, comme cela convient à un prêtre protestant. Par contre, en face d'Enver, il ne tenait pas à mettre spécialement en lumière son caractère ecclésiastique ; il cherchait même à éviter pour cette rencontre fatidique toute mise en scène de genre solennel. Il connaissait déjà les gens de l'Ittihad, ses adversaires. Un complet de ville de teinte grise, un ton négligent, un air sûr de soi, une allusion çà et là aux puissances qui sont prêtes à vous seconder, voilà les atouts qu'il fallait avoir dans son jeu pour aborder de tels aventuriers. Et maintenant le complet gris était la cause de tout le malheur.

Il n'aurait pas dû rester si longtemps chez le patriarche ; il aurait pu se retirer au bout de quelques minutes. La persévérance systématique n'a malheureusement jamais été son fort. Même sa campagne de secours aux Arméniens après les carnages, sous Abdul Hamid, il la doit moins à son intelligente politique qu'à son élan passionné pour enfoncer les portes. Ce n'est pas pour rien que, de temps à autre, il se laisse encore séduire par son vice de jeunesse, sa veine poétique : *Danse macabre, Le Juif errant, John Bull*, et d'autres encore en sont la preuve. Le don d'improvisation et l'inspiration du moment, tels sont ses atouts, il le sait. Et c'est pourquoi aujourd'hui encore il n'a pas pu s'arracher à la compagnie de ce prêtre si touchant. « Dans une heure, vous serez devant Enver. » La voix assourdie de Mgr Sawen laissait deviner combien de nuits blanches il avait passées ; elle mourait pour ainsi dire avec le peuple arménien. « Vous allez vous trouver devant cet homme. Que Dieu vous bénisse. Mais vous non plus, vous n'arriverez à rien. »

« Je ne suis pas aussi découragé, Monseigneur », avait essayé de dire

Lepsius en guise de consolation. Un geste de douloureux renoncement lui avait coupé la parole. « Nous avons appris aujourd'hui qu'après Zeitoun, Aïntab, Marach et tant d'autres, les vilajéts de l'Anatolie orientale sont, eux aussi, voués à la déportation. A part la région ouest de l'Asie Mineure, seuls Alep et la zone côtière d'Alexandrette restent inviolés. Vous savez mieux que quiconque ce qu'est la déportation : c'est pire que la mort, pire que le martyre, parce que c'est une mort et un martyre au ralenti. Il paraît qu'il n'y a plus personne de vivant parmi les habitants de Zeitoun. » Les yeux du patriarche avaient interdit à Johannès Lepsius la protestation qui naissait sur ses lèvres : « Renoncez à toute tentative impossible et consacrez la totalité de vos efforts à ce qui appartient encore au domaine des choses possibles ! Peut-être arriverez-vous, bien que j'en doute, à obtenir un répit pour Alep et la zone côtière. Chaque jour représente un gain. Faites valoir avant tout l'opinion publique en Allemagne et les journaux qui reçoivent de vous leurs renseignements. Et surtout, gardez-vous bien d'une chose : ne jouez pas au moralisateur ! Cela ne vous vaudrait que railleries de la part de cet homme ! Tenez-vous-en uniquement aux faits d'ordre politique ! Donnez à vos menaces des bases économiques, c'est ce qui a le plus de chance de le toucher. Et maintenant, recevez ma bénédiction, mon cher fils, pour la noble action que vous accomplissez ! Que le Christ soit avec vous ! » Lepsius avait incliné la tête, mais le patriarche avait tracé une grande croix sur sa poitrine tout entière.

Et le voilà assis à présent dans cette barque primitive, ballotté sur les vagues de la Corne d'Or; le batelier, indifférent, enfonce prudemment ses rames dans l'eau, et lorsqu'ils abordent enfin, plus de vingt minutes ont passé. Au premier coup d'œil, Johannès Lepsius s'aperçoit qu'il ne se trouve plus une seule araba à la station de voitures. Il esquisse un rire grimaçant, car derrière cette série d'obstacles si recherchés et raffinés, il se cache une force qui est plus que du hasard. Des puissances hostiles viennent lui barrer la route pour le punir de s'être occupé de la cause arménienne qui doit suivre régulièrement son cours. Aussi renonce-t-il bientôt à chercher un fiacre et, sans se soucier de sa taille, de son âge respectable et des mille détails qui le font remarquer, il se met à courir. Pourtant, il n'avance guère de cette manière. Les places et les ruelles du vieux Stamboul sont pleines d'une foule dense et excitée. On voit passer sous les maisons pavoisées, devant les boutiques et les cafés décorés de vives couleurs des milliers d'hommes en fez ou en turban qui se poussent et se bousculent en criant et montrent des visages fanatiques. Qu'est-il arrivé ? A-t-on, aux Dardanelles, repoussé les alliés ? Lepsius pense à ce bruit lointain de bombardement que il entend si souvent la nuit. Les lourds canons de la flotte anglaise réclament à grands coups l'accès de Constantinople.

Il se souvient alors qu'on célèbre aujourd'hui l'anniversaire d'un jour quelconque de la révolution jeune-turque. Peut-être est-ce la commémoration de cette journée au cours de laquelle le comité se débarrassa par un meurtre général de ses ennemis politiques, pour acquérir définitivement le pouvoir? Peu importe, d'ailleurs, quel est l'anniversaire en question; en tout cas la foule hurle, délirante. Devant une maison de commerce, un sérieux encombrement se produit. Des jeunes gens grimpent sur des épaules complaisantes, escaladent la corniche du bâtiment et, une minute plus tard, on entend tomber à terre avec fracas un grand écriteau portant le nom de la firme. Lepsius, qui se trouve engagé dans le remous humain, demande à un voisin dont la tête ne s'orne pas d'un fez ce que signifient de telles démonstrations. On ne veut plus, lui est-il répondu, d'inscriptions étrangères; la Turquie aux Turcs ! Tous les poteaux indicateurs et toutes les plaques des rues ou des magasins ne devront plus être désormais rédigés qu'en une seule langue, à savoir la turque ! Et le curieux à côté de lui ajoute avec un rire malicieux (c'est probablement un Grec ou un Levantin) : « Et le comble, c'est que cette fois ils ont démoli quelqu'un de nos alliés. C'est en effet une maison allemande. »

Les tramways arrêtés forment de longues files, interminables. A vrai dire, pense Lepsius, l'heure à laquelle j'arriverai n'a guère d'importance. L'entreprise est manquée. Néanmoins, il prend son élan et divise la foule de ses poings décidés. Encore une petite rue latérale, et voici que la place s'ouvre devant lui avec le palais imposant du Séraskériat. La tour de Mahmoud II dresse sa silhouette altière. A présent, le pasteur se permet de ralentir son rythme. Il ne veut pas se présenter tout essoufflé dans l'antre du fauve. Lorsque épuisé par des courses infinies à travers les escaliers et les coûloirs, il dépose sa carte au bureau du Ministère de la Guerre, il s'entend dire par un officier d'ordonnance fort aimable et élégant que Son Excellence Enver Pacha n'a pu, à son grand regret, attendre plus longtemps, mais le prie de lui faire l'honneur de sa visite au Ministère de l'Intérieur, dans le Sérail.

Johannès Lepsius a maintenant une route plus longue à faire. Pourtant, cette fois, le mauvais sort semble complètement conjuré, les démons ayant selon toute apparence fini par changer d'avis; ils lui imposent de force, en quelque sorte, toutes les commodités. Il voit justement devant la porte une voiture libre à l'instant, le cocher fait de son mieux pour aller vite, il évite les lieux encombrés et dans un laps de temps merveilleusement court, le courageux champion, parfaitement reposé et pénétré d'une assurance qui l'étonne lui-même, atteint le tranquille univers du Sérail; là, le trot sonore du cheval qui retentit sur les vieux pavés pointus l'emmène jusqu'au Ministère, où il est attendu. Avant qu'il ait tiré sa carte, un employé le reçoit et lui demande : « Monsieur le docteur Lepsius, n'est-ce pas ? » Quel heureux présage ! Ce sont de nouveau des escaliers, puis un long couloir. Mais à présent, tout animé de bons pressentiments, il croit y voler d'un pied léger. Le calme Ministère de l'Intérieur, repaire de Talaat Bey, fait sur lui l'impression d'un rêve agréable. Ces bureaux qui n'ont pas de portes et que séparent seulement des tentures où s'engouffre le vent, lui paraissent presque un décor féerique. Cette disposition aussi le rassure sans qu'il sache pourquoi, et lui fait l'effet d'un bon présage. On le conduit à un appartement privé situé au bout du couloir. C'est le quartier général d'Enver Pacha au Ministère de l'Intérieur. Dans ces deux pièces, à coup sûr, a été décidé le sort des Arméniens. Le visiteur est introduit dans une assez vaste chambre, qui sert probablement de salle d'attente ou de séances, l'autre, qui lui est adjacente, contient un grand bureau dépourvu de quoi que ce soit. Le rideau qui sépare ce cabinet de travail est relevé. Lepsius remarque trois tableaux pendus au mur au-dessus du bureau. A droite Napoléon, à gauche le Grand Frédéric, et entre eux une photographie agrandie représentant un général turc, sans doute Enver Pacha, le nouveau dieu de la guerre.

En attendant, le pasteur s'assied près de la fenêtre. Ses yeux surplombant son lorgnon se repaissent du calme que dégage cet admirable tableau de décacence fait de coupoles effondrées et de tronçons de marbre, parsemé de pins parasols. Tout au fond, le Bosphore où glissent de minuscules vapeurs pareils à des jouets. Le regard du prêtre, bleu et myope, perdu dans le lointain, sa bouche puérile qui surmonte une aimable barbiche grisonnante, ses joues sévères encore rougies par la hâte et l'excitation, tous ces éléments réunis produisent une impression de souffrance et d'exaltation inexorable envers soi-même. Un domestique apporte une cafetière de cuivre pleine de moka. Lepsius en boit avidement trois, quatre tasses à la suite. Ce café lui donne de l'élan, ses nerfs se tendent, ses artères lancent plus fortement son sang vers la tête. Au moment où Enver Pacha fait son entrée, Lepsius vient de vider la dernière tasse.

A Berlin, Johannès Lepsius s'est fait décrire en détail l'aspect extérieur d'Enver Pacha, et pourtant, il est très surpris de constater combien ce Mars ottoman, l'un des sept ou neuf personnages dont dépendent la vie et la mort de l'univers entier, paraît petit et insignifiant. Il comprend aussitôt le pourquoi des portraits de Napoléon et de Frédéric II. Ce sont des héros d'un mètre soixante, génies compressés dans une enveloppe trop étroite, ayant remporté leur succès en dépit de leur infériorité corporelle. Lepsius parierait volontiers qu'Enver Pacha porte des talons hauts. La toque d'astrakan qu'il ne retire pas dépasse certainement la hauteur réglementaire. Son uniforme de maréchal (ou de fantaisie) à brandebourgs a, vers la taille, une coupe admirable et sa ligne, nette et collante, rehausse l'allure générale en donnant à toute la silhouette constellée de décorations éblouissantes, disposées sur deux rangs, une nuance d'insouciance juvénile et de grâce intrépide. « Le baron tzigane », pense Lepsius, tandis que son cœur bat de plus en plus fort, et néanmoins il ne peut s'empêcher d'évoquer une valse viennoise au rythme énergique entendue jadis au temps de sa jeunesse lointaine, demeurée depuis lors un refrain des plus populaires :

« Ja, dies und noch mehr
Kann ich auf Ehr... (1)

Mais le texte de la chanson qui s'impose à son esprit à la vue du rutilant uniforme est en contradiction absolue avec les manières et la physionomie du jeune généralisisme. Sur le visage d'Enver Pacha se lit une expression d'embarras, parfois même de timidité et le mouvement de ses paupières fait penser à une jeune fille. Les ondulations de son corps aux hanches minces et aux épaules tombantes dégagent une impression de fragilité et de grâce. Lepsius se sent lourdaud à à côté de lui. Le premier assaut que lui donne cet ennemi consiste en une brusque sympathie éveillée chez le visiteur par la vision dansante du bel officier. Après les salutations d'usage, il ne le conduit pas dans le cabinet voisin mais le prie de conserver la même place et, pour lui, il va prendre à la table des séances une chaise qu'il approche de la fenêtre sans prendre garde à l'éclairage qui lui est justement défavorable.

Pour entamer la conversation, Johannès Lepsius (conformément au programme de combat qu'il s'est tracé) déclare apporter au général les hommages d'une admiratrice allemande. Celui-ci esquisse un sourire gêné avec ce charme qui lui est propre et, d'une agréable voix de ténor qui met le point final à l'harmonie exemplaire de sa personne, il répond en bon allemand :

« J'ai une très haute considération pour les Allemands. C'est sans aucun doute le peuple le plus étonnant du monde entier. Dans cette guerre, ils ont déjà accompli des exploits inégalables. Personnellement, je suis toujours heureux lorsque l'occasion m'est offerte de recevoir chez moi un Allemand.ʼ

Le pasteur Lepsius sait pertinemment qu'Enver Pacha a représenté et représente peut-être encore officieusement le parti français dans le Comité et que longtemps il s'est opposé à entrer en guerre aux côtés

(1), Oui, je puis faire ceci, et encore davantage, e le jure sur mon honneur...

de l'Allemagne, inclinant plutôt dans le sens des alliés. Mais comme cette question est pour l'instant sans aucun intérêt, Lepsius continue ce prudent échange de politesses :

« Votre Excellence possède en Allemagne un grand nombre d'admirateurs dévoués. On attend d'Elle de hauts faits décisifs. »

Enver bat des paupières. Il a un petit geste de la main qui semble se défendre mollement contre les exigences cachées derrière de telles flatteries. Il garde un silence qui signifie à peu près : Maintenant, mon cher, arrange-toi comme tu pourras pour m'amener à tes fins. Lepsius tourne la tête vers la fenêtre et a l'air d'écouter, bien qu'on n'entende pas d'autre son que des sifflets et tintements atténués provenant du trafic du Bosphore :

« J'ai pu remarquer qu'ici, à Stamboul, il règne une atmosphère d'enthousiasme prononcé. Aujourd'hui en particulier, l'agitation y a un caractère vraiment imposant. »

Le général se décide à lancer de sa voix toujours agréable, mais à présent indifférente, une sentence du style des proclamations patriotiques :

« La guerre est dure, mais notre peuple sait ce qu'il se doit à lui-même. »

Premier essai d'attaque de la part de l'Allemand :

« En va-t-il de même de l'intérieur, Excellence ? »

Enver prend une mine satisfaite, les yeux perdus dans le plus lointain des lointains :

« Certainement. Il se passe à l'intérieur de grandes choses.

— Excellence, ces grandes choses ne me sont pas inconnues. »

Le ministre de la guerre semble se méprendre, avec un air légèrement étonné. Pour le premier personnage d'un empire géant, il a gardé un teint d'une fraîcheur exceptionnelle :

« La situation s'améliore de jour en jour sur le front du Caucase. Parler de l'armée du Sud que préparent Dchémal et votre compatriote Kress serait évidemment prématuré.

— Voilà qui me fait plaisir, Excellence ! Mais par « intérieur » je n'ai pas voulu dire le théâtre de la guerre; je voulais parler des vilajéts situés dans la zone pacifique.

— Lorsqu'un État est en guerre, toutes ses provinces font plus ou moins partie du théâtre des hostilités. »

Cette phrase reçoit au cours de son élocution une légère pointe d'insistance. La tentative d'escarmouche se termine ainsi au désavantage du pasteur qui doit avoir recours à une attaque de front :

« Votre Excellence sait peut-être que je ne suis pas venu ici de ma propre autorité, mais en qualité de président de la Société allemande pour l'Orient à laquelle je dois rendre compte de certains événements. »

Enver bat des paupières, étonné. Qu'est-ce donc, une Société pour l'Orient ?

« Le Ministère des Affaires Étrangères et même M. le chancelier d'Empire montrent le plus vif intérêt pour ma mission actuelle. A mon retour, je ferai au Reichstag, sur la question arménienne, une conférence destinée à renseigner exactement les députés et la presse allemande. »

Enver Pacha qui a écouté son visiteur les yeux fixés sur le sol et sans se départir d'une patience étudiée, lève la tête au mot de « question arménienne ». On voit passer une seconde, sur son visage, comme un nuage obscurcissant le ciel, l'air de dépit d'un enfant gâté que les grandes personnes importunent toujours avec les mêmes sottises. Mais aussitôt, tout rentre dans l'ordre. Lepsius cependant sent que son cœur s'emballe déjà.

— Je suis venu vous trouver dans ma détresse, Excellence, car je suis convaincu qu'un guerrier de votre rang, un héros, ne saurait rien faire qui soit capable de ternir l'éclat de son nom devant l'histoire.

— Je sais, M. Lepsius, dit Enver en reprenant la parole avec une indulgence des plus bienveillantes, je sais que vous êtes venu et que vous avez désiré cette entrevue pour vous procurer des renseignements sur la chose en question. Bien que mille occupations importantes me réclament, je suis prêt à vous consacrer tout le temps nécessaire et à vous fournir tous les détails que vous demanderez. »

Lepsius ne peut faire autrement que de témoigner par un geste poli la profonde reconnaissance que lui inspire un tel sacrifice.

« Depuis que mes amis et moi avons pris la direction du gouvernement, commence le général, nous nous sommes toujours efforcés de traiter le peuple arménien avec tous les égards possibles et avec la plus stricte équité. Il existe entre nous et lui d'anciennes conventions. Vos amis arméniens ont salué notre révolution avec une ardeur extrême et nous ont promis par mille serments de nous garder leur foi intacte. Mais ils vont violé ces serments d'un jour à l'autre. Nous avons fermé les yeux aussi longtemps qu'il a été possible, aussi longtemps que la nation ottomane, le peuple souverain, n'était pas en danger. Nous vivons tout de même en Turquie, n'est-ce pas ? Mais lorsque, après la déclaration de guerre, les cas de haute trahison, de félonie et d'opinion subversive se multiplièrent, lorsque la désertion augmenta dans des proportions gigantesques, lorsque les choses prirent ouvertement une forme d'émeute, — je me contenterai de vous rappeler la grande révolte de Zeitoun —, nous nous sommes vus obligés de prendre certaines mesures sans lesquelles nous aurions risqué de perdre le droit de nous appeler un gouvernement populaire et, en même temps, celui de faire la guerre. »

Lepsius incline la tête en signe d'assentiment, comme s'il était sur le point d'être convaincu :

« En quoi consistaient, Excellence, ces cas que la justice a reconnus comme étant des crimes de haute trahison et de félonie ? »

Enver fit de la main un geste très vaste comme si le nombre des forfaits était vraiment incalculable :

« En conspirations avec la Russie, l'hommage que Sassonow a rendu aux Arméniens à la Douma de Saint-Pétersbourg en dit assez. De plus, ils ont conspiré avec la France et l'Angleterre. Et des intrigues, et de l'espionnage, que sais-je encore !

— Et a-t-on instruit des procès réguliers pour ces cas ?

— C'est naturellement le conseil de guerre qui s'en est chargé. Chez vous, cela ne se serait pas passé autrement. Il y a quelques jours, on a prononcé quinze condamnations relatives aux faits les plus graves et les coupables ont été exécutés publiquement. »

Naïve impudence, pense Lepsius dans son for intérieur. Il se rejette en arrière, cherchant à contenir le tremblement de sa voix :

« A ce que je sais, ces quinze Arméniens ont été arrêtés longtemps avant la guerre, par conséquent, il leur aurait été difficile de se rendre coupables de haute trahison conformément à la loi martiale actuellement en vigueur.

— Nous qui avons fait l'expérience d'une révolution », répond le général en s'éloignant de la question, mais par contre avec la joyeuse fierté d'un petit garçon qui se rappelle ses espiègleries les plus réussies, « nous savons très bien comment il faut s'y prendre dans de tels cas. »

Lepsius ravale un mot violent qu'il allait lâcher sur la révolution et toussote pour amener sa prochaine question :

« A propos, les notables et les intellectuels arméniens que vous avez fait arrêter à Stamboul, puis déporter, sont-ils aussi déclarés coupables de haute trahison ?

— Vous reconnaîtrez bien avec moi que nous ne pouvons pas supporter à proximité des Dardanelles des gens capables, à l'occasion, de haute trahison. »

Johannès Lepsius ne le contredit pas, mais avec une brusque explosion de toute sa sensibilité, il aborde la question principale :

« Et Zeitoun ! Je vous en conjure, Excellence, ayez la bonté de me dire votre opinion au sujet de Zeitoun. »

La brillante amabilité d'Enver Pacha s'assombrit et se teinte de solennité :

« L'émeute de Zeitoun constitue l'une des plus importantes et des plus infâmes révoltes qui soient dans l'histoire de l'empire turc. La répression des insurgés a malheureusement coûté de lourdes pertes à nos troupes, bien que je ne puisse vous en citer le nombre exact par cœur.

— J'ai sur Zeitoun d'autres informations que Votre Excellence. — Lepsius porte ce coup en s'arrêtant sur chaque syllabe. — Les miennes ne parlent aucunement de révolte due à la population de cette ville, mais de provocations et d'oppressions exercées des mois durant par l'administration des districts et des sandjaks. Dans mes informations, on mentionne une bagatelle où il eût suffi d'un détachement de police tant soit peu fort pour rétablir l'ordre, tandis qu'envoyer plusieurs milliers de soldats, c'est dévoiler nettement une intention préméditée qui ne peut tromper personne, à condition d'être impartial.

— On vous a donné de fausses informations, dit le général sans se départir de son calme ni de sa courtoisie; puis-je connaître la source de vos communiqués, M. Lepsius ?

— Je vous en nommerai quelques-unes et m'empresse de vous affirmer auparavant qu'aucune d'entre elles n'est d'origine arménienne. Par contre, je connais par le menu les mémoranda de divers consuls allemands, je possède également des notes prises par des missionnaires qui furent témoins oculaires des plus horribles incidents, et enfin j'ai reçu un compte rendu intégral de la situation par l'ambassadeur américain, Mr. Morgenthau.

— Mr. Morgenthau, remarque Enver d'un ton malicieux, Mr. Morgenthau est un juif. Or, les juifs mettent toujours un certain fanatisme à prendre parti pour les minorités. »

Cette gracieuse interruption qui dresse une barrière entre les deux interlocuteurs refroidit instantanément Lepsius. Il se sent les mains et les pieds glacés :

« Il ne s'agit pas de Morgenthau, Excellence, il s'agit de faits réels. Et ces faits, vous ne pourrez pas les nier, même si vous en aviez envie. Plus de cent mille hommes ont déjà pris le chemin de l'exil. On ne parle officiellement que d'un changement de domicile. Mais je prétends qu'il y a là une volontaire erreur sur les mots, pour ne pas dire plus. Peut-on envoyer un peuple de cultivateurs, de montagnards, d'artisans, de citadins, bref des hommes civilisés, peut-on, dis-je, les envoyer d'un trait de plume s'installer en pleine steppe et en plein désert de Mésopotamie, dans une solitude sans bornes, infinie comme l'océan, et que fuient même les peuplades bédouines ? Et, qui plus est, ce but prétendu n'est qu'une feinte. En effet, les autorités locales organisent la déportation de telle façon que dès le début, pendant les huit premiers jours de marche, les malheureux meurent de faim, de soif, de maladie ou deviennent fous, que les jeunes gens et les hommes les moins résistants sont massacrés par des Kurdes ou des bandits, quand ce n'est point par les soldats, que toutes les jeunes filles et les jeunes femmes sont la proie d'innombrables outrages et entraînées à la perdition... »

Le général l'écoute avec une attention des plus polies, mais l'air désabusé qu'il a pendant ce temps signifie clairement : voilà une chanson que j'entends vingt fois par jour. La manchette que, de sa main blanche et féminine, il tiraille doucement sous le poignet de son uniforme, semble lui être beaucoup plus importante.

« Ce sont évidemment des faits très regrettables, mais le commandant en chef d'une grande puissance armée a la responsabilité d'assurer la sécurité sur le champ des opérations militaires.

— Le champ des opérations militaires ! répète Lepsius dans un cri, mais il retrouve aussitôt la maîtrise de soi et tente de prendre un ton aussi tranquille que celui d'Enver : Voilà la seule nuance nouvelle. Tout le reste, Zeitoun, la haute trahison, les menées secrètes, tout ça, on l'avait déjà entendu. Abdul Hamid savait manier ces moyens avec une maîtrise incomparable quand les Arméniens, de temps en temps, devaient en passer par là. Je suis plus âgé que vous, Excellence, et j'ai vécu ces heures-là sur les lieux mêmes. Mais si je pense aux déportations actuelles, je me vois obligé de faire amende honorable au vieux pécheur que fut le sultan. Ce n'était qu'une mazette, qu'un enfant maladroit, si l'on compare ses procédés aux nouvelles méthodes. Et votre parti, Excellence, s'il a pu conquérir le pouvoir, c'est parce qu'il voulait remplacer le règne sanglant du vieux sultan par une ère de justice, de concorde et de progrès. C'est d'ailleurs la signification même du nom de votre comité. »

Voilà un coup hardi, pour ne pas dire irréfléchi. Johannès Lepsius attend une seconde que le Ministre de la Guerre se lève et mette fin à l'entretien. Mais Enver reste tranquillement assis et aucune ombre ne vient ternir sa radieuse amabilité. Il se penche même en avant d'un air de confidence :

« Permettez-moi de vous poser la question contraire, M. Lepsius. L'Allemagne a la chance de ne posséder aucun ennemi intérieur ou du moins presque pas d'ennemis de cette sorte. Mais supposons le cas où, en d'autres conditions, elle renfermerait de véritables ennemis intérieurs, par exemple des Alsaciens français, des Polonais, des sociaux-démocrates, des juifs, et en plus grand nombre qu'ils ne sont en réalité. Dans ce cas, M. Lepsius, n'approuveriez-vous pas tous les moyens, quels qu'ils soient, auxquels il faudrait avoir recours pour délivrer du danger interne votre nation engagée dans un terrible combat, assiégée de l'extérieur par une foule d'adversaires redoutables ? Jugeriez-vous alors tellement cruel celui qui, sans plus de façons, ferait un vaste ballot de tous les éléments de la population qui sont une menace pour l'issue de la guerre, et l'expédierait vers une région lointaine et désertique ? »

Johannès Lepsius doit se retenir de ses deux mains pour ne pas sursauter et ne pas lever les bras au ciel :

« Si les dirigeants de mon peuple, clame-t-il tout haut, se comportaient de façon aussi injuste, aussi illégale, aussi inhumaine (« aussi peu chrétienne », a-t-il déjà eu sur le bout de la langue) à l'égard de leurs compatriotes d'autre race ou d'autre opinion, à la première minute je renierais l'Allemagne et m'en irais en Amérique ! »

Long battement de paupières chez Enver Pacha :

« C'est bien triste pour l'Allemagne, si d'autres pensent comme vous. Pour ma part, j'y vois la preuve qu'il manque à votre peuple la force d'affirmer sans restriction sa volonté nationale. »

A ce moment de la conversation, le pasteur se sent envahi par une grande fatigue; elle est née du sentiment que ce petit homme si concentré en soi-même a, au fond, raison à sa manière. C'est ainsi que l'impitoyable sagesse de ce monde a toujours raison contre le Christ. Le plus grave, c'est que la conviction d'Enver déteint sur Johannès Lepsius et affaiblit son ardeur combative. Le sort incertain de sa propre patrie lui apparaît maintenant dans toute sa gravité écrasante. Il murmure :

« Cette comparaison est inexacte.

— Évidemment, cette comparaison est inexacte. Mais cette inexactitude est encore à notre avantage, car nous, les Turcs, nous avons cent fois plus de peine à nous maintenir que vous, les Allemands. »

Lepsius, douloureusement troublé et distrait, tire son mouchoir et le tient dans sa main comme le pavillon blanc d'un parlementaire :

« Il ne s'agit pas d'une méthode de protection contre un ennemi intérieur, mais de la destruction systématique d'une autre nation. »

Il prononce cette phrase d'une voix sourde et entrecoupée, tandis que ses yeux, incapables de supporter davantage l'impassibilité d'Enver, s'en vont errer vers le cabinet de travail aux portraits des héros. N'est-ce pas Mgr Sawen, le patriarche, qui semble là-bas lui faire signe ? Lepsius se rappelle qu'il devrait parler du point de vue économique. Vite, il rassemble ses forces pour une nouvelle attaque :

« Excellence, je ne suis pas assez impudent pour vous faire perdre votre temps en vaines conversations. J'oserai, si vous me le permettez, attirer votre attention sur divers inconvénients auxquels vous n'avez peut-être pas encore réfléchi, chose bien naturelle étant donné l'abondance des charges qui incombent au commandant en chef d'une grande nation. Je connais l'intérieur du pays, l'Anatolie, la Cilicie et la Syrie peut-être mieux que vous-même car, pendant des années, j'ai travaillé dans ces régions, et dans de dures conditions. »

Et là-dessus, il se met à développer ses théories avec des mots hâtifs, car il sent que le temps passe. Sans le peuple arménien, l'empire turc serait perdu du point de vue économique, culturel, et par conséquent militaire. Pourquoi ?

« Sans vouloir parler du commerce qui se trouve entre les mains des chrétiens dans une proportion de 90 %, Votre Excellence sait aussi bien que moi que le service d'importation tout entier est assuré par des maisons arméniennes: par conséquent, l'un des problèmes essentiels en 'temps de guerre, à savoir l'approvisionnement du pays en matières premières et en produits d'industrie, ne peut être résolu que par ces seules maisons. Qu'il me suffise de nommer une firme de renom mondial comme celle des successeurs d'Awétis Bagradian, qui possède des succursales, des bureaux et des représentants dans douze villes d'Europe. Il est certes beaucoup moins difficile d'anéantir une pareille organisation que d'en créer l'équivalent pour la remplacer. Quant à l'état des choses à l'intérieur, j'ai pu faire l'expérience moi-même du fait suivant, il y a déjà plusieurs années, au cours de mes nombreux voyages : l'agriculture arménienne en Anatolie est supérieure, et de beaucoup, aux méthodes pratiquées par les petits paysans turcs. A cette époque, les Arméniens de Cilicie avaient déjà fait venir d'Europe des centaines de batteuses et de charrues à vapeur, ce qui donna aux Turcs un excellent prétexte de carnage, car ils ne se contentèrent pas d'assassiner dix mille habitants d'Adana, mais mirent en pièces batteuses et charrues. C'est là et nulle part ailleurs qu'il faut chercher la racine de tout le mal. Le peuple arménien, qui est la fraction la plus cultivée et la plus active de la population ottomane, fait, depuis plus de trente ans, d'immenses efforts pour détacher l'empire de son système d'économie trop primitive, pour le faire s'élever vers les sommets de l'agriculture moderne et s'acheminer vers l'industrie. Et c'est justement pour avoir été d'aussi valeureux pionniers que les Arméniens sont persécutés et anéantis par la vengeance de la paresse brutale.

« Supposons, Excellence, que les métiers, le commerce et l'industrie familiale qui, à l'intérieur du pays, sont purement arméniens puissent être exercés par des Turcs ; qui donc, par contre, remplacera les nombreux médecins arméniens qui ont fait leurs études dans les meilleures universités d'Europe et qui soignent les malades musulmans avec autant de conscience que leurs compatriotes ? Qui remplacera tous ces ingénieurs, ces avocats, ces professeurs spécialisés, dont le travail inlassable pousse sans cesse le pays dans la voie du progrès ? Peut-être Votre Excellence répondra-t-elle que l'on peut au besoin vivre sans la classe intellectuelle. Mais les membres ne peuvent pas vivre sans l'estomac. Et c'est justement l'estomac de la Turquie que l'on déchire, tout en espérant qu'elle pourra survivre à cette opération. »

Enver Pacha écoute ce discours d'un bout à l'autre avec une extrême courtoisie, la tête doucement penchée de côté. Toute sa personne empreinte d'entrain et d'élégance et dont le brillant éclat est seulement atténué par une discrète note de timidité, ne fait pas plus de plis superflus que son uniforme. Le pasteur, par contre, a déjà perdu toute sa dignité. Il sue, sa cravate s'en va de biais, et les manches de sa veste ont remonté. Le général croise ses jambes courtes mais bien faites. Ses bottes vernies de cavalier les moulent de façon impeccable.

« Vous parlez d'estomac, M. Lepsius, reprend-il d'un air affable, eh bien, peut-être qu'après la guerre, la Turquie aura un estomac très faible.

— Elle n'aura plus d'estomac du tout, Excellence. »

Le généralissime continue, sans se fâcher le moins du monde :

« Le peuple turc comprend quarante millions d'hommes. Mettez-vous une fois de notre côté, monsieur ! N'est-ce pas un plan politique fort digne et de grande envergure que de vouloir réunir ces quarante millions et fonder avec eux un empire national destiné à jouer un jour en Asie le même rôle que l'Allemagne en Europe ? L'empire attend. Il suffit de faire le geste décisif. Il y a évidemment parmi les Arméniens une proportion inquiétante d'intellectuels. Etes-vous vraiment un admirateur de cette forme d'intellectualisme, M. Lepsius ? Moi pas ! Nous, les Turcs, nous n'avons reçu en partage que très peu de cet intellectualisme. Par contre, nous sommes restés la vieille race héroïque qui a pour mission de construire et de diriger le grand empire. Et pour atteindre ce but, nous saurons franchir tous les obstacles. »

Lepsius serre convulsivement les mains sans pouvoir dire un mot. Le garçonnet amuseur et gâté est bel et bien le maître absolu d'une puissance mondiale. Sa tête petite, mais séductrice et bien modelée, élabore des nombres qui étonneraient au plus haut point toute personne exactement renseignée. Il ne peut pas essayer de tromper le pasteur, car celui-ci sait pertinemment qu'il y a en Anatolie tout au plus six millions de vrais Turcs. Que l'on aille dans la Perse du Nord, en Caucasie, à Kachgar et en Turkestan, on n'arrivera pas à rassembler sur des steppes grandes comme la moitié de l'Europe seulement vingt millions de Turcs, même en comptant tous les nomades habitant sous des tentes et les vagabonds voleurs de chevaux. Voilà les rêves, pense-t-il, qu'engendre le narcotique du nationalisme. Mais en même temps, il éprouve une sorte de pitié pour ce dieu de la guerre si frêle, pour ce puéril Antéchrist. Johannès Lepsius prend une voix basse et mystérieuse :

« Vous voulez fonder un nouvel empire, Excellence. Mais le cadavre du peuple arménien reposera sous ses fondations. Croyez-vous que cela lui portera bonheur ? Ne saurait-on trouver un moyen pacifique, même aujourd'hui encore ? »

A ce moment, pour la première fois, Enver Pacha dévoile la vérité profonde. Il ne sourit plus de son air distant, ses yeux se font fixes et froids, ses lèvres découvrent une mâchoire forte et dangereuse :

« La paix ne peut exister, dit-il, entre l'homme et le microbe de la peste. »

Lepsius s'empresse de relever ce mot :

« Ainsi, vous avouez ouvertement votre intention de profiter de la guerre pour exterminer complètement le peuple arménien ?... »

Le ministre de la guerre est évidemment allé trop loin; aussi s'empresse-t-il de revenir sur ses pas et de se retrancher derrière la citadelle imprenable d'une amabilité qui n'engage à rien :

« Mes opinions et mes intentions personnelles sont intégralement contenues dans les communiqués qu'a fait paraître notre gouvernement à ce sujet. Nous agissons sous la contrainte de la guerre et de la légitime défense, après nous être contentés longtemps d'attendre, en simples spectateurs. Les citoyens qui travaillent à la ruine de l'État tombent partout sous le coup de la loi. D'après ce principe, notre gouvernement agit conformément au dröit. »

Avec cela, les voilà presque revenus au début. Johannès Lepsius ne peut réprimer un soupir de douleur. Il entend la voix de Mgr Sawen : « Ne faites pas le moralisateur ! Tenez-vous-en aux faits ! Des arguments ! » Oh ! que ne connaît-il des arguments assez frappants pour lui permettre de s'en tenir aux faits ! Mais les efforts qu'il dépense pour s'empêcher de bondir et rester assis sur son fauteuil suffisent à briser ses nerfs. Orateur né pour la chaire et la foule, il a besoin de place, il lui faudrait sa liberté de mouvement !

« Excellence, — dit-il en pressant sa main sur son beau front, — je ne veux pas maintenant enfoncer des portes ouvertes ni vous apprendre qu'on ne doit pas faire expier à un peuple entier les menées coupables de quelques individus ; je ne vous demanderai pas pourquoi des femmes et des enfants, de tout petits enfants, semblables à celui que vous avez été jadis, sont condamnés à la mort la plus bestiale à cause d'une politique dont ils n'ont jamais entendu parler. Je veux diriger votre attention sur votre avenir et celui de votre propre peuple, Excellence. Cette guerre finira un jour et la Turquie se trouvera alors dans la nécessité d'entamer des négociations de paix. Puisse ce jour être pour nous tous un jour de bonheur ! Si, par contre, il nous est néfaste, qu'arrivera-t-il alors, Excellence ? Le chef responsable d'un grand peuple ne doit-il pas prendre des dispositions pour le cas toujours possible où la guerre se terminerait à son désavantage ? Or, dans quelle situation se trouvera à ce moment la commission ottomane chargée de négociations de paix, lorsque les autres l'accueilleront par cette question : Caïn, qu'as-tu fait de ton frère ? Elle se verra dans une situation extrêmement pénible. Et les puissances victorieuses se partageront sans scrupules le butin — Dieu nous en préserve — et ne manqueront pas de tenir compte de la grande faute qui a été commise. Général Enver Pacha, comment le plus grand personnage de tout un peuple pourra-t-il, ayant pris une entière responsabilité et joui d'une omnipotence absolue, se justifier dans un tel cas aux yeux de son propre peuple ? »

Le regard d'Enver Pacha semble se perdre dans un rêve et il prononce sans aucune ironie:

« Je vous remercie pour cette précieuse indication. Mais quiconque se mêle de politique doit posséder deux qualités : tout d'abord une certaine insouciance ou, si vous voulez, le mépris de la mort, ce qui revient au même, et ensuite une foi inébranlable en ses résolutions une fois qu'il les a prises. »

A ces mots, le pasteur Lepsius se lève. Il croise les bras sur sa poitrine presque selon la mode orientale. L'ange tutélaire envoyé par Dieu au peuple arménien est dans un état pitoyable. Son mouchoir est sorti de sa poche, une jambe de son pantalon est remontée jusqu'au genou et sa cravate continue sa marche de biais. On dirait aussi que les verres de son lorgnon se sont couverts de buée.

« Je vous en conjure, Excellence, — fait-il en s'inclinant devant son interlocuteur qui reste assis — décidez que les persécutions soient arrêtées dès aujourd'hui ! Vous avez voulu faire un exemple d'un ennemi intérieur, qui d'ailleurs ne mérite pas ce nom, et un exemple tel qu'on ne saurait en trouver un semblable dans toute l'histoire. Par centaines de milliers, des hommes vivent et meurent sur les grand'-routes de l'Est. Mettez fin aujourd'hui à cet état de choses ! Ordonnez qu'on annule les nouveaux décrets de déportation ! Je sais qu'il reste encore des vilajéts et des sandjaks dont la population n'est pas partie. Si pour ne pas vous compromettre aux yeux de l'ambassadeur d'Allemagne et de M. Morgenthau, vous hésitez à faire partir de grands convois depuis l'Asie Mineure occidentale, accordez-moi cette faveur personnelle, épargnez le nord de la Syrie, Alep, Alexandrette, Antioche et la côte ! Faites savoir que c'en est assez ! Et à mon retour en Allemagne, je chanterai vos louanges ! »

Le généralissime indique plusieurs fois, d'une main patiente, la chaise vide au pasteur qui ne se décide pas à se rasseoir :

« Vous vous exagérez ma compétence, monsieur Lepsius, déclare-t-il finalement. L'exécution d'une telle mesure gouvernementale relève de M. le Ministre de l'Intérieur. »

L'Allemand arrache son pince-nez et découvre ses yeux rouges

« C'est justement de l'exécution de ces mesures qu'il s'agit. Ce ne sont ni le ministre, ni le wali, ni le mutessarif qui exécutent les ordres, mais des subalternes et des sous-officiers brutaux et sans cœur. Est-ce peut-être votre volonté ou la volonté du ministre que des femmes accouchent en pleine route et doivent aussitôt continuer leur marche sous des coups de gourdin ? Est-ce peut-être votre volonté que des régions entières soient infestées de cadavres en décomposition et que les morts fassent déborder l'Euphrate ? Voilà comment je sais que sont exécutés vos ordres.

— J'apprécie votre connaissance de l'intérieur, dit Enver Pacha d'un ton assez complaisant, je suis tout prêt à accepter et à examiner avec minutie les projets que vous me présenterez par écrit concernant l'amélioration de ces mesures ! »

Mais voici que Lepsius étend ses deux bras :

« Envoyez-moi là-bas ! C'est la première des propositions que je puisse vous faire. Le vieux sultan lui-même n'avait jadis pas refusé d'exaucer cette prière. Donnez-moi plein pouvoir pour organiser les transports d'émigrés. Dieu me donnera la force nécessaire et j'ai dans ce domaine plus d'expérience que n'importe qui. Je n'ai pas besoin de recevoir la moindre piastre de l'État ottoman. Je fournirai moi-même les moyens pécuniaires qu'exigeront les circonstances. Des comités d'assistance allemands et américains sont prêts à me seconder. J'ai déjà eu une fois la chance d'accomplir une grande œuvre de sauvetage, j'ai fondé beaucoup d'orphelinats et d'hôpitaux et aidé à l'organisation de plus de cinquante chantiers. Malgré la guerre, j'arriverai bien à en faire encore autant et davantage, et dans deux ans, vous-même, Excellence, vous m'en serez reconnaissant. »

Enver Pacha l'a écouté cette fois non seulement avec son habituelle attention, mais avec une curiosité soutenue. Et maintenant, il va être donné à Lepsius de voir et d'entendre quelque chose qu'il n'a encore jamais rencontré dans sa vie. Ce n'est pas une cruauté moqueuse, et pas non plus du cynisme qui a remplacé sur le visage du général son air de petit garçon. Non, Lepsius voit maintenant la face glaciale de l'homme qui « s'est rendu maître de toute sentimentalité », la face de l'homme qui se trouve par delà la faute et ses tortures, il voit dans toute sa beauté et sa perfection absolue le visage d'une espèce pour lui inconnue qui le sidère, il voit l'épouvantable, la presque innocente naïveté de l'impiété incarnée. Quelle force faut-il qu'elle possède pour qu'on ne puisse pas la haïr !

« Vos précieuses intentions m'intéressent beaucoup, déclare Enver sur un ton d'approbation, mais je suis obligé, cela va sans dire, de les décliner. Les vœux que vous venez de m'exprimer me prouvent que jusqu'à présent, un malentendu a subsisté entre nous. Si je permets à un étranger de porter secours aux Arméniens, je crée de cette façon un précédent qui admet l'immixtion de personnalités et par conséquent de puissances étrangères dans les affaires turques. Je réduirais ainsi à rien toute ma politique qui a justement pour but d'apprendre au peuple arménien quelles conséquences entraîne le désir de l'intervention étrangère. Les Arméniens eux-mêmes ne pourraient plus s'y reconnaître. D'abord, je les punis pour leurs rêves et leurs espérances traîtresses au plus haut point, ensuite, par contre, je leur envoie un de leurs plus influents amis pour réveiller chez eux cet espoir et ces rêves. Non, mon cher monsieur Lepsius, c'est impossible, je ne peux pas permettre à des étrangers de témoigner des bienfaits à ces gens. C'est en nous seuls que les Arméniens doivent voir leurs bienfaiteurs. »

Le pasteur retombe sur son siège. Peine perdue ! C'est un échec !
En dire davantage serait superflu ! Si cet homme n'était que mauvais,
comme il le souhaite secrètement, ce serait Satan en personne. Mais il
n'est pas mauvais et ce n'est pas un satan ; il a je ne sais quoi de puéril
et de sympathique, ce grand, cet inexorable exterminateur de peuples.
Lepsius est si enfoncé dans sa pensée qu'il ne comprend pas aussitôt
l'offre présentée par Enver sur un ton avenant et confidentiel, dans
toute sa tranquille impudence :

« Je vais vous faire une proposition inverse, monsieur Lepsius.
Réunissez de l'argent ; réunissez, avec vos sociétés d'assistance, d'Amérique et d'Allemagne, une grosse somme d'argent. Revenez alors
m'apporter ces subsides que vous aurez obtenus. Je m'occuperai
sans faute de les employer tout à fait dans votre esprit et selon vos vues.
Néanmoins, je vous avertis que je ne tolérerai aucun contrôle exercé
par des Allemands ou par d'autres étrangers. »

Si Johannès Lepsius n'était pas abasourdi comme il l'est, il éclate-
rait de rire. N'est-elle pas, en effet, amusante au plus haut point l'idée
du chemin que prendrait en Turquie le résultat de sa collecte selon
l'esprit d'Enver Pacha ? Il garde le silence. Il est battu. Bien qu'il n'ait
pas eu d'espoir avant même le début de l'entretien, c'est seulement à
cet instant qu'il croit au complet effondrement de l'univers. Pour ne
pas sombrer dans une défaite absolue, le pasteur se donne un élan,
rend à sa personne un aspect ordonné, passe plusieurs fois avec force
son mouchoir sur son front luisant et se lève :

« Je ne puis supposer, Excellence, que l'heure que vous m'avez
accordée ne porte pas le moindre fruit. Au nord de la Syrie et sur la
côte vivent cent mille chrétiens par delà les opérations militaires.
Votre Excellence estime certainement qu'il est préférable de ne pas
exécuter des mesures qui n'ont aucune raison d'être. »

Le jeune Mars séduisant découvre encore une fois ses dents par un
gracieux sourire :

« Soyez persuadé, monsieur Lepsius, que notre gouvernement ne
manquera pas d'éviter toute rigueur inutile. »

Tout ceci n'est de part et d'autre qu'une pure formalité, une conclusion illusoire, dénuée de sens, uniquement destinée à faire tomber dans
l'indécis cette conversation politique, sort réservé à tous les débats de
ce genre. Enver Pacha n'a pas fait la moindre concession. Quelles
rigueurs sont, à son avis, inutiles ? C'est lui seul qui en décidera.
Mais Lepsius aussi n'a prononcé ces dernières paroles que pour
mettre fin au pénible dialogue, et tout en étant absolument persuadé
que ces mots n'étaient qu'un vain bruit. Le général qui, à l'inverse
du pasteur, semble à présent particulièrement correct et guindé, laisse
son visiteur passer le premier. Il fait même quelques pas avec lui et,
ensuite, accompagne encore du regard, gardant une physionomie tou-

jours impénétrable et légèrement étonnée, la silhouette chancelante qui s'éloigne à tâtons, comme un aveugle, à travers le large couloir aux portières agitées par le vent.

Enver Pacha entre dans le bureau de Talaat Bey. Les fonctionnaires se lèvent aussitôt de leurs sièges comme mus par un ressort. Un enthousiasme sincère brille sur leurs visages. L'amour presque mystique que témoigne au gracile dieu de la guerre ce peuple de fruits secs bureaucratiques ne s'est pas encore éteint. Ici comme partout, on entend circuler mille légendes célébrant sa folle audace. Lorsque, pendant la guerre des Balkans, un régiment d'artillerie se mutina en Albanie, Enver Pacha, la cigarette aux lèvres, s'est placé devant la bouche d'un obusier en criant aux rebelles de venir, s'ils en avaient envie, tirer la mèche. Le peuple voit sur les traits délicats d'Enver un reflet messianique. C'est pour eux l'homme envoyé par Dieu dans le but de restaurer l'empire d'Osman, de Bajazet et de Soliman. Le général adresse aux fonctionnaires un salut joyeux auquel répondent des manifestations exagérées d'allégresse. Des mains démonstratives se précipitent pour ouvrir les portes qui, par une enfilade de bureaux, mènent dans le cabinet de travail de Talaat. Cette pièce est trop petite pour la taille écrasante du ministre. Lorsque ce colosse se lève de sa table, comme il le fait précisément en ce moment, il obscurcit la clarté de la fenêtre. La tête puissante de Talaat grisonne aux tempes. Ses lèvres proéminentes d'Oriental s'ornent d'une petite moustache d'un noir de jais. Son important double menton déborde de son col cassé à coins rigides. Un gilet de piqué blanc, comme un symbole de franchise et de sincérité, couvre la surface bombée de son buste. Toutes les fois que Talaat Bey rencontre Enver, son confrère du duumvirat, il éprouve le besoin de poser sa puissante patte d'ours sur l'épaule étroite du jeune homme comblé par le ciel. Mais toujours une auréole de timidité glaciale qui flotte autour de la personne d'Enver l'empêche de réaliser ce geste d'affectueuse familiarité. D'autre part, Talaat est un homme du monde et un orateur débordant, capable de damer le pion à cinq diplomates à la fois par son éloquence supérieure tandis qu'Enver, l'idole du peuple, mari d'une princesse impériale, peut fort bien, au cours d'une grande réception officielle, rester une demi-heure durant à l'écart, perdu dans ses rêveries et visiblement gêné. Talaat laisse retomber sa main géante et charnue et se contente de demander :
« Alors, l'Allemand est venu te voir ? »

Enver Pacha détourne son regard vers le Bosphore aux eaux miroitantes, aux petits vapeurs rapides et aux kajiks minuscules, encadré d'un décor de cyprès et de ruines qui, dans la lumière crue de cette heure, semble incroyablement mal peint. Puis il ramène son regard dans le cabinet de travail ; il le laisse errer à travers l'espace vide jusqu'au moment où il s'arrête sur un vieil appareil télégraphique posé, comme une pièce rare de grande valeur, sur une console recouverte d'un tapis. C'est sur ce misérable appareil que Talaat, fonctionnaire subalterne des postes et télégraphes, a formé de ses doigts malhabiles des caractères Morse avant de devenir, par la révolution de l'Ittihad, le premier homme d'État dans l'empire du calife. Chaque visiteur est prié d'admirer comme il sied ce symbole d'une ascension vertigineuse. Enver, lui aussi, semble considérer non sans plaisir l'appareil Morse si lourd de signification, puis se souvient enfin de la question qui lui a été posée :

« Oui, l'Allemand est venu. Il a un peu essayé de me faire peur avec le Reichstag... »

Cette réponse prouve combien Mgr Sawen avait raison et comme les objurgations humanitaires du pasteur avaient été dès le début une fausse tactique. Un secrétaire apporte une liasse de dépêches que Talaat se met à signer sans même s'asseoir. Et tandis que ses yeux restent baissés, il dit :

« Ces Allemands ne craignent qu'une chose : l'ennui d'avoir aussi leur part de responsabilité. Ils seront bien obligés, un jour ou l'autre, de venir mendier nos faveurs pour d'autres raisons qu'à propos de cette histoire d'Arméniens. »

Ce dialogue au sujet de la déportation serait ainsi terminé pour aujourd'hui, si Enver ne jetait pas justement un regard curieux sur le paquet de dépêches. Talaat Bey remarque ce coup d'œil et, feuilletant les papiers l'un après l'autre, il les fait bruire en les froissant :

« Voilà les instructions précises pour Alep ! Entre temps, je pense, les routes ont dû se vider un peu. Dans le courant des prochaines semaines, Alep, Alexandrette, Antioche et toute la côte vont se mettre en marche. »

« Antioche et la côte », répète Enver sur un ton d'interrogation comme s'il avait une remarque à faire à ce propos. Mais il ne prononce plus le moindre mot et regarde avec une attention soutenue les gros doigts de Talaat qui sans répit, comme un assaut impétueux, apposent d'un geste machinal leur signature familière sous le texte des messages. Ce sont les mêmes doigts épais de bon bourgeois qui ont rédigé, et pas même en langage chiffré, l'ordre qui fut adressé à tous les walis et mutessarifs : « Le but de la déportation est le néant. » L'écriture rapide et décidée dénote une conviction impitoyable qui ne connaît pas de scrupules. Maintenant le ministre redresse son corps mal équarri penché au-dessus de la table :

« Voilà qui est fait ! De cette façon, je pourrai répondre en automne à tous ces gens avec la plus grande sincérité qui soit : La question arménienne n'existe pas. »

Enver, debout près de la fenêtre, n'a rien entendu. Pense-t-il à son empire qui ira de la Macédoine jusqu'aux Indes ? Est-il en souci au sujet de l'expédition des munitions aux armées ? Ou rêve-t-il de quelques nouvelles acquisitions destinées à orner son palais féerique construit au bord du Bosphore ? Dans la grande salle de réception, il a fait dresser le trône de noces que Nadjiéh Sultana, la fille du sultan, lui a apporté en dot. Il consiste en quatre hampes d'argent doré supportant un dais étoilé de brocart byzantin.

Johànnès Lepsius se traîne toujours péniblement à travers les rues de Stamboul. Voici déjà longtemps que l'après-midi a commencé. L'heure du déjeuner est passée. Le pasteur n'ose pas rentrer chez lui à l'hôtel Tokatlyan. C'est une maison tenue par des Arméniens. L'épouvante et l'abattement y règnent, depuis le propriétaire et les pensionnaires jusqu'au dernier serveur et au groom de l'ascenseur. Il connaissent ses démarches et savent ce qu'il a entrepris aujourd'hui. S'il retourne là-bas, tous les yeux s'attacheront à lui. Que les innombrables espions et hommes de confiance qui le poursuivent partout sur l'ordre de Talaat Bey aillent l'attendre où bon leur plaira ! Le pire, c'est que ses amis, depuis des heures, comptent sur sa venue, dans un lieu d'une sécurité absolue. Le président de l'ancienne assemblée nationale arménienne se trouve parmi eux ; enfermé, il s'est enfui et réside illégalement à Stamboul. Lepsius n'a ni la force ni le courage de se montrer à ces hommes. Son absence suffira à leur apprendre la vérité et ils se sépareront, du moins l'espère-t-il. Même les plus sombres pessimistes d'entre eux (d'ailleurs, ils sont tous du plus noir pessimisme, et c'est bien naturel), ceux-là aussi n'ont pas cru complètement impossible que le pasteur pût obtenir un permis de voyage pour l'intérieur. Ce serait déjà beaucoup d'acquis.

Le pasteur arrive dans un jardin public. L'atmosphère de fête a pénétré jusqu'ici. Des guirlandes s'agitent au dos des bancs. Des oriflammes en forme de croissant flottent au bout de perches et de mâts. La foule humaine, substance épaisse et antipathique, passe sur les chemins couverts de gravier, compressée entre les pelouses. Malgré sa demi-inconscience, Lepsius, chancelant, aperçoit un banc. Il y trouve une place à côté d'autres promeneurs. Un demi-cercle chamarré et vivant se déploie devant ses yeux. Dans le kiosque à musique, là-bas, un orchestre militaire turc attaque précisément à cette seconde une cacophonie qui fait un tintamarre étourdissant. Ce sont des fifres, des flûtes, des clarinettes aux sons aigus, des cuivres discordants éclatant par intervalles, auxquels se mêlent l'aboiement forcené des grosses caisses tendues à craquer, le tintement grêle du chapeau chinois et le fracas explosif des cymbales agressives. Johannès Lepsius reste assis, enfoncé jusqu'au cou dans cette musique, comme dans un bain de débris de verre. Mais il ne veut pas reprendre sa liberté, préfère souffrir, et, de ses deux mains, presse sur les éclats de verre pour les faire pénétrer dans son corps. Il a enfin maintenant ce qu'Enver Pacha lui a refusé. Le voilà qui se traîne, au milieu des longs convois d'exil, avec le peuple dont il s'est fait le protecteur, à travers les routes rocailleuses et marécageuses d'Anatolie. Et les siens, qui sont déchirés dans les tranchées de l'Argonne, sur les champs de Podolie, de Galicie, sur les mers et dans les airs, ne le maudiront-ils pas ? Les trains infinis chargés de blessés à la vue desquels on ne peut retenir des cris d'horreur, ne sont-ce pas des convois plus affreux encore que ceux des Arméniens ? Les blessés et les mourants allemands n'ont-ils pas, aux heures de martyre, des yeux pareils à ceux des Arméniens ? Lepsius, anéanti par la musique des janissaires, laisse tomber toujours plus bas sa tête vidée par la lassitude. La part qui lui est échue, ce n'est pas la sienne propre, c'est la part d'un autre peuple.

Un fracas nouveau vient se mêler à la musique criarde et haletante, un ronflement de tonnerre qui s'amplifie sans cesse. C'est d'en haut qu'il vient. Une escadrille aérienne turque survole Stamboul en jetant des petits nuages de proclamations qui flottent dans l'air. Sans que Johannès Lepsius sache pourquoi, une idée s'impose clairement à son esprit : ces monoplans qui passent là-haut s'appellent en réalité le péché originel et la présomption. Il erre à travers cette conviction comme dans une grande maison, comme dans le ministère de l'intérieur. Les portières agitées par le vent se mettent à brûler et le pasteur se remémore un passage de l'Apocalypse qu'il a l'intention de citer dans son prochain sermon : « Et ces sauterelles ressemblaient à des chevaux préparés pour le combat... elles avaient des cuirasses comme des cuirasses de fer ; et le bruit de leurs ailes était comme le bruit de chariots à plusieurs chevaux qui courent au combat. Et elles avaient des queues armées de dards comme des scorpions, et dans ces queues était leur pouvoir de nuire aux hommes pendant cinq mois. »

Johannès Lepsius a un sursaut : il faut trouver de nouveaux moyens et de nouveaux procédés. Si la légation d'Allemagne s'avère impuissante, peut-être le margrave autrichien Pallavicini, personnalité d'une haute valeur, aura-t-il plus de succès. Il pourrait faire entrevoir une menace de représailles : les Bosniaques mahométans font partie de l'empire d'Autriche-Hongrie. Les avertissements du pape, eux aussi, ont été jusqu'ici trop tièdes. Mais une seconde plus tard, Enver Pacha s'avance avec son sourire inoubliable. Timide ? Non, ce n'est pas le mot qui convient pour qualifier ce sourire de garçonnet ou de jeune fille qui flotte sur les lèvres de ce grand massacreur. Nous maintiendrons jusqu'au bout, M. Lepsius, la politique de nos intérêts. Seule pourrait nous en empêcher une puissance qui planerait au-dessus de tous les intérêts et ne serait en aucune façon compromise avec les ignominies de ce monde. Si jamais vous trouvez une telle puissance inscrite à l'annuaire des diplomates, je vous permets de revenir me trouver au ministère.

Lepsius assis sur le banc sursaute et se démène comme un forcené à tel point que ses voisines au visage voilé prennent peur et s'en vont. Il ne remarque pas le moins du monde leur disparition, car maintenant une terrible conviction l'envahit tout entier : il n'y a plus rien à faire, plus aucun secours possible. Ce que Ter Haigasoun, le prêtre de Yoghonoluk, sait déjà depuis des semaines, le pasteur Johannès Lepsius vient de le comprendre, lui aussi, à cette minute : Il ne me reste plus rien d'autre à faire que prier.

Et au milieu de l'agitation de la fête populaire dont le tapage, rires de femmes et cris d'enfants, s'écoule incessamment devant lui, aux sons du charivari des militaires qui vient de reprendre de plus belle, tandis que, les yeux fermés, sa tête retombe, inanimée sur une épaule, puis sur l'autre, le pasteur joint les mains ou croit tout au moins le faire de façon conforme aux préceptes. Et son âme murmure avec ferveur : « Notre Père qui es aux cieux, que Ton nom soit sanctifié... »

Mais quel est ce nouvel aspect qu'a pris le Pater ? Chacun de ses mots est un abîme que l'œil humain ne saurait mesurer. Les simples termes « notre » et « nous » le remplissent de vertige. Qui oserait encore parler de « nous » puisque le Christ, qui lui seul a permis ce « nous » d'alliance, est monté au ciel, selon les Écritures ? Sans lui, tout n'est qu'un amas de débris et d'ossements qui empeste et s'élève aussi haut que la moitié de l'univers. Lepsius ne put s'empêcher de penser au journal intime de sa mère et à la phrase qu'elle y écrivit voici cinquante-six ans, à l'occasion du baptême de son fils : « Que ce nom de Johannès me rappelle sans cesse que mon devoir le plus sacré est de faire de lui par son éducation une vivante réplique de l'apôtre ; qu'il soit comme lui un homme aimant le Seigneur et capable de suivre ses traces. » Est-il vraiment devenu semblable à l'apôtre ? Est-il entièrement rempli de cette assurance trop forte pour être nommée ? Hélas ! cette assurance menace de s'effriter dès que le corps commence à défaillir. Le diabète ne lâche pas sa proie. Il faut faire attention à la nourriture. Surtout, rien de sucré, pas de pain ni de pommes de terre. Peut-être Enver lui a-t-il évité une aggravation de son mal en lui refusant la permission de partir pour l'Anatolie ! Mais que vient faire ici le portier de l'hôtel Tokatlyan ? Depuis quand porte-t-il le bonnet en peau d'agneau des officiers ? Est-ce Enver qui l'a envoyé ? D'un geste courtois, le portier lui tend le teskéré pour l'intérieur. Ce document consiste en une photographie de Napoléon avec signature autographe. Et, tiens, voilà justement le convoi d'émigrés qui l'attend devant la porte tournante de l'hôtel. Tous ses amis sont là, Davidian et les autres. Ils lui font de joyeux signes d'amitié. Tous ces gens ont fort bonne mine, pense le pasteur. La vérité, même la plus épouvantable, a quelque chose de tranquillisant quand on la regarde de près. On fait halte au bord d'un fleuve que surplombent de sauvages rochers à pic. Or, les exilés ont emporté des tentes. Peut-être Enver permet-il officieusement tel ou tel traitement de faveur. Lorsque tout le monde est couché, un homme arménien de haute taille s'approche de lui ; ses habits sont recouverts de boue des pieds à la tête. Il s'explique dans un allemand étrange, hésitant, mais pathétique : « Vois, ce fleuve torrentiel est l'Euphrate et ceux-là sont mes enfants. Viens étendre ton corps d'une rive à l'autre pour que mes enfants aient un pont où passer ! » Lepsius feint de croire qu'il s'agit d'une plaisanterie et réplique : « Dans ce cas, il vous faudra, vous et vos enfants, attendre quelque peu jusqu'à ce que j'aie assez poussé. » Mais pendant ce temps, il se met réellement à croître avec une rapidité extraordinaire. Ses mains et ses pieds s'éloignent de lui à une distance infinie. Certes, il pourrait bien maintenant, avec un flegme bienveillant, accéder aux instances de l'Arménien. Mais il n'y arrive pas, car Johannès Lepsius perd l'équilibre et peu s'en faut qu'il ne glisse à bas du banc. « C'est vraiment effrayant », se dit-il tout haut à lui-même pour la seconde fois au cours de cette journée. D'ailleurs, en prononçant ces mots, il pense plus à la soif qui le tourmente qu'à toute autre chose. Il se secoue, court jusqu'à la plus proche buvette et, en dépit des prescriptions médicales, avale avidement une boisson sucrée à la glace. L'agréable sensation qui le pénètre répand en lui l'envie de s'attaquer courageusement à de nouveaux plans. « Qu'il ne se croie pas quitte à si bon compte », murmure-t-il dans un rire distrait. Et ce rire instinctif, c'est une déclaration de guerre à l'adresse d'Enver Pacha.

A la même minute, le secrétaire particulier de Talaat Bey remet en mains propres à l'administrateur en chef des Postes et Télégraphes les fameuses dépêches gouvernementales concernant Alep, Alexandrette, Antioche et toute la région côtière.

CHAPITRE VI

La grande assemblée

Depuis le jour où Djélal Bey, le respectable wali d'Alep, s'était refusé à exécuter dans sa province les ordres de déportation provenant du gouvernement, depuis ce jour de printemps, il ne s'était plus produit aucun incident gênant ni la moindre cause de retard capable d'entraver la politique arménienne d'Enver et de Talaat.

Exception faite des véritables intéressés, c'était sur les mudirs que retombait la charge la plus lourde de ces tragiques mesures. Les nahijéhs (ou cantons) qu'ils administraient embrassaient des régions entières où il n'y avait pour ainsi dire pas de chemins de fer, très peu de lignes télégraphiques, et où un voyage en voiture sur d'horribles routes et des chemins à mulet équivalait généralement à une torture raffinée. Il n'y avait donc guère d'autre solution que de rester en selle nuit et jour pour faire déloger à temps de tous les villages et de tous les hameaux les Arméniens qui y vivaient. A temps ? C'était parfois au milieu de la nuit qui devait précéder le départ. Le wali, le mutessarif, le kaimakam n'avaient pas besoin de se donner beaucoup de mal pour commander et rendre les autres responsables. Dans les villes, c'était un jeu d'enfant. Mais quand on avait sous ses ordres quatre-vingt-dix-sept bourgs, villages, hameaux et métairies indépendantes, la chose prenait un tout autre aspect. Bien des mudirs qui ne pouvaient réaliser de tels prodiges de vitesse, ou qui ne prenaient pas les prescriptions trop à la lettre, décidèrent tout simplement de négliger telle ou telle localité insignifiante située trop loin d'eux. Beaucoup d'entre eux obéissaient, en agissant ainsi, à la voix d'une charitable paresse qui est, comme on le sait, l'un des principaux stimulants des résolutions humaines. D'autres, par contre, unissaient l'action adoucissante du souci qu'ils avaient de leurs aises à de subtils calculs. De telles « négligences » pouvaient se faire honnêtement payer par la suite, car le petit bourgeois arménien, et même le paysan, n'est pas dépourvu de fortune. Faire des exceptions de ce genre n'était vraiment dangereux que là où se trouvait un poste fixe de gendarmerie. Les saptiéhs voulaient en avoir aussi leur part et quelle meilleure façon de s'enrichir que le pillage légal devant lequel les autorités civiles ferment complaisamment les yeux ? Officiellement, il est vrai, les biens des exilés revenaient au trésor public. Mais le fisc savait fort bien qu'il n'avait pas assez de moyens à sa disposition pour faire valoir pleinement son bon droit, et n'ignorait pas qu'il était plus avantageux pour lui de laisser libre cours au zèle débordant des organes d'exécution.

La société qui, en province, se retrouve dans les sélamliks, les cafés, les hammams et les divers lieux publics, et s'appelle « le monde moderne » (on comprend sous ce nom toute personne lisant les journaux, disposant d'un modeste vocabulaire de mots étrangers, ayant vu au lieu du karagoez, vieux jeu d'ombres animées spécifiquement turc, quelques comédies françaises représentées à Smyrne ou à Stamboul, et connaissant de plus les noms de Bismarck et de Sarah Bernhardt), cette société-là de gens cultivés, cette bourgeoisie amie du progrès, suivait sans restriction la politique arménienne d'Enver. Par contre, les Turcs des classes inférieures, que ce fussent des paysans ou des prolétaires, étaient d'opinion toute différente. Souvent le mudir, au cours de ses expéditions, s'étonnait de voir, dans un village où venait d'arriver l'ordre de déportation, Turcs et Arméniens se rassembler pour pleurer ensemble. Et il était encore plus stupéfait lorsque, devant une maison arménienne, il apercevait la famille turque voisine tout en larmes qui ne se contentait pas d'adresser le vœu « qu'Allah ait pitié de vous ! » aux malheureux qui, l'œil sec, raidis par la douleur, passaient pour la dernière fois le seuil de leur demeure, mais encore leur offrait un viatique, et parfois des cadeaux plus importants, comme une chèvre ou même un mulet. Et il arriva au mudir de voir les voisins turcs accompagner leurs infortunés amis pendant des kilomètres sur leur route d'exil. Et il lui arriva encore de voir ses propres compatriotes se jeter à ses pieds en suppliant :

« Laisse-les près de nous ! Ils n'ont pas la vraie foi, mais ils ont bon cœur. Ce sont nos frères. Permets-leur de rester ici, près de nous ! »

Hélas ! à quoi pouvaient servir leurs objurgations ? Même le plus charitable des mudirs n'avait pas les moyens, ailleurs que dans quelques villages perdus et ignorés, de faire une exception et de tolérer en secret qu'une dernière parcelle de la race maudite se dissimulât, honteuse, sous le manteau de son angoisse.

On allait, trébuchant sur les sentiers caillouteux; aux carrefours des chemins vicinaux, plusieurs convois confluaient, auxquels se joignaient d'autres encore quand on arrivait sur la route jusqu'à ce qu'on attînt enfin, après bien des jours, la grand'route nationale qui, passant par Alep, menait vers le sud-est et le désert — rythme traînant, marqué par des millions de pieds, et tel que la terre entière n'en avait encore jamais entendu. L'itinéraire de cette armée avait été conçu et entamé avec les raffinements de la véritable stratégie. Pourtant, les chefs cachés de ces cohortes n'avaient oublié qu'une chose : les ravitaillements. Les premiers jours, à vrai dire, on avait encore distribué un peu de pain et de boulgour, sorte de froment séché à l'air, mais à ce moment-là, les provisions personnelles de chacun n'étaient pas encore entièrement consommées. Pendant ces premiers jours également, tout adulte avait le droit de demander à l'onbachi, sous-officier chargé des comptes pour le convoi, le versement d'une allocation régulière de douze paras. Néanmoins, la plupart d'entre eux s'en gardaient bien, car en réclamant cette somme, ils risquaient de s'attirer la haine d'une personnalité toute-puissante; et du reste, pour douze paras, étant donné la disette d'alors, on pouvait tout au plus se procurer, en mettant les choses au mieux, quelques oranges ou un œuf. A chaque heure, les visages se faisaient plus creux, le pas des millions de pieds, plus chancelant. Bientôt on n'entendit plus s'échapper de tout cet être immense qui se traînait sur les routes d'autres sons que des soupirs, des toux, des gémissements et parfois un cri brusque, déchirant, convulsif. A la longue, cet être immense perdait quelques-uns de ses membres et toujours davantage; ils tombaient et, poussés dans le fossé, finissaient par y crever. Les triques des saptiéhs sifflaient alors dans l'air et venaient s'abattre sur le dos des groupes retardataires. Et ils enrageaient, les saptiéhs. Eux aussi, ils avaient la vie dure jusqu'au moment où, à la frontière de leur kasah, ils remettaient leur groupe de proscrits à la garde de la gendarmerie voisine. Les saptiéhs n'étaient pas tous des bêtes féroces. On peut même supposer que la plupart d'entre eux comprenait en général des hommes vraiment bons. Mais que peut-il faire, le saptiéh ? Il a reçu l'ordre strict d'être rendu avec tout son troupeau à tel ou tel endroit et à telle ou telle heure. Son cœur comprend parfaitement la mère hurlante qui veut arracher son enfant au fossé, se jette par terre sur la grand'route et enfonce ses ongles dans le sol. Aucune exhortation n'a d'effet. Voilà déjà dix minutes que les choses en sont là et la prochaine station est encore à douze kilomètres. Le convoi reste immobile. Tous les visages sont crispés. De mille gorges s'échappe un cri de folie. Pourquoi cette foule, aussi épuisée qu'elle puisse être, ne se précipite-t-elle pas sur le saptiéh et ses camarades pour les désarmer et les mettre en pièces ? Peut-être les gendarmes redoutent-ils une telle explosion de rage qui causerait leur perte. L'un d'entre eux, soudain, tire un coup de fusil. Les autres brandissent leurs sabres et de leurs lames aiguës tailladent les malheureux sans défense. Trente, quarante hommes et femmes baignent dans leur sang. Et de ce sang monte une autre ivresse qui saisit les saptiéhs forcenés, le désir séculaire qui pousse les Turcs vers les femmes de la race abhorrée. Dans ces femmes, proie si facile, on viole plus qu'un être humain, on possède en elles le dieu de l'ennemi. Ensuite, les saptiéhs savent à peine comment tout cela est arrivé.

Tapis ambulant, tissé de fils sanglants et dont la trame est le destin... C'est toujours la même tactique. Après le premier jour de marche, tous les hommes dans la force de l'âge sont séparés du reste de la troupe. Voilà un homme de quarante-six ans, bien habillé; c'est un ingénieur; on ne peut l'éloigner de sa famille qu'à coups de crosse. Le plus jeune de ses enfants n'a qu'un an et demi. Cet homme va faire partie d'une compagnie employée à l'entretien des routes. Il a maintenant pris place dans le long cortège d'hommes et il chancelle comme un faible d'esprit en balbutiant sans cesse : « J'ai pourtant payé régulièrement le bédel... payé le bédel. » Soudain il saisit fortement son voisin par le bras. Une douleur exaltée le secoue tout entier : « Tu n'as certainement jamais vu un aussi bel enfant. Cette petite a des yeux grands comme des assiettes. Si je pouvais, je voudrais ramper comme un serpent sur le ventre pour aller la rejoindre. » Puis il continue à chanceler, entièrement isolé et enfermé dans ses larmes. Le soir, on couche par terre sur le versant d'une montagne. Même l'ingénieur semble dormir. Longtemps après minuit, il réveille son voisin : « Maintenant, ils sont tous déjà morts », dit-il, puis il reste absolument tranquille. Ailleurs, dans un autre convoi, marche un couple de fiancés. Ils sont encore très jeunes. Au-dessus des lèvres du promis, c'est à peine si un léger duvet annonce une moustache naissante. L'heure approche où les hommes vigoureux seront écartés. La fiancée a l'heureuse idée de revêtir son bien-aimé d'habits féminins. La ruse réussit. Déjà les deux enfants, ravis, rient de cet ingénieux déguisement. Les autres les avertissent néanmoins de ne pas triompher trop tôt. A proximité d'une ville assez importante, des tchéttéhs inconnus, des francs-tireurs armés, viennent à leur rencontre. Ils se livrent à une joyeuse chasse aux femmes. Leur choix tombe, entre autres, sur la fiancée. Elle se cramponne à son fiancé : « Pour l'amour de Dieu, laissez-moi auprès d'elle ! Ma sœur est sourde-muette, elle a besoin de moi ! » « Ce n'est pas une raison, dchanoum, ma petite âme ! Cette jolie fille viendra aussi avec nous. » On traîne le couple dans une maison ignoble où la vérité est bientôt dévoilée. Les tchéttéhs tuent immédiatement le jeune homme. On lui tranche les organes génitaux et on les lui introduit dans la bouche, entre ses lèvres encore teintées de henné rouge qui devaient lui donner un aspect encore plus féminin. Après le plus horrible des viols, on attache la jeune fille nue au cadavre de son fiancé, tête contre tête, et de telle façon que son visage doit subir le contact du membre sanglant. — Tapis ambulant, tissé de destins dont nul ne peut défaire la trame... Partout, on retrouve le même motif :

la mère qui, des jours durant, porte son enfant mort de faim sur son dos, dans un sac, jusqu'au moment où ses propres parents, incapables d'en supporter plus longtemps l'odeur, la dénoncent aux saptiéhs. Ce sont aussi les mères de Kémach qui, prises de folie, jettent leurs enfants du haut d'un rocher dans l'Euphrate, en chantant des hymnes solennels, les yeux brillants, comme si elles accomplissaient une œuvre agréable à Dieu. Et toujours apparaît çà et là un évêque, un Wartabed. Retroussant sa soutane, il se jette aux pieds du mudir et supplie avec des lamentations : « Aie pitié, Effendi, de ces innocents. » Mais le mudir ne peut lui donner qu'une réponse conforme aux prescriptions : « Ne te mêle pas de politique ! Je n'ai à traiter avec toi que les questions religieuses. Le gouvernement ne manque jamais d'égards envers l'Église. » Dans bien des convois, il n'arrivait souvent rien d'extraordinaire, pas d'autres horreurs remarquables que la faim, la soif, les blessures aux pieds et la maladie. Mais il se trouva qu'une fois une diaconesse allemande, debout devant l'hôpital de Marach où elle venait justement de recevoir une place d'infirmière, vit passer une longue troupe silencieuse d'Arméniens défilant devant la maison où elle allait entrer à ce moment. Elle fut incapable de faire le moindre mouvement jusqu'à ce que la dernière silhouette fût disparue. La religieuse sentait en elle quelque chose qu'elle ne comprenait pas : ce n'était pas de la pitié, non, et pas non plus de l'horreur, mais quelque chose de grand et d'inconnu, presque de sublime. Le soir même, elle écrivit à sa famille : « J'ai rencontré un grand cortège d'exilés qui avaient quitté depuis peu leurs villages et étaient encore en très bon état. J'ai dû attendre longtemps pour les laisser passer et je n'oublierai jamais ce spectacle. Il n'y avait que très peu d'hommes, tout le reste n'était que femmes et enfants. Beaucoup d'entre eux avaient des cheveux blonds et de grands yeux bleus avec lesquels ils nous regardaient d'un air si mortellement grave et si inconsciemment digne qu'on les aurait déjà crus devenus des anges du Jugement Dernier. » Et ces pauvres anges du Jugement Dernier venaient de Zeitoun, de Marach et d'Aïntab, et du vilajet d'Adana; ils descendaient du nord des provinces de Siwas, de Trébizonde et d'Erzeroum; ils venaient de l'Est, de Karpouth et du Diabékir où habitent les Kurdes; et d'Ourfa, et de Bitlis. Au delà du Taurus, encore avant Alep, tous ces cortèges réunissaient leurs trames pour devenir un tapis humain, infini et rampant. A Alep même, il ne se passait rien, et dans les sandjaks et kasahs grouillants du vilajét, il se passait tout aussi peu de chose. La côte demeurait paisible, à l'abri de la moindre intrusion, le Musa Dagh jouissait de la même tranquillité. Il semblait ignorer tout de l'effroyable migration qui s'écoulait à une faible distance de lui.

Et ce furent de longues semaines ! A Yoghonoluk, la vie suivait, comme on dit, son traintrain coutumier. Sans doute, la population ne parlait pas beaucoup de « cela », mais ce qui rendait l'atmosphère inquiétante, c'est qu'on ne parlait pas de quoi que ce fût. Tout était comme d'ordinaire, et cependant foncièrement différent. Les êtres semblaient plongés dans un sommeil hypnotique permettant de vaquer aux occupations quotidiennes sans être vraiment à l'état de veille. Chacun savait tout. Chacun savait que sa vie n'était peut-être plus qu'une question de semaines. Il le savait, et il n'en était tout de même pas sûr. Pourquoi le danger n'épargnerait-il pas dans sa course les enfants du Musa Dagh, puisque jusqu'à présent, il semblait les avoir négligés ? La situation écartée de ce district n'invitait-elle pas les puissants à l'oublier ? Ce profond silence ne décelait-il pas un bon présage ? Et c'est ainsi que chacun augmentait encore ce silence par la contribution du sien propre pour ne pas éveiller les mauvais esprits ; c'est ainsi que chacun s'enfonçait dans le sommeil d'une vie affairée et monotone pour se donner l'illusion d'aller et venir en parfaite et durable sécurité. Dans ces conditions, il était inévitable que les deux étrangers, Juliette et Gonzague, en tant qu'Européens, n'eussent pas l'air soucieux le moins du monde. Un jour, Juliette dit à son mari en toute sincérité et simplicité :

« Écoute, mon cher, tu ne me feras pas rester ici jusqu'à l'automne. Peu à peu, je commence à m'inquiéter au sujet du sort de la France. Ces derniers jours, je n'ai pas pu m'empêcher de penser souvent à maman. »

Le long regard énigmatique de Gabriel lui fit comprendre qu'elle venait de prononcer une phrase d'une audace insensée.

Gabriel Bagradian continuait ses expéditions de documentation à travers les villages et étendait même son champ d'études ; au sud, il dépassait souvent Suédja désormais, et au nord, après une randonnée à cheval de plusieurs heures, il se rendit jusqu'à Beilan, agglomération de villas délaissées par les riches Arméniens d'Alexandrette. Une seule fois, il osa retourner à Antioche. Contrairement à ce qui se passait jadis, quelques saptiéhs gardaient le pont de l'Oronte. Ils ne demandèrent pas à Gabriel de leur montrer ses papiers et le laissèrent passer sans autre formalité. Un instant, il s'imagina que tous les postes de gendarmerie qui formaient une chaîne autour de l'empire laisseraient tout aussi librement circuler une voiture où se trouveraient Juliette et Stéphan. Peut-être le sauvetage était-il plus facile à réaliser qu'il ne l'avait supposé. Mais dès qu'il fut entré dans le nouveau hall aux nouvelles de l'hukumet, une grande affiche lui apprit que l'état des choses était bien pire. On y lisait qu'il était interdit de délivrer aux Arméniens des billets de chemins de fer ou de diligence. Et une phrase plus angoissante encore disait littéralement :

« Toutes les fois qu'un membre de la nation arménienne se trouvera hors de son domicile sans passeport et sans permis de voyage, il devra être arrêté et mené au prochain camp de déportation. » Malgré la menace, Bagradian alla baguenauder à travers le bazar.

Il trouva fermée la porte de style antique devant la demeure de l'agha Rifaat Bereket. Il frappa plusieurs fois du marteau contre le bois rehaussé de plaques de cuivre, mais personne ne répondit. Donc, l'agha n'était pas encore revenu de son voyage en Anatolie. Bien que Gabriel sût que ce voyage avait pour but de porter secours au peuple arménien, l'absence de l'ami de son père le remplit de chagrin.

Après le retour, Bagradian décida de ne plus quitter la circonférence extérieure du Musa Dagh au cours de ses prochains voyages. La raison en était sans doute l'action magique et apaisante que sa montagne natale exerçait sur lui, et de plus en plus fort. Maintenant encore, lorsque le matin il ouvrait sa fenêtre et saluait le mont qui lui faisait vis-à-vis, il sentait naître en lui cet étonnement solennel dont il ignorait la provenance. La masse compacte du Musa Dagh qui changeait d'aspect avec les heures du jour, tantôt ramassée lourdement sur elle-même, tantôt désagrégée dans la vapeur solaire en mille éléments impalpables, cette silhouette de montagne, éternelle malgré ses nombreuses métamorphoses, semblait reconstituer les forces de Gabriel et lui rendre le courage nécessaire pour peser toutes les pensées douloureuses qui lui dérobaient son sommeil depuis l'arrivée du pasteur Aram Tomasian. Dès qu'il quittait l'ombre du Musa Dagh, le courage de ses méditations l'abandonnait aussitôt. Entre temps, ses randonnées si actives dans les villages portaient des fruits satisfaisants. Il obtint ce qu'il cherchait, c'est-à-dire une vue générale assez complète de la vie extérieure, de l'activité de ces paysans, pomiculteurs, tisserands de châles, magnaniers, apiculteurs et sculpteurs sur bois; de plus, il put observer en maintes occasions les relations au cœur des familles et pénétrer dans les domaines des âmes les plus fermées, ce qui, évidemment, n'était pas toujours très facile. Beaucoup de ses compatriotes ne voyaient tout d'abord en lui qu'un étranger de grande famille, à l'existence luxueuse, bien que, par son origine et ses propriétés dans le pays, il fût intimement lié à eux. A la longue, la confiance en Gabriel croissait et, avec elle, s'éveillait une secrète espérance qu'ils mettaient en lui. Cet Effendi était certainement un puissant personnage qui était connu à l'étranger et que les Turcs redouteraient à cause de son influence. Tant qu'il demeurerait à Yoghonoluk, peut-être les pires malheurs ne s'abattraient-ils pas sur les villages. Personne ne voulait calculer exactement la valeur véritable de telles espérances. Mais, en lui, on croyait flairer encore autre chose. Gabriel sans doute parlait aussi peu que les autres de l'avenir. Mais bien des gens pouvaient deviner à ses yeux, à son inquiétude, à ses questions, aux notes qu'il prenait, un but sérieusement médité, une activité particulière qui le

distinguait du commun des mortels. Tous les yeux restaient attachés
à sa personne dès qu'il apparaissait. Il était invité dans beaucoup de
maisons. Bien que les pièces suivant la coutume du pays fussent
plutôt vides, il était toujours étonné de constater la propreté des
intérieurs. Le sol de terre battue était recouvert de nattes très soigneusement nettoyées. Pour s'asseoir, il y avait des divans recouverts
de moelleux tapis. C'était seulement chez les plus misérables paysans
que l'écurie touchait directement à la pièce principale. Les murs
n'étaient pas nus partout, tant s'en faut. A côté d'images saintes, les
habitants de ces demeures avaient suspendu quelques illustrations
démodées et des calendriers ornés de chromos. Bien des ménagères
décoraient de fleurs fraîches leur grande salle — mode rare en Orient,
— et les plaçaient le plus souvent dans des coupes basses. Dès que
l'hôte s'était assis, on dressait devant lui un gros billot de bois sur
lequel était posé un large plat d'étain garni d'un choix de pâtisseries,
de rayons de miel et de cubes sucrés au fromage. Au cours de ses
nombreuses visites dans les villages, Gabriel Bagradian se fit plus d'un
ami. Le plus fidèle de tous était un homme d'un certain âge, nommé
Tchauch Nurhan, ce qui signifie Sergent Nurhan. Ce Tchauch
Nurhan possédait à l'extrémité sud de Yoghonoluk le plus considérable ensemble d'ateliers après celui de l'entrepreneur Tomasian, à
savoir une serrurerie et une forge, une sellerie et une charronnerie où
se construisaient les kangnis en usage dans le pays, et finalement
un sanctuaire secret où il travaillait lui-même sans témoins. Quelques
initiés savaient que dans ce lieu il s'occupait de réparer les armes de
chasse et de fabriquer les cartouches nécessaires ; toutefois le mieux
était de dissimuler le plus possible cette activité aux yeux du saptiéh
Ali Nassif en raison de dénonciations qui auraient pu être fâcheuses.
Tchauch Nurhan était un vieux « troupier ». Il avait derrière lui sept
années de service militaire qu'il avait passées à la guerre et, incorporé
à un régiment d'infanterie d'Anatolie, dans la grande caserne de
Brousse. Toute sa personne respirait le soldat de vocation : la moustache grisonnante aux pointes longuement effilées, l'emploi constant
d'expressions militaires et de termes grossiers, et enfin, détail très
caractéristique, son attitude au garde-à-vous vis-à-vis de Bagradian
qu'il continuait à saluer comme un officier et un supérieur. Peut-être
devinait-il en Gabriel certaines qualités dont celui-ci ne se doutait pas.
Tchauch Nurhan avait déjà travaillé pour Awétis junior et fut chargé
d'inspecter les importantes panoplies de la maison Bagradian pour
vérifier si rien n'y manquait. Il vint chercher les fusils et les emporta
pour les démonter soigneusement dans son atelier secret, les graisser
et les remonter. Gabriel allait souvent l'observer dans cette occupation.
Il emmenait aussi de temps en temps Stéphan lorsqu'il allait voir
Nurhan. Les hommes s'entretenaient de sujets militaires. Le tchauch

était plein d'histoires triviales et de plaisanteries de caserne que Gabriel, quoique bel esprit, n'était jamais las d'entendre. C'est ainsi que, chose incroyable, pendant les mois de la déportation, deux Arméniens se concentraient ardemment sur les souvenirs de leur vie de soldats turcs, comme si c'était là leur patrie. Tchauch Nurhan, de même que le vieux Tomasian, était veuf. Néanmoins, il possédait une troupe fort nombreuse d'enfants d'âge indécis parmi lesquels il semblait lui-même ne pas pouvoir se reconnaître. Aussi ne s'inquiétait-il presque pas de sa progéniture. Le soir, l'ouvrage terminé, lorsque les divers contremaîtres de ses ateliers lui avaient remis les clefs en mains, il ne rentrait pas dans sa maison pleine de marmaille et n'allait pas non plus frapper chez quelque voisin. Tenant d'une main un cruchon de vin, dans l'autre un cornet d'infanterie turque qu'il avait volé à l'Etat, il s'en allait dans son verger où poussaient les abricotiers. Tandis que le soir tombait, on entendait s'élever dans l'air qu'ils déchiraient, des sons de trompette hésitants et perçants. Traînants ou criards, les signaux sonores de l'armée turque éclataient, comme si, par ce rappel désordonné, Tchauch Nurhan avait voulu réunir tous les habitants de la vallée avant que la nuit n'arrivât.

A cause des écoliers, il y avait eu entre les villages un petit différend d'ordre culturel. D'après les règlements scolaires de Miazial Engerutiunk Hajoz, l'union générale des écoles arméniennes, qui formait l'autorité suprême de la nation en matière d'enseignement, l'année scolaire devait finir dès l'apparition des premiers jours d'été vraiment chauds, c'est-à-dire pas plus tard que le milieu du mois de mai. Or, Ter Haigasoun, en qualité d'administrateur suprême des écoles, avait soudain ordonné qu'après une courte période de vacances qui durerait huit jours, il faudrait recommencer l'enseignement. La décision du prêtre avait les mêmes causes que la folle ardeur au travail de toute la population. Epoque de déluge ! A l'approche de la catastrophe qui allait dissoudre et détruire toute ordonnance, il s'agissait d'opposer à cette invasion le rempart d'un ordre redoublé, à la détresse complète qui arriverait inévitablement, la régularité et la discipline absolues. De plus, dans ces jours de crainte, les cris déchaînés des bandes d'enfants en vacances courant çà et là sans se douter de rien, auraient été plus que jamais une plaie intolérable pour tout le pays. Evidemment, tout le monde aurait été d'accord avec Ter Haigasoun s'il n'avait pas surgi une opposition acharnée provenant du corps enseignant. Les instituteurs, ayant à leur tête Hrand Oskanian, ne voulaient pas être privés de leur congé qui leur était assuré par contrat. Ils cherchèrent à persuader les mouchtars et avertirent les parents du danger sérieux que représentait pour les cerveaux de ces pauvres petits le surmenage par la grande chaleur. Oskanian, d'ordinaire si muet, déchaîna contre

Ter Haigasoun une véritable campagne de haine. Tout cela ne servit de rien. Le prêtre resta le plus fort. Il rassembla autour de lui les sept mouchtars des communes voisines et eut tôt fait de les convaincre en quelques mots. Et de cette façon, en dépit de l'été, la nouvelle année scolaire commença immédiatement après l'ancienne. En désespoir de cause, les instituteurs essayèrent d'engager Gabriel Bagradian dans la lutte. Chatakhian et Oskanian se présentèrent à la villa en grande cérémonie. Mais Gabriel se déclara sans ambages partisan de la reprise des classes. Il y trouvait un intérêt non seulement général, disait-il, mais aussi personnel, car il avait décidé d'envoyer son fils Stéphan à l'école, sous la direction de M. Chatahkian, pour qu'il entrât enfin en rapports avec d'autres garçons de son âge et de sa race.

Au jour dit, Gabriel Bagradian apparut à l'école de Yoghonoluk avec Stéphan et Sato, la petite camarade de son fils, qui logeait toujours dans sa maison, et dont les pieds étaient déjà guéris. Auparavant il y avait eu entre Juliette et son mari une courte dispute. Elle craignait pour son enfant la promiscuité avec une jeunesse malpropre et, par-dessus le marché, dans une étable à l'orientale. On avait justement évité à Paris d'envoyer Stéphan à l'école primaire où, tout de même, le danger d'attraper des maladies contagieuses ou simplement des poux était moins à redouter qu'ici. Gabriel resta ferme sur ses positions. En considérant sérieusement l'état des choses, de tels dangers, déclara-t-il, n'étaient rien à côté de dangers plus réels qui n'arriveraient que trop vite. Lui, en tant que père, attachait beaucoup plus d'importance à ce que Stéphan fît enfin connaissance, de façon vivante et fondamentale, avec son monde à lui. En d'autres temps et en d'autres conditions, Juliette aurait trouvé mille arguments pour répliquer. Mais à présent, elle avait aussitôt abandonné la lutte et s'était tue. Elle-même comprenait moins que personne sa facile soumission muette. Depuis leur étrange conversation nocturne au cours de laquelle Gabriel avait témoigné un tel désespoir, il s'était produit entre eux quelque chose d'inexplicable. L'atmosphère de confiance, heureux résultat d'une vie commune de quatorze ans, qui créait entre eux un lien solide, se dissolvait de plus en plus. Lorsque Juliette, maintenant, se réveillait la nuit, elle avait parfois l'impression que son voisin de lit et elle-même n'avaient pas de passé commun. Leur passé commun était là-bas, à Paris, dans les villes d'Europe aux lumières éblouissantes dont ils étaient désormais complètement séparés, et qui leur étaient inaccessibles. Qu'était-il donc advenu ? Etait-ce Gabriel qui avait subi un changement, ou elle-même ? Elle continuait à considérer les possibilités du proche avenir comme des suppositions qui ne méritaient pas d'être prises au sérieux. Il lui semblait presque ridicule d'admettre que ce déluge ne s'arrêterait pas respectueusement à ses pieds de Française intangible. Il s'agissait, sans plus, de tenir encore quelques semaines ! Ensuite, c'était le retour ! Tout ce qui pourrait arriver ou non pendant ces quelques semaines, n'avait guère d'importance. Voilà pourquoi elle s'était tue en apprenant que Gabriel avait décidé d'envoyer Stéphan à l'école. Mais lorsque, soudain, elle eut conscience au fond de son âme de la tiédeur de sa réaction — « Ah ! que m'importe cette histoire ? » — une peur subite l'envahit et elle éprouva un douloureux sentiment inconnu qui n'avait pas elle seulement pour objet, mais plus encore Stéphan.

Comme on le devine, le garçonnet fut ravi de ce changement de programme. Il avoua à son père que, pendant les leçons qu'il prenait avec ce bon M. Awakian, il ne pouvait presque plus faire attention ni se concentrer. Il préférait de beaucoup, ce lycéen parisien, ce latiniste et helléniste, fréquenter une école villageoise arménienne. Cet empressement à répondre aux désirs de son père n'avait pas pour unique cause l'ennui qu'il éprouvait en travaillant avec Awakian; l'âme de Stéphan était troublée et tendue, surtout depuis qu'Iskouhi et Sato vivaient sous le même toit que lui. Il y avait eu une fois, à cause de Sato, une grande contrariété. Un matin, de bonne heure, Stéphan et la petite avaient disparu tout d'un coup, et n'étaient revenus que bien longtemps après le déjeuner. Comme les conséquences de cette escapade menaçaient de devenir dangereuses pour Sato, Stéphan, fort chevaleresque, fit retomber toute la faute sur lui et déclara qu'ils s'étaient égarés en se promenant sur le Damlajik. Juliette fit une scène tout d'abord à Awakian, puis encore à Gabriel, et défendit au jeune garçon d'échanger à l'avenir le moindre mot avec Sato. La vagabonde fut sévèrement bannie du cercle de ses hôtes et reçut l'ordre de demeurer toujours dans sa chambre lorsqu'elle était à la maison. Stéphan s'en alla d'autant plus souvent rejoindre Iskouhi qui était également sur pied depuis longtemps, bien qu'elle ne fût pas encore guérie. Lorsqu'elle était étendue au jardin sur une chaise-longue, il venait s'accroupir à ses pieds par terre. Beaucoup de questions lui pesaient sur le cœur. Iskouhi ne pouvait jamais trop lui parler de Zeitoun. Mais dès que Maman arrivait, ils interrompaient leurs conversations comme des conspirateurs. Comme tous cherchent à l'attirer vers eux ! pensait Juliette.

L'école de Yoghonoluk était un bâtiment d'importance. C'était la plus grande des communes du Musa Dagh; aussi comprenait-elle quatre classes. La direction en avait été confiée à Chatakhian par Ter Haigasoun. Cet instituteur avait de sa propre initiative ajouté aux classes primaires une division complémentaire supérieure où il enseignait le français et l'histoire, tandis qu'Oskanian se chargeait de la littérature et de la calligraphie. Mais ce progrès ne se borna pas là; on créa encore des cours du soir pour adultes. Là, on voyait même briller les lumières d'un savant universel comme le pharmacien Krikor,

Il faisait des conférences sur les étoiles, les fleurs, la zoologie et la géologie, sur les anciens peuples, les poètes et les sages. Suivant sa manière, il n'établissait pas de séparation entre ces divers sujets, mais en fabriquait un mélange fantastique, confondant dans son génie créateur les légendes imaginaires et la vérité scientifique. On peut néanmoins juger pleinement de l'amour du savoir qui animait ce peuple si l'on pense que de très vieux hommes, des artisans pour la plupart, qui avaient vu des parties entières du globe, se retrouvaient le soir, à ces cours, sur les étroits bancs de l'école pour entendre et apprendre du nouveau encore, au déclin de la vie. Hapeth Chatakhian fit entrer Stéphan au cours complémentaire, que suivaient une trentaine d'élèves âgés de douze à quinze ans. L'instituteur prit Gabriel Bagradian à part :

« Je ne vous comprends pas bien, Effendi ! Que peut apprendre chez nous votre fils ? Il en sait probablement plus que moi sur bien des sujets, quoique j'aie fait assez longtemps des études en Suisse; mais voilà tant d'années que je moisis dans ce coin perdu. Regardez-moi ces enfants ! Ne sont-ils pas pareils aux nègres de la brousse ? Je ne sais pas s'ils vont exercer une bonne influence...

— C'est justement cette influence, Hapeth Chatakhian, à laquelle je désire ne pas soustraire mon fils », déclara Gabriel, et l'instituteur s'étonna de voir ce père s'obstiner à vouloir faire, à toute force, d'un Européen bien élevé un petit Oriental. La salle de classe était pleine d'enfants et de parents qui les faisaient inscrire. Une vieille femme entra, poussant devant elle un petit garçon et se dirigea vers Chatakhian :

« Tiens, maître, le voilà, prends-le ! Tâche de ne pas trop le battre !

— Vous l'entendez de vos propres oreilles », fit Chatakhian en se tournant vers Gabriel, et il poussa un soupir à la pensée de tout ce fatras de traditions millénaires, de superstition et d'obscurantisme auquel il avait à livrer une guerre sans merci.

On décida que Stéphan fréquenterait l'école quatre fois par semaine pour s'exercer surtout à l'usage de la langue et l'écriture arméniennes. Sato fut envoyée dans la classe élémentaire où se trouvaient la plupart des petites filles, bien qu'elles fussent beaucoup plus jeunes que l'orpheline assez suspecte et originaire de Zeitoun. Lorsqu'il revint de classe pour la seconde fois, Stéphan était en proie à une profonde amertume. Il déclara qu'il ne voulait plus désormais être la risée de ses camarades à cause de son grotesque complet de style anglais. Il désirait être habillé exactement comme les autres gamins. Et il exigea avec une véhémence inaccoutumée qu'on lui commandât chez l'un des tailleurs du village la longue blouse traditionnelle appelée entari, ornée de la ceinture aghil, ainsi que les pantalons bouffants ou chalwar. Ce désir donna lieu à une grande dispute avec Maman, dispute qui, des jours durant, n'eut pas de solution positive.

Pour remplacer les heures d'enseignement qu'il donnait à Stéphan, Samuel Awakian reçut un nouveau travail, mais d'un tout autre genre. Gabriel lui remit les notes très nombreuses et désordonnées qu'il avait rassemblées au cours des dernières semaines. L'étudiant avait la mission de les réunir sous forme de statistiques d'espèces très diverses. Quel était le but de ce travail ? Awakian ne l'apprit pas. Tout d'abord, il lui fallait établir le nombre total de la population des villages depuis Wakef, le village des dentelles, au Sud, jusqu'à Kébussijé, le village des abeilles au Nord, et cela, suivant des points de vue différents. Les indications que Bagradian avait recueillies auprès du secrétaire de mairie de Yoghonoluk et chez les six autres doyens avaient grand besoin d'être ordonnées et revues. Le jour suivant, Awakian pouvait déjà remettre à Gabriel la liste très précise que voici :

Nombre d'habitants des sept villages, répartis suivant le sexe et l'âge :

583	nourrissons et petits enfants...........	au-dessous de 4 ans
579	fillettes.............................	entre 4 et 12 ans
823	garçonnets.........................	entre 4 et 14 ans
2.074	femmes	au-dessus de 12 ans
1.550	hommes............................	au-dessus de 14 ans

5.609 âmes

Dans ce recensement, on avait aussi compté la famille Bagradian avec sa domesticité. Mais à côté de ce dénombrement de genre purement numératif, il fallait en confectionner d'autres d'un genre plus délicat, concernant le nombre des familles dans les différents villages, la profession et l'état des habitants, bref toutes les questions de quelque importance. De plus, les humains n'étaient pas les seuls à entrer en ligne de compte. Gabriel avait également cherché à évaluer le nombre du bétail dans toute cette région. Cela n'avait pas été un travail facile et les résultats n'approchaient que de très loin la vérité, car, à ce sujet, même les mouchtars n'étaient pas exactement renseignés. Une chose était certaine : il n'y avait absolument pas de gros bétail, c'est-à-dire ni bœufs ni chevaux. Par contre, chaque famille un peu aisée possédait quelques chèvres et un âne ou un mulet qui servait de bête de somme ou de monture. Les troupeaux de moutons de quelque étendue que possédaient soit des particuliers soit des communes étaient conduits, suivant la coutume des montagnards, sur des prairies et des pacages bien tranquilles où ils demeuraient sous la garde de bergers et de petits pâtres pendant la période comprise entre deux tontes. Estimer d'une façon même approximative le nombre de bêtes de ces troupeaux, c'était, on dut le reconnaître, une entreprise impossible.

Awakian, dont le zèle ne se laissait rebuter par aucun travail, courait, inlassable, à travers les villages et avait déjà organisé dans le cabinet de travail de Bagradian tout un véritable cadastre. Pourtant, en lui-même, il haussait les épaules à voir au moyen de quels jeux de patience raffinés un homme fortuné essayait de se distraire pendant une époque d'attente et d'extrême insécurité. Rien, pour ce pédant amateur qui probablement avait l'intention d'écrire quelque ouvrage sur la vie de la population établie au pied du Musa Dagh, n'était assez négligeable pour ne pas être noté. Il voulait savoir combien il se trouvait dans chaque village de « tonirs », c'est-à-dire de pétrins construits à même dans la terre. Il s'inquiétait au sujet des récoltes de blé et semblait très fâché d'apprendre que les montagnards achetaient le maïs et le froment rouge de Syrie aux mahométans de la plaine. Il se faisait visiblement autant de soucis à la pensée que, ni à Yoghonoluk, ni à Bitias, ni nulle part ailleurs, il ne fonctionnait un seul moulin arménien. Il osa même s'aventurer jusque chez le pharmacien Krikor et demanda à examiner l'état et le nombre des divers médicaments. Krikor, qui avait attendu une visite de sa bibliothèque et non pas de sa pharmacie, désigna d'un geste déçu la circonférence de la pièce voûtée. On voyait sur deux petites étagères toutes sortes de pots et de creusets ornés d'étranges lettres peintes. C'était tout ce qui rappelait, dans cet antre, un décor de pharmacie. Trois grands bidons de pétrole posés dans un coin, un sac de sel, quelques balles de tabac pour chibouque et tout un lot de brins d'osier indiquaient quelle était, dans ce magasin, la principale source de revenus. Krikor, d'un air supérieur, frappa de son index osseux contre l'un des vases mystiques :

« Tous les remèdes, comme l'a déjà dit saint Jean Chrysostome, proviennent de sept éléments fondamentaux : la chaux, le soufre, le salpêtre, l'iode, le pavot, la résine de saule et le suc de laurier. Sous mille formes différentes, c'est néanmoins toujours la même chose. » Après une telle leçon de pharmaceutique moderne, Gabriel ne poursuivit pas davantage ses recherches. Par bonheur, il possédait chez lui une sérieuse provision de produits pharmaceutiques. Mais une question était sans aucun doute plus importante encore que toutes celles-là : celle des armes. L'ami Tchauch Nurhan y avait déjà fait quelques allusions obscures, mais dès que Gabriel essayait de poser directement cette question aux divers doyens des communes, ils cherchaient aussitôt une échappatoire. Un jour, pourtant, il attaqua de face le mouchtar Kéboussjan de Yoghonoluk dans la pièce principale de sa maison et ne le lâcha pas :

« Parle-moi franchement, Thomas Kéboussjan ! Combien d'armes possédez-vous, et de quelles sortes ? »

Le mouchtar se mit à loucher terriblement et à branler de sa tête chauve :

« Par Jésus-Christ ! Veux-tu donc faire notre malheur, Effendi ?
— Pourquoi moi justement ne serais-je pas digne de votre confiance ?
— Ma femme n'en sait rien, mes fils non plus, pas même les instituteurs ne le savent. Personne au monde !
— Mon frère Awétis l'a-t-il su ?
— Ton frère Awétis, dont Dieu ait l'âme, était exactement renseigné. Mais, lui, n'en a jamais soufflé mot à qui que ce fût.
— Ai-je donc l'air d'un homme qui ne sait pas tenir sa langue ?
— Si la chose s'ébruite, nous serons tous massacrés. »
Ne pouvant, malgré tous ses regards torves et ses hochements de tête échapper aux instances de son hôte, Kéboussjan s'en alla fermer à double tour la porte de la pièce. Tremblant de peur, dans un susurrement, il avoua la vérité. En 1908, lorsque l'Ittihad prépara sa révolution contre Abdul Hamid, les émissaires jeunes-turcs distribuèrent des armes dans tous les districts et communes de l'empire, et surtout aux Arméniens, car ils étaient destinés à jouer un des rôles principaux dans la révolte d'alors. Enver Pacha en était naturellement informé et dès la déclaration de la grande guerre, il n'avait rien eu de plus pressé que d'ordonner le prompt désarmement de la population civile arménienne. L'exécution de ce décret dépendit forcément en grande partie du caractère et des opinions des différents fonctionnaires de l'administration. Si dans les vilajets comme Erzeroum et Siwas, il se trouvait pour régenter le pays un fanatique de l'Ittihad provincial, il pouvait arriver que des particuliers sans armes achetassent des fusils aux gendarmes à seule fin de pouvoir les livrer, conformément au règlement gouvernemental. En de tels endroits, en effet, nier qu'on possédât des armes équivalait à un faux témoignage et à de la sournoiserie. Dans le vilajet de Djélal Bey, les choses se passaient, comme on peut le deviner, de façon beaucoup plus bienveillante. Cet excellent gouverneur dont les sentiments humanitaires se rebellaient contre les mesures du splendide dieu guerrier de Stamboul, appliquait de tels règlements avec une grande modération, quand il ne faisait pas disparaître complètement leur texte dans la corbeille à papier. Cette douceur se reflétait ensuite dans la conduite de la plupart de ses subordonnés, à l'exception de l'impitoyable mutessarif de Marach. A Yoghonoluk comme ailleurs, un beau jour de janvier, le mudir aux cheveux roux était arrivé avec le chef de la police d'Antioche pour se faire remettre les armes, et après avoir reçu, avec plusieurs sourires, l'assurance que personne n'avait jamais eu de fusil entre les mains dans cette région, il était reparti comme il était venu. Heureusement que jadis, lors de la distribution des armes, le mouchtar n'avait pas remis de reçu au délégué du Comité.
« C'est parfait, dit Gabriel avec un air d'approbation, et ces fusils ont-ils quelque valeur ?

— Ce sont cinquante fusils Mauser et deux cent cinquante fusils Kara, fabriqués en Grèce. Pour chacun trente magasins à poudre, ce qui fait cent cinquante coups par fusil. »

Gabriel Bagradian se mit à réfléchir. Cela ne valait vraiment pas la peine d'en parler, pensa-t-il.

« Les hommes du village ne possèdent-ils pas d'autres armes à feu ? »

Kéboussjan témoigna de nouveau quelque hésitation :

« C'est leur affaire. Beaucoup vont à la chasse. Mais que peuvent bien valoir quelques centaines de vieilles carabines à pierre ? »

Gabriel se leva et tendit la main au mouchtar :

« Je te remercie de ta confiance, Thomas Kéboussjan. Et maintenant que tu m'as dit tout cela, j'aimerais encore savoir où vous avez caché votre arsenal ?

— Est-il vraiment nécessaire que tu le saches, Effendi ?

— Non, mais je suis curieux et je ne vois pas la raison pour laquelle tu voudrais me taire le dernier point de ta révélation. »

Le mouchtar se tortilla, agité par un combat intérieur. A part ses confrères, seuls Ter Haigasoun et le sacristain étaient renseignés sur ce dernier point. Pourtant, il y avait dans la personne de Gabriel une force à laquelle Kéboussjan ne pouvait pas résister. Aussi, après des supplications désespérées, il finit par livrer son secret. Les caisses contenant les armes et les munitions étaient enterrées au cimetière de Yoghonoluk dans de véritables tombes portant des noms de fantaisie.

« Voilà, je viens de remettre ma vie entre tes mains, Effendi », soupira le mouchtar en ouvrant la porte pour laisser passer son visiteur. Et celui-ci murmura sans plus se retourner :

« Peut-être l'as-tu fait en vérité, Thomas Kéboussjan ! »

Des pensées dont lui-même avait peur occupaient sans cesse l'esprit de Bagradian ; elles l'agitaient si violemment qu'il ne pouvait leur échapper à aucune heure du jour ou de la nuit. En même temps, malgré toute son activité de chercheur infatigable, elles étaient plongées dans un domaine ambigu de rêve et de réalité, pareilles en cela à toute la vie qui se déroulait au pied de la montagne verdoyante. Gabriel ne voyait devant lui qu'un début, qu'un carrefour où se séparaient les chemins. Cinq pas plus loin, tout disparaissait dans la brume et l'obscurité. Mais, c'est un trait caractéristique propre à toute existence avant une décision, que rien ne soit plus irréel que le but vers lequel on tend. Et pourtant, était-ce compréhensible que Gabriel continuât à dépenser dans cette étroite vallée tant d'énergie indomptable, évitant toute issue par laquelle il aurait peut-être pu se sauver ? N'entendait-il donc pas une voix lui dire : Pourquoi hésites-tu, Bagradian ? Pourquoi laisses-tu passer les jours l'un après l'autre ? Tu as un nom fameux, tu as de la fortune. Fais-les tomber tous deux dans la balance ! Même si des dangers et d'énormes difficultés viennent se dresser sur ta route, essaie au moins de gagner Alep avec Juliette et Stéphan. Alep est tout de même une grande ville. Tu y as des relations. Tu pourrais toujours y placer ta femme et ton fils sous la protection des consuls étrangers. On a, sans doute, partout arrêté les notables, on les a déportés, martyrisés, pendus. De toute façon, ce voyage serait une expérience des plus risquées. Mais est-ce peut-être moins risqué que de rester ici ? N'attends pas davantage, essaie par quelque moyen de te sauver avant qu'il ne soit trop tard ! Cette voix ne restait pas toujours muette, mais son timbre était voilé ; l'aspect du Musa Dagh demeurait paisible. Rien ne changeait. Tout cet univers semblait donner raison à l'agha Rifaat Bereket. Il ne pénétrait pas dans la vallée le moindre souffle des tragiques événements. La patrie, qu'il prenait encore parfois, maintenant, pour un conte oublié de son enfance, aspirait Bagradian de toutes ses forces et le tenait collé à elle. Juliette perdait en netteté à ses yeux. Même s'il l'avait vraiment voulu, le Musa Dagh n'aurait peut-être pas rendu sa liberté à Bagradian.

Gabriel tint fidèlement la promesse qu'il avait solennellement faite de se taire au sujet des armes. Awakian non plus n'en sut pas un seul mot. Mais soudain, le jeune homme reçut de nouveaux travaux à exécuter. Il fut promu au rang de cartographe. Le plan du Damlajik, que Stéphan avait commencé à dessiner en mars d'une main maladroite sur le désir de son père, prit désormais une nouvelle importance. Awakian fut chargé de tracer de la montagne une carte très exacte et sur une grande échelle, et d'en faire trois exemplaires. Maintenant qu'il a épuisé la vallée avec ses gens et ses bêtes, pensa l'étudiant, il ne lui reste plus que les montagnes. Le Damlajik est, comme on sait, le véritable cœur du Musa Dagh. Au nord, le massif se disperse en plusieurs bras qui se perdent dans la direction de la vallée de Beilan en formant mille forteresses ou terrasses naturelles aux allures fantastiques. Au sud, il tombe brusquement, dans la plaine où l'Oronte a son embouchure, en pentes désordonnées comme une œuvre inachevée. Par contre, au milieu, sur le Damlajik, il concentre toute sa vigueur et sa vitalité. Là, de ses mains musclées et rocheuses, il tire vers sa poitrine toute la vallée des sept villages comme une couverture aux nombreux plis dont il voudrait s'envelopper. Là, on voit se dressser presque perpendiculairement au-dessus de Yoghonoluk et de Hadji-Habibli ses deux plus hauts mamelons, les seuls points où il ne porte pas d'arbres, étant recouvert d'alpages au gazon ras. Le plateau du Damlajik a une superficie assez considérable ; au point où il est le plus large, entre le débouché de la gorge des yeuses et les parois abruptes de la côte, la distance à vol d'oiseau est (d'après les calculs d'Awakian) de plus de trois kilomètres. Mais ce qui occupait surtout l'esprit de Gabriel, c'étaient les limites étrangement nettes que la nature avait données à ce massif : tout d'abord une entaille au nord, défilé resserré, uni à un col étroit auquel on pouvait même accéder de la vallée par un ancien sentier à mulet, mais qui se perdait dans les broussailles, car il n'existait aucune possibilité d'atteindre la mer en passant par la paroi rocheuse. Par contre, au sud, où la montagne cessait brusquement, un gros rocher en forme de tour et haut de cinquante pieds s'élevait au-dessus d'un demi-cercle d'éboulis, région désolée presque sans verdure. De ce bastion créé par la nature, le regard dominait une partie de la mer et toute la plaine de l'Oronte, semée de villages turcs, jusqu'aux hauteurs dénudées du Djébel Akra. On voyait les ruines impressionnantes des temples et des aqueducs de Séleucie, éparpillées dans un vert fouillis de plantes grimpantes ; on voyait même la moindre ornière creusée sur la grand'route d'Antioche à El Eskel et Suédja. Les cubes blancs de ces petites villes faisaient des taches brillantes dans le paysage et la grande distillerie érigée sur la rive droite de l'Oronte, toute proche de la mer, brillait intensément dans le soleil. N'importe quel esprit doué d'intelligence stratégique ne pouvait manquer de remarquer la position idéale de défense dont jouissait le Damlajik. Abstraction faite de la montée incommode qui partait de la vallée et arrivait même à épuiser les simples promeneurs par sa pente raide et mal tracée, il n'existait qu'un seul point réellement propice pour une attaque : l'étroit col, au nord. Or, justement à cet endroit, la configuration des lieux offrait des avantages sans nombre aux défenseurs de la montagne, et entre autres, condition très favorable, les flancs déboisés de l'entaille n'étaient qu'un entremêlement d'arbustes rampants, de pins nains, de broussailles et de buissons, obstacles insurmontables, capables d'arrêter la marche d'un assaillant.

Le travail cartographique d'Awakian fut loin de satisfaire Gabriel. Il y découvrait sans cesse de nouvelles fautes ou lacunes. L'étudiant craignait que la marotte de son bienfaiteur ne dégénérât en folie véritable. Il ne devinait toujours rien. Ils passaient désormais des jours entiers sur le Damlajik. Bagradian, qui avait été officier d'artillerie pendant la guerre des Balkans, possédait encore une lunette d'approche, des jalons, une boussole et divers autres instruments nécessaires à la mesure des distances qui retrouvèrent ainsi leur utilisation. Avec une ardeur opiniâtre, il insistait pour que le cours de la moindre source ou tout arbre quelque peu élevé, tout bloc rocheux un peu massif fussent indiqués sur les esquisses. Mais on n'y voyait pas seulement des traits rouges, verts ou bleus ; des mots étranges et des nombres s'y ajoutèrent. Entre les mamelons du sommet et le col Nord, le plateau s'incurvait légèrement, formant une vaste dépression plane. Comme elle était recouverte d'une herbe épaisse, on y rencontrait toujours des troupeaux de moutons blancs et noirs avec leurs bergers pareils à des silhouettes de l'antiquité qui, hiver comme été, passaient des jours somnolents sans quitter leur pelisse de fourrure. Gabriel et Awakian, comptant leurs pas, calculèrent exactement les limites du pâturage. Bagradian indiqua du doigt deux sources qui, au bord de la prairie, se frayaient un chemin parmi des fougères touffues. « C'est une grande chance, dit-il ; écrivez sur toute cette région au crayon rouge : Vallon de la ville. » On voyait sans cesse apparaître de telles appellations mystérieuses. Gabriel semblait chercher avec une insistance particulière un lieu qu'il finit par choisir en raison de sa beauté tranquille et de sa fraîcheur. Cet emplacement était aussi voisin d'une source, mais plus proche que l'autre de la mer ; entre le plateau et les parois abruptes, des cordons serrés de myrtes et de rhododendrons lui faisaient une ceinture d'un vert sombre. « Relevez le croquis de ce lieu, Awakian, et inscrivez au crayon rouge : Place des trois tentes. »

Awakian ne put s'empêcher de poser la question :

« Qu'est-ce que cela veut dire, place des trois tentes ? »

Mais Gabriel s'était déjà éloigné et n'entendit pas. « Me voilà condamné à aider un rêveur à rêver », estima l'étudiant. Mais il ne lui fallut pas attendre plus de deux jours pour apprendre ce que signifiait la « place des trois tentes ».

Lorsque le Dr Altouni détacha le pansement du bras et de l'épaule d'Iskouhi, il prit un air bougon :

« C'est bien ce que j'avais pensé. Si nous étions dans une grande ville, tout pourrait encore s'arranger. Tu aurais dû rester à Alep, ma petite lumière, et aller là-bas à l'hôpital. Mais peut-être as-tu tout de même bien fait de venir ici. Qui peut, en de tels temps, être prophète à bon droit ? Allons, ne te désespère pas, mon âme ! Nous verrons bien ! »

Iskouhi tranquillisa le vieux médecin :

« Je ne me désespère pas, docteur. Ce n'est heureusement que le bras gauche. » Iskouhi ne croyait pas aux faibles consolations d'Altouni. Elle jeta un regard à la dérobée vers son épaule. Son bras y pendait, inerte, atrophié, raccourci. Il ne pouvait pas remuer. Mais elle se sentait néanmoins satisfaite, car elle n'y éprouvait plus aucune douleur. Sans doute, elle resterait à jamais estropiée. Mais n'était-ce pas encore une faible rançon payée au sort, comparée à la destinée des exilés avec lesquels Iskouhi avait passé deux jours de marche et auxquels elle ne pouvait s'empêcher de penser ? (Comme le peuple entier, elle était devenue au fond d'elle-même indifférente à l'avenir.) Ses nuits, par contre, étaient peuplées d'images et de bruits d'une horreur indicible. C'étaient des pieds qui, par milliers, se traînaient, frappaient, martelaient le sol, trottaient sur un rythme rapide. C'étaient des enfants geignant de fatigue qui tombaient sur la route et que, malgré son infirmité, elle devait relever vivement, par deux ou trois à la fois. C'étaient des cris insensés que l'on poussait en tête du convoi et qui faisaient accourir, furieux, des saptiéhs aux yeux injectés de sang, brandissant un gourdin dans la main. Et partout, partout, elle retrouvait le visage du répugnant satyre ! Ce n'était pas un, mais au moins trente visages, et, parmi ceux-ci, elle en découvrait quelques-uns de connus qui ne lui étaient même pas antipathiques. Le plus souvent, ils se penchaient vers elle et la fixaient, malpropres, hirsutes, tout maculés de sang. Sur leurs lèvres mafflues, on voyait éclater des bulles de salive. Elle pouvait distinguer avec tous ses détails la surface gigantesque qui lui apparaissait comme l'image d'un kaléidoscope et l'enveloppait d'une vapeur étourdissante, empestée de relents d'ail. Elle se défendait et enfonçait ses dents dans les mains de singe velues qui étreignaient sa poitrine. Mais à quoi bon ? Je n'ai qu'un bras, songeait-elle, comme si c'eût été une circonstance atténuante qui lui permît de s'abandonner à l'effroyable emprise et de perdre connaissance.

Les jours qui succédaient à de telles nuits ressemblaient aux journées des malades atteints de malaria où la température du corps saute sans transition des plus hauts degrés de fièvre jusqu'au-dessous de la normale. Un voile s'étendait alors sur son esprit et c'était peut-être ce qui lui permettait de supporter si facilement son malheur. Son bras infirme pendait à sa gauche comme un objet encombrant. Mais son corps jeune et plein d'ardeur vitale s'adaptait chaque jour de mieux en mieux à ce défaut. Elle s'habituait, sans vraiment s'en rendre compte, à effectuer tous les gestes de la vie avec la main droite. Ses inquiétudes furent calmées quand elle put constater qu'elle n'avait besoin d'aucune aide. Iskouhi vivait à présent depuis assez longtemps dans la maison Bagradian. Quelques jours auparavant, le pasteur Aram Tomasian avait rendu visite à Gabriel pour remercier les hôtes de sa sœur de leur amabilité et avait dit qu'il venait la chercher, car il avait fait installer pour eux une maison inoccupée, voisine de la demeure de son père. Gabriel Bagradian se montra profondément fâché par ce projet :

« Pourquoi, pasteur Aram, voulez-vous nous enlever Mlle Iskouhi ? Nous l'aimons tous, ici, et ma femme plus que tous les autres.

— Avoir des étrangers chez soi devient fastidieux à la longue.

— C'est un point de vue qui dénote beaucoup de fierté. Vous savez vous-même que Mlle Iskouhi est une personne dont on ne remarque malheureusement pas assez la présence dans la maison, tant elle est discrète et silencieuse. Et enfin, n'avons-nous pas tous ici le même sort ? »

Aram regarda longuement Gabriel :

« J'espère que vous ne voyez pas notre sort sous des couleurs plus roses qu'elles ne le sont en réalité. »

Il se cachait, derrière ces paroles critiques, une légère méfiance à l'égard de l'étranger auquel rien ne manque et qui semble n'avoir aucun soupçon des horreurs commises là-bas. Mais l'attitude soupçonneuse du pasteur ne fit qu'éveiller chez Bagradian des dispositions amicales. Sa voix prit un timbre chaleureux :

« Je regrette beaucoup que vous n'habitiez pas chez nous, pasteur Aram Tomasian ! Mais je vous prie de venir nous voir aussi souvent que vous en aurez l'envie. A partir d'aujourd'hui, il y aura toujours deux couverts mis à notre table. Ne prenez pas mon invitation en mauvaise part, je vous en prie, et faites-nous le plaisir d'accepter, si ce n'est pas trop pénible pour votre femme. »

Juliette se montra encore plus fâchée à l'idée qu'Iskouhi dût changer de domicile. Il s'était formé entre les deux femmes d'étranges relations, et il ne serait pas exagéré de dire que Juliette mettait tout en œuvre pour faire la conquête de la jeune Arménienne. Il est évidemment très difficile d'exprimer clairement la vérité absolue sur de tels sujets et le sens du mot « conquête » n'est qu'un terme très superficiel pour désigner cette vérité. Malgré ses dix-neuf ans, Iskouhi était extraordinairement inexpérimentée, surtout si l'on pense qu'en Orient les femmes sont d'ordinaire mûres de très bonne heure. La jeune fille voyait en Mme Bagradian la grande dame, un être qui lui était infiniment supérieur au point de vue de la beauté, de l'origine, du savoir-vivre et de l'instruction. Lorsqu'elles étaient assises ensemble toutes deux dans la chambre de Juliette au premier étage, Iskouhi semblait ne pouvoir vaincre sa timidité, même dans cette atmosphère d'intimité et de confiance. Peut-être aussi souffrait-elle à de tels moments de l'oisiveté à laquelle elle était condamnée. D'autre part, Juliette, qui recherchait Iskouhi ne se sentait pas absolument sûre d'elle en sa compagnie. Bien que cela paraisse inexplicable, il en était réellement ainsi. Il y a des gens qui n'ont pas besoin de posséder de titres ni de qualités exceptionnelles pour nous faire éprouver en leur présence un sentiment d'infériorité. Auprès d'eux, dans leur entourage, nous avons l'impression, sans raison suffisante pour motiver ce réflexe, de manquer de sincérité et de simplicité. Peut-être la vivacité et la tendance au bavardage qui s'emparaient de Juliette lorsqu'elle se trouvait avec Mlle Tomasian, avaient-elles une cause analogue. Il lui arrivait de regarder longuement Iskouhi et de lui déclarer soudain d'un ton véhément :

« Sais-tu qu'au fond, je déteste toutes les Orientales à cause de leur paresse et de la mollesse de leurs mouvements. Je ne peux pas même souffrir chez nous les femmes brunes. Mais toi, Iskouhi, tu n'es pas du tout orientale. Quand tu es assise comme maintenant en face de la lumière, tu as des yeux absolument bleus.

— Comment pouvez-vous dire cela, madame, répliquait Iskouhi, effarée, avec de tels yeux, et des cheveux si blonds ?

— Combien de fois encore, ma chère petite, me faudra-t-il te demander de ne pas m'appeler madame, mais Juliette, et de me tutoyer ? Veux-tu donc toujours me faire sentir que je suis de beaucoup la plus vieille de nous deux ?

— Oh ! non, je n'en avais pas du tout l'intention... Excusez-moi... Excuse... »

Juliette ne pouvait s'empêcher de rire en voyant de quels yeux sérieux, presque épouvantés, l'innocente Iskouhi accueillait cette coquette plaisanterie.

Iskouhi avait dû laisser la majeure partie de sa garde-robe à Zeitoun. Juliette l'habilla de neuf de la tête aux pieds. C'était pour elle-même une charmante distraction. De cette façon, la grande malle à penderie pleine de robes qui l'avait fidèlement suivie pendant le voyage de Paris à Stamboul, puis à Beyrouth, puis dans cette retraite, trouva enfin un digne emploi. Juliette n'était plus au courant des progrès de la mode à Paris. Pour obvier à cette ignorance, elle en inventa une personnelle d'après « le seul sentiment », et se mit désormais à modifier, de façon plus ou moins fondamentale, diverses toilettes à l'usage d'Iskouhi, ainsi que pour le sien propre. Ces travaux effectués l'après-midi avec passion étaient un agréable dérivatif, après les occupations de la matinée dans la maison ou le jardin. L'atelier de mode fut installé dans l'une des pièces vides. La maîtresse de maison choisit pour l'aider deux habiles jeunes filles de Yoghonoluk. La pauvre Iskouhi, évidemment, ne pouvait qu'assister en spectatrice à ces opérations. Par contre, elle se métamorphosa en un mannequin d'une délicatesse immatérielle pour mettre en relief les artistiques créations de Juliette. C'étaient les couleurs tendres qui lui seyaient le mieux. Il lui fallait sans cesse essayer tel ou tel costume, défaire ses cheveux, les relever, se tourner en tous sens. Elle se prêtait sans déplaisir à ces jeux. Son tempérament ardent, refréné par le sort tragique de Zeitoun, reprenait ses droits et teintait légèrement ses joues.

« Tu es vraiment une cachottière, ma petite, s'écria Juliette ; on pourrait croire que tu n'as jamais rien porté d'autre que votre sarrau traditionnel, et encore par-dessus le marché, un voile de Turque sur le visage. Mais à peine enfiles-tu mes robes que tu te mets à les porter comme si, toute ta vie, tu ne t'étais occupée que de toilettes. Ce n'est pas pour rien que tu t'es frottée à la culture française pendant ton séjour à Lausanne. »

Un soir, Juliette lui demanda de bien vouloir essayer l'une de ses robes de soirée décolletées et sans manches. Le visage d'Iskouhi s'assombrit :

« Mais c'est impossible. Je ne peux pas, avec mon bras. »

Juliette jeta vers elle un regard compatissant :

« C'est vrai !... Mais combien de temps peut encore durer cette vilaine histoire ? Deux ou trois mois. D'ici là, nous serons rentrés en Europe. Et tu sais, Iskouhi, je t'emmènerai avec moi. Je t'en donne ma parole d'honneur. A Paris et en Suisse, il existe quelques établissements spéciaux où l'on guérit de telles infirmités. »

Presque exactement à l'heure où la femme de Gabriel Bagradian émettait des espérances aussi osées, les premiers convois de proscrits, à demi morts de faim et de soif, arrivaient à Deïr es Zor, à la lisière du désert de Mésopotamie.

Juliette venait de nouveau de toucher à un sujet qui avait déjà coûté à son mari bien des heures soucieuses. Chose étrange, elle se sentait portée, en présence d'Iskouhi, et en l'absence de Gabriel, à faire des remarques désobligeantes sur le peuple arménien :

« Vous êtes un peuple très ancien, disait-elle dans un tourbillon de paroles, bon ! Un peuple civilisé ! Admettons ! Mais par quoi au juste prouvez-vous que vous êtes un peuple civilisé ? Oui, oui, je sais bien. Je n'ignore pas ces fameux noms que j'entends toujours répéter : Abovian, Raffi, Siamanto ! Mais qui a jamais entendu parler de ces gens ? A part vous, personne au monde. Il n'y a pas un Européen qui puisse comprendre ou parler votre langue. Vous n'avez pas eu de Racine ni de Voltaire. Et vous n'avez pas aujourd'hui de Catulle Mendès ni de Pierre Loti. As-tu déjà lu quelque chose de Pierre Loti, chère petite ? »

Iskouhi, frappée par cet aigre discours, leva attentivement la tête :

« Non, mad..., non, je n'en ai rien lu.

— Ce sont des livres sur des pays lointains », constata Juliette d'un ton désapprobateur comme si cette raison eût été suffisante pour qu'Iskouhi connût Pierre Loti. On voyait aux yeux d'Iskouhi qu'elle avait bien des choses à dire; mais après quelque temps, elle ne prononça qu'une toute petite phrase :

« Nous avons de vieilles chansons qui sont très belles.

— Chantez quelque chose, mademoiselle », lui demanda Stéphan qui l'observait, blotti dans un coin de la pièce. C'est à peine si Iskouhi l'avait remarqué. Mais à ce moment, elle constata plus nettement que jamais que le fils de cette Française était un véritable petit Arménien, dénué de tout caractère étranger à sa race. Ce fut sans doute cette conviction qui l'engagea à ne pas obéir à sa résistance intérieure. Elle ne chanta que pour Stéphan, comme si c'eût été son devoir de ramener dans un univers qui était à lui et à elle ce garçonnet déraciné.

Iskouhi avait une voix mince comme un fil, qui ressemblait moins à un beau soprano féminin qu'au gazouillement d'une petite fille. Mais dans ces mélodies au rythme marqué et mélancolique, cette voix ne prenait pas seulement des intonations enfantines, il s'y mêlait aussi quelque chose de la gravité d'une prêtresse. Elle commença par la chanson qu'elle avait importée de Yoghonoluk à l'orphelinat de Zeitoun, la « Chanson du va-et-vient », qui était devenue le chant du travail dans les sept villages, non pas tant à cause de son texte plein de sagesse qu'en raison de sa mélodie solennelle :

> *Les jours de deuil s'évanouiront ;*
> *Comme les mois d'hiver, ils viennent et s'en vont.*
> *Les chagrins d'ici-bas ne durent pas longtemps,*
> *Comme au bazar s'en vient et s'en va le client.*

> *Les persécutions fouettent le peuple au sang.*
> *La caravane vient et s'en va lentement.*
> *Il croît dans l'univers des méchants et des bons,*
> *Jusquiame ou balsamine, ils viennent et s'en vont.*

> *Au fort messied l'orgueil, au faible la pâleur !*
> *Ils viennent et s'en vont, au seul gré du Seigneur.*
> *Le soleil lance, altier, son éclat éternel,*
> *La nue va et vient au-dessus de l'autel.*

> *Le monde est une auberge au bord du grand chemin.*
> *Peuples et voyageurs, chacun y va et vient.*
> *La terre, sur son sein, berce l'enfant instruit,*
> *Les races sans savoir sombreront dans la nuit.*

Pendant qu'Iskouhi chantait, Juliette sentit dans toute sa pureté cet élément impénétrable qui avait obstinément résisté aux avances de la jeune femme sous la forme de la timidité, de la tristesse et même du refus catégorique de nombreux cadeaux. Comme elle n'avait pas tout compris du texte, elle se le fit traduire en partie. Lorsque vint le tour de la dernière strophe, elle s'écria d'un ton triomphant :

« Voilà encore un exemple de votre orgueil indomptable. L'enfant instruit que la terre maternelle traite de façon si caressante, c'est naturellement le peuple arménien et les races sans savoir, ce sont toutes les autres... »

Stéphan réclama presque impérieusement :

« Encore quelque chose, Iskouhi ! »

Mais Juliette avait envie d'entendre cette fois un air passionné :

« Une véritable chanson d'amour, Iskouhi ! »

Iskouhi restait assise immobile sur sa chaise, légèrement penchée en avant. Sa main gauche aux doigts recroquevillés était posée sur ses genoux. Le soleil aux tons rouge sombre envahissait la fenêtre derrière elle ; aussi son visage était-il plongé dans l'obscurité et l'on ne distinguait plus ses traits. Après un petit temps d'arrêt, elle parut avoir retrouvé quelque chose dans sa mémoire :

« Je connais plusieurs chansons d'amour que l'on chante ici. Je les ai toutes retenues alors que j'étais petite et que je n'en comprenais pas un mot. Il y en a une, surtout, qui est extrêmement bizarre. Pour bien faire, elle devrait être chantée par un homme, quoique la jeune fille y soit le personnage principal. »

La voix aux intonations de fillette et de prêtresse semblait provenir d'un vide insondable. Les strophes empreintes d'une ardeur sauvage formaient un contraste des plus frappants avec la voix fraîche qui les prononçait :

> *Elle venait de son verger,*
> *Tenant pressés sur sa poitrine*
> *Deux fruits brillants de grenadier*
> *Aux belles couleurs purpurines.*
> *Je refusai ce don si doux.*
> *Sa main frappa son cœur si tendre,*
> *Porta trois, six et douze coups*
> *Jusqu'à ce que l'os dût se fendre.*

« Encore une fois », exigea Stéphan. Mais il n'y eut pas moyen de décider Iskouhi à répéter sa chanson, car Gabriel Bagradian avait ouvert tout doucement la porte et était entré dans la pièce.

Pendant ces jours-là, la maison Bagradian connut une animation toujours croissante. Presque à chaque repas, il y avait des invités. Juliette et Gabriel étaient heureux de cette agitation. Il leur était maintenant difficile de rester seuls ensemble. De cette façon, le temps passait aussi beaucoup plus vite. Chaque jour vécu signifiait une victoire, car il consolidait l'espoir que l'ombre du spectre d'épouvante s'était éloigné de lui. Juillet approchait. Combien de mois encore le danger pouvait-il durer ? On commençait à parler de la prochaine conclusion de la paix. Et la paix, c'était le salut. Le pasteur Aram venait régulièrement s'asseoir à leur table. Howsannah, qui ne s'était pas encore remise des épreuves subies, l'y exhortait vivement afin qu'il pût s'occuper d'Iskouhi. Elle savait combien Aram était habitué à vivre avec sa sœur et n'ignorait pas qu'il se serait consumé d'inquiétude s'il avait dû ne pas voir Iskouhi de quelques jours. En plus de Tomasian, d'autres hôtes encore venaient dîner fréquemment chez Gabriel. Leur noyau fondamental était constitué par Krikor et ses disciples.

Le pensionnaire du pharmacien, Gonzague Maris, en faisait aussi partie. Le jeune Grec n'était pas seulement apprécié à cause de ses talents de pianiste. Il n'était pas insensible à la beauté et à l'élégance. Il savait « remarquer ». Gabriel Bagradian ne remarquait plus, ou ne remarquait que rarement. Les artistiques inventions de Juliette en matière de mode qui n'étaient qu'un passe-temps sans but, évocateur de sa patrie, trouvaient auprès de l'attentif Gonzague un écho compréhensif. Sans vaines flatteries, il trouvait toujours le mot juste à prononcer non seulement sur la personne de Juliette, mais aussi sur les créations aux moyens desquelles elle faisait si bien ressortir le charme d'Iskouhi. Il ne prenait pas pour cela un ton d'adorateur, mais celui d'un critique averti et d'un artiste, et pendant son examen, il relevait ses sourcils obliques d'un air de connaisseur. Son sens de la beauté s'étendait également jusqu'à son propre extérieur. Gonzague était certainement sans fortune, et son passé n'avait probablement pas été des plus roses. Mais il n'en parlait jamais. Il savait échapper aux questions de Juliette, non pas pour essayer de l'intriguer par des mystères ou parce qu'il avait quelque chose à cacher, mais simplement parce qu'il semblait écarter d'un geste méprisant, comme une quantité négligeable, tout ce qui n'était plus du présent. Malgré ses moyens restreints, ou justement à cause d'eux, il était toujours habillé de façon impeccable lorsqu'il venait chez les Bagradian. La correction de sa tenue produisait sur Juliette une impression extrêmement favorable sans qu'elle s'en rendît nettement compte.

Pendant un déjeuner, par un beau jour de juillet, Gabriel Bagradian fit à la société la proposition suivante : « Cela vous dirait-il, d'aller passer sur le Musa Dagh la soirée et la nuit prochaines afin d'assister le lendemain au lever du soleil ? » Cette idée parut bien typique d'un Européen, vraiment conforme au cœur d'un touriste obligé de passer la majeure partie de sa vie entre des murs de béton et des lettres d'affaires. Mais pourquoi faire telle chose ici ? Les convives furent profondément étonnés d'un tel projet. Seul Hapeth Chatakhian, qui voulait toujours se montrer à la hauteur de la situation, célébra les joies du camping en plein air. Toutefois, les paroles de Bagradian lui apportèrent une déception :

« Nous n'avons pas du tout besoin de dormir en plein air. J'ai en effet découvert ici, dans la chambre de débarras, trois tentes, auxquelles il ne manque rien, ayant appartenu à mon défunt frère. Il s'en servait pendant ses grandes expéditions de chasse. Deux d'entre elles sont des tentes d'explorateurs tout à fait modernes qu'il avait fait venir d'Angleterre. Chacune d'elles peut contenir deux ou trois personnes. La troisième est très grande, et magnifique ; c'est une tente de cheik. J'ignore si Awétis l'a rapportée une fois de ses voyages ou si elle provient encore des acquisitions de notre grand-père... »

Comme Juliette accueillait cette diversion possible non sans bienveillance et que Stéphan se trémoussait déjà de joie, on choisit le lendemain, qui était un samedi, pour la réalisation de ce plan. Le pharmacien Krikor qui avait déjà tout vu et tout fait, et pour lequel il n'existait rien de nouveau sous le soleil, depuis les recettes pour les conserves de fruits jusqu'à la théologie comparée, fit un exposé des diverses expériences qu'il avait effectuées jadis sous le ciel à découvert, de nuit ou de jour. Seule Iskouhi ne paraissait pas charmée par l'idée de cette excursion. Quoi de plus naturel ! Elle connaissait trop bien déjà l'horreur inexorable du campement à même le sol et sous le ciel étoilé. Ce qui était pour les autres un plaisir, c'était à ses yeux un blasphème. A moins de soixante-dix milles de là, à l'est, des convois mourants se traînaient sur la grand'route. Cette fantaisie impie de Bagradian l'indignait :

« Je préférerais rester à la maison », supplia Iskouhi.

Gabriel se tourna vers elle avec une certaine sévérité :

« Impossible, Iskouhi ! Je ne veux pas croire que vous soyez une rabat-joie. Vous habiterez avec Juliette dans la tente de cheik. »

Iskouhi baissa les yeux vers la nappe et articula péniblement en cherchant ses mots :

« J'ai... je crains... Chaque nuit, je suis si heureuse de pouvoir dormir dans une vraie maison. »

Gabriel essayait d'attirer vers lui le regard de la jeune fille :

« J'avais justement compté sur vous. »

Iskouhi ne se décida pas à lever la tête et serra ses lèvres bien fort l'une contre l'autre. Bagradian montra une brusquerie inaccoutumée à propos de ce léger détail :

« J'y tiens absolument, Iskouhi. »

Un frémissement passa sur le fin visage. Juliette fit signe à son mari de laisser Iskouhi tranquille et de ne pas s'occuper davantage de cette affaire. Elle lui donna également à comprendre qu'elle arriverait certainement un peu plus tard à vaincre la résistance de la jeune fille. Mais cette lutte s'avéra plus difficile que Juliette ne l'avait cru. Elle essaya de faire valoir son expérience de femme : tous les hommes, dit-elle, sont au fond de grands enfants. N'importe quelle·femme désireuse de conduire et de dominer une communauté conjugale, doit chercher avant tout à satisfaire autant que possible les plus infimes désirs puérils des hommes. Si l'on veut faire triompher sa propre volonté dans les grandes questions de l'existence, on peut, sans danger, céder sur les sujets secondaires. Cette leçon avait surtout l'air d'être adressée par Juliette à elle-même en tant qu'épouse. Mais qu'importaient à Iskouhi les désirs puérils de Bagradian ? Elle se détourna, la mine bouleversée :

« Pour moi, ce ne sont pas des questions secondaires.

— Cette partie peut être tout à fait plaisante. Ce serait un petit changement...

— J'ai trop de souvenirs d'un tel changement.

— Ton frère, le pasteur, n'a pas fait d'opposition... »

Iskouhi poussa un profond soupir :

— Ce n'est pas par pur entêtement que je... »

Mais Juliette parut déjà avoir trouvé un argument décisif :

« Si tu restes à la maison, je n'irai pas non plus. Je n'ai pas envie d'être la seule femme parmi tant d'hommes. Je préfère dans ce cas rester ici. »

Iskouhi enveloppa Juliette d'un long regard :

« Non, c'est impossible! Nous ne pouvons pas faire cela! Si tu le désires, j'irai tout de même. J'ai déjà eu raison de mon sentiment. Pour toi, je le ferai volontiers. »

Juliette parut soudain très lasse :

« D'ici demain après-midi, nous avons encore du temps devant nous. On peut changer dix fois d'avis d'ici là. »

Elle porta la main à son front et se voilà les yeux. Un vertige confus l'envahissait, comme si quelques-uns des souvenirs d'Iskouhi étaient venus se transplanter dans son propre esprit :

« Peut-être ton sentiment a-t-il raison, Iskouhi! Nous vivons tous dans une telle insouciance... »

On se mit en route le lendemain d'assez bonne heure. A cause des femmes, on ne choisit pas la montée la plus rapide passant par la gorge des yeuses, mais l'autre plus commode qui faisait un long détour par le col Nord. Pour l'atteindre, il fallait marcher environ une demi-lieue sur la route de jonction entre les villages, dépasser Azir et aller jusqu'à mi-chemin de Bitias. Ce jour-là, malgré ses ravins, ses bastions rocheux et ses recoins sauvages, le Musa Dagh se présenta sous l'aspect d'une montagne accueillante, montrant son plus beau côté aux excursionnistes. Le silence d'Iskouhi se perdait dans la gaîté générale. Et même, la jeune fille semblait se dérider peu à peu. Gabriel Bagradian remarqua pendant cette promenade, que, depuis que son fils fréquentait l'école de l'instituteur Chatakhian, il commençait à oublier sa bonne éducation européenne avec une vitesse foudroyante. « C'est à peine si je le reconnais, avait dit Juliette à Gabriel peu de temps auparavant. Il faudra faire très attention. Il parle déjà un français arménien tout aussi rocailleux que celui du fameux instituteur. » Stéphan connaissait à présent le Damlajik presque aussi bien que son père. Il essaya aussi de jouer le rôle de guide. Mais jamais il ne pouvait rester sur le chemin, car il dépistait avec un zèle infatigable toute occasion d'escalade un peu difficile propre à exercer son adresse de gymnaste. Souvent, il précédait la troupe de beaucoup; souvent aussi,

il restait loin en arrière, à tel point qu'on n'entendait que très faiblement sa voix répondre aux appels.

Le site agréable fut atteint plus tôt que Gabriel ne l'avait supposé.
Les tentes étaient déjà dressées, et solidement plantées en terre. Sur
la tente de cheik du grand-père Awétis, on voyait même flotter au
vent un drapeau sur lequel étaient brodées les armes de la vieille
Arménie avec le mont Ararat, l'arche, et au cœur du blason, la colombe
aux ailes déployées.

Cette tente était vraiment une demeure splendide datant d'une
époque de gloire et de pompe. Elle mesurait huit pieds de long et sept
de large. Ses piquets étaient d'une épaisseur d'un bras et faits de bois
précieux, les parois intérieures, de somptueux tapis. Elle avait néanmoins un grand défaut. Au dedans, on y sentait une violente odeur de
camphre et de vieillesse. Les tentures étaient restées des années
enroulées sur elles-mêmes et cousues dans de grands sacs que l'intendant Kristaphor ensevelissait de temps en temps sous des montagnes
de camphre et de poudre insecticide. Les deux tentes modernes d'explorateurs qu'Awétis junior avait rapportées de Londres à Yoghonoluk quelques années auparavant furent l'objet d'une beaucoup plus
grande admiration, bien qu'étant faites de simple toile de tente. Mais,
par contre, elles renfermaient tout ce que l'ingéniosité d'un chasseur
expérimenté doublé d'un homme du monde peut inventer de commode
et de confortable pour une installation provisoire. Rien, dans ces tentes,
n'avait été oublié : des lits de camp pliants sur lesquels le coucher
n'était pas dur le moins du monde ; des sacs de lit en soie, des tables et
des chaises, légères comme des plumes, que l'on pouvait introduire les
unes dans les autres ; une batterie de cuisine, un service à thé, des
plats et des assiettes, le tout en aluminium ; des cuvettes et des tubs
en caoutchouc ; enfin, objets dignes d'une remarque particulière, des
lampes à l'épreuve du vent fonctionnant au pétrole ou à l'alcool.

On se mit à répartir les habitations. Juliette refusa la tente de cheik
et s'installa avec Iskouhi dans un des abris plus modernes. Krikor et
Gonzague se virent adjuger l'autre tente d'explorateur. L'instituteur
Oskanian déclara pour des raisons cachées, et en lançant vers Juliette
un regard sévère, qu'il préférait passer une nuit solitaire concentré sur
lui-même à l'écart de toute communauté humaine. En faisant cette
déclaration, il rejetait légèrement en arrière sa tête aux cheveux crépus,
comme s'il attendait qu'une voix féminine attentionnée fît une tentative pour l'engager à changer d'avis. Mais Juliette ne pensait nullement ni aux animaux de la forêt ni aux redoutables déserteurs auxquels
Oskanian avait l'intention d'exposer sa vie. Quant à Gabriel, Stéphan,
Awakian et Chatakhian, ils s'établirent pour la nuit dans la splendide
résidence sur laquelle flottait l'oriflamme arménien.

Bagradian, en son for intérieur, donna à cette soirée le nom de répétition générale. Elle se passa toutefois sans qu'il survînt aucun incident capable de justifier cette appellation. Il n'arriva rien de romanesque, si ce n'est le fait que le cuisinier Howhannes confectionna le souper sur un grand feu de bivouac. En outre, Missak, le plus hardi des valets, s'était risqué jusqu'à Antioche quelques jours auparavant et y avait acheté chez un ami, fournisseur de l'armée, tout un lot de conserves anglaises dont il avait chargé son mulet et qu'on allait goûter à cette occasion. On était assis, comme cela se doit, à côté du feu, sur des couvertures; Missak avait déployé une nappe sur une surface aplanie où étaient disposés les plats. La soirée était agréablement fraîche. La lune approchait de son dernier quartier. Le feu brûlait plus faiblement. On but du vin, et un peu de la forte liqueur de mûres que distillaient les paysans des villages. Néanmoins, cette aventure n'arrivait pas à prendre un tour d'aisance familière ni de gaîté sereine. Juliette mit bientôt fin à la réunion. Elle se sentait étrangement oppressée et commençait enfin à comprendre la résistance d'Iskouhi. Partout l'environnait la terre, implacable, sauvage, inhabitée, dégageant une atmosphère de sérieux inquiétant. Peut-être était-ce vraiment de la part de Gabriel un jeu impie. Elle se retira avec Iskouhi dans leur tente. Les autres aussi se souhaitèrent bonne nuit. Oskanian s'éloigna la tête haute pour aller payer d'une nuit glaciale, à proximité du campement des domestiques, ses grands airs d'inutile bravoure. Gabriel prit encore soin d'organiser le service de garde. Toutes les trois heures, deux hommes devaient ensemble assurer la protection des tentes. Bagradian leur remit des fusils et des cartouches à balles. Kristaphor et Missak avaient toujours accompagné leur défunt maître dans ses chasses et s'entendaient parfaitement au maniement des armes. Gabriel se coucha le dernier. Mais il n'arrivait pas plus qu'Iskouhi à trouver le sommeil. La jeune fille restait étendue toute raide sans remuer un membre, de peur d'éveiller Juliette. Gabriel, au contraire, s'agita en tous sens pendant des heures. L'odeur de camphre et de moisissure qui se dégageait de la tente le prenait à la gorge. Finalement, il se rhabilla et sortit. C'était peut-être une demi-heure avant minuit. Il envoya se coucher Missak et le cuisinier qui étaient de garde à ce moment. Puis, seul défenseur de la place des trois tentes, il se mit à marcher lentement de long en large. Parfois, il faisait fonctionner la lumière de sa lampe de poche, mais elle n'éclairait qu'un rayon très restreint. Des chauves-souris traversaient vivement l'obscurité. Lorsqu'un nuage, s'enfuyant vers la mer, découvrit la lune, un rossignol lança soudain dans ce silence absolu quelques notes si parfaitement modulées et si énergiques que Bagradian en demeura ébranlé. Il essaya de se demander comment il avait pu se faire que ses pensées les plus secrètes aient déjà pris une forme si nette. Elles s'étaient concrétisées en trois tentes qui dessinaient leurs silhouettes sur le ciel nocturne. Comment cela s'était-il produit ? Il ne pouvait pas réfléchir à ce moment. Son âme était beaucoup trop pleine. A l'instant où Gabriel alluma une nouvelle cigarette, il vit non loin de lui un fantôme qui, debout, allumait pareillement une cigarette. L'ombre portait le bonnet d'agneau des soldats turcs et s'appuyait sur un fusil d'infanterie. On ne pouvait pas voir son visage, mais ce qu'on distinguait faible-- ment à la lueur rougeâtre de la cigarette semblait extrêmement émacié. Gabriel appela le fantôme. Même à son deuxième et troisième cri, celui-ci ne bougea pas. Gabriel tira le pistolet d'état-major qu'il avait emporté et fit entendre par un déclic net qu'il en ouvrait le cran d'arrêt. Ce n'était qu'une simple formalité, car il sentait parfaitement que l'ombre n'entreprendrait rien contre lui. Elle demeura encore quelque temps immobile, puis partit d'un rire étrangement long et désabusé, et finalement la cigarette disparut ainsi que l'homme. Gabriel secoua Kristaphor endormi :

« Il y a des gens ici. Je crois que ce sont des déserteurs. »

L'intendant ne manifesta aucun étonnement :

« Eh ! oui, ce sont sans doute des déserteurs. Ces pauvres types n'ont pas la vie facile.

— Je n'en ai vu qu'un.

— Peut-être était-ce Sarkis Kilikian ?

— Qui est-ce, Sarkis Kilikian ?

— Asdwaz im ! Dieu miséricordieux ! » Kristaphor fit un geste las comme pour indiquer qu'il était impossible d'exprimer par des paroles qui était Sarkis Kilikian. Mais Bagradian commanda à ses gens, qui étaient maintenant tous réveillés :

« Allez me chercher ce Kilikian ! Apportez-lui quelque chose à manger. Cet homme a faim. »

Kristaphor et Missak se mirent en route, armés de quelques boîtes de conserves et d'une lanterne. Or, après quelque temps, ils revinrent bredouille. Sans doute, au dernier moment, n'avaient-ils pas eu le courage d'accomplir leur mission.

La soirée s'était déroulée dans une ambiance angoissée; quant au matin, ce fut une déception. L'atmosphère était brumeuse. Un malaise s'empara des âmes. Le lever du soleil s'effectua sans qu'on pût rien en voir... Néanmoins, on grimpa sur l'un des mamelons dénudés d'où l'on pouvait distinguer, s'élevant lentement hors du brouillard, la mer et la montagne. Bagradian tourna sur lui-même, inspectant l'horizon de tous côtés :

« On resterait bien ici quelques semaines. »

Le ton dont il dit cette phrase semblait vouloir défendre la beauté du Musa Dagh contre d'injustes calomnies.

Gonzague Maris était sans aucun doute celui des excursionnistes qui avait le mieux dormi, tant il avait l'air frais et dispos. Il montra du doigt la grande distillerie de Suédja dont la haute cheminée commençait déjà à fumer. Cette usine, expliqua-t-il, appartenait à une société étrangère; son directeur était un Grec dont il avait fait la connaissance à Alexandrette. Il avait encore causé avec lui deux jours auparavant et en avait appris quelques nouvelles qui ne manquaient pas d'intérêt. La première était celle-ci : le président des Etats-Unis d'Amérique, de concert avec le pape de l'Eglise romaine, avaient entamé une tentative de paix qui était en excellente voie de réalisation. La seconde, c'était que la déportation des Arméniens ne visait que les vilajéts d'Anatolie, et n'avait rien à voir avec la Syrie. Lui, Gonzague, ne pouvait bien sûr pas vérifier l'authenticité de ces affirmations, mais ce directeur d'usine était, à n'en pas douter, un personnage considérable, car chaque mois il s'entretenait personnellement avec le wali d'Alep au sujet des commandes d'alcool que lui faisait l'Etat. A ce moment, une vague de crédulité se déversa sur Gabriel; il vit tout danger dissipé, la catastrophe naguère imminente sombrant dans des lointains invisibles. Il avait l'illusion d'avoir mis lui-même en fuite le destin menaçant : il poussa un cri de reconnaissance :

« Voyons, avouez-le ! N'est-ce pas beau, ici ? »

Juliette insista pour qu'on rentrât à la maison. Elle détestait être en société le matin de bonne heure, et plus encore en société masculine. A ce moment de la journée, seules les femmes laides, estimait-elle, peuvent avoir bon air, et à six heures du matin, une dame digne de ce nom n'est visible pour personne. De plus, elle voulait pouvoir se reposer au moins une demi-heure encore avant la messe. Catholique, elle avait adopté la confession grégorienne pour faire plaisir à Gabriel avant leur mariage. C'était un des sacrifices qu'elle avait coutume de rappeler à son mari au cours de certaines discussions. Suivant sa tactique habituelle, elle critiquait à chaque occasion quelque chose de l'église arménienne. Celle-ci était, à son goût, trop dénuée de pompe et d'éclat. Juliette désapprouvait surtout les prêtres grégoriens parce qu'ils portaient la barbe, et la portaient généralement très longue. Elle ne pouvait en effet pas souffrir les hommes barbus.

Le retour s'effectua par le raccourci qui rejoignait Yoghonoluk en passant par la gorge des yeuses. Krikor, Gabriel et Chatakhian marchaient devant. Juliette était la dernière, Gonzague Maris se tenait auprès d'elle. Bagradian avait donné la consigne de ne pas démonter les tentes jusqu'à nouvel ordre. L'un des valets d'écurie devait rester constamment sur le Damlajik pour veiller sur elles. Peut-être entreprendrait-on prochainement une nouvelle excursion du même genre. Bagradian, par une sorte de superstition, croyait annihiler la force du destin grâce à de tels préparatifs. Le mauvais sentier à mulet se perdait par endroits dans les broussailles et les éboulis. Les pieds de

Juliette, chaussés de légers souliers, et peu entraînés aux ascensions, se refusaient à avancer, épouvantés par ces obstacles. Gonzague lui tendit une main ferme et secourable. Entre temps, ils échangeaient des paroles décousues et indécises :

« Il y a une idée qui me poursuit sans cesse, madame, c'est que nous sommes ici les deux seuls étrangers. »

Juliette inspectait d'un œil inquiet le sol qui s'offrait à ses pas :

« Vous, au moins, vous êtes Grec... Ce n'est pas tellement étranger ici. »

Gonzague la laissa traverser sans son aide un passage difficile :

« Comment ?... J'ai été élevé en Amérique... Vous, au contraire, vous êtes depuis très longtemps mariée avec un Arménien.

— Évidemment, j'ai une raison pour vivre ici... Mais vous ?

— En ce qui me concerne, les causes, au cours de mon existence, sont toujours venues après les effets. »

On était arrivé à un endroit où la descente était rapide et on se mit à courir. Juliette s'arrêta pour reprendre haleine :

« Je n'ai jamais compris ce qui vous attire ici... Vous n'êtes pas très communicatif sur de tels sujets... Que peut bien faire à Alexandrette un Américain qui n'a pas justement un commerce de peaux d'agneaux, de coton ou de noix de galle ?

— Bien que je ne sois pas très communicatif..., faites attention, je vous en prie, à cet endroit-là..., je peux bien vous révéler la vérité... J'étais pianiste dans un music-hall et accompagnais la troupe dans ses tournées... C'est une pitoyable histoire... Quoique Krikor, mon père nourricier, en ait une haute opinion !

— Tiens, tiens... Et vous avez ainsi lâchement abandonné ces belles artistes... Où se trouve la troupe actuellement ?...

— Elle a des contrats pour Alep, Damas et Beyrouth...

— Et vous avez alors pris la fuite ?

— Vous pouvez le dire !...C'était bel et bien une fuite... C'est une de mes maladies...

— S'enfuir ?... Un homme aussi jeune que vous l'êtes !... Sans doute avez-vous eu de sérieuses raisons...

— Je ne suis pas aussi jeune que vous le supposez...

— Mon Dieu, quel chemin !... Mes souliers sont pleins de cailloux... Donnez-moi votre main, s'il vous plaît !... Voilà !... »

Elle se cramponnait fermement à Gonzague de sa main gauche. De la droite, elle secouait son soulier bas. Mais lui ne renonçait pas à sa question :

« Quel âge puis-je bien avoir à votre idée ?... Devinez !...

— Je ne suis vraiment pas actuellement dans des dispositions favorables pour un tel exercice... »

Gonzague prononça d'un ton grave, comme avec un remords :
« J'ai trente-deux ans ! »

Juliette eut un rire bref : « Oh ! pour un homme !... »

« J'ai certainement vu plus que vous du monde, madame... Quand
on est ainsi ballotté de toutes parts, on voit la vérité...

— Dieu sait où les autres sont déjà... Hou, hou... Ils pourraient
bien nous répondre...

— Nous arriverons toujours à temps... »

Le chemin redevenant raide et broussailleux, Juliette s'arrêta à
nouveau : « Je ne suis pas habituée à de telles expéditions en montagne... J'ai mal aux jambes... Faisons une petite halte !...

— Il n'y a vraiment pas moyen de s'asseoir ici...

— Je vous le répète, Gonzague, pensez à quitter à temps Yoghonoluk !... Que peut-il vous arriver ?... Vous êtes citoyen américain...
Vous n'avez pas non plus l'air arménien...

— Quel air ai-je ?... Français, peut-être ?...

— N'allez pas forcément vous imaginer cela... »

Le petit ruisseau qui arrosait la gorge des yeuses traversait le chemin
à cet endroit. Gonzague souleva Juliette de terre, toute grande qu'elle
était, et d'un léger balancement, la transporta de l'autre côté. À voir
ses épaules étroites, on ne l'aurait pas cru aussi fort. Elle sentait les
doigts de cet homme autour de ses hanches, froids et indifférents. Le
sentier se fit plus doux et ils hâtèrent leur marche. Gonzague arriva
à la question la plus brûlante :

« Et Gabriel Bagradian ? Pourquoi reste-t-il, lui ? N'a-t-il aucun
moyen de quitter la Turquie ?

— En pleine guerre ?... Et pour aller où ?... Nous sommes des
sujets turcs... Gabriel fait partie de l'armée turque... On nous a enlevé
nos passeports... Comment comprendre ces sauvages ?...

— Vous avez pourtant assez l'air d'une vraie Française, Juliette...
Non, pour parler franc, c'est plutôt à une Anglaise que vous ressem-
blez...

— Française ?... Anglaise ?... Qu'est-ce que cela veut dire ?...

— Avec un peu de courage, vous pourriez vous faufiler partout,
vous, personnellement...

— Je suis épouse et mère ! »

Juliette se mit à marcher si vite que Gonzague ne pouvait pas tout
à fait la suivre. Elle eut l'impression de l'entendre dire dans un souffle :
« La vie est la vie. »

Elle se retourna brusquement :

« Si telle est votre opinion, pourquoi donc restez-vous en Asie ?

— Moi ? C'est la guerre pour tous les hommes dans le monde. »

Le pas de Juliette devint moins rapide :

« Vous avez tant de facilités, Gonzague ! Que n'avons-nous comme vous un passeport américain ! Vous pourriez sans difficulté rejoindre vos camarades à Damas ou à Beyrouth. Pourquoi vous obstinez-vous précisément à rester dans ce trou perdu ?

« Pourquoi ? » Gonzague pouvait à cet endroit marcher tout contre Juliette : « Pourquoi ? Si je le savais exactement, c'est à vous, Juliette, que je pourrais peut-être le moins l'avouer. »

Au prochain tournant, Oskanian les attendait. Il avait surmonté ses ressentiments et se joignit désormais au couple, dévorant de temps en temps Juliette d'un regard sombre et impérieux. Le groupe n'échangea presque pas un mot jusqu'à la porte de la villa.

Poussé par une heureuse inspiration. Gabriel Bagradian avait vraiment organisé sa répétition générale à la dernière minute. Ali Nassif, le gendarme au visage grêlé, l'attendait devant le portail :

« Effendi, je viens chercher mes médjidjéhs, le reste de la somme dont tu m'as donné un petit acompte. »

Gabriel tira de son portefeuille un billet d'une livre et le tendit à Ali d'une main impassible comme si tout était réglé, sans paraître le moins du monde impatient de recevoir en échange le service oral payé d'avance. Le vieux saptiéh prit l'argent d'une mine prudente :

« Je commets une bien grave faute en manquant ainsi à mon devoir. Tu ne me trahiras pas, Effendi !

— Tu as pris l'argent. Parle, maintenant ! »

Ali Nassif se mit à clignoter des yeux avec un air douloureux :

« Dans trois jours, le mudir et le commissaire de police viendront faire un tour dans les villages. »

Bagradian déposa sa canne dans un coin et se débarrassa de la lunette d'approche qui pendait à son épaule :

« Ah ! ah ! Et que vont-ils amener de bon dans les villages, le commissaire de police et le mudir ? »

Le gendarme frotta énergiquement son menton mal rasé :

« Il va falloir que vous partiez d'ici, Effendi, vous tous, tant que vous êtes ! C'est le wali et le kaimakam qui l'ordonnent. Les saptiéhs vous rassembleront, vous et vos semblables de Suédja et d'Antioche, pour vous conduire vers l'est. Mais, je peux aussi te le dire, vous n'aurez pas le droit de camper à Alep. C'est à cause des consuls qu'on l'a décidé.

— Et toi, Ali Nassif, seras-tu au nombre de ces saptiéhs ? »

L'homme au visage grêlé fit de grands gestes épouvantés :

« Inch'Allah ! J'en rends grâce à Dieu. Non ! N'ai-je pas vécu douze ans parmi vous ? Et comme commandant de tout le district ? Jamais il n'y a eu le moindre incident, tant j'ai veillé jour et nuit au maintien de l'ordre. Et voici que je perds ma belle place à cause de vous. O ingratitude ! Notre poste va être complètement dissous. »

Pour consoler ce malheureux de sa profonde douleur, Bagradian lui mit quelques cigarettes dans la main :

« Dis-moi encore, Ali Nassif, quand va-t-on dissoudre ton poste ?

— J'ai reçu l'ordre de partir aujourd'hui même pour Antioche. Le mudir viendra alors avec toute une compagnie. »

Entre temps, Juliette, Iskouhi et Stéphan étaient entrés dans la maison. La vue d'Ali Nassif n'éveilla en eux aucun soupçon. Gabriel repoussa le saptiéh installé dans l'embrasure du portail vers le perron semé de gravier :

« D'après ce que tu viens de m'apprendre, Ali Nassif, les villages resteront trois jours sans surveillance. »

Gabriel paraissait trouver une telle imprudence fort répréhensible. Le gendarme baissa la voix d'un ton angoissé :

« O Effendi, si tu me dénonces, je serai pendu et, de plus, on me fixera sur la poitrine un écriteau portant les mots : « Traitre à son pays. » Et pourtant, je te dirai tout. Pendant trois jours, il n'y aura pas de saptiéh dans les villages, car il faut répartir de nouveau les postes à Antioche. Mais ensuite, on vous donnera encore quelques jours pour mettre vos affaires en ordre. »

Gabriel Bagradian jeta un regard attentif vers les fenêtres de sa maison. On aurait dit qu'il avait peur que Juliette pût l'observer :

« Vous a-t-on fait établir les listes des habitants, Ali Nassif ? »

L'homme au visage grêlé eut, à l'adresse de Gabriel, un clignement d'yeux à la fois perfide et cordial :

« Je ne te conseille pas d'espérer pour toi une mesure d'exception, Effendi ! C'est surtout aux riches qu'ils en veulent, et aux gens qui ont de l'instruction. Voilà ce qu'ils disent : à quoi bon faire crever les pauvres Arméniens travailleurs si les gros messieurs, les richards et les avocats continuent à encombrer notre pays ? Et toi, tu es spécialement mal vu. Ton nom est le premier, Effendi. Ils parlent tout le temps de toi. Ne t'imagine pas non plus qu'ils épargneront ta famille. Ils ont prévu leur coup jusque dans les moindres détails. Vous resterez ensemble jusqu'à Antioche, mais ensuite, on vous séparera. »

Bagradian examinait le saptiéh d'un air presque amusé :

« Tu sembles vraiment appartenir au cercle des grands personnages et posséder leur confiance absolue. Le mudir t'a-t-il ouvert son cœur, Ali Nassif ? »

Celui-ci fit un signe affirmatif et solennel :

« C'est uniquement pour toi, Effendi, que je me suis donné tant de peine. Je suis allé exprès dans les bureaux de l'hukumet, et partout j'ai dressé l'oreille, toujours uniquement pour toi. O Effendi, malgré ce petit billet que tu m'as donné, je mérite vraiment une récompense dans l'autre monde. Qu'est-ce que c'est, aujourd'hui, qu'un billet d'une livre ? S'ils veulent bien te le changer au bazar, ils trouvent encore moyen de te voler. Regarde, mes successeurs posséderont autrement plus que cent livres d'or, et que tous les médjidjéhs qu'on pourrait réunir dans les sept villages. Ta maison leur appartiendra, avec tout ce qui s'y trouve. Car tu ne pourras rien emporter. Et ils auront aussi tes chevaux. Et ton jardin, avec tous ses fruits... »

Bagradian coupa court à ce poétique dénombrement :

« Grand bien leur fasse ! »

Il se redressa de toute sa taille. Mais Ali Nassif, mélancolique, ne bougeait pas de sa place :

« Et dire que j'ai vendu tout ça pour un morceau de papier ! »

Gabriel, voulant enfin se débarrasser de lui, sortit toutes les piastres qu'il avait dans sa poche.

Lorsque Gabriel Bagradian arriva à la cure, il constata à sa grande stupéfaction que Ter Haigasoun avait déjà appris la catastrophe plusieurs heures avant le rapport d'Ali Nassif. Dans la pièce étroite, on voyait rassemblés Thomas Kéboussjan, les six autres mouchtars, deux prêtres inférieurs mariés, domiciliés dans les autres villages, et le pasteur Nokhoudian de Bitias. Visages couleur de cendre ou d'une paleur cireuse. Le coup de tonnerre, loin d'avoir déchiré le nuage du demi-sommeil maladif où étaient plongés ces gens depuis des semaines, n'avait fait que l'épaissir. Ils étaient disposés en cercle, pressés contre les murs, d'où ils semblaient surgir comme des statues inanimées. Seul Ter Haigasoun était assis; son visage, rejeté en arrière, était entièrement baigné d'obscurité. Mais ses mains, reposant, tranquilles, sur sa table de travail, brillaient dans un rayon de soleil immobile. Quand l'un des personnages disait quelque chose, on entendait à peine sa voix et ses lèvres ne bougeaient pas. Ter Haigasoun, lui aussi, murmura de façon presque indistincte les paroles qu'il adressa à Bagradian :

« Je viens de demander aux mouchtars que voici de convoquer les communes dès leur retour dans les villages. Il faut qu'aujourd'hui, et aussi vite que possible, tous les adultes résidant entre Wakef et Kébussijé se rendent ensemble à Yoghonoluk. Nous organiserons une grande réunion pour discuter sur tous les moyens qui sont à notre disposition... »

La voix frémissante du pasteur Nokhoudian surgit d'un coin de la pièce :

« Nous n'avons pas de moyens à notre disposition... »

Le mouchtar de Bitias avança de quelques pas :

« Peu importe si cela nous avance ou non à quelque chose; il faut que le peuple se réunisse, qu'il entende parler et parle lui-même. Ensuite, tout sera plus facile. »

Ter Haigasoun avait supporté cette interruption les sourcils froncés, puis il continua à exposer sa volonté à Gabriel :

« Pendant cette réunion, les communes devront élire quelques personnes en qui elles auront confiance désormais et qui seront chargées de la direction. Le maintien de l'ordre est la seule arme qui nous reste ; si, là-bas, nous savons garder un ordre et une organisation dignes de ce nom, peut-être arriverons-nous à ne pas mourir... »

En prononçant le mot « là-bas », Ter Haigasoun entr'ouvrit ses paupières à demi closes et adressa à Gabriel un regard scrutateur. Thomas Kéboussjan balança sa tête chauve :

« On ne peut pas faire cette réunion sur la place de l'église. Et pas dans l'église non plus. C'est par là que rôdent les saptiéhs ! Et il y a encore d'autres gens. Dieu sait qui se glisse parmi nous, qui nous espionne et va nous trahir ! D'ailleurs, l'église est trop petite pour toute cette foule. Mais où aller ?

— Où ? C'est très simple ! » Bagradian avait pris la parole pour la première fois. « Mon jardin est clôturé par un mur d'enceinte très haut. Ce mur ne contient que trois portes qu'il est facile de fermer au verrou. Il y a place pour dix mille personnes. Nous y serons comme dans une forteresse. »

Cette proposition de Gabriel amena la décision. Ceux qui voulaient accepter l'anéantissement sans faire le moindre effort, soit par désespoir, soit par mollesse et inertie, et ceux-là mêmes qui inventaient des difficultés en toute circonstance, ne trouvèrent rien à objecter. Peut-être une des raisons de cette acceptation était-elle la superstition suivant laquelle on croyait que la famille Bagradian entretenait des relations avec les personnalités gouvernementales et pouvait ainsi agir efficacement. Les hommes quittèrent la pièce, le corps brisé, le pas traînant, non sans avoir promis de décider sans tarder leur communes respectives au déplacement nécessaire. Comme Yoghonoluk était situé à mi-chemin des diverses localités, même les derniers retardataires arriveraient encore à quatre heures de l'après-midi dans le jardin de l'Effendi Bagradian. Les mouchtars convinrent d'assurer en personne la surveillance des portes d'entrée pour éviter toute intrusion. Ter Haigasoun se leva. Les cloches l'appelaient déjà à l'église. Il devait se préparer pour le service divin.

De toutes les messes qui se célèbrent dans les diverses confessions chrétiennes, c'est l'arménienne qui dure le plus longtemps. Entre l'introït et la dernière bénédiction, il se passe bien une heure et demie. Aucun instrument, sinon des clochettes et des cymbales, n'accompagnait les chants du chœur qui, plus impatient à certains dimanches, accélérait pour entraîner le prêtre à sa suite et raccourcir la durée de l'office. Aujourd'hui, il n'y parvenait pas. Ter Haigasoun s'attardait plus que jamais sur chacun des versets et des actes sacrés. Voulait-il concentrer sa prière dans l'espoir d'un miracle qui apporterait un salut inconcevable ? Voulait-il repousser l'instant où la révélation s'abattrait comme la foudre sur les communes encore ignorantes ? Cet instant n'arriva que trop vite; il donna aux fidèles la dernière bénédiction et prononça les mots rituels : « Allez en paix ! Le Seigneur soit avec vous ! » On entendait déjà dans les bancs le bruit confus de la foule qui se préparait à sortir. Alors, Ter Haigasoun s'avança jusqu'au bord extrême des marches de l'autel, ouvrit tout grands ses bras et s'écria :

« Le malheur que nous avons craint est arrivé ! »

Puis il poursuivit sa révélation en peu de mots et d'une voix calme. « Que personne, dit-il, ne s'affole ni ne s'excite inutilement. Il faut, pendant ces prochains jours, continuer à entretenir le profond silence qui règne en ce moment. Il ne sert à rien de perdre la tête, de semer partout le désordre, de pleurer et de gémir; cela ue peut que faire empirer la situation. L'union, la fermeté et l'ordre, voilà les seuls moyens qui nous permettront de lutter contre les plus effroyables catastrophes. Nous avons encore le temps de méditer chacune de nos décisions. » Ter Haigasoun invita l'assistance à prendre part à la grande assemblée qui allait avoir lieu devant la maison Bagradian. Aucun adulte, sain de corps et d'esprit, homme ou femme, ne devait y manquer.

« Au cours de cette assemblée, les sept communes devront s'occuper non seulement de prendre, de concert, des décisions relatives à leur conduite future, mais encore de choisir des chefs qui, jusqu'à la limite du possible, représenteront le peuple en face des autorités. Cette fois, le procédé habituel du vote à main levée usité pour les élections municipales ne suffira pas. Aussi, que chacun de vous apporte une fiche et un crayon de façon à exprimer son vœu en bonne forme. Et maintenant, rentrez paisiblement dans vos demeures », supplia le prêtre, « ne faites pas de rassemblements, ni rien qui puisse attirer l'attention ! Peut-être a-t-on envoyé ici des espions pour vous observer. Les saptiéhs ne doivent pas remarquer que vous êtes préparés. N'oubliez pas d'apporter vos bulletins de vote et soyez exacts ! et du calme avant tout ! »

La dernière de ces recommandations était parfaitement inutile. Tel un défilé de spectres, ou de vivants touchés par le doigt de la mort, les fidèles sortaient, chancelants et muets, dans la lumière du jour qu'ils semblaient ne pas reconnaître.

L'homme ne sait pas ce qu'il est tant qu'il n'a pas subi d'épreuve. Jusqu'à ce jour, la formule d'existence de Gabriel Bagradian se résumait en ces mots : fils de bonne famille. Il avait grandi dans l'aisance, là-bas, en Europe, et passé sa vie à Paris en méditations contemplatives.

Séparé depuis longtemps de son peuple, de l'État et de toute communauté réelle, c'était un être abstrait, privé de soucis matériels. Il n'existe que très peu d'angles auxquels il se heurte. Son frère aîné — bienfaiteur invisible et quasi inexistant — veille, en tant que chef de famille, à satisfaire aux besoins de tous. Puis, fait étrange, il se produit dans cette existence introspective, vouée à la pensée et aux sentiments, un unique phénomène d'interruption : l'épisode de l'Académie militaire et de la guerre des Balkans. L'idéalisme patriotique qui s'empare soudain de cet intellectuel n'est certes pas facile à comprendre. La grande fraternisation politique qui unissait alors les jeunesses turques et arméniennes ne suffit pas entièrement à expliquer ce revirement. Peut-être était-il dû à une autre impulsion, à une inquiétude secrète; peut-être était-ce une tentative pour échapper à une vie par trop uniforme. Pendant cette courte campagne, Gabriel Bagradian s'était révélé à lui-même des aptitudes qu'il ne se connaissait pas. Il n'était pas, comme il l'avait imaginé jusqu'alors, un homme capable de s'intéresser exclusivement aux mondes intérieurs. Il s'était montré à la hauteur de la situation, tant par l'énergie que par la présence d'esprit, la prudence et le courage, et il possédait même ces qualités à un plus haut degré que ses camarades orientaux. Il avait eu un rapide avancement, reçu plusieurs décorations et avait été cité à l'ordre du jour. Evidemment, l'époque qui avait succédé avait fait oublier cet épisode, l'avait relégué au rang des souvenirs presque incompréhensibles, car la nature primitive avait repris ses droits, plus calme et beaucoup plus mûre qu'auparavant. Mais ce jour-là — c'était le 24 juillet — fit, de toutes les années vouées à ce mode de vie, un simple prélude sans couleur.

Celui qui fut le plus stupéfait, ce fut Samuel Awakian lorsqu'il vit que les chimères d'un oisif en quête de distractions qu'il avait dû colliger depuis des semaines, formaient soudain un édifice solide et prenaient la forme d'un vaste plan stratégique. Ils étaient assis tous deux dans le cabinet de travail de Bagradian qu'on avait fermé à clef. C'est en vain qu'on les eût appelés et qu'on eût frappé à la porte; personne n'avait le droit d'entrer. Les traits, les croix et les lignes ondulées dessinés sur les trois cartes qui avaient intrigué l'étudiant alors qu'il les prenait pour un vain jeu de patience, apparurent peu à peu comme un système de défense conçu de façon très détaillée. Le gros trait bleu tracé en dessous du col Nord correspondait à une longue tranchée qui s'appuyait aux barricades de pierre de la paroi rocheuse, désignées par des hachures brunes. La ligne bleue plus mince indiquée derrière lui représentait une tranchée de réserve; les petits rectangles sur les côtés des tranchées étaient des flanquements et des postes avancés. Les nombres aussi, de 2 à 11 qui remplissaient la pente du Damlajik du côté de la vallée, cessèrent d'être des chiffres insignifiants pour devenir d'importants secteurs de défense.

De même, les différentes inscriptions prirent un sens réel : vallon de la ville, terrasse en plateau, mamelon du commandement, observateur I, II, III, bastion Sud. Ce dernier constituait le plus grand atout du système. Il suffisait d'une douzaine d'hommes pour tenir de là en échec n'importe quel adversaire, aussi fort qu'il fût. Même des femmes pouvaient au besoin se charger du service de défense. Le visage de Gabriel luisait d'ardeur. Il ressemblait comme jamais au visage juvénile de Stéphan :

« J'ai tous les espoirs du monde », — dit-il en mesurant les distances avec le compas de Stéphan, — « car je connais les soldats turcs. Les meilleurs d'entre eux sont au front. Ce qui reste de territoriaux, de saptiéhs et de corps francs à traîner dans les casernes d'Antioche, ce n'est qu'un tas de propres à rien, tout juste bons à accomplir des crimes sans danger. »

Le front haut et quelque peu fuyant de Samuel Awakian qui se voyait soudain transplanté dans une profession guerrière devenait blanc comme un linge et contrastait avec le teint ardent de Gabriel :

« Nous pouvons tout au plus compter sur mille hommes. J'ignore ce qui en est des armes et des munitions. Il y a des soldats turcs dans le moindre hameau, et pas seulement à Antioche, il y en a partout...

« Nous sommes un peuple de 5.500 âmes, interrompit Bagradian, nous n'avons pas à attendre de pitié, rien d'autre que la mort lente. Or, le Musa Dagh n'est pas si facile à cerner. »

Awakian, abasourdi, regardait fixement par la fenêtre :

« Mais ces cinq mille âmes auront-elles la même volonté que vous, Effendi ?

— Si elles n'acceptent pas la mienne, elles méritent la mort ignoble qui les guette dans la boue de Mésopotamie... Mais, moi, je ne veux pas vivre, je ne veux pas être sauvé ! Je veux lutter ! Je veux tuer autant de Turcs que nous avons de cartouches. Et s'il le faut, je resterai seul sur le Damlajik. Au milieu des déserteurs ! »

Ce n'était pas, à vrai dire, de la haine, mais une colère, sacrée et joyeuse en même temps, qui étincelait dans les yeux de Bagradian. Il semblait ravi à l'idée de résister tout seul aux millions d'hommes qui composaient l'armée d'Enver Pacha. Une vague de folie le fit sursauter ; il se leva d'un bond et se mit à arpenter la pièce :

« Je ne veux pas vivre, mais valoir quelque chose ! »

Awakian, effondré, ne cédait pas encore :

« C'est fort bien ! Nous nous défendrons un certain temps. Mais ensuite ? »

Gabriel interrompit sa marche nerveuse et, tranquillisé, revint s'installer à son travail :

« Ensuite, nous aurons à résoudre une foule de problèmes dans l'espace de vingt-quatre heures. Où sera l'étal pour la viande, et le dépôt de munitions, et l'infirmerie ? Quelles sortes de domiciles faudra-t-il construire ? Il y a assez de sources. Mais comment organiser au mieux le service de l'eau ? Voici quelques fiches où j'ai esquissé un règlement pour l'instruction de notre force armée. Recopiez-moi cela au propre, Awakian ! Nous en aurons besoin. Mettez surtout ces notices-là en bon ordre. Je ne crois pas avoir oublié grand'chose. Actuellement, tout n'est encore que théorique ; mais je suis convaincu que la majeure partie en est réalisable. Nous autres Arméniens, nous tirons toujours vanité de notre supériorité intellectuelle. C'est ainsi que nous avons exaspéré nos ennemis jusqu'à la dernière limite. Eh bien, maintenant, nous allons leur prouver par des faits de combien nous leur sommes supérieurs ! »

Awakian demeurait bouleversé. Plus encore que le sort commun, les courants de force irrésistible qui débordaient de Gabriel le plongeaient dans une stupéfaction profonde. Il le sentait entouré d'une substance non pas lumineuse, mais incandescente. Moins Bagradian parlait, moins il se laissait détourner de son travail, et plus cette couche isolante devenait épaisse. Samuel Awakian subissait si fort cette influence qu'il ne pouvait plus rassembler ses esprits ; il ne trouvait plus de mots pour exprimer ses doutes et ne détachait plus les yeux de la tête de Bagradian qui, débordant d'activité, s'était plongé dans l'étude de la carte stratégique. Son apathie était telle qu'il n'entendait même pas les paroles de Bagradian, si bien que celui-ci, impatienté, devait lui répéter ses ordres :

« Descendez maintenant, Awakian ! Dites que je ne viendrai pas à table. Qu'on me fasse monter quelque chose par Missak. Je n'ai pas une minute à perdre. Et de plus, je ne veux voir personne avant l'assemblée, personne, entendez-vous, pas même ma femme ! »

L'affluence du peuple commença dès les premières heures de l'après-midi. Comme il avait été convenu, les mouchtars gardaient en personne les trois entrées du parc pour inspecter chaque arrivant. Cette mesure de prudence était d'ailleurs superflue, car Ali Nassif était déjà parti avec son poste pour Antioche, sans se faire remarquer, ni prendre congé d'aucune de ses vieilles connaissances. On constata également que ni la famille du facteur turc, ni aucun habitant des villages musulmans limitrophes ne s'était glissé à la dérobée parmi les troupes en marche vers Yoghonoluk. Longtemps avant le terme fixé, les derniers groupes passèrent à travers le tamis. On ferma alors au verrou le grand portail et les deux issues du jardin. Le peuple se pressa sur la grande place découverte devant la villa. C'étaient environ trois mille personnes. Vers l'aile droite de la maison s'étendait la vaste cour des communs que, selon le désir de Ter Haigasoun, on avait séparée de l'autre espace au moyen de cordes à linge mises bout à bout pour la laisser entièrement libre. Sur le perron s'étaient réunis les notables. Le petit escalier qui y menait constituait une tribune suffisante pour les orateurs. Le secrétaire de mairie de Yoghonoluk avait installé sa petite table au pied de cet escalier pour pouvoir prendre note des décisions les plus importantes. Gabriel Bagradian resta aussi longtemps que possible dans sa chambre dont la fenêtre ne donnait pas sur la foule. Il craignait de gaspiller prématurément la richesse intérieure qui l'emplissait s'il se perdait en vaines paroles. Il ne sortit de la maison qu'après avoir été formellement réclamé par Ter Haigasoun. Il vit alors surgir devant lui des visages blafards, abattus, non pas trois mille, mais un seul. Le visage désespéré de la déportation, le même ici qu'à cent autres lieux à pareille heure. Toute cette masse se compressait si anxieusement, sans que ce fût nécessaire, qu'elle paraissait inférieure à son nombre. Beaucoup plus loin, sur un point où de vieux arbres limitaient l'emplacement, quelques Arméniens isolés étaient assis par terre, couchés ou adossés, étrangers à la foule comme si leur propre vie n'eût plus eu d'importance pour eux.

Lorsque Gabriel domina du regard ce peuple qui était le sien, il fut saisi d'un effroi soudain. Son cœur se mit à battre la chamade. Voici que de nouveau la réalité était complètement différente de l'idée qu'il s'en était faite. Ce n'étaient pas les mêmes êtres que ceux qu'il voyait chaque jour dans les villages et qui faisaient l'objet de ses calculs si hardis. Ces yeux grands ouverts le regardaient avec une gravité et une amertume où se lisait la proximité de la mort. Ces visages qui l'entouraient ressemblaient à des fruits séchés au soleil. Même les joues des tout jeunes gens lui paraissaient ridées et ratatinées. Lorsqu'il avait passé des heures, pendant ses tournées d'inspection, dans les demeures des paysans et des artisans, il avait aussi peu vu la vérité que le voyageur qui traverse une localité dans sa voiture. C'était maintenant seulement, en cette heure grandiose, que, pour la première fois, ce déraciné reprenait contact avec le tronc dont il avait été détaché. Tout ce qu'il avait conçu et élaboré dans sa chambre s'effondrait. Ils lui étaient si étrangers, si incompréhensibles, ceux qu'il voulait entraîner avec lui ! Des femmes portaient encore leurs habits de dimanche et avaient sur la tête un châle de soie, des monnaies disposées en collier autour du cou, et aux poignets, des bracelets creux qui s'entre-choquaient avec un bruit sec. Plusieurs d'entre elles étaient habillées à la mode turque. Leurs jambes étaient recouvertes de grands pantalons bouffants, et elles avaient tendu le férédjéh sur leur front bien qu'elles fussent des chrétiennes pratiquantes. C'était une conséquence du voisinage ; de telles imitations se produisaient surtout dans les villages limitrophes comme Wakef et Kéboussijé. Gabriel regardait les hommes, vêtus de leurs sombres entaris, portant, au-dessus d'un visage encadré d'une barbe, un fez ou un bonnet d'agneau. Comme il faisait chaud, quelques-uns avaient ouvert leur chemise et laissaient voir leur poitrine. Leur peau brillait d'un éclat étrangement clair sous leurs cous hâlés et basanés de paysans. De blanches têtes de mendiants aveugles semblables à des prophètes surgissaient çà et là au milieu de la foule, curieuse créance à l'adresse du Jugement Dernier. Au premier rang, se trouvait Kéwork, le danseur à la fleur de soleil. L'expression répandue sur le visage du crétin ne ressemblait plus à un balbutiement diligent, mais à un reproche, lancé de ce bas monde pour aller jusque dans l'au-delà. Gabriel passa ses mains glacées sur le tissu anglais de son complet. Son propre contact le brûla comme des orties. Et, en même temps, une question se leva en lui : « Pourquoi est-ce précisément moi ? Qu'est-ce que, moi, je peux leur dire ? Quelle prétention de ma part ! » Comme une éclipse de soleil, il vit passer l'ombre de la responsabilité qu'il avait prise, chauve-souris l'effleurant de son aile. Une pensée basse lui vint : Partir loin d'ici ! Dès aujourd'hui ! Peu importe où ! Ter Haigasoun commençait à marteler lentement ses premiers mots en face de la foule. Ils venaient, de plus en plus distincts, frapper l'oreille de Gabriel. Ces mots et ces phrases prenaient un sens pour lui. L'éclipse de soleil s'effaçait de son firmament.

Ter Haigasoun se tenait debout et immobile sur la marche supérieure. Seules ses lèvres et la croix pendue à sa poitrine s'agitaient faiblement pendant qu'il parlait. Le capuchon pointu assombrissait son visage cireux dont les joues creuses donnaient naissance à une barbe noire où se dessinaient deux mèches grises. Ses yeux, qu'il tenait fermés, formaient deux ombres mystérieuses. On aurait dit, à le voir, que cette heure ne marquait pas pour lui le début de l'inconcevable, mais qu'il en avait déjà fait l'expérience et que maintenant, arrivé à son but, il allait pouvoir enfin se reposer. Bien que l'arménien, comme toutes les langues orientales, prête à la solennité et au luxe des images, le prêtre parlait en phrases concises, presque sèches : « Il s'agit de connaître exactement les intentions du gouvernement. Parmi les plus âgés de l'assistance, il n'y a sans doute personne qui n'ait eu à souffrir des carnages d'antan, soit physiquement sur son propre corps, soit moralement par le décès de parents habitant en Anatolie. A ce moment-là, le Christ a veillé spécialement sur le Musa Dagh et lui a prodigué des faveurs imméritées. Pendant des années de félicité, la paix a régné dans les villages, tandis qu'en même temps nos compatriotes étaient massacrés par dizaines de milliers à Adana et ailleurs encore. Il faut, d'autre part, établir une sérieuse distinction entre les massacres et la déportation. La première de ces plaies dure quatre, cinq, disons sept jours pour mettre les choses au pire. Tout homme courageux trouve toujours une occasion de vendre cher sa vie, et de trouver en hâte une cachette pour sa femme et ses enfants; la soif sanguinaire des soldats forcenés est bientôt étanchée; même le plus bestial des saptiéhs éprouve ensuite du dégoût. Le gouvernement a sans doute toujours organisé lui-même ces horreurs, mais n'a jamais voulu les prendre à son compte. Elles naissaient du désordre et finissaient dans le désordre. Encore le désordre était-il, dans ces carnages, le meilleur élément, et le plus cruel, par contre, était la mort. Mais pour la déportation, il n'en va pas de même ! Dans ce cas, le sort le plus enviable, c'est encore la mort, même la plus horrible. La déportation ne passe pas comme un tremblement de terre qui épargne toujours une partie des hommes et des maisons. La déportation dure jusqu'à ce que le dernier du peuple tombe transpercé par l'épée, meure de faim sur la grand'route, de soif dans le désert, ou encore des suites du choléra ou de la paratyphoïde. Cette fois, ce n'est pas un arbitraire déréglé, ni une ivresse sanguinaire exaspérée qui règne en maître absolu; c'est un principe beaucoup plus effroyable — l'ordre. Tout se déroule suivant un plan soigneusement établi dans les ministères de Stamboul. Moi-même, je connais ce plan depuis des mois, je le connaissais bien avant la catastrophe de Zeitoun. Je sais aussi que les efforts du catholicos, du patriarche et des évêques n'ont servi de rien, pas plus que les prières ni les menaces des ambassadeurs et des consuls. La seule chose que j'aie pu faire, simple et pauvre prêtre que je suis, c'était de me taire, de me taire malgré les scrupules de ma conscience, pour ne pas ravir à mes infortunés paroissiens le dernier bon temps de leur vie. Cette époque est irrémédiablement finie. Il faut maintenant regarder la vérité en face, sans chercher à s'illusionner. Que nul ne vienne proposer aujourd'hui au cours de la discussion des projets insensés, comme celui d'envoyer aux autorités des députations pour demander grâce, ou d'autres suggestions du même genre. Cela ne ferait que gaspiller un temps précieux. Il ne faut plus attendre aucune grâce des hommes. Le Christ qui mourut en croix exige que nous l'imitions dans ses souffrances. Il ne nous reste plus rien d'autre à faire que de mourir... »

A cet endroit de son discours, Ter Haigasoun intercala un arrêt à peine sensible avant de conclure en changeant soudain de ton :

« La question est seulement de savoir comment !

— Comment mourir ?... » s'écria le pasteur Aram Tomasian en se précipitant à côté de Ter Haigasoun, « je sais bien comment je mourrai ! Non pas comme un mouton sans défense, non pas sur la route de Deïr es Zor, non pas dans les immondices d'un camp de déportation, non pas de faim ni d'épidémie répugnante, non, c'est sur le seuil de ma maison que je mourrai, l'arme en main, et le Christ dont je répands la bonne parole, moi aussi, me donnera la force nécessaire. Et à mes côtés mourra ma femme avec l'enfant qu'elle porte en elle et qui ne verra pas le jour !... »

Cette explosion avait presque rompu la poitrine d'Aram. Il pressa la main contre son diaphragme pour retrouver son souffle. Quand il eut recouvré son calme, il commença à dépeindre le sort des déportés tel qu'il l'avait connu lui-même sous une forme d'ailleurs très réduite et très atténuée :

« Nul ne peut deviner auparavant ce que c'est, nul ne peut le concevoir. On ne le sait qu'au dernier moment, lorsque l'officier commande le départ, lorsque l'église et les maisons vers lesquelles on se retourne diminuent toujours davantage, jusqu'au moment où elles disparaissent... »

Aram dépeignait la longueur infinie du chemin, d'une étape à l'autre ; il dit comment les pieds se déchirent et saignent, comment tout le corps enfle, comment on s'effondre et comment on reste couché sur la route, comment on arrive à se traîner à la suite des autres, comment on sombre peu à peu dans l'animalité et comment, pendant des semaines, on crève à petit feu, sous les coups de gourdin quotidiens. Ses phrases mêmes s'abattaient sur la foule comme de pesants coups de gourdin. Mais chose étrange, on n'entendait toujours pas jaillir de ces milliers d'âmes torturées le moindre cri ni non plus le délire de la folie. Ils continuaient à fixer le petit groupe d'hommes plantés là-haut devant la porte d'entrée comme des acteurs tragiques qui auraient voulu leur raconter quelque histoire dont le sujet ne les regardait en aucune façon. Ces vignerons, horticulteurs, sculpteurs sur bois, ces fabricants de peignes, ces apiculteurs, magnaniers et tisserands de soie, qui avaient si longtemps vécu dans l'attente de la catastrophe imminente, ne pouvaient la concevoir, maintenant qu'elle était arrivée. Leurs visages décomposés gardaient une expression forcée. Leur élan vital faisait de son mieux pour percer, tel un papillon, le cocon malsain dont ils s'étaient enveloppés pendant ces derniers temps. Aram Tomasian s'écria : « Heureux sont les morts qui n'ont plus à subir ces épreuves ! »

Là-dessus, pour la première fois, une plainte indescriptible parcourut la foule. Ce n'était pas un sanglot bruyant, mais un long gémissement modulé, un soupir mouvant qui n'avait plus rien d'humain et semblait plutôt poussé par la terre en souffrance. Les paroles d'Aram couvrirent résolument la plainte générale :

« Nous aussi, nous voulons subir la mort aussi vite que possible ! C'est pourquoi nous défendrons nos foyers pour pouvoir mourir rapidement, hommes, femmes et enfants !

— Pourquoi mourir ? »

Cette voix sortait de la bouche de Gabriel Bagradian. Tandis qu'il s'entendait parler, la lumière se faisait en lui et il se demandait : « Est-ce moi » ? Son cœur battait tranquillement. L'oppression qui l'avait paralysé avait maintenant disparu pour toujours et fait place à une grande sûreté. Ses muscles s'étaient détendus. Une profonde conviction emplissait tout son être : « Ne serait-ce que pour cette minute, ma vie vaut la peine d'avoir été vécue. » Toutes les fois qu'il causait avec les habitants des villages, les mots qu'il disait en arménien lui semblaient artificiels et forcés. Mais à présent, ce n'était plus lui qui parlait — et cette pensée lui conférait un grand calme — c'était la puissance mystérieuse qui l'avait amené jusque-là par les longs détours de siècles sans nombre et par le détour plus bref de sa propre vie. Il écoutait avec stupéfaction cette force prodigieuse qui trouvait si naturellement en lui les mots nécessaires :

« Je n'ai pas vécu parmi vous, mes frères et mes sœurs... C'est vrai... J'étais devenu un étranger pour ma patrie et ne savais plus rien de vous... Mais Dieu, sans doute en prévision de cette heure, m'a arraché aux grandes villes de l'Occident pour me ramener dans la vieille maison de mon grand-père... Et désormais, je ne suis plus un demi-inconnu pour vous, ni un hôte passager, car je vais avoir le même destin que vous... C'est avec vous que je vais vivre et mourir... Le gouvernement me traitera encore avec moins de douceur que quiconque, je le sais. Il hait et persécute les gens de mon espèce avec un acharnement particulier... Comme vous tous, je suis obligé de défendre la vie de ma famille... C'est pourquoi, depuis plusieurs semaines, j'ai étudié, avec précision, les possibilités qui nous restent... Eh bien, moi qui au début étais découragé, je ne le suis plus... Je suis au contraire plein d'espérance... Si Dieu nous vient en aide, nous ne mourrons pas. Ne me prenez pas pour un fou, car je ne vous parle pas à la légère ; je vous parle en homme qui a fait la guerre, en officier... »

Les mots se succédaient dans sa bouche, toujours plus précis et plus clairs. Son travail passionné des derniers jours lui avait été profitable. Les innombrables questions de détail auxquelles il avait réfléchi lui donnaient une assurance intime toujours croissante. La supériorité du raisonnement systématique tel qu'il l'avait appris en Europe le mettait très haut au-dessus de ces esclaves de la fatalité, inconscients et soumis. Il réfuta l'allocution désespérée d'Aram sans y faire directement allusion : Vouloir tenir tête aux saptiéhs dans les rues et les maisons des villages, c'était une tentative insensée. Il n'était peut-être pas impossible que, pendant les premières heures, on remporte des succès inattendus ; cependant, une chose était certaine, c'est que la lutte finirait non point par une mort rapide, mais par un interminable martyre ainsi que par le viol et les plus honteux traitements pour les jeunes femmes. « Je suis également partisan de la défense jusqu'à ce qu'il n'y ait plus chez nous une seule goutte de sang. Mais il existe pour cela de meilleures places que la vallée et les villages. » De la main, il indiqua la direction du Musa Dagh qui se dressait derrière la maison et surplombait le toit de son mamelon, comme s'il voulait prendre part à la grande assemblée. « Rappelez-vous donc les anciennes histoires où nous voyons que le Damlajik servit de refuge et d'abri aux enfants persécutés de l'Arménie. Pour assiéger vraiment et prendre le Damlajik, il est besoin d'une grande force armée. Djémal Pacha préfère certainement employer ses troupes à un autre but que celui de réduire quelques milliers d'Arméniens révoltés. Quant aux saptiéhs, nous en aurons facilement raison. Pour défendre la montagne, il suffit de quelques centaines d'hommes décidés et d'un nombre égal d'armes. Or, ces hommes et ces armes, nous les avons. »

Il leva sa main comme pour prêter un serment :

« Je m'engage ici devant vous à organiser la résistance de façon à défendre de la mort nos femmes et nos enfants plus longtemps que cela ne serait possible en acceptant la déportation. Nous pouvons tenir plusieurs semaines, que dis-je, des mois. Qui sait ? Peut-être Dieu nous accordera-t-il d'ici-là que la guerre soit terminée. Ce serait alors le salut pour nous aussi. Si, d'autre part, la paix n'arrive pas, nous aurons toujours la mer derrière nous. Chypre n'est pas loin, avec ses navires de guerre français et anglais. N'avons-nous pas le droit d'espérer qu'un jour un de ces navires passera devant la côte et remarquera nos cris de détresse et nos signaux ? Si, enfin, aucun de ces heureux hasards ne se produit, si Dieu a réellement décidé notre ruine, il sera toujours assez tôt pour mourir, et nous n'aurons pas à nous mépriser comme des moutons sans défense ! »

Ce discours produisit un effet des plus indécis. On aurait dit que, pour la première fois, cette foule s'éveillait de sa léthargie à la pleine conscience de son sort. Gabriel crut d'abord qu'il ne s'était pas fait comprendre ou que le peuple rejetait son projet avec des hurlements de fureur. La masse compacte se désagrégea tout d'un coup. Des femmes poussaient des cris stridents. Des voix mâles et enrouées échangeaient des jurons écrasants. Un remous agitait ces êtres. Où donc étaient les visages rustiques soumis à la volonté divine et ridés de chagrin, sur lesquels s'étendait tout à l'heure le voile d'un mortel silence ? Une âpre dispute parut s'élever. Des hommes se précipitaient les uns sur les autres, criant et déchirant leurs vêtements, se prenant même à la barbe. Mais cette réaction était moins la conséquence d'une différence d'opinions qu'une folle décharge, une explosion de la conscience d'une impuissance en face de la mort qui venait de se révéler au peuple en entendant les premiers mots de virile assurance et d'énergie.

D'où cela venait-il ? Parmi ces milliers d'êtres dont les cris de désespoir se déchaînaient en un tumulte confus, ne s'en était-il donc pas trouvé un seul qui, pendant cette longue période d'attente, ait eu cette même inspiration si simple ? Cette idée ne s'imposait-elle pas déjà par les vieilles traditions ? Fallait-il pour l'exprimer qu'un étranger, un monsieur de la ville, vînt exprès du fond de l'Europe ? Evidemment, plus d'un parmi ces milliers l'avait eue, cette idée, mais il l'avait considérée comme un rêve irréalisable. Même dans les dialogues les plus intimes, nul n'avait osé la trahir. Jusqu'à ce jour-là, ils s'étaient encore bercés de la douce et artificielle illusion que la fatalité rentrerait ses griffes à l'aspect du Musa Dagh. Et puis, qu'étaient-ils au juste, ces gens-là ? De pauvres villageois abandonnés, tribu isolée sur une île attaquée de toutes parts, n'ayant aucune ville derrière soi. A Antioche, il n'y avait pas une proportion considérable d'Arméniens, et encore étaient-ce des changeurs, des marchands de bazar, des négociants en grains, par conséquent ce n'étaient pas des gens portés à la rébellion ni prêts à secourir leurs frères combattants. A Alexandrette, d'autre part, il ne vivait qu'un petit nombre d'Arméniens très riches, banquiers et fournisseurs de l'armée, propriétaires de somptueuses villas, tout comme à Beyrouth. Ces magnats de la fortune, toujours tremblants de peur, ne pensaient pas le moins du monde aux montagnards du Musa Dagh. Il n'y avait parmi eux personne de l'envergure du vieil Awétis Bagradian. Ils fermaient les volets de leurs villas et se cachaient dans les coins les plus sombres. Deux ou trois d'entre eux, pour sauver leur vie et leurs biens, s'étaient convertis à l'islamisme et s'étaient offerts au couteau émoussé de la circoncision. Ah ! les gens de là-haut, au Nord-Est, les habitants de Van et d'Ourfa, ceux-là avaient un sort enviable. Van et Ourfa étaient de grandes villes arméniennes, pleines d'armes et célèbres pour avoir tenu tête aux Turcs pendant des siècles. Il y avait là de fortes personnalités, députés du Dachnakzagan, capables de diriger le peuple. Là-bas, il était facile de songer à la résistance et de l'organiser. Mais dans le misérable village de Yoghonoluk, qui osait penser à des tentatives aussi sacrilèges ? Se rebeller contre la force gouvernementale et militaire ? Tous ceux qui étaient nés dans la vallée et y vivaient, portaient ancré au fond du cœur un respect mêlé d'horreur à l'égard de l'Etat, l'éternel ennemi héréditaire. L'Etat, c'était le saptiéh qui peut vous battre et vous arrêter sans raison ; l'Etat, c'était le percepteur et le fermier d'impôts qui, sans façons, s'introduisait dans les maisons et y faisait main basse sur tout ce qui lui semblait bon ; l'Etat, c'était l'ignoble bureau avec son portrait du sultan, ses versets du coran et son plancher semé de crachats où l'on allait payer le bedel ; l'Etat, c'était la caserne à la cour déserte où l'on devait faire son service militaire, où le tchauch, quand ce n'était pas l'onbachi, distribuait des coups de poing et où l'on avait en réserve une bastonnade spéciale pour les fils de l'Arménie. Et malgré tout, l'Arménien ne pouvait se défaire d'un sentiment de terreur et de soumission envers cet Etat bienveillant, tel un chien à l'égard de son maître. C'est pourquoi il était si naturel qu'un étranger, un affranchi, ait lancé au milieu de la foule la première idée d'une défense systématiquement organisée.

Gabriel avait baissé les yeux sur l'agitation sans rien dire. Ter Hai-gasoun alla à lui. De ses deux mains, du bout des doigts, il effleura les épaules de Bagradian. C'était le germe, l'essai imprécis d'une acco-lade. C'était en même temps un geste de bénédiction et d'emqire sur soi-même. On aurait peut-être pu lire au fond de ses yeux humbles et froids : « Voilà ce que nous avons résolu ensemble sans en dire un mot. Je n'avais pas attendu moins de toi. » Gabriel avait eu l'impres-sion, toutes les fois qu'il avait rencontré Ter Haigasoun, que celui-ci se fermait devant lui et même qu'il le repoussait pour une raison inconnue. C'est pourquoi la tentative d'accolade du prêtre le laissait maintenant confus et inerte. Les doigts émaciés de Ter Haigasoun glissèrent le long de ses épaules.

Pendant ce temps, le pasteur Haroutioun Nokhoudian essayait de calmer la foule. Ce petit homme grêle devait également lutter contre sa femme qui, affolée, tâchait de le retenir pour l'empêcher de commettre quelque imprudence. Nokhoudian n'arriva qu'à grand'peine à se faire entendre. Il lui fallait forcer son mince filet de voix au delà des limites du possible :

« Le Christ nous ordonne expressément d'obéir aux autorités. Le Christ nous ordonne expressément de rendre le bien pour le mal. L'Évangile est ma profession. Je ne puis en tant que berger permettre à mes brebis aucune insubordination. »

Le pasteur qui, pendant ses visites chez les Bagradian, avait plutôt paru être un petit homme maladif et insignifiant, fit preuve à ce moment d'une grande fermeté dans l'exposé de son point de vue. Il dépeignait les conséquences d'une émeute armée telle qu'il la voyait. Cette révolte donnerait réellement au gouvernement le plein droit de changer son odieuse mesure en une œuvre vengeresse et sans pitié. Dans ce cas là, la mort ne serait plus une louable imitation des souf-frances du Seigneur, mais la punition que méritent légalement tous les rebelles. Et le crime de la rébellion ne retomberait pas seulement sur les âmes des membres de cette assemblée, mais se retournerait aussi, par ses réactions, infailliblement contre la nation entière, contre tous les fils et filles d'Arménie. C'était offrir aux dirigeants, aux yeux du monde entier, une occasion trop bien venue d'accuser à juste titre le peuple arménien de haute trahison. Sa voix tendue menaçait de se briser : « Or, qui pourrait affirmer que notre déportation aura absolu-ment le même aspect que nous le prédisent Ter Haigasoun et Aram Tomasian ? Les desseins de Dieu ne sont-ils pas insondables pour eux aussi ? Le Seigneur n'a-t-il pas le pouvoir de nous envoyer de l'aide de tous côtés ? Ne trouve-t-on pas partout des âmes compatissantes, aussi bien chez les Turcs que chez les Kurdes et chez les Arabes ? Ne trouverons-nous pas, même à l'étranger, la nourriture et le loge-ment, à condition de conserver notre confiance en Dieu ? N'est-il pas possible que le salut soit déjà en route vers nous, alors que nous désespérons ? S'il ne nous atteint pas ici, peut-être nous rejoindra-t-il à Alep. Et s'il n'arrive rien à Alep, nous attendrons jusqu'à la prochaine halte. Notre corps souffrira durement, mais nos âmes demeureront libres. Quand nous pouvons choisir entre deux morts, l'une innocente et l'autre coupable, pourquoi choisirions-nous la solution coupable ? »

Haroutioun Nokhoudian ne put poursuivre son discours, car sa petite voix mince fut à ce moment couverte par un organe féminin encore plus profond et décidé. Cet être combatif au noir vêtement de matrone, était-ce vraiment Petite-Mère Antaram, la femme du vieux médecin ? Était-ce bien Mairik Antaram, la secourable, l'infatigable garde-malade, la « Petite-Mère » de toutes les mères, que personne parmi tous ceux qu'elle avait assistés de ses mains et de ses paroles n'avait jamais entendu prononcer un discours tant soit peu long ? Son fichu de dentelles noires avait, dans son excitation, glissé de ses cheveux, qu'elle portait séparés par une raie au milieu de la tête et qui n'étaient pas encore complètement gris. Son nez s'avançait hardi et fier au milieu de son visage coloré d'un rouge intense. Sa silhouette couronnée par sa tête rejetée en arrière s'élevait, haute et débordante de forces, au-dessus de larges hanches. Mille rides dues à son humeur belliqueuse cerclaient ses yeux bleus et transparents. Et cependant, Antaram Altouni était toute rajeunie par sa splendide indignation.

« Je suis une femme », — la voix ample, aux premiers mots qu'elle dit, imposa un silence général — « je suis une femme et je parle pour toutes les femmes présentes ! J'ai déjà beaucoup souffert ! Mon cœur est mort bien des fois. La mort depuis longtemps m'est devenue indifférente. Je ne me détournerai pas d'elle lorsque je la verrai venir. Mais je ne veux pas mourir dans la honte, je ne crèverai pas sur la grand'route, je ne pourrirai pas en plein air, ah ! non ! Pourtant, je ne veux pas davantage continuer à vivre, si ce doit être dans un camp de déportation, parmi d'infâmes scélérats et des victimes déjà avilies. Ah ! non ! pas ça non plus ! Nous toutes, les femmes, nous ne voulons pas d'un tel sort, toutes, tant que nous sommes ! Et si les hommes sont trop lâches, nous, les femmes, nous prendrons toutes seules les armes et partirons sur le Musa Dagh... avec Gabriel Bagradian ! »

Cette proclamation fanatique fit naître un tumulte qui dépassait de beaucoup le précédent. On aurait cru que ces insensés allaient d'un moment à l'autre tirer leurs couteaux et procéder eux-mêmes à un carnage avant que les Turcs ne vinssent s'en charger. Déjà les instituteurs, ayant Chatakhian à leur tête, voulaient se jeter au milieu de la foule pour séparer les adversaires et assurer au besoin un service de police. D'un petit geste, Ter Haigasoun les retint. Il connaissait son peuple mieux que tous les instituteurs et les mouchtars. Cette explosion n'avait rien d'une rixe. C'était de la simple excitation. La conscience de ces milliers d'hommes, qui ne s'était pas encore assimilé complètement l'idée de la déportation, devait maintenant boire à longs traits lents les paroles sonores des orateurs. Un regard du prêtre dit : Laissez-les donc ! Il observait, impassible, le tumulte où les voix féminines stimulées par Antaram dominaient de plus en plus. Il empêcha également d'autres orateurs qui s'étaient proposés, comme par exemple l'instituteur Oskanian, de prendre la parole. Il avait en cela bien raison. Le bruit, qui ne recevait désormais aucun aliment, se clama plus vite qu'on ne l'aurait espéré. Au bout de quelques minutes, il s'était étouffé de lui-même et il n'en subsistait plus que quelques grognements ou sanglots. Ter Haigasoun jugea que le moment était venu de conclure brièvement par un exposé clair et net en résumant la situation. Il fit de la main droite un signe apaisant :

« Tout cela est, au fond, bien simple », dit-il sans forcer la voix, mais en détachant chaque syllabe, pour faire entrer chacune d'elles dans l'esprit obnubilé de la masse : « On vous a proposé deux projets. Chacun d'eux adopte l'un des deux seuls chemins que nous puissions prendre. Il n'existe pas pour nous d'autres solutions. L'un de ces chemins, celui du pasteur Nokhoudian, nous emmène vers l'est avec les saptiéhs ; l'autre, celui de Gabriel Bagradian, nous conduit, avec nos propres armes, sur le Damlajik. Chacun de vous a la pleine liberté de choisir pour soi le chemin que lui prescrit sa raison ou sa volonté. Il n'y a plus rien à ajouter à ce sujet, car tout ce qu'il y avait d'important à dire a déjà été prononcé. Je vais vous rendre la décision très facile. Le pasteur Haroutioun Nokhoudian aura la bonté d'aller se placer dans la cour inoccupée de l'autre côté de la corde. Ceux qui partagent l'opinion du pasteur et préfèrent partir pour l'exil, s'en iront de son côté. Ceux qui, par contre, sont du parti de Gabriel Bagradian n'ont qu'à rester de ce côté sans bouger de leur place. Que personne ne se presse ! Nous avons le temps. »

Un profond silence se fit brusquement. On n'entendit que la femme de Nokhoudian qui pleurait sur un rythme vif et saccadé. Le vieux pasteur courba la tête sous sa petite calotte ronde. Le poids des pensées, trop lourd, semblait entraîner en avant son buste étroit et le tirer jusqu'à terre. Il demeura très longtemps dans cette attitude méditative. Puis ses jambes commencèrent à se mouvoir. D'un pas lourd et hésitant, il se rendit vers l'emplacement que Ter Haigasoun lui avait assigné. D'un geste maladroit, il leva la corde pour la faire passer au-dessus de sa tête. La cour des communs s'étendait presque jusqu'à la villa. Seule, une pelouse bordée d'une rangée de magnolias l'en séparait. Cette grande cour était complètement vide. Non seulement la domesticité attachée à la maison, mais aussi le personnel de l'écurie se pressait dans l'assemblée. Les courtes jambes de Nokhoudian purent évaluer à leur aise la longueur du chemin décisif ; il leur fallut un bon moment pour atteindre les arbustes de magnolias où le pasteur se posa, dos à la foule. Sa femme, secouée de sanglots, le suivit. Un nouveau laps de temps passa, encore plus long et plus vide, pendant lequel on n'entendait pas un mot. Seulement alors quelques assistants se séparèrent du gros de la foule et, se frayant un passage, traversèrent l'espace intermédiaire avec le même pas hésitant et méditatif que le pasteur Nokhoudian qu'ils allaient rejoindre. Tout d'abord, ils ne furent que très peu ; c'étaient les doyens de la paroisse protestante de Bitias avec leurs femmes. A la longue, le nombre de ceux qui optaient pour l'exil devint plus important, si bien qu'à la fin, le pasteur eut autour de lui presque toutes ses ouailles, jeunes et vieilles. Il s'y joignit encore quelques habitants des autres villages ; mais c'étaient uniquement des personnes âgées et accablées d'épreuves, à qui la force de résistance faisait déjà défaut et qui craignaient de mal disposer le ciel à leur égard au déclin de leur vie. Les mains jointes sur leur poitrine comme pour prier, elles faisaient le premier pas sur le chemin de leur calvaire. Tous ces incidents se produisirent d'une façon si mesurée, si intime, que leur spectacle éveillait non pas l'impression d'une décision lourde de conséquences, mais d'une cérémonie religieuse : on aurait cru, à voir marcher ces hommes, qu'ils descendaient tout droit dans la tombe sans avoir eu besoin de s'étendre pour mourir. Un seul. Puis encore un seul. Un couple. Puis plusieurs ensemble. Encore un couple. Finalement la troupe de Nohkoudian comprenait environ quatre cents âmes, sans compter les membres de la paroisse protestante qui avaient été obligés de rester chez eux pour cause de maladie ou pour d'autres raisons. C'était une proportion considérable de la population de Bitias, la deuxième localité de la vallée, que le pasteur prenait ainsi sous sa tutelle. Le plus grand nombre suivait la marche irrégulière de leurs compatriotes qui, les yeux fermés, se décidaient pour l'obéissance. Pas un mot, pas un son ne vint troubler le recueillement. Mais le dernier qui vint se joindre, avec beaucoup de retard, à la troupe de Nokhoudian était un homme tout contourné qui s'appuyait sur son bâton en chancelant comme un ivrogne et qui parlait tout seul. Ce personnage grotesque de Kéboussijé était bien connu de tous. Très probablement, il n'avait pas compris de quoi il s'agissait. Sa vue suscita dans la grande foule un mouvement laid autant que vaniteux. Tout d'abord, la personne de l'idiot avait, par elle-même, excité la moquerie habituelle. Mais il vint s'y ajouter de l'orgueil : ici sont les vaillants et là-bas les lâches ! Ici se tiennent les forts, les hommes de valeur, et là-bas les infirmes. Il se produisit, sans plus, qu'un jeune garçon lâcha tout haut une remarque ironique, et ce fut le point de départ d'un rire dont les ondes se répandirent sur l'assemblée entière. Ter Haigasoun sauta d'un bond dans la foule compacte qu'il divisa de ses deux bras comme pour découvrir la racine de l'outrage là où elle se cachait, et châtier le blasphémateur. Son visage était sombre de colère. Le capuchon de son froc était tombé, découvrant ses cheveux courts d'un gris d'acier. Dans ses yeux brillait une ardeur meurtrière :

« Quel est le chien qui a osé cela ? Quels sont ces démons qui rient ? »

Il frappa plusieurs fois violemment de son poing sa propre poitrine comme pour se punir au moins lui-même à la place des rieurs, et calmer sa colère. Puis, le silence s'étant rétabli, il marcha vers Haroutioun Nokhoudian et son groupe, demeura à quelque distance d'eux et, en s'inclinant profondément, prononça de sa voix sonore et solennelle :

« Vous resterez toujours sacrés pour nous; puissions-nous aussi le rester pour vous ! »

Une véritable fièvre s'était emparée de l'esprit de Bagradian. Un courant de pensées que rien ne pouvait arrêter, l'entraînait irrésistiblement. Sa grande organisation de défense continuait à s'élaborer en lui avec passion. Depuis que le moment de la décision était passé, il ne suivait les incidents qu'avec une attention relâchée. Son cerveau surexcité pouvait à la fois réfléchir et observer. Ce Ter Haigasoun qui, d'ordinaire, baissait les yeux quand on causait avec lui, quel géant il pouvait être et quel respect il savait inspirer ! C'est un avantage inestimable pour moi, songea-t-il soudain, que j'aie derrière moi, pour me soutenir dans la lutte, une telle autorité locale. Que le brave Nokhoudian, avec quelques centaines d'invalides ait opté pour une autre solution, c'est une chance pour nous. Ils auront la tâche capitale de cacher aux saptiéhs jusqu'au dernier instant nos intentions et nos mouvements. Il ne faut pas que les villages soient vides. Les Turcs ne doivent pas avoir de soupçons avant que nous ne soyons bien prêts pour l'attaque. Sans cesse, des images étrangères venaient se tisser dans la trame des projets de Gabriel. L'esprit calculateur des ancêtres, la sagesse pratique du grand-père Awétis venait aussi se refléter chez le petit-fils, si indifférent au monde sensible, dont l'idéalisme et la naïveté avaient toujours été un objet de plaisanterie pour les rusés commerçants qu'il comptait parmi ses parents éloignés. Bagradian était désormais en proie à une ambition inextinguible. Trois jours après ce dimanche, donc mercredi prochain, le mudir, selon les aveux d'Ali Nassif, allait venir avec ses gens. D'ici mercredi, il fallait que le tout fût terminé dans ses grandes lignes afin de pouvoir être exécuté au cours des jours suivants. L'heure était venue maintenant d'éprouver la foi de toute sa vie; il verrait si vraiment l'esprit doit triompher sur la matière, même sur les formes renforcées sous lesquelles peut apparaître cette matière, c'est-à-dire sur la violence et le hasard.

Il n'était donc guère étonnant que, tout entier concentré sur les projets que lui dictait son imagination et grisé par cet accès d'égotisme, il oubliât femme et enfant, indifférent même à cette activité extérieure qui se déployait autour de lui. Tout cela n'était plus désormais qu'une perte de temps. Quelques orateurs populaires avaient encore pris la parole. Mais que lui importaient leurs phrases creuses et maladroites, du moment que la grande décision était définitivement prise ? Tous, l'un après l'autre, tenaient le même discours à tendances belliqueuses et il ne se levait plus aucune voix en faveur du parti opposé. Ter Haigasoun laissa ces gens occuper la tribune un certain temps pour que l'esprit de vaillance qui avait présidé à la décision prît profondément racine dans la foule, et pour entraîner, d'autre part, les indécis et les récalcitrants. Mais avant que ne surgît le symptôme de la première tiédeur, il s'avança, interrompit la file des orateurs et ordonna que l'on procédât à l'élection des chefs. Le secrétaire de mairie de Yoghonoluk passa dans les rangs, une corbeille à la main, et rassembla les bulletins de vote. Immédiatement après, les instituteurs se rendirent à la maison pour y effectuer le dépouillement avec l'aide d'Awakian. Comme il était naturel, la majorité des voix revint à Ter Haigasoun. Ensuite venaient le docteur Altouni, puis les sept mouchtars et les trois vicaires, ayant chacun pour soi les voix de sa commune. Puis, à une certaine distance, suivaient le pharmacien Krikor et quelques instituteurs parmi lesquels se trouvaient, cela va sans dire, Chatakhian et Oskanian ; Gabriel Bagradian obtint à peu près autant de voix que le pasteur Aram Tomasian. Parmi les simples particuliers, ce furent le vieux Tomasian et Tchauch Nurhan, le sous-officier en retraite, qui rallièrent des suffrages les désignant comme chefs. Une femme aussi, Mairik Antaram, obtint un grand nombre de voix, chose qui était évidemment une nouveauté pour le pays. Mais elle s'opposa à l'élection avec énergie. L'instituteur Chatakhian donna lecture des résultats. Les élus se retirèrent alors dans la maison pour se constituer en corps. Gabriel avait fait préparer par Kristaphor et Missak, en vue de la séance, tout le matériel nécessaire, dans le grand sélamlik, sans oublier une collation accompagnée de vin et de café. La foule — exception faite des mères qui avaient laissé à la maison des enfants en bas âge — resta sur la place ou se dispersa à travers le grand jardin. On envoya chercher des vivres à Yoghonoluk. Le maître de céans fit distribuer de l'eau, du vin, des fruits et du tabac. Bientôt, au milieu du bavardage général, la fumée des cigarettes et des chibouques familières monta dans l'air du soir comme si rien n'était arrivé. Les partisans du pasteur Nokhoudian rentrèrent à Bitias derrière leur chef. Tristes et muets, ils disparurent à la dérobée comme des malfaiteurs. Quelques-uns des plus jeunes membres de cette troupe, arrivés à la porte du jardin, firent demi-tour et vinrent se joindre à la majorité du peuple établi au jardin qui, après des semaines de léthargie, semblait pour la première fois reprendre goût à la vie. A présent, pendant ce court délai qui séparait la vie quotidienne de l'aventure la plus folle et la plus risquée, un inconcevable bien-être s'emparait des âmes. Pourquoi ? Parce que la souffrance n'était plus seule à l'horizon de leur existence; ils voyaient se mêler et se superposer à elle le réconfort de l'action.

La nuit, sur le Musa Dagh, aspirait vite en elle le crépuscule de juillet. La demi-lune horizontale se dégagea de la cime dentelée de l'Amanus, à l'est, et s'élança librement dans l'espace. La porte de la villa Bagradian était largement ouverte. Les curieux y entraient et sortaient sans contrôle. Les dirigeants du peuple s'étaient rassemblés dans le grand salon. Ce conseil des chefs, cercle d'environ vingt hommes, semblait tout d'abord assez désemparé. Les maires, les prêtres et les instituteurs des autres villages qui se trouvaient pour la première fois dans cette maison, restaient debout ou assis sans dire un mot. Plusieurs d'entre eux se rendaient compte sans doute à ce moment de toute la mission insensée qui venait de leur incomber par suite du tour inattendu qu'avait pris l'assemblée. Gabriel Bagradian flaira aussitôt dans l'air l'odeur suspecte de découragement qu'exhalait une partie de cette communauté. Il ne fallait pas laisser ces éléments tièdes reprendre « conscience », ni remettre sur le tapis des « si » et des « mais » à propos des questions fondamentales. Le peuple avait prononcé son légitime arrêt, et il n'y avait plus à balancer; il s'agissait d'attiser le feu qu'avait allumé dans les cœurs la volonté de défense jusqu'à en faire jaillir une haute flamme claire. C'était à Bagradian, en qualité de maître de maison, que revenait la tâche de mettre fin à la gêne qui régnait parmi ces hommes glacés, de faire entamer la délibération, et de veiller à l'exécution d'une œuvre fructueuse. C'était le moment ou jamais d'éprouver la supériorité de son éducation soignée et de son expérience occidentale. Il fit le seul geste qui fût possible. Se tournant vers Ter Haigasoun, il dit d'une voix solennelle :

« Ce n'est pas seulement la volonté du peuple qui, là-bas, vous a donné la majorité des voix, Ter Haigasoun, c'est notre volonté à tous que j'expose ici : nous vous prions de bien vouloir être le chef suprême de la lutte qui nous attend. Déjà, en temps de paix, vous étiez investi d'une semblable dignité et jusqu'à aujourd'hui vous avez poussé aux dernières limites du désintéressement l'accomplissement de votre tâche de chef spirituel. Dieu veut que désormais, par suite de la cruauté des hommes, à vos anciennes fonctions s'en ajoutent encore de nouvelles. Nous allons prêter serment de toujours nous soumettre sans aucune objection à votre verdict pour toutes les décisions que nous prendrons et toutes les mesures dont nous conviendrons. C'est votre voix seule qui donnera leur légalité aux déterminations du conseil des chefs, et c'est par là qu'elles prendront aux yeux de tout notre peuple une valeur de lois obligatoires. »

Le petit discours de Bagradian ne faisait que constater un état de fait. Le rang de chef suprême ne revenait à nul autre qu'à Ter Haïgasoun. Néanmoins, les paroles de Gabriel exercèrent une action agréable sur les assistants, surtout sur ceux qui, encore méfiants, le considéraient comme un étranger. Cette impression agréable était due à deux causes. Plusieurs s'imaginaient en effet que ce personnage exotique, ce « Franc », allait s'attribuer l'autorité suprême en vertu de sa suffisance occidentale. Et de plus, — cette raison était encore plus importante, — l'allocution de Bagradian avait créé le terrain sur lequel allait se dérouler tout l'avenir, tant par sa forme solennelle que par son contenu juridique. Sans qu'on l'eût remarqué, ces quelques mots avaient suffi à jeter les fondements du nouvel état, de la nouvelle communauté qui était en voie de formation. Pour signifier qu'il acceptait sa charge supplémentaire, Ter Haïgasoun se signa sans mot dire. A partir de ce moment, il exista deux forces légales, le conseil des chefs et le père du peuple qui présidait à ce conseil et dont l'assentiment était nécessaire pour conférer aux décisions de l'assemblée une valeur de loi. Chaque assistant, isolément, s'avança vers Ter Haïgasoun; suivant l'usage, il lui baisa la main en témoignage de vénération et, en même temps, en guise de serment inviolable. Après cette cérémonie, un grand cercle put enfin se former autour de quelques tables mises bout à bout. Gabriel avait étalé devant lui les cartes stratégiques et toutes ses notes, fruit de ses enquêtes. Derrière lui, Samuel Awakian prit place afin d'être à même de l'assister à tout instant. Gabriel, d'un regard, demanda la parole à ses hôtes et se leva :

« Voici deux heures que le soleil s'est couché, mes amis; dans six heures il se lèvera. Nous n'avons donc, au plus, que six heures de temps pour effectuer ici tout le travail qui nous incombe. Lorsque cette nuit se sera écoulée et que nous reparaîtrons devant le peuple, il ne devra plus subsister aucune incertitude. Notre volonté devra être claire et nette. Mais venons à l'essentiel : demain, dès les premières heures, tous les gens jeunes et vigoureux devront se rendre sur le Damlajik et y commencer la construction des fortifications. C'est pourquoi je vous prie de ne pas gaspiller le temps. Heureusement pour nous tous, j'ai déjà depuis longtemps étudié les diverses questions relatives à l'organisation de notre défense; aussi puis-je vous exposer maintenant mes projets. Je crois que le mieux pour notre délibération actuelle sera d'agir suivant la même règle que celle qui a présidé aux séances de vos conseils municipaux. Je demande par conséquent à Ter Haïgasoun l'autorisation de développer mes plans... »

Ter Haïgasoun ferma à demi les yeux suivant son habitude, ce qui

donna à son visage une expression de lassitude et de souffrance :
« Écoutons Gabriel Bagradian ! »

Gabriel aplanit la plus belle des cartes d'Awakian :

« Nous aurons plus de mille problèmes à résoudre, mais à les bien considérer, toutes les questions de détail se résument en deux problèmes fondamentaux. Le premier et le plus sacré, c'est la lutte proprement dite. Mais le second, à savoir l'organisation intérieure de notre vie, doit être conçu avant tout en vue de cette lutte. C'est pourquoi je vous parlerai d'abord de celle-ci... »

Le pasteur Aram Tomasian fit un geste pour demander à l'orateur de s'interrompre :

« Nous savons tous que Gabriel Bagradian, en qualité d'officier, est celui d'entre nous qui a le plus de compétence en matière militaire. C'est lui qui se chargera du commandement pour les combats... »

Tous les bras s'élevèrent pour approuver cette proposition. Mais le pasteur Aram n'avait pas encore terminé :

« Depuis longtemps déjà, Gabriel Bagradian a consacré la totalité de ses efforts aux projets de défense. C'est entre ses mains que nous remettons le soin de préparer la résistance, car nul ne saurait mieux s'en acquitter que lui. Néanmoins, pour combattre, il faut tout d'abord vivre. C'est pourquoi je propose de reculer le débat au sujet des détails de la guerre jusqu'à ce que nous ayons nettement examiné de quelle manière et combien de temps un peuple de cinq mille hommes, coupé du monde entier, peut vivre sur le Damlajik. »

Gabriel qu'animait une ardeur exaltée laissa tomber, déçu, la carte sur la table :

« Mes explications auraient d'ailleurs traité cette question avec les autres, car j'ai noté sur cette carte tout ce qui est nécessaire à la vie. Cependant, je suis prêt à satisfaire au désir du pasteur Tomasian et à remettre à plus tard l'exposé de l'organisation défensive... »

Le médecin Bedros Altouni n'avait pas pu se tenir longtemps tranquille sur son siège parlementaire. Il arpentait la pièce en grommelant pour faire comprendre qu'en cette heure de détresse insondable il tenait pour une comédie superflue ces décisions à main levée et ces questions de préséance oratoire auxquelles s'amusaient des hommes mûrs. Son agitation et ses grognements contrastaient fortement avec l'air absent et supérieur du pharmacien Krikor dont toute la personne, raide et immobile sur sa chaise, semblait poser cette question : « Quand donc pourrai-je, après cette pénible interruption au milieu de Barbares, retourner en paix vers les seuls objets sublimes dignes de mon intérêt ? » Pendant qu'il effectuait ses promenades et donnait libre cours à sa mauvaise humeur, le médecin lança une réflexion qui n'avait aucun rapport avec le sujet traité :

« Cinq mille hommes sont cinq mille hommes, et un coup de soleil ou une averse n'en sont pas moins un coup de soleil et une averse. »

Gabriel Bagradian qui avait passé bien des nuits blanches à méditer le problème du vallon réservé à la ville, celui du domicile, de l'état sanitaire et des soins à assurer aux enfants, releva la réflexion du médecin :

« Il serait utile de rassembler les enfants, au moins ceux de deux à sept ans, dans un abri global où ils seraient mieux protégés. »

En entendant ces mots, Ter Haigasoun qui s'était tu jusque-là s'anima brusquement :

« Ce que vient de nous proposer Gabriel Bagradian serait le début d'une anarchie très dangereuse. Nous n'avons pas le droit de séparer ce que Dieu et la durée ont uni. Bien au contraire ! Il sera absolument nécessaire que les diverses communes et même les diverses familles aient des domiciles distincts sur l'espace dont on disposera, naturellement dans la mesure du possible. Tous les groupes de parenté devront avoir des campements particuliers, chaque village un emplacement spécial. Les mouchtars continueront à être responsables des faits et gestes de leurs administrés. Il faut que les conditions auxquelles nous sommes habitués ici soient modifiées le moins possible. »

Cette déclaration fut suivie d'une approbation unanime qui signifiait un petit échec pour Bagradian. Ter Haigasoun avait promis à ses compatriotes de leur assurer une existence approximativement semblable à celle qu'ils menaient depuis toujours. Cette idée tranquillisait beaucoup les malheureux. Car le summum de l'horreur, pour un esprit paysan, est contenu tout entier dans le mot « changement ». Mais Gabriel ne s'avoua pas vaincu pour si peu. Il fit circuler parmi l'assemblée la carte où se trouvait indiqué le vallon de la ville. Chacun connaissait les grands pâturages réservés aux troupeaux communaux. Que ces vastes étendues gazonnées et sans cailloux fussent les seules à entrer en ligne de compte pour l'établissement des camps, cela sautait aux yeux. Il n'y avait pas seulement place à cet endroit pour mille, mais bien pour deux mille familles. Gabriel fit de son mieux pour satisfaire les désirs de Ter Haigasoun : « Il sera très facile, dit-il, d'organiser l'installation des communes et des familles suivant votre principe. Je partage également l'opinion de Ter Haigasoun. Néanmoins, il ne faut pas perdre de vue qu'il sera impossible à chacune des mille familles de faire isolément sa cuisine et qu'on ne pourra pas éviter, un jour ou l'autre, la création d'une cantine commune. Que l'on songe seulement aux économies de vivres et de combustibles que cela représente, sans compter le nombre de mains qui se trouveront libres pour les travaux d'intérêt général. A part cela, il n'y a pas d'autre moyen possible pour tenir là-haut quelque temps que de se soumettre aux règlements strictement établis pour tuer le bétail, répartir le pain et la farine et distribuer le lait de chèvre

aux enfants et aux malades. On ne pourra pas éviter la question brûlante de la propriété, malgré toutes les séparations possibles qu'on
tâchera d'établir entre les diverses familles. Moi, personnellement,
je mettrai toutes mes possessions à la disposition de la communauté,
dans la mesure où je pourrai les réunir et en assurer le transport,
tout le bétail de ma métairie, toutes les provisions utilisables de ma
maison et de ma cave, — je pense par conséquent que chacun livrera
de même ses biens à la communauté. Les conditions exigent impérieusement que la propriété soit une et indivise. Mais il faudra empêcher
par tous les moyens les échanges entre particuliers, car à partir d'aujourd'hui, tout bien appartient au peuple entier et ne doit servir qu'au
salut général, lequel ne s'obtiendra qu'au moyen de la lutte défensive.
Quiconque peut se représenter maintenant ou plus tard que la déportation lui coûterait toutes ses possessions, ne pourra pas considérer
les exigences du Musa Dagh comme une chose d'importance. »

Mais il fut bientôt prouvé que Gabriel Bagradian faisait gravement
erreur en croyant exécutable son plan pourtant légitime. Les mêmes
crânes entêtés de paysans qui, quelques heures auparavant, étaient
sûrs et certains de ne pouvoir échapper ni à la déportation ni à la
mort, ne pouvaient se résigner à l'idée que leur propriété ne fût plus
exclusivement à eux. Les mouchtars faisaient grise mine. Et ce n'était
pas seulement l'idée d'une telle perte qui les portait à se rebeller contre
ce projet; ils étaient tout aussi indisposés par le ton d'impitoyable
ordonnance, par le caractère « européen » des paroles de Gabriel.

Il s'engagea là-dessus un débat qui fit perdre beaucoup de temps,
et sans résultat, car aucune de ces âmes frustes n'aurait pu trouver
une solution différente de celle qu'avait proposée Bagradian. La discussion avait pour seul but de laisser quelque temps libre jeu à la
mauvaise humeur. Ter Haigasoun attendit un moment avant d'intervenir. Il lança à Gabriel un regard destiné à l'instruire de cette vérité :
il faut user de prudence pour faire comprendre à ces gens même les
réalités qui s'imposent. Puis il interrompit le bavardage inutile :

« Nous allons partir pour la montagne et il faudra y vivre. Bien
des détails se régleront alors d'eux-mêmes. Il vaudrait mieux maintenant, mouchtars, réfléchir à la question la plus pressante : arriverons-nous à réunir assez de provisions ? Pour combien de semaines
suffiront-elles ? Existe-t-il une possibilité de les augmenter ? »

A ce moment, le pasteur Tomasian apporta une nouvelle suggestion
fort judicieuse. « Les trois questions que vient de poser Ter Haigasoun
sont évidemment les piliers sur lesquels repose notre plan. Tout
dépend de la réponse qui leur sera faite. Mais ce n'est pas au cours
de la délibération actuelle que les mouchtars pourront nous la donner.
Qu'ils se rassemblent donc pour élaborer ensemble une évaluation
approximative des provisions et un projet du ravitaillement tel qu'ils

l'envisagent. Or, cette remarque ne vaut pas seulement pour la question du ravitaillement, mais aussi bien pour toutes les autres. Le grand conseil des chefs, qui est assemblé ici, est une institution par trop massive. Il ne s'agit pas d'y parler ni de discuter, mais de travailler. C'est pourquoi je propose, pour ma part, que l'on divise le problème de l'existence en plusieurs départements et que l'on désigne un comité pour chacun d'eux. Chacune de ces commissions aurait à sa tête un président que nommerait Ter Haigasoun. Ces présidents formeraient, en se réunissant, un conseil plus étroit qui aurait en main la direction réelle de toutes les affaires. Il s'agit en fait de cinq départements. Premièrement, celui de la défense. Deuxièmement, celui de la justice, qui revient uniquement à Ter Haigasoun. Ensuite vient le domaine de l'ordre intérieur, puis tout ce qui a rapport à la santé et à la maladie, et enfin les relations des diverses communes en face de la totalité du peuple. » Cette idée du jeune pasteur eut la pleine approbation de Gabriel et, pour la première fois, le médecin fit également un signe d'assentiment. Personne ne contredit ce projet. Ter Haigasoun qui détestait autant qu'Aram Tomasian l'inévitable verbiage, lequel est toujours le danger d'une grande conférence, exécuta sans tarder ce plan de constitution. Gabriel Bagradian, nommé chef militaire, se vit adjoindre comme collaborateurs Tchauch Nurhan, l'instituteur Chatakhian et deux hommes plus jeunes qu'il avait choisis lui-même. Aram Tomasian appartenait également au comité de défense. De même Gabriel Bagradian faisait également partie du comité d'ordre intérieur que dirigeait le pasteur. Cette commission avait la responsabilité de tout ce qui avait trait à l'approvisionnement et à la répartition des vivres. C'est pourquoi elle comptait parmi ses membres Thomas Kéboussjan et les autres mouchtars. Tomasian père reçut une place à part; comme entrepreneur de constructions, il fut chargé de prendre soin des demeures à édifier là-haut. Il va sans dire que l'hékim Altouni et le pharmacien, malgré son indifférence, furent désignés pour constituer la commission de santé. De cette façon, la répartition du travail était faite dans ses grandes lignes, et bien faite. Les différents groupes devaient, au cours des heures suivantes, mener leur programme à bien, dans la mesure du possible. Vers le matin, une courte séance du grand conseil suffirait à faire agréer les résultats de leurs efforts. Les mouchtars se rendirent devant la maison pour vérifier l'exactitude des chiffres relatifs aux provisions au moyen d'explications immédiates avec les villageois. Gabriel voulait les suivre un peu plus tard pour recruter avec leur aide le premier contingent d'hommes, choisis parmi les plus jeunes et les plus forts, avec lesquels il avait l'intention d'aller, dès les premières heures du matin, creuser la grande tranchée sur le col Nord. Cependant, il resta pour exposer à Ter Haigasoun, à Aram Tomasian et aux autres, avec un entrain débordant, son plan de défense, sa carte à la main. Même Krikor commençait à faire preuve de curiosité et se rapprochait de lui. Un seul personnage restait obstinément à l'écart, les bras croisés : c'était naturellement Hrand Oskanian. Le sombre instituteur avait de nouveau subi une humiliation. Dans la répartition des charges, on ne lui avait pas donné de rôle présidentiel, pas même un rôle secondaire de quelque importance. Tandis que son collègue Chatakhian avait été envoyé au comité de défense, Ter Haigasoun, qui lui avait toujours témoigné une haine sans nom, peut-être à cause de son mutisme, l'avait condamné à faire l'école aux enfants pour empêcher toute indiscipline. C'était, à n'en pas douter, une vengeance du prêtre, jaloux des centaines de voix dont les communes avaient gratifié Hrand Oskanian, leur génial poète. Il projetait déjà de quitter l'assemblée, froid et impénétrable, et de rentrer chez lui. Mais la conscience glorieuse lui revint de la faveur que lui avait octroyée la foule ; il songea qu'elle levait ses yeux confiants vers lui et que, d'autre part, le prêtre souffrirait moins de son absence que du poids imposant de sa présence.

Peu après minuit, il se produisit une brusque interruption dans le conseil. Comme il arrive souvent en de tels cas, on n'avait pas pensé au problème de la sauvegarde de ce dont dépendait tout l'avenir. Les cinquante fusils Mauser et les deux cent cinquante Kara étaient toujours enterrés dans leurs tombes au cimetière. Il fallait les exhumer sans retard et les transporter avec les munitions sur le Damlajik avant que cette nuit ne fût écoulée. Bien que Gabriel n'eût pas lieu de se méfier des affirmations d'Ali Nassif, il restait fort possible que, dans les vingt-quatre heures suivantes, les saptiéhs, à l'occasion de leur arrivée, se livreraient à des perquisitions inattendues dans l'espoir de trouver des armes. En toute hâte, une députation de six hommes se rendit au cimetière de Yoghonoluk qui se trouvait en dehors de la localité sur le chemin d'Habibli, le village du bois. Le sacristain marchait en tête, portant une lanterne. Ter Haigasoun le suivait avec Tchauch Nurhan et le vicaire d'Habibli ; les deux fossoyeurs fermaient la marche. Les armes avaient été déposées dans des fosses cimentées grâce aux bons soins de Nurhan, le maître-armurier. Dans des cercueils hermétiques, à l'abri de l'air, sur un lit de paille, enveloppées de chiffons, elles attendaient leur vaillante résurrection. Quatre semaines auparavant, Tchauch Nurhan les avait soumises, de nuit, à la lueur des flambeaux, à un examen sommaire et les avait trouvées en parfait état. C'est à peine si la gâchette de l'un des fusils était abîmée par la rouille ; les munitions non plus n'avaient pas souffert le moins du monde. Cette nuit-là, les lourdes caisses, quinze en tout, furent arrachées pour toujours à leurs tombes. Ce fut un dur travail. Comme on avait peu de bras disponibles, Ter Haigasoun, qui avait rejeté son froc, se mit hardiment à l'œuvre. Un peu plus tard, on alla chercher quelques ânes vigoureux, au poil bourru, dans les différents villages et finalement, vers le matin, une mystérieuse caravane conduite par Tchauch Nurhan traversa Azir et Bitias encore inanimés pour gagner le sommet de la montagne par le col Nord.

Une heure avant le lever du soleil, Ter Haigasoun revint prendre place au sélamlik de la villa Bagradian. Le jardin ressemblait à un grand champ de bataille parsemé de corps étendus. Pas même les habitants de Yoghonoluk n'étaient rentrés chez eux. Tel un capitaine parcourant les rangs des morts, Ter Haigasoun dut passer par-dessus les dormeurs inertes.

Les membres des différentes commissions, stimulés sans cesse par l'énergie de Bagradian, avaient fourni un travail satisfaisant. Ils avaient établi dans leurs grandes lignes les conditions de la lutte et de la vie. Déjà on avait dressé la liste de tous les hommes capables de participer à la guerre et calculé approximativement les quantités, par espèces, des denrées disponibles. De plus, on avait prévu la construction d'une ville en cabanes de branchages, l'installation d'un hangar-hôpital et d'une baraque plus importante à l'usage du gouvernement. Après le retour de Ter Haigasoun, la grande commission se réunit encore une fois. Gabriel communiqua en quelques mots au chef du peuple les décisions qu'on avait prises. Il était arrivé à faire triompher presque toutes ses idées, grâce au vigoureux appui d'Aram Tomasian. Ter Haigasoun les approuva les yeux fermés et l'air lointain, comme s'il ne croyait pas que la nouvelle vie pût être réellement influencée par des décisions humaines. Les bougies et les hommes étaient presque entièrement consumés. Et pourtant, on lisait dans les yeux de ces lutteurs plus d'ardeur que de fatigue. Lorsque le jour de Dieu commença à poindre, un profond silence se fit. Les hommes regardaient par les fenêtres la lumière délicate de ce matin naissant qui, tel un bouton de fleur, entr'ouvrait lentement ses pétales, l'un après l'autre. Les pupilles étincelaient, étrangement agrandies. Dans la chambre de veille, on n'entendait pas d'autre bruit que le frottement des crayons sur le papier, car Awakian et le secrétaire de mairie rédigeaient un protocole des plus importantes conclusions auxquelles on était arrivé. Lorsque le soleil illumina la chambre de toute sa lumière dorée, le maître de maison mit fin à cette muette rêverie :

« Je crois que, cette nuit, nous avons pleinement fait notre devoir et que rien n'a été oublié...

— Si ! Une chose a été oubliée et même, la plus nécessaire ! »

Ter Haigasoun, en prononçant ces mots, était resté assis ; les sonorités pleines de sa voix rappelèrent à leur place ceux qui s'étaient déjà levés. Le prêtre ouvrit les yeux tout grands et dit, en détachant chaque syllabe :

« L'autel ! »

Puis il ajouta d'un ton calme, avec une grande simplicité, qu'on élèverait au milieu de la nouvelle colonie un grand autel de bois, sanctuaire où le peuple viendrait prier et assister au service divin.

A cinq heures — le soleil étant déjà haut dans le ciel — Gabriel entra dans le boudoir de Juliette à l'étage supérieur. Il trouva un grand nombre de personnes rassemblées dans la pièce; elles avaient passé la nuit à veiller en compagnie de Mme Bagradian. Stéphan n'avait pas voulu aller au lit, malgré les prières et les ordres de sa mère. Il était maintenant couché sur le divan, vaincu par le sommeil. Juliette avait étendu sur lui une couverture. Elle restait accoudée à la fenêtre ouverte, tournant le dos à la société. Chacun, dans cette chambre brillamment éclairée, donnait l'impression d'être tout seul avec soi-même. Iskouhi était assise toute raide à côté du garçonnet endormi. Howsannah, la femme du pasteur Tomasian, chassée de son domicile par une angoisse folle, était venue à la villa vers le matin; elle avait pris place sur une chaise-longue et regardait fixement devant elle. Mairik Antaram était, de toutes, la moins épuisée par les épreuves de cette nuit. Par la porte ouverte, elle prêtait l'oreille au bruit confus de voix qui montait de la délibération. Il y avait cependant aussi un homme dans cette pièce. M. Gonzague Maris avait voulu tenir compagnie aux femmes pendant cette longue nuit. Bien qu'à ce moment personne ne fît attention à lui, il semblait néanmoins le seul de tous ces êtres qui ne fût pas replié sur soi-même. Sa raie de cheveux, bien dessinée, brillait, impeccable, malgré la veille et les terribles événements. Ses yeux de velours, toujours attentifs, et même tendus par instants, allaient, sous l'angle obtus de leurs sourcils, inlassables, d'une femme à l'autre. On aurait dit qu'il voulait lire sur les visages blafards le reflet de leurs moindres désirs, afin de les réaliser aussitôt avec une galanterie chevaleresque.

Gabriel fit deux pas dans la direction de Juliette, mais s'arrêta soudain et regarda Gonzague en face :

« Est-il absolument vrai que vous possédiez un passeport américain ? » Une moue ironique et légèrement méprisante détendit les lèvres du jeune Grec :

« Désirez-vous voir mon passeport, monsieur ? Peut-être aussi ma légitimation de journaliste ? »

Ses doigts effilés et négligents cherchèrent son portefeuille, mais Gabriel ne le regardait plus. Il avait saisi la main de Juliette. Cette main n'était pas seulement froide, elle était réellement inanimée, ou mieux, elle était sans connaissance. Par contre, ses yeux, où se concentrait sa vie, brillaient d'un éclat plus intense. On y voyait passer un va-et-vient d'images, le flux et le reflux de sentiments contradictoires, comme toujours chez elle aux époques de conflit. Elle dilatait aussi ses narines, signe de rébellion intérieure que Gabriel connaissait bien. Pour la première fois depuis vingt-quatre heures, un nuage de découragement s'abattit sur lui. Il chancela. Au fond de son âme, tout n'était que vide et désert. Tous deux, l'époux et l'épouse, ils se regardaient les yeux dans les yeux et s'étudiaient réciproquement. Où donc était la femme de Gabriel ? Il sentait encore la main de Juliette dans la sienne comme un objet de porcelaine au contact glacial, mais elle-même, elle avait glissé loin de lui : combien de jours de marche, combien d'heures en mer la séparaient-ils de lui ? Cette distance, qui éloignait implacablement la femme de son mari, croissait à chaque seconde, et, en même temps, un mouvement analogue se produisait, éloignant le mari de sa femme. Il se sentait emporté à des lieues de là par un ouragan furieux. Le corps de Juliette, vaste, splendide, était là, près de lui, si près, mais si indépendant. Mille et mille fois, Gabriel l'avait étreint. Chaque place, sur ce corps, gardait le souvenir de ses baisers : le cou svelte, les épaules, les seins, les hanches, les cuisses et les genoux, et même les orteils. Ce corps avait porté Stéphan, il avait souffert pour assurer l'avenir du sang des Bagradian. Et maintenant ? Il ne parvenait pas à le reconnaître. Il lui était impossible désormais de se l'imaginer dans sa complète nudité. Il avait une impression semblable à celle d'un homme qui a oublié son propre nom. Et ce n'était pas tout : cette dame française qu'il voyait devant lui, avec laquelle, jadis, il avait eu une existence commune, — cette dame était une ennemie, elle était alliée au parti ennemi, elle siégeait au conseil de l'extermination, bien qu'elle fût mère d'un Arménien. Gabriel sentit monter dans sa gorge, sans bien le remarquer, quelque chose qui ressemblait à une grosse boule. Juste au dernier moment, il ravala cet objet qui avait failli l'étouffer et ne put réprimer un gémissement :

« Non... ce n'est pas possible... Juliette... »

Elle pencha malignement la tête de côté :

« Qu'est-ce qui n'est pas possible ?... Que veux-tu dire ? »

Il regardait par la fenêtre; il ne pouvait détacher son regard de la brillante symphonie de couleurs qui s'offrait à ses yeux et dont il ne distinguait aucun détail. Comme il avait dû, des heures durant, tenir sans arrêt de longs discours en arménien, son français, offensé sans doute par cette préférence, lui refusait maintenant son service. Il se mit à balbutier avec un accent d'une dureté insolite, ce qui parut augmenter encore la rigidité de Juliette :

« J'estime... Tu as le droit... Je crois... Il ne faut pas que tu sois entraînée... En quoi tout cela t'importe-t-il ?... Rappelle-toi notre conversation, cette fois-là... Je ne peux pas supporter cela... Il faut que tu t'en ailles... toi et Stéphan... »

Elle lui répondit en pesant visiblement chacune de ses paroles :

« Je me rappelle fort bien cette conversation... Aussi inouï que cela puisse être, me voilà prise dans l'engrenage de votre destin... C'est exactement ce que j'ai dit alors... » Elle n'avait jamais employé de tels mots, mais cela, c'était sans importance. Elle jeta un sombre regard de reproche à Iskouhi et à Howsannah, comme si elle avait vu en elles les responsables de sa captivité. Gabriel passa deux fois les mains sur ses yeux et redevint l'homme, le chef de la nuit précédente :

« Il existe un moyen de sauvetage pour toi et Stéphan... Il n'est pas facile, et n'est pas non plus sans danger... Mais tu as beaucoup de volonté, Juliette, je le sais. »

Il passa dans les yeux de la jeune femme une expression de sévère examen. C'est le regard qu'ont les bêtes traquées, passant auprès d'un homme ou d'un danger, sur le point de recouvrer leur liberté par un long saut audacieux. A présent, tous les instincts de fuite qui se cachaient en Juliette se ramassaient sur eux-mêmes, prêts eux aussi, peut-être, à sauter. Mais à peine Gabriel reprit-il la parole que son visage perdit sa tension de guetteur pour redevenir indécis, vexé et perfide.

« Gonzague Maris va nous quitter aujourd'hui ou demain », dit Bagradian sur le ton sans réplique d'un commandant en chef. « Il possède un passeport délivré aux États-Unis, ce qui, dans les circonstances actuelles, constitue un trésor inestimable. J'en suis sûr, Maris, vous ne refuserez pas de mettre en sécurité ma femme et Stéphan. Vous prendrez notre voiture de chasse. C'est actuellement l'été, et, de toute façon, les routes de la vallée sont carrossables. Je vous donnerai en outre des roues de réserve et les quatre chevaux de la maison. Kristaphor vous accompagnera à côté du cocher. Ces deux hommes aussi pourront se sauver en vous rendant service. En passant par Sandéran et El-Maghara, il n'y a que cinq ou six heures jusqu'à Arsus. Je compte que vous ferez la plus grande partie de ce trajet au pas. Quant aux quinze milles anglais qui séparent Arsus d'Alexandrette et qui longent la côte, ce sera un jeu d'enfant, car vous pourrez rouler au trot pendant des heures sur une plage sablonneuse. Vous tomberez probablement à Arsus sur un petit détachement militaire. Pour Maris, il ne sera pas difficile de faire peur à l'onbachi avec son passeport... »

L'intendant Kristaphor était entré pour s'informer des ordres de sa maîtresse. Gabriel se tourna brusquement vers lui :

« Est-il possible, Kristaphor, d'atteindre Alexandrette en dix heures avec la voiture en passant par Arsus ? »

L'intendant, ahuri, ouvrit des yeux immenses :

« Effendi, cela dépend des Turcs. »

La voix de Bagradian se fit encore plus sévère :

« Ce n'est pas ce que je te demande, Kristaphor. Je te demande simplement : te sens-tu le courage d'emmener à Alexandrette l'hanoum, mon fils et ce monsieur américain que voici ? »

Le front de l'intendant qui, malgré ses quarante ans, avait déjà l'air d'un vieil homme se couvrit de sueur. On ne comprenait pas très bien si c'était la peur du risque ou la possibilité subite de son propre salut qui lui causait une telle émotion. Ses regards erraient alternativement entre Bagradian et Gonzague. Soudain, on vit briller sur sa face l'explosion d'une joie sauvage. Mais il refréna aussitôt ce sentiment soit par respect, soit pour ne pas se trahir :

« Je m'en sens le courage, Effendi ! Si ce monsieur a un passeport, les saptiéhs ne pourront rien nous faire... »

Après cette déclaration, Gabriel renvoya Kristaphor à la cuisine en lui ordonnant d'aller préparer un petit déjeuner réconfortant pour toutes les personnes présentes. Puis il continua à exposer à Maris en quoi constituait son devoir :

« Il n'y a malheureusement pas à Alexandrette de consul américain, mais seulement des vice-consuls allemand et austro-hongrois. Je me suis depuis bien longtemps renseigné au sujet de ces deux hommes. L'Allemand s'appelle Hoffmann et l'Autrichien Belfante; tous deux sont des commerçants européens très bienveillants et seront certainement prêts à vous rendre service. Mais comme l'un et l'autre représentent des nations alliées des Turcs, il s'agira d'agir avec une extrême prudence. Il faudra que vous inventiez une histoire quelconque... Vous direz que Juliette est une Suissesse et que, pendant le voyage, un accident lui a fait perdre son passeport... Vous tâcherez de décider les vice-consuls à obtenir pour vous auprès du commandant de la place un laissez-passer pour le chemin de fer... La ligne à destination de Toprak Kaléh sera ouverte un de ces prochains jours... Hoffmann et Belfante sauront bien si le commandant est ou non corruptible... Si oui, ce serait pour le mieux ! »

Toutes ces instructions relatives à la fuite, Gabriel les avait cent fois pesées, rejetées, modifiées et reprises au cours de bien des nuits blanches. Il en existait plusieurs variantes, l'une dans la direction d'Alep, l'autre ayant pour but Beyrouth. Néanmoins, ces phrases entrecoupées résonnaient comme des trouvailles immédiates. Juliette le regardait fixement comme si elle ne comprenait pas ses paroles :

« Il s'agira d'inventer une histoire qui se tienne, Maris !... Il ne sera pas si simple de rendre digne de foi la légende de l'accident et de la perte du passeport... Mais cela n'est pas encore le principal... Juliette... Le principal, c'est que toi qui es indubitablement européenne, tu ne leur paraîtras pas suspecte d'appartenir à notre peuple. Et cela déjà suffirait à te sauver... On te prendra pour une aventurière ou, en mettant les choses au pis, pour une espionne politique... De tels dangers sont inévitables... Pour ces raisons, tu t'attireras sans doute des désagréments et peut-être même des souffrances... Mais ces souffrances, comparées aux nôtres, ne valent presque pas la peine qu'on en parle... Toujours, tu devras garder ton but devant les yeux et te répéter : il faut que je sorte d'ici ! Que je fuie tous ces maudits au milieu desquels je suis tombée quoique innocente ! »

A ces mots qu'il cria tout haut, le visage de Gabriel perdit sa contenance artificielle. Juliette pencha légèrement le buste en avant comme pour indiquer par ce mouvement involontaire son intention d'accomplir le désir de son mari. Gonzague Maris fit une légère tentative pour s'avancer vers le couple. Peut-être voulait-il exprimer par là qu'il était prêt à obéir mais qu'il ne voulait pas influencer par son attitude la décision de ses hôtes. Tous les autres assistants semblaient exagérer leur raideur et leur énergie pour tâcher de rendre leur présence moins gênante. Aussitôt, Gabriel retrouva toute sa maîtrise de soi :

« Les seuls trains qui circulent actuellement sont réservés à l'armée... Il vous faudra corrompre pour chaque trajet les officiers du convoi... Ce sont pour la plupart de vieux militaires qui vivent d'après d'anciens principes et n'ont rien à voir avec l'Ittihad... Une fois que vous serez installés dans le train, ce sera déjà beaucoup de gagné... Ce voyage sera terriblement fatigant... Mais chaque tour de roue dans la direction de Stamboul améliorera votre situation... Et vous arriverez à Stamboul, même si cela doit durer des semaines... Juliette, là-bas, tu te rendras aussitôt chez M. Morgenthau... Tu te souviens encore de lui... C'est l'ambassadeur américain... »

Gabriel tira de la poche de son veston une enveloppe cachetée d'aspect imposant. C'était son testament que, depuis des semaines, il tenait prêt, comme tant d'autres choses, sans que Juliette en sût rien. Il le lui tendit sans rien dire. Mais elle retira lentement ses mains et les cacha derrière son dos. Gabriel, d'un léger signe de tête, indiqua le Musa Dagh qu'on voyait par la fenêtre tout baigné d'un radieux soleil matinal :

« Il faut que je monte là-haut... Le travail commence... Je ne crois guère pouvoir revenir aujourd'hui encore... »

La main qui tendait le pli cacheté retomba. Que veulent dire ces larmes ? Pourquoi Juliette ne les réprime-t-elle pas ? se demanda Gabriel étonné. Pleure-t-elle sur elle-même ou sur moi ? Est-ce que ce sont nos adieux ? Il la sentait tourmentée, mais ne comprenait pas au juste pourquoi. Il regarda à la dérobée les autres qui gardaient le silence et continuaient à retenir leur souffle pour ne pas troubler la décision. Gabriel désirait ardemment s'approcher de Juliette qui n'était qu'à un pas de lui. Il parla distinctement en pesant chaque mot comme quelqu'un qui voudrait se faire comprendre par téléphone à l'être aimé dont plusieurs pays le séparent :

« Je savais, Juliette, que cela devait arriver... Mais je ne savais pas que cela se passerait ainsi... entre nous... »

La réponse de Juliette fut sombre, sa voix creuse, méchante; il n'y vibrait aucun sanglot :

« Et tu me supposes vraiment capable d'agir ainsi ? »

Depuis combien de temps Stéphan était-il éveillé ? Qu'avait-il entendu et compris de la conversation de ses parents ? Nul ne pouvait s'en douter. Seule Iskouhi, effrayée, se leva d'un bond. Juliette savait — et elle s'en était souvent étonnée — qu'il existait entre Gabriel et le jeune garçon des relations aussi intimes que timides. Stéphan, qui d'ordinaire était bruyant et turbulent, se montrait généralement tranquille en présence de Gabriel, et Gabriel également adoptait à l'égard de Stéphan une attitude inexplicable, fermée, austère et taciturne. Les longues années vécues en Europe avaient sans doute atténué l'influence asiatique dans l'âme des deux Bagradian, mais elle ne l'avait pas étouffée. (Dans les foyers des sept villages, les fils, aussi vieux qu'ils fussent, baisaient la main de leur père chaque matin et chaque soir. Dans certaines familles où l'on cultivait strictement les vieilles coutumes, ce n'étaient pas les femmes qui, pendant les repas, servaient le père à table, mais bel et bien le fils aîné. Et réciproquement, suivant les mêmes usages millénaires, le père honorait son fils aîné d'une tendre sévérité, car chacun d'eux voyait en l'autre la marche voisine de la sienne dans l'escalier nébuleux conduisant à l'éternité.) Chez Gabriel et Stéphan, cela va sans dire, ces rapports n'apparaissaient plus sous leur forme rigide et désuète, mais il en restait un reflet dans la gêne qui les unissait et les séparait à la fois l'un en face de l'autre. L'attitude de Gabriel vis-à-vis de son père avait été identique. Lui aussi avait éprouvé constamment un sentiment de tension angoissée et recueillie à l'égard de son père et n'avait jamais osé lui adresser un mot affectueux ou encore moins une caresse. C'est pourquoi les parents furent d'autant plus ébranlés en entendant le cri que poussa le fils de Gabriel lorsqu'il comprit que la séparation menaçait. Il rejeta la couverture, se précipita vers son père et s'accrocha désespérément à lui :

« Non, non, papa... il ne faut pas nous renvoyer... je veux rester près de toi... près de toi... »

Que vit le père dans les yeux de son fils, ces beaux yeux taillés en amande ? Non plus un enfant dont on peut se permettre de déterminer le destin, mais un homme complet qui écoute la voix de sa volonté et de son sang, dont le sort est déjà fait d'une matière inattaquable et ne se laisse plus modeler. Comme il avait grandi et mûri pendant ces derniers jours ! Mais ce n'étaient pas là toutes les constatations qui s'imposaient au père à la vue des yeux de Stéphan. Il le repoussa faiblement :

« Ce qui va arriver, Stéphan, ne sera pas un jeu d'enfant... »
Le cri angoissé du jeune garçon se changea en une réclamation toujours plus audacieuse :
« Moi, je veux rester auprès de toi, papa. Je ne partirai pas, moi !»
Moi, moi, toujours moi ! Une jalousie rageuse s'empara de Juliette. Ah ! ces deux Arméniens ! Comme ils étaient unis ! Elle n'était plus là pour eux ! L'enfant lui appartenait, à elle, aussi bien qu'à lui. Elle ne voulait pas le perdre. Si, en cet instant, elle ne défendait pas ses droits, elle allait perdre Stéphan. Elle marcha d'un pas décidé, presque féroce, vers le père et le fils. Elle saisit la main de Stéphan pour essayer de le tirer à elle. Gabriel comprit seulement que Juliette venait vers eux. « Et tu me supposes vraiment capable d'agir ainsi ? » Cette question dite d'une voix méchante avait encore dénoté de l'incertitude. Ce pas ferme fut aux yeux de Gabriel un pas décisif. Il embrassa dans une même étreinte sa femme et son enfant :
« Puisse Jésus-Christ nous venir en aide ! Peut-être vaut-il mieux qu'il en soit ainsi. » Tandis qu'il cherchait à se calmer par ces paroles, il fut envahi par une sombre épouvante ; il lui semblait que le Seigneur dont il implorait le secours venait, à cette seconde, de refermer durement la porte sur Juliette et Stéphan. Avant que son embrassement ait vraiment pris forme et vie, Gabriel laissa tomber les bras, se détourna et s'en fut. Cependant il s'arrêta encore une fois sur le seuil :
« Il va sans dire, Maris, que l'un de mes chevaux sera à votre disposition pour votre voyage. »
Gonzague accentua son sourire empressé :
« J'accepterais avec reconnaissance votre extrême amabilité si je n'avais pas un autre désir. Je vous prie de bien vouloir me permettre de partager votre existence là-haut sur le Musa Dagh. J'en ai déjà parlé avec le pharmacien Krikor. Il a interrogé à mon intention le prêtre Ter Haigasoun qui ne lui a pas donné de réponse négative... »
Bagradian réfléchit un court instant :
« J'espère toutefois que vous vous rendez compte qu'après une telle aventure n'importe quel passeport américain ne vous servirait plus de rien.
— Voilà déjà longtemps que je vis ici, Gabriel Bagradian ; aussi me serait-il très pénible de vous abandonner, vous tous tant que vous êtes. Et d'autre part, en tant que journaliste, j'ai encore une raison secondaire pour vous adresser cette demande. Un reporter ne trouve pas deux fois une occasion comme celle-là. »
Il y avait dans la personne de Gonzague quelque chose qui fit naître en Bagradian de l'hostilité, voire de l'antipathie. Il chercha un argument assez fort pour anéantir le désir du jeune homme :
« Vous êtes-vous seulement demandé si vous aurez encore l'occasion d'utiliser vos comptes rendus ? »

La réponse de Gonzague ne s'adressa pas seulement à Gabriel, mais à toutes les personnes qui se trouvaient dans la pièce :

« J'ai fait souvent l'expérience dans ma vie que mes pressentiments ne me trompent pas. Et cette fois, un pressentiment me dit aussi, et fortement, que cette tentative finira bien pour vous tous, Gabriel Bagradian. Ce n'est sans doute qu'un sentiment. Mais j'ai, en de tels sentiments, une entière confiance. »

Ses ardents regards de velours allaient d'Howsannah à Iskouhi, et d'Iskouhi à Juliette, et c'est sur le visage de cette dernière qu'ils se fixèrent longuement. Or, les yeux de Gonzague semblaient demander à Mme Bagradian si elle ne trouvait pas ses raisons assez convaincantes.

CHAPITRE VII

L'enterrement des cloches

Deux jours et deux nuits, Gabriel Bagradian resta sur le Damlajik. Le premier soir, il envoya dire à Juliette qu'il ne fallait pas l'attendre. Plusieurs causes l'obligeaient à demeurer si longtemps sans interruption sur le plateau. Le Damlajik avait soudain perdu son aspect d'alpage idyllique, que, malgré tous ses coins sauvages, Gabriel connaissait fort bien pour y avoir fait de rêveuses promenades et plus tard, des randonnées stratégiques. Pour la première fois, il lui montrait son vrai visage sans aucun déguisement. Tout ce qui existe en ce monde, à l'instar de l'homme, ne nous montre son vrai visage qu'à partir du moment où on le met à l'épreuve. Il en allait ainsi pour le Damlajik. Sa douceur paradisiaque, son sourire d'ermitage égayé de mille sources s'étaient effacés de ses traits durcis et sillonnés de rides profondes. Le secteur que Bagradian avait choisi pour la défense embrassait une surface de plusieurs kilomètres carrés. Cette étendue, exception faite du « vallon de la ville » qui était assez plat, dessinait une foule de hauts et de bas fort pénibles : collines et vallées, mamelons et ravins, différences de niveau qui se faisaient fortement sentir quand il fallait, plusieurs fois par jour, y repérer divers points. Gabriel estimait que, si ce n'était pas absolument nécessaire, mieux valait ne pas descendre aux villages pour éviter un gaspillage de forces et de temps. Et pourtant, il se sentait, comme jamais dans sa vie, la vitalité nécessaire pour accomplir de grandes choses. Tout son organisme, qu'il traitait sans ménagement et soumettait à de rudes besognes, montrait enfin ce qu'il était et ce qu'il valait. Comparées à cette nouvelle vie les semaines qu'il avait passées à la guerre sur le front balkanique lui paraissaient mornes et inactives. En ce temps-là, on n'était rien d'autre que de la boue humaine poussée par quelque puissance élémentaire, soit en avant, soit en arrière, vers un mortel danger sans que votre propre volonté jouât le moindre rôle. Pendant ces dernières années, Gabriel avait souvent souffert de faiblesse cardiaque et de maux d'estomac. Ces divers accès, conséquences d'une cénesthésie par trop cultivée, s'étaient évanouis tout d'un coup sous l'effet de la nécessité. Il ne savait plus qu'il avait un cœur et un estomac, il ne remarquait pas que trois heures de sommeil entre deux plis de couvertures lui suffisaient amplement et qu'un simple pain accompagné d'une boîte de conserves le rassasiait pour toute la journée. Bien qu'il n'eût pas le loisir d'y réfléchir longuement, Gabriel éprouvait de l'orgueil et de la joie en se donnant à soi-même ces témoignages d'énergie. Cet orgueil, c'est celui qui embrase toujours la matière dont nous sommes faits quand notre esprit vient de lui infliger une défaite.

Mais il avait une autre raison plus importante pour rester sur le Musa Dagh. La majorité des hommes chargés de la défense s'était déjà établie sur la montagne et, de plus, un petit nombre de femmes résistantes et toute une troupe de gamins qui pouvaient rendre quelques services. Tout le reste de la population était demeuré dans la vallée; c'était une sage précaution. Il fallait qu'en apparence le cours de la vie quotidienne s'y déroulât avec son calme habituel pour empêcher qu'on remarquât ce dépeuplement des villages. En outre, les villageois avaient l'obligation d'emporter chaque nuit à la faveur de l'obscurité autant de provisions que possible sur la montagne. On ne pouvait pas tout véhiculer à dos d'âne. Par exemple, les apprentis du vieux Tomasian durent porter sur leurs épaules les longues planches ou poutres enlevées à l'atelier de leur maître. Ce bois était destiné à la construction de l'autel, de la baraque où siégerait l'administration, et du hangar-hôpital. Les plus jeunes des chefs élus, en particulier le pasteur Aram Tomasian et les instituteurs, restèrent avec Gabriel sur le Damlajik, tandis que le gros du conseil poursuivait l'exécution de sa tâche dans la vallée sous la direction de Ter Haigasoun.

On pouvait évaluer à cinq cents environ le nombre des hommes qui campèrent ces jours-là sur la montagne. Lorsque le soir, on s'assemblait autour du feu dans le vallon, les membres brisés, le pasteur Tomasian prononçait de longs discours, qui ressemblaient fort peu à des sermons, pour exposer à son auditoire le sens véritable de cette entreprise guerrière. Il prêchait le droit divin de la légitime défense, parlait de tout le sang arménien répandu depuis des millénaires, et de la valeur exemplaire de l'action hasardeuse qu'ils allaient tenter, qui peut-être allait entraîner la nation entière à la rébellion et sauver ainsi tous leurs compatriotes. Puis il dépeignait la déportation dans ses moindres détails, rapportant ceux qu'il avait vus et ceux qu'on lui avait racontés. Il démontrait ainsi aux hommes que c'eût été la ruine irrémédiable des cinq mille âmes de la vallée, et affirmait avec la même conviction que l'exploit auquel ils étaient en train de collaborer ne pouvait les mener qu'à la victoire et à la liberté. Par quels moyens obtiendrait-on cette victoire et cette liberté ? Il n'en disait évidemment pas un traître mot.

Et personne non plus ne posait de question à ce sujet. Ce n'étaient pas les images concrètes évoquées par ces grands mots, mais leur simple résonance qui suffisait à enflammer les cœurs de la jeunesse. Parfois, Gabriel Bagradian prenait aussi la parole pour permettre au pasteur de se reposer. A l'inverse d'Aram Tomasian, il évitait la grandiloquence et encourageait son public à ne jamais laisser passer une seconde inutilement, à ne jamais manger sans scrupules une miette des provisions et à ne plus respirer désormais qu'en vue du but sacré. Il fallait moins penser, à son avis, à l'infortune inévitable qu'à l'ignoble affront dont le gouvernement turc avait souillé la face du peuple arménien :

« Si nous réussissons une seule fois à repousser les Turcs jusqu'en bas de la montagne, nous n'aurons pas seulement vengé l'affront; nous les aurons, de plus, déshonorés et humiliés à jamais. Car nous sommes les faibles et eux sont les forts. Ils se moquent de nous en nous traitant de commerçants et se vantent d'être des guerriers invincibles. Si nous les battons, ne serait-ce qu'une fois, nous porterons à leur orgueil un coup dont il ne se remettra jamais. »

Pas plus que de sa constitution d'airain, Gabriel Bagradian ne s'était douté des dons d'organisateur qu'il possédait à un haut degré. Dans le monde où il avait vécu jusqu'alors, avoir du « sens pratique » signifiait à peu près ne s'intéresser qu'à des sujets bas et d'ordre pécuniaire. Il avait mis son point d'honneur à rester toujours dans une zone étrangère à tout souci matériel et y était parfaitement arrivé. Et maintenant, grâce à ses travaux antérieurs, il avait pu sans peine, dès les premières heures, réaliser une ingénieuse organisation de l'armée et créer des sortes de cadres fixes dans lesquels il serait ensuite facile d'incoporer le contingent supplémentaire qui monterait de la vallée. Il institua trois groupes fondamentaux : une première ligne, une grande réserve et une « cohorte des jeunesses », comprenant les garçonnets de treize à quinze ans; ce dernier groupement ne devait être utilisé que dans les moments désespérés, en cas de pertes importantes, et sur les fronts décimés; son rôle habituel serait d'assurer le service d'observation et celui du transport des nouvelles et des messages. Lorsque son effectif serait au complet, la première ligne se monterait à 860 hommes. On y faisait entrer tous les villageois de seize à soixante ans, exception faite des faibles et des incapables, et même d'un certain nombre de spécialistes dont on avait besoin dans d'autres domaines. Pour la réserve, on prévoyait non seulement le restant des hommes résistants malgré leur vieillesse, mais une forte quantité de femmes et de jeunes filles, si bien que cette seconde ligne pouvait s'élever à un nombre allant de mille à onze cents personnes. Le troisième élément de défense, les éclaireurs de la cohorte des jeunesses, la « cavalerie du Damlajik », pour ainsi dire, comprenait plus de trois cents garçonnets. Au matin du second jour, Gabriel envoya son adjudant Awakian chercher Stéphan à la villa. Il n'était pas sûr que Juliette le laisserait partir sans résistance. Mais l'étudiant revint en compagnie du gamin radieux, et dans le minimum de temps. Gabriel fit aussitôt entrer son fils dans la cohorte des adolescents. Sur les 860 hommes de la troupe d'élite, 300 seulement, par la force des choses, pouvaient recevoir des fusils d'infanterie puisqu'on n'en possédait pas davantage. La majeure partie des troupes allait malheureusement être obligée de s'armer de fusils de chasse, ou de se contenter de ces pittoresques engins à feu dont presque chaque maison des villages possédait un exemplaire. Gabriel fit également distribuer toutes les carabines utilisables qu'il avait découvertes dans la panoplie de son frère. Chance extraordinaire, la plupart des hommes connaissaient la pratique du fusil, et pas seulement ceux qui avaient servi dans l'armée turque. Néanmoins, tout compte fait, il fallait reconnaître que les armements de la troupe d'élite étaient simplement pitoyables. Quatre pelotons d'infanterie régulière, même dépourvus de mitrailleuses, leur étaient de beaucoup supérieurs. Ce groupement de combat, le plus important de tous, se divisait en unité fixes de dix hommes, bataillons en miniature, que l'on pouvait déplacer et utiliser isolément. Gabriel prit soin, dans la répartition des hommes par dizaines, de réunir toujours dans ces fondations des gens du même village, voire de la même famille, afin d'obtenir par la bonne camaraderie un renforcement du sentiment unitaire. La question du commandement présentait déjà plus de difficultés, car, sur ces dix hommes, il fallait toujours que l'un d'eux eût charge de la direction, de même que les groupements plus importants avaient besoin de chefs. Bagradian choisit ces derniers parmi les hommes ayant déjà servi dans l'armée, sans tenir compte de leur âge. L'inestimable Tchauch Nurhan assuma à lui tout seul le quadruple rôle de général d'infanterie, de directeur du matériel, d'ingénieur de la place et d'officier instructeur. Les pointes effilées de sa moustache raide et grisonnante tremblaient à chacun de ses mouvements et sa grosse pomme d'Adam sautait continuellement dans son cou sec et hâlé. Nurhan semblait vouer aux Turcs une profonde reconnaissance pour avoir ordonné la déportation, tant il mettait de passion et de zèle à reprendre son activité militaire qui lui manquait depuis longtemps. Il passait des heures à faire l'exercice avec les hommes dispensés d'autres travaux, sans accorder le moindre répit ni à eux ni à lui. Il s'était mis dans la tête qu'étant donné l'intelligence et l'adresse des Arméniens, il arriverait bien à leur faire assimiler en quelques jours les principes de l'exercice à la turque qui sont calculés pour une durée d'apprentissage de plusieurs années. Il s'en tenait à quelques points capitaux : formation de lignes de tirailleurs, départs et arrêts brusques, recherche de protections naturelles, retranchement rapide, utilisation du terrain et assaut. A son grand mécontentement, Bagradian lui avait interdit de faire tirer ses troupes, et pour des raisons bien compréhensibles parmi lesquelles se trouvait le souci d'économiser les munitions. Nurhan n'était plus jeune, et cependant il courait sans arrêt pendant l'exercice d'une division à l'autre pour instruire chaque chef de dizaine, jurant et sacrant dans un ignoble jargon de caserne turque.

Dès le premier matin, les déserteurs établis sur le Musa Dagh étaient venus se joindre aux combattants. Leur nombre augmenta continuellement pendant ces deux jours et ils formèrent finalement une troupe de soixante hommes environ. Quoiqu'ils fussent tous bien armés, Gabriel Bagradian ne savait trop s'il devait se réjouir ou non de ce supplément d'effectifs. Il se trouvait certainement parmi ces gens d'aspect minable de simples fuyards ayant quitté les drapeaux, soldats maltraités, poltrons ou désireux de liberté; mais sans doute y avait-il au milieu d'eux tout autant d'individus suspects recherchés moins par la justice militaire que par le tribunal civil, en un mot de sinistres aventuriers qui s'attribuaient gratuitement le titre de déserteurs; le brigandage était leur véritable profession et ils semblaient échappés non pas des casernes d'Antioche, d'Alexandrette ou d'Alep, mais plutôt du bagne de Payas. Il était extrêmement difficile de deviner le véritable état civil des soixante nouveaux venus, car tous avaient la même expression effarouchée, sournoise et avilie, bien naturelle chez de tels évadés qui doivent tenir tête jour et nuit aux gendarmes lancés à leur poursuite et ne peuvent jamais se risquer dans les villages avant deux ou trois heures du matin pour quémander un morceau de pain auprès de leur compatriotes tremblants de frayeur. Les os de ces déserteurs affamés — car on ne pouvait presque plus parler de corps réels — étaient recouverts de haillons, restes de l'uniforme turc couleur de désert. Ce que l'on pouvait voir de leurs visages, au milieu d'une forêt de barbe et de cheveux pouilleux, était bruni de soleil et de crasse. Leurs yeux d'Arméniens ne reflétaient pas seulement la grande souffrance générale; il s'y en mêlait encore une autre, particulière, la souffrance laide d'âmes nocturnes et dissimulées qui retombent peu à peu au stade de l'animalité. Cette racaille semblait avoir reçu son congé de l'humanité entière. Seul le déserteur Sarkis Kilikian, que l'on appelait le Russe, ne donnait pas une telle impression, au moins par son extérieur, bien que la société humaine soucieuse de sa sécurité l'ait rejeté loin d'elle plus impitoyablement encore que les autres. Dès le premier coup d'œil, Gabriel reconnut en lui le fantôme qui lui était apparu l'autre nuit sur la place des trois tentes. Comment ces soixante personnages fort louches allaient-ils être répartis parmi les groupes de dix, sans porter préjudice à la discipline naissante ? Cette question ne pouvait être résolue d'un moment à l'autre. En attendant, malgré leurs grimaces d'étonnement, on les envoya à la dure école de Tchauch Nurhan où, pour avoir à boire et à manger, ils durent se soumettre à des exercices militaires aussi fatigants que ceux auxquels ils avaient voulu se soustraire.

Cependant l'enseignement pratique de Nurhan n'était pas la tâche essentielle qui s'exécuta pendant ces jours de travail intense ; l'essentiel, c'était la préparation et la construction des tranchées. Les lignes bleues et brunes que Gabriel avait tracées sur les cartes d'Awakian devaient maintenant entrer dans le domaine de la réalité. Comme il y avait à ce moment sur le Damlajik plus de mains que de pelles, de bêches et de pioches, l'ouvrage fut distribué à deux équipes différentes qui se relayaient dans leurs occupations respectives. Suivant le plan de Bagradian, c'était la réserve qui devait se charger des divers travaux ; ces onze cents hommes et femmes n'auraient à se grouper en formations régulières qu'au moment des combats et resteraient d'ordinaire au camp pour s'y rendre utiles et assurer des services d'intérêt général. Mais toute cette fraction du peuple se trouvait encore en bas, dans les villages.

Comme Gabriel Bagradian l'avait supposé, le Damlajik présentait treize points d'attaque aux assauts de l'ennemi. Le secteur le plus découvert était au Nord, vers l'étroite entaille que Gabriel appelait le « col Nord », et qui séparait la montagne de toutes les autres parties du Musa Dagh descendant vers Beilan. Le second de ces emplacements, déjà beaucoup moins menacé, était le large débouché de la gorge des yeuses qui surplombait Yoghonoluk. Les autres zones dangereuses du rebord occidental étaient un peu moins exposées et il en allait généralement de même sur tous les points où les pentes raides s'adoucissaient et où les bergers et leurs troupeaux avaient dessiné de minces pistes de transhumance. Seule faisait exception l'énorme tour rocheuse du versant méridional appelée sur la carte « le bastion Sud » ; elle dominait les vastes champs d'éboulis qui, depuis la plaine de l'Oronte, montaient jusqu'au sommet en degrés et en terrasses abruptes. Sous la direction de Samuel Awakian, on construisit d'après un minutieux croquis de Bagradian quelques murs d'une hauteur respectable faits de gros blocs de pierre, d'abord sur la tour elle-même, puis aussi à sa droite et à sa gauche. L'étudiant s'étonnait de voir édifier des remparts si compliqués en vue de la simple protection. L'idée qu'il se faisait de la guerre était encore très fantaisiste et incomplète ; aussi ne comprenait-il que rarement les intentions de son maître. Donc, c'était au Nord, au point le plus vulnérable de la forteresse naturelle, que le plus dur restait à faire. Gabriel Bagradian avait jalonné de ses propres mains la tranchée principale qui, avec toutes ses sinuosités et ses zigzags, mesurait plusieurs centaines de pas. A l'Ouest, elle s'appuyait au complexe rocheux tourné vers la mer qui formait un labyrinthe imprenable avec ses mille barricades, couloirs, redoutes et cavernes. A l'Est, Bagradian assura sa tranchée au moyen de postes avancés et d'abatis d'arbres. Par un heureux hasard, la majeure partie du terrain était à cet endroit composée de terre meuble. Pourtant, les bêches se heurtaient sans cesse à de gros blocs de calcaires et de dolomites, ce qui retardait de beaucoup les progrès de l'ouvrage ; dans ces conditions, on ne pouvait guère espérer avoir terminé cette tranchée en moins de quatre jours. Pendant que les hommes musculeux et même quelques paysannes creusaient et rejetaient la terre, les jeunes garçons, armés de faucilles et de couteaux, rasaient en certains points les arbustes nains qui rampaient sur le sol devant le fossé, afin d'assurer aux tireurs un horizon parfaitement libre. Bagradian ordonna de toujours aplanir immédiatement sur la surface de la montagne la terre retirée de la tranchée. Un de ses plus grands soucis était de masquer dans sa totalité la large fente pour qu'on ne vît pas trace de main humaine sur la pente embroussaillée qu'elle côtoyait sur toute sa longueur. Sans compter la tranchée de réserve dont la construction était prévue dans l'ondulation de terrain voisine, le plan envisageait encore la préparation de douze positions de moindres dimensions.

Le pasteur Aram Tomasian, chargé de veiller à l'organisation intérieure, avait également compté qu'on pourrait entreprendre sans retard l'édification des demeures particulières. Mais on ne commença ni le hangar-hôpital projeté, ni la baraque de l'administration ni encore moins, cela va sans dire, les huttes de branchages à l'intention du peuple. On voyait seulement le sacristain, le fossoyeur et quelques gens pieux, le marteau en main, travailler déjà à l'échafaudage de l'autel au milieu du vallon de la ville. Même un cadre était déjà dressé, très haut, et fait de rameaux de buis entrelacés, carcasse du mur de fond pour le sanctuaire. Le soir était venu, Gabriel, épuisé, était étendu par terre et examinait cet autel imparfait qui lui paraissait démesurément grand. Malgré sa somnolence, il remarqua que quelqu'un le fixait. C'était Sarkis Kilikian, le déserteur. Cet homme pouvait être plus jeune que Gabriel ; peut-être n'avait-il que trente ans à peine. Et pourtant, ses traits étaient marqués et ravagés comme ceux d'un cinquantenaire prématurément usé. La peau de son visage, blafarde malgré l'ardeur du soleil, se tendait, mince et élastique, sur une véritable tête de mort au sourire sarcastique. Sa face semblait moins creusée par la souffrance que par une vie intensément, fanatiquement vécue. Il était rassasié de la vie, rassasié jusqu'au dégoût. Bien que son uniforme fût aussi en lambeaux que celui des autres déserteurs, il donnait l'impression d'une élégance teintée de barbarie ou d'une barbarie teintée d'élégance. La cause en était surtout à ce que, seul parmi tous ses acolytes, il était rasé de près, avec grand soin.

Gabriel sentit soudain le froid l'envahir et se mit sur son séant. Il tendit une cigarette à l'individu. Kilikian la prit sans mot dire, sortit de sa poche une sorte de briquet primitif, fit jaillir quelques étincelles qui, après plusieurs essais infructueux, finirent par se communiquer à une bande d'étoupe; après quoi, il se mit à fumer d'un air aussi blasé que si la cigarette de luxe offerte par Bagradian avait été son tabac ordinaire. Tous deux à présent se regardaient en silence; le malaise de Gabriel allait croissant. Le Russe ne détachait pas son regard mort et pourtant méprisant des mains blanches de Bagradian; celui-ci, n'y tenant plus, l'apostropha durement :

« Eh bien ! qu'est-ce que tu me veux ? »

Sarkis Kilikian souffla une épaisse bouffée de fumée, mais ne modifia en rien son attitude. Le plus énervant en lui, c'était qu'il ne détournait toujours pas ses yeux des mains de Gabriel. Il semblait se perdre en profondes considérations sur un univers où il existe des mains aussi douces et soignées. Finalement, il ouvrit sa bouche sans lèvres et découvrit de vilaines dents noirâtres. Il y avait dans sa voix creuse moins de haine encore que dans ses paroles :

« Ce n'est pas une occupation pour un monsieur de la haute... »

Bagradian sauta sur ses pieds. Il aurait voulu trouver une réponse énergique. Mais à son vif dépit, il ne lui en vint aucune à l'idée. Le Russe lui tourna lentement le dos et dit, plutôt pour lui-même que pour son interlocuteur, dans un français dont l'accent n'était pas mauvais :

« On verra ce qu'on pourra durer. »

Quand on fut réuni autour du feu de bivouac, Gabriel se renseigna, auprès de plusieurs hommes, sur ce qu'était Sarkis Kilikian. Depuis quatre mois déjà, c'était une figure bien connue dans tout le rayon du Musa Dagh. Il n'appartenait pas aux déserteurs indigènes, et cependant les saptiéhs le recherchaient plus que tout autre. Grâce à Chatakhian, Gabriel apprit dans sa totalité l'histoire de la vie de ce fameux Russe. Les instituteurs des sept villages se distinguaient en général par une puissante imagination; aussi Bagradian aurait-il presque soupçonné Chatakhian d'ajouter à cette destinée typiquement arménienne quelques traits d'horreur librement inventés, pour suppléer au pittoresque qu'il trouvait peut-être insuffisant. Mais Tchauch Nurhan était assis à côté d'eux et, à chaque détail, inclinait la tête d'un air de grave acquiescement. Tchauch Nurhan s'était rendu fâcheusement célèbre par les bienfaits qu'il prodiguait aux déserteurs et par la connaissance intime qu'il avait de leur existence. Et quant à son imagination, il n'y avait vraiment pas lieu d'en redouter l'exubérance.

Sarkis Kilikian était né à Doert Yol, grand village situé dans la plaine d'Issus, au nord d'Alexandrette. Avant qu'il eût douze ans, les fameux carnages d'Abdul Hamid éclatèrent en Anatolie et en Cilicie, d'un moment à l'autre, comme un orage dans un ciel pur. Le père de Kilikian était horloger et orfèvre ; c'était un petit homme tranquille, qui tenait avant tout à ce que ses cinq enfants, dans la mesure où ses moyens le lui permettaient, pussent acquérir de belles manières et avoir une bonne instruction. Comme il possédait une jolie fortune, Sarkis, l'aîné, devait être envoyé au séminaire pour y faire ses études et devenir prêtre. A Doert Yol, ce jour-là, ce jour terrible, l'horloger Kilikian ferma son magasin dès midi. Mais cette précaution ne lui servit de rien ; à peine était-il rentré chez lui pour dîner dans l'appartement contigu qu'il entendit arriver l'horrible clientèle, réclamant à grands cris l'ouverture de la boutique. Mme Kilikian, une grande Arménienne blonde, originaire du Caucase, avait déjà servi le repas lorsque son mari, pâle comme un linge, se leva de table pour aller rouvrir la porte du magasin. L'horloger rassura sa femme en lui disant que le mieux était de laisser piller le magasin et de sauver ainsi sa propre vie. Sarkis Kilikian se rappellera toujours l'éternité que furent pour lui les minutes suivantes, aussi longtemps qu'une âme humaine peut en ce bas monde demeurer semblable à elle-même, malgré mille revirements ou pérégrinations. Il courut dans l'atelier à la suite de son père ; toute une foule d'hommes y avait déjà pénétré, brillante et pittoresque troupe d'assaut composée d'hamidijéhs de Sa Majesté le Sultan. Le chef de cette troupe était un jeune homme au visage rose et florissant, fils d'un petit fonctionnaire. Ce qu'on remarquait le plus sur ce jeune Turc rondelet, c'était une abondance de décorations et de médailles fort étranges dont sa tunique était constellée. Tandis que deux Kurdes, graves et d'esprit pratique se mettaient aussitôt au travail et vidaient soigneusement le contenu des tiroirs dans leurs havresacs, le fils de fonctionnaire au plastron éblouissant paraissait concevoir sa mission d'une façon purement politique. Son visage niais et enfantin rayonnait de conviction tandis qu'il apostrophait l'horloger d'une voix tonnante : « Tu es un usurier et un vampire ! Tous ces cochons d'Arméniens ne sont que des usuriers et des vampires ! Giaours impurs, c'est vous qui êtes cause de la misère de notre peuple ! » — Maître Kilikian, sans se troubler, montra du doigt la loupe, les pincettes, les rouages et les ressorts posés sur sa table de travail : « Pourquoi me traites-tu d'usurier ? » — « Toutes ces choses-là ne sont que mensonges, et tu t'en sers uniquement pour dissimuler l'usure que tu pratiques. » La conversation ne fut pas terminée, car à ce moment plusieurs coups retentirent dans la pièce étroite et basse. Le petit Sarkis sentit pour la première fois l'odeur étourdissante de la poudre. Il ne comprit pas tout d'abord ce qui s'était passé, jusqu'au moment où son père se pencha sur la petite table comme pour travailler, mais aussitôt s'écroula sur le sol en entraînant le meuble dans sa chute. Sans proférer le moindre son,

Sarkis se faufila jusque dans l'appartement. Sa mère aux blonds cheveux, retenant son souffle, attendait, collée au mur, toute droite. Ses deux mains serraient convulsivement à droite et à gauche ses deux petites filles, âgées de deux et quatre ans. Ses yeux ne lâchaient pas le nourrisson couché dans le berceau. Mesrop, garçonnet de sept ans, regardait d'un air affamé le beau kékab de mouton qui fumait toujours paisiblement sur la table. Mais lorsque les hommes en armes firent irruption dans la pièce, Sarkis avait déjà saisi le plat de viande, et il le lança à la figure du chef avec un élan désespéré. Le projectile atteignit l'officier au beau milieu de son visage gras et rose. L'intrépide rejeton de fonctionnaire, poussant un cri d'effroi, se baissa comme s'il avait reçu un obus. La sauce brune du ragoût coulait sur son splendide uniforme. Ce fut ensuite le tour de la grosse cruche de grès qui eut, elle, d'encore meilleurs résultats. Le chef de la troupe se mit à saigner du nez, mais, tout en geignant, il ordonna néanmoins à ses hommes d'aller toujours plus avant. Le petit Sarkis, armé du couteau à découper se planta résolument devant sa mère pour la protéger. Cette arme inoffensive, entre les mains d'un enfant de onze ans, suffit à éviter un corps à corps avec les invincibles hamidijéhs, bien que la femme fût encore jeune et désirable. L'un d'eux se précipita lâchement vers le berceau, arracha la petite créature vagissante à ses couvertures et fracassa contre le mur le crâne du nouveau-né. Sarkis se serra étroitement contre le corps raidi de sa mère, dont les lèvres closes laissaient échapper un étrange gémissement. Là-dessus éclatèrent, comme un tonnerre, une suite ininterrompue de détonations crépitantes dont la cible était faite d'une femme et de quatre enfants. La chambre était pleine de fumée et les brutes tiraient mal. Le destin, diabolique dans ses desseins insondables, voulut que Sarkis ne fût touché par aucune de leurs balles. Le premier qui mourut, ce fut le petit Mesrop. Les cadavres des deux fillettes pendaient inertes et flasques aux mains de leur mère qui ne les lâchait pas. Sa haute silhouette épanouie demeurait raide et immobile. Une balle l'atteignit au bras droit. Sarkis sentit dans son dos le bref sursaut qui la parcourut. Deux autres coups lui brisèrent l'épaule. Toujours debout, elle ne broncha pas et ses mains retenaient encore les corps de ses enfants. Lorsque deux autres balles encore lui arrachèrent la moitié du visage, elle chancela et se pencha sur Sarkis qui voulait la retenir; le sang maternel coula à flots sur les cheveux du petit garçon, puis finalement elle s'abattit entièrement sur lui. Il restait couché sous le corps pesant et chaud de sa mère qui respirait encore, et ne broncha pas d'un pouce. Quatre coups vinrent se perdre dans le mur. Le jeune chef au visage rebondi estima alors que son œuvre était accomplie. « La Turquie aux Turcs », claironna-t-il, mais personne ne fit écho à son cri de triomphe après une victoire si glorieusement gagnée. Pendant que Sarkis demeurait couché sur le sol sous la sauvegarde de sa mère, tous ses sens étaient exaspérés à l'extrême. Il entendit une conversation qui lui permit de conclure que le chef de la troupe se conduisait ignoblement dans un coin de la pièce. « Pourquoi fais-tu cela ? prononça une voix sur un ton de reproche; il y a des morts ici. » Mais le champion convaincu du parti national ne se laissa pas déranger et grogna : « Jusque dans la mort, ils sauront que nous sommes les maîtres et qu'ils ne sont que puanteur. » Un profond silence s'était fait depuis longtemps lorsque Sarkis, baigné de sang, osa se glisser au-dessous du corps de sa mère. Ce mouvement parut rendre quelque connaissance à Mme Kilikian. Elle n'avait plus de figure, mais sa voix n'avait pas changé et était toujours aussi calme : « Va me chercher de l'eau, mon enfant. » La cruche était cassée. Sarkis se hasarda avec un verre jusqu'au puits de la cour. Lorsqu'il revint, sa mère respirait encore, mais ne pouvait plus ni boire ni parler.

Le petit garçon fut envoyé chez de riches parents qui habitaient Alexandrette. Au bout d'un an, il semblait remis de toutes ses épreuves; toutefois, il ne mangeait presque pas et personne, pas même ses parents adoptifs, pourtant très affectueux, n'arrivait à tirer de lui autre chose que les mots strictement nécessaires à la vie. L'instituteur Chatakhian était très exactement renseigné sur tous ces détails, car c'était la même famille d'Alexandrette qui lui avait rendu possible son séjour en Suisse. Plus tard, Sarkis se rendit à Edchmiadsin, en Russie, pour y faire ses études au grand séminaire de théologie à l'usage du peuple arménien. Les élèves de cette fameuse académie pouvaient facilement faire leur chemin dans l'église grégorienne et y atteindre jusqu'aux suprêmes dignités. La discipline religieuse à laquelle devaient se soumettre les étudiants n'était vraiment pas dure. Et cependant, Sarkis Kilikian qui nourrissait en lui un amour violent, pour ne pas dire une passion maladive de liberté, s'enfuit du séminaire avant même d'y avoir terminé sa troisième année. Il allait avoir dix-huit ans, lorsqu'il errait dans les ruelles sordides de Bakou, sans posséder rien d'autre que sa vieille soutane de séminariste et une faim de plusieurs jours. Il ne put se résoudre à écrire à ses parents adoptifs et à leur demander de lui envoyer de l'argent. A partir du jour où il s'était enfui d'Edchmiadsin, ces braves gens restèrent sans nouvelles de leur protégé. Sarkis Kilikian n'avait pas le choix entre plusieurs solutions : il lui fallait chercher du travail. Le travail qu'il trouva, c'était le seul qui s'offrît à Bakou en abondance, le servage sur les immenses champs de pétrole qui s'étendent tout le long de la côte désolée de la mer Caspienne. Là-bas, en quelques mois, sa peau devint jaune et flétrie sous l'action du pétrole et des émanations du sol. Tout son corps se dessécha comme un arbre qui dépérit. Étant donné son degré de culture et son caractère, il n'est pas étonnant qu'il se sentît entraîné par le mouvement de révolution sociale qui commençait à gagner alors la population ouvrière de l'Orient russe, Géorgiens, Arméniens, Tatares et Persans. Sans doute, le gouvernement tsariste excitait sans cesse les diverses races les unes contre les autres, mais il ne pouvait vaincre le mouvement irrésistible qui les unissait pour lutter contre les magnats du pétrole. Chaque année, les grèves se faisaient plus importantes et remportaient de plus éclatants succès. Au cours d'une de ces révoltes, il arriva que les cosaques se livrèrent à un effroyable carnage. En guise de réponse, le gouverneur de la province, un prince Galitzine, fut traîtreusement assassiné pendant une promenade en voiture. Sarkis Kilikian se trouva au nombre des inculpés. Pendant l'instruction du procès, on ne put produire aucune preuve convaincante contre lui. Kilikian avait dû être fort étrange dans sa façon de s'occuper de politique. Il n'avait jamais prononcé de discours ni joué de rôle capital dans aucune organisation secrète. Nul ne pouvait produire contre lui de déposition précise. Mais être « séminariste évadé », c'est déjà appartenir à une classe suspecte d'où sortent généralement les meneurs les plus acharnés. Cela constituait une accusation suffisante. Sarkis fut envoyé à la Katorga de Bakou et condamné à la réclusion perpétuelle. Il y aurait irrémédiablement péri au milieu des rats et des ordures, si le destin n'avait décidé de lui prodiguer ses bienfaits par un détour ingénieux. Le successeur du Galitzine assassiné fut un prince Woronzow. Le nouveau gouverneur, célibataire, avait fait venir à Bakou, pour résider avec lui au palais du gouvernement, sa sœur également célibataire. Chez la princesse Woronzow, l'état de vieille fille avait pour conséquence une grande dureté envers elle-même. Très active et pleine de bonne volonté, elle ouvrait dans toutes les provinces où était nommé son frère un étrange bureau de rédemption des âmes. Quiconque est dur envers soi l'est généralement aussi envers les autres. Aussi, cette grande dame avait-elle fini par devenir, sans exagération, une sadique de la charité. Son pieux regard allait toujours droit aux prisons, dans toutes les villes où elle arrivait. Les grands poètes du terroir russe lui avaient appris que descendre parmi les pécheurs, c'est entrer dans le voisinage immédiat du royaume divin. Dans les prisons, elle mettait surtout son point d'honneur à sauver les jeunes intellectuels et les dévoyés politiques. Ainsi, Sarkis Kilikian se vit conduit tous les matins avec ses confrères d'infortune dans une caserne vide où l'on essayait sur lui la cure de rédemption suivant les principes d'Irène Woronzowa et sous la direction effective de la princesse. La cure consistait d'une part en durs exercices corporels, d'autre part en cours de morale. La princesse reconnut dans le jeune Arménien un fils de démon incarné, et le plus séducteur de tous. Cette âme valait le prix de la lutte. Aussi la dame prit-elle Kilikian sous son égide personnelle.

Le corps sec du démon devait, des heures durant, peiner et suer sous de durs exercices bienfaiteurs, mais son âme était traitée avec plus de ménagements. A sa grande joie, Irène Woronzowa remarqua bientôt les progrès incroyables que faisait Kilikian dans le sens du droit chemin. Les heures qu'elle passait avec ce Lucifer taciturne commençaient à l'illuminer elle-même. Il lui arrivait souvent de rêver la nuit la suite des demandes et réponses de son enseignement. Il va sans dire que ce docile élève méritait d'être récompensé. La princesse obtint en sa faveur des libertés toujours plus grandes. La première de celles-ci fut qu'on lui enleva ses chaînes et la dernière eut pour conséquence que Kilikian ne fut plus logé dans la prison, mais dans une petite chambre de la caserne vide. Malheureusement, il ne fit pas longtemps usage de ce charmant asile. Dès le troisième jour qui suivit l'installation du prisonnier, Kilikian avait disparu, gratifiant ainsi la princesse Woronzow d'une amère expérience dans sa lutte contre le démon. Mais où s'enfuir quand on est en Caucasie russe ? En Caucasie turque ! Un mois plus tard, Sarkis dut reconnaître qu'il avait fait un mauvais calcul et quitté un paradis pour un enfer. Lorsque, à demi mort de faim, il se mit à chercher du travail à Erzeroum, les sbires le traînèrent à la police. Comme il ne s'était pas présenté au conseil de revision et n'avait pas non plus versé le bédel réglementaire, il fut condamné sur-le-champ comme déserteur militaire à trois ans d'incarcération. Dans la prison d'Erzeroum, le sculpteur qui modèle la créature et dont les desseins sont insondables, mit la dernière main à Sarkis Kilikian. C'est là qu'il acquit cette mystérieuse indifférence que Gabriel Bagradian avait déjà devinée chez le fantôme nocturne, indifférence dont un seul mot ne réussirait pas à définir le contenu véritable. Sa réclusion dura jusqu'aux mois qui précédèrent la déclaration de la grande guerre. Bien qu'à l'inspection le médecin le reconnût peu apte au service armé, Kilikian fut aussitôt incorporé aux recrues d'un régiment d'infanterie à Erzeroum. La vie qu'il mena alors ressemblait, au moins de loin, à une existence humaine. Il put constater à cette époque-là que son corps d'apparence si fragile possédait une force de résistance à toute épreuve. Le régime militaire, malgré ses multiples contraintes, semblait encore être celui qui répondait le mieux à la nature de Sarkis Kilikian. Pendant le premier hiver de la guerre, son régiment prit part à la mémorable campagne du Caucase conduite par Enver Pacha au cours de laquelle le frêle Mars turc perdit un corps d'armée entier et faillit tomber aux mains des Russes avec tout son quartier général. Le détachement qui couvrit la fuite de l'état-major et assura à Enver la vie et la liberté se composait presque uniquement d'Arméniens ; et c'était un Arménien qui avait emporté sur son dos le généralissime hors de la ligne de combat. Lorsque Chatakhian prétendit que Sarkis se trouvait parmi ces Arméniens, Gabriel, craignant que l'instituteur n'eût enjolivé son récit d'un détail peu authentique, jeta vers le vieux Tchauch Nurhan un regard interrogateur. Mais celui-ci acquiesça avec calme et gravité. Sans chercher plus longtemps à vérifier si Kilikian avait ou non combattu parmi ces braves, un fait certain, c'est qu'Enver ne laissa pas longtemps la nation entière attendre le remerciement qu'elle avait mérité par ce sauvetage. A peine le soldat Sarkis Kilikian était-il remis des blessures qui s'étaient ouvertes à ses pieds gelés, à peine avait-il quitté les dalles d'un hôpital encombré pour aller coucher sur les dalles d'une caserne tout aussi encombrée, qu'un édit du ministre de la Guerre fut proclamé, en vertu duquel tous les Arméniens étaient honteusement exclus des compagnies, privés de leurs armes et abaissés au rang d' « inchaat tabouri », méprisables soldats employés aux travaux grossiers. De tous les coins de l'empire, on les rassembla, puis on leur ôta leurs fusils et, en misérables troupeaux, on les emmena vers le Sud-Est, dans la région accidentée qui s'étend autour d'Ourfa. Là, mourants de faim et menacés à toute heure de subir la bastonnade, ils charriaient les pierres nécessaires à la construction d'une route que l'on établissait dans la direction d'Alep. Un ordre exprès leur interdisait de se protéger par des coussinets contre leurs fardeaux aux angles aigus, bien que dès les premières heures de travail sous le soleil ardent leurs épaules et leurs nuques fussent déjà écorchées cruellement, et couvertes d'ecchymoses. Tandis que tous les autres geignaient et se lamentaient, Sarkis Kilikian, sans émettre un son, faisait résolument le chemin de la carrière à la route, de la route à la carrière, comme si son corps avait oublié depuis longtemps la conscience de la douleur. Un jour, le commandant fit mettre en rangs tous les hommes des inchaat tabouris. Il y avait parmi eux, par hasard ou par mesure correctionnelle, quelques mahométans. On les fit sortir des rangs. La troupe des Arméniens désarmés marcha une heure environ sous la conduite de deux officiers en tournant le dos à leurs campements ; ils atteignirent ainsi une riante vallée resserrée entre deux collines. « Ce sont les collines de Tcharmélik », chanta l'un d'eux qui, originaire de cette région, se réjouissait sans méfiance d'une si belle journée sans travail. Mais sur les doux herbages de cette vallée, on ne voyait pas seulement du thym et du romarin, des orchidées, de la pimprenelle et de la mélisse ; il s'y trouvait aussi, chose étrange, toute une compagnie armée sur pied de guerre. Les Arméniens ne se doutaient de rien. Lorsqu'on les disposa en une longue file sur le versant de la colline, ils n'avaient pas encore la moindre défiance. Alors, soudain, sans que rien ne les y ait préparés, ils entendirent des coups partir de l'aile droite. Des cris horribles déchirèrent les airs ; c'étaient moins des hurlements d'effroi que l'explosion d'un étonnement sans bornes. (Une femme qui faisait partie de l'auditoire interrompit à cet endroit l'instituteur Chatakhian : « Dieu qui siège parmi ses anges peut-il oublier ces cris ? » Puis elle fut prise d'une crise de larmes qu'elle ne put réprimer qu'à grand'peine.) Sarkis Kilikian eut la présence d'esprit de se jeter par terre. Les balles passèrent au-dessus de lui avec un sifflement, mais ne le touchèrent point. Pour la seconde fois, il échappa à la mort par les Turcs. Il resta étendu parmi les cadavres et les agonisants jusqu'à la tombée de la nuit. Mais avant que le soir fût venu, la prairie en fleurs, où la politique nationaliste d'Enver venait de faire couler le sang, fut encore visitée par un autre public. Car les maraudeurs de la région ne voulaient pas laisser perdre ni dépérir le bien de l'Etat qu'avaient porté sur leur dos les « criminels exécutés ». Leur rapacité se portait avant tout sur les bottes militaires de bonne qualité. Pendant leur difficile ouvrage, ils psalmodiaient une des chansons que la déportation avait mises à la mode dans le pays. Le premier vers commençait par une onomatopée : « Kessé kessé surur jarlara. — Par le meurtre, par le meurtre, on les force à avancer. » Ce fut bientôt le tour des bottes de Kilikian. Il tendit ses muscles à les rompre pour simuler la rigidité du cadavre. Les brigands, furieux, tiraillèrent ses pieds en tous sens; il s'en fallut de peu qu'ils n'en vinssent à les lui trancher d'un coup de hache pour s'emparer de ses bottes. Ces aimables clients disparurent à leur tour, fredonnant une nouvelle chanson : « Hep gitdi, hep bitdi ! — Tous supprimés, tous liquidés ! » Cette nuit marqua le début des errements sans fin de Sarkis Kilikian. Il passait les journées dans des repaires sauvages, et, pendant les nuits, il courait sur des chemins inconnus, à travers les steppes et les champs marécageux. Il ne mangeait rien ou, plus exactement, se nourrissait de ce que portait la terre où il passait. Il ne se risquait que rarement dans un village, frappant parfois à une porte arménienne quand l'obscurité était complète. Le corps diabolique de Sarkis révéla alors quelles forces surhumaines il renfermait. Ce squelette tendu de parchemin, au lieu de mourir sur la route, atteignit, dans les premiers jours d'avril, Doert Yol, son ancienne patrie. Au mépris du danger, Kilikian se rendit vers la maison de son père qu'il avait quittée vingt ans auparavant, entraîné par des amis en larmes. La maison était demeurée fidèle à la profession de son père : un horloger-orfèvre l'habitait. Le bruit familier de la lime et du petit marteau retentissait dans le magasin. Sarkis entra. L'horloger épouvanté voulut chasser Sarkis, mais lorsque celui-ci lui eut révélé son nom, le nouveau propriétaire de la maison tint conseil avec toute sa famille. On donna au fuyard un lit de fortune dans la grande pièce où s'était déroulée l'horrible tragédie. Après vingt ans, on voyait encore sur les murs la trace des balles. Kilikian demeura deux jours dans cet asile. Entre temps, l'horloger lui procura un fusil et des munitions. Lorsqu'il demanda à Kilikian quel service encore il pourrait lui rendre, celui-ci ne désira qu'un rasoir, puis disparut dès que la nuit fut tombée. Deux nuits plus tard, il rencontra dans le village de Gomaidan deux déserteurs qui, avec des mines de connaisseurs sérieux et capables, lui recommandèrent le Musa Dagh comme résidence d'une sécurité éprouvée.

Telle était l'histoire de Sarkis Kilikian, le Russe, comme Gabriel Bagradian la recueillit d'après le récit de Chatakhian, le silence affirmatif de Tchauch Nurhan et les additions ou restrictions d'autres auditeurs. Toute cette imagerie monstrueuse se reflétait fidèlement dans son esprit émotif. L'Occidental qui persistait en lui éprouvait un respect mêlé d'effroi en songeant au tragique intense d'un tel destin et à la force surhumaine qu'il n'avait pu réussir à briser. Mais à ce respect s'ajoutaient un sentiment de répulsion et le désir de rencontrer aussi peu souvent que possible sur son chemin cette victime des cachots et des casernes ; après une longue délibération avec Tchauch Nurhan, Bagradian décida d'envoyer le Russe et les autres déserteurs occuper le bastion Sud. C'était le point le plus sûr de toute la défense, et d'autre part, le plus éloigné du campement.

Au matin du troisième jour, tout le monde rentra dans les villages. Seules quelques sentinelles de confiance demeurèrent sur le Damlajik auprès des provisions et des armes. C'était Ter Haigasoun qui l'avait exigé ; il ne fallait pas laisser les saptiéhs trouver les maisons vides, ou à moitié vides, en cas de perquisitions. L'absence de la jeunesse ne manquerait pas de les frapper, et ni les dociles disciples du pasteur Nokhoudian à Bitias, ni la présence des personnes plus âgées dans les autres villages ne suffiraient à dérouter leurs soupçons. Gabriel avait attendu cet ordre du prêtre. Il s'y cachait sans doute aussi une intention d'ordre éducatif. La jeunesse du Musa Dagh, qui jusqu'ici ne connaissait que par ouï-dire les horreurs de la persécution, devait voir maintenant de ses propres yeux la réalité vivante pour entamer ensuite la lutte avec une ardeur désespérée.

A l'heure exacte qu'avait prédite Ali Nassif, les saptiéhs arrivèrent à Yoghonoluk, au nombre de cent environ. C'était une marque visible de mépris de la part des autorités que d'envoyer si peu de force armée pour réduire un si grand district : les moutons arméniens n'offrent pas de résistance quand on les mène à l'abattoir. Les quelques exemples contraires fort appréciés par le gouvernement ne prouvent rien. Comment un faible peuple de marchands pourrait-il se mesurer avec une nation de héros ? La réponse à cette question, c'étaient les cent gendarmes expédiés à Yoghonoluk. Mais ceux-ci n'étaient plus de ces hardis massacreurs du temps d'Abdul Hamid. Il n'y avait plus parmi eux de ces visages grêlés dont un clignement d'yeux, cordial et cruel à la fois, vous faisait comprendre qu'on pouvait s'entendre avec eux, à condition d'y mettre le prix. C'était maintenant de la cruauté pure et simple, sans but accessoire. Ces saptiéhs-là ne portaient plus comme jadis des bonnets galeux de peau d'agneau, ni leur uniforme de hasard du bon vieux temps composé d'une tunique militaire et de quelques autres pièces d'habillement de nuance nettement civile. Les nouveaux venus étaient revêtus de l'uniforme kaki usité dans toute l'armée, encore parfaitement neuf et reluisant. Ils portaient autour de la tête, à la manière des Bédouins, des carrés de toile tombant très bas pour les préserver du soleil ou de la sueur ; cette coiffure leur donnait l'aspect inexorable des sphinx d'Égypte. Ils défilaient en rangs bien alignés, sans doute pas encore au rythme machinal des militaires d'Occident, mais plus en tout cas avec le balancement nonchalant de l'Orient. Malgré l'éloignement de Stamboul, l'Ittihad avait exercé son action sur ces saptiéhs d'Antioche et avait su fort adroitement transformer le fanatisme de la haine religieuse, dont l'ardeur ne dure pas longtemps, en fanatisme de haine nationale, plus froid, mais plus résistant à la longue.

Les gendarmes envoyés pour la déportation étaient commandés par le muafin ou commissaire de police d'Antioche. Celui-ci était accompagné du jeune mudir aux yeux rougeâtres dépourvus de cils, au visage et aux mains couverts de taches de rousseur. Vers midi, la troupe fit son entrée à Yoghonoluk, signalée depuis longtemps déjà par des éclaireurs, et s'arrêta sur la place de l'église. Les appels retentissants lancés par les trompettes turques se firent entendre, ainsi que des roulements de tambours. Mais malgré ces avertissements impériaux, les Arméniens restèrent chez eux. Ter Haigasoun avait fait expressément savoir à tous les habitants des sept villages de se montrer aussi peu que possible, d'éviter tout rassemblement et surtout de ne pas tomber dans le piège d'une provocation, quelle qu'elle fût. Le mudir donna lecture de la longue ordonnance de déportation à un public qui se composait des saptiéhs, de quelques flâneurs qui les avaient suivis et des fenêtres fermées donnant sur la place de l'église ; en même temps, cette ordonnance fut placardée sous forme d'affiches sur les murs de l'église, de la mairie et de l'école. Après cette action d'intérêt public, comme l'heure du dîner était venue, les saptiéhs s'installèrent par terre, firent un feu et se mirent à réchauffer leurs chaudrons de fouhl, fèves cuites à la graisse de mouton. Armés d'une galette de pain, ils puisaient leur part de la popote brûlante, et, tout en mâchant, assis sur leur séant, ils regardaient paresseusement le cadre qui les entourait. Quelles maisons c'étaient là ! Et toutes bâties en pierre, avec des toits solides et des vérandas de bois sculpté ! Sont-ils riches, ces Arméniens ! Et comme il y en a, de ces riches ! Chez soi, dans son propre village, on est déjà content quand les vieilles huttes de bois, noircies par les ans, ne s'écroulent pas sous le poids du nid de cigognes. Et l'église de ces porcs impurs est résistante et altière comme une forteresse, avec tous ses angles, ses recoins et ses saillies ! Heureusement qu'Allah est déjà en train de leur rabattre leur orgueil ! Ils ont fourré leurs mains partout, ils ont commandé à Stamboul, ils ont remué l'argent à la pelle. Longtemps, on les a laissés faire, malgré notre aveuglement, mais notre patience est désormais à bout. Le mudir et le muafin, eux aussi, s'étonnaient une fois de plus de constater la noble grandeur de la place principale. Peut-être le commissaire de police éprouva-t-il, mais pas plus longtemps qu'un clin d'œil, le sentiment d'insécurité qui envahit un barbare à la vue d'une civilisation supérieure à la sienne. Puis sans doute se rappela-t-il là-dessus, et avec une haine redoublée, le fameux mot de Talaat Bey que le kaimakam avait cité la veille encore en leur dictant leur mission : « S'ils ne disparaissent pas, ce sera à nous de disparaître. »

Le silence qui pesait sur la place, malgré le grand nombre des gendarmes, commençait à devenir inquiétant. La présence des quelques resquilleurs de la déportation qui s'étaient joints aux saptiéhs n'arrivait pas le moins du monde à dissiper cette impression. Toute la lie des ruisseaux d'Antioche et des localités importantes des environs était venue se déposer dans la vallée des sept villages. Cette racaille arrivait peu à peu, se traînant sur des pieds nus couverts d'une crasse épaisse ; ils provenaient de Menguljé, d'Hamblas et de Bostan, et aussi de Tumama, de Chahsini, d'Aïn Jérab et même du lointain Béled-es-Cheikh. Des yeux brillant d'une convoitise mal refrénée pillaient d'avance les maisons. Des paysans arabes, habitants des monts d'El Akra, au Sud, placidement assis sur leurs talons, attendaient le déclenchement d'événements fructueux. Même on voyait là un petit groupe d'Ansarijés, les plus inférieurs des parias du prophète, race d'esclaves, sans patrie et à demi arabe, voulant profiter de cette occasion, rare pour eux, de se sentir supérieurs à d'autres hommes. Quelques Mohadchirs se trouvaient également sur les lieux ; c'étaient des réfugiés de guerre que le gouvernement avait envoyés à l'intérieur et amicalement invités à se dédommager des pertes subies pendant les hostilités sur les possessions arméniennes.

Le silence oppressant fut brusquement rompu. Le commissaire de police qui guettait depuis longtemps une victime, se jeta sur un villageois qui, imprudent, était apparu sur le seuil de sa demeure. On poussa l'homme au milieu de la place. Le visage du commissaire de police était caractérisé par l'extrême dissemblance de ses yeux. L'œil droit était grand ouvert et regardait fixement ; le gauche était petit et enflé. Sa moustache d'adjudant avait beau se dresser, martiale et menaçante, et son menton s'avancer d'un air meurtrier, par la faute de ses yeux inégaux, le prévôt de la police était condamné à un terrifiant ridicule ou à une risible autorité. Comme il restait constamment conscient de ce défaut, de peur de paraître grotesque, il exagérait le côté terrifiant de sa personne et de sa fonction. Pour cette raison, il lui fallait encore accentuer une rudesse qui lui était déjà naturelle. Il essaya de rouler son œil droit en apostrophant l'Arménien :

« Comment s'appelle votre prêtre ? Comment s'appelle votre mouchtar ? »

L'homme, dans un murmure, donna les renseignements demandés. Une seconde plus tard, cent voix hurlèrent à travers la place :

« Holà, Haigasoun ! Où t'es-tu caché ? Viens te faire voir, Kéboussjan ! Hé ! là, Haigasoun et Kéboussjan ! »

Ter Haigasoun avait attendu dans l'église l'appel de son nom. Après la messe de la fête du jour, il était resté avec ses diacres à genoux au pied de l'autel sans déposer ses habits sacerdotaux. Il voulait apparaître aux saptiéhs dans toute la pompe et la majesté de sa charge. Cette intention répondait parfaitement au caractère de Ter Haigasoun. Il joignait à cette attitude solennelle un but qui trahissait ses dons de psychologue. Tout Oriental, quel qu'il soit, est toujours impressionné par les grandes cérémonies, les cortèges et le luxe des vêtements religieux. Ter Haigasoun escomptait par conséquent que ses insignes de prêtre atténueraient la rigueur des saptiéhs. Lentement il fit son apparition dans le porche de l'église, éblouissant de pourpre et d'or. Sur sa tête brillait la haute mitre grecque; dans sa main droite, il portait la crosse du rite arménien. Et, en effet, l'aspect grandiose du wartabed exerça son action sur la voix du chef de la police dont les aboiements d'anthropophage prirent un ton moins assuré :

« C'est toi le prêtre ! Je te tiendrai pour responsable de tout ! De tout ! Tu m'entends bien ? »

En guise de réponse, Ter Haigasoun inclina silencieusement sur sa poitrine son visage exsangue qui, sous le soleil ardent, semblait taillé dans un bloc d'ambre. Le grand-maître de la police sentait qu'il courait le danger de devenir poli, c'est-à-dire de se relâcher. De plus, son œil gauche enflé commençait à battre nerveusement. Ces deux faits le remplirent d'une amertume croissante. Il était grand temps pour lui de rappeler au mudir, à ses hommes et au prêtre la toute-puissance écrasante dont il était investi. C'est pourquoi il marcha sur Ter Haigasoun les poings levés, mais à son vif dépit il dut néanmoins s'arrêter à une distance respectueuse des plus humiliantes. Aussi sa voix se sentait-elle d'autant plus tenue de répandre à elle seule la terreur que sa digne personne aurait dû inspirer :

« Tu vas me livrer toutes les armes, toutes vos armes ! Tu m'as compris ? Et malgré ton costume de charlatan de bazar, je te tiens responsable du moindre couteau qu'on trouvera dans les villages.

— Nous n'avons aucune arme dans les villages. »

Ter Haigasoun prononça ces mots avec beaucoup de calme et de décision, car c'était la pure vérité. Entre temps, une petite tragi-comédie s'était déroulée dans le couloir obscur de la maison du mouchtar; elle se termina de la façon suivante : le vieux secrétaire de mairie à la maligne barbe en pointe sortit d'un bond devant la porte qui se referma vivement sur lui. De cette façon quelque peu brusque, le mouchtar Kéboussjan confiait à son collaborateur la charge de le représenter, à l'heure la plus difficile de toute sa carrière. Le malheureux pseudo-mouchtar, d'une pâleur fantomatique vint tomber chancelant dans les bras des saptiéhs qui l'entraînèrent devant leur chef. Il répéta en balbutiant la phrase de Ter Haigasoun :

« Nous n'avons aucune arme dans les villages. »

L'attitude tremblante du prétendu mouchtar ne manqua pas de plaire au commissaire. Elle le convainquit pleinement de sa divinité tonitruante. Il arracha sa cravache à un des gendarmes et la fit siffler dans l'air :

« Tant pis pour vous, si vous n'avez pas d'armes ! »

A ce moment, le mudir roux vint pour la première fois se mêler à l'action. Le jeune homme de Salonique tenait énormément à montrer à ce prêtre chrétien l'abîme infini qui séparait un homme de sa qualité d'un lourdaud de policier issu d'un obscur trou de province. L'Ittihad n'organisait plus de carnages à l'ancienne mode, l'Ittihad faisait une politique raffinée, l'Ittihad satisfaisait avec une volonté de fer les besoins indispensables de l'Etat, tout en s'efforçant, dans la mesure du possible, d'éviter les rigueurs inutiles. On avait une culture moderne. On était ennemi des méthodes par trop brutales, on mettait même son point d'honneur à avoir des nerfs sensibles. Aussi le mudir, après avoir jeté un court regard sur ses ongles longs et artistiquement taillés, se tourna très respectueusement vers Ter Haigasoun avec cette amabilité dangereuse dont tous les hauts fonctionnaires régnant sur la vie et la mort de leurs semblables savent faire un si judicieux usage :

« Tu sais ce qui a été décidé à votre sujet. »

Le prêtre le regardait, toujours résolu et muet. Le mudir, légèrement troublé par ce regard limpide, désigna du doigt les affiches :

« Le gouvernement a pris la résolution de vous faire changer de résidence. On vous procurera plus tard de nouveaux domiciles.

— Et où trouverons-nous ces nouveaux domiciles ?

— Ce n'est ni mon affaire ni la vôtre. Je n'ai pour ma part qu'à vous rassembler et vous n'avez pour l'instant qu'à marcher.

— Et quand devrons-nous nous mettre en route ?

— Cela dépendra de la conduite que vous adopterez, suivant laquelle je vous laisserai plus ou moins de temps pour mettre vos affaires en ordre et préparer votre départ conformément aux prescriptions. »

Le secrétaire de mairie, qui avait déjà repris contenance, demanda avec une humilité aux aguets :

« Et qu'aurons-nous le droit d'emporter, Effendi ?

234

— Seulement ce que chacun peut porter sur son dos et à la main. Tout le reste, vos champs, vos jardins, vos terrains, vos maisons avec ce qui s'y trouve de bien, meubles et immeubles, reviendra, en vertu du décret ministériel du quinze Nisan de cette année, à l'État, lequel, d'après la loi de déportation du cinq Majis, vous distribuera de nouveaux territoires en compensation des terrains que vous lui abandonnerez. Tout propriétaire foncier devra, pour recevoir une superficie équivalente à ses possessions actuelles, faire une demanda légale basée sur ses biens enregistrés au cadastre. La pétition devre être timbrée à cinq piastres. On peut recevoir le timbre aux bureaux de la gendarmerie. »

Cette chanson administrative s'écoulait des lèvres du rouquin d'une façon aussi suave et mélodieuse que s'il s'était agi d'un règlement relatif à la culture des arbres fruitiers. Le mudir dressa l'index avec une intention bienveillante :

« Dans votre propre intérêt, mieux vaut ne pas faire d'histoires, ne rien abîmer ni détruire et tout remettre à l'État dans l'ordre le plus parfait. »

Ter Haigasoun ouvrit les mains et les présenta grandes ouvertes au jeune pseudo-diplomate de Salonique :

« Nous ne conserverons rien, mudir. A quoi cela pourrait-il donc nous servir ? Prenez ce que vous trouverez. Les portes ne sont pas fermées. »

Le commissaire de police était agacé par le ton conciliant du mudir qui le frustrait de son autorité suprême. En fin de compte, c'était lui tout seul qui était chargé de commander la déportation; ce gratte-papier n'était qu'une personne accessoire qu'avait envoyée le kaima-kam pour l'accompagner. S'il laissait plus longtemps la parole à ce rond de cuir au discours sucré, personne ne voudrait plus croire qu'il était, lui, la police incarnée, venue de la ville d'Antioche. Il ouvrit aussi grand qu'il put le plus large de ses yeux, l'écarquilla comme celui d'un buffle, fit deux pas vers Ter Haigasoun et le saisit par son étole richement brodée :

« Tu vas maintenant me réunir six cents fusils et me les étaler là, sous mes yeux ! »

Ter Haigasoun regarda longuement sur le sol la place où il aurait dû déposer les armes, puis, d'un mouvement si brusque et vigoureux que le commissaire faillit tomber, il recula d'un pas en déclarant :

« Je t'ai déjà dit que nous ne possédons pas de fusils dans les villages. »

Le mudir eut un fin sourire. Son tour était revenu; il s'agissait maintenant d'atteindre un but non pas au moyen de roulements d'yeux et de hurlements barbares, mais d'adresse politique. Sa voix avait un son de bienveillance et de réflexion comme s'il avait eu l'intention de se rendre utile aux Arméniens :

« Depuis combien de temps es-tu prêtre dans ces villages, Ter Haigasoun, si tu me permets la question ? »

L'amabilité suspecte de ces paroles inquiéta Ter Haigasoun. Il répondit à voix basse :

« En automne après Wartawar, la vendange, il y aura exactement quinze ans.

— Quinze ans ? Attends ! Alors, l'année de la grande révolution, tu étais depuis huit ans déjà à Yoghonoluk. Maintenant, examine bien ta mémoire ! N'as-tu pas, cette année-là, reçu en dépôt quelques caisses pleines de fusils qui avaient été alors mises à votre disposition pour combattre contre l'ancien gouvernement ? »

Le mudir qui était entré en fonctions seulement au début de la guerre, posa cette question, guidé par une intuition ou plutôt par une supposition d'analogie : l'Ittihad avait, pensait-il, probablement recherché en Syrie les mêmes alliés qu'en Macédoine et en Anatolie. Il ne se doutait pas du tout qu'il venait de toucher le point sensible. Ter Haigasoun tourna la tête vers ses aides sacerdotaux qui ne s'étaient pas encore risqués à descendre les marches de l'église. Par ce rapide mouvement de tête, il semblait les prendre à témoin :

« Peut-être vos prêtres, mudir, ont-ils quelque chose à voir avec des armes. Chez nous, un tel usage n'existe pas. »

A cette minute périlleuse, le secrétaire de mairie se mit à gémir d'un ton de reproche :

« Mais nous avons toujours vécu en paix et ce pays est notre patrie depuis des temps infinis. »

Ter Haigasoun regarda le mudir d'un air pensif et parut mettre réellement sa propre mémoire à une rude épreuve :

« C'est exact, mudir ! Le nouveau gouvernement, à cette époque, a distribué des fusils aux Arméniens çà et là, sur divers points de l'empire. Si tu es assez âgé pour l'avoir su, tu te rappelleras également que dans toutes les communes, les autorités locales ont dû remettre des certificats de réception aux porteurs de ces armes. C'est le kaimakam, lequel était à ce moment mudir comme toi aujourd'hui, qui a organisé cette distribution d'armes. Il aura certainement conservé les certificats de réception, car ce sont des choses trop importantes pour qu'on les jette. Aussi je crois qu'il t'aurait sans aucun doute remis ces certificats avant de t'envoyer vers nous s'il y avait des fusils dans nos villages. »

Cet argument de Ter Haigasoun était irréfutable. On avait en effet, quelques jours auparavant, fouillé de fond en comble les dossiers de l'hukumet à Antioche justement à cause de ces certificats. On avait retrouvé de tels documents pour la plupart des cantons ; seul celui de Suédja et de ses environs paraissait vraiment n'avoir pas reçu d'armes en 1908. Le kaimakam prétendait néanmoins se souvenir du contraire, mais ne pouvait en donner aucune preuve. Ter Haigasoun, toujours impassible, avait donc trouvé la juste réponse. Par son attitude supérieure, il détruisait le beau calme diplomatique du mudir dont la voix se durcit et se fit ironique :

« Qu'est-ce que c'est qu'un reçu, après tout ? Un chiffon de papier ! Quelle valeur cela peut-il avoir après tant d'années ? »

Ter Haigasoun esquissa un geste d'indifférence :

« Si vous ne voulez pas nous croire, vérifiez et cherchez vous-mêmes ! »

Le commissaire, décidé à mettre fin à ces alternatives interminables et superflues, fit tomber de tout son poids son énorme patte de policier sur l'épaule du prêtre :

« Oui, nous allons chercher, fils de chien ! Mais en tout cas, vous êtes arrêtés tous les deux, toi et le mouchtar que voilà ! Je peux faire de vous ce que je veux. Votre vie est à mon entière disposition. Si nous trouvons des fusils, nous vous clouerons à la porte de l'église. Si nous n'en trouvons pas, je vous ferai suspendre au-dessus d'un feu. »

Deux saptiéhs enchaînèrent Ter Haigasoun et le secrétaire. Le mudir tira de sa poche une petite lime à ongles et se mit à s'occuper de ses doigts coquettement allongés. Ce geste par lequel il nettoyait ses ongles semblait exprimer le regret que causait au mudir cette cruauté nécessaire pour le bien de l'État et indiquait également que, fonctionnaire civil, il n'avait rien à voir avec la force armée. Néanmoins, il n'omit pas de donner un dernier avertissement d'une voix nonchalante : « N'oubliez pas les cimetières ! Ce sont des cachettes très en faveur dans les villages pour les fusils et les cartouches. »

Puis il partit faire une petite promenade, abandonnant le soin des autres opérations au muafin aux yeux inégaux. Sur l'ordre de ce chef redoutable, les saptiéhs se dispersèrent aussitôt en petits groupes. Ter Haigasoun fut obligé de s'asseoir sur le sol boueux de la place dans sa chasuble de soie raide. Pendant ce temps, les saptiéhs faisaient irruption dans les maisons d'alentour en poussant des cris sauvages. D'un moment à l'autre, on entendit s'élever derrière les murs des bruits de heurts, des cris aigus et des fracas de vaisselle. Des fenêtres volèrent en éclats et on en vit sortir, en quelques secondes, tapis, couvertures, oreillers, carpettes, chaises de paille, icones et cent autres accessoires ménagers sur lesquels la racaille de flâneurs se jeta avec des glapissements. Des ustensiles plus fragiles parurent ensuite : miroirs, lampes à pétrole, abat-jour, cruches, vases, assiettes qui venaient se briser sur le sol. Le tumulte et la dévastation firent lentement le tour de la place de l'église, puis se propagèrent tout le long de la rue principale. Pendant trois heures horribles, les prisonniers enchaînés restèrent sur le sol avant de voir les saptiéhs revenir de leur expédition. Leur butin était plus que pitoyable : deux vieux pistolets d'arçon, cinq sabres rouillés et trente-sept couteaux-poignards qui étaient, à vrai dire, des serpes de vignerons et des canifs de grandes dimensions. Les saptiéhs n'avaient d'ailleurs pas profané le cimetière, par défaut d'instruments autant que par paresse. Le chef de la police écumait de rage. Cet animal de prêtre avait donc été assez rusé pour lui voler un beau rapport débordant d'armes dissimulées. Quelle honte pour la police d'Antioche ! On mit d'un bond Ter Haigasoun sur ses pieds. L'œil écarquillé et l'œil gonflé s'enfoncèrent ensemble dans les siens. L'atmosphère que dégageait l'haleine du policier puait la haine et la graisse de mouton mal digérée. Le prêtre se détourna avec une grimace de dégoût. Un instant après, il reçut en pleine figure deux coups assénés avec le manche rigide de la cravache. Ter Haigasoun perdit quelques secondes connaissance; il chancela, se réveilla, et, surpris, attendit l'hémorragie. Elle se produisait enfin; le sang coula du nez et de la bouche. Un étrange sentiment de bien-être l'envahit lentement, tandis qu'il se penchait en avant pour ne pas souiller de son sang indigne son habit de prêtre voué au Christ. Il lui semblait entendre une voix lointaine et angélique qui chantait dans son cerveau : Ce sang est bon.

Et ce sang fut, en effet, bon, car il fit sur le jeune mudir de Salonique, qui revenait justement de sa petite sieste, une assez forte impression. C'était un champion convaincu de l'extermination, mais il n'éprouvait pas le besoin d'en être le témoin oculaire. Parmi les membres de l'Ittihad, le mudir n'était certes pas l'âme la plus endurcie. Il jugea opportun d'intervenir tout en évitant de donner la moindre preuve de faiblesse. Le temps pressait. Il fallait encore exécuter la même mission dans six autres localités. Comme le muafin avait pleinement satisfait son désir d'autorité et sa soif d'égards grâce au châtiment infligé à Ter Haigasoun, il fit un magnanime signe d'assentiment. Le prêtre et le secrétaire furent délivrés de leurs liens et autorisés à rentrer chez eux.

Ce jour s'écoula pour Yoghonoluk sans trop d'incidents, en tout cas avec beaucoup moins d'incidents que n'en comportent de telles journées dans la plupart des villes et des villages arméniens. Deux hommes seulement, qui s'opposaient à la perquisition dans leurs foyers, furent tués, et il n'y eut que deux jeunes femmes violées par les saptiéhs.

Gabriel Bagradian dut attendre vingt-quatre heures entières jusqu'à ce que vînt le tour de lui-même et de sa maison. De nouveau, ils passèrent tous ensemble une nuit blanche dans l'attente. On aurait dit que le sommeil n'existait plus. Les membres de tous les veilleurs étaient imprégnés de fatigue, masse inconsistante qui durcissait lentement à l'air. Plier le genou, lever la main, tourner la tête, c'étaient des mouvements qui exigeaient une énorme dépense de volonté.

Encore fallait-il être content de cette fatigue, car elle vous arrachait à la réalité et dressait entre le monde et ses souffrances un mur vaporeux et bienfaisant. C'est à Juliette qu'elle faisait le plus de bien. Elle qui, d'habitude, débordait de vitalité était à présent abattue comme sous l'effet d'un coup de massue. Ses yeux d'ordinaire si transparents étaient ternes et troubles dans son visage flasque ; ses cheveux, desséchés et tout désordonnés après la nuit de veille. Elle portait la même robe de voyage froissée qu'au jour de la répétition générale sous la tente. Telle une douleur physique insupportable qui disparaît et revient sans cesse, toujours la même pensée harcelait son esprit détendu : lui est Arménien, moi je suis Française. Malgré le sacrement du mariage, nous restons deux êtres différents. Dois-je donc vraiment périr parce qu'il est Arménien ? Pourquoi ne pourrait-il pas être sauvé par le fait que je suis Française ? De temps en temps, une sorte de tendresse, comme la conscience d'une faute, envahissait son âme d'un remous. Elle s'efforçait d'éterniser en elle ce sentiment émouvant de culpabilité. Puis elle prenait Stéphan, qui s'appuyait contre elle, et le pressait contre sa poitrine :

« Étends-toi donc, et dors, Stéphan ! »

Elle regardait le garçonnet jusqu'au fond de ses yeux baignés de lassitude et la vague de tendresse et de remords qui s'agitait en elle interrogeait : « Qui es-tu donc, ô toi mon enfant qui m'es si étranger ? »

Tous les habitants de la maison étaient rassemblés dans le grand salon : à côté d'Iskouhi se tenait Howsannah Tomasian qui s'était également réfugiée chez Juliette. La présence de Gonzague était maintenant une chose toute naturelle ; il avait passé à la ville la majeure partie des derniers jours. Gabriel éprouvait des sentiments étranges à l'égard de ce jeune homme qui voulait utiliser pour son propre compte la fatale destinée du peuple arménien, afin d'en extraire une aventure romanesque. Son gracieux visage orné d'une mince moustache exagérant le goût français lui causait une impression déplaisante une demi-heure encore auparavant. Maintenant, il lui était de nouveau agréable, malgré toute l'ambiguïté de ce Levantin-Américain, de ce musicien-journaliste qui contrariait sa nature désireuse de précision. La présence de Gonzague le rendait presque heureux à cause de Juliette. Au cours de cette nuit, Maris se montra en effet sous son meilleur aspect et il parvint souvent à tirer Juliette de son profond abattement. Ce « volontaire » n'avait pas lieu d'attendre un autre sort que celui de tout le monde. Et pourtant, il paraissait absolument dégagé et plus serein même que d'habitude. Pour la première fois, il fit preuve d'un don inépuisable d'observation qui toutefois ne dépassa jamais les limites d'un humour de bon ton. Ce sens fort aigu des limites du possible était une qualité de Gonzague qui rachetait aux yeux de Gabriel l'ambiguïté de sa personne. L'essentiel, c'était que, durant cette nuit mortelle, il était parvenu à distraire Juliette. Et lorsque à une heure tardive, plus rien ne réussissait à alléger le poids de l'attente, il se leva soudain, disant :

« Courage, mes amis, seul le moment présent existe, et rien d'autre. »

Là-dessus, il s'assit au piano et joua, infatigable, toutes les chansons possibles, refrains des rues ou des cabarets que Juliette avait entendus à Paris. Elle lui fit répéter trois fois la matchiche. Et Juliette n'était pas la seule à se laisser entraîner; Iskouhi, elle aussi, et même l'élégiaque Howsannah, sans s'en douter, commençaient à remuer en mesure la tête et les membres. Sato également passa la nuit au salon. La bonne nourriture avait, depuis plusieurs semaines, corrigé quelque peu la maigreur de l'enfant abandonnée. Juliette avait fait faire à Sato une jolie petite robe empire de style européen, qui d'ailleurs mettait plus encore en relief que le sarrau rayé de l'orphelinat la silhouette osseuse et anguleuse de la diabolique créature. Cette robe neuve exerçait une étrange action sur le caractère de Sato. Elle conférait à toute sa manière d'être une note aussi civilisée que possible. Dès le premier jour, le beau vêtement fut couvert d'ignobles taches, mais cela n'empêchait pas Sato de se promener fièrement à travers la maison, importunant chacun pour obtenir des louanges. Pourtant, il fallut bientôt constater que l'action civilisatrice de la robe occidentale n'était pas assez grande pour dompter réellement l'humeur nomade de Sato. A peine Gonzague Maris avait-il commencé sa joyeuse musique qu'une crise épouvantable se déchaîna chez la petite. C'est ainsi que les chiens et les loups répondent la nuit au chant et à la musique par des hurlements plaintifs jaillis du fond de leur âme. Car toutes les créatures élémentaires éprouvent une peur instinctive et langoureuse à l'égard de l'ordre et de la mesure dont l'harmonie est une des incarnations. Sato écouta quelque temps ce que jouait Gonzague; ses yeux s'écarquillaient démesurément. On voyait qu'elle se contenait de toute sa force. Elle tortillait en tous sens son corps torturé, se cramponnait désespérément à Iskouhi, puis soudain, une explosion inévitable éclata. De sa bouche grande ouverte s'échappaient des glapissements pareils à ceux des chacals et des hyènes, tandis que le démon intérieur réveillé en elle l'ébranlait intensément. Tous les assistants tressaillirent. Pas même les grosses larmes enfantines qui coulaient sur les joues de la fillette ne pouvaient réprimer dans tous les cœurs le dégoût et l'horreur soulevés par cette scène. Sur un signe de Gabriel, Awakian saisit Sato par la main et la fit sortir de la chambre. Et Gonzague dut taper bien fort sur les touches pour couvrir de son jeu les plaintes bruyantes du kobold relégué au dehors et tapi sous les fenêtres du jardin.

Cette nuit-là, aucun des hôtes de la maison n'alla se coucher. Ils somnolaient parfois quelques minutes sur leur siège. Ce sacrifice n'avait aucune raison d'être, car il n'y avait pas lieu d'attendre la visite des saptiéhs avant le matin ni même le milieu du jour suivant. Et cependant, personne ne songeait à se retirer ni à se coucher. Le lit aux doux oreillers, le lit frais protégé par les plis de la moustiquaire, le lit tendre comme une mère, cette commune patrie de tous les hommes civilisés, comme il était loin d'eux déjà ! Ils ne prétendaient plus en aucune façon au bonheur qu'ils savaient perdu. Lorsque au petit matin, le cuisinier Howhannes fit apporter au salon du café noir, des œufs et du poulet froid servis sur une luxueuse porcelaine, malgré leur faim et leur soif, ils se sentirent presque gênés. Ils mangèrent vite et comme par devoir. Avaient-ils encore le droit de déguster sans scrupules ces bonnes choses suivant leurs anciennes habitudes ? N'attaquaient-ils pas injustement ainsi les provisions de la communauté ? Toutes leurs pensées vivaient déjà là-haut, sur le Damlajik. Gabriel portait son uniforme d'officier turc. Il avait attaché son sabre à son côté et agrafé ses décorations à sa tunique. Il voulait recevoir les saptiéhs dans toute sa dignité d'officier et de supérieur. Gonzague Maris l'en dissuada vivement :

« A mon avis, votre mascarade militaire ne fera que les exciter. Je doute fort qu'elle vous procure quelque avantage. »

Gabriel Bagradian se raidit :

« Je suis officier ottoman. Je me suis présenté à mon régiment conformément au règlement. Jusqu'à présent, personne ne m'a dégradé.

— Cela pourrait bien vous arriver, et toujours trop tôt. »

Maris dit cette phrase tout haut et l'acheva ainsi dans son for intérieur : « Il n'y a rien à faire avec ces Arméniens, ils sont fous, d'une folie solennelle, et ils ne changeront jamais. »

Vers onze heures du matin, Iskouhi s'effondra tout d'un coup. Ce fut d'abord une courte syncope, mais bientôt elle fut visiblement en proie aux frissons de la fièvre. Elle se traîna hors de la pièce, refusant énergiquement tout secours. Juliette voulait la suivre, mais Howsannah leva la main pour l'arrêter :

« Laissez-la... C'est Zeitoun... C'est la peur... Elle veut se cacher... C'est la deuxième fois que cela nous arrive... »

Et la jeune femme couvrit son visage de ses mains, tandis que son corps alourdi était secoué de douloureux sanglots.

Ce fut à peu près le moment où une division de saptiéhs conduite par le prévôt de la police et le mudir s'approcha de la maison Bagradian. Les sentinelles placées à l'entrée par Gabriel vinrent, essoufflées, lui annoncer l'arrivée du désastre. Six saptiéhs occupèrent les issues du mur d'enceinte, six autres s'installèrent dans le jardin, huit dans la cour des communs. Le mudir, le muafin et quatre hommes pénétrèrent dans la maison. La troupe turque avait l'air las. Depuis vingt-

quatre heures, elle avait furieusement semé le désordre dans les villages, pillé ou saccagé à l'intérieur des maisons, arrêté ou frappé
au sang plusieurs hommes, fait violence à quelques femmes; bref,
les gendarmes avaient partiellement réalisé le programme des fêtes
promis par le gouvernement. Par bonheur, à cette heure-là, la première
soif d'exploits des brutes était déjà assouvie. La grande maison d'Awétis
Bagradian senior, avec ses murs épais, ses pièces fraîches, ses tapis
étouffant les bruits et tous les objets exotiques qui l'ornaient, exerça
sans aucun doute une action calmante sur les Turcs. Les rideaux rouges
du sélamlik étaient baissés devant les fenêtres et les intrus se virent,
dans le demi-jour d'une pièce luxueuse, en face d'une réunion de dames
et de messieurs européens entourés de leurs domestiques respectueux.
Cette société, debout et raide, les attendait. Juliette serra convulsivement la main de Stéphan. Seul Gonzague alluma une cigarette. Gabriel
Bagradian fit un pas dans la direction de la commission exécutive,
remontant son sabre de la main gauche comme il est d'usage chez les
officiers. L'uniforme de campagne qu'il s'était fait faire à Beyrouth
avant son départ rehaussait sa silhouette. Non seulement sa taille,
mais son allure entière faisait de lui la personnalité la plus imposante
de toute l'assistance. Gonzague parut s'être trompé. L'attitude militaire de Gabriel ne manqua pas son effet. Le commissaire de police
examina d'un air indécis l'officier aux multiples décorations. Qu'est-ce
que cela voulait dire ? L'œil terrifiant se voila et l'œil gonflé se ferma
tout à fait. Le mudir aux taches de rousseur semblait également ne
pas se sentir trop à l'aise dans son rôle. Jouer à la divinité inaccessible
de l'inspection dans les chambres obscures des sculpteurs sur bois
et des tisserands de soie, cela ne lui avait pas été bien difficile. Mais
ici, dans ces milieux cultivés, le jeune homme de Salonique était fort
incommodé par ses nerfs exaspérés. Au lieu de prendre possession
de cette maison de la race maudite et d'y entrer au pas impitoyable
qui convient à un représentant de l'Ittihad et de l'État, il s'inclina
et porta sa main à son fez. En même temps, la conversation qu'il
avait eue avec Bagradian dans son bureau lui revint à l'esprit, ce qui
ne fut pas non plus pour le mettre à l'aise. Handicapé par cet accès
de moralité, il perdait du temps et n'arrivait pas à trouver l'entrée
en matière convenable. Gabriel Bagradian le regardait en face d'un air
si grave et méprisant que les rôles menaçaient d'être intervertis;
il s'en fallait de peu qu'on ne vît un Arménien combatif et de haute
stature tenant tête au représentant des Osmans roux, rabougri et fin
de race. Bagradian semblait toujours plus grand, et le mudir souffrait
de sa taille inférieure qui incarnait de façon si insuffisante son héroïque
nation. Il ne lui resta finalement rien d'autre à faire que de tirer de sa
poche un grand papier ministériel, de s'y tenir dans une certaine mesure
et de débiter son histoire avec autant de sécheresse que possible :

« Gabriel Bagradian, né à Yoghonoluk ! Vous êtes propriétaire de cette maison et chef de famille. En tant que citoyen ottoman, vous devez obéir aux ordres et aux édits du kaimakam d'Antioche. Comme la population entière de la nahijéh de Suédja près le Musa Dagh, vous devrez partir vers l'Est avec toute votre famille l'un de ces prochains jours qui sera fixé ultérieurement. Vous n'avez le droit d'adresser de réclamation d'aucune sorte contre la mesure générale de la déportation ni pour votre personne, ni pour celle de votre femme, de votre enfant, ni pour qui que ce soit habitant sous votre toit... »

Le mudir, qui faisait semblant de lire une formule imprimée, leva légèrement les yeux au-dessus du papier :

« Je vous fais remarquer d'autre part que votre nom figure en première ligne parmi les suspects politiques. Vous avez eu des rapports étroits avec le parti Dachnakzagan. Aussi serez-vous, pendant le transport, soumis à un contrôle strict et permanent. Toute tentative de fuite, toute rébellion contre les ordres du gouvernement et ses organes exécutifs, toute infraction au règlement de la déportation seront suivies non seulement de votre mort immédiate mais aussi de l'exécution subséquente de toute votre famille. »

Gabriel fit mine de vouloir répondre, mais le mudir ne le laissa pas parler. Le style compliqué des chancelleries — si différent du langage oriental si fleuri — semblait lui procurer un plaisir sans mélange :

« Conformément à la disposition supplémentaire de Son Excellence le wali d'Alep, il n'est pas loisible aux déportés d'utiliser selon leur gré des véhicules ou des bêtes de somme, et des montures. Dans des cas dignes d'intérêt, pour des infirmes et des malades, je permettrai l'utilisation d'une charrette conforme au type local, ou d'un âne. Estimez-vous avoir droit à cette mesure de faveur ? »

Gabriel serra fermement contre sa hanche la garde de son sabre. Les mots tombèrent de sa bouche, lourds comme des pierres :

« Je suivrai pas à pas mes compatriotes sur la route de leur destin. »

Le mudir avait entre temps vaincu sans restriction son malaise du début. Il pouvait déjà rendre à ses paroles un ton de sollicitude bienveillante :

« Pour éviter que vous succombiez à la tentation dangereuse de vous enfuir ou, plus tard, de vous séparer du cortège, je vais faire saisir sans tarder votre voiture, vos chevaux et vos autres montures. »

Ce qui arriva ensuite fut analogue à ce qui s'était passé ailleurs, bien que le début ait été plus formel et compassé. Le prévôt de police qui ne savait toujours pas quelle attitude adopter en face de cet objet d'extermination pourvu d'un uniforme, d'un sabre et de décorations, posa d'une voix bourrue la question des armes. Gabriel fit apporter par Kristaphor et Missak les fusils de Bédouins au long canon, antiquités qui décoraient le mur du hall. Un rire ironique siffla dans la bouche du commissaire de police comme de l'eau bouillante dans une chaudière surchauffée. Le mudir tapota d'un air rêveur les engins d'allure romantique :

« Vous n'allez tout de même pas me prétendre, Effendi, que vous vivez sans la moindre arme dans cette solitude ? »

Gabriel chercha le regard du mudir sous ses paupières sans cils et le fixa :

« Et pourquoi pas ? Depuis que cette maison existe, c'est-à-dire depuis l'année 1870, c'est aujourd'hui la première fois qu'on y fait une tentative de cambriolage. »

L'homme aux taches de rousseur haussa les épaules avec une expression de regret. Perquisitions, recherches d'armes dans la maison : le muafin fit mine de retrousser ses manches, bien que l'uniforme d'officier de cet Arménien hors la loi continuât à troubler son esprit d'adjudant en lui posant mille énigmes inquiétantes autant que propres à le contrarier. Son œil droit écarquillé ne pouvait se détacher des médailles épinglées sur la poitrine de Bagradian. Il n'arrivait absolument pas à concevoir comment il fallait traiter ce vulgaire déporté qui appartenait néanmoins à l'armée impériale ottomane. Pour mieux cacher ses doutes vexants, il fit exécuter les perquisitions avec grand tapage. Il marchait devant avec les saptiéhs, le mudir venait tout de suite derrière lui avec l'air de quelqu'un qui n'a rien à voir en tout cela ; Gabriel, Awakian et Kristaphor suivaient. Les Turcs se glis- saient dans les moindres recoins, tapaient contre les murs, renver- saient les meubles et cassaient tout ce qui était cassable. Mais à les considérer, on sentait que ce vandalisme fragmentaire et peu systé- matique blessait leur orgueil. Ils étaient habitués à un travail franc et complet. A la cave, ils ne brisèrent qu'en passant et sans véritable ardeur, avec la crosse de leurs fusils, les cruches à vin, les récipients d'huile et tout ce qu'il pouvait y avoir de bouteilles, de pots, de plats et de marmites. Les provisions de vivres les plus importantes étaient déjà en lieu sûr. Les saptiéhs déçus avaient espéré que ce palais renfermait une cave plus riche. Comme ils ne trouvaient rien d'autre, ils emportèrent quelques bidons vides de pétrole, car les Orientaux ont une étrange prédilection pour ces récipients de fer-blanc. Ensuite, la troupe guerrière, qui répandait une acide odeur de sueur, entreprit l'assaut de l'escalier conduisant à l'étage supérieur. Là ils se ruèrent surtout sur la chambre et le boudoir de Juliette dont le parfum, de loin déjà, attirait si fort les Turcs qu'ils en oublièrent toutes les autres pièces. La grande penderie fut ouverte à deux battants. D'ignobles poings brunâtres en tirèrent violemment les modèles parisiens de l'année précédente, poétiques créations de haute couture qui gisaient maintenant sur le sol en tas informes, pareilles à des serpents. Un gendarme particulièrement sombre les piétina lourdement en cadence, comme s'il voulait exterminer sous ses pieds ces doux reptiles européens. Les peignoirs, les chemises de batiste, les dentelles et les bas subirent le même sort. A la vue de ce linge féminin, le prévôt de police ne put plus se contenir. De ses deux mains, il brassa cette écume blanche et rose et y cacha son visage en casse-noisette. Le mudir, songeur, alla vers la fenêtre pour regarder le jardin. Un saptiéh spécialement zélé s'était jeté sur le lit encore intact et déchirait de ses dents, n'ayant pas d'autre moyen à sa disposition, la soie des oreillers. Peut-être se cachait-il une bombe dans l'intérieur du coussin rebondi. On entendait parler sans cesse de bombes arméniennes. Un autre donna un grand coup de gourdin sur la coiffeuse. Les flacons de cristal, les jattes, les godets et les poudriers sautèrent avec un cri sur le parquet, répandant un parfum violent. Le gourdin s'abattit sur le miroir qui vola en éclats. Gabriel Bagradian assistait avec une indifférence absente à la profanation du sanctuaire de sa femme. Pauvre Juliette ! Mais qu'importait tout ce gracieux fatras si l'on pensait aux heures, aux jours, aux semaines qui allaient venir ? Un souci plus grave l'assaillit. Il s'imaginait Iskouhi cachée dans sa chambre, étendue immobile sur son lit. Le sort de la jeune fille, évidemment, ne le regardait pas, mais c'était après tout la plus malheureuse de tous. Elle était devenue infirme sous les coups de ces brutes, et maintenant, elle allait encore une fois revivre l'horrible aventure. Bagradian cherchait un moyen de tromper le muafin et les saptiéhs pour les empêcher de franchir le seuil d'Iskouhi.

Et en effet, le ciel voulut bien se montrer favorable. Iskouhi qui s'était tapie dans son lit comme dans une tombe entendit la mort infâme s'approcher d'elle à pas pesants et d'une voix de basse menaçante. Elle s'étendit toute raide, couvrit son ventre de sa main droite et perdit le souffle tandis qu'elle voyait se pencher vers elle le hideux visage de kaléidoscope. Mais le scélérat ne l'effleura qu'une seconde et disparut. Au dehors, on entendait les pas pesants et les voix de basse, mais ils s'éloignaient vers l'escalier et demeurèrent en suspens en bas, au rez-de-chaussée. Puis soudain, le silence se fit. Etaient-ils partis ? Iskouhi sauta à bas de son lit. Sur ses bas, elle marcha jusqu'à la porte. Elle se risqua à l'entr'ouvrir. Doux Jésus, Rédempteur, ils étaient vraiment partis ! Elle faillit tomber en arrière dans sa chambre lorsque des coups de fouet l'atteignirent. Ces coups de fouet étaient des voix, des voix masculines. Elle reconnut la voix forte de Gabriel. Tenant son bras estropié dans sa main pour ne pas en être gênée, elle courut à l'escalier. En bas, la scène suivante s'était déroulée :

Estimant que l'injurieuse épreuve était passée, Gabriel s'était planté au milieu du hall d'un air significatif. Il s'adressa au mudir :

« Vous le voyez, rien ne vous a été refusé. — Que va-t-il se passer encore ? »

L'homme de Salonique aux taches de rousseur et à la politique magnanime avait accompli son devoir. Les dispositions nécessaires avaient été prises pour que cet Effendi arménien, avec toute sa famille, ne pût d'aucune façon s'échapper. Le kaimakam avait donné des indications spéciales concernant la clique des Bagradian : il fallait faire partir ces gens dans le premier groupe de déportation et les amener dans les conditions les plus dures jusqu'à Antioche où le sous-préfet en personne désirait « les voir un peu de près ». Le mudir était d'avis de cesser maintenant les perquisitions pour ne pas exaspérer prématurément des victimes d'une telle qualité. Il était nécessaire d'entretenir chez lesdites victimes une certaine confiance vis-à-vis des buts insondables du gouvernement et il fallait en même temps graduer d'une façon méthodique les épreuves qu'on leur destinait. Pour ce jour-là, c'était la douceur qui était prévue. Le mudir ne se décidait pas encore à partir, car il méditait une sortie impressionnante et, ce faisant, son regard se concentrait sur ses ongles soignés avec amour. Mais malheureusement, il avait compté sans le prévôt de la police. Cette cervelle bornée ne pouvait digérer que ce giaour hautain eût l'aplomb de se pavaner dans l'uniforme du padichah, et encore avec les décorations et le sabre du padichah. De plus, il ne savait toujours pas par quel bout prendre la chose. Son humiliante gêne ne l'avait pas encore abandonné. Et comme aucune idée meilleure ne lui venait à l'esprit, il essaya d'imprimer un mouvement rotatif à son œil écarquillé. Il se posa sur ses deux pieds dans une attitude provocante devant Bagradian :

« Nous n'avons pas tout vu !... Là-haut, nous avons passé devant quelques portes sans les ouvrir ! »

Si Gabriel avait alors conservé son calme, tout se serait peut-être bien terminé. Mais il sauta sur la première marche de l'escalier, ouvrit ses bras dans un geste de défense et s'écria :

« Maintenant, en voilà assez ! »

Le muafin avait enfin la réplique qu'il attendait depuis longtemps. Visiblement soulagé il marcha sur Bagradian et lui fourra son poing juste sous le nez :

« De quoi, y en a-t-il assez, cochon d'Arménien ? Répète-le un peu ! De quoi donc, sale porc ? »

Il se passa alors dans l'esprit de Bagradian un de ces instants interminables et infiniment compliqués dont sont tissées les destinées humaines. C'était un instant de conscience parfaite. Gabriel savait pertinemment que sa vie était en jeu et pas la sienne seule. Céder, pensa-t-il, reculer, laisser la voie libre — comment donc — et là-haut, glisser dix livres dans la main de cette brute féroce... Mais tandis que sa raison lui dictait cette tactique avec une lucidité absolue, il criait encore plus fort :

« Arrière, policier ! Je suis officier et ancien combattant ! »

Cette phrase mit le comble aux vœux du muafin :

« Tu es officier ? Tu voudrais me le faire croire ? Pour moi, tu n'es pas même une charogne de chien pourrie ! »

D'un geste brusque, il saisit la médaille d'argent et l'arracha de la tunique de l'Arménien. Bagradian affirma plus tard qu'il n'avait pas touché son arme. Quoi qu'il en soit, d'un moment à l'autre, il se vit étendu par terre. Son sabre alla heurter le mur. Un saptiéh se mit à genoux sur la poitrine de Gabriel et les autres lui arrachèrent son uniforme du corps. Les femmes et Gonzague accoururent du fond du sélamlik. Les cris de Stéphan se mêlèrent aux halètements convulsifs de son père. En moins d'une minute, Gabriel fut complètement nu à l'exception de ses bottes. Du sang coulait de ses égratignures. On n'aurait pas donné un para de sa vie, et sa mort était certaine si, à ce moment, Gonzague Maris n'eût attiré sur lui l'attention générale. Le mouvement qu'il fit était négligent, mais pourtant d'un effet décisif. Il possédait, lui aussi, ce timbre de voix impressionnant qui, aux moments d'émotion intense, décèle un calme glacial. Il avait tiré ses documents de sa veste et les tenait très haut en l'air. Ce geste suffit à attirer tous les regards. Le mudir le regardait, interloqué. Le prévôt de la police se tourna vers lui et même les saptiéhs lâchèrent Gabriel. Gonzague déployait ses papiers avec la dignité supérieure d'un agent secret envoyé là par l'Ittihad pour contrôler et surprendre les autorités locales dans leurs faits et gestes :

« Voici un passeport des Etats-Unis d'Amérique, visé par le consulat général de Stamboul ! » Il appuyait sur chacun de ces mots banals avec une sévérité écrasante, comme s'il s'y était caché une mystérieuse affaire diplomatique d'importance capitale pour la Turquie : « Et voici un teskéré pour l'Intérieur signé de la propre main de Son Excellence. Je pense que vous me comprenez, Effendi. »

Ce ne fut pas cette vaine menace avec les passeports qui sauva la vie à Bagradian, mais le stratagème désespéré qui détourna soudain l'attention vers Gonzague. Le mudir resta troublé un court instant. Dans les règlements relatifs à l'exécution de la déportation, il était prescrit à plusieurs reprises de dissimuler le plus possible l'application des mesures nécessaires aux yeux des représentants consulaires des nations alliées ou neutres. Sur le premier moment, le mudir supposa bel et bien avoir affaire à un délégué de l'ambassade américaine. Mais un regard jeté sur le passeport le convainquit que cette personnalité étrangère était sans danger. Au reste, il était satisfait que l'intervention du nouveau venu eût empêché une effusion de sang. Il rendit les papiers à Gonzague d'un air noble et ironique :

« Que m'importent vos passeports ? Tâchez de disparaître d'ici au plus tôt ! Ou bien, je vous fais arrêter. »

L'affolement du prévôt, par contre, ne s'était pas calmé aussi vite. Le sang opérait sur lui un effet beaucoup moins puissant que le papier. Pendant sa carrière, il avait déjà fait quelques fâcheuses expériences avec divers grimoires. Dans ce domaine-là, on n'était jamais sûr des conséquences. Aussi, résolut-il de laisser ce Bagradian en vie jusqu'à nouvel ordre. Il serait beaucoup plus facile de s'en débarrasser plus tard sur la grand'route, sans témoin détenteur de passeport américain, et le muafin rentra dans sa poche-revolver l'arme qu'il tenait déjà prête, considéra encore une fois de son grand et de son petit œil l'officier nu, lança au loin un crachat magistral, puis donna aux saptiéhs cette brève injonction :

« Allez maintenant chercher les chevaux et les ânes ! »

Le mudir avait manqué sa sortie théâtrale. Il dut se contenter de quitter les lieux d'un pas nonchalant, derrière la force armée, perdu dans ses pensées, indifférent aux diverses manœuvres.

Gabriel, respirant avec peine, avait fini par se lever. Une honte unique harcelait sa conscience sans relâche. Juliette avait dû assister à ces atrocités, Juliette et Stéphan. Les yeux de Gabriel cherchèrent sa femme qui, entièrement raidie, avait détourné son regard. Il chancela, puis retrouva l'équilibre. Un frisson traversa son dos : Iskouhi. Ses blessures commencèrent alors à se faire cuisantes. Mais ce n'étaient que des déchirures superficielles, rien de sérieux. Sans qu'on l'entendît, Iskouhi descendait l'escalier sur ses bas. Elle était maintenant toute proche. Ses yeux suppliants implorèrent Samuel Awakian. L'étudiant apporta un manteau et couvrit le corps de Gabriel qui ruisselait de sueur.

Agréable surprise ! Le mudir, le commissaire de police et la majorité des saptiéhs quittèrent le jour même les villages pour remplir leur mission administrative auprès des Arméniens domiciliés à Suédja et à El Eskel. C'était en effet une des finesses ingénieuses de la tactique turque de déportation de ne pas faire connaître à l'avance le jour ni l'heure du départ définitif. Néanmoins le pasteur Haroutioun Nokhoudian, au prix de corruptions coûteuses, avait fini par apprendre que la date fixée pour le premier convoi était le 31 juillet. D'ici là, cent nouveaux saptiéhs devaient venir rejoindre les anciens. Le 31 juillet tombait un samedi. En comptant ce jour-là qui était un jeudi, il ne restait plus que deux jours. Le conseil des chefs choisit la nuit du vendredi au samedi pour l'émigration du peuple sur le Damlajik. Il y avait de bonnes raisons pour cela : Le vendredi, en effet, est pour les mahométans un jour de congé et l'expérience permettait de prévoir que les saptiéhs établis dans les villages chrétiens s'en iraient à cette occasion dans les localités turques ou arabes de la plaine où ils trouvaient des mosquées, des parents, des femmes et des réjouissances. Et ce jour-là, on verrait aussi disparaître avec les saptiéhs toute la populace pillarde venue à leur remorque, car ces visiteurs indésirables ne manqueraient pas de supposer à juste titre que les Arméniens, malgré l'absence de leurs armes, les extermineraient bien vite, et jusqu'au dernier, avec des faux, des haches et des marteaux. Le conseil des chefs calculait que les choses se passeraient ainsi : à leur retour, les saptiéhs, anciens et nouveaux, trouveront le samedi matin au lieu de la population entière seulement le pasteur Nokhoudian avec ses cinq cents protestants, à Bitias. Ce dernier — et ce stratagème était une invention de Bagradian — devra raconter au mudir avec maints détails que les diverses communes, malgré ses prières et ses supplications, se sont enfuies la nuit précédente et ont gagné l'exil de leur propre gré. La raison de ce départ est la peur que leur ont inspirée les saptiéhs et particulièrement le commissaire de police. Il dira qu'il ne peut indiquer exactement la direction qu'ils ont prise, car tout le monde est parti par petits groupes et dans tous les sens possibles, une partie vers Arsus et Alexandrette, une autre vers le Sud, tous en tout cas avec l'intention d'éviter les lieux habités. La fraction principale avait le projet de joindre Alep pour chercher de l'aide dans la grande ville. Le pasteur Nokhoudian, que beaucoup avaient pris pour un faible et un lâche à cause de son caractère doux et de sa résignation chrétienne, se révéla alors être une âme bien trempée. Les mensonges dont il prenait la responsabilité pour tromper l'ennemi étaient pour lui un danger de mort immédiat. Dans la minute où les Turcs dépisteraient la ruse, il pourrait dire adieu à la vie. Le pasteur haussa les épaules : qu'est-ce qui n'est pas désormais un danger de mort ? Il fallait que les lutteurs, sur la montagne, pussent gagner du temps. La feinte repousserait de quelques jours la découverte de la réalité et assurerait ainsi un délai suffisant pour construire les ouvrages de fortification.

Le conseil des chefs siégeait à la cure, chez Ter Haigasoun. Le visage du prêtre avait été très défiguré par les coups de gourdin. Son œil droit et sa joue avaient encore enflé; et l'on voyait monter, jusqu'à mi-hauteur de son front, une raie violacée. Ter Haigasoun avait perdu deux molaires et on lisait sur sa face qu'il devait souffrir intensément. Par contre, les éraflures de Gabriel, cachées sous les emplâtres d'Altouni, se remarquaient à peine; les sévices exercés sur son corps — pour la première fois au cours de son existence luxueuse à l'abri de tout risque, par conséquent événement d'un poids incalculable — l'avaient encore rapproché des autres, tandis que les autres, de leur côté, se sentaient plus proches de lui.

Au cours de la séance, les chefs du conseil s'occupèrent d'un fait regrettable qui leur causait des soucis ; il était malheureusement trop tard pour y remédier. Les villageois avaient l'habitude d'acheter dans le courant du mois de juillet aux paysans turcs ou arabes la quantité de froment qu'ils estimaient leur être nécessaire après la récolte, étant donné qu'ils ne s'occupaient presque pas d'agriculture. Cette année-là, paralysés par la menace de la catastrophe, ils avaient laissé passer le moment de l'achat des provisions nécessaires pour l'hiver. Et cette négligence se retournait maintenant contre eux. On ne possédait dans les villages que de très faibles quantités de farine, de pommes de terre et de maïs. Pour tenir longtemps dans ces conditions, il faudrait être extrêmement économe. Or, comme l'Arménien mange beaucoup de pain et peu de viande, cette carence posait aux chefs une question des plus compliquées. De plus, pendant les premiers jours, il n'y avait aucune possibilité de faire cuire du pain sur le Damlajik, car il faudrait auparavant pouvoir maçonner les fours dans la terre. Aussi le pasteur Aram Tomasian ordonna-t-il de ne laisser perdre aucune minute jusqu'à vendredi soir et de ne pas laisser s'éteindre le feu jusque-là dans tous les tonirs des villages, de façon à tenir prêt pour le transport un nombre aussi grand que possible de miches et de galettes. À la fin de la séance, Ter Haigasoun annonça pour le lendemain, vendredi, un service destiné à demander la faveur divine. Après la fin de la messe, on devait descendre de la cage du clocher les deux cloches de l'église, les porter en grande procession jusqu'au cimetière et les enterrer. Ensuite, le peuple en prières prendrait congé des tombes de ses pères. Ter Haigasoun exposa en outre qu'il comptait emporter sur le Damlajik plusieurs hottes pleines de terre bénite du champ de repos. Ceux qui mourraient là-haut dans le combat ou dans le camp ne reposeraient pas complètement abandonnés dans une nature sauvage et indifférente ; ils auraient sous la tête un petit tas de terre consacrée, pour l'éternité.

Le vendredi matin, les saptiéhs, jusqu'au dernier, avaient pris le large vers les pays mahométans. Le mudir et le muafin étaient rentrés à cheval à Antioche. L'église dédiée aux puissances angéliques était, longtemps avant l'heure fixée, plus pleine qu'elle ne l'avait jamais été depuis le jour de sa consécration. Le parvis et le vaste carré au-dessus duquel s'élevait la coupole centrale, les deux branches latérales et même l'estrade du maître-autel n'arrivaient pas à contenir la foule. Comme l'église, selon un rite fort ancien, ne possédait pas de fenêtres, la lumière du soleil y tombait en épées tranchantes de couleur ambrée à travers les fentes du mur taillées en meurtrières, analogues à l'œil de la Sainte-Trinité. Mais ces lames de soleil croisées n'éclairaient pas l'intérieur de l'édifice ; au contraire, elles ravissaient aux cierges tout leur éclat et jetaient sur les êtres comme un filet dessinant d'étranges ombres. Ce n'étaient pas seulement des centaines de

fidèles qui étaient venus des localités secondaires à Yoghonoluk pour
la célébration de l'office, mais aussi tous les prêtres et les chantres
désireux de prêter leur concours à cette dernière messe solennelle sur
la « terre ferme ». Jamais encore le chœur n'avait entonné avec tant
d'unisson et de douceur l'hymne qui, chanté au pied de l'autel, annonce
que le prêtre revêt dans la sacristie les habits rituels :

« Profond mystère, inconcevable et sans début !
Tu as orné les sphères supérieures, tel un rideau tendu devant l'inac-
[*cessible lumière.*
Tu as orné d'une splendeur triomphante
Les phalanges armées de feu. »

Jamais encore Ter Haigasoun ne s'était penché si profondément
pour prononcer, frémissant, à la face du peuple son long confiteor.
La couronne d'or ne dissimulait pas sous son éclat la honteuse rougeur
de la marque laissée par le coup de fouet. Jamais encore le mystère du
baiser de paix, l'union des fidèles en Dieu n'avait plus saintement
lié les âmes des croyants. Lorsque d'ordinaire après l'offertoire, au
moment où retentissaient les mots « Donnez-vous le baiser sacré »,
le diacre tendait l'encensoir aux lèvres du premier chantre (l'instituteur
Asajan) et que celui-ci embrassait le chantre voisin, cet embrassement
se propageait depuis le chœur jusque parmi les fidèles, mais ce n'était
d'ordinaire qu'un contact fugitif, une formalité sans ardeur. Or,
aujourd'hui chacun serra l'autre fermement contre sa poitrine et le
baisa réellement sur la joue. Beaucoup pleuraient en accomplissant
ce geste. Quand après la communion, les prêtres servants de messe,
sur un signe de Ter Haigasoun se mirent à retirer les objets de l'autel,
une douleur violente, inattendue, jeta à genoux toute l'assistance.
Des plaintes, des sanglots et des soupirs se déchaînèrent et s'élevèrent
au-dessus des ombres fuyantes, au-dessus des épées d'archanges
entre-croisées jusque dans les lointains invisibles de la coupole. Chacun
des accessoires du culte fut levé et exhibé aux fidèles avant de disparaître dans une corbeille de vannerie : le calice, la patène, le ciboire
et le gros Evangile. Les encensoirs, les candélabres d'argent et les crucifix furent couchés dans un autre coffre par les bons soins du sacristain.
Finalement, il ne resta plus sur l'autel qu'une blanche nappe de dentelle. Ter Haigasoun se signa une dernière fois, laissa planer un
moment, indécises, au-dessus de la nappe, ses mains dont la teinte
ressemblait aux cierges ivoirins, puis il l'enleva, d'un geste brusque.
La table de pierre, extraite jadis des flancs gris et calcaires du Musa
Dagh, se dressait maintenant dans son entière nudité. A la même
minute, les ouvriers de l'entrepreneur Tomasian faisaient, au moyen
de poulies, descendre de la tour latérale la grande et la petite cloche.

Au prix de pénibles efforts, ils hissèrent chacune des lourdes masses de métal sur des brancards usités pour les enterrements, et pour l'une et l'autre, il fallut huit porteurs.

Des enfants de chœur précédaient le cortège, tenant la grande croix des processions. Derrière eux venaient les cloches couchées sur les brancards oscillants, puis Ter Haigasoun avec les autres prêtres. Il fallut très longtemps au convoi funéraire pour atteindre le cimetière de Yoghonoluk. Ce défilé semblait réellement accompagner à leur dernière demeure les restes de vénérables personnages. Une chaleur écrasante obscurcissait les esprits. A de rares intervalles, un souffle de la Méditerranée, prenant en pitié l'été syrien, franchissait l'obstacle du Musa Dagh. Un tourbillon de poussière courait en tête de la procession comme un danseur fantomatique, misérable descendant dégénéré de la noble colonne de fumée qui précéda les enfants d'Israël dans leur marche à travers le désert. Le cimetière était loin du village, sur la route d'Habibli, le village du bois. Lorsque le cortège parvint au terme de son voyage, on vit s'agiter auprès des monuments et des dalles funéraires des silhouettes flottantes, du gris des chauves-souris. C'étaient de vieilles femmes dont les habits usés jusqu'à la trame ne tenaient plus ensemble que grâce à la force agglutinante de la poussière et de la crasse. Partout, on voit de ces ruines humaines attirées vers de tels lieux. En Occident aussi, on connaît ces infatigables compagnes de la mort, ces voisines, ces gardiennes de la pourriture qui souvent n'exercent la mendicité que comme profession secondaire. A Yoghonoluk, à vrai dire, installées parmi les décombres du cimetière, elles formaient une classe à part d'aides funéraires, de pleureuses et de sages-femmes qui, suivant les coutumes sociales des villages, vivaient en marge de la communauté. On comprenait également dans cette classe quelques vieux mendiants aveugles aux têtes de prophètes bibliques ainsi que quelques infirmes d'allure si bizarre et contournée que seul l'Orient peut en produire de pareils. La population se protégeait contre sa propre lie en la reléguant, à défaut d'autres établissements, sur cet emplacement qui se trouvait être à la fois un lieu saint et un lieu malpropre. Le cimetière et ses environs servaient donc d'asile d'estropiés, de vieillards et d'aliénés pour Yoghonoluk; mais cette région avait encore un autre usage : c'était là que se réfugiaient les adeptes de la magie. Le flambeau de la raison positiviste brandi par Altouni, Krikor, Chatakhian et leurs prédécesseurs avait banni la sorcellerie des limites du village; cependant il ne l'avait pas complètement anéantie. Les pleureuses, sous la conduite de Nounik, de Wartouk et de Manouchak, avaient reculé devant la haine du médecin jusqu'à cet emplacement, mais pas plus loin. Elles y attendaient qu'on vînt les y chercher pour accomplir leur tâche coutumière, pour veiller et laver les morts et plus souvent encore pour assister les malades et les femmes en couches restés fidèles aux anciennes pratiques. Nounik surtout était le symbole vivant de son art. Une légende courait parmi les femmes du village disant que déjà au temps d'Awétis Bagradian senior la sorcière avait soixante-dix ans, tout comme maintenant. A cette heure-là, elles étaient toutes rassemblées au cimetière au milieu des aveugles et des infirmes, comptant recevoir aussi leur part d'aumône. Lorsque le convoi funéraire des cloches s'approcha du champ des morts, Sato s'en sépara et courut en avant. Depuis longtemps, elle s'était fait des amis parmi les habitants des tombes: Ces êtres en marge de la société attiraient cette âme en marge de la morale. La vie auprès d'eux était si facile, et dans la maison Bagradian, par contre, si compliquée ! Avec les mendiants, les pleureuses et les fous, Sato pouvait, dans un langage déchaîné, échanger des mots qui n'en étaient pas. Ah ! pouvoir dépouiller la langue des civilisés comme on retire un soulier qui gêne, pouvoir enfin parler pieds nus, quel bonheur ! Nounik, Wartouk et Manouchak savaient, de plus, raconter des histoires mystérieuses qui remplissaient l'esprit de Sato d'impressions vibrantes et réveillaient en elle des affinités avec sa nature comme si, en venant au monde, elle avait apporté d'une vie antérieure des souvenirs semblables. Elle pouvait rester des heures entières assise, immobile, à côté des vieillards aveugles qui, de leurs doigts attentifs, tâtaient son maigre corps d'enfant. Sans Iskouhi, Sato aurait peut-être laissé partir les autres sur le Damlajik pour demeurer en liberté au milieu de la population du cimetière. Ces heureux mortels n'avaient pas le droit d'accompagner les autres sur la montagne dans le camp aux étroites frontières. Le conseil des chefs avait décrété cette mesure à l'unanimité, exception faite de Gabriel Bagradian. Ce dernier ne voulait exclure aucune portion du peuple du salut commun, bien qu'il fût le premier à voir, en qualité de chef suprême, que toute bouche superflue affaiblissait la résistance combative. Quant aux intéressés, ils ne semblaient pas malheureux de cette décision et n'avaient pas non plus réellement peur des Turcs. Ils exhibaient leurs infirmités à leurs compatriotes en tendant leurs mains et en débitant leurs éternelles litanies pour implorer les aumônes.

La foule se pressait autour de la fosse béante pour dire adieu aux cloches de Yoghonoluk. Aux jours de paix, presque personne ne faisait plus attention à leurs sons coutumiers. Mais maintenant qu'elles s'étaient tues, il semblait à chacun qu'avec elles sa propre vie s'était tue également. Lorsque les deux cloches, mère et fille, s'enfoncèrent dans le sol, on n'entendit pas le moindre son humain. Les vibrations étouffées que rendit l'airain quand les mottes de terre roulèrent sur les flancs des cloches semblaient prédire au peuple qu'il fallait abandonner tout espoir de retour et que les défuntes ensevelies ne connaîtraient pas de résurrection. Après une courte prière prononcée par Ter Haigasoun, la foule se dispersa en silence à travers le grand cimetière, et les diverses familles se dirigèrent vers les sépultures de leurs parents. Gabriel et Stéphan, eux aussi, entrèrent dans le mausolée de la famille Bagradian. C'était un petit édifice bas, surmonté d'un dôme, analogue à la turbe dans laquelle les Turcs ont coutume d'ensevelir leurs saints et leurs hauts dignitaires. Le grand-père Awétis avait fait construire ce caveau pour lui-même et sa femme. Le fondateur de la gloire familiale reposait, selon l'ancien rite arménien, sans cercueil, enveloppé uniquement de son suaire, sous les dalles inclinées de biais l'une contre l'autre, dans la position de deux mains jointes. A part lui et l'aïeule, un troisième Bagradian encore gisait là : Awétis, le frère fidèle jusqu'à sa fin à Yoghonoluk, mort relativement récent. D'ailleurs, il n'y a pas de place pour plus de monde, songea Gabriel avec une nuance non pas recueillie mais étrangement ironique. Stéphan, par contre, gagné par l'ennui, oscillait d'un pied sur l'autre, comme quelqu'un que des éternités sans nombre séparent encore de la mort.

Ter Haigasoun, entouré d'une petite troupe, était debout au sommet de la colline sur laquelle le champ des morts poussait ses dernières ramifications. Quelques hommes avaient creusé, comme pour une fosse commune, un grand carré. On remplit cinq hottes de la terre rejetée en tas sur les bords. Ce travail une fois terminé, Ter Haigasoun alla vers chacune d'elles et dessina sur elles un grand signe de croix. Il s'arrêta auprès de la dernière et se pencha. Ce n'était pas du terreau noir, mais une pauvre terre friable. Ter Haigasoun plongea la main dans la hotte et porta à son visage une poignée de la terre consacrée comme un paysan qui veut vérifier la qualité de son humus :

« Puisse-t-elle suffire ! » murmura-t-il pour lui-même. Puis d'un air surpris et égaré, il aperçut en bas le cimetière déjà presque désert. Les habitants des villages avaient depuis longtemps repris le chemin de leurs demeures. Il était près de midi. Dans les grandes localités comme Habibli et Bitias, on avait annoncé des cérémonies analogues. Le conseil des chefs avait fixé pour le grand départ l'heure qui suit le coucher du soleil.

Gabriel prit soin de Juliette de la façon la plus tendre. Il fallait qu'entraînée malgré elle dans l'abîme arménien, elle sentit le moins possible, dans la mesure où les circonstances le permettaient, l'absence de son univers coutumier. Ce monde européen, qui était le sien, était plongé à pareille heure dans un immense carnage en face duquel toute entreprise semblable avait l'air du plus grossier des hasards. Le carnage européen, lui, se faisait avec tout le confort moderne, avec le concours des derniers résultats de la science toujours en progrès ; il ne se basait pas sur l'inoffensif instinct sanguinaire d'une bête toute en passions, mais s'appuyait sur des précisions mathématiques calculées par une bête toute en intelligence. Si nous vivions à présent à Paris — aurait pu par exemple se dire Gabriel Bagradian — nous n'aurions évidemment pas besoin de nous installer sur le sol nu et rocailleux d'une montagne syrienne, nous aurions des W. C. et des salles de bains, mais nous serions obligés de nous réfugier dans une cave obscure contre le bombardement aérien. A Paris non plus, je ne pourrais pas davantage préserver Stéphan et Juliette du péril. Mais Gabriel ne pouvait pas se dire cela, car depuis des mois, il n'avait pas lu de journal européen et ne savait presque rien de Paris ni de la guerre.

Dès la veille, il avait envoyé sur le Damlajik Awakian et Kristaphor, ainsi que tout le personnel, pour préparer la nouvelle demeure de Juliette avec tous les détails et les attentions imaginables. Il fallait construire pour la place des trois tentes une cuisine et une buanderie spéciales, sans oublier encore d'autres nécessités. Gabriel décida que Juliette pourrait disposer des trois tentes. Elle seule aurait le droit de choisir les personnes qu'elle jugerait dignes de partager son domicile. Au prix de grands efforts, on traîna jusqu'au Damlajik des tapis, des chaufferettes, des divans, des chaises et des tables et, en outre, toute une foule étonnante de bagages mondains, malles-penderies, valises de cuir bien astiquées, cassettes pleines de vaisselle et d'argenterie, enfin une véritable collection d'objets de toilette et de médicaments, de bouillottes et de bouteilles isolantes. Gabriel espérait que la vue de ces objets occidentaux donnerait à Juliette la force de supporter son sort. Il fallait qu'elle pût vivre là-haut comme une princesse que son goût des voyages aurait poussée à venir explorer des contrées inhospitalières, suivie d'une foule de sujets. Et justement pour cette raison, Gabriel devait mener, aux yeux du peuple, une vie doublement rude et austère. Il était fermement décidé à ne pas coucher sous l'un des abris et à ne pas goûter non plus à la cuisine de la place des trois tentes.

Au retour du cimetière, les habitants de Yoghonoluk réintégrèrent leurs maisons qui déjà n'étaient plus à eux. Chacun y retrouva d'énormes ballots ficelés dont le poids dépassait ses forces. Irrésolus, engourdis, tous allaient et venaient dans leurs chambres, attendant le soir. Il restait encore quelque paillasson de rebut ou un bougeoir, et là, doux Jésus Rédempteur ! le lit précieux, fruit de plusieurs années d'épargne qui vous faisait monter d'un cran dans l'échelle de la société, citadelle de la vie conjugale et familiale. Et ce lit allait rester là, il servirait de butin à la racaille turco-arabe ! Les heures passaient lentement. Pendant ce délai interminable, on défaisait et refaisait sans cesse les paquets pour tâcher de trouver une place dans les ballots à tel ou tel accessoire superflu. Même dans les taudis d'argile les plus délabrés, ces adieux n'étaient pas moins déchirants, car l'humanité enveloppe de ses rêves et de son amour même le plus sordide fatras.

Comme tous les autres, Gabriel Bagradian parcourait, en cette fin de soirée, les pièces de sa maison. Elles étaient inertes et vides. Juliette était déjà partie pour la montagne plusieurs heures auparavant, avec tous ses hôtes, ses serviteurs et Gonzague Maris. Comme la chaleur était insupportable, elle avait eu envie de sentir le souffle frais de la montagne, et elle ne voulait pas non plus être mêlée à la cohue des villageois émigrants. Gabriel qui, d'ordinaire, ne quittait jamais sans un regret teinté de sentimentalité une chambre d'hôtel où il n'avait parfois passé qu'une seule nuit (car partout on laisse une partie de soi comme un cher disparu), ce même Gabriel demeurait absolument froid et indifférent. La maison de ses pères, le cadre des aventures de son enfance, sa demeure de ces derniers mois décisifs, ne parlait pas à son cœur. Il s'étonnait aussi de son impassibilité, mais il en était ainsi. La seule chose qu'il regrettât un peu, c'étaient ses antiquités, sa joie de collectionneur pendant les premières semaines de bonheur à Yoghonoluk. Il allait, inlassable, de l'Apollon à l'Artémis, et, de là, à son beau Mithra, caressant d'une main attendrie les têtes des divinités, puis, d'un revirement brusque, il gagna la porte du sélamlik et abandonna sa maison avec ses pénates, pour toujours. Il ne voulut plus rien voir, oblitéra tous ses sens et sortit par la grande porte.

Dans la cour des communs, à gauche de la maison, il se déroulait justement une scène peu ordinaire. La lie de Yoghonoluk, qui n'avait pas le droit d'aller camper sur la montagne, s'était rassemblée sur ce lieu. Les pleureuses, les mendiants aux têtes de prophètes et quelques gamins morveux échappés à la surveillance de leurs parents formaient un groupe très excité. Il va sans dire que Sato, l'orpheline de Zeitoun, se trouvait parmi eux. Cette petite troupe était dominée par une personnalité si puissante et impressionnante que même Gabriel ne pouvait s'y soustraire. C'était la vieille Nounik, chef suprême des guérisseuses et des sorcières. Le sombre visage de ce Juif errant féminin dont les débuts remontaient à la nuit des temps n'était pas seulement caractérisé par un nez à demi rongé, mais par une terrible énergie qui avait fait de Nounik la maîtresse absolue de sa caste. L'histoire qui la prétendait centenaire et plus était probablement une vulgaire mystification qu'elle entretenait elle-même pour des raisons commerciales. De toute façon, la personne de cette vieille femme sans âge prouvait de façon évidente la valeur de ses remèdes et l'excellence pour la santé d'une vie de privations. Nounik tenait entre ses cuisses desséchées un petit agneau noir qui sans doute s'était égaré du troupeau, et tranchait par-dessous la gorge de l'animal avec un simple couteau. L'entaille qu'elle avait faite d'une main sûre semblait conforme aux lois spéciales de son art; pendant ce temps, ses lèvres découvraient, sous le nez hideux rongé par un lupus, une mâchoire intacte d'un blanc éblouissant pareille à celle d'une adolescente. Cela lui donnait une telle expression de bien-être grimaçant que Bagradian, indigné, ne put s'empêcher de crier à toute l'assemblée :

« Que faites-vous là, misérables voleurs ? »

L'un des prophètes s'approcha à tâtons pour instruire Gabriel avec une mine de grande dignité :

« C'est l'épreuve du sang, Effendi, et c'est pour vous tous que nous la faisons. »

Bagradian fut sur le point de se précipiter sur la racaille :

« A qui avez-vous volé cette bête ? Ne savez-vous pas que tous ceux qui dérobent le bien du peuple seront fusillés et pendus ? »

Le prophète, indulgent et supérieur, fit mine de ne pas entendre la menace humiliante :

« Fais plutôt attention, Effendi, à la direction où le sang coulera s'il s'en va vers la montagne ou vers la maison. »

Gabriel Bagradian vit le sang noir de l'agneau sortir à coups précipités, se rassembler par terre sur une place absolument plate en formant une épaisse mare circulaire qui s'élargit sans cesse jusqu'à ce que les dernières grosses gouttes fussent tombées. Puis la flaque demeura immobile, irrésolue pour ainsi dire, comme dans l'attente d'un mystérieux avertissement qui devait lui donner l'impulsion décisive. Trois petites languettes se hasardèrent, hésistantes, mais se figèrent aussitôt, comme si une voix leur eût interdit d'avancer, et soudain, un ruisseau nerveux se dirigea, rapide et sinueux, vers la maison. L'assistance fut prise d'une vive émotion :

« Koh jem ! Le sang coule vers la maison ! »

Nounik se pencha profondément sur la flaque, comme pour découvrir avec le maximum de précision le résultat de ses recherches d'après la nature et le rythme des mouvements du sang. Lorsqu'elle releva la tête, Gabriel reconnut, sur le visage défiguré, tout simplement l'expression grimaçante qui, un instant auparavant, l'avait indigné. Chose inattendue, elle prononça d'une belle voix d'alto qui contrastait avec toute sa personne :

« Le peuple de la montagne sera sauvé, Effendi ! »

Au même instant, Bagradian se rappela les deux médailles qu'il avait reçues en cadeau de l'agha Rifaat Bereket et qu'il avait laissées chez lui. Il faut absolument que je les emporte, pensa-t-il, ce serait trop dommage. Il retourna encore une fois à la villa, hésita devant la porte — avant d'entreprendre un voyage, il ne faut jamais revenir sur ses pas — monta rapidement l'escalier jusqu'à la chambre à coucher et retira les médailles de leur cassette. Il tint celle d'or en face de la lumière. Artistiquement ciselée, la tête de l'Arménien Achot Bagratouni s'y détachait en relief. Sur celle d'argent, l'inscription grecque, presque indéchiffrable, se recourbait en cercle, ininterrompue, sans espace entre les mots :

« A l'inexplicable en nous et au-dessus de nous. »

Gabriel mit les deux médailles dans sa poche, puis il quitta le jardin par la porte ouest du mur de clôture sans se retourner vers la villa. Après quelques pas, il s'arrêta et remonta sa montre qui s'obstinait à indiquer toujours l'heure européenne. Le soleil brillait déjà au-dessus du Damlajik. Gabriel Bagradian remarqua exactement l'heure et la minute à laquelle sa nouvelle vie commença.

Peu de temps après le coucher du soleil, la population des sept villages était partie, groupée par familles et par tribus, lourdement chargée ; les différents groupes prirent des chemins eux aussi différents, suivant leur éloignement de la montagne.

Une lune compacte, incroyablement métallique, s'éleva, au nord-est, de derrière les arêtes gris pâle de l'Amanus. On la vit nettement s'avancer ; elle ne restait pas collée à la surface de la voûte céleste. Derrière elle, le lointain espace noir se faisait toujours plus distinct. La terre aussi devenait pour Gabriel, au lieu d'un séjour fixe comme nous le croyons d'ordinaire, le petit navire perdu dans le cosmos qu'elle est en réalité. Ce cosmos si clair ne se déployait pas seulement derrière la lune d'un effet plastique, mais il descendait jusqu'au fond de la vallée et emplissait de sa fraîcheur les pores de Gabriel étendu sur le flanc de la montagne. Déjà la lune avait dépassé le milieu du ciel et les familles haletantes défilaient toujours devant Bagradian. C'était invariablement le même tableau qui se reproduisait : à la tête marchait le père de famille chargé d'un lourd ballot, enfonçant gravement son bâton devant lui dans le sol. Un appel bourru, une réponse plaintive ! Les femmes chancelaient sous les fardeaux qui courbaient leur échine presque jusqu'à terre. En même temps, elles devaient sans cesse prendre garde à ne pas laisser s'égarer les chèvres. Et pourtant, on percevait çà et là, au milieu des colis, un regard brillant, un joyeux rire de jeune fille. Gabriel se réveilla en sursaut d'un petit somme. En bas, dans les villages, de grands cris d'enfants s'élevaient. Des centaines d'enfants pleuraient comme si, à cette seconde précise, ils avaient tous ensemble découvert le départ de leurs parents. Mais il s'y mêlait aussi des criailleries perçantes, des grognements de vieilles femmes mécontentes. Or, ce n'étaient pas des enfants abandonnés, mais les chats de Yoghonoluk, d'Azir et de Bitias. En réalité, le départ de leurs maîtres laissait ces bêtes fort indifférentes, car elles ne servent que la maison, et pas l'homme. Peut-être leurs cris étaient-ils un hymne de joie chanté en chœur à la liberté si chère, désormais sans limites. Mais les chiens, eux, souffraient vraiment. Même le chien, pourtant sauvage, des villages syriaques ne peut se séparer de l'homme.

S'il est depuis des générations sans nombre retombé à l'état sauvage, il est néanmoins pour toujours un employé renvoyé de la civilisation. Avec un regard langoureux, il rôde autour des habitations humaines, mendiant non seulement un os, mais le retour à l'esclavage et la reprise des services oubliés. Les chiens sauvages des villages savaient tout. Ils avaient déjà découvert le camp du Damlajik et ils savaient aussi que ce camp leur était sévèrement défendu, plus encore que les rues du village. Affolés, désespérés, ils faisaient de faibles tentatives pour gravir la montagne défendue. Leur âme se fendait sous l'effet d'une intense douleur et pourtant aucun d'eux n'osait lancer son aboiement monotone auquel manquait depuis longtemps la souplesse raffinée de la langue du chien domestique qui possède, lui, un vocabulaire des plus riches. Toute l'angoisse de leur âme remontait dans leurs yeux. Partout, dans l'obscurité, Gabriel voyait briller comme un feu verdâtre les prunelles ardentes de ces chiens qui n'osaient pas franchir la zone d'interdiction.

La lune avait disparu derrière le dos du Musa Dagh. Un vent blafard naissait du cosmos. Maintenant, ils sont déjà tous en haut, pensa Gabriel qui, une heure auparavant, avait vu passer devant lui la dernière des familles. Et pourtant il ne pouvait se décider à quitter son poste d'observation nocturne — par fatigue ou par besoin de solitude ? Il ne savait pas s'il pourrait encore dans sa vie être une fois seul avec lui-même. Et n'avait-il pas toujours considéré la solitude comme le plus grand présent du ciel ? Il s'accordait encore une demi-heure de paix en dehors du monde ; ensuite il monterait vite vers la position Nord pour y surveiller et activer le creusement des tranchées. Il s'adossa contre un chêne et se mit à fumer. Il vit alors monter dans les ténèbres un retardataire de la dernière heure. Gabriel entendit un trottinement pressé et des pierres roulant sur la pente, puis il distingua une lanterne, un homme et un âne lourdement chargé. La bête manquait s'effondrer à chaque pas sous son fardeau. Mais l'homme aussi traînait un énorme sac qu'il lui fallait poser sur le sol toutes les deux minutes pour reprendre haleine. Gabriel reconnut le pharmacien au moment précis où le sac vint tomber pesamment à ses pieds. Le visage de Krikor était complètement méconnaissable ; son masque de mandarin impassible se contractait et lui donnait l'aspect d'une idole barbare. La sueur coulait sur ses joues polies jusque dans son bouc pointu, constamment agité par son souffle précipité. Il semblait souffrir beaucoup de ses efforts et courbait ses épaules en avant. Gabriel Bagradian se fit reconnaître :

« Vous auriez dû remettre à mes gens votre sac de médicaments au lieu de traîner vous-même toute votre pharmacie. »

La respiration de Krikor ne s'était pas encore bien rétablie. Néanmoins il tenta de mettre dans ses paroles une certaine note de mépris :

« Ceci n'a rien à voir avec la pharmacie ; je l'ai déjà expédiée depuis longtemps là-haut. »

Gabriel Bagradian n'avait pas tardé à remarquer que l'âne et le pharmacien étaient exclusivement chargés de livres. Pour une raison mal expliquée, cette constatation lui causa un vif déplaisir et lui inspira en même temps le désir de se moquer un peu de Krikor :

« Excusez mon erreur, pharmacien ! Avez-vous là toutes vos provisions ? »

Le visage de Krikor s'était calmé. Ses yeux avaient retrouvé leur noble indifférence pour s'adresser à Gabriel :

« Oui, ce sont mes provisions, Bagradian, mais malheureusement pas toutes. »

Une quinte de toux le secoua. Il s'assit par terre à côté de Gabriel et se mit à essuyer sa sueur avec un mouchoir démesuré. L'aube commençait à poindre. L'âne demeurait sur le sentier, la tête baissée, debout sur ses tristes jambes cagneuses. Quelques minutes passèrent. Gabriel se repentit d'avoir cruellement raillé le pharmacien un instant auparavant. Mais la voix de Krikor avait repris son ton supérieur et détaché :

« Gabriel Bagradian ! Vous qui êtes un savant parisien, vous avez eu à votre disposition d'autres moyens que moi, pharmacien à Yoghonoluk. Et pourtant certaines particularités qui me sont connues ont peut-être échappé à votre science. Aussi ignorez-vous probablement une certaine phrase du sublime Grégoire de Naziance, ainsi que la réponse que lui fit le païen Tertullien... »

Il n'y avait rien d'étonnant que Gabriel ne connût pas la citation de Grégoire de Naziance, car le pharmacien était seul au monde à en soupçonner l'existence. Comme à l'ordinaire, sans se laisser troubler, il reprit son histoire du début, quoique sa confusion du Père de l'Eglise nommé Tertullien avec un païen homonyme représentât une erreur de taille :

« Une fois, le sublime Grégoire de Naziance était invité à dîner chez le noble païen Tertullien. Ils parlaient de la bonne récolte et du beau pain de froment qu'ils rompaient. Un rayon de soleil tombait sur la table. Grégoire de Naziance leva le pain qu'il tenait à la main et dit à Tertullien : « Cher hôte, quels remerciements ne devons-nous pas à Dieu pour ses sacrés mystères, car, vois-tu, ce pain succulent n'est rien d'autre que ce même rayon de soleil doré qui s'est transformé en froment dans les champs. » Mais Tertullien se leva et prit dans sa bibliothèque une œuvre du poète Virgile, puis il dit à Grégoire : « Cher hôte, si nous devons louer Dieu à cause de ce pain, quelle gratitude ne lui devons-nous pas alors à cause de ce livre ! Car ce livre, c'est la métamorphose du rayon d'un soleil bien supérieur à celui que voilà, dont on peut voir les reflets sur une table. »

Au bout d'un instant, Gabriel Bagradian lui demanda avec une sympathie attristée : « Et toute votre bibliothèque, Krikor ? Ceci n'en représente certainement qu'une bien petite fraction ? Avez-vous enterré vos livres ? »

Krikor se redressa, tel un héros blessé :

« Non, je ne les ai pas enterrés. Les livres meurent dans la terre. Je les ai laissés où ils sont. »

Gabriel prit en main la lanterne que le pharmacien avait oubliée. La clarté s'accentuait toujours davantage, et Krikor ne pouvait cacher les larmes qui coulaient sur ses joues jaunies, d'ordinaire si indifférentes. Bagradian jeta sur son dos le sac de livres du vieillard :

« Croyez-vous donc, pharmacien Krikor, dit-il, que moi, je sois né pour m'occuper de fusils Mauser, de cartouches et de tranchées ? »

Malgré les protestations constantes de Krikor, Gabriel Bagradian porta le gros sac jusqu'au haut du col Nord.

LIVRE DEUXIÈME

LES COMBATS DES FAIBLES

Et la cuve fut foulée hors la ville..
Apocalypse de saint Jean. 14, 20.

CHAPITRE PREMIER

Notre demeure est le sommet du mont

Musa Dagh ! Mont Moïse ! A l'aube, le peuple entier avait installé son campement au sommet du mont Moïse. L'air éventé du plateau et le mugissement lointain de la mer exerçaient une action si vivifiante que les fatigues de l'ascension nocturne paraissaient déjà oubliées. Pas de tension ni de lassitude sur les visages, seulement de l'excitation. Dans le vallon de la ville et ses environs, tous allaient et venaient en poussant des cris d'appel. Tel un raz de marée, les mille soucis secondaires du moment venaient submerger la réflexion fondamentale. Même Ter Haigasoun, qui mettait la dernière main à l'autel de bois érigé au milieu de la place, assurant ainsi un digne sanctuaire aux choses de l'éternité, ne ménageait pas les réprimandes d'impatience aux hommes qui l'aidaient dans son travail.

Gabriel était monté sur la position qu'il avait choisie comme observatoire principal. C'était un des mamelons rocheux du Damlajik qui offrait une perspective très nette de la mer, de la plaine de l'Oronte et des ondulations montagneuses déclinant dans la direction d'Antioche. Quant à la vallée, on la dominait de Khéder Beg jusqu'à Bitias. Mais les méandres de la route dérobaient à la vue les villages extrêmes. A part cet observatoire principal, il en existait naturellement dix ou douze autres moins importants et plus exposés, d'où l'on pouvait examiner avec précision des fractions isolées de la vallée; là, au contraire, bien à l'abri derrière les masses rocheuses, on surplombait la totalité du paysage dans ses grandes lignes. Peut-être parce qu'il était là, solitaire sur ce promontoire, bien au-dessus de l'affolement étourdissant qui régnait au camp, il était le seul à comprendre dans toute son ampleur la véritable réalité : là-bas au nord, à l'est, au sud, jusqu'à Antioche, — mais non, jusqu'à Alep et encore jusqu'à Mosoul et Deir es Zor, sévit l'inévitable extermination ! Il y a là des millions de mahométans qui bientôt n'auront plus qu'un seul but, châtier ces insolents d'Arméniens perchés sur le Musa Dagh ! De l'autre côté, c'est la Méditerranée impassible qui, somnolente, frappe de son remous continuel les flancs abrupts de la montagne. Chypre aurait beau être cent fois plus proche, quel croiseur français ou anglais pourrait s'intéresser le moins du monde à ce morceau désert de la côte syrienne situé complètement en dehors du théâtre de la guerre ? Les flottes ne partaient que pour des directions menacées, Suez ou le littoral de l'Afrique du Nord, laissant certainement derrière elles la baie tranquille d'Alexandrette. Bagradian reconnut, en apercevant cette mer désolée, qu'il s'était trompé lui-même et avait trompé les autres, pendant la grande assemblée, par une coupable erreur de démagogue en essayant d'éveiller dans les cœurs l'espoir d'un sauvetage opéré par des navires de guerre. La mer à l'horizon infini, ironique, lui apprenait la vérité. La vérité, c'était la mort incommensurable de tous côtés, la mort sans aucune issue. Et au milieu de cette mort infranchissable, de misérables paysans ! Et encore n'était-ce pas tout. Car, même en admettant — supposition qu'un fou n'eût pas osée — que la mort extérieure montrât une paresse bienveillante, en admettant qu'aucun assaut ne fût livré, qu'aucun coup de feu ne partît, une autre mort se produirait néanmoins de l'intérieur et anéantirait le camp. Même en économisant à l'extrême les troupeaux et les provisions, il n'existait aucun moyen de les renouveler et on en verrait la fin dans un laps de temps très minime. — En bas, dans la plaine, l'idée du Damlajik exerçait une action bienfaisante, car dans la détresse, la volonté d'agir et l'éventualité d'un changement quel qu'il soit, c'est toujours un remède lénifiant. Mais maintenant, on était fixé, au but. Le remède lénifiant n'agissait plus sur Gabriel. Il se sentait rejeté hors du temps et de l'espace. Il avait repoussé l'inévitable de quelques instants, mais renoncé pour cela aux mille petits débouchés que peut offrir le hasard. Haroutioun Nokhoudian et ses fidèles n'agissaient-ils pas plus sagement ? Une griffe glaciale s'appesantissait sur Gabriel. Quel crime inexpiable n'avait-il pas commis envers Juliette et Stéphan ! Il avait à plusieurs reprises laissé passer l'heure favorable à la fuite, il n'avait pas une seule fois réveillé Juliette de son insouciance tranquille, bien qu'il sût, depuis le fameux dimanche de mars, qu'un piège sans issue leur était tendu. En prenant conscience de cette faute inconcevable, il sentit soudain sa tête se vider de sang, en proie à un violent vertige. Les horizons de la mer et de la terre se mirent à tourner. L'univers entier était animé d'un mouvement rotatif comme un disque dont le centre immobile était le Musa Dagh. Et le milieu de ce centre, c'était le corps de Gabriel qui, bien qu'étant situé sur un point élevé, formait le degré inférieur de l'irrésistible tourbillon environnant. « Nous ne voulons pourtant que rester en vie », songea-t-il avec un frisson. Mais en même temps, un étonnement muet demandait en lui : « Pourquoi donc, au juste ? »

Gabriel Bagradian se réfugia dans le vallon de la ville. Les divers comités du conseil des chefs s'étaient déjà réunis, car il fallait procéder à la répartition des innombrables travaux prévus pour le premier jour. Gabriel exigea que tous les gens valides, hommes et femmes, se missent aussitôt au travail pour continuer la construction des tranchées et des barrages. Tout le système de fortification devait être fini pour le soir du lendemain, au moins en gros, car il n'était pas impossible que la première attaque turque ne survînt dès le surlendemain. Gabriel Bagradian émit l'opinion qu'étant nommé chef de la défense, il serait désormais nécessaire de lui confier aussi le commandement suprême non seulement sur la première ligne, mais encore sur la réserve, c'est-à-dire sur les combattants et les ouvriers, autrement dit sur le camp tout entier. Le pasteur Aram Tomasian, qui était malheureusement très susceptible, lui fit remarquer qu'il était tout aussi important de mettre bon ordre à l'organisation intérieure. Pour l'instant, il y régnait encore une complète anarchie ; chaque famille enviait à l'autre le lieu qu'on lui attribuait comme domicile et les différents villages étaient également mécontents des emplacements reçus. Bagradian répliqua : « Nous n'avons pas à tenir compte du mécontentement, car nous vivons dans un état de guerre. Il n'y a qu'à appliquer des punitions efficaces, et sans tarder, à tous ceux qui réclament. » Thomas Kéboussjan et les autres mouchtars prirent aussitôt le parti du pasteur. Bedros Altouni lui-même s'obstina à répéter qu'il fallait avant tout se soucier des besoins corporels du peuple et entreprendre sur-le-champ la construction du hangar-hôpital. Puis, les mouchtars et les instituteurs voulurent l'un après l'autre prendre la parole pour mettre en avant l'intérêt immédiat des choses qui relevaient de leur propre compétence. Bagradian fut épouvanté de constater combien il est difficile de faire triompher dans un corps délibérant les solutions les plus simples et les plus raisonnables. Néanmoins, au bout de quelques minutes, la constitution que Gabriel Bagradian avait proposée au conseil des chefs s'avéra excellente. Ter Haigasoun détenait le droit de prononcer une décision rapide dans tous les cas irrésolus. Il fit un usage si habilement sage et discret de cette autorité que personne ne présenta plus de motion inutile et ne troubla plus la situation par des votes dangereux. « Gabriel Bagradian, dit-il, est pleinement dans son droit. Tous les autres devoirs doivent reculer derrière celui de la défense. L'organisation du service armé que le conseil des chefs a, depuis plusieurs jours, fixée par écrit, doit être lue au plus tôt aux formations de la première ligne, et entrer dès cette heure en vigueur. Chacun doit l'obéissance absolue au commandant. Puisqu'il a fait l'apprentissage de la guerre en qualité de vaillant officier et qu'il a donc dans ce domaine une supériorité indéniable sur tous les autres élus du peuple, le conseil des chefs lui laisse le soin intégral de toutes les mesures concernant la lutte, la préparation au combat et la discipline militaire. Gabriel Bagradian et la commission pour la guerre chargée de l'assister ne seront pas obligés de faire ratifier leurs décisions par le conseil général. Le commandant possédera naturellement en outre le droit de punir les infractions à ses propres règlements. Il pourra, par conséquent, priver de nourriture les insubordonnés ou les paresseux au travail; il pourra les faire enchaîner, et les condamner à la bastonnade de tel ou tel degré suivant son estimation personnelle. C'est moi seul néanmoins qui pourrai prononcer la peine de mort, si toutefois elle est auparavant votée à l'unanimité par le conseil des chefs. Il faudra également faire reconnaître au peuple du camp le sérieux de ces lois de guerre dès les premières heures. La tâche principale du comité intérieur consistera à assurer à la vie générale une régularité absolue et il devra tout mettre en œuvre pour que l'existence n'ait pas ici un aspect différent de celui qu'elle avait dans la vallée lorsque les conditions quotidiennes étaient encore normales. » (En prononçant cette dernière phrase, Ter Haigasoun appuya fortement sur les mots « quotidiennes » et « normales ».) « Cette précaution, qui semble d'importance secondaire, garantira beaucoup mieux que tous les exploits extraordinaires la force et la durée de la résistance. Par conséquent, aucune main ne devra demeurer oisive. Les enfants non plus ne resteront pas inoccupés. Aussi fera-t-on l'école sur un emplacement défini et avec toute la sévérité et la rigueur habituelles. Seul un travail incessant permettra à nos concitoyens de supporter cette étroite existence. Telle est ma conclusion. Allons, mes amis ! A l'ouvrage ! Perdons le moins possible de temps en délibérations inutiles ! »

Les mouchtars réunirent leurs administrés sur la grande place de l'autel qui était déjà délimitée sur le vallon de la ville. Gabriel fit mettre en rangs, sous le commandement de Tchauch Nurhan, les 86 dizaines d'hommes qui formaient la première ligne. Le roi des recrues dépensa tous ses efforts pour disposer son armée en un carré parfaitement dessiné aux rangs impeccables autour de l'autel qui n'était pas encore consacré. Ensuite, Ter Haigasoun monta sur l'estrade de l'autel qui s'élevait assez haut sur cinq marches et qui était très vaste. Le prêtre demanda à Bagradian, seul parmi tous les chefs, de monter à côté de lui. Puis, s'adressant aux hommes formés en carré, il donna lecture, d'une voix retentissante, des règlements de service recopiés par Samuel Awakian. Après quoi, il ajouta quelques paroles de menace. Quiconque refuserait de se soumettre à la volonté du chef de la défense ou manquerait à son devoir, serait passible d'un conseil de guerre impitoyable. Ceci s'adressait avant tout aux évadés des casernes turques, étrangers au pays. Etre reçu dans le camp, nourri sur les provisions générales n'était pas, dit-il, chose naturelle, mais une marque de bienfaisance, de fraternité civique dont les nouveaux venus devaient avoir à cœur de se montrer dignes. Ter Haigasoun saisit le crucifix d'argent qui ornait l'autel et descendit, accompagné de Gabriel Bagradian, à l'intérieur du carré. Il énonça lentement, en regardant les hommes, la formule de serment qu'ils durent répéter en levant les doigts traditionnels :

« Je jure en face de Dieu, du Père, du Fils et du Saint-Esprit, que je défendrai le peuple de ce camp jusqu'à ma dernière goutte de sang, que je me soumets aveuglément au commandant et à tous ses ordres, que je reconnais l'autorité du conseil des chefs élus, et que je ne quitterai jamais la montagne de ma propre volonté, aussi vrai que le Seigneur mon Dieu m'aidera à faire mon salut ! »

Après avoir prononcé le serment, les hommes de la première ligne défilèrent derrière l'autel. Les onze cents membres de la réserve, répartis en 22 groupes, jurèrent par une formule plus courte obéissance et fidélité au travail. La réserve se voyait attribuer la lourde tâche de la construction des travaux militaires et des cabanes du camp. En cas de combat, elle ne possédait pas d'autres armes que des instruments d'agriculture tranchants ou contondants qu'ils avaient emportés de leurs villages. En dernier lieu, vinrent les trois cents garçonnets. Ter Haigasoun leur adressa une courte exhortation et Gabriel Bagradian leur exposa leur devoir d'observateurs, de messagers, d'avertisseurs et de signalisateurs. Il divisa les jeunes garçons en trois groupes approximativement égaux. Le premier groupe devait occuper les observatoires et les postes de guetteurs, et envoyer toutes les deux heures un message au quartier général. On choisit pour cette mission importante les cent plus âgés des garçonnets, qui étaient aussi les plus dignes de confiance. Ils avaient le devoir de monter la garde jour et nuit sur la terrasse du promontoire pour dépister à temps, de leurs yeux jeunes et perçants, la fumée la plus faible de quelque navire qui viendrait à passer par là (bien que ce fût un ridicule espoir). Bagradian confia au second groupe le service d'ordonnance. Ces cent garçonnets devaient demeurer toujours à proximité du quartier général pour emporter dans toutes les directions les ordres du commandant et assurer la relation entre les divers secteurs de défense. La troupe d'ordonnances fut mise sous les ordres du lieutenant général Samuel Awakian ; Stéphan fut assimilé à ce corps. Enfin, la troisième centaine était mise à la disposition du pasteur Aram pour rendre des services dans le camp et, par exemple, porter le rata aux combattants dans les tranchées.

Les divisions qu'avait établies Bagradian dans la population ne tardèrent pas à trahir leurs avantages. Le sentiment d'importance bien militaire qui remplissait les diverses dizaines, le plaisir stimulant qui s'éveilla aussitôt chez les sous-chefs, la joie enfantine de défiler en rangs, tous ces sentiments bien humains voilaient l'implacable but fondamental sous les couleurs bienfaisantes d'un jeu aux règles fixes. Lorsque les convois se mirent en marche dans plusieurs directions pour aller continuer les fortifications, on entendit s'élever çà et là des chœurs timides sans doute, mais tenaces, entonnant la vieille chanson de travail en faveur dans la vallée arménienne :

> *Les jours de deuil s'évanouiront ;*
> *Comme les mois d'hiver, ils viennent et s'en vont.*
> *Les chagrins d'ici-bas ne durent pas longtemps,*
> *Comme au bazar s'en vient et s'en va le client.*

Gabriel Bagradian réunit auprès de lui Tchauch Nurhan et les chefs principaux des plus importants groupements de première ligne. Entre temps, Ter Haigasoun avait quitté la place de l'autel et s'était rendu vers celle des trois tentes qui, à proximité d'une grande source, encadrée de buis et abritée de trois côtés par des rochers tapissés de lierre et des buissons de myrtes, prouvait de façon éclatante avec quels soins affectueux Gabriel avait choisi ce site. Ter Haigasoun désirait parler à l'hanoum Juliette Bagradian. Comme Kristaphor, Missak et Howhannes étaient occupés à la construction de la cuisine située un peu à l'écart, le prêtre dut avoir recours, pour la transmission de sa requête, à l'intermédiaire de Gonzague Maris qui se promenait d'un pas délibéré sur la place des trois tentes, à la manière de ces passagers qui, en haute mer, éprouvent le besoin de marcher sur l'étroit pont du navire. Le jeune Grec alla vers la tente d'explorateur où habitait Juliette et frappa sur le petit gong qui était suspendu à l'entrée. L'hanoum se fit attendre très longtemps. Lorsqu'elle parut enfin, elle demanda à Gonzague de sortir une chaise de la tente pour Ter Haigasoun. Mais celui-ci refusa, disant qu'il n'avait malheureusement pas de temps à perdre. Il fit disparaître ses mains dans les larges manches de son froc et baissa les yeux. Ce qu'il exposa à Juliette en un français heurté sentait la politesse forcée et compassée. La bonté de Mme Bagradian, dit-il, était bien connue de tous. C'est pourquoi il la priait de faire au peuple l'honneur d'accepter la mission suivante : il était nécessaire de planter face à la mer, sur la terrasse en promontoire, au haut de la paroi abrupte, un très grand drapeau blanc à croix rouge qui, flottant au vent, annoncerait l'existence des malheureux Arméniens aux bateaux que Dieu enverrait de sa main bienveillante. Dans ce but, le drapeau devait porter une inscription en langues française et anglaise : « Chrétiens en détresse ! Au secours ! » Ter Haigasoun s'inclina pour demander solennellement à Juliette si elle acceptait de se charger de confectionner ce drapeau avec l'aide d'autres femmes. Juliette le promit, mais son acceptation était très tiède et peu sentie. Chose étrange, cette Française ne paraissait pas du tout comprendre la haute distinction dont l'avait gratifiée Ter Haigasoun par sa visite et sa demande en termes si choisis. Une fois de plus, elle se montrait sourde à la voix de l'Arménie. Mais lorsque Ter Haigasoun eut disparu, après l'avoir rapidement saluée d'une simple inclinaison de tête, elle devint soudain très inquiète et alla chercher elle-même deux grands draps qui, réunis par une piqûre à la machine, formeraient le drapeau désiré.

Gabriel répéta une fois de plus à Tchauch Nurhan et aux autres sous-chefs qu'il était absolument nécessaire de maintenir une discipline de fer. A partir de ce jour, personne ne devait plus quitter sans permission le poste auquel il était préposé. On ne tolérerait pas non plus à l'avenir que les hommes de la première ligne passent la nuit auprès de leurs familles dans le vallon de la ville. Chaque soldat devrait coucher dans les tranchées ; des exceptions ne seraient permises par les chefs que dans des cas très spéciaux. Bagradian choisit aussi pour son quartier général un emplacement facile à atteindre de tous les côtés. Chaque jour, deux heures avant le coucher du soleil, il s'y tiendrait pour le rapport une assemblée à laquelle devaient se rendre les chefs des différents groupes et secteurs. De cette façon, l'organisation de l'armée était terminée, au moins dans ses grandes lignes. Son fonctionnement dépendait maintenant du bon vouloir et du zèle des hommes. Gabriel Bagradian exposa encore une fois, carte en main, la répartition des treize secteurs de défense. Sur ce nombre, trois seulement exigeaient un fort contingent ; les dix autres ne nécessitaient pas plus qu'un poste un peu important de sentinelles ; pour chacun de ces derniers, un groupe de dix hommes, peut-être même un demi-groupe, suffirait amplement. Par contre, Gabriel estimait indispensable, rien que pour les tranchées et les barricades rocheuses du col Nord, une base de contingents comprenant au moins 400 hommes munis de 200 bons fusils. Il prit lui-même le commandement de cet important secteur. Son subordonné immédiat était Tchauch Nurhan qui reçut en même temps le commandement de la position dominant la gorge des yeuses et la charge d'inspecteur pour la totalité des armements. Cette dignité impliquait également le soin de renouveler les munitions et de vérifier le bon état des armes. Le précieux Tchauch Nurhan avait d'ailleurs déjà tout préparé en vue d'un atelier pour la fabrication des cartouches. Le matériel et les instruments nécessaires à cette.production avaient été transportés de son mystérieux repaire de Yoghonoluk jusque sur la montagne. De cette façon, seule restait à régler la question du commandement du bastion Sud. Il fallait, pour ce secteur qui était le plus éloigné, quinze groupes de dix hommes. Pour des raisons déjà connues, il avait versé les déserteurs, vrais ou faux, dans ces division qui se trouvaient exagérément nombreuses en considération de sa place déjà très fortifiée par les conditions naturelles. Jusqu'à nouvel ordre, le commandement de ce secteur était assuré par un homme du village de Khéder Beg qui avait servi dans l'armée. Mais Bagradian avait son idée là-dessus. Sarkis Kilikian était un vaillant soldat dont l'expérience acquise pendant la campagne du Caucase était encore toute fraîche. De plus, il ne manquait ni de culture ni d'intelligence. Il avait eu à souffrir comme personne des Turcs, et s'il restait encore en lui quelque chose de semblable à une âme, elle devait déborder d'une soif de vengeance quasi inhumaine. L'idée de Bagradian, c'était d'examiner un certain temps la conduite de Kilikian et de lui confier le commandement du bastion Sud. Bagradian espérait s'assurer également les autres déserteurs par ce moyen ingénieux. Aussi avait-il retenu le Russe auprès de lui après le départ des différents groupes. Kilikian ne cessait de considérer Gabriel avec une indifférence indomptable qui respirait trop l'ennui pour sembler impertinente. Cet homme, rongé par l'esclavage du pétrole, les prisons et ses multiples aventures effroyables, cet homme à la tête de mort pourtant juvénile, à la peau tannée, vêtu de haillons terreux, cet homme avait malgré tout un aspect robuste, nerveux et, il faut le dire, imposant. Tandis qu'il examinait Gabriel Bagradian de ses yeux clairs et méprisants, il devinait peut-être que quelque chose, chez ce monsieur soigné et raffiné, ne pouvait s'empêcher de s'incliner devant lui. Peut-être aussi prenait-il pour de la vulgaire crainte ce qui en réalité était un respect inspiré par sa destinée inouïe et par l'énergie qui lui avait permis de la surmonter. Mais le sentiment de crainte qu'il supposait chez Bagradian, joint à la vue de cet interlocuteur bien habillé qui certainement n'avait jamais connu dans sa vie une minute d'effroi, de privation ou de déshonneur, excita justement les mauvaises tendances de Kilikian. Bagradian l'interpella d'un ton sec de commandement :

« Sarkis Kilikian ! Tu viendras me trouver dans deux heures sur la position Nord. Je t'y donnerai du travail. »

Les yeux du Russe, sans se détourner de Gabriel, prirent le reflet mat de l'agate. Il eut un rire gouailleur :

« Peut-être que je viendrai, peut-être aussi que je ne viendrai pas. Je ne sais vraiment pas encore ce dont j'aurai envie. »

Gabriel Bagradian savait que tout dépendait de sa réponse, qu'il lui fallait maintenant assurer son rang, que son autorité était à jamais perdue si à cet instant il ne trouvait pas la note juste et devait s'avouer vaincu. Tout le public écoutait dans une attente curieuse. Des jalousies méchantes, dissimulées jusqu'alors, se réveillaient. Gabriel s'était fait un uniforme personnel avec un costume de chasse que son frère Awétis avait à peine porté. Il se complétait de guêtres de cuir jaune et d'un casque colonial que Gabriel mit justement sur sa tête avant de s'avancer vers le Russe, d'un pas balancé et réfléchi. Cette coiffure le rendait encore plus grand d'une demi-tête. Il frappa ses guêtres d'un coup de cravache et fut soudain si près de Kilikian que celui-ci dut reculer d'un pas :

« Écoute-moi, Sarkis Kilikian, et ouvre toute grande ta cervelle ! »

Bagradian s'interrompit l'espace d'une seconde. Il avait entendu que sa voix n'était pas tout à fait tranquille. Son cœur battait à coups précipités. Aussi attendit-il, sans quitter le regard du Russe, jusqu'à ce que toute sa personne se fût remplie jusqu'au bord d'une volonté claire et froide :

« Je veux bien te concéder le droit, Kilikian, de faire ce dont tu as envie. Mais il faut que tu prennes une décision avant que je ne te tourne le dos... Tu es libre ; tu peux aller au diable, personne ne te retient, et nous n'avons pas le moins du monde besoin de gens de ton espèce... »

Gabriel fit une pause comme s'il attendait que Sarkis Kilikian acceptât sur-le-champ sa proposition et disparût, nonchalant et ironique, comme à son ordinaire, sans plus prêter à l'avenir aucune attention au peuple du Damlajik. Or, le Russe ne bougeait pas d'un pouce. Il se mêlait à l'éclat mort de ses yeux de pierre une étincelle de curiosité. La voix de Bagradian se teinta d'un regret glacial :

« J'avais l'intention, Kilikian, puisque tu as été soldat, de te donner une place prépondérante de commandement, parce que tu as plus souffert des Turcs que personne encore parmi nous. Tu aurais pu leur faire payer de leur sang ce qu'il t'ont fait endurer, à toi et à tes camarades... Mais comme tu ne sais pas si tu en auras envie, puisque tu n'es vraiment qu'un déserteur lâche et dévoyé, puisque tu ne veux pas reconnaître tes devoirs envers ton peuple et que tu viens d'être parjure à ton serment d'obéissance, va-t'en, et tâche qu'on ne te revoie plus ! Nous n'avons pas besoin d'un parasite, d'un coquin éhonté qui vole le pain des femmes et des enfants. Si tu oses jamais reparaître parmi nous, je te ferai fusiller ! Va donc trouver les Turcs ! Leurs compagnies seront bientôt là. Ils t'attendent déjà, sois-en sûr ! »

Pour un homme comme le Russe, il n'y aurait eu à ce moment-là qu'une seule solution possible : se jeter sur ce beau monsieur, sur ce « capitaliste », et lui flanquer son poing sur la gueule. Mais Sarkis Kilikian ne bougeait pas. Ses yeux avaient perdu leur impassibilité et cherchaient dans les rangs des hommes des partisans. Gabriel Bagradian laissa passer cinq secondes dont chacune, comme une marée montante, élevait un peu plus haut son autorité. Puis d'une voix cassante, il cria à l'homme en pleine figure :

« Je vois que tu t'es décidé. Alors, entendu ! Fiche-moi le camp, et en vitesse ! »

Il était étrange de voir le Russe se transformer et redevenir le prisonnier de jadis sous ces mots qui claquaient comme des coups de fouet. Il rentrait la tête dans les épaules et épiait par en dessous son adversaire qui le dépassait de trop loin pour lui laisser quelque espoir. Mais toute la faiblesse de Kilikian provenait de la perspicacité avec laquelle il jugeait sa situation. Il sentait parfaitement qu'il vivait un moment d'infériorité écœurant, car pour être brutale, il faut que la haine aveugle ne soit pas décillée par le calcul préalable des conséquences. Or Kilikian savait, en reprenant son âme de prisonnier, ce qu'il allait perdre maintenant. Depuis quatre mois déjà, il vivait sur le Musa Dagh en parfaite sécurité. Ce dont il avait besoin pour vivre, il l'avait mendié la nuit dans les villages. L'émigration du peuple sur la montagne signifiait pour lui une amélioration inespérée de son sort. Une fois chassé du camp, il n'existerait plus pour lui aucune possibilité de se procurer une nourriture humaine. Il ne pourrait pas non plus désormais se risquer dans la vallée. Et les massifs montagneux d'alentour allaient, eux aussi, être occupés par les Turcs en un tournemain. La mort, qui avait mis tant d'ironie à l'épargner si souvent, pourrait cette fois se repaître de sa victime. Les Turcs, pour le moins, l'écorcheraient vif et lui tueraient chaque membre l'un après l'autre. Tout ce programme surgit dans une minuscule fraction de seconde à la conscience du Russe, et ni son orgueil, ni sa haine, ni son insolence n'avaient d'effet contre cette représentation. Il essaya de ricaner, mais il ne réussit qu'à proférer un petit son moqueur fort piteux et peu digne. Gabriel Bagradian ne recula pas d'un millimètre :

« Eh bien ? Qu'est-ce que tu fais encore là ? »

Sarkis Kilikian détourna sa tête baissée d'habitué des prisons :

« Je veux...

— Dis-le une bonne fois, ce que tu veux ! »

Le Russe montra de nouveaux yeux ; ce n'étaient plus de pâles agates usées, mais d'hésitants regards d'enfant. Gabriel ne put s'empêcher de penser, en les voyant, au garçonnet de onze ans qui s'était planté, un couteau de cuisine à la main, devant sa mère pour la défendre. Il fallut longtemps à Kilikian pour prononcer d'une voix étranglée les mots décisifs qui marquaient sa défaite :

« Je veux rester ! »

Gabriel se demanda s'il ne devait pas humilier complètement cet homme et le forcer, par exemple, à l'implorer à genoux ou à jurer un serment de fidélité plus sévère encore en face de ses compagnons de première ligne. Ce ne fut pourtant pas la pitié (l'image de Sarkis à onze ans), mais un instinct des plus intimes qui l'en retint. C'eût été indigne d'un chef supérieur que de jouir pleinement de la victoire remportée sur un faible et de laisser entrer dans sa propre ligne un ennemi abaissé jusqu'au dernier degré. C'est pourquoi son rude ton d'officier prit une nuance bienveillante :

« Je te fais grâce pour la première et dernière fois, Kilikian, et je vais te mettre à l'essai pour quelque temps. Mais tu n'es pas capable d'assumer la moindre responsabilité. Prends garde à toi, tu es observé ! Va ! »

Le triomphe de Gabriel Bagradian était si écrasant que le vaincu porta la main à son bonnet d'agneau pour esquisser un salut militaire avant de s'éloigner, ce qu'il fit le plus discrètement possible. Avoir su réduire le déserteur révolté que tous redoutaient, c'était la marque définitive de l'autorité du commandant suprême. Tchauch Nurhan et les chefs de groupe se mirent instinctivement au garde-à-vous. On pouvait lire dans beaucoup d'yeux cette conviction : « On finit bien un jour par reconnaître qui est ou non né pour commander. » A part Aram Tomasian et Hapeth Chatakhian qui étaient membres du comité de guerre, l'instituteur Hrand Oskanian avait également assisté à cette pénible scène. Comme toujours, il avait l'air sombre et sa mine supérieure semblait se désintéresser de son entourage. Ce fut la première fois que Gabriel remarqua réellement le visage de l'instituteur aux cheveux noirs. Derrière cette mine fière et prête à tout nier, on pouvait supposer qu'il se cachait de l'énergie et de la décision. La garde du bastion Sud fut, pour la moitié, confiée aux déserteurs. Comme l'insolence de Kilikian l'avait déjà prouvé, ils avaient besoin d'un éducateur et d'un surveillant. Il fallait leur enfoncer profondément dans la chair un aiguillon empoisonné. Bagradian était convaincu d'avoir trouvé en Oskanian, nain plein de sa propre personne, cet aiguillon nécessaire. Aussi offrit-il au sombre instituteur un poste de commissaire auprès de la position Sud. Son rôle consistait à assurer dans le bastion un ordre impeccable et un service sans défaut, et surtout à communiquer aussitôt le plus petit manquement aux lois et la moindre désobéissance. Hrand Oskanian fronça son front bas de telle façon que ses épais sourcils noirs dessinèrent un trait continu au-dessus de son nez. Il semblait se demander d'un air majestueux si cette mission mi-pédagogique, mi-policière était à la hauteur de sa valeur incomparable. Finalement, il posa ses conditions :

« Si j'accepte la surveillance du bastion Sud, il faudra, Bagradian Effendi, que je sois très bien armé pour que ces individus voient bien qu'il ne s'agit pas d'une plaisanterie. »

Ensuite, l'instituteur Oskanian obtint du grand-maître des armes Tchauch Nurhan non seulement un fusil Kara et cinq magasins de cartouches, mais encore un lourd pistolet d'arçon et une large serpette. Muni de toutes ces armes pesantes, il se rendit immédiatement à la place des trois tentes où, d'un pas important, il se posa devant Juliette pour lui annoncer sa nouvelle dignité. Il n'accorda pas le moindre regard à Gonzague, étant fermement convaincu que cet homme efféminé au visage lisse sombrait dans le néant à l'aspect d'un guerrier comme lui.

Ce jour-là, le premier du séjour sur le Musa Dagh, les travaux de tranchées s'accomplirent comme par enchantement. On pouvait même espérer terminer avant la tombée de la nuit les plus importants des travaux de fortification. La fièvre du travail donnait aux gens un tel enthousiasme, que, riants et chantants, ils paraissaient oublier le passé et l'avenir.

L'état des esprits dans le vallon de la ville était beaucoup moins rassurant. Ter Haigasoun et le pasteur Aram avaient grand'peine à résoudre approximativement tous les problèmes qui surgissaient en foule à chaque minute. Lors de la première séance du conseil des chefs, Gabriel Bagradian avait déjà agité la grande question de la propriété, au vif déplaisir de Kéboussjan ainsi que des autres mouchtars ou particuliers fortunés. A présent, ces propriétaires dans le sang étaient forcés de reconnaître que la vie sur le Damlajik ne pouvait exister sans déclarer tous les troupeaux bien général de la communauté. Il fallait chaque jour, d'après des règlements précis, tuer tant ou tant de moutons ou de chèvres. Dans cés conditions, il était impossible d'avoir des égards pour les différents propriétaires de ces troupeaux. Tout homme raisonnable comprenait également qu'on ne pouvait faire abattre les bêtes que par des bouchers de métier, sur un lieu choisi dans ce but, et que d'autre part, il était nécessaire de laisser quotidiennement vérifier la répartition de la viande entre les familles et les soldats par une députation du conseil des chefs. Or, comme l'un donne l'autre, les mouchtars durent finalement avouer les avantages de la préparation de la viande en commun. Et ce ne fut pas tout! Leur devoir leur commandait non seulement de reconnaître la nécessité de ces mesures, mais d'en convaincre aussi le peuple, et avec autant de douceur que possible. Ces convertis de fraîche date avaient beaucoup de peine à se muer en champions d'une réforme dont ils étaient antagonistes nés. Pour la question du domicile, il fut plus aisé de concilier les partis contraires. Ter Haigasoun avait d'ailleurs toujours soutenu qu'une communauté par trop stricte et uniforme est contraire à la vie et se retourne tôt ou tard contre ses partisans. La formule à laquelle il croyait était la suivante : s'adapter, avec le moins de frottements possible, à une nouvelle vie quotidienne. Dans ce but, on étendit l'emplacement réservé aux domiciles aussi loin qu'on le put. Il fut entendu que, dès le lendemain, Tomasian père s'occuperait de la construction des cabanes d'après un plan général de la ville conçu par Aram. Comme il y avait environ mille familles sur le Damlajik, on prévit par conséquent mille domiciles dont les dimensions dépendaient du nombre des membres de chaque famille. On disposait de plus de bois et de branchages qu'il n'était nécessaire pour les bâtir. Gabriel Bagradian avait permis qu'une partie de la réserve abattît le jour même les arbres destinés aux habitations de la colonie.

Tous ces problèmes, certes, étaient complexes, mais le plus difficile surgit à propos du pain et de la farine. Sur ce point, Ter Haigasoun demeura inexorable. Tout ce que les diverses familles possédaient encore comme fruits de la terre, froment, boulgour, maïs, pommes de terre, et tout ce qu'ils avaient fait cuire dans leurs fours et traîné sur la montagne, tout cela, sans exception, devait être livré à la communauté. Et ce n'était pas seulement la farine qu'on les empêchait de consommer à leur gré, mais aussi le sel, le café, le tabac, les épices, bref toutes les denrées précieuses que les familles avaient transportées sur le Damlajik au prix de grands efforts et de sages calculs. La résistance contre cette impitoyable décision dura des heures. Enfin Aram Tomasian et les mouchtars, par des prières instantes et des injures, obtinrent que quelques-uns des plus vertueux pères de famille vinssent déposer d'un pas hésitant leur pain et leur farine, leur café et leur tabac, sur la place où le bien du peuple, une fois réuni, devait être entassé, ordonné et notifié sur un livre spécial. Ces héros du sacrifice furent suivis par d'autres et peu à peu la plupart les imitèrent, poussés par un sentiment de honte, car il n'était guère possible, dans ces campements en plein air, de dissimuler des provisions illégalement retenues. Les sacs de farine et de maïs s'entassaient les uns à côté des autres. Le vieux Tomasian fut chargé de construire dès les premières heures du lendemain une grange pour abriter contre les intempéries l'emplacement où étaient réunis les vivres. On y plaça aussitôt une garde de cinq hommes en armes. Ter Haigasoun choisit pour ce service cinq personnes originaires des plus misérables familles des villages.

Le prêtre, Gabriel et le conseil des chefs ne se trompaient pas eux-mêmes et n'ignoraient pas que, des quatre points cardinaux, la destruction menaçait le Musa Dagh. Mais il y avait une source de danger sur laquelle ils n'avaient pas compté jusque-là. Et c'est justement de cette source que découla avant le coucher du soleil une catastrophe irréparable.

Les travaux avançaient ce jour-là toujours plus vite, d'autant plus que le temps était couvert. Le soleil n'envoyait pas ses rayons estivaux sur l'échine des malheureux galériens et personne n'avait besoin de s'en préserver. Bien que le ciel fût obscurci, on n'y voyait aucun nuage et l'on ne pouvait pas non plus dire que la température se fût rafraîchie. L'air était imprégné d'une substance opaque et nuageuse, dépôt d'univers à l'aspect malpropre comme une pensée malsaine ; au lieu d'un brasier ardent et découvert, c'était une chaleur lourde qui écrasait tout sous son poids. La surface de la mer était parfaitement lisse. Parfois, un souffle brûlant venu de l'Ouest l'effleurait sans y dessiner la moindre ride. Mais malgré cette lourde immobilité de la mer, à partir de midi, les vagues vinrent frapper les récifs avec une colère contenue, quoique toujours plus vive. Les hommes, entièrement occupés par leurs soucis et leurs travaux, ne prêtaient aucune attention à ce temps louche. L'attaque soudaine du ciel réussit, de ce fait, sur toute la ligne. Quatre, cinq rafales s'abattirent crépitantes comme un bref manifeste de guerre. Le Damlajik entier avec tous ses rochers, ses arbres, ses buissons de myrthes ou de rhododendrons ne fut plus qu'attente et épouvante ! Puis un effroyable coup de tonnerre lança le signal décisif. Et déjà l'orage oriental donnait l'attaque, assourdissant, rapide comme un des éclairs dont il était chargé, engloutissant tout dans une épaisse poussière étouffante. Les tapis, les couvertures, les lits, les oreillers, les draps, les torchons, les pots, les cruches, les lampes, tous les objets, légers et lourds, cliquetants et gémissants, se renversaient, tournaient en rond ou s'envolaient. Les hommes aussi se mirent à crier, à poursuivre leur bien qui s'enfuyait si malignement, se heurtaient et piétinaient les possessions du voisin. Mais plus fort encore que le fracas de ce combat, les petits enfants élevèrent leurs voix geignantes, comme s'ils avaient compris la signification mystérieuse de ce châtiment céleste envoyé dès le premier jour. Bientôt la chasse forcenée à la recherche du bien volant fut arrêtée par une averse de grêle telle que ce peuple de montagnards crut n'en avoir jamais connu de pareille. Après une vaine résistance, beaucoup de gens s'étendirent à plat ventre sur la terre fumante, offrant leurs dos à la bastonnade divine. Ils mordaient la terre. Ils auraient voulu périr. Soudain, un cri : « Les munitions ! » Mais par bonheur, Gabriel Bagradian avait fait porter les caisses de cartouches dans la tente de cheik et Tchauch Nurhan avait veillé à ce que la poudre de réserve ne fût pas mouillée. La deuxième pensée s'adressa aux vivres. Les hommes se précipitèrent en criant vers le dépôt. Trop tard ! Les galettes s'étaient changées en une pâte collante, les miches en éponges gonflées. Tous les sacs de farine fumaient comme de la chaux éteinte. Et cette destruction fut la plus dure des catastrophes. La majeure partie du sel s'écoula dans la terre. Plus d'un se rappela l'antique menace disant que l'homme, au Jugement Dernier, devrait ramasser avec ses paupières tout le sel qui aurait coulé par sa faute. A la vue de ce désastre, ils abandonnèrent le combat. Mouillés jusqu'à leur peau giflée par la grêle, ils s'assirent sur le sol boueux, indifférents à la furieuse averse qui les frappait de ses longues mèches épaisses comme des doigts. Les femmes elles-mêmes ne pleuraient et ne gémissaient plus. Quant à Ter Haigasoun, il était hanté par cette question hallucinante : pourquoi Dieu a-t-il anéanti dans l'espace de dix minutes le produit des réflexions humaines conçues par d'innocents persécutés, et cela même avant que fût écoulé le premier jour sur le Musa Dagh ?

Le soleil se coucha dans un ciel aux déchiquetures multicolores qui avait déjà oublié toute la récente catastrophe. Seuls les oiseaux se firent entendre jusqu'au dernier éclat du jour, comme s'ils avaient eu quelque chose à rattraper. Les êtres humains par contre étaient devenus extrêmement silencieux. Hommes, femmes et enfants couraient à demi nus en tous sens. Les ménagères tendirent des cordes entre les arbres et y suspendirent les habits trempés à sécher. Maintenant, personne n'avait plus envie de se coucher sur le sol, mais avant même que la lune eût paru, la terre assoiffée par la chaleur d'été avait déjà aspiré dans ses profondeurs les dernières traces d'humidité. Cependant les feux de camp n'arrivaient pas à flamber, car la pluie pénétrante imprégnait encore le bois et les brindilles. Les diverses familles s'installaient bien serrées en cercles étroits, tournant le dos à la voisine, boudeuses et méchantes. Plus tard, elles s'endormirent sur la terre nue ; en effet, les tapis, matelas, couvertures et oreillers ne pouvaient guère être secs avant le soir suivant. Les pauvres gens se pelotonnaient en boule, car dans le malheur, chaque corps voulait toucher l'autre, chaque tristesse se réconfortait par le contact d'une tristesse sœur.

Le pasteur Aram Tomasian était assis dans un observatoire que les enfants éclaireurs avaient installé à la cime d'un chêne séculaire. De ce point, on dominait très exactement la place de l'église et la rue principale du grand village de Bitias. Le pasteur avait emprunté à Bagradian sa lunette d'approche et ainsi, ses yeux distinguaient tous les détails de la place et de la route où tourbillonnait la poussière. Les paroissiens protestants de Nokhoudian étaient rassemblés devant le temple, prêts à partir. Cette foule humaine donnait l'impression d'être très nombreuse ; il est probable qu'une quantité considérable de partisans s'était secrètement ralliée à Nokhoudian. Sans doute la surprise de trouver vides toutes les localités arméniennes à l'exception de Bitias était-elle la raison pour laquelle le mudir et le commissaire de police avaient remis à ce jour-là, dimanche, la déportation fixée à samedi. Les saptiéhs couraient partout, alentour, brandissant leurs gourdins et leurs fusils. On ne pouvait évidemment pas observer isolément tous les personnages. C'était un lointain fourmillement de petites silhouettes. Peut-être les gendarmes frappaient-ils déjà la foule de leurs bâtons. Mais les cris de révolte ou de douleur ne parvenaient pas jusque-là. L'éloignement atténuait l'horreur du spectacle et en faisait un tableau animé, mais muet. Aram se répétait sans cesse qu'il s'était simplement enfui, sans plus, du troupeau de ces proscrits qui, dans la poussière de la vallée, commençaient leur marche à la mort et cela pour prolonger de quelques jours son existence terrestre. Ici, au sommet du chêne, il était baigné d'une ombre délicieuse. Un bien-être paisible inondait son corps. La réalité de la vallée se dissolvait en minuscules mouvements isolés qui retenaient la vue, mais

laissaient le cœur aussi indifférent qu'un vain rêve. Le pasteur Tomasian tressaillit à la conscience de cette faute qu'il commettait ainsi de
sang-froid. C'est là-bas qu'il aurait dû être et non pas ici. La maison
des missionnaires de Marach s'imposa à sa pensée. Le révérend
C. E. Woodley, le juge envoyé à lui par Dieu, lui posa une seconde
fois la question fallacieuse et séduisante : « Crois-tu rendre service à ces
enfants en marchant à la mort avec eux ? » Et voici que là-bas, à Bitias,
il avait laissé passer une deuxième occasion d'augmenter la liste de ses
souffrances qu'il présenterait un jour au Christ. — Cela dura encore
longtemps, affreusement longtemps avant que se mît en marche le
convoi dirigé par son confrère Haroutioun Nokhoudian, ce vieillard,
ce juste, dont la valeur dépassait infiniment la sienne. D'autre part,
le mudir aux taches de rousseur avait certainement accordé quelques
faveurs aux déportés. Beaucoup d'ânes chargés de ballots trottaient
dans le cortège que suivaient même quelques charrettes dont les roues
pleines tressautaient dans le nuage de poussière. Et le pasteur Aram
Tomasian revit ce qu'il avait vu si souvent pendant les sept jours de
Zeitoun : un long ver humain débile, moribond, une chenille noi-
râtre aux antennes frémissantes munie de piquants et de pieds minuscules se tordait, comme écrasée, à travers la campagne, et pourtant
sans bouger de sa place. Cet animal blessé, à l'abandon, semblait chercher en vain une cachette dans le pli entr'ouvert de la vallée. Avec
des mouvements péristaltiques, il poussait en avant les anneaux antérieurs de son corps et tirait douloureusement à lui ses articulations
postérieures. Il s'y formait de profondes entailles et souvent la chenille
rampante se déchirait en plusieurs parties qui, sous la pression de leurs
bourreaux à peine visibles, se ressoudaient tant bien que mal pour se
sectionner à nouveau sur d'autres points à peine cicatrisés. Ce n'était
plus de la reptation, mais la palpitante lutte d'un ver gigantesque contre
la mort, d'un ver qui pour la dernière fois se contorsionne, s'étire et
se contracte tandis que tous les insectes de la pourriture s'abattent
déjà sur ses plaies béantes. C'était presque un miracle que peu à peu,
bien qu'avec une lenteur intolérable, le grand ver fût séparé des villages par un certain espace. Il y a dedans quelques femmes enceintes,
songea le pasteur Aram. Et cette pensée lui rappela immédiatement
sa chère Howsannah. Divers indices permettaient de croire que le
terme de sa femme était très proche. On n'avait fait aucun préparatif
à cette intention et il était d'ailleurs impossible d'en faire. Son premier
enfant viendrait au monde dans des conditions aussi inhospitalières que
n'importe quelle bestiole du Musa Dagh. C'était sans doute déjà assez
pénible, mais une angoisse indécise et plus profonde encore oppressait
Tomasian à l'idée de la créature cachée dans le sein de la jeune mère
et de la faute qu'il venait de commettre. Il laissa retomber la lunette
Zeiss et, comme pris d'un vertige, il se cramponna de ses deux bras aux

branches puissantes de la fourche au milieu de laquelle il était assis. Lorsque après quelque temps il reprit la lorgnette, le tableau s'était légèrement modifié. La chenille rampait maintenant à travers Azir, le village des vers à soie. Une troupe de saptiéhs s'était détachée du groupe et marchait dans la direction du Nord-Est, vers Kéboussijé, tournant le dos à Bitias. Le pasteur Aram envoya immédiatement un message au quartier général. Le danger disparut bientôt. Les saptiéhs n'allaient pas vers le col Nord du Dmalajik, mais se perdirent vers l'extrémité ascendante de la vallée. Induits en erreur par le pasteur Haroutioun Nokhoudian, ils faisaient des recherches sur une fausse piste. L'horizon était tranquille. On voyait flâner sur les places et les rues des villages abandonnés quelques centaines de mahométans. C'étaient les mohadchirs venus du Nord-Ouest, attirés par l'appât du butin et les maraudeurs indigènes de la plaine. Ces malfaiteurs semblaient ne pas avoir pris possession des maisons. Peut-être un décret gouvernemental était-il venu leur couper momentanément l'appétit. Comme des bourdons paresseux, ces gens bien intentionnés tournaient indécis autour des demeures. Le détachement de gendarmerie disparut encore avant Kéboussijé dans une vallée latérale, à l'Est, preuve de leur parfaite ignorance de la réalité. Un fol espoir envahit le pasteur : « Peut-être notre peuple connaîtra-t-il encore bien des jours de paix, peut-être les Turcs oublient-ils complètement le Musa Dagh ! »

Le pasteur Aram sauta à bas de son observatoire. De tous côtés, on entendait retentir les coups de hache des bûcherons improvisés dispersés dans les gorges sombres. Le pasteur sentit que l'heure d'agir était venue pour lui aussi. Sa résolution était prise. Puisqu'il ne s'était pas conduit comme un saint du Seigneur, il allait au moins se muer en soldat du Christ et accomplir vaillamment sa tâche. Il descendit à grands pas vers le camp, assez éloigné de là, afin de ne pas perdre une minute de son devoir. Il y régnait une indescriptible fièvre de travail. On voyait déjà çà et là l'échafaudage chancelant d'une maison en construction. Les plus vigoureux des hommes et des femmes n'étaient pas les seuls à travailler, les enfants et les vieillards collaboraient aussi à l'ouvrage. Les édifices publics, le hangar-hôpital, élevé sous la surveillance de Bedros Altouni, ainsi que la vaste grange, avaient déjà fait des progrès surprenants. Quant à maître Tomasian, il assistait en personne au développement croissant de la baraque destinée au gouvernement. La conception en était chère à son cœur. Elle comprenait un grand espace et deux cabines latérales que, pour des raisons de sécurité, on pouvait fermer de l'intérieur au moyen d'une porte pourvue d'une serrure.

Entre temps, Juliette organisait, comme tous les autres, sa nouvelle existence, mais sur la place des trois tentes. Gabriel l'avait instamment priée de ne tenir compte de rien ni de personne, pas même de lui, et d'agir à sa guise. Au cours d'une séance du conseil des chefs, Gabriel Bagradian avait traité cette délicate question :

« Ma femme a le droit, même ici sur le Damlajik, de mener une existence particulière, séparée des autres et selon son gré. Le mariage ne crée pas une parenté de sang. Nous tous, nous sommes unis les uns aux autres par le sang et de ce fait nous sommes soumis aux lois que nous nous sommes données. Mais elle demeure étrangère à ces lois. Elle est Française, elle appartient à un autre pays, à un peuple plus heureux que le nôtre, et la voici obligée par la destinée de souffrir nos propres épreuves. Par conséquent, elle profitera de la magnanime hospitalité de notre nation. »

Tous les membres du conseil des chefs comprirent aussitôt cet appel lancé par Bagradian à l'hospitalité arménienne. Les trois tentes réservées à la seule Juliette, ses colis monstrueux, sa cuisine personnelle, son train de vie indépendant, sa domesticité, ses provisions privées, ses deux vaches hollandaises (acquisition d'Awétis junior), toutes ces jouissances d'exception étaient des faveurs qu'il fallait faire admettre par le peuple avec habileté. Gabriel Bagradian avait d'ailleurs pris des dispositions pour que la majeure partie du lait fût distribuée aux enfants du camp, ainsi que tout ce qui ne serait pas indispensable à la cuisine. Mais ces offrandes étaient plutôt acceptées comme des restes dont la haute société ne savait que faire. Des ennemis ou seulement des gens mal disposés à son égard n'auraient eu qu'à attirer l'attention sur le luxe de Juliette pour prouver la contradiction qui existait entre les principes de Bagradian et leur application dans la vie. D'une part, on ne pouvait nier que le chef suprême, au lieu de dormir dans la tente, couchât dans les tranchées, ni qu'il reçût la même nourriture que tous les autres combattants, ni que ses biens qu'il avait mis à la disposition générale ne fussent une des contributions principales à la chose publique; d'autre part, on pouvait tout aussi nettement constater qu'à cause de Juliette, il dérobait à la communauté une grande quantité de denrées précieuses. Cette irrégularité risquait de donner lieu à des conflits. Mais personne parmi les chefs ne semblait penser à quelque chose de semblable. Et cependant, une heure auparavant, Thomas Kéboussjan, mouchtar de Yoghonoluk, avait dû subir de la part de sa femme d'amères remontrances à propos de la place des trois tentes. « Ne suis-je donc pas une vraie dame, une ancienne élève des missionnaires de Marach », avait demandé la mouchtaresse avec emportement « pour être placée si bas au-dessous de la Française et ne pouvoir habiter qu'une misérable hutte de branchages comme les vulgaires femmes du peuple ? » Son mari, un Thomas Kéboussjan, était-il un si pauvre sire qu'on ne ferait plus aucune différence entre lui et n'importe quel mendiant, Dikran ou Mikael, alors qu'il existait une distance infinie entre lui et ce prétentieux de Bagradian ? Cette pilule conjugale avait été assez dure à passer et avait eu pour conséquence que Thomas Kéboussjan obtint par des détours ingénieux, pour lui et sa famille, au lieu d'une hutte de branchages instable, une imposante bâtisse qui devait s'élever dans la proximité immédiate de l'autel. Pour que cet important édifice ne fit pas de jaloux, le mouchtar était décidé à y suspendre à l'entrée un écriteau portant l'indication « Hôtel de Ville ». En souvenir de sa propre malice, il acquiesçait maintenant avec empressement à l'appel que Bagradian adressait à l'hospitalité arménienne. Quant à Ter Haigasoun, il regarda Gabriel bien en face avant de baisser les yeux pour parler, selon son habitude :

« Gabriel Bagradian ! Nous souhaitons tous que votre femme puisse sortir d'ici saine et sauve, même si tôt ou tard nous devons y périr. Plaise à Dieu que de retour en France, elle y dise du bien de nous ! »

Juliette habitait l'une des tentes d'explorateurs. Dans la deuxième, elle avait installé Iskouhi et Howsannah qui voyait avec mélancolie et angoisse approcher l'heure de sa délivrance. Dans la tente de cheik dont la moitié servait de dépôt pour les colis et les provisions, on avait dressé trois lits. Dans l'un dormait Stéphan ; le second était destiné à Samuel Awakian, mais en qualité de lieutenant général et de membre d'état major, il passait toujours la nuit aux côtés de Gabriel Bagradian. Comme ce dernier avait expressément renoncé à tout confort, et d'un ton qui n'admettait pas de réplique, Juliette avait mis le troisième lit de cette tente à la disposition de Gonzague Maris. Elle se sentait des obligations envers ce jeune homme à cause de la discrète manière dont il lui prodiguait des attentions, surtout depuis ces derniers jours d'infortune. Il avait sauvé la vie à Gabriel ; de plus, c'était avec elle le seul Européen du Damlajik. En bien des moments, les affinités qui existaient entre eux par la force des choses, devenaient si puissantes qu'ils se regardaient comme deux complices ou comme deux prisonniers dans le même cachot. Tandis que Juliette éprouvait une dangereuse tendance à négliger sa personne, Gonzague était toujours méticuleusement astiqué. Elle le surprenait parfois, debout devant sa tente, en train de brosser son complet, de recoudre un bouton détaché ou de faire reluire ses souliers. Ses ongles étaient propres, ses mains soignées et, à l'inverse de Gabriel, il se rasait tous les jours. Mais jamais ce soin scrupuleux de soi-même n'éveillait une impression de véritable coquetterie. Cela semblait plutôt l'extériorisation de l'horreur qu'il éprouvait envers tout ce qui était répréhensible et malpropre. Une tache sur son costume, une éclaboussure de boue sur ses souliers pouvaient rendre Gonzague réellement malheureux. Selon toute apparence, son caractère ne souffrait rien de vague ni d'inconscient ;

il lui fallait tout éclairer à la lumière de la volonté et d'une étrange philosophie utilitaire pour pouvoir réellement vivre. Juliette voyait dans ce mode de vie que les circonstances extérieures n'arrivaient pas à plier, une maîtrise de soi exemplaire qui lui inspirait une certaine admiration. Aussi avait-elle d'autant plus de peine à comprendre la résolution que Gonzague avait prise de sang-froid de partager le sort d'un peuple étranger dans l'attente de la mort. Elle prenait pour de banales galanteries une ou deux insinuations fugitives lui laissant sous-entendre que cette résolution avait été prise à cause d'elle. Bien que Gonzague passât plusieurs heures du jour en compagnie de Juliette, jamais la conversation n'adoptait entre eux un tour qui dépassât les limites des soucis matériels et de l'intérêt pressant. Elle ne savait toujours à peu près rien de la vie antérieure du jeune homme. L'étrange attention tendue qui se reflétait dans ses yeux au-dessous de ses sourcils posés en angle obtus semblait n'être dirigée que vers la minute immédiate. Or, justement l'ignorance de cet avant et de cet après dans la personne de Gonzague excitait la curiosité inquiète de Juliette toutes les fois qu'elle le voyait. Comme il ne s'était pas montré de toute une demi-journée, elle essaya de le sonder :

« Avez-vous déjà commencé à rédiger vos notes sur notre existence ? »

Il la regarda avec une expression étonnée, presque un peu moqueuse :

« Je ne prends jamais de notes. Le seul talent que je possède réellement, c'est ma mémoire. De cette façon, je n'aurai pas besoin de sauver des chiffons de papier ni des feuilles de carnet sales. »

L'assurance du jeune homme agaça Juliette :

« La question est plutôt de savoir si vous pourrez sauver votre tête avec toute la mémoire qui en fait partie ? »

Il eut un bref éclat de rire qui témoignait seulement du sérieux de sa supériorité : « Vous ne croyez tout de même pas, Juliette, que des soldats turcs ou quelque chose d'autre pourraient m'empêcher de quitter la montagne si je le voulais fermement ? »

Le ton et le contenu de cette réponse furent désagréables à Juliette. La fermeté dans l'attente que Gonzague montrait si souvent lui déplaisait au plus haut point. Mais il y avait aussi des moments où il pouvait être complètement déséquilibré et puéril. Il montait alors en elle une pitié maternelle qui lui faisait à elle-même du bien.

Kristaphor et Missak avaient dressé une table entourée de bancs à proximité de la place des trois tentes, au delà du groupe de hêtres. Ce petit coin était si charmant que l'on se serait cru dans une partie écartée d'un jardin, en tout cas au beau milieu de la civilisation et nullement sur le sommet d'une âpre montagne. Juliette s'y tenait l'après-midi avec Iskouhi et Howsannah et y recevait ses invités. Elle y réunissait généralement la même société qu'en bas dans la villa Bagradian. Le pharmacien Krikor y paraissait de façon régulière, ainsi que les instituteurs, lorsque leur service le permettait. Hapeth Chatakhian s'y présentait, comme il l'avoua lui-même, « pour distraire Madame au moyen de ses causeries françaises à l'accent impeccable ». Hrand Oskanian, par contre, apparaissait moins souvent en qualité de maître de la poésie et des belles-lettres que sous l'aspect d'un farouche guerrier. A l'occasion de ses visites, il portait toujours sa baïonnette de fortune suspendue à une cartouchière d'où l'on voyait encore dépasser le lourd pistolet d'arçon ; il ne déposait pas plus ses armes qu'il ne retirait son imposant shako de peau d'agneau.

Parmi les invités qui venaient l'après-midi chez Juliette, il y avait aussi les femmes des notables. Mairik Antaram paraissait toutes les fois qu'elle en avait le temps ; la mouchtaresse Kéboussjan plus rarement, mais, par contre, d'autant plus chargée d'une insatiable curiosité. Mme Kéboussjan voulait tout voir ; elle suppliait Juliette de la conduire vers ses habitations et de lui en montrer tous les détails. Elle se répandait alors en louanges émerveillées sur le fourneau improvisé et admirait dans les tentes les lits légers et souples, les meubles pliants, les tubs de caoutchouc, la vaisselle de table et les luxueux bagages. Avec un saisissement profond qui ne prenait jamais fin, la mouchtaresse fourrait son nez dans les caisses à provisions et inspectait les boîtes de sardines et de conserves, le sucre et le savon. Juliette ne pouvait pas se débarrasser de cette digne dame aux yeux de fouine, indiscrets et fureteurs, sans la gratifier de quelque présent prélevé sur les provisions, tablette de chocolat ou boîte de conserves. Les remerciements et les protestations d'amitié de Mme Kéboussjan prenaient alors les proportions démesurées de ses éloges antérieurs. Mairik Antaram, au contraire, apportait chaque fois un petit cadeau, un pot de confitures ou un morceau de « cuir d'abricot », gelée de fruits d'un rouge brunâtre qui, dans les villages arméniens, passe pour une friandise très recherchée et se mange au petit déjeuner. Mme Altouni remettait ses dons à la dérobée :

« Quand ils seront partis, Djanik, ma petite âme, tu mangeras ça. C'est très bon, tu sais. Il ne faut pas que tu manques de rien chez nous... »

Mais souvent aussi Mairik Antaram, avec son visage décidé et stoïque, regardait Juliette d'un air profondément triste :

« Ah ! que n'es-tu restée où tu étais, ma beauté ! »

Iskouhi Tomasian était, sur le Damlajik, moins souvent en compagnie de Juliette qu'à la maison, à Yoghonoluk. La jeune fille avait demandé à Ter Haigasoun la permission de rendre service à l'école comme institutrice adjointe, désir auquel le prêtre accéda volontiers. Par contre, Juliette s'était opposée à cette décision et l'avait grandement désapprouvée :

« A peine t'es-tu un peu remise auprès de nous, que tu veux déjà recommencer à te fatiguer ? Ici, dans une telle situation, cela a-t-il l'ombre d'un sens ? »

Les relations entre Juliette et Iskouhi étaient toujours assez bizarres. Juliette pouvait croire que grâce à l'active bonté qu'elle avait témoignée à Iskouhi dès le premier jour, elle était arrivée à vaincre tout d'abord la sauvagerie obstinée, puis l'empressement servile derrière lesquels se cachait le vrai caractère de la jeune fille. Depuis quelques semaines déjà, Iskouhi lui donnait certains signes extérieurs d'affection. En lui souhaitant le bonjour et le bonsoir, elle embrassait tendrement sa grande amie. Mais Juliette sentait nettement que ces caresses n'étaient qu'imitation et adaptation forcées, quelque chose d'analogue à l'emploi qu'on peut faire sans bien les comprendre de certaines formules usuelles d'une langue étrangère. Ce qu'il y avait au fond d'Iskouhi de dur, de cristallisé, d'invincible et d'indépendant, n'avait pas encore pu se fondre. Il était bien évident que Juliette souffrait de voir cette âme résister à sa conquête. Et cette nouvelle affaire à propos de l'école marquait encore une sorte de défaite pour elle. Iskouhi passait désormais plusieurs heures du jour sur le lieu appelé « le coteau de l'école » qui était fort éloigné de la place des trois tentes.

Dès la première fois, Juliette constata que la tension exigée par l'enseignement ne faisait aucun bien à Iskouhi. Ses joues perdirent leur belle couleur, son visage rétrécit et ses yeux redevinrent aussi grands qu'à l'époque où elle était revenue de l'enfer de la déportation. Juliette essaya à nouveau, et avec passion, de détourner la jeune fille de son ardeur au travail. Iskouhi la regarda sans la comprendre. Comment, en cette heure si critique pour son peuple, pourrait-elle se dérober à l'accomplissement d'un devoir ridiculement minime ? Au contraire ! Elle voulait désormais se chercher une occupation utile également pour l'après-midi. Juliette, fâchée, tourna le dos à Iskouhi. Une pensée fugitive lui souffla que ce n'étaient peut-être pas les fatigues de l'enseignement qui rongeaient Iskouhi, mais un mal caché au fond de son âme. Cependant, elle chassa vite cette pensée. Qu'avait-elle à se soucier des souffrances des autres, elle qui était plus isolée et plus malheureuse encore que tous les réfugiés ?

Juliette restait souvent en plein jour, des heures durant, étendue sur son lit. L'étroitesse de la tente l'écrasait. Elle voyait entrer par la fente de la portière deux rayons de soleil crus qui la torturaient. Elle n'avait pas la force de se lever et de masquer la fente. Je vais tomber malade, espérait-elle, ah ! si je pouvais déjà être malade ! Son cœur battait à coups précipités et menaçait de se rompre, tant il était plein de désirs irréalisables. Elle avait la nostalgie de Gabriel, non pas du Gabriel actuel, mais du Gabriel parisien, de l'homme délicat dont le tact affectueux lui avait toujours fait oublier la distance infranchissable qui les séparait. Elle avait la nostalgie du Gabriel de l'avenue Kléber, qui habitait avec elle leur lumineux appartement et qui, chaque matin, toujours de bonne humeur, s'asseyait à côté d'elle à table pour prendre le petit déjeuner. Son univers lointain lui envoyait un écho étouffé de klaxons, de métro grondant sous la terre, de caquetages mélodieux, de froufrous soyeux, de parfums émanant de boutiques et de grands magasins aux visages familiers. Elle enfonçait sa tête dans son oreiller comme si c'eût été son unique bien, la seule parcelle de sa patrie qui lui fût restée. Elle se cherchait elle-même dans le parfum subtil qui s'en dégageait. Elle voulait, avec tous ses sens, retenir en elle les images de sa patrie. Mais elle n'y parvenait pas. Des taches tournantes de soleil s'introduisaient entre ses paupières closes. C'étaient des cercles multicolores dont le milieu formait des pupilles fixes au regard scrutateur, des yeux souffrants pleins de reproche qui de tous côtés étaient braqués vers elle. Or, c'étaient des yeux arméniens, ceux de Gabriel et de Stéphan qui ne se détachaient pas d'elle. Lorsqu'elle entr'ouvrit ses paupières, ces mêmes yeux étaient réellement penchés au-dessus d'elle, au milieu d'un visage barbu et étranger. Effrayée, elle reconnut Gabriel. Il y avait autour de lui un univers lointain, un souvenir des nuits passées en plein air et l'odeur humide et lourde de la terre. Sa voix était hâtive; on avait l'impression qu'il se trouvait pris entre deux devoirs urgents :

« Es-tu contente, chérie ? Est-ce qu'il ne te manque rien ? Je viens pour une seconde prendre de tes nouvelles.

— Non, il ne me manque rien. Je te remercie. »

Elle lui abandonna sa main toute chargée encore de rêves. Il resta un instant muet, assis à côté d'elle, comme s'il n'eût connu aucun sujet dont il eût pu causer avec Juliette. Puis, il se leva. Mais elle se redressa, agressive :

« Me crois-tu donc si vaine, si matérielle, pour ne songer toujours qu'à l'extérieur chez moi ? »

Il ne la comprit pas tout de suite. Elle sanglota :

« Je ne peux pas vivre ainsi... »

D'un air très grave, il revint vers elle :

« Je comprends fort bien que tu ne puisses pas vivre ainsi, Juliette. On ne peut pas vivre dans une communauté en se tenant complètement à l'écart. Il faut que tu fasses quelque chose ! Va au camp, essaie d'y rendre des services, montre-toi humaine !

— Ce n'est pas ma communauté...

— Ce n'est pas non plus tant la mienne que tu le crois, Juliette. Nous appartenons moins à l'univers d'où nous venons qu'à celui que nous voulons rejoindre.

— Ou que nous ne voulons pas rejoindre... » gémit-elle.

Quand il fut parti, Juliette secoua sa paresse. Peut-être avait-il raison. Cela ne pouvait vraiment pas continuer ainsi. Elle pria Mairik Antaram de demander au médecin de lui donner une occupation de garde-malade dans le hangar-hôpital. La pensée qu'à la même époque des milliers et des milliers de Françaises rendaient des services analogues dans les hôpitaux auprès des blessés l'encouragea dans cette résolution. Bedros Altouni fut d'abord stupéfait, puis accepta la collaboration désirée. Juliette parut le jour même dans le hangar dont la construction n'était pas encore terminée. Elle portait un tablier et un voile, comme cela se doit pour remplir une telle fonction. Il n'y avait heureusement pas trop de maladies graves sur le Damlajik. Quelques patients tremblant de fièvre, enveloppés dans des chiffons, étaient couchés sur des couvertures et des tapis tout raidis encore par le grand orage. C'étaient pour la plupart de vieilles gens, des visages gris et sombres, partis déjà vers de lointains horizons. Ce ne sont pas mes semblables, pensa Juliette avec un peu de pitié et beaucoup de dégoût. Elle sentit combien elle était intérieurement peu apte à ce rôle qui exigeait beaucoup d'amour. Cela lui semblait une sorte de renoncement d'elle-même. Elle fit prendre dans les tentes, à l'intention des malades, toute la literie qui ne lui était pas absolument indispensable.

Jusqu'à midi, le 4 août ne s'écoula pas autrement que les jours précédents. Lorsque au petit matin Gabriel inspecta la vallée du bout de sa lorgnette, les villages étaient si tranquilles et déserts qu'il ne lui parut pas impossible de penser : tout va se résoudre de la plus heureuse façon, la paix mondiale va être signée sous peu, notre retour à la vie est assuré. Bagradian quitta plein d'espoir l'observatoire du mamelon et alla de secteur en secteur inspecter par surprise le travail et le service des hommes de première ligne. Satisfait, il se rendit vers midi à son poste de commandement. Quelques minutes plus tard, les jeunes observateurs se précipitèrent vers lui de tous côtés. On signalait sur la grand'route d'Antioche à Suéjda de gros nuages de poussière. Des soldats, des soldats en masse ! Quatre détachements. Derrière eux, des saptiéhs et une grande foule d'hommes. Ils entrent déjà dans la vallée et traversent Wakef, le premier des villages. Gabriel Bagradian monta en toute hâte au plus proche observatoire et put constater le fait suivant : une colonne formée d'une compagnie d'infanterie sur pied de guerre passait en effet sur la route de jonction entre les villages. Il reconnut aussitôt les troupes régulières au capitaine à cheval qui les conduisait et aux quatre pelotons marchant à distances égales qui paraissaient défiler sur un rythme à peu près en mesure. Par conséquent, c'étaient sans doute des soldats instruits, ayant peut-être déjà même fait l'expérience de la guerre, venant des casernes d'Antioche et appartenant à l'armée récemment composée par Dchémal Pacha.

Loin derrière la compagnie régulière venaient, pêle-mêle, une centaine de saptiéhs, tandis que la racaille de la plaine, la boue humaine d'Antioche, s'écoulait des deux côtés de la colonne en marche. Le déploiement de cette force armée de 400 fusils (y compris les saptiéhs) avait sur ce terrain découvert un air si follement insouciant que Gabriel inclina longtemps à croire que cette troupe avait un autre but. Pourtant, après une halte et une délibération des officiers, la compagnie obliqua derrière Bitias vers la montagne dans la direction du Nord-Ouest. A ce moment-là, il fut évident que cette campagne avait pour objet les villageois réfugiés. Ou bien il s'était trouvé dans les localités voisines des dénonciateurs auxquels le bruit des arbres abattus avait appris la vérité, — ou bien l'on avait soumis Haroutioun Nokhoudian à la torture jusqu'à ce qu'il trahît le nouveau séjour de ses compatriotes. Quoi qu'il en soit, les Turcs semblaient supposer qu'ils allaient accomplir une vulgaire expédition de police plus inoffensive encore que la chasse aux déserteurs dont ils avaient l'habitude, qu'il s'agissait seulement de débusquer le camp volant de misérables montagnards, de les cerner et de les faire redescendre dans la vallée. A l'idée d'une telle tâche, ils se sentaient sans doute extrêmement forts et, de fait, ils l'étaient, si l'on considère que les Arméniens possédaient seulement trois cents bons fusils, peu de munitions et presque pas de soldats exercés. Dès que la compagnie eut atteint Yoghonoluk, Gabriel Bagradian fit donner l'alarme ainsi qu'il y avait entraîné quotidiennement les hommes et le camp. Les munadirs, tambours de ville, réunirent les villageois au son de leurs instruments. Le groupe d'ordonnance des jeunes cohortes se dispersa sur le plateau entier pour transmettre les ordres aux chefs des secteurs. Quelques-uns des éclaireurs osèrent se glisser jusque vers la vallée pour inspecter l'organisation et les mouvements de l'ennemi. Ter Haigasoun, les sept mouchtars et les membres plus âgés du conseil des chefs demeurèrent au milieu de la population du camp comme il était entendu. Personne n'osait plus respirer. Les hommes de la réserve, armés de haches, de pioches et de bêches entouraient le camp d'un vaste cercle pour être prêts le moment venu. Gabriel avait rassemblé auprès de lui Tchauch Nurhan et les chefs secondaires. Un tel cas était prévu depuis longtemps. Comme il s'agissait du premier combat et que les autres points de défense n'étaient pas immédiatement menacés, il ne laissa, dans la plupart des positions, qu'un contingent minimum et concentra toutes les forces disponibles dans les tranchées du col Nord. Le système comprenait quatre lignes : la tranchée principale qui barrait le Damlajik à mi-hauteur de la pente gauche du col; quelques centaines de mètres derrière, la seconde tranchée qui longeait un repli de terrain; sur le segment frontal de la montagne, la tranchée de flanquement avec les postes avancés et enfin du côté de la mer, la barricade heureusement si difficile à distinguer, faite de blocs calcaires aux formes irrégulières. Deux cents hommes environ occupèrent la première tranchée; ils avaient les meilleurs fusils et semblaient être les meilleurs combattants. Bagradian prit lui-même le commandement de cette tranchée. Il n'avait du reste accepté ni Sarkis Kilikian ni aucun autre déserteur dans cette troupe. Il confia à Tchauch Nurhan le commandement d'un certain nombre de groupes d'élite disposés derrière les barricades. Dans la seconde tranchée se trouvaient encore deux cents hommes disponibles pour le cas où le sort se montrerait défavorable. Chaque soldat reçut trois magasins de cartouches, donc en tout quinze coups. Bagradian enjoignit à ses hommes les préceptes suivants :

« Ne gâchez pas la moindre balle ! Même si la bataille doit durer trois jours, il faut que chacun s'arrange avec ses trois magasins. Soyez économes, sans quoi nous sommes perdus. Et maintenant, le plus important ! Vous n'ouvrirez le feu que sur mon commandement ! Aussi, ne me perdez pas de vue ! Nous devons laisser approcher de nous jusqu'à dix pas les Turcs qui ne savent rien de nous. Et ensuite, tranquillement viser la tête et tirer ! Maintenant, que chacun de vous pense aux horribles outrages qu'il nous ont faits, et à rien d'autre ! »

Pendant que Gabriel Bagradian parlait, son cœur lui tremblait jusqu'aux lèvres et il lui fallait faire de grands efforts pour que personne ne s'en doutât. Ce n'était pas seulement la profonde émotion qui saisit n'importe quel homme avant d'affronter le feu, c'était la conscience de la tentative monstrueuse, de son audace insensée qui mettait aux prises sa ridicule petite escorte avec l'armée d'une grande puissance. Il ne subsistait plus en lui aucune trace de haine. C'était l'attente tout impersonnelle d'un ennemi qui n'était même plus turc, qui n'était plus Enver, ni Talaat, ni le commissaire de police, ni le mudir, mais l'ennemi en soi, celui contre qui on est en guerre et qu'on détruit sans le haïr. Ce qui se passait chez Bagradian se passait aussi chez tous les autres. L'attente se mua presque en un arrêt général des cœurs lorsque les petits observateurs surgirent des broussailles et annoncèrent avec des gestes désordonnés l'approche des Turcs. L'émotion fut immédiatement suivie d'une indifférence glaciale lorsqu'on entendit retentir de plus près à travers le maquis les pas des fantassins et toutes sortes de bruits prouvant que l'ennemi ne prenait nulle précaution et ne comptait sur aucune résistance.

Les soldats turcs, épuisés par l'ascension, ayant rompu leur ordre de marche, remplissaient maintenant l'entaille du col. Le capitaine qui commandait la compagnie semblait vraiment persuadé qu'il ne s'agissait nullement d'une expédition militaire, mais tout au plus d'une entreprise policière; autrement, il aurait sans aucun doute pris au moins les plus primitives des mesures de prudence, celles que prescrivent les notions préliminaires de tactique à une troupe en territoire ennemi. Sans s'être assurés par aucune patrouille, par aucune avant ni arrière-garde, sans être flanqués d'aucun détachement d'éclaireurs, tous les fantassins, en désordre, bavardant, riant, fumant, s'étaient rassemblés dans la dépression du col, pour se remettre de l'ascension.

Tchauch Nurhan rampa dans la tranchée jusqu'à Gabriel Bagradian et par ses murmures fort distincts ainsi que par ses gestes, il cherchait à le persuader de cerner les Turcs de tous côtés et de leur couper la retraite. Mais Gabriel, le visage décomposé, pressa sa main contre la bouche de Nurhan et lui porta un coup. Le capitaine, un gros monsieur bon vivant, avait retiré son shako de fourrure orné du croissant, et s'essuyait la sueur qui ruisselait de son front. Les jeunes officiers des sections l'entourèrent. D'après une petite esquisse de carte que tenait l'un d'eux, ils commencèrent à discuter de façon fort peu militaire sur l'emplacement présumé du campement arménien. Des éternités ardentes s'écoulèrent pour Bagradian. Le capitaine essoufflé ne prit même pas la peine de monter sur un point plus élevé pour examiner le terrain. Finalement, il fit sonner le signal du rassemblement par le trompette et à plusieurs reprises, probablement pour inspirer aux Arméniens la crainte de la justice toute proche. Les quatre sections se rangèrent sur une ligne double comme dans la cour de la caserne. Les sous-officiers coururent au-devant du front faire leur rapport aux officiers, et ces derniers s'en allèrent, sabre au clair, eux aussi faire leur rapport au capitaine. Gabriel remarqua le visage du chef de la compagnie, qui ne lui était pas antipathique. C'était une face large et avenante, portant au milieu du nez des lorgnons cerclés d'or. Le capitaine tira, lui aussi, son sabre et commanda d'une voix aiguë et faible : « Baïonnette au canon ! » On entendit un cliquetis de fusils. Le capitaine fit tournoyer son sabre autour de sa tête et, de la pointe, désigna la pente du col occupée par les Arméniens : « Première et deuxième sections, derrière moi, en tirailleurs ! » Le plus ancien des officiers désigna de son sabre la direction opposée et lui fit écho : « Troisième et quatrième sections, derrière moi, en tirailleurs ! » Les Turcs ne savaient donc même pas exactement si le campement des réfugiés se trouvait au Damlajik ou sur les sommets septentrionaux du Musa Dagh. Les Arméniens étaient debout dans la tranchée jusqu'à mi-hauteur de poitrine. Le talus de terre rejetée, dans les créneaux duquel reposaient les fusils, était rendu invisible, ainsi que les éclaircies taillées dans les buissons et les plantes rampantes dont la pente était recouverte. Les Turcs, insouciants, montaient la côte en larges lignes de tirailleurs. La première tranchée était si parfaitement camouflée qu'on aurait seulement pu la voir d'un point beaucoup plus élevé; or il n'en existait pas, à part les cimes des arbres les plus grands de la hauteur opposée.

Gabriel Bagradian leva la main et attira tous les yeux vers lui. Les Turcs n'avançaient que très lentement à travers les buissons. Le capitaine avait allumé une nouvelle cigarette. Soudain, il tressaillit, et s'arrêta. Que signifiait là-bas ce remblai de terre ? Après quelques secondes seulement, l'idée fulgurante lui traversa l'esprit que c'était une tranchée. Mais ce fait lui parut si impossible qu'il laissa encore passer un moment avant de hurler : « A plat ventre ! Cachez-vous ! » Trop tard. Le premier coup était déjà parti, avant même que Bagradian eût abaissé la main. Les Arméniens tiraient avec méthode et sûreté, l'un après l'autre, sans la moindre excitation. Ils avaient le temps de viser. Comme leurs victimes n'étaient qu'à quelques pas d'eux et paralysées de stupéfaction, aucun de leurs coups n'était perdu. Le gros capitaine au visage avenant hurla encore quelques fois : « A plat ventre ! Cachez-vous ! » Puis il regarda le ciel d'un air infiniment étonné et tomba assis. Son lorgnon se détacha de son nez, et il s'affaissa définitivement. La panique s'empara des soldats turcs. Ils s'enfuirent, poussant des cris sauvages, en descendant la pente jusqu'au col et en abandonnant beaucoup de morts et de blessés, parmi lesquels se trouvaient le capitaine, un officier et trois onbachis. Gabriel ne tira pas. Son esprit était soudain devenu léger et flottant. La réalité environnante devenait pour lui irréelle comme elle l'est toujours dans ses aspects les plus concentrés et les plus réels.

Il fallut très longtemps aux Turcs pour se remettre de cette surprise. Les officiers et sous-officiers eurent beaucoup de peine à les arrêter dans leur fuite. Ils durent les ramener à coups de plat de sabre et de crosse de fusil ! Entre temps, les deux sections qui n'avaient pas essuyé le feu avançaient à la place des autres. Mais au lieu de se former en une active ligne d'attaque, les nouveaux rangs cherchaient à se protéger derrière des buissons et des rochers sur les points les plus déplacés, sans pouvoir repérer les Arméniens, sans même se douter de l'existence de leur tranchée. Aussi déchargèrent-ils sur les arbustes et les pins nains une série de folles détonations retentissantes qui ne firent pas le moindre mal. Parfois seulement, une balle égarée venait par ricochet siffler au-dessus des têtes des défenseurs. Gabriel Bagradian fit circuler tout le long de la tranchée l'ordre suivant :

« Défense de tirer ! Bien se cacher ! Attendre jusqu'à ce qu'ils reviennent ! »

En même temps, il envoya un message dans les positions latérales disant que quiconque oserait tirer un seul coup ou même montrer simplement son visage serait traité comme un traître. Il fallait qu'aucun Turc ne se doutât le moins du monde du barrage enveloppant dans lequel ils étaient tombés. La pente arménienne demeurait inanimée comme auparavant. Il y avait tout lieu de croire que les défenseurs avaient été, sans exception, exterminés par le tir forcené des Turcs. Après une heure d'un tel gaspillage aveugle de munitions, la compagnie tenta sur quatre lignes téméraires une nouvelle attaque. Les Arméniens, plus sûrs maintenant que la première fois, laissèrent de nouveau les vagues d'assaut s'approcher de très près avant de les livrer à une mort plus sanglante et plus effroyable encore qu'auparavant. A ce moment, les gradés ne purent plus arrêter la débandade générale. En quelques secondes, le col fut balayé. Seuls les cris déchirants des blessés s'élevaient des buissons. Déjà quelques Arméniens voulaient grimper hors des tranchées. Bagradian clama aussitôt que personne n'avait reçu l'ordre de quitter son poste. Au bout d'un certain temps, quelques infirmiers turcs munis de civières se hasardèrent parmi les arbres et agitèrent un drapeau à croissant rouge. Gabriel Bagradian leur envoya Tchauch Nurhan à quelques pas de là. Celui-ci leur fit signe de s'approcher de lui. Puis il leur cria :

« Vous pouvez emporter les morts et les blessés. Mais les fusils, les munitions, les sacs, les cartouchières, les gibecières, les uniformes et les bottes doivent rester ici ! »

Là-dessus, les soldats du service sanitaire furent forcés, sous la menace des canons de fusils braqués vers eux, de déshabiller jusqu'au caleçon les morts et les blessés et d'amonceler en un tas humiliant les objets exigés. Lorsqu'ils eurent disparu avec les victimes — cela dura longtemps, car il leur fallait toujours revenir de nouveau — tous les combattants, y compris Tchauch Nurhan, estimèrent que l'attaque était complètement repoussée et qu'il n'y avait pas lieu d'attendre un nouvel assaut. Mais Gabriel n'écoutait pas ces voix séductrices; il commanda à Awakian de lui expédier les meilleurs des gamins éclaireurs et de lui amener également une partie de la section d'ordonnance. Cette dernière reçut l'ordre de ramasser le plus vite possible les fusils, les sacs, les cartouches et les uniformes pris sur l'ennemi, et de les rapporter en arrière du front. Il choisit parmi les éclaireurs les quatre plus lestes. Il les chargea de suivre la compagnie turque et d'observer exactement leurs mouvements. Avant que les ordonnances n'eussent terminé leur collecte, Haïk, un garçonnet qui semblait à peine plus âgé que Stéphan, revint déjà annoncer qu'une partie des Turcs escaladait la montagne beaucoup plus haut au Nord, sur un point où l'on ne pouvait cependant rien trouver.

Il ne pouvait s'agir que d'un essai d'un mouvement tournant par le côté de la mer. Gabriel abandonna le commandement au plus sûr des chefs de groupe et quitta la tranchée avec Nurhan. Ils grimpèrent vers les hommes qui, debout derrière les barricades de rochers, brûlaient d'envie de combattre. Ces enfants du Musa Dagh connaissaient le moindre roc, la moindre saillie, la moindre grotte, le moindre buisson, la moindre agave sur ce plateau calcaire nu et rongé au-dessous duquel les parois escarpées se précipitaient dans la mer en ligne droite ou par degrés, souvent sur une hauteur de deux à trois cents mètres. Cette connaissance de la montagne était un avantage inestimable. Bagradian confia aux fils de la montagne le soin de se répartir eux-mêmes dans les crevasses et derrière les masses rocheuses, assez judicieusement pour entretenir entre eux des relations continuelles, sans risquer toutefois d'être atteints par les coups les uns des autres. Le mot d'ordre fut le même qu'auparavant : attirer l'ennemi à sa perte par une dissimulation et un silence absolu. Mais les Turcs étaient déjà plus avertis. Ils firent avancer lentement le gros de leurs forces sur les pentes opposées face au col, et, bien couverts par les arbres, à la lisière de la forêt, ils firent feu avec précipitation et angoisse sur la grande tranchée; mais cette fusillade n'éveilla aucune réaction de la part des Arméniens. Pendant ce temps, la patrouille de quatre hommes annoncée par les éclaireurs surgissait, très hésitante, dans la région des rochers. On voyait de loin que ce n'étaient pas des hommes de la montagne, mais des hommes de la plaine. Avançant d'un pied maladroit parmi les pierres, ils ne pensaient qu'à se cacher et allaient d'une protection à l'autre. Ils inspectaient prudemment le terrain, jetaient un coup d'œil dans chaque trou et derrière tous les angles. Les Arméniens reconnurent, la joie au cœur, que c'étaient des saptiéhs. Les soldats, c'étaient des étrangers. Mais ce que c'étaient que les saptiéhs, aucun ne l'ignorait. Maintenant, le moment était venu de faire payer leur cruauté à ces rapaces, les plus bas dans l'échelle du militarisme, à ces brutes poltronnes qui se montraient vaillantes en face de pauvres grand'mères, mais qui tremblaient devant tout homme s'ils ne l'avaient pas au moins trois fois désarmé. Gabriel vit bien des yeux s'enflammer de folie et d'ivresse. L'onbachi des saptiéhs avait probablement conclu qu'il avait déjà dépassé la ligne de retranchement et qu'il allait tomber sur le dos des Arméniens. Sans mot dire, il renvoya un de ses hommes qui se mit à agiter un drapeau rouge en manière de signal. Un bout d'un temps assez long, le groupe qui devait tourner l'ennemi arriva, mal assuré, trébuchant et tressaillant; on aurait dit à voir ces hommes non pas qu'ils marchaient sur de rudes rochers calcaires mais qu'ils entraient dans de l'eau bouillante. Ce groupe se composait de deux contingents égaux mélangés, l'un de fantassins, l'autre de saptiéhs. Disséminés par petits tas et poussés en avant par deux officiers, ils avancèrent jusqu'au point où l'onbachi avait poussé sa reconnaissance du terrain. Et soudain, à un moment où ils étaient le moins couverts, le feu des Arméniens les entoura de tous côtés. Ils sautèrent, affolés et en désordre. Ils oublièrent leurs fusils. Le Turc, et en particulier celui d'Anatolie, est réputé comme soldat. Mais cette attaque-là provenait du néant. Même les plus vaillants ne savaient comment se défendre. Déjà ils déchiraient l'air de leurs cris et de leurs gémissements lorsque les Arméniens surgirent de derrière les rochers et de leurs autres cachettes. Entraînés par Tchauch Nurhan, ils s'insinuaient comme un coin entre l'infanterie et les saptiéhs. Ces derniers furent en grande partie repoussés vers les parois abruptes. Les saptiéhs se perdaient au milieu des remparts naturels et impitoyables, se pressaient désespérément contre les rochers, cibles faciles pour les balles, ou se cramponnaient à de durs buissons épineux auxquels ils restaient accrochés sans trouver d'autres solutions. Plusieurs se mettaient à glisser, roulaient et rebondissaient comme des balles avant de tomber dans la mer. Toutefois, l'élite des Turcs cherchait à échapper par le plus court chemin aux rochers meurtriers et, sautant, trébuchant, courait vers le col à toute haleine, poursuivie par les guerriers montagnards. Ceux-ci avaient d'ailleurs perdu la tête. Tandis qu'ils pourchassaient les Turcs, d'étranges sons gutturaux s'échappaient de leurs gorges. Gabriel Bagradian, lui aussi, n'avait plus depuis longtemps la lucidité nécessaire au chef ; il était en proie à une ivresse inconnue, à une musique insensée et instinctive, réveillée dans son sang après un sommeil séculaire. De sa poitrine aussi jaillissaient les sons brefs et rauques d'une langue sauvage qui l'eût rempli d'horreur s'il eût été vraiment à l'état de veille. L'univers environnant était devenu à présent cent fois plus impondérable qu'auparavant. Ce n'était rien, c'était moins encore que le frémissement ténu d'une libellule. C'était une danse sautillante dans une lumière rougeâtre et qui ne faisait pas mal à son danseur. De même, le pasteur Aram Tomasian qui se trouvait parmi les combattants des barricades avait subi la contagion de cette folie. Comme un croisé du temps jadis, il brandissait un crucifix dans l'air en hurlant : « Au nom du Christ, au nom du Christ ! » Chose étrange, le nom du Christ invoqué par Aram réveilla Bagradian de son état d'inconscience. Il se mit à observer le combat comme quelqu'un qui n'y prend pas part, encore moins, cela va sans dire, comme un commandant en chef. Le bruit de la lutte du côté des rochers donna aux tirailleurs turcs installés sur la hauteur opposée, en lisière de la forêt, le signal qu'il attendaient pour livrer leur assaut de front. Ils sortirent de leur position, tirèrent dans le vide, se jetèrent à plat ventre, tirèrent encore, se remirent sur pied, coururent un moment, et se jetèrent de nouveau à terre. Ce fut précisément à cette minute que le groupe d'enveloppement mis en déroute par les Arméniens quitta en grande précipitation la région des rochers. Le feu des poursuivants atteignit par conséquent sur son flanc la ligne des tirailleurs qui arrivaient pour l'assaut. Gabriel Bagradian, sans tirer, était debout sur un roc. Il vit l'un des lieutenants turcs arrêter un de ces groupes désordonnés pour en faire le point central de la résistance. Déjà l'escouade se jetait à terre et commençait le feu. Mais Tchauch Nurhan sauta sur l'officier turc et l'assomma de la crosse de son fusil. Les Turcs jetèrent leurs armes comme s'ils venaient d'apercevoir le diable en personne.

Il est vrai que l'ancien sergent n'était pas sans analogie avec lui. Il montrait quel disciple inappréciable l'infanterie turque avait perdu en lui. Son visage était rouge sang. Sa moustache grise aux pointes effilées se hérissait. Il n'avait plus le moindre glapissement enroué dans la gorge. L'idée de se protéger semblait ne pas lui venir à l'esprit. Parfois il s'arrêtait, portait la trompette à sa bouche et en tirait quelques appels balbutiants et essouflés dont la sauvagerie ne manquait pas son effet, ni sur ses amis, ni sur les ennemis. Lorsque Bagradian vit que les Turcs essayaient d'effectuer un revirement du côté des rochers, il donna aux hommes de la tranchée principale le signal du galop en brandissant son fusil au-dessus de sa tête. Les hommes de première ligne, que le chef de groupe ne pouvait presque plus retenir, s'élancèrent en avant avec des rugissements et déversèrent sur le nouveau front turc toute une grêle de balles sans se baisser, sans non plus ménager leurs précieuses munitions. De cette façon, la compagnie entière se trouvait prise, sans espoir de salut, entre les deux branches d'une pince géante. Si Bagradian avait eu plus d'expérience et de présence d'esprit, il aurait pu les anéantir complètement ou les faire tous prisonniers. Mais ainsi les Turcs arrivèrent néanmoins à s'échapper par une course folle, bien que les vingt Arméniens des positions de flanquement leur eussent barré le chemin, puis tiré dans le dos un bon nombre de balles. La fuite des Turcs dévalant la montagne ne s'arrêta même pas au pied du Damlajik, mais seulement sur la place de l'église de Bitias où ils parvinrent enfin à se rassembler.

Neuf soldats, sept saptiéhs et un jeune officier étaient tombés aux mains des défenseurs. Ceux-ci s'apprêtaient, avec un naturel des plus conscients, à montrer à leurs prisonniers, avec tous les détails, ce qu'est la mort dans le style d'un massacre arménien. Gabriel Bagradian n'arriva pas assez tôt pour sauver deux des saptiéhs, mais, ainsi que le pasteur Aram Tomasian et quelques hommes plus âgés, il couvrit de son propre corps les autres prisonniers. Bagradian eut beaucoup de mal à faire admettre par les soldats déçus son point de vue pourtant raisonnable :

« Nous n'avons aucun avantage à les tuer et nous n'en avons pas plus si nous les gardons comme otages. Leurs compatriotes les sacrifieraient sans le moindre remords et nous devrions leur donner à manger. Mais ce qui peut nous rapporter un avantage, c'est de leur confier un message à l'adresse d'Antioche. »

Il se tourna vers le lieutenant au visage gris de frayeur qui titubait sur ses jambes :

« Vous avez vu comme il nous est facile de vous vaincre. Et si, au lieu des compagnies, vous nous envoyez des régiments complets, peu importe, nous sommes assez. Regarde, le soleil n'est pas encore couché, et si je l'avais vraiment voulu, personne d'entre vous ne serait encore en vie. Va-t'en rapporter cela à ton commandant à Antioche et dis-lui que nous vous avons traités avec des ménagements que vous ne méritiez pas. Dis-lui aussi de ma part qu'il fera mieux de ménager ses régiments et ses compagnies pour faire la guerre aux ennemis de l'empire et non pas aux paisibles citoyens de son pays. Nous voulons qu'on nous laisse vivre ici en paix, et rien d'autre ! Laissez-nous tranquilles à l'avenir, si vous ne voulez pas faire des expériences d'un tout autre genre ! »

Le ton vantard des paroles de Bagradian, l'assurance dont était empreinte sa menace, la pitoyable angoisse des prisonniers, tout cela apaisa l'ardeur sanguinaire des soldats arméniens. Ils forcèrent les Turcs à laisser leurs armes, leurs bottes et leurs uniformes, et non contents de cela, les obligèrent à se déshabiller complètement. C'est dans ce honteux état qu'une fois relâchés ils durent encore descendre les morts et les blessés du second combat tout le long du sentier du Damlajik. Le butin de la journée était très important : 93 fusils Mauser, beaucoup de munitions et de baïonnettes. Sur les 560 combattants mal armés, on pouvait équiper convenablement désormais dix groupes environ de dix hommes. Cela, c'était le plus grand triomphe intérieur et ce triomphe avait été obtenu sans victimes, car il n'y avait du côté arménien que six blessés et, parmi eux, pas un seul qui le fût grièvement.

On ne saurait se montrer surpris de ce que l'écrasante victoire fut dangereusement estimée au-dessus de sa véritable valeur par les combattants et les habitants du camp. De pauvres paysans proscrits, nichant sur le plateau du Damlajik avec un logement et une nourriture insuffisants, des poings mal armés, des âmes assurées de courir au trépas, avaient battu une compagnie sur pied de guerre, c'est-à-dire quelques centaines de fantassins turcs, jeunes, entraînés pendant des mois, équipés de façon moderne ; et, qui plus est, ils ne les avaient pas seulement battus, mais presque entièrement anéantis. Ce combat cruel mais facile n'avait pas, en tout, duré quatre heures.

La majorité des Arméniens fut prise d'une ivresse indescriptible. Lorsque les jeunes ordonnances, essoufflés comme des coureurs de Marathon, apportèrent la nouvelle de la victoire, Ter Haigasoun groupa autour de lui les mouchtars, les prêtres et les instituteurs qui n'avaient pas pris part à la guerre, et il partit avec eux, suivi par le peuple entier, dans la direction du champ de bataille. Tchauch Nurhan, d'autre part, n'avait pas toléré que les troupes victorieuses pussent revenir au camp « comme une bande de cochons de civils ». Sans égards pour la fatigue de ses hommes, il les fit mettre en rang sur une longue ligne, les divisa en plusieurs groupes et arriva à former une impressionnante colonne qui, au coucher du soleil, s'avança vers le vallon de la ville, tambour battant, et accompagnée des sons barbares de son clairon. Pourtant lorsque à mi-chemin, les guerriers rencontrèrent le peuple du camp, même ce vieil amateur de discipline ne put empêcher que ce bel ordre ne se transformât en transports déréglés. A cet instant, Gabriel sentit descendre en lui une étrange détente. Il eut l'impression qu'il existait trois Bagradians : l'ancien Bagradian familier, puis un nouveau Bagradian qui, pareil à un aventurier, s'occupait de quelque chose qui ne lui convenait pas, et enfin un troisième Bagradian, le seul véritable. Mais ce dernier oscillait, sans corps et sans patrie, entre les deux autres. Ce vrai Bagradian était tellement engourdi qu'il ne pouvait même pas comprendre les mots que lui adressait Ter Haïgasoun : « Ce n'est pas seulement le courage de nos hommes... Votre plan de défense... Depuis bien des semaines déjà... Travail puissant... à qui nous le devons... La rude discipline continuera à nous sauver... Mériter la grâce... » Gabriel Bagradian se sentait au milieu d'une grande manifestation. Ce remous qui le berçait, ce n'étaient pas vraiment des cris de joie exultante, ce n'étaient pas non plus les sanglots de tout un peuple, mais un curieux mélange des deux, quelque chose de doux-amer, jailli de profondeurs ébranlées. Des milliers de corps se pressaient vers lui, désirant toucher le sien. Il voyait de doux visages féminins tendus vers lui, des fronts penchés de jeunes filles. Toutes les femmes avaient mis leurs parures de médailles cliquetantes et tintantes. Des mains et toujours des mains qui cherchaient la sienne, et des lèvres qui la baisaient. C'était comme une lassitude surhumaine, comme une lente extinction de tout son être. Un brouhaha interminable de voix le remerciait et lui prodiguait des bénédictions sans nombre. Il ne les avait pas seulement emmenés hors de la terre d'exil, il les avait aussi défendus contre la mort dans le désert. Et maintenant, il leur donnait une espérance incommensurable, pour ne pas dire la certitude de la vie.

Ce fut une cérémonie sacrée, courte, mais d'un bout à l'autre mythologique. Il en était sans doute ainsi jadis lorsque dans les temps très anciens un clan élisait son roi, non pas le plus fort et le plus rude des hommes, mais un guerrier dont les ancêtres déjà avaient illustré le nom, un être plus raffiné que les autres, dont l'abord n'était pas facile, si jamais on osait l'aborder, à demi étranger déjà, qui même au milieu du peuple semblait vivre en dehors de lui, incompréhensible, tendre dans sa dureté et dur malgré sa tendresse. Mais il ne vibrait en Gabriel aucune joie ; c'était plutôt un sentiment analogue à celui que cause un rêve pénible. Il n'avait pas conscience d'avoir rendu un service particulier. N'importe quel autre ancien combattant aurait adopté le même système de défense pour le Damlajik. Ce n'était point son intelligence, mais la conformation naturelle du terrain qui avait remporté la victoire. Les têtes grises des mouchtars se balançaient devant ses yeux. Et ces paysans entêtés qui s'étaient toujours montrés pleins de retenue à l'égard de l'étranger qu'il était pour eux, ils cherchaient eux aussi à saisir sa main et à la baiser comme celle d'un père. Ces baisemains lui étaient insupportables. Sa main droite luttait désespérément contre ces démonstrations. Il aurait préféré pouvoir la cacher dans sa poche. Il n'arrivait qu'à grand'peine à fendre la foule épaisse. Ses yeux cherchaient une aide, un visage dont l'aspect lui fût sympathique. Finalement, il découvrit Iskouhi. Elle l'avait suivi depuis le début, mais s'était toujours tenue derrière son dos. Il étendit alors son bras vers elle, comme si le corps débile d'Iskouhi avait pu le soutenir. Elle remarqua sa pâleur mortelle. Elle pressa convulsivement de sa main droite le coude de Gabriel, comme si elle avait senti qu'il désirait un appui.

« Juliette attend et a tout préparé », lui souffla-t-elle.

Il ne prit pas garde aux paroles, mais seulement au contact. Iskouhi marchait à côté de lui comme le guide d'un aveugle. Soudain il s'étonna à la pensée que tout le sang répandu et la mort sans nombre ne lui avaient fait aucun effet.

Dans la tente, Gabriel se lava avec ardeur, après qu'un des barbiers de village l'eut rasé. Juliette le servit. Elle avait chauffé l'eau dans le chaudron, l'avait versée dans le tub, avait placé à proximité une serviette éponge et préparé d'entre tous ses pyjamas celui que Gabriel préférait. Tandis qu'il se frictionnait, Juliette resta devant la tente. Pendant tout le cours de leur vie conjugale, ils n'avaient, à aucun moment, perdu l'un vis-à-vis de l'autre le sentiment de la dernière pudeur. Le bain dura très longtemps. Il frotta sa peau avec une brosse dure jusqu'à ce qu'elle en devînt rouge. Plus il s'enfonçait passionnément dans cette activité, plus il cherchait impatiemment à effacer de sa peau la journée écoulée, moins il se retrouvait lui-même. Et la merveilleuse propreté que son corps goûta bientôt n'arrivait pas à faire réapparaître « l'homme abstrait » qui était arrivé à Yoghonoluk en sa personne. Il voyait son ancien visage dans le miroir de Juliette flanqué de deux bougies. Et cependant, il y avait quelque chose de faussé dans son âme, mais il ne pouvait comprendre quoi.

La voix de Juliette lui demanda doucement de l'extérieur :

« As-tu fini, Gabriel ? Est-ce que je peux entrer ? »

Et elle entra, docile, comme il ne l'avait jamais vue, sans rien d'altier, humble, et pourtant à l'affût derrière cette humilité :

« Nous allons porter l'eau dehors », dit-elle empressée, sans appeler personne de ses domestiques. Ils traînèrent le tub de caoutchouc derrière la tente et le vidèrent. Gabriel sentit Juliette tendre et soumise. Elle était venue au-devant de lui, profondément émue, elle avait tout préparé pour lui et n'avait pas souffert qu'une autre main pût le servir. Peut-être l'heure était-elle venue où l'élément étranger qui demeurait en elle allait se fondre en Gabriel, de même que lui, là-bas, à Paris, s'était, étranger, soumis à sa femme. « Pour combien de temps encore ? » se demanda-t-il. Car depuis la victoire de ce jour, il ne croyait plus au salut possible. A l'aide de liens, il ferma l'entrée de la tente. D'une main caressante, il attira Juliette sur le lit. Ils étaient couchés, enlacés, et muets. Juliette montrait une nouvelle tendresse respectueuse. Ses yeux ne retenaient pas leurs larmes tandis qu'elle répétait en tremblant :

« J'ai eu tellement peur pour toi... »

Il la regarda avec une expression étonnée, comme s'il ne comprenait pas ses soucis. Bien qu'il s'en défendît, ses pensées étaient emportées par des puissances farouches très loin, vers les fortifications. Pourvu que les sentinelles ne se relâchent pas cette nuit, qu'elles n'aillent pas s'endormir ou laisser passer le moment de la relève ! Qui sait si les Turcs ne méditent pas une attaque nocturne ! Gabriel n'appartenait plus à Juliette, ni à lui-même. Il essayait de rassembler son moi fuyant. La sueur sortait de tous ses pores. Et lorsqu'il fut tout près de Juliette, il ne put lui prouver son amour, pour la première fois depuis leur mariage.

La fête triomphale dura jusqu'au matin dans le vallon. Le héros de cette nuit était Tchauch Nurhan. On lui décerna le titre d' « Elléon », ce qui signifie « le lion ». Ce mot grec était une marque d'honneur pour les vaillants combattants et remontait à l'antiquité la plus lointaine.

CHAPITRE II

Les exploits des garçonnets

La défaite écrasante de la compagnie turque sur le Musa Dagh causa à l'hukumet d'Antioche un bouleversement des plus pénibles. C'était à jamais une tache honteuse sur l'étendard de la Turquie. La puissance de toute race militaire consiste en la foi magique qu'elle a dans sa propre invincibilité, et si celle-ci s'écroule, elle s'écroule avec elle. Aussi arrive-t-il souvent que, par suite d'une guerre malheureuse, de telles races soient arrêtées dans leur développement pour plusieurs dizaines d'années. Mais la pire des humiliations pour une caste guerrière supérieure, c'est de devoir essuyer une sanglante leçon d'un « ennemi intérieur ». Dans ce cas, tout le sens de la vie subit un profond revirement chez ces âmes belliqueuses, car c'est un rude coup pour l'honneur du métier guerrier si ces héros de carrière sont battus à plate couture par une race efféminée d'intellectuels, par des dilettantes, pour ainsi dire. Or, c'était indiscutablement ce qui s'était passé lors du combat du 4 août. A y regarder de près, cet échec dépassait encore par sa gravité les fâcheux incidents de Van et d'Ourfa. A propos de cette affaire de Van, on avait pu, en certains lieux, écrire avec indignation et lire avec une indignation plus grande encore : « Les Arméniens ont pris les armes contre le peuple ottoman qui livre actuellement une dure guerre, et ils ont passé à l'ennemi en se ralliant aux Russes. Par conséquent, les vilajéts habités par des Arméniens devront être délivrés de cette population au moyen de la déportation. » On pouvait lire des rapports analogues dans les communiqués turcs, mais non pas le contraire, qui aurait révélé la vérité : « Les Arméniens de Van et d'Ourfa, désespérés par la déportation pratiquée depuis longtemps contre eux, ont vaillamment résisté à la force armée turque jusqu'au moment où ils ont été délivrés par l'arrivée des Russes. »

Mais, — Allah est grand ! — que pouvait-on bien écrire et lire au sujet de la révolte du Musa Dagh ? Elle était beaucoup moins propre à

301

servir la politique gouvernementale qu'à devenir dangereuse si la nouvelle s'en répandait. Qu'il existe encore çà et là quelques Bagradian, et voilà l'Etat plongé dans de sérieuses difficultés ! Puisque toutes les âmes arméniennes étaient vouées à la mort et qu'on trouvait encore de temps en temps des armes chez les Arméniens, il fallait bien s'attendre en de tels cas à de telles complications.

Les habitants d'Antioche, à qui l'on cachait jusqu'à nouvel ordre la honte de la défaite, voyaient la salle des séances du kaimakam éclairée très tard dans la nuit et supposaient par conséquent qu'il était arrivé un malheur. Le sous-préfet présidait la grande conférence régionale qui se composait de quatorze personnages. Son corps enflé semblait à chaque expiration vouloir pousser devant lui la table de conférence. Le visage hépatique du kaimakam aux yeux cernés de poches brun sombre était plus jaune que jamais dans la lumière adoucissante de la lampe à pétrole. Les conseillers se perdaient en discours grandiloquents. Mais lui se taisait, perdu dans ses soucis. Ses joues flasques et rasées de près retombaient sur son col largement ouvert et son fez avait glissé sur sa tempe gauche, signe de somnolence et de mauvaise humeur. A droite du kaimakam était assis le commandant militaire d'Antioche, colonel à barbe grise, bimbachi d'ancien style aux yeux petits et aux joues rouges et enfantines ; rien qu'à le voir, on devinait qu'il était prêt à défendre jusqu'à la dernière goutte de sang, avec un courage héroïque, sa tranquillité et son confort. A côté de lui se trouvait son subordonné immédiat, un jusbachi encore jeune, commandant d'à peine quarante-deux ans et sa parfaite réplique en sens inverse, comme cela arrive d'ordinaire lorsque deux militaires sont attelés à la même charge. C'était un homme de taille élancée, aux traits volontaires et creusés, aux yeux profondément enfoncés dont le regard concentré semblait dire çà et là à la ronde : « Quel malheur pour moi que d'être toujours obligé de traîner à ma suite cet imbécile de colonel ! Vous me connaissez assez pour savoir que je suis capable de tout et que je mène à bien tout ce que j'entreprends, car j'appartiens à la génération de l'Ittihad. » L'un des officiers de la compagnie vaincue, le seul mulasim qui ait survécu au 4 août, celui que Gabriel Bagradian avait renvoyé tout nu à Antioche avec son message, se tenait debout face à la conférence régionale pour exposer son rapport. On ne pouvait pas lui en vouloir de peindre la défense arménienne sous les couleurs les plus effroyables. A son avis, il y avait bien dix, voire vingt mille hommes retranchés sur les hauteurs du Musa Dagh dans des fortifications colossales. « Ils ont aussi rassemblé, depuis des années, dit-il, tant d'armes, de munitions et de provisions que leur résistance n'est limitée par aucun souci temporel. » Lui, le mulasim, il avait vu de ses propres yeux deux mitrailleuses rivées au rocher qui, en plus de la supériorité de l'ennemi aux forces décuples des leurs, avaient décidé de l'issue malheureuse. Le kaimakam ne disait pas un mot, soutenant sa tête de sa main droite, et il jetait un regard sur la carte stratégique de l'empire ottoman, étalée sur la table de conférence, bien que l'intérêt général ne se portât pas alors vers des choses de telle envergure. Les fonctionnaires de l'hukumet, cependant, s'amusaient souvent à y piquer de petits drapeaux sur les divers fronts. Malgré les efforts artistiques bien intentionnés des fonctionnaires, l'avenir n'apparaissait pas sous des couleurs roses. Les petits drapeaux pénétraient toujours plus avant dans la chair de l'empire turc. La marche des opérations militaires ne répondait pas à la gloire qui entourait le nom d'Enver Pacha. On avait déjà gaspillé des masses énormes d'engins meurtriers et de matériel de guerre en général. La Turquie ne possédait pour ainsi dire pas d'industrie d'armements. Elle dépendait des bonnes grâces de Krupp à Essen et de Skoda à Pilsen. Sur toute la quantité gigantesque fabriquée continuellement de canons, d'obusiers, de mortiers, de mitrailleuses, de grenades et d'obus, il ne s'écoulait qu'une minime proportion sur la Turquie, et dès son arrivée, on l'expédiait en toute hâte sur les fronts vite démunis. Il en résultait que d'immenses étendues de terrain, derrière les fronts de l'empire, étaient fortement dépourvues non seulement de troupes mais aussi d'armes et de matériel. Des mitrailleuses constituaient des rêves inaccessibles. Lorsque le kaimakam entendit tomber ces mots de la bouche du pauvre mulasim, il le regarda de ses yeux lourds et d'un air absent, et murmura, méditatif : « Des mitrailleuses ! »

Le vieux bimbachi à la mine bonasse et aux roses joues enfantines installa ses lunettes sur son nez, bien qu'il n'y eût rien à lire. Peut-être voulait-il seulement montrer par là que, de tous, il avait la vue la moins courte :

« Ce malheur est arrivé à cause de vos sottises et de votre insouciance, fit-il au mulasim avec un hochement de tête, car les règlements ordonnent d'explorer toute position ennemie avant de livrer une attaque. Mais enfin, maintenant que la chose est faite, et mal faite, je demande au kaimakam : Dis-moi un peu ce que tu veux ! Allons-nous sacrifier encore plus de nos hommes ? Ou n'allons-nous pas plutôt laisser tranquillement mourir de faim sur la montagne ces maudits Arméniens ? Quel mal nous font-ils ? La déportation, c'est votre affaire, et non la nôtre. Occupez-vous, vous, les civils, d'en venir à bout ! S'ils ont vraiment dix mille hommes en armes et plus... »

Le mudir aux cheveux roux leva la main, demandant la parole :

« Ils n'ont pas 500, que dis-je, pas 300 hommes en armes. C'est bien moi qui peux le savoir, puisque j'administre cette nahijéh et que j'étais récemment dans les villages... »

Le bimbachi retira ses lunettes de son nez sans plus de raison qu'il ne les y avait posées auparavant :

« Le mieux serait de passer l'éponge sur toute cette affaire. Ces misérables se sont déportés eux-mêmes. Que voulez-vous de plus ? Il y a toutes sortes de gens sur la côte, des Grecs, des Arabes. Voulez-vous que je mène sous leurs yeux une guerre ridicule ? Même en battant le rappel pour rassembler toutes les garnisons dispersées sur la kasah entière, je n'arriverais pas à mettre sur pied quatre compagnies régulières. Et les tchettéhs, les Kurdes ou autres vauriens auxquels il me faudrait recourir ne s'en prendraient pas seulement aux Arméniens mais aussi à vous. Donc croyez-moi, le plus simple, c'est de se taire. »

Le jusbachi aigri aux yeux enfoncés avait, depuis une heure, fumé sans arrêt des cigarettes l'une après l'autre et n'avait pas encore dit un mot. A ce moment, il se leva et d'un air déférent se tourna vers son supérieur :

« Bimbachi Effendi, permets-moi, malgré le respect que je te dois, de m'étonner de tes paroles. Comment pourrions-nous dissimuler ce grave malheur au cours duquel un capitaine, trois lieutenants et une centaine d'hommes ont été tués ? C'est déjà un retard impardonnable que d'avoir différé de quelques heures le rapport de ce désastre. Aussi, dès que cette conférence sera terminée, et sur ton ordre, je m'en vais le rédiger à l'adresse de nos supérieurs. »

Le bimbachi s'effondra. Ses joues devinrent encore plus rouges. Primo, parce que le commandant avait raison — il avait toujours raison — et secundo, parce que c'était un vrai satan. Mais le kaimakam paraissait s'être réveillé de sa profonde méditation :

« Je veux liquider cette affaire dans les limites de mon administration ».

C'était l'expression prudente et bureaucratique d'une décision compliquée dans laquelle la crainte que lui inspirait le wali d'Alep jouait un rôle prépondérant. Chaque jour, des décrets arrivaient pour recommander l'exécution foudroyante et radicale de la déportation. La résistance des sept communes risquait de casser le cou au kaimakam, car c'était la preuve à la fois d'un désarmement insuffisant et d'une surveillance relâchée. Si le wali allait recevoir un rapport fidèle de l'affaire, le kaimakam avait tout à craindre de lui et de l'Ittihad. Par conséquent, il fallait donner au compte rendu un tour habile et imprécis. Le vieux colonel s'entremit :

« Comment veux-tu la liquider si tes saptiéhs sont occupés par la surveillance des déportés et si les soldats sont au front ? » Il plissa les yeux et lança au commandant un regard torve : « De plus, je t'ordonne, jusbachi, quand tu rédigeras ton rapport, de réclamer quatre bataillons et une batterie de montagne, car il est impossible d'assiéger une grande montagne sans troupes et sans artillerie. »

Le jusbachi fit semblant de ne pas remarquer la rage du vieil officier :

« Bimbachi Effendi, j'ai parfaitement compris ton ordre. Son Excellence le général Dchémal Pacha veut toujours qu'on lui expose personnellement la moindre affaire. Tu peux être certain qu'il te secondera. La déportation arménienne est en effet une œuvre de ses amis. Il ne tolérera pas de voir quelques vauriens de paysans chrétiens se moquer ainsi de toi. »

Le kaimakam, qui semblait retomber dans sa somnolence, avait entre temps pris sa décision. Le mieux était de s'allier au plus fort de tous, en l'occurrence au commandant, et d'abandonner ainsi à son sort le vieux bimbachi. Le kaimakam bâilla profondément et frappa sur la table avec le pommeau d'ivoire de sa canne :

« Je lève la séance et prie le jusbachi de rester encore un moment auprès de moi, pour que nous puissions nous entendre au sujet des rapports à envoyer aux autorités civiles et militaires. Bimbachi Effendi, je soumettrai également le mien à ton assentiment. »

Le lendemain matin, deux longs rapports ambigus furent expédiés. La réponse, qui fut sévère, n'arriva que cinq jours après. Il y était dit qu'il fallait faire évacuer le Musa Dagh sans tarder, dans n'importe quelles conditions et avec les moyens dont on disposait. La seule concession faite au bimbachi consistait en deux obusiers de campagne d'un calibre de 100 mm. qui se trouvaient sur la route de Hama à Alep et qu'on allait diriger vers Antioche. Les pièces d'artillerie arrivèrent au lieu dit sept jours après, c'est-à-dire le 12 août. Elles étaient accompagnées d'un très jeune lieutenant, de trois sous-officiers, de douze vieux artilleurs de la réserve et de quelques hommes d'équipe fort crasseux. Des obusiers de cette sorte ne pouvaient être utilisés en montagne qu'au prix de grandes difficultés.

A certains points de vue, la nouvelle vie était pour Stéphan plus difficile que pour son père qui, lui, était encore lié au Musa Dagh par des souvenirs d'enfance. Le garçonnet avait été élevé en Europe. Il était par conséquent d'autant plus étonnant qu'en si peu de temps, les quatorze années d'Europe, donc sa vie entière, se fussent effacées tout d'un coup dans l'esprit de Stéphan. Il retombait, si l'on peut dire, au milieu de son peuple, et de façon dix fois plus profonde et plus absolue que ne le faisait son père. Pour Gabriel Bagradian, la situation était différente. Il était poussé par la force des faits et par une autre force encore qui se tenait sans cesse derrière les faits. Et cependant, quoique plus proche de sa patrie naturelle, il en était beaucoup plus éloigné que Stéphan, lequel en était pourtant plus éloigné dans un autre sens. Par son mariage déjà, il se trouvait placé entre deux races. Au début, cela lui semblait, dans une certaine mesure, un manque de tact que de vouloir, étranger qu'il était, imposer aux indigènes son plan de sauvetage. Peut-être fallait-il chercher là une des causes de cette impression solennelle et pourtant imparfaite qui l'avait envahi et si étrangement troublé après la victoire du 4 août. Il n'en allait pas de même de Stéphan. Bien qu'il fût de sang mélangé, la contribution de sa mère semblait presque sans effet sur son caractère. L'action féminine de Juliette sur son mari jouait un rôle beaucoup plus grand dans la nature de Gabriel que sa part maternelle dans la nature de Stéphan. On aurait souvent pu croire que, des deux, c'était le père et non pas le fils qui était déchiré intérieurement par un conflit entre deux sangs étrangers. Chez Stéphan, tout évoluait de façon très simple. Il était devenu un petit Arménien, un Oriental, autrement dit ce qu'étaient autour de lui tous ses camarades d'école. Et pour quelle raison ? Parce que sans cela il n'aurait pas pu maintenir son rang parmi eux. Cette jeunesse, à la fois méditative et souple comme un singe, ne se laissait pas le moins du monde impressionner par les manières ni par les connaissances de leur condisciple mieux éduqué. Son bon français ne lui servait à rien, ni à l'oral ni à l'écrit. Si Stéphan leur parlait des villes occidentales, ils se moquaient de lui en le considérant comme un conteur maladroit dans ses inventions, de même qu'ils le raillaient parce qu'il portait ses livres de classe sous le bras et non pas sur la tête, selon l'ancienne coutume qui leur semblait la seule admissible.

Si Stéphan avait été un enfant douillet et gâté, il aurait aussitôt prié son papa de ne plus lui laisser fréquenter l'école. Mais il accepta la lutte. On sait déjà qu'il avait fini par obtenir la permission de porter le costume local. Dans ses nouveaux habits, Stéphan, qui était un joli garçon, ressemblait au beau prince qu'on voit sur les vieilles miniatures persanes. Juliette s'en rendait compte, mais elle se rendait aussi compte en même temps que ce prince n'avait plus aucun rapport avec son enfant. Une sorte de convention fut établie entre elle et Stéphan : il avait l'autorisation d'aller « déguisé » à l'école, mais à la maison il fallait qu'il fût habillé « normalement ». Après la fuite sur le Damlajik, ce compromis perdit sa validité par le fait qu'il n'existait plus de « maison ».

Oui, Stéphan était changé. Mais quel effort lui avait coûté ce retour à un stade primitif, cela, personne ne le savait. Il possédait désormais le même costume que les autres. Or, ce costume était au début d'une propreté honteuse, et dépourvu de déchirures. Cette propreté était une faiblesse — il le reconnaissait lui-même — dont le siège était en lui. Il ne pouvait réprimer un sentiment de répugnance quand il avait les pieds et les mains sales, les ongles noirs et les cheveux en broussaille. Stéphan était continuellement en état d'infériorité vis-à-vis de la jeunesse du village. Ses pieds, par exemple, demeuraient blancs et délicats bien qu'il fît de son mieux pour les endurcir à la poussière, à la crasse et à la boue, et les exerçât à surmonter tous les dangers possibles d'escalade. La seule chose qu'il obtint, ce fut un ensemble de coups de soleil, d'ampoules et d'égratignures qui lui valurent, en plus de vives douleurs, la défense de sortir de sa chambre. Comme il enviait les pieds invulnérables de ses camarades, ces pattes brunes et sèches, vraiment animales, infiniment supérieures à ses membres délicats ! Stéphan dut souffrir amèrement avant de pouvoir affirmer sa personnalité. Les garçons du village faisaient sentir à Stéphan qu'il n'était pas leur égal, et de beaucoup. Quels atouts avait donc Stéphan, cet étrange arriviste, pour engager la lutte ? De l'ambition, une énergie qui se retournait souvent contre son propre corps et encore une importante qualité qui manquait à la jeunesse paysanne. Même Haik, garçon de quatorze ans passés, de haute taille et bien musclé, chef indiscuté de toute la bande, ne possédait pas la faculté de concentrer son esprit, de concevoir des plans et de raisonner avec logique, trésor que Stéphan avait apporté d'Europe. Ces enfants orientaux oubliaient généralement leurs projets avant de passer à la réalisation ; ils se laissaient entraîner comme la feuille au vent par leurs inspirations subites et de courte haleine ou par la voix sourde de leurs instincts. Si on les observait après la sortie de l'école, on pouvait constater qu'ils ressemblaient à une bande d'animaux excités, mus par des forces aveugles et inconnues, courant de çà, de là, sans but précis. Lorsque, pareils à un essaim d'oiseaux, ils s'établissaient dans les grands vergers à l'heure où la surveillance se relâchait, on pouvait encore considérer une telle expédition comme une entreprise réfléchie ; mais la plupart du temps, comme possédés par le démon, ils se dispersaient dans le maquis ou sur les bords d'étangs marécageux, ou encore sur une grande prairie, pour s'y rouler, et se vautrer dans la boue. Ces escapades se terminaient souvent par des cérémonies religieuses ou plutôt par des pratiques de culte païen dont ils n'étaient évidemment pas conscients. Ils commençaient par former un cercle, puis s'enlaçaient en dodelinant de la tête, tout d'abord en chantonnant doucement, puis en accentuant toujours davantage l'ampleur de leurs voix et le rythme de leurs mouvements, jusqu'à sombrer finalement dans un vertige et un brouhaha sans pareils. Cette cérémonie exerçait une telle action sur quelques-uns d'entre eux que leurs yeux se retournaient dans leurs orbites et que l'écume leur montait aux lèvres. Dans leur simple ignorance, ils ne faisaient rien d'autre que la tentative bien connue, pratiquée par certains ordres de derviches, de se rapprocher mystérieusement des forces planétaires du cosmos au moyen d'un oubli de soi épileptique. Ils n'avaient jamais vu d'adultes pratiquer de rites semblables, mais le besoin de telles extases flottait dans l'air de ce pays. Stéphan, l'Européen, demeurait naturellement à l'écart, assez désemparé, pendant que se déroulaient ces scènes. Haik, le grand garçon réfléchi, ne prenait pas non plus part à ces accès de folie, peut-être parce qu'il se savait déjà plein jusqu'au bord de ces forces énigmatiques que les autres appelaient en eux par leurs balancements et leurs frôlements pour les boire à longs traits. A d'autres moments, par contre, Stéphan arrivait à organiser des expéditions d'après un plan précis et, de fait, après avoir obtenu quelques succès dans ce sens, il avait fini par gagner peu à peu une certaine autorité. Il lui était toutefois impossible de conquérir la souveraineté absolue sur ses camarades. Il lui manquait une force qu'il ne pouvait acquérir et précisément la force qui, plus que toute autre, dominait l'existence de cette jeunesse : une fraternité clairvoyante avec la nature qu'il est impossible d'exprimer par des mots. De même qu'un bon nageur peut, dans l'eau, être couché, assis, debout, qu'il peut y marcher, y danser et, indiciblement heureux jusqu'au fond de son corps, se sent « dans son élément », de même les enfants du Musa Dagh se sentaient dans leur élément tant qu'ils demeuraient à proximité de la montagne. Ils étaient tout pénétrés de la nature environnante. Cette nature s'incorporait si parfaitement à leurs corps qu'il n'existait plus pour eux de dedans ni de dehors. Chaque feuille qui s'agitait au vent, chaque fruit qui tombait d'un arbre, le frémissement d'un lézard, le glouglou lointain d'un mince filet d'eau, tous ces mille aspects de leur univers ne provoquaient pas un reflet dans leurs sens ; ils se réalisaient directement en eux, dans leur sensibilité, comme si chacun de ces enfants eût été un petit Musa Dagh en personne, produisant à lui seul ces multiples phénomènes. Leurs corps ressemblaient à ces pigeons voyageurs qui, guidés par un sens surhumain d'orientation, ne peuvent jamais se perdre. Leurs corps ressemblaient aussi à de minces et flexibles baguettes de sourciers qui, par leur frémissement, avertissent de la présence de trésors cachés sous la terre. Comparé à eux, le jeune Stéphan, qui avait trop longtemps foulé de ses pieds le pavé mort, possédait un corps adroit sans doute et ambitieux, mais sourd aux voix de la nature.

Lorsque le peuple vint camper sur le Damlajik, lorsque les vains vagabondages durent cesser et qu'on exigea de la jeunesse une discipline et une activité réfléchie, le prestige de Stéphan grandit considérablement, prestige dû également au grade de chef militaire de son père dont l'éclat rejaillissait un peu sur lui. La cohorte de la jeunesse se composait de garçons entre dix et quinze ans. Exception faite d'Hapeth Chatakhian qui commandait le groupe des éclaireurs, et de Samuel Awakian qui distribuait le travail aux ordonnances, ces garçonnets, au nombre de trois cents et plus, qui formaient la troupe légère, étaient presque sans surveillance et restaient la majeure partie de la journée livrés à eux-mêmes. Aussi les plus forts et les plus hardis de ces gamins se constituèrent-ils en une bande libre qui passait le temps comme bon lui semblait. C'étaient, en tout, environ vingt-cinq ou trente galopins ; ils se distinguaient de la vulgaire plèbe par leur orgueil et leur soif d'aventures. Ils se répandaient sur tout le plateau du Damlajik et l'on en découvrait dans chaque ravin, dans chaque crevasse, sur chaque pli de terrain. Ils osaient même pousser leur jeu jusque vers les tranchées et agaçaient par leur curiosité de flâneurs les hommes en train de faire l'exercice sous la férule de Nurhan Elléon. On leur défendit ces vagabondages inutiles. Ils transplantèrent alors leur champ d'action sur la région extérieure au cercle de défense, sur les hauteurs au delà du col, sur les pentes tournées vers la vallée, dans les entailles des rochers et les pistes creusées par les cascades du côté de la mer. Dépasser les limites des fortifications, c'était, sur le Damlajik, commettre un crime. Mais cette bande savait si bien cacher ses téméraires escapades que personne ne s'en doutait. Stéphan et Haik en faisaient partie, cela va sans dire. Sato, elle aussi, s'était glissée parmi eux et ils n'arrivaient pas à s'en défaire. Bien que la famille Bagradian eût recueilli sous son toit cet être étranger et de race abâtardie, le peuple souffrait à contre-cœur qu'elle fréquentât les enfants. De ce fait, Sato se trouvait dépendre entièrement des caprices de la horde juvénile. Une fois, elle était rouée de coups ; la fois suivante, on lui permettait de prendre part aux ébats généraux. Là comme partout, elle ne pouvait être qu'en marge des autres.

Il existait encore dans ce cercle, à part Sato, un autre enfant un peu anormal. Il s'appelait Hagop, et Stéphan le protégeait. Quelques années auparavant, le pied droit d'Hagop avait été amputé à Antioche par le médecin militaire. Maintenant le garçonnet allait, boitillant, appuyé sur une grossière béquille composée simplement d'un bâton surmonté d'un morceau de bois posé en largeur. Mais malgré l'insuffisance de cet appui, Hagop s'agitait avec une ardeur passionnée et une fougueuse adresse que l'on remarque d'ailleurs souvent chez les infirmes. Il ne voulait pas être inférieur aux autres, bien qu'étant unijambiste, et quand il les suivait dans leurs courses folles, la distance entre lui et le dernier n'était pas plus large qu'une main. Hagop était de bonne famille et apparenté aux Tomasian. Il avait des yeux pensifs et, chose très rare dans ce pays, des cheveux blond doré. Il lisait avec zèle tout ce qu'il trouvait chez lui dans les almanachs et dans des brochures analogues. Cependant l'ambition d'Hagop n'était pas de se confiner dans les livres. Il voulait courir, jouer, grimper, batailler et, depuis qu'on était en guerre, remplir aussi bien qu'un autre les importants devoirs d'ordonnance, d'éclaireur et d'explorateur. Stéphan, qui se sentait attiré vers lui déjà par la blondeur de ses cheveux, lui témoignait sa faveur, et pas uniquement par pitié. Mais l'ambition d'Hagop se heurtait durement à la résistance d'Haik. Celui-ci, dépourvu de toute indulgence et de sentimentalité, lui faisait continuellement sentir qu'un infirme n'entre pas en ligne de compte.

Haik était un cas tout particulier. A quatorze ans et demi, il personnifiait déjà complètement le montagnard arménien adulte avec tout ce qu'il y a de sombre en lui. La maigreur de son corps nerveux, sa démarche lente et courbée en avant, ses grosses mains qui pendaient lourdement, exprimaient l'orgueil dominateur d'une race millénaire calme et sûre d'elle-même et le distinguaient nettement de presque tous les autres membres de sa troupe aux gestes d'Orientaux brusques et désordonnés. Si l'Arménien perdu dans des villes étrangères ressemble parfois à l'astucieux Ulysse, — ce n'est pas sans raison en effet que l'Odyssée donne la ruse comme qualité fondamentale à son héros sans patrie —, par contre le véritable Arménien, celui des plateaux et des montagnes, est de caractère intraitable et altier. Il oppose ces particularités agressives, ainsi que son grand besoin d'activité, à la dignité contemplative et paresseuse de la race turque. La rencontre de tels caractères antagonistes permet de comprendre bien des événements. La famille de Haik était originaire du Nord, du massif de Dokhus-Bunar, situé déjà à proximité de la frontière géorgienne. Sa mère, la veuve Chouchik, géante aux yeux bleus, n'était pas du tout aimée ; on l'évitait plutôt avec une certaine crainte. Bien qu'elle vécût déjà depuis beaucoup d'années au pied du Musa Dagh, elle était toujours considérée comme une étrangère. On racontait de la veuve Chouchik qu'elle avait un jour étranglé sans plus de façons, de ses puissantes mains de travailleuse, un effronté qui cherchait à la violenter. Que cette histoire fût authentique ou non, il n'en était pas moins vrai que le jeune Haik avait hérité d'elle, dans son corps et dans son âme, sa vigueur musculaire et son caractère sombre et distant.

Les gens altiers étouffent toujours l'assurance chez les autres. Haik étouffait toujours l'assurance de Stéphan. C'est à cause de lui que le jeune Bagradian se croyait sans cesse obligé de se donner de nouvelles preuves de force pour devenir un « pur ». Le désir de faire éclater sa valeur aux yeux du sombre et sceptique Haik prenait des formes douloureuses et torturantes, comme c'est de règle à cet âge chez les natures passionnées. Samuel Awakian, son ancien précepteur, le surveillait chaque fois qu'il en avait l'occasion, afin d'empêcher son élève de faire quelque sottise et de s'attirer un malheur. Cette sollicitude emplissait Stéphan de honte ; elle l'humiliait en face de Haik, car elle lui donnait l'air d'un fils de famille et d'un enfant douillet. Mais le pire, c'était que ces mesures d'exception accentuaient encore la supériorité d'Haik, car le fils de Chouchik sondait la vérité jusqu'au fond. Désormais, lorsque Stéphan, surexcité, incapable de trouver le sommeil, se roulait sur son lit dans la tente de cheik, son cerveau ardent ne cessait de travailler : « Mon Dieu, que pourrais-je donc faire pour montrer à Haik ce que je vaux ? »

Et pourtant, cette rivalité avec Haik n'était qu'un des fronts de la guerre que l'âme ambitieuse du fils Bagradian avait entreprise pour conquérir la gloire.

En ce temps-là — c'était le neuvième jour du Musa Dagh — la disette de pain et de fruits commença à se faire sentir dans le camp ; on ne mangeait presque exclusivement que de la viande ; au début, on le remarquait peu, mais cela devenait déjà désagréable. D'après un règlement sévère, la distribution du lait était organisée de telle façon que seuls les malades, les impotents et les enfants au-dessous de dix ans recevaient le lait peu abondant des chèvres et des brebis et qu'il n'en restait qu'une quantité minime pour la confection du beurre et du fromage. Tout le monde se plaignait de la communauté des vivres, et de fait, d'après une loi inconcevable, ce mode d'administration globale semblait amoindrir et abîmer le bien général au lieu de l'économiser. Bien que Juliette eût mis à la disposition de l'hôpital, depuis qu'elle travaillait auprès du Dr Altouni, une grande quantité de provisions, conserves, sucre, thé et riz, il lui restait encore assez de biscottes et de gâteaux secs pour compenser l'absence de pain pour elle et son entourage. Stéphan n'avait pas encore eu à souffrir de la moindre restriction. Haik au contraire s'était déjà plaint de l'éternel mouton dur qu'il fallait avaler tout frais encore, à peine cuit sur le feu, à demi saignant, sans la moindre garniture. « Si l'on avait au moins quelques figues ou abricots ! » soupirait-il, les yeux avides. Stéphan voyait déployés devant lui les immenses vergers étalés au pied du Musa Dagh. Il ne disait rien jusqu'à nouvel ordre.

Le service quotidien de la cohorte des jeunes avait de vastes ramifications. Il fallait toujours qu'un poste d'ordonnances se tînt prêt dans chacune des treize positions et également dans tous les nombreux observatoires. L'instituteur Chatakhian inspectait quotidiennement ses troupes et organisait à des moments inattendus des alarmes simulées. Par conséquent, on ne pouvait exécuter d'expéditions indépendantes de quelque importance que sous le couvert de la nuit, lorsqu'on était délivré du service et du contrôle des chefs. Au cours même du neuvième jour, Stéphan exposa à l'inabordable Haik le projet qui avait germé dans sa tête, quoiqu'il fût étranger au pays. Depuis l'exode, quelques hommes courageux s'étaient risqués deux ou trois fois dans la vallée pour essayer d'augmenter leurs provisions, mais ils étaient toujours revenus bredouilles, car des postes renforcés de gendarmerie montaient jour et nuit la garde dans les villages. Le plan de Stéphan était d'organiser une sortie nocturne de la cohorte à destination des vergers pour remédier à la misère générale. Haik regarda d'un air soupçonneux son ambitieux rival comme un artiste

311

mûr considère un débutant trop pressé qui ne se doute guère des difficultés qui l'attendent. Puis il prit lui-même en main la direction de l'opération secrète et procéda au recrutement de cette troupe de brigands. Stéphan avait naturellement très peur que son père n'apprît sa participation à l'aventure et n'entravât durement sa liberté à l'avenir. Il avoua également ce souci. Mais Haïk, qui semblait avoir déjà oublié que le plan tout entier n'était pas de son invention, répliqua sur ce ton insupportable dont il savait faire un si magistral usage :

« Si tu as peur, tu n'as qu'à rester ici. Cela vaudra beaucoup mieux pour toi. »

Ces paroles atteignirent Stéphan au cœur et il se jura de ne plus tenir compte désormais des soucis de ses parents. La razzia fut menée à bien au cours même de la nuit suivante. Quatre-vingt-dix gamins environs dérobèrent et réunirent tous les sacs, les hottes et les paniers qu'ils purent trouver. A dix heures du soir, lorsque les feux furent éteints et que tout le monde était déjà couché, ils se glissèrent par petits groupes hors du camp et dépassèrent la ligne des tranchées sans se faire remarquer par les sentinelles. A longs sauts, ils dévalèrent toute la hauteur de la montagne et, comme poussés par le vent, ils atteignirent en trois quarts d'heure à peine les premiers vergers. Jusqu'à une heure, à la lumière tamisée du croissant de lune, ils cueillirent les fruits, abricots, figues et oranges, avec une ardeur de forcenés. Stéphan, lui aussi, prouva à cette occasion sa force physique, bien qu'il accomplît pour la première fois dans sa vie un travail de ce genre. Haïk, le chef, avait réussi à détacher trois ânes de leurs pieux et à les entraîner de force. En toute hâte, on entassa sur eux les hottes pleines. De plus, chacun des garçons traînait sur son dos un poids considérable. Ils purent rejoindre le camp juste avant le lever du soleil. On reçut les fugitifs avec des reproches, des réprimandes, même des coups, et pourtant aussi avec orgueil. Stéphan fit un crochet avant d'atteindre le vallon de la ville et se glissa vers la tente de cheik qu'il partageait avec Gonzague Maris. Le butin entier de l'expédition nocturne était presque sans intérêt pour un peuple de 5.000 âmes ; néanmoins cela donna l'idée au pasteur Aram Tomasian de risquer une tentative analogue trois nuits plus tard avec deux cents hommes de la réserve sous la protection de deux détachements de dix combattants. Malheureusement, il n'eut qu'un maigre succès, car les paysans des villages mahométans voisins avaient entre temps visité les vergers arméniens où ils avaient fait une bonne récolte, ne laissant aux glaneurs que les fruits verts ou pourris tombés sur le sol.

Gabriel Bagradian n'avait pas passé dans l'oisiveté tout le temps de chasse prohibée que lui avaient accordé les Turcs. Les ouvrages de défense avaient maintenant atteint un état de réelle perfection. Les combattants et les travailleurs de la réserve n'avaient pas moins peiné cette semaine-là que pendant les jours qui avaient précédé le 4 août. Les tranchées étaient toutes allongées et avaient gagné en profondeur et le glacis était maintenant assuré par divers obstacles. Des boyaux de communication menaient aux tranchées de seconde ligne ou aux postes avancés qu'on avait recouverts de feuillages pour permettre aux plus vaillants des tireurs d'atteindre par derrière les assaillants ou d'abattre les ennemis trébuchant sur les obstacles. Sans cesse, Gabriel se creusait la tête pour inventer sur tous les treize points d'attaque des ruses, des traquenards et des pièges de défense, afin de rendre l'issue des combats toujours moins directement dépendante du bon vouloir humain. Ses connaissances superficielles, acquises à l'école militaire de Stamboul, et l'expérience qu'il avait rapportée des combats d'artillerie de Boulaïr lui servaient moins qu'un vieux manuel de tactique rédigé par l'état-major français qu'il avait un jour acheté chez un antiquaire à titre de curiosité. A la vue de ce livre qui se trouvait à l'honneur de façon inattendue, Gabriel éprouvait un étrange sentiment philosophique (qu'on n'aurait guère pu qualifier de pensée) : « J'ai acheté jadis ce traité de tactique sans le moindre pressentiment parce que sa couverture me plaisait ou que cette matière inconnue m'attirait, bien que je ne me sois aucunement intéressé alors à la science militaire. Et pourtant, à l'heure de cette emplette, mon destin indépendant de ma volonté a agi sagement par son intermédiaire. Oui, mon kismet semble vraiment terminé dans sa totalité, depuis A jusqu'à Z. Car déjà en 1910, il m'a amené devant la vieille librairie du quai Voltaire et m'y a arrêté tout simplement parce que je devais avoir plus tard besoin de ce livre pour la réalisation de ses stades futurs. »

C'était d'ailleurs la seule rêverie philosophique que Bagradian se fût permise depuis des semaines. Il la rejeta aussitôt comme un fardeau encombrant. Déjà à Yoghonoluk, pendant qu'il élaborait les préparatifs de défense, il avait remarqué que son sens de réalité s'affaiblissait dès qu'il cédait à sa tendance contemplative. Il en arriva donc à reconnaître que le véritable homme d'action (qu'il n'était pas) doit nécessairement être dépourvu d'esprit. Quant au livre de tactique, il y trouva une foule d'avertissements, d'avis, de croquis et d'exemples numéraux qu'il pût, sur une petite échelle, adapter aux circonstances données. Tchauch Nurhan Elléon et les chefs subordonnés exécutaient chaque jour avec leurs hommes les exercices les plus stricts. Gabriel Bagradian organisait dans les différents secteurs les manœuvres les plus variées pour que chaque soldat pût se familiariser avec la moindre pierre et le moindre buisson et avoir à sa disposition, pour n'importe quel cas d'attaque, les réflexes de défense nécessaires. L'organisation d'alarme était aussi déjà perfectionnée au plus haut point. En moins d'une heure, malgré les distances assez considérables, on pouvait occuper tous les postes, procéder à la relève et à de vastes mouvements de troupes.

Dans le vallon de la ville, l'ouvrage accompli n'était pas moins étonnant. Chaque famille, riche ou pauvre, possédait maintenant sa cabane de branchages bien couverte, c'est-à-dire quelques mètres carrés de terrain à l'abri des intempéries, que des tapis, des carpettes et de la literie rendaient habitables. Cet écho assourdi de foyer suffisait à donner à ces gens la précieuse illusion d'avoir retrouvé là-haut des conditions terrestres vouées à une longue durée. Le camp n'était pas seulement divisé en quartiers par communes; les cabanes formaient de véritables enfilades de rues qui toutes venaient aboutir sur la grande place de l'autel. Celle-ci, qui formait le centre de cette agglomération primitive, mais fortement peuplée, faisait sur le spectateur une impression vraiment grandiose. Pourtant la plus belle œuvre de Tomasian père était sans contredit la grande baraque destinée au gouvernement; elle n'avait pas seulement de véritables portes et fenêtres, mais encore un toit couvert de bardeaux provenant des provisions de l'entrepreneur. Elle se composait de trois pièces : une grande, au milieu, la salle des séances, et deux petites pièces latérales. La pièce latérale de droite était séparée de la salle des séances par une cloison épaisse, et destinée à servir de prison d'Etat pour les auteurs de graves méfaits. Mais Ter Haigasoun était convaincu que cette cellule dédiée aux pécheurs s'avérerait superflue. La chambre de gauche était attribuée au pharmacien Krikor. Ce dernier avait dressé entre lui et la politique un rempart de livres dans lequel il avait pratiqué une étroite ouverture, et derrière lequel il avait dressé son lit. Il avait installé sur des rayons fixés aux murs ses pots, ses vases et ses cornues fort poussiéreux tandis qu'à sa grande satisfaction il s'était débarrassé des bidons de pétrole, des ballots de tabac et du matériel de vannerie qui étaient allés grossir le trésor général. La baraque du gouvernement réunissait par conséquent les caractères d'un parlement, d'un ministère et d'un palais de justice, et en même temps ceux d'une bibliothèque et d'une université. Car le pharmacien Krikor y recevait ses disciples, les instituteurs, qui, après avoir enseigné, venaient à leur tour recevoir son enseignement.

On peut donc constater, et non sans émotion, que cette minuscule humanité de 5.000 âmes refaisait en un clin d'œil la longue route de la civilisation. Elle était arrivée là-haut presque dépourvue de tout. Un peu de pétrole, quelques bougies, les outils les plus nécessaires, c'était tout ce qui composait leur héritage de civilisation. La première averse déjà avait détruit leur pauvre tas de couvertures, de draps et de descentes de lit, la seule chose qui leur restât de leur confort domestique. Mais pourtant ni la mort de tous côtés inévitable, ni le plus complet dénuement n'arrivaient à éteindre en eux les besoins plus relevés, le désir de religion, d'ordre, de raison et d'élévation spirituelle. Ter Haigasoun disait la messe les dimanches et jours de fête, comme toujours. Sur le coteau de l'école, l'enseignement était donné aux enfants. Bedros Altouni, le médecin septuagénaire, et Mairik Antaram avaient organisé de façon exemplaire le hangar-hôpital et se battaient consciencieusement avec les autres personnalités gouvernementales afin d'obtenir pour leurs malades la meilleure part de la nourriture. En comparaison avec les habitudes de vie dans la vallée, le moral général avait même remonté; on lisait sur les visages pâles et amaigris une certaine satisfaction. Les longues journées d'août n'avaient jamais assez d'heures pour les devoirs innombrables qu'il fallait remplir quotidiennement. Le premier travail commençait dès quatre heures du matin. Les femmes chargées de la traite s'en allaient sur la place où les bergers avaient déjà rassemblé les chèvres et les brebis. Le lait était ensuite versé dans de grands récipients, puis emporté vers la frontière ouest du vallon de la ville où Mairik Antaram attendait déjà afin de procéder à la répartition entre les mères de famille, l'hôpital et la fromagerie. A la même heure, les femmes et jeunes filles se dirigeaient en longs cortèges vers les sources les plus proches pour y remplir leurs grandes amphores d'argile d'une eau fraîche qui, conservée dans ces vases, restait glaciale malgré la chaleur torride. Ces nombreuses sources à l'eau délicieuse étaient un des plus grands bienfaits que le Musa Dagh prodiguait à ses enfants. Tandis que les cortèges de porteuses d'eau rentraient vers les demeures, les sept mouchtars se rendaient vers les pâturages pour y choisir les bêtes à abattre en vue des besoins du jour suivant. Dans le domaine des consommations en viande, de très bonne heure certains signes inquiétants se manifestèrent. Un mouton à queue grasse fournissait dans ces régions moins de vingt oka ou vingt-cinq kilogrammes de viande mangeable, bien que, vivant, son poids fût double. Comme plus de 5.000 hommes devaient vivre presque exclusivement de cette viande, — et parmi eux se trouvait une forte proportion de gros travailleurs, — il fallait bien compter pour chaque jour environ 65 moutons, si l'on voulait vraiment rassasier les combattants et la réserve active. Combien de temps la vie était-elle possible sur la montagne en réduisant les troupeaux d'une façon si effrayante ? N'importe qui pouvait faire soi-même ce compte. Ter Haigasoun et le pasteur Aram Tomasian publièrent dès le troisième dimanche un édit formel suivant lequel il était interdit de jeter quoi que ce fût des bêtes d'abattoir, y compris les entrailles. En même temps, on réduisait la proportion quotidienne à 35 moutons et 12 chèvres. Mais ces mesures ne suffisaient pas à écarter tous les autres dangers relatifs au bétail. Comme on avait perdu beaucoup de terrain de pâturage par l'installation dans le vallon, par l'édi-

fication d'autres bâtiments extérieurs et les diverses fortifications,
on constata dès les premiers jours une considérable perte de poids
chez les troupeaux. Mais personne n'osait envoyer les bergers avec
leurs bêtes sur les alpages situés au delà du col nord. Les abattoirs se
trouvaient à proximité d'un petit bois assez éloigné du vallon de la
ville. Cependant, les cris de peur ou d'agonie que poussaient les animaux retentissaient chaque matin jusqu'au camp. Au début, les bouchers pendaient les moutons et les brebis une fois vidés aux arbres
environnants où ils restaient un ou deux jours. Mais par suite de la
grande chaleur, la viande s'abîmait très vite. Aussi, après qu'on eut
fait une première expérience désagréable, on l'enterra, ce qui la
conserva plus fraîche et la fit aussi mieux rassir. Lorsqu'une partie des
bouchers avait de grand matin fini sa tâche quotidienne pour retourner
aussitôt vers la première ligne où était sa place, une deuxième équipe
de confrères se mettait à un autre travail. Sur de longues tables faites
de troncs d'arbres grossièrement cloués ensemble, la viande était
dépecée suivant les principes de l'art. De là, les femmes chargées pour
ce jour du service de cuisine l'emportaient vers la place du feu. Sur
ce point brûlaient déjà les fagots et des bûches massives disposés dans
de grands foyers maçonnés, mais découverts. D'énormes chaudrons
pleins d'eau, suspendus à de hautes potences à trois pieds, se balançaient au-dessus des flammes. La viande, d'autre part, rôtissait sur
de longues broches et perches, directement exposée au feu. La distribution de la nourriture avait lieu une fois par jour et s'effectuait par
communes, sous la direction des mouchtars et en présence du pasteur
Aram Tomasian. Ensuite, on découpait sur de longues tables de
poutres des portions adéquates pour chacune des familles des diverses
localités. Une personnalité officielle, généralement le prêtre ou l'instituteur du village, vérifiait sur une liste le nombre de bouches à nourrir.
Comme on peut l'imaginer, cette opération nécessitait beaucoup
de temps et ne se passait jamais sans ardents conflits. La nature n'avait
pas eu un souci d'équité suffisant en créant le mouton et le chevreau.
Les uns recevaient les morceaux avantageux de la poitrine ou du ventre,
tandis que d'autres se voyaient attribuer des parties pleines de nerfs
et d'os. Les femmes au caractère ombrageux voyaient là de mauvais
tours joués par des ennemis. Aram Tomasian devait être assez habile
Jour apaiser les âmes jalouses, leur faire comprendre qu'il s'agissait
d'un pur caprice du hasard et prouver à telle ou telle femme —
Jéranik ou bien Kohar — que si le sort lui était aujourd'hui inclément,
il l'avait favorisée la veille. Mais Jéranik et Kohar n'étaient, le plus
souvent, pas capables d'apprécier la clarté et la logique de tels raisonnements. Avant de procéder à la répartition civile des aliments, les
meilleures parts avaient déjà été séparées pour les troupes dont la
popote avait été emportée dans les tranchées par le groupe des cohortes

de jeunesse préposé à ce service. Mais tous devaient se contenter pour la journée de cet unique repas, car le soir on faisait seulement bouillir dans les grands chaudrons de cuivre de l'eau où l'on jetait des racines pour pouvoir baptiser du nom de « tisane » ce breuvage insipide.

Le pasteur Aram avait aussi établi un service d'ordre constant. Douze hommes en armes jouaient le rôle de policiers et assuraient la tranquillité et le respect des lois dans le vallon de la ville. Ils faisaient chaque heure une ronde, jour et nuit, marchant du pas pesant et menaçant des gendarmes à travers les lignes de cabanes, pour faire sentir aux habitants qu'ils vivaient sous la loi martiale et que chacun devait s'observer doublement. Ils avaient, de plus, la responsabilité de la propreté générale, détail dont Gabriel Bagradian, le pasteur Aram, Bedros Altouni, Hapeth Chatakhian et d'autres « occidentalistes » avaient, avec un entêtement fanatique, fait une question d'intérêt primordial. Bien des pratiques qui étaient dans les villages d'un usage invétéré se trouvaient interdites sur la montagne. Il n'était pas permis de jeter les détritus devant les cabanes ni de verser l'eau de vaisselle dans les rues du camp, et surtout il était défendu de satisfaire ses besoins naturels ailleurs que dans les lieux destinés par le conseil des chefs à cet effet. Bagradian avait veillé dès le premier instant à la construction de profondes fosses d'aisance. Si quelqu'un manquait à l'un de ces commandements de propreté et si on le prenait en flagrant délit de désobéissance, le conseil des chefs le condamnait impitoyablement à un jour de jeûne, c'est-à-dire que sa portion de repas ne lui était pas livrée.

Le rythme quotidien que Ter Haigasoun avait si sagement tâché d'imprimer aux nouvelles conditions d'existence, s'imposa beaucoup plus vite qu'on n'eût osé l'espérer. Il différait cependant foncièrement du doux traintrain de la vallée, car il était plein de frottements et de rudesses. A certaines heures, surtout le soir, une fois le travail accompli, le mécontentement et l'irritation s'appesantissaient sur les familles. C'est pourquoi Ter Haigasoun décida qu'après une série de journées éreintantes, il faudrait consacrer une soirée à des réjouissances innocentes, au milieu d'un joyeux oubli. On avait assez de loustics et de conteurs dans le camp, et un grand nombre de musiciens pour mener les danses. Un homme sur deux savait gratter du « tar » et de la guitare « saz ». Il existait aussi des joueurs de violon « kamantcha » et de flûte, sans parler du tambourin. La première fête dansante fut fixée au soir suivant. Le conseil des chefs apparut, ayant à sa tête Ter Haigasoun; ensuite venaient tous les notables, ainsi que Gonzague Maris et Juliette que Gabriel avait particulièrement priée de venir. Tout d'abord, les jeunes gens firent quelques manières, mais bientôt plusieurs couples s'avancèrent pour le « tarz bar » et le « polor bar » les danses montagnardes de la région, qui s'exécutent en martelant le, sol avec les pieds. Plus tard, Gabriel entraîna Juliette au milieu des danseurs pour essayer quelques pas avec elle. Mais au bout d'une minute, elle le pria de cesser, disant qu'elle ne comprenait rien à ce genre de danse. Gonzague Maris et Hrand Oskanian essuyèrent des refus de sa part. Ce fut une consolation pour ce dernier de constater que l' « élégant » n'avait pas un sort meilleur que lui. Iskouhi, par contre, dansa avec Gabriel tout un polor bar, du début à la fin. À la lumière tremblotante du feu, elle avait l'air gaie et rose, bien qu'elle n'eût jamais tant encore souffert de son infirmité que pendant toute cette danse. Ensuite Gabriel retourna vite vers les positions du Nord et les femmes rentrèrent également vers leurs tentes. Mais le peuple demeura encore longtemps éveillé, jetant toujours de nouveaux combustibles dans le feu. Parmi les danseurs, on distinguait particulièrement Sarkis Kilikian, le Russe, qui se révéla maître dans cet art. Malgré son extérieur peu engageant, les jeunes filles le recherchaient vivement comme partenaire. Pendant la danse, ses membres s'agitaient avec une souplesse ingénieuse, tandis que sa tête de mort toujours jeune et désabusée surplombait ses danseuses d'un air de solennelle indifférence. Kéwork le fou tournait sans arrêt au milieu des couples, toujours concentré sur lui-même. Cette fois, il tenait à la main, au lieu d'une fleur de soleil, un rameau arraché à un bosquet de myrte.

Telle fut, tracée dans ses grands traits, la vie qui se déroula sur le Musa Dagh pendant les quinze premiers jours. Il s'y trouvait en germe tout ce qui constitue la vie de l'humanité entière. Le peuple se trouvait dans une solitude absolue, isolé dans un espace vide. La mort l'environnait, infranchissable, et seuls d'incorrigibles optimistes pouvaient espérer y échapper. La courte histoire de ce peuple se développait suivant les lois naturelles de la moindre résistance. Ces mêmes lois avaient déterminé aussi l'aspect de la vie économique à laquelle devait se plier la majorité, de bon ou de mauvais gré. Mais les riches et surtout les propriétaires de troupeaux, fortement lésés, souffraient énormément d'avoir dû renoncer à leurs possessions. La conviction pourtant bien claire qu'en prenant le chemin de la déportation ils auraient perdu beaucoup plus tôt non seulement leurs possessions mais aussi leurs vies, n'arrivait pas à leur faire oublier l'amertume de leur appauvrissement. Et maintenant que la durée de l'existence n'était plus qu'une question de semaines et de jours, ces personnages-là faisaient tout pour obtenir quelque mesure de faveur qui les distinguât au moins en apparence de la vulgaire foule. Sur les bords de cette solitude, on avait érigé des remparts de défense contre la mort et, à l'intérieur de ces remparts, le peuple se sentait parfois si incroyablement en sécurité et à l'abri qu'il pouvait s'adonner à de ridicules disputes ou, le soir, chanter et danser. Les conditions de la vie restaient invincibles, réclamant leurs droits. Il ne fallait pas penser à un retour dans la vallée, dans cet âge d'or paradisiaque d'où la petite communauté avait été chassée sans connaître sa faute, par un cruel édit du gouvernement suprême. Certes, il n'y avait pas de retour possible, mais il y avait là par contre des hommes de valeur qu'un destin bienveillant avait donnés au peuple dans sa détresse.

Au milieu de la colonie, se dressait l'autel. Lorsque au moment de la dernière ronde de nuit, une heure avant l'aube, la voie lactée pâlissante tournait au-dessus de lui, comme s'il eût été le centre et le nombril de l'univers, parfois, Ter Haigasoun, son prêtre, s'agenouillait sur la marche supérieure, pressant sa tête contre le missel grand ouvert. Ter Haigasoun était un homme sceptique qui avait l'expérience de la vie. C'est justement pour cela qu'il concentrait dans sa poitrine avec une telle passion les puissances de la prière. Quand personne ne croyait plus au sauvetage, il fallait que lui, au moins, fût le premier et le dernier à garder la foi en la venue d'un miracle, en la certitude du salut et en l'affranchissement de ce danger de mort, avec une foi vigoureuse à en renverser les montagnes. Et c'était pour obtenir cette foi invincible en un paradoxe inacceptable en face de la vie d'alors que l'âme de Ter Haigasoun s'abîmait dans une prière solitaire et pudique.

Juliette s'était ressaisie et avait adopté un genre de vie complètement nouveau. Elle se levait maintenant juste avant le lever du soleil, s'habillait rapidement pour aller aider Mairik Antaram à la distribution du lait et pouvoir se rendre aussi tôt que possible vers les malades du hangar-hôpital. Gabriel avait eu raison. Personne ne peut s'établir, au milieu d'une communauté humaine qui attend la mort, comme une étrangère de distinction, libre de tout lien et de toute obligation.

Un psychologue superficiel aurait pu facilement s'irriter à la vue de Juliette : que voulait donc cette personne maniérée ? Pourquoi, au fait, était-elle si fière qu'après quinze ans de mariage, elle se rebellait encore contre l'univers de son mari ? N'y avait-il pas, à la même heure, dans ces pays, bien des femmes européennes qui consacraient héroïquement leur vie au peuple arménien massacré et outragé ? N'y avait-il pas à Ourfa une Karen Jeppe qui cachait, dans sa maison, les réfugiés et, les bras étendus, défendait sa porte aux saptiéhs jusqu'au moment où ils s'en allaient, n'osant tout de même pas égorger une Danoise ? N'existait-il pas des diaconesses allemandes et américaines qui, au prix des plus dures fatigues, faisaient le voyage jusqu'à Deïr-es-Zor et pénétraient même dans le désert pour prodiguer leur faible secours aux femmes et aux enfants des malheureux assassinés en train de mourir de faim et d'errer au hasard ? Et ces femmes n'étaient pas unies à un mari arménien, elles n'avaient pas mis au monde un fils qui était un Arménien ! De tels reproches sembleraient à propos, mais seraient cependant injustes. Juliette était beaucoup trop malheureuse pour rester froide et altière, elle était sur le Musa Dagh l'être qui, en plus des souffrances générales, était encore torturé par son propre caractère. Etant française, il y avait au fond d'elle une certaine raideur. Les peuples latins, malgré toute leur souplesse extérieure, sont au fond d'eux-mêmes rigides et fermés. Ils sont achevés dans leur forme, et cette forme parfaite, ce sont eux qui l'ont achevée. Alors que les peuples nordiques se plaisent à rester toujours semblables à des nuages, en perpétuelles tensions et en métamorphoses, les Français n'aiment en général ni sortir de leur pays ni de leur propre peau. Juliette possédait à un haut degré cette raideur propre à sa race. Il lui manquait le pouvoir de pénétrer dans la sensibilité des autres, qualité qui naît généralement d'une forme encore indécise. Si Gabriel avait eu, dès le premier jour, la volonté constante de la guider d'une main prudente pour l'amener à la compréhension de l'univers dont il était issu, peut-être tout se serait-il passé autrement. Mais Gabriel appartenait lui-même aux Parisiens, aux assimilés qui parlaient de l'Arménie comme d'une chose de haut intérêt moral, et cependant légèrement dépourvue de réalité. Quinze années durant, Juliette n'avait au fond rien su de plus que ce fait : elle avait épousé un citoyen ottoman. Or, ce que signifie la nationalité arménienne et quelles fatalités et quels devoirs en résultent, cela, elle ne l'avait appris que depuis quelques semaines, et d'effroyable façon. Par conséquent, si Juliette était ainsi désemparée, la faute en revenait pour la plus grande partie à Gabriel lui-même.

Gabriel et Stéphan, les seuls êtres auxquels elle tînt au monde, lui étaient proches et pourtant aussi éloignés que si l'océan les eût séparés d'elle. Ils se souciaient à peine d'elle et la regardaient avec une secrète sévérité. Aucun des deux ne pouvait lui témoigner d'affection. Ils ne l'aimaient pas. Et tous les autres ? Le peuple la haïssait. Juliette le sentait en remarquant le raidissement des visages et le brusque silence qui se produisait toutes les fois qu'elle arrivait au camp. L'animosité des femmes venait brûler son dos lorsqu'elle dépassait un groupe de commères en train de bavarder. Juliette éprouvait pendant ces jours-là un indescriptible sentiment d'abandon. Elle qui était habituée à être souveraine et brillante, qui n'avait jamais inspiré que de la sympathie et de l'admiration, voilà qu'elle était maintenant tout juste tolérée et, qui pis est, nul ne lui marquait de respect. Elle s'imaginait devenir chaque jour plus laide sous l'effet de cette hostilité générale. Mais, au milieu de ses soucis, s'imposait une nouvelle torture : la France ! Les nouvelles de la guerre qui avaient pénétré jusque dans la vallée du Musa Dagh provenaient toutes de journaux turcs et remontaient à des semaines, même à des mois. Juliette n'avait donc appris que les défaites de la France; elle savait que les armées ennemies s'étaient établies au cœur de sa patrie. Elle qui ne s'était jamais occupée que de ses propres affaires, que les destinées d'ordre général avaient toujours ennuyée et laissée froide, soudain, voici qu'elle était envahie par de cruels soucis à propos de son pays. Sa mère, avec qui elle s'entendait si mal, ses sœurs avec qui elle était à peu près fâchée, lui semblaient en rêve infiniment proches et peuplaient presque exclusivement ses nuits sous la petite tente. Elle voyait surgir des amies de pensionnat qui se détournaient dédaigneusement, bien que Juliette se jetât à genoux devant elles. De temps en temps, son père défunt lui apparaissait, impeccable comme toujours, en redingote noire, ganté de chevreau glacé noir, le ruban rouge à la boutonnière. Il regardait Juliette d'un air étonné et répétait continuellement sa phrase favorite : « C'est une chose qui ne se fait pas. »

Mais plus les nuits étaient mauvaises, plus Juliette était ponctuelle pour se rendre au travail. Elle ne voulait pas du tout être « humaine », comme Gabriel le lui avait conseillé, elle voulait seulement vaincre sa solitude, son impression d'abandon. Elle servait les autres avec un réel désintéressement. Triomphant de son odorat, Juliette s'agenouillait à côté des malades, de ces vieillards à demi inconscients couchés sur de grossières couvertures ; elle découvrait leurs corps fiévreux, les débarrassait de leur crasse, lavait leurs visages décomposés avec les eaux de toilette qu'elle possédait encore. Elle fit de nombreux sacrifices au cours de ces journées-là. Elle donna une partie de son propre linge et fit couper dans ses draps des langes pour les nourrissons et des pansements pour les malades. Elle ne garda pour elle que le strict nécessaire. Mais, malgré toute la peine que Juliette dépensait, elle ne lisait ni dans les yeux mornes et ternes des malades, ni dans le regard distant des gens bien portants la moindre étincelle de gratitude, pas même trace de considération à l'adresse de l'étrangère. Gabriel ne lui adressa pas non plus le moindre compliment. Dix jours auparavant, il se souciait encore de sa femme d'une façon si galante, et maintenant elle n'était plus pour lui qu'un fardeau encombrant ! Et il lui faudrait donc mourir dans une telle solitude, plus abandonnée et plus malheureuse que le plus malheureux de tous les réfugiés du Musa Dagh.

En de telles heures où elle éclatait de pitié envers elle-même, Juliette faisait de son mieux pour cacher à son propre cœur qu'elle n'était pas aussi délaissée qu'elle le croyait. Gonzague Maris ne la quittait plus depuis qu'il avait remarqué dans ses yeux le reflet de son infortune. Il redoublait d'attentions et d'empressement, accourant auprès d'elle pour l'aider toutes les fois qu'il le pouvait. Juliette voyait plus que jamais en lui le fils d'une mère française, l'homme cultivé, son semblable, une sorte de parent éloigné. Depuis ces derniers jours, l'aimable familiarité qui régnait entre eux s'était quelque peu assombrie ; cette modification ne provenait pas de Gonzague seul, mais aussi de Juliette. Il n'avait jamais franchi les bornes de la bien-séance, pas plus maintenant qu'auparavant. Cependant il lui laissait deviner pour la première fois un désir, sans blesser le moins du monde le respect qu'il lui témoignait. Cette dangereuse proximité de la limite, cette présence continuelle sans contact, éveillait en Juliette de nouveaux troubles. Elle ne pouvait se défendre de penser beaucoup à Gonzague. De plus, malgré sa mère française, il demeurait très énig-matique. Les hommes qui sont toujours maîtres d'eux, qui peuvent attendre indéfiniment, ont quelque chose d'énigmatique pour les femmes. Enfin, Gonzague était de ces gens que l'émotion ne fait pas rougir, mais pâlir.

Juliette restait chaque matin trois ou quatre heures dans le hangar-hôpital, d'ordinaire jusqu'au moment où les malades recevaient leur dîner. Gonzague Maris venait presque toujours la chercher à ce moment. Si elle n'était pas prête, il attendait. Les yeux attentifs du jeune homme, inlassables, ne la quittaient pas. Elle se sentait enve-loppée par ses yeux et il en était réellement ainsi. Car si elle s'attar-dait trop longtemps, non sans intention, en menues besognes, il s'approchait tendrement d'elle et chuchotait à son oreille :
« Maintenant, c'est assez ! Laissez donc tout cela, Juliette ! Un tel travail n'est pas digne de vous. Cela va vous faire du mal. »
Avec une douce contrainte, il l'obligeait ensuite à quitter l'hôpital. Elle aimait à sortir avec lui. Comme Gonzague n'était soumis à aucun devoir et ne cherchait pas non plus à en obtenir du conseil des chefs, il avait employé ses loisirs à découvrir, sur le côté du Damlajik tourné vers la mer, quelques merveilleux chemins naturels semés de panoramas et de coins propices au repos. Ils étaient, affirmait-il, aussi beaux que les fameuses stations de la Riviéra du même genre. Juliette et Gonzague restaient désormais assis aux heures les plus différentes de la journée, sur ces sièges aérés ou abrités, sur les promontoires découverts ou ombreux de cette Riviéra qui, séparée du plateau par une large cein-ture de myrtes, de rhododendrons et d'arbousiers, se déroulait sur une longue ligne montueuse en bordure des murs géants qui tom-baient à pic dans la mer. Tous deux se sentaient infiniment seuls. Qui donc, en effet, se serait aperçu de leur absence, étrangers comme ils l'étaient ?
Ce jour-là, le 14 août, le quinzième du Musa Dagh, Gonzague Maris paraissait tout autre qu'à l'ordinaire. Juliette ne l'avait encore jamais vu aussi triste, aussi juvénile dans sa mélancolie, aussi assombri sans raison. Ses yeux, où ne se reflétait aucun lointain, même lorsqu'il regardait au loin, se perdaient, comme Juliette le supposait, dans l'in-fini. En réalité, il dirigeait son regard vers un point très précis qui était malheureusement masqué par une saillie de la montagne. Ses pensées

cherchaient la plaine de l'embouchure de l'Oronte où brillaient dans le soleil les vastes bâtiments de la raffinerie. La question que Juliette lui posa était par conséquent très déplacée, car elle correspondait à son propre état d'âme et non pas à celui du jeune homme :

« Avez-vous le mal du pays, Gonzague ? »

Il eut un rire bref et elle comprit, à sa honte, ce que ses paroles avaient de pénible et d'insensé. Elle songea à ce que Gonzague lui avait, par fragments, raconté de sa vie, et toujours avec une légère ironie détachée, comme si lui-même n'y avait participé qu'à moitié et avec la plus mauvaise partie de son moi : son père, banquier à Athènes, avait rendu mère une gouvernante française. Avant que l'enfant eût quatre ans, une catastrophe se produisit. Papa s'enfuit en Amérique et laissa la mère avec l'enfant sans argent. Mais Maman qui avait conservé de l'amour pour cet aventurier partit à sa recherche, au prix de grandes difficultés, avec le petit Gonzague. Or, là-bas, elle n'arriva pas à découvrir celui qu'elle avait perdu, mais, au cours de sa chasse, elle finit par en trouver un autre. C'était un fabricant de parapluies assez âgé, originaire de Detroit, qui épousa Maman et adopta le petit garçon. « C'est pourquoi, avoua Gonzague, je peux porter deux noms, au choix, et de plein droit. Mais je trouve qu'étant donné mon physique, le nom de Gonzague Mac Wawerley semble vraiment impossible ; aussi, je m'en tiens à celui de Maris. » Il prit un air très sérieux pour expliquer le choix de son nom. La pauvre mère de Gonzague ne connut pas une longue félicité auprès du fabricant de parapluies. La communauté fut dissoute, l'épouse dut quitter la maison de Detroit et Gonzague, jusqu'à l'âge de quinze ans, fut ballotté d'un internat à l'autre. À cette époque, il fit, par un étrange hasard, la connaissance de son vrai père qui avait entre temps acquis une modeste fortune. Le vieillard éprouva quelques remords, car la mère de Gonzague était morte dans un hôpital de New-York et dans la section des indigents. Il envoya son fils à Athènes avec quelque argent chez des parents qu'il y avait. Des années suivantes, Gonzague parla peu, et en termes secs. Elles n'avaient été, dit-il, ni bonnes ni mauvaises, et en tout cas, pas le moins du monde intéressantes. C'est seulement beaucoup plus tard, après une enfance misérable et une jeunesse écœurante qu'il s'était trouvé lui-même, à Paris. C'est-à-dire qu'il s'était découvert quelques dons médiocres et très courants, au moyen desquels il était néanmoins capable de mener sa barque à travers le monde. Depuis plusieurs années, il vivait en Turquie, car les parents de son père lui avaient ouvert la voie de Stamboul et de Smyrne. A Stamboul, il s'occupait de fournir aux correspondants de journaux américains des rapports et des tableaux de genre sur l'intérieur de la Turquie. Quand ses affaires n'allaient pas de façon trop brillante, il faisait aussi répéter les chœurs de petites sociétés d'opéra italiennes ou de troupes d'opérettes viennoises. Dernièrement, il s'était même loué, en qualité de pianiste accompagnateur, au manager d'un music-hall de Péra; il devait ainsi suivre dans sa tournée jusqu'aux coins les plus reculés de la Turquie un petit tas de chanteuses et danseuses sans emploi.

On sentait dans tout ceci un grand accent de véracité. Qu'y aurait-il pu avoir dans ces histoires si ternes et banales d'inventé pour briller aux yeux de Juliette ? Gonzague avait exposé cette maigre esquisse de son existence avec autant de négligence que si son passé avait été déjà englouti très bas en dessous de lui; il semblait vouloir dire qu'il n'avait été qu'un méprisable prélude à sa vie véritable dont ses yeux seuls parlaient lorsqu'ils s'arrêtaient sur Juliette. Elle croyait sans doute à l'authenticité du récit, et cependant il lui faisait l'effet d'être un peu interchangeable suivant l'auditeur. Pendant une seconde, elle soupçonna Gonzague d'avoir à sa disposition pour chaque femme une version différente, mais toujours volontairement terne, de sa vie antérieure.

« Combien y avait-il de femmes, demanda-t-elle, curieuse, dans la troupe d'artistes que vous avez accompagnée jusqu'à Alexandrette ? »

Le souvenir de cette troupe lui parut si importun qu'il répondit à la question d'un ton presque grognon :

« Elles étaient bien dix-huit ou vingt.

— Il y en avait certainement de jeunes et de jolies, n'est-ce pas ? Etiez-vous attaché à l'une d'elles, Gonzague ? »

Il réfuta une telle supposition d'un air étonné :

« Les artistes de music-hall ont une vie sérieuse et réglée. Quant aux cocottes, elles considèrent l'amour comme un gagne-pain qu'il ne faut pas gaspiller inutilement. »

La curiosité de Juliette ne cédait pas si vite :

« Vous êtes demeuré quelques mois à Alexandrette. Dans un ignoble petit port...

— Alexandrette n'est pas aussi ridicule que vous vous l'imaginez, Juliette; il y a là-bas quelques familles arméniennes très cultivées qui possèdent de belles maisons et de grands jardins...

— Ah ! nous y voilà, je comprends; l'une de ces familles était la raison de votre long séjour... »

Gonzague ne nia pas qu'il n'eût éprouvé à Alexandrette pour une jeune dame de cette société une inclination qui l'avait poussé à rompre son traité avec le music-hall. Chose étrange, quand Juliette entendit parler de cette dame, elle se l'imagina pareille à Iskouhi, mais richement attifée, fardée et couverte de bijoux, ce qui s'accordait fort mal avec la personne d'Iskouhi. Gonzague ne donna aucun détail supplémentaire de cette aventure et déclara que ç'avait été une erreur désormais oubliée et bannie à jamais de sa mémoire. Son seul but avait été de lui indiquer le chemin qui, de Beilan, va à Yoghonoluk, le chemin de la villa Bagradian.

Lorsque Juliette réfléchissait à la situation actuelle de Gonzague, sa propre détresse ne lui semblait plus si cruelle. Existait-il une façon plus raffinée que la sienne de n'être nulle part chez soi ? Il était assis à côté d'elle, triste, comme s'il eût été avec elle enfermé sous une cloche de verre, dans une atmosphère de solitude impénétrable à tout amour. Il avait décidé de partager modestement le mortel destin de Juliette sans broncher, sans exiger le moindre remerciement, comme s'il s'agissait d'un petit service de galanterie, indigne même d'être mentionné. Et de plus, Gonzague avait cent fois moins de raison d'être ici que Juliette. Comme elle se repentait de lui avoir parlé, un moment auparavant, de son « mal du pays » ! De quel pays ce malheureux aurait-il pu avoir la nostalgie ? Devant ses yeux, le vide seul s'étendait. Juliette comprenait maintenant pourquoi ce jeune homme, qui se vantait d'avoir une mémoire précise comme une machine, n'avait pas de souvenirs ou n'avait tout au plus que des souvenirs de rechange. Cet être qui lui témoignait tant d'affectueuse sollicitude avec une retenue si tendue, n'avait lui-même jamais reçu la moindre marque d'amour. Il était assis là, comme un petit garçon, sur un bloc de rocher uni, tout contre elle, depuis l'épaule jusqu'aux genoux; mais il ne la touchait pas, il laissait toujours entre elle et lui un semblant d'espace vide. Cette distance minuscule imposée par la vertu et la maîtrise de soi, les brûlait presque. Gonzague s'était tu. Mais dans le cœur de Juliette montait une douce et dangereuse pitié. « Gonzague », interrogea-t-elle, et elle fut soudain effrayée d'entendre la mélodie qui vibrait dans sa voix. Il se tourna lentement vers elle. Ce fut comme une illumination. Elle prit timidement sa main. Seulement pour la caresser. Mais à ce moment, elle ne put plus se retenir. Son visage et sa bouche se tendirent en avant. Les yeux de Gonzague s'éteignaient eux aussi. Une dernière étincelle d'attente observatrice y jaillit encore, puis le regard mourut. Il laissa Juliette venir tout près de lui avant de l'attirer contre son corps avec un mouvement brusque. Elle gémit doucement sous son baiser. La jeunesse de cette femme fidèle avait passé sans qu'elle eût pu constater combien de volupté inconnue sommeillait en elle, volupté qui jamais n'avait été éveillée. Mais aussitôt, une douleur naquit en elle sous l'effet de laquelle sa tête était près d'éclater. C'était le même mal de tête quasi hypnotique que jadis, lorsque Gonzague avait pour la première fois joué du piano dans le salon de Yoghonoluk d'une manière si lugubre. Elle repoussa l'homme pour concentrer ses forces de résistance. Une pensée s'imposa à elle : « Ce n'est pas lui qui a pris ma main, c'est moi qui ai pris la sienne. Me voilà désormais à sa merci. » Derrière cette pensée, une autre encore s'élevait : « Depuis des semaines, il a consciemment tout fait pour m'amener à être la coupable. » Mais à l'instant suivant, ses forces de résistance s'annihilèrent de nouveau, car Gonzague tenait

Juliette pressée contre sa poitrine et lui donnait un second baiser. Le mal de tête fit place à un bonheur intolérable. Un crépuscule pourpre s'abattait sur elle, ne laissant au loin qu'une dernière fente d'effroi, toute mince : «Je suis perdue. » Car c'était maintenant dans ses baisers que le jeune homme retenu, le discret cavalier servant devenait enfin le vrai Gonzague : non pas un docile enfant du néant, mais une force insoupçonnée, capable de dispenser le bonheur ou l'infortune. Sa bouche, par son aspiration, faisait sortir d'elle le secret qu'elle-même ignorait, avec une ardeur délicieuse et vindicative.

Il la lâcha seulement lorsqu'ils entendirent retentir des cris affreux. Immédiatement, ils se séparèrent, effrayés. Juliette se sentit le cœur si faible que le souffle faillit lui manquer. « Mes cheveux sont défaits », pensa-t-elle, et elle essaya de lever ses mains qui lui parurent lourdes comme des outils insoulevables. « Qu'est-ce que c'est ? » Il la soutint et ils marchèrent dans la direction d'où était venu le hurlement infernal. Au bout de quelques pas, Gonzague put constater la vérité :

« Les ânes du camp ! Ils sont devenus fous ! »

Et en effet, lorsque Gonzague et Juliette s'approchèrent de la place voisine où les montures et les bêtes de somme étaient attachées à leurs pieux, la vision qui s'offrit à eux semblait issue d'un cauchemar. Les braves ânes semblaient s'être métamorphosés en horribles dragons de légende; ils secouaient leurs licous, se cabraient, dansaient sur leurs pattes de derrière et ruaient en tous sens. L'écume coulait de leurs babines et leurs yeux raidis comme du verre exprimaient un effroi sans nom. Les sons prolongés qu'ils poussaient ressemblaient plutôt aux trilles d'un hennissement qu'aux pitoyables hi-hans qui composent la langue asine. Selon toute apparence, ces pauvres animaux avaient été effrayés par une vaine fantasmagorie. Mais ce n'était pas une fantasmagorie. L'instinct de ces bêtes avait saisi la réalité avant qu'elle arrivât. Au loin, au delà du col Nord, une large détonation gronda; après quelques secondes, un frémissement se transmit dans les hauteurs de l'air, puis un coup bref et net déchira l'atmosphère et, au sud du vallon de la ville, apparut un peu au-dessus du sol un nuage d'une blancheur neigeuse. Les ânes se turent immédiatement. Un murmure gémissant et modulé se répandit à la ronde. Les gens se précipitèrent hors de leurs cabanes. Peu d'entre eux seulement comprirent ce qui se passait et surent que cette fine nuée surgie au-dessus de la montagne était de fait un shrapnell.

Le feu d'artillerie surprit également Gabriel Bagradian au milieu du camp.

Il était las, n'ayant presque pas dormi la nuit précédente. Sans cesse, on était venu lui porter, des divers secteurs, d'inquiétants messages. Sans aucun doute, des espions turcs avaient rôdé les deux nuits dernières devant les tranchées, essayant de se glisser entre la chaîne des sentinelles. C'est pourquoi Bagradian avait commandé pour la nuit suivante que tout le monde se tînt prêt pour le combat et avait également organisé un service de garde constant. Vers midi, assis sur le banc de son quartier général pour s'y reposer un instant, il fut assailli par un horrible cauchemar sans qu'il se fût endormi. Juliette était étendue, morte, sur le grand lit de leur chambre à coucher à Paris et elle y était posée de biais. Elle était plus que morte, elle était glacée. C'était une masse de glace, teintée d'une couleur de chair mate. Pour dégeler le cadavre de sa femme, il lui fallait se coucher contre elle...

Il se débarrassa à grand'peine de cette hideuse vision. C'était certain, il se conduisait mal envers Juliette. Il l'évitait par lâcheté, Dieu sait depuis combien de temps déjà. Bien que son nouveau rôle et sa vie actuelle ne lui eussent laissé jusqu'alors aucune minute de liberté, ce n'était pourtant pas là une raison suffisante pour apaiser sa conscience. Aussi décida-t-il de confier jusqu'au soir le commandement à Nurhan Elléon pour passer l'après-midi avec Juliette. Il ne la trouva pas dans la tente. Iskouhi sortait justement de la sienne. Son frère Aram était auprès d'Howsannah. Elle ne voulait pas déranger les deux époux. Gabriel pria Iskouhi de rester auprès de lui jusqu'au retour de Juliette. Ils s'assirent sur le gazon ras de la place des trois tentes. Gabriel se demandait avec effort ce qu'il y avait de changé en Iskouhi qui la modifiait si complètement. Ah ! il le savait maintenant : elle ne portait plus aucune des robes que Juliette lui avait offertes, mais un large costume à grosses fleurs imprimées, fait d'une étoffe claire et légère, à taille haute et à manches bouffantes, qui faisait une impression démodée, mais ne ressemblait pas non plus à celui des femmes du pays. La silhouette frêle d'Iskouhi lui avait souvent paru auparavant misérable et digne de pitié. Or, cette robe blousante lui conférait comme un léger embonpoint flottant et cachait son bras infirme. Jamais encore son petit visage sérieux n'avait brillé d'un éclat si libre, remarqua Gabriel ; cela provenait sans doute du large châle de soie qu'elle avait jeté sur sa tête pour se préserver du soleil. Il constatait avec étonnement qu'Iskouhi avait une bouche assez grande et sensuelle. Elle devrait porter un voile rouge, songea-t-il soudain. Comme il était dans un jour de lassitude et de rêverie, des images d'un temps lointain de sa vie se réveillèrent au fond de sa conscience :

Yoghonoluk, la maison du grand-père. On a déjà déployé sur l'herbe tendre du parc la grande nappe blanche damassée pour le déjeuner. Tous attendent respectueusement Awétis Bagradian l'Ancien qui prendra avec eux le premier et solennel repas de la journée. Le samowar d'argent fume sur un trépied. Des monceaux d'abricots sont disposés dans des corbeilles ; des raisins et des melons, sur de larges plateaux. On voit sur des assiettes de bois des œufs frais, du miel et du cuir d'abricot. Sous une serviette éblouissante, une mince miche de pain attend le maître de maison qui la rompra après la prière. Gabriel a huit ans et porte un sarrau-entari pareil à celui dont Stéphan est actuellement habillé. Ah ! quand le déjeuner sera-t-il fini ? Il pourra alors vagabonder sur les pentes du Musa Dagh pour y découvrir de grands secrets. Il ne cesse en ce moment de fixer, impatient, la nappe damassée. Peut-être un gros serpent se cache-t-il sous ses plis. Un frémissement d'or annonce l'approche du grand-père. Mais, c'est étrange, le vieil Awétis n'est rien d'autre que ce frémissement d'or ; il ne s'en détache pas, son lorgnon d'or pend à un cordon, sa blanche barbiche en pointe, sa robe de chambre jaune et noire, ses pantoufles de maroquin rouge n'arrivent pas à être visibles ; son image reste cachée bien qu'il soit là dans toute sa puissance. Par contre, Gabriel remarque nettement que toutes les femmes remontent lentement leur voile sur leur tête et tournent respectueusement le dos au maître de la maison, comme cela se doit. Était-ce un véritable souvenir ou un produit artificiel de son imagination, fait de fragments de souvenirs ? Gabriel l'ignorait. Néanmoins Iskouhi se trouvait, sans qu'il comprît pourquoi, tissée dans la trame de son lointain passé. Elle était assise en face de lui par terre. Perdu dans l'observation du visage de la jeune fille, il ne se rappela qu'au bout d'un certain temps que la bienséance l'obligeait à dire quelque chose :

« Je crois que vous aimez votre frère plus que toute autre chose au monde, n'est-ce pas ? ».

Il y avait presque dans ces mots une sorte de léger reproche.

A ce moment le premier shrapnell turc vint éclater à quelques centaines de mètres au-dessus du vallon de la ville, en dessous du premier mamelon du Damlajik. Gabriel s'enfuit en toute hâte et courut vers ses hommes. En chemin, il rencontra le Dr Altouni monté sur un âne. Le vieillard dut descendre. Bagradian maltraita si bien la bête à coup de bâtons et de talons qu'elle emporta son cavalier jusque vers les positions Nord dans un galop fort inaccoutumé.

Les Turcs avaient cette fois préparé le coup avec plus de tactique et de ruse. Le bimbachi, commandant de la place d'Antioche, ce vieux monsieur affable aux yeux somnolents et aux rouges joues enfantines conduisait en personne l'expédition militaire. Chose étrange, son collaborateur, le rude jusbachi, avait justement pris une petite permission pour ce moment et était parti pour Alep, se libérant ainsi de toute responsabilité. Puisque la calme et sage modération du bimbachi n'avait pu triompher dans le conseil ni du kaimakam ni du commandant, il ne lui restait pas d'autre solution que de préparer en grande vitesse la campagne contre le Musa Dagh. La colère et l'amertume que lui inspiraient ses ennemis donnèrent aux résolutions et préparatifs de cet homme si tranquille un élan d'une force inattendue. Il passa presque une journée entière au bureau des télégraphes d'Antioche. L'appareil morse fonctionnait dans trois directions : celles d'Alexandrette, d'Alep et d'Eskéréh, pour appeler à la rescousse toutes les petites garnisons locales de l'armée ou de la gendarmerie, établies à l'intérieur des limites du département. Dans un intervalle de quatre fois vingt-quatre heures, le vieux colonel avait mis sur pied une considérable force armée, comprenant environ mille fusils et deux canons. Elle se composait des deux compagnies régulières disloquées à Antioche, de deux pelotons du même régiment qui étaient venus des localités secondaires, de la fameuse demi-batterie arrivée à la garnison dans le courant des derniers jours, de toute une compagnie de saptiéhs et enfin d'un grand corps-franc de tchettéhs irréguliers venant des montagnes proches de Hammam. En même temps, les éclaireurs avaient exploré les positions arméniennes du Damlajik sinon de façon complète, du moins en partie. La superstition des vingt mille Arméniens et de leurs mitrailleuses s'était bientôt évanouie. Le bimbachi disposait donc, tant en hommes qu'en munitions, de forces infiniment supérieures à celles de son adversaire; aussi la liquidation du camp arménien ne pouvait-elle être qu'une question d'heures. Le plus important, c'était que l'arrivée des troupes fût complètement masquée, de façon à pouvoir réaliser une attaque-surprise. Le bimbachi réussit parfaitement l'une et l'autre : la marche dissimulée et la surprise. Tous les observateurs du Musa Dagh furent bernés. Le colonel avait divisé son armée en deux unités à peu près égales qui devaient opérer indépendamment l'une de l'autre. Une de ces moitiés marcha la nuit du 13 août, avec d'extrêmes précautions, dans la direction du bourg de Suédja et campa, habilement répartie et cachée dans les ruines de Séleucie, en dessous du bastion Sud. Quant à l'autre corps qui comprenait l'artillerie et était commandé par le colonel, il utilisa pendant un certain temps la route d'Antioche à Beilan dans le sens du Nord-Ouest et obliqua vers la montagne en prenant de mauvais sentiers à mulets. C'est là que le plan stratégique du bimbachi rencontra son premier écueil. Les lourds obusiers de campagne n'avançaient presque pas et pourtant, pour chacun d'eux, deux hommes poussaient continuellement les rayons des roues, tandis que d'autres portaient dans leurs mains, pendant les quinze milles de ce dur chemin de montagne, la pesante crosse de l'affût des canons détachée de l'avant-train. Les ânes de bât qu'on y attela se révélèrent à peu près inutilisables pour l'artillerie. La conséquence de cette fâcheuse expérience fut un retard de dix heures. Cette troupe qui s'était mise en marche une demi-journée avant la première, arriva, non pas dans la nuit du 13 août comme on l'espérait, mais le 14, vers midi, sur les ondulations du Musa Dagh qui s'étendent au nord du col. La double attaque prévue

pour l'heure d'après le lever du soleil devenait ainsi irréalisable,
Le capitaine qui commandait le corps Sud et les soldats qui n'avaient
pas eu la permission de lever la tête hors de leurs cachettes dans les
ruines brûlantes étaient déjà complètement anéantis par la vaine
attente du signal convenu (le premier coup de canon), attente interminable sous les rayons à pic de l'impitoyable soleil. Mais le groupe
Nord allait encore plus mal. Ces hommes avaient derrière eux une marche en montagne de quinze heures sans repos nocturne, coupée seulement par trois courtes haltes. Le colonel aurait dû se dire : je vais accorder aujourd'hui du repos à mes hommes, envoyer à Suédja un message
au capitaine et remettre l'attaque au lendemain matin. Etant donné la
nature paisible du vieux monsieur, n'importe qui aurait parié cent
contre un qu'il avait opté pour cette solution. Et pourtant, ce fut le
contraire qui arriva. Les gens qui aiment leurs aises sont parfois aussi
très impatients. S'ils se trouvent embarqués dans une entreprise
fâcheuse, ils veulent s'en débarrasser, et au plus vite. Le bimbachi
ordonna au mulasim de l'artillerie d'installer aussitôt ses obusiers à la
place dite ; il fit en toute hâte réchauffer la soupe et, une heure plus
tard, il emmenait déjà sa compagnie divisée en minces lignes de tirailleurs vers les positions arméniennes sur le col où elle se cacha tout
d'abord, à une distance respectueuse, sans faire le moindre bruit,
dans les petits ravins, derrière les arbres et les rochers. Le vieux
colonel d'avant-guerre maudit dans son âme le kaimakam et le
jusbachi ; il maudit le général d'étape qui lui avait envoyé, au lieu
de canons de montagne démontables, ces gros obusiers intrans-
portables, et il maudit avant tout Son Excellence le commandant
en chef de l'armée de Syrie, Dchémal Pacha, qu'il traita de « faiseur », de « noiraud » et de « bossu ». Cet homme épuisé, en colère,
attendait avec son état-major le coup de canon qui devait marquer
l'ouverture du combat. Il avait commandé au lieutenant préposé aux
obusiers qu'on tirât quelquefois du côté des habitations arméniennes.
Ces imbéciles de l'Ittihad de Stamboul n'avaient même pas été capables d'établir de façon exacte les cartes qu'ils donnaient pour des
cartes d'état-major et c'était avec de tels moyens qu'il fallait maintenant calculer les distances des shrapnells et des obus à lancer sur le
plateau du Damlajik ! Le bimbachi comptait que le bombardement
du camp provoquerait une panique parmi les femmes et les enfants
et affaiblirait l'ardeur combative des hommes.

Ses calculs n'étaient pas faux. Les obusiers atteignirent leur but plus
par hasard que par adresse. Sur douze coups, trois shrapnells tombèrent
sur le vallon de la ville. Leurs balles ne causèrent pas seulement des
dégâts extérieurs, mais blessèrent trois femmes, un vieillard et deux
enfants, par bonheur assez légèrement. Un obus vint tomber au beau
milieu du hangar à vivres qu'il détruisit et mit en flammes, anéantissant

ce qui restait encore des provisions de farine, de tabac, de café, de riz et de sucre. Le hangar continuait à flamber, et ce fut une véritable grâce divine que le feu ne se propageât pas sur les huttes de branchages pourtant assez proches. L'affolement du peuple fut aussi grand que le dommage. La canonnade agit toutefois sur les combattants comme une alarme décuplée. Tous ceux qui n'étaient pas de service à ce moment bondirent à leurs postes. Nurhan Elléon réunit en quelques minutes toutes les forces d'attaque dans les tranchées. Les groupes d'ordonnances et les éclaireurs de la cohorte des jeunesses se rassemblèrent derrière les lignes. Lorsque Gabriel Bagradian arriva sur son âne à bout de souffle, il trouva sa machine prête à fonctionner jusque dans les moindres détails. Avant que plusieurs minutes se fussent écoulées, on vint lui apporter le premier message du bastion Sud. Ainsi, le coup de main turc ne fut pas pleinement réussi. L'attaque ottomane rencontra des défenseurs surpris, sans doute, mais résolus.

Sarkis Kilikian et le bastion Sud furent ce jour-là à l'honneur. Sur ce point, l'ennemi n'avait encore aucune expérience. En effet, les explorateurs turcs ne s'étaient jamais risqués sur ce large demi-cercle dénudé du côté où la montagne tombe à pic, formant des champs d'éboulis et des terrasses chaotiques. Le capitaine chargé du commandement ne savait pas même s'il se cachait ou non des combattants derrière les blocs crénelés de la tour rocheuse qui surplombait la position. La population mahométane, très nombreuse dans la plaine de l'Oronte, c'est-à-dire les habitants des bourgs de Suédja, d'El Eskel et de Jedidjé, inquiétée par la guerre menaçante sur la montagne, assurait que depuis plusieurs jours on ne voyait plus aucun mouvement derrière cette couronne de rochers, ni, la nuit, aucun feu de bivouac. Le chef de la compagnie était cependant prudent et supposait qu'il se trouvait de toute façon des positions arméniennes sur le rebord Sud du Damlajik. Depuis longtemps, il avait réparti ses hommes en deux groupes, l'un devait attaquer de front, l'autre effectuer un mouvement tournant. Le premier se composait de troupes régulières, le second de tchettéhs et de saptiéhs. Tandis que les uns effectuaient immédiatement l'ascension de la montagne, les autres devaient attaquer par derrière les troupes arméniennes qu'on supposait postées en haut, en montant par l'endroit où le demi-cercle de la montagne touche à la mer au-dessus du hameau montagnard de Habaste. Le capitaine turc, au lieu de ranger sa compagnie en lignes de tirailleurs, la disposa à la file indienne en une longue chaîne continue, afin d'offrir le moins de prise aux balles de l'ennemi. Les ruines du temple de Séleucie qui avaient servi de protection aux soldats s'élevaient sur un large contrefort de la montagne, à trois cents mètres au-dessus du niveau de la mer. Les attaquants avaient encore à gravir une petite hauteur désolée, couverte de décombres, et d'altitude à peu près égale, pour arriver au bord du champ d'éboulis que couronne le bastion Sud. Cette dernière partie n'était pas abrupte au point d'empêcher l'escalade et elle offrait partout des possibilités de protection; c'est pourquoi, selon l'avis du bimbachi, elle se prêtait beaucoup mieux à l'attaque que telle ou telle autre montée à travers les bois du Damlajik où les Arméniens trouvaient derrière chaque arbre, derrière chaque buisson, une embuscade des plus commodes. D'autre part, on n'aurait pas pu dissimuler l'approche des troupes sur la route de jonction entre les villages qu'on dominait de tous les observatoires du Musa Dagh.

La question du commandement sur le bastion Sud n'était pas nettement mise au point, ce qui constituait une grave faute dans le plan général de défense conçu par Bagradian. A son avis, cette région était beaucoup moins menacée que le col Nord ou la gorge des yeuses, précisément à cause de la forte inclinaison de la pente et de sa situation découverte. C'est pourquoi il avait incorporé aux troupes assez fortes du bastion tous les déserteurs ou pseudo-déserteurs, la lie du Damlajik, pour ainsi dire, élément peu sûr qu'il désirait savoir aussi loin du peuple que possible. Le chef de ce secteur était un ancien soldat originaire de Khéder Beg, un homme mou et lent dans ses gestes, qui n'arrivait pas à tenir tête à la violence et à l'entêtement des déserteurs. L'instituteur Oskanian, que le comité de guerre avait nommé commissaire et inspecteur sur cette position, avait réussi dès le premier jour à se rendre ridicule aux yeux de tous par sa sévérité évidemment déplacée et par ses manières prétentieuses. L'arrogant nabot ne pouvait inspirer à ces individus éprouvés par la vie, qui en avaient vu de toutes les couleurs, le respect qu'il croyait fermement mériter. Il va sans dire que la direction effective de ce secteur revint à la plus forte personnalité qui s'y trouvait, à Sarkis Kilikian.

Le Russe paraissait avoir subi une profonde transformation intérieure depuis la défaite que lui avait infligée Bagradian. Il ne jouait plus à l'amateur indépendant qui s'adapte selon son gré à la vie du peuple; au contraire, il se pliait sans réplique à la discipline guerrière et, qui plus est, il déployait dans son secteur une grande activité d'ingénieur des fortifications, faisant preuve par là d'une réelle richesse d'invention. Au prix de plusieurs jours de travail acharné, il suréleva et renforça au moyen de gros blocs de pierre les murs de défense dont la construction était assez mal conditionnée; il avait imaginé en outre une machine primitive, mais très ingénieuse pour augmenter la force défensive d'un dispositif meurtrier. Derrière chacun des trois murs tournés vers le champ d'éboulis, à des distances assez fortes les unes des autres, il avait fait ériger deux potences qui se joignaient à angle droit, construites avec les troncs des plus hauts chênes. On avait attaché à la barre transversale de ces potences une forte poutre, pendue à de gros cordages dans le sens horizontal, qui se présentait comme un bélier et portait à l'une de ses extrémités un large morceau de bois analogue au dessus d'une table ou à une sorte de bouclier renforcé de fer. On pouvait raccourcir ou allonger la corde qui retenait la poutre, et déplacer par là le point de choc du bélier contre le mur. Ainsi, quand la lourde masse terminale venait s'abattre sur les blocs des fortifications à la manière d'un pendule lancé de très loin, elle possédait une force de propulsion que des bras humains n'auraient jamais pu atteindre.

Au moment où commença le feu des obusiers et où les observateurs annoncèrent que la ligne des soldats turcs entreprenait l'ascension du contrefort dominant les ruines romaines, le chef nommé par Bagradian pour commander le secteur perdit complètement la tête. Par une fente du bastion naturel, paralysé, il fixait les éboulis sans se décider à donner un ordre. Hrand Oskanian, le nain valeureux, devint blanc comme une feuille de papier. Ses mains tremblaient si fort qu'il n'arrivait pas à ouvrir son fusil pour y introduire la première cartouche. Son estomac se soulevait et le pauvre Oskanian perdit le sens de l'équilibre. Le sombre instituteur qui, une demi-heure auparavant, jouait encore au Mars formidable, n'avait maintenant même plus la force de décamper. La voix lui manquait. Il suivait Sarkis Kilikian pas à pas, comme un chien fouetté. Le surveillant général, claquant des dents, venait chercher protection auprès de son surveillé. Les yeux ternes du Russe avaient, comme toujours, leur calme couleur d'agate. Immédiatement, les déserteurs et les autres combattants se rassemblèrent autour de lui en le reconnaissant comme leur chef naturel. Personne ne prenait plus garde à l'homme de Khéder Beg. Kilikian, lui non plus, ne prononçait presque pas un mot. Il arpentait les fortifications, toujours entouré de son groupe, et désignait de la main les hommes qu'il chargeait de défendre soit la tour de rocher, soit les murs de fortification, soit les retranchements latéraux. Derrière les potences du bélier, on avait dressé des échafaudages en forme d'échelles sur de hauts tas de pierre. Sur chacun d'eux, deux hommes montèrent, prêts à lâcher le bélier sur le mur dès que Kilikian le leur ordonnerait par un signe. Le Russe pratiquait la même tactique que Bagradian, le 4 août. Il attendait la seconde propice. Mais sa patience inerte, indifférente, paraissait infiniment supérieure à celle de Gabriel. Lorsque l'avant-garde des Turcs apparut à la lisière du champ d'éboulis, il alluma une cigarette au moyen de son briquet préhistorique. A côté de lui, Oskanian tremblait, haletant : « Allons ! Vas-y, Kilikian ! C'est le moment ! » Tout en essayant en vain d'enflammer la mèche d'étoupe, Kilikian, de sa main libre, tenait ferme l'instituteur pour l'empêcher de se lever et de donner un signal prématuré. Après une ascension sans danger, constatant la paix profonde qui régnait sur la montagne, les Turcs s'imaginaient être en sécurité; ils se relâchaient, se rapprochaient les uns des autres, causaient et formaient des groupes compacts. Enfin, au moment où ils atteignirent à peu près le milieu du champ d'éboulis, Kilikian lança un sifflement prolongé. Les béliers d'assaut s'abattirent avec tout le poids de leurs têtes massives contre les murs mal assujettis. Les pierres plus légères des couches supérieures jaillirent comme des balles, s'éparpillant avec des sons hargneux, tandis que les gros blocs calcaires de la base se penchaient lentement en avant, puis bondissaient avec fureur, et allaient tomber au milieu des Turcs avec un bruit de tonnerre. Le premier effet déjà fut effroyable. Mais la montagne arménienne daigna à ce moment collaborer en personne au combat pour compléter la destruction de l'ennemi d'une façon si cruelle que même les générations futures n'oublieront pas de sitôt cette catastrophe naturelle survenue sur la côte de Syrie. Les murs de fortification étaient encastrés dans le faîte crénelé de la tour rocheuse. La force du bélier ébranla aussi la couronne calcaire naturelle jusque dans ses fondements et entraîna au bas de la vallée d'énormes fragments de ces créneaux. La pente, qui consistait en une épaisse couche d'éboulis mouvants, ne put résister à cette indescriptible tempête de pierres. Au milieu du sifflement et du crépitement étourdissant de cet orage d'un genre inconnu, toute la pente se mit à glisser et, fleuve monstrueux de calcaires et de craie, elle entraîna dans son remous ceux des Turcs qui vivaient encore. Ce fut plus qu'une effroyable avalanche de rochers. Le Damlajik lui-même semblait avoir levé l'ancre pour entreprendre une traversée. La grêle alla tomber sur les ruines des quartiers supérieurs de Séleucie, renversa des colonnes entières et martela de coups précipités de paisibles murailles couvertes de lierre. Pendant dix minutes, on put croire que la montagne avait grande envie de descendre jusqu'à Suédja et vers l'embouchure de l'Oronte. Le groupe Ouest du corps turc reçut le contre-coup de l'avalanche au-dessus du village de Habaste. La moitié des hommes sauva sa peau grâce à un hasard clément. L'autre moitié fut tuée ou blessée, et quant au village, il fut en partie détruit. Après un quart d'heure, un profond silence, un silence de mort s'établit. La montagne entaillée présentait de nouveau au soleil son flanc paisible et perfide. Du col Nord arrivait assourdi le bruit des obus explosant au loin. Lorsqu'il n'y eut plus la moindre pierre en mouvement, Kilikian siffla pour la seconde fois. Les déserteurs et les autres combattants, immobiles jusque-là, se levèrent enfin. Sous la conduite du Russe, les troupes du bastion Sud descendirent tout tranquillement la pente comme s'il s'agissait d'une petite promenade; avec une extrême placidité, ils égorgèrent tous les blessés turcs et dépouillèrent les morts de leurs habits, au point

de ne leur laisser rien d'autre que leur peau sur le corps. Cette opération fut exécutée avec autant de conscience que de calme, et sans que
personne se souciât de la rude lutte où étaient engagés leurs frères du
côté Nord. Sarkis Kilikian échangea ses haillons contre l'uniforme
rutilant d'un fantassin turc. Malgré le sang encore frais qui souillait
la tunique du mort, le Russe se tournait et retournait en tous sens et se
sentait quasi régénéré. Hrand Oskanian, par contre, avait gravi le
point extrême de la tour naturelle et tiré en l'air comme un fou pour
prouver la part qu'il avait prise dans la victoire. Pendant l'exécution de
ce tir imposant, il ne cessait de constater avec étonnement combien il
est facile, pour un homme vraiment vaillant, de faire preuve de courage.

Ni Gabriel Bagradian, ni le bimbachi, son adversaire, ne se doutaient
de l'effroyable destin qu'avait subi le groupe Sud. Au milieu du fracas
du combat, tous deux, en entendant le tonnerre prolongé de l'avalanche, l'avaient pris pour un bruit indistinct et éloigné. Là, sur le
col Nord, le combat se faisait très dur et périlleux pour les fils d'Arménie. Les obusiers étaient-ils particulièrement favorisés par le sort ou
leur succès n'était-il dû qu'à leur propre mérite ? Le fait est, en tout
cas, qu'après une heure d'un lent tir de barrage quatre projectiles
bien lancés avaient détruit une partie de la grande tranchée et que
trois cadavres déchiquetés ainsi que plusieurs blessés gravement
atteints gisaient à terre. Gabriel Bagradian avait presque par miracle
échappé aux éclats d'obus hurlants qui l'avaient sans cesse assailli.
Sa peau était raide comme du cuir séché après la pluie. Il sentait nettement qu'il n'était pas dans un de ses bons jours. Les idées et les
décisions ne jaillissaient pas aussi facilement que d'ordinaire de son
esprit. Il aurait pu — et ce remords lui brûlait l'âme — éviter ces
pertes. Il donna à Tchauch Nurhan, mais trop tard, l'ordre de la
retraite. Il fut néanmoins assez avisé pour la faire effectuer du côté
des rochers. Les Turcs avaient réussi à établir un observatoire sur
un arbre élevé d'où ils dominaient une partie de la tranchée et contrôlaient l'effet du tir de leurs canons. Par contre, les barricades de
pierre à droite, étaient soustraites à leurs regards. Se rappelant la
catastrophe du 4 août, ils redoutaient les impitoyables parois à pic du
Musa Dagh et n'osaient plus tenter aucun mouvement tournant. Les
défenseurs quittèrent un à un la tranchée et courbaient très bas la
tête en se collant aux blocs massifs et aux saillies du labyrinthe,
jusqu'au moment où ils atteignirent la position de réserve qui, elle
aussi, était située au sommet d'une ondulation de terrain. La seconde
tranchée n'était pas occupée ce jour-là, car Gabriel ne s'était pas permis
de retirer même un seul groupe de dix hommes sur aucun des points
de défense du rebord de la montagne. Il était fermement convaincu

que les Turcs essaieraient une attaque sur un troisième endroit encore. Tandis qu'un liquide glacé se répandait dans ses artères, il songeait que, si cette tranchée de réserve où il était maintenant était également perdue, plus rien alors ne viendrait s'opposer à la mort au milieu de martyres si raffinés que jamais au monde on n'aurait rien vu de pareil. L'officier turc observateur ne paraissait pas avoir remarqué le mouvement de retraite. Les obus tombaient maintenant sur la première tranchée avec un intervalle d'une minute. Comme plus rien n'y bougeait, le bimbachi estima qu'elle était mûre pour l'attaque. Un silence infini se fit, puis dans le fourré boisé de la hauteur opposée retentit soudain un fracas furieux de tambours et de trompettes. Des officiers et de simples gradés entraînèrent en avant les lignes des tirailleurs en hurlant à tue-tête. Leurs cris se mélangeaient à ceux de leurs hommes courant à l'assaut, non sans une certaine peur. C'étaient presque uniquement de jeunes « bleus » inexpérimentés qu'on avait arrachés à leurs charrues de bois dans les champs d'Anatolie et qui voyaient le feu pour la première fois, après quelques semaines d'instruction superficielle. Pourtant, lorsque ces recrues remarquèrent que leur vague d'assaut ne rencontrait aucune résistance, leur courage grandit et l'ivresse la plus féroce que puisse connaître une foule s'empara alors d'eux. Ils grimpèrent en un éclair la pente hérissée d'obstacles et occupèrent avec des cris de joie retentissants la grande tranchée de première ligne. Le colonel constata que son affaire était en bonne voie et jugea qu'il ne fallait surtout pas laisser refroidir l'ardeur victorieuse de sa jeune équipe. Aussi fit-il occuper cette position-là par les saptiéhs de l'arrière-garde et il poussa en avant les lignes d'assaut encore toutes grisées, groupées en rangs serrés. Il n'osa évidemment pas faire avancer le feu des obusiers de peur de nuire à lui-même et aux siens.

Gabriel Bagradian n'était pas le seul à savoir, dans la deuxième tranchée, ce qui était maintenant en jeu : aucun des Arméniens ne l'ignorait. Il n'y avait plus là de chef ni de direction, il n'y avait plus qu'une idée dont le contenu les pétrifiait : derrière moi se trouvent et le camp sans défense, et les femmes, et les enfants, et tout mon peuple ! — Comme toujours, ils attendirent jusqu'au moment où chaque balle était sûre d'atteindre son but. Gabriel et Aram Tomasian, eux aussi, tirèrent la première fois sur leurs victimes sans que leur regard s'altérât, comme plongés dans un rêve. Ce qui suivit arriva en dehors de leur volonté et de celle de Nurhan, ou plutôt leur volonté s'était complètement dissoute dans celle de la communauté. Quand ils eurent usé toutes les cartouches de leur premier magasin, ils ne rechargèrent plus leurs fusils. Comme s'ils avaient reçu soudain un ordre formel, les fils d'Arménie s'élancèrent hors de la tranchée. Tout fut alors foncièrement différent de l'atmosphère du 4 août. Des lèvres durement serrées, il ne jaillissait pas un seul cri de rage sanguinaire.

Muets, quatre cents hommes d'âges divers se ruèrent de tout leur poids sur la jeunesse turque épouvantée qui s'éveilla aussitôt de son ivresse. Ce fut un sombre corps à corps mouvant, homme contre homme. A quoi servaient désormais les longues baïonnettes accrochées aux canons des fusils Mauser ? Bientôt, elles jonchèrent le sol du repli de terrain. Les poings osseux des Arméniens cherchèrent sans relâche les gorges de leurs ennemis héréditaires et leurs dents vigoureuses s'enfoncèrent inconscientes à la manière des rapaces dans le cou des Turcs pour y boire le sang de la vengeance. Pas à pas, la ·compagnie recula. Mais les saptiéhs que le vieux bimbachi voulait faire avancer dans la lutte — ses joues n'étaient plus roses mais violettes, comme après une attaque d'apoplexie — les braves saptiéhs le laissèrent en plan. Leur officier déclara que la gendarmerie était une troupe destinée à rétablir l'ordre, mais pas à se battre, et que par conséquent elle n'était pas obligée de livrer des assauts à un ennemi armé. D'autre part, elle obéissait aux ordres des autorités civiles et non pas militaires. Le bimbachi, si doux de nature, pris d'une fureur qui ne se contenait plus, menaça de faire exécuter en un tournemain l'officier et tous ses saptiéhs. Qui donc était responsable de cette sale histoire arménienne ? Les fonctionnaires et les saptiéhs, ces individus lâches et puants, qui sont courageux en face des femmes et des enfants, et qui ne savent à part cela que brigander, massacrer, voler et violer. Mais toute sa colère ne. servit de rien au vieux colonel. Les saptiéhs vexés quittèrent la tranchée et se retirèrent sur les hauteurs opposées. Et pourtant, nul ne peut deviner comment cet étranglement général aurait fini s'il n'était pas arrivé de secours à cette heure.

Lorsqu'on apprit au vallon de la ville et dans les tranchées des secteurs libres le miracle de l'avalanche et l'anéantissement complet du groupe turc sur le versant Sud, le peuple entier fut pris d'une furieuse soif de combat. Ter Haigasoun et le conseil des chefs furent impuissants à maintenir l'ordre. Pleines d'une présomption sacrilège, les âmes se sentaient sûres d'avoir pour elles l'appui divin. Entre temps, les jeunes ordonnances apportèrent la nouvelle de la retraite sur le front Nord. La réserve courut chercher des pioches, des bêches et des haches. Hommes et femmes criaient à Ter Haigasoun : au col Nord ! Ils allaient aujourd'hui même régler leurs comptes à ces chiens de Turcs ! Le prêtre n'eut donc rien de mieux à faire que de prendre la conduite de cette troupe déréglée. Les combattants libres, eux aussi, affluèrent vers le Nord. L'énorme affluence désordonnée qui survenait de toutes parts en poussant des cris insensés décida du combat dans un intervalle de quelques minutes. Les Turcs furent refoulés par delà la tranchée conquise jusqu'à leur position de départ. Bagradian cria à Ter Haigasoun de ramener aussitôt la réserve au camp. Si les obusiers ouvraient le feu maintenant, cette foule si dense serait, dit-il,

effroyablement décimée. Le prêtre ne put qu'à grand'peine rappeler
en arrière cette horde déchaînée. Entre temps, les défenseurs, couverts
de sueur et de sang, se mirent à réparer les parties détruites de la tranchée principale avec une hâte fébrile. Les nerfs martyrisés de Gabriel
attendaient à chaque instant le premier obus. Il y avait encore plus
d'une heure à passer avant la tombée du crépuscule.

L'obus dont Bagradian attendait sans cesse le sifflement n'arrivait
toujours pas. Par contre, il se produisit quelque chose de complètement inattendu. Un long appel de trompette déchira l'air. Derrière la
lisière boisée de la hauteur d'en face, on vit se produire des mouvements
rapides, et bientôt après, les observateurs firent savoir que les troupes
turques se retiraient au pas de course vers la vallée, et par le plus court
chemin. On pouvait encore voir à la lumière du jour les Turcs installer
leur campement sur la place de l'église à Bitias, tandis que le colonel,
avec son état-major, s'en allait vers Suédja au trot le plus rapide de
son cheval, en traversant Yoghonoluk et les villages méridionaux.
Ce jour avait été plus triomphal et surtout plus miraculeux que le
4 août. Et cependant, il ne régna le soir aucune gaîté débordante, pas
même une joie concentrée, ni dans les tranchées, ni même dans le
vallon de la ville.

On avait ramené les morts. Ils étaient maintenant étendus, sous des
couvertures qui les cachaient, alignés sur le pâturage plat que Ter
Haigasoun avait choisi comme cimetière à cause de son épaisse couche
de terre. Depuis le jour de l'exode, il n'était mort jusqu'ici que trois
vieilles gens dont les tombes encore fraîches étaient faites de grossiers
blocs de calcaires qu'on reconnaissait aux croix noires peintes sur
leur surface. Maintenant on avait soudain besoin de seize nouvelles
tombes, car en plus des victimes du feu d'artillerie, huit hommes
étaient tombés dans le corps à corps, et cinq autres avaient succombé
à leurs blessures au cours des heures suivantes. Auprès de chaque
mort, sa parenté entière était agenouillée. Mais personne ne poussait
de cris bruyants; on entendait seulement de douces plaintes étouffées.

On avait étendu tout autour du hangar-hôpital les blessés aux visages
creusés, aux yeux enfoncés et interrogateurs. L'intérieur du lazaret
ne pouvait en contenir qu'un petit nombre. Le vieux médecin se
voyait en face d'un travail immense auquel ne pouvaient suffire ni ses
connaissances ni ses forces. A part Mairik Antaram, Iskouhi, Gonzague
et Juliette lui prêtaient leur concours. Juliette surtout travailla pendant
cette journée avec un dévouement presque acharné, comme si elle
avait voulu compenser, par ses soins aux blessés, son manque d'amour
pour ce peuple. Elle avait amené là toute la pharmacie portative richement fournie que le médecin parisien de la famille Bagradian avait
composée exprès pour eux avant leur départ en Orient. Les lèvres de

Juliette étaient décolorées. Parfois, elle chancelait comme si elle allait s'évanouir. Son regard alors cherchait Gonzague. Elle ne le considérait pas comme un amant, mais comme un maître impitoyable qui la forçait à travailler au delà de sa résistance. Le pharmacien Krikor, comme son devoir le lui ordonnait, était arrivé avec ses médicaments. Il ne possédait guère que deux remèdes contre les blessures, quelques paquets de gaze à pansements et trois grandes bouteilles de teinture d'iode. Cette dernière constituait un précieux trésor, car l'iode avait au moins pour effet d'empêcher la suppuration des plaies dont Bedros Altouni, tout en bougonnant, ne pouvait que remettre à la nature la guérison ou l'empirement. Le pharmacien ne prêtait ce remède universel que d'une main parcimonieuse et, dès que la teinture diminuait trop dans la bouteille, il y versait une égale quantité d'eau.

Stéphan qui, avec Haïk et sa bande, avait rôdé sur les deux champs de bataille, au cimetière et vers l'hôpital, considérait curieusement toute cette activité gémissante. C'était la première fois de sa vie qu'il voyait des morts, des corps mutilés, des blessés hurlants ou soupirants. Ces visions d'horreur le rendaient plus âgé de plusieurs années, mais non pas plus calme. L'expression de maturité passionnée répandue sur son visage prit une teinte plus sombre, avec quelque chose d'hostile. Quand il regardait fixement devant lui, il ressemblait parfois à son modèle Haïk avec une nuance d'exagération exaltée. Après la tombée de la nuit, suivant l'ordre qu'il avait reçu, il se présenta devant son père sur les positions Nord. Les chefs étaient assis en cercle autour de Gabriel Bagradian. Il tenait en main la fusée d'un obus et celle d'un shrapnell ; il expliquait à son auditoire, aussi simplement que possible, comment on règle la fusée et, d'après l'encoche des projectiles, il évaluait la distance des canons. Ils devaient probablement se trouver à 2.000 mètres environ du sommet du col. Gabriel Bagradian faisait circuler à la ronde la carte du Musa Dagh. Il y avait déjà marqué la situation présumée des obusiers. Pour peu qu'on raisonnât logiquement, on ne pouvait les imaginer qu'installés dans l'entaille dénudée qui longe la pente abrupte du Musa Dagh également dans la direction du Nord. Seul cet étroit couloir avait l'avantage d'être libre et offrait aux obusiers un bon champ de tir ; partout ailleurs, des groupes d'arbres très hauts auraient gêné la trajectoire des projectiles et auraient exigé une élévation du acnon des obusiers qui n'était guère possible dans ces conditions. Stéphan, Haïk et les autres jeunes garçons s'étaient tapis derrière les hommes et écoutaient la discussion en retenant leur souffle. Nurhan Elléon supputait l'éventualité d'une attaque contre les canons. Gabriel Bagradian l'écarta catégoriquement. Ou bien, dit-il, les Turcs renoncent à l'entreprise, — dans ce cas, ils redescendront les obusiers dans la vallée, — ou bien ils ont de nouveaux plans et, dans ce cas, ils effectueront dans le courant de la nuit un changement de position.

Par conséquent, dans un cas comme dans l'autre, tout essai d'attaque serait superflu et extrêmement dangereux, car si les canons sont accompagnés d'une forte escorte, — c'est peut-être même toute une section d'infanterie, — elle pourrait, de derrière ses retranchements, causer le plus grand dommage parmi les assaillants. On avait bien fait soi-même récemment sur les Turcs l'expérience d'une attaque à découvert. Or, Bagradian ne voulait plus mettre en jeu inutilement une seule existence arménienne. Nurhan s'entêtait néanmoins à défendre son idée. Il en résulta un violent différend qui dura assez longtemps, oscillant dans les deux sens, jusqu'à ce que le chef suprême coupât court d'un ton qui n'admettait pas de réplique :

« Tchauch Nurhan, tu es, comme les autres, surmené et incapable de plus rien faire de bon. En voilà assez ! Va-t'en dormir ! Dans quelques heures nous en reparlerons ! »

Quant aux garçonnets, ils n'étaient pas du tout surmenés et se sentaient au contraire capables d'entreprendre beaucoup de choses; leur esprit était tendu jusqu'à l'exaspération par la veille prolongée. Stéphan obtint la permission de passer cette nuit dans la tranchée. Son père, qui venait de dresser là sa couche, lui donna une de ses couvertures. Gabriel avait déjà perdu le besoin d'un lit et d'un espace fermé pour dormir. On ne pouvait même pas respirer en plein air, tant la nuit était pesante. Les hommes épuisés s'endormirent comme engourdis. L'un d'eux piétina encore avant de se coucher les derniers tisons du feu. Des postes doubles de sentinelles montèrent la garde, veillant à ne perdre de vue aucun des accès du col. Comme un silencieux essaim d'oiseaux, les enfants se levèrent et disparurent derrière les barricades de rocher. La grosse lune d'août avait déjà rempli son second quartier. Dans cette lumière crue, les garçonnets s'arrêtèrent, étroitement serrés entre les rochers crayeux, et chuchotaient d'une voix mince. Au début, ce n'étaient que des projets insensés et un murmure confus, sans but, dans le clair de lune étourdissant. Mais au fond de leurs âmes avides d'aventures, la même volonté excitante les enflammait, rêve dont Stéphan fit une réalité. C'était tout d'abord de la curiosité enfantine : voir les canons ! Il se trouvait dans la bande d'Haïk quelques-uns des as du groupe d'éclaireurs. Ne pouvait-on pas entreprendre une tournée d'exploration sans en avoir reçu l'ordre formel d'Hapeth Chatakhian ou de Samuel Awakian ? Stéphan lança cette question tentatrice. Sa première expédition dans les vergers avait, par sa folle hardiesse, relevé son prestige presque au niveau de celui d'Haïk. Celui-ci, avec l'ironie indulgente du supérieur invincible, daignait tolérer l'ascension du fils Bagradian. Parfois même, on voyait transparaître à travers son attitude narquoise et protectrice le faible reflet d'une inclination amicale. Haïk fit signe aux autres de l'attendre dans le plus complet silence. Il voulait voir tout d'abord ce qui se passait au juste là-haut. Il disparut sans le moindre bruit et au bout de trente minutes, il était déjà revenu au milieu de son escadron. Il raconta, les yeux étincelants, qu'on voyait les canons comme en plein jour. C'étaient de grandes machines massives, superbes, brillant comme de l'or, et séparées l'une de l'autre par une distance de six pas. Il n'avait pas compté plus de quatorze artilleurs endormis, parmi lesquels ne se trouvait aucun officier. Une seule sentinelle montait la garde.

Haïk avait bien compté. Le sort de ces obusiers fut la cause pour laquelle le pauvre bimbachi aux joues enfantines dut s'estimer encore heureux de finir sa carrière non comme général-pacha, mais comme agent comptable militaire des chemins de fer d'Anatolie. Il jura cent fois devant le conseil de guerre, et même par la clémence d'Allah, qu'il n'avait pas oublié l'escorte des canons prescrite par les règlements, mais que les criminels saptiéhs et tchettéhs avaient décampé sans permission. Bien que cette vérité fût évidente, rien ne put sauver le pauvre colonel. Son devoir aurait été de disposer devant la batterie un détachement de soldats réguliers. Mais cet oubli ne constituait pas la seule déveine du bimbachi. Le lieutenant de l'artillerie était descendu lui-même dans la vallée pour y chercher l'ordre de bataille en vue du lendemain après la retraite des fantassins, n'ayant pas reçu la moindre instruction et n'ayant pas à sa disposition un seul sous-officier tant soit peu sûr. De plus, les muletiers engagés comme aides pour le transport des canons, estimant à juste titre que, la nuit, on n'avait pas besoin d'eux, s'étaient esquivés sans scrupules dans la direction des villages. En considération du moral qui régnait dans ses troupes et de l'effroyable incident du versant Sud, la sentence qui frappa le bimbachi fut relativement douce. Par un étrange et heureux hasard, Dchémal Pacha, « ce faiseur, ce noiraud, ce bossu », qui d'ordinaire s'occupait des affaires les plus négligeables, n'intervint cette fois pas en personne. Peut-être les soucis que lui causait le canal de Suez furent-ils cause de la négligence du général; il se peut aussi que la faute en soit aux relations entre le hideux Dchémal et le gracieux Enver, objet de l'adoration générale.

Haïk et deux des plus valeureux observateurs grimpèrent à pas de loup sur l'arête rocheuse située en face du col. Stéphan les suivait, non sans effort. Haïk et lui portaient les fusils et les cartouches qu'ils avaient retirés aux faisceaux et aux cartouchières des soldats de la tranchée. C'était le jour de mettre fin à un différend qui existait depuis longtemps entre les deux camarades. Toutes les fois que Stéphan, fier de ses talents de tireur, avait affirmé qu'il pouvait atteindre à cinquante pas la tête d'un personnage sur une carte à jouer, Haïk lui avait répondu d'un air froid et ironique : « Je sais bien que tu n'es qu'un fumiste. » Maintenant, le moment était venu de prouver enfin à cet orgueilleux que, malgré toutes ses réelles vantardises, nul n'égalait

Stéphan pour la sûreté du coup d'œil. Et Stéphan Bagradian en fournit la preuve d'une effroyable façon.

Haik tira le jeune citadin à travers les épais buissons de rhododendrons jusqu'à la limite du territoire occupé par la batterie. A dix pas d'eux, les dormeurs ronflaient. La sentinelle, les yeux vagues, regardait le ciel nocturne sans étoiles sous la forte clarté lunaire. Le temps et l'espace s'étendaient, ignorants et pleins de patience. Stéphan éprouva tout d'abord la résistance des diverses branches pour voir où appuyer le plus commodément le canon de son fusil Mauser. Il visa longtemps, sans la moindre excitation, comme si les silhouettes qu'il voyait n'eussent pas été de chair et de sang, mais les marionnettes en carton découpé qui servent de cibles dans les baraques foraines. D'un cœur parfaitement froid, il pressa sur la gâchette, perçut avec satisfaction le coup et le recul et, très content de soi-même, il vit l'homme s'effondrer. Lorsque les dormeurs bondirent soudain, se demandant ce qui se passait, il visa plus vite, mais pas le moins du monde plus mal, et tira encore une, deux, trois, quatre fois, rechargeant chaque fois d'une main vigoureuse. Les quatorze Turcs étaient des « rédifs », des hommes déjà mûrs, qui ignoraient à peu près tous le but de cette campagne. Ils se heurtaient les uns les autres en complet désarroi. Cinq de leurs camarades déjà baignaient dans leur sang. L'ennemi était invisible. Alors, ces braves paysans, soldats contre leur gré, ne s'attardèrent pas à chercher une protection, mais d'un seul bond s'enfoncèrent dans la forêt, commençant une fuite éperdue pour s'en aller très loin, très loin, et surtout ne plus jamais revenir. Haik leur envoya les cinq balles de son magasin. Aucune d'elles n'atteignit son but, comme maître Stéphan put le constater non sans mépris. Les obusiers, leurs avant-trains, les caissons à munitions, les projectiles, les carabines et les bêtes de trait restaient là, abandonnés. C'est ainsi qu'un enfant de quatorze ans, avec cinq cartouches, vengea l'extermination par millions de sa race dans la personne d'inoffensifs paysans ignorant le métier des armes, d'innocents par conséquent, comme c'est toujours le cas quand il s'agit de guerre et de vengeance.

Lorsque les sentinelles entendirent au Nord claquer l'un après l'autre les coups sonores dans la nuit tranquille sous la lune, elles réveillèrent les chefs. Mais les jeunes garçons qui, au milieu des rochers attendaient leurs camarades, furent saisis d'une horrible angoisse. Ils se sentaient responsables. Avec de grands cris, agitant désespérément les bras, ils sortirent soudain de leur cachette. Hagop, avec son adresse d'infirme, courut en boitillant vers Gabriel Bagradian qui s'était levé, encore à moitié endormi. L'unijambiste montrait, affolé, la hauteur opposée et criait sans arrêt : « Haik et Stéphan ! Ils sont là-bas ! Stéphan et Haik ! » Gabriel ne comprit pas ce qui s'était passé, il savait seulement que

Stéphan était en danger. Comme un insensé, il dévala vers la direction donnée. Cent hommes derrière lui saisirent leurs fusils et coururent à sa suite. Tchauch Nurhan Elléon était naturellement parmi eux. Lorsque Bagradian, arrivé auprès des canons, vit les victimes sur le sol et Stéphan sain et sauf, il attira son fils à lui d'un mouvement douloureux comme pour le protéger rétrospectivement. Mais les autres arrivants étaient paralysés de stupéfaction. Aucun d'eux ne prenait garde aux jeunes héros, aux nouveaux conquérants. Les Arméniens essoufflés restèrent un moment raidis devant le butin. Cela représentait un triomphe si énorme, si incroyable, que personne ne prenait le temps, à cet aspect fantastique, de se demander au prix de quels combats ces trophées avaient été acquis. Il s'agissait maintenant de mettre au plus tôt les canons en lieu sûr avant le retour des Turcs. Les possibilités de défense croissaient désormais à vue d'œil. Deux cents bras s'activèrent. Les attelages, les avant-trains, les caissons à munitions furent hissés jusqu'en haut, et les obusiers attachés aux avant-trains. Chacun des hommes donna un coup de main, tirant les cordes ou poussant les roues. Le cortège grimpait péniblement sur les flancs déchiquetés de la montagne, sans rencontrer de chemin, mais la nuit atténuait les obstacles, adoucissait les angles, rendant toute chose molle et pénétrable. Parfois l'on aurait dit que les affûts des canons, portés par des bras enthousiastes et vigoureux, planaient très haut au-dessus du sol.

Au bout de moins d'une heure et demie, les obusiers furent installés exactement où Gabriel Bagradian avait désiré les voir postés, malgré les innombrables obstacles dont le trajet avait été semé. Le père de Stéphan se fit brièvement exposer l'exploit de son fils. Mais l'effroi qui faisait encore frémir son cœur lui fermait les lèvres. Il ne pouvait pas louer son enfant. A son avis, ce hardi coup de main, réalisé de façon délibérée, donnait un mauvais exemple non seulement aux jeunesses, mais encore aux hommes de première ligne. Pourtant, de plus graves soucis l'assaillaient au sujet de Stéphan même. Toujours, jusqu'alors, un destin des plus cléments l'avait ramené intact des coups audacieux dont il ne semblait pas comprendre le péril. Cet enfant n'était certainement pas sain d'esprit. Et cependant, l'enfermer sur la place des trois tentes était chose impossible. Mais Gabriel Bagradian ne poursuivit pas plus longtemps ces réflexions, car bientôt les canons occupèrent entièrement son esprit. Il connaissait parfaitement ce type d'obusiers de campagne, car il avait, pendant la guerre des Balkans, servi dans une batterie de ce genre. C'étaient des obusiers austro-hongrois de cent millimètres, modèle 1899, livrés à la Turquie par les usines Skoda. Dans les caissons à munitions du second canon il y avait encore trente projectiles. Gabriel trouva tout ce dont il avait besoin : les appareils de pointage pour le tir indirect, les instructions nécessaires et les tableaux de concordance pour le calcul des coups, dans la caisse de l'affût. Il rappela à sa mémoire toutes ses anciennes connaissances, calcula l'éloignement de Bitias, chercha à évaluer exactement la position du camp turc et chargea les obusiers selon les règles. Il fallut très longtemps à sa main inexperte pour réaliser cette opération compliquée, d'autant plus que Tchauch Nurhan ne pouvait l'aider que dans une certaine mesure. Au premier rayon de l'aube, Bagradian contrôla encore une fois tous les éléments de pointage, puis Nurhan et lui, chacun suivant les prescriptions, s'agenouillèrent à côté de leurs obusiers, la mèche en main. La courte et effrayante détonation des deux coups si proches ébranla l'air. En reculant, la crosse de l'affût des canons vint s'enfoncer profondément dans la terre. Loin du but voulu par Bagradian, les shrapnells mal dirigés s'égarèrent quelque part dans la vallée. Ce seul incident suffit à apprendre à toute la population mahométane la nouvelle victoire des chrétiens, le désastre de l'artillerie turque, la résistance inexpugnable du Damlajik, toutes choses qui prouvaient clairement que les fils d'Arménie avaient conclu un pacte avec les djinns, mauvais esprits bien connus régnant sur le Musa Dagh. Les tchettéhs avaient disparu dans le courant de la nuit, et, avec eux, une partie des saptiéhs qui ne relevaient pas de cette nahijéh. Les piètres débris de la compagnie étaient persuadés que même si toute une division se risquait à attaquer cette montagne diabolique, sa tentative resterait infructueuse. Si le bimbachi avait osé donner un nouvel ordre d'assaut, il aurait provoqué à coup sûr une mutinerie des jeunes troupes. Il ne pensait d'ailleurs aucunement à une aventure aussi chanceuse ; une question beaucoup plus modeste le tourmentait : les longs convois qui emportaient les morts et les blessés seraient-ils arrivés à Antioche sans se faire remarquer, comme il l'avait expressément commandé ? Le visage du vieillard était d'un gris cendre. Après deux nuits blanches et les émotions du combat, il ne pouvait presque plus se tenir droit sur son cheval. Sa perte était certaine. Les capacités de réflexion du bimbachi, déjà très modérées dans ses bons jours, étaient maintenant trop réduites pour imaginer un moyen efficace propre à entraîner dans cette même ruine le maudit kaimakam avec toute sa meute de fonctionnaires qui étaient, eux, les vrais coupables de cette honteuse expédition arménienne.

Les deux énormes coups de tonnerre lancés à telle proximité agirent dans le vallon de la ville comme les formidables signes précurseurs de la grâce divine. Même les êtres les plus durs et les plus fermés tombaient en pleurant dans les bras les uns des autres. « Peut-être le Christ veut-il quand même notre salut ! » Jamais encore le retour matinal de la lumière ne leur avait paru si intimement radieux. Quant à la famille Bagradian, son prestige royal, doublement affermi, semblait assuré désormais pour toujours. Quelques hommes vinrent demander à Gabriel la permission de décerner à son fils Stéphan le titre d' « Elléon », réservé aux héros. Gabriel Bagradian refusa, non sans une légère réprobation. Son fils, dit-il, n'était qu'un enfant qui n'avait aucune idée du danger réel. Il ne désirait pas rendre Stéphan vaniteux ni l'engager par ce moyen à oser de nouvelles tentatives aussi insensées qui pourraient, une fois, se terminer d'effroyable façon. La sévérité de son père déroba à Stéphan cette marque d'honneur public. Il dut se contenter d'une récompense plus modeste, à savoir les louanges qui lui furent prodiguées partout au cours des jours suivants. Plus tard, les chroniqueurs arméniens qui relatèrent les combats du Damlajik ne parlèrent que de l' « exploit d'un très jeune tireur », sans faire connaître son nom. Mais à quoi eût servi au fils de Bagradian la plus éblouissante gloire posthume ?

Gabriel Bagradian était depuis longtemps un autre homme et Stéphan Bagradian ne s'était pas moins métamorphosé. Car ce n'est pas impunément que des êtres de tendre nature pratiquent le métier du sang, et même seraient-ils mille fois dans leur droit. Sur le front délicat du garçonnet, quelque farouche divinité du Musa Dagh avait imprimé son sceau ténébreux.

Pendant la grande nuit du 14 août, il s'était produit un autre événement, toutefois beaucoup moins mémorable. Encore au cours de la soirée, Sato était descendue dans la vallée par des pistes crépusculaires pour rejoindre ses amis. Ils devaient apprendre l'issue du combat; ils devaient aussi savoir que seize morts gisaient sur la terre sous leurs couvertures, et que les cris douloureux des blessés ne faisaient que redoubler lorsque le stupide hékim Altouni enduisait leurs blessures d'une eau brunâtre. Quand Sato satisfaisait les besoins de ses clients et se sentait leur enfant chérie, ses pupilles semblaient se transformer en fentes lumineuses, croissant et décroissant sans cesse, et ses paroles fragmentaires et gutturales reflétaient ces sensations par le timbre de félicité intense qui y vibrait. Les habitants du cimetière, la vieille Manouchak, la vieille Wartouk, et Nounik, la plus vieille de toutes à l'en croire, aimaient à entendre ses rapports. Elles inclinèrent la tête avec l'air d'avoir bien compris. Elles se sentirent pénétrées du sentiment de leur importance. Elles n'étaient plus désormais superflues comme des parias, non, elles avaient une fonction définie, incontestable, et pratiquée par elles depuis plusieurs générations. Seize morts gisaient là-haut sur le Damlajik. Les morts avaient besoin d'elles.

Et Nounik, et Wartouk, et Manouchak, et toute une foule d'autres mendiantes se rendirent, du pas digne et pondéré de hauts personnages dans l'exercice de leur charge, vers les cavernes situées aux environs du cimetière qui leur servaient de domiciles. Elles allèrent dénicher leurs sacs raidis de crasse et bourrés jusqu'en haut, sur lesquels elles avaient coutume de reposer leurs têtes pouilleuses pendant leur sommeil. Les mots manquent pour décrire ce qui pourrissait au fond de ces sacs, au milieu d'une moisissure dense et durable. Leur contenu vieux d'un demi-siècle, était fait d'objets de choix; mais ce choix s'était porté généralement sur les décombres du sol. La rage de collectionner qui, dans l'univers entier, possède les vieilles femmes misérables, la manie de conserver des fripes mangées des mites, le désir constant de ramasser des détritus déjà gâtés, de se constituer un ignoble trésor jalousement gardé de haillons et d'ordures, cette tendance répugnante atteignait là son apogée avec tous ces objets dépourvus à jamais d'utilité et répandant une puanteur intolérable. Et cependant, chose étrange, les sacs des vieilles magiciennes semblaient contenir, à côté de morceaux d'étoffe, de chiffons, de boîtes vides, de croûtes durcies de pain et de fromage, les accessoires nécessaires à la profession de Nounik, de Wartouk et de Manouchak. Chacune d'elles, dès qu'elle eut plongé la main dans son sac inépuisable, en retira d'un geste sûr un long voile gris et un pot de pommade grasse. Elles s'assirent à terre et se mirent à se maquiller le visage comme des comédiennes. C'était un fard violet foncé qui remplissait leurs rides profondes et transformait leurs visages incroyablement vieux en nobles masques sans âge. Nounik, en particulier, avec son nez rongé par le lupus et sa forte mâchoire qui terminait, menaçante, une face sombre et dépouillée de ses lèvres, justifiait plus que jamais sa renommée romantique de guérisseuse immortelle comme le Juif Errant. Leur maquillage dura longtemps, mais soudain elles interrompirent leurs préparatifs et soufflèrent en hâte le tronçon de chandelle ou la mèche trempant dans une jatte d'huile rance qu'elles avaient placés devant elles pour s'éclairer. On entendit passer un galop de cheval et des voix. C'était l'instant où le bimbachi s'en allait à Suédja avec son état-major. Lorsque le bruit se fut éteint vers Habibli, le village du bois, les femmes se relevèrent, entourèrent du voile rituel leurs têtes grises aux cheveux en broussaille, prirent chacune en main un long bâton et, ayant enfilé des babouches déchirées, se mirent enfin en route. Leurs jambes brunes et sèches, malgré leur grand âge, faisaient des pas immenses. Sato les suivit, intimidée par ce spectacle grandiose. Telles qu'elles étaient, montant silencieusement, appuyées sur leurs bâtons, baignées de la lumière lunaire, les pleureuses étaient bien près de ressembler aux choéphores de la tragédie antique.

Comme la force vitale de ces sorcières arméniennes était tenace! Que leur cœur était résistant! Chez aucune d'elles, le souffle n'était le moins du monde précipité lorsque après la rude montée par la gorge des yeuses, elles atteignirent la place de l'enterrement, auprès du camp. Les pleureuses violettes étaient encore en assez bonne forme pour se mettre aussitôt au travail. Nounik, Wartouk et Manouchak, ainsi que toutes leurs collègues, s'accroupirent à côté des morts. Leurs griffes

malpropres découvrirent les visages déjà rigides; puis elles commencèrent leur chant, plus vieux peut-être encore que les chants les plus
vieux qu'ait jamais connus l'humanité. Le texte se composait uniquement du nom du mort que l'on pleurait. On le répétait sans arrêt jusqu'à ce que la dernière étoile disparût dans le ciel verdissant. Autant
le texte était pauvre, autant la mélodie était riche en aspects divers.
Parfois c'était un long gémissement monotone, d'autres fois une cascade de modulations hurlantes, parfois aussi l'alternance fastidieuse
et assoupissante de deux notes, toujours les mêmes, sans fin, parfois
encore un strident appel, lourd de désir — et toutes ces nuances
n'étaient pas de libres inventions, comme on pourrait le croire, ni des
inspirations personnelles; elles répondaient à des lois et à des traditions séculaires. Peu de pleureuses possédaient un art aussi éprouvé
ou une voix aussi habile que ceux de Nounik. Il y avait aussi parmi
elles des artistes médiocres, mais par contre fort intéressées, dont les
pensées, pendant leur travail, se tournaient uniquement vers la bourse
des défunts. Que pouvait bien faire désormais là-haut de ses piastres
et de ses livres même l'homme le plus riche ? En se montrant généreux
et prodigue à l'égard du peuple mendiant, tout Arménien accomplissait une œuvre pie, et de plus, une œuvre utile. Les pleureuses, les
aveugles et les autres parias étaient en effet à même de changer le plus
facilement les piastres sonnantes dans les villages mahométans sans
qu'il leur arrivât le moindre mal. De cette façon, au lieu de se perdre
inutilement, l'argent arménien profiterait à de pauvres Arméniens,
ce qui permettrait au bienfaiteur de gagner à vil prix une céleste
récompense. Pendant un intervalle entre deux chants, Nounik fut priée
par ses collègues d'exposer ce point de vue fort logique avec toute son
éloquence, et de hausser considérablement le tarif habituel de la
plainte funèbre. A l'aube, les parents des morts vinrent apporter les
longs linceuls finement tissés. C'étaient de précieux trésors de famille
qu'on n'oubliait jamais d'emporter à chaque déplacement. Les chemises
dans lesquelles l'homme ressuscitera un jour sont des habits de fête
plus solennels que tous les autres; aussi les différents membres d'une
famille s'en font-ils cadeau dans les plus grandes circonstances de la
vie. C'était, chez les Arméniénnes, une marque d'honneur toute
particulière que de recevoir la permission de confectionner un linceul.
Un tel honneur n'était conféré qu'aux femmes les plus dignes de toute
une vaste parenté.

Les lamentations des pleureuses n'étaient plus qu'un doux susurrement à peine perceptible. Elles accompagnaient la cérémonie du
lavage et de l'habillement des morts comme d'une inconsolable consolation. Lorsque tout fut fini, on attacha en bas les longues chemises par
un double nœud sous les pieds; cette précaution devait empêcher les os
de se perdre, en vue de l'ultime tempête qui réunira les restes humains

avant le jugement suprême. De cette façon, pense-t-on, rien ne viendra s'opposer à la reconstitution parfaite du corps entier. Vers midi, toutes les tombes étaient creusées, rien ne manquait plus pour la célébration des funérailles. Les héros tombés à l'ennemi furent déposés sur seize civières faites de forts branchages entrelacés, et portés trois fois autour de l'autel tandis que Ter Haigasoun entonnait l'office des morts. Ensuite, le prêtre adressa quelques mots au peuple sur la place même où avait eu lieu l'enterrement :

« La mort sanglante nous a ravi ces chers frères que voici. Et pourtant nous devons, et du fond de l'âme, rendre grâce à Dieu, le Père, le Fils et le Saint-Esprit, pour la faveur exceptionnelle qu'Il a bien voulu leur accorder. Ils ont en effet pu mourir en possession de leur pleine liberté et ils reposeront ici dans une terre consacrée, auprès de ceux qui leur sont chers. Oui, nous possédons encore ce bien inestimable, une mort d'hommes libres et indépendants. Et pour apprécier à juste titre la situation de faveur dans laquelle nous vivons, nous devons songer sans cesse à nos compatriotes qui, par centaines de milliers, privés de cette grâce divine, agonisent dans le plus honteux esclavage, pourrissent sans sépulture dans les fossés des routes ou sur les steppes infinies, quand ils ne sont pas dévorés par les vautours et les hyènes. Si nous montons sur la hauteur à notre main droite, et si nous regardons vers l'Est, nous aurons sous les yeux l'espace sans fin sur lequel périt en ce moment tout notre peuple ; et là, il n'y a pas pour eux de terre consacrée, ni de tombe, ni de prêtre, ni de bénédiction, rien d'autre que l'espérance du Jugement Dernier. Aussi, à cette heure où nous couchons en terre nos frères bienheureux, rappelons-nous que la véritable infortune ne règne pas ici, mais là-bas ! »

En réponse à cette brève allocution, un profond sanglot s'échappa de la poitrine du peuple qui s'était rassemblé au complet pour la cérémonie. Puis Ter Haigasoun s'avança vers les hottes qui contenaient la terre du cimetière de la patrie. Seize fois, il y plongea la main et versa sous la tête de chaque défunt un petit tas de terreau. A la lenteur réfléchie de son geste, on voyait que ses doigts se faisaient chaque fois avares et plus hésitants avant de répandre un peu de cette terre si précieuse.

CHAPITRE III

La procession du feu

« ...et il sortit de la cuve du sang qui alla jusqu'au frein des chevaux... »
Apocalypse de saint Jean 14, 20.

Nounik, Wartouk et Manouchak, les pleureuses, voyaient poindre à l'horizon une nouvelle chance d'exercer leur fonction.

Avant même d'avoir pu frotter de laitue leurs visages pour en effacer le maquillage funèbre, un autre office les appelait, office qui était l'opposé du précédent. Si les douleurs de la femme duraient très longtemps, ce qu'elles espéraient fermement, elles y gagnaient au moins deux repas. Elles avaient apporté dans les plis de leurs robes élimées les accessoires les plus nécessaires : du sevsamith, la graine noire de fenouil, un peu de fiente d'hirondelle, un crin de la queue d'un alezan et divers autres médicaments du même genre.

Avant que la terre du Damlajik se fût refermée sur les morts, Howsannah fut prise des premières douleurs. Seule Iskouhi était près d'elle dans la tente, car tous les autres s'étaient rendus à la cérémonie funèbre. La jeune fille ne pouvait, à cause de son infirmité, guère venir en aide à sa belle-sœur. Il n'y avait pas là de siège à dossier contre lequel la pauvre femme eût pu s'appuyer. Les coussins qu'Iskouhi lui glissait derrière le dos ne suffisaient pas à la soutenir et le lit de camp n'avait qu'un cadre de fer creux. Iskouhi s'assit alors dos à dos derrière Howsannah pour qu'elle pût se raidir contre son corps. Mais Iskouhi était trop fragile pour supporter la lourde pression de la femme en couches. Elle se cramponnait désespérément au cadre du lit, mais elle finit tout de même par s'effondrer. Howsannah Tomasian poussa un cri bref. Ce cri fut le signal qu'attendait Nounik. Les pleureuses, guidées par leur instinct infaillible, avaient quitté la cérémonie. Leur œuvre était accomplie et elles avaient empoché une rémunération dont le montant fort élevé dépassait leur espérance. Nounik reniflait de son

349

nez rongé l'air de la montagne. L'atmosphère chaude et transparente vibrait légèrement d'une façon que Nounik connaissait bien ; c'est ainsi que vibrait toujours l'atmosphère dans les lieux où une âme humaine était sur le point de faire son entrée dans la vie. La pleureuse en chef suivit ce frémissement et arriva bientôt sur la place des trois tentes avec Wartouk et Manouchak. Lorsqu'elles entendirent les cris d'Howsannah Tomasian retentir dans la tente, les collègues se regardèrent avec un air entendu. De même que le vrai musicien ne confond jamais les mélodies des divers maîtres, de même les sorcières ne confondaient jamais la nature exacte des cris humains. Le cri d'une femme en travail avait ses lois particulières, ses modulations déterminées, ses points culminants, ses arrêts, ses déclins brusques. Le cri d'un homme qui se brûle ou de celui que poursuit la mort avait tout aussi bien ses lois fixes. L'oreille sait la vérité. Le nez sait la vérité. C'est encore l'œil qui se laisse le mieux tromper.

Iskouhi était justement sur le point de partir pour aller chercher Mairik Antaram lorsque les trois Parques s'introduisirent dans la tente sans s'être annoncées. Leurs visages violets et impassibles brillaient d'un éclat fulgurant dans l'obscurité. Les deux Tomasian ne trouvaient rien à dire. Ce qui les effrayait dans cette apparition, ce n'étaient pas les femmes — qui donc en effet à Yoghonoluk ne connaissait pas les sorcières ? — mais la pompe mortuaire qu'elles n'avaient pas encore déposée. Nounik, qui comprit aussitôt le sens superstitieux de cet effroi, rassura les femmes :

« Mon enfant, c'est un bon signe que nous venions dans cet appareil. De cette façon, la mort restera derrière nous. »

Le premier soin médical dont s'occupa Nounik fut de tirer le « sis », une mince tige de fer avec laquelle on attise le feu des tonirs, et de tracer au moyen de cet instrument de grandes croix sur les parois intérieures de la tente. Iskouhi la regardait faire avec une attention soutenue :

« Pourquoi tracez-vous ces croix ? »

Sans interrompre son occupation, Nounik expliqua le sens de ces signes. Toutes les fois qu'une femme va mettre un enfant au monde, les esprits qui exercent leur pouvoir dans l'univers entier se rassemblent dans sa chambre, au grand complet. Parmi eux, les mauvais sont, comme on sait, beaucoup plus nombreux que les bons. Lorsque l'enfant voit le jour et même chaque fois que, pendant les douleurs, sa petite tête apparaît hors du corps de la mère, les puissances mauvaises se jettent sur lui pour le pénétrer. Aussi, tout être reçoit forcément quelque chose de leur influence. C'est pourquoi il n'est pas de cœur humain où ne sommeille plus ou moins une trace de possession démoniaque. Par conséquent, le diable collabore toujours dans une certaine mesure à la création des humains et seul Jésus-Christ, le Rédempteur, a échappé à l'emprise du Malin. D'après l'avis de Nounik, le summum de l'art, pour une accoucheuse, consistait à réduire le plus possible la contribution diabolique. Les croix servaient pour ainsi dire de retranchement, de quarantaine mystique. Iskouhi se rappelait ses rêves inspirés par la déportation qui la hantaient chaque nuit. Un Satan était déchaîné sur elle, et c'était le visage de kaléidoscope. Elle aussi essayait avec sa main libre de tracer dans le néant de grandes croix pour le conjurer, surtout lorsque son corps était sur le point de s'abandonner à la puissance malfaisante. Oh! pour combien d'angoisses fallait-il qu'à chaque seconde le Christ, le Sauveur, tînt de secours prêts à l'intention de ce bas monde! — Lorsque la première frayeur fut passée, la présence des trois sages-femmes fardées dégagea une étrange action bienfaisante et soporifique. Et de fait, Howsannah s'endormit et ne semblait pas remarquer que Wartouk attachait ses poignets ensemble avec un mince et long fil de soie, et répétait la même opération aux chevilles. Pendant ce temps, Nounik s'approchait de son lit et lui adressait cet avertissement :

« Plus tu resteras longtemps fermée, plus tu garderas longtemps toute ta force intacte. Plus tu t'ouvriras tard, plus il entrera en toi de bénédictions et plus il en sortira. »

La petite Manouchak, vieille femme toute trapue, avait entre temps allumé devant la tente un petit feu de branchages. Elle y faisait chauffer deux pierres plates analogues par leur forme à des miches de pain. Cette activité magique était pour le coup extrêmement judicieuse, car ces pierres chauffées, enveloppées dans des chiffons, devaient réchauffer le corps épuisé de la parturiante. Cette partie raisonnable de leurs charlataneries et de leurs superstitions, y compris l'infusion de fenouil que Manouchak préparait sur le feu, aurait certainement reçu l'approbation de Bedros Hékim. Et cependant, les rares cheveux d'Altouni se dressèrent de colère lorsqu'il trouva chez sa pratique ses ennemies jurées. Il recouvra l'élasticité de sa jeunesse pour brandir sa canne et administrer une volée de coups aux pleureuses jusqu'à ce qu'elles eussent disparu, tandis que sa voix éraillée leur lançait des galanteries parmi lesquelles le mot « corbeaux de malheur » était de beaucoup l'appellation la plus douce.

On comprendra facilement par là que le Dr Bedros Altouni était un champion résolu de la science occidentale. Awétis Bagradian, le fondateur, ne l'avait-il pas fait instruire et envoyé cinq ans étudier à l'Université de Vienne pour qu'il pût ensuite éclairer avec le flambeau de la raison l'esprit oblitéré du peuple ? Et Bedros n'avait-il pas tenu fidèlement la promesse jurée à son bienfaiteur d'exercer son art à Yoghonoluk jusqu'à son heure dernière et de ne jamais quitter les sept malheureux villages voisins de Suédja ? Mais quel était en réalité son sort ? Quelle marque de gratitude la destinée lui accordait-elle pour avoir tenu parole à son ancien bienfaiteur ? Au cours des longues années où, monté sur son paisible petit âne, il visitait ses malades non seulement dans les villages arméniens, mais aussi dans les localités mahométanes de tout le canton qui souvent réclamaient ses services, il avait eu l'occasion de faire les plus étonnantes expériences. Bien que toute sa personne éprise de savoir positif se révoltât devant de telles constatations, il était bien forcé de reconnaître les nombreux succès que remportaient sans cesse les plus dégoûtants magiciens guérisseurs aux remèdes répugnants, succès qui n'étaient rien moins qu'une insulte effective à l'adresse de la science aseptique et antiseptique. Dans quatre-vingts pour cent des cas, leur diagnostic était le suivant : « Le mauvais œil ! » Les moyens de lutte contre la maladie étaient la salive, l'urine de mouton, le crin de cheval brûlé, la fiente d'oiseau et d'autres médecines encore plus appétissantes. Or, il était déjà arrivé plus d'une fois qu'un malade condamné par l'hékim avait guéri avec une rapidité fabuleuse après avoir avalé une feuille où étaient inscrits des versets de la Bible ou du Coran. Altouni n'était pas homme à croire au pouvoir miraculeux du papier ingurgité, ni à en éprouver des doutes et des conflits intérieurs. Mais à quoi bon ? La guérison était évidente. De temps en temps, le bruit se répandait jusque dans les villages arméniens de telle ou telle cure efficace, et il arrivait alors que les clients d'Altouni s'en allaient en grand nombre trouver les hékims arabes des environs ou consulter Nounik et ses répugnantes collègues. Il n'était pas même rare de découvrir parmi ces dissidents des partisans éprouvés du progrès, par exemple l'un ou l'autre des instituteurs, ce qui n'était pas précisément pour réjouir le cœur du médecin.

C'était là une des raisons de l'amertume qui assombrissait Bedros Altouni. Il en existait une autre qui était encore plus cachée. La science, la raison, le progrès, c'était bien beau ! Mais pour pouvoir répandre la science et le progrès, il faut pouvoir soi-même s'enrichir et avancer sans cesse dans ces domaines. Or, comment se cultiver à l'ombre du Musa Dagh, dans l'ignorance des nouvelles découvertes, sans livres ni revues de médecine ? La bibliothèque de Krikor, qui se tournait vers le passé, pouvait fournir des réponses aux questions les plus insensées, mais s'avérait nulle quant à la science médicale, bien que son propriétaire fût un pharmacien, ou peut-être justement pour cela. Bedros Altouni possédait en tout et pour tout un traité de médecine édité en Allemagne et datant de l'année 1875. C'était du reste un fort gros livre qui contenait toutes les indications nécessaires. Mais il y avait un obstacle sérieux qui rendait son emploi difficile. En effet, le temps impitoyable n'avait pas seulement passé sur le contenu du vade-mecum; il avait aussi considérablement effacé dans la mémoire d'Altouni ses connaissances de langue allemande. Aussi n'ouvrait-il plus son traité devenu pour lui muet à jamais, et il ne l'utilisait même pas comme amulette ni fétiche. Tout ce qu'il avait appris jadis de façon théorique, s'était maintenant fondu en un comprimé insignifiant de vague médecine. Ainsi, il n'existait pour lui qu'environ dix à vingt maladies auxquelles il pouvait donner un nom. Bien qu'il eût vu un nombre infini de cas et d'innombrables visages de la souffrance humaine, il s'obstinait néanmoins à tout ranger dans les maigres compartiments de son savoir qu'il avait établis une fois pour toutes. Au fond de soi-même, il était assez modeste pour se reconnaître aussi ignorant que les hékims, charlatans et pleureuses d'alentour dont les cures horrifiques, aidées par une nature débonnaire, réussissaient avec une fréquence inquiétante. C'était justement cette modestie qui, sans qu'il s'en doutât, faisait de lui un bon médecin ; car toute maîtrise au monde a pour condition l'humilité en face de l'inaccessible, autant qu'un certain malaise en face des résultats atteints. D'autre part, c'était la même cause qui faisait naître sa haine rageuse et enflammait toujours d'un violent courroux l'occidentaliste aigri à la vue de Nounik, de Wartouk et de Manouchak. Mais aujourd'hui, sa colère ne lui servit pas à grand'chose. Les sorcières chassées tinrent bon et restèrent non loin de là, examinant leur vieil ennemi de leurs yeux moqueurs, à la lisière de la place des trois tentes.

Howsannah Tomasian, l'épouse du pasteur, était la première femme de la colonie arménienne qui ressentît sur le Damlajik les douleurs de l'enfantement. Même en bas, dans la vallée, la naissance d'un être humain était toujours une sorte d'événement officiel auquel avaient accès tous les membres de la parenté proche et lointaine, les hommes y compris. Or, là-haut, dans cette incommensurable détresse, la pire qu'ait jamais connue une société humaine, la venue au monde d'un enfant arménien était encore plus solennelle et par conséquent aussi plus publique que d'ordinaire. Même le présent rayonnant de la fortune guerrière (les deux obusiers d'or), perdait de sa force attractive. La foule qui, dans la matinée s'était rendue en pèlerinage vers les magnifiques trophées, se pressait maintenant sur la place des trois tentes, le lieu le plus distingué de tout le misérable campement. On écarta la portière de la tente où se déroulait l'accouchement, et la pauvre Howsannah fut exposée impitoyablement au grand soleil. Ses souffrances lui appartenaient, mais elle ne s'appartenait plus à elle-même. Les curieux entraient et sortaient. Bedros Altouni reconnut bientôt qu'il n'était pas à sa place et, tout en bougonnant, il abandonna le terrain à sa femme, qui d'ailleurs avait coutume de le remplacer auprès de beaucoup d'accouchées. Il s'éloigna, sans prendre garde aux profonds sélams que lui faisaient les pleureuses, pour aller retrouver ses blessés à l'hôpital. Mairik Antaram restait auprès d'Howsannah. Elle repoussait les importuns autant par ses poings vigoureux que par ses paroles. Elle effectuait résolument son devoir qui lui était devenu familier depuis des années innombrables. Iskouhi rafraîchissait de sa main, glacée malgré la chaleur de ce jour, le front de sa belle-sœur. Ses yeux angoissés et vigilants suivaient Mairik Antaram, de peur de laisser échapper un de ses ordres. Gabriel vint aussi prendre des nouvelles. Malgré ses occupations et le tumulte environnant, Iskouhi remarqua combien son visage barbu était devenu pâle et décomposé depuis la veille. Elle s'étonna aussi de voir que Juliette restait à peine une demi-heure auprès d'Howsannah, bien qu'on vécût depuis longtemps ensemble comme une seule famille. Aram, le mari, faisait toutes les dix minutes une apparition, mais repartait presque aussitôt. Il se prétendait plus indispensable que jamais pour empêcher les hommes en service de se relâcher, tranquillisés qu'ils étaient par la victoire de la veille et la retraite des Turcs. En réalité, il ne faisait que tourner en cercle çà et là, surexcité par les soucis que lui causait l'état de sa femme. Les femmes du peuple désapprouvaient qu'Howsannah Tomasian, pendant ses douleurs, n'ait plus poussé le moindre cri. Elles flairaient derrière cette énergie une preuve d'orgueil. Et c'était bien, si l'on veut, une sorte d'orgueil de la pudeur. Depuis longtemps, Nounik, Wartouk et Manouchak avaient repris leur poste. Nounik s'était installée dans la tente et considérait les efforts d'Antaram avec l'œil indulgent et amusé d'un connaisseur, à peu près comme un chirurgien de renom mondial examinerait le travail d'un barbier de village.

Après huit heures de tortures constantes, Howsannah mit enfin au monde un garçon. L'enfant qui, depuis Zeitoun, avait subi, dans le corps de sa mère, le contre-coup de tant de frayeurs et de misères, était inanimé et ne respirait pas. Antaram secoua le corps minuscule encore couvert de sang et de méconium, tandis qu'Iskouhi était chargée de lui souffler dans la bouche. Mais Nounik et ses collègues, qui s'y connaissaient mieux, volèrent en un tour de main la délivrance, y piquèrent sept aiguilles à faufiler ayant appartenu à sept familles différentes et jetèrent le tout au feu. La vie qui s'était réfugiée dans la partie inanimée pour échapper à son destin terrestre, se trouvait libérée par la flamme. Quelques secondes plus tard, l'enfant se mit à remuer la gorge, puis à respirer et enfin à geindre. Mairik Antaram le nettoya soigneusement avec de la graisse de mouton. La foule qui s'était tue se répandit alors en acclamations. Le soleil se couchait. Le pasteur Aram, avec l'orgueil maladroit et quelque peu ridicule d'un jeune père, prit entre ses mains le petit être ridé qui devait devenir un homme et le présenta au public. Tous furent réjouis à ce spectacle et félicitèrent Tomasian, parce que l'enfant était de sexe masculin. De frustes plaisanteries circulaient à la ronde dans le groupe des combattants présents. Personne ne pensait à l'avenir réel. On ne sait pas au juste qui remarqua le premier la petite tache ronde couleur de feu que portait sur son cœur ce vrai fils du Musa Dagh. Les femmes faisaient toutes sortes de suppositions sur la signification de cette envie. Nounik, Wartouk et Manouchak dont la profession même était de déchiffrer de telles énigmes ne prononcèrent pas le moindre mot, s'enveloppèrent de leur voile, prirent leurs bâtons en main et, richement rétribuées de leur peine, s'en retournèrent vers leurs demeures. Leurs vieilles jambes brunes faisaient de grands pas. Et de nouveau, elles ressemblaient à des masques du chœur antique, tandis qu'à la lumière de la lune naissante, elles descendaient vers les tombeaux du passé.

Il ne s'était pas écoulé plus de trois jours et de trois nuits lorsque les observateurs annoncèrent qu'il se produisait dans les villages toutes sortes de mouvements incompréhensibles.

Gabriel Bagradian monta aussitôt sur un observatoire et en effet, il aperçut au bout de sa lunette d'approche une vive agitation et un grouillement de silhouettes fort disparates. Dans la plaine de l'Oronte, sur la route de jonction entre les villages, sur les chemins carrossables et les sentiers à mulet, on voyait partout se traîner des chars à bœufs. Dans les villages eux-mêmes, on distinguait des groupes assez importants d'hommes à fez et à turban s'agitant en tous sens. Gabriel scruta les moindres recoins avec sa lorgnette, mais il ne reconnut pas un uniforme de soldat ; seulement quelques rares saptiéhs. Par contre, il remarqua que les arrivants qui faisaient intrusion dans les localités désertes n'étaient pas la plèbe bien connue d'Antioche et de ses environs ; l'affluence de ce jour-là faisait une impression plus digne et semblait agir suivant un plan précis. L'animation était vive sur la place de l'église à Yoghonoluk. Des hommes coiffés de turbans grimpèrent sur l'échelle d'incendie accolée à l'église et faisaient des gestes dans le clocher vide à côté de la grande coupole. Les sons traînants d'une toute petite voix mince se firent entendre, ou plutôt deviner, et s'en allèrent mourir aux quatre coins de l'espace. Du haut de la maison du Christ, le muezzin du prophète lançait l'appel mélodieux et plaintif qui remplit d'un tressaillement chaque mahométan, et paraissait en ce moment attirer vers les villages au pied du Musa Dagh les fidèles des bourgs, hameaux et huttes du vaste pays solitaire. C'en était donc fait de l'église des Puissances angéliques qu'Awétis l'Ancien avait fait construire. Et, dans le cerveau de son petit-fils, germait un ardent désir : risquer la fière tentative de détruire le sanctuaire profané avec quelques obus. Mais il rejeta cette idée avant qu'elle eût vraiment pris corps. Ce n'était pas à lui qu'il appartenait de désobéir à son principe de toujours : se défendre et rien d'autre, ne jamais attaquer. C'est en restant morte et mystérieuse que la montagne, sans aucun doute, semblait aux ennemis un adversaire des plus dangereux. Toute provocation aurait affaibli la lutte défensive en donnant aux Turcs, au peuple souverain, le droit moral de châtier les attaquants.

A la vue du fourmillement soudain dans la vallée, Bagradian se demanda combien de combats encore on pourrait soutenir. Malgré le butin de deux victoires et la manufacture de cartouches dirigée par Nurhan, les munitions étaient extrêmement limitées. Une conviction serrait le cœur de Bagradian : la moindre défaite, le plus petit échec conduisaient inévitablement à la perte. Il n'existait pas de demi-mesure pour le peuple du Damlajik, mais seulement l'alternative entre des triomphes et la mort. Tout l'art stratégique de Gabriel ne pouvait que reculer le plus longtemps possible cette fin inévitable. Dans ce but, il fallait surtout ne pas gaspiller inutilement le capital de peur panique qu'inspirait visiblement la montagne aux Turcs après leur double désastre. La nouvelle population de la vallée croissait de minute en minute. Ce n'est certainement pas un projet d'opérations militaires, conclut Bagradian après un long temps d'observation. Peut-être était-ce la véritable occupation d'un district chrétien par l'Islam; peut-être cette manifestation avait-elle seulement une valeur démonstrative. Il distingua, devant le portail de l'église de Yoghonoluk, un petit groupe de messieurs vêtus à l'européenne. C'est, estima-t-il, le mudir et ses sous-ordres, et il fut content de voir qu'aucun officier n'était avec eux pour inspecter la situation. Néanmoins Gabriel Bagradian donna l'ordre de renforcer jusqu'au maximum les contingents dans les tranchées. Il fit doubler les postes d'observateurs et plaça des groupes d'éclaireurs à toutes les issues du Damlajik jusqu'à la zone des vergers et des vignes pour rendre impossible toute tentative de surprise nocturne de la part des Turcs.

Gabriel avait fait là des suppositions exactes. Le mudir aux taches de rousseur se tenait bien en effet devant l'église de Yoghonoluk. Mais il était apparu avec lui un fonctionnaire plus haut encore, le kaimakam hépatique en personne, désireux de se rendre compte de la situation. Il avait pour cela de bonnes raisons. Car, après la deuxième retraite des troupes régulières, plus triste et plus honteuse encore que la première, il s'était passé à Antioche quelques incidents gros de conséquences.

Entre le kaimakam et le pauvre bimbachi aux joues enfantines, une lutte à mort s'était aussitôt déclarée. Ce brave habitué des casernes, représentant d'une époque déjà révolue, n'était pas le moins du monde taillé d'une étoffe assez résistante pour tenir tête aux finesses modernes de l'Ittihad. Il comprenait maintenant pourquoi son ennemi le jusbachi avait justement pris une permission à ce moment-là. En lui accordant ce congé, il était tombé dans le piège tendu par son subor-

donné. Maintenant, le commandant allait sous peu prendre sa place.
Tout d'abord, le kaimakam fut assez malin pour déchaîner la colère
populaire contre le bimbachi. Il n'y avait à Antioche qu'un seul
lazaret placé sous la dépendance des autorités civiles. Les soldats qui
n'étaient pas gravement malades restaient à la caserne. Mais pour tous
ceux qui nécessitaient un traitement et des soins médicaux, il fallait
adresser une demande au kaimakamlik afin d'obtenir l'admission à
l'hôpital. Le kaimakam utilisa perfidement ces complications bureaucratiques. Bien que le colonel fût perdu de toute façon, et sa destitu-
tion inévitable, la chose aurait pu traîner en longueur pendant des
semaines. Le kaimakam avait besoin pour sa politique dans la kasah
non pas de vieilles barbes paresseuses datant d'Abdul Hamid, mais de
purs disciples de l'Ittihad. Le jusbachi et lui avaient assez exactement
prévu la façon dont se passeraient les événements et calculé ensemble
leur jeu. Quelques heures avant que le bimbachi, la tête basse, fût
revenu à Antioche et annonçât piteusement sa propre défaite, au milieu
de la nuit, de longs convois de charrettes portant les morts et les blessés
de l'avalanche et du combat l'avaient déjà précédé. On ne voyait pas
brûler de lumière à l'hukumet, bien que tout y fût déjà connu. Lorsque
les blessés arrivèrent devant la porte de l'hôpital, on leur refusa
impitoyablement le droit d'entrer. Sans le cachet du kaimakam,
personne ne pouvait être admis ; c'était un ordre formel. Cris et jurons
furent impuissants. En plein air, à la lumière de la lune et des lampes
à pétrole, le médecin fit les pansements les plus nécessaires. Désespéré, il envoya un de ses assistants chez le kaimakam pour y chercher
les autorisations indispensables. Après une attente interminable, le
messager revint sans avoir rien obtenu. Le kaimakam dormait d'un
sommeil si profond qu'on n'avait pas réussi à le réveiller. On se décida
alors à transporter à la caserne les blessés qui gémissaient et pleuraient,
afin qu'ils eussent au moins un toit au-dessus de la tête. Entre temps,
le soleil s'était levé et le jour avait rapidement progressé. L'impression
que causèrent les charrettes sur la population d'Antioche fut des plus
désastreuses. A la même heure, le bimbachi si maltraité par le destin
passait le pont sur l'Oronte avec son état-major pour rentrer dans la
ville. Il fut reçu à coups de pierre et il lui fallut employer des détours
peu glorieux pour rejoindre son bureau et sauver sa peau. Ce fut seulement au moment où la foule du marché envahit les rues que le kaimakam, après avoir fait la grasse matinée, envoya les permis nécessaires
et ordonna de transporter les longues colonnes de malheureux de la
caserne à l'hôpital, mais avec l'ordre exprès de faire passer le convoi
devant le bazar principal. La vision réitérée des visages jaunis par la
souffrance et des pansements maculés de sang provoqua une vaste
manifestation de révolte. La foule indignée se porta devant la caserne
et cassa les vitres du pauvre bimbachi à coup de pierres, ce qui était

dans ce pays la destruction d'une chose de prix. Et ce ne fut pas tout !
Ce qui restait de la force armée était si profondément abattu et démo-
ralisé que les soldats, tremblant devant la foule déchaînée, s'englou-
tirent derrière les portes de la caserne et s'y barricadèrent comme
des petits bourgeois pris de peur. Dans toute masse humaine, il sub-
siste un lambeau de haine séculaire contre les représentants de l'ordre
public qu'un rien suffit à enflammer. La populace considéra comme un
triomphe le silence absolu qui s'était fait derrière les murs de la caserne,
et elle entreprit un nouveau bombardement. Les officiers vinrent
trouver le bimbachi pour le supplier de leur donner l'ordre de faire
nettoyer la place par les troupes, baïonnette au canon. Mais le vieillard
s'était couché sur un divan et ne voulait écouter personne. Sans cesse
le même gémissement s'échappait de ses lèvres : « Ce n'est pas ma faute !
Ce n'est pas ma faute ! » Epuisé par ces multiples épreuves, quand il
ne dormait pas, il pleurait et dormait quand il ne pleurait pas. La
force armée de la place dut encore subir la honte suprême de se faire
délivrer de la populace ameutée par la force civile, c'est-à-dire par
la police et les saptiéhs.

Pendant ces heureux incidents, le kaimakam accompagné du mudir
aux ongles soignés se rendait au bureau de télégraphe de la ville.
Ces deux messieurs y rédigèrent à l'adresse de Son Excellence le
wali d'Alep une dépêche qui était un modèle de raffinement diplomatique. Cet important message câblé comprenait dix formulaires
recouverts d'une écriture serrée ou un total de 1.150 mots. Il était
plein de faux-fuyants, comme la plaidoirie d'un petit avocat dévoré
d'ambition, mais aussi éloquent que l'article de fond d'un journal
radical. Il se terminait par les considérations suivantes : le kaimakam
ne pouvait assumer la responsabilité de la liquidation du camp fortifié
arménien sur le Musa Dagh qu'à la condition d'avoir, réunie dans sa
main, la totalité de la force armée. Il fallait dans ce but mettre à sa
disposition des contingents dont le nombre et l'armement lui per-
missent de déblayer la montagne de façon fondamentale et définitive.
Il serait tout à fait déplacé d'envoyer pour cette mission un officier
étranger à la région et ignorant les conditions ; c'est pourquoi il
demandait instamment qu'on nommât commandant de la place
d'Antioche le jusbachi qui avait jusqu'ici seulement secondé le commandant actuel ; mais il fallait que, pour cette affaire arménienne, le
jusbachi demeurât entièrement soumis aux ordres du kaimakam. Par
contre, si ces raisonnables propositions n'étaient pas agréées, il se
permettait de conseiller à son supérieur, avec tout le respect qu'il lui
devait, que mieux valait accepter sans plus réagir désormais l'affront
dont il avait exposé plus haut les circonstances, et abandonner les
insurgés du Musa Dagh à leur sort.

Le rapport du kaimakam était un chef-d'œuvre autant du point de vue politique que du point de vue psychologique. A supposer qu'une partie au moins de ses désirs se réalise, il serait bientôt le sous-préfet le plus indépendant de toute la Syrie. Un cœur de fonctionnaire bien formé à l'ancienne mode aurait été indisposé par le genre souvent prétentieux de l'importante dépêche, mais ce ton autoritaire et délibéré était justement choisi pour plaire aux oreilles du haut fonctionnaire jeune-turc. Les gens de son espèce adoraient l'Occident et avaient pour cette raison un culte superstitieux pour les mots comme « initiative » et « énergie », même quand ils prenaient une forme par trop despotique.

En même temps, le bimbachi anéanti, qui avait perdu pour toujours ses joues roses, essayait à grand'peine de fabriquer une longue dépêche à son supérieur, le général de l'étape. Il s'y répandait en plaintes prolixes contre le kaimakam qui l'avait forcé à cette entreprise malheureuse sans lui laisser de temps pour les préparatifs nécessaires. Le ton du bimbachi était plaintif, solennel et modeste, par conséquent, il était absolument déplacé. Le malheureux fut révoqué et traduit devant un conseil de guerre pendant les vingt-quatre heures suivantes. Il disparut subrepticement à la faveur de la nuit, quittant après bien des années le cadre de sa tranquille activité, victime innocente du triomphe arménien. Quant à Son Excellence le wali d'Alep, il trouva l'exposé du kaimakam d'Antioche si intéressant qu'il le fit également télégraphier à M. le ministre de l'Intérieur en y ajoutant de sa propre main quelques phrases dans le même sens. Le subordonné, du bout de ses doigts, avait touché à une blessure brûlante qui tourmentait son supérieur. En effet, depuis que le grand Dchémal Pacha, investi des pouvoirs illimités d'un proconsul romain, commandait en Syrie, tous les walis et mutessarifs se sentaient abaissés au rang de roitelets insignifiants. Dchémal Pacha traitait ces puissants comme de simples officiers d'intendance de sa propre armée. Ils recevaient de lui des ordres indiscutables, comme par exemple celui de faire expédier à tel endroit tant de milliers d'oka de froment ou de faire mettre dans un état parfait et dans un certain laps de temps telle ou telle partie de la route. Le général semblait prendre toute la population civile pour une horde inutile de parasites et l'administration civile pour une plaie parfaitement superflue. Son Excellence d'Alep ne fut donc pas fâchée de trouver là l'occasion de damer le pion au pacha de fer et de faire connaître aux personnalités de Stamboul l'échec infligé à cette armée si sûre d'elle. Talaat Bey lut le chef-d'œuvre du kaimakam d'Antioche avec des sentiments assez partagés. Son devoir était de défendre le service de l'intérieur contre tout empiétement du côté militaire. D'autre part, la déportation arménienne était à ses yeux une affaire beaucoup plus noble que la fastidieuse ambition d'un broyeur de fer jamais assouvi. Avec son geste habituel, il caressa plusieurs fois de sa lourde patte son gilet blanc. Puis les doigts lestes de l'ancien télégraphiste qui terminaient cette lourde patte attachèrent les feuillets de la dépêche au moyen d'une agrafe spéciale. Il y joignit une petite notice portant ces mots : « Prière de donner au plus tôt une solution positive. » L'acte s'en alla immédiatement sur la table de travail du ministre de la guerre. Enver Pacha n'avait encore jamais refusé d'exaucer aucune requête de Talaat. Lorsque ces messieurs se rencontrèrent le soir à l'endjumen, le conseil privé des ministres, Enver s'avança vers son ami. Le jeune dieu guerrier sourit timidement en faisant battre ses longs cils de jeune fille : « J'ai télégraphié à Dchémal à propos du Musa Dagh, et de façon énergique... » Sans attendre le remerciement de Talaat, il ajouta avec une mignonne grimace ironique : « Vous me devez tous une belle reconnaissance, car c'est moi qui ai envoyé ce vieux maboul en Syrie pour le rendre inoffensif. »

Il y avait à Jérusalem, devant la porte de Jaffa, un hôtel arabe dont les fenêtres donnaient sur la citadelle de David surmontée d'un haut minaret. C'est dans cet hôtel que le généralissime Dchémal Pacha avait provisoirement établi son quartier général, et que vinrent l'atteindre les dépêches d'Enver, du wali d'Alep et des autres fonctionnaires, qui exigeaient de lui une prompte réparation de l'affront arménien. Dchémal Pacha était assis tout seul dans sa chambre. Aucun de ses deux chefs d'état-major, ni Ali Fuad Bey, ni l'Allemand von Frankenstein n'était présent. Dchémal Pacha pouvait donc se laisser aller tout à son aise. Seul Osman, le chef de sa garde du corps, était debout près de la porte ; c'était un vrai colosse de montagnard qui ressemblait à ces mannequins empaillés et couverts d'armes qu'on voit dans les musées de l'armée. La garde du corps de Dchémal était une invention à double but. Son extérieur romantique était destiné à flatter les goûts pompeux des Asiatiques que les guerres modernes sans panache n'arrivaient pas à satisfaire. En même temps, il apaisait un tourment qui régnait dans son âme et qui a, de tout temps, distingué les dictateurs de leurs concitoyens moins favorisés par le sort : la peur de l'attentat. Osman ne devait jamais quitter son maître d'une semelle, et surtout lorsqu'il recevait la visite d'un monsieur de Stamboul. Dchémal, en effet, n'estimait pas impossible qu'un de ses chers frères, Enver ou Talaat, lui envoyât avec d'excellentes recommandations un consciencieux messager de mort. Il lut les dépêches avec attention, en particulier celle d'Enver Pacha. Bien que le cas dont il s'agissait fût sans grande importance, son teint jaune blêmit encore et ses lèvres encadrées d'une énorme barbe noire pâlirent de colère. Le général se leva d'un bond et se mit à arpenter furieusement la pièce. Il était aussi petit qu'Enver, mais pas mignon le moins du monde, et plutôt trapu. Il tenait l'épaule gauche un peu plus haute que la droite ;

aussi les gens qui ne le connaissaient pas le croyaient-ils souvent estropié. On voyait pendre de lourdes mains rouges au bout des manches de sa tunique de général chamarrée d'or. A la vue de ces mains, on comprenait pourquoi une certaine légende le prétendait petit-fils du bourreau de Stamboul. Enver Pacha était fait de la plus légère matière du monde; Dchémal Pacha, de la plus pesante. Chez le premier, tout n'était que rêves et caprices, chez le second, passion et brutalité. Dchémal Pacha détestait le gracieux favori des dieux avec la haine inextinguible des âmes basses. Il lui fallait s'acheter chèrement ce qui pour l'autre tombait du ciel sans qu'il se donnât aucune peine : la gloire militaire, la chance au jeu et la faveur des femmes. Dchémal prit encore une fois en main la dépêche et essaya d'entendre la voix coquette d'Enver derrière les termes administratifs.

A ce moment, le sort des sept communes du Musa Dagh fut plus que jamais en péril. Le moindre billet d'instruction de Dchémal aurait suffi à lancer contre le Damlajik deux bataillons complets d'infanterie, une batterie de canons de campagne et quelques mitrailleuses. Dans ces conditions, malgré Gabriel Bagradian et toute la vaillance arménienne, l'affaire aurait été liquidée dans l'espace d'une heure. Mais tandis que Dchémal relisait les dépêches, la rage du général semblait dépasser son point d'ébullition. Il hurla à Osman ébahi de le laisser seul et de ne plus venir le déranger sous peine de mort. Puis il s'avança vers la fenêtre, mais s'en retira aussitôt de peur que quelqu'un pût le voir dans toute la nudité de son âme. Ah ! s'il avait pu écraser Enver ! Cette poupée qui n'entendait rien à la guerre ! Ce prétentieux, ce favori des milieux raffinés ! Ce faiseur, qui n'avait jamais accompli un véritable exploit mâle, qui avait obtenu par ruse sa réputation de vainqueur, et qui, lors de la reprise d'Andrinople, s'était faufilé en avant avec ses cavaliers une fois que tout était fini depuis longtemps. Et ce vaniteux, cet insignifiant mignon de l'empire ottoman osait donner des ordres à un Dchémal ! Qu'il essaie un peu, ce gigolo retors, de se débarrasser d'un Dchémal en lui donnant le commandement de la Syrie ! La fureur du général contre le Mars de Stamboul traversait les couches les plus profondes de son âme. Elle avait été déclenchée par une ridicule bagatelle. Le télégramme d'Enver commençait par ces mots : « Je vous prie de prendre au plus tôt les mesures nécessaires... » Il n'avait commencé ni par « Votre Excellence » ni même par le simple « Pacha ». Dchémal, c'était un fait, était très à cheval sur les convenances, surtout dans ses relations avec Enver. Il respectait les formes avec un sérieux imperturbable, même dans les réunions de caractère amical. Sa susceptibilité fiévreuse était toujours en éveil pour contrôler si Enver Pacha lui témoignait les honneurs qui lui étaient dus et s'il ne lui dérobait pas un iota de sa dignité. Cette dépêche orgueilleuse sans le moindre titre n'était que la dernière goutte qui fit

déborder le vase de la haine de Dchémal Pacha. Enver, au cours des derniers mois, avait montré à l'égard du général de monstrueuses exigences que celui-ci avait toujours satisfaites sans rien dire. Tout d'abord, Dchémal avait dû renvoyer à Stamboul la huitième et la dixième divisions ; ensuite, ce fut le tour de la vingt-cinquième, et finalement tout le treizième corps d'armée avait été transféré à Bagdad et à Bitlis. Actuellement, le dictateur militaire de la Syrie ne commandait plus que seize à dix-huit misérables bataillons répartis sur une immense étendue entre les sommets de Taurus jusqu'au canal de Suez. C'était la faute d'Enver Pacha et non point celle de la guerre comme il voulait le lui faire croire ; Dchémal, vibrant de colère, en était pleinement convaincu. Comment faire à Enver et à sa clique le plus de mal possible ? Dchémal savait qu'ils considéraient l'extermination des Arméniens comme leur devoir patriotique le plus sacré et lui-même avait souvent professé des opinions semblables. Mais jamais il n'aurait toléré ce dilettantisme bien digne d'Enver qui faisait de la Syrie le grand égout où venait se déverser et mourir l'Arménie entière. Le ministre de la guerre savait bien pourquoi il n'avait pas invité Dchémal aux délibérations au sujet de la déportation. Il ne serait plus resté même une ombre des projets du charmant Enver. C'est une des raisons pour lesquelles ce gracieux vaurien l'avait entraîné vers le Sud-Est. Il se demandait maintenant, dans sa rage vengeresse, s'il ne pourrait pas fermer les frontières de la Syrie, rejeter les convois de déportés vers l'Anatolie et anéantir ainsi toute cette vaste entreprise.
— Au même moment, le colonel von Frankenstein frappa à la porte. Dchémal renonça aussitôt à toutes ces vaines chimères nées de son excitation. Il redevint le général réfléchi, calculateur jusqu'au scrupule, que ses subordonnés avaient coutume de voir en lui. Ses lèvres passionnées d'Asiatique disparurent en un clin d'œil dans sa grande barbe noire. Il s'efforçait toujours, surtout en face du colonel allemand, de donner l'impression d'une logique un peu bougonne, mais irréfutable. Le regard de Dchémal que rencontra von Frankenstein était celui du plus calme et du plus froid des chefs d'armée. Ils s'assirent à la table ; l'Allemand ouvrit sa serviette et en tira des notes qui devaient lui servir à faire son rapport sur la composition des nouvelles troupes en Syrie. Il remarqua alors les dépêches posées devant lui et, sur le dessus, l'ordre d'Enver Pacha :
« Votre Excellence a, je crois, reçu un courrier d'importance...
— Ne vous inquiétez pas de ça, colonel, répliqua Dchémal ; ce qui vaut ici comme règle, ça ne dépend pas du ministre de la guerre, mais de moi seul. »
Et de sa main rouge, il prit la dépêche d'Enver, la déchira en petits morceaux et l'éparpilla par la fenêtre qui donnait sur la citadelle de David. Gabriel Bagradian avait ainsi trouvé un allié involontaire.

Car Dchémal Pacha ne répondit pas à Enver et n'envoya pas non plus un seul homme, ni une mitrailleuse, ni encore moins un canon à Antioche pour prendre le Musa Dagh.

L'inaction de Dchémal Pacha sauva les Arméniens d'une ruine soudaine sans les défendre contre l'encerclement plus lent de la simple mort. Bien que le dictateur de la Syrie et de la Palestine ne daignât pas intervenir en personne, il y avait assez d'autorités militaires de second ordre pour prendre des décisions spontanées. Le sévère commandant, successeur du malheureux bimbachi d'Antioche, avait obtenu du général d'étape à Alep l'envoi de plusieurs compagnies qui y étaient en garnison. D'autre part, le wali laissait prévoir dans une lettre au kaimakam l'expédition d'une grande troupe de saptiéhs. On voit ainsi que le kaimakam' avait eu du succès, grâce à sa requête adressée à Alep. Et le succès stimule toujours l'ambition.

Gabriel Bagradian avait, du haut de son observatoire, souvent eu le sentiment que le Damlajik était le point mort d'un immense système tournant, le repos absolu au milieu d'un mouvement giratoire invisible, mais violent et hostile. Or, aujourd'hui qu'il apercevait les chars à bœufs, les ânes chargés et les longs cortèges humains arrivant de tous côtés dans la vallée des villages, ce mouvement, dont le Musa Dagh formait le point mort, était devenu parfaitement visible. Que signifiait cette inondation ? Le kaimakam qui sentait l'heure venue pour lui de se placer au premier plan dans son parti par une action politique exemplaire, venait d'introduire un nouveau fil d'importance capitale dans la toile où se tramait la mort des Arméniens. Il s'agissait du mouvement national arabe qui, depuis quelque temps, donnait beaucoup de travail aux autorités syriennes. Des sociétés secrètes aux vastes ramifications comme El Ahd, « Le serment », et « Les frères arabes » faisaient une propagande enflammée et active contre Stamboul. Leur but était de réunir un jour toutes les tribus arabes pour en faire un état indépendant et autonome. Là comme partout au monde, le nationalisme despotique travaillait à réduire en malheureux éléments biologiques des empires fondés sur des idées ou même sur des religions. Le califat est un concept divin, tandis qu'être turc, kurde, arménien ou arabe, ce n'est qu'une réalité terrestre. Les pachas de l'ancien temps savaient parfaitement que l'idée d'une unité spirituelle et supérieure, l'idée du califat, était plus noble que la folie de progrès dont quelques arrivistes étaient possédés. Il y avait dans la paresse souvent blasphémée de l'ancien empire, dans son fatalisme, sa vénalité somnolente, une raison d'Etat sagement prévoyante et pleine de renoncement qu'un occidentaliste aux idées courtes, n'attachant de valeur qu'à l'action rapide, ne pouvait pas le moins du monde comprendre. Les vieux pachas étaient assez fins pour savoir qu'un palais majestueux mais en ruines ne supporte guère de réparations. Les Jeunes-Turcs par contre étaient arrivés à détruire dans un éclair l'œuvre de bien des siècles. Ils firent ce qu'en qualité de chefs d'un état composite ils n'auraient jamais dû faire ! Leur propre manie de nationalisme éveilla une tendance analogue chez les peuples asservis par eux. Mais à quoi bon discuter avec les fous de ce bas monde ? Comme il est aveugle, l'œil qui ne peut pas deviner derrière un tel drame son véritable auteur ? Ce que les hommes croient vouloir, ils sont forcés de le vouloir. Si les grands liens surnaturels d'un empire semblent brisés, cela signifie seulement que Dieu a renversé. une fois de plus la partie d'échecs qu'il joue contre lui-même pour en rétablir les figures d'une autre façon.

Le nationalisme arabe, en tout cas, faisait de grands progrès. Il venait du Sud et traversait l'empire turc jusqu'à une ligne imaginaire passant par Mossul, Mersina et Adana. Il fallait bien en tenir compte dans les vilajéts de Syrie, car il se formait sur l'arrière et le flanc de la quatrième armée cette louche résistance passive qui représente le pire danger pour une force militaire sur le point d'exécuter d'importantes opérations. La révolte contre le pauvre bimbachi avait déjà un certain rapport avec cette tendance. Le kaimakam avait eu maintenant l'heureuse idée de gagner à son parti la population arabe de son arrondissement, et cela aux frais des Arméniens. Les possessions arméniennes revenaient à l'Etat, conformément aux lois de la déportation ; du moins en était-il ainsi sur les papiers officiels. En réalité, on abandonnait aux administrateurs des provinces le soin d'en faire ce qu'ils voulaient. Le kaimakam d'Antioche envoya ses fonctionnaires dans tous les cantons plus ou moins proches du Musa Dagh pourvus d'une forte population arabe, dès le lendemain du jour où avait eu lieu la défaite des troupes. Il y fit annoncer qu'on distribuerait gratuitement par portions la région la plus fertile de la Syrie entre Suédja et le Ras-el-Chansir, pays de vignobles et de vergers, de magnaneries et d'apiculture, riche en eau et en bois, autant qu'en maisons et en fermes, à tous ceux qui le jour suivant se présenteraient à temps dans la vallée arménienne. Les mudirs laissèrent habilement comprendre qu'on donnerait la préférence à un cultivateur arabe laborieux, même s'il s'agissait de compétiteurs turcs.

Telle était la raison de cette étonnante migration. Le kaimakam était là en personne ; il resta jusqu'à nouvel ordre à Yoghonoluk pour veiller à une juste répartition et tâcher d'acquérir les faveurs des notables arabes. Il s'installa dans la villa Bagradian après en avoir chassé le mohadchir qui s'y était établi avec toute sa tribu. Au bout de quarante-huit heures, les villages avaient retrouvé une population aussi dense qu'auparavant. Les Arabes et les Turcs, récemment enrichis, fraternisaient. Jamais ils n'avaient vu d'aussi belles maisons.

C'était presque dommage d'y habiter. On avait en un tour de main transformé les églises en mosquées. Dès le premier soir, on y célébra un office religieux. Les mollahs remercièrent Dieu de leur avoir donné ces belles possessions ; il ne restait qu'une ombre au tableau, l'impudente existence, là-haut sur la montagne, de ces porcs impurs de chrétiens. C'était le devoir de tout croyant que de les exterminer. Seulement après les avoir anéantis, on aurait le droit de jouir en paix de ces grasses richesses dans une atmosphère de justice et de gaîté. Les hommes quittèrent les mosquées les yeux brillants. Eux aussi désiraient se débarrasser aussitôt de leurs prédécesseurs dépossédés, afin que disparût de leurs honnêtes âmes paysannes un léger malaise assez désagréable.

D'un œil sombre mais indifférent, les défenseurs du Musa Dagh considéraient la ruine de leur patrie.

Qu'avait donc le temps, maintenant ? Combien d'éternités ne fallait-il pas à un jour pour atteindre paresseusement son déclin ? Mais le jour lui-même, c'était encore d'un pied léger qu'il s'enfuyait par rapport à la nuit aussi lente dans sa marche qu'un limaçon. Où était à présent Juliette ? Demeurait-elle depuis longtemps dans cette tente ? Avait-elle d'ailleurs jamais habité dans une maison ? Avait-elle jadis vécu en Europe ? Et qui était-elle, elle, Juliette ? Certainement pas cet être nouveau, actuellement prisonnier au milieu du peuple de la montagne. Et elle n'était pas davantage la femme qui, chaque matin, se levait en proie à un même étonnement apeuré. Elle glissait hors de son lit son corps blanc et las, posait ses pieds sur le tapis, enfilait un peignoir et s'asseyait sur une chaise pliante devant sa petite coiffeuse pour examiner son visage blafard quoique hâlé par le soleil. Etait-ce possible ? Cette femme aux yeux éteints, au teint brûlé, encadrée de cheveux desséchés, pouvait-elle plaire à un jeune homme ? Depuis quelques jours, Juliette renvoyait ses servantes de bon matin. Alors, de ses mains tremblantes, comme si elle eût commis un crime, elle se mettait à faire sa toilette avec les derniers restes de sa provision de parfums. Finalement, elle s'habillait, nouait à sa taille un grand tablier et attachait autour de sa tête un fichu blanc en forme de voile d'infirmière. Maintenant qu'elle travaillait dans le hangar-hôpital, elle ne portait plus d'autre costume. Ce voile et ce tablier lui faisaient moralement du bien. Elle les considérait comme un uniforme dont l'aspect correspondait parfaitement à sa situation sur le Damlajik.

Avant de quitter sa tente, Juliette se jeta à genoux devant son lit, étreignant son oreiller comme pour repousser encore une fois loin d'elle le jour qui, lui, était déjà levé. Autrefois, des jours — ou des années ? — auparavant, elle s'était sentie entièrement désemparée, malheureuse, mais c'était tout. Aujourd'hui, par contre, elle aurait ardemment désiré retrouver cette détresse exempte de péché. Jamais, depuis que le monde était monde, jamais aucune femme ne s'était conduite d'une façon aussi abjecte qu'elle l'avait fait. Et c'était une femme honnête, consciente d'elle-même, que pas une fois n'avait effleurée la moindre « aventure », bien qu'elle fût mariée depuis longtemps. Mais des centaines d'aventures et de flirts, à Paris, n'au-raient-elles pas semblé n'être que d'insignifiantes bagatelles, comparées à cette infâme trahison en face de la lutte désespérée et de la mort certaine ? Comme une petite fille, Juliette murmurait pour son oreiller : « Ce n'est pas ma faute ! » Mais à quoi bon ? Elle était exposée par l'effet d'une force adverse qu'elle ne connaissait pas, au milieu d'un monde étranger et inexorable, à subir l'emprise de ce qui lui paraissait appa-renté à sa nature. Comme pour faire surgir en elle un contrepoids à cette tendance, elle appela à mi-voix : « Gabriel ! » Mais Gabriel était tout aussi impossible à retrouver que Juliette elle-même. Il lui arrivait de plus en plus rarement de distinguer la véritable image de son mari au milieu de l'album de photographies fanées que constituaient ses souvenirs. Et cet Arménien inconnu, barbu, bruni, qui de temps en temps venait s'asseoir auprès d'elle, avait-il quelque rapport avec Gabriel ? Juliette fut effrayée de voir couler ses larmes ; elle s'essuya soigneusement les yeux et attendit pour sortir qu'ils ne fussent plus aussi rouges ni gonflés.

Bedros Altouni avait renvoyé à pied ou fait porter dans leurs huttes tous les blessés qui n'avaient pas une forte fièvre. Il y avait, pour justifier ces mesures, une raison très délicate. La victoire armé-nienne du 14 août s'était rapidement fait connaître dans les plaines et les montagnes du nord de la Syrie. Cette nouvelle avait touché spé-cialement les déserteurs qui restaient encore cachés sur les autres montagnes. Et en effet, le jour suivant, vingt-deux nouveaux fuyards se présentèrent devant les postes avancés et demandèrent à être admis dans les rangs des combattants. Gabriel Bagradian, qui estimait qu'on ne se méfiait jamais trop des traîtres et des espions possibles, examina méticuleusement les candidats. Comme ils se donnaient tous pour des Arméniens, comme chacun d'eux possédait un fusil Mauser et des munitions et comme, enfin, il fallait réparer les pertes subies, il accepta tous les nouveaux venus. Parmi eux se trouvait un tout jeune homme qui faisait l'impression d'être égaré et quelque peu inconscient ; il affirmait qu'il s'était échappé quatre jours auparavant d'une caserne d'infanterie d'Alep et qu'il n'était pas remis des fatigues de la marche. Le soir même, le jeune homme, livide, se présenta à Bedros Hékim au lazaret, et, après avoir balbutié quelques mots incompréhensibles, il s'évanouit. Le corps du malheureux était secoué par une forte fièvre. Sa poitrine était parsemée de petits points rouges qui augmentèrent encore au cours de la nuit. Bedros Altouni était allé rechercher son traité étranger délaissé depuis longtemps. Mais les hiéroglyphes n'en étaient pas devenus plus lisibles pour lui. Maintenant, il voulait demander un conseil à la Française et lui montrait le malade :

« Regardez un peu celui-là, ma chère ! Qu'en pensez-vous ? »

Juliette n'était pas une femme à s'habituer aux spectacles d'horreur et de misère. Toutes les fois qu'elle entrait dans l'hôpital, elle devait lutter contre la nausée. Elle faisait des efforts, mettait la main à tout, et cependant, sa répulsion et son dégoût, au lieu de diminuer, ne faisaient que s'accentuer. Pourtant, à cette seconde, une exaltation incompréhensible s'empara d'elle. Il lui semblait qu'elle devait expier sur-le-champ sa trahison. Cet être ignoble qui dégageait une odeur intolérable, étendu à ses pieds, la bouche couverte d'écume et secoué de frissons de fièvre, c'était pour elle Gabriel et Stéphan en une seule personne. Juliette s'agenouilla auprès de lui et, comme si elle tombait elle-même en syncope, approcha sa tête, les yeux fermés, de la poitrine creusée du malade :

Soudain la voix de Gonzague lui traversa le cœur et la réveilla :

« Que faites-vous là, Juliette ? C'est insensé... »

Là-dessus, le vieux médecin, lui aussi, parut pris de remords à cause de Mme Bagradian :

« Il vaudrait peut-être mieux pour vous que vous veniez maintenant moins fréquemment chez nous... »

Gonzague fit en cachette un clignement d'œil réprobateur à Juliette. Obéissante, elle le suivit. Au point de vue aussi de ses relations avec Gonzague, le temps n'était plus qu'un inextricable embrouillamini. Quand était-ce arrivé ? Dans quel lointain passé ? Depuis quand, impuissante, le suivait-elle quand il l'appelait ? Comme sa trahison et son silence s'étaient déjà faits graves et lourds ! Gonzague, pourtant, ne s'était pas modifié. Il y avait toujours dans ses regards et ses pensées la même attention soutenue qui ne laissait échapper aucun détail à son contrôle constant. La vie de camp n'avait pas encore altéré sa personne, sa raie restait impeccable à toute heure du jour, son complet était brossé de façon irréprochable, son corps était propre, sa peau claire, son haleine appétissante. L'aimait-elle ? C'était quelque chose de beaucoup plus effrayant ! Un amour malheureux imagine toujours une solution, même si ce n'est qu'en rêve. Mais ce sentiment-là n'était qu'une impasse. Gonzague paraissait souvent être moins présent que Gabriel. C'était au début un être agréable, familier et rassurant, désorienté dans le monde, éveillant la sympathie, et voilà qu'il s'était changé en une force inexorable à laquelle il n'y avait pas moyen d'échapper, contre laquelle il n'existait pas de remède. Lorsqu'il la touchait, elle éprouvait une sensation qu'elle n'avait encore jamais connue. Mais cette sensation faisait croître aussi la haine que la femme infidèle s'inspirait à elle-même. Déjà bien des recoins encadrés d'arbustes ou de buissons, du côté de la mer, avaient été des témoins, heureusement muets. Avec une dernière révolte de son orgueil, Juliette songeait : « C'est moi qui suis là couchée par terre, moi... ? » Mais Gonzague savait parfaitement écarter d'eux toute chose laide. Peut-être était-ce un génie de la spécialisation comme le sont les joueurs, les collectionneurs et les chasseurs qui eux aussi n'ont développé en eux qu'un seul goût et un seul don, mais d'une façon exagérée. Il avait une autre qualité qui le faisait ressembler à ces gens-là : une patience inépuisable qui veut à tout prix atteindre son but. C'était cette patience qui avait amené Gonzague au Damlajik et lui avait permis d'attendre son jour avec une modestie sûre d'elle. La concentration de son moi éveillait en Juliette des phénomènes opposés de dislocation et d'apathie. Il lui semblait que son esprit se détachait d'elle, faisant place à une force écrasante. Comme une plante grimpante aux feuilles velues et répugnantes, une destinée intérieure se cramponnait en elle et voulait peu à peu défendre l'accès de son âme à la lumière. Ils étaient assis sur l'un des emplacements qu'ils appelaient entre eux « la Riviéra ». Gonzague partagea sa cigarette en deux moitiés et en alluma une avec mille précautions : « Il ne m'en reste plus que cinquante... »

Et comme s'il voulait se rassurer et dissiper les soucis que lui causait la diminution de son tabac, il ajouta : « D'ailleurs, nous n'allons bientôt plus rester à moisir ici... »

Elle le regarda, abasourdie. La voix de Gonzague resta nonchalante :

« Je veux dire que nous allons partir tous les deux, toi et moi ! Il en est temps. »

Elle semblait toujours ne pas le comprendre. Alors il lui exposa son plan avec la précision la plus sèche. Seules les deux premières heures seraient un peu pénibles. Une petite excursion en montagne, rien de plus. Il fallait grimper quelque temps sur l'arête rocheuse du côté du Sud, pour descendre du petit village d'Habaste dans la plaine de l'Oronte et atteindre la route de Suédja. Il avait passé la nuit précédente à reconnaître ce chemin; or, sans souffrir le moindre mal ni sans rencontrer un seul homme, il était arrivé dans la région de la distillerie et jusqu'au domicile du directeur qui, comme Juliette le savait, était un Grec et une personnalité influente. Gonzague était étonné de voir comme tout son plan était simple et naturel.

« Le directeur se met entièrement à notre disposition. Le 26 août, le petit vapeur de cabotage qui fait le service de la distillerie partira pour Beyrouth avec un chargement et jettera deux fois l'ancre, à Latakijeh et Tripoli, et il doit, selon toutes les prévisions, arriver le 29 à Beyrouth. Le vapeur sera surmonté du pavillon américain. Il s'agit en effet d'une société commerçante américaine. Le directeur affirme qu'il n'y a pas le moindre danger, car la flotte de Chypre doit de nouveau croiser pendant ces jours-là. Tu auras ta cabine particulière, Juliette. Quand nous serons à Beyrouth, la partie sera gagnée. Le reste n'est qu'une question d'argent, et de l'argent, tu en as... »

Les yeux de Juliette se firent tout noirs :

« Et Gabriel, et Stéphan... ? »

Gonzague, sans se démonter, souffla sur son complet pour en faire tomber un petit tas de cendres :

« Gabriel et Stéphan ? On reconnaît, rien qu'à les voir, leur nationalité arménienne. J'ai aussi interrogé le directeur à ce sujet. Il refuse de faire quoi que ce soit pour un Arménien. Comme il est très bien avec le gouvernement turc, il ne peut pas s'exposer pour une telle affaire. Il m'a clairement expliqué tout cela. Il n'y a malheureusement pas moyen de sauver Gabriel Bagradian ni Stéphan. »

Juliette s'écarta légèrement :

« Et moi, il faut que je me laisse sauver... Par toi... »

Gonzague secoua un peu la tête, comme s'il ne pouvait admettre les soucis exagérés de cette femme :

« Lui-même déjà voulait te renvoyer... je t'en prie, fais un peu appel à ta mémoire, Juliette. Et même avec moi ! »

Elle pressa ses poings contre ses tempes :

« Oui, il voulait me faire partir avec Stéphan... Et moi, je lui ai fait cela... Je lui mens en face...

— Tu ne devrais pas lui mentir, Juliette. Au contraire ! Tu dois lui dire toute la vérité. Dès aujourd'hui, ce serait le mieux. »

Juliette sursauta. Ses traits étaient rouges et enflés :

« Quoi ? Je devrais l'assassiner ? Le destin de cinq mille hommes repose dans sa main. Et c'est dans un tel moment que je devrais l'assassiner ?

— De si grands mots défigurent tout, dit Gonzague d'un ton grave et sans se lever. D'habitude, ce sont des étrangers que nous tuons. Et cela nous arrive quotidiennement. Mais parfois aussi, il nous faut choisir entre notre propre vie et celle de ceux qu'on appelle nos proches... Or, Gabriel Bagradian est-il encore vraiment ton proche ? Et crois-tu réellement que ce serait l'assassiner que de te sauver, Juliette ? »

Les paroles tranquilles et les yeux résolus de Gonzague l'attirèrent à nouveau de leur côté. Gonzague prit la main de Juliette et lui exposa avec la clarté d'un bon pédagogue toute sa philosophie. Chacun de nous ne vit qu'une fois et qu'en une seule personne. Aussi n'avons-nous d'obligations qu'envers notre propre vie et envers nul autre; et de quoi est faite cette vie, quelle est sa vraie nature ? C'est une longue chaîne de vœux et de désirs. Qu'importe s'ils sont souvent de pures imaginations; l'essentiel, c'est qu'ils soient forts. Notre devoir est de réaliser sans scrupules les vœux et les désirs de cette vie, car elle n'a pas d'autre sens. C'est pourquoi nous courons des dangers et nous nous exposons même à la mort, car, hors des efforts que nous faisons pour satisfaire nos désirs, il n'y a pas de vie à proprement parler. Gonzague se donnait lui-même comme exemple de ce mode d'existence, le seul qui fût logique et sincère. Il n'avait pas hésité un seul instant à accepter des dangers et une installation des plus incommodes à cause de son amour. Puis il tira de son exposé cette conclusion méprisante :

« Mais ce que toi, Juliette, tu prends pour des égards, de l'affection et du sacrifice, ce n'est qu'une peur trop commode. »

La tête de Juliette vint tomber lourdement contre l'épaule de Gonzague. Les forces intérieures qui la torturaient surgirent de nouveau en elle avec une violence tumultueuse :

« Comme tu es précis, Gonzague. Ne sois donc pas si clair et si précis, Gonzague, c'est effrayant ! Je ne peux pas le supporter. Pourquoi n'es-tu donc plus comme auparavant..? »

La main légère de Gonzague, une merveilleuse magicienne capable d'éveiller mille tendresses inconnues, caressait doucement son bras, sa poitrine, et descendait le long de ses hanches. Elle fondait en larmes, balbutiante. Gonzague la consola :

« Tu as encore le temps de te décider. Sept jours entiers. Il est vrai que d'ici là, Dieu sait ce qui aura pu arriver...? »

Ter Haigasoun, après un long délai, avait convoqué le grand conseil des chefs. Les hommes étaient assis sur les longs bancs de la salle des séances dans la baraque du gouvernement. Seul le pharmacien Krikor assistait du fond de sa chambre aux délibérations sans y participer par un seul mot. Il ne parlait presque plus avec personne d'autre qu'avec lui-même, mais il le faisait d'une façon très fréquente et pendant les heures les plus solitaires de la nuit. Quelqu'un qui eût été témoin de ces monologues, n'en aurait pas retiré le moindre enseignement. Krikor alignait en effet à la file indienne des termes ronflants empruntés à des lexiques, sans aucun rapport les uns avec les autres, perdu dans un rêve. Cela donnait à peu près des successions dans ce genre : « Noyau terrestre incandescent... axe céleste... constellation de la Pléiade... fécondation des fleurs... » Il lançait ces mots splendides dans l'air où ils restaient à flotter au-dessus de lui. Il construisait avec eux une coupole de mosaïques scientifiques étincelantes au milieu de laquelle il était assis avec le sourire énigmatique d'un prêtre bouddhiste. Il existe un degré de richesse parfaite et ascétique qui ne peut plus se partager, car toute chose sublime est asociale. C'est peut-être ce degré qu'avait atteint Krikor. Il n'enseignait plus les hommes. Ses anciens disciples, les instituteurs, ne venaient plus vers lui et il ne les recherchait pas. Les temps flatteurs étaient passés, ces temps où, en de longues promenades nocturnes avec Oskanian, Chatakhian, Asajan

et divers autres personnages terre à terre, il donnait au monde des
étoiles les nombres et les noms que son esprit épris d'infini se plaisait à inventer. Maintenant, les étoiles et les mots gigantesques tournaient et viraient silencieusement au fond de lui et il n'éprouvait plus
le besoin ardent d'en révéler l'existence avec enthousiasme. Le pharmacien Krikor ne pouvait guère dormir plus d'une heure. Une douleur
cuisante, chaque jour plus forte, contractait ses nerfs et ses articulations. Lorsque Bedros Altouni constatant l'état physique de son ami,
l'interrogea en médecin sur son mal, il reçut en latin une réponse
triomphante : « Rheumatismus articulorum et musculorum. » Pas
une seule fois, une plainte ne s'échappa des lèvres de Krikor. Cette
maladie lui était envoyée pour faire éclater la toute-puissance de
l'esprit. Elle avait encore une autre conséquence. Autour de lui,
tout perdait sa vie. A grands pas, la réalité s'éloignait de lui. Par
exemple, ce jour-là, pendant que siégeait le conseil, il écoutait les mots
prononcés avec des yeux très attentifs et remuait ses lèvres comme
un sourd-muet qui veut reproduire des syllabes qu'il ne comprend pas.
On aurait dit qu'il ne pouvait plus comprendre les mots d'un usage
quotidien.

La discussion, cette fois, dura plusieurs heures. Awakian et le
secrétaire de mairie de Yoghonoluk étaient assis à part pour enregis-
trer dans leur protocole les décisions importantes. La garde qui assurait le service d'ordre dans le camp s'était installée devant la baraque
du gouvernement, et sur l'initiative personnelle de Ter Haigasoun.
Comme le prêtre était toujours opposé aux démonstrations décoratives,
il y avait tout lieu de supposer qu'il avait pris cette mesure de sécurité par raison majeure. Bien qu'aujourd'hui la garde gouvernementale n'eût pas de devoirs particuliers, il pouvait néanmoins venir
un jour dangereux où les chefs auraient besoin d'un service d'ordre.
Ter Haigasoun présidait le conseil, comme toujours, les yeux demi-
clos et dans une attitude frileuse et lasse. En qualité d'administrateur
intérieur, le pasteur Aram Tomasian fit un rapport sur la situation
alimentaire que le prêtre avait choisi comme premier point de l'ordre
du jour. Il traça une image exacte de l'état des choses. Après la catastrophe de l'orage, l'incendie de la grange causé par l'obus avait détruit
non seulement les restes de farine, mais encore toutes les autres denrées
précieuses : toute l'huile, tout le vin, tout le sucre, et, sans parler du
superflu, comme le tabac et le café, la chose la plus indispensable de
toutes, le sel. Trois jours encore, pas davantage, on pourrait saler la
viande. Et quant à cette viande dont le goût déjà trop connu répugnait
à tous les estomacs, elle diminuait dans des proportions absolument
effrayantes. Les mouchtars présents avaient effectué un recensement
du bétail et calculé que, depuis l'arrivée, les troupeaux s'étaient réduits
d'un tiers. Il fallait donc changer le système de répartition. Le pasteur

donna ensuite la parole au mouchtar Thomas Kéboussjan, en lui demandant de décrire l'état des troupeaux en expert. Kéboussjan se leva, branla la tête en tous sens et, de ses yeux inégaux de paysan, il se mit à regarder tout le monde et personne. Il commença par d'émouvants et interminables regrets à propos de la perte de ses beaux moutons. Il ne reconnaissait plus ses chères bêtes. À l'âge d'or de la vie antérieure, un mouton bien venu pesait de 45 à 50 okas. Or, maintenant, le même animal n'avait plus guère que la moitié de son poids. Le mouchtar indiquait deux causes responsables de cette diminution. La première était plutôt d'ordre sentimental. Cette maudite communauté des biens — bien qu'il n'en méconnût pas la nécessité, — ne réussissait pas aux moutons. Il connaissait bien ses bêtes. Elles maigrissent, dit-il, parce qu'elles n'appartiennent plus à personne, parce qu'elles ne sentent pas derrière elles un propriétaire qui s'occupe de leur prospérité et de leurs souffrances. Sa deuxième raison, moins personnelle et plus compréhensible, était la suivante. Les meilleurs pâturages à l'intérieur des limites de défense sur lesquels non seulement les moutons et les chèvres, mais encore les ânes allaient brouter, étaient presque complètement dégarnis. Ce bétail mal nourri ne pouvait se faire ainsi qu'une maigre viande coriace et pas la moindre graisse. Quant au lait, ce n'était pas une question plus réjouissante. On ne pouvait plus parler ni de beurre ni de fromage. Kéboussjan, d'un ton plaintif et mélancolique, arriva à la conclusion qu'il fallait trouver d'autres pâturages pour améliorer l'état des troupeaux. Gabriel Bagradian s'insurgea violemment contre cette proposition. On ne vivait pas en temps de paix ni de joie, mais tout au plus dans une arche de Noé, au milieu d'un déluge de sang. Il n'y avait pas lieu de penser à aucune liberté, ni pour l'homme ni pour le bétail. Les espions turcs entouraient de tous côtés la ceinture de défense. Laisser paître les troupeaux en dehors de cette ceinture, même sur les hauteurs septentrionales du Musa Dagh, c'était une tentative trop risquée dont personne ne pouvait prendre la responsabilité. Il devait bien y avoir, que diable, d'autres pacages dans les limites du camp. Qu'on emmène par exemple les bêtes sur un des mamelons élevés. « Sur les mamelons, l'herbe est courte et brûlée », interrompit le mouchtar d'Habibli, « pas même des chameaux ne pourraient la brouter. » Bagradian ne se laissa pas désorienter : « Mieux vaut avoir une maigre viande que pas de viande du tout ! » Ter Haigasoun se rangea à l'avis de Bagradian et pria le pasteur de continuer son rapport. Aram Tomasian en arriva à l'absence de pain, à l'alimentation uniquement carnée et à ses conséquences. Pour cent raisons dont la moindre n'était pas la diminution constante des troupeaux, il était nécessaire de se procurer des succédanés quelconques. Depuis que les villages s'étaient repeuplés, il ne fallait plus espérer chercher du butin dans la vallée. D'autre part, Bedros Altouni pouvait confirmer le fait que l'absence d'une nourriture variée avait déjà porté préjudice à la santé du peuple. On voyait de plus en plus des visages pâles et des silhouettes chancelantes. Quoi qu'il en coûtât, il fallait introduire du changement dans la nourriture. Aram Tomasian exposa alors son projet : on avait jusqu'à présent trop peu tenu compte de la mer. A certains endroits de la falaise, il était très facile d'atteindre la côte par une descente d'environ une demi-heure. Lui-même avait récemment découvert, au cours de ses explorations, un ancien sentier à mulet hors d'usage que l'on pourrait améliorer sans trop de peine. Ne possédait-on pas en effet parmi les hommes des villages et les déserteurs des cantonniers professionnels ? En deux jours de travail, ils pourraient établir une relation commode entre le camp et la mer. Il faudrait, d'autre part, organiser un groupe de jeunes gens, de femmes vigoureuses et de grands garçons des cohortes pour aménager des marais salants dans les anfractuosités des récifs et installer une petite pêcherie. Un radeau confectionné de quelques troncs et quelques rames suffira à s'avancer à quelques centaines de mètres dans la mer dans une région paisible. Aujourd'hui même, il faudrait donner l'ordre aux femmes expertes dans ce domaine de confectionner des sennes avec des matériaux de fortune. Il y avait assez de cordes dans le vallon de la ville. Et ce n'était pas tout ! Aram Tomasian se rappelait avoir été dans sa jeunesse un amateur passionné de la chasse aux oiseaux. Les gamins de Yoghonoluk n'avaient certainement pas, entre temps, désappris cet art. C'était le moment ou jamais de sortir reginglettes et lacets ! On ne pouvait malheureusement pas penser à des chasses d'autre genre.

La proposition du pasteur Aram fut accueillie à l'unanimité; on en examina les moindres détails. Le conseil lui donna l'ordre d'organiser lui-même ces institutions de salut. L'orateur suivant fut Bedros Hékim qui fit un rapport sur la situation sanitaire. Sur les 41 blessés du dernier combat, presque tous, grâce à Dieu, sauf quatre hommes atteints d'une forte fièvre, se trouvaient hors de danger. Il en avait déjà renvoyé 28 à leurs familles. Mais il était beaucoup plus inquiet au sujet de la nouvelle et étrange maladie qu'avait apportée le jeune déserteur d'Alep. Ce dernier agonisait depuis la veille et était probablement mort à l'heure actuelle. Mais en outre, on constatait sur d'autres pensionnaires du lazaret des signes fort évidents de contagion : accès d'étouffement, fièvre très forte et vomissements. Il s'agissait par conséquent d'une maladie épidémique dont les journaux d'Alep, Altouni s'en souvenait, avaient beaucoup parlé au cours des mois précédents. Or, une épidémie, en se répandant à travers le camp, pouvait y causer des ravages aussi grands que les Turcs. Aussi avait-il aujourd'hui, dès l'aube, pris soin d'isoler complètement des autres malades ceux qu'il soupçonnait porteurs de germes. Il y avait, comme chacun le savait, entre les deux mamelons supérieurs, assez loin du vallon de la ville, un petit bois de hêtres très ombragé où coulait un cours d'eau. Ce bois où ne passaient presque jamais ni les combattants ni les habitants du camp, avait été choisi pour devenir l'hôpital des maladies infectieuses. Le conseil des chefs de son côté devrait s'occuper de constituer un groupe de gardes pour cet hôpital avec les gens les moins utilisables du camp à qui il serait désormais interdit d'entrer en contact avec le reste du peuple. Bedros Hékim donna comme parfait exemple pour ce service de garde Kéwork, le danseur à la branche fleurie. Puis il se tourna vers Bagradian :

« Mon ami, je te prie instamment de demander à Juliette Hanoum de ne plus venir soigner les malades. Certes, je perdrai en elle une très précieuse assistante, mais, pour parler franc, sa santé m'est encore plus précieuse que son aide. J'ai peur pour ta femme, sans parler du danger d'infection, mon fils. Nous autres, nous sommes de rudes gens et notre patrie n'est qu'à un mille de nous. Mais depuis que nous sommes sur le Damlajik, ta femme a beaucoup changé. Elle donne parfois des réponses fort étranges. Ce n'est pas seulement dans son corps qu'elle semble souffrir. Elle n'est pas faite pour cette vie. Et comment pourrait-il en être autrement ? Occupe-toi un peu plus d'elle, c'est le conseil que je te donne. Le mieux pour elle, ce serait de rester toute la journée au lit et d'y lire des romans qui emportent son esprit bien loin de nous. Notre Krikor, heureusement, possède assez de livres français pour distraire de leur misère toute une colonie de belles « madames ».

En entendant les avertissements d'Altouni, Gabriel tressaillit à la conscience de sa faute. Il se rappela non sans remords que depuis deux jours il n'avait presque pas dit un seul mot à Juliette.

Mais sans plus attendre, Ter Haigasoun posa à brûle-pourpoint cette question à Gabriel Bagradian :

« Quel est le véritable état de nos forces défensives, Gabriel Bagradian ? Combien de temps au plus pourrons-nous résister aux Turcs ?

— C'est une question à laquelle je ne peux pas répondre, Ter Haigasoun, déclara Gabriel; la défense dépend toujours de l'offensive. »

Ter Haigasoun dirigea droit dans les yeux de son interlocuteur son regard de prêtre timide et pourtant décidé :

« Dites-nous franchement votre opinion telle qu'elle est en vérité, Gabriel Bagradian !

— Je n'ai aucune raison de faire des réserves pour ménager le conseil des chefs en ce qui concerne mon opinion, Ter Haigasoun. Je suis fermement convaincu que notre situation est désespérée... »

Après une courte réflexion, il justifia son opinion en quelques phrases. Jusqu'ici, on avait repoussé deux graves assauts de façon sanglant .Sans aucun doute, le gouvernement turc devait être aigri

374

jusqu'à la rage. Qui sait si le généralissime Dchémal Pacha n'allait pas en personne prendre en main la guerre contre le Damlajik ? Bagradian était très porté à le craindre. De toute façon, la troisième attaque ne serait pas comparable, et de beaucoup, aux deux précédentes.

Puis, Gabriel Bagradian présenta une motion extrêmement importante. Aussi fou que pût paraître tout espoir de salut, le conseil des chefs n'avait pas le droit de se soumettre à l'inévitable destin et de l'attendre passivement. Non, rien, rien du tout, n'était assez négligeable pour mériter de ne pas être essayé. Evidemment, la mer était effrayante par son vide; on aurait dit à la voir que la navigation n'avait pas encore été inventée jusqu'à aujourd'hui. Et pourtant, qui sait ? Peut-être contre toute probabilité et espérance, un torpilleur des alliés croise-t-il devant la rade d'Alexandrette :

« Supposez cette éventualité possible. C'est notre devoir de ne pas la laisser passer sans l'utiliser. Et avons-nous déjà pensé au consul américain d'Alep, Mr. Jackson ? A-t-il entendu parler des combats que livrent des chrétiens sur le Musa Dagh et de leur détresse ? C'est notre devoir que de l'en avertir et d'exiger la protection du gouvernement américain. »

Gabriel Bagradian exposait son nouveau plan. On devait envoyer deux groupes de messagers, les uns à Alexandrette, les autres à Alep, à Alexandrette, les meilleurs nageurs, à Alep, les meilleurs marcheurs. La tâche des nageurs n'était pas très difficile, car la baie d'Alexandrette n'était qu'à 35 milles anglais au nord, et l'on pouvait prendre le chemin passant par des sommets solitaires. Le but véritable de l'entreprise — atteindre à la nage les navires de guerre dans la baie — demandait beaucoup d'énergie et une extrême résistance physique. Ceux de l'expédition d'Alep n'avaient pas à réaliser une telle prouesse de volonté, mais ils devaient accomplir un trajet de 85 milles, la nuit seulement, sans utiliser la grand'route, loin de toute habitation humaine, et pourtant en perpétuel danger de mort. Néanmoins, si ces courriers arrivaient à atteindre la maison de Mr. Jackson, ils étaient presque certainement sauvés.

Ce plan de Gabriel Bagradian, qui donnait une chance au plus risqué des espoirs et agissait ainsi en sens inverse de la conscience de la mort, fut discuté avec passion. On arrêta à deux le nombre des nageurs; pour Alep, un seul jeune homme au besoin pouvait suffire. A quoi bon, en effet, mettre inutilement plusieurs existences en péril ? Deux personnes ont moins de peine à ne pas se faire remarquer qu'un groupe de trois, et une seule se faufile plus facilement que deux entre les mains des douaniers et des saptiéhs. Sur la proposition de Ter Haigasoun, on décida de choisir les nageurs et les coureurs parmi ceux qui se présentaient comme volontaires. Les coureurs (on n'avait pas encore fixé s'il y en aurait un ou deux) devaient remettre une lettre au consul général américain, et de même les nageurs emporteraient un message pour le commandant du navire présumé. On leur coudrait ces papiers à l'intérieur de leurs ceintures de cuir. — Ter Haigasoun fixa le jour, l'heure et les conditions dans lesquelles aurait lieu l'engagement volontaire pour ces missions. Il dicta au petit secrétaire de mairie un appel au peuple à cet effet. On ordonna aux munadirs, ou tambours de ville, de le proclamer le soir même. Gabriel Bagradian s'offrit à composer la lettre pour Mr. Jackson. Aram Tomasian se chargea de rédiger le manifeste pour les navires de guerre. Ce dernier a été conservé comme document des quarante jours.

« A l'amiral, au capitaine de vaisseau ou au commandant anglais, américain, français ou italien, entre les mains duquel arrivera cette pétition.

« Sir ! Nous avons recours à vous au nom de Dieu et de la fraternité humaine. Nous, qui sommes la population de sept villages arméniens, en tout environ cinq mille âmes, nous nous sommes réfugiés sur le plateau du Musa Dagh qu'on appelle le Damlajik et qui est situé à trois heures à pied au nord-ouest de Suédja et sur la côte abrupte de la mer.

« Nous y avons cherché un abri contre la barbarie et la cruauté des Turcs. Nous avons organisé une défense armée pour éviter à nos femmes la violation de leur honneur.

« Sir ! Vous avez certainement entendu parler de la politique destructive que pratiquent les Jeunes-Turcs contre notre peuple. Sous les apparences d'un simple changement de résidence, sous le prétexte mensonger d'une précaution prise contre un mouvement de révolte qui, en réalité, n'a jamais existé, ils chassent nos compatriotes de leurs demeures, leur volent leurs champs, leurs vergers, leurs vignes et tous leurs biens, meubles et immeubles. C'est ce qui est arrivé, entre autres, comme nous avons pu nous en rendre compte, à la ville de Zeitoun et aux 32 villages qui en font partie... »

Ensuite Aram Tomasian décrivait ce qu'il avait vu de ses propres yeux dans le convoi de Zeitoun à Marach. Puis il parlait de la déportation des sept villages, et dépeignait la situation désespérée du peuple sur le Damlajik en termes vibrants d'indignation. Le manifeste se terminait par ces pressants appels à l'aide :

« Sir ! Nous vous implorons au nom du Christ !

« Emmenez-nous, nous vous en prions, à Chypre, ou sur quelque autre territoire libre. Nos compatriotes ne sont pas des gens paresseux. Nous gagnerons notre pain au prix du plus dur travail que l'on nous donnera à faire.

« Si c'est demander plus que vous ne pouvez accorder, recueillez au moins nos femmes, nos enfants, nos vieillards ! Quant à nous, les combattants, veuillez avoir la bonté de nous fournir assez d'armes, de munitions et de vivres pour que nous puissions nous défendre contre les forces de l'ennemi, et jusqu'au dernier soupir !

« Nous vous en supplions, Sir, n'attendez pas qu'il soit trop tard !

« Au nom de tous les chrétiens du Damlajik,

« Votre dévoué serviteur,

« Pasteur A. T. »

Ce manifeste fut rédigé en deux langues ; sur un côté de la feuille, il était en français, sur l'autre en anglais. Les deux textes furent revus et corrigés par Hapeth Chatakhian, grand maître ès stylistique et langues étrangères. Cependant, la tâche de les faire tenir, écrites en lettres minuscules mais lisibles, sur de fines feuilles de papier revint non pas à l'instituteur Oskanian, calligraphe réputé à la ronde et incontesté en tous genres d'écritures, mais à Samuel Awakian qui était un artiste beaucoup plus modeste. Hrand Oskanian se leva en sursaut de son siège, regardant Ter Haigasoun d'un tel air qu'il semblait vouloir le provoquer en duel, lui et tous les membres de l'assemblée. Cette nouvelle humiliation lui coupait la parole. Ses lèvres s'agitaient sans laisser sortir aucun souffle. Ter Haigasoun, son ennemi juré, lui fit cependant un aimable sourire :

« Assieds-toi, instituteur Oskanian, et reste tranquille ! Ton écriture est en effet beaucoup trop élégante pour notre but. Personne en la voyant ne croirait à la sincérité de notre misère, si l'on nous savait capables de réaliser tant de beaux paraphes et enjolivures. »

Mais le nain noir marcha la tête haute vers Ter Haigasoun :

« Prêtre ! Tu fais erreur sur mon compte. Dieu sait que je ne suis pas jaloux le moins du monde à propos de cette stupide histoire de gribouillage. »

Il brandit effrontément jusque sous le nez de Ter Haigasoun ses deux poings fermés de vaillant guerrier, tandis qu'il ne pouvait réprimer dans sa voix un tremblement de colère :

« Il y a longtemps que ces mains-là n'ont plus rien à voir avec la calligraphie, car elles accomplissent d'autres exploits, et elles l'ont prouvé, bien que cela te fâche ! »

A part ce ridicule incident, cette importante séance du conseil se déroula dans un calme et une concorde absolus. Même le sceptique Ter Haigasoun en fut satisfait.

Ce jour-là, après l'assemblée, Gabriel ne trouva sa femme ni dans la tente ni dans son coin de réception au milieu du bosquet des myrtes. Les instituteurs Oskanian et Chatakhian s'y étaient également retrouvés, comme souvent pendant ces derniers jours, pour présenter une fois de plus leurs hommages à Mme Bagradian. Lorsque Gabriel aperçut les visages des instituteurs, il fit volte-face et quitta les lieux. Irrésolu, il s'éloigna de la place des trois tentes, et fit quelques pas dans la direction de la « Riviéra ». Il se demandait où Juliette pouvait bien se trouver à cette heure. Déjà il allait partir pour le vallon de la ville, lorsque Stéphan vint à passer par là. Le jeune garçon était comme toujours entouré de la grande bande d'Haik. Le sombre Haik en personne marchait en avant à quelques pas des autres, comme pour marquer par là une distance respectueuse, peut-être son rang de chef, ou au moins sa supériorité indépendante. Le pauvre Hagop, par contre, toujours furieux et rapide, se tenait constamment aux côtés de Stéphan, tandis que les autres étaient dispersés sans aucun ordre et criaient à tue-tête. Sato, selon son habitude, formait l'arrière-garde et épiait les alentours. Les enfants ne firent aucunement attention au chef suprême de la défense et se disposaient à passer devant lui en tumulte sans le saluer, sans lui donner le moindre signe de respect. Gabriel appela son fils d'un ton sévère. Le conquérant des obusiers finit par se détacher de la troupe soudain immobilisée et s'avança avec cette démarche pesante et simiesque qu'il avait déjà copiée sur celle de ses camarades. Ses cheveux tout ébouriffés lui pendaient sur le front. Son visage était rouge et humide. Ses yeux semblaient couverts comme d'une taie par un voile d'ivresse effrénée. Son sarrau était déjà plein de déchirures et de taches de sa propre fabrication. Gabriel Bagradian l'interrogea d'un ton sévère et contrarié :

« Peux-tu me dire un peu ce que tu fais au juste ici ?... »

Stéphan avala sa salive et indiqua vaguement plusieurs directions :

« Nous courons... nous jouons... nous n'avons pas de service en ce moment.

— Vous jouez ? De grands garçons comme ça ? Et à quoi jouez-vous ?

— A rien... Enfin, tu vois... papa... »

En prononçant ces mots entrecoupés, Stéphan regardait étrangement son père par en dessous comme pour lui demander : « Pourquoi veux-tu, papa, détruire la situation que je me suis acquise si péniblement dans cette société ? Si tu m'abaisses maintenant devant eux, ils vont tous rire de moi. » Mais Gabriel ne comprit pas ce regard :

« Ton extérieur n'a plus rien d'humain, Stéphan. Oses-tu vraiment te montrer à ta maman dans cet état ? »

Le garçonnet ne répondit pas, gardant les yeux fixés à terre, l'air douloureux. Heureusement encore, son père lui avait parlé en français. Mais l'ordre qui suivit fut prononcé en arménien, si bien que la bande put parfaitement l'entendre :

« Va-t'en immédiatement te laver et te changer dans ta tente ! Ce soir, tu viendras te présenter à moi et tâche d'avoir l'air convenable ! »

Gabriel Bagradian s'éloigna, de mauvaise humeur, vers la direction sud, puis il s'arrêta soudain. Le gamin aurait-il obéi à son ordre ? Il était presque certain du contraire. Et en effet, lorsqu'il entra un peu plus tard dans la tente de cheik, il n'y trouva pas Stéphan. Gabriel se demanda quelle punition il pourrait bien infliger à son fils ; il ne s'agissait pas en effet dans ce cas d'une simple désobéissance envers son père, mais d'un acte d'insubordination envers le chef suprême. La question des punitions sur le Damlajik n'était pas sans complications. Bagradian s'approcha de sa malle qui se trouvait dans cette tente et en tira un livre, au petit bonheur. Le conseil que le Dr Altouni lui avait donné pour Juliette, c'est-à-dire celui de lire quelque histoire qui l'entraînât loin de cette effroyable réalité, avait éveillé en lui un désir analogue. Pourquoi n'aurait-il pas le droit de s'accorder quelques heures de loisirs pour oublier ce monde impitoyable et son impitoyable moi. Il n'y avait rien à craindre pour ce jour-là. La journée était déjà avancée. De tous les points, les observateurs avaient envoyé le même message : rien à signaler dans la vallée. Une patrouille d'éclaireurs qui s'était risquée presque jusqu'à Yoghonoluk était revenue en disant qu'elle n'avait pas aperçu un seul saptiéh dans toute la région. Gabriel regarda le titre du livre jaune qu'il avait tiré. C'était un roman de Charles-Louis Philippe qui lui avait plu, bien qu'il ne s'en souvînt plus exactement. Il savait en tout cas qu'on y trouvait de petits cafés avec des tables et des chaises sur la rue. Un brillant soleil éclairait les boulevards poussiéreux de la banlieue. Une cour minuscule avec un acacia et, au milieu, une plaque d'égout toute verdie par la mousse. Et cette misérable cour respirait un printemps plus printanier que toute la splendeur du Musa Dagh en mars, avec ses rhododendrons, ses myrtes, ses anémones et ses narcisses. De vieux escaliers de bois où il fait sombre et dont les marches usées par les pas sont creusées en forme de coquilles. On entend descendre en claquant le pas d'une femme invisible...

Lorsque Gabriel ouvrit le livre, il en tomba un billet carré. Le petit Stéphan l'avait écrit quelques années auparavant. A ce moment-là — c'était aussi en août — Gabriel prenait justement part à Paris à une conférence fort importante entre Jeunes-Turcs et Dachnakzagan, pendant que Juliette était en villégiature à Montreux avec Stéphan. La petite lettre de l'enfant qui, depuis ce lointain mois d'août était restée dans le roman parisien de Charles-Louis Philippe, ne savait rien encore de l'effroyable avenir. Elle était écrite avec ces caractères raides et tranquillement appliqués d'un petit Français des classes enfantines :

« Mon cher papa, comment vas-tu ? Resteras-tu encore longtemps à Paris ? Quand viendras-tu nous rejoindre ? Il nous tarde bien de te voir, à maman et à moi. Nous nous plaisons beaucoup ici. Je t'embrasse bien fort. Ton fils affectionné.

« STÉPHAN. »

Gabriel était assis sur le lit où dormait habituellement Gonzague Maris. Il ne pouvait détacher ses yeux des traits tremblés de l'écriture enfantine. Il lui semblait inconcevable que l'enfant élégamment habillé qui avait, dans une luxueuse chambre d'hôtel, griffonné ces mots bien gentils sur le vélin de Juliette dont le parfum persistait encore, fût identiquement le même être que l'adolescent vagabondant à travers les forêts et les ravins. Gabriel Bagradian qui songeait à ce moment aux yeux de Stéphan, ces yeux d'animal inquiet, et au charabia guttural de la horde des gamins, ne se doutait pas qu'il s'était opéré en lui une transformation analogue. Sa conscience était à ce moment pleine des mille détails qui revenaient, tout bouillonnants, lui rappeler cette lointaine journée d'août dont la lettre enfantine avait réveillé en lui le souvenir. Et aucun spectacle sanglant, aucune mort, aucun martyre, n'auraient mieux déchiré son cœur que cette petite feuille fanée, témoin d'une vie quotidienne à laquelle plus rien désormais ne pouvait porter le moindre préjudice.

Après avoir essayé en vain de lire les cinq premières lignes du roman, Gabriel ferma le volume. Je ne pourrai plus jamais dans ma vie, pensa-t-il, concentrer mon esprit sur un livre. Il serait aussi impossible aux lourdes mains d'un forgeron d'exécuter un fin travail de sculpture. Avec un soupir, il se leva du lit de Gonzague, et aplanit la couverture qu'il avait dérangée. Il remarqua alors que Maris avait entassé au pied de son lit avec des soins méticuleux tout son linge fraîchement lavé. On voyait, à côté, un nécessaire de couture, des ciseaux et du coton à repriser. Car le Grec raccommodait lui-même ses chemises et ses chaussettes déchirées. Gabriel ne comprit pas pourquoi la vue de ce linge le fit penser à un départ. Il retourna vers sa malle et y jeta le roman, mais il mit dans sa poche la lettre de Stéphan enfant. Quand il sortit de la tente, il évoqua soudain la gare de Montreux. Juliette et le petit Stéphan l'y attendaient. Juliette portait alors à la main une ombrelle rouge.

Gabriel était debout à l'entrée de la tente des dames Tomasian. Il demanda à travers la fente si l'accouchée voulait bien recevoir sa visite. Mairik Antaram le pria d'entrer. Malgré les soins de cette garde dévouée, l'enfant semblait ne pas vouloir prospérer. Son minuscule visage était toujours aussi brunâtre et ridé qu'immédiatement après la naissance. Ses yeux restaient grands ouverts, mais sans regard. Et, ce qui était le plus inquiétant, l'enfant ne criait presque jamais. Howsannah avait très mauvaise mine. La jeunesse avait disparu de ses traits pour faire place à une expression dure et scrutatrice. Lorsque Gabriel s'approcha de son lit, la femme du pasteur découvrit la poitrine de son enfant et montra d'un air de reproche la tache violette qui s'était accentuée du côté du cœur et avait maintenant la taille d'un demi-médjidjéh :

« Elle devient toujours plus grande... », dit-elle d'un ton étrange et solennel, comme une prophétesse annonçant une punition céleste. Mairik Antaram la réprimanda avec impatience et aigreur :

« Tu devrais être contente, ma fille, et remercier Dieu que le petit ait ce signe sur la poitrine et non pas en plein visage. Que voudrais-tu donc ? »

Howsannah ferma les yeux d'un air méchant comme si elle était lasse de toujours devoir affirmer ses connaissances supérieures contre de vaines consolations :

« Et pourquoi tette-t-il si mal ? Et pourquoi ne crie-t-il pas ? »

Antaram s'occupait de chauffer des langes sur une pierre chaude. Sans se déranger de son travail, elle s'écria :

« Attends encore deux jours, jusqu'au baptême ! Bien des enfants ne commencent à hurler qu'après le baptême. »

Le visage d'Howsannah se durcit encore, sur la défensive :

« S'il tient seulement jusqu'au baptême... »

La femme du docteur se fâcha pour de bon :

« Tu ne sais que te tourmenter, toi et les autres, ma fille. Qui donc sur le Damlajik peut savoir ce qu'il y aura dans deux jours, le baptême ou la mort générale ? Pas même Bagradian Effendi ne sait si dans deux jours nous vivrons encore.

— En tout cas, si nous vivons, répliqua Gabriel en souriant, nous avons l'intention d'organiser ici devant les tentes une petite fête en l'honneur du nouveau-né et de sa mère. J'ai déjà parlé à ce sujet avec le pasteur. Veuillez me dire, Mme Tomasian, quelles personnes vous désireriez y voir ! »

Howsannah Tomasian restait étendue, sans se dérider :

« Je ne suis pas d'ici. Je n'ai pas de connaissances... »

Iskouhi qui était assise sur son lit n'avait pas cessé de regarder sans rien dire le visiteur. Le regard de Gabriel vint la caresser :

« Auriez-vous envie, Iskouhi Tomasian, de faire quelques pas avec moi ? Ma femme a disparu. Je vais aller à sa recherche. »

Iskouhi regarda Howsannah d'un air interrogateur. Celle-ci, d'une voix pleurarde et en exagérant la note vexée, engagea la jeune fille à accompagner Bagradian Effendi.

« Mais naturellement, Iskouhi, va-t'en donc ! Je n'ai pas besoin de toi. Tu ne peux de toute façon pas aider à changer le petit. Cela te fera du bien. »

Iskouhi hésita, car elle sentait la perfidie qui se cachait dans les

paroles d'Howsannah; mais Mairik Antaram intervint en disant :
« Tâche de sortir un peu, Sirelis, ma petite chérie ! Et ne rentre
pas avant ce soir ! Cette vie là dedans n'est pas bonne pour toi. »

Gabriel et Iskouhi prirent la direction du vallon de la ville, bien qu'il
y eût assez peu de chances d'y rencontrer Juliette. Ils traversèrent les
ruelles étroites formées par les huttes de branchages. Les gens étaient
assis devant l'ouverture de leurs demeures. L'air était là plus agréable
et plus frais qu'il ne l'avait jamais été dans la vallée. Tout le monde
travaillait. La fabrique de cartouches dirigée par Nurhan Elléon
était en pleine activité. Comme cela arrivait souvent par les jours
tranquilles, ce paisible bruit du travail créait une illusion et faisait
croire qu'il régnait uniquement sur le Damlajik la vie simple et régulière de colons laborieux et non pas l'attente angoissée de la mort.
L'incertitude de chaque minute, cette force puérile de l'humanité,
semblait avoir vaincu l'idée de la veille et du lendemain. Les visages
étaient sans doute ravagés par la fatigue, la nourriture insuffisante
et le manque de sommeil, et pourtant ils souriaient pour souhaiter
la bienvenue à Bagradian et Iskouhi.

Ils quittèrent tous deux le camp. Ils ne parlaient que par monosyl-
labes. C'était un échange de questions et de réponses également indifférentes. On aurait dit que chacun d'eux ne voulait poser sur la balance
de l'autre qu'un poids minuscule de son âme, pas plus qu'un pépin
de grenade, afin de ne pas détruire le merveilleux équilibre. Ils lon-
gèrent à l'Ouest la courbe ascendante des mamelons. Là, tout était
dénudé. La végétation riante du plateau n'allait pas jusqu'à ce point.
Il s'ouvrait devant eux une sorte de vide, sans chants d'oiseaux, où
passait seulement un léger souffle de vent pour aider l'homme et la
jeune fille à se mieux comprendre. Gabriel ne regardait pas Iskouhi.
C'était si doux de la savoir près de lui, invisible. Seulement lorsque
le chemin devenait trop caillouteux, il regardait avec ravissement
l'hésitation des pieds mignons qui semblaient soudain très embar-
rassés. Toute ombre de conversation cessait alors entre eux. Et qu'y
aurait-il eu à dire ? Il arrivait que Gabriel sentît à ses côtés la forme
chétive se faire de plus en plus lourde. Non, ce n'était pas le corps
de la jeune fille, mais quoi donc alors ? Il avait l'impression que
l'Iskouhi presque invisible qui marchait à côté de lui n'était pas celle
de ce jour-là, mais une Iskouhi dont l'origine et la fin étaient éternelles.
Ce n'était pas un être en fleur, terrestrement gracieux; c'était la splendide incarnation d'une âme dont la substance, à travers les temps, ne
fait qu'un avec Dieu dont elle vient et à qui elle retourne. Mais par
quels mots évoquer cet instant rare et délicat entre tous où un homme
est jugé digne d'effleurer une autre âme avec tout ce qu'elle a de divinement éphémère et de durable, grâce à la séduction fugitive du
sexe, instant où, d'un seul coup, pendant l'espace d'un soupir,

il absorbe en lui l'histoire entière de cette âme-sœur depuis le début jusqu'à la fin du monde. Gabriel saisit la main droite d'Iskouhi. (A cause de son bras impotent, elle marchait à gauche de Gabriel.) Tandis qu'ils avançaient toujours, elle s'abandonnait silencieusement à lui, sans rien retenir, sans rien offrir spontanément. Ils ne parlaient pas de ce sentiment qui s'était développé si vite mais sans brusquerie; il n'y eut pas de baiser entre eux. Ils marchaient, et ils étaient l'un à l'autre. Iskouhi accompagna Gabriel jusqu'aux positions Nord. Quand elle l'eut quitté, il la regarda longtemps s'éloigner. Il ne s'éveillait pas en lui de désir, pas d'agitation trouble, pas de scrupule, pas la moindre question touchant l'avenir. L'avenir? Comme c'était ridicule! En lui régnait une gaité impondérable. Tout la personne d'Iskouhi s'était retirée de façon si insensible que le souvenir de la jeune fille ne gênait même pas Gabriel pour se mettre à l'exécution de sa nouvelle idée de défense. Lorsque plus tard Stéphan se présenta devant lui, il oublia de punir l'enfant pour sa désobéissance.

La nouvelle existence sur le Musa Dagh n'était pas sans avoir aussi des conséquences dans le domaine confessionnel. Le changement de religion était devenu presque une mode chez les Arméniens au cours des vingt ou trente dernières années. Le protestantisme en particulier s'était répandu avec une force croissante depuis le milieu du siècle précédent, grâce à des missionnaires américains et allemands. Heureusement, cette différence de confessions n'avait pas entraîné de scission dans l'âme même de la nation. Le christianisme avait, dans ces pays, trop de peine à se maintenir pour se perdre en petites jalousies de clan et en rivalités réciproques. La diversité des rites avait perdu toute importance. Ter Haigasoun était pour toute la montagne l'autorité ecclésiastique suprême et intangible et il n'était pas seulement le supérieur des vicaires villageois mariés; il exerçait son autorité au-dessus de celle du pasteur sur toute la partie immortelle du peuple. Il était donc tout naturel qu'Aram Tomasian le priât de bien vouloir donner le sacrement du baptême à son fils nouveau-né.

La cérémonie fut fixée au dimanche prochain, le quatrième du mois d'août et le vingt-troisième jour depuis l'exode. A cause de la messe et de ses autres obligations, Ter Haigasoun avait dû la remettre aux dernières heures de l'après-midi. Comme Howsannah se sentait encore trop faible et souffrante pour aller jusqu'à la place de l'autel, Aram Tomasian avait prié le prêtre de venir baptiser l'enfant sur la place des trois tentes afin que la mère pût être présente à la solennité. Ainsi qu'il avait été convenu, Gabriel Bagradian avait envoyé environ 35 invitations aux notables et aux principaux chefs des différents secteurs. L'admission dans la communauté du Christ de ce premier-né du Musa Dagh offrait une excellente occasion à Bagra-

dian de recevoir, sous le prétexte d'une fête, les personnalités diri-
geantes du peuple et de rafraîchir leurs relations. Il possédait encore
neuf cruches de dix litres de vin, de ce cru onctueux et fort qui poussait dans le pays. Il commanda à Kristaphor d'en mettre deux de côté
qui devaient circuler à la ronde, ainsi qu'une certaine quantité de
liqueur de mûre.

Les invités s'assemblèrent devant les tentes vers quatre heures de
l'après-midi. On avait apporté quelques chaises pour la jeune mère
et les personnes âgées. Le sacristain posa sur une table une petite
baignoire de zinc. L'antique et splendide baptistère de marbre avait
dû rester avec d'autres trésors dans l'église de Yoghonoluk. Ter
Haigasoun revêtit ses habits rituels dans la tente de cheik. Le ginkahair (parrain), fut, sur le désir d'Aram, Gabriel Bagradian.

Le chœur des chantres, sous la direction du maigre Asajan, s'était
aligné derrière la table où se trouvaient le crucifix et la baignoire. L'eau
tiède du baptême avait déjà été consacrée devant l'autel. Maintenant,
au milieu des chants du chœur, un des sous-diacres faisait lentement
tomber dans le bassin trois gouttes d'huile sainte appelée « myron ».

Gabriel, le ginkahair, reçut le nourrisson des mains de Mairik
Antaram et non sans un certain embarras. Pour cette circonstance
solennelle, les femmes avaient introduit la petite créature jaunâtre
et rabougrie dans un portefeuille de lingerie qui, étant donné les
conditions, était réellement somptueux. Les yeux de l'enfant, toujours
grands ouverts, n'accordaient pas un vrai regard à cette vie dont les
aspects les plus cruels avaient accueilli son innocente arrivée. Et sa
voix, elle non plus, ne trouvait pas que la lumière du jour répandue à
flots sur ces cruels aspects de l'humanité fût digne d'être saluée par
un vagissement d'acceptation. Gabriel porta vers le prêtre, comme il
lui était prescrit, cet infortuné paquet qui semblait, par son expression
absente et étrangère, se refuser à prendre part à la cérémonie religieuse
ainsi qu'à ses conséquences. Les yeux de Ter Haigasoun, ces yeux de
prêtre humbles et timides, et pourtant si étrangement froids, paraissaient ne pas reconnaître Bagradian. Il en était toujours ainsi lorsque Ter
Haigasoun se tenait devant l'autel ou qu'il était revêtu de ses habits
sacerdotaux. Tout attachement aux souvenirs humains s'effaçait de ses
yeux pour faire place uniquement à l'indifférence austère de son office.
Avec des modulations murmurées, il posa au parrain cette question :

« Que désire cet enfant ? »

Et Gabriel Bagradian qui se sentait très maladroit dans ce rôle,
dut répondre : « La foi, l'espérance et la charité ! »

Cela se répéta trois fois. Puis vint la question :

« Et comment doit s'appeler cet enfant ? »

On avait choisi le prénom de maître Mikaël Tomasian, le grand-
père. A cet endroit de la cérémonie, le vieillard se crut obligé, ce qui

sembla assez comique, de se lever de son siège et de faire une petite révérence comme s'il se sentait également appelé à participer à l'avenir de sa postérité. Or, en ce qui concernait cette postérité, il n'y avait parmi les témoins du baptême qu'une seule opinion unanime. Même exception faite de l'inévitable mort générale, même en croyant à un sauvetage miraculeux, il ne semblait guère possible que ce petit corps si fragile et apathique pût encore y prendre part. Mairik Antaram, Iskouhi et Aram Tomasian s'étaient approchés de Gabriel. On dépouilla l'enfant de tous ses vêtements. Les mains d'Iskouhi et de Gabriel se touchèrent plus d'une fois. Il régnait chez les spectateurs une mauvaise humeur sans espoir. Howsannah regardait le groupe formé autour du baptistère avec un air puritain et des traits crispés. Selon toute apparence, il y avait dans son âme quelque chose d'infiniment triste et hostile qui la tourmentait. Peut-être était-ce l'intimité entre Aram et Iskouhi, entre le frère et la sœur, dont à ce moment elle se sentait exclue. Ter Haigasoun prit l'enfant nu avec un geste d'une sûreté inimitable. Ses mains, qui avaient déjà baptisé des milliers de nouveaunés, montraient en agissant cette habileté et cette élégance presque surnaturelles qui caractérisent les prêtres de grande classe dans l'accomplissement matériel de leurs fonctions. Il tint l'enfant pendant une seconde exposé aux yeux de l'assemblée. Chacun pouvait voir distinctement la grande tache de feu sur sa poitrine. Puis il le plongea rapidement trois fois dans l'eau, dessinant chaque fois le signe de la croix avec le corps du bébé : « Je te baptise au nom du Père, du Fils et du Saint-Esprit. » Howsannah Tomasian s'était levée d'un mouvement impulsif. Elle se pencha en avant, le visage contracté. Le moment décisif était venu. L'enfant allait-il enfin pousser ce long cri plaintif attendu dans le bain du baptême, comme Mairik Antaram le lui avait promis ? Ter Haigasoun rendit le nourrisson à son ginkahair. Ce ne fut d'ailleurs pas lui qui le prit, mais Mairik Antaram; celle-ci sécha dans un linge fin la petite peau délicate. L'enfant n'avait pas crié. Mais Howsannah, la femme du pasteur, elle, poussa deux longs cris hystériques. La chaise sur laquelle elle était assise tomba derrière elle. Elle couvrit son visage de ses mains; chancelante, elle rentra dans sa tente. Juliette, qui était assise à côté d'elle avait nettement entendu un mot dans chacun de ses cris, car deux fois elle s'était exclamée : « Le péché... le péché ! »

Aram Tomasian ressortit très pâle de la tente au bout d'un instant et dit avec un sourire forcé :

« Excuse-la, je t'en prie, Ter Haigasoun. Son âme a été si profondément ébranlée depuis que nous avons dû quitter Zeitoun, bien qu'elle ne l'ait pas montré jusqu'à présent... »

Il fit signe à Iskouhi de se rendre auprès d'Howsannah. La jeune fille lança vers Bagradian un regard désespéré et irrésolu. Celui-ci demanda au pasteur :

« Ne pourriez-vous pas laisser votre sœur parmi nous, pasteur ? Il y a de toute façon Mairik Antaram dans la tente. »

Tomasian entr'ouvrit une fente de la portière :

« Ma femme a réclamé instamment sa présence. Peut-être plus tard, lorsque Howsannah dormira... »

Mais Iskouhi avait déjà disparu. Gabriel devina que la femme du pasteur ne pouvait pas souffrir que sa jeune belle-sœur ne partageât pas les indicibles tourments qui la torturaient.

Pendant le banquet qui suivit, personne ne put encore se défaire de l'atmosphère oppressante qu'avait dégagée ce baptême. A côté de la table à laquelle Juliette recevait d'ordinaire ses visites, Gabriel Bagradian en avait fait encore dresser une seconde, plus longue, devant laquelle on avait installé des bancs. Il en résultait un double service, détail auquel fut très sensible cette société fort à cheval sur les préséances ; plusieurs personnes susceptibles furent même réellement fâchées. A la table d'honneur prit place ce qu'on pourrait appeler la noblesse, les « nacharars » : c'étaient Ter Haigasoun, le couple Bagradian, le pasteur Tomasian, le pharmacien Krikor, Gonzague Maris et, audace éhontée, Sarkis Kilikian, le Russe. Gabriel avait fait l'honneur au déserteur débraillé de l'inviter à la fête et de l'installer à côté de lui. Par contre, Mme Kéboussjan n'avait pas pu obtenir de place auprès des notables, malgré ses ardents efforts ; elle dut s'asseoir au milieu des autres mouchtaresses. De même, l'instituteur Oskanian, à l'inverse de son collègue Chatakhian, n'avait pas pu recevoir l'honneur d'un siège à la table de distinction. Mais sans hésiter, l'arme en main, il alla s'asseoir par terre aux pieds de Juliette qui se trouvait à un coin de la table. Celle-ci jouait aujourd'hui le rôle de maîtresse de maison avec un zèle inaccoutumé. Personne n'avait encore vu cette étrangère si aimable, pour ne pas dire si humble. Juliette semblait vouloir demander par ses incessantes amabilités qu'on s'efforçât de la comprendre. Ter Haigasoun la poursuivait d'un regard étonné sous ses paupières demi-closes. Mais Gabriel Bagradian, que cette métamorphose aurait dû, plus que quiconque, remplir de joie, paraissait être le dernier à la remarquer. Il s'occupait uniquement de son voisin Sarkis Kilikian. Il faisait sans cesse signe à Kristaphor ou au serviteur Missak de venir remplir le récipient du Russe. Kilikian ne buvait que dans sa gourde. Il avait repoussé le verre posé devant lui. Etait-ce un caprice ? Une profonde méfiance enracinée dans l'âme de cet éternel persécuté ? Gabriel l'ignorait. Il essayait de pénétrer la personnalité de Kilikian d'une façon aussi passionnée qu'infructueuse. La tête de mort à l'air ennuyé et aux yeux d'agate regardait dans le vague et ne donnait à son interlocuteur que les réponses les plus laconiques.

Les sentiments qui animaient Gabriel à l'égard du Russe étaient extrêmement compliqués. Il voyait dans Sarkis Kilikian un homme de culture moyenne (trois ans passés au séminaire d'Edchmiadsin), par conséquent quelqu'un qui n'était ni un prolétaire ni un Asiatique ordinaire. Il voyait de plus en lui l'homme d'une destinée fabuleuse qui s'était imprimée sur ses traits d'une manière effroyable et avait tué son regard pendant ses années de jeunesse. Comparée à l'obstination de cet horrible destin, la souffrance générale des Arméniens n'était qu'une ombre légère. Cet homme avait maîtrisé son destin ou, tout au moins, il y avait échappé, ce qui constituait aux yeux de Gabriel la preuve d'une personnalité hors ligne, et lui inspirait du respect. Mais des sentiments de crainte et d'antipathie aussi forts venaient se heurter à ces tendances de sympathie. Sans aucun doute, Kilikian avait souvent la physionomie et l'allure d'un grand criminel et les épreuves de son existence n'avaient probablement pas toutes été imméritées. On ne pouvait pas savoir exactement si c'était la prison qui avait fait de lui un criminel ou si une nature criminelle l'avait mené à la prison par le détour de la politique. Au reste, Sarkis Kilikian n'avait rien du type traditionnel du révolutionnaire, socialiste ou anarchiste. Il ne paraissait pas avoir le moindre sens d'un idéal quelconque ou d'un but d'intérêt général. Il n'était pas non plus purement mauvais, bien qu'une partie de la population féminine le prît pour un démon à cause de son physique. Mais dire qu'il n'était pas purement mauvais ne signifie pas encore qu'il n'était pas disposé à chaque instant à accomplir de sang-froid un meurtre, quel qu'il fût. Son secret, c'était qu'il n'était rien de précis, qu'il ne tenait à rien ni à personne et qu'il vivait sur le point mort d'une neutralité inconcevable. Parmi le peuple du Damlajik, c'était certainement avec le pharmacien Krikor la créature la plus asociale. Ce Russe, qui attirait tant Bagradian, l'inquiétait profondément. En parlant avec le déserteur, à son vif mécontentement, il se sentait gêné. Il n'arrivait pas à trouver le ton convenable. L'apathie impénétrable de l'autre l'empêchait d'être sûr de lui. Il était dans la situation désavantageuse d'un orateur en face d'un auditoire muet, ou encore du mouvement en face du calme, de la vie en face de la mort :

« Je suis heureux de ne pas m'être trompé sur ton compte, Sarkis Kilikian. C'est à toi en grande partie que nous devons la victoire du 14. Les machines que tu as construites étaient une invention magnifique. Tu as dû sans doute te rappeler à cette occasion tes études au séminaire. Tu as pensé à la technique du siège chez les Romains, n'est-ce pas ?...

— Je n'en connais rien de rien, ricana Sarkis.

— Si les Turcs ne se risquent plus à attaquer la montagne par le Sud, ce sera aussi ton œuvre, Kilikian. »

Ce compliment parut faire au Russe une certaine impression, bien que ce ne fût pas, à coup sûr, une impression agréable. Ses yeux mornes effleurèrent Gabriel :

« On aurait pu faire ça encore beaucoup mieux... »

Gabriel sentit que Sarkis Kilikian était incorruptible et tenait à rester distant. En même temps, il était fâché de se voir trop faible pour pouvoir lui rendre la monnaie de sa pièce :

« Tu as certainement acquis une expérience d'ingénieur dans les puits de pétrole de Bakou... »

Le Russe considéra sa gourde d'un air narquois :

« Je n'étais pas même contremaître là-bas, mais un simple ouvrier à la chaîne. »

Gabriel Bagradian lui avança des cigarettes :

« Je t'ai fait venir ici, Kilikian, pour te communiquer certains de mes projets qui te concernent. J'espère que nous conserverons quelques jours encore le calme actuel, mais tôt ou tard, il se produira une attaque en comparaison de laquelle toutes les précédentes n'auront été qu'un jeu d'enfant. Pour ce combat, je veux te confier un poste très important, mon ami... »

Kilikian vida sa gourde jusqu'à la dernière goutte et la déposa d'un air méditatif :

« Ça, c'est ton affaire, tu es le commandant en chef. »

Entre temps, une agitation et un bruit violents s'étaient élevés à la table plébéienne. L'ivresse s'était emparée brusquement de ces hommes qui avaient perdu l'habitude de l'alcool. En outre, sur l'ordre de Juliette, on avait ouvert une troisième cruche de vin. Deux partis adverses s'étaient formés, les optimistes et les pessimistes. Tchauch Nurhan Elléon était monté sur le banc. Sa moustache grise et raide tremblait. Il hurlait de sa voix éraillée de sergent : « Quiconque ose dire qu'il espère que l'ennemi n'attaquera plus, n'est qu'un lâche et un traître, sans en avoir l'air. » Lui, Nurhan, il souhaitait avec impatience une nouvelle attaque. Mieux valait encore aujourd'hui que demain ! Il avait cinquante ans, et il en avait assez. Ceux qui pensaient autrement que lui n'étaient que des crétins.

Or, il se trouva dans l'assemblée un bon nombre de ces crétins. Le vieil entrepreneur Tomasian devint pourpre de colère. « Nurhan est un blasphémateur », cria-t-il. En ce jour où l'on célébrait le baptême de son petit-fils, il ne tolérerait pas de tels propos. « Le Seigneur dirige notre destinée suivant sa propre volonté et non pas d'après celle d'un ombachi altéré de sang. Pour ma part, je crois fermement que les Turcs reviendront bientôt à la raison. » Ce dernier mot servit de point de départ au mouchtar Kéboussjan pour un nouveau discours. Lui aussi monta sur le banc d'un pied mal assuré, branla sa tête chauve et, la mine épanouie, regardait tout le monde et personne :

« Il faut négocier », chuchotait-il d'un ton mystérieux et malin, « voilà douze ans que je suis mouchtar à Yoghonoluk... Je sais ce que c'est que de négocier avec les Turcs, le kaimakam et le mudir... Le kaimakam m'a toujours montré du respect... Je lui ai toujours livré à temps le bédel de la commune... Et je suis allé dans son bureau, car le kaimakam, et le mutessarif, et le wali, et le vizir, et le sultan, ils savent tous que c'est moi, Thomas Kéboussjan... Si moi je parlemente avec eux, il ne m'arrivera rien, car moi, je suis un gros contribuable... Vous, vous n'êtes que petits contribuables, vous ne pouvez pas vous comparer à moi... »

Les petits contribuables en question, les maires des autres villages, blessés dans leur amour-propre, forcèrent Kéboussjan à descendre de sa tribune. Tchauch Nurhan cria qu'il ne supporterait plus ces inutiles destructeurs de provisions et que désormais plus personne n'échapperait à sa férule, même les gens de soixante-dix ans et plus. Des rires fusèrent. Cette discussion d'ivrognes menaçait de dégénérer de fâcheuse manière. Heureusement, Gabriel Bagradian avait interdit qu'on continuât à servir son vin, avant de disparaître soudain avec Awakian qui lui avait apporté un message secret. La table des notables se vidait toujours davantage. Ter Haigasoun l'avait quittée au bout d'une heure à peine. Aram Tomasian était parti peu après lui pour rejoindre les femmes dans la tente. Gonzague et Juliette étaient toujours assis en silence l'un à côté de l'autre, et l'instituteur Hrand Oskanian restait sans bouger par terre aux pieds de sa dame. Il dédaignait d'occuper une des places libres à présent. Mais soudain, le personnage taciturne se leva d'un bond, comme si un serpent venait de le mordre. Il considéra Juliette quelques secondes d'un air épouvanté, puis il fit demi-tour, et s'en fut, digne et raide. Oskanian n'avait bu que très modérément et pourtant, après quelques pas, il estima que ce qu'il avait cru voir ne pouvait être qu'un mirage dû à l'ivresse. Il était en effet absolument inconcevable qu'une blonde et blanche déesse ait pu presser passionnément son genou contre celui d'un vague aventurier dont personne ne connaissait au juste la provenance. Malgré ce raisonnement irréfutable, Oskanian se sentait encore le cœur serré en traversant la place de l'autel. Entre temps, Juliette, brusquement prise d'inquiétude, s'était levée et excusée auprès de ses hôtes pour aller rendre visite à Howsannah Tomasian, car elle l'avait négligée pendant tout ce temps et se sentait un peu coupable.

Le bruit de la dispute, des rires et des railleries venimeuses à la table longue prenait un tour de plus en plus dangereux, bien que le vin manquât depuis longtemps. Des gens qui n'avaient pas été invités et surtout de la jeunesse, s'étaient approchés et renforçaient les contrastes de leurs opinions. Le soleil se couchait. Il s'était fait tard. Tous les convives du baptême en état d'ébriété projetaient sur le sol des ombres mouvantes dont l'agitation semblait un combat. A n'en pas douter, il y avait dans l'air une atmosphère de rixe lorsqu'on entendit retentir dans le vallon de la ville un roulement de tambour prolongé. Le silence s'établit instantanément. « Les munadirs ! » dit quelqu'un, et un autre cria : « Alarme ! » Les hommes, jeunes et vieux, s'éveillèrent aussitôt de l'oubli où les avait plongés la violente discussion. Sautant, galopant, tous s'enfuirent à la hâte rejoindre leurs divers secteurs. On vit aussi le pasteur Tomasian se rendre en grande précipitation vers le vallon de la ville. Dans l'espace de quelques minutes, la place du banquet était vide. « Alarme », répéta Gonzague d'un ton pensif, et dans le brun tranquille de ses yeux, de petits points d'or s'allumaient. Cette attaque turque arrivait trop tôt et venait déranger ses plans. Cette fois, il était fort probable que l'issue du combat ne serait pas favorable aux Arméniens. Ne fallait-il pas profiter de cette nuit même ? Et Juliette ? Le pharmacien Krikor ne pouvait se lever de table tout seul. Gonzague lui prêta son appui. On voyait que les jambes débiles du vieillard n'obéissaient plus à sa volonté. Il se serait effondré si Maris ne l'avait pas reconduit jusque chez lui avec mille précautions. Krikor ne paraissait pas attacher d'importance à son triste état physique.

« Il y a donc une alarme ? » demanda-t-il négligemment, comme s'il n'avait presque pas pris garde à ce léger détail et l'avait déjà oublié. « Oui, une alarme », lui apprit Gonzague d'un ton grave, « et celle-là, ce ne sera pas une plaisanterie ».

Le pharmacien s'arrêta. Tous les cinq pas, il avait besoin de reprendre haleine. « Que m'importe l'alarme ? » fit-il essoufflé, « est-ce que j'appartiens à cette sorte de gens, moi ? Non, je n'y appartiens pas, je n'appartiens qu'à moi seul. »

Et de sa main tremblante, il traça dans l'air un cercle autour de lui comme pour indiquer les limites strictement fermées de son univers individuel :

« Si je ne crois pas au mal, il n'existe pas de mal dans le monde... Si je ne crois pas à la mort, il n'existe pas de mort dans le monde... Qu'ils viennent m'assassiner, je ne le remarquerai même pas... Quiconque peut atteindre ce point reconstruit entièrement l'univers dans son esprit ! »

Il essaya de lever ses mains au-dessus de sa tête, mais n'y réussit pas. Gonzague n'avait rien compris de tous ces grands mots. Cependant, pour faire plaisir au pharmacien, il demanda poliment :

« Quel philosophe de l'antiquité venez-vous de citer ? »

Le masque de mandarin regardait impassible le crépuscule tomber lentement. Le petit bouc blanc à son menton sautait à chaque mouvement de ses lèvres. De sa voix haute et creuse il déclara, dédaigneux :

« Le philosophe qui a dit cela n'a jamais été cité et ne le sera jamais plus que par moi seul qui vous parle. C'est Krikor de Yoghonoluk. »

Gabriel Bagradian avait commandé l'alarme générale sans être certain du danger immédiat. Chose étrange, ce fut seulement après le coucher du soleil qu'on put nettement constater que les Turcs avaient réuni dans la plaine de l'Oronte et dans la vallée arménienne une force armée d'une importance incalculable. Les troupes régulières et les corps-francs paraissaient si nombreux qu'ils ne trouvèrent pas place dans les villages et durent camper en plein air. Le grand demi-cercle des feux de bivouac allait presque depuis les ruines de Séleucie jusqu'à Kéboussijé, le dernier village arménien au Nord. Peu à peu, les patrouilles d'éclaireurs revenaient annoncer des communications effarantes. Les soldats turcs semblaient avoir jailli de terre comme sur un coup de baguette magique. Et il n'y avait pas que des soldats, des saptiéhs et des tchettéhs ; tous les mahométans de la région avait été soudain pourvus de fusils Mauser et de baïonnettes, et les officiers les répartissaient en sections. Des chiffres fabuleux circulaient à la ronde. Mais lorsque Gabriel Bagradian réfléchit à la superficie que représentait le grand demi-cercle des feux de bivouac, ces chiffres ne lui parurent pas supérieurs à la réalité. Deux choses étaient sûres. Le commandant turc, premièrement, avait assez d'hommes pour assiéger et attaquer le Damlajik depuis le bastion Sud jusqu'au col Nord ; et deuxièmement, il se sentait sans doute si fort par le nombre qu'il dédaignait de recourir à la tactique de l'arrivée dissimulée et du coup de main par surprise. La franchise de cette manœuvre, destinée à démoraliser les Arméniens — et elle y réussissait en effet — rappela à Bagradian un « cas » déterminé qu'il avait déjà prévu, étudié et réalisé avec ses troupes à titre d'exercice et sous le nom d' « attaque générale ». Gabriel était beaucoup plus tranquille que lors des deux autres combats bien que l'issue de celui-ci fût sans espoir pour le peuple du Musa Dagh. Gabriel Bagradian reçut le commandement suprême, conformément à la constitution, sur le camp aussi bien que sur l'armée, pour toute la durée du combat. Il ordonna qu'on fît cuire sans tarder toute la viande fraîchement tuée avant que la nuit ne fût écoulée. Il fallait porter autant de provisions que possible aux combattants dans les tranchées, deux heures avant le lever du jour. Il fit également distribuer aux combattants tout ce qui restait encore de vin et d'eau-de-vie dans le camp. Lui-même mettait à la disposition des défenseurs ses cruches de dix litres gardées sur la place des trois tentes à l'exception d'une seule. (Cette largesse fit naître par la suite la légende des trésors inépuisables de la famille Bagradian.) Lorsque les chefs de groupe, les hommes de première ligne, les membres de la réserve et les cohortes de jeunesses furent alignés devant lui, Gabriel Bagradian leur adressa une brève proclamation :

« Suivant toutes les probabilités humaines, nous n'avons le choix qu'entre deux sortes de mort : l'une facile et convenable, en plein combat, et l'autre basse et horrible, au milieu du massacre général. Si nous gardons bien cette idée présente à l'esprit, et si nous sommes assez résolus, assez intrépides pour choisir la première mort, la mort convenable, peut-être alors se produira-t-il un miracle, et nous échapperons au trépas. Mais c'est uniquement à cette condition, rappelez-vous bien cela, mes frères ! »

On prit ensuite les dispositions nécessaires pour l'attaque générale. Tchauch Nurhan Elléon se vit confier le commandement du col Nord. Un autre changement de chef eut lieu par le fait que Gabriel Bagradian remit au Russe Kilikian l'important secteur dominant la gorge des yeuses, comme il le lui avait laissé entrevoir quelques heures auparavant. On forma deux groupes entièrement nouveaux, une « garde volante » et un corps de komitatchis. Pour la composition de ce dernier, Nurhan et Bagradian, en souvenir des guérillas dans les Balkans, choisirent dans la première ligne une centaine d'hommes parmi les plus résolus, les meilleurs tireurs, les grimpeurs les plus adroits. Ils avaient l'ordre de se disperser sur toute la pente du Damlajik tournée vers la vallée et de se cacher le long des diverses montées, dans les cimes des arbres, derrière les buissons et les rochers, et sous tous les plis et replis de la montagne. Tout d'abord, ils devaient laisser passer tranquillement devant eux les colonnes des assaillants, mais ensuite faire feu sur elles par derrière, de plusieurs côtés si possible, résolument et sans épargner les munitions. Chaque komitatchi reçut douze magasins de poudre, c'est-à-dire soixante cartouches, ce qui représentait pour les conditions données des provisions considérables. Bagradian exposa aux francs-tireurs en quoi consistait leur mission avec la simplicité et la logique qui lui étaient naturelles. « Le mot d'ordre est comme d'ordinaire : autant de morts que de balles ! » Après le corps des komitatchis, la garde volante fut prélevée sur la première ligne. Gabriel Bagradian réduisit au strict minimum le nombre des combattants du bastion Sud qui était quasi imprenable grâce aux forts ouvrages de défense qui le protégeaient. Il combla les lacunes de ces troupes au moyen d'hommes de la réserve. De cette façon, il avait environ cent cinquante fusils à sa disposition pour armer la garde qu'il commandait en personne et avec laquelle il avait l'intention d'intervenir partout où la lutte semblerait mal tourner. Une grande partie de cette troupe de choc fut transformée en cavalerie en utilisant les ânes du camp. Ces bêtes, dans ce pays, ne sont pas les montures lentes et récalcitrantes que l'on connaît; elles sont au contraire exercées à pratiquer tous les rythmes de marche. Deux groupes des jeunes cohortes, les ordonnances et une partie des éclaireurs, étaient chargés de suivre la garde à une faible distance afin d'empêcher toute interruption dans le rayonnement des relations entre les divers secteurs et le commandement suprême. Finalement, Gabriel passa encore en revue la totalité de la réserve. Elle reçut l'ordre de quitter le vallon de la ville au lever du soleil. L'une de ses moitiés fut destinée à boucher les trous dans les diverses positions; l'autre moitié devait s'installer sur toute la longueur du plateau entre le rebord occidental de la montagne et le camp. Ce ruban de terrain qui, en bien des points, comme par exemple devant le secteur de la gorge des yeuses, n'était pas large de mille pas, constituait une zone extrêmement menacée. A ces endroits-là, il n'y avait que quelques retranchements ou plus exactement des tas de pierres assez informes pour barrer l'accès de la ville à l'assaut de l'ennemi. Lorsque Gabriel Bagradian eut exposé aux hommes de la réserve comme aux autres troupes tout ce qu'on attendait d'eux et quels affronts inconcevables menaçaient leurs femmes, quel carnage exterminerait leurs enfants s'ils ne dressaient pas devant eux l'ultime rempart de leurs corps, Nurhan Elléon sonna dans son clairon avec des tremblements de colère quelques débris d'une retraite turque. C'était le signal du coucher général. Sur ce, Gabriel se dirigea vers les obusiers auprès desquels il avait l'intention de passer la nuit. Avec l'aide de Nurhan, il avait inculqué à quelques-uns des plus intelligents de ses hommes les principes élémentaires de l'artillerie. Avant minuit, les deux derniers éclaireurs revinrent exposer leur rapport qui n'apprenait rien de bien neuf. La seule nouveauté qu'entendit Bagradian avait trait à sa villa. On voyait flotter sur son faîte le pavillon du croissant; dans la cour, des chevaux étaient en grand nombre attachés à des pieux et des officiers ne cessaient d'entrer et sortir. Il était clair par conséquent que les Turcs avaient établi leur quartier général dans la maison Bagradian. Gabriel dut attendre longtemps le lever de la lune. Puis il se mit à mesurer gravement les distances sur la carte au moyen d'un compas et à établir divers calculs. Comme la pleine lune rayonnante prodiguait une abondante lumière, il arriva à repérer un point de mire secondaire d'après lequel il prépara les éléments de pointage pour les deux canons. Il ordonna aux hommes préposés à la batterie de traîner à proximité du lieu les caisses de munitions. Cinq shrapnells et vingt-trois obus étaient encore disponibles. Bagradian fit ranger derrière la crosse de l'affût, pour chaque canon, la moitié des projectiles également répartis. Puis il alla d'un obus à l'autre pour en régler la fusée au moyen de la clef spéciale à la lueur de sa lampe de poche. Pendant qu'il travaillait ainsi, Iskouhi s'était glissée auprès de lui. Tout d'abord, il ne remarqua pas sa présence. Iskouhi l'appela à voix basse. Il prit alors sa main et s'éloigna avec elle à quelques pas de là jusqu'à ce qu'ils fussent complètement seuls. Ils s'assirent au-dessous d'un arbousier qui ployait sous la charge de ses baies rouges pareilles, dans la lumière mate de la lune, à des gouttes de cire à cacheter d'un carmin

terne. Les paroles d'Iskouhi sortaient précipitées et maladroites :
« Je voulais seulement te demander si cela ne te gênerait pas de me laisser passer demain la journée à tes côtés... »

Gabriel se pencha sur Iskouhi, tout près d'elle, pour pénétrer au fond de ses yeux immenses qui semblaient se fondre à son approche. Une étrange pensée le faisait frémir. Peut-être le sentiment qui l'attirait en ce moment vers la jeune fille n'était-il pas un banal amour; non, cela ne ressemblait pas à ce qui l'unissait encore à Juliette; c'était beaucoup plus, et beaucoup moins aussi que de l'amour. Il sentait toutes ses facultés, physiques et intellectuelles, renforcées, accrues par la certitude d'un bonheur intense sans qu'aucun désir ne vînt détourner son esprit. Peut-être était-ce l'amour inconnu de la parenté de sang qui, à travers le regard d'Iskouhi, venait, source mystique, se déverser dans son âme pour la désaltérer; ce n'était pas l'envie de n'être qu'un à l'avenir, mais la certitude de n'avoir été qu'un dans le passé. Il souriait en la regardant, les yeux dans les yeux :

« Je n'ai pas le moindre pressentiment de mort, Iskouhi! C'est fou sans doute, mais je n'arrive pas le moins du monde à m'imaginer que je pourrais demain ne plus exister. Ce n'est pas un mauvais présage, à ce qu'il me semble. Et toi, qu'en penses-tu ? »

« Il faut bien que la mort arrive un jour, Gabriel. Il n'y a pas pour nous d'autre solution... »

Il ne perçut pas le double sens de ces paroles. Une gaîté et une assurance incroyables se répandaient en lui :

« Il ne faut pas voir trop loin, Iskouhi! Je ne songe à rien d'autre qu'à la journée qui va venir. Son soir déjà ne m'intéresse plus. Figure-toi qu'à dire vrai, je me réjouis réellement à l'idée de demain ? »

Iskouhi se leva pour retourner vers sa famille :

« Je voulais seulement obtenir de toi une promesse, Gabriel. Quelque chose qui va de soi. Si la situation devient telle qu'on ne puisse plus garder aucun espoir, je t'en prie, dans ce cas, tue-nous tous les deux, toi et moi! C'est la meilleure solution. Je ne peux pas vivre sans toi. Et je ne voudrais pas que tu puisses vivre sans moi, pas un seul instant! Alors, est-ce que je pourrai rester auprès de toi demain ? »

Non! Elle dut lui donner sa parole de ne pas quitter sa tente de toute la journée. Lui, de son côté, lui promit que, si tout était perdu, il la ferait chercher et l'appellerait à lui pour mourir avec elle. Il souriait en prononçant ce serment, car au fond de son âme il ne croyait aucunement à la proximité du désastre final. C'est pourquoi il ne craignait rien non plus pour Juliette et Stéphan. Pourtant, lorsqu'il reprit son travail auprès des canons, il s'étonna de se sentir une telle confiance en la vie alors que l'effroyable réalité disposée devant lui en un demi-cercle menaçant semblait le narguer pour détruire ses illusions.

Le kaimakam, le jusbachi d'Antioche, le mudir aux cheveux roux, le commandant du bataillon venu d'Alep avec ses quatre compagnies et deux autres officiers encore s'étaient réunis après le coucher du soleil dans le sélamlik de la villa Bagradian pour y tenir un conseil de guerre. Le salon resplendissait à la vive lumière de nombreuses bougies, comme les fameux soirs où Juliette recevait les notables. Les ordonnances de ces messieurs débarrassaient les restes du dîner. On entendait par les fenêtres ouvertes des appels de trompette et les bruits caractéristiques des troupes au repos, le soir, en train de manger. Comme il fallait toujours s'attendre à des coups imprévus avec ces diables d'Arméniens, le kaimakam avait exigé pour le quartier général un service de garde spécial dont les hommes avaient dressé leurs tentes dans le parc, dans le verger et dans le potager de la villa qu'ils étaient en train de dévaster.

La délibération des officiers et des fonctionnaires s'étirait en longueur sans qu'on arrivât à une entente parfaite. Il s'agissait tout simplement de savoir si l'assaut du Damlajik prévu pour le lendemain pouvait vraiment être risqué dès l'aube. Le kaimakam au teint brouillé et aux yeux soulignés de poches brunâtres représentait, à l'intérieur de ce conseil de guerre, le parti de l'hésitation et de l'opposition. Il justifiait son attitude indécise par le fait que le général d'étape d'Alep avait bien envoyé, sur le désir du wali, tout un bataillon d'infanterie, mais que les mitrailleuses et les canons de montagne promis n'étaient pas encore arrivés. Le kolagasi (capitaine d'état-major d'Alep) expliqua ce retard en disant que les armes de ce genre avaient disparu de la Syrie avec le renvoi des divisions déplacées et qu'il ne se trouvait pas une mitrailleuse dans tout Alep. Le kaimakam demanda à ces messieurs s'il ne serait pas plus avantageux d'attendre quelques jours avant d'entreprendre l'opération projetée et de télégraphier à Son Excellence Dchémal Pacha pour le prier instamment de leur faire parvenir les armements nécessaires à l'attaque. Mais les officiers déclarèrent cette proposition impossible, étant donné qu'on ne pouvait jamais rien prévoir avec Dchémal ; ce manquement à l'ordre hiérarchique risquerait de le vexer et de le pousser à jouer quelque mauvais tour pour se venger. Le jusbachi d'Antioche repoussa sa chaise et prit en main un morceau de papier. Ses doigts tremblaient moins à cause de son excitation que par l'effet du tabac dont il faisait un usage continu et immodéré :

« Effendiler », commença-t-il d'une voix basse et rauque, « si nous voulons attendre ici l'arrivée de l'artillerie et des mitrailleuses, nous pouvons tout bonnement y prendre nos quartiers d'hiver. Notre armée de campagne est si pauvre dans ce domaine que nous nous rendrions tout simplement ridicules avec de telles prétentions. Je me permettrai de rappeler une fois de plus au kaimakam l'importance de notre effectif... »

D'un ton égal, il lut à haute voix les nombres inscrits sur son petit papier :

« Quatre compagnies d'Alep. en tout mille hommes. Deux compagnies d'Alexandrette : soit cinq cents hommes. La garnison d'Antioche remise sur pied de guerre : soit quatre cent cinquante hommes. Ce qui fait presque deux mille fusils d'infanterie régulière. Les régiments du front n'atteignent probablement pas à de tels chiffres. Passons à la seconde ligne : quatre cents saptiéhs d'Alep, trois cents saptiéhs de notre propre kasah, et quatre cents tchettéhs venus du Nord, ce qui fait encore onze cents hommes. Il faut, de plus, ajouter la troisième ligne qui comprend les deux mille musulmans des divers villages que nous avons armés. Bref, nous disposons pour notre attaque d'une troupe pourvue en tout de cinq mille fusils... »

Le jusbachi interrompit son rapport pour avaler une tasse de café et allumer une nouvelle cigarette. Quelqu'un utilisa cet arrêt pour faire une objection :

« N'empêche que les Arméniens possèdent deux canons. »

Les joues flasques du commandant s'étaient quelque peu animées et son front jaunâtre brillait d'un éclat humide :

« Ces canons n'ont pas la moindre valeur. Primo, ils sont sans munitions, et secundo, personne là-haut n'est capable de les utiliser. Enfin, tertio, nous aurons vite fait de les regagner. »

Le kaimakam, avachi dans son fauteuil par lassitude ou par ennui, leva les yeux :

« Ne sous-estimez pas ce Bagradian, jusbachi ! Je n'ai rencontré cet homme qu'une fois dans ma vie, au bain. Mais il s'y est conduit d'une manière extraordinairement effrontée et courageuse. »

Le jeune mudir aux taches de rousseur et aux ongles éblouissants se mêla à la conversation sur un ton de reproche :

« C'est la plus grande faute qu'aient commise les autorités militaires que de ne pas avoir appelé sous les drapeaux ces officiers de réserve arméniens. Je sais pertinemment que Bagradian s'est présenté plusieurs fois de son propre chef à ses supérieurs. Sans lui, l'ordre parfait régnerait sur toute la côte. »

Le commandant rejeta brusquement ces considérations :

« Bagradian par ci, Bagradian par là ! Des civils de ce genre ne sont pas importants à ce point. Je suis allé hier personnellement en reconnaissance sur le Damlajik pour savoir à quoi m'en tenir sur cette affaire. C'est un tas de galvaudeux sans ressources. Leurs tranchées m'ont l'air des plus primitives. Et je crois même que j'exagère en leur prêtant quatre à cinq cents fusils. Je veux bien que nous soyons pendus si nous n'avons pas liquidé cette histoire à midi. »

« Nous le devrions évidemment, jusbachi », fit le kaimakam en jetant un rapide regard du côté du commandant. « Mais n'importe quel animal, même le plus petit, peut devenir redoutable lorsqu'il s'agit de défendre sa vie. »

Le kolagasi d'Alep se rallia expressément à l'opinion du commandant. Il avait le ferme espoir de pouvoir quitter dans les deux jours cette région antipathique, afin de retourner dans la belle ville d'Alep. Comme tous les officiers étaient pleins d'une confiance unanime, le kaimakam bâilla en manière de conclusion :

« Ainsi vous nous garantissez le succès, jusbachi ? »

Le commandant, pareil à un dragon, souffla par le nez deux épaisses bouffées de fumée :

« Il n'existe pas de garantie pour les opérations militaires. Je ne saurais admettre un tel mot. Tout ce que je puis dire, c'est que je renonce à la vie si d'ici demain soir nous ne sommes pas maîtres du camp arménien. »

Là-dessus, le kaimakam se leva au prix de grands efforts :

« Dans ce cas, allons nous coucher ! »

Mais le sommeil de ce haut personnage ne fut pas du tout satisfaisant, cette nuit-là. Il s'était installé dans la chambre de Juliette. La pièce était encore toute imprégnée du parfum concentré contenu dans les bouteilles brisées lors de la perquisition ; aussi le kaimakam hépatique fut-il obsédé par des cauchemars angoissants ou énervants, entrecoupés de nombreuses heures sans sommeil.

Le réveil ne fut pas meilleur que la nuit. A peine l'aube était-elle née que le kaimakam fut tiré de sa somnolence par une explosion retentissante. Sans s'habiller plus qu'à moitié, il se précipita hors de la maison. Les dégâts étaient importants. L'obus était tombé juste devant le perron. Le sol était jonché des débris de toutes les vitres. La pression de l'air avait fait sauter une porte de ses gonds et l'avait lancée dans le corridor. De profondes brèches étaient béantes dans le mur. On voyait partout des éclats de pierre et des morceaux de fer recourbés. Mais le pire, c'était l'état où se trouvait l'officier d'état-major d'Alep. Le sort avait voulu que ce malheureux sortît précisément de la maison à l'instant où l'obus était tombé. Il était maintenant assis, adossé au mur. Ses yeux bleus enfantins regardaient dans le vague. Il semblait, en respirant profondément, évoquer un passé plein de rêves. Un éclat d'obus lui avait déchiré l'épaule droite, un autre lui avait fait une blessure à la cuisse gauche. Le jusbachi d'Antioche s'empressait auprès de lui. On aurait dit qu'il l'engageait, non sans sévérité, à moins se laisser aller et à supporter plus stoïquement ses souffrances. Mais le kolagazi ne prêtait aucunement l'oreille à ces exhortations et se laissait lentement tomber de côté. Le jusbachi se retourna avec colère et hurla aux soldats roidis de terreur qu'ils feraient mieux, au lieu de bâiller aux corneilles, d'aller chercher le médecin-major et les infirmiers. Or ce n'était pas tellement simple. Le médecin-major se trouvait à Bitias auprès de la troisième compagnie. Le commandant fit porter à la maison le malheureux blessé. On le coucha dans la chambre de Stéphan. Quand il eut repris ses sens, il supplia le commandant de ne pas l'abandonner avant qu'il ne fût pansé. Le kaimakam, qui était par nature un civil convaincu, et qui, s'il restait froid en théorie à l'idée de faire verser du sang humain, ne pouvait souffrir en pratique de le voir couler, descendit tout doucettement l'escalier sombre qui conduisait à la cave. En effet, la canonnade de Gabriel Bagradian suivait tranquillement son cours. On entendait en même temps une nouvelle détonation dans le village.

Un hasard plus qu'ironique avait dirigé la trajectoire du premier obus vers la maison Bagradian et mis hors d'état de nuire le chef du bataillon ennemi. Le préjudice porté au commandement suprême retarda en tout cas de plus d'une heure le début de l'attaque. Les lignes des tirailleurs turcs qui s'étaient déjà déployées dans les vignes et les vergers au pied du Damlajik, se trouvèrent ainsi arrêtées. Ces cochons d'Arméniens semblaient avoir une damnée sûreté de coup d'œil et une fameuse pratique de l'artillerie, pour avoir si bien visé le point essentiel. Les huit hasards suivants furent, moins que le premier, des coups de génie ; néanmoins le fond de la vallée était assez large pour permettre aux shrapnells et aux obus de répandre en éclatant la terreur autour d'eux. Trois maisons prirent feu, à Bitias, à Azir et à Yoghonoluk. L'un des obus qui causa le plus grand désastre tomba au milieu d'un détachement de saptiéhs en train de boire au camp le café de leurs gourdes. Abandonnant trois morts et de nombreux blessés, ces défenseurs de l'ordre civil quittèrent pour toujours le théâtre des hostilités sans avoir tiré un seul coup.

Gabriel Bagradian obtint, au moyen de sa canonnade, à peu près le succès qu'il désirait, bien qu'il ne pût évidemment pas s'en rendre exactement compte. Les opérations turques furent outrageusement dérangées, et le courage de la nouvelle population fut si fort ébranlé que les femmes, en troupes denses, commençaient à s'enfuir du côté de la plaine de l'Oronte ; enfin, le commandement en chef se trouva paralysé pendant un bon moment. Le feu des obusiers était arrêté depuis longtemps, lorsque les lignes de tirailleurs retrouvèrent leur aplomb et disparurent dans les premières ondulations boisées du Musa Dagh. Mais alors, les cent komitatchis dissimulés répandirent au milieu des ennemis à bout de souffle plus de désarroi et de destruction que n'aurait pu le faire une attaque découverte. Deux fois, trois fois, les invisibles feux croisés repoussèrent les troupes qui montaient péniblement à travers les fourrés, les mirent en désordre et les dispersèrent en tous sens. Les groupes et les bandes détachées, coupés du centre du commandement, exposés à la mort à chaque pas, dévalèrent en courant les pentes ; ce n'était même pas faire preuve de lâcheté, car toute défense leur était impossible. Après ces multiples échecs, le commandant n'avait plus rien d'autre à faire que de rassembler ses compagnies sur la ligne des contreforts, d'ordonner un temps de repos et de faire préparer la soupe. Entre temps, les komitatchis pouvaient en toute tranquillité ramasser et mettre en sûreté les fusils et les cartouches des Turcs morts ou blessés. Le kaimakam qui se trouvait justement au milieu de l'état-major, posa au jusbachi la question suivante avec une mine amère et contrariée :

« Avez-vous l'intention de rester fidèle à votre tactique ? Je crois que de cette façon nous n'arriverons jamais sur cette maudite montagne. »

Le commandant devint brun de colère, brun comme une tasse de café, et il hurla au sous-préfet :

« Si vous le désirez, je ne demande pas mieux que de vous passer le commandement et de m'en aller. Toute cette affaire est plus de votre ressort que du mien. »

Le kaimakam constata qu'il fallait agir avec une extrême prudence à l'égard de ce susceptible officier. Il se décida par conséquent à mettre fin immédiatement à ce brusque conflit. Il prit son air le plus endormi et dit en haussant les épaules. :

« Vous avez raison. C'est à moi qu'incombe la responsabilité de cette affaire. Mais rappelez-vous, jusbachi, que vous, vous êtes responsable à mes yeux. Si notre entreprise échoue aujourd'hui, nous en supporterons tous deux les conséquences, et vous tout aussi bien que moi. »

Cette vérité évidente sauta si bien aux yeux du commandant qu'il se tut. Comme on avait importuné avec le Musa Dagh les plus hautes personnalités, le wali et même le ministre de la guerre en personne, un nouvel échec risquait fort de mener le jusbachi devant un conseil de guerre qui se montrerait encore moins indulgent envers lui qu'il ne l'avait été pour le vieux bimbachi aux joues d'enfant. Il était désormais lié au kaimakam, il irait avec lui à la gloire ou à la ruine, et jusque-là, le mieux était de se supporter réciproquement. Aussi se contenta-t-il de faire une réponse plutôt conciliante, puis il se mit à l'œuvre. La compagnie installée au Nord reçut l'ordre de marcher aussitôt contre les positions arméniennes du col. Défense était faite de se hasarder vers les positions Sud dominant les éboulis, car le jusbachi ne voulait pas exposer ses troupes à une nouvelles avalanche de pierres. Il rassembla les officiers autour de lui et leur ordonna de faire savoir à leurs détachements que tout soldat qui ferait demi-tour et reviendrait sur ses pas au cours de la prochaine ascension serait impitoyablement abattu. Et pour donner plus de force à sa menace, il disposa les saptiéhs et les tchettéhs, destinés à jouer le rôle de bourreaux, en une longue ligne sur les ondulations des contreforts. Ils reçurent l'ordre exprès de faire feu dès qu'ils verraient reculer en masse leurs camarades de l'infanterie. Ni les saptiéhs ni les corps francs ne se refusèrent à accomplir un tel devoir. En même temps, le commandant fit déployer dans la région des abricotiers et des vignes une troisième ligne extrêmement longue composée des villageois musulmans en armes auxquels s'était jointe une partie de leurs femmes. La terreur inspirée par la consigne du jusbachi eut une action immédiate sur les compagnies. Les tirailleurs poussés par la peur escaladaient à toute allure les pentes abruptes de la montagne. Ils n'osaient même pas s'arrêter pour reprendre leur souffle tant ils craignaient de perdre une demi-minute. Les yeux fermés, ils s'élancèrent à travers le feu des komitatchis. L'heure de midi était passée depuis longtemps lorsque trois sections, ayant dépassé la fusillade serrée des défenseurs, réussirent à prendre pied sur quatre points du plateau et à se creuser tant bien que mal des abris en face des secteurs arméniens à l'aide de leurs bêches, ou à se couvrir derrière quelque rempart naturel, rocher, tas d'éboulis, arbre ou pli de terrain. La peur avait enfin permis aux troupes du jusbachi d'accomplir un acte d'héroïsme et en même temps leur premier exploit notable. Lui aussi, pris d'une véritable ardeur belliqueuse, conduisait sabre au clair une nouvelle vague d'assaut dans la même direction. Celle-ci arriva également à s'établir en dessous des tranchées arméniennes et à prolonger le front des assaillants. L'enthousiasme provoqué par ce succès enflamma vivement les âmes turques. Ils ouvrirent un feu forcené simultanément sur tous les points d'attaque. Le commandant estimait qu'il était indifférent au début que les balles atteignissent ou non leur but. L'important, c'était de briser deux heures durant les oreilles et les cœurs des Arméniens pour leur faire perdre ce qui pouvait encore leur rester d'impudence. De cette façon, ils verraient également que l'Etat ottoman avait assez de munitions à sa disposition pour continuer cette fusillade trois jours durant avec la même intensité. Les défenseurs se tapirent dans leurs tranchées, paralysés, tandis que l'impénétrable réseau de projectiles se déroulait sans arrêt au-dessus de leurs têtes. Mais le pire, c'était que, comme le vallon de la ville n'était pas éloigné de plusieurs théâtres des hostilités, des centaines de balles allaient se perdre dans les huttes, et quelques-unes s'étant aplaties par ricochet, faisaient d'effroyables blessures à la manière des balles dum-dum. Aussi Ter Haigasoun ordonna-t-il d'évacuer sans tarder le vallon et dirigea la partie non combattante du peuple du côté de la mer et des rochers.

Pendant ce tir furieux et ininterrompu contre les tranchées arméniennes, le jusbachi faisait avancer successivement les compagnies de la réserve, les saptiéhs et enfin les paysans armés, sous la conduite de ses officiers, afin de pouvoir toujours renouveler ses forces écrasantes pendant l'assaut au moyen de vagues humaines sans cesse rafraîchies. Les deuxième, troisième et quatrième lignes furent disposées derrière le front à d'assez faibles distances les unes des autres. Lorsque ces derniers groupes, ébranlés et exaspérés par les perfides surprises des komitatchis, atteignirent la hauteur en criant à tue-tête, le commandant donna à la première ligne l'ordre d'attaquer. Les Arméniens, qui avaient déjà une vieille expérience de la façon dont il faut repousser les assauts, abattirent, de leurs positions pour la plupart surélevées, la totalité des tirailleurs hésitants. Malgré la rapidité avec laquelle se reformaient les vagues d'assaut, elles se brisaient bien avant d'atteindre les tranchées arméniennes, défavorisées qu'elles étaient par le terrain montagneux auquel elles n'étaient pas accoutumées. Malgré leur incalculable supériorité numérique tant en hommes qu'en munitions, les musulmans ne réussirent pas, jusqu'à la fin de l'après-midi, à avancer d'un seul pas sur aucun des points d'attaque. Les tranchées arméniennes formaient çà et là des angles fort aigus de sorte que les Turcs, en s'avançant recevaient le feu à la fois sur leur front et sur leurs flancs. Et il fallait encore compter avec les komitatchis qui soudain déversaient à tel ou tel endroit une pluie brusque et inattendue de balles mortelles sur les troupes de réserve. Ces vaillants mais vains essais d'assaut avaient déjà coûté au jusbachi presque autant d'hommes que la précédente défaite au pauvre bimbachi ; mais il était décidé à ne pas céder. Il revenait toujours se placer à la tête des assaillants, échappant chaque fois à la mort, grâce à ce miracle qui récompense toujours un chef vraiment courageux. Il se tenait le plus souvent dans le secteur de la gorge des yeuses, car il devenait évident que c'était là le point le plus faible de la défense. C'était encore Gabriel Bagradian qui, avec sa garde volante, tenait dans sa main les fils décisifs du destin. Trois heures encore, songeait-il, et ce sera la nuit. La garde, infatigable, était intervenue sur tous les points menacés, avait renforcé les tranchées fléchissantes, rempli les vides dangereux entre tel ou tel secteur et relayé dans leurs postes les hommes de première ligne déjà fatigués. Or, maintenant, Bagradian était étendu, épuisé, pâle comme un mort, à bout de souffle, quelque part sur la terre et n'arrivait pas à se remettre. Awakian était assis à côté de lui, tandis que douze ordonnances environ attendaient ses ordres. Haik se trouvait parmi eux, mais pas Stéphan. A chaque instant arrivaient de nouveaux communiqués. Il en venait surtout du col Nord qui jusqu'à présent n'avait pas eu beaucoup à souffrir de cette rude journée. Mais à cette heure, les Turcs semblaient changer d'intentions et préparer un coup d'importance du côté Nord. Les rapports de Tchauch Nurhan reflétaient une nervosité croissante. Non seulement le commandant, mais tout un groupe d'officiers avaient surgi derrière les abris sur les hauteurs opposées au col. On les avait reconnus de manière indubitable aux jumelles de campagne qu'ils portaient. Bagradian avait eu pour principe d'éviter jusqu'au dernier moment l'intervention de la garde, c'est-à-dire de ses forces suprêmes, et de ne pas se laisser fâcheusement influencer par l'affolement des divers chefs subordonnés. Le secteur Nord était de beaucoup la position la plus sûre et il n'y avait donc pas de raison d'y envoyer des renforts avant que le combat n'ait commencé. Gabriel Bagradian estimait beaucoup plus nécessaire de se tenir à proximité du secteur très menacé de la gorge des yeuses, afin d'éviter un malheur de ce côté. Il restait étendu, les yeux fermés, et semblait n'attacher aucune importance aux messages réitérés qui arrivaient du col Nord. Encore deux heures et demie, se disait-il en lui-même. La lutte avait cessé pour un instant, le feu s'était tu. Bagradian s'abandonnait entièrement à son épuisement. Or, cette faiblesse physique et morale fut peut-être la raison pour laquelle il finit par tomber dans le piège du jusbachi.

L'écho du combat, à peine assourdi, arrivait jusqu'à la Riviéra. Le crépitement sec des coups, amplifié par un étrange phénomène d'acoustique, donnait une telle impression de proximité que Juliette et Gonzague avaient l'illusion de se trouver dans le réseau même de la fusillade, alors qu'en réalité le combat se déroulait à une distance assez considérable d'eux. Juliette tenait fermement la main de Gonzague. Tout en elle écoutait ; ses nerfs étaient tendus à se rompre. Lui aussi, immobile, restait raide, aux aguets :

« Je crois que cela se rapproche de tous les côtés. Du moins, c'est ce que les bruits me semblent signifier... »

Juliette ne disait rien. Tout ce vacarme de sifflements lui était si étranger et lui paraissait si irréel qu'elle avait l'air de ne pas le comprendre, et par là même, de ne presque pas en avoir peur. Gonzague se pencha légèrement en avant pour mieux voir les vagues qui, tout en bas, falaisaient le long des écueils. La mer était ce jour-là extraordinairement agitée et mêlait sa lointaine voix furieuse aux détonations de la fusillade. Maris montra du doigt le littoral Sud au loin :

« Nous aurions dû nous décider plus tôt, Juliette. Tu pourrais déjà attendre bien tranquille le jour du départ dans la maison annexée à la distillerie... »

Elle fut secouée d'un frisson. Sa bouche s'ouvrit, mais elle n'arrivait pas à retrouver sa voix, comme un objet perdu :

« Le bateau doit partir le 26... C'est aujourd'hui le 23... J'ai encore trois jours devant moi.

— Mais oui, — et, tendrement indulgent, il essayait de la rassurer — tu as encore trois jours devant toi... Je ne t'en enlèverai pas un seul... Si ces autres là-bas ne s'en chargent pas auparavant...

— Ah ! Gonzague, tout en moi est si étrange, si incompréhensible... »

Elle s'arrêta au milieu de sa phrase. Il lui sembla vain de décrire son état, puisqu'il était à elle-même entièrement inconnu. C'était quelque chose de doux, de très vulnérable, échappé à son enveloppe protectrice par sa partie la plus frileuse. Les membres de Juliette étaient glacés et vivaient tous isolément, à peine reliés par un fil ténu au centre général de la conscience. Elle avait l'impression qu'elle aurait pu, avec un douloureux regret, détacher de sa personne ses bras et ses jambes et les enfermer dans une armoire. Jadis, lorsqu'elle vivait dans un monde raisonnable et lumineux, Juliette ne serait pas restée inactive. Il y a quelque chose qui ne va pas, se serait-elle dit, et elle aurait probablement pris son thermomètre pour voir si elle avait de la fièvre. Elle ne cessait de s'interroger elle-même, se demandant comment cet état effrayant pouvait être en même temps si agréable, sans éveiller en elle aucun désir. Elle répéta encore deux fois : « Incompréhensible... »

Gonzague l'attira contre lui, le visage grave, mais souriant :

« Pauvre Juliette, je te comprends si bien... Tu as perdu ton moi d'abord pendant quinze années entières, et maintenant pendant ces vingt-quatre derniers jours. C'est pourquoi tu ne peux retrouver en toi ni la fausse ni la vraie Juliette. Vois-tu, je ne fais partie d'aucun peuple d'ici-bas, je ne suis ni Arménien, ni Français, ni Grec, ni Américain, je ne suis rien du tout, à vrai dire, et c'est pourquoi je suis parfaitement libre. Avec moi, tu auras la vie très facile. Malheureusement je ne puis t'épargner le moment du décalage... »

Elle le regarda sans le comprendre le moins du monde. A ce moment, la fusillade, de l'autre côté, atteignait son point culminant. Il était impossible de rester tranquillement assis. Gonzague aida Juliette à se lever. Elle trébucha comme prise de vertige. Il semblait devenir impatient :

« Nous devrions réfléchir à ce que nous allons faire, Juliette. Cette musique qui résonne là-bas n'a pas un ton très rassurant. Quelles sont tes intentions ? »

Elle fit de la main un geste inachevé comme pour se boucher les oreilles :

« Je suis lasse... et je voudrais m'étendre...

— C'est impossible, Juliette ! Ecoute donc ! D'un moment à l'autre, une catastrophe peut se produire. Je suis d'avis que nous quittions cette place pour aller attendre plus bas l'issue de cette affaire... »

Elle secoua la tête d'un air obstiné :

« Non, je préfère rentrer dans ma tente ! »

Il la saisit par la taille, essayant doucement de la tirer vers lui :

« Ne sois pas fâchée contre moi, Juliette ! Mais il est absolument nécessaire de réfléchir posément, et sans tarder, à notre situation. Dans une demi-heure, l'armée turque peut avoir pris le vallon de la ville. Et Gabriel Bagradian ? Sais-tu seulement s'il est ou non encore vivant ? »

Les détonations qui déchiraient l'air à la ronde semblaient donner raison aux craintes de Gonzague. Mais Juliette se réveilla en sursaut de son trouble précédent et retrouva son énergie et sa volonté d'auparavant :

« Je veux voir Stéphan, je veux l'avoir auprès de moi ! » s'écria-t-elle avec un élan presque furieux. Le nom de son enfant dissipait le voile de brume que tendait autour d'elle de tous côtés l'horrible irréalité. La maternité prenait soudain en elle la forme d'une solide maison aux murs impénétrables, bien fermée à l'abri du monde entier. Elle saisit Gonzague par ses deux bras et le repoussa loin d'elle, impatiente :

« Allez tout de suite me chercher Stéphan, entendez-vous ? Je vous en prie, ne perdez pas un instant, tâchez de le trouver ! J'attends, j'attends... »

Maris réfléchit un moment. Puis il réprima de façon chevaleresque les objections qu'il était sur le point de prononcer, et il inclina la tête :

« C'est bien, Juliette, puisque tu le désires ainsi ! Je ferai tout le nécessaire pour trouver le petit aussi vite que possible. »

Et en effet, au bout d'une demi-heure à peine, Gonzague Maris revint en compagnie de Stéphan tout en sueur et d'aspect farouche, qui ne le suivait que de mauvais gré. Juliette se précipita sur le garçonnet, le pressa contre sa poitrine toute secouée de sanglots secs. L'enfant était si fatigué qu'il s'endormit aussitôt lorsque tous trois se furent assis.

Gabriel Bagradian avait prouvé de façon indubitable que, tout bel esprit qu'il était, il possédait de véritables dons de chef militaire, qualités ignorées en lui jusqu'à ce que la contrainte du péril les eût fait paraître au grand jour. La faute qu'il commit alors est assez fréquente chez des généraux de valeur lorsqu'ils se laissent influencer dans leurs décisions par leur préférence pour certains secteurs de combat qu'ils ont particulièrement étudiés. Et c'est ainsi que Gabriel se laissa séduire par sa préférence pour l'ouvrage principal de son vaste plan de défense, le secteur Nord, et finit par céder aux nombreux messages de Tchauch Nurhan qui, de plus en plus, dégénéraient en appels au secours. Comme les Turcs ne réitéraient leurs attaques ni vers la gorge des yeuses, ni sur les autres points du rebord montagneux et comme d'autre part la fusillade se taisait pour se rassembler au Nord avec une intensité inattendue, l'ennemi, selon toute probabilité semblait vouloir percer la ligne avec toutes ses forces écrasantes au niveau du col. Pour cette raison, Bagradian concentra en une troupe serrée les hommes de sa garde volante disséminés en un front allongé au bord du plateau et les conduisit vers le Nord où ils s'installèrent dans la deuxième tranchée et derrière les barricades de rocher, dans l'expectative de l'assaut turc. Gabriel attendait d'un instant à l'autre que l'ennemi fît irruption, car le feu augmentait de violence de minute en minute et la nuit approchait déjà. (Personne d'autre que lui n'étant capable de manier et d'utiliser les obusiers, il fallait renoncer à s'en servir dans la lutte.)

Sarkis Kilikian s'était signalé par la façon exemplaire dont il avait rempli sa tâche de commandant de secteur au cours de cette journée, au-dessus de la gorge des yeuses, et il avait repoussé cinq assauts. Pendant les premières heures du combat, Gabriel Bagradian, qui n'avait pas une confiance absolue en la résistance du Russe, s'était tout d'abord tenu à proximité du secteur de la gorge et plusieurs fois, il était intervenu avec sa garde pour attaquer de flanc les troupes turques. La tâche de Sarkis Kilikian n'était rien moins que facile. La tranchée principale ne s'étendait que sur une superficie assez restreinte. Les tranchées latérales n'avaient pas une situation très favorable et de plus, elles étaient éloignées des secteurs voisins par plusieurs centaines de pas sans que ces intervalles fussent comblés, comme sur la plupart des autres points faibles, par des pentes abruptes, par des murs de rocher ou par d'épais fourrés. Le Russe n'avait à sa disposition qu'un contingent assez faible de quatre-vingts hommes de première ligne assez disséminés. Cependant la journée s'était passée pour lui sans pertes considérables bien qu'on eût à déplorer la perte de deux morts et qu'il y eût en outre six blessés. Quelque chose du caractère de Kilikian, de son calme et de son indifférence inerte, avait rejailli sur l'attitude de ses hommes. Chaque fois que les Turcs tentaient un assaut, ses gens tiraient avec une sûreté qui respirait, il faut le dire, un tel ennui, qu'on les sentait aussi bien à l'aise dans la mort que dans la vie, et fort indifférents de savoir laquelle de ces deux résidences leur était réservée pour le proche avenir. Tout en mettant son fusil en joue, Kilikian ne laissait jamais s'éteindre aucune des cigarettes de luxe dont Bagradian lui avait offert toute une boîte. Maintenant, après tant d'heures sanglantes, il appuyait son corps si maigre à la paroi de la tranchée et fixait le glacis recouvert de souches et de troncs d'arbres, de buissons et de pins rampants, qui s'abaissait en pente raide jusqu'au débouché de la gorge des yeuses proprement dite qu'occupait l'ennemi avec ses forces concentrées. Gabriel Bagradian avait naturellement dès le premier jour fait déboiser le rebord de la montagne à cet endroit. La tête de Kilikian, toujours macabre et juvénile, restait immobile entre ses épaules. On lisait dans ses yeux d'agate au reflet mat l'art suprême de pouvoir arrêter le mécanisme de la vie jusqu'à un minimum d'activité. Dans son bel uniforme pris sur l'ennemi, avec ses épaules tombantes et sa taille de jeune fille, accentuée encore par une ceinture serrée au dernier cran, le Russe avait la prestance d'un officier des plus élégants. Il n'échangeait pas le moindre mot avec ses voisins et ceux-ci se taisaient également. Leurs yeux regardaient sans cesse les ombres des arbres et des buissons qui, de seconde en seconde, se faisaient plus longues, plus minces, plus dorées aussi, plus semblables à des êtres mystérieux. Tous les fils et les filles d'Arméniens sur le Damlajik, à l'exception peut-être de Krikor et de Kilikian, n'avaient désormais qu'une seule pensée, la pensée de Gabriel Bagradian : plus qu'une heure encore et le soleil sera couché. Au Nord crépitait une fusillade analogue à une salve. Mais ici, en bas, la forêt et la montagne jouissaient d'une paix absolue. Beaucoup de ces hommes épuisés par la lutte fermaient les yeux pour dormir un instant debout. Ils avaient ainsi l'impression étrange que ce sommeil illicite faisait avancer secrètement le temps et accélérait la tombée de la nuit libératrice. Le nombre des dormeurs augmentait sans cesse. Finalement, dans les trois tranchées, il n'y avait presque plus un homme qui fût encore éveillé. Seuls les yeux inertes de Sarkis Kilikian, le chef, ces yeux de pierre taillée, considéraient sans bouger la lisière noire de la forêt sur la gorge des yeuses. Ce qui arriva pendant les minutes suivantes, c'est une de ces énigmes qu'il est impossible d'élucider à la lumière des faits. On pourrait au besoin en rendre responsable l'inconcevable apathie de Sarkis Kilikian, cette particularité que la vie lui avait donnée pour se défendre contre l'excès de ses tortures, dès l'âge de onze ans, lorsqu'il était couché sous le corps sanglant de sa mère. De toute façon, il ne broncha pas et son regard ne se modifia aucunement lorsqu'il vit sortir de la forêt, en bas, tout d'abord quelques fantassins isolés, puis successivement des rangs entiers de tirailleurs. On n'entendit pas retentir le moindre coup annonçant une attaque. Les Turcs semblaient trop anxieux pour quitter le rempart noir crénelé de la gorge des yeuses, attendant, maladroits et indécis, que des coups de feu partissent du côté des défenseurs. Comme cela ne se produisait pas, ils prirent un élan, — ils étaient au moins déjà trois cents hommes, — coururent en avant, et recommencèrent à attendre la fusillade arménienne en se cachant derrière le moindre obstacle. Une grande partie des hommes dormait encore dans les tranchées. Les autres s'éveillèrent, saisirent leurs fusils et de leurs yeux encore tout clignotants regardèrent le tableau qui se déroulait devant eux, sans bruit. A cette seconde, la lumière dorée du couchant s'enflait pour la dernière fois avant d'éclater et de répandre des milliers de paillettes et de parcelles scintillantes. Les croissants sur les shakos des officiers brillaient d'un éclat cru. Détail étonnant, ils ne portaient pas pour cette campagne leurs képis de campagne. Les Arméniens, éblouis par le clinquant saisissant de ce soleil tardif, posèrent leurs fusils devant eux et attendirent, tout raidis, l'ordre de Kilikian. Et c'est à ce moment-là que se produisit l'inexplicable. Au lieu d'indiquer calmement à ses hommes la distance de tir, comme il l'avait toujours fait, et de porter son sifflet à ses lèvres, le Russe, avec une lenteur songeuse, sortit de la tranchée. Ce mouvement agit comme un ordre sur ses hommes qui l'imitèrent aussitôt.

Poussés soit par la fatigue et l'affolement, soit par la confiance qu'ils avaient en l'intention inconnue de leur chef, tous, l'un après l'autre, escaladèrent le bord de la tranchée. Les Turcs qui s'étaient déjà glissés jusqu'à une distance de cinquante pas, interdits, se jetèrent par terre. Leur cœur s'arrêta de battre. Ils s'attendaient à une contre-attaque forcenée. Mais Sarkis Kilikian demeurait immobile devant la tranchée centrale, sans avancer ni reculer, sans prononcer de mot d'ordre, sans faire le moindre signe, les mains enfoncées dans ses poches. Avant que les malheureux défenseurs aient pu reprendre leurs esprits, un des officiers, en bas, hurla une consigne dont l'écho dura longtemps, et de trois cents fusils Mauser jaillit un horrible feu continu dirigé contre les cibles raidies qui, là-haut se détachaient en noir sur le ciel du couchant saturé de couleurs. En quelques secondes, un tiers des hommes du secteur se tordait, criant, gémissant, sur la terre sanglante du Musa Dagh. Sarkis Kilikian était toujours là, debout, étonné et pensif, les mains enfoncées dans ses poches. Le plomb turc semblait l'éviter comme s'il eût été trop simple et trop inélégant de mettre fin, en plein champ de bataille, à une destinée si originale. Lorsqu'il se décida à lever la main et à crier une formule quelconque à ses combattants, il était déjà beaucoup trop tard. Il fut entraîné dans la fuite générale du reste de son détachement qui ne retrouva son calme que vers les retranchements de pierre, à mi-chemin de la ville. C'étaient quatre tas de pierres assez longs, de forme trapézoïde, situés à proximité du vallon. Avant d'atteindre cet abri, les fuyards laissèrent derrière eux vingt-trois morts ou blessés. L'infanterie turque occupa les tranchées abandonnées en poussant des hurlements rauques indescriptibles. La réserve la suivait de près, ensuite venaient les saptiéhs, les tchettéhs, et finalement les villageois en armes. Un nombre considérable de femmes combatives avait accompagné les musulmans dans cette expédition. Lorsque celles-ci, cachées derrière les arbres de la gorge, virent le succès des leurs, elles sortirent de la forêt telles des bacchantes en furie, se prirent toutes par la main, en formant une chaîne ininterrompue, et un long cri strident fusa de leurs gosiers, l'étrange « zilgith », le séculaire appel aux armes chez les femmes de l'Islam. Ce cri vibrant réveilla le démon qui dormait chez les hommes. Sans songer à la vie ni à la mort, comme le leur commande leur foi intrépide, en une course folle, ils se précipitèrent sur les remparts de pierre peu résistants, baïonnette au canon, sans tirer un seul coup.

Plusieurs heureux hasards vinrent en aide aux Arméniens dans leur malheur. Lorsqu'ils virent que les Turcs perçaient les blessés à coups de baïonnette et les écrasaient sous leurs bottes, la conscience froide et nette leur revint de l'implacable destinée suspendue au-dessus de leurs têtes. Ils étaient couchés rigides derrière le gravier et visaient de façon aussi calme, aussi mortelle que d'habitude. Il s'agissait surtout de gagner du temps ! Les Turcs avaient en face l'aveuglant soleil, eux l'avaient dans le dos. Une autre chance dans leur infortune, ce fut la confusion qui se produisait chez les Turcs par le fait que les attaquants, placés en face des secteurs voisins, précédant leurs propres officiers, quittèrent leur poste et, énivrés par la victoire, accoururent en masse sur la brèche. Par suite de quoi, les défenseurs aussi quittèrent leurs tranchées et, de droite et de gauche, se pressèrent vers le point menacé. Il en résulta un corps à corps et une mêlée dans laquelle amis et ennemis se heurtaient sans trop bien se reconnaître, car beaucoup d'Arméniens portaient des uniformes turcs, butin des précédents combats. De partout, ils arrivaient à flots dans cette trouée. Le sang coula longtemps et les hommes tombèrent en grand nombre avant que les adversaires pussent arriver à se démêler et les Turcs, en nombre écrasant, à repousser les Arméniens jusqu'au vallon de la ville. Cela coïncida, à une seconde près, avec l'arrivée de Bagradian à la tête de sa garde complètement épuisée qui venait détourner du camp l'ultime péril. Les Turcs furent repoussés, mais seulement jusqu'à la limite des tranchées conquises qu'ils gardaient fermement en main.

Or, la chance suprême, ce fut la nuit, une nuit nuageuse et sans lune qui tomba brusquement à ce moment. Le jusbachi ne pouvait plus se risquer à commander encore une attaque qui eût été la plus décisive de toutes. Dans l'obscurité, malgré les fortes pertes qu'ils avaient subies, les Arméniens avaient l'avantage sur une division entière, car ils connaissaient le Damlajik comme leur propre corps. Le kaimakam, profondément troublé par le nombre énorme des morts du côté turc, ne savait trop que penser de cette victoire inutilisée. Le commandant lui promit sur son honneur que d'ici trois heures du matin toute cette affaire serait liquidée de façon radicale. Sur quoi il exposa brièvement son nouveau plan d'attaque. Les troupes turques quittèrent à la dérobée les divers secteurs en n'y laissant qu'un très faible contingent pour tromper l'adversaire. Le gros de la force armée se concentra sur le fond assez large de la gorge des yeuses et s'y coucha pour la nuit afin d'être prêt, dès les premières heures du jour, à sauter comme un énorme projectile hors de la tranchée conquise et à forcer ainsi le dernier et insignifiant obstacle.

On ne put néanmoins empêcher les paysans musulmans armés de préférer, en nouveaux propriétaires qu'ils étaient, passer la nuit sous leur propre toit, plutôt que de dormir en plein air, et par conséquent de quitter les troupes.

Vers six heures du soir, le pasteur Aram Tomasian était arrivé dans la tente des femmes, couvert de sueur, à bout de forces; il avait avalé trois verres d'eau, l'un sur l'autre et dit d'une voix haletante :

« Iskouhi, Howsannah ! Tenez-vous prêtes ! La situation est fort inquiétante. Je viens vous chercher avant qu'il ne soit trop tard. Nous trouverons bien quelque cachette derrière les rochers... Je m'en vais maintenant quérir notre père... »

Tomasian était aussitôt reparti sans reprendre son souffle. Iskouhi qui, pour tenir sa promesse, n'avait pas quitté la tente de toute la journée, aida la gémissante Howsannah à se lever tant bien que mal, donna au bébé son biberon de lait étendu d'eau et, de son bras droit, tira de dessous les lits les quelques paquets qui constituaient l'avoir de la famille. Mais soudain elle s'arrêta, laissant son travail interrompu ; elle abandonna Howsannah et s'en fut sans dire un mot...

C'était une heure après le coucher du soleil, sur la grande place de l'autel du vallon de la ville dont l'herbe avait été foulée par des milliers de pas. Les chefs ne s'étaient pas retirés dans la baraque du gouvernement et s'étaient assis par terre devant le saint édifice. Le peuple, dans un silence oppressant, s'était installé autour d'eux, en une foule dense, tapi sur le sol. On entendit parfois les gémissements de quelque grand blessé recueilli dans le hangar-hôpital, mais pas d'autre son. On avait pu mettre à l'abri une partie des morts du dernier assaut. Ils gisaient l'un à côté de l'autre sur l'aire de bois construite jadis pour la danse, imparfaitement recouverts de toiles et de bâches. Pas de lumière, pas de feu. Le conseil des chefs avait interdit qu'on parlât à haute voix. La foule se taisait si bien qu'on pouvait percevoir sans peine les murmures très bas des élus du peuple. Ter Haigasoun semblait être le seul à avoir conservé sa maîtrise de soi. Ses paroles étaient calmes et pondérées :

« Nous n'avons plus qu'une nuit devant nous, c'est-à-dire huit heures d'obscurité... »

Il fut mal compris. Même Aram Tomasian dont le cœur était déchiré à la pensée d'Howsannah, d'Iskouhi et de son enfant, se perdait aujourd'hui en projets insensés. Il proposait très sérieusement, disant que ce serait peut-être la meilleure solution, de quitter le camp et d'aller se réfugier dans les fentes des rochers, dans les cavernes calcaires et les grottes du versant abrupt. Mais ce projet ne trouva que peu de partisans. On put constater alors que, contre toute attente, les Arméniens avaient conçu un véritable amour pour leur nouveau domicile et voulaient le défendre jusqu'au dernier instant. Un débat s'engagea. De temps en temps, il s'échappait de la foule un cri étouffé de femme ou un sanglot convulsif. Ce jour avait apporté le deuil à plus de cent familles, en comptant les blessés tombés aux mains des Turcs. De plus, personne ne savait combien d'hommes grièvement blessés se trouvaient encore là-bas dans les tranchées. La nuit écrasante pesait sur le Musa Dagh comme un plafond sur une chambre trop basse. Le chuchotement se faisait de plus en plus vide et désordonné ; alors, la voix de Ter Haigasoun vint durement frapper l'oreille de Gabriel Bagradian :

« Il ne nous reste plus que cette unique nuit, Bagradian Effendi ! Ne devons-nous pas utiliser cet ultime délai, ces huit heures si courtes ? »

Gabriel s'était étendu en arrière, les bras sous la tête, les yeux perdus dans la voûte noire au-dessus de lui. Il ne pouvait qu'à grand'peine se défendre contre le sommeil. Tout sombrait autour de lui. Des mots dépourvus de sens venaient effleurer son ouïe. Il lui manquait à cette seconde l'énergie nécessaire pour donner au prêtre une réponse quelconque. Et soudain, il sentit une petite main glacée qui cherchait son visage à tâtons. Il faisait si noir qu'il ne pouvait pas voir Iskouhi. Elle l'avait enfin découvert après de longues pérégrinations qui l'avaient menée d'une tranchée à l'autre. Maintenant, comme si c'était une chose toute naturelle, elle s'était assise à côté de lui, au milieu des chefs. Même en présence de son frère, elle ne semblait pas éprouver de honte à agir ainsi, puisque cette nuit, unique entre toutes, devait être la dernière. La main froide d'Iskouhi réveilla Gabriel et lui rendit la vie comme une coulée d'eau fraîche. La raideur le quittait peu à peu. Son esprit renaissait. Il se redressa et prit dans sa main celle de la jeune fille, sans se demander si quelqu'un ne remarquait pas dans l'obscurité cette marque de tendresse. Il respira profondément. Son diaphragme s'étendit. Une joie physique, semblable à celle d'un homme altéré qui vient de boire à sa soif, s'empara de tout son être. Le conseil des chefs se tut tout à coup. Des voix étrangères s'approchaient. Tous se levèrent, effrayés. Etaient-ce les Turcs ? Plusieurs lanternes sourdes oscillaient dans les ténèbres. C'était une députation de komitatchis qui revenait pour recevoir les instructions relatives au lendemain. Les komitatchis dirent que, de tout leur groupe, un seul homme était tombé, et deux faits prisonniers ; de plus, ils n'avaient pas cessé d'occuper leurs postes, à aucun moment. Ils apprirent en même temps à l'assemblée que les compagnies turques quittaient subrepticement la plupart des secteurs, à l'exception de petits groupes de la réserve, pour aller confluer dans la gorge des yeuses. Les relations étaient assurées entre la tranchée conquise et le gros des forces par des lignes de sentinelles et des patrouilles. L'intention était claire comme le jour.

« Oui, nous utiliserons cette nuit, Ter Haigasoun », s'écria Gabriel si haut que tout le peuple put l'entendre. Au même instant, les autres chefs, eux aussi, semblaient avoir vaincu leur inertie. La même pensée traversa comme un éclair tous les esprits avant que Bagradian eût prononcé un seul mot. L'unique moyen de détourner le désastre de leurs têtes, c'eût été d'attaquer violemment par surprise le camp turc en pleine nuit. Mais pour exécuter cette opération, les combattants étaient trop épuisés après cette interminable et sanglante journée,

Il fallait que le peuple entier, femmes et enfants, y prît part de quelque manière pour ajouter au coup de main la force corporelle de plusieurs milliers d'organismes. C'était maintenant un brouhaha confus, et à haute voix. Chaque mouchtar, chaque instituteur essaya de faire prévaloir sa proposition jusqu'à ce que Gabriel leur imposât silence d'un ton autoritaire. Il renvoya Nurhan Elléon dans son secteur pour en ramener, sans faire le moindre bruit, 150 guerriers choisis parmi les vingt groupes de première ligne qui occupaient cette position et avaient relativement peu souffert des combats de la journée. De même, le bastion sud et les secteurs du rebord durent fournir en tout 200 hommes qui se rassemblèrent sur la place de l'autel, dans le plus parfait silence, pendant les deux heures qui suivirent. Bagradian mit ainsi sur pied une force armée de plus de 500 hommes avec les komitatchis et sa garde volante. Tous ces mouvements prenaient beaucoup de temps, car il ne fallait pas faire le moindre bruit ni prononcer à haute voix les mots d'ordre; on ne chuchotait que le strict nécessaire, en formules aussi laconiques que possible. Peu à peu, Bagradian parvint malgré les épaisses ténèbres à répartir en deux groupes ce tas d'hommes las et morts. Le premier, plus important, fut placé sous le commandement du chef des komitatchis. Après avoir pris quelques provisions et renouvelé leurs cartouches, les combattants de ce détachement marchèrent tout d'abord vers le Sud, puis se glissèrent avec des précautions infinies, tels des fantômes impondérables, sur un chemin détourné, piste à peine visible à travers les bois et les fourrés coupés parfois de clairières et de pentes découvertes; ils devaient ainsi se rapprocher du campement turc. Plusieurs circonstances, heureusement, leur vinrent en aide. Tout d'abord la parfaite connaissance de ces lieux familiers, et aussi les feux de bivouac des compagnies turques que le jusbachi avait fait allumer en bordure de la gorge des yeuses. Les soldats entretenaient ces feux sur les places rocheuses ou dénudées, car à tous les autres endroits, malgré la moiteur et l'humidité du ravin entier, on aurait risqué de provoquer un incendie, étant donné la sécheresse du bois mort. En dépit des feux du camp, les chefs des komitatchis réussirent à cerner toute la gorge ellipsoïde. Les fils d'Arménie, immobiles, étaient assis au sommet des arbres; d'autres, étendus, se cachaient derrière des arbousiers touffus; çà et là d'autres encore, médiocrement dissimulés se tenaient tapis entre des racines noueuses. De leurs yeux impassibles, ils examinaient le camp ennemi où le calme augmentait toujours progressivement. Ils tenaient déjà leurs fusils en joue, quoique leur attente risquât de durer encore plus d'une heure jusqu'au moment où le feu de l'attaque, là-haut, sur la montagne, devait leur donner le signal décisif. Bagradian avait confié à Tchauch Nurhan le soin d'exécuter cet assaut sur le secteur perdu à l'aide du deuxième groupe qui comprenait 150 combattants. Nurhan fit avancer ses hommes retranchés derrière les tas de pierre jusqu'aux abords de la tranchée principale et de ses flanquements. L'obscurité et, de plus, le susurrement d'un vent bienveillant masquèrent si parfaitement la reptation des hommes que les Arméniens purent, des deux côtés, dépasser légèrement les tranchées qu'ils encerclèrent par ce mouvement tournant. Une circonstance particulière leur fut spécialement favorable. Les Turcs de cette position, l'une des compagnies les plus éprouvées, avaient commis l'erreur inconcevable d'allumer quelques lampes à acétylène qui éclairaient d'une vive lumière les têtes des soldats et plongeaient dans une obscurité absolue les environs immédiats. Ainsi les Arméniens avaient, pour viser, tout le temps, tout le calme et tout l'éclairage désirables. On aurait dit que personne ne respirait. Aucun membre ne bougeait. Cette nuit semblait avoir écrasé sous son poids jusqu'à la dernière trace de vie, comme une mine qui s'effondre bouchant tous les accès d'une galerie.

Au point où le sentier bordé de murs en ruines quitte le premier contrefort montagneux pour monter dans la large entaille du ravin, le kaimakam et le commandant causaient, debout, à l'extrémité inférieure du camp. Quelques soldats munis de lanternes et de flambeaux attendaient à l'écart, prêts à les éclairer. Le jusbachi jeta un coup d'œil vers sa montre-bracelet du dernier modernisme pourvue d'un cadran lumineux :

« Il est plus que temps !... J'ai en effet l'intention de faire réveiller les hommes une heure avant le lever du soleil. »

Le kaimakam paraissait inquiet au sujet de la santé du commandant :

« Ne préférez-vous pas passer la nuit dans notre quartier général, jusbachi ? La journée d'aujourd'hui a été bien dure pour vous. Un bon lit vous ferait du bien.

— Non, non ! Je ne suis pas assez calme pour pouvoir dormir. »

Le kaimakam prit congé de lui et s'éloigna, suivi des soldats porteurs de lanternes ; mais il ne fit pas plus de deux pas et revint aussitôt :

« Ne soyez pas fâché si je vous pose encore une question, jusbachi. Puis-je être certain qu'il n'arrivera pas d'incident imprévu au cours des heures prochaines ? »

Le commandant réprima une réplique haineuse. Il était insupportable, ce civil, avec ses indiscrétions déplacées. Il répondit d'un ton réprobateur :

« J'ai naturellement pris toutes les mesures de sûreté nécessaires. Vous n'auriez pas eu besoin de revenir sur vos pas, kaimakam. Car j'ai envoyé encore des patrouilles reconnaître les environs de notre campement. »

Tout se fit conformément aux paroles du jusbachi. Mais ces patrouilles, composées de sous-officiers et de soldats harassés de fatigue, trébuchèrent à demi inconscientes, contre les obstacles du

chemin, tout près des Arméniens immobiles dont les yeux brillaient dans le feuillage des yeuses comme des prunelles de chat. Les
Turcs revinrent peu après annoncer à l'officier de garde que le terrain
était libre partout à la ronde et qu'il n'y avait rien à craindre.

Gabriel Bagradian jeta par terre l'allumette enflammée avec laquelle
il venait d'allumer une cigarette. La petite flamme lécha le sol, s'y
propagea et fit brûler une touffe d'herbe. Iskouhi, qui ne quittait pas
Gabriel, écrasa sous son pied le feu avide. « Comme tout est sec ! »,
dit-elle. Et ce fut cette allumette qui éveilla en Gabriel l'idée téméraire.
Il resta un instant désemparé. Son inspiration était ambiguë. Elle
pouvait apporter autant de dommage à son propre peuple qu'à l'ennemi.
Bagradian, déployant son mouchoir comme un drapeau, essaya de
reconnaître la direction du vent dont la force s'était beaucoup accrue
entre temps. C'était un vent d'Ouest qui venait de la mer et secouait
les branches dans le sens de la vallée. Ni le conseil des chefs, ni Gabriel
seul, ne pouvaient prendre une telle résolution. C'était à Ter Haigasoun, le chef suprême du peuple, de dire oui ou non. Après une minute
lourde de silence, Ter Haigasoun dit : « Oui ! »
Sur ces entrefaites, toute la force armée avait quitté la place de l'autel
et le vallon de la ville. Les deux groupes d'attaque, retenant leur
souffle, attendaient le signal. Une ligne supplémentaire de combattants était déployée entre la tranchée cernée et les tas de pierre ; derrière ces derniers se trouvait concentrée toute la réserve du peuple.
Mais ce n'était pas encore tout. Stéphan, qui depuis longtemps avait
échappé à la garde de sa mère, se sentait, il faut bien le dire, dans un
état d'extrême excitation malgré l'approche de l'inévitable catastrophe.
Ces glissements, ces chuchotements dans l'obscurité, l'entourage
compact de tant de corps frémissants d'angoisse, les éclairs brusques,
vite étouffés, des lanternes sourdes ambulantes et cent autres détails
romanesques agissaient sur les nerfs tendus de Stéphan à la manière
d'un monde fantastique, irréel et enchanteur, qui aurait soudain pris
corps. Il s'y ajoutait encore l'ordre si étrange qu'avait reçu sa cohorte
et l'orgueil de participer au plan, mystérieux jusqu'à présent, selon
lequel la jeunesse devait servir de dernier rempart pour la défense du
peuple. On comprend par conséquent que Stéphan et ses camarades
aient bientôt oublié leur extrême fatigue qui avait fait place à une
attente enivrée.
Or, l'ordre si étrange avait trait à la provision de pétrole. En effet,
on roula sur la place de l'autel, sans plus donner d'explication, tous
les tonneaux de pétrole qui se trouvaient sur le Damlajik, y compris
les deux bidons qui appartenaient à la famille Bagradian. De même,
on y apporta en grande vitesse tous les branchages, les fagots et les
rondins entassés auprès des foyers éteints. Tout d'abord, les gar-

çonnets, puis les vieillards, les femmes et les enfants au-dessus de neuf ans, durent aller chercher dans les tas de bois un bâton aussi fort et mince que possible. Il s'agissait de plonger et d'agiter les branches dans l'épais liquide jusqu'à mi-hauteur. Il y en avait au moins trois mille. Cette opération prit beaucoup de temps. Les gens se pressaient encore nombreux autour des canons lorsque le long signal strident retentit, indiquant le début de la fusillade sur les tranchées prises par les Turcs. Aussitôt un écho de cent voix répercuta dans le ravin ces sons secs et précipités auxquels se mêlait un cri de frayeur interminable, encore tout endormi, qui n'avait presque plus rien d'humain, tant il était enroué.

Gabriel Bagradian était debout sur une petite élévation rocheuse entre la ligne et les retranchements de pierre. Pendant le fracas tumultueux du combat qui se distinguait de tous les autres bruits d'assaut connus jusqu'à présent, le chef de l'armée arménienne, plongé dans une sorte de rêverie surexcitée, n'avait pas prononcé un seul mot à l'adresse de ses hommes qui attendaient derrière lui. Quelques minutes passèrent ainsi. Les détonations des coups proches se firent de plus en plus rares. Gabriel ne pouvait presque pas croire que le premier acte de cette attaque surprise eût si vite réussi. Mais Tchauch Nurhan lui faisait déjà parvenir le signal convenu : plusieurs vigoureux huits lumineux exécutés avec la lanterne sourde. La tranchée était revenue aux mains des défenseurs qui la dépassèrent même, descendant toujours pour poursuivre plus loin l'ennemi. Une partie des fantassins turcs se perdit dans l'obscurité; ils tombèrent au pouvoir des Arméniens qui se précipitèrent à leur suite. Une autre partie d'entre eux se mit à errer, à trébucher, à courir en toute hâte vers le ravin hurlant, tandis que les Arméniens les poursuivaient pour les abattre à coups de crosse ou de baïonnette. Gabriel Bagradian envoya Awakian en arrière communiquer le mot d'ordre à la réserve : « Aux armes, et en avant ! » Il attendit que le bruit des pas et des voix de la foule se rapprochât de sa position, puis il courut se mettre à la tête des troupes. Lentement, ils se poussèrent jusqu'au rebord de la montagne à travers le taillis et, passant devant bien des morts, ils descendirent vers la gorge boisée où retentissaient les cris.

Ce qui s'y passait ressemblait à une chasse à courre. Les plus vaillants des officiers, des onbachis et des soldats essayaient sans cesse d'approcher des foyers qu'ils avaient allumés pour la nuit aux limites du camp et où brûlait du bois mort; mais en cherchant à les éteindre, c'était leur propre vie qu'ils éteignaient. La fusillade des komitatchis, disposée en un cercle fermé, poussait tous les ennemis au milieu du fond du ravin. Les officiers échangeaient à tue-tête des ordres contradictoires. Personne ne les écoutait. Fantassins et saptiéhs, avec des cris de fureur, cherchaient leurs fusils, mais une fois qu'ils les avaient trouvés, ils ne savaient qu'en faire. Car chaque coup risquait de tuer un camarade ou un frère. Beaucoup d'entre eux jetèrent leurs armes qui les embarrassaient pour sauter et courir dans ces fourrés impraticables, pleins d'épines et d'embûches. Même la vie secrète de la montagne arménienne paraissait prendre part à cette cruelle extermination. Le maquis se faisait toujours plus haut, plus hargneux, plus inextricable. Les arbres s'enflaient méchamment. Des rameaux et des plantes grimpantes venaient fouetter le visage des fils du prophète; des lianes s'entortillaient autour d'eux et les faisaient tomber. Quiconque touchait la terre y restait. L'indifférence de cette race à l'égard de la mort l'empêchait de se relever et les têtes s'enfonçaient dans le nid épineux. Le jusbachi était arrivé à réunir une troupe de ses fantassins affolés, grâce à son sang-froid énergique et aussi à l'aide de quelques coups du plat de son sabre. Lorsque les officiers, les gradés inférieurs et les vieux soldats reconnurent leur chef à la faible lueur du feu de bivouac mourant, ils se rallièrent à lui. Un noyau de résistance ou, pour mieux dire, de nouvel assaut se formait peu à peu. Le commandant, montrant le plateau du bout de son sabre, rugissait : « En avant ! » et : « Suivez-moi ! » Étrangement excité, il regardait les signes phosphorescents de son bracelet-montre. Soudain, il se rappela les mots qu'il avait dits au kaimakam : « Je renonce à la vie si, d'ici demain soir, nous ne sommes pas maîtres du camp arménien. » Et sincèrement, il ne se sentait plus le goût de vivre à ce moment. « Suivez-moi ! » haletait-il sans arrêt. Il sentait en lui la force de volonté nécessaire pour transformer à lui seul la catastrophe en un assaut victorieux. Son exemple portait des fruits. Le désir aussi de sortir de l'enfer qu'était cette forêt poussait les soldats en avant. Ils suivaient le commandant avec des cris d'ardeur. Ils atteignirent sains et saufs l'issue supérieure de la gorge. Le cœur battant, à bout de forces, et sans avoir plus conscience de la réalité, ils montaient la pente en titubant, à la rencontre des lanternes sourdes et de la fusillade arménienne qui les reçut. Ils furent rejetés en bas comme des corps inanimés. Le jusbachi ne remarqua pas tout de suite sa blessure. Il s'étonna seulement de se trouver soudain si abandonné. Puis il s'étonna que son bras droit fût si lourd. Lorsqu'il sentit sa douleur et son sang qui coulait, il fut satisfait et presque heureux. Maintenant, sa honte et ses pertes lui paraissaient de beaucoup atténuées. Il se traîna en arrière, sans rien dire, les yeux fermés. S'effondrer n'importe où dans un coin, espérait-il, et ne plus rien savoir.

Lorsque le bruit du combat quitta la tranchée reconquise pour descendre vers la vallée, le signal se trouva ainsi donné au vallon de la ville. La flamme d'un briquet jaillit. L'une des torches imbibées de pétrole se mit à brûler avec des craquements et, dans l'espace des quelques minutes suivantes, des milliers d'autres torches s'enflammèrent à la première. La plupart des habitants du camp avaient suivi l'exemple de Haik, de Stéphan et des autres garçonnets qui, tenant dans chaque main un de ces brandons, se mettaient en mouvement sur une longue file. Jamais encore cette terre n'avait vu une telle procession de lumières. Chacun, en portant devant soi ces flambeaux crépitants, frémissait à la conscience du sentiment religieux incompréhensible qui envahissait le fond de son âme. Cette lumière n'était pas, comme la flamme isolée, un contraste qui accentue l'infini impénétrable de la nuit ; c'était un feu lumineux, symbole de tout un peuple, qui perçait dans l'obscurité de l'espace une brèche glorieuse. Ces colonnes et ces groupes sans fin défilaient avec une lenteur solennelle, comme si le but de leur marche n'eût pas été un champ de bataille, mais un lieu de prières et de recueillement.

En bas dans les villages, à Yoghonoluk et à Bitias, à Habibli et à Azir, à Wakef et à Khéder Beg, même plus loin au Nord à Kéboussijé, le village de l'apiculture, aucun des profiteurs de la dépossession ne pouvait trouver le sommeil. Lorsque le crépitement furieux parvint dans la vallée, les hommes adultes avaient aussitôt saisi leurs fusils, s'étaient mis en route et occupaient maintenant le premier contrefort, sans se risquer, il est vrai, aux abords de la gorge. Les femmes, elles, s'étaient installées dans les jardins ou sur les toits de leurs maisons pour écouter avec une avidité angoissée les aboiements enragés de la fusillade. Soudain, elles virent le soleil se lever à une heure du matin derrière le Damlajik. La ligne noire de la crête se détachait nettement sur un fond lumineux d'un rose délicat. Ce phénomène céleste, cette manifestation miraculeuse sans pareille jeta le désarroi parmi ces femmes crédules comme l'approche du Jugement Dernier. Et lorsqu'un peu plus tard la bordure de la montagne se mit à rougeoyer et à lancer des flammes, il n'était déjà plus temps pour une explication naturelle. Jésus-Christ, le prophète des infidèles, avait fait lever derrière la montagne le soleil de sa puissance, et les djinns arméniens du Musa Dagh alliés aux saints de leur église, Pierre, Paul, Thomas et tous les autres, étaient venus en aide à leur peuple. La vieille croyance aux forces surnaturelles qui passaient pour protéger les Arméniens se trouva renforcée à cette heure plus qu'à aucune autre. Les mollahs eux-mêmes, qui observaient ce miracle dans le clocher et sur le chemin de ronde sur la coupole de l'église de Yoghonoluk, quittèrent en toute hâte le sanctuaire consacré aux « Puissances Angéliques » et transformé en mosquée.

L'impression que fit sur les soldats turcs qui se trouvaient encore sur les pentes, ce mur irrésistible de flambeaux, fut sans doute moins surnaturelle, mais encore plus redoutable. Elle donnait l'idée d'une écrasante supériorité numérique, telle qu'on aurait pu croire toute la nation arménienne, tous les convois des déportés de l'empire réunis à cette heure et sur ce lieu pour venger sur un petit groupe du peuple souverain toutes les horreurs monstrueuses subies, au moyen de leurs balles et de leurs flambeaux. Les petits détachements turcs établis devant les secteurs dévalèrent la montagne à toute allure. Aucun officier ne pouvait les retenir. Ce qui vivait encore dans la région de la gorge, se précipitait à travers le fourré en dépit des balles arméniennes et tâchait de gagner le contrefort. Les Arméniens n'étaient pas assez nombreux pour fermer complètement l'entrée du ravin. Quelques officiers et soldats aussi honnêtes que vaillants, ayant constaté l'absence de leur jusbachi, avaient encore osé revenir dans la zone dangereuse et trouvé le blessé étendu sans connaissance à la lisière de la forêt. Ils l'emportèrent dans la villa Bagradian. Pendant ce douloureux trajet, le commandant revint à lui. Il savait que tout était perdu, que les chrétiens avaient complètement détruit sa force armée et qu'il ne pouvait espérer ni une réhabilitation ni un retour à sa vie antérieure. Il maudit sincèrement le projectile qui n'avait broyé que son bras droit, au lieu d'accomplir un travail plus radical. Il ne souhaitait qu'une chose, c'était de s'évanouir à nouveau.

La procession du feu n'avait plus aucun ennemi en face d'elle. Lentement, les rangs incandescents s'approchaient de la gorge des yeuses et des forêts voisines. A mi-hauteur environ de la montagne, Ter Haigasoun fit arrêter le long cortège; il donna l'ordre de jeter dans les fourrés les branches enflammées, et de s'en retourner à la hâte. Les rameaux flamboyants tombèrent sur les taillis qui se mirent à fumer. Au bout de quelques minutes, on entendait de toutes parts de formidables craquements qui ne semblaient pas vouloir finir, comme si tout le Damlajik allait exploser. En bien des endroits, l'embrasement de la forêt était déjà très fort. Malheur aux Arméniens si le vent tournait au cours des heures et des jours suivants ! Le vallon de la ville qui était en effet tout proche du bord du plateau aurait été terriblement exposé aux étincelles et aux flammèches volantes. Heureusement que Gabriel Bagradian avait fait déboiser tout un glacis devant les secteurs ! L'incendie de forêt se propageait avec une telle vitesse, avec une telle simultanéité sur les flancs du Damlajik desséchés par l'été que ces flammes furieuses ne ressemblaient plus à un feu terrestre nourri par de terrestres aliments. Les komitatchis et les hommes de première ligne, placés en bas, eurent tout juste le temps de mettre en sûreté le butin de l'attaque. C'étaient plus de deux cents fusils Mauser, des munitions en grande abondance, deux cuisines portatives, cinq ânes de bât chargés de provisions, des toiles de tente, des couvertures, des lanternes et toutes sortes d'accessoires divers en quantité considérable.

Lorsque le véritable soleil se leva, un sommeil de plomb pesait sur le Damlajik. Les combattants dormaient là où, par hasard, ils s'étaient assoupis. Peu d'entre eux avaient eu la force de se traîner jusqu'à leurs couvertures. Les garçonnets dormaient roulés en boule sur la terre nue. Dans les huttes du vallon, les femmes s'étaient jetées sur les tapis, dépeignées et malpropres comme elles étaient, sans s'occuper de leurs petits enfants qui geignaient de faim. Bagradian dormait et tous les chefs dormaient également; Ter Haigasoun lui-même n'avait pas eu assez de forces pour terminer la messe d'action de grâces. Vers la fin du service divin, sous l'effet d'un irrémédiable épuisement, il s'était effondré comme un homme ivre. Les mouchtars dormaient sans avoir choisi, dans les troupeaux de moutons, les bêtes destinées à l'abattoir. Les bouchers dormaient, et aussi les femmes désignées pour la traite. Personne ne se rendait à sa tâche quotidienne. Les foyers n'étaient pas allumés sur la place des cuisines, l'eau des sources n'avait pas été puisée. Personne ne se souciait des nombreux blessés qui agonisaient encore dans les tranchées ou qui s'étaient traînés jusqu'à l'hôpital au cours des dernières heures. Le mot « blessé » n'est qu'un terme froid derrière lequel se cachent toutes sortes de notions imprécises; or, là, on pouvait voir à la ronde toute l'horrible réalité de sa signification : visages sans nez ni yeux, mentons réduits à l'état de bouillie sanglante, corps déchiquetés par les balles dum-dum, hommes gémissants, avec le ventre ouvert, et mourant de soif. Ce n'était pas Bedros Hékim qui pouvait soulager ces malheureux, mais uniquement la mort. Parfois, avant de se pencher, bienfaisante, sur l'un ou l'autre de ces infortunés, elle leur accordait auparavant le narcotique d'une fièvre étourdissante pour les aider à passer les dernières heures si lentes.

En bas, dans la vallée, dormaient les soldats réguliers, les saptiéhs et les tchettéhs qui avaient échappé au carnage. Les officiers dormaient dans les chambres de la maison Bagradian. On avait déjà emporté depuis plusieurs heures à Antioche, dans une voiture sanitaire, la première victime de la veille, le kolagasi d'Alep. Maintenant un nouveau blessé, le jusbachi, dormait dans le lit de Stéphan. Le kaimakam aussi avait été terrassé par le sommeil dans la chambre de Juliette. Il avait commencé la rédaction d'un rapport au wali d'Alep, mais il n'avait plus pu se tenir debout. Derrière le diaphragme du sommeil, sa conscience continuait néanmoins à travailler avec une cruauté plus nette encore que pendant l'état de veille où les pensées doivent garder une vaniteuse élégance. Il venait de subir le plus grave échec de toute sa carrière. Mais il y a dans chaque échec un élément de grâce divine, car il dévoile toujours, d'un sourire moqueur, l'entier ridicule des prétentions humaines. Or ce kaimakam, fonctionnaire de haut étage, membre influent de l'Ittihad, Ottoman convaincu et orgueilleux, profondément pénétré de la supériorité de sa race de guerriers et de maîtres, que venait-il donc d'apprendre à ses dépens ? Les faibles étaient les forts, et les forts, en vérité, ne valaient rien; oui, ils s'étaient avérés sans la moindre valeur dans ce domaine même de l'héroïsme à cause duquel ils méprisaient les faibles. Et les révélations qu'apportait le sommeil au kaimakam poussaient leur racine plus loin encore. Jusqu'alors il n'avait pas douté une seule fois qu'Enver et Talaat ne fussent dans leur plein droit, agissant à l'égard du peuple arménien avec le génie d'hommes d'Etat hors pair. Et voici qu'il montait dans la conscience du kaimakam un doute furieux vis-à-vis d'Enver Pacha et de Talaat Bey, car l'insuccès est aussi le père de la vérité, et un père implacable. Des hommes avaient-ils le droit de construire tout un plan raffiné dans le seul but d'exterminer un autre peuple ? Existait-il, au reste, une raison d'utilité suffisante pour justifier un tel plan, comme le kaimakam l'avait affirmé des centaines de fois ? Qui donc décide si un peuple est meilleur ou pire qu'un autre ? Ce ne sont certes pas des hommes qui peuvent se prononcer là-dessus. Et Dieu, lui, avait aujourd'hui prononcé nettement sur le Damlajik une sentence décisive. Le kaimakam se vit dans certaines situations qui l'émurent fortement à son propre sujet. Il écrivait à Son Excellence le wali d'Alep une demande de démission et détruisait délibérément tout l'édifice de sa vie. Il offrait la paix et la réconciliation aux Arméniens en la personne de Gabriel Bagradian qui s'enveloppait d'un peignoir de bain. Il intervenait au Comité central de l'Ittihad pour obtenir le retour immédiat des déportés arméniens et faisait voter un impôt général pour réparer l'injustice commise. Pourtant, son âme ne pouvait se maintenir que pendant le plus profond sommeil à un tel niveau éthique. Plus la substance de son sommeil devenait ténue, plus ses pensées se rapprochaient de ses conceptions diurnes, plus elles échappaient malignement à des résolutions si osées. Finalement, lorsque le sommeil se fut bien aplani, elles trouvèrent un chemin de traverse fort commode et praticable : il était parfaitement superflu de faire parvenir aux autorités centrales des rapports pleins de contrition. Sur ce, le kaimakam dormit jusqu'à midi.

Les morts, eux aussi, chrétiens et musulmans, dormaient dispersés dans les broussailles du ravin et sur les pentes boisées de la montagne. Les langues gourmandes d'un incendie géant s'approchaient d'eux, joueuses et dansantes. On aurait dit que le feu réveillait ces dormeurs ; il les redressait par-dessous ; raidis de terreur, ils s'asseyaient tout droits, puis leurs corps éclataient et s'en allaient tomber dans le brasier purificateur. Et d'heure en heure, l'incendie croissait, gagnant toujours du terrain au Nord et au Sud sur le Damlajik. Il s'arrêta seulement devant les champs d'éboulis dénudés en dessous du bastion Sud, et dans une anfractuosité rocheuse qui protégea le col Nord contre son envahissement. L'empire verdoyant des pâturages arrosés de mille sources, cette merveille de la côte syrienne, célébra des jours entiers son triomphe, pavoisé d'oriflammes flamboyants, jusqu'à ce qu'il n'en restât plus qu'un immense champ semé d'obstacles et de braise calcinée. Ainsi le Musa Dagh forgeait une cuirasse de flammes et de décombres incandescents pour ses enfants qui, las jusqu'à la mort, plongés dans un sommeil insondable, ne savaient pas qu'ils étaient désormais pour longtemps à l'abri des attaques de leurs persécuteurs. Aucun d'eux ne devinait qu'un vent ami détournait, plein de bienveillance, le danger du vallon de la ville, chassant vers le pied de la montagne toutes les étincelles et les moindres flammèches. Les combattants et le peuple dormirent jusque vers la fin de l'après-midi ; à ce moment-là, le conseil des chefs décida d'abattre complètement tous les points boisés du rebord du plateau qui risquaient de devenir dangereux. Ce fut le début d'un nouveau travail considérable.

Tous avaient passé la journée à dormir, à l'exception d'une seule femme. Elle était assise sur son lit, immobile, au fond de sa tente. Mais c'était en vain qu'elle essayait de se cacher, toute petite et humble, derrière le rempart bourdonnant de sa nature indiciblement étrangère et de sa faute inexorable.

CHAPITRE IV

Sato la vagabonde

Bien que la direction favorable du vent ne se fût pas modifiée jusqu'alors, l'incendie de la forêt ou plutôt de la montagne agissait sur les esprits d'une façon très démoralisante. L'obscurité n'existait plus. Les nuits louchaient et clignotaient de leurs yeux rougeâtres aux aguets. Des ombres menaient une danse folle. Le ciel était recouvert d'une fumée résineuse qui ne passait que lentement. Il régnait continuellement une chaleur torride, inconcevable, aussi forte à minuit qu'à midi, sans jamais le moindre souffle de fraîcheur. La vapeur toxique coupait la respiration et irritait les muqueuses du nez et de la gorge. Un étrange et violent rhume de cerveau se propageait à travers tout le camp, apportant avec lui une pernicieuse tendance à la nervosité.

Au lieu de la joie et de la gratitude débordantes qu'aurait dû amener la victoire, on vit au contraire se produire les signes précurseurs d'une dissolution générale, les marques indubitables d'un inquiétant bouillonnement intérieur, qui menaçait de détruire chez les hommes l'ordre et la discipline péniblement entretenus. Il faut rattacher à ce mouvement la fâcheuse histoire de Sarkis Kilikian qui par malheur se déroula le soir même du grand jour de repos. C'était une des raisons pour lesquelles ni Ter Haigasoun ni Gabriel Bagradian ne se sentaient vraiment rassurés, bien qu'on pût désormais espérer, avec la grâce de Dieu, une longue période de tranquillité jusqu'au prochain combat. Certes, l'idée hardie de déchaîner un incendie de forêt, jointe à l'énorme butin d'armes à feu récemment acquis, avait considérablement amélioré les conditions de défense. Il n'était même plus désormais aussi insensé qu'auparavant de penser que les Turcs renonceraient peut-être définitivement à attaquer la montagne. Et cependant, c'était le buste seul du Damlajik qui flambait ; ses flancs, les champs d'éboulis dominant Suédja et le col Nord, offraient toujours un accès aux assaillants. Sous aucun prétexte on ne pouvait se permettre de libérer les hommes du dur service des tranchées. D'autre part, il était tout aussi important de rétablir l'équilibre dans la mentalité de la population du vallon. Ce que Ter Haigasoun appelait la vie quotidienne, il fallait le faire renaître en dépit de toutes les puissances maléfiques et destructrices. Le conseil des chefs, qui se réunit dès le soir du 24, renonça pour cette raison à un enterrement solennel des victimes afin d'éviter de provoquer quelque fâcheuse manifestation dans la foule.

A cette heure tardive, les détachements envoyés à la recherche des cent treize disparus avaient déjà ramené soixante-sept morts. Il fallait ajouter à ce nombre une forte proportion des grands blessés qui ne passèrent pas la nuit, faute de soins véritables. Le Dr Bedros Altouni fut délégué par le sénat pour aller parler au peuple dans cette triste circonstance. Il expliqua aux familles réunies des défunts, de sa voix rauque et sèche fort dissemblable du ton larmoyant des pleureurs professionnels, qu'il était devenu absolument nécessaire d'enterrer au plus tôt les victimes du combat en raison de la chaleur naturelle terriblement accrue encore par l'incendie. Toute minute d'hésitation était grosse de péril pour les vivants. Si lui, Bedros Hékim, parlait de telles choses contre son gré devant des familles en deuil, c'était bien parce que son devoir l'y obligeait; de plus, chacun avait pu déjà se convaincre, par son propre odorat, de la nécessité d'une telle mesure. Donc, à l'ouvrage, et sans perdre de temps ! Chacune des familles intéressées devait au plus vite creuser une tombe pour son mort au lieu indiqué. Selon l'avis d'Altouni, le conseil des chefs aurait mieux fait de livrer au grand feu les dépouilles mortelles des héros tombés. Mais il n'avait pu s'y décider par égard pour la douleur des parents. Aussi, afin de satisfaire les veuves et les orphelins, les morts seraient revêtus de leur suaire traditionnel et recevraient chacun leur portion de terre consacrée sous la tête.

Cet ordre ne provoqua pas de murmures ni de résistance chez le peuple comme quelques-uns l'avaient craint. Il avait suffi de cette seule allusion à la santé publique. De plus, la décomposition croissante des corps se faisait déjà nettement sentir. A trois heures du matin, tout était fini. Le travail écrasant avait tué la douleur. Il n'y avait plus qu'un petit nombre de parents debout auprès des tombes avec leurs cierges mortuaires pieusement économisés. Le reflet de l'incendie qui montait par le rebord noyait dans sa lueur ces pauvres lumières falotes. Nounik et ses collègues s'étaient cette fois abstenues de monter. Elles n'osaient plus sortir de leurs repaires depuis que les Turcs avaient arrêté deux vieillards de la corporation mendiante qui s'étaient risqués sur les champs de maïs, et les avaient roués de coups jusqu'à ce que la mort s'ensuivît.

On avait fixé pour le lendemain — le 25 août et vingt-sixième jour depuis l'exode — deux événements officiels de grande importance. L'un était l'engagement volontaire et le choix solennel des nageurs et coureurs qui devaient se rendre sans tarder à Alexandrette et à Alep. L'autre était le procès de Sarkis Kilikian. Le déserteur était en effet le principal responsable des graves pertes subies pendant la dernière attaque. Gabriel Bagradian n'avait pas l'intention de lui demander compte de son inexplicable conduite, car, premièrement, le Russe s'était montré extrêmement courageux et prudent lors des deux combats précédents ; deuxièmement, Gabriel comprenait qu'il y a chez tout être humain des forces imprévisibles qui le poussent à agir ; et troisièmement, il savait qu'il est toujours impossible après coup de reconstituer de façon authentique un moment donné d'une bataille. Mais d'autres personnes, en particulier les chefs des autres secteurs, étaient sur ce point d'une opinion différente. Il s'était produit un attroupement sur la place de l'autel. Sarkis Kilikian avait à subir un violent interrogatoire de la part de ses camarades de secteur. On lui demandait de se justifier, d'expliquer sa conduite, de se défendre. Mais il ne cherchait pas à se justifier ni à se défendre. Il restait muet, avec son crâne ravagé et ses yeux mornes et scrutateurs, sans daigner répondre aux violentes accusations ni aux questions qui l'assaillaient de toutes parts. Peut-être ce silence n'était-il pas si impudent, si malveillant, si arrogant qu'il en avait l'air. Peut-être — et c'était même fort probable — Kilikian n'aurait-il pas su expliquer sa subite défaillance, et il dédaignait d'avoir recours à des prétextes comme la fatigue ou une méprise sur les intentions de l'ennemi. Il va sans dire que ce silence excitait encore davantage ses accusateurs contre lui. Il recevait des heurts de tous côtés ; on lui montrait le poing jusque sous le nez. Une cour d'assises l'aurait peut-être reconnu en état de légitime défense s'il n'avait pas lui-même porté le premier coup et si ce coup n'avait pas été aussi terrible. Un certain temps, avec son apathie habituelle, Kilikian reçut les heurts sans mot dire et il ne semblait presque pas remarquer ce qu'on lui faisait. Mais soudain son poing osseux sortit brusquement de sa poche et vint s'abattre sur le visage d'un des plus jeunes assistants. Le choc fut si rude que l'adolescent s'effondra couvert de sang, avec un œil crevé, et l'os nasal cassé. Cela était arrivé avec une vitesse incroyable, en un éclair. Pendant une demi-seconde, Kilikian avait raidi son corps nonchalant, ses yeux avaient étincelé, puis aussitôt après, ils étaient aussi mornes qu'auparavant. Par bonheur pour lui, la plupart des spectateurs ne comprirent absolument pas comment la chose s'était produite et reculèrent. Mais lorsque ensuite ils revinrent se ruer sur lui avec des cris d'indignation, il aurait sans doute passé un mauvais quart d'heure si la police du vallon n'avait pas surgi à ce moment pour l'arrêter.

Ce matin-là, pendant le procès dans la baraque du gouvernement, il avoua avec un calme parfait avoir porté le coup spontanément et en avoir prévu les affreuses conséquences. Il n'essaya pas davantage de se retrancher derrière la légitime défense. Il semblait trop paresseux ou trop veule pour parler. Gabriel Bagradian assistait à l'audience sans prononcer une parole. Il ne dit rien à la charge ni à la décharge de l'accusé. Néanmoins, le peuple irrité exigeait une sanction. Quand il eut rassemblé toutes les preuves contre le criminel, Ter Haigasoun soupira :

« Que vais-je faire de toi, Sarkis Kilikian ? Il suffit de te regarder pour savoir que tu n'es pas à ta place dans l'ordre établi par Dieu. Je devrais te condamner à l'expulsion... »

Mais Ter Haigasoun n'opta pas pour cette peine-là. La punition du Russe consista à rester cinq jours en prison, enchaîné, mesure renforcée encore par trois jours de jeûne. La sentence était beaucoup plus dure qu'elle ne semble. A cause d'une simple rixe dans laquelle il avait été attaqué par ses agresseurs, Sarkis Kilikian retombait, après avoir atteint le grade élevé de chef de secteur essentiel, dans la sphère honteuse des criminels. Il était par là cruellement déshonoré. Et pourtant, rien dans sa mine ne permettait de comprendre s'il restait encore en lui une trace d'honneur vulnérable. Après la conclusion de la séance, on lui attacha les mains et les jambes avec des cordes et on l'enferma dans le cachot, qui était la troisième pièce de la baraque gouvernementale. Maintenant, Kilikian retrouvait l'aspect qu'il avait déjà eu plusieurs fois au cours de son inconcevable existence, car toujours la punition avait pour lui suivi de peu la faute, souvent inexistante, souvent aussi insignifiante. Aussi acceptait-il cette punition de ses yeux impassibles comme une circonstance inhérente à son destin raffiné, bien connue et inévitable. Mais sa prison différait de tous les autres établissements du même genre dont il avait fait l'expérience durant sa carrière, et en particulier par le fait qu'il la partageait avec un esprit distingué comme le pharmacien Krikor. C'était à droite et à gauche deux petites cellules de planches absolument identiques. L'une était un honteux cachot tandis que l'autre renfermait l'univers tout entier.

Gabriel Bagradian sentait dans tout son être l'approche d'un événement imprévisible qui allait peut-être rendre problématique la valeur décisive de la victoire de l'avant-veille. Aussi avait-il fortement insisté pour faire envoyer le jour même les messagers dans le monde extérieur. Il fallait entreprendre au plus tôt quelque chose. Et à supposer que cette tentative dût rester sans résultat, l'important, c'était qu'elle fît naître une attente et de l'intérêt. Les volontaires se rassemblèrent sur la place de l'autel, comme le conseil des chefs l'avait prescrit. Tout le monde s'était porté sur ce point, car le choix de ces messagers qui sacrifiaient avec entrain leur vie était d'importance primordiale pour le peuple entier.

Gabriel revenait d'une courte inspection chez les hommes de première ligne. En considération du dangereux relâchement et de la tendance aux querelles qui menaçait de se répandre parmi les troupes, il avait ordonné qu'on recommençât dès cet après-midi les exercices militaires. Grâce aux deux cents fusils Mauser pris sur l'ennemi, toute la première ligne était désormais pourvue d'armes suffisantes. Pour réparer les brèches qu'y avait faites le dur combat, les meilleurs hommes de la réserve y furent incorporés. On entendait déjà la trompette balbutiante de Tchauch Nurhan Elléon qui se livrait sans plus attendre à l'instruction des nouveaux venus. Iskouhi était venue à la rencontre de Gabriel et l'avait trouvé à mi-chemin. Depuis le jour où pour la première fois leurs âmes s'étaient brusquement pénétrées, elle recherchait la présence de Gabriel avec une candeur naïve. Maintenant ils firent ensemble le chemin jusqu'à la place de l'autel, l'un contre l'autre, presque sans mot dire. Lorsque la jeune fille était près de lui, il se sentait toujours plein d'une étrange impression de sécurité calme. Il avait le sentiment qu'Iskouhi, malgré son extrême jeunesse, était, de tous les êtres qu'il connaissait, celui en qui il avait le plus de confiance, et que la douce chaleur de son amie s'en allait rayonner en dehors des limites de sa mémoire consciente. Même sur les lieux de l'assemblée, elle ne s'éloigna pas de lui, bien qu'elle fût la seule femme qui osât pénétrer sans raison dans le cercle des chefs délibérants. Ne craignait-elle donc pas de se faire remarquer, par une telle conduite, ou d'éveiller des soupçons chez son frère Aram ? Etait-ce la libre insouciance d'une nature d'exception qui, s'abandonnant sans réserve à son premier amour, voit se réduire à néant tous les scrupules terre à terre ?.

Trente jeunes gens environ s'étaient présentés comme volontaires et attendaient la décision du conseil des chefs. Il y avait parmi eux cinq garçonnets. On avait en effet permis aux plus âgés des membres de la cohorte de se proposer pour la mission. Gabriel, l'effroi et la rage au cœur, remarqua à côté d'Haik son fils Stéphan. Après un court entretien avec les autres chefs du peuple, Ter Haigasoun procéda au choix définitif. Il était chargé de se prononcer sur tout ce qui avait rapport aux personnes, à leurs facultés et à leurs forces. Pour la question des nageurs, la décision ne faisait pas de doute. Il y avait à Wakef, le village le plus méridional de la vallée arménienne, situé en bordure de la plaine de l'Oronte et par conséquent déjà sur la côte, deux nageurs et plongeurs bien connus, jeunes gens de dix-neuf et vingt ans. Ter Haigasoun leur remit la ceinture de cuir où était cousu l'appel à l'aide à l'adresse du commandant d'un navire de guerre anglais, américain, français, russe ou italien. Ils devaient partir du col Nord, une fois le soleil couché, après avoir pris congé de leurs familles.

La question des messagers pour Alep ne fut résolue qu'au bout de quelques minutes. On était tombé d'accord pour estimer qu'il valait mieux n'exposer qu'un seul Arménien aux dangers de cette mission. Le pasteur Aram Tomasian jugea avec raison qu'un adulte avait moins de chances d'atteindre sain et sauf le chef-lieu du vilajét qu'un garçonnet qui, par son habillement déjà, se distingue à peine d'un petit musulman, et qui, de toute façon, a moins de peine qu'une grande personne à se faufiler partout. L'évidence de ce raisonnement fut reconnue à l'unanimité et aussitôt un nom unique s'imposa à tous les esprits : « Haik ». Ce garçon résolu à l'air sombre, aux membres d'acier, doué d'une souplesse incroyable était le messager rêvé. Il était le seul à entrer en ligne de compte. Personne, parmi les paysans de tout le camp, ne possédait cette intimité aveugle avec la terre, ni ces yeux écarquillés d'oiseau de proie, ce nez de blaireau, cette ouïe digne d'un rat et cette élasticité de serpent. Si quelqu'un devait mener à bien la périlleuse expédition d'Alep, ce ne pouvait être qu'Haik.

Mais lorsque Ter Haigasoun, du haut de la première marche de l'autel, annonça que le choix s'était porté sur Haik, il se produisit une scène des plus déplacées dont Stéphan fut l'acteur principal. Le visage de Gabriel se contracta de colère lorsqu'il vit son fils, l'air impertinent, se détacher du groupe des volontaires et se planter droit devant lui. Jamais encore il n'avait remarqué aussi nettement qu'à cette minute chez sa vivante réplique le reflet désagréable d'une maturité précoce et d'un délabrement autant physique que moral. Stéphan montrait les dents comme un nègre déchaîné :

« Pourquoi donc Haik seulement ? Moi aussi, je veux aller à Alep... »

Gabriel Bagradian, sans répondre, fit de la main un geste brusque et impérieux pour lui imposer silence. Mais l'enfant intraitable poursuivait si haut ses réclamations qu'on pouvait entendre sur la place entière les sursauts de sa voix sujette à la mue :

« Pourquoi Haik et pas moi, papa ? Oui, moi aussi, j'irai à Alep ! »

Une telle révolte d'un fils en face de son père était chez les Arméniens quelque chose d'inouï que ne pouvaient même pas excuser les circonstances extraordinaires ni l'héroïque ambition du garçonnet. Ter Haigasoun releva la tête d'un air impatient :

« Apprenez à vivre à votre fils, Gabriel Bagradian ! »

Le pasteur Aram Tomasian qui savait, depuis ses expériences de Zeitoun, comment il faut s'y prendre avec la jeunesse rebelle, chercha à calmer Stéphan.

« Le conseil des chefs a décidé qu'un seul messager partirait pour Alep. Or, tu es assez grand et intelligent pour savoir ce qu'est pour nous tous une décision du conseil des chefs. Obéir et se taire, telle est la consigne, n'est-il pas vrai ? »

Le conquérant des obusiers turcs ne se laissait pas dérouter par la loi ni la constitution, et la présence de tant de dignes personnages n'atténuait en aucune façon l'effronterie de ses revendications. Il continua à s'adresser à son père :

« Haik n'a que trois mois de plus que moi. Et il ne sait pas même le français. Mr. Jackson ne le comprendra pas. Et ce que peut Haik, moi je le peux aussi ! »

Là-dessus, Gabriel Bagradian ne put plus se contenir. Impatient, il fit un pas vers Stéphan :

« Que peux-tu donc ? Rien du tout ! Tu n'es qu'un Européen douillet, un enfant gâté, habitué aux grandes villes. On t'attrapera comme une mouche. Allons, va-t'en d'ici ! Va retrouver ta mère ! Je ne veux pas te voir davantage, sinon... »

Ces mots atteignirent Stéphan au point le plus sensible. Ils le précipitaient publiquement à bas de ce sommet qu'il avait si péniblement atteint. Ainsi tous ses exploits avaient été vains : l'expédition dans les vergers, et l'héroïque conquête des canons qui lui avaient presque valu le titre d'Elléon. Dans l'espace d'un éclair, Stéphan apprenait à comprendre qu'aucune action ne reste accomplie pour l'éternité, qu'il se cache dans toute gloire une infidélité vengeresse et qu'il faut toujours tout recommencer par la base. Il se tut soudain. Sa peau hâlée rougissait toujours. Il regardait Iskouhi avec des yeux démesurés comme s'il venait seulement de la découvrir. Il lui sembla qu'elle fuyait son regard d'un air sévère et désapprobateur. Iskouhi, témoin hostile de sa défaite, c'en était trop ! Tout d'un coup, Stéphan fondit en larmes, non pas comme un homme presque adulte, non pas comme un tireur hors pair, ni comme le conquérant de deux canons ennemis, mais comme un petit garçon qui s'estime injustement traité. Or, ces sanglots d'enfant n'éveillèrent aucune sympathie dans l'assistance : au contraire, une joie maligne y fit écho. C'était un sentiment assez complexe qu'éprouvaient non seulement les camarades de Stéphan, mais aussi les grandes personnes et il ne s'adressait pas seulement au fils Bagradian mais aussi, pour d'obscures raisons, à Gabriel Bagradian lui-même. Les rapports profonds entre les humains ne se modifient presque jamais. Or les rapports fondamentaux entre les Bagradian et les indigènes de la vallée, malgré toutes les victoires, malgré l'admiration des Arméniens, leur reconnaissance, leur respect, se résumaient toujours dans cette formule : Vous n'êtes pas des nôtres. Il ne manquait à ce sentiment, pour exploser, qu'une occasion comme celle-là. Stéphan réprima aussitôt son chagrin et ses pleurs. Mais cette courte extériorisation de sa douleur avait suffi à provoquer des sarcasmes sans fin chez ses camarades de la bande Haik et des autres groupes des cohortes. Seul Haik gardait son sérieux, replié sur lui-même comme si cet incident ne le regardait aucunement. Stéphan n'avait plus rien d'autre à faire qu'à s'éloigner d'un pas traînant, les épaules secouées d'un tressaillement traître. Gabriel Bagradian, sans rien dire, suivait des yeux son fils. Sa colère avait entièrement disparu. Il se rappelait la vieille lettre écrite à Montreux par son petit garçon, et ce souvenir le bouleversait. Stéphan, bien habillé, la tête penchée de biais au-dessus du papier dans une attitude enfantine, s'appliquait à mouler de grosses lettres. De nouveau, il sentait son cœur serré à la pensée des mille détails vécus qui ne reviendraient plus. Stéphan est déjà grand, pensa-t-il. Il aura quatorze ans en novembre. Mais aussitôt, ces mots « aura » et « novembre » lui apparurent comme des utopies railleuses. Un pressentiment glacial l'effleura : il est arrivé quelque chose d'irréparable. Gabriel Bagradian se rendit vers la place des trois tentes pour parler encore une fois à son fils. Mais il ne trouva ni Stéphan ni Juliette au domicile familial. Dans la tente de cheik, Gabriel changea de linge. Il remarqua à cette occasion qu'il manquait une des médailles qu'il avait reçues en cadeau de l'agha Rifaat Bereket. C'était la pièce d'or où se détachait en relief la tête d'Achot Bagratouni, le grand roi arménien. Il retourna plusieurs fois les poches de tous ses effets. La pièce d'or demeura introuvable.

Pour le malheur de tous, il arriva que l'installation des Turcs et des Arabes dans les villages mit fin à la double vie vagabonde de Sato. Et maintenant, le grand incendie de la montagne l'empêchait encore d'approcher de ses mystérieux sentiers accoutumés et de ses cachettes familières. En outre, elle était en plus mauvais termes que jamais avec la jeunesse des villages. Depuis quelques jours, malgré la résistance des instituteurs, Ter Haigasoun avait ordonné qu'on recommençât à faire l'école. Mais à présent, même le plus tyrannique des maîtres, Hrand Oskanian n'arrivait pas à rétablir le silence habituel pendant l'enseignement lorsque Sato était assise au milieu des enfants. « La puante, la puante », hurlait le chœur désordonné, dès que la vagabonde apparaissait sur la place de l'école. C'est une tendance innée et indéracinable chez l'homme que d'exercer impitoyablement, toutes les fois qu'il le peut, son éternel besoin de se faire valoir aux dépens des faibles, des pauvres, des infirmes, voire des étrangers. Ce désir d'abaisser les autres et la réaction vengeresse qu'il fait naître sont des leviers capitaux de l'histoire mondiale que le voile élimé de tel ou tel idéal politique n'arrive guère à dissimuler. C'est ainsi que là-haut, sur ce dernier refuge des opprimés, l'orpheline Sato, d'origine douteuse, offrait aux enfants l'occasion désirée de se sentir supérieurs par l'éducation et par la naissance. Pendant une heure de classe sous la direction d'Iskouhi qui recommençait à enseigner de temps en temps, les rires sarcastiques prirent de telles proportions que la maîtresse elle-même, sans cacher sa propre répulsion, renvoya l'objet de la haine générale :

« Va-t'en, Sato, et fais-moi le plaisir de ne plus jamais revenir. »

Jusqu'ici Sato avait toujours tenu tête à la horde entière avec cette indifférence opiniâtre qui la rendait insensible aux affronts. Mais maintenant que sa Kutchuk Hanoum, la demoiselle adorée, passait aussi à l'ennemi et la chassait, Sato était bien obligée d'obéir. Toujours habillée de sa robe empire de coupe européenne et aux manches de papillon qui lui donnait une allure grotesque depuis qu'elle était déchirée et malpropre, Sato s'éloigna en traînant les pieds. Mais elle n'alla que jusqu'au prochain buisson où elle se tapit, aux aguets, pareille au chacal qui dévore de ses yeux affamés une caravane au repos.

Sato n'était pas aussi pauvre qu'on aurait pu le croire. Elle possédait, elle aussi, un univers indépendant. Par exemple, elle comprenait parfaitement les bêtes qu'elle rencontrait au cours de ses vagabondages. Elle savait traiter les animaux avec précaution et les flattait par de douces paroles compréhensives. D'une main insensible aux piqûres, elle relevait le hérisson roulé en boule sur son chemin et lui chuchotait des mots secrets jusqu'à ce que la petite sphère se déroulât, montrant un museau pointu et de petits yeux vifs et malins comme ceux d'un vendeur de bazar, qui avaient vite fait d'examiner la fillette. Sato, qui semblait toujours avoir de la bouillie dans la bouche quand elle parlait, connaissait tous les cris pour attirer les oiseaux. Mais elle cachait soigneusement sa science, de peur de se nuire dans l'ordre social. Elle comprenait aussi bien que celui des bêtes le langage des folles qui habitaient dans les environs du cimetière de Yoghonoluk. Elle ne remarquait pas le moins du monde que ces femmes bavardaient autrement que les êtres raisonnables. Les petites bestioles, les folles et peut-être encore les mendiants aveugles, tels étaient ceux qui composaient l'univers où Sato allait puiser le sentiment de supériorité dont chaque humain a besoin pour vivre. Sans doute, à l'égard de Nounik, de Wartouk et de Manouchak, elle adoptait une attitude de servante respectueuse. Mais l'évolution des événements avait coupé court à leurs bonnes relations. Les explorations dans les limites de la défense n'étaient qu'infructueuses et dénuées de charme. Sato, toujours agitée et sans occupation, découvrit peu à peu un nouveau domaine de distraction : espionner les grandes personnes ! Avec son flair raffiné qui narguait toutes les connaissances qu'on apprend à l'école, elle dépistait tout ce qu'il y avait chez les adultes de déchaîné, d'animal, de mendiant, d'avide et de louche. Elle entendait pousser comme de l'herbe les sentiments dangereux dont elle ignorait presque l'existence réelle au monde. Elle était attirée, sans le savoir, par un aimant de curiosité espionne vers tout ce qui était contraire à l'ordre normal.

Il n'y a par conséquent rien d'étonnant à ce que Sato ait eu vite fait de deviner ce qui était arrivé entre Gonzague et Juliette. Le pressentiment excitant d'une grande catastrophe l'envahissait tout entière. Les déshérités connaissent bien cet amour des catastrophes, ce doux espoir de fin du monde qui constitue un des ressorts essentiels des petits scandales et des grandes révolutions. Sato se postait tout près derrière le couple. Juliette et M. Gonzague étaient pour elle, avec Bagradian, les êtres les plus brillants qu'elle ait rencontrés dans sa vie. Ils ne lui inspiraient pas la haine qu'éprouvent de mauvais serviteurs envers leurs maîtres, mais l'ardente curiosité du primitif pour ce qui lui paraît presque supra-terrestre.

Sato avait bientôt découvert les coins secrets de la Riviéra cachés derrière les rhododendrons et les myrtes. Inondée de joie, elle faufilait sans bruit son visage à travers les buissons. Ses yeux éblouis se régalaient du spectacle que lui donnaient les deux complices. La femme magnifique, l'hanoum du pays des Francs, l'être toujours parfumé, immense, était là maintenant, les cheveux à demi épars; elle pressait la surface inerte de son visage aux lèvres avides et largement ouvertes contre le visage impassible de l'homme qui, le regard voilé, mais attentif, jouissait tout d'abord de ce don offert à lui avant d'en prendre possession. Sato voyait, avec un frémissement de plaisir, les mains longues et minces de Gonzague jouer avec les blanches épaules et les seins de l'hanoum comme les mains omniscientes des aveugles joueurs de tar.

Sato vit ce qu'il y avait à voir. Mais elle vit aussi ce qui n'était pas visible. Les instituteurs avaient depuis longtemps renoncé à l'instruire. Ni l'alphabet ni la table de multiplication ne pouvaient entrer dans le cerveau paresseux aux images désordonnées de cette étrange créature. Evidemment, Sato était en retard pour son âge, mais parce que son sens extraordinairement développé des odeurs et des pistes avait englouti en elle toutes les facultés intellectuelles. Dissimulée derrière les myrtes et les rhododendrons, elle ne se complaisait pas seulement à ce spectacle d'un charme troublant, mais elle devinait par delà cette vision le déchirement intérieur de l'hanoum et la fermeté de Gonzague. Son esprit n'en savait rien, mais son flair savait tout. Sato n'aurait eu aucune raison d'abréger prématurément ses plaisirs de spectatrice s'il n'était pas venu s'y mêler un certain trouble qui l'atteignait dans l'unique sentiment un peu tendre qu'elle possédât. Il n'avait pas fallu longtemps non plus à son flair raffiné pour découvrir l'autre couple. Ce couple-là n'offrait pas de spectacle et ne possédait pas de cachette pour donner libre cours à sa passion. Jamais il ne disparaissait dans les labyrinthes touffus du côté de la mer; il préférait plutôt les mamelons dénudés ou les ondulations à l'herbe rase du plateau supérieur. Il était difficile de suivre ces deux-là sans se trahir. Mais Sato possédait la faculté de se rendre invisible. Sous ce rapport, elle était même supérieure à maître Haik. Ce couple-là la détournait toujours davantage des scènes charmantes et variées que lui offrait l'observation de l'autre. C'est à peine si elle pouvait surprendre entre eux un baiser. Mais les baisers irréels qu'échangeaient Gabriel et Iskouhi brûlaient plus profondément l'âme de Sato que les étreintes passionnées de Gonzague et de Juliette. L'intimité d'Iskouhi et de Gabriel était odieuse à Sato et la remplissait de tristesse. Sa mémoire mensongère lui représentait le passé comme un véritable âge d'or. L'institutrice de l'orphelinat de Zeitoun n'avait-elle pas toujours été bonne et charitable à l'égard de Sato ? N'avait-elle pas dit souvent, en propres termes, « ma petite Sato » ? N'avait-elle pas permis à sa petite Sato de s'asseoir par terre à ses pieds et de couvrir ses pieds de caresses ? Qui donc, sinon cet Effendi, était coupable de sa transformation et l'avait poussée à mettre fin si durement à ces délicieuses relations ? Qui donc, sinon cet Effendi, avait rendu Iskouhi assez cruelle pour dire méchamment à Sato, alors que celle-ci allait à elle de tout son cœur aimant : « Va-t'en, Sato, et fais-moi le plaisir de ne plus jamais revenir ! »

La vagabonde, mélancolique, cherchait un coin tranquille pour réfléchir. Mais l'élaboration de pensées et de projets n'était pas précisément l'affaire de Sato. Elle ne pouvait que produire des images fugitives et tressaillir sous l'effet instantané de brusques sensations. Or, ces images et ces sensations n'avaient nullement besoin de la collaboration d'une raison organisatrice. Elles travaillaient, telles qu'elles étaient, en vue d'un but précis et tissaient la trame d'une vengeance dont leur auteur ignorait presque tout.

Juliette était à la recherche de Gabriel.

Gabriel était à la recherche de Juliette.

Ils se rencontrèrent entre la place des trois tentes et le col Nord.

« J'étais à ta recherche, Gabriel », dit-elle. Et lui, de son côté, répéta la même formule.

Le désarroi et l'abandon avaient achevé leur œuvre. Que restait-il du « pas scintillant » de Juliette ? Elle marchait comme une femme qu'on a envoyée avec un message précis et difficile. Et c'était justement le cas. Gonzague l'avait envoyée dire enfin la vérité à son mari et lui révéler son intention, car le jour de la séparation était arrivé. Suis-je devenue myope ? se demandait-elle. Je vois si mal. Elle s'étonnait de voir descendre sur cet après-midi d'été un crépuscule de novembre. Etait-ce le voile de fumée qui s'étendait sur le Damlajik depuis l'incendie de la forêt ? N'était-ce pas plutôt cet autre étrange voile qui embrumait sa propre conscience et s'épaississait de jour en jour ? Elle s'étonnait de sentir l'image de Gonzague ridiculement irréelle dans son souvenir, maintenant qu'elle se trouvait en face de Gabriel. Elle s'étonnait également à la pensée que ce Gonzague voulût s'embarrasser d'elle. Tout lui paraissait infiniment éloigné et inaccoutumé. Sa jarretelle s'était détachée et son bas glissait sur son genou. C'était une sensation qu'elle ne pouvait souffrir. Et pourtant, elle ne bougeait pas. Je n'ai même plus la force de me pencher, remarqua-t-elle soudain, et ce soir, je vais descendre vers Suédja à travers les rochers. Puis elle se lança dans une conversation des plus bizarres avec son mari, conversation qui finit par se perdre dans le vague. Juliette commença ainsi :

« Je me suis beaucoup reproché de n'avoir pas été auprès de toi pendant ces derniers jours... Tu as connu de durs moments, tu as accompli de grandes choses et tu étais continuellement en danger... Oh ! j'ai de grands torts envers toi, mon ami... »

Un tel acte de contrition aurait encore ému Gabriel quelques semaines auparavant. Mais maintenant, sa réplique ne fut presque qu'un ensemble de termes conventionnels :

« Moi aussi, Juliette, je me suis fait des reproches à ton sujet. Je devrais m'occuper davantage de ma femme. Mais crois-moi, ces temps-ci, il m'a été vraiment impossible de penser à toi. »

C'était une grande vérité, pleine de double sens. Elle aurait dû donner à Juliette le courage de la franchise. Pourtant, elle s'empressa d'abonder dans le sens de son mari :

« Mais c'est très naturel. Je comprends bien que tu avais d'autres choses à penser, Gabriel. »

Il continua à s'engager sur ce chemin dangereux :

« Heureusement, j'ai toujours su que tu n'étais pas seule ni abandonnée, et j'en étais content. »

Ce dialogue inerte, mort en apparence, était arrivé ainsi à un point qui laissait l'horizon libre de tous côtés. L'occasion s'offrait à Juliette de parler librement, elle n'aurait eu qu'à la saisir sans tarder. Elle aurait dit : « Je suis la seule étrangère ici, Gabriel. La destinée arménienne a été plus forte que notre union. Voici que s'offre maintenant à moi le tout dernier moyen d'échapper à cette fatalité. Toi-même, tu l'as désiré cent fois et tu m'as bien souvent proposé de me sauver. J'avais espéré avoir la force de tenir jusqu'au bout, mais je n'ai pas cette force et ne pourrai jamais l'avoir, car ta lutte n'est pas la mienne. Laisse-moi partir ! Ce n'est plus à toi que j'appartiens mais à un autre. » Or, aucun de ces mots si simples et naturels ne sortit des lèvres de Juliette. Toujours trompée par la conviction vaniteuse qu'elle était dans leur couple la moitié la plus généreuse et la plus élevée, elle était persuadée que son aveu aurait porté un coup fatal à Gabriel. Pouvait-elle supposer qu'il lui aurait peut-être répondu d'une voix bienveillante : « Je te comprends, chérie. Même si je dois en mourir, je n'ai pas le droit de te retenir. Je ferai pour toi tout ce qui est encore en mon pouvoir. Je me séparerai même de Stéphan, si tu le désires, pour que tu puisses le sauver. Je t'aime et t'aimerai jusqu'au dernier instant, bien que j'appartienne non plus à toi, mais à une autre. » Tout, pendant ces quelques minutes, aurait pu, à l'aide d'un peu de sincérité, se résoudre avec cette clarté limpide, si la situation n'avait pas été déjà trop embrouillée pour admettre une solution quelconque. Juliette ne savait pas plus de Gabriel que lui ne savait d'elle ; et elle ne savait pas non plus si elle aimait vraiment Gonzague, et Gabriel ne savait pas davantage si c'était de l'amour — et quelle sorte d'amour — qui le liait à Iskouhi. Le passé religieux et bourgeois de Juliette s'insurgeait à l'idée d'un bonheur coupable ; elle éprouvait, pour plusieurs raisons, une certaine méfiance à l'égard de Gonzague, si impénétrable malgré son extérieur transparent, et, entre autres motifs, parce qu'il était de trois ans plus jeune qu'elle. Pendant quelques minutes, elle avait été absolument prête à quitter cette nuit la montagne en compagnie de Gonzague et d'aller attendre le vapeur dans la distillerie. Mais un instant après, cette pensée lui avait paru ridiculement irréalisable. Il fallait un caractère décidé et intrépide pour se lancer résolument dans une aventure, même en sachant échapper par là à la mort. N'était-il pas plus sage d'attendre passivement son sort sur le Musa Dagh plutôt que d'être soudain abandonnée en plein Beyrouth ? L'idée de l'escalade nocturne, de la marche périlleuse à travers la plaine de l'Oronte peuplée de musulmans, de la traversée au milieu des tonneaux d'alcool, des torpilleurs menaçants, bref l'idée de tous les dangers et fatigues qui l'attendaient, se mélangeait en elle avec un sentiment des convenances fort ridicule étant donné les conditions : ce n'est pas une situation pour moi, se répétait-elle. Mais qu'était tout cela à côté du chagrin qu'elle aurait à cause de Stéphan ? Elle évitait maintenant son enfant. Elle ne veillait plus ni à l'alimentation ni à la propreté de Stéphan. Même le soir, elle n'allait plus, sainte habitude maternelle, lui dire bonsoir dans son lit sous la tente de cheik pour voir s'il s'était convenablement couché. Toutes ces négligences s'additionnaient pour donner un sentiment de culpabilité qui pesait lourdement sur son âme. Et c'était chargée de tous ces fardeaux moraux qu'elle était venue vers Gabriel pour lui parler à cœur ouvert et prendre congé de lui.

Ils se regardaient tous deux, le mari et la femme. Le mari voyait un visage enlaidi par les veilles et vieilli, lui sembla-t-il. Il croyait même distinguer vers les tempes un reflet blanchâtre. Aussi ne pouvait-il guère s'expliquer les yeux fiévreux de Juliette ni sa bouche plus grande maintenant, aux lèvres épaissies et gercées. Cette vie sera sa perte, songeait-il, il fallait d'ailleurs bien s'y attendre. Et, bien qu'un instant auparavant un besoin l'ait effleuré de parler d'Iskouhi à Juliette, il y renonçait à présent : à quoi bon ? Combien de jours encore avons-nous devant nous ?

La femme, elle, voyait un visage sillonné de rides, aux lignes et aux traits étrangement ramassés, encadré de ce collier de barbe courte qu'elle ne pouvait pas souffrir. Chaque fois qu'elle voyait ce visage, elle ne pouvait s'empêcher de se demander : « Comment, ce farouche Oriental, ce chef de bande, est-ce Gabriel Bagradian ? » Et pourtant sa voix était celle de Gabriel. Et rien qu'à cause de cette voix familière, elle n'aurait pas pu être sincère. Elle entendait des voix chuchoter à ses oreilles : Je resterai, je m'en irai, je resterai, je m'en irai, — mais son esprit soupirait : Ah ! si tout cela était seulement déjà fini !

La conversation quitta la pente dangereuse. Gabriel décrivait à Juliette les heureux pronostics qu'on faisait pour les jours suivants. On allait très probablement jouir d'une longue période de tranquillité. Il insista une fois de plus sur le conseil du Dr Altouni, ce bon psychologue : rester au lit, et lire, lire, lire ! Un nuage de fumée venant du grand incendie passa paresseusement devant leurs yeux. Ils durent traverser cette nuée âcre toute imprégnée d'odeur de bois. Gabriel s'arrêta :

« Comme on sent la résine !... Cet incendie est une chance pour plusieurs raisons. Et justement à cause de cette fumée. Elle a certainement une action désinfectante. Il y a malheureusement déjà dans le bosquet de l'épidémie vingt personnes contaminées par ce maudit déserteur d'Alep... »

Il ne pouvait parler que de sujets d'intérêt public. Dans son indifférence, il ne devinait rien de tout ce qu'elle avait apporté et qui se cachait dans son silence. « Je m'en irai, je m'en irai », répétaient à son oreille les bourdonnements confus pareils à ceux d'un coquillage. Mais lorsqu'ils furent arrivés au milieu du nuage de fumée, Juliette pâlit et chancela à tel point qu'il dut la retenir. Les bras de son mari, dont l'étreinte lui était si familière, lui causèrent une sensation de torture ; elle détourna son visage dans un sursaut :

« Excuse-moi, Gabriel, mais je crois que je vais tomber malade,... ou plutôt que je le suis déjà... »

Gonzague Maris attendait Juliette à l'emplacement fixé de leur rendez-vous sur la Riviéra. Il fumait avec soin et recueillement sa moitié de cigarette, sans rien en laisser perdre. Comme il était extrêmement économe, il possédait encore vingt-deux cigarettes. Il ne jetait pas les mégots, mais les conservait pour alimenter sa pipe. Ainsi que la plupart des gens habitués à une vie modeste ou aux internats bon marché, et qui malgré des goûts de luxe n'ont jamais possédé plus de deux complets à la fois, il traitait toute chose avec des précautions fanatiques et utilisait ses biens jusqu'au dernier fil, jusqu'à la dernière bouchée, ou jusqu'à la dernière goutte.

Lorsque Juliette s'approcha de lui d'un pas étrangement mal assuré, il se leva d'un bond comme d'ordinaire. La galanterie de ses manières à l'égard de la femme aimée n'avait pas été modifiée par la conquête. Et l'expression attentive de ses yeux au-dessous de ses sourcils en angle obtus était restée la même, bien qu'un reflet d'incorruptible critique vînt maintenant y ajouter une nuance de sévérité. Il reconnut aussitôt qu'elle venait d'essuyer une défaite :

« Tu n'as encore pas parlé, n'est-ce pas ? »

Elle s'assit à côté de lui sans répondre. Mais qu'avaient donc les yeux de Juliette ? Même de très près, toute chose se balançait comme dans une tempête muette ou sous un voile de pluie. Et quand cette nuée se déchirait, on voyait des palmiers surgir du fond de la mer. Des chameaux, tenant haut leurs têtes dédaigneuses, marchaient sur les vagues à la file indienne. Jamais encore, le fracas de la marée, contre les rochers, en bas, n'avait été si fort ni si proche. On ne s'entendait pas parler. Et la voix de Gonzague semblait venir d'une distance infinie :

« Tout cela ne sert à rien, Juliette ! Tu as eu plusieurs jours devant toi. Le vapeur ne nous attendra pas et le directeur ne nous viendra pas deux fois en aide. C'est cette nuit qu'il nous faut partir. Sois donc enfin raisonnable ! »

Elle pressa ses poings contre sa poitrine et se pencha en avant comme pour contenir une douleur convulsive :

« Pourquoi me parles-tu d'un ton si froid, Gonzague ? Pourquoi ne me regardes-tu pas ? Tourne-toi donc vers moi ! »

Il fit le contraire et regarda loin à l'horizon pour bien faire sentir à Juliette son mécontentement :

« J'ai toujours cru que tu étais une femme volontaire et courageuse, et pas du tout sentimentale...

— Moi ? Je ne suis plus ce que j'étais. Je suis morte. Laisse-moi rester ici ! Va-t'en seul ! »

Elle avait attendu une protestation. Mais il restait muet. Ce silence qui l'abandonnait si facilement à son sort fut intolérable à Juliette. Bientôt, elle murmura, très humble :

« Je partirai avec toi... Cette nuit... »

C'est seulement alors qu'il se décida à poser sa main sur le genou de Juliette avec une légère tendresse :

« Il faut à présent te ressaisir, Juliette, et vaincre tes remords ainsi que tous les autres obstacles. Fais-le d'un seul coup, c'est le meilleur moyen. Il n'y a pas d'autre solution. Gabriel Bagradian doit être informé d'une manière quelconque. Je ne te dis pas de lui faire d'interminables confessions. Mais l'occasion est là et ne se présentera pas une seconde fois. Cela suffit à expliquer tout. Tu n'as pas le droit de disparaître sans te justifier. Sans compter que ce serait une indélicatesse inconcevable, de quoi penses-tu vivre, y as-tu déjà réfléchi ? »

Et, avec tout le calme et l'assurance de sa voix et de sa personne, il essaya de la persuader que Gabriel Bagradian prendrait toutes les mesures nécessaires étant encore en son pouvoir pour assurer la vie de sa femme, au moins pendant le proche avenir. On ne sentait pas dans ses mots une trace de spéculation ou de brutalité, bien qu'il basât son raisonnement sur des prémisses qui étaient la mort inévitable

28

de Gabriel et peut-être aussi celle de Stéphan. (En ce qui concernait le fils de Juliette, il était même prêt, si elle y tenait absolument, à se charger aussi de ce fardeau supplémentaire qui ne manquerait pas d'augmenter encore les difficultés de la fuite.) A la fin de son exhortation, il commença à s'impatienter, car les dernières heures de grâce fuyaient irréparablement. Si Juliette avait encore été capable de penser logiquement, elle n'aurait pu qu'approuver la justesse et la prévoyance des raisonnements de Gonzague. Mais, depuis plusieurs jours, il se produisait dans son cerveau un phénomène étrange : un mot qu'elle avait entendu et pensé s'y enracinait, insupportable, sans qu'elle pût l'en chasser. Elle venait d'entendre maintenant : « De quoi penses-tu vivre ? » Les syllabes « vivre » se mettaient à tourner sans fin dans sa tête avec un bruit métallique, comme lorsque l'aiguille d'un phonographe s'arrête dans la rainure d'un disque usé et que le même motif se répète infiniment à en rendre fou l'auditeur. Des formes fantastiques et effrayantes montaient du sol comme si elle eût été assise au bord d'un marécage. Puis elle se sentit devenir une sorte de machine et répéta :

« De quoi donc est-ce que je pense vivre ? De quoi ? A Beyrouth ? Et dans quel but ? »

Gonzague eut pitié de Juliette qu'il s'imaginait déchirée intérieurement par des remords. Il voulut lui venir en aide :

« Ne prends pas tout cela trop au tragique, Juliette ! Tâche de n'y voir que ton propre sauvetage. Si tu le veux, je resterai auprès de toi ; si tu ne le veux pas, je te quitterai... »

A cet instant elle revit en pensée le jeune déserteur malade sur la poitrine duquel elle s'était penchée quelques jours auparavant avec une exaltation désespérée, malgré la couche de crasse et les taches rouges qui la recouvraient. Puis elle voulait rendre visite à sa mère. Celle-ci habitait à l'hôtel. Elle se trouvait devant un long couloir sur lequel donnaient des centaines de portes. Juliette ne savait pas laquelle était la bonne... La voix de Gonzague se faisait douce et tendre. Elle exerçait sur Juliette une action bienfaisante :

« Je resterai près de toi. »

« Tu resteras près de moi ?... Et maintenant, l'es-tu vraiment ?... »

D'un air affable, il détourna la conversation vers un sens positif :

« Ecoute-moi bien, Juliette ! Je t'attendrai cette nuit ici. Mais il faudra que tu sois prête à dix heures. Si tu avais besoin de moi auparavant ou si Bagradian voulait me parler, comme je le suppose, dans ce cas, envoie quelqu'un me chercher. Je t'aiderai. Tu peux emporter sans crainte un grand sac de voyage. Je pourrai bien le traîner. Tâche de faire un choix judicieux parmi tes affaires ! D'ailleurs, tu trouveras à Beyrouth tout ce qui pourrait te manquer. »

Elle s'était efforcée de le comprendre. Comme une enfant, elle répétait les ordres reçus :

« Cette nuit à dix heures... J'apporterai un sac de voyage... A Beyrouth, on trouvera tout... Et toi ?... Combien de temps resteras-tu auprès de moi ?... »

Les paroles désordonnées de Juliette à cette heure décisive mettaient le calme du jeune homme à l'épreuve :

« Juliette, je déteste employer des mots comme « toujours » et « éternellement ».

Elle le regarda d'un air émerveillé. Son visage était en feu. Sa bouche entr'ouverte se tendait en avant. Elle avait l'impression d'avoir franchi la porte qu'elle cherchait. Gonzague était assis au piano et jouait pour elle la matchiche de la nuit qui avait précédé l'arrivée des saptiéhs. A ce moment, il avait dit lui-même : « Seul le moment présent existe, et rien d'autre. » Une profonde sérénité l'inonda : « Non, ne dis pas « toujours » ni « éternellement » ! Songe au moment présent... »

Maintenant, elle comprenait avec une netteté exagérée et indescriptible que seul le moment présent existe et que la nuit, le vapeur, le sac de voyage et Beyrouth et sa résolution n'avaient pas pour elle la moindre importance, qu'une inaccessible solitude l'attendait maintenant, solitude où ne pouvait pénétrer ni Gonzague ni Gabriel, une solitude qui sentait le retour au pays, qui mettait fin à tous les problèmes. Ce bonheur répandait en elle des flots de vigueur nouvelle. Gonzague, étonné, ne voyait plus en elle une femme bouleversée et traquée ; c'était de nouveau la grande dame de Yoghonoluk, et plus belle encore que jadis. Il prit Juliette dans ses bras comme pour la première fois. La tête de Juliette oscillait étrangement d'une épaule à l'autre. Il n'y prit pas garde. De même, les mots dénués de sens qu'elle semblait bégayer sous l'effet d'une passion extatique frappaient son oreille sans qu'il les écoutât.

Avant que les hommes se fussent approchés de sa vue, Sato ne savait pas encore ce qui allait arriver. Elle montait la garde à quelque distance de l'adultère, mais elle était trop triste et sombre pour s'étendre entre les buissons et observer le couple. Elle était couchée par terre, les genoux relevés et fixait le ciel voilé de fumée.

Or il arriva qu'un groupe de quelques hommes passa à proximité de ces lieux. Sato reconnut les personnalités principales du conseil des chefs : Ter Haigasoun, Bagradian Effendi, le pasteur Aram, puis derrière eux l'instituteur Oskanian, Thomas Kéboussjan et le doyen du village de Bitias. Les élus avaient tenu une séance courte mais des plus graves, et ils semblaient extrêmement soucieux. Les vivres, c'est-à-dire les troupeaux, ne diminuaient pas dans les proportions prévues, mais d'après les lois ignorées d'une brusque progression qui augmentait dans la mesure où le cheptel se réduisait. On faisait sans cesse des restrictions sur les rations quotidiennes sans pouvoir arrêter le désastre qu'entraînait la mauvaise nourriture. Malgré les vives instances d'Aram Tomasian, les préparatifs du matériel de pêche ne donnaient aucun résultat. La situation alimentaire avait un mauvais aspect. D'autre part, la fièvre contagieuse prenait des formes inquiétantes. La veille seulement, quatre malades étaient morts dans le bosquet de l'épidémie. Bedros Hékim ne pouvait plus se traîner qu'à grand'peine sur ses vieilles jambes toutes courbées par l'âge. Il y avait à l'intérieur et aux alentours de l'hôpital plus de cinquante blessés et au moins tout autant dans les cabanes de feuillage. Tous étaient dépourvus de pansements suffisants, de médicaments adéquats, abandonnés à Dieu et à eux-mêmes. Mais le pire c'était le mécontentement dangereux qui, conséquence inattendue de la victoire, s'était emparé des Arméniens. Plusieurs circonstances contribuaient à en favoriser le développement : l'intolérable chaleur provoquée par l'incendie, le rhume que propageait la fumée, le surmenage, l'alimentation carnée, trop faible et trop monotone; mais, en réalité, la cause profonde du mécontentement, c'était qu'une telle vie était devenue à tous insupportable. Au cours des deux derniers jours, exception faite de l'incident Kilikian, il s'était produit de nombreuses rixes dont plusieurs avaient même fini par des échanges de coups de couteau. C'étaient ces différents motifs qui incitaient aujourd'hui les responsables à tourner plus que jamais leur attention vers la pente du Damlajik exposée à la mer. On sait que, sur la terrasse en forme de plateau située à l'écart de tous les événements, flottait un grand drapeau portant l'inscription « Chrétiens en détresse ». Deux observateurs de la cohorte de jeunesse étaient chargés d'épier sur la mer le passage d'un bateau. Il semblait probable que l'un ou l'autre de ces gamins peu consciencieux n'avait pas remarqué un ou plusieurs navires, car jusqu'alors on n'avait pas signalé la moindre barque de pêche et, qui plus est, en août, à une époque où d'ordinaire la baie de Suédja fourmille de semblables embarcations. Dieu permettait-il donc que la mer demeurât absolument inerte ? Le conseil des chefs avait décidé de renforcer et de modifier le service de garde du côté de la mer. Désormais, ce seraient des adultes qui occuperaient ces postes sur la terrasse. De plus, on allait établir un deuxième observatoire sur un point plus occidental en forme de cap. Et c'était pour découvrir eux-mêmes le point le plus propice de cette région que les élus s'étaient mis en route dans cette direction.

Le sol mou au gazon ras masqua même aux oreilles de Sato le pas des hommes silencieux. Lorsqu'elle se roula de côté, ils étaient déjà très proches. Sato se souleva avec un balancement du corps — une inspiration avait jailli en elle — et elle se mit à faire de grands signes désordonnés aux arrivants. Tout d'abord, les hommes ne firent pas attention à elle. Elle provoquait toujours la même réaction. Partout où Sato se montrait, tous les regards devenaient hostiles et se détournaient de la créature avec un air de dégoût pudique et sévère. Tout le monde éprouvait à l'égard de Sato le même sentiment : on la considérait comme « intangible », paria, bien que, pour les chrétiens, toutes les créatures aient aux yeux de Dieu une égale valeur, quelle que soit leur naissance. Maintenant aussi, ces hommes graves, accablés de soucis, passaient tranquillement devant la folle gesticulante en feignant de ne pas la remarquer. Pourtant, le dernier du cortège, le mouchtar Thomas Kéboussjan, s'arrêta soudain et se retourna vers Sato. Les autres furent si frappés de le voir intéressé par cette déclassée qu'ils s'arrêtèrent également pour examiner d'un œil rancunier les signaux de la fillette. Les chefs considéraient avec une curiosité croissante l'être répugnant qui semblait se tordre comme une véritable possédée sous l'influence d'une force impure. Les yeux de Sato clignotaient ; ses jambes maigres frétillaient sous sa robe jadis si élégante ; sa bouche grimaçante, tordue comme celle des sourds-muets, avalait des sons indistincts, tandis que ses mains, pareilles à des rames, indiquaient continûment la direction des buissons fleuris et de la mer. La suggestion que dégageait son attitude finit par vaincre la résistance des hommes. Ils s'approchèrent de Sato et Ter Haigasoun lui demanda de mauvais gré ce qu'il se passait d'extraordinaire. La face jaunâtre de bohémienne se crispa. Elle se mit à cligner désespérément des yeux pour faire comprendre qu'il lui était impossible de répondre, mais elle réitéra d'autant plus vivement ses indications surexcitées dans le sens de la mer. Les hommes se regardèrent, intrigués. La même pensée traversa simultanément leurs esprits et ils se demandèrent : serait-ce un navire de guerre ? Bien qu'on eût aussi peu que possible de rapports avec cette bâtarde trouvée sur la grand'route, chacun, sur le Damlajik, savait que Sato possédait une sûreté de coup d'œil inégalable. Peut-être ses affreux yeux de lynx avaient-ils découvert sur le plus lointain horizon de la mer un soupçon de fumée que personne, sinon elle, n'était capable de voir. Ter Haigasoun la toucha légèrement de son bâton et lui ordonna d'un ton sec :

« Lève-toi ! Marche ! Montre-nous ce que tu sais ! »

Elle se leva, toute fière, et courut à la tête du cortège, s'arrêtant de temps en temps pour faire des signes aux hommes qui la suivaient. Parfois elle posait la main devant sa bouche avec un geste suppliant pour demander qu'on ne fît pas le moindre bruit de voix ni de pas. Sous l'empire d'une étrange émotion, personne en effet n'osait ouvrir les lèvres. Tous marchaient sur la pointe des pieds, tendant également leurs corps, succombant à l'emprise de leur guide mystérieux et d'une profonde curiosité. On passait devant les buis et les arbousiers, puis on arrivait aux buissons touffus dont les feuilles semblaient en cuir; ils délimitaient une large bande isolée sur la pente abrupte de la mer. Il s'était formé à travers ces fourrés pleins d'obscurité et de fraîcheur toutes sortes de percées, de ruelles et de passages, embrouillés les uns dans les autres. Une source y courait, serpentine, puis elle allait tomber du haut des parois en formant une cascade finement irisée. Çà et là, un pin maritime ou un rocher recouvert de verdure persistante surgissait au-dessus des broussailles. A part ce détail, rien ne rappelait là l'âpre montagne où l'on se trouvait en réalité. A certains endroits, on avait presque l'impression d'être dans un de ces labyrinthes artificiellement pratiqués au milieu d'un parc de ville méridionale. Pendant les nombreuses expéditions stratégiques auxquelles s'était livré Gabriel Bagradian au cours des semaines de préparation, il avait à peine effleuré cette partie réellement paradisiaque du Damlajik. Mais, malgré la beauté rafraîchissante de ces lieux, il marchait maintenant à la fin du cortège, les jambes alourdies par une résistance désagréable.

Sato avait choisi à travers le dédale du maquis un itinéraire si raffiné que soudain, sans avoir pu le prévoir, les hommes se trouvèrent sur le coin préféré des amoureux, une petite clairière tournée vers la mer. Cette arrivée inopinée eut sur Juliette et Gonzague, qui se croyaient mieux à l'abri que jamais, l'effet d'un coup de massue. Il se produisit alors un de ces instants d'épouvante infinie que tous ceux qui l'ont vécu en tant que victimes ne peuvent évoquer, même beaucoup plus tard, sans éprouver l'ardent désir de n'avoir jamais existé. Gabriel arriva juste à temps pour voir Gonzague Maris sauter sur ses pieds et, en un clin d'œil, d'une main adroite, corriger le désordre de sa personne. Juliette, par contre, restait assise immobile, par terre, les cheveux épars et les épaules nues, enfonçant à droite et à gauche dans l'herbe ses mains crispées. Elle fixait Gabriel apparu devant elle comme une aveugle qui ne regarde pas avec ses yeux, mais avec tous ses autres sens. La scène se déroula sans un mot et presque sans un geste. Gonzague, qui avait reculé de plusieurs pas, suivait l'évolution avec le sourire plein d'aisance et d'attention d'un champion d'escrime en face de son adversaire. Les hommes étrangers, et Ter Haigasoun tout le premier, tournèrent le dos à la femme, le visage pétrifié, comme s'il leur eût été impossible de supporter plus longtemps un spectacle qui éveillait en eux un sentiment de honte. — Les montagnards arméniens qui habitent entre le Caucase et le Liban sont un peuple d'une chasteté impitoyable. Le sang ardent est toujours porté à la sévérité; seule la tiédeur est indulgente. Ces chrétiens ne mettent aucun sacrement au-dessus de celui du mariage et c'est pourquoi ils regardent avec mépris l'islam qui se complaît à un méli-mélo de femmes. —

Ces hommes qui détournaient alors leur regard de la vision d'infamie n'auraient probablement pas arrêté le bras de Gabriel Bagradian s'il avait eu envie de régler rapidement toute l'affaire avec deux coups de revolver, et pas même Ter Haigasoun, ni le pasteur Tomasian, quoique ce dernier ait passé trois ans d'études en Suisse. Hrand Oskanian par contre se pencha sur son fusil Mauser sans lequel il ne faisait jamais un pas. On aurait dit que le sombre instituteur en dirigeait le canon vers sa propre bouche et que ses yeux ne cherchaient plus que le moyen le plus pratique de faire partir le coup. Il avait de bonnes raisons pour esquisser ce geste symbolique, car la madone, objet de son unique adoration, venait de se souiller à ses yeux pour toujours.

Les dos masculins étrangers attendirent longtemps. Il ne se produisait rien. Il ne partit pas de coup du pistolet d'état-major que portait Bagradian. Lorsque, un moment plus tard, ils tournèrent à nouveau leur tête du côté de la réalité, ils virent que Gabriel tendait ses mains à la femme accroupie et l'aidait à se lever. Juliette essaya de marcher, mais ses jambes ne lui obéirent pas. Alors Gabriel Bagradian la soutint sous les deux coudes et l'emmena à travers les buissons de myrtes, en la conduisant comme un enfant encore maladroit.

Les hommes suivaient la scène incroyable d'un regard désapprobateur. Puis Ter Haigasoun grommela deux mots brefs, et, à pas lents, chacun quitta isolément les lieux. Sato courut derrière le prêtre comme si elle avait mérité une récompense de la part du père du peuple pour l'utilité de son service.

Aucun assistant ne regarda plus l'étranger, qui resta seul.

Un peuple ne peut pas se passer d'admiration pour vivre, et il ne peut pas non plus se passer de haine. Depuis longtemps déjà, la haine manquait dans le vallon de la ville. Car il aurait fallu un but contre lequel la diriger. La haine contre les Turcs et l'Etat ? Celle-là était incommensurable, et par conséquent elle existait au même titre que l'air et l'espace; c'était une de ces conditions indispensables à la vie dont on ne constate même pas la présence. La haine entre proches voisins ? A qui pouvaient suffire ces petits frottements quotidiens ? Pas même aux commères forcenées. Il fallait creuser un autre lit pour tous ces flots de passion négative qui s'étaient condensés dans le cœur de la société malgré les combats sanglants et les dures privations. Mais — et c'est un des secrets qui déterminent le cours de la vie publique — le hasard met toujours sans tarder à la disposition d'un mécontentement général et concentré un incident propre à le satisfaire.

Avant que les hommes aient quitté l'emplacement du fâcheux événement, Ter Haigasoun leur avait rapidement adressé quelques mots pour leur recommander par là sévèrement de tenir absolument secret ce dont ils avaient été témoins. Ter Haigasoun avait compté, en donnant cet avertissement, avec des hommes sans doute, mais pas avec des hommes mariés. Or le mouchtar Thomas Kéboussjan, malgré ses grands airs et sa dignité toujours blessée, n'était pas à son foyer celui qui portait la culotte. Il ne pouvait garder pour lui la nouvelle d'une telle aventure, ni se tenir de la raconter à son énergique moitié, toujours avide de récits inédits. A peine Mme Kéboussjan eut-elle entendu le rapport jusqu'au bout que, le visage en feu, elle jetait sur ses épaules son châle de soie pour aller trouver les autres mouchtaresses, les dames de la bonne société, pour ainsi dire, qu'elle honorait de son protectorat. Sato se chargeait du reste. Elle connaissait maintenant un triple triomphe. Elle avait premièrement causé à l'Effendi un mal dont il ne se remettrait pas de sitôt. Deuxièmement, elle avait soudain acquis le droit de se considérer comme un membre des plus utiles et vertueux du monde organisé. Et troisièmement, elle possédait une science de détails attirants et authentiques grâce à laquelle elle pouvait briguer désormais une place honorable dans la bande des garçonnets. C'était sur ce point qu'elle se faisait le moins d'illusions. Tout d'abord, ce furent quelques-unes des grandes fillettes précocement averties qu'elle attira par la révélation de ses piquants secrets. D'autres vinrent grossir le groupe de ses auditeurs. Sato se plaisait à tirer en longueur la description excitante; elle s'acquittait de sa tâche avec la maîtrise d'un reporter professionnel et goûtait le bonheur, inconnu encore, d'être le centre de l'intérêt public. Finalement, Stéphan apprit aussi la honte de sa mère, avec les termes les plus grossiers, les images les plus hideuses. Tout d'abord, il ne comprit pas le sens de ces bavardages. Maman était un être trop élevé pour que Sato et toute cette racaille pussent réellement penser à elle en prononçant un nom qui était pourtant le sien. Maman (comme Iskouhi aussi, naguère) était une idole voilée dont il était impossible d'évoquer les jambes, les cuisses, les épaules et les seins, même au plus profond de la nuit, sans éprouver un fiévreux frisson, si grand était ce sacrilège. Stéphan demeurait immobile, en proie à un désarroi croissant, tandis que la horde des gamins l'accablait de rires cruels et ravis et que Sato ne cessait de dépeindre des nuances toujours nouvelles, incapable de mettre fin à son caquetage assourdissant. Elle avait soudain perdu son défaut de langue et sa voix gutturale, et déployait, en racontant son histoire, une adresse consommée. De même que l'échec est un remède religieux, le succès sert souvent de médicament à la fois au corps et à l'âme. La conscience toujours accrue de son importance délivrait Sato pour quelques minutes de ses difficultés de parole. Stéphan se taisait et ses yeux déjà grands se faisaient plus grands encore. Puis — et ce fut l'œuvre d'une seconde — il se précipita sur l'espionne et lui porta en pleine figure un coup si vigoureux que le sang se mit à couler sur la bouche et le menton de Sato. Il ne l'avait pas sérieusement blessée. Le nez seul saigna un moment. Mais Sato poussa de longs cris effrayants. Comme tous les primitifs, elle était incomparablement plus douillette et plus apeurée à la vue du sang qu'un civilisé. Un revirement total se produisit. Sato, l'être en marge de la société, le chacal, la « puante » chassée de la classe, devint subitement l'objet de la sympathie et de la considération générales. Des voix hypocrites s'élevèrent : « Il a frappé une fille. » Et l'antipathie longtemps réprimée contre les intrus, les orgueilleux, les simili-Arméniens éclata tout d'un coup. On oublia ce rang royal des Bagradian qu'on leur reconnaissait en silence quelques heures durant, chaque fois qu'une attaque avait été repoussée. Mais la haine originelle restait la même à l'égard de ces gens d'exception à l'air prétentieux. Les gamins se jetèrent sur Stéphan avec un rictus meurtrier et ce fut un échange de coups qui se transforma en une véritable chasse jusqu'au vallon de la ville et sur la place de l'autel. Hagop avait pris courageusement le parti de Stéphan. Appuyé sur sa béquille, il faisait de grands sauts furieux entre son ami et les persécuteurs. Haik n'était pas là pour prouver quels étaient en réalité ses sentiments vis-à-vis de Stéphan. Le messager d'Alep passait les dernières heures sur le Damlajik seul avec la veuve Chouchik, sa mère. Le fils Bagradian fuyait sans doute devant la horde, mais il était néanmoins plus fort et plus grand que la plupart des jeunes Arméniens. Lorsque quelques-uns se cramponnaient à lui, il se secouait pour s'en débarrasser, comme un ours attaqué par des chiens. Et si, par hasard, il en attrapait un pour de bon, il le jetait à terre avec une telle poigne que l'autre en perdait pour un moment l'ouïe et la vue. Cette poursuite finit par rétablir le respect entre les chasseurs et leur gibier. La bande renonça à prendre Stéphan, qui put se mettre en sûreté. Il éprouvait un violent désir d'aller retrouver ses parents. Mais soudain, tandis qu'il se rendait vers la place des trois tentes, il obliqua et se coucha sur l'herbe, n'importe où. Une horrible douleur lui serrait la gorge à l'étrangler : je ne peux plus rentrer à la maison.

La rixe des gamins ne fit qu'achever l'œuvre commencée depuis longtemps par les mouchtaresses sous la haute direction de Mme Kéboussjan. Avant la tombée du crépuscule, les villages savaient toute l'histoire, et encore enjolivée de nombreux détails propres à exciter l'indignation. C'était l'heure où, par suite de certaines raisons atmosphériques, l'incendie de forêt produisait habituellement la fumée la plus dense. Les nuages pesaient sur le vallon, en couches noirâtres superposées, et les émanations âcres imprégnées de résine irritaient les muqueuses et les cœurs. Eternuer, se moucher et se racler la gorge devenait alors une véritable torture. Cela augmentait encore l'exaspération générale. Comment donc ? Etait-ce possible ? Le peuple du Musa Dagh qui, deux jours auparavant, avait échappé de près à la mort pour retomber tôt ou tard sous sa griffe menaçante, pouvait-il s'exciter si fort, malgré sa situation désespérée, à propos d'un drame qui, en outre, ne visait que des étrangers ? Il n'existe pour une telle question qu'une seule réponse : c'est justement parce qu'il s'agissait d'étrangers. Tous les sentiments de jadis avaient été violemment modifiés depuis que Gabriel Bagradian était devenu le chef suprême militaire. La reine, la femme du roi, dans toute monarchie, est inévitablement une étrangère et, pour cette raison, on charge sa personne d'un surcroît de responsabilité; on l'observe d'un œil d'autant plus sévère. C'est pourquoi Juliette n'avait pas commis une faute à l'égard seulement de son mari, mais aussi du peuple entier, car elle n'avait pas péché avec un Arménien; elle avait choisi au contraire le seul étranger qu'il y eût au camp en dehors d'elle. Aussi bizarre que cela puisse paraître, cette préférence amoureuse ne l'excusait en aucune manière; c'était pire encore, car elle prouvait par là une fois de plus son attitude d'isolement supérieur qui blessait tant les Arméniens.

Deux jours après le plus sanglant des trois combats qui avait mis en deuil une centaine de familles, des groupes entiers, outragés dans leur vertu, étaient rassemblés sur la place de l'autel, vibrants d'indignation, à croire que cette tribu guettée par la mort impitoyable n'avait pas de soucis plus importants que la honte de la maison Bagradian. Ce n'étaient ni les toutes vieilles, ni les toutes jeunes femmes qui donnaient le ton de cette indignation, mais cette classe de matrones entre deux âges, de 35 à 55 ans, qui semble en Orient beaucoup plus vieille qu'elle n'est en réalité et ne peut plus s'amuser qu'aux dépens du plaisir des autres, au moyen de perfides médisances. Les jeunes filles et les jeunes femmes demeuraient assez tranquilles, écoutant d'un air réfléchi les glapissements de leurs dignes aînées. Ces jeunes femmes étaient celles qui avaient le plus à souffrir de la vie sur le Damlajik. Sous leurs fichus et leurs bonnets, leurs visages apparaissaient anémiques et creusés. L'Arménienne, même celle des basses classes, est frêle et de constitution délicate dans sa jeunesse. L'angoisse, la souffrance et les privations avaient rendu plus débiles encore leurs jeunes corps. Elles approuvaient sérieusement de la tête les imprécations des matrones et y prenaient part de temps en temps en ajoutant une remarque aux vigoureuses injures. Cependant, elles ne pouvaient, à telle époque, s'indigner bien sincèrement au sujet d'une femme adultère, car elles savaient trop quel sort les attendait, elles et toutes les femmes arméniennes. Pour elles, ce ne serait pas une mort toute simple, mais une mort compliquée de viol, à moins que l'une ou l'autre n'ait la chance d'être achetée aux saptiéhs par un riche Turc désireux d'augmenter son harem, où, selon toute probabilité, les femmes déjà dans la place s'entendraient à torturer la malheureuse jusqu'à son dernier soupir.

C'était Mme Kéboussjan, et pas une autre, qui tenait dans sa main les rênes de la moralité et de l'indignation populaires. L'heure était enfin venue pour elle de faire payer à la châtelaine de Yoghonoluk (qui s'était d'ailleurs toujours conduite très aimablement envers elle) toutes les pénibles sensations d'humiliation dont elle avait souffert au cours des soirées données par Juliette. Et, chose plus importante encore, l'heure était venue pour la mouchtaresse de regagner son rang de primauté absolue parmi les femmes. Elle était assez maligne pour ne pas s'en tenir uniquement à la circonstance récente qui avait déclenché l'indignation, c'est-à-dire à l'adultère; elle dévia bientôt vers d'autres domaines plus propres encore à alimenter les jalousies. Elle, la mouchtaresse, connaissait bien ces tentes luxueuses où on l'invitait continuellement, et plus qu'elle n'en avait envie. Elle avait examiné plus d'une fois de ses yeux étonnés et scandalisés les armoires, les malles et les caisses de la femme dévergondée. Personne ne pouvait se faire une idée d'une pareille richesse. Ces tentes recélaient des quantités inouïes de riz, de café, de raisins secs, de viandes en conserve, de poisson fumé, de sardines à l'huile, bref de toutes les friandises de l'Occident. Il y avait chez Juliette des douceurs en nombre infini, de la confiture, du chocolat, des fruits confits et surtout un pain blanc et doux, du biscuit délicat, et des gâteaux. Elle, la femme d'un personnage comme Kéboussjan, n'avait certes pas gardé les cochons dans sa jeunesse; elle avait au contraire fréquenté l'école supérieure de filles. Et pourtant ni Kéboussjan, ni sa femme ne recevaient autre chose que la ration de viande fixée pour chaque habitant, et qu'il plaisait à Dieu de leur donner; ils se soumettaient humblement à la loi commune, et cependant ce mouchtar si modeste possédait à lui seul la moitié de tout le bétail. Or, la société distinguée des trois tentes, avec tout son superflu, ses domestiques et ses parasites, trouvait encore moyen de dérober son bien au pauvre peuple en se faisant apporter chaque jour pour ses repas les meilleures portions de viande choisies tout spécialement.

On ne saurait nier que ces propos culinaires eussent plein effet sur les estomacs grouillants des hommes. A part cela, l'indignation de ces derniers s'adressait moins à Juliette qu'à Gonzague Maris, l'inconnu, l'intrus. Il s'en fallut de peu que quelques jeunes gens ne se missent en route pour aller régler son compte à ce Grec de malheur. Lorsque Ter Haigasoun apparut sur la place, Mme Kéboussjan se précipita hardiment à sa rencontre :

« Prêtre, tu n'as pas le droit de laisser impuni... »

Il voulait la repousser sans plus de manières :

« Occupe-toi de ce qui te regarde ! »

Mais elle lui barra la route avec une effronterie croissante :

« Je m'occupe en effet de ce qui me regarde, prêtre ! N'ai-je pas deux filles en âge de se marier et deux brus ? Tu le sais bien. Et les yeux des hommes ne sont-ils pas plus cupides que ceux des chiens sauvages et les cœurs des femmes pires encore ? Dans les cabanes, tout le monde habite et couche ensemble en un seul tas. Comment les mères pourront-elles désormais maintenir la vertu et la bienséance avec un tel exemple ? »

Ter Haigasoun lui donna un léger coup :

« Je n'ai pas de loisirs pour écouter tes folies. Laisse-moi passer ! »

La meneuse en chef de la révolte — qui était d'ordinaire une femme de petite taille sans rien d'extraordinaire, si ce n'est ses yeux vifs de souris — se redressa, épanouie comme une pivoine par la chute de Juliette, grandie et solennelle :

« Et le péché, prêtre, hein ? Jésus-Christ, notre Sauveur, nous a jusqu'ici préservés de la mort. Il a combattu de notre côté, lui et la sainte mère de Dieu ; mais maintenant, ils ont été offensés tous deux par ce péché mortel. Ne vont-ils pas nous livrer aux Turcs si la pénitence n'est pas faite, hein ? »

La mouchtaresse croyait avoir jeté cette fois un atout décisif et lançait partout des regards vainqueurs. Son mari, Thomas Kéboussjan, debout derrière le dos du prêtre, regardait tout le monde et personne de ses yeux inégaux et semblait n'avoir aucunement envie d'être entraîné dans cette fâcheuse histoire. Et Ter Haigasoun répondit, non pas à la mégère en particulier, mais à toute la foule qui se pressait autour de lui :

« Oui ! C'est vrai ! Le Christ, notre Sauveur, nous a préservés jusqu'à présent. Et voulez-vous savoir par quel moyen ? Parce qu'il a accompli pour nous un grand miracle, en nous envoyant à temps Gabriel Bagradian, qui est un véritable officier, qui connaît et comprend la guerre. Sans lui, il y a longtemps que c'en serait fait de nous. C'est à son esprit et à son courage que nous devons d'être encore en vie. Voilà à quoi vous devez penser uniquement, et à rien d'autre ! »

Ce revirement de la situation convainquit une partie de la foule, et les têtes les plus sensées, auxquelles déplaisait déjà la haine lascive des femmes sur le retour, prirent peu à peu le dessus. Tout autour, on entendait déjà quelques voix masculines moqueuses qui se risquaient à dire :

« Allez plutôt laver votre linge sale en famille ! Ces femmes n'ont pas assez de travail pour s'occuper. Il faudrait les atteler à l'ouvrage. »

Un cercle restreint de chefs s'était rassemblé dans la cabane de Ter Haigasoun. Il s'agissait d'une affaire privée extrêmement complexe. Aussi, avec une délicatesse à peine consciente, avait-on décidé de se réunir dans cette demeure particulière plutôt que dans la baraque du gouvernement. Comme le sujet en question était d'ordre purement moral et que, dans le domaine moral, Ter Haigasoun était seul à exercer une autorité absolue, sans délibérer davantage, on lui confia le soin de prendre toutes les décisions qui lui semblaient à propos en l'occurrence. Il choisit deux députés, le pharmacien Krikor et le Dr Bedros Altouni. L'un devait se rendre vers Gonzague Maris, puisqu'il l'avait jadis eu pour locataire et qu'il l'avait, dans une certaine mesure, introduit dans le monde de Yoghonoluk. Le médecin, d'autre part, étant le plus vieil ami et aussi le protégé de la maison Bagradian, fut envoyé vers Gabriel. Le pharmacien, si maladif d'ordinaire, avait quitté légèrement gris la table de baptême et cette petite ivresse s'était révélée comme ayant une valeur curative de beaucoup supérieure à tous les autres médicaments qu'il possédait encore. Depuis deux jours, il se tenait beaucoup mieux sur ses jambes et pouvait même marcher à condition de ne faire que de petits pas lents. Ter Haigasoun le fit chercher dans sa cachette et lui expliqua en quelques mots la mission dont il le chargeait. Il devait aller trouver sans tarder son ancien pensionnaire. Deux ordonnances des cohortes de jeunesse l'accompagneraient jusqu'à destination pour lui venir en aide et chercher l'homme, s'il en était besoin. Lorsqu'on l'aurait trouvé, Krikor avait ordre de lui faire comprendre que, s'il tenait à la vie, il devait disparaître aussi vite que possible de la proximité du camp. Krikor se refusa longtemps et violemment à effectuer cette commission. Sa profession terrestre était, disait-il, celle de pharmacien; il n'était pas valet d'auberge pour aller donner son congé à un hôte indésirable. Mais, à toutes ses objections, Ter Haigasoun ne répondait que par une réponse laconique, toujours la même :

« C'est toi qui nous l'as amené, c'est à toi de nous en débarrasser. »

Il n'y avait rien à faire. Le pharmacien Krikor, après une longue résistance, se vit obligé, malgré ses os fragiles et le déplaisir que cela lui causait, de partir à la recherche de Maris. Tout en boitillant d'un pas mal assuré, appuyé sur sa canne, il essayait en de pathétiques monologues les mots au moyen desquels il pourrait accomplir son devoir d'une façon délicate et indirecte. Comparée à cette tâche, celle de Bedros Hékim était beaucoup plus facile. Il devait, avec mille précautions, informer Gabriel Bagradian de l'indignation générale et de plus, le prier de veiller à ce que Juliette Hanoum ne quittât pas sa tente jusqu'à nouvel ordre.

Tandis que les autres acceptaient en silence les décisions de Ter Haigasoun relatives à Krikor et au médecin, quelqu'un qui, d'ordinaire, gardait un mutisme imperturbable, prit la parole et se lança dans un discours des plus grandiloquents. Jusqu'à cette heure, le

noir Hrand Oskanian avait passé pour un fou ridicule dont on acceptait tranquillement les fantaisies méchantes et vaniteuses parce qu'on
le savait être un instituteur consciencieux. Mais maintenant, le fanatique tout feu tout flamme perçait le masque de folie. Tous le regardaient avec une attention intense, car il se dégageait de ses paroles
une force suprenante. Oskanian exigeait une vengeance diabolique
sur la personne de Gonzague Maris. On devait, à son avis, retirer à
ce vaurien son passeport américain et son teskéré, puis le déshabiller
complètement, lui lier les mains et les pieds et le faire descendre la
nuit dans la vallée par quelques hommes intrépides pour que les
Turcs, en le prenant pour un Arménien, le massacrent à petit feu.

Sidérés et mécontents par cette explosion insensée de Hrand Oskanian, les hommes voulurent passer outre. Mais l'instituteur ne se
laissa pas si facilement dérouter. Il se mit à exposer le plus sérieusement du monde les raisons qui permettaient de comprendre la nécessité absolue de la punition. Ter Haigasoun n'écouta pas ce débor-
dement ininterrompu de paroles les yeux mi-clos comme de coutume, mais les paupières complètement fermées. Ses mains frileuses
se glissèrent dans les manches de son froc, ce qui était toujours chez
lui un signe visible de mauvaise humeur :

« As-tu enfin fini, Oskanian ? »

« Pas avant que vous ne reconnaissiez la vérité aussi bien que moi ! »

Ter Haigasoun fit un mouvement de la tête pour montrer combien
ces paroles l'importunaient et chasser ce frelon bourdonnant :

« Je crois qu'il n'y a rien à dire de plus sur cette affaire. »

Oskanian fumait de rage :

« Ainsi le conseil des chefs veut laisser partir ce coquin comblé
de bénédictions pour qu'il aille demain nous dénoncer aux
Turcs ? »

Ter Haigasoun, l'air obsédé, regarda le toit feuillu de la hutte qui
bruissait dans le vent :

« Et même à supposer qu'il veuille nous trahir, que pourrait-il
bien trahir ? »

« Ce qu'il pourrait trahir ? Mais tout ! L'emplacement du vallon
de la ville ! Les pâturages de nos troupeaux ! Les tranchées ! Le mauvais état de nos provisions ! La maladie... »

Ter Haigasoun coupa court à cette énumération, d'un geste las :

« Ce n'est pas avec de telles nouveautés que personne risque de
s'acquérir les bonnes grâces des Turcs. Les crois-tu assez bêtes pour
ne pas savoir déjà tout cela ? Et du reste, ce jeune homme n'est pas
un traître... »

Les paroles du prêtre reçurent l'approbation générale. Mais
Hrand Oskanian brandissait désespérément les poings comme pour
retenir par un pan de son habit la victime qui lui échappait :

« J'ai présenté une motion, claironnait-il, et j'exige que l'on passe au vote à ce sujet, conformément à l'usage. »

Le visage cireux du prêtre se colora légèrement :

« N'importe quel bavard, n'importe quel imbécile peut présenter des motions. Mais c'est mon affaire personnelle de décider si ces motions sont dignes d'êtres votées ou non. Jamais je ne laisse organiser un vote sur des motions superflues. Tiens cela pour dit, Oskanian. Il n'y a d'ailleurs personne ici qui ne juge ta proposition infâme et insensée. Si quelqu'un est d'un autre avis, qu'il lève la main ! »

Pas une main ne bougea. Le prêtre inclina la tête pour conclure :

« En voilà assez, une fois pour toutes. Tu m'as compris. »

L'instituteur qui venait de subir cet échec se leva fièrement de toute sa piètre hauteur et indiqua du doigt la direction de la place :

« Notre peuple là-bas a une autre opinion que vous à ce sujet... »

Les yeux du prêtre flamboyèrent. Mais il recouvra vite son calme :

« Le devoir du conseil des chefs consiste à diriger les sentiments du peuple, et non pas à se laisser diriger par eux ! »

Hrand Oskanian prit une mine de Cassandre et un ton résigné :

« Vous aurez l'occasion de vous rappeler mes paroles... »

Ter Haigasoun tenait à nouveau les yeux baissés. Et sa voix était redevenue tranquille :

« Je te conseille expressément, instituteur Oskanian, de garder pour toi tes avertissements plutôt que de nous en faire part. »

On dut ainsi attendre un temps infini le retour des députés dans une atmosphère extrêmement pesante. Le pharmacien malade revint encore plus tôt que le médecin. Il était complètement épuisé et dut s'étendre, gémissant, sur le divan de Ter Haigasoun. Lorsque le prêtre l'eut réconforté en lui donnant à boire deux gorgées d'une bouteille de raki, il trouva l'énergie nécessaire pour faire son rapport. Gonzague Maris lui avait facilité sa mission par le fait qu'il était depuis longtemps prêt à quitter cette nuit même la montagne arménienne, sans avoir besoin pour cela d'aucune invitation solennelle. Il attendrait pour partir jusqu'à l'heure fixée avec Juliette, afin de donner à son amie la possibilité de se sauver. Le pharmacien ne pouvait s'empêcher de louer la conduite distinguée de son pensionnaire, qui, non seulement lui avait fait présent de tous les imprimés qu'il possédait, mais encore avait promis d'intervenir activement en faveur des réfugiés du Musa Dagh partout où il se trouverait. Ter Haigasoun rejeta d'un geste dédaigneux cette promesse du pécheur. La nuit était déjà tombée lorsque l'autre messager, Bedros Hékim, entra dans la hutte pastorale. Lui aussi se laissa tomber épuisé sur son siège et frotta ses jambes arquées et vieillies, tout en poussant quelques gémissements. Le vieillard regardait devant lui fixement sans mot dire et Ter Haigasoun eut de la peine à le faire parler. Tout d'abord le résultat de ses essais ne fut guère satisfaisant, car le médecin ne laissait échapper qu'un grondement de ses lèvres et sa voix rauque était à peine perceptible :

« La pauvre femme... »

Ces trois mots provoquèrent chez le mouchtar Kéboussjan un étonnement sans bornes. Pensant à sa féroce épouse, son crâne dénudé et brillant se mit à vaciller :

« Qu'est-ce à dire ? Pourquoi serait-ce une pauvre femme, cette millionnaire ?... »

Bedros Hékim jeta vers le mouchtar un regard de cannibale :

« Pourquoi ? Parce que depuis trois jours au moins elle est en proie à une forte fièvre. Parce qu'elle est sans connaissance. Parce qu'elle va sans doute mourir. Parce que personne ne peut la secourir. Parce qu'elle s'est contaminée à l'hôpital. Parce que j'ai pitié d'elle. Parce que ce n'est pas elle qui est coupable, le diable m'emporte, mais seulement sa maladie. Parce que... »

Il s'interrompit pour reprendre haleine et s'abîma de nouveau en lui-même. Comment pouvait-il, lui, hékim presque inculte, qui n'avait que cinq ans à peine touché à la science, rendre accessible à ces paysans des connaissances indéfinissables que lui-même ne comprenait pas ? Il poussa un profond soupir. Il ne voyait autour de lui que des Nouniks, des Wartouks et des Manouchaks. Et lui, avec sa vie ratée et son traité de médecine devenu lettre morte, il ne valait pas mieux non plus.

Pendant la dernière partie du trajet, Gabriel avait à moitié traîné, à moitié porté sa femme. Arrivée dans la tente, elle tomba sur le lit, les yeux blancs, évanouie. Il essaya de la ranimer. Il secoua sur son front et ses lèvres tout ce qu'il put trouver d'eau de Cologne ou d'alcool sur la petite coiffeuse — restes tristement conservés, pieusement économisés —, il frotta le visage, agita en tous sens le corps de sa femme. Mais en vain ! L'âme bienheureuse de la malade restait cachée, bien loin, derrière l'abri de l'inconscient. La fièvre avait couvé des jours durant dans le sang de Juliette. Mais, au cours de cette dernière heure, elle avait probablement crû tout d'un coup comme une extraordinaire plante tropicale. La peau de la jeune femme était rêche et rouge. Elle avait absorbé en elle l'ultime goutte d'humidité, comme la terre brûlée par le soleil. Son souffle se faisait toujours plus court et plus rapide. Sa vie paraissait courir irrémédiablement vers une fin toute proche.

Voyant qu'il ne pouvait pas la réveiller, Gabriel se pencha sur Juliette et entreprit de la déshabiller, afin de remédier plus facilement à la syncope. Ses gestes étaient maladroits, comme le sont toujours ceux d'un homme. Il déchirait la robe et le linge de sa femme. Puis il se laissa tomber au pied du lit et prit sur ses genoux les jambes de Juliette. Elles étaient si lourdes et enflées qu'il eut grand'peine à retirer des pieds les souliers et les bas. Il ne remarquait pas qu'il n'éprouvait aucun des sentiments qu'une telle catastrophe aurait normalement dû éveiller en lui. Il ne ressentait ni la cuisante douleur d'un amour-propre offensé, ni l'intolérable pensée que ces membres malades avaient appartenu à un étranger à peine une heure auparavant, ni non plus la certitude horrifiante d'une rupture irréparable déchirant à jamais le lien sacré de sa vie entière. Seul, un chagrin occupait le fond de son âme étourdie, et ce chagrin n'avait pour objet que Juliette. Gabriel ne s'en étonnait pas. Il avait l'impression d'avoir lui-même favorisé le cours de ce destin. Aussi incroyable que cela puisse paraître, la trahison et l'effondrement de Juliette rapprochaient enfin de lui sa femme devenue depuis longtemps étrangère à son cœur. Ses doigts malhabiles, pleins de dévouement et d'angoisse, tiraillaient et tortillaient les habits qui résistaient obstinément à ses efforts. Puis, immobile, il regarda le grand corps blanc étendu devant lui. Qu'était-il donc arrivé ? Il aperçut dans un coin de la tente le seau d'eau fraîche qui s'y trouvait toujours. Il y plongea des mouchoirs pour faire à la malade des compresses humides. Ce n'était pas une opération des plus simples. Le corps de Juliette était si raidi que Gabriel pouvait à peine le soulever. Il pensa à appeler l'une des servantes de Juliette qui, d'ailleurs, depuis la transformation survenue dans le caractère de leur maîtresse et l'insignifiance de toute rétribution, n'effectuaient plus leurs services que d'une façon très irrégulière. Un sentiment de honte réprima cette velléité en Gabriel. En ce moment, il ne voulait qu'être seul !

Lorsque le vieux médecin entra, il trouva Gabriel Bagradian, les yeux hagards, courbé au-dessus de sa femme privée de connaissance. Le premier regard de Bedros Hékim fut sceptique, il se demandait s'il ne s'agissait pas d'une syncope à demi simulée au moyen de laquelle la pécheresse espérait échapper aux conséquences de sa faute. Mais le second regard du médecin lui révéla la forte fièvre de la malade. C'étaient bien les symptômes généraux de l'épidémie, la brusque montée de la température et cette soudaine perte de connaissance qui se produisait d'ordinaire après un long état de malaise à peine sensible. Il releva le buste de la malade. Elle manifesta aussitôt une difficulté à respirer et fut secouée de nausées. Le diagnostic était clair. Mais lorsqu'il examina la peau sous la poitrine et à la taille, c'est-à-dire aux endroits où l'éruption apparaissait tout d'abord dans la plupart des cas, il ne trouva que trois ou quatre petits points rouges. Le médecin voulait prier Gabriel de quitter aussitôt la tente et de n'y plus rentrer. Mais lorsqu'il vit les yeux voilés de Gabriel profondément enfoncés dans les orbites, il n'osa rien dire. Il s'abstint également d'accomplir sa mission. Il s'occupa au contraire de se faire donner par Gabriel la pharmacie portative que Juliette s'était fait constituer avant son départ

29

pour l'Orient. Mais on ne trouva plus dans la vaste cassette qu'un maigre souvenir de l'ancienne abondance. Juliette s'était elle-même dépouillée de ses médicaments au profit du lazaret. Néanmoins, on y découvrit encore un remède liquide destiné à ranimer le cœur chancelant. Le vieillard mit le flacon dans la main de Gabriel complètement abasourdi. C'était, dit-il, un moyen à employer dans le cas où le pouls ralentirait. Pour le reste, sa femme devait dès le lendemain s'occuper de l'organisation des soins nécessaires. « Il n'y a pas lieu, continua-t-il, d'attacher une grande importance à la syncope ou au coma de la malade. Ce n'est qu'une conséquence de la fièvre et, vu les circonstances actuelles, c'est plutôt une chance qu'un malheur. En ce moment, la balance oscille de façon égale entre la vie et la mort. Comme j'en ai fait l'expérience, cet état se maintient plusieurs jours. Le moment le plus périlleux arrive une fois que l'empoisonnement est surmonté et que la fièvre tombe brusquement, car dans certains cas, il se peut que le cœur flanche. » Bedros Hékim alla prendre dans le seau un verre d'eau, chercha une cuiller et, d'une main adroite, fit tomber quelques gouttes de liquide entre les lèvres enfiévrées. Ce petit geste de médecin expérimenté suffisait à donner un démenti à la méfiance qu'Altouni éprouvait à l'égard de lui-même et qui le faisait se considérer comme un charlatan incapable et maladroit :

« Il ne faut pas cesser de lui donner à boire, prescrivit-il à Gabriel, même si elle ne revient pas à elle. » Le mari de Juliette fit seulement un signe affirmatif. Le médecin jeta un coup d'œil circulaire à travers la petite pièce : « Il faut que quelqu'un veille auprès d'elle ! » Comme il faisait déjà assez sombre, il alluma la lampe à pétrole. Puis il prit dans la sienne la main de Bagradian :

« Il ne manquerait plus qu'une chose : que les Turcs viennent nous attaquer cette nuit ! »

Gabriel Bagradian essaya de sourire :

« Nous avons incendié la montagne. Ils ne risquent pas de venir nous surprendre de sitôt. »

« Ah ! oui », fit Bedros Hékim, et de sa voix rauque, il ajouta sur un ton déçu : « C'est dommage ! »

Il partit, courbé par les ans et par son travail surhumain, sans avoir adressé un seul mot de sympathie personnelle à l'homme qu'il avait jadis aidé à venir au monde. Depuis bien longtemps, toutes les paroles, bonnes ou mauvaises, lui semblaient vides et déplacées.

Gabriel voulait accompagner un peu le vieillard. Mais il s'arrêta à l'entrée de la tente. Si les Turcs avaient surgi devant toutes les tranchées à cet instant, c'est à peine s'il aurait pris sur lui de quitter l'obscurité. Il s'étendit sur le divan qui faisait face au lit de Juliette. Il avait l'impression de n'avoir pas encore su jusqu'à cette heure ce que peut être la fatigue. Chacun des jours monstrueux passés sur le Musa Dagh s'accrochait à lui, plus pesant de seconde en seconde, tel une foule de gnomes malfaisants aux visages plats et terreux. Il en résultait une lassitude qui était elle-même trop lasse pour goûter à loisir l'amertume de sa propre destinée. Un sommeil pernicieux et veule s'ouvrait devant Gabriel comme une caverne béante. Il reconnut la présence d'Iskouhi alors qu'il était encore perdu tout au fond de ce gouffre léthargique. Il eut beaucoup de peine à s'en tirer, puis il se leva brusquement : « Il ne faut pas rester là, Iskouhi ! Pas une minute ! Nous ne nous verrons plus désormais... »

Les yeux de la jeune fille s'ouvrirent tout grands avec une expression de reproche : « Et si tu tombes malade, ne faut-il pas que je le sois aussi ?

— Voyons, pense à Howsannah et à l'enfant ! »

Elle alla vers le lit et posa la paume de sa main valide sur l'épaule de Juliette. Sans quitter cette attitude, elle se retourna vers Gabriel : « Voilà ! Maintenant, je ne peux plus retourner dans notre tente, je n'ai plus le droit de toucher ni Howsannah ni l'enfant... »

Il essaya de l'entraîner au dehors :

« Qu'en dira Aram Tomasian ? Va-t'en, Iskouhi, pour l'amour de ton frère, va-t'en ! »

Elle se pencha très bas sur le visage de la malade toujours privée de conscïence, mais de plus en plus agitée :

« Pourquoi me renvoies-tu ? Si quelque chose doit arriver, c'est déjà fait maintenant. Mon frère ? Tout ceci ne m'importe plus. »

Il vint derrière elle, d'un pas léger et mal assuré :

« Tu n'aurais pas dû faire cela, Iskouhi. »

Le visage de la jeune fille prit soudain un air ironique et passionné :

« Moi ? Que suis-je donc ? Toi, tu es le chef. Si tu tombes malade, tout est perdu. »

Elle essuyait de son mouchoir la bouche de la malade :

« Lorsque nous sommes venus de Zeitoun, Juliette s'est montrée si bonne, si merveilleusement prévenante pour moi ! J'ai à présent un devoir à accomplir envers elle, dans la mesure de mes forces. Ne le comprends-tu pas ? »

Gabriel plongea ses lèvres dans les cheveux d'Iskouhi. Mais elle l'étreignit de toute sa force :

« Bientôt, tu le sais, tout sera fini ! Et je veux t'avoir à moi. Je veux avoir été tienne. »

C'était la première fois que l'amour d'Iskouhi éclatait si ouvertement. Ils restèrent étroitement embrassés comme s'il n'y avait eu à côté d'eux qu'une morte incapable de rien sentir. Mais Juliette n'était pas morte. Son souffle ressemblait à un râle. Parfois, il sortait de sa gorge rétrécie et gonflée un petit son plaintif; on aurait dit qu'elle cherchait quelqu'un qui lui échappait toujours. Iskouhi lâcha Gabriel, mais ses mains étaient pleines de regret. Ils ne parlèrent alors plus que de sujets matériels, et par bribes de phrases, par égard pour la malade. Au cours de la nuit, Juliette parut reprendre une fois connaissance. Elle se mit à tenir des propos désordonnés et essaya de se redresser. Comme il était long, le chemin qui la séparait de sa propre conscience ! Elle ne put pas arriver jusqu'au Damlajik, mais seulement à son appartement de l'avenue Kléber :

« Suzanne... Que se passe-t-il donc ?... Suis-je malade ?... Oui, je suis malade... Je ne peux pas me lever... Voyons, venez m'aider... »

Elle demanda un service. Gabriel et Iskouhi s'empressèrent de secourir la malade qui restait toujours dans sa chambre à coucher parisienne. Secouée en tous sens par des frissons de fièvre, Juliette balbutiait :

« Ça va... Je crois que je pourrai dormir... C'est encore mon éternelle angine, Suzanne... Ce ne sera pas grave, je l'espère... Quand Monsieur rentrera, réveillez... »

Cette évocation murmurée du Bagradian de jadis, qui menait une existence insouciante dans l'univers de cette malade, bouleversa le véritable Bagradian. Il retourna tremper un mouchoir dans l'eau et renouvela la compresse autour du cou de Juliette. Puis il la couvrit avec un soin extrême, et dit à mi-voix :

« Oui, dors, tâche de bien dormir, Juliette ! »

Elle répondit par des paroles incompréhensibles. Cela ressemblait à un remerciement las et à la promesse enfantine d'être sage et de bien dormir. Gabriel et Iskouhi étaient assis en silence, serrés l'un contre l'autre, et la main dans la main, sur le divan. Mais lui ne quittait pas des yeux la malade. Complexité de la vie, étrange entre toutes ! L'homme trompé — tout en la trompant avec une autre — servait sa femme infidèle. Juliette semblait vraiment dormir à présent.

L'heure fixée était venue. Gonzague Maris s'était bien promis de ne pas attendre plus longtemps. Il eut un haussement d'épaules. Ce qui est fini, est bien fini. Et pourtant, il ne se séparait pas aussi facilement qu'il l'avait supposé de ces semaines qui avaient été les plus étranges de toute sa vie. Son amour pour Juliette était-il plus fort qu'il ne l'avait cru ? Etait-ce un sentiment de culpabilité qui assombrissait son retour à la liberté ? Pendant ces derniers jours, Juliette s'était conduite d'une façon si désordonnée et inconcevable que ses tortures avaient éveillé la pitié de Gonzague. Et puis, la fin de ce roman avait été si ignoble ! Lorsqu'il songeait à cet horrible instant, ses dents se serraient et son visage d'ordinaire impassible se crispait affreusement. Il avait plus d'une fois quitté sa cachette et s'était aventuré à proximité de la place des trois tentes pour parler à Gabriel Bagradian et essayer de conquérir Juliette. Mais à chaque essai il était revenu sur ses pas non point par lâcheté, mais retenu par un sentiment de gêne nouveau pour lui et invincible : je n'ai plus le droit de me montrer là. A partir de cet instant, en effet, un puissant rempart invisible s'était dressé entre Gonzague et le monde du Damlajik. Il lui était à peine possible de pénétrer dans l'atmosphère qui limitait l'entrée du camp arménien. Cependant, Juliette habitait désormais au delà de ce rempart. La destinée arménienne s'était montrée plus forte que la jeune femme. Il y avait de plus l'avertissement diplomatique du pharmacien Krikor, son paternel protecteur. Celui-ci n'avait pas fait la moindre allusion au pénible événement; il avait seulement parlé du passeport américain de Gonzague et déclaré qu'à son avis tout séjour terrestre devait prendre fin une fois ou l'autre, et que la jeunesse possédait l'agréable privilège de toujours pouvoir se séparer d'un cœur léger de son entourage passager. La vie, dit-il, ne devient triste que si elle n'offre plus qu'une seule possibilité de départ. Maris avait accepté avec toute la considération nécessaire les conseils de philosophie pratique du vieillard; toutefois, une délicate observation secondaire lui avait fait sentir qu'une heure de plus passée sur le Musa Dagh l'exposerait à de nombreux dangers. Et cette conscience du péril environnant se faisait toujours plus forte à mesure que le temps passait. La lune décroissante se trouvait depuis longtemps très haut au-dessus de sa tête. Il avait attendu toute une heure de plus que l'instant convenu. Juliette était donc irrémédiablement perdue. Il osa encore tenter quelques pas dans la direction du camp, puis fit résolument demi-tour. Peut-être était-ce mieux ainsi. Lentement, avec sérieux, mais non sans hésitation, il enfila ses gants pour ne pas se blesser pendant l'escalade. Ensuite il attacha à son dos par des courroies sa petite valise de cuir. Selon son habitude, comme toutes les fois qu'il sortait de chez lui, il tira de sa poche un petit peigne et rétablit l'ordre de sa chevelure. La conscience de n'avoir rien oublié, de n'avoir pas laissé par négligence la moindre parcelle de son moi dans la résidence qu'il quittait, bref le sentiment réconfortant, rafraîchissant de savoir chaque chose « all right » remplissait malgré tout l'âme de Gonzague. D'un pas lent, il flânait à travers les rhododendrons, les myrtes et les magnolias sauvages, sous la clarté lunaire, comme s'il avait eu devant lui non pas une végétation désordonnée, mais une charmante promenade aux allées bien dessinées. Il lui revint soudain à l'esprit un mot qu'il avait dit à Juliette en parlant de lui-même : « J'ai une très bonne mémoire parce que je ne m'embarrasse pas de souvenirs. » Et en effet, à chaque pas qu'il faisait vers le Sud, ses souvenirs pâlissaient déjà, et son cœur devenait plus léger. Il marchait déjà vite, tournant un regard curieux vers cet avenir qui lui était assuré par ses passeports et son propre caractère. Les falaises crayeuses que formait la montagne brillaient comme des arêtes neigeuses ou des glaciers sillonnés d'ombres noires irréelles. On entendait l'écho assourdi des vagues frappant en bas le rivage. Lorsque le sentier devint plus difficile, le pied de Gonzague essaya chacun de ses pas avec une légère oscillation. Il jouissait orgueilleusement du mouvement de ses muscles. Que les hommes étaient donc incompréhensibles ! Ce monde lunaire, blanc et noir, était si simple, si facile à vaincre. Tout le problème consistait à se sentir néant dans le néant. Une petite bouffée souriante de sympathie s'envola vers Krikor de Yoghonoluk que personne n'avait jamais cité et ne citerait jamais. Gonzague dut grimper le long d'un rocher nu et sauter par-dessus deux crevasses. Il voyait déjà devant lui le promontoire au delà duquel commençait la descente ; il s'arrêta un instant pour se reposer. Des profondeurs insondables s'ouvraient au-dessous de lui : peu importe que j'arrive à Suédja ou que je dégringole ! Une idée lui passa par la tête : la première chute est rude, la dernière est molle. Comme Juliette était déjà loin derrière lui ! Lorsque Gonzague obliqua de nouveau au milieu des taillis et des buissons, quatre coups successifs retentirent et vinrent passer tout près de lui. Il se jeta aussitôt par terre et tira son revolver. Son cœur se mit à battre la chamade. L'avertissement de Krikor ! Il ne lui était donc pas tellement indifférent d'arriver ou non à Suédja ! Les pas vengeurs à sa recherche trébuchèrent près de lui sans le voir. Gonzague sauta sur ses pieds, saisit une grosse pierre et la lança très loin en bas. Au même niveau retentirent des craquements et des heurts hâtifs. Les poursuivants crurent être sur les traces de leur victime et envoyèrent encore plusieurs balles dans cette direction tandis que Gonzague s'enfuyait au galop et atteignait bientôt le point où la montagne s'incline vers le village d'Habaste. Il s'arrêta pour souffler à longs traits. — C'est mieux ainsi. Les balles arméniennes avaient chassé de sa conscience le dernier souffle de remords. Il souriait. Ses yeux, sous ses sourcils en angle obtus, se tendaient en avant, pleins d'attention et d'ambition froide.

Pendant les mêmes minutes, Juliette s'agitait entre le coma et le retour à la conscience. Quelqu'un n'avait-il pas dit : « Oui, dors, tâche de bien dormir, Juliette » ? Et quelle voix l'avait prononcé ? Et maintenant ? Etait-ce la seconde ou seulement la première fois ?

« Oui, dors, tâche de bien dormir, Juliette ! »

Elle ouvrit les yeux. Ce n'était pourtant pas sa chambre à coucher. Trente secondes passèrent encore au bout desquelles elle reconnut et la tente et Gabriel et Iskouhi. Elle pouvait à peine mouvoir sa langue. Son gosier et sa gorge étaient devenus insensibles. La présence des autres gênait sa solitude. Ils l'empêchaient de jouir de son repos. Elle détourna sa tête lourde comme du plomb :

« Pourquoi laissez-vous donc brûler la lampe... Eteignez-la... Le pétrole sent... si mauvais... »

Les yeux de Juliette se figèrent. Ils avaient cherché quelque chose qui n'était pas là. Soudainement, une idée effrayante s'était imposée avec clarté à son esprit. Elle semblait avoir retrouvé toutes ses forces et être complètement guérie. Elle rejeta sa couverture et sortit ses deux jambes du lit en criant :

« Stéphan !... Où est Stéphan ?... Je veux que Stéphan vienne... »

Gabriel et Iskouhi forcèrent Juliette à rentrer dans son lit malgré la résistance désespérée qu'elle leur opposait. Gabriel la caressa pour la tranquilliser et tenta de la convaincre :

« Tu es malade, Juliette... Stéphan n'a pas le droit de t'approcher. Ce serait très dangereux pour lui... Il faut être raisonnable. »

Mais toute sa vie, son ouïe et son entendement s'étaient désormais concentrés dans les cris perçants qu'elle poussait sans arrêt :

« Stéphan... Stéphan... Où... »

L'angoisse quasi-consciente qui vibrait dans les appels de la malade se transmit soudain à Gabriel. D'un geste brusque, il souleva la portière et se précipita à travers la nuit transparente vers la tente de cheik où couchait Stéphan. La tente était vide. Bagradian alluma une lumière. Le lit de M. Gonzague était là, comme mort. Son propriétaire l'avait laissé dans l'ordre le plus parfait. Il était aussi plat et correct que si personne ne s'en était servi de plusieurs semaines. On ne pouvait dire la même chose du lit de Stéphan où se voyaient les traces d'une existence violente et délabrée. Les draps étaient pêle-mêle. La valise du garçonnet était posée sur le matelas, les habits, les chemises et les chaussettes en sortaient dans un désordre bigarré. Dans un coin, on voyait une caisse de provisions ouvertes; une main sans scrupule y avait puisé. Le sac de touriste de Stéphan acheté autrefois en Suisse avait disparu. D'autre part, Gabriel se rappelait avoir posé la veille sur la petite table sa propre bouteille thermos qui demeurait également introuvable. Après avoir encore une fois inspecté exactement les lieux dans l'espoir de trouver quelque trace, il retourna lentement dans la nuit, resta debout dehors, la tête légèrement inclinée, et réfléchit. Sans doute avait-il encore pris part à l'une de ces tournées illicites imaginées par la bande des vauriens. Mais tout ce qui, dans cette explication, était propre à le rassurer et à lui donner de l'espoir n'éveillait au fond de lui qu'une réaction ironique. Il sentit un grand calme envahir son âme, comme toujours aux heures décisives. Il ne trouva que Kristaphor sur la place où dormaient d'habitude les domestiques. Il tira l'intendant de son sommeil :

« Lève-toi, Kristaphor ! Il faut aller réveiller Awakian. Peut-être sait-il quelque chose. Stéphan est parti. »

Ces paroles avaient été dites sans émotion. L'intendant inquiet s'étonnait de voir son maître si calme après tout ce qui s'était passé. Ils se mirent en route dans la direction du col Nord pour aller trouver Samuel Awakian. Une seconde, pas plus, Gabriel se retourna indécis du côté de la tente de Juliette. Tout y était parfaitement tranquille. Alors, il se mit à marcher d'un pas si rapide que Kristaphor avait peine à le suivre.

LIVRE TROISIÈME

LA RUINE, LE SALUT ET LA RUINE

« A celui qui vaincra, je donnerai de la manne cachée; et je lui donnerai un caillou blanc, et sur ce caillou est écrit un nouveau nom, que personne ne connaît, sinon celui qui le reçoit. »

Apocalypse de saint Jean, 2, 17.

CHAPITRE PREMIER

Intermède des dieux

« Vous ne voyez là, mon cher docteur Lepsius, qu'une minime partie de notre dossier relatif à l'affaire arménienne... »

L'aimable conseiller aulique pose sa belle main blanche, brillante et veinée comme un marbre, sur la liasse poussiéreuse de papiers dont son bureau est jonché jusqu'à un tel niveau que son noble visage chevalin disparaît de temps en temps derrière ce rempart. La haute fenêtre de la petite pièce étonnamment vide est grande ouverte. Le jardin du ministère des Affaires Etrangères envoie jusque dans cette chambre un peu de son air étouffant, surchauffé par l'été. Johannès Lepsius est assis, assez raide, sur le siège réservé aux visiteurs et tient son chapeau sur ses genoux. A peine un mois s'est écoulé depuis son mémorable entretien avec Enver Pacha, et cependant la mine du pasteur s'est modifiée de façon inquiétante. Ses cheveux se sont faits plus rares, sa barbe plus grise, son nez plus court et plus pointu. Ses yeux ont fini d'étinceler. L'infini rêveur qui s'y lisait a disparu pour faire place à une expression de soupçon calculateur et ironique. La maladie qui habite dans son sang peut-elle avoir fait de tels progrès en si peu de jours ? Est-ce la malédiction attachée au peuple arménien qui le ronge, lui, l'Allemand, par l'effet d'une affinité mystérieuse ? Est-ce l'immense travail qu'il a fourni en un temps si court ? Envers et contre tous, il est arrivé à mettre sur pied sa nouvelle entreprise de bienfaisance. Il a même réuni de l'argent et gagné à sa cause les meilleurs de ses compatriotes. Il s'agit maintenant de résoudre l'énigme de ce sphinx qu'est l'Etat. Le regard du pasteur glisse, méprisant, derrière le lorgnon scintillant, par-dessus la montagne de paperasses. L'aimable conseiller aulique relève très haut ses sourcils, non pas pour manifester de l'étonnement, mais pour faire tomber son monocle cerclé d'or :

« Il ne se passe pas de jour, croyez-moi, qu'il ne parte d'ici un message à l'adresse de notre ambassade à Constantinople; et il ne se passe pas d'heure où notre ambassadeur n'intervienne auprès de Talaat et d'Enver à propos de cette terrible affaire. Malgré les énormes soucis qui l'accablent, M. le Chancelier du Reich en personne s'en occupe d'une façon très active. Vous le connaissez assez pour savoir que c'est un homme comme Marc-Aurèle... Je dois au reste excuser auprès de vous M. von Bethmann-Hollweg, cher docteur Lepsius. Il lui a été malheureusement impossible de vous recevoir aujourd'hui...»

Lepsius se rejette en arrière. Sa voix harmonieuse, elle aussi, est devenue plus lasse et plus dure qu'auparavant :

« Et quels résultats ont obtenus nos diplomates, monsieur le Conseiller aulique ? » La main brillante et marmoréenne va chercher au hasard quelques documents dans la pyramide de paperasses :

« Vous pouvez en juger ! Voici, par exemple, M. von Scheubner-Richter à Erzeroum ! Voici encore Hoffmann, d'Alexandrette, et Rœssler, notre consul général à Alep. Ces messieurs nous envoient rapport sur rapport; ils se mettent en quatre pour les Arméniens. Dieu sait combien Rœssler, à lui tout seul, a déjà sauvé de ces malheureux ! Au moins des centaines. Et quelle reconnaissance a-t-il récoltée pour s'être montré si humanitaire ? La presse anglaise le représente comme un tigre altéré de sang, coupable d'avoir excité les Turcs de Marach et de les avoir poussés au massacre. Que faire devant de tels résultats ? »

Lepsius cherche à capter le regard de l'aimable fonctionnaire qui vient de surgir à nouveau derrière son rempart de dossiers pour redisparaître encore, comme une lune capricieuse derrière des nuages :

« Je le sais trop bien, ce qu'il faudrait faire, monsieur le Conseiller aulique... Rœssler et les autres, ce sont de parfaits hommes d'honneur, je les connais... Rœssler est d'ailleurs un caractère particulièrement admirable... Mais que peut entreprendre un simple consul dans des conditions si pitoyables, s'il ne trouve pas pour le seconder l'appui nécessaire ?

— Que voulez-vous dire, monsieur le Pasteur ? Pas d'appui ? Cette remarque est plus qu'injuste. »

Lepsius fait de la main un geste bref et nerveux pour exprimer que ce sujet est trop sérieux et le temps trop court pour qu'on le perde en palabres de politesse :

« Je sais parfaitement, monsieur le Conseiller aulique, que toutes les mesures imaginables ont été prises. Je n'ignore aucunement les interventions et les démarches quotidiennes de notre ambassade. Mais nous n'avons pas affaire à des hommes d'Etat élevés dans le respect des règles du jeu diplomatique; nous avons affaire à des gens comme Enver et Talaat. Pour ces gens-là, toutes les mesures imaginables, c'est encore trop peu; l'inimaginable même ne serait pas encore assez. L'extermination des Arméniens est le palladium de leur politique nationaliste. J'ai pu m'en convaincre personnellement au cours d'une longue conversation que j'ai eue avec Enver Pacha. Et quand bien même on accablerait ces gens de toute une rafale de démarches allemandes, cela leur semblerait tout au plus une rude épreuve imposée à leur hypocrite courtoisie. »

Le conseiller aulique croise les bras. Son long visage prend une expression d'attente intéressée :

« Et connaissez-vous, monsieur le docteur Lepsius, un autre moyen pour s'immiscer dans les affaires intérieures d'une puissance amie et alliée ? »

Johannès Lepsius plonge attentivement son regard dans la doublure de son chapeau comme s'il y avait caché un papier couvert de notices. Et pourtant, grand Dieu, qu'une telle précaution serait superflue ! De telles notices, par dizaines de milliers, s'embrouillent nuit et jour dans sa pauvre tête, si bien qu'il ne peut presque plus trouver le sommeil. Il veut maintenant seulement concentrer ses pensées pour faire un exposé bref et méthodique :

« Il faut avant tout que nous nous représentions clairement ce qui se passe en Turquie et ce qui y est déjà arrivé; à savoir une persécution de chrétiens exécutée dans de telles proportions qu'on ne saurait la comparer, même de loin, aux fameuses persécutions ordonnées par Néron et Dioclétien. Et c'est en outre le crime le plus énorme de toute l'histoire mondiale jusqu'à présent, ce qui, vous me l'accorderez, représente quelque chose de considérable... »

Une légère curiosité se fait jour dans les yeux clairs du fonctionnaire. Il garde le silence tandis que Lepsius, pesant bien ses mots, avance prudemment, pas à pas. Depuis son échec auprès d'Enver Pacha, il a, sans aucun doute, beaucoup appris dans la science de l'attitude à adopter pour réussir auprès des hommes politiques :

« Nous ne devons pas nous représenter les Arméniens comme un peuple oriental quelconque, encore à demi sauvage... Ce sont des hommes cultivés qui possèdent des nerfs si délicats qu'on trouverait difficilement sous ce rapport, je l'avoue franchement, des Européens qui leur soient égaux... »

Le mince visage du conseiller aulique ne témoigne par aucun frémissement qu'il estime peut-être exagérée cette appréciation du « peuple commerçant », comme on a coutume d'appeler les Arméniens.

« Il ne s'agit pas en l'occurrence, continue Johannès Lepsius, d'une question de politique intérieure turque. L'extermination d'une petite tribu de pygmées nègres, elle-même, n'est pas non plus une question de politique intérieure entre les exterminateurs et les victimes exterminées. C'est pourquoi nous, Allemands, nous pouvons d'autant moins nous réfugier derrière l'abri d'une neutralité attristée ou désespérée. Nos ennemis étrangers nous en rendent responsables. »

D'un mouvement brusque, le conseiller aulique repousse les tas de dossiers comme s'il avait besoin d'air :

« C'est une des tragiques conséquences de cette guerre où nous sommes engagés ; malgré notre parfaite innocence, nous ne pouvons empêcher que la faute sanglante des autres ne nous soit imputée...

— Tout, en ce monde, est d'abord une question d'ordre moral, et ne devient que beaucoup plus tard une question d'ordre politique. »

Le conseiller aulique incline la tête en signe d'assentiment :

« C'est comme vous le dites, monsieur le Pasteur, et pour ma part je suis toujours d'avis qu'on doit avant tout tenir compte du point de vue moral dans chaque décision politique. »

Lepsius entrevoit une chance de succès. C'est le moment ou jamais de saisir l'occasion propice :

« Ce n'est pas uniquement en mon nom que je suis venu vous trouver, monsieur le Conseiller aulique. Je n'exagérerai pas en disant que je représente ici toute la chrétienté allemande, la protestante et même la catholique. J'agis et je parle en parfait accord avec des personnalités aussi importantes que MM. Harnack, Deissmann, Dibelius... »

Le conseiller aulique salue au passage ces noms de poids par un regard appréciateur. Mais voici que Johannès Lepsius se lance une fois de plus dans son ancien enthousiasme qui lui a déjà si souvent porté malheur :

« Le chrétien allemand est décidé à ne plus assister en spectateur passif à ce crime commis contre le christianisme. Sa conscience ne tolère pas plus longtemps d'avoir, par sa tiédeur, une part de responsabilité de cette faute. L'espoir qu'a l'Etat en la victoire dépend directement de l'ardeur convaincue du chrétien allemand ; si elle sombre, il sombrera avec elle. Pour ma part, j'éprouve une honte et un dégoût indicibles à lire dans la presse ennemie des rapports de plusieurs colonnes sur la déportation arménienne, alors que le peuple allemand ne reçoit dans les journaux de son pays que les communiqués mensongers d'Enver et n'a pas l'occasion d'apprendre rien d'autre à ce sujet. Ne méritons-nous pas de connaître la vérité sur le sort de nos coreligionnaires ? Ce honteux état de choses doit prendre fin. »

Le conseiller aulique, un peu étonné par le ton accusateur du pasteur, joint les mains et objecte d'un ton innocent :

« Mais vous ne pensez pas à la censure ! La censure ne permettrait jamais cela. Vous n'avez pas la moindre idée de la façon dont ces problèmes sont compliqués, monsieur Lepsius.

— C'est le droit le plus primitif du peuple allemand que de ne pas être trompé. »

Le conseiller aulique esquisse un sourire indulgent : « Quelle serait la conséquence d'une telle campagne de presse ? Une profonde dépression pour les nerfs de nos compatriotes et un danger pour l'alliance turque.

— Cette alliance ne doit pas nous faire passer pour des recéleurs aux yeux de l'histoire. C'est pourquoi nous désirons que notre gouvernement se mette à l'œuvre au plus tôt. Exigez, par exemple, avec une extrême insistance, la formation à Stamboul d'une commission neutre comprenant des Américains, des Suisses, des Hollandais, des Scandinaves, à laquelle il serait permis de se rendre en Anatolie et en Syrie pour y examiner le cours des événements !

— Vous connaissez trop bien les dirigeants jeunes-turcs, mon cher monsieur Lepsius, pour ne pas prévoir vous-même quelle réponse serait faite à des exigences de ce genre.

— Dans ce cas, l'Allemagne doit avoir recours aux moyens les plus forts.

— Et quels seraient-ils, à votre avis ?

— La menace de retirer tout secours à la Turquie et de rappeler la commission militaire, les officiers et les soldats allemands qui se trouvent actuellement sur les fronts turcs. »

L'amabilité, sur les traits froidement affables du conseiller aulique, se transforme en une bienveillance mêlée de pitié :

« Le portrait qu'on m'a fait de vous était vraiment fidèle, pasteur Lepsius ; on m'avait bien dit que vous étiez aussi... candide... »

Il se lève, de toute sa taille élancée. Son complet gris d'été ne lui colle pas au corps avec la raideur impitoyable qu'on remarque d'ordinaire chez ses semblables. Cette légère nuance de négligence inspire de la confiance et de la sympathie. Il se tourne vers une grande carte pendue au mur où l'on voit l'Europe et l'Asie Mineure et, d'un geste imprécis, il recouvre tout l'Orient de sa main aux fines veines bleues :

« Les Dardanelles, le Caucase, la Palestine et la Mésopotamie sont aujourd'hui, monsieur Lepsius, des fronts allemands plus encore que des fronts turcs. S'ils s'effondrent, c'est l'édifice entier de notre guerre qui s'effondrera avec eux. Nous ne pouvons tout de même pas menacer les Turcs de nous suicider pour leur faire peur. Je n'ai pas besoin de vous rappeler l'importance énorme qu'attache Sa Majesté l'Empereur à notre puissance en Orient. Et ignoreriez-vous par hasard que les Turcs ne se sentent aucunement nos débiteurs, mais bien plutôt nos créanciers ? Aujourd'hui encore, il existe dans le gouvernement ottoman un très fort courant en faveur de l'Entente. Je puis même vous confier qu'un puissant groupe du Comité ne demanderait pas mieux que de changer son fusil d'épaule et d'entamer, pas plus tard qu'aujourd'hui, des négociations de paix avec les alliés ennemis. Dans ce cas, vous ne tarderiez pas à voir cette même France et cette même Angleterre qui, en ce moment, jettent de tels cris d'indignation apitoyée sur les horreurs arméniennes, fermer aussitôt les yeux sur les agissements turcs. Vous parliez de vérité, monsieur Lepsius ? La vérité, c'est que les Turcs ont dans ce jeu tous les atouts en main et qu'il nous faut être extrêmement prudents, afin de veiller à ne pas dépasser les bornes du possible. »

Johannès Lepsius écoute avec calme les paroles du conseiller aulique. Il les connaît parfaitement, ces vérités, et il sait avec quelle logique tranchante les membres d'un certain monde s'entendent à les présenter. Elles sont fermées de façon hermétique, sans la moindre fissure. Quiconque accepte une maille de leur chaîne est perdu par avance. Mais le pasteur est depuis longtemps bien trop avisé pour donner dans un tel piège. Pendant ces dernières semaines, il a poussé sur son esprit une peau cornée qui le rend insensible à de telles pensées. Il résiste donc à la tentation et demeure obstinément dans le cercle de ses propres idées :

« Je ne suis pas un homme politique. Ce n'est pas mon affaire que de trouver des moyens et des expédients pour sauver encore au dernier moment une partie du peuple arménien. Mais c'est mon devoir, puisque je représente un grand nombre de chrétiens allemands animés de la même pensée, que de vous exprimer cette prière ardente : trouvez vous-mêmes les moyens et les expédients nécessaires et trouvez-les avant qu'il ne soit trop tard.

— On a beau prendre la chose par tous les bouts, monsieur le Pasteur, on peut peut-être adoucir çà et là le sort des Arméniens, mais malheureusement on ne peut pas le modifier.

— Ce point de vue contraire à l'esprit chrétien ne saurait satisfaire ni mes amis ni moi-même.

— Veuillez donc comprendre qu'il intervient dans le sort des Arméniens, des facteurs historiques extrêmement puissants qui échappent à notre influence...

— Je comprends seulement qu'Enver et Talaat, avec un génie satanique, ont su choisir le meilleur moment pour jouer ce rôle de facteurs historiques supérieurs. »

Le conseiller aulique sourit d'un air prétentieux et semble se croire obligé de laisser entrevoir à son tour un reflet de ses opinions religieuses :

« Nietzsche n'a-t-il pas dit qu'il faut pousser du pied tout ce qui tombe ? »

Mais Nietzsche n'est pas l'homme qui peut faire perdre contenance à un enfant de Dieu comme l'est Johannès Lepsius. Un peu fâché de voir la conversation se perdre dans des généralités, il réplique simplement :

« Qui donc peut savoir s'il est l'objet qui tombe ou le pied qui repousse ? »

Le conseiller aulique, de nouveau assis à son bureau, jette encore un rapide coup d'œil sur la carte murale :

« Les Arméniens doivent leur perte à leur situation géographique. Leur sort est celui des faibles, de la minorité maudite !

— Tout être et toute nation se trouvent toujours, une fois ou l'autre, dans l'état du faible en face du fort. C'est pourquoi on n'a pas le droit de créer un précédent en tolérant l'extermination d'un peuple, ou seulement même la moindre lésion de ses droits.

— Ne vous êtes-vous jamais posé la question, mon cher docteur, de savoir si les minorités nationales ne représentent pas des sujets de troubles superflus et s'il ne vaudrait pas mieux les faire disparaître ? »

Lepsius retire son lorgnon et l'essuie de façon circonspecte. Ses yeux clignotent, morts et las. Son regard affaibli donne à toute sa personne quelque chose de lourdaud :

« Monsieur le Conseiller aulique, ne sommes-nous pas, nous, les Allemands, aussi une minorité ?

— Que voulez-vous dire par là ? Je ne vous comprends pas.

— Au milieu d'une Europe liguée tout entière contre l'Allemagne, nous constituons une minorité terriblement menacée. Il suffirait qu'une fois la chance tourne contre nous. Et de plus, nous n'avons pas choisi une situation géographique des plus raffinées ! »

Cette fois, le visage du conseiller aulique n'est plus du tout aimable ; il est devenu dur et très pâle. Une bouffée de l'air poussiéreux de midi pénètre par la fenêtre : « C'est très exact, monsieur le Pasteur ! C'est pourquoi chaque Allemand a le devoir de songer au sort de son propre peuple et aux fleuves de sang que verse la minorité allemande, comme vous vous plaisez à l'appeler. C'est seulement sous ce point de vue que nous pouvons nous occuper de la question arménienne.

— Nous dépendons, en tant que chrétiens, de la grâce de Dieu et de l'obéissance à l'Evangile. Je vous le dis sans ambages, monsieur le Conseiller aulique, je ne puis accepter aucun autre point de vue. Depuis quelques semaines, je constate chaque jour davantage qu'il faut arracher la puissance aux mondains, aux hommes politiques, si l'on veut que se réalise sur notre minuscule planète la communauté qu'a voulue le Sauveur, celle du corps de notre Seigneur...

— Rendez à César ce qui est à César.

— Mais qu'est-ce qui est donc à César, à part le liard à l'effigie usée ? Le Seigneur, avec sa divine astuce, ne nous le dit pas. Non, non ! Les peuples sont les esclaves de leur nature. Et les flatteurs qui veulent vivre à leurs dépens excitent bassement leur vanité. On croirait qu'il y a un mérite particulier à être né chien ou chat, chou-rave ou pomme de terre. Jésus-Christ nous a donné l'éternel exemple en nous montrant comment l'homme-dieu ne revêt la forme humaine que dans le but de la vaincre. C'est pourquoi il ne devrait régner sur terre que les véritables serviteurs du Christ, et cela, parce qu'ils ont vaincu, eux aussi, leur nature et leur condition terrestre. Telle est ma profession de foi politique, monsieur le Conseiller aulique. »

L'aristocrate prussien ne trahit pas la moindre ironie par son attitude :

« Vous venez de parler comme un catholique convaincu, monsieur le Pasteur.

— Je suis plus catholique encore qu'un catholique ! Car l'église de mon espérance ne partage le pouvoir avec aucune puissance laïque.»

Le conseiller aulique rajuste son monocle devant son œil comme pour faire comprendre que le délai accordé au débat vient d'expirer :

« Avant de revenir aux temps de la Sainte Inquisition, nous sommes malheureusement obligés, pauvres mondains que nous sommes, de supporter toute la responsabilité. »

Johannès Lepsius sent qu'il est peut-être allé un peu trop loin, et tâche de se ressaisir. Ses paroles sont calmes, presque distantes :

« Je vais continuer à vous parler à cœur ouvert, monsieur le Conseiller aulique... Jusqu'à ces derniers jours, j'étais encore plein d'espoir et j'avais cru que M. le Chancelier du Reich m'assisterait dans la lutte avec des moyens plus vigoureux qu'il ne m'en a encore donnés. Vous venez de m'apprendre d'une façon définitive que notre gouvernement a les mains liées vis-à-vis de la Sublime Porte et qu'il doit se contenter des démarches et des interventions ordinaires, C'est bon ! Mais je ne me laisse arrêter par aucune raison d'Etat. Je prends tout seul sur mes épaules, pour toute l'Allemagne, le poids de la cause arménienne. Ce n'est pas dans mon caractère que de faire des concessions ni de reculer. De concert avec mes amis, je divulguerai la vérité à travers le peuple. Car c'est seulement lorsque les hommes sauront ce qui en est réellement que l'action de secours chrétien pourra s'édifier sur une base assez large... Je vous prie par conséquent de bien vouloir au moins ne pas entraver mes efforts dans ce sens. »

Le conseiller aulique qui s'est plongé dans l'étude de son bracelet-montre relève la tête avec un air satisfait :

« Une franchise en vaut une autre, monsieur le Pasteur... Aussi, je pense que vous ne m'en voudrez pas si je vous apprends que depuis longtemps on a l'œil sur vous. Votre séjour à Constantinople a donné lieu à beaucoup de réclamations. Je vous le répète, vous n'avez pas la moindre idée de la façon dont ces choses sont compliquées. Votre activité humanitaire m'inspire la plus grande considération, et cependant cette activité est... disons-le, elle est, dans le sens politique, tout bonnement indésirable. Je vous conseillerai par conséquent, mon très cher ami, de la réduire considérablement et de lui donner une forme aussi discrète que possible. »

La réponse du pasteur est, par son ton, plutôt bougonne que solennelle :

« J'ai reçu une mission d'en haut. Aucune force au monde ne peut m'empêcher de l'accomplir.

— Ne dites pas cela, cher docteur Lepsius », fait le conseiller aulique effaré, avec une amabilité mêlée d'angoisse, « il existe déjà au monde plusieurs forces qui travaillent à vous en empêcher complètement. »

Le pasteur tâte consciencieusement le côté gauche de son veston. Puis il se lève :

« Je vous suis extrêmement reconnaissant pour votre sincérité et pour le conseil que vous m'avez donné. »

Le monsieur grand et svelte se tient devant Lepsius avec une sorte de gêne prétentieuse qui lui va bien :

« Je suis heureux que nous nous soyons compris si vite, monsieur le Pasteur. Vous êtes pâle. Ce qui vaudrait le mieux, pour vous, ce serait de prendre un congé, et de vivre quelque temps au jour le jour, sans souci. N'habitez-vous pas à Potsdam ? »

Johannès Lepsius exprime à M. le Conseiller aulique son regret de l'avoir importuné si longtemps. Mais celui-ci l'accompagne jusqu'à la porte avec son plus charmant sourire :

« Mais non, monsieur le Pasteur, il y avait longtemps que je n'avais pas vécu une heure aussi intéressante. »

En bas, sur la Wilhelmstrasse où pèse la chaleur de midi, Johannès Lepsius s'examine intérieurement et se demande si ses paroles, conformément aux préceptes du Seigneur, ont été douces comme la colombe et rusées comme le serpent. Mais il doit bientôt reconnaître que ni comme colombe ni comme serpent il n'a été à la hauteur de la situation. Il a été heureusement assez prudent pour se procurer, depuis longtemps déjà, tous les documents nécessaires : passeport, visas, permis de voyage et d'exportation d'argent. C'est pour cela qu'il a tout à l'heure tâté si soigneusement la poche gauche de son veston ; il voulait vérifier la présence de ses précieuses reliques. Il se retourne brusquement pour voir s'il n'est pas déjà suivi par un détective. Sa résolution est prise. Le rapide pour Bâle part à trois heures quarante. Il a plus de trois heures encore devant lui ; il téléphone chez lui de faire porter ses bagages à la gare et règle les autres préparatifs nécessaires pour son voyage. Les frontières risquent d'être dès demain fermées pour lui. Et pourtant, il faut absolument qu'il parte pour Stamboul ! C'est là-bas qu'est sa place, bien qu'il ne sache pas encore exactement pourquoi. En tout cas, son action de secours se continuera sans lui en Allemagne. L'organisation du comité est parfaite, le bureau installé, les bienfaiteurs, les amis et les collaborateurs sont gagnés à la cause.

Ce n'est pas au loin qu'il doit être, dans un pays indifférent, bien à l'abri ; c'est là-bas, sur le rivage même de la mer ensanglantée.

Sur la place de Potsdam, il règne une animation étourdissante. Lepsius, qui est myope, attend longtemps l'occasion propice pour traverser sans mettre sa vie en péril. Les autos, les autobus et les tramways qui grondent, roulent, crissent et grincent, produisent un vacarme qui vient se fondre à ses oreilles en un seul bourdonnement confus. On dirait les cloches d'une cathédrale barbare et gigantesque. Il se rappelle soudain une petite poésie qu'il a recopiée bien des années auparavant, à bord d'une barque dansante, en passant devant l'île rocheuse de Patmos-Patino, l'île sainte de l'apôtre saint Jean, auteur de l'*Apocalypse*. Il entend chanter en lui le refrain :

A et O
A et O
Redisent les cloches de Patino.

Cette assonance semble établir une relation entre deux localités aussi opposées que Patmos et la place de Potsdam.

C'est à Stamboul la vie d'un animal nocturne et craintif.

Johannès Lepsius se sait poursuivi et observé. C'est pourquoi il ne quitte généralement que le soir l'Hôtel Tokatlyan. Le premier jour, dès son arrivée, il a fait à l'ambassade allemande la visite obligatoire. Au lieu du ministre, du premier secrétaire ou de l'attaché de presse, c'est un fonctionnaire subalterne qui le reçoit et lui pose une question sèche et nette : dans quelles intentions venez-vous à Constantinople ? Lepsius répond qu'il aime beaucoup cette ville et qu'il n'a pas d'autre but précis que de s'y reposer un peu. Il est d'ailleurs parfaitement vrai qu'il n'a pas de but précis. Le pasteur ne se fait pas une idée exacte de ce qu'il pourra bien entreprendre. Il sait seulement qu'il est indésirable aux yeux des Turcs et désormais aussi aux yeux des Allemands. Ce capitaine de corvette de l'ambassade, par exemple, avait toujours été parfait pour lui et lui avait autrefois procuré l'entretien avec Enver Pacha au prix de mille difficultés ; or voici qu'il le rencontre dans une rue de Péra et que l'officier se détourne visiblement à la vue de Lepsius. Dieu sait quels bruits honteux on fait courir sur lui ! Souvent il sent un courant glacé le parcourir à la pensée qu'il est là tout seul, abandonné, dans cette capitale de la Turquie, et que la représentation de sa patrie est pour lui plutôt un ennemi qu'un appui. Si l'Ittihad avait l'heureuse inspiration de le faire assassiner secrètement, il ne se ferait pas autour de son cadavre un grand scandale diplomatique. Aux heures où le courage l'abandonne, il songe à rentrer au pays. Il ne fait que perdre son temps ici. La troisième semaine d'août est déjà entamée. Une chaleur d'une intensité inimaginable est épandue sur le Bosphore. A quoi pourrai-je aboutir ici ? se demande-t-il. Puis il compare cette situation à celle d'un cambrioleur inexpérimenté qui essaierait de faire sauter de sa main nue, sans passe-partout ni fausse clef, une porte de fer fermée à sept verrous, et, qui plus est, sous les yeux de la police. En tout cas, un fait est clair. Il faut percer une brèche dans la porte de fer aux sept verrous qui mène à l'intérieur de la Turquie, pour peu qu'il soit possible de trouver là une velléité de secours effectif aux opprimés, même la plus minime. Toutes les sommes d'argent qui s'écoulent vers l'intérieur par des voies officielles se perdent en route et n'apportent pas à leurs destinataires ce secours effectif.

Johannès Lepsius se risque à visiter Mgr Sawen, le patriarche arménien. On dirait que, depuis le jour où il l'a vu pour la dernière fois, l'ultime reste de vie qui animait la personne éteinte de l'archiprêtre s'est évanoui à tout jamais. Ce pieux homme regarde son visiteur d'un air absent, puis, lorsqu'il le reconnaît, il ne peut retenir ses larmes :

« Vous allez grandement vous nuire, mon fils, chuchote-t-il, si l'on vous sait chez moi. »

Le pasteur apprend alors dans toute son horreur l'entière vérité telle qu'elle s'est déroulée pendant les semaines de son absence. Le patriarche lui expose les faits brièvement, sèchement, sans voix, pour ainsi dire. Toute tentative de sauvetage est non seulement irréalisable, mais même superflue, puisque la déportation est maintenant complètement exécutée. Le clergé a été assassiné en majorité, les chefs politiques sans exception. Ce qui reste du peuple, ce ne sont plus que des femmes et des enfants en train de mourir de faim. Apporter quelque appui allemand ou neutre à ces Arméniens ne ferait qu'exciter la rage d'Enver et de Talaat et les pousserait à inventer encore de nouvelles atrocités :

« Le mieux, c'est de ne rien entreprendre, de rester tranquille, de mourir. »

Lepsius n'a-t-il pas remarqué que sa maison, la résidence patriarcale, est cernée de détectives et d'espions bénévoles ? Le moindre mot prononcé dans cette pièce arrivera inévitablement demain à la connaissance de Talaat Bey. Avec un clignement d'œil apeuré, Mgr Sawen fait signe à son hôte de pencher son oreille vers sa propre bouche. C'est de cette façon que Lepsius apprend la révolte arménienne sur le Musa Dagh, les diverses défaites de l'armée turque subies sur la montagne jusqu'ici inexpugnable. La voix chuchotante du patriarche frémit :

« N'est-ce pas épouvantable ? L'armée a, paraît-il, plusieurs centaines de morts ! »

Johannès Lepsius ne trouve pas du tout que cela soit épouvantable. Ses yeux bleus brillent d'une ardeur juvénile derrière son épais lorgnon :

« Epouvantable ? Que non pas ! C'est magnifique ! S'il y avait encore trois semblables Musa Dagh, notre affaire aurait un tout autre air,

Ah ! Monseigneur, c'est là-haut, sur ce Musa Dagh, que je voudrais être ! »

Le pasteur imprudent a parlé très haut. Le patriarche lui ferme la bouche d'une main roidie par la peur. En le quittant, Lepsius lui remet une partie de la collecte réunie par l'œuvre d'assistance allemande. Avec une hâte fébrile, Sawen enferme les billets de banque dans le coffre-fort de son bureau; on dirait qu'ils le brûlent comme du feu. Il y a peu d'espoir que leur pouvoir bienfaiteur atteigne son but, qui est Deir-es-Zor. Mgr Sawen murmure de nouveau à l'oreille de l'Allemand une phrase très distincte que celui-ci, tout d'abord, ne comprend pas :

« Les intermédiaires et les aides qu'il nous faut, ce ne sont pas les nôtres du patriarcat, ni vous, ni tous les autres Allemands ou neutres; ceux qu'il nous faudrait, ce seraient des Turcs, comprenez-vous, des Turcs !

— Comment cela, des Turcs ? » murmure à mi-voix Lepsius, qui voit surgir devant ses yeux le visage d'Enver Pacha. Cette idée est folle.

Cette idée est folle. Et cependant, pour avoir traversé la tête de Lepsius, elle se trouve avoir pris le chemin de la réalisation. Le pasteur a fait la connaissance, dans la salle à manger de son hôtel, d'un médecin turc qui paraît environ quarante ans. Le professeur Nézimi Bey, très élégant, a tout à fait l'air d'un Occidental. Il habite au Tokatlyan, mais donne ses consultations dans une des rues mondaines du quartier de Péra. Tout d'abord, Lepsius a pris le professeur pour une des incarnations les plus sympathiques de la société jeune-turque. Pourtant, malgré sa science européenne et sa jaquette d'une coupe impeccable, cette apparence est trompeuse. Les deux messieurs entrent assez souvent en conversation. Trois ou quatre fois, ils ont pris leur repas à la même table. Lepsius est extrêmement prudent et plein de retenue; il faut bien qu'il le soit. L'autre, au contraire, ne fait preuve ni de prudence ni de retenue. Lorsqu'il dévoile tout franchement sa haine pour la politique actuelle, ainsi que pour les dictateurs Enver et Talaat, l'Allemand se sent pris de peur et se tait. Ne serait-ce pas un espion qu'on lui aurait envoyé pour le faire parler ? Mais en considérant l'attitude distinguée de l'homme cultivé qu'est Nézimi, en songeant d'autre part à sa situation, à la façon dont il s'exprime et à sa surprenante connaissance des langues étrangères, un tel soupçon apparaît ridicule. Il est impossible qu'Enver ait à sa disposition des agents provocateurs d'un tel niveau. Cependant Lepsius est assez sage pour ne pas se laisser séduire. Il ne cache pas qu'il cherche, en qualité de prêtre chrétien, à adoucir le sort de ses coreligionnaires arméniens; mais il ne fait pas de critique et se contente jusqu'à nouvel ordre d'attendre et d'écouter. Bien que Nézimi ne semble pas être à proprement parler un ami des Arméniens, il se répand néanmoins en imprécations contre la politique de déportations pratiquée par le Comité :

« Les champs de cadavres arméniens seront la perte de la Turquie. »

Lepsius, à ces mots, ne trahit pas dans sa mine la moindre émotion :

« Enver et Talaat ont pourtant derrière eux la grande majorité de la nation.

— Comment, la grande majorité de la nation ? répète Nézimi dans un sursaut. Vous autres étrangers, vous ne savez pas du tout combien ce parti est faible en réalité, et surtout combien il est moralement faible. Il se compose de la plus ignoble racaille de parvenus. Ces gens, qui s'enorgueillissent d'appartenir à la race ottomane, font preuve d'une impudence sans pareille. Ces Turcs pur sang proviennent pour la plupart de la Macédoine où se fait la salade de races répandue sur tous les Balkans.

— C'est une vieille histoire, professeur. Les seules gens qui se réclament de leur race sont généralement ceux qui auraient besoin de quelque chose d'analogue. »

Nézimi regarde Lepsius d'un œil attristé :

« C'est vraiment malheureux qu'un homme comme vous qui a étudié si exactement notre situation n'ait pourtant pas la moindre idée de ce qu'est la véritable essence du peuple turc. Savez-vous que les vrais Turcs blâment plus fort encore que vous les déportations arméniennes ? »

Joahnnès Lepsius l'écoute avec un intérêt intense :

« Et quels sont donc ces vrais Turcs, si je ne suis pas trop indiscret, monsieur le Professeur ? »

— Tous ceux qui n'ont pas encore perdu leur religion, dit Nezimi sans consentir néanmoins à donner de plus amples explications. »

Le soir du même jour, il va frapper à la porte du pasteur, étrangement excité :

« Si cela vous convient, je vous introduirai demain dans le tekkéh du cheik Achmed. C'est une faveur considérable qui vous sera faite. En outre, vous pourrez parler ouvertement au sujet des Arméniens et peut-être même obtenir des résultats positifs. » Et il répète encore une fois : « C'est une faveur considérable. »

Aussitôt après dîner, Nézimi vient chercher le pasteur, comme c'était convenu. Ils font à pied la plus grande partie du long chemin. Aujourd'hui, la chaleur torride est atténuée par la fraîcheur de la brise qui vient de la mer de Marmara. On voit passer sur le ciel de Stamboul, si vivant par cet après-midi d'été, des colonies entières de cigognes et de hérons qui s'en vont de l'autre côté nicher sur la rive asiatique. Le professeur fait passer le pasteur devant le Séraskériat d'Enver Pacha et devant la mosquée du sultan Bajazet, à travers les rues interminables d'Ak Sérai. Ils continuent leur route toujours vers l'Ouest et les voilà déjà arrivés au centre de la ville, au milieu d'un embrouillamini de constructions délabrées. Le pavage des rues a disparu. Ils rencontrent des troupeaux de moutons et de chèvres. On voit se dresser menaçants, au-dessus des innombrables maisonnettes de bois noirâtres et pressées pêle-mêle les unes contre les autres, les antiques remparts byzantins flanqués de tours, de créneaux et de fortifications. Johannès Lepsius n'est pas du tout dans un état d'esprit qui lui permette de jouir en artiste de ces vieux quartiers pittoresques bien que malodorants. De même, ce centre de la piété musulmane qu'il va connaître aujourd'hui ne l'intéresse pas en tant que révélation nouvelle. Comme tout esprit rempli d'une aspiration surhumaine et douloureuse, il ne voit toute chose que sous l'unique point de vue des rapports qu'elle a avec les malheurs des Arméniens. C'est pourquoi, insensible aux nouvelles aventures, il roule déjà dans sa tête des plans et des projets sans nombre. C'est à cause de ces projets et non point par curiosité qu'il pose certaines questions à son guide :

« Nous allons probablement chez les derviches Mewlewi ? »

Malgré ses longs séjours en Palestine et en Asie Mineure, Lepsius ne sait à peu près rien de l'Islam. Il ne voit en lui que l'ennemi fanatique du christianisme. Mais c'est une des plus fâcheuses faiblesses humaines que de connaître le moins celui qu'on devrait comprendre jusqu'au plus profond de l'être, c'est-à-dire l'ennemi; voilà pourquoi le pasteur se fait l'idée la plus vague du monde des croyants mahométans. Il a nommé les derviches Mewlewi parce que cette appellation très connue lui est familière. Le Dr Nézimi fait un geste presque méprisant :

« Non, non, le cheik Achmed, notre maître, est le chef d'un ordre que le peuple appelle « les voleurs de cœurs ».

— Voilà un titre bien bizarre pour un ordre religieux. Pourquoi s'appelle-t-il « voleurs de cœurs » ?

— Vous le verrez vous-même plus tard... »

Pendant la promenade, le guide du pasteur lui donne encore diverses explications nécessaires. Il apprend à l'Allemand que le courant de la religion mahométane s'est séparé en deux bras puissants, le Chaariat et le Tarikaat. Si le Chaariat ressemble assez exactement au clergé séculier de l'Eglise catholique, il serait par contre tout à fait faux de comparer le Tarikaat à la vie monacale. Etre derviche ne signifie pas renoncer au monde et se retirer pour toute sa vie dans un tekkéh. N'importe qui peut devenir et rester derviche pourvu qu'il remplisse certaines conditions, mais il n'a pas besoin pour cela d'abandonner son métier ni sa famille : le grand-vizir peut l'être aussi bien que le tailleur, le chaudronnier, l'employé de banque ou l'officier. Ils se divisent en confréries extrêmement diverses, réparties sur tout le pays, dont les frères se *reconnaissent* entre eux par le « sentiment », sans se *connaître* dans le sens banal. Johannès Lepsius demande d'un air réfléchi et calculateur :

« Par conséquent, ces ordres de derviches doivent représenter une puissance énorme par leur nombre.

— Pas seulement par le nombre, monsieur le Docteur, vous pouvez m'en croire.

— Et en quoi consiste la vie religieuse de ces gens-là ?

— A ce qu'on m'a dit, on appelle cela chez vous une « retraite ». Mais il est bien probable que ce terme aussi est faux. Nous nous réunissons de temps en temps pour exécuter certains exercices. Ce sont des exercices de prières. On appelle cela le « Zikr ». Chaque membre doit une ou plusieurs fois dans sa vie servir dans le tekkéh et y vivre un certain temps. Mais l'essentiel, c'est d'être obéissant envers le maître qui nous instruit et que cette obéissance vienne du plus profond de notre cœur.

— Ce maître qui vous instruit, c'est le cheik Achmed, n'est-ce pas, monsieur le Professeur ?... »

Bien que Lepsius ne demande pas ouvertement qui est au juste ce cheik Achmed, Nézimi lui donne la réponse qu'il attend :

« C'est un « wéli ». Vous diriez un « saint » et cette traduction, elle aussi, serait tout à fait fausse. Il a développé en lui certaines forces au cours de sa vie dont le niveau s'est élevé bien au-dessus de notre vie humaine. Connaissez-vous le mot français « initiation » ? Et ce qu'il y a de plus admirable chez lui, vous le verrez, c'est qu'il est parfaitement simple. »

Tous deux s'arrêtent devant un mur élevé. Des cimes de cyprès et de figuiers, ainsi que les branches souples des cytises et des glycines qui retombent au dehors, trahissent la présence d'un jardin. Nézimi Bey frappe avec sa canne à la porte vermoulue pratiquée dans ce mur. Il faut attendre longtemps jusqu'à ce qu'un vieillard au corps pesant et aux bons yeux doux vienne ouvrir. Et l'émerveillement du jardin ombragé se déploie devant eux. Un cèdre plusieurs fois centenaire domine tout. On voit pendre à deux branches vigoureuses les fragments rouillés d'une lourde chaîne. Nézimi raconte au pasteur que, dans des temps très reculés, on a lié ce cèdre encore tout jeune pour que la force intérieure de sa croissance brise un jour la chaîne de fer. C'est un symbole de la vie du derviche. Au milieu du silence étrangement parfait malgré les mille bruits de la ville environnante, on entend jaser un jet d'eau dans un bassin. C'est de nouveau un symbole frappant du culte qu'ont les Turcs pour l'eau. Le jardin se termine à droite par une maison sombre, d'aspect inquiétant, et à gauche par une autre maison, claire, et de belle apparence. Ils entrent dans la belle maison de bois, après avoir déposé leurs souliers. Nézimi fait monter l'étranger par un petit escalier sombre menant à une sorte de loge d'où l'on domine la grande salle du tekkéh qui, avec ses pilastres de bois élancés et ses murs découpés en haut suivant les arabesques d'un filigrane compliqué, fait l'impression d'un vaste pavillon. Le plancher de la pièce est recouvert de magnifiques tapis. Le mur Ouest, tourné vers La Mecque, est orné d'une niche en forme de trône creusée dans la paroi, avec une natte de Chine surélevée. Quelques hommes sont assis sur les marches des deux côtés de ce siège. Le médecin apprend au pasteur que ce sont les « califes », représentants et confidents du cheik, particulièrement proches de son cœur. Tous portent le même turban blanc, même un capitaine d'infanterie qui, chose étrange, se trouve parmi ces personnages. Lepsius distingue de plus un petit vieillard, sec comme du bois mort, qui souffre probablement d'une maladie nerveuse car son visage terminé par une barbe en pointe est secoué de tics par instants. On voit aussi un homme d'une beauté remarquable à la barbe souple et brune, revêtu d'un froc en forme de chemise. Nézimi l'appelle « le fils du cheik ». A côté de cette silhouette juvénile qui semble nimbée d'une lumière argentée, un petit garçon de cinq ans est assis, les jambes croisées sous lui; c'est le fils du fils, qui est habillé de blanc tout comme son père. Mais Lepsius s'intéresse surtout à un personnage qui, par son aspect et sa contenance, est manifestement le plus puissant parmi les assistants. C'est ainsi que le pasteur se représente les grands califes de jadis, Bajazet, Mahmoud II, peut-être aussi le prophète lui-même. Son visage semble dévoré par le fanatisme et sa barbe d'un bleu noir lui monte presque jusque sous les orbites. Son regard fixe, qui ne s'attache à rien, ne connaît pas de grâce ni pour l'ennemi ni non plus pour l'ami. « C'est le turbédar de Brousse », s'entend expliquer Lepsius et on lui apprend que ce titre désigne une très haute fonction symbolique, celle de gardien des tombeaux des sultans et des saints. Cet homme est, paraît-il, au reste, un grand savant non seulement dans les domaines relatifs au Coran, mais aussi dans quelques branches de la science moderne. De même, le vieux petit monsieur assis immobile en face de lui, oui, tout à droite, celui qui tourne dans ses mains les grains d'un rosaire d'ambre, est également investi d'une haute fonction symbolique : « Conservateur de la généalogie du prophète ».

« Ces hommes vivent-ils toujours dans le tekkéh ?

— Non, c'est un grand et heureux hasard qu'ils soient venus aujourd'hui rendre visite au cheik. Le vieux monsieur là-bas, le conservateur de la généalogie, vient de très loin, de Syrie, d'Antioche, si je ne me trompe. C'est le plus ancien ami de notre cheik, savez-vous. Il s'appelle l'agha Rifaat Bereket. »

« L'agha Rifaat Bereket », répète Lepsius d'un ton distrait, comme si ce nom ne lui était pas complètement inconnu. Mais il n'a d'yeux ni pour l'agha ni pour les trente ou trente-cinq autres personnes qui, dans l'attente, remplissent la salle de leurs murmures ; il ne regarde que le fier turbédar. C'est pourquoi il ne remarque pas l'entrée du cheik Achmed avant le moment où celui-ci prend place sur son siège. Nézimi Bey a eu raison. Rien dans l'extérieur de ce chef religieux, qui règne sur les âmes de plus de cent mille fidèles, ne trahit son importance ni son pouvoir. C'est un homme corpulent à barbe blanche dont les traits sont empreints d'une affabilité supérieure et ne cachent pas une aptitude à juger d'une façon pratique les choses terrestres.

Tous se sont levés d'un bond et, presque avec acharnement, se sont précipités sur le vieux cheik pour lui baiser la main. Lorsque les autres ont pu tout à leur aise prodiguer leurs marques de respect et d'amour, le turbédar se penche en dernier lieu sur la main molle et grasse d'Achmed.

L'extase du zikr dont il est maintenant témoin ne laisse pas Johannès Lepsius complètement froid, car elle le remplit d'un malaise pesant, difficile à décrire. Pour marquer le début de la cérémonie, le beau fils du cheik, avec dix autres jeunes gens qui portent comme lui de longues chemises blanches, va se mettre en rang contre le mur Est de la salle. Le petit enfant, dont le visage rayonne d'un sérieux précoce, forme l'aile droite de cette rangée. On entend, sans qu'on sache d'où elle vient, une musique de chalumeaux, monotone et nasillarde. Devant un pupitre à Coran incrusté d'or, un homme est debout, les yeux fermés, et psalmodie un verset à mi-voix, sur un ton de fausset désagréable. Le vieux cheik Achmed fait de la main un signe à peine visible. La musique et la litanie s'arrêtent aussitôt. Le fils rejette la tête en arrière avec l'expression attentive de quelqu'un qui veut recevoir sur son visage une pluie légère. Des sons étouffés par un tremblement s'échappent de sa gorge ; on croirait que c'est un bonheur surhumain que de pouvoir prononcer les syllabes du verset inconcevable dans lequel est concentrée toute la puissance du livre qui contient la révélation divine : « La-ilah-ila-'llah ». « Il n'y a pas d'autre dieu que Dieu. » A présent les autres homme ont aussi rejeté la tête en arrière et les deux groupes de trois syllabes, acte de foi mahométan, se fondent en un étrange bourdonnement plaintif. Comme dans une pièce musicale, le thème vient d'être donné et va être désormais développé. Le corps du fils est ensuite mû par un léger mouvement anguleux. Tandis que le « La-ilah-ila-'llah » se teinte de modulations plus distinctes, le jeune homme penche son buste dans les quatre directions de l'espace, en avant, en arrière, à gauche, à droite. Ce mouvement à quatre temps se communique aux autres et s'intensifie progressivement. Mais il ne règne pas parmi les exécutants cette symétrie qu'on observe chez une armée faisant l'exercice ou dans un corps de ballet. Au contraire ! Chacun s'abandonne à sa propre loi. Chaque moi de cette communauté semble seul avec lui-même dans cet appel passionné lancé vers son dieu. Mais il en résulte une symétrie plus multiple et plus élevée que ne peut en produire une cadence mécanique, la symétrie d'une forêt secouée par la tempête, la symétrie d'une mer agitée aux vagues tumultueuses. L'entière liberté et la solitude du moi en face de son dieu sont les conditions indispensables sur lesquelles peut s'édifier ensuite une communauté ordonnée. Le vieux cheik, ses califes et les autres assistants prennent part aux exercices du zikr par de légers mouvements accompagnateurs. Le petit garçon du jeune cheik incline son corps menu en tous sens avec une gravité désespérée. Parfois on peut entendre le gazouillement touchant de sa faible voix enfantine au milieu des ondulations générales répétant « la-ilah ». Au bout de douze minutes environ, les oscillations du corps des derviches sont presque à angle droit et leurs appels sont devenus un hurlement rauque et irrégulier. De nouveau, le vieux cheik fait un signe bref. La cérémonie s'interrompt tout à coup. Dans les cœurs des participants et des spectateurs, une joie extatique, une intime satisfaction bienheureuse semble être soudain descendue. Un sourire épuisé illumine les visages. Les hommes tombent dans les bras les uns des autres. Johannès Lepsius ne peut s'empêcher de penser aux agapes des premiers chrétiens. Mais comment cela ? Cette fête d'amour qui se déroule là, en bas, ne provient pas de l'esprit, seulement des violentes contorsions du corps. Il ne les comprend pas. Entre temps, quelques nouveaux personnages sont entrés dans la salle par une petite porte. Ils apportent des cruches d'eau, des plats chargés d'aliments et même des habits qu'ils déposent devant le cheik Achmed. Celui-ci souffle plusieurs fois sur ces objets. Ils possèdent désormais une vertu curative. Après un temps d'arrêt, le zikr reprend de nouveau et à un degré supérieur. Le nombre quatre, sacré, est ici tout-puissant. C'est pourquoi quatre extases ont lieu, séparées chaque fois par une pause. La violence et le rythme de la dernière sont si sauvages que Johannès Lepsius ne peut en supporter la vue et ferme un certain temps les yeux, car il se sent presque envahi par un mal de mer. Lorsque le dernier zikr approche de son point culminant, le vieillard au corps sec et au tic du visage saute brusquement à bas des marches et descend dans la salle où il se met à tourner sur lui-même comme une toupie forcenée, jusqu'au moment où il s'effondre dans une crise d'épilepsie. Le pasteur se retourne vers le médecin assis derrière lui. Nézimi ne va-t-il pas se précipiter vers l'épileptique pour le soigner ? Mais cet homme élégant, qui a suivi des cours de la Sorbonne, ne semble plus être conscient de ce qui l'entoure. Son buste est animé d'un mouvement giratoire, ses yeux, baignés d'ivresse. Et ses lèvres, sous sa petite moustache à l'américaine, balbutient aussi maintenant la formule longtemps retenue : « La-ilah-ila-'llah ». Le malaise du pasteur est à son comble. Mais il n'éprouve pas seulement un dégoût à l'égard de ce phénomène qui lui semble si étranger et barbare ; il ressent en même temps de la gêne et de la honte à la pensée que son âme occidentale n'est pas à la hauteur de l'enivrement religieux qu'il voit se déployer à ses pieds dans toute sa violence.

Ce profond trouble dure encore lorsqu'il entre ensuite dans le saint des saints de ce monde si farouchement étranger, dans la chambre où le cheik donne ses audiences. Le jour où Lepsius s'est trouvé en face d'Enver Pacha, il n'était certainement pas plus ému que maintenant. Cependant le cheik Achmed le reçoit avec beaucoup d'amabilité. Il fait quelques pas à la rencontre du pasteur et de Nézimi Bey. Quelques-uns des califes du cheik se sont rassemblés dans la vaste pièce ; ce sont le turbédar de Brousse, l'agha Rigaat Bereket, le jeune cheik et le capitaine d'infanterie. Il n'y a pas d'autres sièges que des divans très bas poussés contre les murs. Le cheik Achmed offre au pasteur la place libre tout à côté de lui. Johannès Lepsius doit, comme les autres, s'asseoir en tailleur, les jambes croisées. Les yeux du vieil Achmed qui reflètent, à part une sagesse pratique des plus limpides, une sérénité insondable, se tournent aussitôt vers son hôte :

« Nous savons qui tu es et ce qui t'amène chez nous. Je ne doute pas que tu ne nous comprennes comme nous-mêmes espérons te comprendre. Peut-être notre frère Nézimi t'a-t-il déjà appris que nous attachons ici moins d'importance aux paroles qu'au contact de nos cœurs. Permets que j'examine ce qui en est de nos deux cœurs. »

La veste de l'Allemand est fermée. Le cheik Achmed, de sa propre main blanche, en défait soigneusement les boutons. Il sourit comme pour s'excuser :

« De cette façon, nous nous comprendrons mieux. »

Johannès Lepsius parle et comprend assez bien le turc, et parfaitement l'arabe. Mais le cheik Achmed se sert d'un mélange des deux langues fort difficiles à saisir ; aussi demande-t-il à Nézimi de servir d'interprète dans le cas où il emploierait des tours particulièrement délicats. Le médecin traduit :

« Notre cœur est double. Il existe un cœur de chair et un autre cœur, secret et céleste, qui enveloppe le premier, de même que son parfum entoure une rose. C'est ce second cœur qui nous met en relation avec Dieu et avec les hommes. Ouvre-le donc, je te prie ! »

Le corps pesant du personnage peut-être octogénaire se penche attentivement sur le pasteur. Il lui fait comprendre par un petit signe qu'il doit comme lui fermer les yeux. Une certaine sensation de repos se répand sur Johannès Lepsius. La soif ardente qui le dévorait il y a une seconde encore disparaît tout à coup. Il profite de ce laps de temps pour rassembler ses esprits derrière ses paupières closes et réunir les arguments qui lui serviront à lutter en faveur des Arméniens. Dieu l'a, par d'étranges détours, amené en ce lieu où il va peut-être, contre toute attente, trouver des alliés. Le désir de Mgr Sawen qui voulait pour intermédiaire non pas des Allemands ou des neutres mais bel et bien des Turcs, ce désir absurde semble maintenant sur la voie de la réalisation. Lorsque Lepsius rouvre les yeux, le visage du vieux cheik lui apparaît comme baigné dans une chaude lumière solaire. Ce dernier ne trahit rien des résultats de cet examen des cœurs auquel il vient de se livrer, mais il prie le pasteur de bien vouloir lui dire en quoi l'on pourrait lui rendre service. Et c'est ainsi que commence la grande conversation.

JOHANNÈS LEPSIUS (*au début, il ne trouve les termes turcs qu'avec lenteur et difficulté. Il regarde souvent le Dr Nézimi Bey pour implorer son aide et lui demander l'expression correspondant à sa pensée*). — « Grâce à l'insigne faveur que m'a faite le cheik Achmed Effendi, j'ai pu pénétrer ici, dans ce vénérable tekkéh, bien qu'étant chrétien et étranger... J'ai même eu l'autorisation d'assister à vos exercices religieux. L'ardeur et la sincérité de votre aspiration vers Dieu ont rempli mon cœur d'une joyeuse émotion. Quoique je ne puisse pas comprendre le sens le plus intime de vos saintes coutumes, ignorant que je suis et venant d'un pays lointain, je n'ai pas manqué néanmoins de sentir combien grande est votre piété... C'est pourquoi, en considération de votre piété et de votre religiosité, je trouve d'autant plus effroyable ce qui se passe dans votre patrie sans que personne ne l'empêche...

LE JEUNE CHEIK (*après avoir demandé à son père par un coup d'œil interrogateur la permission de parler*). — Nous savons que, depuis bien des années, tu es un ardent ami du peuple arménien...

JOHANNÈS LEPSIUS. — Je suis plus qu'un simple ami pour lui; je lui ai consacré toute ma vie et toutes mes forces.

LE JEUNE CHEIK. — Et tu viens maintenant nous accuser à cause de ces événements ?

JOHANNÈS LEPSIUS. — Je suis un étranger. Jamais un étranger, où que ce soit, n'a le droit d'accuser. Je ne suis ici que pour déplorer ce qui s'est passé et vous prier de m'accorder vos conseils et votre assistance.

LE JEUNE CHEIK (*avec une obstination visible que les mots solennels n'arrivent pas à apaiser*). — Et cependant, tu rends responsable de ce qui se passe tous les Ottomans, sans distinction.

JOHANNÈS LEPSIUS. — Un peuple se compose de plusieurs parties : du gouvernement et de ses organes, des classes qui sont d'accord avec le gouvernement, et enfin de l'opposition.

LE JEUNE CHEIK. — Et laquelle de ces parties estimes-tu responsable ?

JOHANNÈS LEPSIUS. — Je connais bien votre situation depuis vingt ans déjà. Et celle aussi de vos affaires intérieures. J'ai parlementé avec les chefs de votre gouvernement. Aussi vrai que Dieu m'aide, je dois reconnaître que toute la faute de cette ruine d'un peuple innocent retombe sur ces seuls chefs.

LE TURBÉDAR (*relève son visage ravagé de fanatique aux yeux impitoyables. Aussitôt sa personnalité et sa voix dominent la pièce de façon absolue*). — Mais qui donc est responsable du gouvernement ?

JOHANNÈS LEPSIUS. — Je ne comprends pas ta question.

LE TURBÉDAR. — Alors, je vais t'en poser une autre. Les Ottomans et les Arméniens ont-ils toujours vécu dans une atmosphère de discorde ? N'a-t-il pas existé une époque où ils ont habité paisiblement les uns près des autres ? Puisque tu connais notre situation, tu dois connaître aussi notre passé.

JOHANNÈS LEPSIUS. — A ce que je sais, les grands massacres n'ont commencé qu'au siècle précédent, après le Congrès de Berlin...

LE TURBÉDAR. — Tu viens ainsi de répondre à ma première question. C'est au cours de ce congrès que vous autres, Européens, vous êtes immiscés dans la vie intérieure de notre empire, que vous avez exigé des réformes chez nous et que vous avez voulu nous acheter à vil prix Allah et notre foi. Quant aux Arméniens, ils étaient alors vos voyageurs de commerce.

JOHANNÈS LEPSIUS. — N'était-ce pas l'époque même et l'évolution de la vie qui réclamaient ces réformes avec plus d'instance encore que l'Europe ? Et il est bien naturel que les Arméniens en aient eu le vif désir, puisqu'ils étaient un peuple plus faible et plus actif que vous.

LE TURBÉDAR (*le visage enflammé, remplit toute la chambre de sa sainte colère*). — Nous, en tout cas, nous ne voulons pas de vos réformes, de votre évolution ni de votre activité. Nous ne voulons que vivre en Dieu et développer en nous les forces qui appartiennent à Allah. Ne sais-tu pas que ce que vous appelez action et activité n'est autre chose qu'une incarnation du diable ? Faut-il que je te le prouve ? Vous avez acquis quelques connaissances superficielles sur l'essence des éléments chimiques. Mais quelle est la conséquence de votre science lorsque vous en venez à transposer ces connaissances insuffisantes dans les domaines de l'action et de l'activité ? La production des gaz empoisonnés avec lesquels vous faites des guerres lâches, indignes même d'un chien. Et vos avions, ont-ils eu un résultat différent ? Ils vous servent à faire sauter des villes entières. Entre temps, ils aident les usuriers et les brasseurs d'affaires à dépouiller les malheureux avec un summum de vitesse. Toute votre agitation diabolique nous prouve qu'il n'existe pas d'activité qui n'aboutisse à la destruction et à l'anéantissement. C'est pourquoi nous aurions volontiers renoncé aux réformes, aux évolutions et aux bienfaits de votre culture et continué à vivre dans notre ancienne pauvreté et dans le respect du bien.

Le vieux cheik Achmed (*cherche à donner à la conversation un ton plus conciliant*). — Dieu nous a servi son breuvage dans des coupes diverses, et chacune d'elles a une autre forme.

Le turbédar (*ne peut se calmer, car il croit avoir trouvé l'adversaire rêvé pour sa rancune illimitée*). — Le gouvernement, dis-tu, s'est rendu coupable de cette sanglante injustice. Or, en réalité, ce gouvernement n'est pas le nôtre, mais le vôtre. C'est sur vous qu'il a pris modèle. Vous l'avez appuyé dans sa lutte sacrilège contre les plus sacrés de nos biens. Ce sont vos doctrines et vos opinions qu'il réalise à présent. Tu dois par conséquent reconnaître que ce ne sont pas les Ottomans, comme nous, mais l'Europe et les esclaves de l'Europe qui sont responsables du sort de ce peuple pour lequel tu combats. Et les Arméniens n'ont maintenant que ce qu'ils ont mérité, car ce sont eux qui ont souhaité le retour au pays de ces criminels renégats, qui les ont favorisés et comblés d'hommages jusqu'au moment où l'objet de leur adoration s'est retourné contre eux. Ne reconnais-tu pas là le doigt de Dieu ? Partout où vous venez, vous et vos disciples, vous apportez la pourriture. Vous prétendez hypocritement suivre la religion du prophète Jésus-Christ, mais au fond de votre âme, vous ne croyez qu'aux forces inertes de la matière et à la mort éternelle. Vos cœurs sont si débiles qu'ils ne connaissent plus rien des forces qu'Allah leur a données et que celles-ci y périssent sans avoir été utilisées. Oui, votre religion, c'est la mort, et toute l'Europe n'est qu'une prostituée au service de la mort.

Le vieux cheik (*d'un regard sévère ordonne au turbédar de se modérer. Puis il caresse la main du pasteur comme pour le consoler et le réconcilier*). — Toute chose est renfermée dans les desseins de Dieu.

Le jeune cheik. — C'est bien vrai, Effendi. Tu ne peux pas nier que le nationalisme qui règne aujourd'hui chez nous ne soit un poison étranger importé d'Europe. Il y a quelques décades seulement, nos peuples vivaient fidèles sous le drapeau du prophète, Turcs, Arabes, Kurdes, Lazes, et d'autres encore. L'esprit du Coran suffisait à aplanir les différences terrestres du sang. Aujourd'hui, les Arabes déjà qui n'ont pas de raison pour se plaindre sont devenus nationalistes et se sont déclarés nos ennemis.

Le vieux cheik. — Le nationalisme, c'est la plaie vide et brûlante que laisse Allah dans le cœur humain lorsqu'on l'en chasse. Et cependant, il ne peut pas en être chassé sans sa propre volonté.

Johannès Lepsius (*qui représente l'Europe accusée, est assis sur ses jambes croisées. Il ne perd pas des yeux son but. C'est pourquoi il accepte sans se fâcher les malédictions de l'imposant turbédar de Brousse. Elles ne lui font pas aussi mal, et de beaucoup, que ses jambes contorsionnées*). —

Tout ce que je vous entends dire aujourd'hui n'est nullement nouveau pour moi. Oui, j'ai moi-même souvent tenu des discours semblables à mes compatriotes. Je suis un chrétien, je suis même un prêtre chrétien et cependant, je vous l'avoue volontiers, un grand nombre des chrétiens que j'ai rencontrés dans ma vie ne servaient Dieu que du bout des lèvres, indifférents et impies...

LE TURBÉDAR (*malgré le signe muet de réprobation que lui fait le cheik Achmed ne peut renoncer à ergoter*). — Tu reconnais donc que les véritables coupables ne sont pas les Turcs, mais vous-mêmes ?

JOHANNÈS LEPSIUS. — Ma religion m'ordonne de considérer toute faute comme étant l'héritage inévitable de notre ancêtre Adam. Les hommes et les peuples se rejettent les uns les autres le péché originel comme un ballon. Il n'est pas possible d'évaluer le moment où il fut commis, ni par une date, ni par un événement. Où faudrait-il commencer, où s'arrêter ? Je ne suis pas ici pour prononcer le moindre reproche à l'adresse du peuple turc. Ce serait une grande erreur que de le croire. Je suis ici pour vous demander une compréhension bienveillante.

LE TURBÉDAR. — Vous venez maintenant implorer notre compréhension après avoir éveillé chez nous les forces malignes !

JOHANNÈS LEPSIUS. — Je ne suis pas un chauviniste. Tout homme appartient à une communauté de peuple, qu'il le veuille ou non, et il demeure lié à elle. C'est un fait naturel qui va de soi. En tant que chrétien, je crois que Notre-Seigneur qui règne dans les cieux a créé ces dissemblances pour faire naître l'amour. Car, sans dissemblance et sans tensions réciproques, aucun amour ne serait possible. Moi aussi, je suis par nature très différent des Arméniens, et cependant j'ai appris à les comprendre et à les aimer.

LE TURBÉDAR. — T'es-tu, par contre, jamais demandé combien les Arméniens nous aiment et nous comprennent ? Ce sont eux qui ont amené, comme un fil électrique, votre trouble infernal au milieu de notre paix. Et tu les prends peut-être pour d'innocents agneaux ? Or, je te le dis, ils n'hésitent pas à égorger froidement n'importe quel Turc qui leur tombe sous la main à l'occasion. Ignorerais-tu peut-être encore que même leurs prêtres chrétiens prennent part avec plaisir à de tels assassinats ?

JOHANNÈS LEPSIUS (*doit, pour la première fois, se retenir pour ne pas répondre d'une façon trop brusque*). — Puisque tu le dis, Effendi, il faut bien croire que de tels actes criminels de vengeance ont réellement été commis çà et là. Mais il ne faut pas oublier que vos hodchas, vos mollahs et vos oulémas ne se sont pas gardés d'exciter la population. Enfin, vous êtes tout de même les forts, alors que les Arméniens sont sans aucun pouvoir.

LE TURBÉDAR (*qui n'est pas seulement un savant, mais plus encore un excellent polémiste, connaît parfaitement l'art d'échapper au danger des détails particuliers en se retranchant aussitôt derrière les solides remparts du général).* — Vous avez répandu dans le monde entier des calomnies sur notre religion. La plus perfide de toutes est celle qui nous taxe d'intolérance. Crois-tu que, si nous avions été intolérants, il existerait encore un seul chrétien dans l'empire que le calife gouverne depuis des siècles ? Que fit le grand sultan qui conquit Stamboul la première année de son règne ? Chassa-t-il les chrétiens de son empire ? Comment ? Non, il organisa le patriarcat grec et le patriarcat arménien qu'il dota tous deux d'une puissance, d'un éclat et d'une liberté sans bornes. Que firent au contraire les vôtres en Espagne ? Ils jetèrent par milliers dans la mer les mahométans qui y avaient établi leur foyer, ou ils les brûlèrent sur des bûchers. Est-ce nous qui vous envoyons des missionnaires ou vous qui nous en adressez ? Vous ne brandissez la croix devant vous que pour faire rapporter de meilleurs dividendes au chemin de fer de Bagdad ou aux exploitations de pétrole.

LE VIEUX CHEIK. — Le soleil est impérieux alors que la lune est douce et paisible. Le turbédar prononce des paroles blessantes, mais ce n'est pas toi, cher hôte, qu'elles visent. Il te faut comprendre que nos frères, eux aussi, sont aigris par l'injustice qu'on témoigne à notre religion. Sais-tu quel mot revient le plus souvent, après le nom de Dieu, orner le texte du Coran ? Ce mot, c'est : la paix ! Et sais-tu ce que dit le dixième sura ? « Jadis les hommes ne formaient qu'une seule communauté. Puis ils furent désunis. Mais s'il n'était pas venu un ordre du Seigneur, la lumière aurait déjà été faite parmi eux sur la cause de leur désunion. » Nous ne tendons pas moins que vous, chrétiens, vers un royaume d'union et d'amour. Nous aussi, nous nous refusons à haïr nos ennemis. Un cœur peut-il d'ailleurs être capable de haine lorsqu'il renferme en lui la conception de Dieu ? Faire régner la paix est un des devoirs les plus essentiels de notre confrérie. Regarde, le turbédar que voici et qui parle si durement est un de nos messagers de paix les plus actifs. Depuis longtemps, bien avant que nous ayons entendu parler de toi, il a travaillé en faveur des déportés. Et il n'est pas le seul. Nous avons aussi nos messagers de paix parmi les véritables guerriers...

(Il fait signe de s'approcher au capitaine d'infanterie qui est assis sur le tapis le plus éloigné, étant probablement le plus jeune et le moins parfait des membres de l'ordre.)

LE CAPITAINE *(prend timidement place à côté du vieux cheik vénéré. Il a de grands yeux affectueux et des traits émotifs auxquels seule une grande moustache très soignée confère un peu de dignité militaire.)*

LE VIEUX CHEIK. — Tu as, sur notre ordre, visité le camp des déportés arméniens dans les pays d'Orient.

LE CAPITAINE (*se tourne vers Johannès Lepsius*). — Je suis officier et fais partie du régiment attaché à l'état-major de ton illustre compatriote, le maréchal Goltz Pacha. Le cœur du pacha est également plein de soucis et d'affliction à cause de ses coreligionnaires chrétiens. Mais il ne peut pas faire grand'chose en leur faveur contre la volonté du ministre de la guerre. Je me suis présenté devant lui pour obtenir une permission afin d'accomplir ma tâche.

LE VIEUX CHEIK. — Et quelles localités as-tu visitées au cours de ton voyage ?

LE CAPITAINE. — La plupart des camps de déportation sont situés sur les rives de l'Euphrate, entre Deir-es-Zor et Meskéné. Je suis demeuré plusieurs jours dans les trois plus grands d'entre eux.

LE VIEUX CHEIK. — Et peux-tu nous faire un rapport de ce que tu as rencontré sur ta route ?

LE CAPITAINE (*jette vers Lepsius un regard tourmenté*). — Je préférerais pouvoir me taire en présence de cet étranger...

LE VIEUX CHEIK. — L'étranger devra comprendre qu'il s'agit de la honte de nos propres ennemis. Parle !

LE CAPITAINE (*garde les yeux fixés sur le sol, cherchant ses mots. Il n'ose pas décrire l'indescriptible. Ses phrases ternes et entrecoupées n'arrivent pas à rendre ni l'odeur ni les images dont l'horreur le prend à la gorge*). — Des champs de bataille sont une chose effroyable... Mais le plus grand de tous les champs de bataille n'est rien à côté de Deir-es-Zor... Personne ne pourrait s'imaginer un tel spectacle...

LE VIEUX CHEIK. — Et quel est, de tout cela, le pire ?

LE CAPITAINE. — Ce ne sont plus des êtres humains... Ce sont des fantômes. Mais pas des fantômes d'hommes... des fantômes de singes... Ils ne meurent que lentement parce qu'ils mangent de l'herbe et qu'ils reçoivent çà et là un morceau de pain. Pourtant, le pire de tout, encore, c'est qu'ils n'ont plus la force d'enterrer leurs morts qui se comptent par dizaines de milliers... Deir-es-Zor, c'est un gigantesque dépotoir de la mort...

LE VIEUX CHEIK (*après une longue pause*). — Et quelles possibilités de secours existe-t-il pour eux ?

LE CAPITAINE. — Un secours ? Ce qui vaudrait le mieux, ce serait de les tuer tous en un jour... J'ai adressé une circulaire à nos frères... Nous sommes arrivés à placer dans des familles turques et arabes plus de mille orphelins... Mais cela ne vaut presque pas la peine qu'on en en parle.

LE TURBÉDAR. — Et quelle conséquence aura ton bienfait ? Ces enfants seront élevés dans nos familles avec autant de soin que d'amour, et pourtant les Européens s'empresseront de dire que nous les avons volés pour les déshonorer et les maltraiter.

LE VIEUX CHEIK. — C'est bien vrai, mais cela n'a pas d'importance.

(*Il se tourne vers le capitaine.*) Ces malheureux n'ont-ils vu en toi qu'un ennemi, parce que turc, ou as-tu pu gagner leur confiance ?

LE CAPITAINE. — Dans leur détresse qui n'a plus rien d'humain, ils ne savent plus qui est leur ami ou leur ennemi... Toujours, lorsque je me suis approché d'un des camps, des hordes de ces misérables se sont précipitées sur moi... Ce ne sont guère pour la plupart que des femmes et des vieillards... Tous presque nus... Ils hurlaient de faim. Les femmes allaient chercher dans le crottin de mon cheval les grains d'avoine mal digérés... Plus tard, quand ils ont eu confiance en moi, ils m'ont accablé de leurs supplications... Je suis chargé de commissions et de prières que je ne peux pas accomplir... Voici par exemple cette lettre...

(*Il sort de sa poche un papier malpropre qu'il montre à Johannès Lepsius.*)

« C'est un prêtre chrétien comme toi qui l'a écrite. Il était assis à côté du cadavre de sa femme qui gisait là depuis trois jours sans être enterrée... C'était à n'y pas tenir... Cet homme était tout petit, c'est à peine s'il en restait quelque chose. Il s'appelle Haroutioun Nokhoudian et est originaire d'un village quelconque de la côte syrienne. Ses compatriotes se sont réfugiés sur une montagne. Je lui ai promis de faire parvenir cette lettre aux siens. Mais comment y réussir ?

JOHANNÈS LEPSIUS (*transi jusqu'au fond de l'âme par les récits du capitaine, ne sent plus depuis longtemps la crampe qui paralyse les muscles de ses jambes croisées. Il lit seulement les grandes lettres arméniennes sur l'adresse du papier qu'on lui montre : Pour le prêtre de Yoghonoluk Ter Haigasoun*). — Cette prière, comme toutes les autres, ne sera pas exaucée.

AGHA RIFAAT BEREKET (*a fait disparaître son rosaire d'ambre. La fine silhouette du vieillard d'Antioche esquisse quelques mouvements balancés du côté du cheik*). — Cette prière peut être exaucée. Je ferai parvenir la lettre de Nokhoudian à ses compatriotes. Dans quelques jours déjà, je serai de retour sur la côte syrienne.

LE VIEUX CHEIK (*se tourne vers Lepsius avec un fin sourire*). — Quel exemple Dieu nous donne là de son efficace toute-puissance ! Deux frères qui sont étrangers l'un à l'autre se rencontrent dans cette grande ville pour que le désir d'un malheureux soit réalisé... Et maintenant, tu vas déjà mieux nous connaître. Voici mon ami, l'agha d'Antioche ! Ce n'est plus un homme dans la force de l'âge comme toi. Il a soixante-dix ans sonnés, et pourtant il ne cesse d'entreprendre des voyages et de travailler depuis bien des mois en faveur de la race arménienne, lui, qui est cependant un bon Turc. Il a même à cause d'eux parlé personnellement au sultan et au Cheik ul Islam.

AGHA RIFAAT BEREKET. — Le maître de mon cœur connaît mes

intentions. Malheureusement, les autres sont très forts et nous, très faibles.

LE VIEUX CHEIK. — Nous sommes faibles parce que les esclaves de l'Europe dérobent à notre peuple sa religion. Il en est ainsi, comme l'a dit le turbédar avec de méchantes paroles. Tu sais maintenant la vérité. Mais les faibles ne sont pas lâches. Je ne puis pas estimer si ton activité en faveur des Arméniens te met en péril de quelque façon. Pour l'agha ou le capitaine, elle peut devenir des plus dangereuses. Si un traître ou un espion les dénonce au gouvernement, ils disparaîtront pour toujours en prison.

JOHANNÈS LEPSIUS (*se penche sur la main du cheik Achmed. Mais le pasteur ne peut se résoudre à la baiser, car il ne parvient pas à surmonter sa pudeur et sa retenue*). — Je bénis cette heure et je bénis également votre frère Nézimi qui m'a amené ici. Je n'avais plus aucune ombre d'espérance. Mais maintenant, j'ai retrouvé l'espoir, et suis presque certain que, malgré tous les camps de déportation, on conservera en vie, avec votre aide, une partie du peuple arménien.

LE VIEUX CHEIK. — Cela dépend uniquement de Dieu... Prends rendez-vous avec l'agha !

JOHANNÈS LEPSIUS. — Existe-t-il une possibilité de sauver les hommes du Musa Dagh ?

LE TURBÉDAR (*se met de nouveau en colère, car cette sympathie pour des rebelles dépasse les bornes de son cœur ottoman*). — Le prophète a dit : quiconque intervient auprès du juge en faveur d'un traître est lui-même un traître. Car, qu'il le veuille ou non, il favorise le désordre.

LE VIEUX CHEIK (*l'air de supériorité impassible disparaît pour la première fois de sa personne. Il regarde vaguement au loin et ses paroles ambiguës demeurent hermétiques pour l'auditoire*). — Peut-être ceux qui étaient perdus sont-ils déjà en sûreté et peut-être ceux qui étaient en sûreté sont-ils déjà perdus. »

Un serviteur du cheik, ainsi que le gros portier aux bons yeux, apportent du café et du loukoum, friandise turque très sucrée. Le cheik Achmed tend de ses propres mains une tasse à son hôte. Avant de se retirer, Johannès Lepsius tente encore une fois de ramener la conversation sur l'affaire arménienne. Mais il n'y parvient pas. Le vieux cheik écarte froidement toute allusion supplémentaire à ce sujet. Par contre, l'agha Rifaat Bereket promet au pasteur d'aller le retrouver le soir même à son hôtel, car il doit déjà quitter Stamboul dans trente-six heures.

Le Dr Nézimi Bey quitte le pasteur devant le Séraskériat. Les deux hommes ont fait ce long chemin presque en silence. Le Turc croit que le pasteur est trop passionnément occupé de ses impressions nouvelles pour trouver un mot à dire. Cela est vrai, mais dans un autre sens. La tête de ce possédé est pleine à craquer d'idées et de projets. Il ne pense pas à ce monde mystérieux et inconnu pour lui dans lequel il vient de passer quelques heures; il songe uniquement à la « brèche dans l'intérieur » qui, par un hasard merveilleux s'est soudain ouverte devant lui. Il presse à plusieurs reprises la main de Nézimi pour lui exprimer sa gratitude muette. Il ne comprend qu'imparfaitement les paroles que lui adresse son guide en le quittant. « Faites bien attention, lui enjoint le Turc, aux petits incidents qui traverseront votre vie pendant ces prochains jours. Quiconque a eu l'honneur de subir l'examen de son cœur par le cheik Achmed, se trouve mêlé d'ordinaire à des événements qui ont une grande importance, à condition qu'on sache en saisir le sens. » Resté seul, Johannès Lepsius lève les yeux vers les fenêtres du bâtiment où trône Enver dans toute sa gloire. Elles flamboient dans le soleil d'après-midi. Le pasteur saute dans un fiacre : « A la résidence patriarcale arménienne ! » Tous les espions du monde lui sont désormais indifférents. Il assaille de son enthousiasme débordant l'archiprêtre aux yeux éteints. Chose incroyable, l'idée de Mgr Sawen va pouvoir se réaliser. Sans qu'on l'ait su jusqu'alors, des cercles de Vieux-Turcs prodiguent des secours aux Arméniens. La meilleure classe du peuple est animée d'une haine inextinguible contre le chef de gouvernement athée. Il faut seulement utiliser ce feu pour la bonne cause... Mgr Sawen porte sa main à sa bouche d'un geste de conjuration. Pas si haut, par le Christ miséricordieux ! L'esprit rapide du pasteur développe un plan d'organisation grandiose. Le patriarcat devra secrètement se mettre en relation avec les grands ordres de derviches et jeter les fondements d'une action de secours aux vastes ramifications qui devra provoquer le sauvetage définitif des Arméniens. Grâce à cette puissante impulsion, la classe des Turcs religieux se verrait renforcée dans sa lutte et formerait dans le peuple entier une puissante opposition contre Enver et Talaat. Mgr Sawen est beaucoup moins optimiste que Johannès Lepsius. Ces réalités ne lui sont pas inconnues. Il chuchote d'une voix presque imperceptible. Tous les ordres de derviches ne ressemblent pas à celui dont parle le pasteur. Les plus grands, ceux dont l'influence est la plus forte, les Mewlewi et Roufai, sont pleins d'une haine aveugle contre les Arméniens. Sans doute, ils maudissent Enver, Talaat et toutes les autres personnalités du Comité, mais ils estiment excellente l'extermination de la race abhorrée. Johannès Lepsius ne se laisse pas ravir sa belle confiance. Il faut, dit-il, prendre les mains qui se tendent. Il propose au patriarche une entrevue secrète avec le cheik Achmed pour laquelle Nézimi Bey servirait d'intermédiaire. Mgr Sawen est tellement épouvanté en entendant des propos si hardis qu'il semble content de voir l'impétueux pasteur quitter enfin sa chambre.

Lepsius règle l'araba à l'autre extrémité du pont. Il veut faire à pied le court trajet qui le sépare du Tokatlyan. Depuis des mois, il est en proie à une inconcevable dépression; or, il se sent soudain mer-veilleusement régénéré comme s'il pouvait déjà être fier d'avoir obtenu un grand succès. Pourtant il n'a rien accompli de réel, il a tout juste entrevu une faible raie de lumière dans l'obscurité. Perdu dans ses pensées, il marche dans la grande rue de Péra et passe devant son hôtel sans s'en apercevoir. Le soir est tombé, délicieusement frais. Le ciel brille d'un discret éclat vert clair au-dessus des arbres d'une avenue semblable à l'allée d'un parc. Cette partie de la ville est particulièrement distinguée. C'est le quartier des légations, pense Lepsius, et il fait lentement demi-tour. Il y a même là des lampes à arc qui s'allument en tremblotant. Une auto vient à sa rencontre. Elle roule à une vitesse modérée. L'intérieur de la voiture est éclairé. On y voit un officier assis à côté d'un civil corpulent; tous deux sont engagés dans une vive conversation. Johannès Lepsius sent soudain sur sa langue le goût d'une légère peur. Il a reconnu Enver Pacha, son éblouissante prestance juvénile, son frais visage aux longs cils de jeune fille. Et son voisin en gilet blanc au fez de travers, c'est sans aucun doute Talaat Bey, tel qu'il l'a vu en de nombreux portraits. Voici qu'il vient de rencontrer encore son grand ennemi. Et c'est bizarre, au fond de lui, il l'a toujours souhaité. Médusé, il ne bouge pas d'un pouce et suit l'auto des yeux. Celle-ci n'a pas fait cent mètres qu'on entend retentir successivement deux coups brefs. On perçoit jusque là le grincement du frein. Des silhouettes vagues surgissent de l'obscurité. Des voix furieuses échangent des invectives. Est-ce qu'on n'appelle pas à l'aide ? Le pasteur sent un courant glacé se répandre dans ses membres. Un attentat ? La fatalité a-t-elle atteint Enver et Talaat ? Et il lui a été donné d'en être témoin ? Il se sent irrésistible-ment attiré vers le lieu de la catastrophe. Il préférerait ne rien voir, mais il ne peut pas faire autrement. Il s'approche du groupe bruyant, d'un pas hésitant. Quelqu'un a allumé une lampe à acétylène qui répand une vive lumière autour de laquelle se pressent les badauds prodi-guant leurs conseils à haute voix. Le chauffeur, geignant et sacrant, travaille sous l'auto. Quant à Enver Pacha et Talaat Bey, ils sont pai-siblement là, debout l'un à côté de l'autre, fumant leurs cigarettes. L'auto a passé, avec ses roues d'avant, sur un obstacle à coins aigus; les pneus ont crevé et la machine a été détériorée. Mais le plus ridicule, c'est que les messieurs en question ne sont ni Enver ni Talaat. L'un s'est transformé en un officier tout à fait quelconque, l'autre en un commerçant ou en un fonctionnaire également quelconque. Seul le gilet blanc reste réel. Lepsius rage contre son imagination trop fan-taisiste qui a fait naître de tels fantômes. Je suis complètement fou, grogne-t-il.

Lorsqu'une heure plus tard, Rifaat Bereket est installé auprès de lui dans sa chambre, il a oublié depuis longtemps l'incident de l'auto.

L'agha en turban blanc et en long manteau bleu n'est guère en harmonie avec une chambre d'hôtel de style si européen. Il n'est pas à
son aise sur une dure chaise de bois, ni sous la froide lumière des
ampoules électriques. Lepsius comprend que ce vieillard, ce calife
du cheik des « voleurs des cœurs » pour la Syrie, est en train d'accomplir
un grand sacrifice. Il le prie d'accepter 500 livres prises sur le résultat
de la collecte allemande et de les employer si possible à secourir les
hommes du Musa Dagh. Le pasteur n'agit pas à la légère, comme on
pourrait peut-être le supposer. Il voit que cet argent sera mieux
conservé et atteindra plus sûrement son but s'il le dépose dans ces
petites mains lumineuses que s'il le remet aux consulats et aux missions
dépourvus de pouvoir. Peut-être pourra-t-il pour la première fois
remplir pleinement sa mission. Rifaat Bereket trace sur toute une
grande feuille de papier les caractères de calligraphie les plus compliqués du monde qui doivent constituer un reçu de la somme. Il le tend
solennellement à l'Allemand :

« Je te donnerai par lettre un rapport détaillé de mes achats.

— Et si tu n'arrives pas à faire porter les vivres sur la montagne ?

— J'ai de bons papiers à ma disposition... Ne crains rien ! Ce qui
restera, je le ferai distribuer dans d'autres camps de déportation. Tu
recevras aussi des reçus à ce sujet. »

A la fin de leur entretien, Johannès Lepsius demande à l'agha de lui
envoyer ses lettres à l'adresse de Nézimi Bey. C'est plus sûr. Qu'il
veuille bien prendre soin, pour l'amour d'Allah, de garder libre cette
nouvelle voie de communication.

Je ne suis donc pas venu en vain à Stamboul, songe Johannès
Lepsius en rentrant dans sa chambre après avoir raccompagné l'agha
jusque dans la rue. Il est resté dans la petite pièce quelque chose du
pieux visiteur ; il y règne un calme plus profond qu'auparavant. Le
pasteur se couche avec la conscience d'avoir fait faire aujourd'hui
un énorme progrès à son œuvre. Mais voici qu'à présent les personnages
du tekkéh reprennent vie et viennent le hanter avec leurs yeux et
leurs visages, leurs paroles et leurs gestes fantastiques. Il n'avait pas
remarqué tout d'abord combien ces êtres dont il a fait aujourd'hui
la connaissance étaient d'une taille surhumaine, le cheik Achmed, son
fils et le turbédar. Il se lance dans de longues discussions avec eux qui
lui apportent enfin le sommeil. Mais ce sommeil n'est pas de longue
durée. Au milieu de la nuit, un sourd grondement vient le réveiller.
Les vitres, aux fenêtres, font entendre un cliquetis caractéristique.
Lepsius connaît ce bruit. Les canons de la flotte anglo-française
réclament à grands coups l'entrée du détroit. Lepsius se met sur son
séant. Sa main cherche à tâtons le bouton électrique mais ne le trouve
pas. Il ressent un violent coup au cœur. Nézimi ne lui a-t-il pas recommandé d'examiner exactement ses moindres aventures ? Elles peuvent

avoir, a-t-il dit, une signification toute particulière. L'attentat contre Enver et Talaat ! Ce n'était pas une vaine illusion, mais une vision émanant mystérieusement de la force du cheik Achmed. Johannès Lepsius voudrait fermer les yeux devant le gouffre impie qui s'ouvre immense devant lui. Une peur illimitée a rempli son esprit. A-t-il jeté un coup d'œil dans l'avenir ou succombé à un obscur désir meurtrier ? La canonnade gronde. Les vitres vibrent. Quelle absurdité ! se répète-t-il pour se convaincre. Absurdité pure ! Mais son âme fiévreuse devine que le Seigneur, au fond des cieux, a rétabli l'équité avant qu'elle ne fût abolie.

CHAPITRE II

Comment Stéphan partit et comment il revint

Les adieux d'Haïk et des nageurs eurent lieu en présence du peuple entier qui se rassembla dans la région du col Nord à la tombée du crépuscule. C'était la première fois que Gabriel Bagradian manquait au milieu des chefs dans une circonstance aussi mémorable. Cependant, personne ne semblait remarquer l'absence du commandant en chef, du vainqueur des trois grands combats contre les Turcs, de l'homme unique auquel le peuple des sept villages devait d'avoir pu encore respirer quelques milliers de fois.

C'était Stéphan qui avait été aujourd'hui le plus gravement atteint. Quelle suite de catastrophes en un seul jour ! Cela avait commencé par l'échec de l'engagement volontaire. Lui qui avait conquis les obusiers, on ne l'avait pas jugé digne d'accompagner Haïk. Et ce n'était pas tout ! Papa l'avait maltraité, accablé de paroles ironiques et, en face d'Iskouhi, en face de ses camarades à peine convaincus de sa valeur réelle, il l'avait humilié en le représentant aux autres comme un garçon douillet. Il est très compréhensible que l'enfant ambitieux, blessé dans son honneur, n'ait pas senti l'angoisse cachée derrière les dures paroles de son père et n'y ait remarqué que du mépris et de la haine. Cependant toute cette affaire se serait peut-être arrangée si Maman n'avait pas, dans l'après-midi, complété l'œuvre cruelle du père. Malgré les mots grossiers dont Stéphan ne comprenait qu'à moitié le sens, il ne se faisait pas une idée nette de cet événement si lourd de conséquences, ou plutôt ses pensées se perdaient en un tourbillon insupportable lorsqu'elles approchaient de la vérité. Il pressait alors ses deux poings contre sa poitrine, fermement, comme un coureur essoufflé, étonné de constater qu'une seule cage thoracique pût contenir dans ses étroites limites une telle quantité de cuisantes douleurs. Toute l'ambition et la vanité du garçonnet s'effaçaient pour faire place à ces douleurs. Stéphan s'était fâché avec son père. Il avait perdu sa mère d'une façon obscure, plus torturante que s'il

l'avait perdue par la mort. Plus les heures passaient, plus il comprenait clairement qu'il ne pouvait retourner ni vers l'un ni vers l'autre.
Par un étrange instinct, il sentait déjà ses parents séparés, ennemis l'un
pour l'autre. C'est pourquoi il n'avait pas le droit de retourner vers eux,
bien que tout ce qui restait d'enfantin dans son âme en ait éprouvé l'ardent désir. Avant même que sa grande résolution ait pris corps en lui, il
avait décidé d'éviter la place des trois tentes. Il était absolument
impossible désormais de se rencontrer avec M. Gonzague et de dormir
sous le même abri que lui. Vers le soir, pour résoudre d'un seul coup
tous les problèmes, Stéphan s'était glissé dans la tente de cheik et,
avec une hâte fébrile, avait jeté dans son sac de touriste suisse quelques
objets indispensables. Plus tard, il était resté quelques minutes devant
la tente de Juliette dont la portière était étroitement fermée de l'intérieur. Il n'en sortait pas le moindre bruit, pas le moindre mot. On voyait
seulement par une fente passer la faible lueur de la lampe à pétrole.
Déja sa main s'apprêtait à frapper sur le petit gong pendu à l'entrée.
Mais il surmonta ce geste de faiblesse et s'éloigna lentement avec son
sac au dos, incapable de retenir plus longtemps ses larmes. Il tomba,
sur le col Nord, au beau milieu de la cérémonie solennelle occasionnée
par le départ de Haik et des nageurs. Personne ne lui adressait la
parole, à lui, pauvre héros déchu. Les gens le regardaient d'un air
étrange et détournaient la tête. Souvent, il devinait derrière lui un
rire qui le pénétrait jusqu'à la moelle. Finalement, Stéphan se coucha
derrière un des abris de défense où il resta tranquille à l'écart et d'où
il pouvait tout observer à loisir.

On prit d'abord congé des deux nageurs auxquels on prodigua les
bénédictions et les vœux de réussite. Comme ils étaient protestants,
Aram Tomasian leur adressa une courte allocution; néanmoins Ter
Haigasoun traça le signe de la croix sur le front des jeunes gens. Ensuite
le prêtre et le pasteur accompagnèrent les nageurs par delà la première tranchée et l'entaille du col, jusqu'au point où la pente buissonneuse remonte vers le Nord. Poussés par le vent, des nuages du
lointain incendie apportaient jusque-là une mince couche de substance
qui, pareille à un étrange acide, attaquait et décomposait en fragments
tremblotants la lumière métallique de la lune. L'atmosphère était
telle que les nageurs et ceux qui les accompagnaient semblaient prêts
à partir pour un au-delà inondé de lumière, mais irrévocable. La foule
voulait se précipiter à leur suite, mais les hommes en armes formèrent
une chaîne pour empêcher de passer toute personne n'appartenant
pas à la famille. Tout d'abord les parents les plus éloignés prirent
congé des jeunes gens ainsi que leurs parrains. Chacun d'eux fit aux
volontaires un petit présent pour leur voyage, un reste de tabac, un
précieux morceau de sucre ou seulement une image sainte ou une
amulette. Les prêtres veillèrent à ce que cette cérémonie ne durât

pas trop longtemps et, dès que les familles eurent remis leurs cadeaux, elles durent aussitôt se retirer avec Ter Haigasoun et Tomasian. Seuls les plus proches parents restèrent encore un moment auprès des héros du jour. Une courte étreinte étouffée ! Un baiser appuyé sur la main du père ! Des mères sanglotantes qui tournent le dos, un adieu de la main presque figé. Puis les parents partirent, eux aussi.

Tout ceci, et ce qui arriva encore ensuite, remplissait le cœur du solitaire Stéphan d'une tristesse où se mêlaient la douceur et l'amertume. Les nageurs n'étaient pas encore seuls. Soudain, deux jeunes filles avaient surgi à leurs côtés. Elles ressemblaient aux jeunes gens comme des sœurs. Mais c'étaient probablement leurs fiancées ou simplement de tendres amies. La foule se tut, troublée, malgré toute la misère générale, à la vue de ces jeunes gens qui disparaissaient, la main dans la main, dans la fumée vague aux trouées lumineuses. Il ne se passa pas très longtemps jusqu'à ce que les jeunes filles revinssent, redescendant la pente, chacune de son côté, à pas lents.

Entre temps, Ter Haigasoun avait aussi prononcé quelques mots d'exhortation à l'adresse du messager d'Alep, puis il l'avait béni et marqué du signe de la croix. Le départ du garçonnet se fit plus vite et d'une façon plus froide. La veuve Chouchik, n'étant pas originaire des villages, n'avait pas de parenté dans le pays et ne comptait pas non plus un seul ami parmi les villageois. Les gens venus d'un autre pays sont toujours suspects. D'autre part, la veuve Chouchik n'avait jamais jusqu'ici tenté de se rapprocher de la population établie dans la vallée et avait au contraire toujours vécu seule, assumant de ses grandes mains laborieuses les divers travaux nécessaires à son existence. C'est pourquoi seuls Ter Haigasoun et le pasteur Aram l'accompagnaient en cet instant où elle abandonnait son unique bien, son plus cher trésor, son Haik.

Pour remplacer le père défunt, Ter Haigasoun embrassa et bénit le jeune garçon et reçut de lui le baisemain filial. Il remit, ainsi qu'Aram Tomasian, une certaine somme d'argent au jeune messager afin qu'il pût à l'occasion se racheter en péril de mort. Puis ils laissèrent la mère et le fils en tête à tête. Mais la veuve Chouchik ne fit que caresser rapidement de ses lourdes mains la tête de Haik, l'air gêné, et elle suivit immédiatement les prêtres. Or, Stéphan remarqua qu'elle ne se mêlait pas au peuple qui retournait déjà en foule vers ses foyers, et qu'elle se dirigeait d'un pas indécis vers les barricades de rocher.

C'était la première fois que Gabriel Bagradian passait toute une nuit loin des combattants de la tranchée Nord. Le conseil des chefs avait confié pour ce soir-là le commandement suprême à Tchauch Nurhan Elléon. Il était heureusement presque certain que les Turcs n'attaqueraient pas. Les observateurs ne signalaient nulle part des mouvements inquiétants ; les soldats qu'on apercevait sur les chemins entre Wakef et Kéboussijé semblaient mener une vie des plus paisibles. Le sentiment de sécurité absolue n'envahissait pas seulement les combattants, mais Nurhan lui-même qui jouait aux cartes avec les plus vieux de ses hommes. Tous se laissaient aller. Il s'en fallait de peu que cette atmosphère ne ressemblât à celle des déserteurs sur le bastion Sud. A chaque instant, une sentinelle quittait son poste pour aller prendre part aux divertissements de ses camarades. Le commandant avec lequel il n'y avait d'ordinaire pas à plaisanter, souffrait même une infraction à l'une des plus sévères consignes en permettant aux combattants d'allumer plusieurs feux de branchages. Il était évident qu'il manquait là la personnalité de Bagradian, ce mélange de supériorité spirituelle, de dignité inaccessible, et de douceur compréhensive, qui faisait surgir l'ordre et l'obéissance partout où il apparaissait. La différence était justement qu'en présence de Gabriel, personne ne se laissait aller.

Le bruit de voix et les feux fraîchement allumés permirent à Stéphan de gravir rapidement la pente opposée sans être vu ni interpellé. Il voulait se hâter, car Haik avait certainement pris déjà une grande avance. Le fils de Bagradian courut aussi vite qu'il put. Le sac de touriste qu'il portait sur son dos n'était pas précisément lourd : il contenait cinq boîtes de sardines, quelques tablettes de chocolat, des biscuits et un peu de linge. Il s'était fait remplir de vin par Kristaphor la bouteille thermos que son père avait oubliée dans la tente. C'était, avec une couverture, tout son équipement, exception faite d'un kodak. Stéphan ne pouvait pas se séparer de ce cadeau, souvenir du dernier Noël passé à Paris, bien qu'il ne possédât plus aucun rouleau de pellicules. Au bout de quelques minutes, il avait atteint la hauteur opposée au col. Une longue et large clairière s'étendait sous les yeux du garçonnet. Il allait se mettre à courir pour rattraper Haik dans la fente longitudinale avant que son camarade ne pût avoir disparu dans le taillis sans chemin. Mais Stéphan avait à peine pris son élan qu'il s'arrêta, sidéré par un tableau immobile à dix pas de lui qui l'obligea à se cacher derrière le plus proche buisson.

A la lueur de la lune décroissante que ne venait plus déchiqueter aucun nuage de fumée, la veuve Chouchik était assise, droite et rigide. Les longues jambes de la Caucasienne, dans ses jupons déployés, recouvraient, avec l'ombre immense que lui faisait la lune, une large surface sur la terre du Musa Dagh. Haik, son fils, déjà osseux et grand comme elle, s'était pelotonné contre sa mère à la manière d'un nourrisson. Il était à moitié assis sur ses genoux et pressait sa tête contre la poitrine de sa mère. On aurait pu croire, dans cette lumière marmoréenne, que la femme avait découvert ses seins pour faire boire encore une fois son sang à son enfant déjà adulte. Haik, ce gamin arménien si froid et sarcastique, semblait vouloir disparaître entièrement dans le vaste corps de sa mère, Le souffle du garçonnet était court et secoué de sanglots. De temps en temps, la bouche de la géante laissait aussi échapper des lamentations inachevées lorsqu'elle tâtait de ses grandes mains le corps de cet enfant sacrifié. Stéphan restait dans sa cachette tout cuirassé de douloureuses impressions. Il avait honte d'être témoin de cette scène et cependant il ne pouvait s'en rassasier. Mais lorsque Haik sauta brusquement sur ses pieds et aida sa mère à se lever, Stéphan ressentit comme un coup de couteau à travers son propre corps. Le fils de la veuve Chouchik prononça encore quelques mots secs d'exhortation, et finalement, il dit simplement : « Allons, à présent, va-t'en ! »

La massive Chouchik obéit aussitôt. Elle s'éloigna avec une hâte maladroite pour en finir avec ces adieux déchirants. Haik la regardait, impassible. Lorsqu'elle se retournait, il contractait son visage, mais ne levait pas la main pour lui faire un signe. Quand la grande ombre de Chouchik eut disparu, il poussa un long soupir de satisfaction et se mit lentement en route. Stéphan attendit dans son coin pour laisser Haik prendre une petite avance. Mais le jeune Bagradian avait compté sans Hagop. Le blond infirme, l'amateur de livres, cet enfant d'une étoffe plus fine que les autres, avait été toute la journée torturé par les remords qu'il éprouvait à cause de Stéphan, car lui aussi avait ri de son ami le matin. Pourtant, plus encore que ce sentiment de culpabilité des soucis d'une autre sorte avaient assailli Hagop. Il avait tout deviné. Depuis des heures déjà, il avait cherché Stéphan, sautant avec sa farouche adresse à travers le vallon de la ville et tous les lieux où la jeunesse avait coutume de se réunir. Il n'avait pas même reculé devant les pires audaces et avait risqué un coup d'œil à travers la mince fente d'un rideau, dans la tente de Juliette Hanoum. Depuis ce moment, Hagop ne pouvait se défaire de cette étrange vision troublante : la grande dame, toute blanche, était étendue sur le lit comme une morte, et le chef militaire suprême, debout, la regardait et semblait perdu dans un rêve. Lorsque ensuite l'unijambiste avait aperçu le fils Bagradian dans sa cachette, le sac au dos, pendant les adieux solennels aux messagers, son pressentiment se changea en certitude. A présent, haletant, épuisé, il se cramponnait à Stéphan en répétant :

« Tu n'as pas le droit de faire cela ! Non ! Tu dois rester ici ! »

Stéphan jeta Hagop par terre d'un coup brusque :

« Tu n'es qu'un ignoble chien ! Je ne veux rien avoir affaire avec toi. »

Mais Hagop avait saisi les jambes de son ami :

« Tu ne partiras pas ! Je ne le supporterai pas. Tu resteras ici.

— Lâche-moi, sans quoi je te marche sur la figure. »

L'infirme se releva jusqu'au niveau de Stéphan et lui souffla désespérément :

« Il faut absolument que tu restes ! Ta mère est malade. Tu ne le sais pas encore... »

Cet argument resta également sans effet. Sans doute, Stéphan demeura un moment interdit, mais bientôt sa bouche se tordait.

« Je ne peux rien faire pour elle... »

Hagop sauta de deux pas en arrière :

« Sais-tu que tu ne reviendras plus jamais ici, que tu ne la reverras plus ? »

Stéphan fixa le sol un instant, puis il se détourna et se mit à courir à la poursuite de Haik. Hagop gémissait derrière lui :

« Je vais crier... Je les réveillerai tous... Ils t'enfermeront... Attends un peu que je crie... »

Et il se mit en effet à crier. Mais sa voix menue réussit tout juste à arrêter Haik qui n'était pas encore à plus de cent mètres de cet endroit. Le messager d'Alep fit demi-tour et resta immobile. Stéphan courut vers lui tandis qu'Hagop le poursuivait, à peine à une distance d'une main derrière lui malgré son infirmité. Pour empêcher la voix d'Hagop de déjouer ses plans, Stéphan cria sans arrêter sa course :

« Haik, je viens avec toi... »

Le messager du peuple attendit que les deux autres fussent tout près de lui. Puis il considéra Stéphan de ses yeux graves entre ses paupières froncées :

« Pourquoi me retenez-vous ? La moindre minute est précieuse. »

Stéphan serra les poings d'un air décidé :

« J'irai avec toi à Alep ! »

Haik s'était taillé un bâton qu'il tenait maintenant droit devant lui comme une arme :

« Le conseil des chefs m'a élu pour cette mission et Ter Haigasoun m'a béni. Tu n'es ni élu ni béni... »

Hagop que la présence d'Haik rendait toujours un peu humble et servile, répéta avec un zèle empressé :

« Tu n'es ni élu ni béni. Cette expédition t'est interdite ! »

Stéphan saisit l'extrémité du bâton de Haik et la pressa comme une main :

« Il y a assez de place pour toi et pour moi.

— Il ne s'agit pas en ce moment de toi ni de moi, mais de la lettre que je dois remettre au consul Jackson. »

Stéphan porta triomphalement la main à sa poche :

« J'ai recopié la lettre au consul Jackson. Deux messagers valent mieux qu'un. »

Haik enfonça fermement en terre son bâton pour mettre fin au débat :

« Tu veux encore une fois être plus malin que les autres. »

Hagop répéta fidèlement la même phrase. Mais Stéphan ne céda pas d'un pouce :

« Fais ce que tu veux ! Il y a assez de place. Tu ne peux pas m'empêcher d'aller aussi à Alep.

— Mais toi, tu peux empêcher que la lettre n'y arrive.

— Je ne marche pas plus mal que toi ! »

La voix d'Haik prit cette intonation altière qui avait si souvent déjà exaspéré Stéphan :

« Alors, tu veux seulement faire l'important, une fois de plus ? »

Après toutes les terribles blessures qu'avait dû subir son amour-propre au cours de cette journée, c'en était trop pour Stéphan. Il s'assit par terre et couvrit son visage de ses mains. Haik donna libre cours à son mépris :

« En voilà un qui veut aller à Alep et qui n'en peut déjà plus. »

Le fils de Bagradian sanglotait en répétant :

« Je ne peux pas retourner... Par Jésus-Christ... je... ne peux pas... retourner... »

Peut-être Haik arrivait-il à concevoir ce qui se passait dans l'âme de Stéphan. Peut-être songeait-il à Chouchik, sa mère. Peut-être même le désir lui vint-il de ne pas être seul et abandonné sur la route de sa mission. Qui pourrait deviner la vérité ?

« Tu as raison, dit-il, il y a assez de place pour deux, personne ne peut t'en empêcher... »

Mais Hagop se raccrocha à un dernier argument désespéré :

« Comment ? Je ne peux pas l'en empêcher ? Par le Christ Rédempteur ! Je vais le dénoncer ! »

Ce mot puéril « dénoncer » amena à lui tout seul la conclusion du débat, car il déchaîna chez Haik un accès de colère. Malgré sa taille et son sérieux au-dessus de son âge, l'âme de Haik était toujours régie par les principes fondamentaux de la morale des écoliers, principes qui sont les mêmes dans le monde entier. Dénoncer ou trahir un camarade, dans quelque but que ce soit, sont, pour ce code, des crimes inexpiables. C'est avec une sincérité des plus cruelles sans le savoir que Haik menaça l'infirme :

« Le dénoncer ? Essaie seulement de le dénoncer ! Avant que tu ne le puisses, je t'aurai si bien cassé la seule jambe qui te reste que tu n'arriveras pas à rentrer chez toi, même sur le ventre ! »

Hagop, épouvanté, recula loin en arrière. Il connaissait Haik. La résistance de ce blondin qu'il ne pouvait pas souffrir avait excité la nature tyrannique d'Haik et l'avait décidé en faveur de Stéphan. Déjà, il lui posait une question d'ordre purement pratique :

« As-tu des provisions pour cinq jours ? Car il faudra marcher au moins tout ce temps, c'est-à-dire si ça va bien. »

Stéphan tapa sur son sac d'un air important comme s'il eût été muni d'un chargement plus que suffisant pour une expédition interminable. Mais Haïk n'examina pas davantage la réalité des choses et se contenta de lancer cet ordre bref :

« Marche, maintenant ! J'ai déjà perdu trop de temps à cause de vous deux. »

Il n'avait pas dit dans quelle direction devait marcher Stéphan, s'il devait rentrer au camp ou le suivre. Il faisait de grandes enjambées sans se soucier de Stéphan qui ne le quittait pas d'une semelle. De cette façon, Haïk n'emmena pas avec lui le fils de Bagradian ; il se contenta seulement de tolérer sa présence.

Hagop, indécis, vit le messager légal et l'évadé disparaître derrière la prochaine hauteur baignée de lune. Il lui fallut ensuite presque une heure pour rentrer, toujours sautillant, jusqu'au vallon de la ville. La fuite insensée de Stéphan lui pesait sur le cœur comme un énorme rocher. Que devait-il faire ? Tout le monde dormait déjà dans la cabane familiale. Son père gronda d'une voix rauque et ensommeillée le gamin qui rentrait si tard. Sans se déshabiller, Hagop se jeta sur le paillasson qui lui servait de couche et regarda les ramures du toit qui laissaient filtrer comme un fin crible la lumière de la lune. Il n'était pas encore arrivé à s'endormir lorsque, longtemps après minuit, Samuel Awakian vint réveiller toute la famille. Le pauvre garçon dit aussitôt tout ce qu'il savait et conduisit Gabriel Bagradian, Kristaphor, Awakian et les autres hommes accourus pour aider Gabriel à la place où il avait quitté Haïk et Stéphan. On organisa immédiatement un service ramifié pour la recherche du fugitif. Bagradian ne revint qu'au lever du soleil avec Kéwork, le danseur, sans avoir obtenu aucun résultat, et il en fut de même pour tous les autres. Les enfants avaient eu le temps de prendre trop d'avance. D'autre part, Haïk n'avait pas choisi l'itinéraire prescrit par le conseil des chefs et s'était fié uniquement à son propre flair infaillible.

Tandis que les nageurs, évitant le cap de Ras el Chansir, s'avançaient sûrs et tranquilles vers Arsus, village situé sur la côte, les garçonnets marchèrent toute la nuit le long du massif en dos d'âne au prix de difficultés infinies. La tâche de Haïk consistait à rester sur la crête montagneuse sans danger jusqu'au moment où il atteindrait l'extrémité sud de la vallée de Beilan. S'il arrivait ensuite à gagner la plaine par Kyrk-Chan, il devait ensuite se tenir toujours à proximité de la grande route carrossable qui mène à Alep en passant par Hammam. Il trouverait moyen d'avancer rapidement pendant ces nuits d'août transparentes sous la lune au milieu des champs de maïs déjà récoltés et sur les steppes grillées par le soleil. En cas de danger, il ne serait même pas difficile d'y découvrir un abri propice. En vue de la grande ville, le mieux serait de se risquer sur la route nationale et de sauter sur une voiture de paysan chargée d'épis de maïs ou de réglisse. Avec l'aide de Dieu, il pourrait ainsi passer inaperçu devant les sentinelles postées à l'entrée de la ville. Quoi qu'il arrive, il ne fallait pas qu'on trouvât sur lui la lettre pour M. Jackson. Haik fit part de ces prescriptions exactes à son compagnon de route et lui dépeignit cruellement les dangers et les difficultés qui les attendaient dans la plaine. Tant qu'ils resteraient dans les montagnes inhabitées, tout ne serait qu'un jeu d'enfant. Après une marche d'une heure environ, le sentier que les pieds d'Haik suivaient toujours sans qu'il pût le voir, se mit à descendre vers la vallée. Le messager officiel s'arrêta et dit à Stéphan d'un ton important :

« Tiens, maintenant tu as encore le temps de revenir sur tes pas. Tu ne peux pas te perdre. Réfléchis bien ! Plus tard, cela ne serait plus possible. »

Stéphan eut un mouvement d'humeur. Son cœur, par contre, était plein de doutes. Tout d'un coup, les raisons de son brusque départ ne lui semblaient plus si péremptoires. Haik désigna du doigt la direction du Damlajik où une lointaine vapeur rougeâtre indiquait encore un reste de l'incendie de forêt :

« Tu ne retourneras plus là-bas et tu ne reverras plus personne... »

Le fils de Bagradian n'arrivait pas à discerner exactement son véritable désir. Il aurait préféré mourir plutôt que de se montrer faible en face de Haik. Avec autant de honte que de gêne, il tira de sa poche la carte de la région jadis pendue au mur du studio de son oncle Awétis. Il fit semblant de chercher d'un œil attentif le point où ils se trouvaient, à la lumière crue de la lune. Haik agacé par ce « chiqué prétentieux », lui fit d'un coup tomber la carte de la main et ne perdit plus son temps à lui donner de bons conseils. Là-dessus, Stéphan résolut de prouver à cet orgueilleux qu'il lui était supérieur sous le rapport de la marche à pied. Il adopta un rythme furieux, avec d'énormes enjambées, tendant tous ses muscles pour tâcher de mettre en défaut les forces physiques de son camarade. Mais celui-ci ne se souciait nullement du mouvement inepte que Stéphan voulait lui imposer. Il allait toujours de son pas régulier et presque solennel. Stéphan, à son grand effroi, se vit soudain seul. Au lieu de prouver à l'autre sa supériorité, il avait perdu la bonne voie et ne serait pas sorti par ses propres moyens — il le sentait — de ce maquis inextricable. Son cœur battait éperdument, mais il n'osait pas appeler. Lorsque au bout de minutes interminables la silhouette de Haik surgit derrière un rempart buissonneux, sans se soucier de son camarade indépendant, Stéphan ne laissa rien paraître de son humiliante expérience et, tout en gardant le silence, se mit au pas du plus fort. Par là, la lutte pour la suprématie entre eux deux se trouvait à jamais terminée. Ils arrivèrent bientôt dans l'étroite vallée. A leur main droite s'étendait le gros bourg de Sanderan. Grâce à Dieu, il n'y brûlait aucune lumière. Une voix humaine isolée y nasillait un air guttural. C'était une impression à vous faire froid dans le dos que de passer si près d'un lieu habité où se cachait la mort. Mais les chiens errants de Sanderan ne se laissèrent pas tromper et poursuivirent les deux petits Arméniens plus loin encore que les limites de la banlieue. Avec une assurance stupéfiante Haik trouva de nouveau une piste de transhumance qui conduisait vers la montagne dans la direction nord-est. Lorsqu'ils traversèrent ensuite une forêt aux arbres rares et aux feuilles caduques, tout imprégnée de lumière lunaire, l'ivresse de l'aventure au milieu de la fraîcheur nocturne envahit le cœur de Stéphan. Il oublia tout. Il aurait aimé pouvoir chanter et pousser des cris de joie. Existait-il quelque chose qui s'appelait fatigue ? Après le lever du soleil, ils avaient, malgré plusieurs arrêts, effectué un trajet de presque dix lieues et atteint le point où les massifs s'abaissent vers le Nord en larges terrasses boisées. Stéphan, même avec l'aide de sa carte, se serait trouvé bien penaud. Mais Haik lui montra d'un air décidé une direction très nette :

« C'est là-bas que nous devons arriver, à Beilan ! »

Il savait tout par intuition, bien qu'il ne se fût rendu qu'une seule fois avec sa mère à Beilan et à Alexandrette, et encore était-ce à dos d'âne, par un tout autre chemin qui longeait la côte. Mais maintenant, il déclara d'un air satisfait qu'il fallait chercher un lieu propice pour dormir, prendre un repas et se reposer jusqu'à midi. Ils devaient se contenter de peu de sommeil, sans quoi l'expédition serait irréalisable. Haik n'eut pas besoin de flairer longtemps les alentours pour y découvrir non seulement un coin ombragé couvert d'un moelleux gazon, mais aussi une source. Les garçonnets campèrent au bord de l'eau qui formait même, à cet endroit, comme ils l'avaient désiré, un petit creux assez profond. Tout d'abord, ils étanchèrent leur soif. Mais aussitôt après, l'enfant civilisé tira de son sac, à la grande stupéfaction de Haik, un morceau de savon et se mit à se laver. Haik considérait cette occupation superflue d'un œil sérieux et sarcastique. Lorsque Stéphan eut terminé son opération, Haik trempa voluptueusement ses pieds dans la mare froide, car les pieds étaient l'essentiel dans l'affaire. Ensuite, ils partagèrent leurs vivres avec la joie que cause toujours aux gamins l'échange de leurs trésors. La veuve Chouchik avait confectionné pour son fils trois grosses saucisses faites de mouton haché, de graisse et de menus morceaux d'oignon; elle lui avait en outre donné un pain dur comme pierre qu'elle s'était procuré Dieu sait comment.

Les valeurs qu'avait à lui offrir, en échange de sa saucisse et de sa miche, son camarade Stéphan, avaient presque un sens symbolique : c'étaient des sardines françaises à l'huile et du chocolat au lait suisse, friandises étrangères qu'Haik connaissait à peine de nom. Les gamins ne se continrent pas et mangèrent abondamment leurs provisions sans songer aux jours suivants. Pourtant, Haik reprit soudain conscience des réalités, renoua son paquet et donna à Stéphan le conseil suivant :

« Bois plutôt de l'eau pour économiser la nourriture ! »

C'est ce qu'ils firent. Ils burent en grande quantité l'eau de source que Stéphan mélangea à son vin dans la timbale d'aluminium de la bouteille thermos. Il se sentait parfaitement à son aise et avait l'impression de prendre part à l'une des joyeuses excursions qu'il faisait souvent en famille pendant les vacances. Toutes les impressions douloureuses semblaient définitivement restées sur le Damlajik. Quelle joie intime et débordante c'était que de se sentir, après les pérégrinations de la nuit, presque le seul homme vivant dans cette nature inoffensive, aux premières heures du jour. Stéphan glissa sous sa tête la couverture plusieurs fois repliée. Les vagues de l'air matinal se faisaient toujours plus chaudes. Il se releva encore pour balbutier cette question puérile :

« Est-ce qu'il ne va pas venir des bêtes féroces ? »

Haik, d'un air important, posa à côté de lui son large couteau en forme de poignard :

« Tu n'as pas besoin d'avoir peur. Même quand je dors, je vois tout. »

Stéphan n'avait pas peur. Quel bon garde était Haik ! Même en dormant ! Jamais encore il n'avait éprouvé pour personne une confiance illimitée comparable à celle que lui inspirait ce garçon brutal dont il avait toujours voulu conquérir l'admiration. A présent il s'abandonnait sans réserve à son guide. Déjà endormi, sa main, à tâtons, cherchait la présence de son ami.

« Il faut maintenant nous confectionner un tarbouch, déclara Haik, pour qu'on ne nous trouve pas l'air étranger si jamais nous rencontrons quelqu'un. »

Il déploya son aghil, le grand morceau d'étoffe replié qui lui servait de ceinture et l'enroula autour de son bonnet de feutre selon les règles de l'art. Comme Stéphan n'arrivait pas à de bons résultats avec son écharpe, il l'aida à réaliser convenablement la coiffure du prophète. Puis il donna quelques enseignements à son camarade inexpérimenté :

« Si la nécessité s'en présente, tu n'auras qu'à copier exactement tous mes gestes. Le mieux serait que tu n'ouvres pas la bouche. »

Il était tard dans l'après-midi. Entre les faîtes des hêtres et des chênes, on voyait apparaître un ciel saturé d'or, tout plein du vol d'oiseaux de proie. Les garçonnets avaient marché pendant plus de six heures. Dire qu'ils avaient marché sur un chemin serait une aimable exagération. Comme il n'y avait pas moyen de découvrir la moindre piste, ils s'étaient tout simplement faufilés dans les lits des torrents à sec qui devaient bien finir par aboutir à la vallée. Ils avaient en effet dû se glisser à grand'peine parmi les plantes rampantes, épaisses et récalcitrantes, lianes souples ou murs broussailleux, durs et élastiques comme du caoutchouc, mais aussi armés de piquants raides comme du fil métallique. Les terrasses et les pentes rocheuses qu'il fallait dévaler étaient en nombre incroyable. La montagne semblait toujours trouver un nouveau prétexte pour ne pas se rendre ni finir. Stéphan ne sentait plus son corps. Ses mains, ses genoux et ses jambes étaient couverts de blessures et d'éraflures. Depuis des heures il n'avait proféré ni un mot ni une plainte. Les deux camarades étaient maintenant assis sur une hauteur dénudée ; au-dessous d'eux se déroulait la blanche route calcaire qui sortait du col pour rejoindre Beilan. Elle leur sembla tout nouvellement refaite à neuf. Partout s'élevaient sur son bord des tas de cailloux récemment amoncelés qui prouvaient la proximité d'un travail humain. Et en effet, cette route de montagne, qui reliait le port d'Alexandrette à la plaine d'Alep et, en même temps, la Méditerranée à l'Asie entière, témoignait de la puissance et de l'énergie illimitées de Dchémal Pacha, le dictateur de la Syrie. L'implacable général avait ordonné que, dans l'espace d'un mois, le mauvais chemin pierreux et instable qui se trouvait là fût remplacé par une route splendide, parfaitement aplanie et pourvue de fondements solides. Et ce miracle s'était bel et bien réalisé, à tel point que les Turcs eux-mêmes s'étonnaient de la force d'action contenue en eux qu'ils avaient ignorée jusque-là. A cet endroit, la route faisait sous les yeux d'Haik et de Stéphan un coude du côté de l'Est. Ils n'en dominaient qu'une faible partie, et n'y dépistaient ni homme ni véhicule, ni âne ni cheval ; çà et là, un lièvre ou un écureuil traversait en un éclair le ruban blanc. Stéphan fixait de ses yeux avides cette route tentatrice. Haik aussi semblait devenir faible et ne plus pouvoir résister à la séduction. Sans faire part auparavant à Stéphan de son projet hardi et imprudent, il sauta sur ses pieds et descendit la pente en courant. Lorsqu'ils sentirent sous leurs semelles la surface plane, ils éprouvèrent une sensation délicieuse analogue à celle d'une soif ardente enfin apaisée. Une nouvelle ambition, une nouvelle force montèrent en Stéphan. Il marchait au rythme d'Haik. A droite et à gauche, des hauteurs plus abruptes surgissaient peu à peu. La route devint un chemin creux, un défilé. Cette constatation accrut étrangement le sentiment de sécurité et en même temps l'insouciance. Ensuite, les montagnes se séparaient un peu, l'inclinaison de la route s'accentuait en descendant fortement. Encore un tournant, et la plaine allait probablement s'ouvrir devant eux. Irrésistiblement entraînés par le courant de la route, ils couraient tout droit à leur perte. Car après avoir dépassé le coude, ils ne virent pas devant eux la plaine espérée, mais une baraque militaire turque sur laquelle flottait le drapeau orné du croissant.

Devant cette maison, quatre horribles saptiéhs déambulaient. Mais sur les bords de la route, on voyait travailler un détachement d'inchaat tabouris, armés de bêches, de pioches et de marteaux. Les sens affaiblis des jeunes marcheurs n'avaient pas perçu le bruit du travail des cantonniers ni les sons mélancoliques et gutturaux des refrains que chantaient les soldats de corvée. L'effroi paralysa les enfants à tel point qu'Haik lui-même, pendant presque une demi-minute, ne put bouger de sa place. Puis il saisit Stéphan par la main et l'entraîna brusquement avec lui. Ils se précipitèrent dans le bois derrière le coude de la route. Mais, par malheur, il n'y avait justement là ni rocher ni buisson, seulement de jeunes hêtres aux troncs minces incapables de les dissimuler. La montagne remontait doucement. Où aller ? Haik voyait en imagination un des saptiéhs se pencher en avant, mettre la main en visière devant ses yeux, observer attentivement, lancer un appel rauque et se jeter à leur poursuite avec tous ses hommes. Et ce n'était pas seulement un cauchemar. Des voix retentissaient. Le feuillage bruissait sous les pas des Turcs. Stéphan ferma les yeux et se pressa étroitement contre Haik. Celui-ci l'étreignit de son bras gauche; dans la main droite, il tenait ouvert son couteau-poignard. Ils étaient là dans l'attente de la mort. Pourtant, ce chuchotement qui se précisait toujours davantage n'était pas fait de mots turcs : « Hé, les gamins ! Où êtes-vous ? N'ayez pas peur ! »

Ces paroles prononcées en arménien produisaient un effet fantastique. Lorsque Stéphan ouvrit les yeux, il vit surgir entre les troncs un des soldats cantonniers en haillons et hors d'haleine. Son visage aux yeux gigantesques ressemblait à une tête de mort surmontée de cheveux en broussailles. A l'exception de ses yeux douloureux, on aurait presque cru voir Sarkis Kilikian. Haik reprit contenance et ferma son couteau. La voix du cantonnier tremblait d'émotion :

« N'es-tu pas le fils de la grande Chouchik dont la maison est sur la route de Yoghonoluk ? Ne me reconnais-tu pas ? »

Haik, incrédule, marcha vers le misérable squelette dont les défroques flottaient autour des membres et qui, de plus, allait nu-pieds. Le regard d'Haik toisa attentivement l'homme : « Vahan Mélikentz, d'Azir », dit-il d'un ton hésitant comme s'il risquait un nom à tout hasard. Le soldat fit un vif signe d'assentiment et des larmes vinrent rouler sur ses joues hirsutes. Haik n'avait pu que deviner ce nom. En effet, quel rapport cet être en haillons avait-il avec le véritable Mélikentz, l'imposant et vantard magnanier qu'il rencontrait jadis chaque jour ? Mélikentz levait les mains d'un geste désespéré :

« Etes-vous devenus fous ? Que venez-vous faire ici ? Vous pouvez remercier le Christ Rédempteur si l'onbachi ne vous a pas vus. Hier, en bas, au tournant de la route, ils ont abattu cinq Arméniens, toute une famille, qui voulait s'enfuir à Alexandrette. »

Haik, redevenu pleinement maître de soi-même, exposa à l'ancien magnanier, avec une dignité contenue, la mission qu'il avait reçue du conseil des chefs sur le Musa Dagh. Mélikentz s'effara :

« La route est pleine d'inchaat tabouris jusqu'à Hammam. Et hier, il est arrivé à Hammam deux compagnies qui doivent être envoyées contre le Damlajik. Vous ne pouvez passer que la nuit par là, au bord des marais d'Ak Deniz. Mais vous vous enliserez sûrement.

— Nous ne nous enliserons pas, Mélikentz », répliqua Haik avec une assurance laconique, puis il pria son compatriote de lui indiquer le chemin le plus court pour gagner la plaine. Vahan Mélikentz se lamenta :

« S'ils remarquent mon absence, si je manque à l'appel, je recevrai la bastonnade du troisième degré. Peut-être aussi qu'ils me fusilleront... J'aimerais encore mieux qu'ils me fusillent ! Vous ne savez pas, garçons, ce que je m'en moque. Si seulement j'étais parti avec les vôtres sur le Musa ·Dagh et pas avec le pasteur Nokhoudian ! Les vôtres ont été plus malins ; que le Christ leur vienne en aide ! Nous, il nous a bien abandonnés. »

Vahan Mélikentz risquait en effet la mort pour mettre les enfants sur la bonne voie. Ils n'avaient d'ailleurs à traverser qu'un court trajet assez facile au milieu du bois. Le pauvre magnanier parlait sans arrêt, comme pour rattraper toute une récolte de mots perdus ou dépenser avant sa fin proche une foule encore de paroles. Haik et Stéphan apprirent de cette manière quelques détails sur le sort qu'avait connu le groupe de Nokhoudian. On avait, à Antioche, séparé tous les hommes dans la force de l'âge et on les avait expédiés à Hammam pour travailler à la construction de la route. Les femmes, les enfants, les vieillards et les malades avaient été obligés de marcher dans la direction de l'Euphrate. Le pasteur Nokhoudian n'avait pas pu obtenir du kaimakam la moindre faveur. Quant aux inchaat tabouris arméniens, leur destinée était toute spéciale. Chaque détachement recevait une certaine fraction de la route avec l'ordre de la terminer pour tel ou tel jour. Lorsque l'onbachi déclarait le pensum fini, on rassemblait le détachement au son du tambour, on le conduisait dans le bois le plus voisin où une troupe, déjà fort experte en cet art, se chargeait d'abattre les Arméniens au moyen d'un tir rapide :

« Notre portion de route, calcula froidement Mélikentz, va jusqu'à Top Boghazi ; cela représente encore 4.000 pas. L'un dans l'autre, cela durera bien six ou sept jours, si nous savons y faire. Puis ce sera notre tour. Donc, si je suis fusillé dès aujourd'hui, je ne perds que six ou, tout au plus, sept jours. »

Malgré la simplicité de ce bilan, Vahan Mélikentz s'éloigna à grands sauts essoufflés dès qu'il eut mis les garçonnets dans la bonne direction. Six jours d'une vie effroyable sont malgré tout six jours de vie. Lorsqu'il les quitta, il glissa dans la main d'Haïk un morceau de nougat que lui avait donné une musulmane compatissante.

Un crépuscule couleur de rouille était déjà tombé lorsqu'ils se trouvèrent sur le dernier degré le plus bas de la montagne. Devant eux, la plaine se déployait jusqu'au fond de l'horizon. Ils voyaient à leurs pieds un grand lac ; sur sa surface laiteuse et muette, le soir aux nuances ternes était épandu. C'était le lac d'Antioche, que l'on pouvait apercevoir au loin de certains observatoires du Damlajik. Mais d'ici, cet Ak Deniz, cette « mer blanche », semblait si proche qu'on aurait pu la toucher. Le rivage septentrional du lac était ourlé d'une large bordure ondulée de roseaux qui abritait tout un univers gloussant et criaillant. Des hérons, agitant maladroitement leurs ailes, essayaient lourdement de sortir de la cannaie ; il y en avait d'argentés et de pourpres. Ils volaient en cercle au-dessus de la surface de l'eau, traînant dans le sillage de leur vol leurs jambes gracieusement repliées. Puis ils redescendaient lentement vers leurs nids. Un essaim de canards sauvages en forme de « V » fendait les flots laiteux avec la rapidité d'une torpille pour aller atterrir sur une île de roseaux. Un bruit confus parvenait aux oreilles des enfants : il s'y mêlait les cris des bruants en train de se quereller et les discussions humaines, politiques, pour ainsi dire, de grenouilles géantes, aux corps gonflés, coassant par dizaines de milliers. La ceinture de roseaux de l'Ak Deniz se perdait insensiblement dans la plaine. Très loin, on voyait réapparaître d'épais fourrés et aussi des mares, yeux aveugles où le blanc tremblotait. Par contraste avec la steppe vide, la vie concentrée autour du lac semblait presque exubérante. Il ressemblait à un cadavre d'animal fantastique, déchiqueté par des oiseaux carnassiers aux mille couleurs. Tandis que Stéphan n'avait remarqué que le lac, le regard perçant de Haïk avait aussitôt découvert les tentes de nomades dispersées sur la plaine du côté de l'Est, ainsi que quelques chevaux qui broutaient, tête basse, dans un néant fumeux. Il étendit le bras, sûr de son but :

« C'est là-bas qu'il nous faudra marcher, entre la route et les marécages. Dès que la lune se lèvera, nous partirons. Donne-moi ta bouteille ! J'apporterai de l'eau. Ici l'eau est encore bonne. Il faut beaucoup boire. Entre temps, tu peux déjà dormir. »

Mais Stéphan ne dormit pas ; il attendit jusqu'à ce que son camarade revînt avec les deux bouteilles pleines. Obéissant, il but autant qu'il put. Ni l'un ni l'autre ne pensait à manger. Haïk étala sa couverture pour s'y enrouler. Mais Stéphan se glissa vers lui. Le voisinage froid du matin ne lui suffisait plus pendant son sommeil. Il ne pouvait pas retenir davantage son besoin angoissé d'affection et d'amitié. Et voici qu'Haïk le comprenait ; Haïk n'était plus glacial ni distant ; Haïk ne le repoussait pas. On aurait même dit que la proximité confiante du petit Bagradian ne lui était pas désagréable. Comme un frère aîné, il l'attira vers lui et le couvrit jusqu'aux épaules. Les deux garçonnets se tinrent enlacés pendant tout leur sommeil.

Stéphan et Haik pénétrèrent dans la plaine. Contre toute attente, ils constatèrent que le Musa Dagh, avec ses gorges et ses obstacles innombrables, leur avait offert un terrain beaucoup plus favorable à la marche que cette vaste étendue plane appelée El Amk, la dépression. Ce sol perfide, mouvant, recouvert de boue d'un brun verdâtre était déjà de la terre ennemie, de la terre non chrétienne.

Il fallait bien toute l'acuité de sens d'Haik et ses affinités presque inhumaines avec la nature pour oser se risquer sur un tel chemin, et qui plus est, pendant la nuit. El Amk n'était en effet rien d'autre qu'un « goel », un marécage d'environ dix kilomètres de long dont il fallait suivre le bord à un millimètre près si l'on ne voulait pas s'enliser. Très peu de pâtres, de cultivateurs et de nomades avaient le courage d'utiliser ce raccourci pour s'épargner le long détour sur la route jusqu'au pont de Kara-Su. Mais pour les enfants il n'existait pas d'autre éventualité possible, puisque Vahan Mélikentz leur avait appris que des soldats, des saptiéhs et des inchaat tabouris étaient répartis tout le long de la route. Haik avait retiré ses souliers pour mieux « goûter » le sol de ses pieds nus. Stéphan suivit son exemple. Ils avaient l'impression de courir sur une croûte de pain très mince et très chaude recouvrant une mie en fermentation. Cette croûte était partout fendillée et il montait de ses fissures une épaisse vapeur sulfureuse. Stéphan eut la sagesse de suivre les empreintes des pieds d'Haik qui ne posait ses jambes sur le sol qu'avec une attention des plus tendues, pareil à un danseur chargé d'exécuter des figures définies de façon précise. Pendant cette danse, de folles pensées bouillonnaient dans la tête de Stéphan :

« Tout le monde marche sur la route. Pourquoi n'avons-nous pas le droit de marcher sur la route ?... Pourquoi au juste sommes-nous arméniens ? »

Haik, furieux, lui coupa la parole :

« Ne pose donc pas de questions si stupides ! Tâche plutôt de faire attention ! Ne pose pas les pieds là où tu vois du vert ! Tu m'as compris ? »

Stéphan essaya alors de retomber dans la bienfaisante apathie qui aide le mieux à supporter la fatigue physique. Il dansait sagement à la suite de Haik qui traçait sur la croûte périlleuse un itinéraire fait de courbes étranges. Il se passa ainsi une heure, puis deux heures pendant lesquelles la lune tantôt apparaissait, bienveillante, tantôt se cachait méchamment. Néanmoins, malgré l'énorme chemin accompli, l'épuisement de Stéphan diminuait au fur et à mesure que la nuit avançait.

Ses pensées et ses sensations se réveillaient à demi et recommençaient à se concentrer douloureusement comme une eau dormante. Une poussée irrésistible montait en lui. Il lui fallait parler, bien qu'il eût maintenant grand'peur de Haik :

« Alors, c'est vrai, nous ne reverrons plus nos gens (il évita un terme d'ordre plus intime) ? »

Haik n'interrompit pas sa marche de chorégraphe. Un instant passa jusqu'à ce qu'atteignant un meilleur terrain, il consentît à donner une réponse. Mais celle-ci, malgré la conviction chrétienne dont elle était empreinte, ressemblait plus à un poing brandi qu'à des mains jointes :

« Pour ma part, je suis certain que je reverrai ma mère ! »

C'était la première fois que Stéphan entendait, depuis qu'il connaissait Haik, une profession de foi sincère sortir de la bouche de son camarade. Mais comme le lycéen parisien ne possédait pas la conviction religieuse de ce grand montagnard arménien, il se sentit humble et gêné :

« Pourtant, nous ne pourrons pas revenir sur le Damlajik... »

Haik fit entendre un grondement impulsif prouvant combien cette conversation lui déplaisait :

« Le Damlajik est désormais derrière nous. Si le Christ le permet, nous arriverons vivants à Alep. Là-bas, Jackson nous cachera au consulat. C'est du moins ce qu'on lui demande dans la lettre... » Et il ajouta, avec une insistance blessante : « Il est vrai qu'il n'est pas question de toi dans le message. »

Mais Stéphan ne s'occupait plus du tout de lui-même, il songeait uniquement à Papa et à Maman qu'il avait quittés de façon si insensée : pourquoi ? — il ne le savait plus lui-même. La vie entière changeait étrangement de plan. Le Damlajik devenait une farouche imagination pure, tandis que la vie antérieure reprenait l'aspect convenable, correct et bien organisé qu'elle avait toujours eu. Jackson devait tout mettre en œuvre pour corriger cette anomalie de l'existence. Ce n'était pas une chose admissible qu'un Stéphan Bagradian se trouvât en danger de ne plus revoir ses parents. Il faisait déjà toutes sortes de calculs, se mettant d'avance à la place du consul :

« Jackson va sûrement câbler. Tu sais, pour l'Amérique, on câble. Crois-tu que les Américains enverront des bateaux pour chercher nos gens ?

— Qu'est-ce que tu veux que j'en sache, espèce de crétin ? »

Le rythme accéléré qu'Haik adopta dans sa marche avait probablement pour cause une violente colère. Stéphan, intimidé, fut obligé de ravaler sa détresse et de hâter le pas pour ne pas rester séparé de son guide. Bien qu'il n'y eût pas le moindre vent, il avait l'impression que des tourbillons aériens venaient se briser contre sa poitrine pour l'empêcher de s'avancer. Il n'arrivait pas à se rendre exactement compte au fond de lui-même des causes de toute son aventure. Sa tête commen çait à vaciller. Un long souffle de lumière lunaire se répandit sur le paysage. Un trait d'un vert smaragdin s'approchait comme une vague à la rencontre de Stéphan. Pour un instant, il perdit la conscience du danger.

L'horrible cri d'effroi arrêta immédiatement Haik qui sut aussitôt ce qui était arrivé. On voyait la silhouette de Stéphan, comme une ombre, se débattre. Le fils de Bagradian était déjà enlisé jusqu'aux genoux. Haik lui siffla :

« Silence ! Veux-tu bien ne pas crier ! »

Néanmoins, l'effroi immense faisait naître sans cesse de nouveaux hurlements dont Stéphan ne pouvait se défendre. Il croyait être tombé entre les mâchoires d'un monstre gros comme une baleine qui l'aspirait lentement à longs traits. Déjà la matière résistante et pâteuse l'envahissait, dépassant ses genoux. Malgré tout, pendant les secondes où il ne se défendait pas contre l'emprise, il éprouvait une étrange et délicieuse sensation. Haik lui commanda :

« Un seul pied à la fois ! A droite ! Le pied droit ! »

Stéphan, tout en poussant de petits cris d'effroi, faisait des mouvements vagues, mais en vain. Ses jambes n'avaient plus de force. Il entendit un nouvel ordre impérieux :

« Couche-toi sur le ventre ! »

Docile, il se pencha en avant de façon à atteindre du bout de ses doigts la terre sèche. Lorsque Haik vit que Stéphan n'avait pas l'énergie nécessaire pour se tirer d'affaire, il se poussa lui-même en rampant jusqu'à l'endroit marécageux où était étendu son camarade. Cependant, le bâton que saisit l'enlisé ne suffisait pas non plus à lui donner l'appui nécessaire. Alors Haik détacha son écharpe de ceinture qu'il avait enroulée autour de sa tête et la jeta à Stéphan pour qu'il la fixât autour de sa poitrine en faisant un lien. D'une main de fer, il tenait l'autre extrémité. Ce système constituait une sorte de corde de sauvetage. Après des essais interminables, Stéphan put enfin libérer sa jambe droite qui n'était pas si profondément enfoncée que l'autre. Il s'était bien écoulé une bonne demi-heure, lorsque Haik le tira sur la terre ferme comme un noyé. Il se passa encore une autre demi-heure avant que Stéphan fût assez rétabli pour avancer, chancelant sur le sol plein d'embûches, sa main désormais dans celle de Haik. Il était couvert jusqu'à la poitrine d'une couche de boue qui sécha bientôt à l'air, contractant sous une croûte dure la peau des bras et des jambes. Une circonstance favorable atténuait le mal ; Stéphan avait mis ses souliers dans son sac qu'il avait jeté loin de lui sur la terre sèche pendant sa lutte contre le marais. Haik guidait d'une main ferme son camarade presque privé de connaissance. Il ne le gronda pas pour son imprudence, mais il répétait à plusieurs reprises comme une formule de conjuration :

« Il faut que nous soyons au pont avant qu'il ne fasse jour. Peut-être y a-t-il des saptiéhs là-bas... »

L'orgueil ambitieux du fils Bagradian se réveilla une fois encore : « A présent, je peux... déjà recommencer à bien marcher... »

Lorsqu'ils obliquèrent vers le Nord, le terrain devint plus sûr. L'élasticité du sol, qui faisait penser à un matelas, finit par disparaître ; Stéphan se détacha d'Haik et fit adopter à ses jambes un rythme alerte, illusoire. On sentait venir de loin des frémissements d'air et de lumière. Le flair d'Haik devina le fleuve Kara-Su. Bientôt, ils grimpèrent sur la route en escaladant la digue qui jetait dans le paysage nocturne l'éclat blanchâtre de son large ruban. La guérite de la sentinelle à l'entrée du pont était vide. Les garçonnets passèrent devant ce danger suprême qui, heureusement, n'en était pas un, en courant aussi vite que s'ils avaient eu le diable à leurs trousses. Mais cette fois la grand'route bien plane eut sur Stéphan un tout autre effet que dans l'après-midi. Le sol lisse de la civilisation déroba à ses membres leur dernier reste de force. Après le pont, son pas se ralentit de plus en plus. Il se mit à tituber, à faire des zigzags, puis soudain, il se coucha au beau milieu de la chaussée. Haik le regardait, abasourdi. Pour la première fois, une nuance de désespoir frémissait dans sa voix : « Je perds du temps... »

A une heure environ au delà du pont, la route utilise une longue digue de pierre qui s'élève très haut au-dessus du dernier grand marais d'El Amk. Cette digue porte le nom de Dchisir Murad Pacha et c'est là que commence la véritable traversée de l'immense steppe qui s'étend sur des centaines de lieues au delà encore d'Alep et de l'Euphrate, jusqu'à la Mésopotamie. Non loin de cette digue, on voit s'élever sur le côté nord de la route le plus charmant paysage de collines qui se puisse imaginer, pareil à un dernier sourire verdoyant avant la mort et la rigidité absolue. Au pied de ces collines s'étend un grand village turcoman, Ain el Béda, « la source transparente ». Longtemps avant que les groupes de maisons se concentrent en un village, on rencontre sur la route beaucoup d'habitations isolées construites en bois et en pierre, petites fermes d'aspect des plus proprets. Cinquante ans auparavant, le gouvernement d'Abdul Hamid avait fixé là une des tribus errantes de Turcomans pour leur faire adopter la vie sédentaire. Personne, autant qu'un nomade converti, ne saurait se transformer en un excellent cultivateur, sérieux et laborieux. Les demeures solides, pourvues d'une bonne toiture, qu'on rencontrait dans ces riants parages, en donnaient la preuve irréfutable.

La première de ces fermes s'élevait tout au bord de la route. Une heure après le lever du soleil, le maître de céans sortit sur le seuil, examina le vent, le temps et tous les points cardinaux, puis il déploya

510

son petit tapis pour se tourner vers La Mecque et faire la plus matinale de ses cinq prières quotidiennes. Ce pieux homme remarqua seulement les deux garçonnets au moment où, accroupis sur leurs couvertures à proximité de la maison, ils se mirent à effectuer les inclinaisons et les oscillations prescrites par le culte, sans rien omettre, avec la même perfection que lui. Le Turcoman fut ravi de voir la jeunesse si fervente, et de si bonne heure. Mais, en impassible mahométan qu'il était, il ne pensa pas une seconde à interrompre par quelque question profane son interminable hommage à la divinité.

Grâce à plusieurs arrêts, Haïk était arrivé à traîner Stéphan sur la digue Dchisir Murad Pacha jusqu'à la limite des collines. A la vue de la ferme, il lui avait encore une fois rappelé d'imiter exactement tous ses gestes et d'ouvrir la bouche aussi peu que possible, car il ne connaissait que très peu de mots turcs et la façon dont il les prononçait trahissait aussitôt son origine. Quant à la prière, mahométane, elle ne comptait pas comme péché, si, pendant ce temps, on murmurait attentivement plusieurs pater, l'un après l'autre. Mais Stéphan n'y réussit pas. Raide comme un mannequin, il ne réalisait au prix de grands efforts qu'une pâle copie des contorsions religieuses de Haïk. Ensuite il s'effondra sur sa couverture fixant le ciel pur du matin avec des yeux inertes. Le paysan turcoman, déjà assez âgé, s'avança d'un pas balancé vers le couple suspect :

« Eh bien, vauriens ! Que faites-vous si tôt sur la route, hein ? Qu'y a-t-il ? Que cherchez-vous ? »

Par bonheur, il ne parlait lui-même qu'une espèce de dialecte turc, si bien que l'accent arménien d'Haïk ne le frappa pas spécialement. En Syrie, dans cet énorme alambic où s'opère un prodigieux mélange de peuples, toutes les langues subissent des influences réciproques et fantaisistes. C'est pourquoi l'intonation des paroles d'Haïk ne risquait pas d'inspirer de la méfiance au Turcoman :

« Sabahlar hajr olsoun ! Bonjour, père ! Nous venons d'Antioche. Nous avons perdu nos parents en chemin. Ils ont continué vers Hammam avec la voiture. Nous voulions un peu courir et nous nous sommes égarés. Ce garçon-là, qui s'appelle Hussein, a failli se noyer dans les marais. Regarde la mine qu'il a. Maintenant il est malade. Ne peux-tu pas nous donner chez toi un petit coin pour nous reposer et dormir ? »

Avec un geste plein de sagesse, le Turcoman porta la main à sa barbe grise. Puis, prenant le parti des enfants, il réfléchit et posa quelques questions fort justes :

« Qu'est-ce que c'est que ces parents qui perdent leurs enfants au milieu du marais et qui continuent leur route ?... Est-ce là ton frère ?

— Non, ce n'est qu'un parent, il est aussi d'Antioche. Moi, je m'appelle Essad...

— En effet, ce pauvre Hussein m'a l'air vraiment malade. Il a peut-être bu de l'eau de marais ? »

Haïk répondit par une pieuse formule, puis il ajouta, baissant la tête :

« ... Donne-nous à manger et à dormir, père ! »

Toute cette comédie n'aurait pas été nécessaire, car le cœur du Turc était foncièrement bon. Depuis plusieurs mois déjà, il voyait passer devant sa maison les convois des déportés. Il avait secouru bien des malades arméniens, bien des femmes enceintes effrondrées sur la route, et leur avait donné en cachette à boire ou à manger, des vêtements ou des souliers, suivant ses moyens, et sans penser chaque fois à en être récompensé dans l'au-delà. Mais il fallait mettre beaucoup de prudence dans l'accomplissement de ces bienfaits à cause des saptiéhs. Ceux qui se rendaient coupables d'avoir eu pitié des Arméniens s'exposaient, suivant les nouvelles lois, à la bastonnade, à la prison et, dans les cas les plus graves, à la peine de mort. Dans tout le pays, des centaines de Turcs compatissants dont le cœur avait été touché à la vue de la misère inhumaine des exilés avaient bien pu se rendre compte que ces menaces n'étaient pas vaines. Le paysan soumit les deux vagabonds à un examen détaillé. Les milliers d'yeux arméniens qu'il avait vus se lever suppliants vers lui sur la route s'imposèrent à sa mémoire. Le résultat de sa comparaison ne lui laissait guère de doute, surtout en ce qui concernait le malade. Mais justement ce prétendu Hussein éveillait plus vivement la compassion du Turcoman que le prétendu Essad, car ce dernier était bien portant et semblait, d'autre part, fort résolu et débrouillard.

Le père de famille lança un bref appel ; aussitôt deux femmes, une vieille et une jeune, sortirent de la maison et, à la vue des étrangers, rabaissèrent en hâte leur voile sur leur visage. Elles reçurent quelques ordres brusques et disparurent à nouveau d'un pas affairé. Le Turcoman introduisit Haïk et Stéphan dans sa demeure. A côté de la pièce principale tout enfumée où l'on pouvait à peine respirer, il y avait encore une petite chambre vide, une sorte de cachot qui ne recevait de lumière que par une étroite fente dans le mur. Les garçonnets trébuchèrent sur une marche en entrant dans ce trou sombre. Entre temps, les femmes avaient apporté des tapis et des couvertures. Elles préparèrent deux couches sur le sol argileux de la chambre. Lorsqu'elles virent le corps de Stéphan recouvert d'une croûte rigide de boue séchée qui lui faisait comme une enveloppe, elles apportèrent un baquet d'eau chaude ainsi qu'une terrible brosse, et elles entreprirent de nettoyer les bras et les jambes du petit Arménien avec une vigueur résolue et maternelle. Pendant ce travail pénible, la vieille releva même son voile puisqu'il ne s'agissait en l'occurrence que d'enfants encore jeunes. Sous le traitement énergique des villageoises, il se produisit que non seulement la couche étanche qui entourait le corps de Stéphan, mais aussi celle qui oblitérait son âme finit par se détacher et disparaître. La nostalgie des siens qu'il avait réprimée jusque-là se mettait à bouillonner en lui comme un torrent écumant. Touchées par ce chagrin enfantin, les femmes turcomanes ne lui ménagèrent pas leurs encouragements mélodieux aux sons étranges. Ensuite la vieille paysanne apporta un plat plein d'orge perlé cuit dans du lait de chèvre, une miche de pain et deux cuillers de bois. Pendant que les enfants mangeaient, toute la nombreuse famille du Turcoman apparut soit dans la chambrette, soit dans l'embrasure de la porte pour se complaire à la vue de sa propre hospitalité et prodiguer à ses invités ses vœux de bon appétit. Mais malgré l'amabilité des hôtes et le bon plat chaud, Stéphan put à peine avaler cinq cuillerées, tant sa gorge était serrée et gonflée. Haik, au contraire, engloutit tout le plat avec la componction et la conscience d'un gros travailleur à table.

Lorsque la famille aux regards curieux les eut laissés seuls, Stéphan s'endormit aussitôt, tandis que le grave Haik réfléchissait rapidement au plan de marche pour le prochain trajet. Il espérait que Stéphan aurait repris assez de forces jusqu'au soir et qu'ils pourraient se remettre en chemin au lever de la lune. Si la route était libre, tant mieux, sinon, il faudrait se tenir un peu de côté au pied des collines. Ces hauteurs offraient sans aucun doute une excellente cachette pour le lendemain, quand on aurait dépassé Hammam et atteint le point où il faudrait couper par une corde l'arc formé par la route. Les plus grands dangers restaient encore à surmonter, mais les pires des fatigues étaient déjà passées. Malheureusement, Haik s'illusionnait sur les forces de Stéphan. Des gémissements entrecoupés de soupirs le tirèrent du profond sommeil où, las comme il était, il s'était abandonné sans réserve dans cette chambre bien sûre. Stéphan, tordu par la douleur, se recroquevillait sur sa couche; d'effroyables coliques, conséquence de l'aventure dans les marais d'El Amk, lui déchiraient le ventre. On pouvait aussi remarquer à présent que sa peau était complètement parsemée de piqûres de moustiques. Il ne fallait donc plus espérer pouvoir se reposer. Les habitants de la maison continuèrent à se montrer aimables et compatissants. Les femmes chauffèrent des pierres rondes qu'elles posèrent sur le ventre du garçonnet et lui préparèrent une tisane peut-être bienfaisante, mais cependant si répugnante que Stéphan ne put la garder. Le mal ne s'améliora que vers le soir, non sans avoir obligé bien des fois le malheureux à aller se cacher derrière la maison, d'un pas dolent. Stéphan était devenu pareil à une ombre et Haik qui avait été ainsi privé d'un sommeil bien gagné avait la figure verdâtre et décomposée.

Le paysan avait permis à « Essad » et à « Hussein » d'établir leur campement nocturne sur le toit de sa maison. Habitués depuis des

513

semaines à vivre en plein air, les enfants ne pouvaient supporter l'atmosphère renfermée de ce trou plein de fumée, de vermine et de
relents de graisse rance. Ils étaient assis maintenant sur leurs tapis
entre des pyramides d'épis de maïs, des gerbes entassées de roseaux
et de monceaux de racines de réglisse. Stéphan, enveloppé dans sa
couverture et grelottant de fièvre, regardait continuellement vers
l'ouest. A cette heure qui précédait la tombée du soir, les montagnes
de la chaîne côtière dont le profil apparaissait au loin semblaient plus
hautes qu'elles n'étaient en réalité, disposées en couches toujours
croissantes, teintées des nuances les plus variées depuis le profond bleu
saphir jusqu'au léger gris argenté. Et comme ces monts paraissaient
proches ! C'en était incroyable. Haik et Stéphan avaient-ils vraiment
eu besoin de marcher deux nuits pleines et une demi-journée pour
parcourir cette faible distance ? La dernière montagne au Sud qui
cessait brusquement, c'était sans doute le Damlajik. Il était étendu
raide, dans l'attitude d'un gibier qui, fuyant devant le chasseur,
s'est arrêté au milieu de sa course. Son dos allongé s'abaissait vers le
Nord. Il cachait sa tête dans les hauteurs accrochées à ses flancs. Ses
pattes vigoureuses donnaient de grands coups en arrière jusqu'à la
large dépression de l'Oronte où se devinait la mer. Stéphan ne voyait
que le Damlajik. Il croyait distinguer le bastion Sud, les mamelons,
l'entaille dans la gorge des yeuses, le col Nord d'où il était parti depuis
un temps infini, sans prendre congé de personne. Pourquoi donc au
juste ? Il ne pouvait plus s'en souvenir. On aurait dit que le Damlajik
respirait fortement, qu'il s'approchait, survolant la route d'Alep et la
maison du paysan au bord des collines turcomanes, survolant aussi
Stéphan Bagradian. Haik savait tout cela. Il sentait s'éveiller en lui
la bienveillance du véritable homme fort qui se plaît à se montrer
faible en face d'un inférieur :

« N'aie pas peur ! Nous resterons le temps nécessaire pour que tu
puisses bien marcher de nouveau. »

L'enfant tourmenté par la fièvre fixait toujours la côte de ses yeux
extasiés : « Ils sont tout près, tout près... je veux dire les monts de
là-bas... »

Puis il faisait un effort sur lui-même, se redressant, tout excité,
comme s'il eût été grand temps de partir. Les paroles menaçantes de
Haik lui tintaient aux oreilles. Il les répétait, en claquant des dents :

« Il ne s'agit ni de toi ni de moi, mais de la lettre pour Jackson... »

Haik opinait de la tête, pourtant sans proférer de reproches :

« Il aurait mieux valu, évidemment, qu'Hagop te dénonce... »

Le visage piteux de Stéphan n'essayait plus de résistance et tentait
d'esquisser un sourire conciliant :

« Ça ne fait rien... Tu ne perdras pas de temps à cause de moi...
Je m'en retournerai... demain... »

Haik se dissimula soudain en se baissant et fit rapidement signe à Stéphan de l'imiter. On entendait monter de la route toute proche qui de toute la journée n'avait pas été très animée, un étrange bruit de pas mêlé de gémissements et de mots entrecoupés. Quelques saptiéhs poussaient vers Hammam un petit convoi d'Arméniens déportés. Convoi serait trop dire; c'était plutôt un tas péniblement glané de vieilles gens et de petits enfants qu'on avait découverts dans Dieu sait quel village perdu. Les saptiéhs, qui voulaient être à Hammam avant minuit, prodiguaient les injures et les coups de bâton à ces malheureux fantômes, de telle sorte qu'ils disparurent derrière le prochain tournant avec une rapidité incroyable. Cet incident d'importance parut avoir définitivement renforcé Haik dans sa conviction :

« Oui ! Le mieux pour toi, c'est que tu rentres. Mais comment ? Tu ne peux pas traverser seul les marécages... »

Toutes les distances s'embrouillaient dans l'esprit de Stéphan qui sentait si près les montagnes familières :

« Et pourquoi pas ? La route n'est pas si longue... »

Mais Haik secoua la tête d'un air décidé :

« Non, non, tu ne peux pas te débrouiller seul à travers les marais. Il vaut mieux que tu passes par Antioche. Là-bas, tu vois... C'est beaucoup plus facile... Mais là-bas aussi, ils t'attraperont si tu prends les chemins ordinaires. Tu ne parles pas turc, tu ne peux pas prier comme eux, et rien qu'à voir ta tête, ils deviendront tout de suite féroces... »

Stéphan, rêveur, retomba sur sa couverture :

« Je ne marcherai que la nuit... Peut-être qu'ils ne m'attraperont tout de même pas... »

— Ah ! comme je te connais... » gronda Haik, à la fois méprisant et compatissant, puis il se mit à tirer des plans pour voir comment il pourrait accompagner Stéphan sans perdre plus d'un jour. Mais le petit Bagradian qui, quoique grelottant de fièvre, se sentait à l'aise dans une douce torpeur et s'imaginait toute chose simple et facile, balbutiait mollement :

« Peut-être le Christ me viendra-t-il en aide... »

Et en effet, on aurait bien dit à ce moment qu'une puissance supérieure était intervenue en faveur de Stéphan. Le fermier turcoman grimpa sur le toit par l'échelle appuyée contre le mur et se mit à jeter en bas les gerbes de roseaux ainsi que la réglisse. Haik se leva aussitôt et s'empressa de l'aider dans son travail. Lorsqu'ils eurent terminé, le paysan parut avoir soudain une idée lumineuse et regarda Stéphan avec un clignement d'yeux :

« Voulez-vous venir avec moi, gamins ? Demain matin, j'irai en voiture à Antioche pour le marché. Puisque vous êtes d'Antioche, je vous ramènerai chez vous. Le soir même, nous y serons... »

33

Et avec fierté il montra du doigt la grande écurie construite derrière la maison : « Vous savez, ce n'est pas avec un char à bœufs que j'y vais, mais avec un cheval et une vraie voiture à roues. »

Haik poussa un peu de côté son faux turban pour gratter d'un air méditatif sa tête soigneusement rasée de près par la veuve Chouchik avant son départ :

« Oui, père, ce serait bien si tu pouvais emmener à Antioche mon cousin Hussein. Sa famille habite là-bas. Mais les miens sont maintenant à Hammam. C'est dommage que tu n'ailles pas à Hammam avec ta voiture. Tant pis, j'irai à pied... »

Le Turcoman plongea son regard attentif dans celui du rusé gamin :

« Tes parents sont d'Hammam ! Allah kerim, bir ! Dieu est indulgent, mon garçon ! Je connais tous les habitants d'Hammam. Quel métier ont-ils donc ? »

Haik rencontra les yeux scrutateurs du paysan et lui répondit d'un ton condescendant et vexé :

« Mais, père, je t'ai déjà dit qu'ils ne sont là-bas que depuis hier. Ils habitent au Chan Omar Agha...

— Janasydché, espérons qu'ils y auront de la chance ! Mais les soldats se sont installés au Chan Omar Agha. Ce sont des soldats envoyés pour déloger du Musa Dagh les traîtres d'Ermenis...

— Que dis-tu ? Des soldats ? Ma famille n'en a rien su. Peut-être d'ailleurs, l'armée est-elle déjà partie. Enfin, Hammam est grand, et ils y auront bien trouvé une autre auberge. »

Il n'y avait rien à répliquer à de telles explications. Le Turcoman qui n'était pas arrivé à démasquer l'identité d'Essad, réfléchit intensément quelques secondes, remua à maintes reprises les lèvres sans rien dire et finalement quitta les lieux.

Bien avant minuit, Haik se prépara déjà à partir. Mais, au préalable, il prit soin de Stéphan dans la mesure du possible et fourra l'une de ses saucisses dans le sac à dos de son ami. Il alla remplir à la source qui coulait devant la maison la bouteille thermos de Stéphan ; en outre, il nettoya les habits de son camarade encore couverts de boue sèche. Tout en prenant soin de lui avec une sollicitude des plus actives, il lui répétait sans cessé les préceptes d'après lesquels il devait modeler sa conduite :

« Le bonhomme va porter sa marchandise là-bas au marché hebdomadaire. Tu peux très bien entre temps te cacher dans la voiture. Tâche autant que possible de ne pas dire un mot. Puisque tu es malade, c'est bien naturel. Dès que tu vois la ville, tu sautes en bas, tout doucement, tu comprends, et tu vas te coucher dans un champ, dans un fossé ou dans un trou où tu attends jusqu'à ce que tout soit devenu sombre... As-tu pigé ça ? »

Stéphan était tout recroquevillé sur sa couche. Il appréhendait les coliques dont le retour se faisait sentir. Et plus encore, il appréhendait d'être seul. La nuit n'était pas agitée de nuages comme la veille; sa pureté était sans défaut. La voûte énorme de la voie lactée s'arrondissait, blanche et dense, au-dessus du toit du Turcoman. Stéphan sentit un instant la main d'Haik dans la sienne. Ce fut tout. Il entendit encore une fois la voix de son ami, altière et rude comme jadis : « Fais bien comme je te l'ai dit, tu entends, et déchire la lettre pour Jackson. »

Haik avait déjà posé le pied sur l'échelle, lorsqu'il revint encore vers Stéphan. Sans mot dire, il traça rapidement, d'une main timide le signe de la croix sur le front et la poitrine de son ami.

Dans les temps de danger mortel, chaque Arménien a le devoir de servir de prêtre et de père à tout autre Arménien. Ter Haigasoun l'avait appris à ses élèves au cours de religion à Yoghonoluk, à une époque où personne encore ne savait que ces temps de danger mortel avaient déjà commencé.

Juste avant d'arriver au village d'Ain el Béda, le chemin carrossable obliquait vers la plaine. Le Turcoman fit courir d'un trot gaillard son petit cheval dans l'air matinal, sur la route vide. Sa voiture à ridelles lourdement chargée tressautait cruellement dans les profondes ornières de boue raidie. Stéphan remarquait à peine ce pénible fracas. Il était couché sur sa couverture parmi les bottes de roseaux et la fièvre le dévorait. Cette fièvre était un bienfait divin. Elle effaçait en lui toute notion de temps et d'espace. Plongé au milieu de visions floues mais agréables, il ne pensait ni au lieu où on l'emportait, ni au sort qui l'attendait. De plus, la fièvre, qui fonçait encore sa peau déjà brunie l'aidait aimablement à conserver son déguisement. Toutes les fois que le paysan, pour faire reposer son cheval, descendait de son siège et s'inquiétait de l'état de son passager, celui-ci gémissait tout haut et fermait les yeux. De cette façon, aucun des nombreux essais de conversation du brave Turcoman n'obtenait de résultats dignes de ce nom. Il n'entendait jamais autre chose que des plaintes monosyllabiques et, de temps en temps, la prière instante d'arrêter le véhicule. Pour ce cas-là, Haik lui avait enfoncé dans la tête la tournure nécessaire : « Ben bir az hasta im. » — « Je suis un peu malade. » Et Stéphan répétait fidèlement cette phrase à chaque occasion avec un sang-froid imperturbable. Par ce moyen, il se trouvait dispensé de toutes les prières, car l'islam permet aux malades et aux convalescents de ne pas prendre part aux exercices religieux qui exigent un effort corporel. Après avoir passé la petite rivière Afrin sur un pont de bois, le paysan s'apprêta à prendre son repas de midi. Il dételà son cheval et lui suspendit la mangeoire au cou. Stéphan dut également descendre et s'installer aux côtés du vieux, un peu à l'écart, sur la steppe brûlée du soleil. Il ne roulait presque aucune voiture sur le chemin. Jusqu'à présent ils n'avaient encore rencontré que deux chars à bœufs venant de la direction opposée. Les paysans de la région utilisaient la grand'-route qui rejoint Antioche en passant par Hammam. Le Turcoman déballa une miche de pain et un fromage de chèvre dont il tendit une portion à Stéphan :

« Mange un peu, mon garçon ! Quand on mange, ça tue toutes les douleurs. »

Stéphan ne voulait pas vexer son hôte et mordit dans le fromage d'une dent peu enthousiaste. Il mâchait sans relâche, mais n'arrivait pas à avaler le premier morceau. L'aimable paysan le regardait d'un œil inquiet :

« Peut-être vas-tu avoir besoin de plus de forces que tu n'en as, mon petit. »

Stéphan ne comprenait pas ces mots prononcés d'une voix gutturale, mais il fallait surtout n'en laisser rien paraître. C'est pourquoi il s'inclina, posa sa main sur son cœur et débita la phrase passe-partout invoquant sa maladie :

« Ben bir az hasta im. »

Mais le Turcoman garda longtemps le silence. Puis, tandis que ses puissantes pommettes se mouvaient lentement comme des meules, il fit de son poing armé du couteau un mouvement violent ; on aurait dit qu'il voulait couper en deux quelque chose. Stéphan tressaillit jusqu'au plus profond de la moelle. Et il entendit prononcer des mots arméniens :

« Tu ne t'appelles pas du tout Hussein. Finis donc de me raconter des histoires ! Veux-tu vraiment aller jusqu'à Antioche ? Je ne le crois guère. »

L'émotion fut telle pour Stéphan qu'il faillit perdre connaissance. Malgré sa fièvre, des gouttes de sueur froide coulèrent sur son front. Les petits yeux enfoncés du Turcoman étaient devenus très tristes :

« N'aie pas peur, quel que soit ton nom, et aie confiance en Dieu ! Tant que tu seras auprès de moi, il ne t'arrivera rien. »

Stéphan rassembla toutes ses connaissances et tenta de bredouiller quelques mots turcs. Le vieux paysan l'en dissuada de sa main qui tenait toujours le couteau. Il n'avait plus besoin d'aucune explication. Il songeait aux misérables troupeaux qui défilaient nuit et jour devant sa maison sous les coups des saptiéhs :

« D'où viens-tu, mon garçon ? Es-tu originaire du Nord ? T'es-tu enfui ? Tu t'es échappé d'un convoi de déportés, hein ? »

Stéphan, faisant contre mauvaise fortune bon cœur, se laissa aller à la confiance. Aucun démenti ne lui aurait plus servi de rien. Il chuchotait en arménien des phrases hâtives, mais entrecoupées, pour que seul son hôte le comprît et non pas le monde hostile environnant toujours aux aguets :

« Je suis d'ici, du Musa Dagh. De Yoghonoluk. Je veux rentrer chez moi, chez mes parents.

— Chez toi ? » La main noueuse du paysan caressa sa barbe grise d'un geste plein de sagesse : « Ainsi, tu fais partie de ces gens qui se sont retranchés sur la montagne et qui font la guerre à notre armée. Tiens, tiens... » La voix du bon vieillard se rembrunit. Stéphan croyait déjà que c'en était fait de lui. Il glissa de côté, s'abandonnant à son destin et pressant son visage contre la terre au poil brun et rèche. Le Turcoman tenait toujours son grand couteau en main. Il n'avait qu'à porter un léger coup. Quand allait-il s'y décider ? Mais voici que la voix bonasse du vieillard retentissait de nouveau à son oreille :

« Et comment s'appelle l'autre, ton cousin, cet Essad ? Celui-là, il a plus d'un tour dans son sac. Il ne se laisse pas attraper aussi facilement que toi, mon pauvre... »

Stéphan ne lui donna pas de réponse. Il se pelotonnait sur lui-même dans l'attente de son heure dernière. Mais bientôt il se sentit enlevé en l'air par des mains rudes comme la pierre et pourtant bienveillantes :

« Ce n'est tout de même pas de ta faute si les autres sont coupables ! Je te souhaite que Dieu te ramène vers eux. Cela ne t'avancera pas à grand'chose, ni eux non plus. Enfin, viens, nous allons voir ce qu'il y a à faire. »

Stéphan se réinstalla dans la voiture au milieu des bottes de roseaux. Mais le Turcoman semblait à présent impatient et ne cessait de fouetter son cheval, bien que la bête eût déjà fait un long chemin et que son poil ébouriffé fût tout ruisselant de sueur. La suite du voyage se fit souvent au trot, sur un rythme rapide, parfois même au galop; pendant ce temps le paysan prononçait d'étranges monologues ou accablait son cheval d'épithètes désobligeantes. Malgré tous les cahots qu'endurait Stéphan, il avait de plus en plus l'impression d'être, sur cette couche en perpétuel mouvement, sous la protection directe de Dieu. Il essaya de penser à Maman. Etait-elle vraiment malade ? Mais non, il n'était rien arrivé, rien du tout. Lorsque lui, Stéphan reviendra, lorsqu'il apparaîtra devant la longue tranchée du col Nord, Awakian courra comme un fou avertir Papa, puis ses deux parents se précipiteront au-devant de lui, et ils pleureront de joie de voir leur enfant sain et sauf, et ils l'embrasseront, et ils s'embrasseront comme au bon vieux temps. Malgré ces laborieux mirages, Stéphan n'arrivait pas souvent à retrouver dans toute sa pureté l'image de sa mère. La plupart du temps, elle se fondait avec la silhouette d'Iskouhi, et ce mélange lui était des plus douloureux. Mais il ne pouvait rien faire pour l'empêcher, malgré le chagrin qu'il en éprouvait. Soudain, il entendit la voix d'Haik lui rappeler qu'il ne fallait pas perdre le temps en vaines rêveries. Maintenant qu'il faisait jour, il s'agissait de dormir et de concentrer ses forces pour la course nocturne. Pour obéir à son ami, il serra ses paupières bien fort l'une contre l'autre. Mais la somnolence qui l'envahit alors était plutôt une sorte de paralysie qu'un véritable sommeil. Le paysan arrêta son cheval et dit à son passager fiévreux de descendre. Stéphan s'arracha à grand'peine à son étrange état et se glissa à bas de la voiture. Il vit, pas très loin de là, une colline arrondie et dénudée ceinte de murs fortifiés dont le pied était recouvert d'une foule de maisons blanches et cubiques. Le Turcoman désigna ce tableau, du bout de son fouet :

« Habib en Neddchar, la citadelle ! Voilà Antakièh ! Il vaut mieux te cacher à présent, mon garçon ! »

En effet, une centaine de pas plus loin, le chemin raboteux aboutissait à la route régionale d'Hammam que Dchémal Pacha venait également de faire rénover. Cette voie de communication fraîchement remise en état était, contre toute attente, grouillante de vie. Le Turcoman sépara un peu les gerbes de roseaux, en ménageant dans la voiture un creux profond :

« Glisse-toi là dedans ! Je te conduirai à travers la ville et je t'amènerai encore un peu plus loin que le Pont de Fer. Il m'est impossible d'en faire plus. Voilà qui est bien, et maintenant, couche-toi et reste tranquille ! »

Stéphan s'étira de tout son long. Le paysan le recouvrit de façon très habile : il avait ainsi de l'air et ne souffrait pas trop sous le poids des gerbes. Lorsqu'il fut étendu dans cette fosse, toutes les pensées et les images d'auparavant s'envolèrent de l'âme du jeune Bagradian. Il n'était plus là qu'une masse pesante, indifférente, sans peur et sans courage. La voiture roulait déjà sur la large route bien plane et facile. On entendait de tous côtés retentir des voix et fuser des rires. Stéphan, au fond de sa cachette, les percevait sans émotion. Puis le chemin redevint cahotant ; c'était probablement un sol pavé. Mais, soudain, la voiture s'arrêta avec un tressaillement d'effroi. Des hommes s'approchèrent et entourèrent le véhicule. C'étaient sans doute des saptiéhs, des soldats ou des agents de police. La conversation arriva aux oreilles de Stéphan, assourdie et pourtant renforcée comme par un tuyau acoustique :

« Où vas-tu, paysan ?

— A la ville, au marché, comme toutes les semaines ! Où donc est-ce que je pourrais aller si ce n'est là ?

— Tes papiers sont-ils en règle ? Fais-les voir ! Qu'as-tu là dans ta voiture ?

— Des marchandises à vendre ! Vous n'avez qu'à regarder vousmêmes. J'ai du roseau pour les charpentiers et quelques okas de réglisse...

— N'as-tu rien d'interdit ? Connais-tu les nouveaux règlements ?
Toutes les céréales, le maïs, les pommes de terre, le riz et l'huile
doivent être livrés aux autorités.

— J'ai déjà porté mon maïs à Hammam. »

Quelques mains fouillèrent rapidement les couches supérieures.
Stéphan s'en rendit compte, toujours sans peur et sans courage. Puis
le petit cheval fatigué tira à nouveau sur ses rênes. Sur un rythme des
plus paresseux, ils traversèrent un tunnel de voix criardes. La lumière
filtrait de plus en plus faiblement jusqu'à Stéphan. Il faisait déjà sombre
lorsqu'ils furent interpellés pour la seconde fois. Mais le Turcoman ne
s'arrêta pas. Une voix aiguë les poursuivit de ses glapissements :

« En voilà de nouvelles manières ! La prochaine fois, tu me feras
le plaisir de circuler de jour. C'est compris ? Quand donc est-ce que
ces abrutis finiront par saisir que nous sommes en guerre ? »

Les fers du cheval tintaient sur les énormes pavés du pont qui remontait aux croisades et que, pour une raison maintenant oubliée, on
appelait le Pont de Fer. Derrière le pont, le Turcoman libéra l'enfant
fiévreux du poids qui l'oppressait. Stéphan put de nouveau se coucher
au milieu des gerbes de roseaux, enroulé dans sa couverture. Le paysan
était extrêmement satisfait :

« Tu peux être content, mon garçon ! Tu as passé maintenant le
pire des dangers. Allah t'est vraiment favorable. Aussi je vais te mener
encore un peu plus loin, jusqu'à Mengouljé, où je pourrai faire reposer
mon cheval et passer la nuit chez un compère. »

Stéphan s'endormit aussitôt d'un profond sommeil. Le Turcoman
fouetta encore une fois sa pauvre bête pour arriver aussi vite que
possible avec son protégé au village de Mengouljé d'où Stéphan
aurait encore dix bonnes lieues à marcher pour atteindre l'embranche-
ment menant dans la vallée des villages. Mais l'âme simple du paysan
avait sous-estimé les raffinements de la destinée arménienne. Stéphan
s'éveilla sous la lumière crue de lampes à acétylène et de lanternes
sourdes braquées en tous sens sur son visage. Des faces surmontant
des uniformes, des moustaches raides, des bonnets en peau d'agneau
se penchaient vers lui. La voiture était tombée au beau milieu du
campement d'une des compagnies que le wali avait envoyées de la
ville de Killis au secours du kaimakam d'Antioche. Les soldats avaient
dressé leurs tentes des deux côtés de la route. Seuls les officiers s'étaient
installés à Mengouljé. Le Turcoman se tenait tranquillement debout
à côté de la voiture. Peut-être pour cacher son effarement, il se mit à
tapoter son cheval. L'un des onbachis lui demanda rudement : « Où
t'en vas-tu comme ça ? Qui est ce gamin-là ? Est-ce ton fils ? »

Le paysan secoua la tête d'un air absent :

« Non, non, ce n'est pas mon fils. »

Il essayait de gagner du temps pour trouver une bonne idée. L'onbachi lui ordonna, en hurlant, d'ouvrir enfin la bouche. Par bonheur, le vieux connaissait parfaitement les localités de la région pour s'y être rendu aux marchés hebdomadaires. Il dit dans un soupir, en balançant la jête :

« Nous allons à Séris, à Séris qui est au pied de la montagne... »

Il chantonnait ces paroles à la manière d'un refrain innocent. L'onbachi dirigea sur Stéphan un vif jet de lumière. Alors la voix du Turcoman se fit pleurarde :

« Oui, regarde-le, ce pauvre enfant ! Il faut que je le ramène chez lui à sa famille, à Séris... »

Entre temps, une foule considérable de sous-officiers et de soldats s'était rassemblée autour de la voiture. Or, le vieillard semblait soudain en proie à une intense agitation :

« Oh ! n'approchez pas trop, n'approchez pas, prenez garde... »

L'onbachi sursauta en effet de frayeur en entendant cet avertissement et il regarda d'un œil fixe le paysan qui montrait du doigt le visage de Stéphan :

« Tu le vois, cet enfant a la fièvre et il n'a pas sa connaissance. Reculez-vous, vous autres, pour que la maladie ne vous atteigne pas comme lui. L'hékim n'a pas voulu garder le petit à Antioche... »

Et le digne Turcoman lança en plein cœur à l'onbachi le mot redouté : « La petite vérole ! » Ni la peste, ni le choléra n'inspiraient à cette époque en Syrie un tel effroi que le mot « petite vérole ». Les soldats firent aussitôt un bond en arrière et même le sévère onbachi recula de trois pas. L'excellent homme d'Aïnel Béda, au contraire, se mit en devoir de tirer de sa poche ses papiers d'identité et de les fourrer sous le nez du sous-officier pour en réclamer l'examen. Mais celui-ci, avec un juron, s'abstint d'effectuer les obligations de sa fonction. Dans l'espace de dix secondes, la route s'ouvrit toute libre devant la voiture. Le Turcoman, débordant d'orgueil et de joie à la pensée de son coup si bien réussi, abandonna à lui-même son petit cheval épuisé et accourut auprès de Stéphan en poussant des rires étouffés :

« Tu vois, mon garçon, comme Allah te prodigue sa faveur. N'était-ce pas déjà une grâce de sa part que de t'envoyer vers moi ? Tu peux être content de m'avoir trouvé ! Ça oui, tu peux être content. Car maintenant, il faut que je roule encore une demi-heure avec toi, si je veux trouver un autre abri pour la nuit... »

Mais sa grande épouvante avait paralysé Stéphan à un tel point qu'il n'entendait presque plus rien de ces paroles. Lorsque, plus tard, son sauveteur le secoua pour le réveiller, il ne pouvait plus faire le moindre mouvement. Alors, le vieux Turcoman le prit dans ses bras comme un petit enfant et le posa debout sur la route qui mène à Suédja en suivant le lit de l'Oronte :

« Maintenant, il n'y a plus personne à l'horizon, mon garçon !

Si tu marches bien, tu pourras encore arriver avant le jour sur la montagne. Allah fait plus pour toi que pour beaucoup d'autres. »

Le paysan donna à Stéphan un morceau de son fromage, une miche de pain et sa gourde qu'il avait encore remplie d'eau fraîche à Antioche. Puis il prononça sans doute quelques pieuses formules propres à donner du courage au jeune voyageur et les termina par le souhait de paix : « Selam alek ! » Stéphan n'entendit rien de tout cela, car sa tête était obsédée d'un grand bourdonnement d'oreilles. Il vit seulement le turban clair et la barbe blanchâtre s'agiter selon un rythme régulier, puis l'un et l'autre, la barbe et le turban percèrent l'obscurité d'un éclat toujours plus vif. Le fils de Bagradian se sentit le cœur serré en voyant s'éloigner ces sources de douce lumière tandis que retentissaient les sabots du cheval sur le chemin raboteux. La voiture déjà lointaine n'avait pas de lanterne et la lune n'était pas encore montée au-dessus des gorges de l'Amanus.

Ter Haigasoun avait envoyé un message aux habitants des cimetières des villages; c'était bien la première fois que telle chose lui arrivait depuis sa prêtrise. Dans ce message, il demandait à Nounik et à ses semblables de bien vouloir explorer les environs du Musa Dagh pour essayer d'y retrouver les traces du petit Bagradian disparu. Si elles arrivaient à fournir des renseignements d'importance ou peut-être même à ramener le fugitif, on leur laissait entrevoir une récompense considérable. On leur désignerait un emplacement où camper à l'écart du vallon de la ville. Ter Haigasoun faisait preuve d'une extrême sagesse en estimant à un tel prix la découverte de Stéphan. Gabriel Bagradian était le personnage le plus important sur le Damlajik. L'avenir entier dépendait de l'état d'âme et d'esprit du chef militaire suprême. Il fallait tout mettre en œuvre pour empêcher que la force intérieure de Gabriel, déjà durement ébranlée par le coup que lui avait porté Juliette, ne fût complètement brisée par la destinée de Stéphan. Le prix offert à cette lie de la population était vraiment énorme. Et cependant, Nounik n'avait guère d'espoir de l'obtenir. Depuis la dernière grande victoire arménienne, la situation des miséreux demeurés dans la vallée avait cruellement empiré. Le mudir avait placardé dans tous les villages des environs le texte d'un ordre aux termes duquel tout musulman était dans l'obligation d'arrêter sans autre forme de procès n'importe quel Arménien qui lui tomberait sous la main, même un mendiant, un aveugle, un malade, un fou, un infirme, un vieillard ou un enfant. Cet ordre judicieux avait pour but de rendre impossible tout espionnage dans la vallée au profit du camp sur la montagne. L'affiche n'était pas collée depuis deux jours sur les murs de l'église que déjà le peuple des cimetières qui, à l'origine, en comptant tous ses membres originaires des sept villages, comprenait environ

soixante-dix têtes, se trouvait réduit à moins de quarante. Par conséquent, le reste de cette société se voyait obligé de chercher une cachette
absolument inaccessible s'il voulait quelque temps encore jouir de la
vie. Or, grâce à Dieu, il existait bien une telle cachette. Seuls, les plus
vaillants et les plus forts, comme l'immortelle Nounik, en sortaient
entre minuit et l'aube pour chercher leur nourriture, c'est-à-dire
pour aller voler l'un ou l'autre agneau, chevreau ou poulet, opération
qui mettait grandement leurs jours en danger. Et le chemin de retour
que prenait Stéphan passait justement devant leur repaire.

A une lieue environ du village d'Ain Jérab, les ruines de l'ancienne
Antioche se pressent en groupes serrés, formant toute une véritable
ville. Cet ensemble est surmonté par les pilastres et les arcs brisés
de l'aqueduc romain. La route, commode jusque-là, se rétrécit à cet
endroit pour devenir un sentier assez indistinct qui longe le lit du
fleuve profondément creusé dans les rochers et traverse tout ce désert
de pierres, témoin d'une antique activité humaine. Le chemin est à peine
praticable, car il est souvent jonché de gros blocs, de fragments de
colonnes ou de chapiteaux détachés. Stéphan, étourdi par la fièvre,
trébuchait à chaque instant entre les ruines perfides, s'embarrassait
les pieds dans les plantes grimpantes, tombait, s'écorchait les genoux,
se relevait et reprenait sa route en trébuchant. A sa main droite, bien
caché au fond du champ de décombres, on voyait parfois briller l'éclat
faible et fugitif d'un petit feu. Si Haik avait été avec Stéphan, il aurait
deviné, même sans le signal du feu, la proximité des êtres misérables
et pourtant frères. Guidé par un instinct surhumain, son pied aurait
choisi le bon chemin. Mais où pouvait bien être Haik à pareille heure ?
A trente pas de la route, le salut attendait Stéphan et même il se révélait à lui au moyen d'un signal de feu. Nounik, Wartouk et Manouchak
auraient bien caché Stéphan ; elle l'auraient soigné un jour et une nuit,
puis l'auraient ramené sur le Damlajik, par les chemins sûrs dont elles
avaient fait l'expérience, pour se faire décerner la grande récompense
méritée. Mais l'enfant des villes eut peur du feu. Chassé par la crainte,
il monta, haletant, le chemin en pente. Parvenu en haut, il s'arrêta
et but d'un seul coup toute l'eau déjà chaude et fade contenue dans la
gourde. Le Musa Dagh s'élevait devant lui. Il pouvait distinguer
nettement à la lueur de la lune l'épais nuage noir, souvenir de l'incendie
qui s'échappait encore du front de la montagne. Le foyer même des
flammes semblait s'être beaucoup réduit, car il n'y avait plus de vent
pour l'entretenir. De temps en temps, un mystérieux éclat de braise
surgissait, puis disparaissait bientôt après.

A ce moment, une chance encore fut offerte au fils de Bagradian.
Nounik avait flairé une présence. En s'éloignant un peu du feu, elle
avait perçu une ombre rapide qui ne pouvait pas être celle d'un homme.
Il y avait parmi ce peuple misérable quelques enfants « sans proprié-

taire ». L'un de ces enfants, qui n'était bien sûr qu'un garçonnet de huit ans, fut envoyé en éclaireur pour identifier l'ombre suspecte. Mais lorsque Stéphan entendit derrière lui un bruit furtif de pas et de pierres, au lieu de se retourner, il se mit à courir en avant comme un fou. Toutes ses forces se tendirent pour cette course désespérée. Ses oreilles sifflaient. Etait-ce un appel de Papa ? Ou bien l'impérieux « en avant » d'Haik ? Il fuyait à toute allure comme s'il eût été poursuivi non par un petit enfant, mais par toute cette compagnie aux mains de laquelle il avait échappé le soir même. Les ruines de l'aqueduc finirent soudain ; le chemin s'élargissait. De sombres contreforts s'avançaient sur la route. Stéphan courait comme s'il y allait de sa vie. Une cruelle illusion l'entraîna dans la première vallée latérale qu'il crut être déjà la bonne, celle des sept villages. L'élan impondérable de sa fuite lui ôtait tout son poids ; il croyait voler comme un être ailé au-dessus de la pente couverte de cailloux. Stéphan obliqua dans la vallée sans savoir qu'il criait de toutes ses forces. Mais il n'alla pas loin. Il se heurta au premier obstacle conséquent qu'il rencontra, un tronc d'arbre posé en travers du chemin, et il resta couché par terre.

Avant qu'il eût repris à demi connaissance, le jour était déjà levé au milieu d'une aube brumeuse. Mais Stéphan croyait fermement que c'était l'avant-veille, à l'heure où il était arrivé avec Haik sur la route, au delà du marais d'El Amk, dans le pays des riantes collines, devant la maison du Turcoman. Il avait oublié tous les incidents postérieurs ou ce qui lui en restait lui semblait n'être que de pâles visions de rêve. Cette illusion maladive sur le temps fut encore renforcée en lui par le fait qu'il voyait sous ses yeux, comme l'avant-veille, une maison ; celle-ci, à vrai dire, n'était pas faite de blanc calcaire, mais d'argile ridée, et de plus, elle était sans fenêtres et d'aspect répugnant. Or, il sortit également de cette demeure un homme à turban et à barbe grise ; ce n'était pas l'ange gardien, le paysan turcoman, mais c'était néanmoins aussi un vieillard. Et justement, cet homme-là examinait aussi le vent, le temps et les quatre points cardinaux, jetait par terre un petit tapis, s'agenouillait dessus et se mettait à exécuter les inclinaisons et les oscillations de la prière mahométane.

L'avertissement d'Haik traversa comme un éclair l'esprit de Stéphan : copier tous les gestes des autres ! Et sur le lieu même où il était tombé de tout son long pendant la nuit, il s'essaya à la reproduction des gestes religieux. Mais ses efforts n'aboutirent qu'à un balancement mou et à des cris plaintifs. Cet homme, lui aussi, ne tarda pas à remarquer l'enfant. Mais il parut qu'il était beaucoup moins pieux que le paysan turcoman, car il interrompit sa prière pour se lever et s'approcher de Stéphan :

« Qui es-tu ? D'où viens-tu ? Que veux-tu ? »

Stéphan fit de son mieux pour se mettre à genoux, s'inclina et posa sa main sur son cœur :

« Ben bir az hasta im, Effendi. »

Après ces mots si souvent répétés, il indiqua par une mimique la soif qui le dévorait. L'homme à barbe grise hésita tout d'abord. Mais finalement, il alla à la fontaine puiser toute une cruche d'eau qu'il rapporta au garçonnet. Stéphan but sans arrêt, quoique l'eau lui causât aussitôt d'effroyables douleurs. Pendant ce temps, quelqu'un d'autre était sorti de la maison, non pas des femmes secourables comme Stéphan s'y attendait, mais un autre homme, à barbe noire et de mauvaise humeur. Il répéta exactement les questions de l'homme aux cheveux gris :

« Qui es-tu ? D'où viens-tu ? Que veux-tu ? »

L'enfant en détresse indiqua par deux gestes une direction indéterminée; ils pouvaient aussi bien désigner Antioche que Suédja. L'homme noir se fâcha :

« Ne sais-tu pas parler ? Es-tu muet ? »

Stéphan lui répondit par un sourire de ses yeux immenses, désemparé comme un enfant de trois ans. Il restait toujours à genoux devant les deux hommes. Le grison tourna deux fois autour de lui comme pour considérer, de l'œil grave d'un connaisseur, un travail achevé. Puis il prit le garçonnet par le menton et tourna sa tête vers la lumière. L'homme noir prit activement part à cet examen. Après quoi, ils s'écartèrent de quelques pas et discutèrent vivement ensemble sans quitter Stéphan des yeux. Lorsqu'ils eurent terminé leur débat, on lisait sur leurs visages la gravité de fonctionnaires chargés d'une délicate mission officielle. La barbe noire entama l'interrogatoire :

« Es-tu circoncis ou non, mon garçon ? »

Stéphan ne comprit pas. Son sourire confiant fit place peu à peu à un regard interrogateur et angoissé. Son silence exaspérait la colère des deux mahométans. Des sons durs se précipitaient sur lui comme une grêle drue. Malgré leurs exclamations et leurs gestes, il comprenait de moins en moins ce qu'ils voulaient de lui. Finalement la barbe noire s'impatienta. Il saisit sous les bras l'enfant agenouillé et le mit sur ses pieds. La barbe grise se mit en devoir d'écarter ses vêtements et d'inspecter soigneusement l'objet de leur curiosité. Ils avaient enfin la preuve désirée. Ce malin gamin arménien qui jouait le sourd-muet était un impudent espion envoyé par les combattants de la montagne. Il n'y avait pas de temps à perdre. Ils poussèrent devant eux Stéphan qui titubait et prirent l'étroit chemin qui descend d'Ain Jérab jusque sur la grand'route. Arrivés-là, ils le tinrent ferme en attendant le passage du premier char à bœufs vide venant des environs d'Antioche à destination de Suédja. Le charretier dut aussitôt changer le but de son voyage au nom du service d'intérêt public. Les sbires improvisés hissèrent leur prisonnier dans le véhicule. La barbe noire s'installa à ses côtés tandis que la grise marcha sur la route, non loin de l'attelage, expliquant avec animation au propriétaire de la voiture quel danger il était en train d'écarter.

Or, comme tout était écrit dans la destinée de Stéphan, une bénigne puissance céleste vint effacer de son âme la conscience du présent. Sa tête tomba sur les genoux de l'homme à barbe noire, son plus mortel ennemi. Et, chose étrange ! cet homme au cœur dur ne repoussa pas sa victime. Il restait assis raide, sans bouger, comme s'il craignait de faire mal au petit garçon. Le visage brûlant posé sur ses cuisses, les yeux grands ouverts qui le regardaient sans le voir, l'haleine fiévreuse qui enflait les lèvres d'un rouge ardent, toute l'attitude d'abandon enfantin de Stéphan éveillaient dans la sensibilité restreinte de l'homme à la barbe noire une farouche amertume. Le monde était ainsi fait, et pas autrement. On n'y avançait qu'à coups de poing impitoyables !

Quant à Stéphan, il ne savait plus rien du Musa Dagh. Il ne savait plus rien non plus des obusiers qu'il avait conquis, plus rien non plus des cinq hommes profondément endormis qu'il avait abattus par cinq coups de maître. D'Haik, il restait tout au plus un nom, et d'Iskouhi un souffle. Lui-même portait de nouveau son uniforme de lycéen et des bottes lacées bien serrées à ses pieds intacts, tout frais sortis du bain. Il se promenait à travers de magnifiques rues de grandes villes, le long des quais d'un lac éblouissant. Il habitait avec maman au Palace-Hôtel de Montreux. Il était assis devant des tables d'une blancheur impeccable, jouait sur des chemins semés de fin gravier ou se tenait sagement dans des salles de classe ripolinées de blanc, au milieu d'autre garçonnets, choyés comme lui. Il se voyait tantôt plus petit, tantôt plus grand, mais toujours bien gardé et dans une atmosphère de paix. Quant à Maman, elle portait une ombrelle rouge au-dessous de laquelle son visage brillait d'un éclat si ardent qu'il avait parfois peine à la reconnaître.

Toutes ces évocations étaient pauvres en événements, mais elles dégageaient tant de calme et de douceur que Stéphan ne remarqua pas le poste de saptiéhs qui surgit à l'entrée de Wakef. L'un des deux gendarmes prit place dans le char à côté de la barbe noire en qualité de renfort et tint fermement les pieds du prisonnier. A Wakef, un détachement assez important de saptiéhs se joignit à eux. Plus on avançait dans la vallée des villages, plus l'escorte suscitait d'intérêt et d'émotion. Une foule considérable de récents propriétaires fonciers, hommes, femmes et enfants, se mit à les suivre.

Bien avant midi, le convoi atteignit la place de l'église à Yoghonoluk. Il s'était formé autour du suspect une foule d'au moins mille têtes,

comprenant entre autres tous les anciens et nouveaux soldats actuellement en garnison dans les villages. On alla vite chercher le mudir
aux cheveux roux dans la villa Bagradian, Les saptiéhs poussèrent
Stéphan hors du char. Il dut se déshabiller entièrement sur l'ordre
du fonctionnaire, car il cachait peut-être quelque écrit important sur
son corps nu. Le fils de Bagradian obéit sans mot dire, plein de calme
et de sérénité, ce qui excita la fureur de la foule, car elle interpréta
cette attitude comme un signe de perversité enracinée. Avant même
qu'il fût complètement nu, quelqu'un lui porta par derrière un coup
sur l'occiput. Ce coup, lui aussi, était une grâce divine. Il n'étourdit
pas complètement Stéphan, mais l'enfonça plus profondément encore
dans ce merveilleux univers où il se mouvait à présent avec l'aisance
d'un enfant bien élevé.

Entre temps, les saptiéhs avaient tiré du sac de touriste le kodak
et la lettre à l'adresse de Jackson. Le mudir exhiba et brandit sous
les yeux de la foule l'appareil photographique, cet inoffensif cadeau
de Noël qui était inconnu et redoutable pour la plupart des assistants :
« Voilà un appareil auquel on reconnaît tous les espions ! »

Puis il déchiffra et traduisit pour les oreilles du peuple entier, d'une
voix que faisait vibrer le triomphe, le message au consul américain,
crime de haute trahison. Un cri haineux s'éleva comme un énorme
remous après la lecture. Le mudir s'approcha tout près de Stéphan
et le prit par le menton de sa belle main aux ongles soignés comme
pour l'encourager à répondre :
« Dis-nous maintenant comment tu t'appelles, gamin ! »

Stéphan sourit et garda le silence. La réalité s'agitait loin de lui
telle une mer aux douces vagues. Soudain le rouquin se rappela une
photographie d'enfant pendue au mur du sélamlik de la villa. Il se
tourna vers la foule d'un air solennel : « Puisqu'il ne veut pas le dire,
c'est moi qui vais vous l'apprendre. Ce garçon est le fils du fameux
Bagradian... »

À cet instant, le premier coup de couteau atteignit Stéphan en plein
dos. Mais il ne le sentit pas. Car juste à ce moment, ils allaient ensemble
chercher à la gare Papa qui venait de Paris les rejoindre en Suisse.
Maman portait toujours son ombrelle rouge. Papa sortait d'un très
haut portail, tout seul. Il avait un complet d'un blanc éblouissant et
pas de chapeau sur la tête. Maman lui faisait signe de la main. Et
lorsque Gabriel Bagradian apercevait son petit garçon, il lui ouvrait
ses bras, plein d'un amour infini. Or, comme Stéphan était encore
tout petit, il le levait contre son cœur, contre son visage rayonnant et
tout proche, il l'élevait bien au-dessus de sa tête, toujours plus haut,
plus haut, plus haut...

La première qui découvrit le cadavre mutilé après la tombée de la

nuit fut Nounik. Les saptiéhs l'avaient jeté nu comme il était au cimetière de Yoghonoluk aussitôt après l'avoir massacré. Nounik arriva
juste à temps pour l'arracher à la dent des chiens errants. Elle expédia
immédiatement un des enfants trouvés au campement des ruines pour
ordonner le départ de toute la colonie. Il était arrivé quelque chose
de formidable et la peur ne devait pas régner aujourd'hui. La race
d'Awétis Bagradian, le fondateur, s'éteignait à jamais. Mais d'autre
part, l'heure était aussi venue d'acquiescer au désir de Ter Haigasoun
et de rapporter le fils de Bagradian sur la montagne. On ne refuserait pas à Nounik la récompense promise et leur existence à tous était
désormais assurée.

Par petits groupes la craintive société se rassembla au cimetière.
Les pleureuses se mirent à l'œuvre sans tarder. Elles nettoyèrent le
corps déchiqueté du bel enfant tout couvert de sang et de boue.
Nounik fit preuve de générosité en l'honneur de la famille Bagradian.
Elle tira de son sac légendaire une longue chemise blanche dans
laquelle elle enveloppa le corps de Stéphan. Pendant ces ultimes tra-
vaux, l'un des aveugles à tête de prophète chantonna d'un air égaré :
« Le sang de l'agneau a coulé vers la maison. »

Après avoir terminé leur ouvrage, Nounik, Wartouk, Manouchak
et les autres pleureuses lièrent leurs énormes sacs sur leur dos. Elles
marchaient, l'échine courbée sous leur fardeau. A la deuxième heure
du nouveau jour, le cortège, muet et presque invisible malgré la demi-
lune, s'achemina vers le Damlajik pour atteindre le vallon de la ville
par un des chemins secrets qu'avait épargnés l'incendie de forêt.
Nounik, en qualité de chef, allait en tête, appuyée sur son long bâton.
Lorsqu'ils furent bien en sûreté dans la forêt, on alluma deux flambeaux qu'on porta des deux côtés de la civière afin que le mort ne fût
privé ni de lumière ni d'honneurs.

CHAPITRE III

La douleur

Gabriel Bagradian passait de nouveau ses nuits sur les positions Nord à sa place accoutumée. Sur la prière instante de Ter Haigasoun qu'inquiétait le relâchement visible de la discipline parmi les combattants, il avait repris le commandement en chef dès le premier soir après la disparition de Stéphan. Il donnait là, plus qu'au cours des trois combats, une preuve évidente de sa maîtrise de soi et de sa force nerveuse. Car, pendant tous ces jours, il ne pouvait empêcher ses mains de trembler et il était incapable d'avaler la moindre bouchée ou de dormir une minute. Le plus terrible, ce n'était pas l'incertitude où il était quant au sort de Stéphan, mais l'impossibilité totale de le retrouver et de le sauver. Dans les premières heures de désespoir, il avait caressé l'idée d'une expédition à l'extérieur. Ne devrait-il pas recomposer sa garde volante et tenter avec elle une sortie pour explorer les environs jusque sur la route d'Alep ? Peut-être en mettant à feu et à sang, pendant la nuit, toute la contrée, au point d'y jeter la terreur, retrouverait-il encore Stéphan et Haik. Mais il renonça naturellement bientôt à ce projet romanesque. Avait-il le droit d'exposer la vie de cent défenseurs à cause de son propre enfant en les entraînant dans une aventure aussi folle ? Stéphan n'avait finalement rien entrepris d'autre, de son propre chef, que ce qu'Haik était chargé d'accomplir au nom du peuple. Il n'y avait par conséquent aucune raison d'intérêt général pour remuer ciel et terre à cause de lui.

Avec l'ardeur furieuse d'un homme qui va étouffer, Gabriel Bagradian s'adonna sans réserve à un nouveau travail. La faiblesse et la mollesse favorisées par l'insuffisance de la nourriture s'étaient abattues sur la première ligne. Tchauch Nurhan reçut l'ordre de faire faire des exercices quotidiens à ses hommes. C'était comme pendant les premiers jours. Personne n'avait le droit de quitter son poste, même durant les heures de repos. La réserve se vit adjuger une lourde tâche. En vue de la future attaque turque qu'on prévoyait gigantesque, les tranchées ne devaient pas seulement être améliorées ; il fallait de plus, pour tromper l'ennemi, d'une part modifier leur emplacement, d'autre part les rendre imprenables au moyen de forts retranchements de pierres. Personne n'osait opposer de résistance à l'activité de Bagradian. Mais, phénomène étrange, au lieu d'exaspérer les hommes ou d'exciter leur haine, l'inquiétude et les exigences de Gabriel rendaient aux âmes relâchées la tension nécessaire en les remplissant d'une confiance nouvelle et d'une ardeur combative régénérée. Après un intermède d'affaiblissement, la vie des combattants reprenait un but et un sens.

Gabriel Bagradian ne sentait pas à vrai dire une résistance contre sa propre personne, mais la solitude dans laquelle il vivait s'accentua encore. C'était vrai, même au cours de l'époque précédente, jamais de véritables rapports cordiaux, ni amicaux, cela va sans dire, ne s'étaient établis entre lui et les chefs, ni entre lui et aucun de ses hommes. On lui témoignait, parce qu'il était le commandant suprême, de l'obéissance, du respect, voire de la gratitude ; mais, lui et les gens du Musa Dagh, cela faisait deux. Or maintenant, on l'évitait bel et bien, et même Aram Tomasian qui d'ordinaire avait toujours cherché à lier conversation avec lui. Il remarqua qu'à droite et à gauche de sa couche, dans la tranchée Nord, ses voisins s'éloignaient de lui pour dormir. Cela pouvait s'expliquer d'une façon superficielle : comme Gabriel Bagradian passait chaque jour une heure et plus au chevet de sa femme malade, on craignait qu'il ne fût porteur de germes infectieux. Mais derrière cette raison extérieure se cachaient des motifs plus complexes. Gabriel Bagradian était l'homme qu'avait atteint un malheur et auquel on pressentait qu'arriverait un malheur plus terrible encore. La crainte qu'inspire toujours l'homme menacé par le destin traçait autour de lui les limites d'une zone isolante.

En ce qui concerne l'épidémie du camp, grâce aux conditions atmosphériques favorables plus encore qu'à Bedros Hékim, elle avait adopté une forme lente et fâcheuse sans doute, mais relativement bénigne. Sur 103 personnes atteintes jusque-là, 24 seulement étaient mortes. Dès qu'un Arménien semblait même très légèrement indisposé et fiévreux, il devait aussitôt rassembler ses couvertures et ses oreillers et se mettre en route pour le bosquet de l'épidémie qui tenait lieu, au camp, d'hôpital des maladies infectieuses. Ce lieu ombragé au milieu du bois était au reste un séjour doux et agréable pour les malades. Une pluie, évidemment, aurait modifié toute la situation d'une manière des plus cruelles.

Bedros Altouni venait deux fois par jour sur sa monture visiter Juliette Bagradian. Il s'étonnait de ne pas voir la maladie suivre chez elle son cours habituel. La crise décisive se faisait attendre depuis longtemps. Pendant les premiers jours, Iskouhi Tomasian ne quitta presque pas la tente de la malade. La jeune fille y avait fait apporter son lit et dormait auprès de Juliette. Elle ne voyait plus désormais Howsannah ni l'enfant, puisqu'il ne pouvait en être autrement. Les servantes de Juliette la laissaient tranquillement agir. Elles redoutaient la contagion et ne touchaient qu'avec un grand dégoût la malade et ses effets. Qu'avaient-elles d'ailleurs à voir avec cette étrangère dont la réputation était maintenant si honteuse ? Aussi tous les soins à donner incombaient-ils jusqu'à nouvel ordre à la seule Iskouhi. Jour et nuit elle prodiguait à la malade inconsciente son aide attentive sans que son cœur se fût pour cela rapproché le moins du monde de la Française. Lorsque la femme du médecin venait la relayer, elle devait employer toute sa force pour obliger la jeune Tomasian à sortir de la tente et prendre quelques heures de repos. Mais Iskouhi s'asseyait tout près de l'entrée et ne s'éloignait pas. Lorsqu'un pas retentissait ou qu'un visage surgissait devant elle, elle prenait peur et essayait de se cacher. La pensée d'une rencontre avec son frère ou son père la troublait profondément. L'heure qu'elle préférait était la transition entre la nuit et le matin, où comme à ce moment précis, assise devant la tente, elle attendait Gabriel. A cette heure solitaire entre toutes, il avait coutume de venir vers la tente, car il ne pouvait presque jamais supporter de passer une nuit entière sur sa couche dans la tranchée Nord. Gabriel, suivi d'Iskouhi, s'approcha du lit de Juliette. La lampe à pétrole posée sur la coiffeuse jetait toute sa lumière sur la tête de la malade. Altouni avait recommandé qu'on ne quittât pas Juliette des yeux dans le cas où elle se réveillerait et serait prise d'une faiblesse de cœur. Gabriel Bagradian se pencha au-dessus de sa femme et lui écarta les paupières comme s'il voulait réveiller son esprit au moyen de la lumière. En effet, Juliette s'agita, fit quelques mouvements convulsifs, respira très haut, mais ne s'éveilla pas. La voix d'Iskouhi raconta à Gabriel tous les détails mémorables survenus au cours de la journée. A l'intérieur de la tente, tous deux n'échangeaient que des paroles banales. Devant la tente aussi, l'atmosphère n'était pas très sûre. Lorsque récemment à pareille heure ils s'étaient promenés sur la place des trois tentes en se tenant par le bras, Iskouhi avait senti que la portière remuait dans la tente d'Howsannah et que le regard de deux yeux cachés la poursuivait par derrière. C'est pourquoi ils quittèrent aujourd'hui sur la pointe des pieds la chambre de la malade et se rendirent au « salon de plein air », vers ce banc entouré de myrtes où Juliette avait jadis reçu ses admirateurs. Là, ils étaient bien à l'abri. Malgré la profonde solitude, ils ne se touchaient pas et les mots qu'ils prononçaient étaient légers comme un souffle :

« Tu sais, Iskouhi, j'ai cru d'abord que je perdais la raison. Mais à l'instant où j'ai senti ta présence, toutes ces horribles hantises se sont évanouies. Me voici de nouveau libre, maintenant. Ne dis rien ! Cette minute est si belle, et cela ne durera plus longtemps. »

Il se rejeta en arrière comme un homme torturé par une souffrance qui vient de trouver une position indolore et voudrait la conserver :

« J'ai aimé Juliette et peut-être que je l'aime encore. Au moins par le souvenir. Mais ce qui existe entre toi et moi, qu'est-ce donc au juste, Iskouhi ? Il était écrit que je devais te trouver à la fin de ma vie, de même que je suis venu ici, non point par hasard, mais... à quoi bon chercher des mots ? Durant toute mon existence, je n'ai fait que chercher ce qui m'était étranger. Cela a pu me séduire, mais ne m'a jamais rendu heureux. De mon côté, j'ai séduit l'étranger sans le rendre heureux. On vit des années avec une femme, Iskouhi. Et puis un beau jour, on rencontre l'unique véritable sœur que l'on possède, mais il est trop tard... »

Iskouhi, sans se tourner vers lui, regardait les buissons mollement agités :

« Si nous nous étions rencontrés là-bas, dans le monde, m'aurais-tu aussi reconnue comme ta sœur...

— Cela, Dieu seul peut le savoir. Peut-être ne t'aurais-je pas remarquée. »

Elle reprit sans que sa voix fût altérée :

« Moi, au contraire, j'ai su tout de suite ce que tu étais pour moi, déjà dans l'église de Yoghonoluk lorsque nous arrivions de Zeitoun...

— A ce moment-là ? Je n'ai jamais voulu croire qu'on pût devenir un autre homme, Iskouhi. Je m'imaginais qu'on pouvait acquérir de nouvelles connaissances, évoluer... Mais c'est le contraire qui est vrai. En réalité, on fond. Ce qui arrive à toi, à moi et à tout notre peuple, c'est un processus analogue à la fonte du minerai. Cette expression est mal choisie pour désigner la chose. Mais, je le sens, je ne cesse pas de fondre. Tout ce qui en moi est superflu, tout ce que le monde extérieur avait déposé sur moi, me quitte peu à peu. Bientôt je ne serai plus qu'un morceau de métal, telle est mon impression. Tu vois, c'est pour les mêmes raisons que Stéphan est perdu... »

Iskouhi lui saisit la main :

« Pourquoi dis-tu cela ? Pourquoi Stéphan serait-il perdu ? C'est un garçon vigoureux. Et Haïk atteindra certainement Alep. Pourquoi pas lui aussi ?

— Il n'atteindra pas Alep... Songe donc à ce qui est arrivé. Et il porte tout cela en lui...

— Tu ne devrais pas prononcer de tels mots, Gabriel ! Tu risques de lui porter malheur. Je suis pleine d'espoir pour Stéphan... »

Iskouhi tourna brusquement la tête vers la tente de la malade. En même temps une pensée surgit dans l'esprit de Gabriel sans qu'il sût comment cela s'était fait. Elle désire la mort de Juliette, elle ne peut pas faire autrement que de la désirer ! Iskouhi s'était levée en sursaut.

« N'entends-tu rien ? Je crois que Juliette appelle ! »

Il n'avait rien entendu, mais il suivit Iskouhi qui se précipita dans la tente. Juliette se tordait sur son lit; on aurait dit une femme enchaînée qui lutte contre ses liens. Elle n'était ni tout à fait inconsciente ni vraiment réveillée. Ses lèvres qu'elle serrait entre ses dents étaient couvertes d'aphtes blanchâtres. On voyait à ses joues d'un rouge ardent que, pendant les dernières minutes, la fièvre avait dû encore monter jusqu'aux limites du possible. Elle parut reconnaître Gabriel. Ses mains égarées se cramponnaient à la veste de son mari. Il ne pouvait qu'à grand'peine comprendre la question qu'elle balbutiait d'une voix rauque :

« Est-ce que c'est vrai, tout ça... Est-ce que c'est vrai... ? »

Entre cette question et la réponse de Gabriel il se produisit un petit laps de temps semblable à la cessation du vent dans un air glacial. Mais ensuite, il articula, penché sur sa femme, détaillant chaque syllabe à la manière d'un hypnotiseur qui donne un ordre à son sujet :

« Non, Juliette, rien de tout cela n'est vrai... rien du tout... »

Elle poussa un soupir impressionnant :

« Ah ! heureusement... Ce n'est pas vrai... »

Sa nervosité se détentit. Elle remonta les genoux comme pour aller se cacher bien tranquille et innocente dans le sein maternel de la fièvre. Gabriel lui tâta le pouls. Il battait à coups précipités mais à peine perceptibles, comme le bec d'un oiseau qui picore des grains. Il y avait lieu de douter qu'elle tînt encore jusqu'au matin. Vite, le cordial ! Iskouhi introduisit entre les lèvres de la malade une cuillerée de potion. Juliette revint alors encore une fois à elle, essaya de se redresser et haleta :

« Stéphan aussi... ne pas oublier... le lait... »

Le jour qui se levait devait être plein de contrariétés pour le pasteur Aram. Une lanterne accrochée à sa ceinture, il s'était mis en route avant l'aube pour descendre vers les falaises et inspecter les premiers résultats de la pêcherie qu'il avait organisée. Le radeau était enfin terminé et les jeunes gens s'étaient risqués par cette nuit sans vent à pratiquer la pêche côtière selon la manière usuelle, avec des sennes et de petites lanternes. Tomasian était hanté par son idée. Il n'y voyait pas seulement la possibilité de varier la nourriture, comme c'était devenu nécessaire, et d'y apporter une agréable augmentation; elle lui semblait de plus l'unique moyen de salut capable de remédier à la famine menaçante. En y mettant l'ardeur nécessaire, n'arriverait-on pas à arracher quotidiennement à la mer deux ou trois cents okas de poisson ? Malgré toutes les restrictions que l'on faisait sur le bétail, dans six semaines le dernier mouton serait mangé — et même d'après les calculs les plus optimistes. Mais si lui, Aram Tomasian, réussissait à faire prospérer cette entreprise de pêche, on verrait surgir de la mer un nouveau courage et de nouvelles formes de résistance. L'idée seule d'une source inépuisable de vivres suffirait à opérer des miracles.

Tout en descendant à grands pas, dans la lumière verdâtre de l'aube, le chemin récemment tracé sur l'ordre du conseil des chefs, le jeune pasteur ne songeait ni aux moutons, ni au lait, ni même à ses poissons ; son cœur était en proie à de tout autres soucis, et ces soucis avaient trait à sa famille.

Le fils des Tomasian avait maintenant seize jours. Il possédait les grands yeux héréditaires des Arméniens, mais son regard ne s'arrêtait sur rien. Et il n'avait pas encore crié. S'il faisait parfois entendre un son, ce n'était jamais qu'un faible gémissement. De jour en jour, on perdait un peu d'espoir et l'on n'osait plus guère se leurrer. Etait-il né aveugle et muet ? Par contre, la tache de feu croissait toujours, signe mystérieux que le Musa Dagh semblait avoir imprimé lui-même avec un sceau invisible sur la poitrine de son premier rejeton. Comme aucun des moyens médicaux ne produisait le moindre effet, Howsannah aurait presque eu envie de consulter Nounik. Mais depuis l'invasion turque dans la vallée, les fidèles servantes de la mort et de la naissance n'avaient plus reparu sur le Damlajik.

L'enfant avait eu beaucoup à souffrir dans le corps de sa mère pendant le dur voyage de Zeitoun à Yoghonoluk. Mais cette explication logique n'arrivait pas à satisfaire Howsannah. Elle se sentait directement frappée par la main de Dieu. Elle avait grandi dans l'atmosphère piétiste de la maison paternelle, et elle en gardait l'empreinte. Un enfant doit être une grâce divine. Or cet enfant était une punition. Et Dieu n'envoie de punition que là où il y a eu faute. Elle n'avait pas conscience d'en avoir commis aucune. Mais puisque sans aucun doute un péché avait eu lieu, un autre devait être coupable, et cet autre, c'était clair, ne pouvait appartenir qu'à son entourage immédiat. Aram était libre de tout soupçon. Howsannah était une épouse convaincue, qui ne voyait pas la moindre tache à sa vie conjugale. Où donc alors était cette faute dont l'ombre retombait sur un enfant innocent ? La première cause de la malédiction était probablement Juliette Bagradian. Cette femme adultère, coquette, impie, étrangère, résumait aux yeux d'Howsannah l'essence même du péché dont les conséquences rayonnent sur les alentours comme les ramifications dévorantes du cancer. Et l'on vivait sans honte dans son voisinage, on habitait sous sa tente, on dormait dans son lit, on mangeait dans ses assiettes sa propre nourriture ! Pourtant les pensées d'Howsannah ne s'arrêtaient pas longtemps sur cet objet. Lentement, la vérité s'insinuait dans ce cœur avide de la saisir : la vérité, c'était Iskouhi. Il n'y avait pas de doute possible ! Howsannah savait à quoi s'en tenir au sujet de sa jeune belle-sœur. C'était, elle aussi, une femme adultère, sans tenue, sans foi, et qui s'abandonnait sans scrupules au péché ! N'avait-elle pas toujours été entêtée, prétentieuse et désireuse de plaisirs, déjà à Zeitoun, lorsque Aram avait durement exigé de sa femme de vivre en commun avec une telle créature ? Mais Aram ne voulait jamais reconnaître la vérité et il avait toujours été carrément impossible de risquer un mot sincère sur Iskouhi, sa petite sœur tendrement choyée. Lorsque Howsannah Tomasian s'était enfuie en pleurant au milieu du baptême de son malheureux enfant, elle avait pressenti, en une vision indistincte, le véritable état des choses, sans encore rien savoir de positif. Mais maintenant, elle savait tout, elle savait que son enfant était poursuivi par la malédiction de Dieu. Elle ne pleurait plus. Les poings fermés, elle arpentait continuellement la tente, comme une folle dans son cabanon, refaisant sans arrêt les cinq pas que mesurait l'abri. Or, cette nuit, Howsannah avait cessé de se taire et avait exigé d'Aram qu'il la conduisît le matin même dans la hutte de son père, le vieux Tomasian. Tant que l'enfant resterait dans l'atmosphère coupable de la famille Bagradian, jamais il n'arriverait à se débarrasser de la punition divine. Le pasteur, qui souffrait beaucoup de voir sa femme en proie à un tel déséquilibre moral, la regarda d'un air incompréhensif : « Si la femme de Bagradian est une pécheresse, quel rapport cela peut-il avoir avec la punition divine et avec notre enfant ? » Howsannah retira son nourrisson de sa poitrine. Elle sentait sa colère croissante empoisonner son lait : « Alors, toi aussi, tu veux rester aveugle, pasteur ? » Il essaya de lui faire comprendre combien son imagination était dépourvue de sens. Or, la logique était justement la plus mauvaise arme de combat qu'il ait pu choisir à ce moment. Howsannah lui cria à la figure la conduite déshonorante d'Iskouhi. Mais cette fois, Aram Tomasian s'emporta et, d'un ton aigri, il pria sa femme de se taire. Iskouhi se sacrifiait pour une étrangère, elle mettait sa vie en danger, et à cause de sa pure charité chrétienne, elle était maintenant calomniée d'une façon si basse. Et par qui ? Par sa propre belle-sœur ! Comme Aram comprenait la pénible situation d'Howsannah, il voulait bien n'avoir rien entendu et lui pardonner. Mais Howsannah lui répondait par des rires ironiques : « Tu peux t'en convaincre de tes propres yeux, pasteur, tu peux voir ta charitable Iskouhi soigner sa malade. Va mettre un peu ta tête dans sa tente ! Tu la trouveras bien contente avec lui. D'autres fois, ils se promènent effrontément ensemble dehors, sur la place ! »

Les rires et les paroles d'Howsannah retentissaient sans cesse aux oreilles du pasteur tandis qu'il descendait la pente. La vérité étreignait son cœur d'une main de plus en plus glacée. La haine inconcevable d'Howsannah défigurait tout. Dieu l'avait puni dans la personne de cet enfant pour la grande faute commise à Marach, pour avoir trahi

ses protégés de l'orphelinat. C'était lui le coupable et non pas Iskouhi.
Arrivé au bas des falaises, Aram apprit, pour comble, que sa grande
idée n'avait obtenu jusqu'à présent que de très maigres résultats.
Malgré une mer d'huile, le radeau s'était désagrégé pendant l'expédition pourtant assez courte et trois des jeunes pêcheurs et bateliers
avaient failli se noyer. En considération d'un tel péril, le butin semblait
des plus minimes : on rapportait deux corbeilles à peine pleines de
minuscules lunes de mer et de mollusques informes. Leur contenu
suffirait tout juste à confectionner une grande soupe. Lorsque Tomasian eut déversé les flots de son ironie sur les marins incapables, il
décréta de nouvelles mesures. D'autre part, les marais salants connaissaient de meilleurs succès que la pêche. On put rapporter à la ville
une bonne quantité de sel.

Aram Tomasian ne s'était pas arrêté un quart d'heure sur la côte
lorsqu'il reprit déjà le chemin du retour, poussé par les soucis qui
oppressaient son cœur. Il ne savait pas du tout ce qu'il pourrait entreprendre pour sauver Iskouhi. N'avait-il pas toujours témoigné à
l'égard de sa sœur une sorte de distance et de respect, même lorsqu'elle
n'était encore qu'une enfant ? Toute autre attitude eût d'ailleurs été
impossible vis-à-vis d'Iskouhi. Sa personnalité, dure comme un cristal
de roche, malgré sa discrétion et sa docilité souriante, interdisait toute
familiarité.

Aram Tomasian avait donné assez de preuves de son courage
autant à Zeitoun que sur le Musa Dagh. Mais en cet instant où il
atteignait, au milieu des broussailles, la fin de la pente rocheuse, il
se sentait découragé et indécis. La solution la plus convenable ne
serait-elle pas d'interroger Gabriel Bagradian en personne ? Mais
comment ? Avait-on le droit d'approcher un homme de son rang, d'un
tel niveau, et si vénérable, pour lui faire part d'un soupçon aussi bas ?
Et de plus, cet homme cruellement accablé par le destin tremblait
pendant ces jours pour la vie de son fils unique dont le sort semblait
désespéré ! Tomasian ne voyait aucune issue. Il était à peu près décidé
à laisser les choses en état jusqu'à nouvel ordre. Avant d'obliquer vers
le vallon de la ville pour parler avec son père, il voulait encore jeter
un rapide coup d'œil sur Howsannah. Mais il en fut tout autrement.
Iskouhi était assise devant la tente de Juliette et son regard vague
suivait la direction vers laquelle Gabriel venait de disparaître. Elle ne
remarqua son frère qu'au tout dernier moment. Aram s'assit par terre
en face d'elle et, très gêné, eut peine à trouver ses mots :

« Voilà longtemps que nous ne nous sommes plus parlés, Iskouhi... »

Elle fit un geste de dédain comme pour dire qu'aucune mémoire
humaine n'aurait su mesurer l'abîme qui séparait tout le passé du
présent. Les paroles d'Aram essayaient un rapprochement :

« Tu manques beaucoup à Howsannah. Elle était toujours habituée à toi et à ton aide... Et maintenant que ce pauvre enfant est là et qu'il y a tant de travail... »

Iskouhi l'interrompit, impatientée :

« Mais tu sais bien, Aram, que c'est justement à cause du petit que je ne peux pas aller vers elle maintenant...

— Bon, tu as pris la charge de soigner cette malade. C'est très bien de ta part... Mais peut-être a-t-on encore plus besoin de toi dans ta propre famille. »

Iskouhi parut très étonnée :

« Cette hanoum qui repose là n'a personne pour s'occuper d'elle... tandis qu'Howsannah est déjà sur pied et a autant d'aide qu'elle en désire... »

Le pasteur avala plusieurs fois sa salive comme s'il avait mal à la gorge :

« Tu me connais, Iskouhi, je n'aime pas les paroles inutiles... Veux-tu être tout à fait sincère envers moi... Etant donné notre situation actuelle, toute dissimulation serait ridicule... »

Elle laissa tomber son regard sur son frère avec une légère nuance d'hostilité : « Je suis parfaitement sincère envers toi. »

Il essaya alors craintivement de tendre une passerelle à l'innocence de sa sœur. S'il s'agissait seulement d'intérêt, d'amitié, de sympathie, bref d'un sentiment sans gravité réelle, il désirait ardemment, dans ce cas, qu'Iskouhi le remît sévèrement à sa place et donnât par son indignation un démenti formel aux soupçons de sa belle-sœur :

« Howsannah est en grand souci à cause de toi, Iskouhi. Elle croit avoir découvert certaines choses à ton sujet. Nous nous sommes querellés à ce propos toute la moitié de la nuit. C'est pourquoi je me permets de te poser cette question que tu me pardonneras ! S'est-il passé quelque chose entre toi et Gabriel Bagradian ? »

Iskouhi ne rougit pas et ne témoigna pas non plus la moindre confusion. Sa voix était calme et ferme :

« Il ne s'est rien passé entre moi et Gabriel Bagradian... Mais je l'aime, et je resterai près de lui jusqu'à la fin ! »

Aram Tomasian, épouvanté, sauta sur ses pieds. En frère jaloux qu'il était, n'importe quel aveu d'amour de sa sœur lui aurait causé un vif déplaisir. Aussi ce coup porté avec un calme impudent lui fut-il d'autant plus dur :

« Et tu oses me dire cela si simplement, en plein visage, à moi ?

— C'est toi qui l'as voulu, Aram...

— Comment, toi, Iskouhi, tu me dis une chose pareille, toi ? Je ne peux pas le concevoir. Et ton honneur, et ta famille ? Au nom de Jésus-Christ, n'as-tu pas réfléchi que c'est un homme marié ? »

Elle leva la tête vers lui d'un mouvement brusque. Sur ses traits se lisait une conviction invincible :

« J'ai dix-neuf ans et n'en aurai pas vingt ! »

Tomasian gronda, indigné, de toute sa voix de pasteur :

« Tu vieilliras en Dieu, car en Dieu toute âme est immortelle et responsable. »

Plus Aram parlait fort, plus les paroles d'Iskouhi se faisaient douces :

« Je n'ai pas peur de Dieu... »

Le pasteur se frappa le front de la main. Je n'ai pas peur de Dieu ! C'était l'expression d'une sécurité suprême; mais il se méprit sur le sens de ces mots et n'y vit qu'une effronterie obstinée :

« Sais-tu ce que tu fais ? Ne devines-tu pas dans quelle ignominie tu vis ? Là dedans, sa femme est couchée, malade, en danger de mort, inconsciente. On la dit traître et éhontée ! Mais vous la trahissez d'une façon cent fois plus éhontée. La vie que vous menez est plus basse et plus horrible que celle des mahométans les plus primitifs ! Et encore, en disant cela, je suis injuste envers les mahométans... »

Iskouhi se retenait nerveusement de la main droite à la corde de la tente. Ses yeux s'élargissaient. Tomasian crut voir là l'effet de ses paroles. Dieu soit loué, il n'avait pas encore perdu son influence sur sa sœur. Cette constatation l'engagea à adopter une tonalité plus douce :

« Soyons raisonnables, Iskouhi ! Songe donc aux conséquences de ta conduite, non seulement pour toi et pour nous, mais aussi pour Bagradian et pour tout le camp ! Il faut mettre fin à ces égarements impies. Et tout de suite ! Notre père viendra te chercher pour t'emmener chez lui... »

Un son mourant s'échappa de la poitrine d'Iskouhi. Elle s'appuya en arrière. C'est alors seulement que le pasteur Tomasian remarqua que les mouvements douloureux de sa sœur n'étaient pas causés par sa harangue morale, mais qu'il se passait derrière son dos quelque chose qui remplissait Iskouhi d'effroi. Lorsqu'il se retourna, il vit devant lui Samuel Awakian, qui, hors d'haleine, était à la recherche de son patron. L'étudiant pouvait à peine se tenir sur ses jambes. Son visage défiguré n'était plus qu'une grimace; tout en marchant, il ne s'arrêtait pas de pleurer. Iskouhi esquissa un faible geste dans la direction du col Nord. C'est là-bas qu'il trouverait Bagradian. Puis elle s'effondra sans plus s'occuper d'Aram. Elle savait tout.

Une des particularités de Sato, c'était qu'elle ne dormait jamais ou presque jamais au même endroit. Le besoin qu'ont les hommes d'une couche fixe pour la nuit, d'un lieu bien sûr où passer la partie obscure de leur existence terrestre, ce besoin de s'embourgeoiser même pendant le sommeil manquait complètement à Sato. Elle évitait de passer deux nuits de suite à la même place et souvent il lui arrivait de changer son campement au cours d'une seule nuit. Elle dormait recroquevillée sur elle-même, sans couverture ni oreiller. Ses rêves, quoique superposés les uns sur les autres comme des photographies différentes prises sur une unique pellicule, n'étaient pas toujours de pures imaginations. C'étaient parfois d'étranges signaux donnés par le destin au moyen desquels Sato apprenait ce qui se passait à pareille heure dans son voisinage proche ou lointain. A ce moment, il se passait justement un phénomène analogue. Elle dormait au-dessous des myrtes et des arbousiers sous lesquels elle avait épié les baisers de Gonzague et de Juliette. Quelque chose lui dit que Nounik approchait et qu'elle marchait en tête d'un important convoi.

En suivant son intuition qui lui indiquait la direction, Sato dévala la pente avec des bonds désordonnés. Il faisait encore nuit lorsqu'elle eut derrière elle le plateau du Damlajik aux multiples ondulations et passa, au sud des forêts en feu, la crête de la montagne.

Sato rencontra le convoi funéraire de Stéphan dans une petite gorge abritée qui conduisait vers l'avant-dernière tranchée méridionale. Ce n'était pas seulement à cause des longs détours à travers les bois encore en flammes que Nounik et ses gens avaient marché si lentement. La faute en était plutôt au grand âge et à la débilité des membres du cortège. C'étaient les mendiants aveugles aux cheveux hérissés de prophètes qui portaient la civière, et cela ne contribuait certes pas à accélérer l'allure du défilé mortuaire. Nounik les avait choisis comme porteurs car ils étaient les seuls hommes de son monde dont les bras et les jambes eussent encore un dernier reste de vigueur. Elle-même marchait en tête. Wartouk et Manouchak guidaient les aveugles et, avec leurs longs bâtons de pâtre, elles les empêchaient de se heurter aux troncs, aux buissons et aux rochers du chemin, comme on fait avancer sur la route les buffles nonchalants à la tête branlante. Le corps du jeune Bagradian vêtu de blanc reposait sur l'une des antiques civières mortuaires richement ornées dont une douzaine environ étaient restées à l'église et au cimetière de Yoghonoluk.

Sato courait autour du convoi comme une jeune chienne qui n'a pas peur de faire trois ou quatre fois le chemin. Elle était toujours attirée par la civière qui s'avançait suivant les oscillations maladroites des aveugles. Ses yeux avides et sans pitié se délectaient à la vue du corps enfantin qui se devinait sous le drap. Sato brûlait d'envie de soulever la toile qui recouvrait le visage pour voir de quelle manière Stéphan vivait dans la mort. Lorsque la montagne fut presque entièrement gravie, elle se sépara du cortège et courut vers le camp. Elle voulait être la première à réveiller Awakian et Kristaphor et à annoncer au peuple à la manière d'un héraut la mort du fils Bagradian. Peu après le lever du soleil, le défunt, avec sa suite hésitante et boiteuse, atteignit la place principale. La civière fut déposée au pied de l'autel. Les pleureuses et leurs sujets s'installèrent autour du mort. Nounik dévoila le visage du garçonnet. Elle avait rempli, tant bien que mal, la mission dont l'avait chargée Ter Haigasoun. Elle avait droit à la récompense, c'était un fait indiscutable. Déjà s'élevait, à peine perceptible, le susurrement tremblotant de la plainte funèbre.

Stéphan était maintenant devenu d'une façon parfaite le prince oriental que sa mère avait, avec effroi, vu en lui la première fois qu'il avait revêtu le costume des indigènes de la vallée. Bien que Nounik ait compté sur lui quarante blessures, coups de bâton ou de couteau, contusions sur le corps entier, bien que la colonne vertébrale ait été brisée et la gorge coupée par une horrible entaille, le visage du mort n'avait pas été le moins du monde défiguré. Derrière ses paupières scellées pour l'éternité, Stéphan semblait toujours voir sortir du haut portail de la gare son père impatiemment attendu. Le sourire de satisfaction qu'il avait eu en sentant Papa le prendre dans ses bras n'avait pas été altéré sur ses traits par le meurtre quarante fois perpétré sur sa personne. Il était mort sans avoir assisté à sa mort. Par une grâce de Dieu, son bestial martyre ne l'avait touché que de loin, comme un bruit imperceptible, Il semblait être redevenu entièrement lui-même, un prince d'une beauté nostalgique.

Le premier qui passa sur la place de l'autel et recula, sidéré à la vue de la civière et de l'étrange assistance groupée autour de l'autel, fut Krikor, le pharmacien.

Le soir précédent, Sarkis Kilikian avait été personnellement relâché de sa prison par Ter Haigasoun et il était allé retrouver son ancien détachement sur le bastion Sud. Krikor voyait à regret partir le Russe qui avait partagé quelques jours et quelques nuits avec lui la baraque en qualité de détenu. Depuis qu'il était malade, le pharmacien se trouvait complètement délaissé. Ses disciples, les instituteurs, ne venaient plus le voir, non seulement à cause du service militaire qui leur prenait beaucoup de temps, mais aussi parce qu'étant promus depuis peu au grade d'hommes d'action, ils éprouvaient un certain mépris pour leur passé contemplatif. Gonzague Maris avec lequel il aimait à causer s'était enfui. Bedros Hékim, son vieil ami, qui n'était plus lui-même qu'une épave tremblotante, se traînait de temps en temps jusqu'à la demeure de Krikor et examinait les membres déformés et les articulations du malade avec des hochements de tête aussi méditatifs qu'impuissants. Son abandon était double en considération du temps, car, sur vingt-quatre heures, il ne pouvait en consacrer qu'une ou deux au sommeil et toujours seulement vers midi. La nuit, par contre, — comme chez bon nombre de sages et de grands esprits, — était le temps de sa vie la plus lucide et mouvementée. Pendant les premières nuits de la captivité de Kilikian, Krikor avait trouvé insupportable et gênante la présence d'un homme dans le cachot verrouillé. Au cours de la troisième nuit, ce sentiment désagréable fit place à un étrange besoin de voir le prisonnier et de lui parler. Seuls ses scrupules à l'égard de l'autorité du conseil des chefs auquel il appartenait lui-même l'avaient empêché de céder à ce besoin. Mais la quatrième nuit, la solitude fut si forte que Krikor ne put plus se contenir. Au prix de violentes douleurs, il se leva de son lit, se traîna jusqu'à la porte conduisant au cachot, alla prendre la clef à sa cachette et ouvrit péniblement la serrure, de sa main enflée et noueuse. Sarkis Kilikian était étendu les yeux ouverts sur son paillasson. Le pharmacien ne l'avait pas réveillé et la visite ne lui causait aucune surprise. Les mains et les pieds du Russe étaient attachés, mais de façon si lâche qu'il pouvait facilement se mouvoir. Krikor posa par terre la lampe à pétrole et s'assit à côté d'elle. Les liens de Kilikian remplissaient son âme de honte. Pour lui faire sentir leur communauté de sort, il lui tendit ses propres mains à l'aspect pitoyable :

« Nous sommes tous deux enchaînés, Sarkis Kilikian. Mais mes liens sont plus douloureux que les tiens et je serai encore obligé de les porter demain. Ne te plains pas. »

Kilikian le regarda en face, de ses yeux apathiques :

« Je ne me plains pas.

— Peut-être vaudrait-il mieux que tu te plaignes... »

Le pharmacien tendit au prisonnier sa bouteille de raki. Celui-ci en avala une gorgée d'un air méditatif. Le vieillard aussi but attentivement. Puis il considéra le Russe :

« Je sais que tu as étudié... Peut-être aurais-tu aimé lire un livre ces jours-ci ?

— Ton offre arrive trop tard, pharmacien.

— En quelles langues peux-tu lire, Kilikian ? »

Le Russe grogna comme pour signifier qu'il ne trahissait pas volontiers de telles choses :

« En français, et en russe, le cas échéant. »

La tête lisse de mandarin terminée par un petit bouc tressautant s'inclina tristement :

« Tu vois quel homme tu es, Kilikian... »

Le déserteur gloussa avec ce rire lent et sans raison qui avait déjà effrayé Gabriel Bagradian pendant la fameuse nuit de répétition générale sous les tentes. Mais Krikor ne se laissa pas décontenancer :

« Tu as eu une vie malheureuse, je la connais... Mais pourquoi ? Ne t'a-t-on envoyé à Eschmiadsin ? N'as-tu pas vécu au séminaire sous le même toit que la bibliothèque la plus magnifique du monde ? Je n'ai passé qu'un seul jour là-bas, mais j'aurais voulu rester jusqu'à ma mort au milieu de ces livres splendides... Et toi, tu t'es enfui... »

Sarkis Kilikian se redressa à moitié :

« Dis-moi, pharmacien, tu fumais autrefois, je crois... Depuis cinq jours, je n'ai pas pu en griller une... »

Krikor, avec un gémissement, remit sur pied sa carcasse douloureuse et rapporta au prisonnier sa chibouque avec la dernière tabatière qui lui restât :

« Prends tout ça, Kilikian ! C'est aussi une jouissance que j'ai dû abandonner, car je ne peux plus tenir la pipe dans mes mains. »

Sarkis Kilikian, sans plus attendre, s'enveloppa passionnément d'un voile de fumée. Le pharmacien, pendant ce temps, leva la lampe et l'éclaira :

« Et tout de même, c'est toi seul qui es cause de ton malheur, Kilikian... Je vois à ton visage que tu es un moine, je ne veux pas dire par là que tu ressembles à la prêtraille, mais que tu es un de ceux qui possèdent l'univers entier dans leur cellule... C'est pourquoi ta vie a si mal tourné. Pourquoi donc t'es-tu enfui de là-bas ? Que voulais-tu donc chercher au monde ? »

Sarkis Kilikian s'abandonna si complètement à sa fumée qu'on ne pouvait pas bien savoir s'il entendait et comprenait ou non les discours de Krikor.

« Je vais te dire quelque chose, mon ami Sarkis... Il existe deux sortes d'hommes. Les uns, ce sont les hommes-animaux dont il y a sur terre des milliards ! Les autres, les hommes-anges, sont au nombre de mille ou tout au plus de dix mille. Parmi les hommes-animaux, je range aussi les grands de ce monde, les rois, les hommes politiques, les ministres, les généraux, les pachas, aussi bien que les paysans, les artisans et les ouvriers. Regarde-moi un peu le mouchtar Kéboussjan ! Tous, sans exception, sont à son image. Tous, sous mille formes différentes, n'ont qu'une seule et même occupation : la fabrication du fumier ! Car la politique, l'industrie, l'économie, l'art de la guerre, est-ce en somme autre chose qu'une vaste fabrication de fumier, quand bien même ce seraient des nécessités ? Si tu retires à l'homme-animal son fumier, il ne reste dans son âme qu'un vide effrayant, celui de l'ennui. Il ne peut pas se supporter tout seul, et c'est de cet ennui que naît tout le mal, la haine politique et les meurtres collectifs. — Chez les hommes-anges, par contre, règne le ravissement ! N'es-tu peut-être pas en extase, Kilikian, lorsque tu considères les étoiles ? Le ravissement est pour les hommes-anges la même chose que les louanges divines sont pour les anges véritables, activité dont le grand Agathangelos déclare qu'elle représente la plus sublime et la plus intense qui existe dans le cosmos... Mais où donc est-ce que j'en arrive ? Je voulais dire qu'il existe des hommes-anges qui sont traîtres à eux-mêmes, qui se déshonorent à leurs propres yeux. Or, pour ceux-là, le sort ne connaît ni pitié ni faveur. Chaque heure se venge cruellement d'eux... »

A cet endroit, Krikor de Yoghonoluk, le puissant orateur, perdit le fil de son discours et se tut. Sarkis Kilikian semblait n'avoir rien saisi de tout cela. Mais soudain, il déposa sa chibouque et dit :

« Il existe toutes sortes d'âmes ; beaucoup d'entre elles sont anéanties dès leur enfance et personne ne demande quelles âmes c'étaient... »

Il tira de sa poche un rasoir avec ses mains liées, et l'ouvrit :

« Regarde, pharmacien ! Ne crois-tu pas que je pourrais couper mes liens avec cet instrument ? Ne crois-tu pas que je pourrais démolir toute cette baraque de quelques coups de pied ? Et pourtant, je ne le fais pas. »

La voix de Krikor reprit le ton creux et indifférent qu'elle avait jadis :

« Chacun de nous possède un tel couteau, Kilikian. Mais à quoi cela te servirait-il ? Même si tu te libérais, tu ne pourrais pas dépasser les limites du camp. C'est pourquoi nous ne pouvons briser que la captivité intérieure. »

Là-dessus, le déserteur ne répondit rien et resta couché sans mot dire. Krikor, par contre, alla prendre un livre quelconque dans son rempart-bibliothèque et il se mit à en lire des extraits à haute voix, ses lunettes cerclées de nickel à cheval sur son nez, d'un ton qui invitait au sommeil. Kilikian, sans bouger ses yeux d'agate, écoutait les périodes de longue haleine expliquant de façon peu claire l'essence et l'influence des astres. Ce fut la dernière fois que le pharmacien de Yoghonoluk trouva l'occasion de faire participer un jeune homme à ses trésors de science. Pour des raisons incompréhensibles, il ne trouvait aucun effort exagéré pour essayer de s'acquérir un nouveau disciple dans la personne de ce séminariste évadé. Peine perdue ! La nuit suivante qui était précisément la nuit passée, ce pêcheur d'hommes se retrouvait déjà plus solitaire que jamais.

Krikor, appuyé sur ses deux bâtons, s'approchait lentement de la civière. Son visage jaunâtre restait penché au-dessus du fils défunt de Bagradian ; aucun son ne sortait de sa bouche. Puis il secoua son crâne pointu et chauve pendant plusieurs minutes. Ces hochements de tête n'étaient pas seulement ceux qui lui étaient coutumiers depuis sa maladie. Ils signifiaient l'inaptitude de Krikor à comprendre un monde dans lequel des êtres dont le devoir était de cultiver leur esprit, s'occupaient de couper la gorge à leurs semblables, au lieu de se plonger dans les délices des définitions, des formules et des poèmes. Comme il existait peu d'hommes-anges ! Et ceux-là mêmes se déshonoraient, traîtres à eux-mêmes. Il chercha dans son original trésor de citations une phrase capable de lui procurer du soulagement. Mais son cœur était à présent trop plein de chagrin pour lui permettre de trouver le mot qu'il cherchait. Cassé en deux, le corps penché, il retourna en boitillant dans la baraque. Au milieu de ses potions, le pharmacien conservait une minuscule boule de verre fin, scellée par une goutte de cire à cacheter. Plusieurs décades auparavant, il avait essayé, d'après la recette d'un mystique persan du moyen âge, de confectionner la véritable essence royale de roses dont le monde a depuis longtemps perdu le secret. La boule de verre contenait l'unique goutte de cette essence obtenue après un travail de plusieurs jours. Krikor se traîna encore une fois jusqu'à la civière et écrasa la boule mince sur le front du mort. Il s'en dégagea aussitôt une senteur puissante qui, déployant ses ailes vigoureuses, vint planer au-dessus de la tête de l'enfant assassiné. Et ce parfum ressemblait réellement à ce génie dont, selon les mots du maître persan de Krikor, le corps invisible se compose de la nature intime de trente-trois mille fleurs de rosier.

Entre temps, Ter Haigasoun et Bedros Hékim s'étaient également rendus sur les lieux. Le prêtre était debout, raide, près de la tête de la civière, les yeux mi-clos, ses mains frileuses cachées dans les manches de son froc. Les doigts osseux et délicats du vieux médecin découvrirent un moment les blessures dont était parsemé le corps juvénile et raidi. Puis il rabattit le linceul et l'aplanit de sa main bienveillante. Le jour grandissait. Des flots humains se déversaient sur la place, sortant des ruelles et des tranchées les plus proches. Déjà une foule dense se pressait autour de l'autel. Silence incommensurable ! Seule la veuve Chouchik déchirait l'air de ses longs cris affreux. Avant même d'avoir vu le cadavre du petit Bagradian, la mère de Haik poussait des hurlements semblables au bramement d'un cerf. Dans son âme, le sort de Stéphan et de Haik ne faisait qu'un, et elle se l'imaginait encore après avoir pu se convaincre que son fils n'était pas couché aussi sur la civière. Puisque l'un des deux camarades avait été pris et assassiné, les meurtriers n'avaient certainement pas épargné l'autre. Mais Nounik, Wartouk et Manouchak avaient abandonné aux chiens le corps de son fils, parce que ce n'était qu'un petit paysan dont personne ne se souciait. Chouchik continuait à crier, non pas comme une mère qui souffre, mais comme un animal blessé qui vomit sa vie dans ses derniers hurlements. Quelques femmes vinrent la prendre sous les bras, elle qui même sur le Damlajik vivait dans une solitude absolue et se refusait toujours à entrer en relations avec ses voisins. Maintenant, de tous côtés, on lui chuchotait des paroles de réconfort. Elle ne devait pas perdre courage. Ce qui était arrivé prouvait clairement qu'Haik s'était sauvé et serait dès aujourd'hui ou demain à l'abri, auprès du consul Jackson. S'il avait été égorgé, il serait certainement là avec son camarade. Le jeune Bagradian n'avait pas la force ni l'adresse de Haik, qualités qui, avec l'aide du Rédempteur, l'amèneraient certainement sain et sauf au but. Chouchik n'écoutait pas ces raisonnements. Elle restait debout, penchée en avant, les mains pressées sur sa poitrine et ne cessait de crier en regardant la terre de ses yeux accusateurs. On appela Nounik en qualité de témoin. Elle jura que le fils Bagradian avait été arrêté seul et sans compagnon aux environs du village d'Ain-Jérab par deux des nouveaux propriétaires fonciers qui l'avaient conduit à Yoghonoluk devant le mudir. Mais la vérité restait également sans effet sur son âme. Chouchik ne la crut pas. Alors, sur un signe de Ter Haigasoun, les femmes entreprirent avec mille précautions de l'éloigner de la civière pour l'entraîner vers la rue principale au milieu des huttes. Mais elles n'osaient pas toucher cette géante dont les membres puissants inspiraient une terreur légendaire. Cependant, tout d'un coup, la veuve Chouchik cessa d'opposer une résistance à leurs efforts. Les femmes redoublèrent leurs chuchotements consolateurs. Et en effet, plus elle s'éloignait du mort, plus la mère de Haik semblait se calmer et renaître à l'espérance. Un grand besoin de chaleur humaine emplissait sa tête trop petite qui retombait inerte sur son épaule droite et tout son corps de colosse, profondément penché, vers les gracieuses et chétives Arméniennes. Elle enlaça de ses bras deux de ces femmes et se laissa entraîner sans faire aucune opposition.

Mais lorsque Gabriel Bagradian, suivi d'Awakian tout en larmes, apparut sur la place de l'autel, aucune âme ne s'approcha de lui. Au contraire ! La foule recula sensiblement, de telle sorte qu'un passage libre se dégagea entre lui et l'autel. Même les pleureuses et les mendiants se levèrent et disparurent au milieu du peuple. Seuls Ter Haigasoun et Bedros Hékim restèrent à leur place. Mais Gabriel ne se mit pas à courir ; il ralentit même son pas. Tout ce que son imagination fiévreuse et cruelle lui avait représenté comme possible durant cinq jours et cinq nuits, voilà que c'était arrivé. Il ne lui restait plus de force pour prendre pleinement conscience de la réalité. D'un œil hésitant, il mesura pas à pas la distance qui le séparait de son fils, comme s'il lui eût été encore loisible de reculer ainsi de quelques secondes l'ultime constatation. Il avait en même temps l'impression que son corps se desséchait totalement. Cela commençait par les yeux. Ils brûlaient, consumés par cette sécheresse que le battement des paupières n'arrivait pas à adoucir. Ensuite venait le palais. Sa langue pesait dans sa bouche rugueuse comme un morceau de cuir épais et racorni. Gabriel essaya d'y faire jaillir un peu de salive et de la laisser glisser dans sa gorge. Mais il n'avalait que de désagréables bulles d'air qui venaient crever dans son gosier en feu. Cependant, le plus terrible, c'était que ces multiples efforts pour se concentrer restaient sans résultat. Tout en lui évitait d'effleurer la douleur qui s'était ouverte au milieu de son être comme un gouffre béant. Mais il ne savait pas que ce trou, ce néant, ce vide, c'était la douleur proprement dite. Il rusait avec lui-même en se demandant : « Comment cela se fait-il ? Pourquoi est-ce que je ne souffre pas ? Pourquoi est-ce que je ne pousse pas des cris désordonnés ? Pourquoi aucune larme ne me vient-elle aux yeux ? » Même son ressentiment contre Stéphan ne s'était pas complètement évanoui. Et voici que son enfant, qu'il avait tant aimé, était couché là. Cependant, Gabriel n'était pas capable de fixer en lui les traits du mort. Ses yeux desséchés ne voyaient que deux taches, l'une grande et blanche, l'autre petite et ivoirine. Il voulait diriger ses pensées sur des objets précis, sur la faute qui l'accablait. Il avait négligé son fils et c'était lui aussi qui, par ses paroles méprisantes, l'avait poussé à s'enfuir. C'était un fait dont il avait pris conscience pendant ces derniers jours. Mais ses pensées n'allaient pas loin, car des images et des détails parfaitement indifférents montaient du gouffre vide et venaient entraver la marche des pensées, bien qu'elles n'eussent pour la plupart rien à voir avec Stéphan. Or, il s'élevait simultanément du même gouffre une impulsion diabolique, un besoin sensuel qu'il croyait avoir vaincu depuis des semaines : fumer ! S'il avait encore eu une cigarette à sa disposition, qui sait si, au grand scandale du peuple, il ne l'aurait pas portée à ses lèvres. Il tâtait l'intérieur de ses poches de ses mains inconscientes. A cette seconde, il souffrait à cause de son enfant, parce que maintenant encore il le délaissait. Pourquoi était-il si éloigné de Stéphan qu'il ne pouvait pas même regarder son visage ? Jadis, dans la villa de Yoghonoluk, — les esquisses maladroites d'une carte du Damlajik étaient éparpillées sur la table, — il s'était assis sur le lit de Stéphan et avait observé son sommeil. A présent, il fallait qu'une fois encore il ne fût plus qu'un avec son enfant qui emportait avec lui pour toujours tout ce qu'il était lui-même. Et Gabriel Bagradian s'agenouilla à côté du mort pour remplir une dernière fois ses yeux aveugles de la vision du petit visage qui l'attendait.

Ter Haigasoun, Altouni et les autres voyaient le chef de la défense vêtu comme toujours d'un complet de chasse ajusté et d'un casque colonial. Ils le voyaient s'approcher de la civière d'un pas lent, légèrement chancelant. Ils le virent ensuite debout, abandonné, ouvrant la bouche, haletant, comme s'il n'avait pas assez d'air, et remuant sans cesse les mains avec des mouvements indécis. Ils voyaient que, selon toute apparence, il ne pouvait pas supporter la vue de son fils, car il détournait la tête. Lorsque, finalement, il tomba à genoux sans rien dire à côté du cadavre, il s'était écoulé, dans le cœur des mille assistants silencieux, un laps de temps infini. A présent, le visage de Gabriel reposait sur celui de Stéphan. On aurait pu le croire endormi ou même mort dans cette attitude. Le casque colonial tombait de sa tête. Aucune larme ne franchissait le seuil de ses paupières closes. Et cependant, toutes les femmes pleuraient et beaucoup d'hommes aussi. La mort de Stéphan paraissait rapprocher tous ces gens de l'étranger tenu jusque-là à l'écart. Lorsqu'un nouvel espace infini se fut déroulé dans le cœur de la foule, Ter Haigasoun et Bedros Hékim prirent sous les bras le père agenouillé et le relevèrent. Sans dire un mot, ils emmenèrent Gabriel qui s'abandonna docilement à leur conduite. Ce fut seulement après avoir quitté depuis longtemps le vallon de la ville, lorsque la place des trois tentes fut déjà visible, que Ter Haigasoun, marchant à la droite de Gabriel, prononça ces mots laconiques :

« Gabriel Bagradian, mon fils, songe qu'il ne t'a précédé que de quelques jours sans importance ! »

Et Bedros Hékim, à gauche, prononça cette réplique du plus profond de sa voix lasse et désabusée :

« Gabriel Bagradian, mon enfant, songe que ces jours prochains, loin d'être sans importance, seront un véritable enfer, et bénis la nuit qui s'est faite ! »

Bagradian ne dit rien; il demeura immobile et écarta les bras pour barrer la route aux deux hommes. Ceux-ci comprirent, firent demi-tour, et le laissèrent seul.

La fièvre de Juliette n'était pas retombée. La privation de conscience semblait avoir atteint chez elle son point culminant. La malade était à présent étendue raide, sans mouvement, livrée au souffle qui effleurait ses lèvres couvertes d'aphtes à coups brefs et superficiels. Etait-ce maintenant qu'arrivait cette crise qui en quelques heures à peine devait décider de la vie ou de la mort ?

Iskouhi ne s'occupait pas de Juliette. Elle pouvait vivre ou mourir comme bon lui semblait. Iskouhi ne pensait pas non plus aux lourdes menaces de son frère Aram qui lui avait juré de la renier complète-tement si elle n'avait pas quitté les Bagradian d'ici midi. Gabriel était debout dans la tente, si grand qu'il en touchait presque le toit de sa tête. Mais il paraissait plus absent encore que la malade et il ne remar-quait pas la présence d'Iskouhi. Elle s'était glissée contre lui et pres-sait sa tête contre les genoux de Gabriel. A ce moment, elle était plus émue encore par la souffrance de Gabriel que par la mort de Stéphan. Elle seule savait combien l'âme de cet homme était sauvage et esseulée. Et pourtant, il s'était résolu à charger sur ses épaules blessées un monde en feu, le Damlajik entier. Mais ses proches lui avaient coupé les nerfs; ç'avait été d'abord Juliette et c'était maintenant son fils mort. Gabriel était toujours debout. Qu'était-elle, qu'était Aram, qu'étaient donc tous les autres à côté de lui ? De méprisables insectes, de grossiers paysans malpropres sans pensée dans leur tête, sans aucun sentiment dans le cœur, incapables de deviner la grandeur de celui qui s'était abaissé à descendre vers eux. Iskouhi se sentait écrasée par sa propre faiblesse, par sa propre indignité. Que pourrait-elle faire et sacrifier pour être digne de Gabriel ? Rien ! Elle tendit sa main ouverte. C'était un geste de mendiante. Elle mendiait une parcelle de la douleur et du fardeau qui accablaient Gabriel. Son visage était ardent de dévotion et d'un besoin pénible de servir cet homme devant lequel elle était à genoux et qui ne lui avait pas encore montré qu'il remarquât sa présence. Elle se mit à murmurer des mots ardents et absurdes qui lui causèrent à elle-même de la peur et de la honte. Qu'elle était pauvre, effroyablement pauvre, pour n'avoir à sa disposition aucun moyen de secours. Finalement, une pensée maternelle née du désespoir la traversa presque inconsciemment : ce n'est pas bon d'être debout quand on souffre. Quand on souffre, il faut être couché, dormir. Il faut qu'il dorme. Le sommeil seul peut lui faire du bien. Pas moi. Elle défit les crochets des guêtres de Gabriel, tirailla les cordons de ses souliers et le força de s'asseoir sur son propre lit de jeune fille. Au prix d'efforts surhumains, elle arrivait à se servir de sa main estropiée pour ces diverses opérations. C'était un dur travail, mais elle arriva au résultat désiré car Gabriel se mit mécaniquement à se déshabiller lui-même. Lorsque finalement Iskouhi le couvrit, elle haletait d'épuisement. Elle sentit un regard sans expression glisser rapidement sur elle.

« Je suis couché sur un lit mou. » C'était la seule chose que sût Gabriel. Depuis bien des semaines déjà, il n'avait plus utilisé d'autre matelas que la terre nue de la tranchée Nord. Ses dents se mirent à claquer. C'était comme un frisson de fièvre causé à la fois par une torture et une sensation de bien-être. Iskouhi se tapit dans un coin pour qu'il ne sentît pas sa présence avant d'avoir besoin d'elle. Elle priait Dieu au fond de son âme d'envoyer enfin à Gabriel un profond sommeil dispensateur d'oubli. Mais elle n'entendit pas sortir de sa poitrine le souffle régulier d'un dormeur; il s'en dégageait plutôt un léger bourdonnement, une plainte régulière qui ressemblait un peu aux lamentations des pleureuses. Gabriel continuait à chercher Stéphan dans le vide immense de sa douleur, toujours sans le trouver. Ce bourdonnement semblait néanmoins soulager son cœur, car il dura, avec de courtes interruptions, jusqu'à l'heure où le soleil d'août avait coutume de jeter un long rayon dans la tente par l'ouverture de la portière. Le rayon s'avança et vint éclairer le visage de Juliette de son éclat flamboyant. Iskouhi remarqua alors que l'aspect de la malade s'était soudain modifié. Des perles de sueur brillaient sur son front, ses yeux étaient grands ouverts et elle tenait sa tête tournée vers la pièce avec l'air de quelqu'un qui écoute. Un violent enthousiasme s'était emparé de Juliette. Mais elle ne pouvait se faire comprendre qu'avec peine, à cause de sa langue paralysée et douloureuse :

« Les cloches... Gabriel... Entends-tu... les cloches... Des cloches par centaines... N'est-ce pas... ?

Les gémissements s'arrêtèrent net sur l'autre lit. Mais Juliette, très excitée, faisait de grands efforts pour se redresser. Elle tendit sa voix débile pour pousser un cri de joie :

« ... A présent, le monde entier est français... »

Or, ces mots contenaient une vérité que Juliette ne devinait pas, plongée comme elle l'était dans cette mer toute sonore de cloches où l'entraînait son rêve patriotique et victorieux. Depuis que le sang de Stéphan avait été versé, depuis la mort du fils unique qu'elle avait donné au peuple arménien, le monde entier était bel et bien redevenu français pour elle.

CHAPITRE IV

Désordre et tentation

Le trente et unième jour après l'exode sur le Musa Dagh eut lieu l'enterrement de Stéphan. Mais ce fut au trente-deuxième que se produisit la grande catastrophe.

A qui en était la faute ? C'est une question qui ne put jamais être tout à fait tirée au clair. Les mouchtars responsables se rejetaient cette faute les uns sur les autres. Mais il était certain, en tout cas, qu'on avait, pour le malheur du peuple entier, enfreint l'un des plus importants des premiers décrets promulgués par le conseil des chefs, et avec une criminelle insouciance. Non seulement les mouchtars n'avaient rien fait pour empêcher l'établissement de la « nouvelle coutume », mais, malgré tout ce qu'ils purent dire par la suite, ils l'avaient tolérée d'un œil favorable; il ne servait plus de rien maintenant d'alléguer sans cesse d'un ton gémissant l'état pitoyable des pâturages entièrement broutés à l'intérieur des frontières de défense. C'était bien évident ! Les nouveaux pâturages ne s'étendaient pas loin du col Nord; ils étaient encadrés de cordons rocheux du Musa Dagh, et de la façon la plus propice qui se puisse imaginer, si bien que, pour des étrangers, ils étaient à peu près invisibles et inaccessibles. Mais aurait-on dû se fier aux bergers qui se recrutaient, là comme partout au monde, parmi les vieillards rêveurs et les tout jeunes garçonnets ? Ces êtres à l'esprit endormi, qui s'étaient adaptés à la nature moutonnière, croyaient toujours que l'on vivait en pleine paix. En un mot, les mouchtars étaient devenus extrêmement négligents dans l'exécution de leur devoir. Mais la deuxième négligence qu'ils tolérèrent fut encore plus répréhensible et criminelle. Les troupeaux, étant le bien du peuple le plus précieux, ne devaient jamais aller paître sans être accompagnés d'une garde armée, même lorsqu'ils ne quittaient pas les limites du camp. Or, pour se soumettre à ce décret du conseil dans ces circonstances maintenant modifiées, il aurait fallu avouer la nouvelle coutume, ce qui aurait fatalement provoqué son interdiction. C'est ainsi qu'on ne prit aucune mesure de défense. Les mouchtars comptaient sur la bonté divine, sur la situation bien abritée des nouveaux pâturages, sur la paresse des Turcs, et d'autre part ils ne parlaient ni entre eux ni avec les autres chefs de ce secret contraire aux lois, soigneusement dissimulé. Ils permirent ainsi aux Turcs de remporter un succès aussi facile que rémunérateur.

Deux pelotons d'infanterie et un détachement de saptiéhs reçurent l'ordre d'effectuer une expédition nocturne et de gravir dans le silence le plus complet le Musa Dagh, au delà du col qui monte par Bitias. De toute évidence, on n'avait pas même eu besoin de recommander ni à l'officier ni à ses hommes de ne faire aucun bruit et de prendre mille précautions. Jusqu'au dernier moment, le mulasim qui commandait la troupe ne croyait pas que l'opération pût réussir sans qu'on eût à livrer un combat en règle. Aussi les soldats furent-ils d'autant plus étonnés de ne trouver sur les lieux qu'un petit nombre de vieillards vêtus de fourrure blanche qui se laissèrent abattre sans aucun vacarme et le plus docilement du monde. Avant l'aube, en grande hâte, on s'empressa de descendre les troupeaux dans la vallée comme si ce butin eût été en danger. Et c'est ainsi que fut coupé le nerf vital au peuple du Damlajik. Parmi les bêtes volées par les Turcs se trouvaient toutes les brebis, tous les moutons et agneaux de la communauté, la majorité des chèvres et la totalité des ânes, à l'exception de ceux qu'utilisaient à ce moment-là les défenseurs comme montures ou bêtes de somme. En comptant tout le cheptel resté au camp, en calculant même jusqu'à la dernière livre de viande, on pouvait subsister encore trois ou quatre jours, à condition d'être extrêmement économe, mais après ce délai, le peuple était inévitablement exposé aux affres de la famine.

Lorsque Ter Haigasoun apprit aux premières heures du jour la terrifiante nouvelle, il convoqua immédiatement le conseil des chefs. Il savait fort bien quelles répercussions aurait cet événement sur la mentalité du peuple. Depuis l'explosion de colère contre Juliette Bagradian, une sourde nervosité n'avait pas cessé de croître dans le vallon de la ville, dépourvue de raison autant que de but, et qui n'attendait, pour éclater, que la première occasion venue. A part Bagradian, il y eut encore un autre membre du conseil qui ne prit point part à cette séance des plus critiques, bien qu'il fût présent sous le même toit. Depuis le matin précédent, le pharmacien Krikor n'avait plus eu la force de quitter sa couche. Ni les médicaments, ni même la chaleur ne pouvaient désormais lui faire quelque bien. La seule chose qu'il désirât ardemment, c'était la tranquillité, une tranquillité sans douleurs. Mais étant donné la demeure parlementaire qu'il habitait, la tranquillité était justement ce qu'il avait le plus de peine à obtenir. Il avait élevé entre sa couche de souffrances et les soucis de ce bas monde un rempart de la plus noble espèce. Il avait espéré être seul, loin du bruit, derrière ce mur fait de ses livres, mais il put constater une fois de plus qu'aucune fortification intellectuelle — que ce soit poésie, sagesse ou science — n'est assez impénétrable pour arrêter au passage le bruit vulgaire de la politique. Aujourd'hui, dès le début, ce bruit parut être de nature inquiétante. En particulier les mouchtars se faisaient plus importants que jamais. Ils essayaient de noyer leur propre faute sous des flots de bruits de voix et d'excitation générale. Finalement, Ter Haigasoun entra jusqu'au milieu de la pièce et ordonna à tout le monde de s'asseoir. C'est à peine s'il arrivait à maîtriser l'indignation dont vibrait sa voix :

« Lorsqu'il se produit dans une armée en guerre, commença-t-il, un crime pareil à celui-ci, les responsables sont impitoyablement fusillés. Mais nous, nous ne sommes pas un bataillon, nous ne sommes pas des militaires, nous sommes un peuple entier et misérable. Nous ne sommes pas en guerre contre un ennemi égal à nous, mais nous devons nous défendre contre l'extermination et contre une force armée cent mille fois supérieure à la nôtre. Mesurez à présent le crime que vous avez commis par votre insouciance et votre dissimulation ! Je ne devrais pas seulement vous faire fusiller, ignobles mouchtars que vous êtes, je devrais tuer séparément chaque membre de votre corps. Et, je vous le jure, je le ferais avec joie, et sans craindre aucune punition de Dieu, si cela pouvait nous rendre le moindre service. Mais je suis obligé de maintenir l'apparence de notre unité pour sauver l'autorité du conseil. Je suis obligé de vous maintenir dans votre fonction, mouchtars immondes, oublieux de votre devoir, car tout changement dans la composition de notre assemblée pourrait porter préjudice à l'ordre général. Je suis obligé de prendre sur moi la faute et de défendre le conseil des chefs contre la juste colère du peuple au moyen d'arguments sans valeur et de prétextes indignes. Ce que le wali, et le kaimakam, et le bimbachi et le jusbachi n'ont pu obtenir, vous, les chefs, vous, les responsables, vous y avez réussi, et sans restriction : c'en est fait de nous ! »

Les maires des villages s'effondrèrent, humiliés. Les yeux de Ter Haigasoun se tournèrent vers Aram Tomasian pour lui ordonner de parler. Celui-ci se sentait plutôt mal à l'aise. Bien qu'il n'eût aucun rapport direct avec les troupeaux, il était néanmoins l'organisateur en chef de l'existence à l'intérieur du camp, et par conséquent responsable de tout ce qui avait trait à l'alimentation. Le mince visage du pasteur était affreusement pâle. A cette seconde, un muet antagonisme vibrait entre le prêtre grégorien et le pasteur protestant; jamais encore jusqu'à ce jour un tel sentiment ne s'était ouvertement manifesté. Aram Tomasian se leva :

« A mon avis, il vaudrait mieux ne plus parler de la question de responsabilité. A quoi bon, en effet ! Ce qui est fait est fait ! Ter Haigasoun a dit lui-même que nous devons nous montrer unis aux yeux du peuple. Par conséquent, nous n'avons pas à regarder en arrière, mais en avant, et il s'agit à présent de nous creuser la tête pour chercher comment remplacer les valeurs alimentaires perdues. »

Ce discours était sans doute logique, mais par trop hésitant. Ter Haigasoun l'écrasa d'un coup de poing :

« Il n'existe pas de moyen de les remplacer ! »

Et soudain, il surgit de l'arrière-plan un allié imprévu des mouchtars. Hrand Oskanian, qui jadis, pour l'amour de Juliette, s'était rasé quotidiennement (ce qui constituait, étant donné l'absence de savon, un acte d'héroïsme discret mais indiscutable), avait à présent un aspect des plus désordonnés. Sa barbe broussailleuse lui poussait jusque sous les narines. Avec son buste pointu et proéminent pareil au bréchet d'un poulet et ses longs bras pendants toujours en mouvement, le noir instituteur faisait réellement l'impression d'un singe exalté. Peut-être ce taciturne personnage était-il vraiment pénétré de sa conviction, peut-être aussi saisissait-il par les cheveux une occasion de se venger de Juliette, de Gabriel, de Ter Haigasoun, bref de tous ceux qui lui étaient supérieurs ; ses lèvres laissaient échapper un flot bouillonnant de paroles toujours sur le même ton bien connu :

« Vous refusez-vous encore à voir la vérité ? Vous avez enfin une preuve de ce que je vous ai prédit ! Et vous cherchez le responsable ? Et Ter Haigasoun voudrait faire fusiller à cause de cette faute ses propres compatriotes !! Je vais vous poser une question : Quelle raison a-t-il pour détourner de la vérité les regards du conseil des chefs ? Pourquoi ne veut-il jamais admettre que nous ayons été trahis ? Qui donc cherche-t-il à protéger par cette attitude ? Les Turcs auraient-ils jamais appris sans trahison que nos troupeaux allaient sur de nouveaux pâturages ? Non, sans aucun doute ! Or, Gonzague Maris a fureté partout dans notre camp. Et ce n'est que le commencement. Sous peu, les Turcs surgiront au milieu de nos demeures. Le Grec les conduira sur la partie non fortifiée de la montagne par le sentier à pic à travers les rochers qu'il a soigneusement étudié. »

Les mouchtars ne se le firent pas dire deux fois. Cette interprétation inattendue des événements leur rendait d'un seul coup toute leur dignité, bien qu'il n'en crussent pas un traître mot. Lorsque quelqu'un est hanté par une idée fixe, il a par ce fait même le pouvoir de la transmettre à d'autres et aussi à des assemblées assez considérables. C'est là que réside la force d'influence des meneurs politiques, lesquels possèdent tout simplement un choix restreint de phrases et une conviction démoniaque dans la voix. Les mouchtars et quelques autres s'abandonnèrent docilement à la tension produite par la conviction d'Oskanian, d'autant plus qu'elle était tout à leur avantage. L'instituteur

Hapeth Chatakhian pouvait à peine se faire entendre. Il écumait de rage à voir le succès de son ancien rival dont il devait subir depuis huit ans déjà la présence à ses côtés :

« Oskanian, s'écria-t-il, je te connais ! Tu n'es qu'un fumiste et un faiseur ! Tu n'es bon qu'à couvrir d'ordures et à conspuer des innocents ! Tu conspues Gonzague Maris parce que c'est un homme distingué et cultivé, presque un Français, qui n'est pas, comme toi et moi, né dans un ignoble village et condamné à y vivre à perpétuité. Moi, tout au moins, grâce à la bonté du frère de Gabriel Bagradian, j'ai pu pendant un certain temps faire des études en Suisse alors que tu n'en étais pas digne et que tu n'as jamais fourré ton nez plus loin qu'à Marach. Je ne permettrai pas qu'on salisse par de vulgaires cancans la famille Bagradian à laquelle nous devons une reconnaissance infinie, tous tant que nous sommes. Et maintenant, Oskanian, laisse-moi te dire encore une chose : ce n'est pas seulement contre le Grec que tu exerces ta haine, c'est aussi contre Mme Juliette, parce qu'elle t'a trouvé ridicule avec tes mines sublimes, espèce de nain et de fou, avec tes poésies et ta calligraphie... »

C'était injuste. Oskanian n'avait jamais élevé ses désirs jusqu'à Juliette. Aussi, au lieu de glapir comme de coutume, il répliqua d'un air sombre et digne :

« Je n'ai pas besoin de la considération de ta Française. C'est plutôt elle qui aurait besoin de la mienne. Nous avons dû le voir de nos propres yeux, par Dieu, ce que valent des êtres de cette sorte... »

De son air le plus démagogique, le nabot se tourna vers les mouchtars :

« Je rends hommage à nos mères, à nos femmes et à nos jeunes filles devant lesquelles une Européenne aussi prétentieuse devrait tomber à genoux. »

Cette pointe bien envoyée eut plein succès. Alors, Hrand Oskanian s'acharna sérieusement sur son adversaire :

« Quant à toi, crétin de Chatakhian, je peux bien te dire que tu t'es rendu plus de cent fois ridicule avec ton « accent », tes « causeries » et ta « conversation », avec ta distinction... »

Là-dessus, il se mit à parodier supérieurement le français de Chatakhian, ce français dont l'autre était si fier, sans prononcer de véritables mots, seulement au moyen de voyelles nasillardes et de consonnes pareilles à des détonations. Ainsi, la délibération qui devait examiner le problème de la famine inévitable avait dégénéré en une comédie des plus grotesques. Et, détail qui prouvera combien l'humanité garde au fond d'elle-même un reste indéracinable de puérilité : toute une partie de l'assemblée se tordait de rire devant les parodies d'Oskanian. Mais Bedros Hékim se leva en s'appuyant sur son bâton et se mit à gronder :

« Je croyais que Ter Haigasoun nous avait convoqués pour discuter au sujet du désastre. Je ne suis pas du tout d'humeur à goûter ta comédie, Oskanian. J'ai plus à faire que vous autres, instituteurs, qui depuis longtemps pratiquez l'école buissonnière, comme j'ai pu le remarquer. Je vous assure que vos gamins s'en ressentent. Quant à toi, Oskanian, je serai indulgent envers toi en tant que médecin, car je sais que tu es un pauvre déséquilibré. Le jeune homme en question est arrivé en mars dans nos parages. Il avait une lettre de recommandation pour le pharmacien. A cette époque, pas même le wali d'Alep ne savait quelque chose qui eût trait à la déportation. Est-ce que peut-être, à ce moment, ce Grec est venu vers nous avec l'intention de faire de l'espionnage pour le compte des Turcs et de leur indiquer l'emplacement des nouveaux pâturages sur le Musa Dagh, hein ? Voilà qui nous montre comment on forme à la logique l'intellect de la jeunesse à l'école normale d'instituteurs de Marach ! »

Hrand Oskanian, nouvel espoir politique depuis ce jour, savait fort bien qu'une faute de logique ne faisait pas grand mal à son affaire. Un raisonnement vigoureux exige des efforts et c'est précisément une chose que personne n'aime faire. Mais si l'on arrive à rendre méprisable son adversaire, cela éveille dans une assemblée des sentiments de joie satisfaisants, et ce sont ces sentiments-là qui constituent l'essentiel du succès :

« Il se peut, répliqua-t-il d'un ton sec, que tu aies autrefois étudié la médecine, il y a bien cinquante ou soixante ans de ça. Mais qui peut aujourd'hui en avoir la preuve ? Tu vas quelquefois chercher des vers de pourriture dans ton vieux bouquin. Sur ce point, tu peux donner la main au pharmacien. Lui aussi, des années durant, il s'est bien moqué de nous avec sa bibliothèque. Voulez-vous parier avec moi que la moitié de ses livres n'est faite que de papier blanc recouvert d'une belle reliure ? Mais vous tous, les vieux, vous n'avez pas la moindre idée de ce qu'est la vie, sans quoi vous auriez su que bien avant le début de la guerre, le gouvernement avait envoyé des espions dans les cantons arméniens, et même des chrétiens pour qu'on les remarquât moins... »

Et il joua à l'adresse des mouchtars son dernier atout :

« Tout cela vient de ce que ces vieux messieurs conspirent plus ou moins avec la famille Bagradian, cette famille qui envoie en Europe des gens aussi incultes que ce Chatakhian que voici et qui achètent leur conscience à prix d'or. Ces riches familles ne sont-elles pas cause de tous les malheurs ? Voyons, ils ne sont pas des nôtres, ces Levantins ! C'est à cause de leurs affaires malpropres que le peuple arménien est condamné à périr ! »

L'instituteur avait touché la corde sensible des âmes rustiques. Thomas Kéboussjan, en proie à de lointains souvenirs, louchait avec une mine d'assentiment.

« Déjà le vieil Awétis était comme ça. Il avait toujours à traiter des affaires à Alep, à Stamboul, en Europe. Jamais il ne pouvait tenir plus de deux mois de l'année chez nous. Moi, au contraire, je n'ai jamais bougé d'ici. Croyez-vous que je n'aurais pas pu aussi m'offrir des voyages ? Ma bourgeoise m'en a assez fait voir à ce sujet... »

Mais à ce moment, un mouvement se produisit derrière la tour de livres. Dans l'étroite ouverture pratiquée au milieu de cette forteresse, on voyait se tordre une silhouette gémissante, revêtue d'une longue chemise blanche. Krikor de Yoghonoluk, le célibataire, portait depuis la veille son linceul. Comme il ne voulait pas que Nounik ou que les fossoyeurs fussent obligés de lui enfiler sa robe de résurrection, il s'était rendu à lui-même cet ultime service, malgré tous les efforts pénibles que lui coûtait cette opération, car il savait qu'il n'assisterait plus vivant à la prise du Damlajik par les Turcs. Ses joues jaunes étaient si profondément creusées qu'on aurait pu faire tenir dans leurs excavations des pièces de cinq piastres. Ses épaules étaient remontées jusqu'aux oreilles ; ses bras et ses jambes étaient si enflés qu'on aurait dit des triques inarticulées. Lorsqu'il eut enfin trouvé un appui assez résistant entre les parois de sa bibliothèque, il essaya de rendre à sa voix creuse sa tonalité habituelle d'indifférence et de sagesse supérieure. Mais il ne pouvait plus y arriver. Des paroles tremblantes et entrecoupées s'échappaient de ses lèvres :

« Cet instituteur que voilà... je l'ai travaillé et travaillé... des années durant... J'ai voulu lui insuffler... l'esprit des savants et des poètes... Je croyais, parce qu'il était doué, qu'un jour il pourrait devenir un homme-ange... un jour... Mais c'était une erreur... Quiconque ne l'est pas ne peut jamais le devenir... Il ne pense pas toujours à du fumier, avais-je cru... Mais cet instituteur est beaucoup, beaucoup plus bas que les malheureux qui ne pensent qu'au fumier... C'est une affaire réglée... Quant à mon jeune pensionnaire... je l'avais tu jusqu'à maintenant... Maris m'a promis solennellement... de tout faire pour nous à Beyrouth... auprès des consuls... »

Krikor était trop faible pour continuer à parler. Oskanian en profita pour intervenir :

« Et d'où tenait-il ses passeports ?... Vous croyez de vains discours et non pas des faits clairs comme le jour... »

Ce fut pour les mouchtars une révélation lumineuse. Oui, d'où tenait-il ses passeports ? Le pasteur Aram bondit :

« En voilà assez maintenant, Oskanian ! Tu n'es qu'un insupportable pitre ! Une heure déjà a passé sans que personne ait prononcé un seul mot raisonnable. Et dans trois jours, nous n'aurons rien à manger... »

Le noir instituteur était entraîné par sa propre méchanceté, sans bien s'en rendre compte. On aurait dit qu'il voulait vomir pendant ces minutes tout ce qu'il avait, durant sa vie entière, concentré en lui de haine, de vexations et de colère. Il se rappela soudain de vagues cancans que mêmes les pires des commères osaient à peine se répéter à l'oreille :

« Aha ! Monsieur le pasteur s'y met aussi ! Il ne peut pas faire autrement, puisqu'il est à présent parent de Bagradian par sa sœur ! »

Aram voulait se jeter sur Oskanian, mais il fut empoigné brusquement par deux bras vigoureux. Le vieux Tomasian, écarlate, se leva d'un bond et brandit son bâton. Cependant, Ter Haigasoun fut plus rapide encore que les deux Tomasian. Il saisit l'instituteur par sa chemise sans col :

« Je t'ai laissé assez de temps, Oskanian, pour te permettre de nous donner la preuve que nous attendions. Maintenant, nous avons tous pu reconnaître d'où vient la puanteur qui nous infecte et lequel d'entre nous sème dans les âmes le poison que je sens depuis très longtemps. Le peuple t'a élu parmi les chefs parce que tu es un instituteur. Mais moi, je te rends au peuple et le renseignerai sur ta personne. Et maintenant, ouvre bien grand tes oreilles ! Je t'exclus de nos délibérations, et pour toujours ! »

Hrand Oskanian cria qu'il ne tenait aucun compte de cette exclusion, étant venu lui-même à la réunion avec l'intention de se retirer de cette société composée uniquement de bavards et de vieillards caducs que le peuple ne manquerait pas de disperser un jour ou l'autre de la façon la plus méritée. Malgré la folle volubilité avec laquelle le taciturne d'autrefois débitait son discours, il ne put arriver jusqu'au bout, car Ter Haigasoun l'avait envoyé dehors en quelques secondes au moyen d'un splendide coup de pied et avait refermé la porte derrière lui. Un silence gêné était resté à la place d'Oskanian. Les mouchtars se faisaient des signes d'intelligence en clignant de l'œil. L'intervention dictatoriale du chef suprême représentait un danger qui menaçait d'atteindre quelqu'un d'autre dans peu de temps. Un élu ne pouvait tout de même pas être destitué de sa fonction sans qu'on ait consulté à ce sujet le peuple tout entier. Il était irrégulier qu'un autre élu s'en chargeât, même le chef de l'assemblée. Et tandis que le fantôme d'une famine sans espoir s'approchait de seconde en seconde du vallon de la ville, et à pas de géant, Thomas Kéboussjan se raclait la gorge, faisait branler son crâne chauve et prenait la parole pour élever une protestation dans les règles contre le traitement anticonstitutionnel infligé à un membre élu du conseil des chefs. Pour la première fois, l'opposition commençait à se manifester nettement. A part les mouchtars, elle ralliait à elle quelques-uns des plus jeunes instituteurs, et l'un des vicaires villageois qui témoignait une certaine animosité à Ter Haigasoun. Les deux Tomasian, suant de colère et de confusion, étaient toujours assis dans le cercle des chefs, avec une attitude indécise. Mais tous les autres, Ter Haigasoun en tête, sans le vouloir ni le savoir, avaient pris le parti de Bagradian absent qui, par un hasard absurde, s'était trouvé devenir le point central du débat au lieu de la grande catastrophe. Lorsque Ter Haigasoun coupa court aux digressions menaçantes pour arriver enfin à la question primordiale, il était déjà trop tard. La rumeur suspecte qui s'élevait au dehors sur la place de l'autel, exigeait une rapide intervention des membres du gouvernement.

Hrand Oskanian n'était qu'un faible homme. Dans une société occidentale, on l'aurait forcément qualifié sans hésitation d' « intellectuel », c'est-à-dire d'être moyennement cultivé, n'assurant pas son existence au moyen d'un travail manuel, et possédant une âme toujours ballottée, incapable de trouver sa vraie place dans la lutte des forces brutes, partout repoussée, affamée de puissance et d'égards. Par conséquent, dans d'autres circonstances, le cas Oskanian aurait été parfaitement anodin. Mais là, sur le Damlajik, il devenait la source de maints soucis. Hrand Oskanian était absolument seul au monde, et néanmoins, il était lié à une certaine société, société d'ailleurs obscure et mal connue, qui devait ce jour-là, pour la première fois, se signaler à l'attention publique. On l'avait, dans une certaine mesure, nommé commissaire du gouvernement pour diriger cette société. Or, justement en qualité d'intellectuel, il était destiné à échouer dans ce rôle. Son insuccès n'avait pas seulement trait à Sarkis Kilikian. Le Russe, bien qu'étant le prince officieux des déserteurs, avait l'habitude du silence et de la solitude. Mais, à part Kilikian, se trouvait réunie, pendant ces trente-deux jours, sur le bastion Sud, une foule composée de plus de 80 déserteurs — ce terme de déserteur à vrai dire servait dans bien des cas à masquer une condition sociale beaucoup moins honorable. Hrand Oskanian était sur la position Sud l'unique représentant de l'ordre. Il imitait Bagradian en dormant au milieu des déserteurs et en essayant de partager toute leur existence. Mais ce n'était pas une chose aisée, loin de là. Ce nabot débile vivait dans une tension perpétuelle et était bien souvent forcé de hurler avec les loups de tout poil confiés à sa garde. Il se voyait obligé de jouer quotidiennement un rôle de hors-la-loi et d'exiger continuellement de son corps et de son esprit un rendement qui dépassait leur force. Sans compter la blessure que lui avait portée Juliette Bagradian, cette fréquentation douteuse était la cause principale de l'étrange évolution qu'avait subie le petit instituteur et dont il venait de donner une preuve par son attitude « révolutionnaire » en face du conseil des chefs. Il était d'ailleurs très fier de cette scène sensationnelle et s'attribuait l'épithète « révolutionnaire » comme un titre de gloire.

Le secteur Sud, isolé et situé à l'écart, était le plus éloigné de la place de l'autel comme telle planète est plus ou moins loin du soleil, et, par là, il était aussi le moins en contact avec l'esprit de l'ordre et du commandement. Le peuple témoignait à ce secteur une certaine répulsion. Alors que, par exemple, la tranchée Nord et le vallon de la ville entretenaient des relations actives et continuelles, c'est à peine si de rares curieux s'aventuraient de temps en temps jusqu'aux rochers du bastion Sud. Çà et là, Bagradian y envoyait des inspecteurs qui ne signalaient jamais rien de particulier dans leur rapport. C'était bien clair : les déserteurs n'avaient qu'à se montrer reconnaissants d'avoir été admis dans la communauté du peuple et de recevoir une nourriture régulière au lieu de continuer à mener leur vie de chiens errants. Nul ne savait quel véritable sentiment les attachait à cette communauté et quel esprit de sacrifice au juste les animait; nul non plus ne tenait à le savoir. Le bastion Sud était un monde fermé. Ses hommes menaient une vie que personne n'observait. En échange de la nourriture régulière, ils se chargeaient de défendre leur secteur, c'était tout. Et, conformément à ce traité tacite, les déserteurs, eux aussi, s'étaient toujours souciés aussi peu que possible jusqu'à présent du vallon de la ville, de la place de l'autel, du conseil des chefs, et ne s'étaient montrés que très rarement sur les points centraux de la vie commune. Ce jour-là, au matin de la terrible catastrophe, c'était peut-être la première fois qu'ils entraient dans le camp en nombre considérable. Mais leur intervention n'était aucunement liée dans leur esprit à un but déterminé. Ils avaient flairé « du nouveau dans l'air » et ils avaient été poussés dans cette direction par le désir éternellement vivace qu'ont de tels êtres de tout ce qui est désordre et désagrégation, de tout ce qui est néant et inattendu à la fois.

Il s'était déjà très souvent produit sur la place de l'autel des rassemblements au cours desquels on avait discuté avec excitation quelques menus faits de la vie quotidienne. Mais cette fois, la chose prenait une allure très différente des incidents survenus jusqu'alors, même des plus importants. Cette fois encore, l'élément féminin dominait, et pourtant, malgré l'heure matinale, on voyait dans la foule beaucoup de combattants de première ligne accourus en hâte au vallon de la ville après avoir appris la terrifiante nouvelle. A présent, la populace mendiante venait aussi mêler au tableau ses nuances de grisaille. Les gamins des écoles n'avaient pas manqué non plus de se joindre à eux; depuis le dernier combat, ils vivaient sans la moindre surveillance, secs et sauvages comme des loups au bois, entourés de toute une nuée de cris stridents.

Au milieu de ce désordre causé par l'effroi général, ce n'était pas,

comme on pourrait le croire, la classe la plus basse du peuple qui
donnait le ton; ce n'étaient pas non plus les pauvres paysans, ni les
valets, ni les apprentis, mais une certaine classe moyenne qu'on
aurait plutôt pu appeler celle des petits propriétaires. Ceux-ci se
démenaient comme des fous, jetaient leurs bonnets par terre, s'arra-
chaient les cheveux, gesticulaient en tous sens et exécutaient de véritables danses de désespoir. Or, leur désespoir ne s'adressait pas tant
à la famine future qu'à la perte imaginaire de leurs biens personnels.
Ils criaient qu'on les avait volés, qu'on leur avait dérobé leur ultime
possession. Chacun de ces petits propriétaires calculait son avoir ravi
avec des chiffres fantastiques. Il se produisit un phénomène de désordre
général analogue aux chimères de trahisons inventées par Oskanian.
L'absurde continuait à s'emparer des âmes avec une puissance toujours plus perfide.

Le peuple plus morne, anéanti par le coup imprévu, restait au début
muet et passif. Il cherchait à connaître l'opinion des élus par des
phrases angoissées. Ce furent d'abord seulement les petits propriétaires qui communiquèrent leur affolement. C'était contre eux que les
mouchtars devaient mener leur lutte. Ter Haigasoun les avait envoyés
en avant recevoir la première averse de la colère populaire. En tant
qu'organes exécutifs du conseil des chefs, leur devoir était de veiller
aux relations avec le peuple. Mais au bout de très peu de temps, ils
n'en menèrent pas large. Coincés entre des groupes denses, ils étaient
ballottés de l'un à l'autre sur l'étendue de la place entière. A tous
leurs essais de justification, on ne leur répondait que par un hurlement
furieux : « C'est vous qui êtes coupables et vous tout seuls ! » Un pieux
mensonge aurait peut-être apporté un soulagement momentané. On
aurait pu, par exemple, laisser croire que, malgré le malheur, on avait
encore des réserves secrètes et suffisantes de vivres, et cette illusion
aurait aussitôt réveillé l'ancienne insouciance. Car, pour les gens du
Musa Dagh, quelques jours signifiaient un siècle interminable. Aucun
des doyens n'eut l'idée judicieuse de faire miroiter aux yeux de la
foule quelque merveille inespérée pour lui permettre de passer en
paix au moins cette heure. Au contraire, Thomas Kéboussjan, qui
était d'ordinaire un homme de bon sens, perdit la tête comme les
autres; à l'instar de l'instituteur Oskanian, il se mit à recourir aux
moyens les plus grossiers et les plus dangereux pour détourner la
colère populaire vers un autre objet. Il lança un mot-clef au milieu de
la foule : la trahison ! Aux époques de prospérité, le peuple sait suffisamment faire preuve de discernement et de sain scepticisme pour
juger de l'authenticité des hommes et de leurs paroles. L'instituteur
Oskanian n'avait jamais été tout à fait pris au sérieux par ses concitoyens. Mais à présent, les mouchtars collaboraient pour lui assurer un
triomphe. En effet, la même foule qui en des temps ordinaires sait

dépister les fausses valeurs et ne se laisse pas leurrer par des mots creux, peut parfaitement devenir leur victime à certains instants catastrophiques. Dans ces cas-là, ce sont les termes les plus vagues, les plus flous qui produisent le plus d'effet. Le mot « trahison » était justement l'un de ceux-ci. Peu des assistants se représentaient nettement un fait réel en entendant ce mot. Néanmoins, il déchaînait en eux tous leurs instincts hostiles et leur donnait une direction nouvelle qui n'était toutefois pas celle qu'avaient désirée les mouchtars. Les chefs tous ensemble, ces notables, ces gros bonnets s'étaient conjurés pour sacrifier le peuple dans l'unique but de se sauver eux-mêmes. Ils étaient responsables de l'exode sur le Musa Dagh et de l'inévitable extermination. Le pasteur Haroutioun Nokhoudian, lui, avait été le seul véritable ami du peuple. Lui et ses paroissiens vivaient maintenant à l'Est, la déportation une fois passée, pauvres sans doute, mais désormais tranquilles. Les injures à l'adresse du conseil des chefs pleuvaient, grêlaient, toujours plus denses. Les individus du bastion Sud s'insinuaient partout au cœur de la foule et semblaient s'amuser de toute cette indignation comme d'une sorte de réjouissance qui les divertissait, mais n'avait aucun rapport avec eux. Et pourtant, aux points où ils se trouvaient, la fermentation populaire montait comme des bulles de gaz carbonique dans un verre d'eau de Seltz.

Sans doute une impulsion avait-elle été donnée à partir d'un coin quelconque, car la foule désaxée, faite de groupes et de noyaux indépendants, s'était ramassée en un tout et se pressait, condensée, vers la baraque du gouvernement. Déjà l'on voyait non seulement des poings brandis, mais même çà et là des bêches et des pioches ondoyant dans l'air. Les sentinelles placées devant le bâtiment pâlirent et braquèrent, indécises, devant leurs corps, leurs fusils aux canons desquels ils avaient attaché les baïonnettes ravies aux Turcs.

Il ne se trouvait plus à l'intérieur de la baraque, à part le pharmacien malade, que Bedros Hékim, Tchauch Nurhan et le prêtre. Ter Haigasoun n'ignorait pas qu'après l'échec des mouchtars toute autorité serait brisée s'il ne prenait pas lui-même la peine de la rétablir. Il ne douta pas une seconde d'y réussir. Ses yeux dont le regard était fait d'un bizarre mélange de timidité observatrice et de froide résolution s'agrandirent et devinrent tout noirs. Il passa le seuil du bâtiment, écarta les sentinelles et perça la foule tout en marchant, comme s'il ne l'avait pas vue, comme si ce n'eût été que du vent. Son attitude, d'autre part, n'avait rien de tendu, rien de forcé. Selon son habitude, il tenait la tête légèrement en avant, les mains cachées dans les manches de son froc, extrêmement distant et agité d'un frémissement frileux. A chaque pas, Ter Haigasoun, toujours silencieux, s'ouvrait un passage libre. Son attitude faisait naître de la stupeur — dans

chaque œil, on lisait la question : Que veut-il donc ? Quel est son but ?
— et par là, il domptait toutes les passions d'autre nature. De cette
manière, il atteignit, en un rythme fort calme, l'autel sur la première
marche duquel il se retourna vers le peuple, sans faire aucun geste
violent ni se départir de sa placidité presque insouciante. Grâce à
cette tactique, la foule composée d'Arméniens et Arméniennes tous
élevés dans la crainte de Dieu, se trouva forcée de diriger son regard
vers le saint édifice où l'on voyait briller le grand crucifix d'argent, le
tabernacle, le calice, la patène et plusieurs candélabres. Les rayons du
soleil venaient caresser le haut mur de feuillage érigé derrière l'autel
et fait de branches de buis entrelacées. C'est à peine si Ter Haigasoun
avait besoin d'élever la voix, car la curiosité avait soudain fait naître
un profond silence alentour.

« Il est arrivé un grand malheur, — il ne prit point pour dire ces
mots un ton plaintif ni solennel, mais une voix presque indifférente —
et vous vous révoltez contre ce malheur, vous cherchez les coupables
comme si cela pouvait vous procurer un avantage quelconque. Avant
l'exode, vous avez vous-même élu ces hommes qui, à présent, depuis
trente et un jours, se sacrifient pour vous sans avoir pu dormir toute
une nuit entière. Vous savez aussi bien que moi qu'il n'existe parmi
vous personne qui soit plus qu'eux capable de remplir leur fonction.
Je comprends fort bien que vous soyez mécontents de notre vie. Je
le suis aussi. Mais vous avez librement, sans que nul ne vous y forçât,
pris la résolution de monter sur le Damlajik au lieu de suivre, par
exemple, le pasteur Nokhoudian dans l'exil ! Mais, écoutez-moi
bien, si vous regrettez aujourd'hui cette résolution, vous pouvez en
modifier les conséquences tout aussi librement qu'au moment où vous
l'avez prise. Il existe un moyen... »

L'orateur fit à cet endroit une petite interruption, mais ne changea
en aucune façon son ton sec pour prononcer les mots suivants :

« Nous avons encore un moyen à notre disposition. Vous tous qui
êtes là rassemblés, vous constituez la majorité. Mais je ferai aussi
convoquer les combattants des tranchées... Nous n'avons qu'à nous
rendre aux Turcs ! Je suis prêt, si vous m'en donnez le pouvoir,
à descendre aujourd'hui même en votre nom à Yoghonoluk. Que tous
ceux qui le désirent lèvent immédiatement le bras ! »

Impassible et méprisant, Ter Haigasoun attendit deux minutes
entières. Le silence resta aussi dense qu'auparavant, pas une main ne
bougea. Alors il monta sur la marche supérieure de l'autel et sa voix
retentit, grondante, à travers toute la place :

« Je vois donc que pas un seul d'entre vous ne veut se rendre...
Dans ce cas, il s'agit de bien vous mettre dans la tête qu'il faut avant
tout ne jamais manquer à l'ordre ni à la discipline. Le calme absolu
doit régner. Le calme, entendez-vous ! Et quand bien même nous n'au-

rions plus rien d'autre à mordre que nos propres ongles. Il n'existe parmi nous qu'une seule sorte de trahison : son nom, c'est le désordre et l'indiscipline ! Quiconque se rendra coupable d'une telle trahison, tombera sous le coup du châtiment qui convient à un traître, vous pouvez m'en croire, je vous en donne ma parole d'honneur. Voilà qui est fait. Et maintenant, il est grand temps pour vous de retourner à votre travail. Nous prendrons soin de vous. Jusqu'à nouvel ordre, il n'y a rien de modifié. »

C'est ainsi qu'on traite les enfants mal élevés; l'expérience prouva qu'en l'occurrence, cette manière était la seule qui fût à propos. On n'entendit plus d'interruption, ni de mot railleur, ni de reproche, bien que le discours de Ter Haigasoun n'ait en fait rien changé du tout à la situation. L'alternative entre l'ordre et la reddition avait eu l'effet d'une douche froide sur les sentiments déchaînés. La foule se dispersa vers les lieux de travail, et la vie quotidienne parut reprendre son cours habituel malgré l'effroyable catastrophe. Les gardes se développèrent en un cordon pour fermer les débouchés des rues et empêcher toute nouvelle démonstration de troubler les discussions du conseil dont le devoir était maintenant de se détourner de ses querelles mesquines et de se consacrer à l'impitoyable réalité.

Ter Haigasoun restait encore près de l'autel et ne pouvait détacher son regard de la place vide étendue à ses pieds. Ne serait-il pas bon de créer un puissant service de défense intérieure, capable de faire payer au prix du sang la moindre tentative de trouble ? D'un geste las, le prêtre rejeta cette pensée. A quoi servirait de répandre la terreur ? Chaque jour de réelle famine augmenterait la dissolution; rien ne saurait alors la retenir. Les Turcs n'avaient pas besoin d'organiser une nouvelle attaque pour causer la ruine des Arméniens.

Or, au cours de cette même journée, il se produisit néanmoins un événement imprévu qui, au milieu des fluctuations torturantes d'espoir et de désespérance, ranima légèrement le courage du peuple. Il n'eût pas été déplacé d'appeler miracle cet événement, bien que ce fût un miracle manqué.

Aussitôt après le triste retour de Stéphan, le médecin avait libéré sa femme de tous ses différents devoirs pour l'envoyer dans la tente de la malade; c'était elle qui, désormais, allait se consacrer entièrement aux soins que nécessitait l'état de Juliette. Bedros Hékim accomplissait par là un sacrifice considérable, car l'infatigable Antaram dirigeait à elle seule la totalité du service dans le hangar-hôpital ainsi que dans le bosquet de l'épidémie. Mais ce brave cœur s'y était résolu à cause d'Iskouhi. Les longues veilles auprès de sa malade, et bien d'autres raisons encore, avaient affaibli la jeune fille qui n'était plus que l'ombre d'une ombre. Quelle force de résistance devait posséder Iskouhi pour n'avoir pas contracté, jusqu'à présent du moins, la maladie contagieuse, malgré la proximité constante de Juliette ? Et c'était aussi pour une raison d'ordre moral que Mairik Antaram avait été déléguée auprès d'elle. Ce ménage à trois fort suspect devait faire place à un ménage à quatre, libre de tout soupçon. La nouvelle infirmière logea désormais sous la tente de la malade, tandis qu'Iskouhi alla s'installer dans la tente abandonnée par Howsannah.

Juliette appartenait à l'espèce de malades dont le cœur était assez fort pour résister à l'épidémie. Après les heures critiques, elle avait à nouveau sombré dans une syncope ou plutôt dans un état de faiblesse absolument léthargique. Ce fut seulement ce jour-là que Juliette ouvrit des yeux calmes qui semblaient enfin regarder consciemment le monde réel. Mais sa bouche se taisait encore. Elle ne posait pas de questions, n'exprimait pas de désirs. Elle souhaitait sans doute retourner vers cet univers violet, cette mer sans fond de la pleine inconscience qu'elle n'avait quittée qu'à regret. Même lorsque Gabriel s'approcha d'elle, ses traits ne s'altérèrent pas, quoi qu'on pût y reconnaître pour la première fois un véritable éveil. Mais que restait-il de ce visage jadis si beau, maintenant que le fard vivifiant de la fièvre s'était retiré de lui ? Les cheveux secs de Juliette pendaient tristement, ternes comme de la cendre. On ne pouvait pas discerner s'ils étaient seulement pâlis ou déjà grisonnants. Des deux côtés du front bombé, les tempes formaient des creux profonds. Les pommettes délimitaient une misérable tête de mort d'où surgissait, hideux, un nez difforme tout pelé et rougi. Gabriel tenait dans la sienne une main minuscule dont le squelette ne semblait pas fait d'os mais de souple cartilage. Et cet objet mou devait être la main de Juliette, cette main si grande, si chaude, si ferme ? Il se sentit très embarrassé en face de cet être étranger et tout nouveau pour lui :

« Tu as franchi maintenant le cap périlleux, chérie, encore quelques jours et tout sera pour le mieux... »

C'étaient des mots qui lui faisaient horreur à lui-même. Elle le regardait sans répondre. Il n'arrivait pas à rien retrouver de Juliette dans cette malade laide et maigre. Tout le passé avait été effacé de sa vie de façon radicale et terrible. Il essaya de sourire d'un air encourageant :

« Ce sera très difficile, mais j'espère bien que nous pourrons t'alimenter suffisamment... »

Les yeux de Juliette continuaient à refléter le néant clair et conscient. Mais il se cachait tout de même une angoisse derrière ce néant, l'angoisse de sentir les paroles de Gabriel crever la croûte protectrice qui préservait encore la malade contre l'intrusion du monde extérieur. Juliette paraissait n'avoir rien entendu de ce qu'il lui avait dit. Aussi se résolut-il à sortir.

Gabriel Bagradian passait désormais la majorité de son temps dans la tente de cheik. Il négligeait ses devoirs de commandant en chef, car il ne pouvait supporter aucun regard humain. Seul, Awakian lui apportait trois fois par jour un rapport sur la situation générale qu'il enregistrait en silence sans témoigner le moindre intérêt. Gabriel ne sortait presque jamais devant la tente. Il ne pouvait supporter l'existence que dans un espace clos, dans les ténèbres, ou tout au moins dans la pénombre. Pendant des demi-journées entières, il arpentait la tente ou restait étendu sur le lit de Stéphan sans pouvoir trouver le sommeil, pas même pour une heure. Tout le temps que le corps de l'enfant avait encore habité sur la terre, Gabriel avait essayé, toujours en vain, d'évoquer son image, combattue par une force diabolique. Mais à présent que Stéphan reposait depuis un jour et une nuit sous la mince couche terrestre du Damlajik, il revenait à chaque instant, et sans appel. Son père le recevait, immobile, couché sur le dos. Dans cette phase de sa mort, Stéphan n'était aucunement transfiguré; il apportait au contraire son corps sanglant à son père. Il ne songeait nullement à consoler Papa ni à lui révéler qu'il était mort dans son étreinte, sans beaucoup souffrir. Non, il lui exhibait chacune de ses quarante blessures, les larges entailles de baïonnette et de couteau, le coup de crosse qui lui avait brisé les vertèbres de la nuque et la déchirure la plus horrible, celle de la gorge avec sa plaie toute béante. Gabriel était obligé de sonder jusqu'au fond chacune de ces quarante blessures. S'il lui arrivait d'en oublier une, il se haïssait lui-même. Il était à présent à l'aise dans sa douleur, comme un aveugle dans sa maison où il reconnaît à tâtons le moindre coin et la moindre saillie grâce à son toucher infaillible. A ces heures où Stéphan venait lui rendre visite, il ne tolérait pas même la présence d'Iskouhi. Mais lorsque le mort était absent, il aimait qu'elle vînt s'asseoir près de lui et poser sa main sur son cœur nu. Il pouvait alors, dans ces conditions, dormir quelques minutes. Il gardait les yeux fermés. Pourtant, Iskouhi sentait les battements indécis se faire plus timides sous sa main. La voix de Gabriel venait de très loin : « Iskouhi, qu'as-tu fait pour mériter un tel sort ? Il y a tant de femmes qui sont à l'abri, qui vivent à Paris, ou ailleurs encore... »

Elle approcha sa tête de sa main qu'elle avait posée sur la poitrine de Gabriel :

« Moi ? Mais je n'ai du sort que ce qui est bon, et toi, au contraire, tout ce qui est mauvais. Je suis heureuse et j'ai honte de l'être... »

Il la regarda et vit que le blanc visage de la jeune fille aux grands yeux ombreux n'était plus qu'un souffle de visage. Ses lèvres, par contre, brillaient d'un rouge extrême. Il referma les yeux, car de nouveau toutes ses visions menaçaient de s'embrouiller avec l'évocation de Stéphan. Iskouhi retira lentement sa main de la poitrine de Gabriel :

« Qu'arrivera-t-il ?... Vas-tu le lui dire ?... Et quand ?... »

— Cela dépend de la force que j'aurai. »

Gabriel Bagradian eut bientôt l'occasion d'éprouver sa force. Mairik Antaram l'appela ainsi qu'Iskouhi. Juliette avait pour la première fois essayé de s'asseoir et demandé un peigne. Lorsque la malade reconnut Gabriel, ses yeux exprimèrent de l'effroi. De ses deux mains levées, elle le cherchait et en même temps le repoussait. Mais sa voix, dans sa gorge enflée, n'arrivait pas encore à lui obéir :

« Nous avons pourtant vécu ensemble... tu sais... très longtemps... »

Il lui caressait la tête, l'œil attentif. Elle parlait très bas, comme si elle avait eu peur de réveiller la vérité :

« Et Stéphan... où est Stéphan ?...

— Ne t'agite pas, Juliette...

— Est-ce que je n'aurai pas le droit de le voir bientôt... ?

— J'espère qu'il te sera bientôt permis de le voir.

— Et pourquoi est-ce que je ne peux pas le voir déjà maintenant... Seulement par l'ouverture de la portière...

— Maintenant, c'est impossible, Juliette... c'est encore trop tôt.

— Trop tôt... et quand serons-nous de nouveau tous ensemble... et bien loin d'ici...

— Peut-être un de ces prochains jours... Il faut encore un peu attendre, Juliette. »

Elle glissa en arrière et se détourna. Pendant une seconde, on put croire qu'elle était sur le point d'éclater en sanglots. Deux fois, son corps fut parcouru d'un long tressaillement. Mais ensuite, on vit réapparaître dans les yeux de Juliette l'expression vide et satisfaite avec laquelle elle s'était, ce jour-là, réveillée à la vie.

Dehors, devant la tente, Gabriel, ébloui par le soleil implacable, parut marcher d'un pas mal assuré. Iskouhi le soutint de sa main valide. Mais il trébucha sur une inégalité du sol et entraîna la jeune fille dans sa chute. Sans rien dire, il restait couché par terre, comme s'il n'eût plus valu la peine de se relever, ici, en ce monde. Iskouhi aussi ne sauta sur ses pieds qu'au moment où elle entendit des pas se rapprocher rapidement d'eux. Elle fut saisie d'une terreur mortelle. Etait-ce son frère, ou son père ? Gabriel ignorait les combats qu'elle avait dû livrer, car elle ne lui en avait pas parlé. Elle attendait d'une heure à l'autre une surprise de la part des siens, bien qu'elle ait envoyé Bedros Hékim dire à son père que Mairik Antaram avait besoin de son aide auprès de la malade. Or la frayeur d'Iskouhi n'était qu'une fausse alerte. Ce ne furent pas les Tomasian qui arrivèrent mais deux messagers hors d'haleine, venant des tranchées Nord. Une sueur abondante leur coulait sur les joues ; ils avaient en effet couru sans s'arrêter pendant tout le long trajet. Au comble de l'excitation, ils expliquaient, haletants, en se coupant réciproquement la parole :

« Gabriel Bagradian... Des Turcs... des Turcs sont là... Ils sont six

ou sept... Ils portent un drapeau blanc et un drapeau vert... Des parlementaires... Pas des soldats... Ils ont un vieillard à leur tête... Ils
crient de loin qu'ils ne veulent parler avec personne d'autre qu'avec
Bagradian Effendi... »

Il s'était déjà écoulé plus d'une semaine depuis la grande défaite
des Turcs. Le jusbachi blessé avait fait sa réapparition au milieu des
soldats, le bras en écharpe. Il campait, aux alentours du Musa Dagh,
plus de troupes régulières et de saptiéhs que jamais encore. Et cependant, il n'arrivait rien. On ne pouvait pas non plus distinguer le moindre
signe permettant de croire qu'il se passerait sous peu quelque événement décisif. Les hommes installés sur le Damlajik voyaient de leurs
observatoires le nonchalant va-et-vient qui régnait dans la vallée et
n'arrivaient pas à s'expliquer qu'on les laissât si étrangement en paix,
malgré l'accroissement menaçant de cette force armée. Il est vrai qu'ils
ne pouvaient pas connaître la raison de ce mystère. Le kaimakam
d'Antioche, organisateur suprême de la « liquidation », était parti en
voyage.

Dchémal Pacha avait en effet rassemblé dans son quartier général,
à Jérusalem, tous les walis, mutessarifs et kaimakams des vilajéts de
Syrie. Il s'était produit des événements naturels et inattendus qui exigeaient qu'on prît au plus tôt des mesures préventives si l'on ne voulait
pas voir complètement paralysée l'organisation des hostilités, et qui
sait, peut-être même la vie entière de la Syrie, la région la plus importante pour le ravitaillement des troupes.

Deux véritables plaies d'Egypte, sans parler de diverses autres, d'un
genre secondaire et inférieur, pénétraient dans le pays par le Nord et
par l'Est. La plaie orientale, la fièvre typhoïde, sous forme d'une épidémie ininterrompue, avait passé par Alep, atteint Antioche et Alexandrette, et se poussait jusque vers les chaînes côtières. Par sa gravité et
son caractère impitoyable, elle différait de celle, plus bénigne, qui
s'était introduite sur le Damlajik, mais qui, grâce à la fraîcheur de l'air,
à la pureté de l'eau et au strict isolement des malades, sans compter
d'autres circonstances inconnues, se tenait encore dans des proportions
modérées. La mortalité, pour la typhoïde de Mésopotamie, atteignait
au contraire souvent jusqu'à 80 %. Elle était née du nuage pestiféré
répandu sur les steppes de l'Euphrate. Sur cette terre maudite entre
toutes, ce dépotoir impie de la mort, pourrissaient déjà depuis mai et
juin, par centaines de milliers, les cadavres des Arméniens. Même
les animaux fuyaient devant cette puanteur. Seuls les malheureux
soldats étaient obligés de traverser cet inimaginable purin humain :
des colonnes d'infanterie anatolienne ou arabe, suivies d'une file
interminable de véhicules et de chameaux affectés à l'armée s'en allaient
vers Bagdad au prix de bien des jours de marche. On entendait retentir

par intervalles les sabots de la cavalerie bédouine. Talaat Bey, au palais du sérail, dans son ministère, aurait pu, avec tout son esprit pratique, se casser la tête à considérer les conséquences imprévues qu'on s'attire en voulant réduire un peuple entier à néant. Mais ni lui ni Enver ne se cassaient la tête, car depuis que le monde est monde, la violence a toujours, au fond de l'âme, fraternisé avec la plus morne impudence.

La deuxième plaie, celle du Nord, était à vrai dire, par sa nature, moins logique que la première, mais peut-être encore plus néfaste par ses effets. D'autre part, elle semblait vraiment être la répétition d'un châtiment biblique. L'invasion des sauterelles dans la plaine d'Alep et, de là, dans toute la Syrie, descendait primitivement du Taurus. Les pentes, les gorges et les entailles de cet énorme massif constituaient, à n'en pas douter, le pays natal de ces criquets nomades, à la vie résistante, qui se répandaient sur la campagne sans que rien ne pût les retenir. C'étaient des sauterelles d'une grande espèce, dures, sèches, semblables à des feuilles fanées, des insectes géants, dont on aurait dit à les voir qu'ils réunissaient en un seul être monture et cavalier soudés par leurs immenses sauts d'obstacle. Elles arrivaient par bataillons formidables qui recouvraient, sur les sandjaks, des centaines d'hectares, à tel point qu'on ne pouvait plus apercevoir un coin de terre à découvert. L'ordre de marche et la direction concentrique de leur attaque laissaient deviner que, derrière leurs ravages, il ne se cachait pas seulement un instinct aveugle, mais un ordre reçu, un plan, un commandement en chef, bref l'idée collective, pour ainsi dire, de la nation sauterelle. C'était un spectacle horrifiant que de voir l'un de ces essaims s'abattre sur les vieux arbres d'un jardin, sur des ormes, des platanes, des ifs, et même sur des sycomores aux feuilles rigides. En quelques secondes à peine, l'arbre se trouvait comme recouvert d'une housse ou d'un manteau de pluie en loden sombre. Toute verdure se recroquevillait à l'instant sous les yeux du spectateur; on l'aurait crue consumée par des flammes invisibles. Le tronc lui-même disparaissait dans de hautes guêtres grouillantes. Rien ne permettait de conclure que l'unité d'un tel essaim se composât d'individus différents. Pourtant, si l'on prenait en main une sauterelle isolée de cette masse, elle se comportait entre les doigts de l'homme d'une façon aussi peureuse et misérable que les autres insectes et elle essayait de fuir. Mais dès qu'elle était dans l'essaim, elle semblait avoir pleine conscience de soi et considérer son activité rapace comme un service rendu à une grande cause.

En août, il n'y avait plus à l'est de la côte montagneuse de Syrie, et jusqu'à la vallée de l'Euphrate, un seul arbre qui fût encore vert. Néanmoins, le sort des arbres inquiétait peu Dchémal Pacha. La moisson, au nord de la Syrie, ne commence jamais avant la mi-juillet et dure plusieurs semaines, l'époque où l'on fauche les céréales, le froment, l'orge, ne coïncidant pas avec la récolte du maïs. Le paysan turc laisse les gerbes sur les champs pendant des jours, voire des semaines, car il n'a presque pas lieu de redouter l'éventualité d'un orage. Lorsqu'en juillet les sauterelles se déversèrent à flots, elles trouvèrent le blé soit sur pied, soit réparti sur les champs en couches éparses. En peu de jours, elles eurent rentré à leur manière toute la moisson de la Syrie; au milieu du mois, il ne restait plus un fétu de paille sur les campagnes ravagées et tondues. Or Dchémal Pacha avait impatiemment compté sur cette récolte. Mais les sauterelles anéantirent tout son plan de ravitaillement pour le reste de cette année de guerre. Le pain atteignit des prix fantastiques. Malgré des mesures contraires d'une extrême rigueur, la livre turque, déjà très basse, tomba plus bas encore au-dessous de sa valeur réelle. Pendant les premiers jours d'août au cours desquels le Musa Dagh se défendit si glorieusement, les premières victimes de la famine expirèrent dans la région du Liban.

Tel était l'état des choses lorsque se réunit au quartier général de Dchémal Pacha la conférence des gouverneurs de la Syrie. Dans ce cercle de puissances, c'est à peine, d'ailleurs, si l'atmosphère était plus calme qu'au milieu du conseil des chefs du Musa Dagh. En effet, les walis et mutessarifs ne connaissaient pas plus de sortilèges pour faire surgir par enchantement des trains pleins de blé, que les mouchtars ne pouvaient, au moyen d'une formule magique, faire revenir leurs moutons et leurs brebis. Mais le discours du généralissime fut bref et impérieux. Jusqu'à telle et telle date, le vilajét d'Alep avait l'ordre de rassembler et de livrer à l'intendance de l'armée telle et telle quantité de blé; un point, c'est tout. Les fonctionnaires pâlirent de rage, pas tant à cause de cette exigence qu'en raison du ton adopté par le pacha pour leur parler. Un seul d'entre eux se montra l'humilité et l'empressement en personne. car la honte du Musa Dagh lui rendait impossible toute autre attitude. Le visage brunâtre et enflé du kaimakam d'Antioche restait constamment suspendu aux lèvres de Dchémal avec une expression d'enthousiasme admiratif. Tandis que les autres gouverneurs geignaient et marchandaient, lui, il promit l'impossible. Sa kasah, la plus grande du vilajét, n'avait été que modérément atteinte par l'invasion des sauterelles. S'il n'avait pas de blé ni de céréales à sa disposition, il pourrait tout au moins faire parvenir à l'armée autant de maïs qu'en désirerait le général. Il se permettait seulement de demander qu'on lui fournît les moyens de transport nécessaires. Au cours d'une des négociations, les choses en arrivèrent à un tel point que Dchémal Pacha donna le kaimakam d'Antioche comme exemple et modèle à ses autres confrères. L'intéressé saisit au vol cet instant propice qu'il avait de toutes ses forces contribué à faire naître et, sans plus attendre, dès que la séance eut pris fin, il sollicita une courte audience. Il ne se trouvait dans la chambre de Dchémal, à part lui-même et le kaimakam, que le fidèle Osman, le chef de la garde du corps aux décorations bigarrées et barbares. Le sous-préfet d'Antioche prit avec une révérence exagérée la cigarette qui lui était offerte :

« Si je m'adresse directement à Votre Excellence, c'est parce que je connais la grandeur d'âme de Votre Excellence... Votre Excellence a peut-être déjà deviné ma requête... »

Dchémal, bonhomme trapu à l'épaule remontée, se planta devant le kaimakam dont la lourde et molle silhouette le dominait de beaucoup. Les épaisses lèvres asiatiques du général avançaient hideusement hors du cadre noir de sa barbe :

« C'est une honte, sifflait-il, une honte sans nom ! »

Le kaimakam inclina la tête dans une attitude de désespoir évident :

« Je me permets d'approuver pleinement l'avis de Votre Excellence. C'est une honte ! Or, c'est sans doute un malheur pour moi si cette honte atteint justement ma kasah ; néanmoins ce n'est pas ma faute.

— Pas votre faute ? C'est vous, les civils, qui serez les seuls coupables si, à cause de toutes ces infâmes histoires d'Arméniens, nous perdons la guerre et courons peut-être à notre perte définitive ! »

Cette prophétie parut ébranler profondément le kaimakam :

« C'est bien dommage que Votre Excellence ne dirige pas la politique de Stamboul !

— Ça, oui, c'est bien dommage, vous pouvez le dire.

— Je ne suis, en fin de compte, qu'un simple fonctionnaire et je ne peux que recevoir en toute soumission les ordres du gouvernement.

— Les recevoir ? Vous avez à les exécuter, mon cher, à les exécuter, entendez-vous ! Depuis combien de semaines déjà dure ce scandale ? Vous n'arrivez pas à vous débarrasser d'un tas de mendiants déguenillés, en train de crever de faim... En voilà de jolis succès pour M. le Ministre de la Guerre, haha ! et pour M. le Ministre de l'Intérieur ! »

Dchémal, le petit bonhomme, marcha vers le géant Osman et, du plat de la main, lui frappa sur la poitrine de telle façon que tout son musée d'armements rendit un cliquetis métallique :

« Des types comme les miens liquident une affaire de ce genre en moins d'une demi-heure... hein ? »

Osman ricana. Le kaimakam, lui aussi, se mit à sourire, ni chair ni poisson :

« Avec son expédition du canal de Suez, Votre Excellence a accompli l'un des plus grands exploits militaires de notre histoire... Vous voudrez bien m'excuser de porter un tel jugement malgré ma qualité de civil... Mais la chose la plus admirable de toute cette campagne, ce sont les pertes si faibles qu'elle a coûtées à Votre Excellence. »

Dchémal Pacha éclata d'un rire amer :

« Fort bien dit, kaimakam ! Sous ce rapport, je ne suis pas aussi généreux que mon ami Enver. »

A ce moment, le kaimakam fit appel à toute son adresse pour trouver une transition :

« Les rebelles des sept villages sont armés de façon excellente. Je ne suis pas officier, Excellence. Néanmoins je décline, étant donné les circonstances, la responsabilité de toute cette affaire et juge inutile de sacrifier désormais même une seule existence à propos de ces gens. Votre Excellence, puisqu'elle est le plus grand de nos chefs militaires, sait beaucoup mieux que moi qu'il est impossible d'enlever une fortification haut placée sans artillerie de montagne et sans mitrailleuses. Tant pis, ces maudits Arméniens peuvent triompher s'ils le veulent ! Moi, j'ai fait de mon mieux ! »

Dchémal Pacha, qui, doté d'une nature impulsive, étant sans cesse obligé de se contenir au prix d'une discipline fort pénible, ne put plus maîtriser sa voix :

« Adressez-vous au ministre de la guerre, cria-t-il, je n'ai pas d'artillerie de montagne ni de mitrailleuses... Et puis, du reste, toute cette histoire ne me regarde pas. »

Le kaimakam devint très grave et croisa les bras sur sa poitrine comme pour effectuer le sélam :

« Votre Excellence m'excusera de la contredire... Les autorités politiques ne sont pas seules à se rendre ridicules aux yeux du monde entier à cause de cet échec; les troupes de la quatrième armée qui portent le glorieux nom de Votre Excellence se trouvent également compromises.

— Pour qui me prenez-vous ? gouailla Dchémal, on ne m'attrape pas à si bon compte ! »

Le kaimakam passa devant l'imposant Osman et quitta la chambre du pacha; à en juger par son extérieur, il était des plus abattus, mais au fond de lui, il n'était pas sans espoir. Et cet espoir n'était pas une illusion. Le fameux Osman vint le réveiller après minuit à son hôtel en le priant de se rendre immédiatement auprès de Dchémal. Le dictateur de la Syrie aimait faire des invitations aussi surprenantes à des heures impossibles pour prouver à lui-même sa propre puissance et aux autres son originalité.

« Kaimakam, j'ai examiné de fond en comble toute la question et j'ai pris certaines résolutions... »

Il frappa sur la table du plat de sa main rouge et plébéienne :

« L'empire est la victime de fous et d'arrivistes incapables... »

Le kaimakam attendait la suite, mélancolique et toujours affirmatif. Osman, en grand uniforme, se tenait droit devant la porte. Quand donc cet olibrius peut-il bien dormir ? se demanda le gouverneur d'Antioche. Dchémal Pacha arpentait la pièce :

« Vous avez raison, kaimakam, cette honte m'atteint aussi. Il faut qu'elle disparaisse, qu'elle n'ait jamais existé, vous m'avez compris ? »

Le kaimakam continuait à attendre sans mot dire. Le général bas sur pattes dressa vers lui son visage barbu, dévoré de haine :

« Je vous donne encore dix jours après lesquels il faudra que cette histoire soit finie et oubliée... Je vous enverrai l'un de mes chefs les plus capables et tout le nécessaire... Mais vous devez vous en porter garant... Je ne veux plus rien entendre... »

Le kaimakam eut la présence d'esprit de ne pas proférer un son. Dchémal Pacha recula de deux pas. A ce moment, il avait vraiment l'air bossu :

« Je ne veux plus rien entendre de toute cette affaire... Mais s'il arrivait que j'en aie des échos, et que tout ne marche pas comme sur des roulettes, dans ce cas, je ferais fusiller les coupables... et vous aussi, kaimakam, vous pouvez être sûr que vous iriez au diable... »

Le mudir aux taches de rousseur qui résidait dans la villa Bagradian fut ce jour-là dérangé deux fois au milieu de son « kef », sa sieste d'après-midi. La première fois, il s'agissait d'une dépêche du kaimakam qui lui apprenait son prochain retour. Mais lorsque le brigadier des saptiéhs réapparut pour l'arracher à la fraîcheur de la villa et l'entraîner au dehors dans la chaleur écrasante, à cause d'un événement inquiétant, il se répandit en injures à l'adresse de ce personnage importun et peu s'en fallut qu'il ne le battît. Néanmoins, une fois arrivé sur la place de l'église de Yoghonoluk, il hâta le pas, car le spectacle qui s'offrait à ses yeux n'était vraiment pas ordinaire. On voyait devant l'église une yayli attelée non pas de chevaux mais d'ânes. A vrai dire, ce n'était pas une yayli mais plutôt un carrosse démodé à grandes roues. Dans ce carrosse était assis un vieux monsieur dont la physionomie s'harmonisait parfaitement avec le style du véhicule. Son manteau de soie bleu foncé descendait jusqu'à ses pieds chaussés de souliers souples en cuir de chèvre. Ce noble personnage portait enroulé autour de son fez le tarbouch, symbole de piété. Les doigts délicats et presque féminins du vieillard comptaient sans arrêt les grains d'un chapelet d'ambre. A toutes ces particularités, le mudir reconnut aussitôt un patricien vieux-turc, un partisan du camp opposé qui, malgré la révolution, n'avait pas perdu entièrement son pouvoir. Il se souvenait maintenant d'avoir rencontré deux ou trois fois à Antioche cette personnalité que toujours la population saluait avec respect. Il n'y avait pas là que la yayli; derrière elle, une troupe d'ânes lourdement chargés piétinait et grattait le sol. A part les âniers, le mudir remarqua encore deux Turcs âgés au visage doux et presque extasié ainsi qu'un homme maigre, appuyé contre la portière de la voiture dont le visage était hermétiquement voilé. Le jeune mudir de Salonique porta sa main à son front pour rendre poliment hommage au grand âge du vieillard. L'agha Rifaat Bereket lui fit signe de s'approcher. Le partisan de l'Ittihad, ennemi des traditions, s'avança discrètement vers la voiture pour écouter les paroles du vieillard :

« Nous sommes en route vers le camp des Arméniens. Donne-nous un guide pour nous accompagner, mudir ! »

Le fonctionnaire, ainsi traité de haut, resta figé de stupeur :

« Vers le camp des Arméniens ? Avez-vous perdu la raison ? »

Rifaat Bereket ne se préoccupa nullement de cette aimable question. Sur le siège arrière du carrosse reposait une serviette de box-calf jaune ultra-moderne qui formait un contraste puissant avec le reste du cortège si désuet. Les doigts fins et blancs pressèrent sur le fermoir et l'ouvrirent :

« J'ai une mission à l'adresse des Arméniens. »

L'agha tendit son teskéré au rouquin qui se mit à l'examiner sous toutes les coutures. Comme il semblait ne pas trouver ce qu'il cherchait, Bereket lui ordonna sans la moindre impatience :

« Lis l'inscription au-dessus du cachet ! »

Et de fait, le mudir obéit avec une telle complaisance qu'il donna même lecture du texte à haute voix :

« Ce passeport donne à son détenteur le droit d'accès dans tous les camps de déportation arméniens; aucune autorité politique ni militaire n'est autorisée à le lui refuser. »

Le jeune homme, de ses mains extraordinairement soignées, rendit le document à son possesseur :

« Il ne s'agit pas ici d'un camp de déportation, mais de rebelles, coupables de haute trahison, qui se sont retranchés eux-mêmes et ont fait couler le sang turc.

— Ma mission s'adresse à tous les Arméniens », déclara l'agha d'un ton calme; il rentra soigneusement son teskéré dans la serviette toute neuve, digne d'un commerçant dernier cri, et en sortit un autre document dont on devinait, à son seul aspect, qu'il détenait un pouvoir magique plus puissant que le précédent. C'était une grande feuille pliée de façon artistique et pourvue d'un cachet des plus compliqués. Il fallut un moment jusqu'à ce que les yeux du mudir se fussent habitués à cette calligraphie arabe pleine d'enjolivures et de paraphes; il finit néanmoins par y déchiffrer la signature du Cheik-ul-Islam, ainsi que l'ordre donné par le chef suprême religieux de la Turquie à tout mahométan croyant d'accéder au désir du porteur attitré de cet écrit et de l'aider dans ses entreprises quelles qu'elles fussent. — Quelle influence possède encore ce vieux monde décrépit ! songea soudain le mudir. Malgré Enver et Talaat, les pouvoirs du Cheik-ul-Islam restaient attachés à l'une des plus importantes organisations d'Etat. Ce chiffon de papier d'allure moyenâgeuse était bel et bien

un commandement officiel, et si le mudir avait osé ne pas y obéir, son imprudence aurait pu lui coûter cher. Le regard du fonctionnaire inspectait les bêtes de somme chargées de gros sacs de farine :
« Et quelle destination ont ces sacs ? »
Rifaat Bereket, selon la manière qui lui était chère, enveloppa sa réponse d'une demi-lumière pleine de dignité :
« Ils ont la même destination que moi. »
Le mudir se tourna vers l'agha et entreprit de lui expliquer le cas en termes détaillés, bien qu'il fût profondément vexé de voir le vieux Turc rester assis sans bouger en face de lui, représentant du gouvernement, comme s'il se fût agi d'un domestique de l'ancien régime :
« Je ne sais pas, Effendi, si tu te fais une idée exacte de la situation actuelle. Les Arméniens de ce district se sont rebellés contre les ordres du gouvernement et retranchés sur le Musa Dagh. Ils ont osé opposer de la résistance à nos militaires, prendre les armes en main et immoler des soldats turcs. Maintenant, nous leur faisons le siège de la faim. Et voilà, agha, que tu viens avec tes sacs de provisions apporter du secours à ces traîtres, à ces ennemis de l'Etat et de ton padicha ? »
Rifaat Bereket écouta ce discours d'un air las, la tête penchée; lorsque le mudir eut fini de parler, il dirigea vers lui le regard ferme de ses yeux légèrement proéminents encadrés de petites rides :
« N'avez-vous pas été des ennemis plus dangereux qu'eux pour votre propre padicha ? N'avez-vous pas marché contre ses soldats l'arme au poing et même en qualité d'assaillants ? Des révolutionnaires n'ont jamais le droit de s'appuyer sur la légalité. »
Sans interrompre ses paroles, sa main avait plongé pour la troisième fois dans la serviette à miracles. Cette aventure ressemblait de plus en plus à un conte, car le vieillard tirait maintenant le plus fort de ses sortilèges : c'était un rouleau de parchemin portant comme en-tête le turban du sultan orné de diamants. Par cet iradé, le souverain et calife, Mohammed V, ordonnait à tous ses sujets, y compris les autorités civiles et militaires, de prêter leur appui à l'agha Rifaat Bereket d'Antioche dans toutes ses démarches, et de ne susciter aucun obstacle sur sa route. Le mudir aux cheveux roux restait sidéré. Tout le vieux monde, au grand complet, se coalisait contre lui, c'était évident. D'un mouvement furtif, et de mauvais gré, il pressa la signature du padicha contre son cœur, sa bouche et son front. Ce geste était en désaccord absolu avec son costume d'été ajusté, sa cravate d'un rouge éclatant et ses souliers découverts jaune canari. Que faire ? Il était impossible de tolérer l'approvisionnement des rebelles, mais tout aussi impossible de renvoyer un personnage honoré des faveurs de Sa Majesté le Sultan. Le rusé compère de Salonique finit par inventer un heureux compromis, auquel il se résolut après de longs combats intérieurs et de violents accès de désespoir. L'agha obtint la permission

de franchir la zone du siège turc. Le convoi porteur de farine dut rester dans la vallée. Rifaat Bereket ne put pas obtenir la moindre concession sous ce rapport. La famine régnait en Syrie. Aussi serait-ce le kaimakan d'Antioche qui déciderait du sort de cette farine. Mais il y avait, d'autre part, quelques sacs plus petits contenant du café et du sucre, ainsi que quelques balles de tabac. Ces provisions-là étaient sans grande importance, car elles ne risquaient pas de modifier la situation alimentaire sur le Damlajik. C'est pourquoi le mudir finit par céder sur ce point. En dernier lieu, il s'enquit de la suite qui accompagnait l'agha :

« Ce sont mes serviteurs et mes aides. Voici leurs passeports ! Tu peux vérifier, tout est en règle !

— Et celui-là, pourquoi garde-t-il le visage voilé comme une femme ?

— Il a une horrible maladie qui lui ronge la face et doit se protéger contre le contact de l'air. Faut-il qu'il retire son voile ? »

Le mudir esquissa une mine de dégoût et fit un geste de dénégation. Il s'était passé plus d'une heure lorsque la yayli put se remettre en route dans la direction de Bitias. Un peloton d'infanterie commandé par un mulasim marchait à côté de la voiture. Deux ânes chargés de café, de sucre et de tabac suivaient le cortège, ainsi que trois montures destinées à l'agha et à ses deux aides. Lorsqu'il ne put plus y avoir erreur sur le chemin à prendre, Rifaat Bereket abandonna sa voiture et pria le mulasim de s'arrêter là, ainsi que ses hommes, pour éviter une fausse interprétation de leur arrivée par les Arméniens et l'éventualité d'un combat. L'officier se déclara d'accord et s'installa dans la forêt avec ses soldats, non sans observer toutes les mesures nécessaires de prudence. Les trois vieillards continuèrent leur ascension, assis de côté sur leurs ânes, tandis qu'on conduisait derrière eux les deux bêtes de somme. L'homme voilé accompagnait la troupe. Il portait dans sa main droite le drapeau vert du prophète, dans la gauche, le pavillon blanc de la paix.

Ils étaient assis l'un en face de l'autre dans la tente de cheik. L'agha avait exigé un entretien sans témoin avec Gabriel Bagradian. Les Turcs avaient été conduits les yeux bandés comme c'est l'usage pour les parlementaires, depuis le col Nord jusqu'à la place des trois tentes. A présent, les compagnons de l'agha étaient accroupis à côté des ânes de bât du dos desquels les âniers avaient descendu les sacs et les balles. La foule, de minute en minute, se rassemblait toujours plus dense à proximité de ce groupe. Mais les Arméniens ne se rapprochaient pas trop des Turcs, probablement à cause d'une profonde crainte respectueuse. Chaque cœur battait à se rompre. Que signifiait cette délégation ? Le salut ? La vie sauve ?

L'agha Rifaat Bereket ne se comporta pas autrement, en ce qui concerne la componction et le gaspillage de temps, que s'il eût été installé dans la douce pénombre de son sélamlik. Inlassables comme le temps lui-même, les boules d'ambre du chapelet roulaient sous ses doigts :

« Je suis venu comme ami de ton grand-père, comme ami de ton père, comme ami de ton frère, Gabriel Bagradian, et suis venu comme ami de la nation arménienne. Tu sais que j'ai voué tout mon labeur à essayer de rétablir entre nos peuples cette paix qui est désormais détruite à jamais... »

Il interrompit ses paroles récitées sur le ton d'une litanie. Son regard affligé s'arrêta alors sur le visage de l'Européen naguère si juvénile et soigné. Il n'aurait pas pu reconnaître sans aide ces traits sauvages et ramassés perdus au milieu d'une barbe désordonnée. Il se concentra à nouveau un moment sur lui-même avant de reprendre la parole :

« Il y a eu faute de part et d'autre... Si je dis cela, c'est seulement pour empêcher ton jugement de s'égarer, malgré tout ce qui est arrivé, et ton cœur de s'endurcir. »

Le visage de Gabriel devint plus maigre et plus gris encore :

« Quiconque en est où j'en suis ne sait plus ce qu'est une faute. Je ne m'occupe plus ni de faute, ni de droit, ni de vengeance... »

Les mains de Rifaat s'immobilisèrent :

« Tu as perdu ton fils... »

Bagradian avait par hasard porté la main à sa poche. C'est ainsi qu'il rencontra sous ses doigts la pièce grecque qu'il conservait toujours sur lui à la manière d'une amulette : « A l'inexplicable en nous et au-dessus de nous. » Il la montra au vieillard :

« Ton présent ne m'a guère porté bonheur, agha. J'ai perdu la pièce à l'effigie du roi le jour où j'ai aussi perdu mon fils. Quant à l'autre...

— Tu ne connais pas encore ta dernière heure.

— Elle est très proche. Et pourtant, elle arrive trop lentement à mon gré. Souvent, il me prend l'envie de descendre vers les vôtres pour qu'enfin, enfin, tout cela soit fini. »

L'agha abaissa son regard vers ses mains lumineuses :

« Il n'est pas écrit que ta vie s'abaissera, mais qu'elle s'élèvera toujours. Vous, les Bagradian, vous avez plus de forces en vous que les autres hommes... Néanmoins, c'est Dieu qui décide de tout. »

A côté des jambes croisées de Rifaat, la serviette de cuir jaune reposait sur le sol, et, sur elle, déjà préparée, la lettre du pasteur Haroutioun Nokhoudian à l'adresse de Ter Haigasoun :

« Tu sais, Bagradian, que depuis des mois je suis en voyage pour agir en votre faveur. J'ai sacrifié le repos dû à mon grand âge. Et j'arverai aussi jusqu'à Deir-es-Zor avec l'aide de Dieu. Ma première expédition en Syrie devait toutefois t'être destinée. Vous avez des amis à l'étranger et à l'intérieur même du pays. Un pasteur allemand a rassemblé pour vous une grande somme d'argent et je travaille de concert avec lui. J'avais réuni cinquante sacs de froment. Ce n'avait pas été facile. Ils ne les ont pas laissés passer. Je l'avais d'ailleurs bien prévu. Mais je saurai bien empêcher le kaimakam de me les confisquer. Ils iront réconforter vos frères dans les camps de déportation. Cependant, ces sacs n'étaient pas la raison pour laquelle j'ai pris la peine de gravir le Musa Dagh... »

Il remit dans les mains de Gabriel la lettre de Nokhoudian :

« Vous apprendrez par ce papier ce qu'autrement vous n'auriez jamais su, le sort de vos compatriotes. Mais en même temps, je veux que vous sachiez que notre peuple ne se compose pas uniquement d'Ittihad, de Talaat, d'Enver et de leurs valets, car beaucoup ont comme moi quitté leurs foyers pour s'en aller vers l'Est secourir les Arméniens en train de mourir de faim... »

Evidemment, l'agha Rifaat Bereket était un être merveilleux et aurait mérité de voir Gabriel tomber à genoux devant lui au nom du peuple entier. Mais tous ces bienfaits et ces fatigues énumérés en détail n'arrivaient pas à dissoudre l'amertume dont son âme était pleine. Malgré l'importance des sacrifices, leur dénombrement ne faisait qu'exciter l'impatience de Bagradian :

« Peut-être pourrez-vous rendre quelques services aux déportés, mais pas à nous... »

Le vieillard conservait son flegme imperturbable :

« A toi personnellement, je pourrai rendre un réel service. Et c'est aussi la principale raison pour laquelle me voilà maintenant assis dans ta tente. »

Et d'une voix monotone, comme une monture allant au pas, les mots coulaient de la bouche de l'agha, développant peu à peu son plan de sauvetage ; en l'entendant, le cœur de Gabriel s'arrêta de battre. Bagradian avait certainement, dit-il, remarqué au dehors, les hommes de sa suite. Les deux vieillards étaient membres d'une pieuse confrérie qui remplissait les ·mêmes devoirs que lui ; quant aux deux âniers, c'étaient des serviteurs attachés depuis des années à sa maison d'Antioche. Le cinquième personnage, lui, représentait un cas beaucoup plus singulier. Il avait sur la conscience de nombreux meurtres d'Arméniens, mais avait été, à Stamboul, instruit et converti par le cheik Achmed, chef des « voleurs de cœurs ». Il avait prêté le serment solennel d'expier les fautes commises par les puissances basses de son âme et de réparer auprès des Arméniens le mal que leur avait fait sa haine. Aussi cet homme était-il prêt à échanger ses habits contre ceux de Gabriel Bagradian, puis à disparaître. Sur la place de l'église, le mudir avait examiné de près les passeports de tous les hommes et inscrit leurs noms sur une liste. Au retour, il était bien certain que personne ne lui demanderait plus les teskérés. Si, contre toute attente, le mudir faisait des difficultés, Bagradian, soigneusement voilé n'aurait qu'à montrer le passeport de son sosie. Même le mulasim et ses soldats qui avaient escorté six personnes et en retrouveraient également six, ne se douteraient pas le moins du monde de la substitution. Lui, l'agha, en homme d'honneur qu'il était, ne commettait qu'à contre-cœur une telle irrégularité vis-à-vis de la police, mais il s'agissait en l'occurrence de sauver le dernier membre de la famille Bagradian et de l'amener dans un refuge sûr, dans sa maison d'Antioche. Il accomplissait cela pour le repos de l'âme et le souvenir du défunt Awétis qui lui avait prodigué jadis d'innombrables témoignages d'amitié au temps où il était un tout jeune Turc et Awétis déjà un vieil Arménien.

Gabriel étouffait. La voile de la vie s'enflait si puissamment dans sa poitrine qu'il se précipita à l'entrée de la tente pour mieux respirer. Il vit les hommes de la suite assis par terre en silence. Il vit l'homme au serment qui depuis longtemps avait retiré son masque. Il avait un visage morne, fort ordinaire, sur lequel on ne lisait ni les meurtres d'Arméniens ni non plus sa résolution d'expiation. Il vit la foule du peuple en cercle autour d'eux, nettement ébranlée par une attente angoissée. Il vit Iskouhi, debout devant la tente de la malade. Elle aussi, elle était lointaine et irréelle comme tout le reste. Seule réelle était la pensée de la vie : une chambre sombre dans la maison de Rifaat; les volets de bois, à la fenêtre qui donne sur la cour où se trouve le vieux puits, sont soigneusement fermés. Et là, tout oublier, ne plus rien savoir, attendre une seconde naissance... Lorsque au bout de quelques minutes, Gabriel, ayant recouvré son calme, rentra dans la tente de cheik, il baisa la main du vieillard :

« Pourquoi, père, n'es-tu pas venu jadis lorsque tout eût été encore facile et que nous habitions en bas dans la villa...?

— J'ai très longtemps espéré que ce destin vous serait épargné. En ce qui te concerne, tu peux encore t'y soustraire.

— Non, moi non plus, je ne peux pas m'y soustraire.

— As-tu peur ?... Nous attendrons la nuit. Il n'y a pas le moindre danger pour toi.

— Le jour ou la nuit, qu'importe ! Ce n'est pas là la question, agha ! Il s'arrêta une seconde, pris de pudeur : Ma femme vient de se réveiller aujourd'hui d'une mortelle maladie.

— Ta femme ? Tu trouveras d'autres femmes.

— Mon enfant repose sur cette montagne...

— Ton devoir est de donner à ta famille un nouveau fils, un nouveau rejeton. »

Les yeux lourds du vieillard demeuraient immobiles. La réponse de Gabriel fut prononcée d'une voix si basse que son interlocuteur ne la comprit probablement pas :

« Quiconque en est au point où je suis à présent ne peut pas recommencer sa vie par la base. »

L'agha, de ses deux mains vivaces, forma comme une coupe prête à recevoir l'averse du futur :

« Pourquoi penses-tu à l'avenir ? Songe aux heures toutes prochaines ! »

La lumière d'un après-midi sur son déclin inondait l'intérieur de la tente. Gabriel Bagradian, impoliment, se leva :

« C'est moi qui ai donné aux sept communes l'idée de se réfugier sur le Musa Dagh. C'est moi qui ai organisé toute la résistance. J'ai été le chef suprême pendant ces combats contre votre armée auxquels nous devons d'être encore ici. Je suis et serai encore le responsable, le coupable, lorsque, dans quelques jours, les vôtres envahiront ce camp pour y tuer, après de longs martyres, tous les êtres vivants, même les malades et les nouveau-nés. Qu'en penses-tu, agha ? Puis-je vraiment me dérober sans façon ? »

L'agha Rifaat Bereket ne trouva plus rien à répondre.

Gabriel Bagradian fit immédiatement porter les cadeaux de l'agha sur la place de l'autel pour que le conseil des chefs procédât à la distribution. Il s'agissait surtout de sucre, de café et d'un peu de tabac. Néanmoins, les âniers avaient réussi à apporter en fraude sur la montagne deux sacs de riz. Que l'on s'imagine ces présents répartis sur plus de mille familles, et l'on comprendra quelles rations minuscules cela représentait. N'importe ! Déguster une fois encore, à petits coups, un café bien chaud qui ranime les nerfs et les fait sourire ! Aspirer encore une fois jusqu'aux profondeurs du diaphragme « le père des parfums », faire sortir lentement par le nez et la bouche la fumée bienfaisante et la suivre des yeux, sans rien penser, ni se soucier du lendemain. La valeur matérielle de ces cadeaux avait moins d'importance que l'action vivifiante et réconfortante sur les âmes, justement en ce jour néfaste marqué par la perte des troupeaux. Les deux ânes de bât, eux aussi, ainsi que deux montures furent laissés au camp par les Turcs. Seul le vieil agha garda sa bête pour pouvoir redescendre dans la vallée.

Le bienfaiteur et ses cinq compagnons refirent le chemin jusqu'au col Nord, sans avoir les yeux bandés, cette fois. L'homme au serment marchait à leur tête, avec son drapeau blanc et son drapeau vert. Il ne semblait ni content ni fâché de n'avoir pu accomplir sa bonne action. A part Gabriel Bagradian, Ter Haigasoun, ainsi que Bedros Hékim et deux mouchtars, tinrent à accompagner les étrangers pour

leur faire une escorte d'honneur. Derrière eux s'agitait la foule délirante du peuple. L'entretien dans la tente de cheik dont nul ne savait
le sujet devint la source d'espoirs fantastiques. L'agha partit dans une
nuée de bénédictions, d'appels à l'aide, de larmes, de supplications et
de questions vibrantes d'espérance. Il ne pouvait presque pas avancer.
Jamais, même dans les camps de déportation, Rifaat Bereket n'avait
vu de visages semblables à ceux du Damlajik. Les faces grimaçantes et
fiévreuses des hommes, avec une expression cupide, l'épiaient. Les
bras affreusement amaigris des femmes, saillant hors des manches
déchirées, venaient lui présenter, comme des mendiantes, presque
contre sa figure, leurs petits enfants. Presque tous ces enfants portaient
sur des cous trop minces des têtes vacillantes d'hydrocéphales et on
pouvait lire, dans leurs yeux immenses et étonnés, un savoir d'ordinaire interdit aux enfants des hommes. L'agha dut reconnaître que
même la plus cruelle déportation n'avait pas des effets plus inhumains
que cette situation de rebut, de déchet de la société. Il crut comprendre
de combien l'œuvre de destruction exercée sur des forces psychiques
dépasse en intensité l'œuvre de carnage exercée sur les corps. La pire
des horreurs, ce n'était pas l'extermination d'un peuple entier, mais
l'extermination de la parenté divine chez un peuple entier. L'épée
d'Enver, en frappant les Arméniens, avait frappé Allah en personne.
Car Allah habitait en eux comme dans tous les hommes, bien que ce
fussent des infidèles. Quiconque anéantit la dignité dans une créature
anéantit en elle le Créateur. Cela, c'était un déicide, une faute inexpiable
jusqu'à la fin des temps. Le vieillard avait l'impression de marcher à
travers un épais nuage de cendres, à travers une nuée mortelle pour le
peuple arménien, planant, entre ici-bas et l'au-delà, en traînées de
fumée indissoluble. (D'ailleurs, sans le remarquer, il respirait réellement de la cendre, les dernières traces de l'incendie de forêt presque
entièrement consumée qui s'en allaient vers l'Ouest, portées par le vent
de la terre, en bouffées oppressantes.) Ce chemin à travers la destinée
arménienne ne prendrait-il pas fin ? L'agha, toujours vieillissant, toujours plus profondément courbé, s'appuyait sur son bâton. Il ne voyait
plus que la terre qui avait enfanté et qui supportait à présent tout cela.
Les petits pieds du vieillard chaussés de souliers fins, peu accoutumés
à la marche, trottinaient sur un rythme précipité. Pressant fermement
sa barbe blanche contre sa poitrine, il courait, avec la hâte d'un fuyard
qui craint de perdre ses dernières forces. Ses oreilles n'entendaient
plus les cris suppliants ni les conjurations d'alentour. Il voulait partir,
partir à tout prix ! Pourtant, malgré ses efforts, Rifaat ne put arriver
plus loin que jusqu'à la première tranchée des positions Nord. Là,
sous les yeux ahuris des combattants, il fut pris d'un violent vertige
qui le jeta par terre. Ses deux serviteurs, âniers improvisés, se précipitèrent vers lui, très inquiets. L'agha était de santé délicate. L'hékim

étranger de Stamboul lui avait recommandé d'éviter toute fatigue. Le plus calme des deux domestiques tira d'un sac de velours vert qu'il portait toujours à la suite de son maître, un flacon de sels et un sachet de réglisse qui avaient pour effet de ranimer le cœur. L'agha se remit vite de sa faiblesse et fit un sourire à l'adresse de Ter Haigasoun et de Gabriel Bagradian qui se penchaient vers lui : « Ce n'est rien... Je suis vieux... j'ai couru trop vite... Et puis... vous me donnez une trop lourde charge... »

Tandis qu'il se relevait avec l'aide de ses serviteurs, il eut le sentiment net qu'il ne pourrait pas accomplir sa tâche et n'arriverait pas jusqu'à Deir-es-Zor.

Ce fut seulement vers minuit que Rifaat Bereket rentra dans sa maison d'Antioche avec la yayli. Ses membres étaient presque paralysés par l'épuisement. Pourtant il calligraphia de sa plus belle main, malgré l'heure tardive, une lettre à l'adresse de Nézimi Bey destinée à être remise au prêtre chrétien Lepsius auquel il rendait compte de sa première entreprise par des chiffres précis et un récit circonstancié.

Pendant ce temps où l'agha Rifaat Bereket rédigeait sa lettre à Lepsius, l'âme de Krikor de Yoghonoluk se détachait de son corps martyrisé. Sur le point d'aller se coucher, l'instituteur Hapeth Chatakhian avait éprouvé de violents remords à cause du pharmacien. C'est pourquoi maintenant, deux heures après la tombée de la nuit, le maître d'école, ancien disciple du vieux sage, entrait avec mille précautions dans la baraque du gouvernement et s'approchait sur la pointe des pieds de la chambrette de Krikor faiblement éclairée; il jeta un coup d'œil prudent par-dessus le rempart de livres et murmura d'une voix douce, pour ne pas réveiller le malade dans le cas où il aurait dormi :

« Hé bien, pharmacien, comment ça va-t-il ? »

Krikor était couché sur le dos. Sa respiration était difficile. Mais on lisait dans ses yeux grands ouverts un calme parfait. Ils blâmaient l'instituteur d'avoir posé une si sotte question. Chatakhian s'introduisit, en frôlant les livres, jusqu'auprès de la couche. Il posa ses doigts interrogateurs sur le poignet déformé de Krikor :

« Souffres-tu beaucoup ? »

A entendre ses paroles, on avait l'impression que le pharmacien y mettait une intention à double sens :

« Quand tu me touches, oui, je souffre beaucoup. »

L'instituteur s'installa tout près du malade :

« Je resterai cette nuit avec toi. Cela vaudra mieux... Tu pourrais peut-être avoir besoin de quelque chose... »

Krikor ne dit rien. Il était occupé de sa respiration. Mais l'instituteur devint mélancolique :

« Je songe, pharmacien, au bon temps d'autrefois, à nos promenades et à tes discours... »

Le visage de mandarin jaune foncé demeurait impassible. Krikor parla d'une voix de tête faible comme un souffle. Sa barbiche en forme de bouc ne s'agitait plus : « Tout cela ne valait pas grand'chose... »

Cette attitude de reniement déchaîna complètement la sentimentalité de Chatakhian :

« Au contraire, cela valait beaucoup, beaucoup... Pour moi, pour nous... Tu sais que j'ai vécu en Europe, pharmacien. Je puis dire que la culture française a pénétré ma chair et mon sang... On voit, on entend et l'on apprend des milliers de choses nouvelles par les conférences, les concerts, le théâtre, les tableaux, le cinéma... Vois-tu, pour nous, à Yoghonoluk, tu représentais tout cela, et plus encore... C'est l'univers entier que tu nous exposais et que tu nous expliquais... Oh ! pharmacien, que ne serais-tu pas devenu en Europe ! »

Cette exclamation irrita visiblement Krikor. Il prononça dans un souffle plein d'orgueil :

« Je suis très satisfait... comme je suis... »

Puis il se passa bien une demi-heure avant qu'il reprît, de cette étrange voix de fausset :

« Instituteur ! Au lieu de raconter des bêtises, tu pourrais faire quelque chose d'intelligent... Va-t'en vers la planche où se trouve la pharmacie... Vois-tu une bouteille ronde et noire ? Il doit y avoir à côté d'elle un verre... Remplis-le !

Chatakhian, heureux d'avoir reçu un ordre véritable, obéit et rapporta le grand verre plein jusqu'au bord qui sentait de loin la liqueur de mûres :

« Je crois que tu t'es prescrit le meilleur remède qui soit, pharmacien. »

Il glissa son bras sous la tête de Krikor, le souleva et approcha le verre de sa bouche. Le sage de Yoghonoluk le vida à longs traits comme s'il avait bu de l'eau. Il retomba en arrière, haletant. Néanmoins, un instant après, son visage reprenait quelque couleur et on voyait luire dans ses yeux une expression de joie moqueuse.

« Ça, c'est... contre la douleur... Maintenant, il faut que je sois tout seul... Va te coucher, Chatakhian... »

La physionomie et la voix plus assurée du malade tranquillisèrent l'instituteur : « Je reviendrai te voir demain, pharmacien, de très bonne heure... »

— Oui, reviens demain... D'aussi bonne heure que tu voudras... A présent, tu pourrais encore éteindre la lampe... C'est déjà la fin du pétrole... Ma petite bougie est là-bas... Allume-la... Pose le chandelier en haut, sur les livres... Voilà... c'est tout... Va-t'en dormir, Chatakhian... »

Lorsque l'instituteur eut déjà dépassé le rempart de livres, il hésita une dernière fois, se retourna et regarda son maître :

« Moi, à ta place, je ne me ferais pas de tracas à propos d'Oskanian, pharmacien, nous avons toujours su ce qu'il valait... »

Cet ultime conseil de Chatakhian était tout à fait superflu. Le pharmacien vivait désormais dans un univers de calme absolu où il n'y avait pas place pour des personnages aussi ridicules qu'Oskanian. Il regardait devant lui, dans le vague; son regard restait immobile pour jouir pleinement des délices d'un moment sans douleur. Dans son cœur régnait une sérénité incommensurable. Il faisait ses comptes spirituels. Que son bagage était léger ! Comme lui-même, il était heureux ! Il ne perdait personne et personne ne le perdait. Tout élément humain reculait loin de lui, à des distances infinies; peut-être même n'en avait-il jamais existé. Krikor, sans aucun doute, avait toujours été Krikor, un homme qui ne possédait pas les particularités des autres. Le peuple a coutume de plaindre ceux qui sont seuls en de tels moments. Le pharmacien ne comprenait pas cela. Quoi de plus merveilleux que cette solitude ? On avait l'impression d'être propre et sec de la tête aux pieds, de n'avoir aucune obligation et d'avoir tout bien mis en ordre. Aucun corps étranger ne venait troubler les flots palpitants du moi dans toute sa pureté. Et, au milieu de ce flux et reflux, le sang circulait de mieux en mieux. Il s'en dégageait une chaleur exquise. Krikor remarqua que ses membres devenaient de plus en plus souples; ses articulations perdaient leur raideur. D'un mouvement brusque qui ne lui causa aucune souffrance, il se tourna vers la lumière. De petites mites blanches et de grandes phalènes sombres venaient danser autour de la flamme. Krikor songea : « Si cela continue, je serai tout à fait guéri. » D'ailleurs, il s'en souciait fort peu. Son esprit se laissait progressivement entraîner dans la danse des papillons de nuit. De grands mots impressionnants montaient en lui comme des bulles d'air, sans qu'il pût les en empêcher. « Soleil central de Polyodore. » Existait-il, oui ou non ? Peu importe ! Autour du soleil central de Polyodore, dansaient les pléiades translucides et les arachnéennes ennéades, constellations en forme de papillons dont la matière impondérable est faite de la cendre pulvérisée de mondes consumés autrefois, ainsi que l'a déjà prouvé l'astronome arabe Ibn Saadi. Que ne serais-tu pas devenu en Europe, pharmacien ! Quel imbécile, ce Chatakhian ! Krikor de Yoghonoluk se sentait fier comme un dieu en voyant danser devant lui les univers grisâtres autour du soleil central. Il était si fier de lui qu'il perdit sa propre conscience et s'endormit. Le réveil, par contre, fut terrible. La cellule avait rétréci d'une façon inconcevable. Krikor n'y voyait presque plus. Le malade ne pouvait pas respirer; il s'épuisait en cris désespérés qui ne passaient pas le seuil de sa gorge; il tordait et dressait son corps sans prendre garde à la douleur.

Vu de l'extérieur, c'était une crise d'étouffement, mais de l'intérieur, c'était beaucoup plus horrible. Le patient éprouvait la conviction monstrueuse de n'y plus tenir et non pas dans un sens temporel ni temporaire, mais avec une certitude qui s'étendait jusque dans l'éternité. S'il existait un enfer, cette torture devait être la pire de toutes. Et cette certitude éternisée de l'intolérable avait un contenu bien défini. Dire que c'était une savante ignorance ou une science ignorante, serait une appellation bien faible pour désigner cette mer de moitiés inachevées, de connaissances fragmentaires, de pensées trop rapidement fondues, de théories incomprises, d'erreurs invétérées. Impossibilité de se débarrasser du moindre détail ! Effrayante incapacité de l'esprit qui se brise au contact d'un simple fétu de paille ! Krikor croyait se noyer dans cette mer où nageaient tant d'ordures écœurantes. Il voulut se sauver, s'enfuir. Râlant, il rampa en avant, se redressa à tâtons, se cramponna de toutes ses forces au rempart de livres. Mais, par suite de sa faiblesse, il perdit l'équilibre et retomba en arrière sur sa couche, entraînant dans sa chute les étages supérieurs des volumes ainsi que la bougie près de s'éteindre. Les livres tombaient avec un bruit mou sur le corps de Krikor comme pour embrasser et retenir leur maître. Le malade resta très longtemps dans cette attitude, satisfait de pouvoir respirer de nouveau et de constater que son accès d'étouffement et d'ignorance avait fini par abandonner la lutte. Les douleurs revenaient, pareilles à des vagues. Chacun de ses doigts le brûlait comme s'il venait de le retirer du feu. Alors, les livres rendirent encore une fois un grand service au pharmacien, ces livres, lus ou non, feuilletés, tous chéris. Il introduisit ses mains brûlantes entre les pages. L'intérieur des feuilles était frais comme de l'eau. Et, autre chose encore : un calme nouveau et glacial s'écoulait du sang spirituel de ses livres dans celui de son corps. Il connaissait encore chacun d'eux avec ses doigts sourds et aveugles. Un dernier sentiment l'effleura de son aile : quel dommage de renoncer à cette joie ! Puis les brûlures cessèrent successivement l'une après l'autre. La dernière douleur hésita avant de disparaître. Une douce insensibilité surgit lentement. Une clarté d'un gris de plomb perçait à travers les fentes des poutres. Krikor ne le remarqua pas, car il se passait en lui un phénomène très impressionnant. Tout d'abord il sentit se déverser en son être une conscience lucide et calme et il percevait nettement chaque coup de son pouls sur le point de tarir : je suis la première personne, je suis la première personne. Ensuite, commença à croître démesurément ce qui s'appelait Krikor de Yoghonoluk. Mais une telle assertion représente déjà une erreur. Des mots esclaves du temps et de l'espace sont incapables d'exprimer un tel processus. Peut-être ce qui croissait n'était-il pas la chose nommée Krikor de Yoghonoluk; peut-être était-ce plutôt la chose nommée monde qui se recroquevillait. En effet, le monde entier se ratatinait avec une vitesse folle : la baraque, le vallon de la ville, le Musa Dagh, la patrie, en bas, et le pays qui l'entourait. Il ne pouvait en être autrement. Le monde était sans consistance, puisqu'il était fait de la cendre d'étoiles consumées. Finalement, il n'y eut plus là que Krikor de Yoghonoluk, tout seul. Il était devenu l'univers; que non pas ! Il était plus que l'univers, car les phalènes des divers mondes tourbillonnaient autour de sa tête sans qu'il pût s'en apercevoir.

CHAPITRE V

La flamme de l'autel

Après une longue conférence avec le pasteur Aram et Altouni, Ter Haigasoun avait pris la résolution de ne plus ménager à l'avenir les dernières provisions dont on disposait. N'était-il pas en effet absolument absurde de prolonger encore la vie et ses tourments ? Il y avait déjà maintenant, avant le début de la famine proprement dite, assez de gens débilités, femmes, enfants, vieillards, qui se laissaient abattre par la faiblesse et ne se relevaient plus. On finit par constater que cette lente usure était la forme la plus intolérable du désastre commençant. Le prêtre était décidé à ne pas laisser traîner les choses en longueur. C'est pourquoi on abattit au cours des premiers jours de septembre les deux vaches amaigries de la famille Bagradian ainsi que toutes les chèvres, les boucs et les chevreaux sans se soucier du lait qui, par sa quantité et sa teneur nutritive, n'avait plus aucune importance. Ce fut ensuite le tour des ânes de selle et de bât dont la viande, coriace comme du cuir, ne devint tendre ni à la broche ni à la marmite. Quoi qu'il en soit, le gros bétail, utilisé jusqu'aux os et au sang, y compris la queue, la peau, les sabots et les tripes, donna d'énormes quantités de nourriture qui remplirent les estomacs et, en même temps, les tourmentèrent. Il s'y ajoutait encore le sucre et le café de Rifaat Bereket, environ un quart de livre par famille. On en cuisit et recuisit le marc, si bien que les cafetières, pareilles aux cruches d'huile de l'Evangile, ne se vidaient jamais. Ce breuvage fit naître sinon la gaîté et la confiance, du moins un agréable sentiment de complet abandon au moment présent. Le tabac produisit des effets presque aussi favorables. Ter Haigasoun avait eu la sagesse, malgré la résistance des mouchtars, de faire distribuer la part du lion, quatre balles entières, aux hommes du bastion Sud, autrement dit à un tas de propres à rien et d'individus douteux. Ils allaient pouvoir désormais se vautrer dans les délices de la fumée comme jamais encore, même aux meilleures périodes de leur existence. Cette jouissance devait les empêcher de se

587

laisser envahir par des pensées nuisibles. Sarkis Kilikian, comme les autres, plongé tout entier dans les voluptés de la tabagie, restait couché sur le dos et semblait n'avoir rien à redire pour le moment à l'ordre du monde. L'instituteur Hrand Oskanian, par malheur, n'était pas fumeur.

A ces mesures imprudentes, mais vivifiantes, s'en opposaient deux autres d'ordre plus réfléchi et nocturne. Ter Haigasoun était arrivé à faire triompher son point de vue au cours d'un long dialogue avec le médecin. Le visage d'Altouni, ridé comme une feuille fanée, se faisait toujours plus sec et plus brun. Malgré le peu de valeur que Bedros Hékim attachait à la vie, il avait lutté de toutes ses dernières forces pour la conserver encore là-haut à ses compatriotes. Mais il devait reconnaître à présent que Ter Haigasoun avait raison. Les circonstances intervertissaient les rôles des deux hommes. En cette matière, le prêtre se montra plus impie que le médecin.

Au trente-quatrième jour de l'exil, vingt-quatre heures après la mort de Krikor, il se trouvait environ deux cents malades dans la région des maladies infectieuses et plus de cent encore à l'intérieur et aux alentours de l'ancien hangar-hôpital qui étaient en majorité, à part les grands blessés des combats, des gens à bout de force tombés sur la route, épuisés, ou pendant le travail. Comme il s'agissait d'un peuple de 5.000 âmes, cette proportion de malades, dont faisaient partie les blessés, n'avait encore rien de très inquiétant. Mais justement ce jour-là, d'une façon subite, et sans raisons apparentes, la courbe de la mortalité s'éleva avec une violence inouïe. Jusqu'au soir, on vit s'éteindre quarante-trois existences humaines et il y avait tout lieu de s'attendre à ce qu'elles fussent suivies par d'autres en grand nombre au cours des heures prochaines. Le cimetière ne suffisait plus, et de loin, à héberger tant de nouveaux hôtes.

C'est pourquoi Ter Haigasoun institua une nouvelle forme de sépulture sans en faire part au peuple par de longs discours préliminaires. Quand la nuit sans lune fut avancée, on réunit les cadavres et on les porta sur la terrasse en forme de plat qui s'avançait au loin dans la mer comme la proue d'un navire géant. Tout le monde dut donner un coup de main. Il fallut faire trois ou quatre fois le chemin avant que tous les morts, sans exception, revêtus de leurs chemises liées à la manière des sacs, fussent couchés l'un à côté de l'autre sur le roc dénudé.

Depuis la nouvelle lune, le temps avait changé. Il ne pleuvait pas, mais les mamelons du Musa Dagh étaient balayés par un ouragan furieux, méchant, qui se présentait sous deux formes : c'était tantôt un vent des steppes qui vous coupait l'haleine, tantôt un sirocco écumeux venu de la mer. En tout cas, sous chacun de ces aspects, il ne cessait de tournoyer, comme pour se moquer des éléments plus stables que lui, la terre et l'eau. Si Gabriel Bagradian n'avait pas choisi de façon aussi judicieuse l'emplacement du vallon de la ville, il ne serait pas resté une seule hutte en état. La tempête semblait avoir établi son quartier général sur la terrasse en forme de plat, point de la montagne plus exposé que les autres. Lorsque le vent montait à l'assaut du rocher, c'est à peine si les hommes pouvaient se tenir sur leurs pieds. Ter Haigasoun allait à petits pas, bénissant les morts l'un après l'autre. Nounik, Wartouk et Manouchak étaient extrêmement indignées à la vue d'un tel enterrement; mais comme elles étaient tout juste tolérées sur le Damlajik, elles se dispensaient d'exprimer leurs critiques à haute voix. Deux hommes soulevèrent le premier mort par les épaules et par les pieds et le portèrent jusqu'au rebord extrême du cap rocheux. Là les attendait un hercule, les jambes écartées, indifférent à l'ouragan, les deux mains déjà levées dans l'expectative du fardeau, deux larges mains pareilles à des feuilles de laitue sans aucune découpure. C'était Kéwork, le danseur à la fleur de soleil, le crétin. On avait eu quelque difficulté à lui faire saisir en quoi consistait sa fonction. Lorsqu'il eut enfin compris, il fit un signe d'acquiescement plein de joie : « Oui, oui, c'est tout à fait comme sur les bateaux... » On apprit à cette occasion, pour la première fois, que Kéwork, dans sa jeunesse, avait traversé la mer Noire sur un cotre charbonnier. Ce faible d'esprit possédait un cœur serviable, et rien ne le satisfaisait davantage que l'idée de pouvoir se rendre utile et de se voir chargé d'exécuter un travail défini. Aussi ne permettait-il à personne de lui dérober la moindre parcelle de sa nouvelle dignité. Il reçut le cadavre dans ses bras et repoussa de la pointe de ses coudes les deux hommes qui voulaient l'aider. La mer semblait avoir gardé encore un souvenir des multiples étoiles qui avaient illuminé les nuits précédentes. Les crêtes blanchâtres des vagues dégageaient une lueur indécise dans laquelle se dessinait nettement la silhouette du danseur. Quelques lanternes indiquaient l'extrémité dangereuse du promontoire. Mais, malgré cette précaution, la tâche qu'on avait confiée à Kéwork n'était pas sans représenter un péril des plus affreux. En effet, la terrasse terminait le complexe rocheux appelé « la paroi haute », qui tombait de façon absolument verticale dans l'abîme sur une altitude de quatre cents mètres. En bas, la mer avait si profondément creusé le pied de la paroi que le plateau s'avançait réellement dans l'espace, indépendant, comme une main tendue; il était impossible d'apercevoir d'en haut le mouvement des vagues. Un faux pas, sur cette proue gigantesque, et c'était la mort la plus rapide et la plus sûre. Mais à présent, en pleine nuit, le danseur ne marquait le moindre signe de peur ni de vertige, tandis que les autres hommes se retiraient en toute hâte. Sur le mince rebord faiblement éclairé, il dansait bel et bien, erçant d'un même rythme son propre corps et celui du mort; on aurait dit à le voir une puissante nourrice. Ses mains balançaient le corps inanimé qui disparaissait sans bruit, invisible, dans la nuit. Malgré les quantités dérisoires de nourriture qui lui étaient attribuées depuis bien des jours, Kéwork n'avait rien perdu de sa force. Lorsqu'une heure plus tard environ, toujours sur la même cadence marquée par ses jambes écartées, il envoya dans l'infini, avec un léger élan, son quarante-troisième mort, il parut très malheureux d'avoir terminé son travail et de se retrouver là, les mains vides. Il aurait volontiers bercé et endormi d'aussi douce façon quatre cents, mille cadavres, et même le peuple tout entier. Un témoin étranger aurait été surpris de constater combien ce mode de funérailles était dépourvu d'horreur, et, de plus, quelle impression de réelle beauté il s'en dégageait.

Cette opération n'avait cependant pas été le vrai sujet de la discussion entre Ter Haigasoun et Bedros Hékim, car ce dernier ne combattait pas en faveur des morts, mais de ceux qui vivaient encore. Le prêtre s'avéra partisan d'une solution fort osée pour un membre de l'Eglise : il valait mieux, dit-il, abandonner tranquillement à leur sort les malades dont l'état était désespéré, et surtout ceux qui agonisaient doucement, inconscients ou sans désir. Le médecin lui concéda que ces malheureux ne souffriraient pas si on les laissait somnoler sans arrêt et s'éteindre sans s'en apercevoir au milieu de leurs rêves. Pour Ter Haigasoun, l'important, c'était de ne pas ravir aux malades la faveur que Dieu, dans sa bonté paternelle leur faisait sous la forme d'une agréable mort; à quoi bon économiser leurs vies à l'intention des Turcs ? Le prêtre paraissait sur ce point moins compatissant que le médecin. Pour lui, l'homme possédait d'une part la vie d'ici-bas, d'autre part la vie éternelle. La première, tant qu'on vivait sur terre, n'était pas moins importante que l'autre. Mais quiconque la perdait d'une façon naturelle ne perdait pas grand'chose et devait encore être content de n'avoir pas porté préjudice au salut de son âme éternelle par l'infernale frayeur du massacre. C'est ainsi que pensait le prêtre au plus profond de son cœur. Le médecin, lui, ne croyait qu'à cette vie terrestre. Quiconque perdait cette vie, à son avis, non seulement ne perdait pas grand'chose, mais ne perdait rien du tout. Or, réciproquement, ce rien se trouvait aussi être tout. Personne n'avait autre chose à perdre que ce néant doublé d'une totalité. Le prêtre avait fermement la certitude d'une catastrophe finale et croyait néanmoins à un miracle. Le médecin croyait fermement à la catastrophe finale, mais avait néanmoins la certitude qu'un hasard inconcevable viendrait détourner la mort du Musa Dagh. Malgré leur similitude apparente, ces deux espoirs étaient foncièrement différents. En tout cas, ni Ter Haigasoun ni Bedros Hékim n'en laissaient rien transparaître dans leurs propos. Quant à Kéwork, le danseur, il reçut du travail en abondance.

A un moment des plus inattendus, les nageurs revinrent d'Alexandrette.

Les deux jeunes gens apparurent sur les positions Nord aux premières lueurs de l'aube. Ils avaient eu la chance de glisser inaperçus sous les yeux des patrouilles de saptiéhs et de soldats qui cernaient depuis deux jours toutes les hauteurs du Musa Dagh, disposées en une chaîne ininterrompue depuis Kéboussijé jusqu'au village d'Arsus, au Nord, sur la côte. L'état physique des nageurs était en contradiction absolue avec la durée et les fatigues de leur expédition qui avait ainsi compris dix jours pleins. Ils étaient, sans doute, maigres comme des squelettes, mais comme des squelettes doués de ressorts élastiques, bronzés par le soleil et l'air marin. Le plus étrange en eux, c'était leur habillement. L'un portait une robe de chambre masculine de laine brune, usée, mais jadis élégante, l'autre une épave de smoking, datant de l'époque reculée et mythique où ce genre de costume avait été adopté par la mode. Chacun d'eux traînait sur son dos un sac pesant plein de biscuit de soldat, ce qui représentait un service héroïque rendu au peuple, si l'on pense aux trente-cinq milles anglais qu'ils avaient dû effectuer en montagne entre le Damlajik et Alexandrette.

La foule se rassembla rapidement pour célébrer avec des cris de joie le retour des jeunes gens; mais le rapport de ces messagers, par contre, était propre à éteindre chez les Arméniens les dernières lueurs d'espérance. Six jours durant, ils avaient séjourné à Alexandrette sans dépister dans l'avant-port la moindre trace d'un navire de guerre. Il se trouvait bien en rade un grand nombre de vieux bâtiments turcs délabrés, de gabares à charbon, de chaloupes de pêche, et même un vapeur de commerce russe surpris là par la guerre. Mais à part cela, l'immense baie qui dessine un angle droit entre l'Asie Mineure et l'Asie proprement dite était vide, vide comme la côte en arrière du Musa Dagh. Depuis plusieurs mois, personne n'avait, à Alexandrette, aperçu, même du plus loin qui soit, ni l'ombre ni l'idée d'un navire de guerre.

Les jeunes gens racontaient leurs aventures sans suivre aucun ordre défini et dépeignaient de façon circonstanciée les moindres détails de chaque journée. La foule, oubliant sa propre situation, ne pouvait se lasser d'entendre leurs descriptions les plus minutieuses.

Le lendemain de leur première marche nocturne, ils avaient, en restant toujours sur les hauteurs, évité le Ras el Chansir et atteint sans dommage la route qui suit la côte et joint Arsus au port. Ils passèrent ensuite toute une journée sur une colline à proximité d'Alexandrette. Là, bien à l'abri, cachés derrière d'épais buissons de myrtes, ils inspectèrent constamment l'avant-port. A la quatrième heure de l'après-midi environ, ils aperçurent quelque chose de mince et de gris qui, de très loin, s'avançait dans la direction de la côte en dessinant derrière soi un profond sillage. Oublieux de toute précaution, ils dévalèrent la pente jusqu'à la côte, se jetèrent à l'eau et nagèrent, passant devant le débarcadère de bois, jusqu'à l'entrée du port. Pour

obéir aux termes de leur devoir, ils s'approchèrent de ce qu'ils supposaient être un torpilleur anglais ou français; le navire grossissait
rapidement à leurs yeux, mais ils reconnurent bientôt à leur grand
effroi le pavillon orné du croissant planté à la poupe. Or, on avait aussi
repéré à bord les nageurs arméniens. On leur lança de sonores appels
auxquels ils ne répondirent pas. Voyant cela, l'équipage de la vedette
d'inspection du commandant du port turc — car telle était leur erreur
— leur déchargea dans le dos une douzaine de coups de fusil. Les
Arméniens plongèrent et nagèrent longtemps sous l'eau, accomplissant
magistralement cet exploit. Ensuite, ils allèrent se cacher entre les
rochers d'allure cyclopéenne sur lesquels est construit le débarcadère.
Par bonheur, il faisait déjà nuit et le port était presque désert; néanmoins, ils pouvaient encore entendre sur les planches pourries du pont,
bien au-dessus d'eux, le pas lourd des sentinelles. Ils restaient là,
assis, complètement nus et mouillés. Leurs habits et leurs provisions
étaient perdus à jamais. De plus, la lumière intermittente d'un phare
proche se mettait à éclairer toutes les demi-minutes leurs corps, avec
un éclat des plus crus. Ils se dissimulèrent tant bien que mal. Ils
osèrent seulement au plus fort de la nuit se risquer sur la terre ferme,
en évitant la grande route qui longe le port. Ils n'avaient que deux
solutions au choix : ou se laisser lâchement mourir sur les collines ou se
risquer courageusement dans la ville. Pourtant, auparavant, on pouvait
encore tenter un essai intermédiaire : sur une hauteur soignée comme
un parc, offrant un abri sûr contre la malaria, s'élevaient plusieurs
grandes villas d'aspect cossu. D'après tout ce qu'ils avaient entendu
dire d'Alexandrette, les nageurs étaient certains que l'une au moins de
ces villas devait appartenir à un Arménien. L'écriteau fixé à la première
porte de jardin qu'ils rencontrèrent et déchiffrèrent à la lueur de la
lune, leur donna raison. Mais la maison était fermée; on n'y voyait pas
la moindre lumière, les volets en étaient cloués, toute la demeure semblait morte. Néanmoins, les messagers ne se laissèrent pas détourner
de leur projet. Ils étaient prêts à l'effraction pour trouver une cachette.
On voyait, appuyées contre le mur de clôture, une bêche et une hache.
Les jeunes gens se mirent à ébranler la porte de leurs coups désespérés,
sans réfléchir que leur vacarme risquait aussi bien de réveiller leurs
mortels ennemis. Mais au bout de quelques secondes, ils entendirent
déjà tirailler la serrure. On leur ouvrit. Il virent devant eux une
lumière et un homme, aussi tremblants l'un que l'autre : « Qui est
là ? — Des Arméniens ! Donnez-nous à manger et cachez-nous, par
Jésus-Christ ! Nous sommes arrivés par la mer à la nage et nous
sommes nus. » Le point lumineux de la lampe de poche effleura en
tremblant les corps transis de froid. « Dieu miséricordieux ! Je ne peux
pas vous laisser entrer. Ce serait notre perte à tous. Mais attendez
ici ! » Les minutes s'écoulèrent, interminables. Enfin, deux chemises et

deux couvertures furent remises aux nageurs par l'entre-bâillement de la porte. Ils reçurent aussi du pain et de la viande froide en abondance, et chacun une somme de deux livres. Leur compatriote timoré leur murmura : « Au nom du Rédempteur, ne restez pas plus longtemps devant ma porte. Peut-être vous a-t-on déjà remarqués. Allez chez le vice-consul allemand. C'est la seule personne qui puisse vous venir en aide. Il s'appelle M. Hoffmann. Je vais vous envoyer une vieille femme, une Turque, pour vous guider. Suivez-la ! Mais pas de trop près ! Et ne lui parlez pas ! »

La maison de M. Hoffmann était heureusement située dans le même quartier de villas. Le vice-consul allemand se conduisit d'une façon extrêmement bienveillante ; il avait coutume de faire pour les Arméniens de cette région plus que sa fonction et ses propres forces le lui permettaient. Il reçut les nageurs avec beaucoup de complaisance, leur prodigua ses soins, leur donna une chambre avec d'excellents lits, et, trois fois par jour, des repas fantastiques. Il leur promit de leur assurer l'occupation de ce merveilleux asile jusqu'à ce que l'état de choses redevienne normal. Pourtant, dès le troisième jour de cette vie de cocagne, les fils d'Arménie déclarèrent à M. Hoffmann qu'ils estimaient l'heure venue pour eux de retourner au plus tôt vers les leurs sur le Musa Dagh. A ce moment où ils faisaient part de leur décision à leur si aimable hôte, le hasard voulut que le consul général Roessler arrivât justement à Alexandrette. Roessler conseilla vivement aux deux jeunes gens de rendre grâce à Dieu de leur sauvetage et surtout de ne quitter pour rien au monde cette cachette d'une sécurité absolue. Etre reçu dans une maison consulaire, cela représentait pour des Arméniens fugitifs une chance inestimable qui, c'était évident, ne pouvait se produire que très rarement. Quant à rendre aux persécutés un service de plus vaste envergure, cela n'était possible ni à lui, Roessler, ni à son collègue américain d'Alep, l'honorable M. Jackson. A cette occasion, le consul général mentionna avec une extrême satisfaction que, quelques jours auparavant, Jackson était arrivé à procurer une retraite de toute sécurité à un jeune Arménien également descendu du camp de Musa Dagh. Les nageurs se réjouirent sincèrement d'apprendre le bonheur survenu à Haik ; ils remercièrent MM. Roessler et Hoffmann pour leurs conseils si bienveillants, mais se déclarèrent néanmoins décidés à prendre au plus tôt le périlleux chemin de retour dans la misère. Aux exhortations réitérées, aux supplications même de leurs protecteurs, ils répondirent avec la gêne laconique derrière laquelle se retranchent toujours de jeunes hommes vigoureux lorsqu'il s'agit de l'analyse de sentiments un peu délicats : « Nous avons là-haut nos pères et nos mères... et aussi nos fiancées... Nous ne pourrions pas y tenir... s'il arrivait un malheur et que nous soyons ici... en vie,... et dans cette belle maison... »

Le second jour du mois suivant, le vice-consul Hoffmann laissa partir les nageurs. Comme il connaissait par leurs récits la disette de pain qui régnait sur le Damlajik, il arriva à se procurer, par des détours quelque peu illégaux, deux sacs pleins de biscuit qui provenaient de l'intendance militaire ottomane impériale et qu'il donna à emporter aux jeunes gens. Mais le bienfait le plus admirable d'Hoffmann, c'est qu'il fit atteler à leur intention la yayli consulaire et y installa les nageurs à sa droite et à sa gauche, tout au fond de la voiture. A côté du cocher coiffé d'un haut shako, le khawass en uniforme se tenait raide et fier, agitant d'un geste lent et continu un petit drapeau aux couleurs allemandes. Ils passèrent avec assurance devant le poste de saptiéhs qui surveillait d'un œil attentif l'accès de la ville et du port. Les gendarmes se mirent aussitôt au garde-à-vous et saluèrent respectueusement le représentant et le drapeau de l'empire allemand, ainsi que leurs protégés assez louches. M. Hoffmann leur fit encore traverser le deuxième poste qui gardait l'entrée d'Arsus. A cet endroit, les nageurs descendirent de voiture et prirent congé de leur magnanime bienfaiteur sans cacher les larmes qui leur montaient aux yeux.

Quelqu'un était allé chercher Chouchik dans sa hutte. Elle entendit dire qu'Haik était en sûreté. Tout d'abord, elle parut ne rien comprendre. Le buste penché en avant elle fixait la terre d'un regard inexpressif. Depuis la mort de Stéphan, c'est à peine si elle avait relevé les yeux. Elle était devenue encore plus osseuse, mais ses poings durs et masculins pendaient inertes le long de son corps. Elle n'allait plus chercher sa nourriture que d'une façon très irrégulière à la table de distribution. Lorsqu'on lui adressait la parole, Chouchik se détournait, plus rude et hargneuse encore qu'auparavant. Mais à présent, son dos mal équarri percevait un murmure :

« Chouchik ! Ecoute donc ! Haik est en vie... Il vit... »

Il fallut longtemps pour que le murmure pénétrât jusqu'en elle, pour que tout son être l'absorbât et que son dos mal équarri reprît peu à peu une douceur féminine. Ses yeux erraient de l'un à l'autre; ils étaient d'abord méfiants, mais ensuite ils suppliaient qu'on ne fût pas cruel à son égard. Alors, l'un des nageurs se permit de falsifier un peu la vérité :

« Roessler et Jackson se rencontrent tous les jours. L'Allemand m'a dit textuellement qu'il avait vu Haik et que ton fils a une mine des plus florissantes. »

A ce moment, la certitude envahit l'âme de Chouchik jusqu'au point le plus profond. Elle reprit deux fois son souffle, lentement, avec un gémissement. Elle fit plusieurs pas mal assurés en avant. Et ces pas qui la menaient dans le cercle vide formé autour des nageurs et de leur famille, c'était sa sortie d'une solitude de quinze années. Elle trébucha et tomba couchée, mais trouva aussitôt un appui pour se relever et s'agenouilla, statue d'une taille impressionnante. Sur son visage sans couleur ni âge, on lisait le reflet d'un phénomène stupéfiant : l'aurore d'un inexprimable amour du prochain brusquement jailli. Cette femme qui, des années durant, avait repoussé tout le monde et s'était cachée loin des hommes, levait maintenant ses bras maladroits vers les familles réunies, dans un geste faible et nostalgique. Et, les bras maladroits de Chouchik suppliaient : « Acceptez-moi parmi vous ! Laissez-moi prendre part à votre joie ! Car je suis désormais des vôtres... »

L'ombre n'avait pas encore relâché Juliette. Elle pouvait toujours se réfugier vers sa grande faiblesse, dans ce labyrinthe bienfaisant, désormais sans brûlure ni vapeur, qui l'enveloppait d'une fraîcheur étanche. Elle ne voyait guère que des surfaces vaguement agitées. Lorsqu'elle faisait un effort, elle arrivait à déchiffrer l'identité de ces surfaces. Mais elle n'était pas assez sotte pour s'épuiser en efforts. Tous les mots et les sons venaient se heurter au creux de son oreille comme dans une chambre aux murs capitonnés. Et voici qu'elle se retrouvait réellement dans une cabine téléphonique à l'extrémité inférieure des Champs Elysées. Elle téléphonait à Gabriel au club arménien, car on donnait au théâtre Edouard VII une nouvelle comédie qu'elle avait envie de voir. Mais lorsque la vie glacée et indécise s'intensifiait d'une façon si nette, Juliette se sentait aussitôt nerveuse et s'enfuyait. Le seul de ses sens auquel elle s'abandonnât avec délices, sens qui non seulement fonctionnait de façon normale, mais s'était hypertrophié, surpassant ses capacités ordinaires, c'était l'odorat. Par son odorat, elle inspirait en elle des univers entiers; et des univers qui n'engageaient à rien. C'étaient des champs de trèfle aux tons violacés, ou bien le premier sourire du printemps dans de petits jardins du Nord, entourant des maisonnettes où l'on voyait des boules de verre de couleur refléter le spectacle de la rue. Surtout, pas de roses, au nom du ciel ! Odeur composite faite de poussière au soleil, des bruits de midi, d'essence pour autos, d'encens refroidi et de caves, c'est celle que l'on sent quand on ouvre la petite porte de côté, au milieu des échafaudages, qui mène à l'intérieur de la cathédrale. Pouvoir encore une fois se confesser et recevoir la communion ! Cela lui arrive assez rarement, sans doute, et il en est maintenant grand temps, surtout si par hasard elle pouvait être sauvée. Mais le nom en question ne lui revient pas à l'esprit. Et voici que recommence à se faire sentir cette terrible odeur des buissons de myrtes. Ah ! pas cela, grand Dieu ! Il existe heureusement un puissant moyen contraire pour conjurer l'odeur de myrtes : se faire laver les cheveux. Elle est installée chez Fauchardière, 12, rue Boissière, dans une cabine tout imprégnée de chaleur et d'humidité. Juliette est enveloppée d'un linge blanc et se renverse en arrière sur le fauteuil tournant. Ce n'est pas un vrai parfum, mais seulement la senteur âcre et rustique de la camomille. (Des villageoises qui vont le dimanche à la messe.) La tête de Juliette est baignée dans un nuage écumant de camomille. Ensuite, elle voit ses cheveux plats, répartis en mèches pauvres comme celles d'une petite écolière aux os pointus. Mais déjà le souffle chaud du séchoir électrique vient caresser cette blondeur fade d'adolescente et lui conférer le flou bouffant qui convient à une femme épanouie. Des doigts intelligents se mettent au travail. Une blanche fraîcheur se répand sur son front, ses joues et son menton. On aura bientôt trente-quatre ans et, à certaines heures, la peau se relâche autour de la bouche et des yeux. Il faudrait toujours que ce soit le soir et que le soleil répande une lumière artificielle. Ah ! pouvoir encore une fois se plaire à soi-même ! Ne pas vivre pour d'autres ! Se confiner dans son propre corps bien soigné, goûter, malgré toutes les méfiances, les charmes de son moi, comme s'il n'existait pas d'hommes au monde...

En dépit des errements de son esprit, Juliette pouvait examiner nettement beaucoup de choses qui se passaient en sa présence. (Même au plus profond de son inconscient, elle n'avait jamais perdu le sentiment de la pudeur et de la propreté corporelle.) A présent, elle voyait parfaitement que Mairik Antaram dépensait toute sa sollicitude pour hâter sa guérison. Elle entendait la femme du docteur discuter avec Iskouhi au sujet de la nourriture qu'il fallait préparer pour elle. Malgré l'inertie de son jugement, elle s'étonnait de voir que les mains des femmes, en cherchant au fond de la caisse aux provisions, en retiraient toujours une tablette de chocolat, une poignée de semoule ou une boîte de quaker-oats. Toutes ces denrées auraient pourtant dû être consommées depuis longtemps. Elle essaya de faire le compte de toutes les personnes qui vivaient sur ces réserves. D'abord venait Stéphan. Oui, et justement à cause de Stéphan, il s'agissait d'être extrêmement économe. Il y avait ensuite Gabriel, Awakian, Iskouhi, les Tomasian, Kristaphor, Missak, Howhannes et... le nom ne lui venait pas à l'esprit. Immédiatement, son cerveau se troublait et se retournait dans sa tête avec un bruit d'orage.

Bien que pendant les jours qui suivirent son retour à la vie, Juliette ne pût comprendre qu'imparfaitement la plupart des événements, bien que les plus importants d'entre eux lui eussent échappé, des petits détails cachés, au contraire, parvenaient à son entendement avec une précision redoublée. Elle était couchée, seule. Mairik Antaram avait dû la quitter pour deux heures, car on avait besoin d'elle à l'hôpital. A ce moment, Iskouhi entra dans la tente et s'assit en face du lit à sa place habituelle, cachant son bras malade au moyen d'une écharpe comme elle avait coutume de le faire. Juliette savait, voyant, à travers ses paupières amincies, qu'Iskouhi ne doutait pas qu'elle ne fût endormie et s'abandonnait sans retenue à des jeux de physionomie et à des pensées secrètes. Mais Juliette savait plus encore. Gabriel venait de quitter la jeune fille et c'est pourquoi elle était entrée dans la tente; voilà ce que savait Juliette. Iskouhi resterait là jusqu'à ce que Gabriel revienne. Juliette reconnaissait également que le visage d'Iskouhi, quoi qu'il ne fût à ses yeux qu'une lueur tremblotante, lui adressait d'amers reproches. Ce qu'elle lui reprochait, c'était de n'avoir pas utilisé une bonne occasion pour mourir. Et cet être haïssable, cette affreuse jolie fille, avait raison, sans contredit. En effet, combien de temps encore serait-il permis à Juliette de se cramponner dans ces régions intermédiaires où la responsabilité n'existe pas ? Combien de temps encore lui serait-il loisible de garder le silence et de dormir lorsque Gabriel se trouvait auprès d'elle ? Juliette sentait les reproches, les blâmes et l'hostilité qui s'exhalaient d'Iskouhi et venaient frapper son visage comme les rayons d'une lumière crue. Pendant qu'elle faisait semblant de dormir, son esprit découvrait des connaissances qui l'assaillaient cruellement. Etait-ce bien vrai ? Ce n'était pas elle, Juliette, qui avait en premier lieu des droits sur Gabriel. Iskouhi possédait des droits plus anciens qu'elle, et personne ne pouvait lui défendre de vouloir reprendre son bien. Juliette était ébranlée par une grande pitié à l'égard d'elle-même. N'avait-elle pas tout fait pour cette Asiatique, n'avait-elle pas cherché à gagner son affection, elle dont le niveau social était mille fois supérieur à celui d'Iskouhi ? N'avait-elle pas habillé et paré de son mieux, avec ses propres vêtements, cette gamine inexpérimentée ? Ne lui avait-elle pas appris à soigner convenablement son visage et ses mains ? (Oui, mais quand elle est nue, cette fille a sans doute de charmants petits seins; n'empêche que sa peau est d'un brun tirant sur le gris contre lequel il n'y a pas de remède. Et puis, son bras droit est infirme. Est-il possible que cela plaise à un homme aussi difficile que Gabriel ?) Juliette s'étonnait que cette antagoniste née ait pris la peine de porter à la bouche de la malade, malgré les vomissements, la tasse de boisson ou la cuiller de nourriture ferme, autant qu'elle pouvait se le rappeler depuis son retour à la vie. Elle aurait bien pu verser du poison dans la cuiller; comment donc ! Elle aurait dû le faire. Ç'aurait été son devoir. Juliette observait son ennemie à travers ses paupières fermées. Justement ! Iskouhi s'était levée; elle avait, selon son geste coutumier, introduit la bouteille thermos sous son aisselle gauche et, de la main droite, dévissé la timbale. Elle posa le gobelet sur la coiffeuse, le remplit de liquide avec précaution et s'approcha de la malade. Il en était tout de même ainsi, les soupçons de Juliette n'avaient pas été vains. La criminelle lui apportait du poison. Juliette pressa fortement ses yeux et ses lèvres. Elle eut l'impression que son bourreau, tout en accomplissant son forfait, osait chantonner tout bas ou tout au moins fredonnait à mi-voix

quelque chose avec un timbre de verre. Ces sons ressemblaient au susurrement d'un moustique et descendaient sur le visage de Juliette. Elle tendit son ouïe et écouta. Iskouhi se pencha vers elle :
« Voilà cinq heures que tu n'as rien bu, Juliette. La tisane est encore bien chaude. »

Juliette attendit, afin que son ennemie jurée n'eût pas le moindre soupçon, et elle feignit de s'apprêter à boire. Soudain, avec une ruse calculée, elle fit tomber d'un coup brusque la timbale que tenait Iskouhi. La tisane se répandit sur les draps. Juliette s'était entre temps redressée et criait avec effort : « Va-t'en ! Va-t'en ! Mais va-t'en donc !... »

Il lui fallut subir une scène encore plus pénible lorsque Gabriel, vers le soir, s'approcha de son lit. Il s'agissait alors de s'enfuir en toute hâte et de se replonger vite dans le bienfaisant labyrinthe. Mais soudain les sombres couloirs se trouvaient sans issue, si bien que l'espace intermédiaire était, par ce fait, ridiculement étroit. Gabriel, comme toujours, saisit la main de sa femme d'un air scrutateur. Le cœur de Juliette se mit à battre avec une conscience claire : « Va-t-il parler ? Vais-je être dès aujourd'hui obligée de tout apprendre et de tout savoir ? Ne m'est-il plus possible de me cacher ? » Elle essaya de respirer à longs traits réguliers, mais en même temps elle sentait qu'à cette heure sa tentative de somnambulisme n'était plus tout à fait pure ni honnête, car la volonté venait la falsifier. Heureusement, Gabriel ne lui dit pas un mot. Au bout d'un certain temps, il alluma les bougies sur la coiffeuse — on ne consommait plus de pétrole — et il s'en alla. Juliette poussa un soupir de soulagement. Mais deux minutes plus tard, Bagradian revint encore une fois, juste pour poser sur le lit de Juliette la grande photographie de Stéphan, celle qui datait de l'année précédente et que Gabriel avait toujours eue sur son bureau, jadis à Paris, et dernièrement encore à Yoghonoluk. « Voyons, ce n'est pas du tout la photo de Stéphan, se dit Juliette. C'est quelque chose d'autre, peut-être une lettre qu'il me faudra lire quand je serai guérie. Mais à présent, je ne veux pas m'exposer à la vie. Cela me fait du mal. J'ai bien encore le droit de disparaître. » Elle se recroquevilla sur elle-même et de ses mains glacées, tira sa couverture jusqu'à sa bouche. Ce geste fit tomber par terre le carton, et de telle façon que l'image restait visible. La photographie levait nettement les yeux vers Juliette qui pencha sa tête hors du lit. La lumière des bougies renforcées par le miroir brillait au beau milieu du portrait. Maintenant, le sort en était jeté. Il n'existait plus pour elle aucun moyen de retour en arrière. Cependant, la visite de Stéphan n'avait pas lieu par l'intermédiaire de la photographie. La présence du garçonnet était située derrière la tête du lit. On aurait dit qu'il accourait, hors d'haleine, ayant quitté la cohorte de jeunesse, ou la bande de Haïk, ou bien le service d'ordonnance, ou encore un jeu quelconque, et qu'il

venait avaler son lait aussi vite que possible et de mauvais gré :
« Tu me cherches, Maman ?

— Pas encore aujourd'hui, Stéphan, implora Juliette, ne viens pas
encore aujourd'hui, je suis trop faible. Reviens plutôt demain ! Laisse-
moi encore être malade ! Va de préférence chez Papa...

— Mais je suis toujours chez Papa...

— Je sais bien que tu ne m'aimes pas, Stéphan...

— Et toi, Maman...

— Quand tu es un bon petit garçon, moi, je t'aime bien. Il faudra
remettre ton costume bleu. Car autrement, tu es un Arménien... »

Ces mots paraissaient mécontenter Stéphan au plus haut point.
Il ne semblait pas du tout avoir envie de reprendre ses anciens habits.
Son silence prouvait qu'il boudait. Juliette se mit à le supplier avec une
véhémence croissante :

« Pas aujourd'hui, je t'en prie, Stéphan ! Reviens demain matin !
Laisse-moi encore cette nuit...

— Demain matin... »

Ce n'était pas une promesse, mais une question vide, impatiente,
distraite, le pied déjà levé, la tête tournée vers ses camarades. —
Pourtant, lorsque Juliette sentit que ses prières étaient déjà exaucées,
elle bondit hors de son lit. Sa voix s'étranglait, enrouée, dans sa gorge :
« Stéphan... reste ici... ne t'échappe pas... reste ici... Stéphan... »

Mairik Antaram s'acheminait justement vers la place des trois tentes
pour s'occuper d'assurer le repos nocturne à sa malade. Chouchik
s'était jointe à elle, car depuis qu'elle savait Haik en vie, elle était animée d'un besoin timide d'être en compagnie et de se rendre utile aux
autres. Les deux femmes trouvèrent l'hanoum effondrée au milieu
du chemin, à deux cents pas environ de la tente. Elle était blottie contre
un buisson, vêtue seulement de sa chemise de nuit, ses jambes amaigries remontées jusqu'à son menton. On voyait encore sur son front les
perles d'une sueur mortelle, et pourtant, ses yeux grands ouverts
avaient repris leur expression morne et lointaine.

On entendait résonner des coups de hache à travers la montagne
depuis les hauteurs septentrionales du Musa Dagh jusqu'au col. Les
Turcs abattaient les yeuses sur les pentes. Voulaient-ils construire des
abris pour leur artillerie ? Ou bien érigeaient-ils un camp fortifié
afin d'avoir une retraite assurée pour leur prochaine attaque, et de
n'être pas obligés de quitter les hauteurs en pleine nuit ou d'être
exposés à un assaut surprise ? On envoya des éclaireurs inspecter le
plateau montagneux de l'autre côté du col Nord ; ces quatre messagers
avaient été choisis parmi les meilleurs des jeunes observateurs. Or,
ils ne revinrent pas au camp. La consternation fut à son comble. On
expédia alors Sato, qui était passée maître en fait d'espionnage. Ce
n'était pas un grand dommage s'il lui arrivait quelque chose. Naturelle-

ment, elle revint saine et sauve. Néanmoins, il n'y eut pas moyen de tirer de son rapport aucune indication utile. « J'ai vu des soldats, des milliers de soldats ! » La notion des nombres était chez Sato peu propre à inspirer la confiance, étant donné qu'elle ne connaissait que les dénominations extrêmes pour les quantités minimes ou immenses. Quant aux occupations de ces « milliers de soldats », elle ne savait les décrire que par des termes très vagues : « Ils font rouler des morceaux de bois » ou « ils cuisent leur soupe ». Au reste, sa mission ne paraissait pas l'avoir particulièrement intéressée.

Or, ceci arriva le trente-sixième jour depuis l'exode qui était le quatrième du mois de septembre. On avait distribué le matin à chaque famille la portion réglementaire de viande d'âne. Mais personne ne savait si ce n'était pas pour la dernière fois. En même temps, tous les observatoires annonçaient que les villages et la vallée entière étaient animés comme jamais auparavant. Ce n'étaient pas seulement de nouveaux soldats et de nouveaux saptiéhs qu'on voyait s'y agiter ; il s'y était de nouveau adjoint une foule de curieux issue des localités musulmanes. La cause de cette curiosité se dévoila bientôt. Lorsque Samuel Awakian, muni de la lorgnette de Gabriel, gravit le mamelon principal pour vérifier la situation, les jeunes observateurs se précipitèrent à sa rencontre dans un état d'extrême excitation. Il s'était produit quelque chose d'absolument inédit. La plupart des villageois voyaient pour la première fois un tel objet. La chose mystérieuse s'arrêtait justement sur la grand'route d'Antioche à Suédja, à l'entrée du hameau de Jédidjé où l'attendait un petit détachement de cavalerie. Awakian reconnut, grâce à sa lunette d'approche, une petite automobile militaire de couleur grise qui avait probablement traversé au mépris de la mort les défilés montagneux aux environs d'Ain-el-Jérab. Trois officiers parvinrent à extraire leurs précieuses personnes de ce véhicule sensationnel et enfourchèrent les chevaux préparés à leur intention. La petite troupe de cavaliers obliqua aussitôt vers la vallée des villages. Les officiers chevauchaient en avant, au trot, suivis de la cavalerie ; ils allaient atteindre Wakef dans quelques minutes. L'officier du milieu dépassait constamment les autres d'une demi-longueur de cheval. Alors que ceux-ci portaient les shakos d'Astrakan de type ordinaire, il avait, lui, sur la tête, une casquette grisaille. Awakian distingua nettement, sur son pantalon de cavalier, la raie rouge qui caractérise le général. Cette cavalcade traversa les villages au trot, tout d'une traite, sans arrêt. Il lui fallut une heure à peine pour joindre Yoghonoluk. Le général et les officiers de sa suite étaient déjà attendus sur la place de l'église par plusieurs personnalités. C'était, sans aucun doute, le kaimakam d'Antioche qui, avec le mudir et divers autres fonctionnaires, accompagna à la villa Bagradian le général-pacha ainsi que son escorte. Cet important événement fut immédiatement signalé au commandant suprême. Samuel Awakian prit sur lui la responsabilité de faire donner l'alarme générale. Gabriel approuva postérieurement cette mesure et même il en intensifia la portée en ordonnant qu'à partir de cette heure tout le camp restât constamment en état d'alarme sans s'occuper de savoir s'il arrivait ou non quelque chose d'extraordinaire. Néanmoins, il trahit à Awakian sa véritable conviction : les Turcs, à son avis, étaient encore loin d'avoir terminé leurs préparatifs et il ne se produirait probablement rien ni le jour même, ni le lendemain, ni encore au cours des journées prochaines. Et les faits semblèrent bel et bien lui donner raison. Après un séjour de deux heures dans la villa, les officiers venus de l'extérieur remontèrent à cheval et s'en furent, sur un trot plus vif encore que lors de leur arrivée auprès de Jédidjé. C'est à peine s'ils avaient passé une demi-journée sur le théâtre des hostilités lorsque la petite auto, avec des vrombissements désespérés, les emporta vers Antioche. Le kaimakam accompagna ces messieurs et en profita pour retourner dans sa sous-préfecture.

Ce même jour, Gabriel Bagradian s'arracha à la douleur où l'avait plongé la mort de son fils et retrouva son courage viril. La tendance belliqueuse que la déportation avait éveillée dans son âme, reprenait encore une fois le dessus. D'une heure à l'autre, Gabriel parvint à oblitérer hermétiquement toute sa vie intérieure. La douleur restait là, mais seulement à l'état de conscience lointaine et indistincte, comme une région du corps blessée et anesthésiée. Et il se rejeta sur son travail avec une passion sauvage. Il semblait s'être remis complètement de son épreuve grâce à une résolution brusque et volontaire et même être devenu plus raide et plus inflexible qu'auparavant. C'est alors qu'il remarqua pleinement pour la première fois quel collaborateur inestimable il possédait dans la personne d'Awakian, son adjudant, ou plutôt son chef d'état-major. Ce jeune homme infatigable, ce moi curieusement impersonnel faisait preuve d'un tempérament de fer ; jamais il n'avait essayé d'usurper un rôle prépondérant, quoiqu'il fût, par ses connaissances et son intelligence, infiniment supérieur à la majorité des chefs. Dès qu'Awakian apparaissait sur les positions, il y naissait aussitôt une atmosphère de zèle presque confortable, cette précieuse mentalité militaire que l'on appelle la confiance faite aux supérieurs. La raison en était que, même en l'absence du commandant suprême, son adjudant reflétait comme une lumière la supériorité qui émanait de Bagradian. Awakian, lui aussi, avait perdu le sommeil depuis la mort de Stéphan. Il avait vécu quatre ans dans la maison Bagradian et il avait aimé Stéphan autant que si c'eût été son petit frère. Pourquoi n'avait-il pas pressenti en ce jour terrible ce qui se passait dans l'âme du garçonnet ? C'était un manque de conscience qu'il ne se pardonnerait jamais. Jamais ? La seule consolation qui lui restât, c'est que ce « jamais » n'était plus qu'une question de jours; de ce fait, toute chose pesait beaucoup moins dans la balance de la morale. Néanmoins — ou justement pour cela — Awakian concentrait toute sa dernière énergie pour servir Bagradian de son mieux. Il avait, entre autres, dressé une nouvelle nomenclature des hommes de première ligne. Cette liste permit à Bagradian de constater que le nombre des combattants était tombé à 700 environ. Ce grand vide qu'avait causé la mort ne représentait pas, cependant, une diminution sensible des forces de combat. On pouvait équiper les meilleurs hommes de la réserve avec les fusils devenus disponibles. Et enfin, le front de défense s'était heureusement rétréci, grâce à l'incendie, et ne comprenait plus qu'un faible nombre de secteurs. La gorge des yeuses tout entière était un énorme brasier de charbons ardents. On continuait à sentir la chaleur qui s'en dégageait jusqu'au vallon de la ville où, dans la soirée surtout, elle excitait désagréablement les esprits populaires. N'importe ! Le point le plus faible de la ligne de défense était désormais préservé contre les attaques, et il l'était pour toujours. Or, non seulement dans cette énorme entaille du Damlajik, mais encore beaucoup plus loin, sur les pentes environnantes, sur les mamelons, sur les moindres ondulations, on voyait des places rougeoyantes sous les troncs effondrés, continuation sournoise de l'incendie. Une main bienveillante avait tout organisé là en faveur des Arméniens. Bagradian se résolut à dissoudre les postes qui occupaient les secteurs à présent superflus et il créa par ce moyen une chaîne serrée de sentinelles chargée de protéger le rebord de la montagne contre les surprises et les espions turcs. A en juger d'après les possibilités actuelles et divers signes extérieurs, l'intention des Turcs était de réunir des forces dix fois supérieures à celles de l'adversaire pour exécuter au Nord un assaut général qui, probablement de concert avec l'artillerie, serait destiné à exterminer définitivement les Arméniens épuisés. Les coups de hache résonnaient sans arrêt. Pourtant, malgré ces belliqueux préparatifs qui n'avaient rien d'ambigu, Bagradian fut assez prévoyant pour expédier un groupe d'éclaireurs également du côté du Sud. Ces vaillants gamins osèrent s'aventurer le soir jusqu'à Suédja. Ils relatèrent à leur retour qu'il ne se trouvait que très peu de soldats et presque pas de saptiéhs dans la plaine de l'Oronte, car toutes les troupes s'étaient concentrées dans la vallée des villages. Le bastion rocheux et l'éventualité d'une nouvelle avalanche de pierres semblaient continuer à inspirer aux Turcs un respect sans bornes, malgré le prestige de leur général. Gabriel décida néanmoins de visiter le lendemain le bastion Sud.

Le soir, assis près de sa couche, il regardait fixement la pente du col et le groupe d'arbres de la hauteur opposée au milieu duquel Stéphan avait disparu. Gabriel Bagradian n'avait pas revu Iskouhi ni

Juliette depuis vingt-quatre heures déjà. Il se sentait mieux dans ces conditions. Tous les liens sentimentaux se dénouaient. Il n'avait plus le droit de se rejeter dans la faiblesse. Il devait rester froid et libre pour le dernier combat. Et en effet, malgré son incommensurable tristesse, il se sentait froid et libre en vue de ce dernier combat. Sur ce plateau montagneux, les soirées de septembre étaient devenues déjà très fraîches. D'autre part, le vent capricieux ne s'était pas encore apaisé, bien qu'il fît de temps en temps une petite pause. Où donc étaient à présent ces belles nuits de lune de l'époque où l'horrible meurtre de Stéphan aux quarante blessures ne vivait pas encore dans sa conscience ? Gabriel continuait à fixer les murs noirs d'en face. Parfois le vent passait en gémissant à travers les arbres de la hauteur. Que les ennemis étaient donc poltrons ! Par une telle nuit, ils auraient pu creuser une tranchée, là-bas, sur le versant, sans que personne vînt les déranger. Mais, au fait, ils n'avaient pas besoin de semblables stratagèmes s'ils possédaient des canons. Dans ce cas, tout serait expédié en un tournemain. Mais peut-être ne devrait-on pas attendre leur intervention, peut-être devrait-on prévenir leur attaque, bref, encore une fois, avoir une idée. Or, lui, Gabriel Bagradian, n'avait-il pas toujours eu une idée libératrice qui avait permis au peuple d'être encore là aujourd'hui, sans avoir essuyé d'échec ? Ç'avait été tout d'abord le plan de défense, le système entier, puis les komitatchis, la garde volante, l'incendie sauveteur... Prévenir leur attaque ? Une nouvelle inspiration, à présent ? Mais quoi ? Et comment ? Sa tête était vide.

Le lendemain, Gabriel Bagradian, comme il en avait eu l'intention, visita le bastion Sud. Il avait fait auparavant une courte halte auprès des obusiers. Les bouches à feu étaient tournées de côtés opposés; l'une était dirigée vers les hauteurs septentrionales, l'autre vers Suédja. Pendant les jours qui avaient précédé la mort de Stéphan, Gabriel avait déterminé leur pointage d'après sa carte de la région. Il était encore possible de troubler et d'arrêter la marche de l'ennemi, car il restait quatre shrapnells et quinze obus dans les caissons à munitions.

Tchauch Nurhan, Awakian et quelques chefs de secteurs accompagnaient Gabriel dans sa tournée d'inspection. Sur le moment, l'impression que causaient les hommes établis auprès du bastion Sud n'était pas suspecte, à proprement parler. Sarkis Kilikian avait même daigné améliorer encore le mécanisme des béliers d'assaut après sa sortie de prison. Il semblait ne s'intéresser à rien d'autre qu'à ces jouets gigantesques et meurtriers. Cet accès de zèle opiniâtre avec lequel il travaillait à ces machines destructrices avait quelque chose d'enfantin. Ce zèle formait d'ailleurs un contraste frappant avec toute la personne de Kilikian profondément usée et sauvage. Mais, dès la première minute de leur connaissance, Gabriel Bagradian avait deviné chez cette victime d'un effroyable destin une source vivace arrêtée dans son cours. Ses relations avec Kilikian continuaient à souffrir de tensions jusqu'alors sans remède. Il s'éveillait chez l'habitant des grandes villes, chez cet homme bien élevé, chéz ce bourgeois plein de distinction, une crainte instinctive en face du néant radical que représentait le déserteur. Il ne s'était produit qu'une seule fois entre eux un différend qui s'était terminé par une honteuse défaite pour Kilikian. Cependant, le vainqueur n'en avait alors éprouvé aucune satisfaction et aujourd'hui encore, il ne pouvait pas réprimer complètement une sorte d'incertitude qui l'envahissait à la vue de cet individu, et à chacune de leurs rencontres. C'était, sans contredit, une faiblesse évidente chez Bagradian, et il n'eût pas été facile de l'expliquer. Kilikian était, sur le Musa Dagh, la seule personne envers laquelle il n'eût pas trouvé le ton qui convenait. Tantôt il lui parlait avec trop de condescendance, tantôt, au contraire, comme d'égal à égal. Le Russe, par contre, trouvait, lui, toujours un moyen pour repousser les avances de Bagradian. En ce moment, par exemple, il restait tranquillement sur le dos, tandis que le chef suprême décernait de nouveaux éloges à ses catapultes ; c'était non seulement une insolence inouïe, mais un grave manquement à la discipline militaire qui aurait mérité une sanction immédiate. Au lieu de s'en formaliser, Gabriel se détourna cherchant du regard l'instituteur Oskanian. Mais celui-ci, poussé par une lâcheté hystérique, avait décampé en triple vitesse dès l'arrivée de Bagradian. Il ne pouvait pas deviner, il est vrai, que ni Ter Haigasoun, ni Bedros Hékim, ni Chatakhian n'avaient informé l'intéressé de la pénible discussion au cours de laquelle l'instituteur avait déversé tant de poison sur la famille Bagradian. D'ailleurs, depuis qu'il avait été exclu du conseil des chefs, Hrand Oskanian semblait avoir plus que jamais l'esprit dérangé par une crise de vanité. Selon toute apparence, il cherchait à fonder un « parti Oskanian ». Il y avait plusieurs jours qu'il adressait de grands discours débordants de volubilité à des gens de condition modeste qui ne faisaient pas partie du bastion Sud, mais qui y venaient lui rendre visite. L' « idée », comme il disait, se développait constamment dans son cerveau, où elle prenait une forme de plus en plus nette. Cette idée n'était, au reste, aucunement de son cru ; elle provenait d'un des lumineux exposés du maître Krikor qui, des années auparavant, avait traité au cours d'une promenade philosophique le sujet de la mort volontaire, opposant « le devoir de vivre » et « le droit de mourir » avec l'aide d'auteurs parfaitement inconnus, mais pourvus de noms fort harmonieux.

Les inspecteurs ne trouvèrent pas sur les positions du bastion Sud ce qu'on peut vraiment appeler du relâchement dans le service. La

tâche était répartie conformément aux règlements fixés pour la première ligne, tous les postes étaient occupés, les sentinelles avancées
étaient chacune à leur place, sur les bords du grand champ d'éboulis.
L'état des fusils ne laissait également rien à désirer. Et pourtant,
l'attitude des hommes, malgré la belle ordonnance superficielle, avait
quelque chose de flou, de paresseux, de louche qui causa un vif
mécontentement à Tchauch Nurhan. Le secteur était occupé par
onze dizaines de combattants; or, ce nombre comprenait 85 déserteurs.
Parmi ceux-ci, il n'y avait naturellement pas que des personnages
douteux; la majorité, au contraire, était faite de malheureux fuyards
inoffensifs qui avaient voulu échapper à la menace des mauvais traitements et de la bastonnade ou aux travaux de cantonniers. Mais tous,
et pour des raisons diverses — que ce fût la misère, la vie déséqui-
librée ou le mauvais exemple — tous avaient adopté l'apathie obstinée
de Sarkis Kilikian; on aurait dit que ce genre leur semblait le plus
élégant et le mieux séant pour des gens de leur espèce. Ils prenaient des
allures débraillées et avachies, baguenaudaient çà et là avec des mines
sarcastiques; on les voyait encore couchés sur le dos, impudemment,
en train d'étirer leurs membres, bâillant et sifflant d'un ton provocateur — bref, une telle tenue ne faisait rien augurer de bon pour la
prochaine bataille. On ne croyait pas avoir sous les yeux un groupe
de combattants, pas même une véritable bande de brigands, mais une
clique de vils vagabonds hors la loi, réunis entre semblables dans
un coin perdu, loin du monde. Cependant, Gabriel Bagradian ne
paraissait pas attacher une importance exagérée à cet état de choses. La
plupart de ces types avaient fait leur preuve au combat. Le reste
n'était que secondaire. En tout cas, il fallait les traiter de façon plus
prudente que les troupes d'élite.

Mais le méfait du feu, pour le coup, c'en était trop. Le bastion Sud
possédait à l'Ouest, à l'endroit où le Damlajik décrit une courbe vers la
mer, trois parapets très élevés qui servaient de flanquements. Ces
retranchements dominaient le déclin de la pente abrupte de la montagne qui tombait sur Habaste en terrasses boisées, et ils rendaient
impossible à l'ennemi tout mouvement tournant dans cette région.
Et là, à cinquante pas au-dessous de ces retranchements également
défendus par des murailles, voici que brûlait sur le glacis découvert
un grand feu des plus attrayants, aimable invitation, aurait-on dit, à
l'adresse des Turcs. Or, une loi fort sévère interdisait formellement
qu'on brûlât ouvertement quoi que ce fût; il fallait pour cela une autorisation spéciale des chefs. Et ce n'était pas tout. On ne voyait pas
seulement assis autour de ce feu toute une bande de vauriens, les plus
méprisables des déserteurs, mais encore deux femmes qui étaient
venues du vallon de la ville se joindre à ce joli monde. Or, ces femmes
tournaient et exposaient à la flamme de superbes morceaux de viande

de chèvre enfilés sur de longs bâtons. Nurhan et les autres se précipitèrent comme des possédés sur les membres de cette assemblée. Bagradian s'avança lentement derrière eux. Le tchauch empoigna un des déserteurs par sa chemise crasseuse et le força à se lever. C'était un homme à cheveux longs, avec un visage brunâtre dont les petits yeux vifs ne ressemblaient en rien aux yeux arméniens. La longue moustache grise de Nurhan, sa moustache type de sergent, tremblait de colère :

« Ignoble pouilleux ! Où avez-vous pris ces chèvres ? »

L'homme à longs cheveux essaya de se libérer . Il fit semblant de n'avoir jamais vu le tchauch :

« Est-ce que ça te regarde ? Qui es-tu ? Je ne te connais pas.

— Voilà qui t'apprendra à savoir qui je suis ! »

D'un coup de poing, il envoya rouler sur le sol l'individu qui faillit aller tomber dans le feu. Vexé, il se remit sournoisement sur ses pieds :

« En voilà une raison pour me battre ! Qu'est-ce que je t'ai fait ? Nous sommes allés prendre ces chèvres à Habaste, la nuit dernière...

— A Habaste, charogne ! C'est au camp que vous les avez volées, lâches, criminels que vous êtes ! Vous avez dérobé leur dernier bien à vos frères qui meurent de faim... La voilà bien, l'explication. »

Le regard du chevelu cherchait Gabriel Bagradian qui se tenait à l'écart, abandonnant à son subordonné le soin de diriger le cours de cette scène écœurante.

« Effendi, gémit le noble personnage, ne sommes-nous pas des hommes nous aussi, et n'avons-nous pas faim comme les autres ? Vous exigez de nous un travail continuel, nous sommes de service tout le jour et toute la nuit, c'est pire que dans n'importe quelle caserne... »

Bagradian ne répondit pas; par un signe bref, il commanda aux hommes qui l'accompagnaient d'éteindre le feu et de confisquer la viande. Tchauch Nurhan menaça les déserteurs, brandissant à la main un gigot de chèvre déjà doré par la flamme : « Vous aurez bien encore faim de toute autre façon ! Vous n'avez qu'à vous manger les uns les autres ! »

Le chevelu s'approcha de Bagradian, les bras humblement croisés sur la poitrine : « Effendi, donnez-nous des munitions ! Chacun de nous n'a qu'un seul magasin de balles. Vous nous avez enlevé tout le reste, de cette façon, nous pourrions organiser des chasses et abattre de temps à autre un lièvre ou un renard. C'est très dangereux de nous laisser si peu de balles. Les Turcs pourraient arriver au milieu de la nuit... »

Gabriel Bagradian se retourna sans se préoccuper des déserteurs. Sur le chemin du retour, Nurhan Elléon qui était encore très indigné, déclara : « Il faudrait épurer le bastion Sud. Le mieux serait de chasser de là les vingt individus les plus suspects ! »

Les pensées de Gabriel Bagradian s'étaient depuis longtemps détournées de cet odieux incident pour se consacrer à des questions plus importantes :

« C'est impossible, répliqua-t-il d'un ton distrait, nous ne pouvons pas envoyer à la mort des compatriotes, des Arméniens.

— Des compatriotes, des Arméniens ? »

Tchauch Nurhan lança au loin un crachat qui dessina un cercle ironique. Le visage du chevelu revint s'imposer à l'esprit de Gabriel :

« Sur cinq mille âmes, il faut bien qu'il y ait aussi des canailles. Il n'en va nulle part autrement. »

Le tchauch regarda Gabriel d'un œil méfiant :

« Il n'est pas bon d'accepter si tranquillement de tels crimes... »

Gabriel s'arrêta net, saisit le fusil Mauser du vétéran et frappa fortement sur le sol avec la crosse de l'arme :

« Nous n'avons qu'une seule punition à notre disposition, Tchauch Nurhan, celle-là ! Toute autre est ridicule ! N'était-ce pas ridicule en effet que d'enfermer Kilikian dans la baraque où il se trouvait être le voisin du pauvre Krikor ? Pour punir convenablement la bande coupable du feu, il aurait fallu les fusiller tous.

— C'est ce que nous aurions dû faire !... Mais maintenant, il s'agit de procéder à une nouvelle répartition des troupes, Effendi... »

Gabriel Bagradian interrompit sa marche :

« Oui, je vais m'occuper de cette nouvelle répartition, Tchauch Nurhan. Ce sera quelque chose de tout à fait neuf... »

Il n'en dit pas plus long, car lui-même ne se faisait pas du tout une idée nette de cette innovation projetée.

Lorsque au matin du six septembre les femmes vinrent aux bancs de viande chercher les quotidiennes portions familiales, seulement une partie d'entre elles reçut quelques os auxquels pendaient des nerfs et des tendons. Désespérées, les mères se précipitèrent sur les mouchtars qui présidaient comme toujours à la distribution auprès des bancs de leurs villages respectifs. Les maires reculèrent, verts et gris comme leur conscience bourrelée de remords. On avait dû, bégayèrent-ils, sur l'ordre du conseil des chefs, emporter dans les tranchées les meilleurs morceaux, car il fallait que les combattants fussent en bon état pour le prochain assaut. Quant aux derniers ânes et chèvres, une décision du conseil avait interdit qu'on les abattît, les chèvres, à cause du lait qu'elles donnaient pour les tout petits enfants, et les quatre bêtes de somme restantes, parce qu'elles étaient nécessaires pour le combat. Par conséquent, les ménagères n'avaient plus qu'à se procurer désormais la nourriture par leurs propres moyens. Elles pouvaient essayer de préparer avec diverses plantes, arbouses, glands, figues de Barbarie, baies sauvages, racines et feuilles, un bouillon qui puisse au moins tromper la faim. Tout en distribuant de tels conseils décourageants, les mouchtars se faisaient tout petits et tenaient leurs mains devant leurs visages, car ils s'attendaient à être étranglés et déchirés par les femmes furieuses. Mais les choses se passèrent autrement. Les ménagères, glacées, baissaient la tête. L'inquiétude fébrile de leurs yeux fit place à cette expression de morne abattement qui y avait apparu naguère lorsque l'ordre de déportation était tombé comme la foudre au milieu des villages. Les mouchtars poussèrent un soupir de soulagement. Ils n'avaient plus rien à craindre. La foule des femmes se dispersa, tournant lentement le dos aux tables de distribution.

Un petit moment plus tard, la foule entière se répartit sur le plateau à la manière des rayons d'un astre, se répandit entre les rochers du versant abrupt et osa même se risquer dans les creux encore ver-doyants, oubliés par le grand incendie du côté de la vallée. Evidemment, si l'on avait pu comme autrefois franchir les limites du col Nord, il aurait pu subsister quelque espoir de découvrir l'une ou l'autre sur-prise, une forme de nourriture inattendue. Mais la région incluse dans les frontières de la défense était dépouillée et rongée comme un os dérobé par un chien errant. C'était, pour un grand nombre de femmes, la centième fois au moins qu'elles visitaient ces places d'arbousiers et de myrtilles pour essayer d'arracher aux broussailles épineuses les restes oubliés par leurs précédentes cueillettes. D'autres tentaient d'escalader, sur les parois rocheuses, les rares endroits où poussaient les figuiers de Barbarie dont les gros fruits charnus passaient pour particulièrement précieux. Mais à quoi bon ? Tous les esprits appe-laient à grands cris la graisse, la farine, un morceau, même infime, de beurre de brebis, ou une minuscule bouchée de fromage.

Le pasteur Aram n'avait pas de chance avec son entreprise de pêche. Le défaut d'instruments convenables rendait impossible la construc-tion d'un radeau capable de résister à la force des vagues, et les filets eux aussi s'étaient révélés insuffisants. Les oiseleurs ne réussissaient pas mieux, quoique leurs lacets et leurs bâtons de glu fussent mieux adaptés aux conditions. Mais dans ces régions, les oiseaux migrateurs n'étaient pas encore revenus de leur villégiature d'été septentrionale ; quant aux cailles, aux bécasses et aux pigeons sauvages, ils ne se laissaient pas prendre à des pièges aussi primitifs.

Tandis que les femmes se livraient à leur expédition désespérée, le conseil des chefs avait convoqué ses membres pour une réunion géné-rale. Aucun de ces hommes ne se doutait qu'ils étaient rassemblés pour la dernière fois dans la baraque du gouvernement. Devant la couche déserte où Krikor de Yoghonoluk avait rendu le dernier soupir se dressait intact le mur de livres que le pharmacien avait érigé entre le monde et lui. Le visage cireux de Ter Haigasoun semblait être devenu son propre masque mortuaire. Tous les chefs étaient là, à l'exception du mort et de Hrand Oskanian qui n'avait pas osé enfreindre la consigne de Ter Haigasoun. Néanmoins Asajan, son ami au corps fluet était présent; c'était aussi un vieil ennemi du prêtre qu'il détestait profondément.

Ter Haigasoun donna aussitôt la parole au pasteur Aram. Les discussions de ce jour et leur malheureuse issue découlèrent de l'extrême tension qui régnait entre Aram Tomasian et Gabriel Bagradian. Le pasteur n'avait pas encore osé demander d'explication à Gabriel. Une timidité insurmontable l'empêchait de parler avec Bagradian. C'était un sentiment où se mêlaient, en un composé douloureux, la pudeur, le respect et le mécontentement. Et enfin, Aram aimait Iskouhi; maintenant que la destinée de sa sœur se séparait de la sienne et qu'Howsannah se répandait en véhémentes accusations contre la jeune fille, il ne l'en aimait que davantage. Il entendait toujours résonner à ses oreilles les mots d'Iskouhi : « J'ai dix-neuf ans et n'en aurai pas vingt. » Tomasian voulait empêcher le conflit d'atteindre à son comble. A quoi bon cette torture supplémentaire ? pensait-il. Les jours se traînent et se tirent, et l'un des prochains sera le dernier. Mais peut-être que Dieu nous montrera une voie nouvelle, inattendue, qui changera le visage de toute chose. Chaque jour, dans ses prières, le pasteur Aram priait le Seigneur de lui permettre de reconnaître cette voie ou cette issue insoupçonnée. D'autre part, il croyait déjà être sur la bonne piste.

Sa première rencontre avec Gabriel Bagradian avait rempli Aram de gêne et de dépit. Il n'arrivait pas, malgré ses efforts, à prononcer un seul mot de condoléance. La séance commença aussitôt par le rapport de Tomasian :

« L'heure fatale est arrivée. Nous avons à présent distribué toute la viande. On n'a pu en mettre secrètement de côté les tout derniers morceaux que pour les hommes de première ligne. Mais ces portions-là suffiront pour deux jours tout au plus. Aujourd'hui, pour la première fois, les femmes et les enfants devront rester absolument à jeun. »

Le mouchtar Thomas Kéboussjan leva la main après s'être assuré par un regard de ses yeux inégaux que tous ses partisans de la dernière fois étaient fidèles à leur poste :

« Je ne comprends vraiment pas pourquoi on donne à manger aux hommes de première ligne tandis qu'on laisse jeûner les femmes et les enfants. Des hommes jeunes et vigoureux sont plus capables de supporter des privations. »

A ces mots, Gabriel Bagradian intervint avec vivacité :

« C'est pourtant très facile à comprendre, mouchtar Kéboussjan. Les combattants ont besoin de toutes leurs forces, maintenant plus que jamais. »

Afin de soutenir le chef suprême de la défense, Ter Haigasoun détourna les esprits du sujet de la question alimentaire :

« Peut-être Gabriel Bagradian voudra-t-il bien nous dire son opinion sur les forces réelles de la première ligne ? »

Gabriel fit un geste dans la direction de Tchauch Nurhan :

« La mentalité de la première ligne n'est pas de beaucoup inférieure à celle qu'elle avait avant le dernier combat. D'autre part, les ouvrages de défense sont bien meilleurs et beaucoup plus forts qu'ils ne l'étaient alors. Les possibilités d'attaques turques se trouvent considérablement réduites. En tout et pour tout, il ne leur reste que le Nord, et leurs préparatifs dénotent clairement une telle conviction de leur part. Malgré la présence de leur général, ils n'oseront pas attaquer le bastion, c'est une chose certaine. Nous n'avons pas lieu d'être fiers, vous le savez, des hommes qui occupent cette position. Quant à l'attaque des Turcs au Nord, elle sera sans doute plus terrible que toutes celles d'auparavant réunies. Il s'agit de savoir s'ils ont de l'artillerie, et combien ils en ont. Jusqu'à présent, nous n'avons pas pu nous en rendre compte. Or c'est de cela que tout dépend. Je veux dire, si nous avons recours à un nouveau moyen. Mais je parlerai de cela plus tard... »

Ter Haigasoun qui avait écouté, selon son habitude, la tête baissée et dans une attitude frileuse, ne put pas réprimer la question essentielle :

« C'est bien, mais ensuite ? »

Gabriel Bagradian, envahi par une soif brûlante de fin et de libération, éleva la voix sur un ton beaucoup trop fort pour cette salle assourdie :

« Réfléchissons un peu ! A l'heure qu'il est, des millions d'hommes, dans le monde entier, sont comme nous à leurs postes dans les tranchées. Ils attendent le prochain combat, ou bien ils combattent, versent leur sang et meurent, tout comme nous. Voilà la seule pensée qui me tranquillise et me console. Lorsque j'y pense, je trouve que je ne suis ni pire ni plus lâche que n'importe quel homme pris parmi ces millions. Et ce que je pense, nous le pensons tous ! Du moment que nous combattons, nous ne sommes plus des débris humains en train de pourrir quelque part sur les bords de l'Euphrate. Du moment que nous combattons, nous conservons notre honneur et notre dignité. C'est pourquoi nous n'avons pas le droit d'envisager une autre solution et de désirer autre chose que la continuation de la lutte. »

Néanmoins, cette héroïque conception de la situation ne paraissait pas être du goût de la majorité. Le « mais ensuite ? » lancé par le prêtre se propageait à la ronde; Gabriel eut un regard étonné :

« Ensuite ? Je croyais que nous étions tous du même avis à ce sujet. Ensuite ? Ensuite, il n'y a plus rien, je l'espère ! »

Ces paroles donnèrent à Asajan une occasion favorable de faire un plaisir à son ami Oskanian. Le noir instituteur l'avait supplié de ne rien laisser passer qui fût susceptible d'éveiller la méfiance, c'est-à-dire de faire, dès qu'il serait possible, allusion au « traître » Gonzague Maris et à la mystérieuse visite du vieil agha. Le chantre se racla la gorge d'un air prétentieux :

« Une mort héroïque, Effendi, n'est pas tout à fait désintéressée. Pour ma part, je ne souhaite rien d'autre. En outre, je n'aurai pas l'audace de prononcer un jugement quelconque sur Madame votre épouse. Peut-être avez-vous pris certaines mesures quant à elle au cours de cet entretien que vous avez eu avec ce pacha turc qui vous a rendu visite. Evidemment, on ne peut pas savoir. Mais qu'adviendra-t-il de nos femmes, pauvres Arméniennes qu'elles sont, de nos sœurs, de nos filles, si vous me permettez cette question ? »

Gabriel avait un caractère fait de telle façon qu'il n'était jamais armé contre les flèches empoisonnées de la perfidie et de la bassesse auxquelles il ne savait pas répondre du tac au tac; la raison en était surtout à ce qu'il lui fallait toujours un certain temps avant de saisir vraiment la méchanceté de telles apostrophes. Maintenant, par exemple, il regardait fixement Asajan sans comprendre l'intention de cette interruption. Mais Ter Haigasoun, qui connaissait déjà de façon intime la nature de Bagradian, se porta énergiquement à son secours :

« Chantre, je te conseille de tenir ta langue ! Et si tu veux savoir pourquoi l'Agha Rifaat Bereket d'Antioche a rendu visite à cet Effendi, je m'en vais te le dire. Gabriel Bagradian pourrait depuis longtemps jouir d'une paix et d'une sécurité parfaites dans la maison de l'agha et y manger son pain et son pilav, car ce Turc lui a offert de le sauver et lui a donné toutes les facilités possibles pour s'enfuir. Or, Gabriel Bagradian, en vrai compagnon de misère qu'il est pour nous, a préféré nous conserver sa foi et remplir son noble devoir jusqu'à la dernière minute. »

Là-dessus, il se produisit un assez long silence, un silence ahuri, pour ainsi dire. A part Ter Haigasoun, Bedros Hékim avait été le seul à savoir la vérité. Il serait pourtant faux de croire que ce silence exprimait l'estime qu'inspirait à tous les assistants la belle conduite de Gabriel. Ce n'était, par exemple, aucunement le cas pour les mouchtars. Chacun de ces valeureux élus du peuple se posait en effet cette question : « Comment me serais-je comporté en face d'une tentation analogue ? » Et chacun d'eux, au fond de son âme, en arrivait à cette conclusion unanime : « Le petit-fils de ce vieux malin d'Awétis, malgré toute sa culture européenne, s'était conduit comme un benêt et comme le dernier des idiots. » Aram Tomasian fut le premier à rompre cet inquiétant silence :

« Gabriel Bagradian, dit-il sans regarder son adversaire, envisage toujours la situation du point de vue militaire, étant officier dans le sang.

Or personne ne peut, je pense, me reprocher d'avoir été lâche au cours des combats. Et pourtant, je n'envisage pas les choses du point de vue militaire. Mes pensées ont une autre forme. Et nous tous, nous pensons autrement que Bagradian, c'est un fait indéniable. A quoi bon verser notre sang dans un nouveau combat inégal, si c'est pour avoir tout au plus le droit de mourir de faim trois jours plus tard en toute tranquillité ? Et encore serait-ce une chance inconcevable. Je le répète, à quoi bon ? »

Jusqu'à ce moment, la voie nouvelle imaginée par Aram n'avait été qu'un jeu d'imagination assez vague, dépourvu d'une solide réalité. Le désir exaspéré de contredire Bagradian donna soudain à son plan indistinct des formes définies et une trompeuse apparence de consciencieuse réflexion :

« Ter Haigasoun, et vous tous, tant que vous êtes, vous devrez reconnaître avec moi que la vie que nous menons sur le Damlajik ne nous mène à rien. Ne serait-il pas préférable de tuer tout d'abord nos femmes, puis nous-mêmes, plutôt que d'attendre l'arrivée des Turcs ou la famine complète ? C'est pourquoi je vous propose de quitter la montagne demain ou après-demain, en tout cas aussi vite que possible. D'après ce que je m'imagine, nous choisirions la direction du Nord; nous ne passerions naturellement pas par les hauteurs, qui sont occupées par les Turcs, mais nous longerions la côte. Nous pourrions choisir comme but, tout au moins temporaire, les pentes du Ras-el-Chansir. La petite baie qui s'étend à leur pied est bien abritée et très certainement beaucoup plus riche en poissons que cette côte-ci. Nous n'aurions pas besoin de radeau; nos filets suffiraient amplement, j'en mettrais ma main au feu... »

Tout cet exposé n'avait pas un air aussi fantastique que la proposition l'était peut-être en vérité. Tout d'abord, le discours d'Aram faisait entrevoir une entreprise active, l'idée vague, mais excitante, d'échapper à la mortelle léthargie du Damlajik. Les têtes jusqu'alors immobiles, comme agitées par un léger souffle de vent, se mirent à remuer et à se colorer. Seul Gabriel était resté le même et levait déjà la main pour demander la parole :

« C'est évidemment un très beau rêve qu'a imaginé le pasteur Aram. Je vous le confesse, j'en ai, moi aussi, souvent caressé de semblables. Mais nous devons juger dans quelle mesure de telles idées sont réalisables. Je m'en vais donc — chose que je ne devrais pas faire, en tant que chef militaire responsable — je m'en vais donc supposer le cas le plus favorable, c'est-à-dire que nous réussissions à passer inaperçus devant les Turcs, en pleine nuit, et à atteindre le Ras-el-Chansir. Je pousserai même plus loin encore l'imprudence en imaginant que les saptiéhs et la force armée turque ne remarquent pas le long cortège irrégulier de 4.000 à 5.000 hommes qui se déroule sur la côte bien éclairée, puisque la lune est actuellement à son second quartier. Bon ! Nous atteignons sans incident les falaises du camp. Là-bas, il nous faut tout d'abord contourner un important promontoire, car c'est seulement au delà du camp que la petite baie en question s'incurve au milieu des rochers... Ne m'interrompez pas, pasteur, vous pouvez avoir confiance en mes paroles, car j'ai la carte absolument présente à l'esprit... Ces baies ne sont-elles que des entailles dénudées au milieu des rochers ou offrent-elles une surface habitable ? Je l'ignore. Mais je veux une fois de plus supposer, en faveur de Tomasian, la plus agréable éventualité. Donc, nous y trouvons une place suffisante pour établir nos campements, et les Turcs sont à ce point aveugles qu'il leur faut six jours, disons huit, si vous le voulez, pour découvrir notre cachette. Mais à présent, j'en viens à la question fondamentale : qu'avons-nous gagné dans ces conditions ? Réponse ! Nous avons échangé un lieu bien connu contre une position mal connue. Nous avons exposé les corps épuisés des femmes et des enfants à jeun à une longue escalade au milieu de falaises et de rochers sans la moindre piste, escalade qu'ils ne seront sans doute pas en état d'effectuer. Au lieu de rester dans ce camp qui nous est devenu familier, nous voilà obligés de créer une nouvelle colonie, dépourvus comme nous le sommes de forces et de matériel. N'importe qui doit reconnaître que cela saute aux yeux ! Puisque nous n'avons plus de bêtes de somme, toute la literie et les couvertures, les ustensiles de cuisine et les divers instruments restent naturellement sur le Musa Dagh. Or, sans nos moyens d'existence, il nous sera impossible de commencer une nouvelle vie, même si nous arrivons dans un paradis où le pain pousse sur les arbres. Le pasteur ne pourra pas plus que les autres le démentir. Nous quitterions une position fortifiée qui a fait ses preuves. Nous échangerions une place dominante sur la hauteur contre une place sans défense et sans abri dans une dépression. Nous serions pris dans l'espace d'une demi-heure, Tomasian. Nous aurions évidemment un grand avantage. D'en bas, notre fuite suprême dans la mer serait plus rapide qu'un saut du haut de la terrasse, ici. De toute façon, je crains fort que les poissons nous fournissent moins de nourriture que nous nous ne leur en fournirions. »

Aram Tomasian avait accompagné d'interruptions agacées ce clair exposé de Gabriel. La voix du bon sens qui l'avertissait de ne plus se laisser entraîner par des sentiments obscurs en cette heure décisive, se faisait de moins en moins entendre. Tandis qu'il attaquait Bagradian avec une violence à peine contenue, il continuait à ne pas le regarder :

« Gabriel Bagradian défend toujours son point de vue avec beaucoup de présomption. Il ne daigne pas reconnaître en nous la moindre trace d'intelligence. Nous sommes de pauvres paysans; il nous est infiniment supérieur. Evidemment, je n'ai pas l'intention de le nier. Nous sommes des gens simples, des cultivateurs ou des artisans, et n'avons rien à voir avec son monde. Mais, puisqu'il nous a posé tant de questions, je désirerais aussi l'interroger sur quelques points. En tant qu'officier expérimenté, il a fait du Damlajik une excellente place forte, j'en conviens ! Mais à quoi nous servent aujourd'hui toutes ces fortifications et tout ce Damlajik ? A rien ! Au contraire, ils nous empêchent de chercher une dernière issue libératrice. Si les Turcs sont malins, ils n'entreprendront pas de combat désormais, car ils peuvent atteindre leur but dans l'espace de quelques jours sans avoir à subir la moindre perte. Mais qu'il se produise ou non un combat prochainement, avons-nous entendu parler d'une nouvelle idée, d'une nouvelle tentative pour échapper à la mort ? C'est évidemment une solution des plus commodes, que de dépérir ici au milieu des conditions familières. Au moins, il n'y a pas besoin de faire un effort pour cela. Mais moi, je considère cette paresseuse acceptation, cette molle agonie comme une attitude des plus méprisables. Et enfin, voici la question qui résume toutes les autres : quelle proposition Gabriel Bagradian a-t-il à nous faire pour lutter contre la faim ? Est-ce suffisant que de se moquer de mes essais de pêche ? Ils sont jusqu'à présent restés la seule tentative faite dans ce sens. Si l'on m'avait secondé, au lieu de ne jamais penser qu'à faire faire l'exercice à tous les hommes vigoureux, nous aurions certainement remporté de meilleurs succès... »

Jusqu'à ce point, le pasteur avait au moins conservé son calme extérieur ; mais à ce moment, il s'élança en avant avec un élan passionné et cria :

« Ter Haigasoun, la proposition que je vais faire est extrêmement sérieuse. Qu'on abatte, qu'on rôtisse et distribue tout ce qui reste encore de bétail. Départ, la nuit prochaine ou après-demain au plus tard, et installation générale sur l'une des baies rocheuses où des trésors inépuisables de poissons nous sont assurés ! »

La rapidité et la brusquerie de cette proposition tourna les têtes les plus solides. Les mouchtars se mirent à s'agiter en tous sens sur leur bancs avec un sentiment de malaise, à la manière de musulmans en prière. Le vieux Tomasian, le père d'Aram, clignait des yeux, la mine effarée. Quant à Kéboussjan, il essuyait son crâne chauve tout suant et gémissait péniblement :

« Si nous étions seulement partis avec les déportés... morts ou vivants... nous aurions un meilleur sort... »

A cet instant, Ter Haigasoun tira de la manche de sa soutane un morceau de papier froissé. C'était une bonne occasion non seulement pour répondre aux soupirs de Kéboussjan, mais aussi pour défendre le Damlajik contre Aram. Il donna lecture de ce message du destin d'une voix assez basse et presque inexpressive :

« Haroutioun Nokhoudian, pasteur de Bitias, au wartabed de la côte proche de Suédja, Ter Haigasoun, de Yoghonoluk. Tout d'abord paix et longue vie pour toi, Ter Haigasoun, mon cher frère en Jésus-Christ, et pour tous mes chers compatriotes installés sur le Musa Dagh, où que vous soyez, mais encore sur la montagne, je l'espère. Si Dieu le permet, cette lettre te parviendra : je la remets entre les mains d'un officier turc bienveillant. Notre confiance en Dieu a été terriblement mise à l'épreuve et le Seigneur nous pardonnerait certainement si nous l'avions perdue. Tandis que j'écris ces mots, je vois couchée auprès de moi, attendant d'être enterrée, la dépouille mortelle de ma malheureuse compagne, cet ange de bonté et de sainteté. Elle a, tu t'en souviens peut-être, toujours tremblé pour ma vie et n'a jamais souffert, à cause de ma faible constitution, que je me fatigue, que je sorte nu-tête, ni que j'absorbe en trop grande abondance des boissons excitantes, car il m'arrive de succomber à cette coupable faiblesse. Or, tout a changé maintenant, les instantes prières de ma femme ont été exaucées. Elle s'est éteinte devant moi, morte de faim, et m'a quitté. Son dernier geste a été de m'imposer son propre fichu pour me préserver contre le froid matinal de la steppe. Dieu me punit comme Job. Moi, avec ma faiblesse, mes maladies, ma toux et mes misères, j'ai une réserve de forces qui ne veulent pas disparaître et que je maudis mille fois. Voici que ma terrestre protectrice est morte et que je survis à tous. Quant à mes paroissiens, on en a séparé à Antioche tous les hommes encore jeunes; nous ne savons rien d'eux; les autres sont morts, à l'exception de 27 personnes, et j'ai grand'peur de devoir rester le dernier, moi qui ne suis pas assez fort ni assez digne. Nous recevons à présent chaque jour un peu de pain et de boulgour depuis que des commissions nous ont visités; mais cela ne fait que prolonger nos souffrances. Peut-être des inchaat tabouris viendront-ils aujourd'hui encore enterrer les cadavres sans nombre. Ils m'enlèveront aussi ma chère compagne et je devrai même leur en être reconnaissant. Me voici arrivé au bas de la page. Au revoir, Ter Haigasoun, quand serons-nous à nouveau réunis ?... »

Le prêtre avait lu les dernières lignes, comme le reste, d'une voix aussi morne que s'il s'était agi d'une communication d'ordre pratique. Néanmoins, chacune de ces syllabes allait se pendre aux têtes barbues des hommes à la manière des poids d'une horloge, et les tirait en bas. Bedros Hékim éleva sa voix émoussée et rouillée comme un vieux couteau :

« Je crois qu'après cette lecture, Thomas Kéboussjan n'aspirera plus avec tant d'ardeur aux bienfaits de la déportation. Nous avons à présent vécu trente-huit jours ici une vie qui était la nôtre; elle a été dure, mais tout de même convenable, à ce qu'il me semble. C'est vraiment dommage qu'aucun d'entre nous ne puisse avoir plus tard l'occasion d'en être fier. Je proposerais de plus que Ter Haigasoun donne, sur la place de l'autel, une lecture publique de la lettre de Nokhoudian. »

Cette motion obtint une vive approbation. Car, depuis longtemps, on entendait circuler à travers le vallon de la ville le soupir de Kéboussjan : « Si seulement nous étions partis avec les déportés ! » Pendant tout ce temps, Gabriel était resté assis, plongé dans ses propres pensées, sans prendre part à l'incident. Il connaissait en effet déjà la lettre du petit pasteur. Son esprit était occupé par l'animosité provocatrice qu'Aram Tomasian lui témoignait au cours de cette séance. Gabriel sentait nettement qu'Iskouhi en était la raison. C'est pourquoi il voulait d'autant moins adopter le ton blessant d'Aram. Ce qu'il avait à proposer, c'était une affaire considérable. Aussi s'efforçait-il de mettre dans ses paroles beaucoup de douceur et de conciliation :

« Il ne me vient aucunement à l'idée de railler les projets ou les entreprises du pasteur Aram. Dès le premier jour, j'ai pensé le plus grand bien de son projet de pêche. Bien qu'il n'ait guère eu de succès, ce n'est pas son heureuse inspiration qui en est cause, mais les mauvais instruments. Pour ce qui est du projet d'un nouveau camp, mon devoir m'a ordonné de montrer qu'il est non seulement irréalisable, mais que de plus, il hâterait et rendrait plus cruelle encore notre fin. Par contre, Aram Tomasian m'a posé de plein droit la question suivante : ce que je compte faire pour lutter contre la faim. Ecoutez-moi bien, Arméniens ! Je vais donner d'un seul coup une réponse à toutes les questions. »

Et Gabriel Bagradian, lui aussi, se mit à improviser, dans une certaine mesure à la manière du pasteur. Il avait également tourné et retourné, parmi beaucoup d'autres, sans la prendre vraiment au sérieux, l'idée qu'il développait à présent avec une extrême précision. Mais, c'est un fait toujours vérifié, dès qu'un concept ou un projet s'exprime par des mots, il gravit par là le premier degré de la réalité et gagne un poids spécifique indépendant. Gabriel se tourna vers Nurhan Elléon, vers Chatakhian, et tous ceux dont il attendait un appui :

« Il existe un moyen très vieux qu'emploient tous les assiégés depuis des éternités... Les Turcs ont transporté leur camp sur le Musa Dagh. Quand bien même ils disposeraient de six ou huit compagnies et de Dieu sait combien de saptiéhs, ils ont néanmoins besoin d'une grande partie de ces troupes pour cerner complètement la montagne. Il suffit de calculer à peu près la longueur du trajet entre Kéboussijé et Arsus. Il est évident qu'ils veulent nous laisser mourir de faim et c'est pourquoi ils attendent quelques jours encore pour risquer leur assaut général. C'est ce que nous prouve par exemple le départ de leur général qui devait diriger l'assaut. Vous voyez par là quelle importance nous avons à leurs yeux !... Je suppose que ce général reviendra bientôt avec ses officiers, avec le kaimakam, et peut-être avec d'autres personnalités encore, et qu'ils habiteront dans ma maison... Ainsi, je voudrais essayer une sortie, tu me comprends, Ter Haigasoun ? Je l'imagine de telle façon : nous constituerons avec l'élite de la première ligne un groupe d'assaut. Comprendra-t-il 400 ou 500 hommes ? je l'ignore encore. D'ici ce soir, j'aurai conçu et calculé dans ses moindres détails toute notre expédition. Il existe assez de chemins qui mènent dans la vallée entre les places d'incendie. Il s'agira de les explorer soigneusement. D'après ce que je sais, les Turcs n'ont disposé en bas que des patrouilles chargées de faire les cent pas pendant la nuit dans la vallée et sur les contreforts. Il suffira de bien choisir un moment où l'horizon sera libre, ce qui ne sera pas difficile. Nous effectuerons notre surprise à deux ou trois heures du matin... comment ?... non, pas à Yoghonoluk, nous n'irons pas si loin... nous nous contenterons d'attaquer ma maison avec toutes nos forces supérieures à celles qu'ils ont là. Il faudra naturellement bien évaluer auparavant le nombre de la garde attachée à la villa. A part les ordonnances des officiers, je compte tout au plus avec un peloton d'infanterie et quelques saptiéhs. Nous nous débarrasserons des sentinelles de la porte et occuperons sans tarder le jardin et les écuries. Quant au reste, il n'est pas nécessaire de l'exposer ici, c'est mon affaire et celle de Tchauch Nurhan. Avec l'aide de Dieu, nous arriverons bien à faire prisonniers le général, le kaimakam, le mudir, le jusbachi et les autres officiers. Si ce coup de main nous réussit, nous pouvons avoir dans l'espace de deux heures, au vallon de la ville, les plus puissantes personnalités turques ainsi qu'un grand nombre de bêtes de somme et peut-être même de la farine et des provisions.

— Voici qu'à présent Gabriel Bagradian se perd en rêveries, glapit le chantre, émissaire d'Oskanian. Mais le paisible Chatakhian bondit d'enthousiasme :

— Je trouve qu'une fois de plus, Bagradian est le seul à avoir une idée hardie, et celle-ci est encore plus géniale que les précédentes. S'il arrive vraiment à prendre la villa d'assaut et à faire prisonniers un général, un kaimakam et un jusbachi, dans ce cas, les conséquences de son expédition sont imprévisibles...

— Au contraire, Chatakhian, elles sont parfaitement prévisibles, interrompit Aram Tomasian sur un ton d'arrogant mépris. Si nous faisons prisonniers l'un des officiers supérieurs et l'un de leurs plus hauts fonctionnaires, les Turcs prendront la chose tout à fait au sérieux. Ils arriveront alors avec des régiments et des brigades. Si Gabriel Bagradian estime que l'armée viendra marchander avec lui la vie des otages et accorder des concessions, il se trompe foncièrement. Le meurtre d'un général et d'un kaimakam par des rebelles arméniens servirait admirablement leurs plans. Ils y trouveraient le meilleur argument qui soit pour justifier leur politique de déportation aux yeux de l'étranger et de leurs compatriotes. De telles histoires sont pour eux toujours les bienvenues. Que savez-vous de tout ça, vous autres gens de Yoghonoluk ? Moi, j'ai fait l'expérience de Zeitoun.

— Ce n'est pas Gabriel Bagradian, mais toi qui te trompes foncièrement, malgré toutes tes expériences de Zeitoun, répliqua Chatakhian qui écumait de colère. Je connais l'Ittihad, et je connais les Jeunes-Turcs, bien que je n'aie jamais vécu qu'à Yoghonoluk. Ils tiennent fortement ensemble et ne sacrifient pas un des leurs, quelles que soient les conditions. Point d'honneur ! La mort honteuse d'un général et d'un kaimakam serait pour eux en face du peuple une terrible défaite à laquelle ils ne peuvent pas s'exposer. Au contraire, ils feront tout pour nous acheter la vie de nos otages, avec de la farine, de la graisse, de la viande ou même au prix de notre liberté... »

L'optimisme débordant de l'instituteur Chatakhian excita les sarcasmes des sceptiques. Il se reproduisit alors, comme pendant la séance précédente, une querelle vaine et méchante au cours de laquelle aucune opinion n'arrivait plus à s'imposer. Ter Haigasoun qui, selon son habitude, avait supporté le bruit un certain temps sans intervenir, essaya de rétablir le calme en faisant remarquer d'un ton sec qu'il conviendrait de régler le différend au sujet de l'emploi du général ou du kaimakam une fois qu'on les aurait pris, mais pas avant. Entre temps, un démon furieux s'était pleinement emparé de l'esprit d'Aram Tomasian. Il commit l'imprudence, inutile autant que folle, de s'en prendre au prêtre orthodoxe :

« Ter Haigasoun ! Tu es le père du peuple et le principal responsable ! Je t'accuse d'être coupable d'indécision. Tu laisses les choses prendre le cours qu'elles veulent. Tu ne veux te fâcher avec personne. C'est vraiment un miracle que malgré ton — comment l'appellerai-je ? — ton calme absolu, nous ayons encore vécu jusqu'à aujourd'hui... »

Cette atteinte portée à l'autorité suprême — événement inouï et sans précédent — indigna à tel point le libre penseur Altouni qu'il décida de se faire à grands cris le protecteur du wartabed de la vieille église contre le pasteur protestant :

« De quoi viens-tu nous accuser, jeune homme ? Il ne manquait plus que ça ! Tu ne sais rien de nous et de notre vie, car ton père t'a envoyé à Marach alors que tu n'étais encore qu'un gamin. Par conséquent, ne te mêle pas de faire l'important et n'oublie pas le respect dû à la vieillesse ! »

Aram, ayant été remis à sa place comme un mioche effronté, souffrait jusqu'au fond de l'âme de sa propre indélicatesse. Pourtant, sa voix et ses paroles se firent plus acerbes encore :

« Il se peut que je sois ici un étranger et que je ne vous comprenne pas, bien que vous compreniez parfaitement les véritables étrangers qui se trouvent parmi vous. Pour ma part, je maintiens mon projet. Et ce n'est pas tout ! Je suis résolu à adopter la conduite que je tiens pour bonne en ce qui me concerne, moi et ma famille. Est-il écrit quelque part, au reste, que nous devons tous rester ensemble jusqu'au bout ? Il serait beaucoup plus sage de dissoudre le camp entier. Que chaque famille se sauve dans la mesure où elle le peut. Toute cette masse rassemblée sur un point est trop facile à prendre. Si nous nous dispersons par petits groupes sur la côte entière, une partie au moins d'entre nous restera en vie d'une façon quelconque. Quant à moi, je m'en vais réunir ma famille, ma famille tout entière, et je chercherai avec elle une issue favorable. J'ai dit ma famille tout entière, Gabriel Bagradian... »

Jamais, au cours des nombreuses séances souvent fort orageuses du conseil des chefs, Ter Haigasoun ne s'était départi de son calme. Même lorsque exactement six jours auparavant, il avait, au moyen d'un coup de pied, expédié au dehors Hrand Oskanian, cela s'était passé avec une dignité souveraine, sans qu'il eût à cette occasion renoncé a sa modération coutumière. De même, maintenant, il ne manifestait aucun signe extérieur d'excitation en se levant, très pâle et presque solennel :

« En voilà assez ! Nos séances n'ont plus aucun sens. Le peuple nous avait chargés d'être ses chefs. Aujourd'hui, au trente-huitième jour de notre mandat, je déclare cette charge abolie, car le conseil des chefs ne possède plus la force intime ni l'unité nécessaires pour prendre des décisions utiles. Puisqu'un homme tel que le pasteur Aram Tomasian, qui a la responsabilité de l'ordre et de la discipline intérieures, s'est montré capable de vouloir dissoudre notre communauté, il est impossible, dans ces conditions, d'exiger de qui que ce soit obéissance et soumission. A partir de cet instant, l'état administratif est redevenu pour les villages le même qu'avant l'élection du conseil des chefs. Les mouchtars recommenceront à s'occuper tout seuls de leurs communes, et moi, en tant que wartabed du canton, je reprendrai la direction spirituelle générale. C'est à ce titre que je demande à Gabriel Bagradian de garder comme auparavant le commandement suprême de la défense. Il sera, dans ce domaine, parfaitement indépendant. Il peut se décider ou non pour un coup de main ou pour quelque autre mesure défensive; c'est son affaire, et nul n'a le droit de s'en mêler. En ma qualité de prêtre, je décrète, d'autre part, un service religieux solennel pour implorer la faveur divine; j'en ferai reconnaître plus tard l'heure exacte. Rien ne m'autorise à rejeter aucune possibilité de salut. Par conséquent, le pasteur Aram Tomasian aura l'occasion, après l'office, d'exposer une seconde fois les grandes lignes et les raisons de son projet en face de l'assemblée générale. La majorité du peuple pourra alors se décider elle-même et montrer si elle veut quitter la montagne ou si elle conserve sa confiance à la vaillance de nos combattants et au plan de son chef suprême. Mais après ce plébiscite, le peuple devra voter une loi selon laquelle quiconque fera, par ses actes et ses paroles, preuve de rébellion contre l'état de choses résultant de ce vote, sera fusillé sur-le-champ. »

Pour plusieurs assistants, cette déclaration dictatoriale de Ter Haigasoun arrivait fort à propos. Aux époques de prospérité, c'est un sentiment flatteur que de jouer un rôle de chef, mais à deux pas du désastre final, on préfère disparaître dans la foule. Les mouchtars se trouvaient redevenus de simples maires de village, sans plus. Le conseil des chefs institué par la grande assemblée dans le parc de la villa Bagradian, se sépara sans protestations, sans fracas, et sans éclat. Ter Haigasoun avait réussi un coup des plus sages, mais il prenait en même temps sur lui un terrible sacrifice. Sans doute, la direction du peuple était désormais épurée et débarrassée de toutes les âmes peu sûres ou querelleuses. Mais lui se voyait obligé, en cette heure suprême, de mener son peuple à Dieu à travers la mort, tout seul, sans aucune aide. Les hommes quittèrent en silence la baraque du gouvernement.

Quant au pasteur Aram, il était plein de haine contre Ter Haigasoun, contre Gabriel Bagradian, et plus encore contre lui-même. Il prit rapidement congé de son père, sans répondre à aucune des questions désespérées du vieillard. Les journées de déportation de Zeitoun revenaient s'imposer furieusement à son esprit. N'avait-il pas, là-bas déjà, insulté l'Evangile par sa conduite et quitté dès le troisième jour son troupeau, son troupeau d'enfants ? Le pasteur reconnut non sans amertume que c'est toujours la même faute qui fait tomber l'homme dans le piège de la tentation. Il avait été soumis aujourd'hui à une épreuve analogue dont il était sorti vaincu, et avec plus de bassesse, de honte, de trouble et de présomption encore que la première fois ! Mieux valait ne pas attendre le plébiscite et sans rien proposer à personne, se mettre tout simplement en route avec Howsannah et l'enfant ! Kéwork suffirait amplement comme domestique. Il faudrait évidemment laisser ici le vieux père qui ne voudra pas s'enfuir. Les nageurs ont très facilement atteint Alexandrette en passant par Arsus. Pourquoi une petite famille n'y arriverait-elle pas aussi en longeant la côte, au prix de trois nuits de marche. M. Hoffmann qui a abrité les nageurs sous son toit ne pourra pas, étant protestant lui-même, chasser un pasteur protestant. D'ailleurs, c'en était fait de sa prêtrise après une conduite aussi basse et honteuse. Tomasian tâta son portefeuille. Il possédait cinquante livres ; c'était beaucoup d'argent. Mais en contractant son visage sous l'effet d'une répugnance morale, il regarda sans les voir les flots agités de la mer à ses pieds. Et Iskouhi ?

Or, la destinée voulut que ni le projet de Gabriel ni celui d'Aram ne pût se réaliser et que pas même le plébiscite n'eût lieu. La digue se rompt toujours avant que les flots ne la submergent, et le plus souvent, sur un point inattendu.

Il y avait aux environs du bastion Sud une large surface tournée du côté de la mer et recouverte d'une herbe brûlée du soleil. C'est là que Sarkis Kilikian et Hrand Oskanian, le consciencieux commissaire de ce secteur de défense, avaient installé un campement provisoire. A quelques pas d'eux, l'homme aux longs cheveux jouait, avec deux autres déserteurs de provenance douteuse, à un étrange jeu de coquillages; tous trois accompagnaient les diverses péripéties de la partie de mélodieuses exclamations où l'on reconnaissait la plupart des langues usitées en Syrie. L'instituteur essayait d'impressionner par ses grands mots non seulement le Russe mais encore les autres, car il parlait assez haut et distinctement pour que les joueurs malpropres fussent obligés de recueillir, de gré ou de force, quelques bribes de ses opinions hardies. Mais Kilikian, étendu de toute sa longueur sur le dos, et gardant aux lèvres la pipe refroidie de Krikor, ne répondait aux tentatives exaspérées du petit bonhomme que par un silence sourd et obstiné :

« Tu es un homme instruit, tu as fait des études, Kilikian », déclarait d'un ton véhément l'instituteur aux cheveux crépus, « aussi je suis bien sûr que tu me comprendras. Je n'ai jamais communiqué mes pensées à personne, autrefois, parce que, vois-tu, personne n'en était digne. Je n'en ai pas même parlé au pharmacien, lequel, au reste, m'a pris beaucoup de mes opinions et de mes conceptions. Tu connais la vie, Kilikian. Elle t'a ballotté en tous sens, comme nul autre au monde. Et sais-tu, il en va de même pour moi, bien que tu croies peut-être aussi que Hrand Oskanian n'a jamais été, au cours de son existence, qu'un ridicule instituteur attaché à un ignoble village. Tu ne sais rien de lui. Oskanian a son idée ! Et veux-tu la connaître ? Faire une fin, comprends-tu bien, une fois pour toutes ! Car à quoi bon tout le reste ? »

Sarkis Kilikian se redressa légèrement et écrasa dans sa main un reste du tabac reçu en cadeau. Alors que tous les autres mélangeaient au pur tabac blond des feuilles sèches, le Russe le fumait tel quel, sans daigner remarquer que sa provision diminuait de cette façon deux fois plus vite que celle de ses camarades. Oskanian, l'ex-muet, avait trouvé son maître dans la personne du muet Kilikian. Le silence du Russe aurait pu faire tomber toute la frondaison d'un arbre. L'action qu'il exerçait sur l'instituteur arrachait à ce dernier des paroles débordantes de vantardise qui s'écoulaient en flots écumants où surnageaient des débris mal digérés et avilis de la philosophie krikorienne :

« Ainsi, tu me comprends, Kilikian, tout comme moi je te comprends. Tu n'as pas besoin de rien me dire. Je crois, tout comme toi, qu'il n'existe pas de Dieu. En effet, pourquoi y aurait-il une telle bêtise ? Notre planète n'est qu'une boulette de saleté qui vole à travers l'espace. Ce n'est que de la chimie et de l'astronomie, et rien d'autre. Je te montrerai un livre sur les étoiles, de la bibliothèque du pharmacien. Tu pourras tout y voir en images. Ce n'est rien que de la nature. Et si quelqu'un l'a jamais fabriquée, ce quelqu'un-là, c'était le diable ! La nature, c'est un porc, et le plus dégoûtant de tous. Mais il existe un dernier bien qu'elle ne peut pas nous prendre, Kilikian, tu me comprends. Tu peux lui cracher au visage, tu peux la déshonorer, tu peux lui montrer qui est le plus fort, tu peux sortir d'elle, en un mot. La voilà, mon idée ! Moi, Hrand Oskanian, tout petit que je suis, je m'en vais remettre à leur place la nature, le diable et le bon Dieu ; je vais les punir, je vais les vexer. Ils vont enrager, ces beaux seigneurs, quand ils verront qu'ils sont impuissants contre l'instituteur Oskanian, tu me comprends ? J'ai déjà trouvé des gens qui partagent mon idée. Je vais les voir le soir dans leurs huttes ; oui, oui, ce n'est pas Ter Haigasoun qui peut m'en empêcher. As-tu vu comment Kéwork, le crétin, jetait les morts dans la mer, du haut du rocher ? On aurait dit des oiseaux blancs qui s'envolaient. Et c'est ça mon idée. Nous voulons aussi nous envoler, toi, moi, et d'autres encore, au lieu de crever ici contre notre gré. Un petit pas en avant, et tu ne sais plus rien du monde, sans attendre même de toucher l'eau. Tu me comprends ? Ensuite, nous nous désagrégeons dans l'eau. Nous aurons choisi librement cette solution, et la nature, ainsi que les diables, les Turcs et tous les autres vauriens éclateront de rage parce que nous les aurons matés, parce qu'ils auront été les plus faibles dans la lutte. Tu me comprends, Kilikian... »

Sarkis Kilikian était depuis longtemps de nouveau étendu sur le dos. Sa tête de mort apathique regardait passer au ciel la marche rapide des nuages. Rien ne permettait de conclure qu'il ait écouté l'hymne au suicide chanté par Oskanian. Par contre, l'homme aux longs cheveux interrompit son jeu ; il examinait d'un œil attentif le malin vainqueur de la nature, comme s'il avait compris l' « idée » et ne la trouvait pas si mauvaise. Puis il se poussa un peu plus près d'Oskanian :

« Est-ce qu'ils ont beaucoup de caisses, là-bas, dans les trois tentes ? »

L'instituteur sursauta, consterné. Il s'apercevait à sa honte qu'il avait prêché dans le désert. De plus, le nom de la place des trois tentes exerçait toujours une action désagréable sur son âme. Mais d'autre part, une bonne occasion s'offrait à lui de montrer à tous ces individus arrogants, à ces aventuriers à toute épreuve qu'il était quelqu'un, un notable, un membre cultivé de la haute société, un chef élu par le peuple. Aussi le ton que choisit Oskanian pour sa réponse tenait-il le milieu entre le dédain et la suffisance :

« Des caisses, je le crois bien ! Mais c'est loin d'être tout ! Ils ont d'énormes armoires et des malles grandes comme les armoires. On y voit pendues des robes de femme en tel nombre que même le plus riche des pachas ne peut pas en imaginer une semblable quantité. Et toutes sont différentes. Car elle n'en change pas seulement tous les jours, mais trois fois par jour...

— Je me fiche bien des robes ! Ce que je veux savoir, c'est ce qu'ils ont là-bas en fait de provisions. »

Oskanian rejeta en arrière sa tête où l'on ne voyait plus surgir qu'une minime surface jaunâtre de visage, tant sa barbe frisée et ses cheveux en broussaille avaient poussé pendant ces derniers jours :

« Je peux vous le dire très exactement. Et personne ne sait cela mieux que moi. Car en bas, dans la villa, l'hanoum m'avait demandé mon aide lorsqu'elle a choisi et empaqueté toutes ses affaires. Ils ont caché là-bas des monceaux entiers de boîtes en argent où l'on voit des poissons nager dans l'huile. Ils ont du bon pain doux, et des gâteaux, et du chocolat. Ils ont une foule de cruches pleines de vin. Ils ont de la viande fumée d'Amérique et des seaux entiers remplis de semoule et de flocons d'avoine... »

Arrivé aux flocons d'avoine, Oskanian s'arrêta brusquement. Soudain, une impression de dégoût l'avait envahi jusqu'au fond de l'âme. Il se frappa sur le genou d'un air découragé :

« Il faut faire une fin... faire une fin... »

Mais Sarkis Kilikian déclara sur un ton bref et bougon :

« C'est bien ce que nous ferons... demain soir... »

A ces mots jetés paresseusement, les mains du minuscule instituteur devinrent glacées. Et elles ne se réchauffèrent aucunement lorsque Kilikian lui eût exposé ses intentions en quatre phrases aussi courtes qu'indifférentes. Les yeux d'Oskanian, ronds comme des billes, restaient si fixement attachés au visage du Russe qu'on l'aurait cru incapable de saisir par l'ouïe toute seule ce qui était depuis longtemps bien décidé parmi les hommes du bastion Sud. Sarkis Kilikian, les déserteurs et quelques autres combattants encore, qui étaient sous leur influence, en avaient assez du Damlajik. Ils avaient l'intention de partir le lendemain aux premières heures de la nuit. C'était une honteuse trahison à l'égard de la communauté ! Peut-être Kilikian était-il le seul à en avoir une vague impression. Quant aux autres, ils avaient, au cours des nombreux mois où ils avaient vécu comme des bêtes féroces, perdu toute trace d'idéalisme et, par là, ne possédaient plus rien qui pût alimenter leurs remords éventuels. Ils ne voyaient pas dans les limites de défense du Musa Dagh un sévère camp fortifié auquel ils s'étaient obligés à rester fidèles; ils considéraient au contraire la montagne comme une auberge dont ils avaient largement payé la pension au moyen d'un service armé de quarante jours. Maintenant, la famine mettait en quelque sorte fin à ce traité tacite, car, exception faite d'un tas d'os répugnants, depuis plusieurs jours, les aubergistes n'avaient plus livré aucune nourriture aux occupants du bastion Sud.

Fallait-il donc vraiment se laisser mourir lentement de faim dans le seul but de tomber aux mains des Turcs ? Que leur importait le peuple des sept villages ? Seule une faible minorité des déserteurs était originaire de la vallée arménienne. Finalement, même avant que Ter Haigasoun et Gabriel Bagradian eussent pris possession du Musa Dagh, ces hommes avaient trouvé moyen de vivre sur les montagnes des environs et de s'y nourrir tant bien que mal. Aucun d'entre eux ne pensait à partager le sort des 5.000 réfugiés. A quoi bon, en effet ? Ils pouvaient très facilement sauver leur peau. Pour eux, l'état d'avant les quarante jours allait recommencer, tout simplement. Au delà de l'Oronte, au Sud, s'étendait le large massif dénudé du Djébel Akra qui allait jusque vers Latakijéh. Ce Djébel Akra n'était pas aussi vert ni riche en sources que le Musa Dagh, mais aride, escarpé et impraticable ; en un mot, il constituait un repaire idéal pour des déserteurs traqués. Leur plan était des plus simples : ils formeraient un groupe d'environ cent hommes et, passant en pleine nuit auprès d'Habaste et des ruines, ils se déverseraient sur la plaine de l'Oronte. Comme toute la force armée était concentrée dans la vallée arménienne et sur les hauteurs septentrionanales, il ne se trouvait probablement en bas que quelques postes de saptiéhs chargés de garder pendant la nuit le rebord de la montagne et le pont sur l'Oronte auprès d'El-Eskel. Il n'y avait guère lieu de compter sur une résistance dangereuse. Qu'il se produisît ou non un combat, il était bien certain que les cent hommes auraient vite fait de traverser l'étroite plaine et d'atteindre la montagne avant le lever du soleil. Pendant les réunions secrètes, quelques éléments un peu plus honnêtes avaient agité la question de savoir s'il ne serait pas possible de donner connaissance au conseil des chefs de cette importante résolution avant le départ définitif. Mais ils avaient failli se faire rouer de coups par les autres pour avoir envisagé une telle éventualité. D'autre part, la majorité nettement radicale n'avait pas l'intention de se contenter d'une fuite de style discret. Et elle avait plusieurs raisons fort logiques pour justifier son projet. Il s'agissait d'abord des munitions. C'était d'elles que dépendait la vie et l'avenir de cette horde de brigands toujours en chasse. C'était déjà dans ce but que lors de l'incident du feu défendu, l'homme aux longs cheveux avait exigé de Bagradian des cartouches nouvelles avec autant d'hypocrisie que d'impudence. Or, Tchauch Nurhan se montrait extrêmement parcimonieux au point de vue des munitions. Les déserteurs possédaient à présent tout au plus cinq coups pour chacun de leurs fusils. C'était un état de chose impossible ! Les caisses de munitions se trouvaient en piles énormes dans la baraque du gouvernement où l'on conservait en outre des récipients pleins de cartouches, car la manufacture de Nurhan, au prix d'un travail ininterrompu, avait non seulement rempli à neuf les douilles des projectiles déjà tirés, mais aussi fabriqué de nouvelles cartouches. Les

624

déserteurs se voyaient dans la nécessité inéluctable d'aller prélever la quantité de munitions dont ils avaient besoin sur les provisions générales. Aussi s'agissait-il d'organiser dans ce but une visite fructueuse à la baraque du gouvernement; quand et comment cela se passerait-il ? C'était une question qui restait encore à régler. On pourrait, par la même occasion, faire un petit tour d'inspection dans le vallon de la ville pour voir s'il n'y aurait pas dans ces parages quelque objet digne d'être emporté. Le séjour sur le rude Djébel-el-Akra nécessitait certains articles usuels que le peuple du Damlajik ne pouvait considérer que comme superflus, puisque son heure dernière allait sonner sous peu. Et, à l'occasion de cette tournée à travers le vallon de la ville, on pourrait bien en profiter pour jeter un coup d'œil sur quelques personnalités antipathiques, sur Ter Haigasoun, par exemple. Le prêtre n'avait jamais dissimulé sa haine à l'égard des déserteurs et à chaque séance judiciaire, il avait saisi la moindre occasion pour leur faire sentir toute la dureté du code qui régissait le camp. Le bastion Sud entier avait été condamné en tout et pour tout à cinq jours de jeûne. Et, par-dessus le marché, Ter Haigasoun n'avait pas craint d'infliger au besoin à tel ou tel déserteur la peine de la bastonnade, et cette bastonnade n'était pas une plaisanterie. C'est pourquoi il ne serait pas mauvais de lui demander discrètement des comptes. Kilikian était toujours étendu sur le dos et ne semblait se soucier ni d'Oskanian ni des charmantes allusions de l'homme aux longs cheveux. S'il avait été donné à un simple mortel de lire dans l'intérieur de son âme, il n'y aurait rien trouvé d'autre que de l'impatience. Cette impatience était celle-là même qui, au-dessus de sa tête chassait les nuages à travers le ciel. Derrière son masque éteint, un ardent désir le tourmentait avec frénésie, un désir de partir, de fuir sa prison actuelle pour aller en trouver une autre.

L'instituteur s'était depuis longtemps remis sur ses misérables jambes. Il bombait sa poitrine de volatile comme pour prouver qu'un champion du suicide de son envergure ne reculait devant aucun crime, aussi hardi qu'il fût. Il restait planté là, la bouche en cœur et branlant la tête. Kilikian et les autres auraient pu prendre cette attitude pour un signe d'admiration. L'idée d'un avertissement utile s'agitait dans le cerveau de l'instituteur comme un oiseau pris au piège. Mais toujours une crainte vaniteuse venait lutter contre cette tendance, car il craignait que Kilikian et les autres compères ne le prissent pour un poltron, et non pas pour un « type à la redresse », qu'il était au même titre que les autres. Et voilà que soudain, contre son gré, une indication imprécise, mais d'une traîtrise infinie, franchit le seuil de ses lèvres :

« Ter Haigasoun a annoncé pour demain, vers la fin de la soirée, un service divin extraordinaire. Toutefois, les hommes de première ligne resteront dans les tranchées... »

En disant ces mots, il adressait aux déserteurs des clignements d'yeux louches et serviles. Mais l'un des énergumènes répondit du tac au tac à la honte qu'Oskanian s'était infligée lui-même : « Pour que tu ne risques pas d'ouvrir le bec, instituteur, tu ne bougeras pas d'ici, ni aujourd'hui ni demain. » Et, de fait, on ne le quitta pas une seconde des yeux. Il restait assis mélancoliquement sur l'un des observatoires et regardait sans arrêt tout en bas le mince ruban de la route qui joint Antioche à Suédja. La haine contre Gabriel, contre Juliette et Ter Haigasoun ne flambait plus, tout d'un coup, que d'une façon très anodine dans son cœur serré d'angoisse. Il désirait de toute son âme une attaque turque. Mais les ennemis ne paraissaient nullement avoir envie de venir se faire casser la tête sur les pentes pierreuses et découvertes. Il régnait sur la route, dans la plaine de l'Oronte, une paisible animation. Des chars attelés de bœufs, des ânes de bât, et même quelques chameaux s'acheminaient lentement vers Suédja à l'occasion du marché hebdomadaire, tout comme s'il n'était plus resté en vie un seul Arménien sur le Musa Dagh. Au pied des contreforts seulement, auprès de Jédidjé, il s'éleva soudain un nuage de fumée. Lorsqu'il se dissipa, on put distinguer une petite auto militaire de couleur grise.

Voici qu'il était arrivé, le quarantième jour du Musa Dagh, le huitième du mois de septembre, et le troisième de la famine absolue. Les femmes, ce jour-là, s'étaient épargné la peine de partir à la recherche de vains herbages pour en faire une tisane au goût amer. La claire eau de source rendait les mêmes services. Tous ceux qui pouvaient encore se tenir sur leurs jambes s'étaient installés auprès du cours des différentes sources : vieillards, mères de famille, jeunes filles, petits enfants. C'était un étrange spectacle que de voir se pencher sans cesse vers les filets d'eau l'un ou l'autre de ces visages empreints d'une mortelle lassitude, et boire dans le creux de la main, sans soif, comme si un devoir sévère leur eût ordonné d'accomplir ce geste. Il flottait au-dessus de ces êtres un voile de tendre lenteur. Jusqu'à midi, il mourut trois personnes âgées et deux nourrissons. Les mères gardaient ces pauvres créatures étroitement pressées contre leurs seins vides jusqu'à ce que les petits corps devinssent froids et raides. A l'inverse du peuple du camp, les hommes des tranchées possédaient encore assez de vitalité et d'énergie; ils étaient loin, eux aussi, de se sentir rassasiés. La viande qu'on leur avait distribuée et les conserves de la famille Bagradian n'arrivaient pas à calmer leur faim, même dans une faible mesure. Cependant, chose étrange, l'insuffisance de nourriture éveillait chez les défenseurs une sorte d'excitation et faisait naître un désir effréné de combat, de solution définitive. Le nouvel état administratif avait l'avantage de permettre à Gabriel

Bagradian de préparer son coup de main nocturne sans se soucier de savoir si le peuple se résoudrait ou non à quitter le Damlajik. Il était sûr de ses hommes. Et cette nuit, il voulait frapper le grand coup décisif. L'irruption dans la vallée était étudiée jusque dans ses moindres détails. Il n'avait rien négligé. Il savait ce qu'il ferait de chaque homme et de chaque minute. Gabriel, avec sa tendance pédante pour les théories, n'avait rien abandonné au pur hasard.

Il avait imaginé d'inquiéter toute la journée les Turcs placés sur les hauteurs septentrionales par des assauts simulés et de brusques fusillades afin d'écarter de la vallée autant de troupes que possible. Contre toute attente, les Turcs parurent seconder par leur conduite les desseins de sa tactique. Il n'était pas difficile de conclure d'après leurs préparatifs que la solution finale ne manquerait pas de se produire dans l'espace des prochaines vingt-quatre heures. Il régnait sur les hauteurs qui faisaient face au col l'agitation d'une guerre de position dans l'attente d'une offensive. Les fils d'Arménie pouvaient observer, vis-à-vis d'eux, des rangs entiers de fantassins s'avançant d'un pas craintif et hésitant entre les arbres et les buissons ; ces soldats traînaient sur leurs épaules de gros troncs d'arbres dépouillés de leur feuillage qu'ils jetaient sur le rebord de la pente. Sans aucun doute, ces énormes troncs lisses devaient leur servir de protection mobile pour le moment où leurs lignes de tirailleurs s'en iraient à plat ventre commencer l'attaque. Bagradian et Tchauch Nurhan visitèrent dans la tranchée antérieure chaque homme isolément pour examiner le pointage des fusils en raison de la distance. Dès que l'un des Turcs, sur la pente opposée, se risquait un peu trop loin entre les arbres, les chefs arméniens lançaient çà et là l'ordre de tirer. De cette façon, plusieurs ennemis tombèrent jusqu'à l'heure de midi. Chaque balle mortelle recevait comme réponse une fusillade furieuse qui allait se perdre dans les tas de pierres des travaux de retranchement. Les combattants constataient avec un farouche orgueil que les nouvelles fortifications étaient si résistantes que seul un feu d'artillerie aurait pu les démolir. Or, jusqu'à présent, rien ne permettait encore de supposer que cette artillerie existât. L'étrange ivresse de la faim provoquait chez les Arméniens des crises de quasi-folie. Ils cherchaient par tous les moyens à déterminer les Turcs à un assaut. Ils grimpaient hors des tranchées, dansaient sur les retranchements ; quelques-uns se hasardaient même sur le glacis semé d'obstacles. Vers midi, Ter Haigasoun vint rendre visite aux combattants. Gabriel Bagradian le pria de bien vouloir dire une prière en leur présence, car les hommes de première ligne ne pouvaient pas assister au grand office qui devait avoir lieu le jour même. Il accéda à son désir. Gabriel annonça en outre au prêtre que la participation de ces hommes au plébiscite était parfaitement inutile, car ils s'étaient tous déclarés, par la bouche de

Tchauch Nurhan, prêts à suivre leur chef toujours et partout. Ter Haigasoun regardait d'un œil étonné Gabriel dont le visage était luisant d'ardeur et d'activité. Quelques jours encore auparavant, il avait cru que cette âme ne serait pas assez rude pour surmonter l'épreuve du martyre de son fils. Sur le chemin de retour vers le vallon de la ville, Ter Haigasoun songea qu'au contraire l'âme de Bagradian n'avait rien surmonté d'autre qu'elle-même. Et peut-être n'était-ce que pour les quelques heures de cet ultime effort.

Le général de brigade Ali Risa Bey était l'un des plus jeunes généraux de l'armée ottomane, car il n'avait pas tout à fait quarante ans. Il s'était déjà signalé en Libye et pendant la guerre des Balkans sur le front comme officier, et il faisait à présent partie du plus intime état-major de collaborateurs de Dchémal. Ali Risa était néanmoins, autant par son extérieur que par son caractère, l'opposé absolu de son chef, le pittoresque dictateur de Syrie. Il représentait dans une certaine mesure le plus moderne et le plus occidental des types de militaire qui pût exister. Il suffisait pour s'en convaincre de le voir arpenter à ce moment-là le sélamlik de la villa Bagradian tandis que l'assemblée des officiers groupés autour de lui, l'air fort piteux et en silence, suivait tant bien que mal ses pas dégagés. La différence entre le jeune général et ses subordonnés devenait évidente si on le comparait par exemple au jusbachi blessé qui, le bras encore en écharpe, attendait, dans l'attitude réglementaire, que son supérieur lui adressât la parole. Le commandant aux traits ravagés et aux doigts brunis par l'abus des cigarettes avait, à côté d'Ali Risa, quelque chose de trouble, pour ne pas dire de malpropre. A présent, le général ouvrait d'un geste brusque et agacé les fenêtres du salon pour en chasser les épais nuages de fumée produits par les officiers. Il ne fumait pas, ne buvait pas, n'aimait ni homme ni femme, et le bruit courait qu'il se nourrissait exclusivement de lait de chèvre cru à cause d'une maladie d'estomac; bref, c'était un immatériel ascète de la guerre. A cet instant, un onbachi entra et lui remit une fiche de rapport. Le général jeta les yeux sur le message et mordit ses lèvres minces et pâles :

« Nous avons eu des pertes au Nord... Je vais imputer toute la responsabilité de l'affaire au commandant de la compagnie... Je vous prie, messieurs, de bien remarquer ce point... J'ai promis à Son Excellence de ne pas sacrifier un seul homme de notre côté pendant toute cette expédition... Il s'agit de débusquer un camp de criminels; toute autre tactique serait pour nous une honte sans nom... C'est déjà assez humiliant que les choses en soient venues là. »

Son regard cherchait l'adjudant :

« Toujours pas de nouvelles des deux batteries ? »

L'adjudant répondit par une brève dénégation. Depuis deux jours déjà, on attendait impatiemment l'arrivée des canons de montagne qui avaient été déchargés du train à Alep. Comme l'artillerie ne passait pas par Antioche, mais par Beilan, et qu'elle utilisait de pénibles chemins de montagne, le transport s'éternisait. Aussi le général s'était-il vu forcé de remettre au lendemain la grande opération prévue pour le jour même. Il s'arrêta devant l'un des plus jeunes officiers :

« De combien de kilomètres de fil téléphonique les compagnies disposent-elles ? »

Le jeune homme interrogé pâlit et se mit à balbutier des mots vagues. Mais Ali Risa Bey ne l'écoutait pas :

« Cela m'est d'ailleurs indifférent ! Je veux que d'ici ce soir, exactement une heure avant le coucher du soleil, vous ayez fait installer dans la maison une station téléphonique qui soit en relation avec la montagne et, ne l'oubliez pas, aussi bien du côté Sud que du côté Nord. Je vous considère comme responsable de cette entreprise. Quant à la façon dont vous vous y prendrez, c'est votre affaire. J'exigerai demain un rapport téléphonique de l'opération conduite par le jusbachi. Vous pouvez vous retirer maintenant... »

Le malheureux qui ne se faisait aucune idée du nombre de bobines de fil dont disposaient les compagnies, et qui se voyait chargé d'une tâche irréalisable, se précipita au dehors, la mort dans l'âme. A présent, le général interpellait déjà un autre officier, et d'un ton plutôt dur :

« Jusbachi... veuillez me suivre... »

Le blessé se ressaisit. Les deux hommes passèrent dans l'antichambre vide. Ali Risa jeta un regard rapide et froid sur le bras bandé du commandant :

« Jusbachi, je vais vous donner aujourd'hui l'occasion de réparer la fâcheuse réputation que vous vous êtes attirée par votre grave échec... Mais, je vous en avertis, cela n'est possible que si vous n'avez à déplorer aucune perte. »

Le jusbachi esquissa de son bras blessé un geste expressif comme pour témoigner qu'il avait fait plus que son devoir :

« Je me suis risqué moi-même hier, mon général, jusqu'à proximité des tranchées de flanquement qui dominent Habaste. Elles étaient complètement vides. Ces canailles ne prennent plus la peine d'occuper leurs retranchements. C'était une heure avant le coucher du soleil... »

— Bon ! Et vos quatre compagnies, qu'en est-il ?

— Je crois que notre marche invisible dans la nuit a été parfaitement réussie. Pas une lanterne n'a été allumée. Les troupes n'ont pas bougé d'Habaste à aucun moment de la journée d'hier. A présent, elles sont groupées sous les rochers dans une position absolument dissimulée. J'ai aussi là les trois mitrailleuses de mon groupe.

— Vous viendrez vous-même au téléphone le soir qui suivra l'opération, jusbachi. Je ne désire pas que vous avanciez davantage une fois que vous aurez pris le rebord du plateau... »

Ces mots mirent fin à l'entretien et Ali Risa se tourna déjà d'un autre côté. Des pas lourds retentirent sur les dalles du corridor. La grande silhouette nonchalante du kaimakam apparut dans la pièce, suivie du mudir aux taches de rousseur. Le kaimakam porta négligemment la main à son fez :

« Enfin, ça y est, messieurs ! Vos batteries, général, seront dans trois heures à Sanderan. Chez vous, le système fonctionne plus mal encore que chez nous... »

Le visage de soldat si clair et ascétique d'Ali Risa causait une violente colère au kaimakam corpulent et tourmenté par le mauvais fonctionnement de ses glandes. Il résolut de faire enrager l'armée. Tout en reprenant en main la poignée de la porte pour quitter la pièce, il se retourna encore une fois et dit avec hauteur :

« J'espère que notre force armée ne va pas me décevoir pour la quatrième fois. »

La veuve Chouchik, mère de Haik, servait Juliette d'une façon aussi touchante que maladroite. Juliette était déjà sur la voie de la guérison physique, bien qu'elle fût si amaigrie et si faible que ses genoux fléchissaient au moindre pas. Son visage avait pris une couleur d'un blanc bleuâtre, ou plutôt il était devenu incolore, comme pour se distinguer doublement, après la terrible maladie, des teints brunis et basanés qui l'entouraient. Elle passait deux ou trois heures par jour hors du lit. Pendant ces heures-là, elle restait assise devant sa coiffeuse, la tête posée sur son bras, immobile. Parfois aussi, elle s'agenouillait devant son lit, comme jadis lors de ses crises de désespoir et pressait contre son visage son petit oreiller incrusté de dentelles qui lui était une sorte de seconde patrie. Mais le signe le plus inquiétant de son ébranlement moral, c'était que sa tendance d'ordinaire si prononcée pour la beauté et la propreté du corps paraissait éteinte en elle. Sa valise à linge restait grande ouverte dans la tente; elle n'y plongeait jamais la main et ne demandait jamais non plus qu'on lui changeât ses effets.

Chouchik voyait en Juliette une mère à qui la terrible mort de son unique enfant avait fait perdre la raison. Haik vivait. Et, qui plus est, son existence était assurée pour l'éternité, car il se trouvait sous la protection de Jackson et de l'Amérique. Ces mots signifiaient dans le cœur de Chouchik des puissances supraterrestres. Jackson ce n'était pas un homme, mais probablement cet archange, en personne, qui brandit un glaive de feu. Dieu lui avait accordé une faveur dont ne jouissait, à part elle seule, aucune mère sur le Musa Dagh. Ne devait-elle pas désormais consacrer jour et nuit tous ses efforts à servir et à rendre grâce, à rendre grâce et à servir ? Mais à qui devait-elle rendre grâce de ce miracle, qui donc devait-elle servir, sinon cette autre mère qu'avait frappée la malédiction divine dans toute son horreur ? Chouchik retrouva sa voix rouillée dont elle ne s'était plus servie depuis tant d'années ; elle la rendit douce et tendre pour essayer de chanter des consolations. Tout lui semblait à présent si simple ! Ce bas monde n'est que ce bas monde ; et dans l'au-delà, le Rédempteur Jésus-Christ a tout organisé, avec sa divine sagesse, pour qu'on se retrouve uni à jamais. Or, tout d'abord, les mères revoient leurs enfants. Et là-haut, au ciel, les enfants que revoient les mères, ce ne sont pas ces grands garçons et ces grandes filles qu'ils ont quittés sur la terre, mais de véritables petits enfants, tels qu'ils en ont été entre deux et cinq ans. Et les mères qui ont été bonnes ont le droit, là-haut au ciel, de porter de nouveau leurs bébés sur leurs bras.

Toute ravie par cet espoir, cette femme aux gestes lourdauds levait ses bras pour y bercer un petit Haik invisible. Chouchik croyait que l'étrangère ne comprenait pas sa langue. Elle s'asseyait par terre à côté de l'hanoum et se demandait de quelle façon elle pourrait la consoler et lui rendre service. Elle sentait que les pieds de Juliette étaient glacés. Avec un léger soupir de compassion, elle pressait ces pieds contre sa poitrine et se mettait à les caresser doucement de ses mains paysannes tannées comme du cuir, puis elle les frottait pour les réchauffer. Juliette fermait les yeux et se rejetait en arrière. Chouchik ne doutait pas que la malheureuse ne fût devenue folle et elle comprenait parfaitement cette folie, car elle-même avait été bien près d'y sombrer avant que le message libérateur ne vînt la retenir au bord du gouffre. Dans sa simplicité rustique, elle ne pouvait pas soupçonner que cette folie n'en était pas une, que c'était seulement un rempart derrière lequel l'hanoum se protégeait contre la claire conscience de la réalité. D'ailleurs, Bedros Hékim partageait aussi l'opinion de Chouchik et prenait l'état de Juliette pour une maladie mentale consécutive à la fièvre typhoïde. Un incident stupéfiant qui s'était produit pendant sa visite, au matin de ce quarantième jour, l'avait renforcé encore dans cette conviction. Le vieillard était assis au bord du lit et rassemblait toutes ses connaissances de français pour tenter de rendre un peu d'espoir et de clarté à cette âme engourdie. Toute la situation évoluait dans un sens des plus favorables, disait-il. La guerre allait certainement finir dans quelques semaines et le monde entier signerait la paix. D'autre part, Mme Bagradian avait sûrement entendu parler de la visite qu'était venu faire l'agha d'Antioche. Or, ce vieux monsieur turc qui possédait une énorme influence avait fait très nettement comprendre que Gabriel Bagradian pourrait bientôt retourner en France avec sa femme, et même tout de suite. La bonté naturelle du vieux médecin transformait ce pessimiste qui niait tout en un conteur à l'imagination inépuisable. Même sa voix habituellement dédaigneuse et ébréchée adoptait pour cette occasion un ton des plus circonspects. Tandis qu'il débitait sa fable apaisante, la silhouette d'Iskouhi apparut soudain à l'entrée de la tente. Juliette, qui n'avait pas cessé d'écouter les inventions du médecin d'un regard aimable et absent, tressaillit aussitôt à la vue d'Iskouhi, se dressa sur son lit, raidie par la peur, remonta ses genoux et se mit à crier : « Pas elle... pas elle. Qu'elle s'en aille... Je ne veux rien accepter d'elle... Elle veut me tuer... »

Et le plus étrange de cette scène, ce fut qu'Iskouhi ne s'éloigna pas à la vue de cet accès de démence, et que son propre visage si menu se contracta au point de ressembler à un masque de folie; on aurait dit qu'elle aussi allait se mettre à crier. Bedros Hékim regarda les deux femmes d'un œil abasourdi. D'horribles révélations venaient effleurer son esprit. Même lorsque Iskouhi eut disparu depuis longtemps, Juliette, dont le cœur affaibli battait à coups précipités, eut beaucoup de peine à se calmer.

Qu'était-il donc arrivé à Iskouhi ?

Depuis cinq jours, elle n'avait pas vu Gabriel. Depuis deux jours, elle n'avait pas absorbé la moindre bouchée de nourriture. Iskouhi voulait souffrir de la faim, et cela, pas seulement pour partager le sort du peuple. Cinq jours durant, elle n'avait pas vu Gabriel, mais par contre son frère Aram s'était présenté deux fois devant sa tente; elle s'était d'ailleurs cachée et ne lui avait pas ouvert. Chacun de ces cinq jours, avec ses heures qui duraient des années, mettait à passer un temps insupportable. Pourquoi Gabriel ne venait-il pas ? Iskouhi attendait sa visite à chaque seconde du jour et de la nuit. A présent, même si son corps épuisé en avait eu la force, elle ne serait pas allée rechercher l'homme aimé dans les tranchées. Elle était étendue sur son lit, dans la tente habitée jadis par les Tomasian, ayant peine à respirer, incapable de remuer un membre. Des bourdonnements d'oreille bruyants comme les vagues de la mer faisaient éclater sa pauvre tête. Et pourtant, ces bourdonnements n'étaient pas encore assez forts pour assourdir en elle la voix de la vérité. Combien de minutes lui restait-il à gaspiller sur le Damlajik ? Gabriel, lui, gaspillait non seulement ces minutes irremplaçables, mais toute la durée infinie de journées accordées pour vivre à ce pauvre amour si court. S'agissait-il vraiment de gaspillage ? D'amour ? Iskouhi repassait avec cruauté dans sa mémoire tout ce qu'ils avaient vécu ensemble. Evidemment, Gabriel s'était montré tendre à son égard, c'est-à-dire qu'il la caressait et qu'elle-même pouvait parfois poser sa main sur le cœur nu de son ami et pleurer avec lui. Mais lui, c'était à cause de Stéphan qu'il pleurait. Et lorsqu'il ouvrait son cœur, ce qu'on pouvait y lire, c'était du chagrin et de la pitié pour la femme adultère. Au moins, Gabriel était parfaitement sincère avec elle. Toute sa personne semblait dire à Iskouhi : «Je te remercie, petite sœur, je te remercie avec mes mains froides et mes baisers distants et fraternels de t'efforcer si tendrement de supporter avec moi ma douleur. Mais comment pourrais-tu y parvenir, pauvre enfant arménienne de Yoghonoluk ? Malgré tout, j'appartiens pour toujours à l'étrangère, à la Française. Ce n'est pas avec Iskouhi que je mourrai, mais avec Juliette. Et bien qu'elle m'ait trahi, je m'incline profondément devant Juliette, tandis que, devant Iskouhi, si je m'incline, c'est seulement pour parvenir jusqu'à elle. »

En irait-il autrement, se demandait Iskouhi, si — chose qu'elle avait cent fois ardemment désirée au fond de son âme — Juliette n'avait pas résisté à la fièvre ? Et elle était bien obligée de répondre : « Non » à cette question. Dans ce cas, Gabriel l'aimerait encore moins que maintenant. Ah ! comme cette malade devinait les sentiments les plus cachés ! Iskouhi ne voulait plus entrer dans la tente de Juliette; elle ne voulait plus la revoir. Pourtant, ce n'était pas Juliette la coupable, mais uniquement Iskouhi elle-même. D'où venait donc qu'elle fût indigne d'être aimée ? Elle n'était pas une Européenne, elle était seulement la fille d'un charpentier arménien, une villageoise de Yoghonoluk. Cette origine pouvait-elle être la raison profonde ? Gabriel était-il un Européen ? N'était-il pas né dans le même village arménien qu'elle ? Toute la différence, c'était qu'elle n'avait passé que deux ans à Lausanne tandis qu'il avait vécu vingt-trois ans à Paris. Mais cela non plus n'était pas la véritable raison. Lorsqu'il la regardait, il lui disait qu'elle était belle. Attention ! Là était le point délicat. Pourquoi la regardait-il souvent d'un air si bizarre, si lointain ? Il y avait en elle quelque chose qui le gênait et qui le rendait froid. Iskouhi, s'arrachant à sa faiblesse, courait au petit miroir placé sur le guéridon. Mais elle n'avait pas besoin de prendre à témoin cette glace, car elle savait tout sans se l'avouer. Elle était infirme, pas de naissance, sans doute, mais tout de même elle l'était depuis sa fatale aventure. Pendant les six mois qui avaient suivi les jours de déportation de Zeitoun, l'état de son bras gauche n'avait fait qu'empirer. Lorsqu'elle ne le soutenait pas au moyen d'une écharpe, il pendait, inerte, le long de son corps, maigre et rabougri. Et, malgré l'habileté qu'elle mettait à cacher cette disgrâce, Gabriel n'arrivait pas à l'oublier. Oui, oui, elle en était bien sûre. Une fois, il avait déposé un baiser furtif sur ce pauvre bras. Elle croyait encore sentir maintenant la pitié et l'effort qui se devinaient dans ce baiser. Iskouhi retomba sur son lit. Les bourdonnements d'oreille s'intensifiaient et ressemblaient à un orage qui engloutissait tout. Avec une ardeur passionnée, elle essayait de justifier par des raisons d'ordre matériel l'absence de Gabriel : ces jours derniers, la famine avait probablement causé toutes sortes de désordre dans les positions de première ligne.

Bagradian devait complètement réorganiser le système de défense. On avait aussi recommencé à tirer. Mais ces explications pourtant logiques n'arrivaient pas le moins du monde à la convaincre. D'autre part, tout au fond du bourdonnement d'oreille, elle entendait sa propre voix, presque méconnaissable, lui redire la « chanson d'amour » qu'elle avait une fois chantée en bas, dans la villa Bagradian, sur la demande de Juliette. Stéphan s'était également trouvé là et Gabriel était ensuite entré dans la chambre. Les premiers vers du vieux refrain populaire revenaient sans cesse tourbillonner dans sa tête à l'en rendre folle :

Elle venait de son verger,
Tenant pressés sur sa poitrine
Deux fruits brillants de grenadier...
Je refusai ce don si doux...

La chanson n'arrivait pas plus loin. Et, en même temps, réapparaissait la vision d'effroi qui lui avait été épargnée depuis longtemps. Le visage de la grand'route de Marach, l'horrible masque interchangeable de kaléidoscope, le criminel aux joues hirsutes était là, et l'assaillait. Et brusquement, l'effroyable visage s'immobilisait comme s'il y avait eu dans l'appareil quelque dérangement qui empêchait la succession des images. Or, cette figure à présent rigide se trouvait être pour une raison mystérieuse celle de Gabriel ; et sa face semblait plus hostile et plus meurtrière encore que les visions précédentes. L'angoisse et le désespoir coupèrent le souffle à Iskouhi. Elle lança un muet appel à l'aide : « Aram... ! »

A cette minute, le pasteur Aram Tomasian n'était en réalité plus du tout loin de la tente de sa sœur. Il était venu avec Howsannah, qui portait son malheureux enfant. Lorsque Aram, d'un ton rude demanda à entrer, il n'obtint aucune réponse. Alors, sans plus attendre, il tira son couteau et coupa les lacets qui fermaient la tente de l'intérieur. Le pasteur avait laissé glisser le gros sac qu'il portait sur son épaule. Sa femme, avec son précieux paquet presque inanimé, demeura en arrière, à quelques pas de lui.

Si le pasteur Aram avait, à cette heure, été lui-même, c'est-à-dire doux, évangélique, affectueux, s'il avait été le frère joyeux et fort qu'elle avait vu en lui à Zeitoun, peut-être Iskouhi ne se serait-elle pas longtemps refusée à le suivre. Pourquoi, en effet, rester dans cette tente abandonnée ? Elle savait que ses pieds ne pouvaient plus la soutenir, pour peu qu'elle voulût aller loin. De cette façon, tout finirait pour elle dans un lieu quelconque, d'une manière très douce ; à la fois les bourdonnements d'oreille, et Gabriel, et elle-même. Or, au lieu du frère affectueux de Zeitoun, elle voyait debout devant elle dans la tente un homme inconnu et violent, qui se mettait même à brandir son bâton :

« Lève-toi ! Prépare-toi ! Tu vas venir avec nous ! »

Tomasian serra plus fort son bâton dans sa main :

« N'as-tu pas entendu ? Je t'ordonne de te lever tout de suite et de te préparer. Je te l'ordonne en tant que frère aîné et père spirituel. As-tu compris ? Il ferait beau voir que je ne puisse pas t'arracher aux griffes du péché ! »

Jusqu'au mot « péché », tout était resté figé. Mais le « péché » déchaîna en Iskouhi mille sources de furieuse résistance. Toute sa faiblesse disparut. La jeune fille sauta sur ses pieds. Elle se retrancha derrière les montants du lit et ferma son petit poing droit comme pour se défendre. A présent, un nouvel ennemi apparaissait à l'entrée de la tente ; Howsannah était là :

« Laisse-la donc, pasteur ! Abandonne-la à son sort ! C'est une fille perdue. Je t'en prie, ne l'approche pas trop, sans quoi elle te contaminera. Laisse-la ! Si elle vient avec nous, le Seigneur nous punira encore davantage. Cela ne sert à rien. Viens, pasteur ! J'ai toujours su ce qu'elle valait, tandis que toi, tu étais absolument entiché d'elle. Déjà à l'école de Zeitoun, elle essayait sa coquetterie sur les jeunes instituteurs, cette coureuse ! Laisse-la, je t'en prie, et viens ! »

Les yeux d'Iskouhi s'élargissaient, désemparés. Depuis que Juliette était tombée malade, elle n'avait plus revu Howsannah et ne se doutait pas qu'elle avait devant elle une femme obsédée par une idée fixe. La jeune femme avait changé de terrible façon. Pour réconcilier la divinité au moyen d'un sacrifice, elle s'était coupé jusqu'à la racine sa belle chevelure. Sa tête semblait ainsi toute petite et avait un air méchant qui la faisait ressembler à une sorcière. Tout en elle était émacié et amaigri ; seul son ventre était bombé, conséquence pathologique de l'accouchement. Soudain, Howsannah, d'un geste d'accusation indescriptible, exhiba à sa belle-sœur, au bout de ses bras tendus, le nourrisson tout emmailloté en criant d'une voix aiguë :

« Regarde ! C'est toi la seule coupable de ce malheur ! »

A ce moment, le premier son sortit des lèvres d'Iskouhi : « Jésus ! Marie ! » Sa tête tomba sur sa poitrine. Elle songeait aux heures où Howsannah, en proie aux douleurs de l'enfantement, s'était appuyée contre son propre dos. Que voulaient donc obtenir d'elle ces deux insensés ? Pourquoi ne la laissait-on pas passer en paix les dernières heures de sa vie ? Entre temps, le pasteur avait tiré sa lourde montre d'argent et la balançait au bout de sa chaîne :

« Je te donne dix minutes pour te préparer. »

Puis il se retourna vers Howsannah :

« Non, non ! Elle viendra avec nous. Je ne la laisserai pas ici ! Je suis responsable d'elle devant Dieu... »

Iskouhi était toujours debout derrière le lit, et n'en bougeait pas. Mais Aram Tomasian n'attendit pas aussi longtemps qu'il l'avait annoncé; il sortit en effet au bout de trois minutes. La grosse montre se balançait encore à son poing. Au dehors, un étrange tumulte s'était entre temps élevé sur la place des trois tentes.

Les vingt-trois hommes qui s'agitaient maintenant dans l'espace compris entre la tente de cheik et celle de la malade avaient surgi tout d'un coup; sans doute s'étaient-ils approchés de là à pas de loup. C'était le déserteur aux longs cheveux qui, d'après son attitude, semblait être le chef de l'expédition. Sato, qui formait le vingt-quatrième membre de cette bande de conjurés, avait sans aucun doute rempli le rôle d'éclaireuse. Elle se frottait le nez avec sa manche d'un air innocent, comme pour donner l'impression que, dans sa candeur enfantine, elle ne pouvait ni connaître ni comprendre le but de cette arrivée imprévue. Probablement s'agissait-il d'une mission officielle. Pourtant ni Kilikian, ni son fameux maître-contrôleur n'étaient présents. Au début, l'aspect des déserteurs n'offrait rien de particulièrement insolite, si ce n'est le fait que quelques-uns d'entr'eux avaient planté à leurs fusils les baïonnettes récoltées sur les Turcs. Mais on voyait sans cesse défiler en rangs des groupes de première ligne qui revenaient des tranchées après la relève ou s'en allaient vers les positions de défense prendre la place de leurs camarades. Aujourd'hui surtout où la fusillade au Nord ne semblait pas vouloir s'arrêter, une troupe d'hommes en armes n'avait rien qui pût étonner. Lorsque Aram Tomasian sortit de la tente d'Iskouhi, l'affaire commençait à prendre tournure. Et néanmoins, pendant un bon moment, il regarda la scène avec une parfaite indifférence. Son esprit, tout embrumé par sa propre entreprise impardonnable, supposait qu'il s'agissait là d'un ordre quelconque donné par Bagradian à ces combattants qui s'occupaient actuellement de le réaliser. Mais que lui importait la défense du Damlajik, à lui qui s'était déjà séparé du peuple?

Or la veuve Chouchik, elle, avait l'œil plus perspicace. Sa puissante silhouette remplissait toute l'entrée de la tente. Elle comprit aussitôt ce qui se cachait derrière les manigances de Sato, derrière cette langue embrouillée faite de signes mystérieux au moyen de laquelle elle indiquait continuellement la tente de l'hanoum. Chouchik se planta devant eux, les jambes écartées, et ouvrit ses bras, prête à recevoir tous les mauvais coups sur son propre corps. L'homme aux cheveux longs se détacha du peloton :

« Nous sommes envoyés pour chercher les provisions qu'il y a encore chez vous.

— Je n'ai pas entendu parler de provisions...

— Je sais bien ce que je veux dire. Les boîtes en argent, voyons, pleines de poissons qui nagent dans l'huile, les cruches de vin et les flocons d'avoine.

— Je ne connais pas ici de réserve de vin ni de flocons d'avoine. Qui donc t'a envoyé ?
— Est-ce que cela te regarde ? Le commandant en chef !
— Le commandant n'a qu'à venir lui-même.
— Allons, sors-toi de là ! C'est la dernière fois que je t'avertis, imbécile que tu es ! Nous n'allons pas vous laisser plus longtemps vous repaître là dedans de toute votre mangeaille. C'est à nous qu'elle revient ! »

Chouchik ne dit plus rien, mais elle suivait d'un regard et d'une main de lutteur les mouvements du chevelu qui avait jeté son fusil par terre et elle cherchait le meilleur point d'attaque. Lorsqu'il voulut se ruer sur la femme par le côté gauche, elle l'avait déjà attrapé par-dessous et le tenait par les hanches ; elle leva de terre l'homme débile dans ses mains de fer et le jeta au beau milieu de ses comparses, avec une telle force qu'il entraîna deux hommes dans sa chute. Puis elle se replanta à la même place, impassible géante, sans que son souffle en eût été accéléré, les bras ouverts dans l'attente du prochain client. Mais avant même que Chouchik eût pu deviner l'approche de sa mort, c'en était déjà fait d'elle. Un coup de crosse perfidement assené de côté lui avait fracassé le crâne. Elle mourut dans l'espace d'un éclair, au comble du bonheur, car dans ces quelques secondes de combat, tout son être avait encore été rempli d'une unique certitude : Haik vivra. Son grand corps s'affaissa par terre et vint barrer la route qui menait à la mère de Stéphan, mère plus malheureuse qu'elle. A ce moment seulement, le pasteur Aram comprit ce qui s'était passé. Avec un cri strident, brandissant en l'air son bâton, il s'élança vers la meute qui, soudain refroidie à la vue du meurtre, reculait en se dispersant, intimidée. Tomasian aurait dû alors faire appel à toute son influence personnelle. Il était le pasteur et l'un des plus hauts chefs. Mais Aram qui depuis longtemps n'était plus maître de ses forces spirituelles fit absolument le contraire. Il se précipita au milieu de la bande criminelle, frappant d'un bras irréfléchi et désordonné tout ce qu'il atteignait avec son bâton ridicule. La réponse fut un coup de baïonnette qui l'atteignit dans le dos au-dessous de l'épaule droite.

« Qu'est-ce donc, pensa-t-il, et qu'ai-je à voir au juste avec toute cette histoire ? Je suis un homme de Dieu, mon devoir est de prêcher la parole divine et rien d'autre. Abandonnons ces étrangers à eux-mêmes. » Son bâton lui était tombé de la main. Mais, comme il avait pleinement conscience de sa dignité ecclésiastique, il se redressa de toute sa hauteur, fit demi-tour et s'en alla d'un pas raide vers le lieu d'où il était venu. Ah ! ces femmes, là-bas ! Eh bien, quoi ? Iskouhi s'est-elle enfin résolue à l'obéissance ? Mais pourquoi est-elle habillée de blanc ? Oui, nous recommencerons à vivre en une tendre communauté, comme à Zeitoun. Il faut bien qu'Howsannah l'accepte. Le chemin jusqu'à la troisième tente se faisait interminable. Le pasteur adressait à sa femme un sourire d'encouragement. Mais celle-ci sem-blait regarder plus loin que le visage de son mari, et avec des yeux épouvantés. Lorsqu'il ne fut plus qu'à trois pas d'elle, Aram s'effondra par terre, teintant de son sang l'herbe grillée par le soleil. Bien que sa blessure ne fût pas très grave, il perdit connaissance.

L'homme aux longs cheveux, Sato et quelques-uns des déserteurs enjambèrent le corps de Chouchik et entrèrent dans la tente de l'ha-noum. Juliette, à demi réveillée de son sommeil de plomb, avait entendu les propos échangés devant sa demeure ainsi que le tumulte et les cris. La fièvre, Dieu merci, la fièvre est revenue, voulait-elle s'ima-giner, rusant une fois de plus avec la réalité. Mais même lorsque les silhouettes et la puanteur des intrus vinrent envahir la tente, son mol abandon n'arriva pas encore à faire place à de la peur. Ou bien c'est la fièvre, et la fièvre, je l'aime. Ou bien ce sont les Turcs, et ma foi, c'est encore pour le mieux de cette façon, en sortant d'un sommeil pour retomber dans un autre. Personne, d'ailleurs, ne pensait à faire quoi que ce soit à l'hanoum. Les brigands n'accordaient absolument aucune attention à la malade. Tout leur intérêt se portait uniquement vers les trésors de nature culinaire dont la légende s'était propagée à travers la montagne par l'intermédiaire des langues jalouses. Ils traînèrent devant la tente la grande malle-penderie et tous les autres bagages. On avait également réuni à cet endroit tout ce qu'on avait trouvé de caisses et de valises dans la tente de cheik. Seuls, Sato et l'homme aux longs cheveux demeurèrent plus longtemps auprès de Juliette, celui-ci parce qu'il espérait trouver par ses propres moyens quelque objet utilisable, celle-là par curiosité et méchanceté. Comme il ne lui venait pas à l'esprit d'idée plus cruelle, elle rabattit brusquement les couver-tures qui cachaient Juliette. Elle voulait que l'homme vît l'étrangère dans toute sa nudité. Mais celui-ci avait entre temps choisi le souvenir qu'il comptait emporter : c'était un grand peigne d'écaille destiné sans doute à soigner ses longs cheveux collés en mèches. Plongé dans la contemplation de son butin, il sortit nonchalamment de la tente sans toucher à la femme. Au dehors, la bande avait déjà fouillé de fond en comble les nombreux bagages dont ils avaient dispersé le contenu. Les habits et le linge de Juliette étaient de nouveau rejetés pêle-mêle par terre comme au jour de la profanation de son sanctuaire par les saptiéhs, à Yoghonoluk. Quant aux trophées alimentaires des brigands, ils étaient franchement grotesques : deux boîtes de sardines, une boîte de lait condensé, trois tablettes de chocolat et un récipient de fer-blanc contenant des miettes de biscuit. Il était impossible que tout fût là. A la troisième tente, et en vitesse ! Sato gesticulait. Mais voici que la petite cloche se mit à retentir d'un son nasillard pour appeler le peuple à l'office extraordinaire. Le signal dont on avait convenu avec la majorité du groupe invitait les déserteurs à s'en aller accomplir leur deuxième besogne de la journée. Il fallait se dépêcher pour arriver à temps. Chacun ramassa un objet quelconque pour ne pas quitter les lieux les mains vides : cuillères ou couteaux, un plat ou une carafe, voire une paire de souliers de femme.

Iskouhi et Howsannah avaient étanché le sang de la blessure avec des serviettes. Le pasteur était revenu à lui. Il avait une expression d'étonnement infini. Il ne pouvait pas comprendre quel homme insensé venait d'être tué en lui. Il avait retrouvé désormais le droit de demeurer dans la communauté du peuple. Son orgueilleux dépit n'était plus là pour le forcer à commettre la grave faute de l'isolement. Son sang avait été versé ! Et ce sang versé était une grâce qui le préservait d'une épreuve au-dessus de ses forces. Il regardait Howsannah. Elle se nettoyait les mains en les frottant avec des touffes d'herbe pour ne pas souiller de sang le maillot de l'enfant. Aram Tomasian s'étonnait de sentir qu'on avait poussé sous sa tête un gros tas de couvertures et d'oreillers qui l'obligeaient à se tenir droit, bien qu'assis. Iskouhi continuait à appliquer de sa main droite la compresse contre la blessure et par ce même geste, elle empêchait aussi son frère de se coucher sur le dos. Son visage creusé était complètement défiguré par cet effort indicible. Aram détourna la tête et dit : « Iskouhi ! » cinq ou six fois, il ne soupira rien d'autre que ce mot « Iskouhi ». Le nom de sa sœur résonnait dans sa bouche comme un tendre « Pardonne-moi ».

Le sacristain agitait comme un fou la clochette qui dansait à côté de l'autel à l'extrémité d'un mât. Ce tintement impérieux n'était pas du tout nécessaire, car les vieillards, les femmes et les enfants des villages étaient depuis longtemps rassemblés sur la place de l'autel. La main droite du bedeau forcené faisait gémir si haut la cloche qu'il semblait vouloir faire savoir non seulement aux compagnies turques, mais à toute la campagne et à la mer, qu'il sonnait là l'heure dernière d'un peuple chrétien. A cette heure fixée pour la cérémonie religieuse — heure qui était d'ailleurs déjà passée, — le vent du Sud-Est ne s'était pas apaisé le moins du monde. Le solide mur de feuillage qui s'élevait derrière le sanctuaire sur une hauteur de quatre mètres formait un rempart où s'engouffrait le vent. Il frémissait sous les coups de la tempête ; les feuilles sèches se détachaient et tourbillonnaient dans l'air, et toute cette grande paroi branlait souvent de façon si inquiétante qu'on craignait de la voir céder. Il se trouvait devant l'autel, sur la marche supérieure, à droite et à gauche, deux perches reliées par une corde transversale sur laquelle glissaient les anneaux retenant le rideau qui devait, selon le rite arménien, dérober le prêtre aux regards des fidèles pendant l'offertoire. La lourde étoffe dont était fait le rideau venait sans cesse, poussée par le vent, effleurer la table sainte. Il se produisait, entre les diverses rafales, de longs temps d'arrêt pleins d'un silence oppressant. On entendait çà et là retentir au milieu de ce silence la détonation d'un coup tiré sur le col Nord.

Ter Haigasoun avait revêtu depuis longtemps sa chasuble de cérémonie dans sa hutte qui servait de cure et s'élevait tout à côté de la baraque du gouvernement. Les chantres et les diacres qui devaient l'assister pendant l'office divin l'attendaient devant l'entrée depuis un bon moment. Une profonde angoisse l'empêchait de sortir et de s'approcher de l'autel. Qu'était-ce donc ? Son cœur qui n'avait jamais perdu son bel équilibre venait frapper à grands coups sa robe sacerdotale. Redoutait-il cet inconnu qui allait se produire sous peu ? Se demandait-il s'il avait bien fait de convoquer le peuple lui-même dans cet instant de détresse suprême ? Lui aussi n'avait presque rien absorbé depuis deux jours. Il était assis sur la paillasse qui lui servait de couche pendant la nuit et tenait ouvert sur ses genoux le grand registre paroissial. Il avait passé tout l'après-midi à y inscrire diverses notations et à dresser le bilan de ces quarante jours. A présent, ses mains jaunies feuilletaient encore une fois les dernières pages du livre. Il avait baptisé 17 enfants sur le Musa Dagh. Mais, en regard de ce nombre, s'arrondissait un total de 432 âmes qu'il avait bénies à l'occasion de leur voyage dans l'au-delà. Ce total était imposant. Et pourtant, n'était-ce pas un miracle que, malgré les compagnies turques et malgré la faim, plus de 4.500 Arméniens fussent restés en vie jusqu'à ce jour ? Ter Haigasoun sentait ses paupières, lourdes comme du plomb, retomber sur ses yeux. Soudain, ces 4.500 êtres ne vivaient plus. Il se voyait debout, seul parmi les morts, dans sa belle chasuble raide. Jamais il n'avait douté qu'il ne dût rester le dernier, aussi cruel que cela pût être. Son cœur avait maintenant retrouvé son rythme calme. Mais par contre, son âme était pleine d'une indescriptible attente de la mort, telle qu'il n'en avait jamais éprouvé de semblable même aux pires minutes des combats. Sans savoir pourquoi, il dessina sous le nom du dernier mort, avec son gros crayon rouge, une grande croix sur le registre paroissial.

L'un des deux prêtres auxiliaires venait sans cesse passer sa tête par l'ouverture de la hutte pour exhorter Ter Haigasoun à sortir. L'heure annoncée pour la cérémonie était révolue depuis longtemps et il y avait lieu de craindre que le plébiscite qui devait y faire suite ne durât jusqu'au milieu de la nuit. Cependant Ter Haigasoun ne pouvait pas encore se décider à se lever. Il avait l'impression qu'une force intérieure se refusait à le lâcher et s'efforçait d'empêcher la célébration de l'office extraordinaire. Un vertige et un sentiment de faiblesse menaçaient de le forcer à se coucher. Il était malade et torturé par la faim. Devait-il contremander le service divin ou s'y faire représenter ? Ter Haigasoun reconnut que cette inhibition ne provenait pas de sa faiblesse, mais de la crainte où il était de ne pas être en mesure d'accomplir le devoir qui lui était échu en ce jour. Et il s'y mêlait encore quelque chose d'autre, d'imprécis. Finalement, il se leva et fit le signe attendu. L'enfant de chœur prit la grande croix des processions qu'il porta en tête du cortège. Ter Haigasoun suivait lentement les chantres et les diacres, les mains jointes et les yeux baissés. Or, ce regard de prêtre tourné vers l'intérieur, qui passait devant la foule, dont la masse s'entr'ouvrait pour lui faire un chemin, sans paraître la remarquer plus que les buissons environnants, observait en réalité les moindres détails du tableau avec une perspicacité des plus aiguës. Ter Haigasoun n'avait pas plus de cinquante pas à faire pour atteindre l'autel. Mais à chacun de ces pas, la mentalité du peuple concentré sur la place pénétrait son âme comme des rayons douloureux. La léthargie du matin avait été remplacée par une excitation active. La nature humaine avait probablement rassemblé à cette heure d'ultimes réserves d'énergie ou tout au moins des forces illusoires. Les petits enfants surtout se montraient récalcitrants et insupportables. Ils criaient à pleine gorge, trépignaient et se jetaient par terre. Peut-être était-ce la conséquence des douleurs causées par la faim dans leurs petits ventres gonflés. D'ailleurs, les enfants n'étaient pas seuls à se conduire ainsi, car les adultes également faisaient preuve, pour la plupart, d'une extrême agitation. Il y avait des hommes âgés — pour la plupart ces fameux petits propriétaires — qui prononçaient des discours emphatiques et sans suite, au lieu de se taire respectueusement comme d'ordinaire en voyant le prêtre passer auprès d'eux pour se rendre à l'autel. Ter Haigasoun reconnut à ce fait que la désagrégation intérieure allait de pair avec la faim. Tant mieux, songeait-il, que les combattants ne soient pas venus à l'assemblée. Tant qu'ils tiendront bon, tout ne sera pas encore perdu. Tandis qu'il méditait ce raisonnement rassurant, il levait les yeux, puis il s'arrêta une seconde, figé sur place. Qu'est-ce que cela voulait dire ? Voici que des hommes en armes s'étaient tout de même rendus à la cérémonie. Ils étaient d'ailleurs isolés ou répartis par groupes indistincts, mais de toute façon leur présence allait contre sa volonté et celle de Gabriel Bagradian qui avait donné à ce sujet des ordres formels. Qui donc avait envoyé des tranchées tous ces hommes ? Comme les femmes avaient vaincu leur apathie de la matinée et pris sur elles de revêtir pour le service divin leurs habits de fête, leurs châles bigarrés et leurs parures étincelantes de pièces de monnaie, les taches brunes formées par les guerriers disparaissaient dans l'ensemble multicolore. Pourtant, Ter Haigasoun put se convaincre par son second regard qu'il ne s'agissait pas en l'occurrence, comme il l'aurait supposé, des loyaux combattants des secteurs les plus proches, mais des déserteurs du bastion Sud très éloigné, personnages étrangers au pays, vivant presque en marge des autres, qui n'étaient pas inscrits au registre paroissial, qu'on ne voyait heureusement qu'à de rares occasions au camp, et jamais à la messe. Cette bande était-elle soudain devenue si pieuse ? Ter Haigasoun tourna imperceptiblement la tête vers la baraque du gouvernement qui s'élevait à sa droite. Où était la garde ? Ah ! c'est vrai, Bagradian avait appelé dans les tranchées tous les défenseurs, et même une partie de la réserve. Le prêtre, dans l'espace d'un éclair, imagina un rapide programme d'action : s'en retourner, sous un prétexte quelconque, ajourner le service divin, envoyer chercher Gabriel Bagradian, convoquer les mouchtars, prendre diverses mesures pour assurer la sûreté. Cependant, malgré ces raisonnements, il continuait à marcher, plus lentement, à vrai dire et à petits pas hésitants. On voyait debout, en rangs serrés à proximité de l'autel, les membres des vieilles familles notables et considérées, les mouchtars accompagnés de leurs femmes et de leurs filles, ainsi qu'une troupe de têtes grisonnantes auréolées de prestige, tous alignés dans le même ordre que d'ordinaire dans leurs églises de la vallée. Le conseil des chefs semblait n'être que faiblement représenté. Quant à Gabriel Bagradian, il avait bien promis d'arriver à temps pour le service divin, mais semblait avoir été retenu par un événement quelconque. Lorsque les rangs des doyens des villages s'entr'ouvrirent pour ménager un passage au cortège des prêtres, un avertissement supplémentaire fut envoyé à l'âme de Ter Haigasoun. Il vit, coincé entre Sarkis Kilikian et un inconnu, Hrand Oskanian qui avait l'air d'un prisonnier. Le nabot au visage embroussaillé de barbe noire fit une grimace désespérée ; il clignait violemment des yeux à l'adresse du prêtre et, de sa bouche impuissante, essayait d'aspirer de l'air comme un poisson hors de l'eau. Et cette fois encore, Ter Haigasoun eut l'impression qu'il devait s'arrêter et se tourner rapidement vers le député expulsé du conseil : « Que se passe-t-il là, qu'as-tu à me dire, instituteur Oskanian ? » Et Ter Haigasoun, de nouveau continua sa marche, levant à peine le regard, guidé par une puissance ou par une impuissance qui, pour la première fois depuis qu'il vivait sur le Damlajik, lui dérobait son invincible volonté.

Au moment précis où il monta sur la première marche de l'autel, il remarqua qu'il avait laissé chez lui, dans sa hutte pastorale, la lettre de Nokhoudian. Cet oubli et ce mauvais présage le troublèrent si profondément qu'il laissa passer un temps presque infini avant de gravir les marches de l'autel. Le peuple, réuni derrière son dos, semblait deviner exactement le désarroi mental et la faiblesse du prêtre, car les cris d'enfants, les remous excités et l'importun bavardage se faisaient toujours plus éhontés. Et c'était donc dans de tels cœurs évidés que devait jaillir l'immense ardeur nécessaire pour implorer et obtenir de Dieu le miracle indispensable ? Ter Haigasoun, torturé, se retourna. A ce moment, Gabriel Bagradian accourait, hors d'haleine, vers le lieu de la cérémonie et venait prendre place au premier rang. Pendant un instant, Ter Haigasoun éprouva un certain soulagement. Déjà le cœur des chantres avait entonné l'hymne derrière son dos. Un temps de répit lui était ainsi accordé et il fermait les yeux pour se concentrer. Les voix s'élevaient creuses et affaiblies dans le grand air de la montagne :

Toi qui étends jusqu'aux étoiles tes bras créateurs,
Dispense à nos bras une force telle
Qu'ils puissent en s'allongeant atteindre jusqu'à toi!

Couronne notre esprit du sacré diadème,
Donne à nos sens, pour les vêtir, l'orarion,
L'habit d'or et de fleurs dont s'est paré Aaron!

Pareils aux splendides anges théocratiques
Et drapés dans les plis de ton manteau d'amour,
Nous voulons ici-bas servir ton saint mystère.

Le chœur se tut. Ter Haigasoun vit devant lui la petite cuvette d'argent que lui tendait le diacre. Il y plongea ses doigts et les garda dans l'eau jusqu'à ce que le diacre, d'un œil étonné, lui retirât le récipient sacré. Puis il se retourna à demi, de profil, vers les fidèles, et les bénit d'un triple signe de croix. Après quoi il se remit face à l'autel et leva les mains. A ce moment, la personne de Ter Haigasoun se divisa en deux parties. L'une était le prêtre qui célébrait l'office divin extraordinaire d'après les antiques et strictes traditions, sans manquer aucun des répons des chants alternatifs. Quant à l'autre partie de son être, elle se composait de plusieurs couches et formait un lutteur mortellement las, obligé de dépenser des forces surhumaines pour permettre au prêtre d'accomplir son devoir. Et ce deuxième Ter Haigasoun devait tout d'abord combattre contre son propre corps. Or, ce corps répétait à chaque mot de la liturgie : « Jusqu'ici, mais pas plus loin ! Ne vois-tu donc pas que je n'ai plus une seule goutte de sang dans la tête ? Si tu attends encore une ou deux minutes, je te ferai la honte de m'écrouler ici, devant l'autel. » Pourtant, le lutteur aurait facilement triomphé s'il ne s'était agi que du corps. Mais derrière celui-ci se cachaient d'autres ennemis beaucoup plus perfides. L'un d'eux était un prestidigitateur qui transformait continuellement sous les yeux du prêtre la forme de tous les objets. Les grands candélabres d'argent devenaient des baïonnettes plantées à des fusils. Sur les pages régulièrement imprimées du livre de messe surgissaient les noms des morts inscrits au registre paroissial et partout la grande croix au crayon rouge projetait son ombre menaçante. De temps en temps, quand une rafale de vent venait siffler sur la place, le feuillage du mur dressé derrière l'autel s'agitait et bruissait, tandis que des feuilles mortes descendaient en dansant et s'installaient sans respect sur le tabernacle et sur l'Evangile dont le plat s'ornait d'une croix d'or. Ter Haigasoun, le célébrant, était arrivé au psaume. Sa voix, complètement détachée de lui, chantait : « *Juge-moi, Seigneur, et sépare ma cause de celle des impies !* »

Le diacre répondit sur un ton nasillard et indistinct :

« *Délivre-moi de l'homme injuste et trompeur.* »

« *Pourquoi m'as-tu repoussé, et pourquoi me laisses-tu dans la tristesse et opprimé par mon ennemi ?* »

« *Je m'approcherai de l'autel de Dieu, du Dieu qui réjouit ma jeunesse.* »

Tandis que Ter Haigasoun exécutait avec le diacre jusqu'à la fin et sans faire une faute tout ce long chant alternatif, les yeux de l'autre Ter Haigasoun voyaient s'effectuer toutes sortes de métamorphoses intolérables. Le feuillage fané épars alentour n'était pas fait de feuilles sèches ; c'était de la boue, du fumier, c'étaient d'indescriptibles immondices qu'avaient jetées sur l'autel des ennemis de Dieu, des criminels. Toute autre explication s'avérait impossible, car il n'avait pas pu pleuvoir de la boue du ciel. Ter Haigasoun tenait les yeux fixés sur son livre pour ne pas être obligé de voir cette horrible profanation. Mais le peuple ne la voyait-il pas ? Et voici que se produisait maintenant la première erreur de texte. Le diacre venait de chanter :

« *Seigneur Dieu tout-puissant, aie pitié de nous et donne-nous ton salut !* »

Le prêtre devait à ce moment répondre par une certaine formule traditionnelle. Mais Ter Haigasoun gardait le silence. Le diacre se tourna avec de grands yeux vers le chœur des chantres. Comme la voix de Ter Haigasoun ne retentissait toujours pas, il s'approcha d'un pas et souffla distinctement :

« *Dans cette sainte demeure...* »

Le prêtre semblait ne rien entendre. Alors le diacre articula vraiment à mi-voix, d'un ton désespéré :

« *Dans cette sainte demeure et dans ce lieu...* »

Ter Haigasoun se réveilla :

« *Dans cette sainte demeure et dans ce lieu de louanges, dans ce domicile angélique où les humains viennent expier leurs fautes, nous nous jetons à genoux, pleins de respect devant ce signe lumineux et agréable à Dieu pour l'adorer...* »

Ter Haigasoun avait peine à respirer. On voyait la sueur couler, de dessous sa couronne, sur son front et sur sa nuque. Il n'osait pas l'essuyer. Derrière son dos, la voix nasillarde d'Asajan, le premier chantre, s'élevait à présent dans toute son ampleur :

« *Nous voilà réunis dans le temple, auprès du saint lieu de sacrifice, pour implorer la grâce divine...* »

La voix vaniteuse et prétentieuse d'Asajan agaçait plus que jamais le prêtre. Jésus-Christ, viens à mon aide ! Ter Haigasoun attachait son regard angoissé au crucifix de l'autel. La voix d'un des deux êtres qui composaient sa personne l'avertissait : Ne regarde pas ailleurs ! Mais, précisément à cause de cet avertissement, il se sentait forcé de détourner les yeux pour les diriger en avant, vers le haut rempart de buis entrelacé qui servait de fond à l'autel. Or, quelqu'un se tenait là, légèrement appuyé au poteau du cadre de bois, les bras croisés et fumant une cigarette. Quelle impudence monstrueuse ! Ter Haigasoun réprima ce cri qui lui montait aux lèvres. Au coup d'œil suivant, ce quelqu'un n'était plus Sarkis Kilikian qu'il détestait et qu'il avait fait enchaîner ; ce quelqu'un, de temps en temps, se trouvait n'être plus personne. La paroi de fond était complètement nue. Puis le Russe revenait, se transformait en mille autres silhouettes ; il parut même une fois être Krikor et finalement il arriva qu'un prêtre en chasuble était installé tout droit à cette place. Tout d'abord, Ter Haigasoun jugea ridicule que ce prêtre pût être lui-même. D'ailleurs ce n'était pas lui, puisqu'il n'était pas, lui, coiffé d'un shako militaire en peau d'agneau, mais portait sur la tête une couronne incrustée d'or :

« *Gloire au Père, au Fils et au Saint Esprit...* »

Il ne put aller plus loin. Sa propre voix flottait entre l'homme appuyé au mur et lui-même, et elle venait s'insinuer dans son oreille : « Quelle sorcellerie pratiques-tu là, en plein jour ? A quoi bon cet office extraordinaire ? »

Ter Haigasoun chercha du regard les nuages d'encens qui montaient vers le ciel. Mais il ne put échapper ni à l'emprise de la vision ni à celle de la voix :

« Il faut que ce Dieu que tu sers soit un fameux démon pour avoir gratifié d'une pareille année son peuple de pieux Arméniens... »

Ter Haigasoun entonna alors, selon le rite, le cantique vespéral :

« *Dieu saint et immortel, aie pitié de nous ! Préserve-nous de la tentation et de ses traits !* »

Cette fois, la réponse ne sembla plus venir de Kilikian, mais du plus profond de lui-même :

« Tu ne crois pas, non, tu ne crois pas au miracle. Tu es convaincu que demain 4.500 cadavres arméniens joncheront le sol du Damlajik. »

Le diacre tendit l'encensoir à Ter Haigasoun pour qu'il encensât le peuple conformément aux préceptes sacrés. Ter Haigasoun se sentit envahi par une soif insensée. Il n'y avait plus personne d'appuyé au mur de fond. Pourtant, la voix était toujours aussi proche qu'auparavant :

« Tu veux me tuer. Tue-moi, si tu en as le courage. »

L'encensoir s'échappa de la main du prêtre et tomba avec un cliquetis. A cette seconde, il surgit de Ter Haigasoun encore une nouvelle personne inconnue. Poussant un cri perçant et barbare, il saisit l'un des lourds candélabres d'argent et le brandit à bout de bras au-dessus de sa tête. Mais il ne se précipita pas, pour chercher son ennemi, vers la vision apparue devant le mur de branchages, non, il s'élança au contraire au beau milieu du peuple.

Sans ce mirage causé par la faim et sans l'accès de folie de Ter Haigasoun, les choses ne se seraient probablement pas envenimées au point de produire une émeute. Les déserteurs du bastion Sud eux-mêmes étaient pour la plupart des fils d'Arménie que la vue de l'autel remplissait d'une crainte respectueuse. Néanmoins, l'homme aux longs cheveux avait réuni ses troupes à proximité de la baraque gouvernementale, toutes prêtes à l'attaque. Lorsque le tumulte éclata au haut de la place de l'autel, il admit que le signal lui était ainsi donné. Dix de ses hommes se mirent à tirer des coups en l'air pour créer le chaos nécessaire et répandre la terreur. D'autres enfoncèrent la porte de la baraque et en quelques secondes, ils eurent découvert les provisions de munitions qu'ils traînèrent au dehors. Quant à ce qui arriva sur les marches de l'autel, cela se produisit avec une vitesse si fantastique que ni les mouchtars ni Gabriel non plus ne purent prendre conscience de l'incident. Et en l'occurrence, ce caractère fantastique jouait un rôle plus essentiel que la vitesse, car l'opération dura peut-être dans sa totalité plus de deux minutes. Lorsque Ter Haigasoun s'était jeté au milieu des fidèles en brandissant son candélabre, toute la foule s'était brusquement écartée. Gabriel Bagradian vit que le prêtre se dirigeait vers un groupe des déserteurs. Lui non plus n'avait pas compris qui avait bien pu inviter cette racaille au service divin et au plébiscite. Ter Haigasoun semblait rechercher quelqu'un de précis. Mais à l'instant suivant, il se trouvait déjà coincé dans un tas compact d'hommes en armes de cette espèce. Il lui arrachèrent le candélabre, le ballottèrent en tous sens en poussant des cris affreux et finalement le jetèrent par terre. A ce moment, on entendit partir les coups tirés derrière la foule. Un cri de folle angoisse balaya l'assemblée dans toutes les directions. Les mouchtars et leurs femmes, gémissants, tentèrent de s'enfuir. Bagradian, lui, marcha vers Ter Haigasoun à travers la masse humaine, le revolver au poing, pour délivrer le prêtre. L'un des déserteurs qui le suivait fit tomber sur sa tête, de tout son poids, la crosse de son fusil. Gabriel s'effondra. Le coup de crosse enfonça profondément le solide casque de liège sur son visage, ce qui empêcha le choc d'être mortel. Bagradian perdit connaissance sans être vraiment blessé. Pendant ce temps, d'autres déserteurs avaient attaché Ter Haigasoun, avec de fortes cordes, à l'un des piliers de coin qui, enfoncés très loin dans la terre, soutenaient la carcasse de l'autel. Le prêtre se débattait sans mot dire, mais avec une vigueur étonnante. S'il avait eu sur lui le couteau-poignard qu'il portait d'ordinaire dans sa soutane de tous les jours, un des criminels tout au moins aurait dû payer de sa vie son audace. Les mouchtars se tenaient au loin, haletants, les jambes flageolantes. Ils ne se sentaient même pas la force d'aller se mettre à l'abri. La foule ne comprenait toujours rien. Le bruit de la fusillade l'avait rendue à moitié folle et elle se poussait en avant vers l'autel. Mais comme les rangs antérieurs se trouvaient en même temps refoulés en arrière, il en résulta un remous désespéré où se mélangeaient les corps, les hurlements d'angoisse et de douleur. Déjà, quelques-uns des pires individus qui n'avaient pas touché de femmes depuis des mois, et s'étaient jusque-là tenus à l'écart, s'abattaient sur la cohue tels des aigles pêcheurs, et saisissaient çà et là, dans leurs serres malpropres, tantôt une femme, tantôt une jeune fille. Une autre troupe, faisant preuve d'une plus grande abstinence, se précipitait dans les ruelles et les huttes pour arracher à la misère le dernier de ses pitoyables biens.

Entre temps, les premiers signes de résistance et de lutte commencèrent à se manifester. Quelques hommes décidés se poussèrent à travers la foule pour tenter de rejoindre Ter Haigasoun et de le libérer. Une ou deux minutes encore, et il se serait peut-être déchaîné un affreux carnage, car les criminels, inquiétés à la vue de la supériorité numérique de l'opposition, tenaient déjà leurs fusils prêts. Mais le destin, toujours plus insensé, dépassa en imprévu tous ses coups précédents. Le vent changea soudain de direction comme il l'avait fait bien des fois pendant ces derniers jours et se mit brusquement à tourbillonner à travers la place avec un mouvement furieux. Comme personne ne veillait plus sur l'autel, deux chandeliers et un vase de fleurs furent renversés et roulèrent à bas de la table sainte. Ter Haigasoun continuait à lutter sans rien dire contre les grosses cordes qui l'attachaient au cadre de bois. De temps en temps, il s'arrêtait pour reprendre des forces. Chacun de ses coups ébranlait toute la construction. Ses yeux injectés de sang cherchaient les prêtres auxiliaires, les chantres, Asajan, le sacristain. Mais ceux-ci, sans exception, avaient disparu, ou bien n'osaient pas s'aventurer à proximité du prêtre ligoté que gardait une troupe de déserteurs, sans doute pour permettre aux voleurs de munitions de s'éclipser en pleine tranquillité. Parmi ces déserteurs réunis auprès de l'autel se trouvait Sarkis Kilikian. Il regardait d'un œil intéressé Ter Haigasoun et ses furieux efforts de libération, comme s'il n'avait pas eu le moindre rapport avec ces divers incidents et destinées, et assistait à cette scène en qualité de simple spectateur curieux. Au bout de quelque temps, il quitta les lieux d'un pas nonchalant. Son dos accablé d'ennui semblait dire : maintenant, j'en ai assez, et d'autre part, il est grand temps de vaquer à une autre besogne. Or, à peine Kilikian s'était-il éloigné que l'événement monstrueux se produisit. Et c'est seulement parce que la disparition du déserteur coïncida d'une façon si frappante avec le début de l'incendie que Ter Haigasoun établit par la suite un rapport entre l'homme et le forfait. En réalité, le Russe passa devant les marches, sans toucher aucunement au mur de feuillage qui s'élevait à trois pas derrière la carcasse de l'autel. La flamme qui jaillit alors tout d'un coup avait pour le moins une hauteur double de celle du mur de treillage. Le vent de la mer vint aussitôt la recourber et la dirigea vers la droite. Il s'en détacha des languettes volantes et de légers oriflammes indépendants qui entreprirent l'assaut du toit de la baraque voisine. Pour ce premier essai, le feu se conduisit encore avec une sorte de gêne, comme s'il avait eu certains remords à vaincre. Mais lorsque le toit de branchages de cette baraque, avec un craquement sonore, ne fut plus, au bout d'une minute, qu'une gerbe de flammes, l'élément destructeur ne put plus se contenir. De même que, sur le boulevard d'une grande ville, les lumières s'allument à la file, l'une après l'autre, l'incendie se propagea autour de la place surgissant presque simultanément hors des issues de chaque cabane. Peut-être les malfaiteurs avaient-ils enflammé plusieurs foyers d'incendie pour retenir sur la place le peuple affolé à la vue de l'énorme brasier et pour rendre ainsi toute poursuite impossible. On voyait à présent aussi sur la baraque du gouvernement se hisser un drapeau flamboyant. Une seule chose était sûre : c'est que dès le début de l'incendie, les perfides visiteurs s'étaient esquivés bien loin du vallon de la ville.

Au moment où le mur de branchages derrière l'autel prit feu d'une seconde à l'autre, le peuple rassemblé éclata comme un obus. Personne ne s'occupait plus des criminels, ni de l'autel, ni du prêtre enchaîné, ni du chef qu'on supposait mort. En poussant d'insolites gémissements presque semblables à des hennissements, les Arméniens se précipitèrent vers les ruelles où se dressaient leurs cabanes. Tout était perdu. Pas d'instruments pour éteindre le feu ! Qui donc pouvait conjurer l'incendie ? Il n'y avait qu'une solution : sauver ce qui pouvait encore l'être ! Aucun d'entre eux ne semblait avoir cette idée si simple : à quoi bon tant de peine ? Au contraire, les mouchtars et les plus riches des villageois, ces vieillards tremblotants que l'épouvante avait si fort cloués sur place qu'ils n'avaient pas pu venir en aide à Ter Haigasoun, retrouvaient à présent tout d'un coup l'élasticité de leurs jambes. Leur argent brûlait ! Leurs livres, en beaux billets bien aplatis, ensevelis aux quatre coins des huttes, cachés sous la literie, attendaient un sauveur, incapables de se sauver elles-mêmes. Les vieux, suivis de leurs femmes et de leurs filles s'enfuirent vers leurs demeures, courant à perdre haleine.

Après un effort désespéré, Ter Haigasoun finit par se rendre. Les grossiers cordages lui avaient déjà écorché les bras et la poitrine à travers le tissu soyeux et raide de sa chasuble. Une sueur glacée coulait le long de son dos. Sans cesse, des rameaux enflammés du mur incandescent venaient tomber sur l'autel qui commençait même à prendre feu par endroits. Çà et là, l'un de ces flambeaux atteignait aussi le prisonnier solidement attaché. Ses cheveux et sa barbe étaient déjà roussis. Le lourd rideau de l'autel commençait également à brûler. Tant pis, le sort en était jeté ! La place était vide. On ne voyait que des familles sautant à grands cris autour des maisons en flammes. Non, il n'appellerait pas à l'aide. Un prêtre qui meurt en martyr enchaîné à l'autel s'assure le pardon de ses fautes dans l'au-delà. De nouveau, le feu passa tout près de Ter Haigasoun et lui donna un violent coup de fouet. Si c'étaient au moins les Turcs qui l'avaient assassiné ! Mais des fils d'Arménie, ses propres compatriotes ! C'étaient des chiens, d'ignobles chiens ! Chiens ! Ce mot déchaîna en lui un hurlement de rage qui menaçait de faire sauter sa tête. Il entendait glapir des voix désespérées devant les habitations. Pourtant, lorsque les cris furieux de Ter Haigasoun : « Chiens ! Chiens ! » retentirent à travers la place, les hommes aveuglés jusque-là par leurs soucis égoïstes sursautèrent et tous accoururent vers l'autel pour délivrer le wartabed. Mais avant que le premier l'eût atteint, le pilier déjà vacillant avait cédé et tout l'échafaudage s'était effondré ; les planches étaient la proie des flammes, le prêtre fut jeté à terre. Les arrivants le relevèrent. Vite, on trancha ses liens. Ter Haigasoun fit quelques pas, mais fut bientôt obligé de se recoucher.

Bedros Hékim arriva juste au moment où un groupe de vieillards et de vieilles femmes s'apprêtait à venir en aide à Bagradian toujours inanimé. Immédiatement, avant même de lui avoir tâté le pouls, il vit que Gabriel n'était pas mort. Altouni s'assit par terre, non sans pousser un gémissement, et posa sur ses genoux la tête de son ami étendu sur le sol. Il essaya, avec mille précautions, de retirer le casque colonial enfoncé si profondément par le coup de crosse qu'il recouvrait les yeux. Dès que le docteur les eut dégagés, Gabriel entr'ouvrit les paupières. Il croyait seulement avoir dormi. Tout ceci s'était déroulé dans un laps de temps incroyablement court, dans un temps placé pour ainsi dire en dehors des limites du temps. Il ne sentit que peu à peu la brûlure et la pesanteur de son crâne. Le médecin passa délicatement sa main sur le cuir chevelu. Il n'y avait pas de sang ; seulement une grosse bosse. Bedros Hékim appela doucement Gabriel par son nom. Ce dernier jetait autour de lui des regards incrédules et souriait :

« Qu'est-il donc arrivé ici... ? »

Bedros Hékim eut un rire bref :

« Que ne le sais-je moi-même, mon enfant !... »

Puis il prit, d'un geste caressant, entre ses mains brunes et ratatinées, les joues de son ami encore mal réveillé :

« En tout cas, à toi, il n'est rien arrivé, j'en suis bien sûr maintenant. »

Gabriel Bagradian se mit sur ses jambes. Les souvenirs paresseux ne se présentaient que très lentement à sa mémoire. Il arriva péniblement à dire, comme au sortir d'une ivresse abrutissante :

« Qu'est-il advenu de mon coup de main... ? L'avons-nous exécuté... Par Jésus-Christ, le bastion Sud... Tout est perdu désormais... »

Or, Ter Haigasoun aussi s'était redressé. Et sa voix semblait sortir d'une autre ivresse, d'une ivresse lucide, extra-lucide :

« Non, plus à présent... »

Bagradian ne l'entendit pas. Les frémissements et les craquements du feu étaient si sonores qu'on ne pouvait pas se comprendre. L'incendie, à chaque pas, dévorait une nouvelle cabane et s'enfonçait dans les ruelles. Déjà aussi quelques groupes d'arbres situés à proximité du vallon de la ville formaient d'énormes bouquets de flammes. Les familles venaient toujours en plus grand nombre se rassembler sur la place de l'autel avec leur pauvre tas d'objets sauvés, attendant un ordre qui leur donnât quelques indications sur les mesures à prendre. Des femmes avaient employé leurs dernières forces à traîner jusque-là leurs machines à coudre pour les mettre en sûreté. Tous les yeux cherchaient un chef mais il n'y en avait pas. Car Ter Haigasoun, aussi bien que Gabriel Bagradian, restait plongé dans un état de demi-sommeil et regardait devant lui dans le vague. Bedros Hékim ne comptait pas. On ne voyait apparaître ni mouchtar ni instituteur. Ils étaient tous occupés au sauvetage de leurs biens. Après ce délai plein de désespoir il arriva au moins une équipe de secours du col Nord. On peut voir là une preuve de l'inconcevable rapidité avec laquelle la scène s'était déroulée entre l'accès de folie de Ter Haigasoun et cet instant-là, puisque Awakian n'arriva avec ses soixante combattants qu'après la fin de l'incident. Et pourtant, Tchauch Nurhan l'avait immédiatement envoyé à la rescousse en entendant les détonations des fusils des déserteurs. Awakian, épouvanté, s'élança vers Gabriel :

« Etes-vous blessé, Effendi ?... Par Jésus-Christ, quelle mine avez-vous ?... Parlez-moi, je vous en prie... »

Mais Gabriel Bagradian ne parla pas. D'un pas rapide et pressé, il passa devant l'autel en flammes, quitta la place, le vallon de la ville, se mit à courir, et s'arrêta finalement sur une petite hauteur. Awakian le suivait sans prononcer un seul mot. Gabriel, les traits crispés, tendait la tête en avant et écoutait avec attention pour permettre à son ouïe de percer l'obstacle que formaient les bruits de l'incendie. On entendait au Sud de longs crépitements interrompus par intervalles. On aurait dit des mitrailleuses. Et voilà qu'ils recommençaient. Mais peut-être n'était-ce qu'une illusion car, dans sa tête, les douleurs faisaient rage.

CHAPITRE VI

Écrit dans la brume

Le jeune officier avait fini par mener à bien sa délicate entreprise et installé un téléphone de campagne depuis le village d'Habaste jusqu'à 400 pieds au-dessous du bastion Sud. En considération des difficultés que présentait le terrain rocheux et de l'insuffisance d'instruction des troupes, on pouvait dire que c'était là un exploit de premier ordre. Dans l'après-midi, le général Ali Risa Bey, revêtu d'habits civils pour tromper les observateurs du Damlajik, s'était rendu à Habaste, lui-même, en personne. Le soleil venait de se coucher lorsqu'il entendit sonner l'appareil téléphonique fort primitif posé devant lui sur une petite table. Il reconnut la voix du jusbachi :

« Mon général, j'ai l'honneur de vous informer que la montagne est à nous. »

Ali Risa Bey, dont le visage encore frais prouvait clairement qu'il s'était toujours abstenu de tabac et d'alcool, se rejeta un peu en arrière sur son pliant, l'écouteur collé à l'oreille :

« Comment, la montagne, jusbachi ? Vous voulez dire l'extrémité sud de la montagne ? — C'est cela même, Effendi, l'extrémité sud de la montagne. — Bon, merci ! Avons-nous eu des pertes ? — Pas la moindre, pas un seul homme ! — Et combien avez-vous fait de prisonniers, jusbachi ? »

A ce moment, il lui sembla qu'il y avait quelque chose de dérangé dans le fonctionnement de l'appareil. Le général lança un regard significatif à l'officier chargé du téléphone. Mais bientôt la voix du jusbachi retentit à nouveau, à vrai dire légèrement hésitante :

« Je n'ai pas fait de prisonniers. Les positions ennemies étaient inoccupées. Nous avions d'ailleurs compté là-dessus. Enfin, presque inoccupées. Il y avait peut-être dix hommes, dont quatre gamins, si je ne m'abuse... — Et qu'est-il advenu de ces gens ? — Les nôtres les ont abattus... — Ont-ils opposé quelque résistance ? — ...Non, pas du tout... — Voilà qui diminue considérablement votre succès, jus-

bachi. De tels prisonniers nous auraient épargné beaucoup de peine. »
Aussi grossier que fût l'écouteur de ce téléphone de fortune, on y
distinguait néanmoins la colère du jusbachi :
« Ce n'est pas moi qui ai donné cet ordre. »
Le général ne se départit en rien de son calme flegmatique :
« Et où ont passé tous les déserteurs ? — On n'a trouvé que leurs
défroques, et rien d'autre. — Ah ! Tiens ! Avez-vous encore d'autres
rapports à me faire, jusbachi ? — Les Arméniens ont mis le feu à
leur camp. Cela fait un énorme incendie... — Et, à votre avis, qu'est-ce
que cela peut bien signifier, jusbachi ? Quelles raisons, croyez-vous,
ont-ils eues d'agir ainsi ? »
La voix du commandant devint alors vindicative et hostile :
« Je ne suis pas qualifié pour juger. Vous le ferez évidemment beaucoup mieux, mon général. Peut-être que ces individus ont l'intention
de quitter la montagne... cette nuit, qui sait ?... »
Avant d'émettre une opinion, Ali Risa Bey se tut deux secondes,
laissant ses yeux gris pâle errer dans le vague :
« C'est possible... Mais il se peut tout aussi bien que nous nous
trouvions en face d'une ruse... Leur chef a déjà roulé plus d'une fois
nos officiers. Ne projetteraient-ils pas de faire une sortie ?... »
Puis, se tournant vers les personnages qui l'entouraient :
« Il faudra renforcer le plus possible pour cette nuit le service de
garde dans la vallée. »
La voix du jusbachi réclama non sans impatience :
« J'attends que vous veuillez bien me donner d'autres ordres.
— Jusqu'où ont avancé vos compagnies ? — La troisième compagnie
et deux détachements de mitrailleuses occupent le mamelon voisin à
cinq cents pas environ de mon poste principal. — Nous avons entendu
d'ici un tir de mitrailleuses. Qu'est-ce que cela voulait dire ? — Ce
n'était qu'une petite démonstration... — Cette démonstration était
parfaitement superflue et, qui plus est, nuisible... Que les troupes
restent où elles sont et prennent toutes les mesures de sécurité. »
A l'autre bout du fil, la voix se fit alors intensément perfide :
« Les troupes resteront où elles sont. Je me permettrai seulement
de vous demander le texte écrit de cet ordre, Effendi !... Et demain ?
— Une demi-heure avant le lever du soleil, l'artillerie nord commencera
à pointer vers la montagne ; réglez votre montre exactement sur la
mienne, jusbachi... Bon !... Aussitôt après le lever du soleil, je vous
aurai rejoint sur le plateau et dirigerai les opérations du côté sud. Voilà,
c'est tout. »
Là-haut, sur la montagne, le jusbachi, les dents serrées, rejeta
furieusement l'écouteur :
« Il s'amène pour la fin des fins, cette espèce de pacha au lait de
chèvre ! Et c'est lui qui s'appellera le vainqueur du Musa Dagh ! »

Gabriel Bagradian retourna en silence vers la place de l'autel. Pendant le court chemin qu'ils avaient fait ensemble, il avait gardé la main d'Awakian convulsivement serrée dans la sienne. L'incendie s'était frayé une voie, toujours plus avant, à travers les ruelles. Le soleil s'était couché depuis peu, mais, malgré la lueur des flammes environnantes, — le mur de branchages dressé derrière l'autel n'en finissait pas de brûler, — Gabriel sentait l'obscurité l'envahir de plus en plus. Des formes sombres et gémissantes, des voix également sombres et gémissantes se mêlaient sur la place en des danses insensées. Il voyait osciller la balance de sa vie. N'avait-il pas pleinement le droit de sombrer encore, mais cette fois pour toujours, dans les ténèbres où l'on n'a plus besoin de rien savoir ? Stéphan était mort. A quoi bon reprendre la même lutte ? Et cependant, de seconde en seconde, sa tête, douloureux réceptacle, s'emplissait sans cesse de pensées toujours plus claires et plus énergiques.

Ter Haigasoun, lui aussi, s'était ressaisi après tant d'émotions et s'était remis sur ses pieds. La première chose qu'il fit fut de plier soigneusement son aube déchirée, son étole, et toutes les autres pièces vestimentaires relatives au culte divin. Il dissimula sa nudité dans une couverture que quelqu'un lui avait prêtée. Une mèche de la barbe de Ter Haigasoun avait entièrement flambé et la marque rouge d'une brûlure sillonnait sa face. Son visage avait changé du tout au tout. Le ton jaunâtre de camée répandu d'ordinaire sur ses joues creuses avait fait place à une sombre rougeur, due à la fièvre ou à la colère. Lorsqu'il aperçut Bagradian, il chercha en vain des mots à lui dire et resta muet.

Le peuple avait renoncé à lutter contre le feu. Il avait juste assez de force et de volonté désormais pour courir en tous sens, éperdu, — agitation qui commençait à s'apaiser peu à peu. Bientôt, tous se retrouvèrent assis par terre en groupes serrés sur la grande place : femmes, enfants, vieillards. Ces martyrs de la faim ne faisaient plus un geste. Tout leur être n'exprimait qu'un seul désir, et c'est en vain qu'un de leurs chefs aurait voulu s'imaginer qu'il eût pu exiger d'eux un pas, un geste, en un mot la moindre manifestation d'une activité nouvelle. Ce qu'ils voulaient, c'était rester assis là, sans offrir de résistance, jusqu'à ce que la fin arrivât. Ils avaient atteint cet état que l'on pourrait appeler la béatitude de l'anéantissement.

Pourtant, une fois encore, ces corps et ces âmes desséchés furent arrachés à ce bien-être où les plongeait la résignation à la mort. L'esprit de Bagradian s'était concentré derrière ses paupières closes. Ce phénomène s'était produit presque contre son gré. Au début, il essaya même de se dérober aux douloureux efforts que lui coûtait cette concentration de pensée. Puis il eut l'impression que, dans l'atelier retentissant qu'était sa tête, ce qui pensait maintenant, ce n'était pas lui,

Gabriel Bagradian, mais une force indépendante de lui-même, cette mission dont jadis, là-bas, dans la vallée, il avait pris la responsabilité, la mission d'organiser la défense jusqu'à la dernière extrémité. Pendant ce temps, une puissance incorruptible posait en lui cette question : « En sommes-nous vraiment à la dernière extrémité ? Non ! Les Turcs ont probablement occupé le bastion Sud. Ils ont des mitrailleuses. Le camp est la proie des flammes. Que reste-t-il à faire ? Etablir une nouvelle ligne de défense pour leur barrer le chemin dans la mesure du possible ! Mais avant tout, il faut que le peuple entier quitte le plateau pour descendre vers la mer. Et les canons, alors, pourront faire leur devoir ! » Voyant Awakian s'approcher de lui, il lui cria :

« Comment, vous êtes encore ici ? Courez vite vers Nurhan lui dire de ne pas bouger d'où il est. Qu'on envoie aussitôt vers moi tous les groupements de dix hommes que j'avais préparés pour l'attaque — et aussi la moitié des ordonnances et des observateurs. Il s'agit de former au plus vite une nouvelle ligne et que chacun ait au moins de quoi protéger sa tête. »

Awakian hésitait à partir ; il aurait encore voulu poser des questions, mais Gabriel le repoussa et avança au milieu du peuple figé dans son immobilité :

« Pourquoi désespérer, frères et sœurs ? Avez-vous des raisons pour cela ? Ne possédons-nous pas toujours nos sept cents combattants, et des fusils et les deux canons. Vous pouvez être tranquilles ! Il vaut mieux pour la défense générale que, cette nuit, les communes descendent s'établir vers la côte. Seuls les hommes de la réserve resteront ici ! »

Ter Haigasoun transmit aux mouchtars l'ordre de rassembler la population de leurs différents villages et de descendre en groupes par le sentier à pic. Lui-même, disait-il, marcherait en tête pour découvrir les meilleurs points où s'installer. Le prêtre, selon toute évidence, avait la fièvre, et il devait se faire violence pour rester au niveau de la vie et de son devoir. Son visage à la barbe roussie semblait tout rétréci et sombre lorsqu'il se tourna vers Gabriel :

« Ce qui importe plus que toute autre chose, c'est le châtiment. Et c'est à toi qu'il incombe de tuer les coupables, Bagradian ! »

Gabriel le regarda sans mot dire. Je ne retrouverai pas Kilikian, pensa-t-il. Peu à peu, les êtres effondrés s'étaient relevés. Il se produisit alors un remous désordonné vibrant d'une mortelle ivresse. Les mouchtars, les prêtres auxiliaires et deux des instituteurs poussaient et tassaient leurs communes en groupes compacts. Tous se laissaient faire sans résistance. Même les enfants ne criaient plus. Bedros Hékim s'éclipsa discrètement pour tâcher au moins de mettre en sûreté les malades qui pouvaient se mouvoir. Le malheur donnait des forces surhumaines à ce vieillard qui n'était plus qu'une fragile épave. Gabriel Bagradian abandonna l'évacuation du camp à Ter Haigasoun. Il fallait prendre garde à ne perdre aucune seconde car on ne pouvait deviner jusqu'où les Turcs s'avanceraient malgré la nuit. Les obusiers étaient en danger. Et ces canailles de déserteurs, eux aussi, posaient également un grave problème. Mais tant pis, en avant ! Il ne s'agissait plus désormais d'étudier la situation en détail, mais simplement d'agir, les yeux fermés et résolument. Gabriel rassembla vivement tous ceux qui, plus ou moins armés, jeunes et vieux s'étaient groupés autour de lui. Même les garçonnets durent le suivre. Le vent s'était calmé. L'odeur irritante du bois fumant oppressait les hommes. Il s'y mêlait une puanteur d'étoffes brûlées. On pouvait à peine respirer, les yeux pleuraient. Gabriel donna le signal du départ. Lui-même et Chatakhian marchaient en tête de la ligne de tirailleurs largement déployée. Derrière eux, venaient d'un pas lourd, au nombre de cent cinquante, les hommes exténués dont un tiers avait atteint la soixantaine. Ainsi, cette troupe misérable, affamée, aurait dû repousser une attaque, triompher de quatre compagnies sur pied de guerre pourvues de mitrailleuses et commandées par un commandant, quatre capitaines, huit lieutenants et seize sous-lieutenants ? Certes, il valait mieux pour Bagradian qu'il ignorât combien l'ennemi était fort.

En se rendant vers le monticule qui supportait les obusiers, le cortège passa devant le cimetière, déjà si grand. Les deux dernières tombes abritaient Krikor et le fils de Bagradian. La tombe de Krikor, selon le désir du défunt, ne se distinguait des autres par aucun signe particulier. Dans le tertre réservé à Stéphan se dressait une simple croix de bois. Le père le longea d'un pas raide, sans détourner son regard dans cette direction. La nuit était maintenant complète. Mais les lueurs de l'incendie enveloppaient le Damlajik d'une sorte de dôme pourpre.

Tout à coup, à mi-chemin, à l'endroit où commence la pente qui mène vers la hauteur gazonnée dominée par les obusiers, il se produisit un incident des plus inattendus. Gabriel et Chatakian s'arrêtèrent. La troupe qui se traînait péniblement derrière eux se jeta sur le sol. Une file d'hommes en armes descendait la pente en courant. On n'en voyait que les silhouettes qui faisaient avec leurs fusils des signes désordonnés à l'adresse des arrivants. Les Turcs ? La plupart des Arméniens cherchèrent un abri dans l'obscurité. Cependant les ombres dont les mouvements se détachaient sur le ciel d'incendie s'approchaient timidement. C'étaient à peu près trente hommes. Gabriel remarqua qu'ils poussaient devant eux une forme enchaînée. Ces gens portaient des lanternes. Lorsqu'ils furent à une distance de cinq pas, Bagradian reconnut dans l'homme enchaîné Sarkis Kilikian. C'était donc une partie des déserteurs. Tous se jetèrent à plat ventre devant lui, touchant la terre avec le front — symbole, vieux comme le monde, de la

faute et de la contrition. A quoi bon tenter de parler et de se justifier ?
Toute retraite leur était coupée. Les liens avec lesquels Kilikian était
attaché prouvaient de manière évidente qu'ils regrettaient leur crime
monstrueux, qu'ils amenaient un bouc émissaire et acceptaient de plein
gré le châtiment, quel qu'il fût. Quelques-uns s'empressèrent d'accu-
muler aux pieds de Gabriel, avec une hâte presque puérile, le butin
qu'ils avaient volé et même les munitions, produit de leur rafle. Mais
Gabriel ne regardait que Kilikian. Ses compagnons l'avaient forcé à
se mettre à genoux tout entravé qu'il était. Le reflet crépusculaire
des flammes permettait parfaitement de distinguer ses traits. Les yeux
calmes de Kilikian exprimaient aussi peu le désir de continuer à vivre
que celui de mourir. Ils considéraient leur juge sans aucune trace
d'émotion. Bagradian se pencha davantage vers ce visage dont le
mutisme avait quelque chose d'effrayant. Même en cet instant, il ne
pouvait réprimer une vague de sympathie respectueuse qui s'emparait de lui chaque fois qu'il se trouvait en face de ce Russe. Kilikian,
ce simple spectateur d'allure fantomatique, était-il vraiment le coupable ? N'importe ! Gabriel Bagradian mit la main à sa poche pour y
armer son revolver d'état-major. Puis il le sortit vivement et visa le
front du Russe. Le premier coup ne partit pas. Kilikian n'avait même
pas fermé les yeux. Seules, sa bouche et ses narines palpitaient comme
s'il avait réprimé un sourire. Bagradian, par contre, avait le sentiment
d'avoir dirigé contre lui-même ce coup manqué. Lorsqu'il appuya
pour la seconde fois sur la détente, il fut pris d'une telle faiblesse qu'il
dut détourner son visage. Ainsi mourut Sarkis Kilikian, après avoir
mené une existence inconcevable entre des murs de prison, ayant dans
son enfance échappé au massacre turc et, dans son âge viril, au feu des
Turcs qui devaient le fusiller — finalement abattu par la balle d'un
compatriote.

D'un geste bref, Gabriel Bagradian signifia au reste des déserteurs
qu'ils aient à se joindre à l'escorte.

Deux de ces vauriens, pour montrer leur repentir et leur zèle,
avaient pris sur eux d'aller explorer très exactement la position des
troupes turques. Ils revinrent avec un rapport qui exagérait encore
l'amère vérité. Peut-être le sombre pessimisme de ces individus qui
attendaient leur punition suffisait-il à grossir les simples faits, peut-
être aussi voulaient-ils réduire leur propre faute en dépeignant la
force ennemie sous des proportions gigantesques. Bagradian ne
daigna pas regarder ces rapporteurs ni prononcer un mot. Il savait
qu'une grande partie de la culpabilité retombait sur lui-même. Il
n'avait tenu compte d'aucun avertissement et n'avait pas voulu, au
moment opportun, réorganiser de façon utile la bande des criminels.
Samuel Awakian avait rejoint depuis longtemps Gabriel avec les

hommes du groupe d'assaut. Au bout d'une heure, deux lignes clair-semées de tirailleurs s'étendaient en travers du mamelon et sur les ondulations du plateau jusqu'à la zone des broussailles, et, d'autre part jusqu'à celle des rochers. Chacun restait à sa place, couché par terre comme du bois mort sur le point qu'on lui avait désigné, sans vraiment veiller ni dormir. Gabriel, après avoir passé en revue ce front désespérément long, et placé, en avant de ce dernier, une rangée sup-plémentaire de sentinelles, à de larges intervalles, se rendit alors vers les obusiers. Il avait présent à l'esprit chaque coin du Damlajik, chaque distance, et la configuration de tous les lieux. Il pouvait par conséquent calculer exactement sur son carnet les nombres relatifs au tir dans le secteur du bastion Sud.

Après cette journée d'une chaleur étouffante, la nuit avait apporté une fraîcheur automnale. Gabriel restait assis tout seul auprès des canons, car il avait envoyé se coucher les hommes de service. Awakian lui dénicha une couverture, mais il ne s'y enveloppa point, car son corps brûlait et sa tête lui semblait prête à s'envoler tant elle était légère. Ses yeux restaient fixés sur la plage rouge qui s'étendait là-haut dans le ciel. Le reflet de l'incendie y gagnait sans cesse en pro-fondeur et en largeur. La même question revenait éternellement comme un refrain dans son cerveau ébranlé. Depuis combien de temps déjà brûle l'autel ? Ensuite, il avait dû assez longtemps sombrer dans l'inconscient, car il fut éveillé par une présence non loin de lui. Ce n'était ni une main, ni une voix, mais seulement une présence. Or, précisément cet instant du réveil qui lui paraissait miraculeusement long et chargé de profondes expériences, agit sur lui avec une douceur si maternelle qu'il se refusa à reconnaître l'exacte réalité. Le dormeur épuisé s'était, pendant ce court laps de temps, si bien identifié à cette proche présence que l'apparition d'Iskouhi lui causa presque une légère déception, car elle signifiait pour lui le retour à la conscience de l'inévitable. A la vue de la jeune fille, il songea tout à coup à Juliette et fut saisi d'une violente angoisse. Il n'avait pas vu sa femme depuis une éternité et n'avait guère pensé à elle. Aussi sa première question fut-elle prononcée d'une voix craintive :

« Et Juliette ? Que devient Juliette ? »

Pour se traîner jusque-là, Iskouhi avait rassemblé ses dernières forces. Tous les événements s'étaient, pour elle, fondus dans une brume uniforme. Elle n'avait qu'un seul souci, qui la harcelait sans cesse : « Pourquoi ne vient-il pas ? Pourquoi m'a-t-il quittée ? Pourquoi ne m'appelle-t-il pas pour la dernière heure ? » L'inquiétude de Gabriel à l'égard de Juliette avait impitoyablement étranglé dans sa gorge toutes ces questions. Elle se tut et il lui fallut attendre très longtemps jusqu'à ce qu'elle redevînt assez maîtresse d'elle-même pour pouvoir raconter, avec des mots entrecoupés, tout ce qui s'était passé sur la place des trois tentes, l'attaque des déserteurs, la mort de Chouchik et la blessure du pasteur. Bedros Hékim avait essayé en vain de décider Juliette à se faire transporter par Kéwork jusqu'au bord de la mer. Mais Juliette n'avait pas voulu accepter et protestait à grands cris qu'elle ne bougerait pas de sa tente. Toutefois, Aram, encore blessé, se trouvait aussi dans la tente... Gabriel avait toujours les yeux attachés à la flaque rouge du ciel qui ne parvenait pas à pâlir :

« C'est très bien ainsi... Il n'arrivera rien avant le matin... Il reste encore assez de temps... une nuit au dehors pourrait tuer Juliette... »

Dans ces mots, quelque chose fit mal à Gabriel. Malgré la tragique rougeur du ciel et les flammes qui montaient toujours du vallon, cette nuit lui paraissait plus sombre que toutes les précédentes. Il pouvait à peine distinguer la silhouette d'Iskouhi toute proche de lui. Il cherchait doucement à tâtons son visage et son corps, et fut effrayé de constater combien les joues et les mains de la jeune fille étaient glacées et amaigries. Un afflux de tendresse lui monta au cœur. Il prit la couverture et en enveloppa son amie :

« Depuis combien de temps n'as-tu rien mangé, Iskouhi ?

— Mairik Antaram nous a apporté quelque chose tout à l'heure, dit-elle, non sans mentir, j'ai eu assez... »

Gabriel serra Iskouhi étroitement contre lui, cherchant à retrouver dans sa présence le doux sentiment de demi-sommeil :

« C'était si beau, si étrange de me réveiller près de toi, il y a un instant... Voilà bien longtemps, je crois, que nous n'avons pas été ensemble, Iskouhi, petite sœur... A présent, je suis très heureux que tu sois venue... Je suis heureux, heureux, Iskouhi... »

Elle laissa lentement tomber son visage contre celui de Gabriel comme si sa tête eût été trop lourde à supporter :

« Tu n'es pas venu... C'est moi qui suis venue... Les temps sont révolus maintenant, n'est-ce pas ? »

La voix de Gabriel avait un timbre voilé, somnolent :

« Oui, je le crois aussi, les temps sont révolus... »

Les paroles d'Iskouhi révélaient un être épuisé, mais néanmoins encore bien décidé à défendre ses droits :

« Tu te rappelles ce que nous avons dit une fois... ce que tu m'as promis... Gabriel ? »

Il se ressaisit, s'arrachant à l'extase lointaine où il était plongé :

« Peut-être avons-nous encore toute une journée devant nous... »

Elle répéta ces mots dans un souffle profond comme s'ils constituaient pour elle un cadeau inestimable : « Toute une journée devant nous... »

L'étreinte du bras de Gabriel se fit toujours plus chaude : « J'ai une chose très importante à te demander, Iskouhi... Nous en avons souvent parlé... Juliette est beaucoup plus à plaindre et plus malheureuse que nous deux... »

Elle écarta sa joue du visage de l'homme. Mais Gabriel saisit sa main infirme, la caressa et la couvrit de baisers répétés : « Si tu m'aimes, Iskouhi... Juliette est si cruellement seule... si cruellement seule...
— Juliette me déteste... elle ne peut pas me supporter... Je ne veux plus la revoir... »
La main de Gabriel sentait que des frissons secouaient la jeune fille : « Si tu m'aimes, Iskouhi... Je t'en prie, reste auprès de Juliette... Au lever du soleil, vous quitterez les tentes. De cette façon, je serai plus tranquille... elle est presque en proie à la folie, et toi, tu es bien portante... Nous nous reverrons... Iskouhi... »
La jeune tête tomba en avant. Elle pleurait sans bruit. Il murmura : « Je t'aime, Iskouhi... Nous nous retrouverons... »
Quelque temps après, elle essaya de se lever : « Je vais m'en aller à présent... »
Il la retint d'un geste énergique : « Pas encore, Iskouhi ! Il faut rester auprès de moi. J'ai besoin de toi... »
Un long silence suivit. Il sentait, dans sa bouche, sa langue devenue lourde et paralysée. Gabriel s'abîma en lui-même, comme assommé par un nouveau coup de crosse. Il voyait les yeux mornes de Sarkis Kilikian le regarder avec une gravité apathique. Il eut horreur de lui-même. Où gisait à présent le Russe ? Avait-il donné l'ordre de faire disparaître le corps ? Tout ce qui s'était passé dans ces dernières heures semblait complètement étranger à Gabriel; cela lui paraissait n'avoir aucun rapport avec lui, pas plus qu'un récit erroné colporté de bouche en bouche. Il tomba dans une écrasante et vague rêverie où lui-même n'était que le centre d'un grand mal de tête dont le remous le frappait à coups réguliers.
Soudain, Gabriel se réveilla dans un sursaut : Iskouhi était déjà levée. Affolé, il chercha sa montre : « Quelle heure est-il ? Seigneur Jésus !... Non, nous avons le temps, bien le temps... Pourquoi m'as-tu donné la couverture ?... Tu vois, tu trembles de froid... Mais tu as raison, il vaut mieux t'en aller, Iskouhi... Tu iras trouver Juliette. Vous avez encore cinq ou six heures devant vous... Je vous enverrai Awakian au moment voulu... Bonne nuit, Iskouhi... Fais-moi donc le plaisir de prendre la couverture et de la mettre sur ton dos... je n'en ai pas besoin... »
Il la serra encore une fois dans ses bras. Mais il lui sembla qu'elle n'avait qu'un désir, s'enfuir, et qu'elle n'existait pas plus qu'une ombre. Il lui répéta sa promesse : « Ce n'est pas un adieu. Nous nous retrouverons... »
Iskouhi était partie depuis un bon moment et il s'apprêtait à se recoucher, lorsque le souvenir de la jeune fille l'oppressa tout à coup. Elle pouvait à peine marcher tant elle était faible. Ses membres étaient rai-

dis par le froid. Son corps débile semblait presque immatériel. N'était-elle pas malade elle-même, et souffrante ? Et lui, il l'avait renvoyée à cause de Juliette. Gabriel se reprochait à présent de n'avoir pas fait avec Iskouhi au moins une partie du chemin plein d'embûches dans l'obscurité. Il descendit en courant jusqu'à la moitié du mamelon et cria : « Iskouhi, où es-tu ? Attends-moi ! »

Pas de réponse. Elle était probablement déjà trop loin pour entendre la voix de Gabriel.

Vers trois heures du matin, l'incendie qui avait embrasé les maisons du vallon finit par se calmer. Toutefois, dans le ciel, persistait encore comme un écho de cette symphonie de flammes qui déjà s'était tue. Mais la portion de ciel incendié ne disparaissait pas. Le brouillard avait absorbé ce reflet jusqu'à satiété et, comme une substance matérielle, le retenait prisonnier. C'est à ce moment que Gabriel éveilla Awakian. L'étudiant s'était également étendu à proximité des obusiers. Il dormait si profondément que Bagradian le secoua longtemps sans obtenir aucun résultat. Awakian esquissa quelques mouvements de défense et puis, soudain, leva la tête, les yeux hagards. Gabriel lui tendit la gourde où restait encore un petit fond de cognac :

« Tenez, buvez ça, Awakian... allons, du cran ! Je vais avoir besoin de vous et nous n'aurons plus le temps désormais de causer tous les deux. »

Ils s'assirent en tournant le dos au vallon de la ville, si bien qu'ils pouvaient observer de manière indistincte les postes répartis sur la nouvelle ligne de défense. Quelques-uns de ces hommes portaient des lanternes sourdes. Ces énigmes lumineuses s'agitaient paresseusement en tous sens. Le vent n'avait toujours pas repris :

« Je n'ai pas dormi un seul instant, j'avais trop à penser, malgré cette satanée bosse que j'ai là au crâne et qui se fait joliment sentir.

— C'est bien regrettable. Vous aviez besoin de sommeil, Effendi...

— Pourquoi ? Le jour que nous avons tant retardé est maintenant arrivé. Oui, je voulais vous dire, Awakian, que c'est en grande partie à vous que nos compatriotes doivent d'avoir pu tenir aussi longtemps dans de telles conditions. Nous avons réalisé ensemble une collaboration merveilleuse. Vous êtes l'homme le plus sûr que je connaisse. Pardonnez-moi ce mot qui ne veut rien dire. Vous êtes naturellement beaucoup plus... »

Awakian fit un geste de confusion. Mais Gabriel continua en posant sa main sur le genou du jeune homme : « Il faut bien une fois se parler à cœur ouvert... Quand serait-ce sinon à présent ? Ecoutez-moi, Awakian; j'avais tout à l'heure la certitude que tout finira bien pour vous. Evidemment, je ne saurais trop vous dire pourquoi. Sans doute n'est-ce qu'une imagination fantaisiste, mais je vous ai vu de retour à Paris, Awakian, Dieu sait comment vous y étiez revenu, ou plutôt comment vous y reviendrez... »

Le front pâle et fuyant du jeune précepteur faisait une tache claire dans l'obscurité : « Cela n'a certainement aucun sens, excusez-moi, Gabriel Bagradian. Les choses tourneront pour moi exactement comme pour vous, voyons, il ne peut pas en être autrement...

— Pourquoi pas ?... Naturellement, en pratique, vous avez raison, il n'y a pas d'autre solution possible. Mais admettons, aussi insensé que ce soit, admettons que vous échappiez d'une façon ou d'une autre... »

Gabriel Bagradian s'interrompit, les yeux intensément fixés dans le vague comme s'il avait pu y lire avec précision l'heureux avenir d'Awakian. Puis il tira de sa poche un portefeuille et le posa à côté de lui : « Je n'avais pas l'intention de vous retenir ici, car je voulais au contraire vous envoyer vers les positions Nord. Je suis beaucoup plus tranquille, d'ordinaire, quand je vous sais auprès de Nurhan. Mais à présent, tout ceci m'est assez indifférent. Vous avez un service bien plus important à me rendre, Awakian ! Restez auprès des femmes, je veux dire auprès de ma femme et de Mlle Tomasian. Si je vous charge de cette mission, c'est à cause du pressentiment que j'ai de la chance qui vous attend. Peut-être leur servirez-vous de porte-bonheur. Faites tout ce qui sera en votre pouvoir ! »

Samuel Awakian se répandit en protestations. Ne serait-il pas demain, pour le dernier combat, plus nécessaire que jamais ? Les questions les plus brûlantes restaient encore à résoudre. Mais le chef, impatient, ne consentait pas à tenir compte de ces scrupules : « Non, non ! On ne peut plus rien préparer. Laissez-moi tranquillement le soin de tout. Je n'ai plus besoin de vous ici. De cette façon, votre temps de service chez moi est terminé, Awakian. Ce que je vous demande, c'est seulement l'accomplissement d'un désir. »

Il tendit à Awakian un pli cacheté : « Je viens de vous remettre mon testament, mon ami. Vous le garderez jusqu'à ce que Mme Bagradian soit rétablie, vous me comprenez bien. En agissant ainsi, je continue à me baser sur ce stupide pressentiment que j'ai de votre avenir. Drôle d'idée ? Et voici d'autre part un chèque sur le Crédit Lyonnais. Je ne sais vraiment pas combien de mois de traitement je vous dois encore... Vous avez, certes, parfaitement raison de me considérer comme un fou. Dans notre situation, il est on ne peut plus absurde de faire des comptes de ce genre. Mais je suis et je reste un pédant. Tout ce que je vous raconte là n'est peut-être que superstition; je veux jouer au magicien, voyez-vous ? Je fais le magicien au petit pied. »

Bagradian se leva sur un éclat de rire. Il semblait maintenant ragaillardi et plein de confiance en soi : « Si, par hasard, c'est moi qui vous survis, ni le testament ni le chèque ne serviront à rien... Allons, ressaisissez-vous un peu... »

Le ton de son rire était forcé. Awakian tenait les papiers au bout de son bras étendu et recommençait de plus belle ses refus. Mais alors, Gabriel l'apostropha avec un accent de colère :

« Partez, partez donc, je vous en prie, je vous assure que cela me soulagera ! »

Les dernières heures avant le matin s'écoulèrent avec une lenteur intolérable. Les dents serrées, Bagradian guettait le moment où s'évanouiraient les ténèbres. Aux premières lueurs de l'aube, il pointa le canon vers le bastion Sud. L'épais brouillard de ce matin que pas un souffle de vent n'agitait, ne voulait pas se déchirer. Soudain le soleil apparut, rouge et comme courroucé. Gabriel se mit à genoux dans la position réglementaire à droite du premier obusier et, résolument, tira la mèche. La formidable détonation, le violent recul de l'affût, le feu, la fumée, la répercussion dans l'air du grondement assourdissant, les secondes raidies, cristallines, de l'attente jusqu'à l'instant où l'obus atteint son but, — autant d'éléments qui, tous ensemble, opérèrent une immense détente. Ce coup de canon libéra d'une oppression incommensurable l'âme de l'artilleur. Pour quelle raison le capitaine du Damlajik, d'ordinaire si prudent, gaspillait-il ainsi ses obus irremplaçables avant même que les Turcs n'aient entrepris leur attaque ? Voulait-il éveiller ou effrayer l'ennemi ? Pensait-il donner par là du courage aux siens ? Espérait-il que ce tir causerait assez de pertes dans les compagnies turques pour les empêcher de faire avancer plus loin leurs tirailleurs ? Non, il n'en était rien ! Si Gabriel Bagradian avait lâché ce premier coup, ce n'était pas conformément à une tactique, mais simplement parce qu'il ne pouvait pas supporter l'attente plus longtemps. C'était son cri de douleur et de défi, à la fois un appel à l'aide et l'expression d'une tragique allégresse pour marquer la fin de la nuit. Et il n'était pas seul à sentir ainsi, car tous, ils éprouvèrent la même impression que lui, ces hommes exténués de fatigue au corps recroquevillé par le froid. Ils attendirent, le visage décomposé, la réponse qui ne pouvait manquer de se produire. Mais les Turcs semblaient n'avoir pas encore quitté leur position primitive, et pas non plus au Nord. Cependant, la réponse arriva. Auparavant, Bagradian eut encore le temps de lâcher deux coups. Alors retentit une sourde, une énorme détonation. Personne n'y comprit rien. En haut, dans les airs, on sentit passer une rafale d'acier qui sembla se répandre sur toutes les montagnes, depuis l'Amanus jusqu'à l'El-Akra. La chute eut lieu beaucoup plus bas, avec un fracas épouvantable, probablement dans la plaine de l'Oronte. Or, c'était de la mer qu'était venu ce prodigieux tonnerre.

Avant que la nuit ne fût terminée — le peuple des villages s'étant transporté pêle-mêle sur les parties dénudées taillées entre les récifs et les rocs du versant abrupt — Ter Haigasoun communiqua aux mouchtars l'ordre de lui amener l'instituteur Hrand Oskanian, mort ou vif. L'âme du prêtre tout entière ne connaissait plus qu'un unique et brûlant désir : punir le responsable pour venger la loi violée et la communauté si bassement trahie. Et, aux yeux de Ter Haigasoun, le responsable, c'était l'instituteur, le « commissaire » peut-être plus encore que Sarkis Kilikian. Le prêtre, dans sa passion de vengeance, était prêt à mettre de ses propres mains fin aux jours du noir nabot et à lui faire subir un supplice raffiné.

Mais l'instituteur Hrand Oskanian se cachait dans les environs de la terrasse en forme de plateau. Il n'était pas seul. Les autres adeptes de sa religion du suicide s'étaient joints à lui. Néanmoins, il ne s'était pas encore produit un seul cas de suicide sur le Musa Dagh. Même cette nuit-là, ils n'étaient pas plus de quatre disciples à rester fidèles à Oskanian et à ses théories : un homme et trois femmes. L'homme avait cinquante ans, mais son visage était celui d'un vieillard. C'était un des tisserands en soie, originaire de Khéder Beg. Margoss Arzruni — tel était son nom — avait écouté avec le plus grand enthousiasme les sermons d'Oskanian prêchant la libre mort. Sur les trois femmes, la plus âgée avait perdu toute sa famille; les deux autres étaient encore jeunes. L'une avait vu la veille son enfant mourir de faim dans ses bras. L'autre, célibataire, appartenait à une famille aisée de Yoghonoluk et était connue de tous pour son tempérament neurasthénique et quelque peu instable.

Oskanian, pris de peur, s'était enfui pendant les troubles vers ce refuge. Mais Margoss Arzruni, en bon apôtre du prophète, avait découvert ses traces et amené vers le maître trois croyantes prêtes à mettre en pratique son enseignement. Il est plus facile de mourir à plusieurs que tout seul. Le tisserand était, du reste, un de ces apôtres inexorables qui ne souffrent pas chez leur prophète la moindre défaillance. Tous les cinq, ils étaient assis sous l'un des énormes quartiers de roche qui barrent l'entrée du chemin de la terrasse. Transis de froid, ils se serraient étroitement les uns contre les autres. Oskanian se trouvait à côté de la jeune neurasthénique qui ne manquait pas de charme. Le champion du suicide s'étonnait de constater que, si peu de temps avant d'accomplir la plus noble décision dont un homme soit capable, on pût éprouver autant de bien-être à sentir près de soi le corps souple et tiède d'une femme. Malgré cela, il répondit aux questions de la matrone qui, pleine de conviction, s'enquérait auprès de l'instituteur au sujet des conséquences scabreuses que risquait d'avoir, dans l'au-delà, un acte aussi périlleux. Il avait bien aussi, n'est-ce pas, étudié ce problème ?

« C'est un grand péché, maître, je le sais. Si je le fais, c'est seulement pour revoir les miens, et le plus vite possible. Mais peut-être n'aurai-je pas même la consolation de les revoir, et il faudra que je reste en enfer pour l'éternité parce que, je le sais bien, c'est un grand péché... »

Oskanian leva son nez pointu qui se distinguait nettement dans l'obscurité : « Tu ne feras que rendre à la nature ce qu'elle t'a donné. »

Cette phrase décisive parut causer une joie diabolique à Arzruni le tisserand. Il se frotta les mains et glapit du fond de sa mince poitrine :

« Voilà qui est bien envoyé, ma vieille... Si c'est pour revoir ta famille, tu peux toujours attendre jusqu'à demain. Les Turcs ne te feront pas grâce. Aucun ne te prendra pour son harem. Quant à moi, je n'ai pas envie d'attendre, j'en ai assez ! »

La femme croisa ses deux mains sur sa poitrine et dit en s'inclinant : « Jésus-Christ me pardonnera... Dieu sait tout... »

L'instituteur sauta sur cette formule typique : « Dieu sait tout ! s'écria-t-il ; la seule raison pour laquelle on pourrait lui pardonner d'avoir créé le monde, ce serait de penser que, lui non plus, il ne sait rien de rien... Il ne s'inquiète pas plus de nous que d'un ciron, comprends-tu ? Il en aurait, un fameux travail à faire !... »

L'apôtre Arzruni répéta d'un ton ironique et enthousiaste : « Oui, il en aurait, un fameux travail... Ça saute aux yeux... Pas plus que d'un ciron... »

Mais le prophète, complètement épuisé par sa propre sagacité, se tourna vers la matrone tourmentée à l'idée du péché :

« Comment pourrait-il s'inquiéter de toi puisqu'il n'est rien d'autre qu'une stupide invention de ta propre tête... »

Le tisserand, pendant un instant, parut se concentrer, clignotant des yeux ; puis il poussa un cri de ravissement, se tapa sur la cuisse et se mit à remuer en tous sens comme un musulman en prière :

« C'est seulement dans ta tête, ma vieille, et une stupide invention. Comprends-tu ça ?... Dans ta tête, et pas ailleurs... Crache-la donc, cette bêtise, crache-la donc ! »

Ce blasphème et le rire d'Arzruni provoquèrent chez la jeune mère une explosion de douleur effrénée. Elle se rappelait qu'après un long combat, quelqu'un avait arraché de ses bras le petit cadavre raidi. L'homme, un des infirmiers, s'était vite enfui pour aller jeter n'importe où son enfant, son enfant de trois ans. Des heures durant, elle avait cherché le corps. Ah ! elle espérait bien qu'il l'avait jeté dans la mer. Ainsi, elle serait, dans la mer, réunie à son enfant. Elle se leva soudain avec un cri perçant : « Pourquoi perdez-vous des heures en discours ? Allons-y donc, une fois pour toutes ! »

L'instituteur la réprimanda : « Il faut établir un ordre. »

Il était déjà plus de minuit lorsqu'on s'occupa de fixer cet ordre. Arzruni proposa de tirer au sort. Mais Oskanian fut d'avis que, de toute façon, c'étaient les femmes qui devaient commencer, ainsi que le veut l'usage, la plus âgée d'abord, puis les deux plus jeunes, l'une après l'autre. Il ne justifia pas davantage cette décision, mais, comme aucune des femmes ne le contredit, les choses en restèrent là. En fin de compte, il se déclara prêt à tirer au sort pour lui et son apôtre. Le destin se prononça contre lui, ou, si l'on veut, en sa faveur, car il lui donna le droit de priorité sur le tisserand. C'était l'heure où le vent restait calme. Toutefois, la mer houleuse continuait à gronder en bas, bien loin au-dessous d'eux.

L'obscurité était opaque. A tâtons, rampant avec d'infinies précautions et la lanterne à la main, l'instituteur avança à peu près jusqu'au bord du rocher. C'est là que, d'une main tremblante, il déposa sa lanterne. La lumière, étrangement immobile, marquait ainsi la frontière entre la terre et l'autre monde. Oskanian recula précipitamment. Puis, tel un guide ou un maître des cérémonies préposé au service de l'abîme, il esquissa de la main un geste poliment engageant dans la direction de la lanterne.

La matrone resta quelques minutes à genoux et fit plusieurs signes de croix répétés. Puis elle marcha en avant, à petits pas pressés, et disparut sans un cri... La jeune mère lui succéda aussitôt. Elle prit un élan, on entendit un cri bref et aigu... La neurasthénique se montra de beaucoup plus hésitante. Elle demanda à l'instituteur de la pousser dans l'abîme au dernier moment. Mais Oskanian se refusa avec une extrême violence à lui rendre ce service. Elle se traîna à quatre pattes jusqu'au bord. Là, elle parut revenir encore une fois sur sa décision. Comme elle avançait la main vers la lanterne, elle la renversa et celle-ci tomba dans le néant. Au lieu de garder son calme ou de s'en retourner, la jeune fille tendit les bras dans la direction de la lanterne, se pencha en avant et perdit l'équilibre. Un cri horrible, sans fin, déchira l'air, car la malheureuse se cramponna pendant au moins deux minutes à une saillie rocheuse avant de sombrer définitivement... Oskanian et Arzruni se tenaient en silence dans les ténèbres. Le temps passa, long, infiniment long. Et toujours retentissait dans le cerveau de l'instituteur l'écho déchirant du cri poussé en mourant par la jeune neurasthénique. Finalement, l'apôtre dit au prophète sur un ton d'encouragement : « Eh bien, maître, voici ton tour... »

Hrand Oskanian sembla examiner mûrement la situation. Puis il déclara d'une voix qui ne dénotait pas une fermeté particulière :

« Nous n'avons plus de lanterne. Je n'aime rien faire dans l'obscurité. Attendons jusqu'à l'aube. Cela ne peut plus durer bien longtemps... »

Le tisserand objecta avec raison : « C'est pourtant beaucoup plus facile dans l'obscurité, maître !

— Pour toi peut-être, mais pas pour moi, riposta l'apôtre d'un ton rageur, moi, j'ai besoin de lumière ! »

Margoss Arzruni, selon toute évidence, accepta cette explication de genre relevé. Mais il ne voulut pas quitter Oskanian d'une semelle. Dès que l'instituteur, assis à côté de lui, esquissait le moindre mouvement, il le saisissait immédiatement par un pan de sa redingote. Ce geste par lequel Arzruni retenait son prophète témoignait de la crainte, de la soumission et de la méfiance. Ainsi Hrand Oskanian était prisonnier de sa propre doctrine. Lorsque après une éternité, le bord du rocher surgit dans la première lueur de l'aube embrumée, Arzruni se leva et ôta sa longue blouse :

« Allons, maître ! Il ne fait plus sombre maintenant... »

Oskanian étira consciencieusement ses membres, bâillant comme au sortir d'un sommeil réparateur et se leva sans empressement. Tout d'abord, il se moucha plusieurs fois bruyamment avant d'accomplir les pas nécessaires, suivi de son vigilant disciple. Cependant, à une bonne distance de l'extrême bord, il se retourna :

« Il vaut mieux que tu commences, tisserand ! »

D'un pas chancelant, Arzruni, en chemise sale, vint à Oskanian et approcha sa tête du visage de l'instituteur avec une expression attentive :

« Pourquoi serait-ce moi, maître ? Nous avons tiré au sort. C'est toi que le destin a choisi. Les trois femmes nous ont précédés... »

Au-dessus de sa barbe touffue, la face d'Oskanian était blême :

« Pourquoi serait-ce toi ? Parce que je veux être le dernier ! Parce que je n'ai pas envie qu'ensuite tu te défiles pour aller t'amuser ailleurs ! »

Le tisserand parut alors méditer profondément sur ces paroles d'Oskanian. Puis, tout à coup, sans que l'autre pût le prévoir, l'apôtre se précipita sur son prophète. A vrai dire, ce dernier avait bien un peu pressenti l'approche d'une telle attaque. Il se rendit bientôt compte que, quoique étant plus petit que son adversaire, ses forces étaient supérieures à celles d'Arzruni, homme de constitution débile. Toutefois, ce fanatique qui s'estimait trompé dans sa foi menaçait de devenir dangereux. Oskanian se laissa pousser par lui à peu près jusqu'à la limite du gouffre. Sans aucun doute, ce forcené voulait l'entraîner à sa suite dans les profondeurs. Soudain, l'instituteur se jeta à terre ; d'une main, il se cramponna fermement à un buisson nain, de l'autre, il saisit la jambe droite du tisserand et le fit tomber. Sans lâcher les tiges dures comme l'acier, il donnait avec ses pieds des coups désordonnés dans le visage et la poitrine de son rival abattu. Avant qu'il ait pu comprendre comment cela s'était passé, une seconde plus tard, ses pieds s'agitaient déjà dans le vide. Le corps d'Arzruni le tisserand roulait dans le brouillard par-dessus la falaise. Oskanian demeurait hébété. Puis, toujours accroupi, il recula loin, plus loin en arrière. Il se sentait sauvé. Mais cette impression ne dura qu'un court instant. Il comprit bientôt que cette victoire ne lui servait tout de même à rien. Il ne pouvait plus désormais retourner vers les justes et partager l'existence des honnêtes gens, pas plus qu'il ne pouvait s'enfuir. Le petit instituteur se leva d'un bond et se mit à marcher en long et en large, à pas saccadés. Vingt fois il se répéta : « Au grand jour, pas dans le crépuscule. »

Au cours de ces allées et venues, Oskanian buta contre un long morceau de bois. C'était le drapeau portant l'appel à l'aide : « Chrétiens en détresse » que depuis longtemps le vent avait renversé et entraîné à son gré. Il y avait plusieurs jours qu'on ne se servait plus de la terrasse ni comme observatoire ni comme cimetière. Hrand Oskanian leva de terre la lourde hampe, la chargea sur son épaule sans trop savoir ce qu'il faisait, et se mit à marcher à grands pas avec une agitation croissante, étrange porte-drapeau. Comme il aurait voulu, à présent, renvoyer le soleil derrière le mont Amanus ! Et voici que déjà, il apparaissait, rouge et coléreux. Une dernière pensée désespérée traversa son esprit : Fuir ce rocher maudit ! Chercher une cachette ! Plutôt mourir lentement de faim ! Mais désormais, Oskanian ne pouvait plus reculer. Il était obligé de tenir sa parole, puisque le grand jour était là. Les femmes et le tisserand attendaient. Sans lâcher le drapeau qu'il portait toujours devant lui, il s'avança d'un pas hésitant jusque vers le bord. Au-dessous de lui, le brouillard se déchirait. Des traînées, des colonnes et d'épaisses couches de brume s'entremêlaient, dansantes, formant mille arabesques et laissant parfois entrevoir un coin de mer, lisse et terne comme un linge gris sombre. Sur un point de cette surface, on voyait briller quelque chose. Hrand Oskanian ferma les yeux. Ce qu'il avait toujours craint était arrivé : il était vraiment devenu fou. A plusieurs reprises, il ouvrit les yeux et les referma. Tandis que le brouillard disparaissait à demi, la lueur brillante, elle, demeurait immuable, comme fixée sur l'immense surface. On ne pouvait pas, à vrai dire, parler d'un éclat bien vif, c'était plutôt un grand bateau gris bleu à quatre cheminées qui, vu d'en haut, semblait assez petit et n'avait presque pas l'air d'un navire véritable. Quelques lambeaux de brouillard s'attardaient encore autour de lui. L'instituteur avait de très bons yeux. Aussi put-il lire sans peine dans les rayons déjà vigoureux du jeune soleil les grandes lettres noires qui, à la proue, formaient le mot : *Guichen.*

Oskanian poussa quelques cris plaintifs. *Guichen !* Le miracle s'était accompli. Mais il n'en aurait rien. Tous pourraient être sauvés, lui seul n'en aurait pas le droit. Soudain, il brandit le drapeau largement déployé qui signifiait : « Chrétiens en détresse. » Toujours plus vite, comme un fou, il agitait, infatigable, la lourde hampe ; et cela dura des minutes. Sur le pont de commandement du cuirassé, un pavillon français lui fit un signal de réponse. Mais Oskanian ne le vit pas. Il ne savait plus rien de lui-même. Inlassable, il brandissait son chiffon blanc en larges demi-cercles. Il gémissait sous l'effort. Tant qu'il lui resterait quelque force, il pourrait se permettre de vivre. Loin, là-haut, les obusiers de Bagradian lançaient leurs détonations. Les ondulations du drapeau arménien se faisaient toujours plus courtes et plus irrégulières. Peut-être pourrai-je tout de même me réfugier en cachette sur le bateau, murmurait une voix au fond d'Oskanian. Mais en même temps, entraîné plutôt par le poids de l'oriflamme que par sa propre volonté, il fit un pas dans le vide en poussant un horrible cri de frayeur.

A ce moment, un canon du *Guichen*, au calibre de 240 millimètres, lâcha dans la direction de Suedja le coup formidable qui sommait les Turcs d'arrêter leur attaque.

Cette sommation foudroyante vint déchirer l'âme du général, du kaimakam et du jusbachi. Ces messieurs s'étaient retrouvés quelques minutes auparavant au quartier général du commandant; même le gros kaimakam s'était fait un devoir de venir, bien qu'avec sa maladie de foie il lui fût particulièrement pénible de se lever de bonne heure et de gravir une pente. Les éclaireurs avaient travaillé de façon exemplaire pendant la nuit. Ils avaient consciencieusement exploré les emplacements qui, sur la côte abrupte, offraient un nouveau refuge au peuple du camp. On savait d'autre part que deux lignes de tirailleurs peu fournies et mal protégées barraient le Damlajik vers le Sud. C'est pourquoi Ali Risa commanda de ne mettre en ligne contre ces faibles positions que deux compagnies pourvues de mitrailleuses et cela, au moment même où l'artillerie de montagne se mit à bombarder au Nord les tranchées arméniennes. Lui-même et le jusbachi étaient convaincus qu'au bout d'une heure environ la résistance serait complètement brisée. Comment les Arméniens auraient-ils pu se sauver désormais ? Le premier obus lancé par le canon de Gabriel Bagradian tomba dans les éboulis au-dessous de la tour rocheuse; le second s'égara plus loin encore, mais le troisième vint s'abattre non loin du groupe des officiers. Des éclats d'obus et des morceaux de rocher firent vibrer l'atmosphère. Deux fantassins étaient couchés à terre et geignaient pitoyablement. Le jusbachi alluma une cigarette sans s'inquiéter davantage :

« Nous subissons des pertes, mon général... »

Le visage juvénile et transparent d'Ali Risa avait pris une coloration pourpre. Ses lèvres se firent plus minces encore que d'habitude :

« Jusbachi, j'ordonne que ce Bagradian ne soit pas tué et qu'on me l'amène vivant pour comparaître devant moi. »

Mais à peine avait-il dit ces mots qu'on entendit retentir l'impérieux coup de tonnerre. Ces messieurs se précipitèrent vers les retranchements ouest d'où l'on pouvait dominer la mer sur une vaste étendue. Sur les flots couleur de plomb, le *Guichen*, bleu-gris et immobile semblait, avec ses quatre cheminées, figé dans une rigidité de glace. Un nuage noir de suie flottait sur les cheminées. La fumée qu'avait lâchée la bouche du canon s'était déjà dissoute dans l'air. Selon toute apparence, le commandant avait tiré ce coup vers la plaine de l'Oronte uniquement pour effrayer les Turcs. Le kaimakam fut le premier à retrouver l'usage de la parole. Sa voix tremblait d'émotion :

« Général, je vous somme d'entamer sans tarder les opérations. Ce n'est pas ce bateau qui va nous en empêcher... »

Ali Risa lâcha sa lunette d'approche et se tourna vers son adjudant : « Téléphonez à Habaste et dites qu'on fasse transmettre l'ordre suivant par des estaffettes le plus rapidement possible jusqu'aux positions d'artillerie du Nord : Défense absolue de commencer le feu ! »

— Défense absolue de commencer le feu », répéta l'adjudant qui s'en fut aussitôt.

Puis, tournant ses yeux gris vers le jusbachi, le général reprit : « Ordonnez le rappel des compagnies de tirailleurs ; que toutes les troupes quittent la montagne et se rassemblent en bas dans la vallée des villages. Annoncez partout le départ !

— J'exige des explications, s'écria le kaimakam hors de lui, et les poches de ses yeux devenaient visiblement bleues à force d'être noires : c'est de la lâcheté. Je suis responsable vis-à-vis de Son Excellence. Il n'y a aucune raison de cesser les opérations ! »

Il rencontra à ce moment le regard appuyé et glacial du jeune général : « Aucune raison ? Avez-vous envie de donner une occasion à la flotte alliée de bombarder la côte découverte ? Ces canons à longue portée atteignent jusqu'à Antioche. Croyez-vous peut-être que ce croiseur va rester là tout seul, kaimakam ? Attendez-vous que les Français et les Anglais débarquent avec leurs troupes et viennent établir un nouveau théâtre des hostilités au beau milieu de la Syrie sans défense ? Quel est votre avis, kaimakam ? »

A quoi le kaimakam répliqua, la face ocre, l'écume à la bouche : « Cela ne me regarde pas. Moi, en tant que responsable, je vous ordonne... »

Il ne put pas en dire plus long. Le contre-ordre du général n'avait évidemment pas atteint en si peu de minutes les positions d'artillerie turque. Ses premiers projectiles éclataient déjà dans la dépression du col, au Nord. Mais aussitôt les longs canons de ligne élégante se mirent à tourner dans les tourelles du *Guichen*. Quelques secondes à peine s'écoulèrent et d'énormes obus s'abattirent avec un fracas formidable sur les maisons cubiques de Suedja, d'El Eskel et de Jedidjé. Immédiatement, le drapeau américain commença à monter le long de la haute cheminée qui surplombait la distillerie. Plusieurs cabanes turques étaient déjà en flammes. Ali Risa, d'un ton impérieux, ordonna au jusbachi :

« Téléphonez donc d'arrêter le feu, bon Dieu ! Que les saptiéhs fassent évacuer la population et que tous gagnent la vallée des villages ! »

Le général leva de terre sa canne et se prépara à partir ; les officiers le suivirent en groupes serrés.

« Je ne me sens pas bien », gémit le kaimakam qui, au cours de cette matinée, s'était trop dépensé en raison de son mauvais état de santé. Il se laissa tomber par terre de tout son corps massif. Il semblait lutter de toute sa force contre la menace d'une syncope. Ses lèvres noirâtres laissaient échapper sans cesse les mêmes mots :

« C'est la fin... C'est la fin... »

Il fallut faire transporter le malade dans la vallée par quatre saptiéhs.

On pourrait croire que, lorsque la conscience du miracle parvint à l'esprit de Gabriel Bagradian, celui-ci avait aussi été renversé par la violence de cette révélation rédemptrice. Mais il ne produisit rien de tel. La sensibilité de Gabriel n'était plus capable d'aucune réaction. Même les mots les plus réservés ne sauraient traduire fidèlement ce qui se passa alors à l'intérieur de son âme. Non, ce n'était pas une déception. Déception serait un terme trop brutal. C'était plutôt la fatigue indésirable qu'un organisme exténué doit dépenser pour s'adapter à une situation nouvelle. C'est ainsi que l'œil humain, placé soudain dans une lumière crue au sortir de l'obscurité, se défend encore contre ce brusque changement, même lorsque l'être entier l'a vivement désiré. Le premier réflexe de Bagradian fut un ordre qu'il fit circuler à travers la ligne de défense :

« Que personne ne bouge ! Et que chacun reste à sa place ! »

Cet ordre était, en l'occurrence, extrêmement important. En effet, tout d'abord Gabriel ignorait les intentions des Turcs ; ensuite, il n'avait pas encore vu de ses propres yeux le pavillon français sur le navire de guerre. De plus, il était fort peu probable que ce vaisseau pourrait et voudrait recueillir quatre mille cinq cents personnes.

— Le miracle inattendu n'agit pas d'une façon moins étrange sur les défenseurs qui, après cette dernière nuit d'une durée infinie à laquelle devait succéder une mort certaine, demeuraient couchés comme paralysés, en longues lignes de tirailleurs. C'était un gamin hors d'haleine qui avait apporté la nouvelle et l'avait criée d'une voix de fausset. Elle ne provoqua pas le moindre son ; un lourd silence l'accueillit en premier lieu. Puis, tout d'un coup, les hommes quittèrent leurs positions. Ceux qui avaient entendu proclamer le miracle, se précipitèrent jusqu'au haut du mamelon, vers les obusiers, vers le chef suprême. Ce n'était pas cet élan qui paraissait extraordinaire, mais la modification subite des voix masculines d'ordinaire si profondes et rauques. Ces hommes gloussaient soudain sur un ton suraigu. Gabriel était assailli de tous côtés par des sons minces et élevés. Cela résonnait presque comme une déformation tremblotante de récriminations glapies par des mégères ou comme un accès d'angoisse chez des fous. Avant même d'avoir pris possession des âmes, le sentiment du salut provoquait un spasme de la glotte contagieux. Dès qu'ils entendirent l'ordre de Bagradian, les hommes obéirent immédiatement. Ils retournèrent à leurs lignes et se couchèrent, le fusil en avant, comme si rien de sensationnel ne s'était produit. Seul l'instituteur Hapeth Chatakhian demanda au commandant de le déléguer vers la rive en qualité de commissaire, alléguant que ses connaissances magistrales du français et son accent impeccable le désignaient particulièrement pour mener à bien les négociations. Son visage était radieux. Gabriel Bagradian voulait, par son propre exemple, retenir ses hommes dans leurs·positions jusqu'à ce que le dernier danger d'une attaque turque fût évanoui. Aussi se décida-t-il à laisser partir Chatakhian avec les recommandations suivantes : Quoi qu'il arrive, veiller à entretenir des relations constantes entre le camp installé désormais au bord de la mer et les défenseurs demeurés sur la montagne ; se faire accompagner, pour se rendre sur le bateau français, de Ter Haigasoun et du Dr Altouni ; enfin, faire savoir dans un délai minimum au commandant du croiseur que, parmi le peuple en détresse, se trouve une Française de naissance et que celle-ci est même gravement malade.

En entendant retentir les coups de canon dirigés contre le col Nord, Bagradian se sentit renforcé dans ses soupçons. Ainsi, les Turcs n'avaient pas du tout l'intention de renoncer jusqu'à nouvel ordre à une proie si facile. Mais au bout de peu de temps, ce feu cessa progressivement, tandis que, du bateau, les gigantesques pièces d'artillerie lançaient leurs bombes, à coups rythmés, sur les localités musulmanes. Dans la plaine de l'Oronte, on croyait entendre le fracas du jugement dernier. Lorsque Gabriel eut gravi la hauteur de l'observatoire, Suedja, El Eskel, Jedidjé et même, au loin, Aïn Jérab, n'étaient plus que fumée et flammes. Sur des chevaux, des ânes, dans des chars à bœufs et en foules compactes, la population de ces villages s'enfuyait vers la vallée arménienne. Après quelques instants, Bagradian retourna vers les obusiers et s'assit à côté d'eux. Il regardait au loin et, en même temps, au dedans de lui : « Ainsi, peut-être serai-je de nouveau, dans quelques semaines, installé à Paris. Nous retrouverons l'appartement de l'avenue Kléber et reprendrons notre ancienne existence. » Mais cette pensée, qu'une heure auparavant seul un fou aurait pu concevoir, ne modifiait en rien le vide extraordinaire qui régnait en lui. Pas la moindre trace de l'allégresse débordante, de l'ardente et religieuse gratitude qu'il convient d'adresser à Dieu en face d'un miracle inimaginable. Gabriel n'avait pas envie de revoir Paris, ni d'avoir un appartement, ni de fréquenter des gens cultivés ; il n'avait pas envie de confort, pas même de manger à sa faim, de coucher dans un lit ni de pouvoir être propre. Le seul désir qui se manifestât en lui, c'était un besoin de solitude qui le rongeait et croissait continuellement, de minute en minute. Mais il aurait fallu que ce fût une solitude telle qu'il n'en existe pas. Un univers sans humains. Une planète sans mouvement, sans la moindre nécessité, la moindre exigence matérielle. Un ermitage cosmique dont il serait le seul habitant, où ses regards ne rencontreraient que des horizons tranquilles, sans passé, sans présent et sans avenir.

Tout dormait encore tandis qu'Oskanian agitait son drapeau d'appel à l'aide. Leur sommeil n'avait plus rien d'humain, ces êtres dormaient comme de la matière inerte, comme un rocher ou comme un tas de terre. Le coup de tonnerre lancé par le canon du navire vint les réveiller. Presque quatre mille femmes, enfants et vieillards ouvrirent leurs yeux angoissés à la lumière de ce jour qui serait leur quatrième journée de famine. Tous ces gens massés sur la rive virent un mirage incroyable qui demeurait immuable sur la mer où rien ne s'agitait. Quelques-uns essayèrent de se redresser pour dissiper cette vision fantastique, d'autres, indifférents, restaient étendus sur la pierre dure qui avait usé leur peau tout amincie sous laquelle n'apparaissaient plus que les os. Ils ne prenaient même pas la peine, désormais, de se retourner sur l'autre côté. Soudain, il s'éleva parmi eux un gémissement haletant et pleurard qui se communiqua à la ronde comme les faibles cris que poussent les enfants lorsqu'ils sont sérieusement malades. Alors, même les plus indolentes de ces ombres se levèrent d'un bond. Les gamins, qui possédaient encore plus de forces que le reste du peuple, escaladaient les récifs. Tous se pressaient vers le bord de l'eau.

Le grand croiseur *Guichen* était ancré à une distance d'à peu près un demi-mille marin de la côte. Les officiers et matelots purent voir à ce moment un spectacle des plus émouvants. Ils aperçurent des centaines de bras nus et squelettiques qui se tendaient vers eux comme pour mendier une aumône. Les corps humains auxquels tenaient ces bras, et même les visages, semblaient, au bout des longues-vues, aussi flous que des fantômes. Pendant ce temps, on entendait un brouhaha de voix aiguës analogue au grésillement de certains insectes, et qui semblait venir d'un point beaucoup plus éloigné qu'il ne l'était en réalité. De plus en plus apparaissaient entre les parois rocheuses des flots toujours renouvelés de ces cigales à forme humaine qui venaient grossir la foule des bras suppliants. Avant que le commandant du *Guichen* ait pu prendre une résolution quelconque au sujet de ces opprimés, on vit deux petites silhouettes sauter des falaises dans l'eau, des garçonnets, à coup sûr, qui se mirent à nager dans la direction du bateau. Ils s'en rapprochèrent jusqu'à une distance de cent mètres environ, puis ils parurent perdre leurs forces. On avait d'ailleurs, par mesure de prévoyance, envoyé à leur rencontre un canot qui les recueillit. Un autre canot s'approchait dans la direction de la côte. Il venait chercher, pour les amener à bord, les délégués de ces étranges « chrétiens en détresse ». Mais bientôt, on put constater que, lorsque Dieu accomplit un miracle, la brutale réalité se plaît à en diminuer l'éclat par toutes sortes de perfidies. La configuration de cette côte si abrupte présentait tant de difficultés et le remous était si fort que même l'habile équipage du canot envoyé par le *Guichen* ne parvenait pas à atterrir. Presque une heure se passa en vains essais d'abordage avant que Ter Haigasoun, Altouni et Hapeth Chatakhian pussent monter dans l'embarcation. Et c'était l'heure pendant laquelle le *Guichen*, pour répondre au bombardement provocateur du Musa Dagh, avait tiré cent vingt obus de gros calibre sur la plaine musulmane.

Le capitaine de frégate, Brisson, reçut la délégation au mess des officiers, après avoir fait cesser le feu de l'artillerie à bord. Brisson eut un mouvement d'horreur à la vue des trois hommes, de ces corps rabougris vêtus de lambeaux, de ces visages hirsutes aux fronts hauts et aux yeux démesurés. Ter Haigasoun était, des trois, le plus effroyable à voir avec sa barbe roussie et sa cicatrice de brûlure sur la joue droite. Comme sa soutane ordinaire avait brûlé dans sa cabane, il portait toujours sur les épaules la couverture qu'on lui avait prêtée. Le capitaine de frégate tendit la main aux hommes :

« Probablement le prêtre... l'instituteur... ? » demanda-t-il. Mais Chatakhian ne lui laissa pas le temps de se renseigner davantage; rassemblant toutes ses forces, il s'inclina devant l'officier et se lança aussitôt dans le discours qu'il avait préparé à haute voix sur le chemin en lacets menant à la mer et, plus tard, dans le canot. Il le commença par la formule : « Mon général » qui, évidemment, était assez inopportune. Lorsque le capitaine Brisson eut entendu dans cet exposé, bien oriental par sa longueur, tout ce qu'il avait besoin de savoir, et, en outre, beaucoup de détails inutiles, l'orateur, fort content de soi, espérait recevoir d'une si auguste bouche un petit mot de félicitation pour sa prononciation irréprochable. Mais le capitaine examina lentement les trois hommes l'un après l'autre, puis sa première question fut pour demander le nom de jeune fille de Mme Bagradian. Hapeth Chatakhian fut très heureux de pouvoir se montrer utile aussi dans ce domaine. Ce fut ensuite Ter Haigasoun qui prit la parole. Au grand étonnement et même à la stupéfaction de l'instituteur, le prêtre parlait le français très couramment, ce dont l'autre n'avait pas pu se douter pendant toutes leurs années de collaboration à l'école. Il attira aussitôt l'attention du capitaine sur la famine et la débilitation qui régnait dans le peuple et il demanda un secours immédiat sans lequel beaucoup de femmes et d'enfants ne pourraient vivre plus de quelques heures. Pendant que parlait Ter Haigasoun, Bedros Hékim s'effondra et faillit tomber de sa chaise. Brisson fit apporter sur-le-champ du cognac et du café, et servir un copieux repas aux députés arméniens. Il apparut alors que non seulement le vieux médecin, mais aussi ses deux compatriotes pouvaient à peine absorber quelque nourriture. Pendant ce temps, le commandant du navire appela l'officier de ravitaillement et donna des ordres pour faire envoyer sans tarder vers la côte des canots chargés de tous les vivres disponibles. Le médecin, le personnel sanitaire du vaisseau et un détachement de fusiliers marins reçurent également l'ordre de descendre à terre.

Ensuite, Brisson expliqua aux Arméniens que son cuirassé n'était pas une unité isolée, mais formait l'avant-garde d'une escadre anglo-française qui avait la mission de longer la côte d'Anatolie dans le sens du Nord-Ouest. Le *Guichen* avait déjà quitté la veille la baie de Famagouste, à Chypre, trois heures avant le départ du gros de l'escadre. Le commandant en chef de la flottille, à savoir le contre-amiral, se trouvait, disait-il, sur le *Jeanne d'Arc*, vaisseau de ligne. Il fallait attendre sa décision. Depuis une heure déjà, on avait envoyé au *Jeanne d'Arc* un message radiotélégraphique. Mais les délégués n'avaient pas lieu de s'inquiéter, car, sans aucun doute, un amiral français n'abandonnerait pas à son destin ce si vaillant rameau du peuple chrétien persécuté qu'étaient les Arméniens. Ter Haigasoun inclina sa tête que terminait la barbe abîmée par les flammes :

« Puis-je me permettre une question, monsieur le capitaine ? Comme vous venez de nous le dire, votre navire n'est pas isolé et vous dépendez des ordres d'un supérieur. Comment se fait-il alors que vous n'ayez pas gardé la direction nord-ouest et que vous soyez venu vers notre rivage... ?

— Vous avez certainement été longtemps privés de cigarettes, messieurs, je me fais un plaisir de vous offrir celles-ci... »

Brisson tendit à l'instituteur un gros paquet de cigarettes et tourna ensuite vers Ter Haigasoun sa tête grisonnante de vieux marin aux yeux pensifs :

« Votre question m'intéresse, mon père, car j'ai en effet agi contre les ordres reçus et je me suis considérablement écarté de l'itinéraire prévu. Pourquoi ? A dix heures, nous avons doublé le cap nord de Chypre. A une heure du matin, on m'a signalé un grand feu sur la côte syrienne. On aurait cru, à le voir, que toute une ville de moyenne importance était en train de brûler. Une énorme portion du ciel était rouge, d'un rouge ardent. Nous nous trouvions en pleine mer, au moins à trente milles de la terre ferme. Or, vous avez, comme vous me le dites, seulement enflammé quelques huttes de branchages. Evidemment, le brouillard produit souvent l'effet d'une lentille grossissante. Il est probable que de tels phénomènes arrivent fréquemment. La moitié du ciel était rouge, je n'exagère pas. C'est par curiosité — par pure curiosité — que je me suis écarté de notre itinéraire. »

Ter Haigasoun se leva de sa chaise. On aurait dit qu'il voulait prononcer une déclaration très importante. Ses lèvres remuèrent. Soudain, il fit quelques pas mal assurés vers le mur de la cabine et pressa son visage contre la vitre d'un des hublots. Brisson, le capitaine de frégate, eut l'impression que le prêtre succombait à ce moment au même accès de défaillance qu'auparavant le vieux médecin. Mais Ter Haigasoun se retourna. Le visage du prêtre brillait comme une tête d'ambre sculptée dans les rayons du soleil qui inondait la pièce basse, siège du mess des officiers. Les yeux de Ter Haigasoun semblaient égarés; il balbutiait en arménien :

« Tout le mal n'est arrivé... que pour nous procurer la grâce divine ! »

Il leva légèrement les mains comme pour signifier que, pour lui, le temps des souffrances était révolu. Le Français ne pouvait pas comprendre son attitude. Bedros Hékim avait laissé tomber sa tête sur la table et s'était endormi. Quant à Hapeth Chatakhian, lui, il ne pensa pas du tout à l'incendie de la ville qui avait commencé de façon impie par la flamme de l'autel et dont la conclusion était la délivrance.

Deux heures plus tard, la silhouette puissante du *Jeanne d'Arc* apparut à l'horizon, et derrière lui, le croiseur anglais, ainsi que les deux autres navires français. Le grand bâtiment de transport n'arriva que vers midi. Ces monstres de combat surmontés de tourelles s'avançaient, gris-bleu, harmonieusement équidistants, sur une large ligne, laissant derrière leurs carènes de longs traits d'écume parallèles. Le chef de l'escadre avait répondu par T. S. F. au capitaine Brisson qu'il avait l'intention non seulement de recueillir les réfugiés arméniens et d'interrompre pour cela la croisière prévue, mais aussi de visiter en personne le théâtre de cette lutte héroïque par laquelle, quarante jours durant, une portion isolée d'une nation chrétienne avait tenu tête à la barbarie dominatrice. Le contre-amiral était un catholique fervent et connu comme tel; aussi la lutte des Arméniens, champions de la religion du Christ, le touchait-elle sincèrement.

Lorsque l'escadre fut ancrée et répartie avec une symétrie exemplaire, on vit sur la surface miroitante de la mer toute une magnifique agitation. Des signaux sonores se répondaient d'un bord à l'autre. On entendait gémir les chaînes et les grues. De vastes canots de sauvetage descendaient lentement jusqu'au niveau de l'eau. Entre temps, les matelots du *Guichen* avaient installé un débarcadère improvisé au point où les récifs permettaient un abordage moins difficile. Le médecin-major du *Guichen*, ainsi que ses assistants et ses infirmiers, prodiguait ses soins aux malades et aux malheureux qui défaillaient d'inanition. Il fit de grands compliments à Bedros Altouni pour avoir trouvé, la veille encore, bien qu'étant à bout de forces, un lieu isolé pour les patients atteints de maladies contagieuses ou soupçonnés tels. Altouni avoua avec un profond soupir qu'en haut, sur le Damlajik, il restait encore beaucoup de ces pauvres gens qui attendaient la mort, privés de tout soin et de tout remède; et cependant, la plupart d'entre eux auraient pu être sauvés, à condition d'être convenablement traités. Le médecin en chef fit la grimace. Recevoir à bord des gens ayant la fièvre, c'était une grande responsabilité. Mais que faire? On ne pouvait pourtant pas abandonner ces chrétiens à la vengeance des Turcs. Le médecin-major était un homme de cœur, et il dit à son collègue arménien avec un signe d'intelligence : « Ne parlez seulement pas trop de cette affaire ! » Le vapeur qui servait à transporter des troupes était quasi vide et comprenait de grands locaux sanitaires fort bien aménagés. Le major, en clignant de l'œil, fit comprendre au vieux docteur qu'il pouvait être tranquille. A ceux qui étaient bien portants — dans la mesure où l'on pouvait parler d'êtres bien portants — on distribuait du pain et des conserves en quantités considérables. Les cuisiniers du bord avaient confectionné des chaudrons entiers de soupe aux pommes de terre et les braves marins français avaient prêté, pour cette occasion exceptionnelle, leurs propres gamelles. Les Arméniens recevaient tous ces dons comme s'ils étaient irréels, comme si ce pain et cette soupe étaient des mets de rêve qui ne pouvaient pas les rassasier. Toutefois, lorsque chacun eut dévoré sa part, presque sans l'avoir mâchée ni en avoir senti le goût, une nouvelle mentalité sembla se répandre parmi la population. Sans doute, on était épuisé et aux dernières limites de la vie, et néanmoins, les quarante jours de souffrance disparaissaient du souvenir comme une légende à demi oubliée. L'organisme, déshabitué de recevoir de la nourriture, se montrait encore récalcitrant (du pain ! ce pain si ardemment désiré !); l'âme, par contre, trouvait tous ces événements naturels, comme si jamais rien n'avait changé dans la destinée de tous, comme si cette grâce envoyée par Dieu n'était que l'évolution nécessaire des choses.

Le contre-amiral débarqua sur le pont branlant, entouré d'un important état-major. Sa vedette était suivie de toute une foule de bateaux qui sillonnaient l'eau de leur course rapide. Pour assurer un service de protection au chef suprême de l'escadre, on envoyait à terre, de tous les navires, des détachements d'infanterie de la marine munis de mitrailleuses. Les soldats, une fois débarqués, envahirent les étroits rochers en bordure de la rive formant une cohue si compacte que l'amiral ne vit tout d'abord que des uniformes français et ne parvenait pas à découvrir derrière eux l'objet de sa curiosité. C'était un petit monsieur âgé, avec ce visage sévère et énergique qui caractérise les militaires, d'une correction rigide, et pourtant gracieux. Sa figure avait la coloration brun rouge de ceux qui ont beaucoup vécu sur mer. Une petite moustache en brosse d'un blanc immaculé ornait sa lèvre supérieure. Ses yeux bleus étaient très durs, mais son regard gagnait en douceur lorsqu'il s'évadait vers un horizon lointain. La taille bien prise du vieux monsieur n'était pas revêtue d'un véritable uniforme : il portait seulement un complet de coupe commode en toile blanche auquel seule une mince rangée de décorations sur la poitrine conférait un caractère militaire. L'amiral posa diverses questions relatives aux forces turques, puis il désigna de sa fine canne de bambou les hautes parois rocheuses, et réitéra à son entourage la décision qu'il avait prise de voir de ses propres yeux tout le plateau et le théâtre de la lutte. L'un des messieurs se permit de faire remarquer qu'il faudrait certainement pour cela gravir plusieurs centaines de mètres et que cette ascension risquait de causer une trop grande fatigue à son chef. Et d'autre part, on ne pourrait certainement plus, dans ces conditions, retourner à temps à bord pour l'heure du déjeuner. Ce téméraire officier ne reçut même pas l'honneur d'une réponse. Le contre-amiral donna le signal du départ. Sur quoi l'adjudant prit des dispositions secrètes pour envoyer un détachement de marine au plus tôt par le chemin en lacets, afin d'inspecter la situation sur le Damlajik avant l'arrivée de Son Excellence. Cette excursion en terre ennemie était une entreprise des plus risquées. La montagne semblait cernée par les troupes et les pièces d'artillerie turques. Il y avait donc lieu de craindre des surprises extrêmement désagréables. Mais, étant donné le caractère obstiné de ce haut personnage, il ne fallait pas espérer le faire renoncer à son projet. Aussi décida-t-on, pour tenir les Turcs à distance respectueuse pendant la durée de cette ascension, d'envoyer quelques obus sur les localités côtières. L'adjudant fut chargé d'autre part de faire préparer une collation à emporter, car les fatigues d'une telle ascension menaçaient d'être assez considérables pour un vieux marin. L'amiral mettait son point d'honneur à montrer aux messieurs de sa suite, pourtant plus jeunes que lui, la supériorité de son cœur, de ses poumons et de ses jambes. D'un pas élastique, précédant tout le monde, il s'engagea sans tarder dans le sentier raide. Sato servit de guide à travers la montagne. Ses forces n'avaient pas souffert de la faim. Elle courait en avant, revenait en arrière, et repartait en avant, faisant toujours, à sa manière, telle une jeune chienne, trois fois plus de chemin qu'il n'était nécessaire. Jamais encore, l'orpheline de Zeitoun n'avait contemplé dans sa vie des personnages aussi éblouissants. Ses yeux de pie cupide dévoraient ardemment les uniformes, les galons dorés et les décorations, tandis que ses mains grattaient le fond d'une boîte de conserves pour en extraire les derniers restes de graisse froide. L'eau de vie que lui avaient offerte les matelots faisait courir en elle des ruisseaux de feu. Elle roulait ses hanches et se tortillait devant les yeux des dieux étincelants, insupportable et importune, toujours vêtue de lambeaux innommables, restes de l'ancienne robe en forme de papillon. Elle tendait parfois aux officiers sa patte brune et malpropre, tandis que s'échappait de ses lèvres une expression toute naturelle et caractéristique de ce pays : « Bakchich, s'il vous plaît ! »

Les officiers de l'état-major s'arrêtaient sans cesse pour examiner le paysage et admiraient le Musa Dagh, si beau avec ses arbres et ses sources sans nombre. Plus d'un, parmi eux, prononça à sa vue le nom qu'avait trouvé naguère Gonzague Maris : la Riviéra. Beaucoup même donnèrent la préférence au mont Moïse à cause de sa farouche virginité. Les derniers d'entre eux, encore tout jeunes, n'avaient pas prononcé un seul mot jusqu'alors, ni vanté le pittoresque de la contrée. L'un d'eux, un Anglais, s'arrêta tout à coup et dit sans se retourner vers la mer, fixant devant lui le sol et les rochers :

« Quels types, mon cher, ces Arméniens ! J'ai l'impression de n'avoir pas vu des hommes, mais seulement des yeux. »

Gabriel Bagradian n'avait toujours pas fait rompre les lignes de défense. Sans doute, il avait appris que les troupes turques avaient évacué le terrain au Nord et au Sud, mais il ne semblait cependant pas croire à la paix. On aurait pu prendre cette attitude pour la conséquence naturelle de la morale guerrière qui ne permet pas au combattant de quitter le champ de bataille avant que le sort du peuple entier ne soit complètement réglé. Mais peut-être cette rigueur de principe avait-elle une cause plus profonde. Le nouveau Gabriel s'était déjà avancé trop loin sur une voie inconnue pour retourner brusquement vers l'ancien d'un moment à l'autre. En quarante jours, il s'était accompli en lui une métamorphose qui avait pour effet de le retenir irrésistiblement dans ces lieux. Beaucoup d'hommes plus rudes que lui éprouvaient un sentiment analogue. Personne, sur toute la ligne, ne grognait ni ne se rebellait contre la persévérance de Bagradian, et moins encore que tous les autres, les déserteurs courbés sous le poids de leur faute qui se dépensaient en manifestations de zèle ardentes et humbles. Gabriel avait adressé quelques instructions aux chefs de ses troupes : personne, disait-il, n'avait le droit de se dire sauvé tant que toutes les femmes et que tous les enfants ne seraient pas embarqués. Il s'agissait de prouver aux Français par une véritable endurance la dignité de la nation arménienne. C'est en soldats invaincus, l'arme au poing, dans un ordre parfait qu'il leur faudrait quitter leur patrie de toujours. Lui-même, d'autre part, n'avait nullement l'intention d'abandonner sur le Damlajik les obusiers que son fils avait procurés à ses compatriotes et qu'autrement les Turcs, loin d'en faire fi, viendraient reprendre le soir-même. Il avait plutôt l'intention de remettre aux mains des Français ces trophées de valeur. Mais un fait tangible produisit plus d'effet encore que les paroles de Bagradian. Ter Haigasoun venait d'envoyer sur la montagne une ample provision de pain, de confitures, de vin et de conserves, et n'avait pas non plus oublié le tabac. Tous les hommes étaient étendus à la ronde, plongés dans une félicité brumeuse, et préféraient au moindre mouvement ce repos qui semblait ne pas devoir finir. Pourtant, cette douce quiétude prit fin lorsque les fusiliers-marins apparurent sur le plateau et s'avancèrent tout droit en ligne déployée, vers la hauteur couronnée par les obusiers. Les compagnies arméniennes se levèrent en sursaut et, avec de bruyants cris de joie, se précipitèrent à la rencontre des Français. Ceux-ci, impeccables dans leurs uniformes soignés, formaient un contraste frappant avec les êtres déguenillés du Musa Dagh émaciés par la lutte et la faim. C'est à ce moment que, pour la première fois, les combattants comprirent toute l'étendue de leur triomphe. Puis, comme le groupe imposant des officiers s'approchait aussi de ce lieu, Gabriel alla lentement au-devant d'eux. Il prit un air parfaitement calme, évitant comme par pudeur toute allure militaire. Il avait déposé son fusil. Il ressemblait à un chasseur, ou à un ingénieur dirigeant des fouilles. Il enleva son casque colonial tout bosselé pour se présenter au contre-amiral. Quelques secondes durant, le vieux monsieur examina Gabriel de ses yeux investigateurs, puis il lui tendit la main :

« C'était vous, le commandant en chef ? »

Gabriel Bagradian désigna aussitôt les obusiers comme s'il eût eu particulièrement à cœur de montrer à ses sauveteurs qu'il ne les abordait pas les mains vides :

« Amiral ! Permettez-moi de vous remettre et, par votre intermédiaire, de remettre à la nation française, ces deux canons que nous avons pris aux Turcs. »

Le contre-amiral, qui avait du goût pour les cérémonies solennelles, adopta une attitude de circonstance. Les autres officiers se mirent également au garde-à-vous :

« Commandant, je vous remercie, au nom de la nation française qui accepte ces trophées remportés par les Arméniens. »

Il tendit encore une fois la main à Bagradian : « Est-ce à vous en personne que revient l'honneur d'avoir enlevé ces obusiers ? » — « Ce fut l'exploit de mon jeune fils qui est tombé sous les coups des Turcs. »

Cette réponse fut suivie d'un long silence général. Le contre-amiral, du bout de sa canne, envoya une pierre rouler à quelques mètres de là. Puis il se tourna vers sa suite : « Estimez-vous possible de faire descendre ces canons jusqu'au bas de la montagne et de les transporter à bord ? »

L'officier compétent, en guise de réponse, eut une mimique de doute. A condition d'avoir les moyens nécessaires et toute une journée

devant soi, une telle entreprise ne serait pas impossible, mais entraîne-
rait d'énormes difficultés. Son Excellence réfléchit un instant, puis
décida : « Qu'on s'occupe alors de rendre ces obusiers inutilisables.
Le mieux serait de les faire sauter, mais, je vous en prie, messieurs,
de la prudence ! »

Tant mieux, pensa Gabriel, cela fera deux canons de moins au
monde. Et cependant, il en éprouva un certain regret, à cause de
Stéphan. L'amiral tenait à cet effet une consolation toute prête :
« Commandant, vous avez de toute façon grandement servi la
bonne cause, que ces obusiers soient détruits ou non. »

Ces mots opérèrent la transition du ton solennel à celui de la
conversation naturelle. Le contre-amiral demanda un récit détaillé
des combats par lesquels on avait repoussé les attaques turques et se
fit exposer le système de défense. En esquissant à grands traits le
tableau de son œuvre, Gabriel Bagradian se sentait envahi par une
vive impatience. Ces messieurs bien lavés et parfumés, aux uniformes
éclatants, considéraient avec un intérêt condescendant la poignante
réalité de ces quarante jours de détresse comme une guerre pour rire
dirigée par des dilettantes. Les trois combats ? Ce n'avait pas été, — et
il s'en fallait de beaucoup, — l'essentiel de cette période. Ces beaux
personnages bien astiqués, que pouvaient-ils comprendre de la destinée des Arméniens, de la destruction interne qu'avait subie, sur cette
montagne, chaque existence particulière ? Son impatience dégéné-
rait en dégoût. Ne lui était-il pas possible de tourner le dos, tout simplement, et de s'en aller ? Il n'était plus désormais qu'un civil comme
un autre et son seul souci était, dorénavant, de veiller à ce que Juliette
et Iskouhi fussent mises en sûreté. Mais non, au nom du Christ, ces
Français, c'étaient des sauveteurs miraculeux et ils méritaient une
reconnaissance infinie ! Le contre-amiral, toujours méticuleux, exprima
finalement le vœu de prendre connaissance du théâtre principal des
hostilités sur le col Nord. Il avait, à mi-voix, donné l'ordre à ses officiers de prendre des notes sur tous les divers récits. Sans aucun doute,
il avait l'intention d'en envoyer un fidèle compte rendu au ministère
de la Marine. Le sauvetage des sept communes arméniennes ne constituait pas seulement un fait important, mais aussi un exploit des plus
flatteurs. Gabriel Bagradian ne pouvait naturellement pas faire moins
que de se conformer au désir de Son Excellence. Il envoya un messager,
Tchaouch Nurhan Elléon. En même temps, quelques Arméniens furent
chargés de conduire sur ce chemin un groupe de marins munis d'une
mitrailleuse, afin de vérifier l'état du trajet quant à la sécurité du chef
de la flotte. Lorsqu'une demi-heure plus tard, Gabriel arriva avec
l'état-major sur le col, Tchaouch Nurhan avait déjà rassemblé ses
hommes et rétabli parmi eux un ordre convenable, de façon à recevoir
les Français avec un air suffisamment militaire. Mais, malgré la pré-

sence de l'amiral, Gabriel se précipita vers le vétéran aux traits ravagés et l'embrassa :

« Tchauch Nurhan ! Ainsi, tout est fini, à présent ! Merci, merci à toi, et à chacun de vous ! »

A cet instant, tous les Arméniens hirsutes, détruisant leur belle harmonie, s'empressèrent autour de Gabriel Bagradian. Plusieurs d'entre eux voulaient saisir sa main pour la baiser. Il y avait, dans ces manifestations d'attachement pour le chef, une légère marque de méfiance et presque de défense à l'égard de ces nouveaux venus si brillamment chamarrés. Les officiers, par contre, considéraient avec un étonnement ému cette scène qui, pour n'être pas militaire, n'en paraissait que plus mâle. Après un court examen des tranchées et des barricades de rochers, le contre-amiral estima qu'il était de son devoir de féliciter Gabriel Bagradian et, en même temps, l'ensemble des combattants, par une allocution solennelle, — ce qu'il fit avec une éloquence latine, mitigée néanmoins par la stricte réserve qu'imposaient sa situation et sa foi :

« Commandant, dit-il, de nos jours, c'est dans tous les pays et sur toutes les mers du monde que s'accomplissent des exploits héroïques. Mais, dans de tels cas, ce sont des soldats exercés selon les lois de la guerre qui luttent les uns contre les autres. Ici, sur le Musa Dagh, rien de pareil. Vous n'avez pas eu à votre disposition de soldats exercés ; non, seulement des paysans et des ouvriers, des hommes modestes et paisibles. Et cependant, sous votre direction, cette poignée de villageois si misérablement armés a été capable de vaillamment tenir tête à un ennemi cent fois plus puissant qu'elle et a même pu triompher après un combat désespéré à la vie à la mort. Cette action mérite de ne jamais sombrer dans l'oubli. Seule, l'aide de Dieu l'a rendue possible. Dieu vous a secourus parce que vous n'avez pas combattu uniquement pour vous-mêmes, mais pour l'honneur de sa sainte croix. Vous avez ainsi fait preuve du plus sublime héroïsme qui existe, l'héroïsme chrétien, qui défend quelque chose de plus grand encore que le foyer domestique. La nation française vous remercie par ma bouche et c'est pour elle un titre d'orgueil que de pouvoir vous aider. Pour ma part, je serai particulièrement heureux d'être à même de vous amener tous, tant que vous êtes, en lieu sûr, et vous annonce que mon escadre vous conduira dans un port d'Egypte, à Port-Saïd ou Alexandrie... »

Tandis que Gabriel, en réponse à ce discours inspiré par des sentiments sincères, s'inclinait profondément, exprimant une reconnaissance à la hauteur de la situation et serrant avec chaleur la main menue de Son Excellence, une idée traversa son esprit : « Port-Saïd, Alexandrie, moi ? Qu'ai-je donc à voir là-bas ? Vivre peut-être dans un camp de concentration ? Pourquoi y aller, moi ? » Mais à ce moment, les yeux vifs et durs du vieil amiral s'éclai-

rèrent d'une étincelle de sympathie, presque d'affection paternelle :
« Monsieur Bagradian, je vous invite à vous considérer comme mon
hôte à bord du *Jeanne-d'Arc* pendant toute la traversée... »
Sans attendre de remerciements, il tira d'un petit étui de cuir une
lourde montre en or d'aspect bourgeois et cossu, et jeta sur le cadran
un regard inquiet :
« Et maintenant, si vous n'y voyez pas d'inconvénient, je serais
très honoré de faire la connaissance de Mme Bagradian. J'ai été jadis
fort lié avec son père... »

Pendant la nuit, Juliette avait fermé l'entrée de sa tente aussi hermétiquement que possible avec tous les lacets et les cordons qu'elle
avait pu trouver. Ç'avait été un dur travail pour ses mains débiles et
elle eut ensuite beaucoup de peine à se traîner jusqu'à son lit. Ce n'était
point par crainte d'une nouvelle attaque des malfaiteurs qu'elle avait
si soigneusement fermé sa tente. Chose étrange, la tentative de cambriolage, le visage grimaçant de l'agresseur aux longs cheveux, le geste
de Sato pour rejeter sa couverture, tout cela s'était envolé du souvenir
de Juliette sans y laisser plus de traces que n'importe quel rêve fait
à l'état de veille. Elle se barricadait ainsi pour empêcher la lumière
de jamais revenir jusqu'à elle, pour ne plus revoir le jour se lever, pour
pouvoir rester seule, couchée, ayant sous la tête son cher petit oreiller
de dentelles, et n'avoir plus à l'avenir besoin de se relever. Elle avait
en quelque sorte l'intention de s'emmurer vivante. Et lorsque, toute
repliée sur elle-même, elle se sentit envahie par une obscurité bienfaisante, transie de froid et pourtant réconfortée, elle ne vivait plus désormais sur le Musa Dagh. Elle n'avait pas perdu son enfant et ne s'attendait plus à voir s'approcher des Turcs qui venaient la tuer. L'intérieur
de la tente était devenu, comme sous l'effet d'un charme, le moi intime
de Juliette au delà duquel le monde extérieur, zone extrêmement dangereuse, n'existait plus que sous forme de rumeurs indistinctes. Sa
raison ne lui était pas encore revenue, et de beaucoup, tandis qu'elle
avait retrouvé la conscience d'elle-même dans une mesure inconcevable.
Vers le matin, le petit gong pendu à la portière de la tente lui lança
de vigoureux appels. Juliette ne bougea pas. Même lorsqu'elle reconnut
la voix pressante d'Awakian, elle ne lui donna pas la moindre réponse.
A ce moment, les obusiers grondèrent et le coup tiré à bord du *Guichen*
pour effrayer l'ennemi retentit également. Mais pour elle, c'était toujours la nuit, et elle se cacha plus profondément encore sous sa couverture pour ne pas être dérangée dans sa tombe. La peur qu'on ne
troublât son obscurité et sa solitude emmurée était plus forte que tout
instinct de crainte. Sa mémoire maladive oublia aussitôt la menace
des coups de tonnerre. Elle se recroquevilla toujours plus sur elle.

même pour ne pas entendre les adjurations d'Awakian. Mais celles-ci, infatigables, revenaient sans cesse l'assaillir. Puis des mains secouèrent rudement les parois de la tente qui en furent tout ébranlées. Les Turcs étaient-ils déjà là ? A la voix d'Awakian s'ajoutait celle de Kristaphor : « Madame, je vous en prie, ouvrez ! Ouvrez-nous tout de suite ! » La tente s'agitait toujours plus fort. Juliette ne leva même pas la tête. Puis elle reconnut aussi Mairik Antaram : « Réponds-nous donc, mon petit cœur, au nom du Christ ! Un grand bonheur est arrivé, un grand bonheur... » Juliette se tourna sur le côté. Qu'est-ce que ces Arméniens peuvent bien appeler un bonheur ? Quand Gabriel viendrait en personne me chercher, rien à faire, je reste où je suis, je ne me laisse pas entraîner hors d'ici. Qui est-ce, au reste, Gabriel Bagradian ? Est-ce que moi, par hasard, je m'appelle aussi Bagradian ? Juliette Bagradian ? Finalement, quelqu'un dehors se résolut à couper les liens et ouvrit brusquement à la lumière du jour ce caveau de toile branlante. Mais elle tourna le dos aux intrus pour leur prouver que, si elle le voulait, elle pouvait rester seule dans son univers particulier. Awakian et Antaram Altouni, d'une voix étrange et suraiguë, se lancèrent dans un récit où il était vaguement question d'un navire de guerre français qui s'appelait le *Guichen*. Juliette feignit d'être encore hébétée, mais écoutait de toutes ses oreilles et, méfiante comme tous les déséquilibrés, elle conclut aussitôt : C'est un piège ! Le Dr Altouni n'avait-il pas essayé, la veille encore, de lui faire quitter de force sa tente si chère, le seul lieu qui fût vraiment à elle, pour aller vivre avec les autres, ces bêtes malpropres dont la vue la dégoûtait et qui, d'ailleurs, la détestaient ? Certainement, cette ruse grossière, c'était une invention commune de Gabriel et d'Iskouhi. On cherchait à la séduire en lui parlant de Français pour la faire tomber irrémédiablement entre les mains de ses deux tyrans. Mais il n'était pas si facile de se jouer de Juliette ! Non, elle ne se laisserait pas arracher à ce doux abri qui la protégeait contre la vérité, à cette enveloppe délicieuse que ses ennemis ne parviendraient pas à déchirer. Juliette écouta sans broncher Awakian, Antaram et Kristaphor se répandre en prières et en supplications et joua une fois de plus l'inconsciente. Comme tous les essais semblaient vains, la vieille femme fit signe aux autres :

« Laissez-la tranquille ! Nous avons encore assez de temps devant nous. »

Or, il advint qu'au cours de la matinée, avant qu'il fût tard, la portière de la tente se releva de nouveau. Deux hommes entrèrent sous la conduite de Mairik Antaram. Cette fois, c'était deux jeunes gens en uniforme bleu aux boutons bien astiqués, qui portaient sur le bras gauche le brassard de la croix rouge. Juliette qui était couchée raide sur le dos distingua deux visages d'une blancheur laiteuse aux yeux vifs et joyeux. A la vue de ces êtres qui lui étaient indiciblement proches, elle fut traversée d'une douce frayeur. Le plus petit des jeunes gens fit un salut militaire et sa voix aux accents fraternels retentit dans la langue d'un univers perdu à jamais :

« Excusez-nous de vous déranger, madame ! Nous sommes les infirmiers du *Guichen*. Le médecin-major a ordonné de vous transporter aussi à bord. Nous reviendrons plus tard vous chercher. Si madame veut bien d'ici là avoir la bonté de se tenir prête... »

Le petit marin se redressa de toute sa taille et porta la main à son béret tandis que l'autre, d'un pas lourd et gêné, entrait plus avant dans la tente et posait sur la coiffeuse une bouteille thermos, un pot de beurre et deux miches de vrai pain blanc :

« Le médecin-major a ordonné pour madame du thé, du pain et du beurre, en attendant... »

Il débita sa phrase sur un ton de proclamation militaire en faisant claquer les talons et en tournant du côté du lit son profil enfantin au nez retroussé sans regarder la femme couchée. Il était touchant dans son embarras pataud. Mais Juliette fit entendre un soupir gémissant; aussitôt, les deux infirmiers eurent l'impression d'incommoder la malade et quittèrent la tente sur la pointe des pieds, avec mille précautions maladroites. Juliette tendit les bras avec nostalgie vers ses deux compatriotes, puis elle rejeta sa couverture et s'assit au bord du lit. C'en était fait désormais de sa claustration volontaire. Couvrant son visage des deux mains, elle sentit combien sa chevelure était embrouillée. Affolée, elle murmura à mi-voix : « Des Français, des Français ! De quoi ai-je l'air ? Des Français ! »

Et soudain, ce fut comme s'il s'élevait dans son corps desséché l'énergie de jadis, telle une colonne de feu. Juliette s'assit devant la coiffeuse. Ses doigts raidis et malhabiles eurent bientôt jeté le désordre parmi les produits de beauté qui se trouvaient encore là. Elle barbouilla ses joues de rouge, sans égaliser le fard sur son visage , ce qui le fit paraître encore plus maladif et plus fané. Puis elle appliqua ses soins à sa tête, armée d'un peigne et d'une brosse, répétant sans cesse : « De quoi ai-je l'air ? » Ses pauvres forces ne purent point cependant avoir raison de la chevelure rebelle. Posant alors sa tête sur son bras, découragée, elle se mit à sangloter. Comme d'habitude, elle éprouva un tel réconfort à pleurer sur elle-même qu'elle en oublia complètement ses cheveux et les laissa épars sur ses épaules. Une nouvelle crainte l'envahit : Des Français, des Français ! Quelle robe vais-je mettre ? Elle se mit à chercher ses affaires, la malle-penderie et les autres bagages. Rien ! La pièce était vide. Elle parcourut dans une course folle l'espace restreint compris entre les quatre parois de la tente. Elle ressentait une fois de plus cette angoisse qui vous oppresse lorsque, dans un cauchemar, on doit se présenter au milieu d'une

brillante société, pieds nus et en chemise de nuit. Après avoir longtemps cherché en vain, Juliette se risqua enfin devant la tente. La
clarté dorée de cette journée de septembre faillit la jeter à la renverse.
Mais un instant après, elle s'agenouilla devant la penderie. Qui donc
lui avait fait cette infamie ? Iskouhi ? Tous ses vêtements étaient jetés
à bas, roulés en boule, lacérés. Pas une seule robe de convenable, rien
que des horreurs démodées de l'année précédente. Elle n'avait rien,
absolument rien à se mettre, et pourtant, il aurait fallu qu'elle fût
belle, puisque les Français étaient là. Mairik Antaram trouva Juliette
assise par terre au milieu d'un tas de chemises, de bas, de robes et de
souliers que les voleurs n'avaient pas emportés. Elle était si épuisée
qu'elle ne pouvait plus bouger et se lamentait obstinément :
« Les Français sont là, les Français sont là... Qu'est-ce que je vais
mettre ?... »
Mairik Antaram considéra la malade avec stupéfaction ; tout d'abord,
elle n'en pouvait croire ses oreilles. Etait-il possible que cette femme
qui, depuis son retour à la vie, avait à peine prononcé deux mots et
avait repoussé de toutes ses forces la terrible révélation de la vérité,
pût à présent penser à ses robes ? Mais peu à peu Antaram comprit ce
qui se passait dans l'âme de Juliette. Ce n'était pas de la coquetterie.
Ceux qui étaient là, c'étaient ses frères. Elle avait honte et voulait se
montrer digne d'eux. Mme Altouni s'agenouilla à côté de Juliette et,
résolument, fouilla de ses deux mains dans l'amoncellement d'étoffes
bigarrées. Mais tout ce qu'elle en sortait ne faisait qu'augmenter la
colère de Juliette. Après de longues tentatives au cours desquelles la
malade se refusa étrangement à accepter son destin tandis que Mairik
Antaram faisait preuve d'une patience angélique, il y eut tout de même
un costume qui finit par trouver grâce. C'était une robe de lignes raides,
très habillée, au décolleté orné de dentelle. Tandis que la vieille
femme, qui n'avait rien des talents d'une habilleuse, aidait à grand'-
peine la malade presque inerte à revêtir cette toilette, Juliette geignit :
« Ce n'est pas ce qu'il faudrait... »
Quelle robe lui aurait-il donc fallu pour recevoir ses frères et sauveteurs qui, malgré tout, ne pouvaient plus assurer le salut de son existence brisée ?

Gabriel avait devancé le contre-amiral pour préparer sa femme à la
visite imminente. Lorsqu'il entra, Juliette était assise sur le bord du
lit. Mairik Antaram tenait une tasse à la main et essayait de vaincre la
résistance de la jeune femme qui, comme un enfant capricieux, se
refusait à boire son thé :
« Si tu veux être belle pour les Français, il faut te fortifier, sans quoi
toutes tes robes ne te serviront à rien... »
Juliette se leva d'un air compassé, comme si elle avait vu apparaître

un inconnu auquel elle devait obéissance. Mairik Antaram jeta un dernier coup d'œil sur le couple et quitta la tente. Elle emporta l'une des miches car elle-même se sentait près de défaillir sous l'effet du jeûne prolongé. Gabriel vit soudain à la lumière crue de sa conscience sa vie de jadis et l'abîme infranchissable qui le séparait d'elle. Cette vie révolue portait une pompeuse robe de taffetas qui, à chaque mouvement, réveillait le passé au bruit de son frou-frou. Mais les joues et les bras de la vie révolue avaient perdu leur coloris et leur rondeur; toute sa personne ne tenait debout qu'au prix d'un grand effort et excitait la pitié. Gabriel sentit sa gorge se serrer. Pendant qu'elle était malade, Juliette lui semblait encore toute proche. Maintenant, au contraire, qu'il la voyait devant lui tout habillée de soie, en tenue d'apparat, il mesurait pleinement le gouffre qu'avaient creusé entre eux les quarante jours. Il dut faire un effort sur lui-même pour lui adresser la parole :

« Te voilà à présent tout à fait comme autrefois, chérie, heureusement... »

Il lui demanda si elle se sentait assez de forces pour faire quelques pas à la rencontre de l'amiral, commandant de l'escadre française. Elle ne voulait certainement pas le recevoir ici, dans cette tente obscure qui respirait encore la maladie. Juliette jeta un regard circulaire dans ce lieu dont elle avait voulu, quelques heures auparavant, faire son tombeau. Puis elle eut un léger mouvement de regret pour son petit oreiller. Gabriel la prit par le bras :

« Ce soir, tu retrouveras toutes tes affaires, Juliette. On n'oubliera rien, sois tranquille... »

Malgré cette assurance, parvenue au seuil de la tente, Juliette se retourna une dernière fois vers l'obscurité, comme Eurydice sur le point de quitter les Enfers.

Le contre-amiral arrivait déjà, accompagné seulement de son adjudant, et d'un jeune officier. On l'avait averti de ne pas trop s'approcher de la convalescente. La fièvre épidémique qui s'était propagée sur le Musa Dagh semblait être d'une espèce fort dangereuse. Mais le chef de la flotte française était un homme courageux chez qui les avertissements reçus produisaient d'ordinaire un effet contraire. De son pas élastique exagérément juvénile, il s'avança vers Juliette et lui baisa la main :

« Vous aussi, madame, en tant que Française, en tant qu'étrangère, vous avez pris une large part aux souffrances et aux exploits dont cette montagne a été le théâtre. Permettez-moi de vous présenter toutes mes félicitations pour l'heureuse issue de votre calvaire. »

Une ombre de langueur passa sur le visage ravagé de Juliette :

« Et la France, monsieur ?...

— La France traverse une époque effroyable et ne peut qu'espérer dans la grâce divine... »

L'état de Juliette paraissait beaucoup émouvoir le vieux monsieur. Il prit entre ses doigts la main amaigrie de la malade :
« Savez-vous, ma chère enfant, que je ne vous vois probablement pas aujourd'hui pour la première fois de ma vie... A cette époque, vous deviez être un bien petit personnage lorsqu'il m'arriva de passer toute une journée chez vos parents, encore jeunes mariés alors... Bien que je n'aie jamais été un ami vraiment intime de monsieur votre père, nous appartenions néanmoins dans notre jeunesse à peu près au même cercle de relations... »

Juliette émit un court sanglot, mais n'arriva pas à pleurer et se lança dans un étrange bavardage fait de phrases entrecoupées :
« ...Naturellement... Après la mort de mon père, on a vendu la maison... Mais maman,... maman habite maintenant... Ah ! mon Dieu, j'ai oublié le nom de la rue... Vous n'êtes sans doute pas en rapports avec elle, monsieur... Mais vous connaissez probablement mon beau-frère... c'est-à-dire celui qui est au ministère de la Marine... C'est un haut fonctionnaire... Comment s'appelle-t-il donc ?... Oh ! ma pauvre tête... Coulon, bien sûr, Jacques Coulon... Vous le connaissez... Je ne vois que rarement mes sœurs. Mais lorsque je serai de retour à Paris, je reverrai tous mes amis et toutes mes amies, n'est-ce pas ?... Vous me ramènerez bien à Paris... »

Juliette chancela. L'amiral la retint. Gabriel courut chercher une chaise dans la tente. La malade s'assit. Malgré sa faiblesse, .elle ne s'arrêtait pas de jaser. Probablement se croyait-elle obligée d'entretenir la conversation. Son papotage devenait de plus en plus mécanique, presque semblable au débit d'un perroquet. Elle citait toujours de nouveaux noms qu'elle s'imaginait être ceux de connaissances communes. Le contre-amiral se sentait visiblement gêné. Finalement, il fit signe au jeune officier de s'approcher :
« Je vous charge, mon ami, de veiller à tout et d'accompagner Mme Bagradian... Le *Jeanne-d'Arc* est un navire de guerre et vous savez qu'on ne peut pas demander de confort à un bâtiment de ce genre. Mais nous ferons tout notre possible pour vous rendre le voyage agréable, ma chère enfant... »

Même après le départ du contre-amiral avec lequel Gabriel fit quelques pas, la loquacité mécanique de Juliette ne prit pas fin. Le jeune officier, que son chef avait laissé là pour jouer en quelque sorte un rôle de cavalier servant et de protecteur, regardait d'un œil angoissé les lèvres incolores de cette malheureuse femme d'où jaillis-saient continuellement des questions auxquelles il ne pouvait pas répondre. Tandis qu'elle parlait, on avait l'impression qu'il se passait des phénomènes effrayants dans cet organisme malade, car son souffle se faisait court et l'on voyait battre à coups précipités l'artère de son cou. Ses yeux également se cernaient d'ombres toujours plus prononcées.

L'officier fut content de voir revenir Bagradian et arriver un peu plus tard les marins infirmiers qui apportaient la civière. Tout d'abord, Juliette opposa de la résistance :
« Non, non, je ne veux pas m'étendre là-dessus... Ce serait trop honteux... J'aime mieux descendre à pied... »
Gabriel lui caressa la main :
« Tu ne pourrais pas marcher, Juliette. Sois raisonnable et allonge-toi ! Crois-moi, si je le pouvais, je ne demanderais pas mieux que de me faire porter jusqu'en bas. »
Les deux visages d'un blanc de lait s'éclairèrent d'un large rire encourageant : « Soyez sans crainte, madame, nous ferons attention comme si vous étiez en verre. Vous ne sentirez rien de rien. »
Juliette finit par se soumettre et, une fois étendue sur la civière, se tut complètement. Gabriel lui apporta une couverture, lui glissa sous la tête l'oreiller qu'elle aimait tant et confia à l'officier le sac à main de Juliette. Puis il effleura encore une fois de sa main les cheveux de sa femme : « Sois bien tranquille... Il ne restera rien d'important ici... » Il s'interrompit brusquement. L'officier lui jeta un regard interrogateur. Gabriel fit un signe affirmatif. Les porteurs levèrent la civière et se mirent en route. Sato attendait de côté, très excitée, prête à s'instituer guide de ce convoi. « Je vous aurai bientôt rattrapés », cria Bagradian dans la direction de Juliette.
Celle-ci fit alors un mouvement si violent que les porteurs s'arrêtèrent et déposèrent la civière sur le sol. Un visage de folle se tourna, décomposé, vers Gabriel et il entendit une voix qu'il ne connaissait pas encore hurler effroyablement :
« Tu entends ?... Stéphan... Occupe-toi bien de Stéphan ! »

Même dans ces heures de délivrance, la mesure de la douleur n'était pas atteinte. Dans la tente de Tomasian, quelqu'un cria :
« Gabriel Bagradian, venez donc ici ! »
Gabriel avait supposé qu'Iskouhi se trouvait auprès de son frère blessé. Elle ne se faisait pas voir. Il entra dans la tente d'Aram. Tout ce qui s'était passé auparavant était devenu indifférent à un point inimaginable. Il trouva le pasteur dans un état d'excitation fiévreuse :
« Où est donc Iskouhi, Gabriel Bagradian, au nom du ciel, où l'avez-vous vous laissée ?
— Iskouhi ? Après minuit, elle est venue passer un moment près de moi sur la hauteur, vers les canons. Je l'ai ensuite priée d'aller chez ma femme...
— C'est bien cela, s'écria le pasteur, ce matin encore, j'étais fermement convaincu qu'elle était auprès de vous sur la ligne de défense. Elle n'est pas revenue, elle a disparu... J'ai envoyé des gens pour essayer de la retrouver... Depuis des heures, déjà, on la cherche... Les

infirmiers français ont voulu me descendre, mais je ne quitterai pas la montagne sans Iskouhi... S'il lui était arrivé quelque chose... Je ne quitterai pas la montagne... »
Il se cramponna au bras de Gabriel et se dressa avec un effort, malgré sa blessure :
« C'est moi qui suis coupable, Bagradian... Je ne peux pas vous expliquer ça maintenant... mais c'est moi le coupable... Et si Dieu, après nous avoir envoyé à tous une telle preuve de sa grâce, me punit en particulier dans la personne de mon enfant et de ma sœur, ce ne sera que justice... Ma femme, elle aussi, n'a été qu'un instrument d'épreuve dans la main divine...
— Et où est votre femme ? interrogea Gabriel, très calme.
— Elle est descendue en toute hâte vers la côte. Avec le petit. On lui a dit qu'en bas il y avait du lait. Aussi, rien n'a pu la retenir... »
Cette agitation intérieure eut raison du blessé. Il tenta de se lever, mais retomba aussitôt.
« Ah ! malheur ! je ne peux rien faire, pas même me remuer. Faites quelque chose, vous, Bagradian. Vous êtes aussi responsable envers Iskouhi... Vous aussi...
— Attendez, pasteur... J'y vais... »
Gabriel prononça ces mots d'un ton mou, puis il se mit en mouvement, traversa la place des trois tentes et alla encore un peu plus loin. Toutefois, il s'arrêta là, s'assit n'importe où et laissa son regard errer dans l'azur du ciel. Toujours la même pensée revenait s'imposer à son esprit las : c'est donc ça, la délivrance ! Il essayait de se rappeler la conversation qu'il avait eue pendant la nuit avec Iskouhi. Or, il n'en avait retenu aucun détail, mais seulement une vague pensée de résignation. Elle était venue pour lui remettre en mémoire son ancienne promesse, pour être près de lui au moment décisif. Lui, il l'avait repoussée, il l'avait renvoyée, et qui plus est, vers Juliette. C'était pourtant bien naturel; pour être franc envers lui-même, il devait s'avouer que, la veille encore, même après la catastrophe, il n'avait pas perdu foi en la possibilité d'un sauvetage. Iskouhi aurait dû être à ce moment en sûreté. N'était-ce pas justement l'intention qu'il avait eue ? Iskouhi, elle, avait désiré de lui quelque chose qu'il ne pouvait pas lui donner, c'est-à-dire la foi en la ruine totale, une foi aveugle, source de béatitude. Incapable d'une telle conviction, il n'avait pu que la décevoir. Où était Iskouhi à présent ? Gabriel n'aurait pas su dire pourquoi, mais il avait la certitude, au fond de son âme, qu'Iskouhi n'était plus en vie.
Gabriel Bagradian se trompait. Iskouhi vivait. Tandis qu'il portait à ses lèvres son sifflet pour appeler à l'aide ceux qui pouvaient se trouver à proximité, Kéwork, le danseur, avait déjà retrouvé la jeune fille. C'était toutefois assez tard ! La seule explication de cette longue

absence, c'était qu'Iskouhi avait, dans la nuit, quitté le sentier sans s'en rendre compte et était tombée dans un petit ravin, ou plutôt dans un fossé en pente douce et tout tapissé de broussailles. Cette fosse était située, à vrai dire, hors des chemins usités d'ordinaire, dans la région ravinée qui avoisine la terrasse en forme de plateau. Quant à savoir ce qu'elle avait cherché dans ces contrées inhospitalières entre minuit et le début du jour, cela restait un mystère insondable. A part quelques éraflures sur les bras et les jambes, la jeune fille n'avait aucun mal. Pas la moindre blessure, pas de fracture, pas de commotion, pas même un nerf froissé. Cependant, cette chute dans l'obscurité avait nettement mis en lumière l'état de faiblesse presque mortelle dans lequel vivait Iskouhi depuis bien des jours, luttant d'une part contre lui et, d'autre part, contribuant elle-même à l'empirer. Par bonheur, il y avait justement, parmi les infirmiers qui transportaient les derniers malades, un jeune aide-major du *Guichen*. Il administra à Iskouhi un puissant cordial et insista pour la faire descendre à bord aussitôt que possible, afin d'éviter les pires conséquences de cette inanition. Sans perdre de temps en paroles inutiles, le pasteur Tomasian et Iskouhi furent attachés sur des civières. Gabriel eut à peine le temps de donner l'ordre à Kristaphor de brûler les trois tentes et tout ce qu'elles renfermaient dès qu'on aurait emporté les bagages.

Gabriel se tenait tout près d'Iskouhi chaque fois que cette proximité lui était à peu près possible. Dans cet étroit sentier, il n'y avait guère place pour un homme et aux endroits où les parois rocheuses dénudées tombaient, à droite, dans le vide, les porteurs avaient toutes les peines du monde à s'en tirer sains et saufs, eux et leurs fardeaux. En tête du cortège, on voyait les oscillations de la civière où se trouvait le pasteur blessé ; puis venait Iskouhi auprès de qui marchait l'aide-major. Les infirmiers firent halte trois ou quatre fois sur de larges rochers en forme de socles. A ces moments-là, Gabriel se penchait vers Iskouhi. Mais il ne pouvait pas non plus beaucoup lui parler, car Aram Tomasian était couché deux pas plus loin. Et le médecin arrivait à chaque instant pour faire boire à la jeune fille une gorgée de lait ou lui tâter le pouls. Gabriel murmurait à voix basse des phrases entrecoupées : « Où voulais-tu aller, Iskouhi ?... Quelle intention avais-tu ?... Là-bas... »

Les yeux de la jeune fille répondaient : « Pourquoi me demander des choses que je ne sais pas... Ce n'était qu'un vertige... Nous n'avons que bien peu de temps à nous, maintenant, encore moins que cette nuit... »

Il s'agenouilla à côté d'elle et passa la main sous sa tête comme pour l'aider à parler. Il prononçait en même temps des mots qu'elle pouvait à peine entendre : « As-tu mal quelque part ? »

Les yeux d'Iskouhi comprirent aussitôt et répondirent : « Non !

Je ne sens plus du tout mon corps. Mais je souffre de voir que les événements ont tourné de cette façon. Tout n'aurait-il pas été mieux sans l'arrivée de ces bateaux ? C'est bien aussi une fin, cela, mais pas celle que nous avions désirée, Gabriel... »

Les yeux de Gabriel ne savaient ni si bien parler ni si bien lire la pensée que ceux d'Iskouhi. C'est pourquoi sa réponse fut complètement fausse : « Ce n'est qu'un petit choc nerveux, Iskouhi... et puis la faim... » Se tournant vers l'aide-major, il continua en français : « Le docteur est du même avis que moi. Dans trois jours, quand nous arriverons à Port Saïd, tu seras parfaitement rétablie... Pense donc, tu es encore si jeune, si jeune, Iskouhi... »

Les yeux de la malade s'assombrirent et répliquèrent d'un air sévère : « Tu ne devrais pas prononcer de paroles aussi banales dans une telle minute, Gabriel. Que je vive ou que je meure, cela m'est bien égal. Tu te trompes si tu crois que je cherche la mort. Il se peut que je reste en vie. Mais ne sais-tu pas que tout sera changé quand nous serons montés à bord de ces bateaux, pour toi et moi comme pour les autres ? Dès que nous n'aurons plus sous nos pieds la terre du Musa Dagh, c'en sera fait de notre union, tu ne seras plus mon grand amour, ni moi ta petite sœur. »

Gabriel parut comprendre au moins la majeure partie de ces pensées inexprimées. Les sons qu'il murmura semblèrent un reflet de la langue parlée par les yeux d'Iskouhi : « Oui, où serons-nous... toi et moi... petite sœur ? »

La bouche de la jeune fille s'ouvrit pour la première fois et forma trois syllabes vibrantes de passion qui contredisaient toutes ses communications précédentes : « Près de toi... »

Les porteurs reprirent les civières et accomplirent le reste du chemin sans difficulté. Déjà l'on entendait un bruit confus de voix. En bas, au bord de la mer, sur l'étroite bande rocheuse, la cohue menaçait de devenir sérieusement dangereuse, car la foule s'était augmentée d'un bon nombre de matelots qui avaient saisi un prétexte quelconque pour obtenir la permission de descendre à terre. D'autre part, on procédait déjà à l'embarquement des réfugiés, ce qui n'allait pas sans cris d'excitation ni sans mille causes de désordre. Gabriel Bagradian était assailli de tous côtés par des prières, des désirs, des exigences et des questions. Ses compatriotes établissaient, sans raison solide, un mystérieux rapport entre sa personne et le miracle du sauvetage. En qualité d'allié, de parent de la France toute-puissante, il se trouvait être l'homme envoyé par Dieu pour aider ses compatriotes du Musa Dagh, pendant l'exil, tout comme auparavant. Ses adversaires du conseil des chefs, en particulier, les maires des villages, et, plus encore que tous les autres, Thomas Kéboussjan et la mouchtaresse aux yeux vifs de souris, se confondaient à présent en flatteries mielleuses. Il eut grand'peine à se frayer un chemin à travers un remous d'ardentes demandes de protection. Lorsque Gabriel, retenu sans cesse par des quémandeurs, eut atteint enfin le débarcadère improvisé, le canot préparé avait déjà emporté Aram et Iskouhi, car, sur l'ordre de l'officier chargé d'organiser les transports, on faisait passer les malades avant les autres. Juliette était également partie depuis longtemps pour le *Jeanne-d'Arc* dans la vedette du contre-amiral et se trouvait présentement à bord. Le soleil projetait sur la mer, par centaines, des paillettes de verre à l'éclat intolérable. Des files de bateaux s'empressaient vers les croiseurs, d'autres se hâtaient vers la côte. Iskouhi, couchée dans l'une de ces barques, demeurait invisible. Gabriel ne put distinguer que la silhouette raidie d'Howsannah qui tenait, immobile, dans ses bras, l'informe et misérable ballot où reposait le premier-né du Musa Dagh.

L'embarquement se déroulait avec une lenteur extrême. Il y avait en effet beaucoup de difficultés à résoudre. On aurait pu, à vrai dire, facilement loger plus de la moitié des communes arméniennes sur le vapeur de transport, mais les médecins s'opposaient à cette solution trop commode du problème de l'installation. Il y aurait eu lieu de craindre le pire si l'on avait parqué les uns sur les autres des milliers d'hommes, surtout à proximité des malades. Il fallait au contraire faire en sorte que seuls les malades, les gens épuisés, suspects de contagion ou d'état corporel par trop négligé fussent chargés sur ce navire afin de les tenir séparés des équipages et de la partie saine de la population. Ce vapeur déshérité semblait donc, en regard des croiseurs ou de l'imposant *Jeanne-d'Arc*, un lieu de misère, de rebut, un débarras. Une commission composée d'officiers et de médecins soumettait chaque Arménien en particulier à un examen par lequel ils contrôlaient son état de santé et vérifiaient s'il était ou non porteur de parasites; après quoi seulement, on lui désignait un logement adéquat. Les inspecteurs se montraient extrêmement méticuleux. Quiconque suscitait le moindre doute se voyait aussitôt relégué sur le navire de transport. Seul parmi les dirigeants du Musa Dagh, Ter Haigasoun faisait partie de cette commission vérificatrice. Bedros Hékim était tombé, depuis quelques heures, dans un état de faiblesse de plus en plus inquiétant. Quant aux mouchtars, ils paraissaient se considérer libérés des charges qui leur incombaient en tant que maires et ne se souciaient plus de rien. Aussi n'y avait-il plus que Ter Haigasoun pour s'occuper de défendre les intérêts de son peuple, c'est-à-dire pour empêcher officiers et médecins de séparer inutilement des familles, et veiller à faire diriger vers le vapeur de transport ceux pour qui telle mesure était vraiment nécessaire. Gabriel Bagradian s'approcha de la commission d'inspection qui siégeait non loin de l'embarcadère. Il posa la main sur l'épaule de Ter Haigasoun. Le prêtre tourna vers lui son visage qui avait retrouvé son calme de jadis et sa couleur de cire. Seules, sa barbe roussie et sa cicatrice de brûlure rappelaient les derniers événements survenus sur le Damlajik. Il maintint longuement son regard, timide et pourtant résolu, plongé dans les yeux de Gabriel, ce qui ne lui était presque jamais arrivé pendant tous ces derniers temps :

« Je suis content de vous voir, Gabriel Bagradian... J'ai quelque chose à vous demander... »

Ter Haigasoun parlait à voix basse, précaution inutile, car de toute façon les Français n'auraient pas compris un traître mot d'arménien :

« Les deux plus coupables ont disparu, je veux dire Oskanian et Kilikian, et quelques autres encore...

— Kilikian est mort, dit Gabriel sans éprouver la moindre émotion.

Un bref éclair passa dans les yeux de Ter Haigasoun; il sembla qu'il avait compris. Puis désignant la rive où se pressaient certains Arméniens suspects :

— Je voulais vous demander... Croyez-vous que ces scélérats aient droit à être sauvés ?... Ne devrais-je pas les chasser d'ici et les renvoyer d'où ils viennent ?... »

Gabriel répondit sans hésiter le moins du monde :

« Avons-nous droit, nous-mêmes, à être sauvés ?... Est-ce nous qui sommes les sauveteurs ?... De toute façon, nous qui profitons de ce sauvetage, nous n'avons pas le droit d'en exclure qui que ce soit. »

Ter Haigasoun eut un léger sourire : « Bon... Je voulais seulement m'assurer... »

L'aspect du prêtre n'était plus aussi pitoyable qu'au petit jour. L'un des aumôniers du bord lui avait prêté une soutane. Son ancienne habitude de cacher ses mains dans son froc le forçait à faire un geste inaccoutumé dans la région des poches de son nouveau vêtement :

« Gabriel Bagradian, je suis heureux de constater que, maintenant comme toujours, nous sommes encore du même avis... »

Pour la première fois, son sourire refléta l'expression d'un sentiment qui ressemblait presque à une pudique tendresse. Gabriel assista longtemps à l'examen de santé. Mais son esprit en était totalement absent; il ne voyait qu'un va-et-vient, sans chercher à le comprendre. Au bout d'un moment, Ter Haigasoun s'étonna :

« Comment ? Vous êtes encore là, Bagradian ? Voici justement la vedette du *Jeanne-d'Arc* qui revient... Tenez, vous voyez ?... Vous n'avez pas besoin de rester pour m'aider. Votre devoir est accompli et couronné de bénédiction. Le mien n'est pas encore terminé. Partez sous la garde de Dieu et allez vous reposer. Moi, je serai sur le *Guichen*... »

Il y avait en Gabriel une sorte de résistance intérieure qui l'empêchait de s'éloigner définitivement : « Peut-être reviendrai-je encore une fois vous voir, Ter Haigasoun... »

Il se mélangea à la foule de ceux qui attendaient et, sans but précis, fit quelques pas vers le sentier menant à la montagne. Il rencontra justement Awakian qu'il prit par le bras et il lui dit sans le lâcher : « J'ai encore recours à votre aide, Awakian, mon ami... Voici un bon moment que je cherche une solution... J'ai un immense besoin de repos. Or, ce n'est certes pas du repos que je vais pouvoir prendre pendant ces prochains jours. Le contre-amiral m'a invité à être son hôte pendant la traversée. Je serai donc obligé de causer des heures durant avec des gens qui m'indiffèrent, de raconter mes aventures, de faire le vantard ou le modeste ce qui, de toute façon, est également pénible. Autrement dit, une nouvelle sorte de captivité. Et je ne veux pas ça. Vous me comprenez, Awakian ? Je ne veux pas ça ! Au moins pour ces trois jours, je veux être seul, absolument seul ! ! Aussi, je ne paraîtrai pas à bord du *Jeanne-d'Arc* et je me réfugierai sur le bâtiment de transport. Là, il n'y a pas beaucoup d'officiers. On me donnera probablement une cabine particulière et, de cette manière, j'aurai vraiment du repos... »

Samuel Awakian eut une expression d'étonnement et de crainte : « Le bâtiment de transport, Effendi ! Mais il sera certainement mis en quarantaine. » — La quarantaine ne me fait pas peur... » — « Cette relégation peut même durer plus de quarante jours... » — « Si j'y tiens absolument, on me rendra bien ma liberté... »

Awakian invoqua alors des arguments plus plausibles : « Vous allez offenser le contre-amiral qui a quand même été dans tout cela notre ange tutélaire. » — « Evidemment... Et c'est justement pourquoi j'ai besoin de votre aide, Awakian ! Vous allez sans tarder vous présenter à bord de ma part et m'excuser auprès de ces messieurs; vous trouverez bien une raison valable. Dites-leur, par exemple, qu'on a embarqué sur le bâtiment de transport les moins sûrs de nos gens et qu'il leur faut une sérieuse surveillance; qu'en si peu de temps on n'a pas pu organiser le service d'ordre nécessaire et que, puisque quelqu'un de nous devait forcément assurer la discipline sur ce bateau, c'est moi qui m'en suis chargé... »

Awakian n'avait pas l'air trop convaincu. Mais Gabriel persista dans sa résolution : « Cet argument est vraiment digne de foi. Vous pouvez être tranquille. Un vieux soldat, un vieux marin comme l'amiral ne manquera pas de reconnaître l'importance de tels scrupules. Il ne trouvera là rien d'extraordinaire, croyez-moi... Alors, je compte sur vous, Awakian... »

Mais l'étudiant hésitait encore : « Dans ces conditions, nous ne nous verrons pas de quelques jours... »

Une certaine angoisse perçait dans ses paroles. Mais Gabriel regardait obstinément du côté du débarcadère : « Il est grand temps, Awakian ! Voilà sans doute la dernière fois que la vedette du *Jeanne-*

d'Arc revient dans ce sens. Gardez bien jusqu'à nouvel ordre les papiers que je vous ai confiés ! »

Le canot lançait d'impatients appels pour annoncer son départ; Awakian eut à peine le temps de serrer la main à Gabriel. Celui-ci le suivit des yeux, plongé dans de sombres pensées. Puis il alla demander à l'un des officiers quand partiraient les canots pour le navire de transport. Comme la plupart des malades étaient déjà à bord, on lui répondit que les derniers embarqués seraient les simples suspects. Cela va bien encore durer des heures, se dit Bagradian à la vue de la foule fort dense qui se pressait autour de la commission d'inspection. Cette constatation fut d'ailleurs loin de lui déplaire et il était heureux, d'autre part, d'avoir échappé à l'invitation du contre-amiral et au séjour sur le *Jeanne-d'Arc*. D'un pas lent, il se dirigea vers le sentier de la montagne. Il lui restait encore tant de temps avant le départ, et c'était si bon de se réfugier dans l'ombre et le silence, à l'abri du brûlant soleil de septembre et des cris de femmes qui retentissaient en bas ! En continuant son chemin, Gabriel se trouva passer devant le lieu où l'on rassemblait les gens suspects qui ne devaient pas entrer en contact avec les éléments privilégiés de la population. Bagradian examina ses futurs compagnons de voyage. Sato lui adressa un sourire grimaçant, courut quelques instants à ses côtés et lui tendit sa main de mendiante, chose qu'elle n'avait jamais faite à Yoghonoluk. Quelques-uns des déserteurs se levèrent à sa vue pour manifester une contrition importune. Nounik et les autres pleureuses restaient assises sur leurs sacs, espérant encore emporter en terre étrangère tout leur trésor de vermine, souvenir de leur patrie. Dans la main gauche, elles tenaient leurs longs bâtons de pâtre, et de la droite, elles se touchaient la poitrine, la bouche et le front pour saluer le seigneur, Gabriel Bagradian, dernier du nom, fils de Mesrop, petit-fils d'Awétis Bagradian, le grand bienfaiteur de son peuple et fondateur d'églises. Nounik, elle, la femme sans âge, saluait en lui l'enfant à la naissance duquel elle avait secrètement collaboré, soigneusement cachée aux yeux de Bedros Hékim, traçant avec le sis des croix sur la porte et les murs afin de chasser le démon. Les vieux aveugles à têtes de prophètes, installés par terre, chantaient à mi-voix. De grosses mouches s'étaient posées sur leurs orbites, mais ils ne pensaient pas à les chasser. Aucun des événements survenus n'atteignait leur âme; l'avenir les laissait indifférents; aussi, les vieillards à têtes de prophètes fredonnaient doucement sans se soucier de rien. C'est à peine s'ils demandaient ce qui était arrivé; eux, ils n'abandonnaient pas leur patrie, ils n'écoutaient jamais que leurs voix intérieures et se laissaient conduire par Nounik, Wartouk, Manouchak, habituées à guider les aveugles, partout où ces femmes jugeaient bon d'aller. Leur mélodie grêle et susurrante exprimait à la fois la plainte et la satisfaction et s'élevait, chevrotante, sur un ton de fausset, avec des modulations extatiques. Ce fut justement cette mélodie susurrante qui frappa douloureusement le cœur de Gabriel. Ces sons évoquaient en lui l'image de Stéphan. Il continua à gravir le sentier qui menait vers la montagne pour ne plus entendre le chant des aveugles. Mais voici que bientôt revenait à ses oreilles le bavardage mécanique et hallucinant de Juliette, puis le dernier cri qu'elle lui avait adressé : « Occupe-toi bien de Stéphan ! » Il accélérait toujours sa marche, sous l'emprise de pensées qui n'atteignaient pas jusqu'à sa conscience. Soudain, il s'arrêta, étonné de voir à quelle hauteur il était déjà parvenu. Cet endroit semblait particulièrement agréable. C'était comme un siège naturel taillé dans le rocher, surplombé d'arbousiers et de myrtes, pourvu même d'un dossier moussu. Cette place lui plut; il s'y assit. De là, il pouvait observer exactement l'agitation qui régnait en bas près des récifs et les cinq vaisseaux gris-bleu, immobiles et comme figés sur les eaux qui semblaient du métal en fusion. Le bâtiment de transport était le plus éloigné de l'escadre. Le *Guichen*, où se trouvait à présent Iskouhi était le plus proche de la rive. Les Arméniens sauvés marchaient l'un derrière l'autre sur la passerelle tremblotante pour arriver aux canots. Parfois la fragile construction se mettait à vaciller, l'eau giclait de tous côtés, les femmes poussaient des cris aigus. Ce tableau chassa toute autre préoccupation de l'esprit de Gabriel. La foule semblait toujours aussi dense. J'ai encore beaucoup, oui, beaucoup de temps, pensa-t-il. Mais il n'aurait pas dû le croire; il n'aurait pas dû non plus s'arrêter dans ce site agréable, de même qu'un voyageur transi de froid ne doit pas se coucher dans la neige. Le spectacle de l'embarquement, monotone, flottait indécis devant ses yeux. Et Dieu envoya à Gabriel Bagradian un profond sommeil. Ce sommeil, c'était le résultat de toutes les fatigues, de toutes les nuits de veille des quarante jours héroïques. Aucune volonté humaine n'aurait été assez forte pour lui résister.

Quand, le soir, une mère voit que son petit enfant ne peut presque plus tenir les yeux ouverts, elle dit : il meurt d'envie de dormir. Gabriel Bagradian mourait, lui aussi, d'envie de dormir, ou plutôt — d'envie de mourir.

CHAPITRE VII

A l'inexplicable en nous et au-dessus de nous

Cinq sirènes de navire font retentir leurs sonores appels. Leurs timbres et leurs hauteurs différentes se mélangent; il y en a de brefs, de menaçants et de creux. Gabriel Bagradian ouvre tranquillement les yeux. Son regard cherche l'image mouvante qu'il croit avoir quittée à l'instant. Les vagues plus agitées qu'auparavant assaillent de leurs bonds les falaises où n'apparaît plus aucune silhouette humaine. Le radeau flotte, tout disloqué. Le *Guichen* a déjà viré de bord. Sa proue tournée vers le sud-ouest fend profondément la mer. Les autres bâtiments de l'escadre le précèdent. Tels des danseurs un peu mala-droits mais cependant pleins de grâce et de précision, ils cherchent à former une figure aux lignes nettes. Le *Jeanne-d'Arc* s'introduit, au moyen d'une lente manœuvre, au cœur de cette figure. Gabriel considère ce tableau d'un œil attentif. Puis, soudain, il se demande : Et Ter Haigasoun ? N'a-t-il rien remarqué ? Mais non, puisqu'il me croit sur le *Jeanne-d'Arc*. A présent, Gabriel saute sur ses pieds et se met à lancer des appels et à faire signe avec ses bras. Mais sa voix ne porte pas assez loin et ses mouvements ne sont pas ceux d'un déses-péré. A cette heure, le soleil frappe le promontoire du Ras el Chansir et les récifs du Musa Dagh sont plongés dans une ombre obscure. S'il était tant soit peu raisonnable, Bagradian devrait descendre vers les falaises, escalader la plus extérieure d'entre elles et tâcher de se faire voir de loin, par tous les moyens. Le pont du *Guichen* est plein d'Ar-méniens appuyés au bastingage pour dire adieu à la montagne de leur vie qui semble en ce moment les suivre du regard, l'air fâché, comme un assassin déçu. Malgré la bruyante respiration de la mer, et le fracas de l'hélice, il serait impossible que personne, sur le pont ou sur l'un des observatoires élevés, ne perçoive pas les appels de Gabriel Bagradian. Or l'infortuné ne quitte pas sa place ombragée; il cesse même de gesticuler et de crier comme s'il était las d'accomplir d'aussi vaines formalités. Et en effet, Gabriel est profondément étonné de constater le calme qui le pénètre. Un homme dans sa situation devrait pourtant hurler comme un fou pour appeler à l'aide. Il devrait se jeter à l'eau, nager à la poursuite du bateau, se faire repêcher ou se noyer, peu importe. Les navires s'éloignent si lentement ! Il serait encore temps !

Gabriel n'arrive pas à comprendre son propre calme. Est-ce le sommeil qui paralyse encore son sang ? Sa gourde, que les Français ont remplie de café noir et de cognac, est posée par terre à côté de l'agréable coin où il s'est assis. Voulant réveiller en lui un sentiment de désespoir, il boit à longs traits ce breuvage. Mais le liquide réconfortant opère une action contraire. Son sang se met bien à circuler plus activement et ses muscles à se mouvoir, mais son calme n'adopte nullement la forme d'un cri d'alarme ni d'une angoisse mortelle. Il prend seulement un caractère plus actif et se change en une joyeuse assurance. L'homme terrestre et matériel qui vit en Gabriel en a tout d'abord honte. Je vais monter sur un point élevé et dégagé, et me faire un drapeau de ma veste. Mais cette tentative est dénuée de toute valeur pratique. Gabriel essaie seulement de se tromper lui-même. C'est tout simplement parce qu'il a envie de monter et non pas de descendre. Maintenant, il se pose encore cette question toute naturelle : de quoi vais-je vivre ? Il fouille les poches de son manteau. Il possède trois petits pains blancs et deux tablettes de chocolat. C'est tout. Quant aux poches de la veste, elles ne renferment rien de comestible : la carte du Damlajik, quelques vieilles lettres et notations, une boîte de cigarettes vide et, enfin, la médaille de l'agha Rifaat Bereket entourée de l'inscription grecque. Il tient dans le creux de sa main cette mince pièce d'or. Il se rappelle soudain que naguère, avant le grand exode, il était retourné une dernière fois à la villa pour y chercher la médaille. Il eût certes mieux fait de s'en dispenser ! Il lui semble à présent qu'il devrait encore, en cet instant suprême, rejeter loin de lui la néfaste amulette. Mais il n'en fait rien et remet la pièce à sa place, songeant au sens de l'inscription. Jamais, pas même pendant les premiers jours de la défense, Bagradian ne s'est senti aussi dispos ni aussi robuste qu'à cette heure. Il ne reste plus dans ses jambes la moindre trace de fatigue. Ses genoux plient avec une élasticité joyeuse, son cœur n'a plus à souffrir de fâcheuses palpitations et, avant qu'il sache comment cela s'est fait, il a atteint le point dégagé qui surplombe la mer de très haut. Gabriel s'avance sur le promontoire rocheux pour agiter son manteau au-dessus de sa tête en vastes cercles. Mais à peine a-t-il commencé ces démonstrations qu'il laisse retomber ses bras. Et en même temps, il comprend pour la première fois, avec une clarté fulgurante, qu'il n'a pas du tout envie d'être remarqué par les navires, que sa situation actuelle n'est pas l'effet d'un cruel hasard, mais d'une décision insondable qui d'ailleurs n'émane pas de Dieu seul, car elle émane aussi de lui. Qu'est-ce à dire ? Il ne parvient pas à découvrir en lui aucune trace de dérangement mental ni affectif. Son esprit est aussi lucide que son cœur est calme. Il lui semble même qu'il vient seulement d'échapper à une longue torpeur qui l'avait engourdi jusqu'à présent. Tout en lui aspire à la clarté avec une force de conscience qu'il ne se connaissait pas encore.

Il quitte la perspective de la mer. Son corps qui lui est devenu si léger gravit à grands pas le sentier cahoteux; cette piste n'est rien d'autre qu'un zigzag rendu visible par des pierres et des morceaux de bois, foulée par de nombreux pieds arméniens et bordée de parois rocheuses, de ravins et d'abîmes. Mais la lucidité de Gabriel est si grande, même dans le domaine physique, qu'il n'a pas besoin de prendre garde aux indications du chemin ni à la proximité des dangers. Il sait que, puisqu'il se trouve dans un tel état, il ne peut ni se tromper de route, ni faire une chute fatale. Ses facultés de réflexion travaillent avec autant de régularité que son pouls. C'est son orgueil qui fait ses comptes sur cette section de sentier. Voilà pourquoi il était, ce matin, presque déçu lorsqu'il entendait le miracle, sur la mer, s'annoncer par un bruit de tonnerre. Voilà pourquoi il se sentait envahi d'un malaise assez inexplicable en entendant Son Excellence lui apprendre qu'on débarquerait le peuple du Musa Dagh, et lui aussi par conséquent, à Alexandrie ou à Port-Saïd. Ce malaise contenait déjà en germe le grand désir qu'il ressent à cette heure. Dès le premier instant du sauvetage général, il avait éprouvé un pressentiment lui disant qu'il n'existait pas pour lui de retour possible à la vie, et cela, parce que le véritable Gabriel Bagradian qui était né pendant ces quarante jours devait être réellement sauvé. Partir pour Port-Saïd ou pour Alexandrie ? Vivre là-bas dans une baraque ou dans un camp pour réfugiés arméniens ? Echanger le Musa Dagh contre un parc à moutons resserré et trop bas pour un homme ? Retomber des sommets du libre arbitre dans la servitude pour attendre encore une nouvelle grâce ? Et pourquoi ? Un vieux mot de Bedros Hékim revient tinter à ses oreilles : être Arménien, c'est impossible. Très exact ! Mais il n'existe désormais plus rien d'impossible pour Gabriel Bagradian. L'unique possibilité le remplit d'une sûreté indescriptible. Il a partagé la destinée de son sang. Il a dirigé la lutte du peuple de sa patrie. Pourtant, le nouveau Gabriel n'est-il pas plus que du sang ? Ce nouveau Gabriel n'est-il pas plus qu'un Arménien ? Il se prenait jadis à tort pour un « homme abstrait », pour un « homme en soi ». Or, il lui fallait encore passer par les entraves de la communauté pour le devenir réellement. Voilà donc pourquoi il se sent désormais libre, libre d'une façon incommensurable. C'est une solitude cosmique. Son aspiration de ce matin, il l'a trouvée à présent réalisée comme aucun mortel avant lui. Chaque souffle de ses poumons s'enivre de cette indépendance qui le grise.

Les navires s'éloignent et Gabriel reste en arrière, sur cette pente rocheuse du Musa Dagh qui s'étend là aussi vide qu'au jour de la création. Ils ne sont que deux à rester ici, Dieu et Gabriel Bagradian. Et Gabriel Bagradian est un vivant réceptacle de la grâce divine, plus réel que tous les hommes et que tous les peuples.

Parvenu au sommet de cet orgueil, il se sent attaqué par une légère faiblesse. Les femmes ! Partout où sont des femmes, il y a aussi culpabilité masculine. Gabriel vient d'atteindre le degré doucement incliné de la montagne où aujourd'hui même, les infirmiers ont fait halte, et où les yeux d'Iskouhi lui parlaient d'adieu. Pourtant, ce n'est pas Iskouhi qu'il revoit, mais Juliette dans sa robe de taffetas. Que va-t-elle devenir ? Gabriel demeure un moment immobile. Il regarde au loin sur la mer. Les navires s'éloignent si lentement ! Ils n'ont pas encore atteint le milieu de la surface surélevée de la mer. Peut-être les hommes de l'équipage installés sur la grande hune pourraient-ils encore le voir s'il faisait tournoyer son manteau au-dessus de sa tête ? Mais c'est une tout autre pensée qui l'occupe. Juliette va être libre et il lui sera désormais facile de recouvrer la nationalité française. Dès qu'on aura établi que son mari est disparu, l'amiral et le monde entier la prendront aimablement sous leur protection. Ce clair raisonnement augmente encore le sentiment de liberté en Gabriel. Il marche maintenant d'un pas plus réfléchi, la tête légèrement penchée, et longe un champ d'éboulis avant que le sentier ne s'introduise dans la forêt et le maquis. Gabriel vient d'effectuer encore deux tournants, lorsqu'il tressaille. Est-ce possible ? Iskouhi s'est-elle réellement cachée quelque part au dernier moment pour rester ici et demeurer avec lui ? Pendant les premières secondes qui suivent, cette supposition ne lui apparaît pas tellement absurde ni fantastique. Ses sens y croient même avec ferveur, car il entend le pas d'Iskouhi derrière lui. Il distingue le claquement net et précis des talons de la jeune fille. Où serons-nous, petite sœur, toi et moi ? Elle a réalisé sa réponse de tout à l'heure : auprès de toi. Il ne se retourne pas, court un bon moment en avant, puis s'arrête. Le pas léger et régulier d'Iskouhi reste derrière lui, inlassable. On entend d'une façon toujours plus distincte un pas féminin qui monte la pente. Le sentier bruit, la terre craque, des pierres roulent. Gabriel attend. A présent, Iskouhi devrait déjà l'avoir rejoint. Mais la cadence régulière du pas résonne comme un tic tac toujours aussi proche et toujours aussi lointain. Il finit par comprendre que ce pas d'Iskouhi ne retentit pas hors de lui, mais en lui. Sa main glisse le long de son corps et saisit la montre coupable. Tandis qu'il la tire de sa poche, le tic tac devient si fort qu'il ne ressemble plus à un pas féminin mais aux coups obstinés d'un léger marteau frappant sur du rocher. La solitude exagère la sonorité. Ou est-ce le temps personnel de Gabriel qui s'intensifie pour prendre part à l'ascension de sa vie ?

Il tient encore sa montre en main lorsque l'ombre, en reculant, dégage en lui la toute suprême certitude. Son sommeil d'auparavant n'était pas un sommeil ordinaire. Ce sommeil était prévu par le destin pour venir en aide à sa faiblesse et l'aider à remplir sa mission. Sans lui, il serait retombé dans son état antérieur. Mais Dieu avait eu une autre intention à son égard. Quand donc était-ce ? Se l'est-il imaginé ou a-t-il vraiment prononcé ce mot : « J'ai depuis quelque temps la ferme conviction que Dieu a une intention spéciale à mon égard...» Et maintenant, il connaît cette intention dans toute sa profondeur. Ce n'est plus désormais seulement un sentiment de liberté et de joyeuse espérance qui l'inonde. Non, c'est une impression foncièrement nouvelle qui assaille son être. Il éprouve une félicité exultante à reconnaître ce lien surnaturel, un rayon spirituel le traverse : « Une main dirige ma vie, par conséquent, je n'ai rien à craindre.» Il continue à marcher, les bras légèrement entr'ouverts ; il ne sent rien du chemin. De nouveau, les rochers s'interrompent, découvrant une vaste perspective. La mer à l'horizon monte toujours, on la dirait surélevée. L'escadre s'éloigne progressivement, ayant pris la forme triangulaire d'un vol de cigognes, vers de lointains infinis. Mais Gabriel ne s'intéresse plus à la marche des navires. Il regarde le ciel d'après-midi dont le bleu se colore d'un or sombre toujours plus prononcé. Il conçoit maintenant toute la puissance du Père, telle qu'il se l'imaginait seulement dans sa petite enfance. La voûte céleste s'incurve de plus en plus profondément ; ce n'est plus un froid espace astronomique, mais le lieu où sont reçus les élus. Déjà le chemin se perd dans la dernière montée. Gabriel ne le sent pas. Il continue à tenir les bras légèrement entr'ouverts et garde les yeux attachés au ciel sillonné d'ombres. Chaque pas qu'il fait est une offrande. Mais là-haut, de même, toute raideur a disparu. Il sent de là-haut aussi venir à lui pour l'accueillir une vague de sacrifice. Il traverse la ceinture des buissons de myrtes et de rhododendrons. Ne doit-il pas penser aux heures prochaines, à la nuit, à une cachette sûre ? Car aucun mortel ne saurait vivre plus tard que jusqu'au crépuscule de cette vie qu'il mène en ce moment. Rien en lui ne questionne. Ses pieds lui font suivre les chemins coutumiers. La place des trois tentes. Les tentes sont faites en tissu non seulement imperméable mais encore ininflammable, et c'est pourquoi elles ont résisté aux flammes. Le feu n'a pas même trouvé moyen de s'introduire à l'intérieur. Les lits restent là en parfait état. Gabriel passe sans s'arrêter devant la tente de Juliette. Aux abords du vallon de la ville, il interrompt sa marche, irrésolu. Il se sent attiré vers le Nord, vers la tranchée principale, sa grande œuvre. Mais voici qu'il prend une autre direction pour se rendre vers le mamelon où se trouvent les obusiers. Peut-être est-il même un peu curieux de voir si les marins français ont réussi à faire sauter les canons. Entre le vallon de la ville et l'emplacement des obusiers s'étend le grand cimetière. Quatre cents tombes ont tout de même trouvé place dans la maigre terre de la montagne. Celles qui datent des premiers temps portent des blocs calcaires et des dalles non taillées où l'on voit des inscriptions peintes en noir. Les tombes ultérieures ne sont plus marquées que par des croix de bois toutes nues. Gabriel s'avance vers Stéphan. Le tertre de la tombe est encore assez frais. Quand donc, voyons, l'ont-ils rapporté ? Au trentième jour, et c'est aujourd'hui le quarante et unième. Et combien de temps s'est-il écoulé depuis ce jour où il me surprit ici en train de dormir ? A présent, c'est moi de nouveau qui viens le surprendre. Et nous revoilà, comme jadis, tous les deux seuls sur le Musa Dagh. Gabriel ne quitte pas cette place; il ne pense d'ailleurs pas qu'à Stéphan, mais aussi à mille incidents survenus pendant toute cette époque de lutte. Rien ne trouble le grand calme qui règne en lui. C'est à peine s'il remarque que le soleil se couche.

Lorsqu'il perçoit soudain la fraîcheur et l'obscurité, il s'arrache résolument à sa torpeur. Qu'était-ce donc ? Cinq sirènes de navire de timbres différents hurlent toutes à la fois sur un ton menaçant, longtemps, mais à une distance infinie. Gabriel ramasse brusquement son manteau tombé sur le sol. Ils viennent de découvrir maintenant mon absence. Ils m'appellent. Vite, à la terrasse du promontoire ! Allumer un feu ! Peut-être, peut-être ! La vie bouillonne furieusement en lui. Mais, au premier pas, il recule. Quelque chose qui rampe par terre s'approche en demi-cercle. Seraient-ce les chiens errants ? On ne voit pourtant pas briller d'yeux dans le crépuscule. Le demi-cercle rampant s'immobilise à une distance de dix pas. Gabriel feint de ne rien remarquer, regarde en l'air, fait un pas en arrière, et, se baissant, se cache derrière le tertre de Stéphan. Mais voici que jaillissent de côté, à l'improviste, un, deux, puis trois éclairs.

Gabriel Bagradian eut de la chance. La seconde balle turque lui fracassa la tempe. Il se cramponna à la croix de bois, l'entraîna dans sa chute. Et la croix reposait sur son cœur.

FIN

TABLE DES MATIÈRES

La reproduction photomécanique,
l'impression et le brochage
de ce livre ont été effectués par
l'imprimerie Pollina à Luçon
pour le compte des Éditions Albin Michel

Achevé d'imprimer en août 1986
N° d'édition : 9357
N° d'impression : 8212
Dépôt légal : septembre 1986

Imprimé en France